HEYNE BÜCHER

Von Anthony Burgess
sind als Heyne-Taschenbücher erschienen:

Das Uhrwerk-Testament · Band 01/5124
Das Reich der Verderbnis · Band 01/6587
Uhrwerk Orange · Band 01/6777
Der Fürst der Phantome · Band 01/8285

ANTHONY BURGESS

DER FÜRST DER PHANTOME

Roman

WILHELM HEYNE VERLAG
MÜNCHEN

HEYNE ALLGEMEINE REIHE
Nr. 01/8285

Titel der Originalausgabe
EARTHLY POWERS
Aus dem Englischen übersetzt von Wolfgang Krege

Wilhelm Heyne Verlag GmbH & Co. KG, München
Printed in Germany 1991
Umschlagillustration: Dietrich Ebert
Umschlaggestaltung: Atelier Ingrid Schütz, München
Gesamtherstellung: Elsnerdruck, Berlin

ISBN 3-453-04896-2

Für Liana

1

Am Nachmittag meines einundachtzigsten Geburtstags, als ich mit meinem Buhlknaben im Bett lag, kam Ali und sagte, der Erzbischof sei da und wolle mich sprechen.

»Sehr gut, Ali!« stammelte ich auf spanisch durch die geschlossene Tür des großen Schlafzimmers. »Bring ihn in die Bar und biete ihm etwas zu trinken an!«

»Hay dos. Su capellán también.«

»Sehr gut, Ali! Biete dem Kaplan auch etwas zu trinken an!«

Mit dem gewerbsmäßigen Verfassen von Romanen habe ich nun schon vor zwölf Jahren aufgehört. Immerhin, werter Leser, wenn Sie meine Bücher irgend kennen und sich die Mühe machen wollen, den ersten Satz nochmal zu lesen, müssen Sie zugeben, daß ich von meiner alten Schläue im Anzetteln eines packenden Beginns noch nichts eingebüßt habe. Aber hier ist gar nichts, was ich erst hätte anzetteln müssen. Manchmal arbeitet das Leben der Kunst in die Hände. Daß ich einundachtzig war, konnte ich kaum bezweifeln: Den ganzen Vormittag hatten Glückwunschtelegramme mir immer wieder die Zahl unter die Nase gerieben. Geoffrey, der sich nun schon in seine hautengen Leinenhosen zwängte, war mein Sekretär, aber zugleich darf ich ihn wohl als meinen Ganymed, Geliebten oder Buhlknaben bezeichnen. Und spanisch *arzobispo* heißt unbezweifelbar Erzbischof. Es war kurz nach vier an einem Junitag auf Malta – dem dreiundzwanzigsten Juni, um es genau zu sagen und den ehrlich Interessierten das Nachschlagen im *Who's Who?* zu ersparen.

Geoffrey schwitzte viel (nicht vor Anstrengung) und setzte Fett an. Für einen Bengel von fünfunddreißig hatte er wohl ein allzu bequemes Leben. Aber wie die Dinge lagen, ließ sich unsere Trennung nicht mehr viel länger hinausschieben. Geoffrey würde gar nicht zufrieden sein, wenn er zur Verlesung meines Testaments käme. »So ein altes Ekel, mein Lieber, und was ich nicht alles für den getan habe!« Und ich für ihn – aber das Beste käme erst posthum, lieber posthum.

Ich blieb noch einen Augenblick liegen, nackt, wie ich war, blauäderig, gelblich und mager. Ich rauchte eine Zigarette, nicht die postkoitale, wie es hätte sein sollen. Geoffrey bückte sich schnaufend, um die Sandalen anzuziehn; sein Bauch schlug einen dreifaltigen Speckwulst. Dann streifte er sein geblümtes Tropenhemd über. Er vervollständigte sich mit der Sonnenbrille, einem von jenen unverschämten Dingern, deren konvexe Flächen der

Welt metallische Spiegelbilder zurückschleudern. Ganz deutlich konnte ich mein einundachtzigjähriges Gesicht mit Hals darin sehen: die berühmte Greisenbosheit nach dem bitter ausgekosteten Leben, die fleischlosen Sehnenstränge, die Anatomie der Kiefer, die Zigarette, eine Fribourg & Treyer, in der Dunhillspitze, die mich als Überlebenden einer Epoche auswies, in der es beim Rauchen noch eine gewisse Lebensart zu beweisen galt. Ohne Groll betrachtete ich mein Doppelbild, während Geoffrey sagte:

»Bin mal gespannt, was Seine Exkremenz von dir will. Vielleicht bringt er dir eine Exkommunikationsbulle, natürlich hübsch verpackt als Geschenk.«

»Da käme er sechzig Jahre zu spät«, sagte ich. Ich reichte Geoffrey die halbaufgerauchte Zigarette, damit er sie irgendwo in einem meiner Onyx-Aschbecher ausdrückte, und bemerkte, daß schon diese kleine Gefälligkeit ihn Überwindung kostete. Ich stand auf, nackt, blauäderig, gelblich, mager. Auch ich zog Leinenhosen an, aber meine entsprachen den äußeren Geboten der Schicklichkeit und waren alles andere als eng. Das Hemd mit den Begonien und Orchideen drauf war lächerlich für einen Mann meines Alters, aber Geoffreys Witzeleien hatte ich längst vorbeugend den Biß genommen, als ich einmal zu ihm sagte: »Mein lieber Junge, ich muß mich an die Aussicht auf eine Ehreninfloration schließlich gewöhnen.« Den Ausdruck hatte ich 1915 von Henry James gehört, im Lamb House in Rye, aber er war nicht so sehr echt Henry James als vielmehr dieser, die echt Meredithsche Redeweise parodierend. Er hatte von 1909 erzählt und von den allzu vielen Blumen, die Meredith von einer Dame geschickt bekam. »Eine Ehreninfloration, hohoho!« hatte James ihn imitiert und sich gebogen vor imitiertem Lachen.

»Dann bringt er dir sicher die Glückwünsche aller *treuen* Kinder der Kirche.«

Es war abscheulich, wie er das Adjektiv mit gespitzten Lippen anhauchte, so daß es einen obszönen Beiklang bekam und an seine eigenen schamlosen Treubrüche erinnerte. Es war ein Wort, das ich gegen Geoffrey einmal unter Tränen gebraucht hatte. Für mich hatte es den überkommenen moralischen Ernst, der für Geoffreys Generation nur noch eine Zielscheibe anzüglicher Witze war.

»Die *treuen* Kinder der Kirche«, hauchte ich meinerseits, »dürfen meine Bücher nicht lesen. Schon gar nicht hier, auf der frommen Insel des heiligen Paulus. Für die Leute hier bin ich Amoralist, Agnostiker, Anarchist, Rationalist undsoweiter. Ich glaube, ich kann erraten, was der Erzbischof von mir will. Und von mir will er das, eben weil ich so einer bin.«

»Was sind wir doch ein gerissenes altes Luder, wie?« Seine Brille spiegelte vergoldeten Stein von der Triq Il-Kbira, »Straße die breite« oder Hauptstraße, draußen vor dem offenen Fenster. Ich sagte:

»Unten in der Höhle, die du dein Büro nennst, liegt einiges an unerledigten Briefen. Weil ich deine Schlamperei satt habe, hab ich selber ein paar davon aufgemacht, grad als sie der Postbote gebracht hat. Auf dem einen war eine Vatikanmarke.«

»Ach, küß mich am Arsch!« Geoffrey lächelte oder schien zu lächeln; natürlich konnte ich seine Augen nicht sehn. Dann äffte er mein leichtes Lispeln nach: »Weil du meine Schlamperei ßatt hast, mußt du es ßelber machen.« Dann sagte er noch einmal: »Küß mich am Arsch!« – diesmal mürrisch.

»Ich denke«, sagte ich und hörte mit Scham das senile trockene Flattern in meiner Stimme, »ich werde in Zukunft lieber allein schlafen. So *gehört* es sich wohl auch in meinem Alter.«

»Wollen wir nun den Tatsachen ins Auge sehn, was, mein Guter?«

»Warum«, sagte ich bebend vor dem großen blauen Wandspiegel, wo ich mir die paar Haarsträhnen zurechtbürstete, »muß sich bei dir alles so gemein und unflätig anhören? Trost, Wärme, Liebe – sind das alles gemeine Wörter? Die Liebe, Liebe! Ist das ein Unflat?«

»Sachen, die ans *Herz* greifen«, sagte Geoffrey und schien wieder zu lächeln. »Müssen wir vorsichtig sein mit der ehrwürdigen Pumpe, was? Na gut! Schlafen wir eben jeder einsam und abgeschieden in seinem Bett für sich. Und wenn du nachts schreist, wer wird dich dann hören?«

Wer, wenn ich schriee... Hatte das nicht mal einer gesagt oder geschrieben? Ja doch, der große Rilke, der arme Kerl! Geschrien oder besser geheult hatte er in meinem Beisein in einem ordinären Bierlokal in Triest, unweit des Aquariums. Die Tränen waren ihm zumeist aus der Nase geflossen, und die Nase hatte er sich am Ärmel gewischt. »Du hast auch an meiner unruhigen Seite immer ziemlich fest geschlafen«, sagte ich. »Fest genug, um auch das stärkste Fingerstupsen nicht zu spüren!« Und dann, wieder mit dem schändlichen Stimmflattern: »Treue, Treue!« Ich war wieder den Tränen nah, so stark besetzt war dies Wort. Ich mußte an den armen Winston Churchill denken. Ungefähr in meinem Alter hatte der bei Wörtern wie *Größe* und dergleichen immer heulen müssen. Emotionale Labilität nannte man das, eine Alterserscheinung.

Diesmal zeigte Geoffreys Mund kein Grinsen, und auch der Kiefer verriet nichts von dem flauen Spott. In der unteren Gesichtspartie stand etwas wie Mitleid, in der oberen mein gespiegeltes Zwillings-Ich. *Armer alter Arsch!* sagte er sich jetzt wohl und später, zu irgendeinem Freund oder Nassauer in der Bar des Hotels Corinthia Palace, sagte er vielleicht: *der arme senile einsame klapprige impotente alte Arsch!* Zu mir sagte er jetzt, mit freundlicher Munterkeit: »So, gehn wir! Schlitz richtig zu? Fein!«

»Man würde's nicht sehn unter diesem Blumenteppich.«

»Schön! Dann wollen wir mal das Gesicht des distinguierten amoralischen Schriftstellers aufsetzen. Seine Exkremenz wartet.« Und er machte die schwere Tür auf, die in den luftigen Salon im Obergeschoß führte. In meinem Alter könnte oder kann ich Unmengen grelles Licht und Hitze vertragen, und diese beiden Segnungen des Südens kamen nun durch die offenen, unabgeschirmten Fenstertüren hereingefegt wie ein Finale von Rossini in Stereo. Rechts die Dächer und bunten Fassaden von Lija, ein vorüberfahrender Bus, zankende Kinder; links, hinter Kristall und Statuen und dem oberen Balkon, das Zischen und Surren der Pumpe, die meine Orangen- und Zitronenbäume bewässerte. Kurz, man hörte, daß das Leben nicht stillstand; immerhin tröstlich. Wir traten auf kühlen Marmor, dickes Eisbärenfell, Marmor, Fell, Marmor. Da drüben stand das William-Foster-Spinett, das ich einmal für Ralph gekauft hatte, meinen früheren treulosen Freund und Sekretär; von den mittleren Saiten waren ein paar zerrissen, weil Geoffrey eines Abends betrunken seine Wut daran ausgelassen hatte. An den Wänden hingen Gemälde von meinen großen Zeitgenossen – heute fabelhaft teuer, aber alle ganz billig erstanden, als ich, noch in jungen Jahren, meinen Platz schon unanfechtbar errungen hatte. In Vitrinen wurden meine Besitztümer aus Jade, Elfenbein, Glas und Metall vorgezeigt: *bibelots* oder *objets d'art* – wie doch diese französischen Worte die Dinge von der Trivialität reinwaschen, die sie dennoch nicht leugnen! Die greifbaren Früchte des Erfolges. Der eigentliche Kampf, das Ringen mit der Form und dem Ausdruck, blieb ungewonnen.

Der eigentliche Kampf? Meine Güte, du denkst wie ein Schriftsteller, nicht wie ein Mensch, nicht mal wie ein Greis! Als ob es auf die Sprachbeherrschung ankäme! Als ob es letzten Endes irgend etwas gäbe, das wichtiger wäre als die Klischees! Ja, der Glaube. Am Glauben hast du's fehlen lassen. Du hast dich verfehlt oder vergangen in den Unglauben. Ich glaube, daß der Mensch getreulich glauben sollte, was er glaubt. *Herbei, o ihr Gläubigen!* Das Lied, zu Weihnachten, konnte mir noch immer Tränen der Rührung entlocken. Und diese Reproduktion, die im Sprechzimmer meines Vaters gehangen hatte, mit dieser gräßlichen Anekdote – aber nein, woher wollte *ich* wissen, ob sie gräßlich war: der römische Wachtposten mit den starrweiten Augen beim Untergang Pompejis. Treu bis in den Tod. Die Glückwünsche der Treuen, soso! Die Welt der Homosexuellen hat eine sehr verwickelte Sprache, brüchig, aber manchmal peinlich genau und aus den Klischees der anderen Welt gebildet. Dies also, *cher maître,* sind die greifbaren Früchte Ihres Erfolges.

Geoffrey, wie um seine Rolle zu unterstreichen, fiel mit mir ironisch in Gleichschritt – da siehst du mal, Liebling, ich bin doch sein Schildknappe! Seite an Seite stiegen wir in komischer Eintracht Stufe für Stufe die erste Marmortreppe hinunter. Wir erreichten den geräumigen Absatz mit dem barocken Schrank, der das Kristall barg – alles zum Gebrauch, Liebling, kann man tatsächlich die durstige Kehle draus netzen – und dem Schachtischchen aus dem achtzehnten Jahrhundert, ständig mit den Figuren aus mexikanischem Obsidian bestückt (nur zum Ankucken, Liebling, mit dem *Spielen* ist es für den vorbei), dann wandten wir uns nach rechts, die letzte Marmorflucht abwärts. Ich blickte auf die vergoldete Malteser Uhr an der Treppenwand. Sie stand auf kurz vor drei.

»Noch immer kein Uhrmacher dagewesen«, sagte ich und hörte selbst meinen meckernden Ton. »Drei Tage ist das nun schon her, seit sie nicht mehr geht. Aber das macht ja wohl nichts.«

Wir waren drei Stufen über dem Boden. Geoffrey beklopfte die Uhr, als ob sie ein Barometer wäre, dann mimte er einen zertrümmernden Fausthieb. Er sagte:

»Dieses verwünschte Drecknest! Mich graut und ekelt's vor diesem Drecknest.«

»Wart ein bißchen ab, Geoffrey!«

»Wir hätten doch auch woanders hinfahren können. Es gibt

doch noch mehr Inseln, wenn du unbedingt auf so eine Scheißinsel willst.«

»Später!« sagte ich. »Jetzt haben wir Besuch.«

»Wir hatten doch zum Kuckuck noch mal in Tanger bleiben können. Mit den Halunken wären wir noch fertig geworden.«

»Wir? Du warst in Nöten, Geoffrey, nicht ich.«

»Du hättest doch zum Kuckuck noch mal was tun können. *Treue!* Sprich du mir noch mal von deiner Scheißtreue!«

»Ich hab etwas getan. Ich habe dich aus Tanger fortgebracht.«

»Aber warum auf diese Scheißinsel? Mit diesen Scheißpfaffen, die mit der Polizei unter einer Decke stecken.«

»Zwei von diesen *Scheißpfaffen* sind jetzt hier und wollen mit uns sprechen. Mäßige bitte deinen Ton!«

»Wenn du hier sterben willst, ich will es zum Kuckuck noch mal nicht.«

»Irgendwo muß man sterben, Geoffrey. Ich finde, Malta ist ein annehmbarer Kompromiß.«

»Warum zum Kuckuck kannst du nicht in London sterben?«

»Wegen der Steuern, Geoffrey. Wegen der Erbschaftssteuer und wegen des Klimas.«

»Dieses vermaledeite gottverlassene stinkende Drecknest!«

Ich stakste die letzten drei Stufen bis zum Flur hinab, Geoffrey hinterdrein, jetzt nur noch leise den Kuckuck beschwörend. Drei Schritt entfernt, auf einem silbernen Tablett unter dem Glücksgruß einer chinesischen Vase mit den Blumen der Jahreszeit, lag eine neue Lese von Glückwünschen, die der Motorradbote vom Funk- und Telegrafenamt gebracht hatte. Die Bar war auf der andern Seite des Flurs, rechts, zwischen dem wüsten Büro, wo Geoffrey seine Sekretärspflichten verhöhnte, und meinem eigenen, peinlich sauberen Arbeitszimmer. An der Wand zwischen Bar und Arbeitszimmer hing der Georges Rouault – eine hingehauene häßliche Ballerina, in dicken, ungeduldigen schwarzen Strichen und bitterer Tusche. Maynard Keynes hatte mir den Kauf damals in Paris wärmstens empfohlen. Der hatte sich ausgekannt auf den Märkten.

2

Seine Erzbischöfliche Exzellenz schien sich in der Bar ganz wie zuhause zu fühlen. Ich war darauf gefaßt, den hohen Herrn zappelig an einem Tisch sitzend zu finden, unberührten Orangensaft vor sich, aber da lehnte er auf einem braunen Lederhocker an der Theke, ein Füßchen fest auf der Schiene, ein Glas, dessen Inhalt mir nach purem Scotch aussah, fest in dem pummeligen, gepflegten Händchen. Mit Ali, der in weißer Jacke hinter der Theke stand, unterhielt er sich laut und lebhaft – und zu meiner Überraschung in Alis Muttersprache. Eine Gabe des pfingstlichen Parakleten? Nein, erinnerte ich mich, das Maltesische ist ja eine mit dem maghrebinischen Arabisch nahverwandte Mundart. Als Seine Exzellenz mich sah, begann er von dem Hokker herabzusteigen, lächelte und begrüßte mich auf englisch:

»Lernt man Sie endlich kennen, Mr. Toomey? Es ist mir eine Ehre und ein Vergnügen. Ich weiß, daß ich für meine ganze Gemeinde spreche, wenn ich Ihnen noch viele glückliche Jahre wünsche.«

Ein dunkelhäutiger junger Mann, in einem schlichteren Priestergewand als sein Oberhirte, brüllte aus der anderen Ecke des Raumes: »Alles Gute zum Geburtstag, Sir! Ja, es ist uns eine Ehre, Ihnen persönlich gratulieren zu dürfen.« Die Bar war ein kleiner Raum, und eine Notwendigkeit, so zu brüllen, bestand nicht, aber bei manchen Maltesern hat schon das Flüstern eine abnorme Lautstärke. Der junge Priester hatte sich die gerahmten Fotos an den Wänden angeschaut, sämtlich von mir mit allerlei Großen meiner Zeit – mit Chaplin in Los Angeles, mit Thomas Mann in Princeton, mit Gertrude Lawrence nach der letzten Vorstellung einer meiner langen Londoner Spielzeiten, mit H. G. Wells (und selbstverständlich auch Odette Keun) in Lou Pidou, mit Ernest Hemingway an Bord der *Pilar* vor Key West. Daneben hingen gerahmte Plakate von meinen Bühnenerfolgen – *Ein gestandener Mann, Die Götter im Garten, Ödipus Higgins, Break Break Break* und anderen. Die beiden Geistlichen hoben grüßend die Gläser auf mein Wohl. Dann stellte Seine Exzellenz das Glas auf die Theke und kam etwas verkniffenen Gesichts auf mich zugewackelt, die Rechte horizontal wie zum Ringkuß erhoben. Ich drückte sie kußlos.

»Mein Kaplan Pater Azzopardi.«

»Mein Sekretär Geoffrey Enright.«

Der Erzbischof war ein paar Jahre jünger als ich, offenbar rüstig, obgleich sehr dick, und weil er so dick war, ohne viel Falten oder Runzeln. Wir betrachteten einander mit freundlichem Mißtrauen; Widersacher im Beruf, doch vereint durch die Generation. Frivol, wie ich nun einmal bin, vermerkte ich, daß wir für eine Partie Poker gut besetzt gewesen wären – zwei Paare, Ali nicht mitgerechnet. »Gin mit Tonic«, sagte ich zu Ali auf spanisch. »Dann kannst du gehen.«

Seine Exzellenz nahm nun an einem der drei Tische Platz und wiegte sein Glas, nachdem er es zunächst geleert hatte, launig in der Hand. Er war ganz wie zuhause. Es war ja auch seine Erzdiözese. Ich sagte:

»Vielleicht ist es noch ein bißchen früh für einen Schnaps? Möchten Sie lieber Tee?«

»Au ja!« brüllte der Kaplan und wandte sich beflissen von Mae West und mir ab, wie wir vor Graumans Chinesischem Theater standen, »Tee wäre sehr nett.«

»Schnaps!« sprach der Erzbischof. Und zu Ali sagte er auf maltesisch-maghrebinisch, daß er noch mal dasselbe wollte. Dann schien er zu sagen, daß Ali nun gehen könne. »Ein schönes Haus«, sagte er. »So schöne Gärten und Obstbäume! Ich bin oft hier zu Besuch gewesen. Zur Zeit von Sir Edward Hubert Canning. Zur Zeit der seligen Mrs. Tagliaferro. Ich weiß doch, wie Pater Azzopardi sich freuen würde, wenn Mr., ähm, wenn Ihr junger Freund hier mit den Spiegeln auf den Augen ihn herumführen könnte und ihm alles zeigen. Ja, die Jugend, nicht, Mr. Toomey? Diese jungen Leute! Das Haus, Sie wissen es sicherlich oder vielleicht auch nicht, wurde 1798 erbaut, als Buonaparte hier gelandet ist. Er hat die Ritter von der Insel verwiesen. Er hat versucht, die Befugnisse der Kirche einzuengen oder zu beschränken.« Seine Exzellenz lächelte düster. »Gelungen ist es ihm nicht. Das Malteser Volk wollte nichts davon wissen. Es kam zu Zwischenfällen. Es gab Tote.«

Ich nahm von Ali meinen Gin-Tonic entgegen und brachte ihn an den Tisch. Ich setzte mich dem Erzbischof gegenüber, der schon einen großen puren Claymore vor sich hatte. »Also«, sagte ich zu Geoffrey, »da hast du ja deine Anweisung. Zeig Seiner, ähm, Hochwurden das Haus und den Garten! Und laß Tee bringen!« Pater Azzopardi trank in nervöser Eile aus, was er im Glase hatte, und begann zu husten. Geoffrey hieb ihm kraftmeierisch auf den Rücken und sagte bei jedem Schlag:

»Meine Schuld, meine Schuld, meine *übergroße* Schuld!«

»Geoffrey«, sagte ich scharf, »das ist nicht komisch.«

Geoffrey steckte mir die Zunge heraus und ging mit dem hustenden Pater Azzopardi aus dem Zimmer. Seine Exzellenz machte noch einen letzten semitischen Witz für Ali, der lachte und ebenfalls hinausging. »Ein braver Junge«, sagte Seine Exzellenz, »das sieht man doch gleich. Diese jungen Leute«, fügte er hinzu und nickte Geoffrey nach, dessen Stimme mit ihren angehauchten Konsonanten und Tonverbiegungen noch zu hören war, wie sie sich zum Grün und Sonnenlicht hin entfernte. Dann sagte er: »Sie spielen hier Bridge, würde ich meinen. Ein sehr freundlich ausgestatteter Raum für eine Partie Bridge« – mit dem Blick auf die Regale voller Flaschen. »Ein harmloser und zivilisierter Zeitvertreib.« Er hob die pummelige rechte Hand, in einer Geste, die zugleich einen Segen über das Spiel und ein Bedauern auszudrücken schien, daß er einer Einladung zu einer Bridgepartie nun keinesfalls Folge leisten könne. »Ich habe auch gespielt. Jetzt spiele ich nicht mehr. Ich habe viel zu viel Arbeit. Seine verstorbene Heiligkeit hat auch gespielt. Und dann hatte auch er viel zu viel Arbeit. Sie werden das wissen.« Sein bescheidenes Lächeln, nahm ich an, sollte wohl den Vergleich abschwächen.

Also hatte dieser Besuch, wie mir schon in jenem Brief aus dem Vatikan angekündigt worden war, etwas mit Seiner verstorbenen Heiligkeit zu tun. Ich sagte: »Als Carlo zu solchen Höhen aufstieg, war die Zeit der Bridgepartien für ihn schon vorüber. Viel zu viel Arbeit, wie Sie sagen und wie er selbst sagte. Aber er war ein glänzender Spieler gewesen – sehr scharf und gerissen. Wie Mrs. Battle, nicht?«

Von der Dame hatte Seine Exzellenz nie gehört. »Ah, ja, das will ich glauben. Scharf und gerissen. Aber auch human – oder sagt man humanistisch? Vermutlich beides. Aber auch ein Heiliger.« Er sah mich mit einer Spur von unwilliger Ehrfurcht an. *Carlo* hatte ich ihn genannt.

Ich wollte schon einen Witz machen, daß es bislang noch keinen Bridgeheiligen gebe, aber das wäre ungehörig und geschmacklos gewesen. Statt dessen sagte ich: »Ich weiß natürlich, daß der Vorschlag gemacht worden ist. Soviel ich weiß, gibt es da noch viel zu tun.«

Seine Exzellenz schwenkte die eine Hand, in der er das Glas nicht hielt. »Ich spreche natürlich, natürlich–«

»Vorgreifend?«

»Sie sind ein Meister der Sprache, Mr. Toomey. Leider wird das Englische für mich immer eine Fremdsprache bleiben. Die Sprache der Protestanten – verzeihen Sie bitte! Bekanntlich sind Sie ein Meister darin. Ich habe natürlich nicht viel Zeit zum Lesen. Man hat mir aber oft gesagt, daß Sie ein Meister der englischen Sprache sind.«

»Die meisten Malteser«, sagte ich, »müssen sich damit zufriedengeben, dies gesagt zu bekommen. Diejenigen, die es interessiert, meine ich. Sich selbst davon zu überzeugen, ist ihnen verboten.«

»Oh, ein oder zwei von Ihren Büchern sind erlaubt. Soviel weiß ich. Aber unser Volk muß geschützt werden, Mr. Toomey. Ich denke aber, daß unsere Zensur ein bißchen gelockert werden könnte. Im Ausland kommt ein neuer Geist auf, also auch bei uns. Sogar die Werke des Atheisten Monsieur Voltaire sind schon frei verkäuflich. Sogar auf französisch.«

»Deist war er, nicht Atheist.« Ich wußte, weshalb er gekommen war, wollte aber Unwissenheit vorschützen, um etwas zur Sprache zu bringen. »Herr Erzbischof«, sagte ich, »wenn ich recht verstehe, sind Sie nicht in einer, wie soll ich sagen, pastoralen Eigenschaft zu mir gekommen? Sie wissen vielleicht, daß ich im Glauben geboren wurde. Aber ich gedenke außerhalb des Glaubens zu sterben. Ich habe lange genug ohne Glauben gelebt. Ich denke, ich sollte meinen Standpunkt vollkommen klarmachen.« Aber ich schluckte doch an dem Wort *Glauben.*

»Sie gedenken«, sagte er aufgeräumt. »Der Mensch gedenkt.« Und dann: »Nein, nein, nein, o nein! Eines, was ich gelernt habe, was wir alle lernen, was Seine verstorbene Heiligkeit uns allen, ähm, sehr scharf und gerissen eingeprägt hat, dies eine ist, daß es viele Wege zum Heil gibt. Aber lassen Sie es mich so ausdrücken, Mr. Toomey! Sie *kennen* die Kirche. Was Sie jetzt auch sein mögen, Sie sind kein Protestant. Gewisse Lehren, Wörter und Ausdrücke – die bedeuten Ihnen doch etwas. Ich habe doch recht, denke ich?«

»Ich darf Ihnen noch einen Whisky einschenken«, sagte ich, nahm sein Glas und stand auf, steifgeworden, ein alter Mann. »Darf ich Ihnen ein Zigarre anbieten? Oder eine Zigarette?«

»Todbringend, das Rauchen«, sagte er ohne Ironie. »Rauchen verkürzt das Leben. Nur noch ein Schlückchen, bitte!« Ich nahm mir selbst eine Zigarette aus dem lederbespannten Florentiner Kästchen auf der Theke. Dort stand auch eine große hölzerne Schale aus Zentralfarika, voller Streichholzbriefchen, Trophäen von den Fluggesellschaften und Hotels in aller Welt. Ich hatte einmal mit dem Gedanken gespielt, ein Reisebuch zu schreiben, das um zufällig herausgegriffene Briefchen aus dieser Schale herum aufgebaut wäre, etwa so wie der schmierige Norman Douglas seine Autobiographie um eine zufällige Auswahl von Visitenkarten herumgeschrieben hatte. Es war nichts daraus geworden. Aber es hatte schon einen Sinn, eine Schale mit solchen Trophäen aufzubewahren: Sie enthielt Adressen und Telefonnummern und vermochte dem Reisegedächtnis eines alten Mannes als Stütze zu dienen. Meine Zigarette steckte ich mir jetzt mit einem Hölzchen aus der *Grande Scène* an, einem Restaurant auf dem Dach des Kennedy Center in Washington, 833-8870. Ich konnte mich ums Verrecken nicht erinnern, je dort gewesen zu sein. Ich paffte und verkürzte mein Leben. Dann brachte ich Seiner Erzbischöflichen Exzellenz den Whisky. Er nahm ihn, ohne danke zu sagen, ein Zeichen von Vertraulichkeit. Als ich mich wieder hinsetzte, sagt er:

»Das Wort *Wunder* zum Beispiel.« Er sah mich scharf und funkelnd an.

»Ah, das also! Nun ja, ich habe einen Brief bekommen – oder besser, eine Nachricht – von meinem alten Bridgegefährten Monsignore O'Shaughnessy.«

»Ah, von Bridge wußte ich nichts. Wie interessant!«

»Er schrieb darin von den Vorteilen einer persönlichen Anfrage. Ich verstehe nun. Manche Dinge widerstreben dem Papier. Desungeachtet scheint es doch, daß man ein großes Dossier mit Heiligsprechungsgründen anlegt. Das Zeugnis eines bekannten Apostaten, der nach eigenem Eingeständnis Rationalist und Agnostiker ist, wäre von weit größerem Wert als die Aussage irgendeiner abergläubischen alten Bäuerin in Schwarz. Soviel schien Monsignore O'Shaughnessys Nachricht zu besagen.«

Seine Exzellenz wiegte sich nicht ohne Anmut auf dem Hintern und ließ die Ringe blitzen. »Mit mir«, sagte er, »hat er gesprochen, als ich in Rom war. Es ist doch merkwürdig, Mr. Toomey, Sie werden zugeben, es ist sogar bizarr, wenn dies das rechte Wort ist –, ich meine, daß ein Mann wie Sie. Ich meine, jemand, der Gott abgesagt hat – so hätte man es in alten Zeiten ausgedrückt, heute sind wir da vorsichtiger – und doch in so enger Berührung stand mit– Ich meine, Sie könnten ja ein Buch schreiben, oder irre ich mich?«

»Über Carlo? Ah, Exzellenz, woher wollen Sie wissen, daß ich es nicht schon getan habe? Jedenfalls käme es nie nach Malta – ein Buch von Kenneth Toomey über den verstorbenen Papst. Es wäre unvermeidlich– nun ja, nicht hagiographisch.«

»Monsignore O'Shaughnessy erwähnte, daß Sie schon eine kleinere Sache geschrieben haben. Sie hätten sie geschrieben, als er noch lebte. Bevor er wurde, was er zuletzt gewesen ist.«

»Ich habe da eine Kurzgeschichte geschrieben«, sagte ich. »Über einen Geistlichen, der– Schaun Sie, Herr Erzbischof, Sie können die Geschichte selbst lesen. Sie steht in den drei Bänden meiner gesammelten Erzählungen. Mein Sekretär könnte Ihnen ein Exemplar heraussuchen.«

Er blickte mich an. War es Bitterkeit, war es Beschämung? Man sollte nie sagen, zum Lesen habe man keine Zeit. Bei ihm hieß das natürlich, keine Zeit für irreligiösen Schund wie meinen. Aber zu manchen Zeiten konnte man wohl auch von einem hohen Geistlichen verlangen, daß er bereit war, seine Hausaufgaben zu machen. »Monsignore O'Shaughnessy«, murmelte er ganz unmaltesisch leise, »hat mich gestern angerufen und mir gesagt, daß er irgendwo gelesen hat, Sie hätten heute Geburtstag. Daß es ein günstiger Tag wäre, um Sie zu besuchen. In einer englischen Zeitung, hat er gesagt, soll ein Artikel über Sie gestanden haben.«

»Letzten Sonntag im *Observer.* Offiziell hat aber niemand in Malta den Artikel lesen können. Auf der Rückseite stand ein großer Artikel über Damen-Badekleidung, reichhaltig illustriert. Die Zensoren auf dem Flughafen Luqa haben den herausgeschnitten und damit auch den kleinen Geburtstagsartikel über mich. Über den Britischen Hochkommissar habe ich ein unzensiertes Exemplar bekommen – im Sack, wie man das nennt.«

»Ja ja, ich verstehe. Unser Volk muß beschützt werden. Aber manche von diesen Leuten mit ihren Scheren auf dem Flughafen sind nicht gerade gebildet. Aber so ist es nun mal.«

»Da wir gerade bei dem Thema sind, kann ich Ihnen auch noch sagen, daß mir das Hauptpostamt in Valletta nach einigen Schwierigkeiten freundlich genehmigt hat, ein Exemplar der Gedichte von Thomas Campion, das man mir geschickt hatte, zu empfangen – eine bibliophile Ausgabe von einigem Wert. Man sagte mir, es hätte sich herausgestellt, daß Thomas Campion ein großer englischer Märtyrer gewesen sei, und also wäre alles in Ordnung.«

»Gut, dann ist es doch gut!«

»Nein, leider nicht! Der große englische Märtyrer war Edmund Campion, nicht Thomas. Thomas Campion hat einige ziemlich unanständige Liedchen geschrieben. Anständige natürlich auch, manche allerdings etwas erotisch.«

Er nickte und nickte, gar nicht unangenehm berührt. Anscheinend fand er irgend etwas, vermutlich meine agnostische Verderbtheit, aus meinem eigenen Munde bestätigt. Daß er irgendeinen englischen Märtyrer nicht kannte, schien ihn nicht zu genieren.

»Nun ja, das ist hochinteressant. Aber wir sprachen doch von dieser anderen Geschichte.« Er hatte recht, Gesprächsökonomie des Kirchenmannes gegen die schöngeistige Neigung zum Abschweifen. »Und natürlich bin ich vor allem hier, um Ihnen abermals die herzlichsten Glückwünsche zu Ihrem Geburtstag auszusprechen.« Er trank mir zu, mit einem rundlichen Lächeln. Zerstreut tat ich ihm Bescheid und trank auf mich selbst.

»Monsignore O'Shaughnessy sagt, Sie sollen in einem Interview oder irgendwo gesagt haben, daß es an dem Wunder gar keinen Zweifel gäbe. Daß Sie es mitangesehen hätten. Und daher darf ich Ihnen jede denkbare Erleichterung anbieten, damit Sie sich an den Schreibtisch setzen und eine kleine–«

»Zeugenaussage?«

Zwei Sekunden lang spielte er auf einer unsichtbaren Ziehharmonika. »Sie mit Ihrer meisterhaften Beherrschung der Sprache! Eine Heiligsprechung, Wunder, ganz das Übliche! Wie bei Ihrem Thomas Morus, diesem Mann für alle Zeiten. Wie bei Jeanne d'Arc.«

»Inwiefern wollen Sie mir *Erleichterungen* anbieten? Papier und Feder hab ich, so was wie ein Gedächtnis auch. Ah, ich glaube, ich verstehe, was Sie meinen. Ich soll es nicht aufschieben. Ich soll ein wenig gedrängt werden. Die Heiligsprechung ist eilig.«

»Nein, nein, nein, lassen Sie sich nur Zeit!« Ich lächelte ihn an und sah mein grimmiges Knochengesicht im Spiegel über der Theke, einem schönen, echt antiken Stück mit einer Reklame für Sullivan's Whiskey. »Also soll ich, der ich an Heilige doch nicht glaube, eine Heiligsprechung vorbereiten helfen. Sehr pikant – bizarr, wie Sie vorhin sagten!«

»Es geht natürlich nur um die Tatsache. Es ist nicht einmal nötig, daß Sie das Wort *Wunder* gebrauchen. Es geht nur darum, daß Sie bezeugen, etwas gesehen zu haben, das mit normalen Mitteln nicht zu erklären wäre.« Er schien seines Auftrags schon überdrüssig zu werden, aber plötzlich wurden seine munteren braunen Augen von einem Funken theologischen Interesses bewegt. »Und doch ist *Wunder* sicherlich das einzige Wort für etwas, das man deutlich mitansieht, aber nicht anders erklären kann als, als–«

»– Als durch Eingreifen einer dem Gemeinverstand oder der Wissenschaft unbekannten Kraft.«

»Ja, ja, das geben Sie doch zu?«

»Keineswegs. Die ganze Welt war einmal ein einziges Wunder. Dann fing man an, alles zu erklären. Irgendwann wird alles erklärt werden. Man muß nur abwarten.«

»Aber dies. Es war irgendwo in einem Krankenhaus, nicht? Und die Ärzte hatten für das Leben eines Kranken schon keine Hoffnung mehr? War es nicht so?«

»Das ist lange her«, sagte ich. »Und ich weiß nicht, ob Sie, Exzellenz, es verstehen können, aber einem Erzähler fällt es oft schwer zu unterscheiden, was wirklich geschehen ist und was er sich als geschehen vorgestellt hat. Deshalb können wir in meinem traurigen Gewerbe niemals wahrhaft fromm oder andächtig sein. Lügen ist unser Lebensunterhalt. Wie Sie sich vorstellen können, sind wir daher immer bereit, etwas zu glauben – wir sind leichtgläubig. Aber mit *dem Glauben* hat das nichts zu tun.« Ich hielt den Mund; ich konnte spüren, wie meine Stimme bei dem Wort zu flattern anfing.

»Aaaaach!« seufzte er. »Aber es wird außer Ihnen noch andere Zeugen geben. Menschen, für die Lügen nicht der Lebensunterhalt ist.« Was nur ein Echo meiner eigenen Worte hatte sein sollen, klang aus seinem Mund wie der Vorwurf einer frivolen Sünde. »Wenn Sie Zeugen beibringen könnten, wäre es um so besser. Bei dem Prozeß treten harte Männer auf, nicht, die so tun müssen, als ob sie die Heiligsprechung nicht wollen. Man nennt sie die Teufelsadvokaten.« Auch dies klang entsetzlich.

»Zeugen?« sagte ich. »Ach du meine Güte, es ist schon so lange her! Ich glaube wirklich, es wäre besser, Sie suchten sich irgendeine alte Bäuerin in Schwarz.«

»Es eilt ja nicht«, sagte er. Nachdem er sein Glas geleert hatte, stand er auf. Ich stand ebenfalls auf. »Man kann Sie nicht *zwingen*.

Sie sollen es sich nur überlegen, zumindest überlegen. Weiter nichts.« Er deutete mit seinem Bischofsring auf die Galerie der Bilder von mir und den Großen. »Ich sehe«, sagte er, »daß er nicht darunter ist.« Also hatte er sich die Bilder angeschaut, doch ein bißchen Hausarbeit, eine hastige Mogelei im Schulzimmer, ehe der Lehrer hereinkommt; vielleicht hatte er ein Foto von Voltaire mit Christus gesucht, beide urban lächelnd unter lauter gottlosen Künstlern und Schauspielerinnen.

»Dies«, sagte ich penibel, »ist eine säkulare Porträtgalerie. Allerdings, da sehen Sie auch Aldous Huxley.« Und ich deutete auf mein grimmiges Ich mit dem lachenden, steinäugigen Meskalinheiligen.

»Ja, ja.« Von dem schien er noch nie gehört zu haben. Er strahlte durch das hohe Fenster auf die Szene im Garten hinaus: Pater Azzopardi trank mit Geoffrey Tee an einem grünen Tischchen unter einem weißen Sonnenschirm; Geoffrey lebhaft redend und gestikulierend, Pater Azzopardi nickend und alles in sich aufnehmend. »Diese jungen Leute!« sagte Seine Exzellenz. Dann stupste er mich höchst vertraulich in die Rippen: »Keine Eile, wie gesagt! Aber bitte, betrachten Sie die Angelegenheit als dringend!« Einer jener Widersprüche, die dem religiösen Geiste so leicht fallen, ist doch Gott mindestens so weitherzig wie Walt Whitman.

3

Die Gärtner küßten seinen Ring, die Hausmädchen küßten seinen Ring, Joey Grima, der Koch, küßte seinen Ring. Ali küßte ihn nicht, wurde aber mit einem sehr herzlichen Händedruck und einem letzten semitischen Scherzwort verabschiedet. Und als Geoffrey und ich Seine Exzellenz zu dem Daimler geleiteten, der an der Percius-Garage geparkt war, weil die Triq Il-Kbira zu eng ist und mein Haus keinen Vorhof besitzt, kamen viele Dorfbewohner herbeigerannt, um seinen Ring zu küssen: die beiden Schwestern Borg von dem Lebensmittelladen an der Ecke, die ganze Belegschaft der Polizeiwache gegenüber, ein uralter, bekanntermaßen atheistischer Kerl mit einer flachen Mütze, klotzig und staubbedeckt wie eine Nachbildung der neuesten Ausgrabungen aus Maltas paläolithischer Vergangenheit, verschüchterte Kinder, die von ihren Müttern vorwärts geschubst wurden, sogar die Fahrer und Schaffner dreier hier zusammengetroffener Busse, denen der vorgefahrene Daimler die Durchfahrt versperrte. Über mich würde von nun an in Lija eine bessere Meinung herrschen, sogar noch in den Nachbarorten Attard und Balzan. Der pensionierte General in unserer Straße, von dem Geoffrey mir erzählt hatte, daß er mich als reichgewordenen literarischen Schmutzfinken verabscheute, wurde nie durch erzbischöflichen Besuch ausgezeichnet. Geoffrey sagte unverschämt laut zu Pater Azzopardi:

»Wir könnten's Ihnen privat vorführen. Die ganzen Geräte haben wir da. In einem öffentlichen Kino kriegen Sie's nie zu sehen. Aber sagen Sie um Gottes willen Ihrem Boß nichts davon!« Pater Azzopardi lachte ohrenbetäubend herzlich. Seine Exzellenz sagte zu mir:

»Ich bin also gespannt auf Ihre Aussage. Mit Ihrer meisterhaften Beherrschung der englischen Sprache. Und noch einmal, viele glückliche Jahre! Aber bitte, sagen Sie Ihrem jungen Freund, daß er vorsichtig sein soll!« Gar nicht dumm also: Dem entging nicht viel. Pater Azzopardi stieg vorn neben dem Fahrer ein, Seine Exzellenz winkte und segnete von der Mitte der Rücksitzpolster, und das heilige Fahrzeug entfernte sich geräuschlos, in Richtung Birkirkara.

»Armes Schwein, der Junge!« sagte Geoffrey, als wir ins Haus zurückgingen. »Dem hab ich Bescheid gesagt über die kopulierenden Pfaffen in den Staaten und die Nonnen in heißen Höschen. Der hat keine Ahnung von Pfropfen und Blasen. Um was ging's denn?«

»Wie ich mir gedacht hatte, soll ich zur Heiligsprechung des verstorbenen Papstes behilflich sein.«

»O Gott, o Gott, ach du lieber Gott, *du?* Herr Jesus, hilf uns!«

»Sei nicht albern, Geoffrey! Du vergißt manche Tatsachen meiner Biographie, wenn du sie überhaupt je zur Kenntnis genommen hast, woran ich zweifle.«

»Ach, werd nicht gleich mufflig!«

»Seine Exzellenz hat mich auch gebeten, dir zu sagen, du sollst dich in acht nehmen.«

»Ach was? Soso! Große Ehre! Der läßt wohl seine Bulldoggen in der Engen Gasse herumschnüffeln, wie? O Jesus Luzifer Beelzebub Amen, wie ich diese Scheißinsel hasse!«

»Du meinst, glaub ich, hier gibt es keine anständige Tradition islamischer Päderastie. Alles auf gut katholische Familienvermehrung abgestellt! Außerdem, wie du sagen würdest, eine reine Votzen- und Titteninsel! Keine verdorbenen kleinen Buben mit gertenschlankem Körper!«

»Du Scheißheuchler!« Das sagte er ohne viel Bosheit, mit anschließendem Kichern. »Gibt's nicht, meinst du? Na, komm mal irgendwann mit in den Bauch!«

»Den Bauch?«

»Die Enge Gasse, wie die Matrosen sagen.«

»Soso!« Wir traten in den Garten hinaus, mit seinen schönen hohen Mauern, Mauern, die von Männern gebaut waren, die noch an Belagerungen gewöhnt waren. »Ich denke, der Erzbischof hatte recht, als er mich bat, dich zu bitten, daß du dich in acht nimmst«, sagte ich.

»Dieses verdammte Scheißhaus von einer Insel!«

Ich sagte, während wir einen schattigen Weg entlangschlenderten und den drei Katzen zusahen, die sich Hinterhalte legten: »Weißt du, Geoffrey, wenn du hier *so* unglücklich bist–«

»Jaja, mein Guter! Percy auf den Bahamas würde mich nur allzu gern aufnehmen, und Frank in Lausanne hungert nach Freundschaft. Geoff Enrights parasitärer Beitrag zur Literatur, oder Vom Kopfkissen zum Postamt unter den Meistern in der Fremde.« Er trat nach einem beschnittenen Zweig, der ihm im Weg lag. »Ich nehme an, allerdings, ich bin tatsächlich ein bißchen *säumig* gewesen. Die Post häuft sich, ist mir klar. Vermutlich liegen ein, zwei Tantiemen-Schecks unter all dem Schleim. Aber morgen vormittag, in aller Frühe, Punkt zehn, mach ich mich wirklich mal wieder drüber her.« Wußte natürlich ganz genau, klar, daß es das alte Luder nicht mehr lange machen konnte, und da war's doch das beste, nicht, Liebling, die ganze vermaledeite Sauerei durchzustehn bis zu Ende. »Denn weißt du, Kenneth« – er behauchte und benäselte meinen Namen zu einer emphatischen Schlüpfrigkeit – »ich bin nämlich, trotz meiner oft ganz ungewollten Fehltritte, die mir meistens zutiefst leid tun, nämlich gerade das, wovon du allzu oft beklagt hast, daß ich es nicht sei. Nämlich *treu.*« Ich spürte schon wieder, wie sich mir bei dem Wort die Tränen stauten. »Spirituell, meine ich, glaub ich zu meinen. Ich meine, wie willst du's nennen, wenn's nicht bloß körperlich ist? Das andere macht doch eigentlich nichts, oder? Das hast du selber doch schon mal regelrecht *gepredigt,* stimmt's? Und, widersprich mir, wenn ich was Falsches sag, aber du hast doch selber heut nachmittag gesagt, mit dieser andern Sache wäre alles vorbei? Für dich, mein ich. Alles, alles vorbei!«

Wir kamen an eine massive, von Grünzeug überwucherte Belagerungsmauer; also machten wir kehrt und sahen die Überfälle der Katzen nun aus einem anderen Winkel. Die beiden Gärtner, Mr. Borg und Mr. Grima – dies schienen fast die einzigen Nachnamen in Lija zu sein – waren noch immer geruhsam am Wässern. Ich sagte:

»Warum können wir nicht wenigstens die wichtigeren Briefe gleich nach dem Essen anschaun? Du weißt doch, ich hab immer versucht–«

»Ja, mein Guter, artig und skrupulös, so hast du immer sein wollen! Aber heute sind wir eingeladen. Und einen Geburtstagskuchen soll es auch geben. Allerdings, ich habe den Verdacht, an den einundachtzig Kerzen werden ein paar fehlen.«

»Davon weiß ich nichts. Ich geh nicht fort. Ich hab keine Lust.«

»Aber da wirst du schon müssen, mein Guter. Das ist doch dieser Knabe vom British Council, Ralph Ovington, und kein Geringerer als unser Poeta Laureatus ist zu Besuch.«

»Ach du mein Gott! Und wer macht wem die Aufwartung?«

»Eine interessante Frage! Du bist natürlich der Ältere, aber er hat den OM.«

Richtig, Dawson Wignall hatte den OM, den *Order of Merit.* Ich betrachtete mich in Geoffreys Doppelspiegel – ganz kühl, gar nicht bitter. Willie Maugham, die arme alte Kanaille, hatte immer behauptet, daß der OM eigentlich ein MO, ein Moral-Orden sei. Vor drei Jahren war ich zum »Ehrengesellen« ernannt worden, ebenso wie Maugham, und dann hatte man die Tür zu den amtlichen Ehrungen vor mir zugeknallt. Kann er zufrieden sein, das alte Aas, daß er's so weit gebracht hat! Für den Nobelpreis schrieb ich nicht ledern oder tendenziös genug. Ich schmachtete weder wie der Kollege Boris Dschingisdat in totalitären Ketten – aus denen er schnell genug ausbrechen würde, dessen war ich sicher, wenn nur erst die Dollar-Tantiemen ein bißchen gestiegen wären –, noch gehörte ich wie Chaim Manon oder J. Raha Jaatinen einer tapferen kleinen Nation an, die mangels anderer strategischer Ressourcen wenigstens einen anerkanntermaßen großen Schriftsteller haben mußte. Ich war zynisch, wie man mir zeitlebens nachgesagt hatte, weder mit tiefen Gefühlen noch mit hohen Gedanken im Bunde. Aber meine Sachen verkauften sich noch immer nicht schlecht. Geoffreys Büro quoll über von bislang unbeantworteten Briefen meiner Verehrer; und meines Geburtstages war in sehr würdiger Form gedacht worden. Ich erfüllte ein Bedürfnis, und daran war irgendwas faul. Ich sagte verdrossen:

»Ich habe davon nichts gewußt. Niemand hat mir was gesagt.«

»Aber mein Guter, du hast doch selber Ralph Ovingtons Einladung in der Hand gehabt! Nett von ihm, hast du gesagt, nett von ihm, oder irgend sowas. Du weißt doch, du vergißt so Sachen.«

»Ich könnte doch wohl sagen, es geht mir nicht gut genug.«

»Hör mal, mein Guter«, sagte Geoffrey, »das ist doch ein Stück klassischer Psychoanalverkehr, so eine Fehlleistung im Altersleben! Er heißt Ralph, nicht, denk mal, der Name!« Ich blickte ihn an. Sonderbar genug, aber es war richtig. Sonderbar, weil ich mit Freud fertig zu sein glaubte. Ich hatte schon von Freudschen Deutungen soeben geträumter Träume geträumt. Und trotzdem hatte ich wegen einer onomastischen Koinzidenz Ovingtons Namen und seine Einladungskarte aus dem Gedächtnis verdrängt. »Diese schwarze Kanaille«, sagte Geoffrey ohne jede Spur von Bosheit, »das schwarze Luder! Aber du weißt doch, du in deinem Alter, du mußt dich so oft zeigen wie möglich. Klar, du und ich, wir wissen, daß du gesund und munter bist und, na ja, eigentlich ganz auf Draht, aber es wäre gut, wenn du's auch diesem Hofpoeten mal zeigen könntest, denn das ist eine schreckliche kleine Klatschbase. Wenn du nicht kommst, erzählt der zu Hause, der alte Arsch ist am Abnibbeln, und schon bringen die Zeitungen ihren Nachruf auf Hochglanz. Da muß man doch was gegen machen!«

Ich seufzte tief ergeben. »Na gut! Ich lege mich jetzt ein bißchen hin, eh ich mich anzieh. Im Arbeitszimmer. Sag bitte Ali Bescheid, er soll mir starken Tee und Gebäck bringen.«

»Ob das wohl vernünftig ist, mein Guter?« Und so hat er dagelegen, das alte Luder im letzten Koma, verschmiert mit klebrigem süßem Zeug.

»Natürlich nicht. Ich tu nichts mehr, was vernünftig ist.«

4 An den Wänden in meinem Arbeitszimmer hingen eine Frau von Willem de Kooning, hauptsächlich rote Kreide, eine von Picassos ersten Skizzen zu den *Demoiselles d'Avignon*, ein häßliches Liebespaar in Tusche von Egon Schiele und eine abstrakte Komposition von Hans Hartung. Ich hatte zwei rotbraune lederne Klubsessel nebst ebensolcher Couch, altväterisch klobig. Außerdem Bücher in Glasschränken, meist abgegriffene Liebesobjekte; die Hauptbibliothek war neben dem Salon im Obergeschoß. Neben der alten Quiller-Couch-Ausgabe stand, wenig abgegriffen und kein Liebesobjekt, die neue Fassung des *Oxford Book of English Verse,* herausgegeben von dem elenden Val Wrigley. Die nahm ich, legte mich auf die Couch und blätterte nach der unvermeidlichen Auswahl der Sachen von Dawson Wignall. Was ich dort fand, machte mir keinen Eindruck: insulare, selbstgenügsame, in der Form traditionelle Produkte eines gestutzten Geistes. Wignalls Themen stammten aus den anglikanischen Gottesdiensten und Weihnachtsfeiern seiner Kindheit, den erotischen Wallungen des Gymnasiasten und den Einkaufsstraßen in gutbürgerlichen Stadtvierteln. Hier und da war ein flauer Schimmer von perversen Anwandlungen fetischistischer Art, mit Ergüssen über Mädchenfahrräder, Turnhemdchen und schwarze Wollstrümpfe, leicht unterkühlt von verspielten Eigenwilligkeiten der Diktion. Für so etwas also war er von der Monarchin geehrt worden:

Wir gingen, am Altar zu knien,
Aßen vom Wort, dem weißen, faden.
Zahm waren Lust und Trieb, mir schien,
Hier käm' die Keuschheit nicht zu Schaden.
Dann seh' ich dich dem Engelsbrot
Die Zunge breiten feucht und rot –
Ich bete, bebe, bleich vor Schreck:
Weihnacht, ein Spiel, ein blauer Fleck
Von einem Kuß im dunklen Eck.

Ich stellte das Buch wieder ins Regal und zog das *Who's Who?* heraus. Wankend unter dem Gewicht, buckelte ich es zu meinem sogenannten *Directoire*-Sekretär und legte es auf die Schreibunterlage. Da stand er: Wignall, Percival Dawson, noch ohne den OM, aber nur so blitzend vor anderen Auszeichnungen. Seine Werkliste war kurz genug, ein Zeichen vornehmer Kargheit, aber vermutlich hatte sein autobiographisches Epos mit dem Titel *Leiber im Gras* allein schon so viel eingedickte Substanz, daß es zehn von meinen wäßrigen Romanen aufwog. Ich blätterte um zu Toomey, Kenneth Marchal, und inspizierte stolz die lange Latte meiner Überproduktion. Wignall war auch in Harrow und am Trinity College in Oxford gewesen; bei mir stand bloß *Thomas More Memorial School* und nichts weiter. Ali klopfte an die Tür, und ich rief *adelante!* Während er das Teetablett auf das Kaffeetischchen stellte, stemmte ich das *Who's Who?* wieder an seinen Platz. Vom Tablett roch es nach Twinings Frühstückstee, den ich zu allen Zeiten außer zum Frühstück trinke; zum Frühstück trinke ich Kaffee. Ali blieb stehen und wartete, als ich mir eingoß.

»*Si?*«

Etwas lag ihm auf der Seele, aber er hatte Schwierigkeiten, es auszudrücken. Etwas Metaphysisches also, nichts wegen Lohn, Frauen oder Lebensbedingungen. Endlich sagte er: »Allah.«

»Was ist mit Allah, Ali?«

»*Este país*«, sagte er, »*es católico, pero se dice Allah.*«

»Ja, Ali.« Das Gebäck waren Kunzel-Kekse, die in niedlichen Sechserpäckchen importiert wurden. Ein Trost, sozusagen ein Stück britischer Boden in Zellophan. »Das Wort für Gott ist offenbar dasselbe wie eures, aber gemeint ist die christliche Version des Allmächtigen, nicht die muselmanische.«

Das machte ihm merklich zu schaffen. Aufgeregt sagte er, es sei kein Gott außer Allah, aber Allah werde doch nicht in den Kirchen angebetet, sondern nur in Moscheen, und die *arzobispos* seien doch für Allah sozusagen keinesfalls zuständig. In Tanger sei die ganze Sache vollkommen begreiflich gewesen. Da hatten die Christen von *Dios* gesprochen, und in den Kirchen, so hatte er gehört, sagten sie *Deus* – also beinah dasselbe. Hier dagegen – so hatte ihm der *arzobispo* gesagt, als er ganz nach Christenart einen Schnaps trank – meinten sie Gott und sagten Allah. Das könne er nicht verstehn. Natürlich, wie ich ja wohl wisse, sei er nicht gerade ein frommer Mann, aber die ganze Situation hier sei doch eigenartig. Als Junge habe er gelernt, es sei kein Gott außer Allah, und die Christen in Tanger hatten gesagt, es sei kein Gott außer *Dios* oder *Deus.* Hier in Malta aber sagten die Christen genau wie die Moslem, es sei kein Gott außer Allah. Und das in den Kirchen! Es sei schon etwas seltsam. Und mehr noch, man könne auch sagen, es sei schlecht, mulmig, nicht geheuer. Damit ich auch richtig verstünde, sagte es Ali mit allen erdenklichen Ausdrücken: Die Sache sei *mala, malvada, maligna, aciaga.*

Inzwischen hatte ich drei Kunzel-Kekse gegessen, genug für heute. Ich sagte: »Früher, Ali, gebrauchte man in allen katholischen Kirchen auf der ganzen Welt den lateinischen Namen *Deus.* Aber heute spricht man die sogenannte Volkssprache, weil nur sehr wenige normale Menschen Latein können. In den Moscheen sagt man auf der ganzen Welt Allah, aber in den katholischen Kirchen spricht man auf der ganzen Welt in der Volkssprache. Serbokroatisch *Bog,* Finnisch *Jumala,* glaub ich, und auf Suaheli, wie war das, *Mungu.* Und hier in Malta nun ist die Volkssprache eine Art Arabisch, wenn auch mit dem lateinischen Alphabet. Und auf arabisch und maltesisch ist das Wort für Gott dasselbe – *Allah.* Ist das einigermaßen klar?«

Es sei klar, sagte er, aber doch irgendwie faul. Zwar müßten diese großen Herren – *arzobispos* und dergleichen – ja wohl wissen, was sie tun, aber trotzdem käme es ihm nicht richtig vor, daß die Katholiken in ihren Kirchen Allah anriefen. Dann wechselte er das Thema, indem er ein kleines Päckchen aus der Tasche seiner weißen Jacke zog und es mir schüchtern überreichte. Ein kleines *regalo,* sagte er, weil doch heute meine *cumpleaños* seien. Ich bezähmte meine emotionale Labilität, indem ich mich fragte, warum er mir das Geschenk nicht schon früher überreicht habe. Vielleicht, weil er wußte, daß Geoffrey etwas Spöttisches darüber sagen würde, und weil es heute das erste Mal war, daß er mich allein traf. »Danke, Ali«, sagte ich, als ich es auspackte, »vielen, vielen Dank!« Natürlich war es etwas ziemlich Scheußliches nach Maßstäben, wie die Spötter dieser Welt sie anlegen würden: ein Feuerzeug aus billigem Metall mit dem Malteserkreuz drauf. »Herrlich!« sagte ich. Ali wartete. Ich drückte, und es brannte. Ali wartete. Ich nahm mir eine Zigarette und steckte sie an. »Wundervoll!« sagte ich, nachdem ich einen tiefen Zug getan hatte. »Es verleiht dem Tabak einen ganz besonderen Geschmack.« Eine offenkundig unaufrichtige Reaktion, aber so gehörte sich's in Alis Kultur. Er nickte befriedigt und ging, nachdem er etwas mit *Allah* gesagt hatte, vielleicht was sich zu einem Geburtstag gehörte. Soso! Anscheinend würde von Seiner verstorbenen Heiligkeit Papst Gregor XVII. heute nicht leicht abzukommen sein, das hieß, von dem kleinen dicken Don Carlo Campanati. Seine Reformen beunruhigten sogar Ali.

Ich lag auf der Couch, verkürzte mein Leben und hielt Alis Geschenk mit der Hand umklammert wie ein Glaubenssymbol – nicht umsonst hatte es das Malteserkreuz. Ich dachte an meinen Bruder Tom, der in seinem ganzen Leben drei Zigaretten geraucht hatte und doch mit vierundvierzig an Lungenkrebs gestorben war. Tommy Toomey. Schon durch den Namen war er zum Komiker prädestiniert gewesen, und er war nicht schlecht angekommen, besonders im britischen Rundfunk während der 30er Jahre. Aber für seine muntere, leichte und ein wenig schrille Stimme war der Husten mehr und mehr hinderlich geworden. Komiker der alten volkstümlichen Schule wie George Formby Sr. hatten aus dem hörbaren Sterben Lachkapital geschlagen (»Heut husten wir schon viel besser, Jungs«, und dergleichen), aber Toms Witz war von der schnellen, mundfertigen Art. Seine Spezialität war die surrealistische Umgestaltung der englischen Literatur gewesen, und dies setzte ein Publikum von einer gewissen Bildung voraus. Dieses Publikum hörte zu existieren auf, als Toms Husten auf der Bühne oder im Studio unbeherrschbar zu werden begann. Er hatte seine beste Zeit hinter sich, als es mit ihm zu Ende ging, und er wußte es. Er starb mit allen Tröstungen der Religion in einem Krankenhaus bei Hendon. Ein paar Stunden vorher hatte er noch Witze gerissen über jenes besondere Eckchen im Fegefeuer, wo sich die britisch-katholischen Komiker zusammenfinden. Beim Sterben hatte er etwas umklammert gehalten – vermutlich Rosenkranzperlen. Ich steckte Alis Geschenk in die Hosentasche. Vielleicht würde Tom aus dem Fegefeuer leichter herauskommen – sofern die Kirche des dicken Carlo mit ihrer verstümmelten Eschatologie dem Fegefeuer heute überhaupt noch Raum gab –, wenn er einen Heiligen sozusagen in der Familie hätte, genauer gesagt, einen Heiligen als Bruder des Gatten seiner Schwester. Dann drückte ich die Lebensverkürzerin aus und gönnte mir ein Altmännerschläfchen.

5 Der Vertreter des British Council wohnte in einem ruhigeren und womöglich vornehmeren Teil von Lija als ich. Geoffrey, mit Schlips und Jacke auf dem Beifahrersitz neben Ali, der uns chauffierte, wies auf diesen Umstand hin, unter gleichzeitigen Vermaledeiungen der ganzen vermaledeiten Insel ohne Ansehen ihrer vermaledeiten lokalen Besonderheiten. Als wir da waren, sagten wir Ali, daß er uns in zwei Stunden wieder abholen solle; dann läutete Geoffrey an der Tür und gab seinem verdrossenen, nun nicht mehr von dem Doppelspiegel verschönten Gesicht eine Miene von blinzelnder Nichtssagenheit. Der Vertreter des British Council erschien mitsamt Gattin. Frau Ovington war eine große, stattliche Blondine in einem langen rotweißgestreiften Kleid, das Gesicht voller Bräune und Fältchen. Die Bräune und bis zu einem gewissen Maß auch die Fältchen waren ein Wahrzeichen langen Dienstes in den sonnigeren und öderen Stationen der Welt. Ein paar Jahre lang hatten die Ovingtons den Posten in Warschau gehabt, und einmal waren sie für Paris im Gespräch gewesen, aber meistens hatten sie an Orten wie Beirut oder Bagdad gesessen. Die Fältchen konnte man auch aus der langen Amtsgepflogenheit unaufrichtigen Lächelns erklären. Herr Ovington, dem eine sonnengebleichte oder tabaksgegilbte Schmachtlocke in die Stirn hing, war ebenfalls ein Nonstop-Lächler, aber er machte es nur mit den Zähnen, von denen jeder einzelne eine andere Form und Farbe hatte und zwischen denen meistens, so wie auch jetzt, eine stämmige Dunhillpfeife klemmte. Sie begrüßten mich mit Beweisen ihres Humors und der Freude über mein glückliches Eintreffen, aber ohne Geburtstagswünsche. Die Ovingtons waren mir nicht fremd. Sie hatten die Schirmherrschaft bei einer Autorenwoche in Sydney gehabt, wo man mich gebeten hatte, den Eröffnungsvortrag zu halten. Zwölf Jahre war das nun schon wieder her. Sydney galt beim British Council als eine dicke Rosine, aber Ovington war mit den Aussies nicht ausgekommen. Die beiden hatten mich gleich besucht, als ich mich auf Malta niedergelassen hatte. »Prima, daß Sie da sind!« hatten sie gesagt und mir ein Glas selbsteingemachte Orangen-und-Zitronenmarmelade mit Kognakaroma mitgebracht. Zwar hatte ich sie noch nicht aufgegessen, aber es war gute Marmelade, und die Ovingtons waren gute Leute.

Ann Ovington glättete plötzlich ihre Fältchen und zog mich beiseite in den Vorhof. »So ein Pech!« sagte sie rasch. »Ihnen kann ich's ja erklären, ihm nicht. Ich meine Sciberras, diesen Malteser

Dichter. Wir mußten ihn mit einladen, damit er Dawson kennenlernt, und nun ist er durch die falsche Tür gegangen, als er vom Klo kam, und in der Küche gelandet, und da hat er den verwünschten Kuchen gesehn. Wie aufmerksam, sagt er gleich, undsoweiter. Anscheinend hat er auch heute Geburtstag, genau wie Sie, nur weiß er nicht, daß Sie auch, herzlichen Glückwunsch übrigens, und– ja ja, Sie sehn, wie peinlich das ist. Ich hab alle schon instruiert – bis auf Ihren Geoffrey natürlich, mach ich aber auch noch, will ich lieber nicht Ralph überlassen, weil der sonst den ganzen Abend braucht, um es zu erklären. Ich weiß doch, Sie nehmen das alles ein bißchen, na ja, mit Humor. Stoff für eine Kurzgeschichte.«

»Allerdings«, sagte ich. Traurig sah ich, daß es (allerdings) Stoff für eine Kurzgeschichte war. Wären meine Schriftstellertage nicht um gewesen, ich hätte drauf gebrannt, mich mit diesem Körnchen Stoff aus dem Staube zu machen und die Geburtstagsgesellschaft sich selbst zu überlassen. Was ich daraus hätte erfinden können, wäre viel unterhaltsamer und in gewissem Sinne auch reeller gewesen als die bevorstehende Realität.

»Dieser Mr. äh–«

»Sciberras.«

»Kennt er mich? Meine Bücher, mein' ich?«

»Glaub ich nicht. Sie wissen ja, wie diese Leute sind.«

»Noch viel zu tun für den British Council!«

»Können Sie laut sagen! Übrigens, Damen haben wir keine eingeladen. Bis auf Johns Freundin. Ich hoffe, so ist es Ihnen recht.«

»Wie? Warum das?«

»Ihr Geoffrey hat gesagt, bei so einer Begegnung literarischer Berggipfel sollten wir uns den verdammten Unfug mit der Symmetrie der Geschlechter schenken.«

»Aber das ist verrückt! Und eine Unverschämtheit obendrein. Sie wissen doch, so was würde ich niemals verlangen.«

»Ich finde, Ihr Geoffrey hat gar nicht so unrecht. Lauter Junggesellen! Ich hab erfahren, eine Mrs. Sciberras gibt es zwar auch, aber das ist die Mutter des Dichters. Sie spricht nur Maltesisch und interessiert sich mehr fürs Fernsehen. Also, das ist schon in Ordnung.«

»Diesem vermaledeiten Geoffrey werd ich Bescheid sagen.«

»Ach, verderben Sie sich doch nicht den Abend!« Sie schlug wieder Fältchen, nahm mich beim Arm und zog mich ins Haus. In dem kuchenduftenden Salon im Erdgeschoß standen die beiden Kollegen mit Gläsern in den Händen. Dawson Wignall OM fand, wir müßten uns schon kennen, was nicht zutraf, und kam mir entgegen, die eine Hand in Schulterhöhe erhoben, während er in der andern einen Whisky mit Eisschollen wie ein Glöckchen tremolieren ließ (wir klimpern, exklusiv für dich, Geburtstagsgrüße brüderlich).

»Na?« sagte er belustigt, »eh?« Fragefloskeln, keine Fragen: Begrüßungen klingen in der englischen Oberschicht, wie wenn irgend etwas schon immer Gesagtes bestätigt würde. Ich gratulierte ihm herzlich, ohne Angabe, wozu, und er sagte mit scheinbar ernster Scheinverlegenheit: »Na ja, Sie wissen ja!« Dann strahlte er wieder übers ganze Gesicht, die rundliche, wuschelköpfige, hamsterbäckige Kinderbuchillustration eines gutmütigen Humanoiden, welcher das einst von John Dryden bekleidete Amt innehatte. Sciberras, der Malteser Dichter, wurde mir vorgestellt, oder vielleicht auch ich ihm. Man gab mir einen steifen Gin-Tonic in einem Glas, das fast zu schwer war, um es in der Hand zu behalten. Ich trank zuerst Sciberras zu, mit vielen herzlichen Glückwünschen, und er müsse mir bitte verzeihen, daß ich seine Werke nicht kenne; ich habe noch keine Zeit gehabt, Maltesisch zu lernen.

»Aber ich schreibe doch auch italienisch«, brüllte er im Plauderton. »Sie müssen nur anfangen und Italienisch lernen.«

»Dann«, sagte der Poeta Laureatus mit einer Heimtücke, um derentwillen ich ihn beinah sympathisch gefunden hätte, »könnte er ja ebensogut Dante lesen wie Sie.«

»Ein bißchen Italienisch kann ich«, sagte ich. »Wir hatten sogar mal ein paar Italiener in der Familie.«

»Weiß ich«, sagte Dawson Wignall etwas gereizt. »Weiß ich natürlich.« Was wohl heißen sollte, daß wir, die wir im öffentlichen Leben standen, keine Geheimnisse voreinander hatten.

»Ich habe es doch zu dem Herrn hier gesagt«, sagte ich. »Zu unserem verehrten Maître Wiewardas.«

»Und was ich eben sagte, war auch für denselben«, sagte Dawson Wignall.

»Ja, ja«, sagte ich. »Ich versteh schon, so ein *mot*!« Sciberras blickte zwischen uns beiden hin und her und schlürfte sein kaltes Getränk, als ob es ein heißes wäre. »Ein *mot*«, wiederholte ich nur für ihn. »Das französische Wort für ein Wort. Aber vielleicht schreiben Sie auch französisch?«

»Maltesisch und italienisch«, sagte Sciberras noch lauter, wie wenn ich ihn beim ersten Mal nicht recht verstanden hätte. »Nur gute Nacht sagen wir in Malta auf französisch. Die Franzosen waren hier nicht lange. Das Volk von Malta leuchtete den Franzosen heim.«

»Ja«, sagte ich. »Ihr Herr Erzbischof hat es mir schon erzählt. Das Volk von Malta hat die Franzosen um die Ecke gebracht. Auch ein Vorfahr meiner Mutter wäre übrigens bei der Gelegenheit beinah von den Maltesern um die Ecke gebracht worden. Dafür wurde er dann auf viel unangenehmere Weise von den Mamelucken in Ägypten um die Ecke gebracht. Bei derselben Expedition.« Ich sah Geoffrey seinen Whisky mit Ginger-Ale in einem Zug austrinken und mir dann auffällig verstohlen zublinzeln. Ich erwiderte den Blick mit Kühle. Wer weiß, wieviel er zuhause schon getankt hatte? Keine Damen, allerhand!

»Aber Sie sind doch Engländer«, sagte Sciberras.

»Meine Mutter war Französin.«

»Das Volk von Malta brachte die Franzosen um die Ecke«, brüllte Sciberras.

»Hat man es so eingerichtet, daß sie nachts um die Ecke gebracht wurden?« fragte Wignall. »Damit man vorher zu ihnen noch *bon soir* sagen konnte?« Allmählich fand ich Wignall ganz erträglich.

»Es heißt *bonne nuit,* wie wir in Malta sagen. Und bei Tag heißt es *buon giorno.* Das ist italienisch.«

»Französisch zu Bett gehn, italienisch aufstehn«, sagte Wignall, »das Beste aus beiden Welten! Und mittendrin ihr Malteser! Prima, prima!«

Ann Ovington stand bei uns und ließ gutmütig ihre Fältchen spielen. Literarisches Gipfeltreffen. Sie sagte: »So, mal schaun, ob alles läuft.«

»Ich freue mich auf meinen Kuchen«, brüllte Sciberras schelmisch, als wüßte er schon, daß ihm die Gänge vorher weniger zusagen würden.

»Prima«, sagte sie, kniff ihm ein Lächeln hin und ging hinaus.

»Der Herr freut sich auf seinen Kuchen«, sagte Wignall feierlich. »Übrigens, da wir gerade von Ihrer Familie reden, Mrs. Campanati läßt Sie grüßen.«

»So spricht man diesen Namen nicht aus«, belehrte ihn Sciberras. »Nicht *neiti,* sondern *nahti.* Ich kenne den Namen. Es ist ein italienischer Name.«

»Dann müssen Sie ihn ja kennen«, sagte Wignall. »Aber in Amerika reimt er sich auf *weighty.*«

»Hortense?« sagte ich. Ich sprach den Namen französisch aus, *Ortangs,* so wie unsere Mutter es immer verlangt hatte.

»Drüben heißt sie Hort*enz*«, sagte Wignall. »Ich weiß noch, es gab mal ein Lied über eine süße Hortense, die hatte kein Grips und keine *pence* – was auf Ihre Schwester gewiß nicht zutrifft. Sie sah sehr gut aus. Ich dachte mir, es würde Sie interessieren. Ich könnte sogar sagen, sie hat sehr modern ausgesehn, schlank und fesch undsoweiter. Sie läßt schön grüßen undsoweiter.«

»Was haben Sie denn in Bronxville gemacht?«

»Gedichte vorgelesen, auch welche von mir. Bei Sarah Lawrence. Ich traf Ihre Schwester auf der kleinen Party nachher. Das heißt, nicht gerade klein. Lang jedenfalls. Mir schien, es geht ihr sehr gut.« Aber er nickte ein wenig bekümmert.

»War sie nicht besoffen?« fragte ich mit greisenhafter Ungeniertheit. »Voll oder zu oder sonst was?«

»Nein, sehr auf Draht, wie mir schien. Ja, ein paar hat sie getrunken, aber nicht zu viele. Mir schien, es geht ihr sehr gut. Ich hab ihr erzählt, daß ich nach Malta fliege. Sie hat gesagt, ich soll Ihnen zum Geburtstag gratulieren undsoweiter. Das heißt, wenn es soweit ist.« Wignall hob sein Glas und trank mir zu. Als Mensch, fand ich, war Wignall doch sehr erträglich. Ob als Dichter, das war etwas anderes – aber wer war ich denn, daß ich es hätte sagen können?

Geoffrey stand am Tischchen mit den Getränken, im Gespräch mit Ovington; er war schon beim dritten Whisky. »Sie wird mir geschrieben haben«, sagte ich. »Wir sind in letzter Zeit nicht dazu gekommen, die Post durchzusehen, nicht, Geoffrey?« Er machte eine vulgäre Geste, wie ein Boxer, der in die Seile geht. Ich stellte ihn vor. Wignall sagte prima, und Sciberras brüllte irgend etwas unenglisch Herzliches. Wignall sagte langsam und deutlich zu Sciberras:

»Mr. Toomey ist nicht nur der vielleicht bedeutendste lebende Schriftsteller im Britischen Commonwealth, er war auch verschwägert mit Seiner Heiligkeit, dem verstorbenen Papst Gregor dem Siebzehnten.«

Der Tag gehörte wahrhaftig dem kleinen dicken Carlo. »Ich

wußte dies nicht«, sagte Sciberras. Den meisten anderen machte die Enthüllung Eindruck, aber Sciberras hielt seine Gefühle im Zaum. »Ich schrieb ein *sonetto* über ihn«, sagte er. »Es ist eine merkwürdige Geschichte und auch wunderbar. Er erschien mir in einem Traum und sagte mir, ich solle es schreiben. Und daher schrieb ich es.« Er brüllte es hinaus:

»Sempre ch'io veda nel bel cielo azzurro
levarsi bianca vetta scintillante
quel radioso di Sua bontà gigante
al cuore mi rammenta in pio sussurro...«

Wignall und ich hörten betreten zu, die Blicke in die Eislandschaft unserer Gläser versenkt. Wignall würde ihm die Sache ja hoffentlich nicht durchgehen lassen: Schließlich war er doch der Poeta Laureatus! Er sagte: »Sehr tiefgründig. Müßte man sich noch mal ansehn und wirklich genau lesen, kann ich nur sagen. Irgendwie schade, daß Sie's so hinausposaunen. Prima Sonett, kann ich nur sagen!«

»Bedenken Sie auch das Wunder der Traumerscheinung«, schrie Sciberras.

»Ja, verstehe. Erstaunlich, wenn man's recht bedenkt!«

Der junge Ovington und seine Freundin hatten uns nicht begrüßt. Das Mädchen trug einen langen Umhang aus schmutzigem Sacktuch, und das Haar hing ihr strohig und ungepflegt über die Schultern. John Ovingtons Haar war nicht ungepflegt; es steckte in einem mit glitzernden bunten Glasstückchen besetzten Stirnband. Der junge Mann trug eine Art Lederstrumpfkluft, wobei er für seine langen, schmutzigen Füße allerdings die Mokassins verschmähte. Über die Ferien daheim, die beiden, vermutlich. Sie saßen in der anderen Ecke des Raumes im Schneidersitz auf dem Fußboden und rauchten zu zweit eine selbstgedrehte Zigarette, die wie ein herbstliches Kartoffelfeuer stank. Geoffrey schmachtete den Jungen an, aber der war nicht interessiert. Geoffrey sagte gerade zu Ralph Ovington:

»Verstehe bloß nicht, wie Sie's auf dieser vermaledeiten Insel aushalten. Ich krieg noch die Krätze auf dieser Scheißinsel.« Ohne Damen brauchte er sich weniger Zwang anzutun.

»Es gibt Schlimmeres«, lächelte Ovington und ließ Wolken aus seiner Pfeife aufsteigen, als ob das Essen schon vorüber wäre.

»Man hält es überall aus, wo man sein muß. Wenn man dableiben muß, sucht man sich die guten Seiten heraus. Daß man allzu frei ist, das ist vielleicht das Problem.« Er schwenkte den lächelnden Kopf zu dem Jungen und dem Mädchen herum, die im schützenden Konformismus der Jugend miteinander tuschelten. »Wenn man frei ist, ist man nie zufrieden. Ich bin noch nie frei gewesen.«

»O Heilandssack, was für ein Quatsch! Der Ruf der Pflicht und all der Mist!«

Das Wort *Pflicht* stimulierte wieder meine Tränendrüsen, genau wie *Treue, Glauben* und deren Ableitungen. Es gab einen Vers von Walt Whitman, bei dem – »Es gibt einen Vers von Walt Whitman«, sagte ich zu Wignall, »bei dem mir immer die Tränen kommen. Etwas über ›all die unerschrocknen Kapitäne und Matrosen, für die es hinabging in Erfüllung der Pflicht‹– oder so ähnlich.« Und tatsächlich, wie zum Beweis hatte ich Tränen in den Augen.

»Die eingeschliffene Reaktion«, sagte Wignall. »Den Terminus hat die Cambridger Schule erfunden, natürlich um die Sache lächerlich zu machen. Aber er ist trotzdem nützlich. Ohne eingeschliffene Reaktionen keine Literatur.«

Geoffrey griente mich an. »Abging in Erfüllung der Pflicht!« kicherte er. »Der gute alte Walt Whitman! Das ewig Männliche!«

»Geoffrey, halte du bitte den Mund!« hörte ich mich fauchen, grimmig wie ein Schulmeister. »Du sollst den Mund halten, hast du mich gehört?«

»Tschuldige, mein Guter! Aber daß das ein bißchen drollig ist, so ein Abgang in Erfüllung der Pflicht, das mußt du doch zugeben. Der Krankenpfleger Whitman, muß der ein Leben gehabt haben damals im Krieg!«

»Dieses darf nicht verlacht werden«, brüllte Sciberras. »Wir erfüllten unsere Pflicht. Für uns ging es nicht hinab. Nur manchmal in den Luftschutzkeller.«

»Na ja doch!« sagte der Poeta Laureatus, ein bißchen verärgert, aber nicht halbsoviel wie ich. »Wir sind alle stolz auf euch, ja doch! Ein prima tapferes Völkchen, ihr Malteser. Georgskreuz undsoweiter habt ihr ja schon alles.«

»Wer's das denn?« fragte Geoffrey. »Schorsch Kreuz, oder wie der Typ heißt?«

»Es ist nicht eine Person, sondern ein Ding«, brüllte Sciberras.

»Ein Ding für Tapferkeit im Zweiten Weltkrieg, für die ganze Insel. Ich schrieb ein *sonetto*–«

»Auch auf italienisch?« sagte Wignall. »Prima, daß Sie so schnell vergeben konnten!«

»Meinen Sie nicht vielmehr Schorsch Krätz«, sagte Geoffrey und mischte sich seinen fünften oder sechsten Whisky, »den Zellteilungsbigamisten? Oder, weil wir gerade von Gestalten der Weltgeschichte reden, kennen Sie Joe Plüsch, den Mann mit dem Samt–«

»Ich habe gesagt, du sollst den Mund halten«, knirschte ich. »Hör auf mit diesem Blödsinn, aber *sofort*!«

»Oder Klumpi Schnitz, den Mann mit den Ananasklöten?«

»Den Herrn kannte ich noch nicht«, log Wignall. »Nicht schlecht.«

»Diese Namen«, rief Sciberras, kleinlaut geworden, »sind mir sämtlich nicht vertraut.«

»O heilige Notzucht, Belial Beelzebub, o Herr der Schließmuskeln, schon mal was von Humor gehört, Mann?«

Ralph Ovingtons Lächeln saß wie angenagelt um die festgeklemmte Pfeife. Seine Frau kam herein, aufmunternde Fältchen schlagend, und sagte: »Gibt Futter, Leute.«

»Nehmen Sie Ihr Glas doch mit!« sagte Ovington zu Geoffrey, ohne die Pfeife zu lockern.

»Lohnt sich nicht, mein Alter«, sagte Geoffrey und leerte es auf einen Zug. »Jetzt kosten wir mal Ihre Jahrhundertweine.«

»Malteser Weine gibt es heut abend«, sagte Ovington. »Sie haben gesagt, Dawson, Sie wollten sie mal probieren. Sind viel besser geworden in letzter Zeit.«

6

Geoffrey wurde stiller, als die importierten Dorschfilets aufgetragen wurden, und das verdankten wir dem Wein von Malta. Bei der Avocado-Vorspeise beschimpfte er alle Anwesenden, und die Beschimpfungen wurden von allen bis auf Sciberras und mich mit unerschütterlichem Humor aufgenommen. Zuerst pflaumte er den jungen John Ovington wegen seiner mutmaßlichen Lebensphilosophie an: »Ich meine, wir können doch zum Kuckuck noch mal nicht alle bloß Parasiten sein, oder? Muß doch auch ein Wirt dasein, oder, bei dem man schmarotzt. Und darum geht es nun mal nicht für alle und jeden, und darum muß es eine parasitäre Elite geben, die an der vermaledeiten Welt zum Kuckuck noch mal nichts ändert. Ist doch klar, mein Guter, gar nichts ändern!« Zu dem Sacktuchmädchen, das anscheinend Janie hieß, sagte er: »Steht Ihnen, doch, wirklich, dieser Tranlappen, aber Sie sind eben so eine, die sich alles erlauben könnte, sogar wenn Ihre eine Titte größer wär als die andre.« Dann spielte er eine önophile Huldigungsszene mit der Marsovinflasche und wollte schwören, das edle Gewächs stamme nicht von Fenechs, sondern von Grimas Hinterhof, und zwar von der Nordseite, wo Grimas diabetischer Kater den Boden mit einem besonderen Aroma zu düngen pflege. Sciberras erklärte er, die maltesische Sprache klinge, wie wenn jemand würgt, der kotzen will und nicht kann, genau so, Mann, und ein Wunder ist es beim Kuckuck nicht. Es war unbedacht von ihm, diesen Vergleich anzustellen. Als er gerade dem Poeta Laureatus klarmachte, den Maltesern und den ortsansässigen vaterlandslosen Kulturträgern – wenn einer von den Säcken wirklich käme, wenn aber nicht, könne er's auch keinem verdenken – denen sollte er mal eine Blütenlese großer lyrischer Schweinereien vortragen und nicht, worauf man bei ihm ja gefaßt sein müsse, irgendwelchen Schmus übers Schnüffeln an Mädchenturnhosen, wechselte er mit einem Male sehr gründlich die Farbe. Alle bemerkten es, aber nur Sciberras machte eine Bemerkung.

»Jetzt sind Sie aber zum Kuckuck grün im Gesicht, Mann«, brüllte er. Gar nicht so dumm, trotz seinen *sonetti* und den Abgängen im Luftschutzkeller. Geoffrey bekam einen Dämpfer. Er stand auf, sagte nichts mehr und verließ uns eilig, aber mit Würde.

»Sie wissen, wo's ist«, rief Ovington ihm nach. Zu mir, der ich nichts gesagt hatte, sagte er: »Ach, nicht der Rede wert, müssen Sie sich nichts draus machen! Er's ein lieber Kerl, ich weiß doch. Überarbeitet, bißchen überreizt vielleicht. Kann uns allen passieren.«

»Er haßt uns«, analysierte Sciberras, mit einem Stückchen Dorsch auf der Zunge. »Das kann ich sehen. Er haßt sowohl Malta als auch die Malteser. Er denkt, wir seien eine kleine Insel und ein minderwertiges Volk.«

»Sind Sie doch auch, oder etwa nicht?« sagte Wignall. »Eine kleine Insel, mein' ich. Das ist doch nicht zu leugnen.«

»Das ist kein Grund des Hasses oder der Verachtung. ›Dies Kleinod, ausgesetzt im Meer!‹«

»Prima Zitat, sehr passend!« Wignall aß sein Stück Fisch auf. Zu mir sagte er plötzlich: »Wann werden Sie denn heimkommen?«

Heim. Wieder so ein verwünschtes Stimulationswort! Du darfst nicht mehr unter Leute gehn, sagte ich mir, die Tränen wegschniefend. Bloß noch heulen kann er, das alte Aas, Selbstmitleid! »Ich glaube nicht, daß ich England noch mal wiedersehe«, sagte ich. »Vielleicht laß ich mich dort einäschern, vielleicht auch in Frankreich. Ich weiß noch nicht. Ich muß mir wohl bald drüber klarwerden.«

»Ich finde, Sie sind aber noch ganz schön auf Draht«, sagte Ann Ovington. »Ach, weil wir grad von, äh, Verbrennen reden–« Sie wollte etwas über die Schweinekoteletts sagen, die nun, jedes mit einer Ananasschnitte belegt, von einer schnurrbärtigen Malteser Matrone aufgetragen wurden, merkte aber, daß es wohl taktlos gewesen wäre. Wignall nickte mir zu und grinste:

»Klumpi Schnitz, eh? Den kannt ich noch nicht.«

»Etwas wie eine anthropophage Aura schwebt im Raum«, sagte ich mit bewußt dünnem Lächeln. Wignall war entzückt. Er sagte:

»Ja, ja, ja! Bezeichnend vielleicht, daß das leibhaft Gegenwärtige heute im Begriff steht, das leibhaft Abwesende zu werden. Nur für ein paar Leute nicht, wie für mich. Muß daran liegen, daß der säkulare Kannibalismus vor der Tür steht.« Sciberras schaute besorgt drein und kaute an seinem Kotelett. »Ich spreche von der Bevölkerungsexplosion und dergleichen«, klärte Wignall ihn auf. »Büchsenmensch in den Supermärkten.« Dies war Sciberras noch weniger geheuer. »Auch koscher, wenn einer will. Steht doch nichts dagegen im Leviticus oder im Deuteronomium, nicht? Vielleicht sollte man auch lieber Büchsen*mansch* sagen, aber das ginge nur, wenn der Inhalt püriert wäre.« Er verriet ein Talent, das in seinem hohen Amt nicht zur Geltung kam. »Oder eine ganze Palette tiefgefrorener Fertiggerichte von Ann Thropp, Sara Lea oder Dr. Oetker«, sagte er zu Sciberras, der alle drei nicht kannte. Die beiden jungen Leute, bemerkte ich, aßen nur Gemüse. Das konnte gewiß nicht daran liegen, daß ihnen Wignall den Appetit verdarb; eher war es wohl ein Aspekt ihres Lebensstils, wie man das nennt. Das Mädchen Janie, das links neben mir saß, sagte:

»Der große Schriftsteller, das sind doch Sie, nicht? Was schreiben Sie denn so?«

»Ich habe mich zur Ruhe gesetzt – bin sehr alt, wie Sie sehn.«

»Aber als Sie noch geschrieben haben, was für Sachen waren das denn?« Sie hatte ziemlich saubere Fingernägel und einen leichten Silberblick wie meine– Doch davon später.

»Romane, Stücke, Kurzgeschichten. Von den Geschichten sind ein paar verfilmt worden. *Zeitweise Fieber, Ein warmes Nest, Duett* oder *Terzetto,* haben Sie die vielleicht gesehn?«

Nichts davon kannte sie, und warum sollte sie auch? »Lesen Sie gern?«

»Hermann Hesse, den mag ich.«

»Lieber Gott!« sagte ich erstaunt, »dann haben wir alle noch Chancen. Den Hesse hab ich gekannt.«

»Sie haben den gekannt?« Sie sperrte den Mund auf, mit dem halbzerkauten Gemüse drin. Sie glotzte mich an, und dann rief sie über den Tisch: »Johnny! Er hat Hermann Hesse *gekannt.*«

»Wer denn?« Johnny hatte eine ganze Familienflasche Coca Cola vor sich, um das Gemüse hinunterzuspülen.

»Er hier! Mr. äh–?«

Allen Menschen kann ich's nicht recht machen, aber vielen habe ich doch etwas zu bieten: für die Katholiken einen Heiligen *in spe* so gut wie in der Familie, für die jungen Leute einen stark überschätzten deutschen Romancier im weiteren Bekanntenkreis. Außerdem immer noch meine eigenen Sachen, für Leute, die so etwas mögen.

»Hesse ist Spitze«, verlautbarte John Ovington.

»Haben Sie ihn auf deutsch gelesen?« fragte Wignall heimtükkisch.

»Die Sprache, da ist der drüber raus«, befand John Ovington.

»Da muß ich mir erlauben zu widersprechen«, sagte Wignall. »Kein Schriftsteller ist drüber raus über die Sprache. Schriftsteller *sind* die Sprache. Jeder ist seine eigene.«

Beeindruckt hörte ich ein leichtes Zittern heraus, das ich der Berufsgesinnung zuschrieb.

»Was zählt«, belehrte uns der junge Mann, »sind die Ideen, nicht die Worte.«

»Und was ist mit Shakespeares Ideen? Verdammt noch mal, aber der hat keine gehabt, die der Rede wert sind!« Das Zittern war jetzt stärker – hatte recht, der Mann!

»Vielleicht auch der Grund, warum wir ihn nicht lesen.« Der junge Mann tat einen langen Zug direkt aus der Familienflasche, wie um sich den Staub der Literatur aus dem Halse zu spülen.

»Wie sagtest du neulich, ist dir zu trocken, nicht?« sagte seine Mutter, fältchenschlagend.

»Wie der Barde selber empfiehlt«, sagte sein Vater mit lächelnden Kaubewegungen. »Um Christi willen, Fremder, sei so gut, rühr nicht den trocknen Staub auf, der hier ruht!« Er blickte beifallheischend rundum; bei mir erntete er ein notdürftiges Grinsen. Sciberras blickte verständnislos von einem Plaudergesicht zum andern, aß dabei aber kräftig weiter.

»Die Szene ist tot«, sagte der junge Mann. Er wollte Janie seine Flasche über den Tisch reichen, aber das Mädchen wackelte ablehnend mit den Haarsträhnen.

»Shakespeare hat ausgeschäkert«, sagte sein Vater feinsinnig. Wignalls Pausbacken wackelten in Vorbereitung von Tadel, Entrüstung oder Beschimpfungen – irgendeiner Kundgabe, wie sie sich für einen Gast nicht gehörte. Ich schob schnell etwas dazwischen, der Höflichkeit halber zu Sciberras hingewendet.

»Er war ein netter, aber etwas unzufriedener alter Mann, als ich ihn zuletzt gesehn hab. Fünfzehn Jahre muß es her sein. In Lausanne, Genf oder irgendwo dort. Damals war er so alt wie ich heute. Von seinem Werk schien er nicht mehr viel zu halten. Er hat sich gefragt, ob es wohl richtig war, aus Deutschland fortzugehn und sich auf Pseudo-Orientalismen und Gedankenspiele zu verlegen.«

»Was für Gedankenspiele?« fragte Janie, und gleichzeitig verlautbarte John: »Ich bin mir ziemlich sicher, daß er nicht *pseudo* gesagt hat.«

»*Das Glasperlenspiel*«, sagte ich, »für das er den Nobelpreis bekommen hat. Nein, *pseudo* hat er nicht gesagt, sondern das deutsche Wort war *unecht.*«

»Dies kann nicht sein«, sagte Sciberras, offenbar der Meinung, ich redete von Shakespeare.

»Der Osten, der Osten!« rief Wignall in einem Ton, daß ich schon den Vortrag eines Gedichts befürchtete. Aber dann sagte er: »Ihr denkt wohl, ihr jungen Leute, was der Westen zu bieten hat, das habt ihr alles abgestaubt?«

»Uns haben wir abgestaubt«, sagte John genüßlich grinsend.

»Was wissen Sie denn vom Osten?« sagte ich, wütend über sein

Grinsen, aber auch über die süßliche Säure des Weins, deren Biß ich nun allmählich zu spüren begann, wütend über Geoffreys Benehmen und über diesen Geburtstag, dem noch ein jämmerliches Ende bevorstand. Zu spät dachte ich daran, daß der junge Ovington in Kuala Lumpur geboren war, und zweifellos würde ich gleich auch erfahren, daß diese Janie, die ebenfalls grinste–

»Ich bin in Neu-Delhi geboren.«

»Na ja, ihr kommt beide aus dem Orient der weißen Sahibs«, gab Ovington senior zu. »Ich hätte vielleicht sagen sollen, daß Janies Vater der Stellvertretende Hochkommissar ist. Dieser neue Orientalismus hat aber gar nichts damit zu tun, daß sie beide Kinder aus dem auswärtigen Dienst sind. Ich denke, sie haben teilweise recht, ich denke, sie sind enttäuscht worden–«

»Ach, mein Gott!« sagte Wignall, »wer ist das nicht? Aber denken Sie doch nicht, daß es ein System ist, eine Kultur, ein Staat oder eine Person, die uns enttäuschen! Unsere Erwartungen sind es. Das fängt in der Wärme des Mutterleibs an, und dann kommt die Erkenntnis, daß es draußen kalt ist. Aber die Kälte kann nichts dafür, daß sie kalt ist.« Ich war mir sicher, daß er über so ein Thema mal ein Gedicht geschrieben haben mußte. Oder vielleicht war sein ganzen *Œuvre* darauf gegründet. Eine Wut begann in mir zu brodeln, die ich nicht gut erklären konnte. Wütend wollte ich gerade sagen, daß wir alle eine Enttäuschung seien, weil wir unsere Vergangenheit verraten hätten, unsere Kultur, unseren Glauben, als Sciberras mir die Heulszene ersparte. Er sprach ganz ruhig über seinem geleerten Teller:

»Ich will Ihnen etwas sagen. Es ist Folgendes. Es ist, daß wir dasjenige, was wir wollen, da suchen müssen, wo wir sind, und nicht irgendwo anders.« Ich glotzte ihn an – soviel Verstand! Wie konnte dieser komische Malteser sich in ein Orakel verwandeln? Dann sah ich ein Symbol in ihm, und hätte ich noch geschrieben, es hätte eine große Dichte gewonnen: die ganze mediterrane Welt in einer Person – phönizisch, arabisch sprechend, Erbe der griechischen Philosophie, des römischen Stoizismus, einer auf Aramäisch verbreiteten Provinzreligion, die sich ihr eigenes Reich geschaffen hatte. »Es ist außerdem, daß wir nicht spotten über die Pflicht und den Glauben, in dem wir daheim unterwiesen wurden.«

O diese furchtbare emotive Dreifaltigkeit! Die Kraft seiner Worte wurde gemildert durch den drolligen mediterranen Akzent; andernfalls hätten die Tränen, die anquollen, sich mit den kaltgewordenen Soßenresten auf meinem Teller vermischt. Und dann wurden wir alle, bis auf die Kinder, die dafür zu alt waren, durch das Erscheinen des Geburtstagskuchens erlöst, den Ann Ovington selber hereinbrachte. Er hatte die Form eines aufgeschlagenen Buches und war mit nur drei Kerzen besteckt, vermutlich mit Rücksicht auf meine Kurzatmigkeit. Sciberras, der ihn nun strahlend in Empfang nahm, hatte Luft in Fülle. Die Kinder lalalahten »*Happy Birthday to You*«, wozu John mit dem Messer auf seiner Coca-Cola-Flasche den Takt schlug, während Sciberras, ein lächelnder Wonnemond, die Kerzen ausblies und mit dem Aufschneiden begann. Er sagte:

»Wo ist denn unser junger Freund? Er wird nun vielleicht nicht mehr so zum Kuckuck grün im Gesicht sein.«

»Ich glaube«, sagte ich und wollte aufstehn, »ich geh mal lieber und–«

»Lassen Sie mich nur«, sagte Ovington und kam mir zuvor. Wignall nickte vor sich hin, Kuchenkrümel in den Mund schiebend, lächelnd offenbar in der Rückschau durch die lange Flucht der Jahre bis zu einer vermutlich schicksalhaften Geburtstagsfeier seiner Kindheit im wohnlichen Hampstead oder im noch unverwüsteten Golders Green. Ich setzte mich wieder ruhig hin und kramte, um dem Dichter eine Freude zu machen, seine Verse aus dem Gedächtnis hervor, die ich am Nachmittag gelesen hatte:

»Dann sah ich dich dem Engelsbrot
Die Zunge breiten feucht und rot.
Ich bete, bebe, bleich vor Schreck,
Ähem, ähem, ein blauer Fleck–«

»Hören Sie auf!« schrie er. Ja, *Schreck* war richtig. »Schluß damit, Schluß! Was ist das für Sie andres als ein Klumpen–« Jetzt war er es, dem die Augen vollliefen. »Alles vorüber, ist alles vorbei! Entschuldigung!« schniefte er die Gastgeberin an, die schmerzliche Fältchen schlug, aber nicht aus Betretenheit, denn sie hatte wohl in ihrem Leben schon mehr Dichter heulen gesehn. »Tut mir leid«, sagte er dann zu mir. »Es ist bloß– Alt werden ist nicht so einfach«, sagte er laut zu beiden Kindern, die – wie ich annahm, aus Verlegenheit – Kuchenscheibchen zerkrümelt hatten. Er war immerhin sechzehn Jahre jünger als ich. »Alles wird angespuckt heutzutage. Alles!« Dann kam Geoffrey herein, vor Ovington hergehend, bleich und mit einem großen feuchten Fleck auf der Jacke, wo vermutlich Erbrochenes hastig mit einem Waschlappen abgewischt worden war. Ovington versuchte ihn in den Salon zu steuern und sagte etwas von Kaffee, aber Geoffrey sagte:

»Komm ich gerade recht zu dem Dings da. Mag aber nichts davon. Bloß einen Schoppen von diesem beschissenen einheimischen Traubensaft.« Und er ging wieder zu dem Platz, den er während des Fischgerichtes geräumt hatte.

»Ob das wohl gut ist?« fragte die Gastgeberin.

»Es wird entweder den Bauch beruhigen oder aber eine, ähem, definitive Entleerung bewirken«, sagte Geoffrey mit einer Stimme, die wohl eine Parodie der meinen sein sollte. Er schenkte sich ein. »Und wie geht's meinem bösen Kleinen?« schmachtete er John Ovington an. Dann trank er.

»Hör damit auf, Geoffrey!« sagte ich sehr überdrüssig. Aber dann stach etwas in den Überdruß hinein, etwas, das ein Mann in meinem Alter nicht hätte haben dürfen, nämlich ein bohrender Zahnschmerz. Es war der Kuchen, von dem ich nur das kleinstmögliche Stückchen gekostet hatte. Irgendwie ungerecht, zum Schimpf nun auch noch den Schaden. Geoffrey sagte:

»Ja doch, mein Guter, natürlich! Hab mich danebenbenommen, wie? Das kommt alles von dieser vermaledeiten kleinen Scheißinsel. Aber schließlich hast du ja Geburtstag.« Ach du mein Gott! »Hätt ich mich doch zum Kuckuck besser benehmen müssen, wenn der große alte Herr Geburtstag hat.«

Sciberras durchbrach den allgemeinen Schreck mit der Belehrung: »Sie machen einen Irrtum. Es ist *mein* Geburtstag. Aber ich denke nicht, daß Sie fähig sind, irgend etwas richtig zu machen. Sie haben einen sehr malangierten Kopf.«

»Derangiert, meinen Sie«, sagte Geoffrey. »Mein lieber Mann, Sie sind nicht der einzige Scheißer auf der Welt und nicht mal auf diesem Scheißhaufen von einer Insel, der heute Geburtstag hat. Wenn Sie überhaupt von irgendwas eine Ahnung hätten, dann wüßten Sie, wer zum Kuckuck heute in erster Linie Geburtstag hat.« Er hob sein nachgefülltes Glas. »Viele glückliche Jahre noch, *cher maître,* und den ganzen Scheiß!« pflaumte er mich an. Jetzt mußte man Sciberras einreden, daß dies alles ein sehr geschmackloser Scherz sei.

»Ein geschmackloser Scherz«, besänftigte Wignall den Kollegen, »aber doch nur ein Scherz. *Ihr* Geburtstag ist heute« – und er beklopfte ihm blindlings die Schulter. »Stimmt das etwa nicht, Toomey? Seiner und nur seiner, nicht wahr?«

Ich hatte im Leben schon vieles aufgeben, noch nie aber diese elementarste Lebenstatsache verleugnen müssen. »Meiner jedenfalls nicht!« sagte ich. Dann hörte ich, Gott sei Dank, einen Wagen, der nur unserer sein konnte und uns abholen kam.

7

Es war eine Dummheit, daß ich nicht gleich zu Bett ging und die neue Regel des Alleinschlafens sofort in Kraft setzte, statt mich auf eine lange und gefährliche Auseinandersetzung mit Geoffrey einzulassen. Im oberen Salon saß er an dem verstimmten Spinett und hackte nach sauren Harmonien, während ich in Ruhe mit ihm zu reden und ihn wie eine verbiesterte Figur aus einer meiner Erzählungen zu behandeln versuchte. Aber ich war innerlich zu aufgewühlt, als daß ich hätte stillsitzen können. Ich trat auf dem Fell und dem Marmor hin und her, und der schwache Schlaftrunk, Whisky mit Wasser, zitterte mir in der Hand.

»Das war doch Absicht, nicht? Ein Versuch, und zwar ein sehr gut gelungener, mich lächerlich zu machen. Ich möchte nur wissen, *warum*? Aber ich denke, ich weiß schon, warum. Es ist meine Strafe dafür, daß ich dich aus Tanger weggebracht habe. Die Strafe dafür, daß ich nur dein Interesse und, jawohl, deinen Schutz im Auge gehabt habe. Und was diese Sache angeht, bist du noch lange nicht übern Berg. Aber nein, ich mußte bestraft werden.«

»Ach, so ein Quatsch!« Und als ob dies ein Rezitativ in einer *Opera buffa* wäre, schlug er eine Art Akkord an. Er hatte die Spiegelbrille wieder auf, obwohl das Licht im Salon ohnehin schwach war. Sein Magen schien sich beruhigt zu haben, und er sprach deutlich und ohne anzustoßen.

»Hör auf! Hör auf mit dem idiotischen Lärm!«

Er riß fortissime eine ekelhafte Kadenz herunter und stand auf. Als er zu der Ledercouch hintorkelte, bevor er sich auf sie fallen ließ, sagte er: »Eben alles ein bißchen aus der Hand geraten, weiter nichts!« Er lag da und schaute melancholisch zu dem dunklen Kronleuchter hinauf. »Die Atmosphäre hat mir überhaupt nicht gefallen. So feindselig! Und dann noch dieser vermaledeite dußlige Dichter! Läßt dich deinen Geburtstag einfach so an jemand anders abtreten! War doch eigentlich deinetwegen, das Ganze! Da hab ich mich geärgert und mir einen angesoffen.«

»Na, jedenfalls geht es so nicht weiter. Ich kann es mir jedenfalls nicht leisten, daß es so weitergeht.«

»Du meinst, du willst die Neige der Jahre in Frieden auskosten, im ruhigen Zwielicht der Erfüllung, und dergleichen Mist? Würdiger und verehrter alter Scheißer! Du meinst, ich soll gehen?«

»Du bist doch hier nicht glücklich.« Ich sprach ganz vernünftig. »Und ich habe keine Lust, noch einmal umzuziehen. Das letzte Mal war aufregend genug.«

»Mußt du das verdammt noch mal *mir* sagen, daß es aufregend war? Also muß ich weg.«

»Ach, ich will eigentlich nicht, daß du gehst, das mußt du doch wissen. Aber es ist im Interesse. Im Interesse der Selbsterhaltung.«

»Wie kalt, mein Herr, nach all den heißen Schwüren! Gut, gut, gut! Gehn wir! Packen wir unsre kümmerliche Habe und gehn wir! Zuerst mal, denk ich, nach London, und von da aus find ich schon weiter. Und dann zu Percy auf die Bahamas oder zu dieser epileptischen Triefnase in Lausanne! Gut, gut, gut! Ich werde etwas Geld brauchen.«

»Drei Monatsgehälter. So scheint es mir recht und billig.«

»Ja!« sagte er leise. Er nahm die Spiegelbrille ab und taxierte mich. »Ein rechtes und billiges Schwein, das bist du. Und wenn du abgekratzt bist, wird es auch nur recht und billig sein. Zehntausend Dukaten will ich, mein Guter.«

»Du machst Witze!«

»Eigentlich nicht! Tatsache ist, du hast das alles vorausgesehen. Du hast das alles mal beschrieben, in so einem dußligen, sentimentalen Scheißhaufen von Roman, *Irdische Mächte,* wie das Ding aufgeblasenerweise heißt. Du weißt doch, mit so einer rechten und billigen Kanaille von Schriftsteller, wie der alt wird mit Verdienstorden und Nobelpreis, und wie sein bester Freund etwas auskocht, ich weiß noch, wie du's genannt hast, posthume Erpressung. Erst kommt ein langes Geseire, wenn der Schriftsteller tot ist, ist er tot, und ihn juckt's nicht, was einer dann über ihn schreibt – also leck mich am Arsch, Freund, kannst veröffentlichen, was du willst, und hol dich der Kuckuck! Und dann überlegt er sich's noch mal, daß er, wo er doch so ein großer Schriftsteller ist, vor der Geschichte lieber nicht als die rechte und billige Kanaille dastehn will, die er ist, und schließlich blecht er doch noch gegen ein feierliches Versprechen mit Brief und Siegel, daß der Kerl nach seinem feierlichen Ableben nichts von, ähem, biografischer Natur herausbringen wird. Und der große, subtile, herrliche Witz ist, daß er genau weiß, er kann gar nichts dagegen machen, daß dieser beste von all seinen Scheißfreunden trotzdem nach seinem Abnibbeln den ganzen Kram wieder hochbringt; aber wenigstens kriegt er sein Fleckchen in der Westminster Abbey, und wenn die Scheiße dann ausgegraben wird, dann ist es wenigstens ein Unrecht, das zum Himmel aufstinkt.«

Mein Schlaftrunk lief über. Ich setzte mich auf die Sessellehne und versuchte zu trinken, aber es ging nicht. Ich konnte Geoffrey grinsen sehn, lässig wie ein Kinogangster, über das Tremolo meiner Zähne an dem Glas. Sorgfältig und mit viel Mühe stellte ich das Glas auf das geschnitzte indische Tischchen. »Du Schweinehund!« würgte ich heraus. »Schweinehund!«

»Ein Schweinehund, der deine Bücher gelesen hat«, sagte er. »Und was für ein Haufen pingelige Altvordernscheiße da drin steht! Zeiten haben sich geändert, mein Alterchen! Heute dürfen wir alles in roher Deutlichkeit hinschreiben ohne Höhö! und Hachje!, ohne elegante Periphrasen – ich glaube, so nennst du das. Ein geiler Alter, der einen hoch- und reinkriegen will und heult, weil's ihm nicht kommt – das schreibt man heute einfach so hin. Und wie er japst, o Liebling, was für 'ne Ekstase! O du rechtes und billiges Arschloch!«

»Verschwinde!« sagte ich und stand auf. »Raus! Mach sofort, daß du hier raus kommst! Bevor ich dich rauswerfe.«

»Mit der Pranke des Löwen, wie?«

»Ich befehle dir, du sollst gehn, Geoffrey! Du kannst die Nacht in einem Hotel schlafen und die Rechnung herschicken lassen. Koffer packen kannst du morgen. Ich werde nicht da sein. Einen Scheck findest du auf dem Tisch im Flur. Drei Monatsgehälter und genug für deinen Flug nach London. Geh jetzt!« Ich mußte mich wieder setzen.

»Zehntausend Dukaten, gleich hier und jetzt auf den Tisch, und ich verschwinde sofort und frohen Mutes! Hast du nicht mal so einen Hosenschiß geschrieben, der *Frohe Fahrt* hieß, oder war das der Beverley, der Trottel?« Er schnitt eine Grimasse und rülpste qualvoll. »Jesus, war das eine Brühe! Alaun und Katzenpisse! Diese Knickstiebel!«

»Mach, daß du aus meinem Haus kommst!«

»Ein ganz schönes Stück hab ich schon fertig, mein Guter. Du hast schon immer gesagt, an meinen Briefen würde man sehn, daß ich ein Flair hab, wenn ich mich mal hinsetze. Die Sache in Rabat gibt ein hübsches Episödchen – nicht, mit dem pockigen kleinen Mahmud, wie der doch wahrhaftig auf dich geschissen hat?«

»Geh jetzt! Du sollst gehn!« Dann mußte ich heulen. »Wenn ich denke, was ich alles für dich getan hab– Treue– Vertrauen–«

»Ah, geht das schon wieder los – Glaube, Treue und der ganze Müll! Buuuhuhuuh! Wie's Bächlein auf der Wiesen. Weißte, du flähennst so wuuhuhuuuhundervoll! England, Pflicht, Heimat, o Heilandssack, ahuuuuuh!«

»Fort aus meinem Haus!« Ich war wieder aufgestanden und suchte mit den Händen blindlings nach einem Halt. Er lag behaglich da und bestaunte das zitternde, bebende, klapprige, klägliche Männlein. »Gleich über die Straße ist die Polizeiwache. Ich kann dich rauswerfen lassen.«

»Ich schrei Mord und Totschlag, mein Guter. Denen sag ich, du hast dich mir unsittlich genähert. Steht hier die Todesstrafe drauf, glaub ich.«

Es wurde Zeit, daß ich Geoffreys Absicht erkannte. Die Wut ritt mich zu wild. Ich spürte den nahenden Kollaps, konnte ihn aber noch zurückhalten. »Du willst, daß ich sterbe«, keuchte ich. »Das ist's. Leichter für dich.«

»Wäre doch sehr würdig, an deinem Geburtstag. Wie Shakespeare, wenn er wirklich. Und dieses Malteser Arschloch schreibt dir bestimmt ein *sonetto.* Was für ein *homo generoso,* hat mir vorher noch seinen Geburtstag geschenkt, mitsamt Kuchen!«

»Nicht! Kann nicht.«

»Bißchen Beherrschung, mein Guter! Bist schon ganz blau um die Lippen.« Dann parodierte er, absichtlich schlecht, meine Diktierweise: »Geoffrey lag ungerührt und, ähem, kanaillös lächelnd auf dem Kanapee, während sein betagter Freund alle Symptome eines nahenden, ähem, Herzkrampfes erkennen ließ. Dann sagte er in tadellosem Cockney: ›Bist ja ganz blau umme Fresse!‹« Und dann, nun doch besorgt aufstehend: »Mein Gott, nein!«

»Hol mir die. Kann nicht. Sind die.« Eine obszöne Blähung, gefolgt von leichtem Zahnschmerz, gefolgt von einem Stechen, vom Schlüsselbein bis ins Handgelenk, alles auf der linken Seite, während die rechte Seite unbeeindruckt blieb. Ich ging auf den

Teppich nieder, wie ein Unfall auf der Bühne, aber ohne Vorhang.

»Schon gut, mein Guter, die weißen, ich weiß schon!« Er ging ins Schlafzimmer, ins Bad. Ich hörte die Tür des Medizinschränkchens klicken. Dann, sozusagen willentlich, wurde ich bewußtlos. Ich kam wieder zu mir, scheinbar nur eine Sekunde später, war aber im Bett und im Pyjama, und Dr. Borg oder Dr. Grima, einer von beiden, fühlte mir den Puls. Als ich die Augen aufmachte, sah ich Geoffrey dastehn. Lieb und zärtlich lächelte er mir zu. Dr. Borg oder Grima war ebenfalls im Pyjama, aber mit einem eigelbfleckigen Bademantel darüber. Er hatte das Gesicht voller Bartstoppeln und eine Zigarette im Mund. Ich hatte mal einen andalusischen Priester gesehn, wie er mit einer Zigarette im Mund ein Begräbnis erledigte. So etwas nimmt dem Ganzen die Schwere.

Er ließ meine Hand fallen; seine ebenfalls, an der er eine Armbanduhr trug. Er sagte: »Keine Aufregung! Einundachtzig ist ein schönes Alter, aber mein Vater ist fünfundneunzig. Ich sag ihm, er darf sich nicht aufregen, aber die Fernsehprogramme regen ihn manchmal doch auf. Die italienischen, nicht die Malteser. Die Weiber, die die Ansage machen, sogar die regen ihn auf. Ich gebe ihm ein simples Beruhigungsmittel«, sagte er, nahm die Zigarette aus dem Mund und drückte sie aus, vermutlich ein Zeichen, daß die Untersuchung vorüber sei.

»Und ob er sich aufgeregt hat«, sagte Geoffrey. »Literarische Aufregung könnte man's nennen. Aber ich werd schon dafür sorgen, daß es das nicht mehr gibt.«

»Ja, und bitte, nächstes Mal telefonieren Sie! Sie haben meine ganze Familie geweckt mit Ihrem Klopfen.«

»Ich kann nicht telefonieren«, sagte Geoffrey mit seiner gefährlichen Liebenswürdigkeit, »weil wir kein Telefon haben. Man hat uns gesagt, es gibt eine lange Warteliste für das Telefon. Man hat uns gesagt, wir müßten mindestens achtzehn Monate warten, auf ein Telefon. Vielleicht auch noch länger, auf ein Telefon. Wenn ich bei Tag telefonieren möchte, geh ich in den Laden an der Ecke, denn der hat ein Telefon, und dort darf ich es benutzen, das Telefon. Wenn der Laden aber geschlossen ist, habe ich kein Telefon, und darum habe ich nicht telefoniert.«

»Drüben ist doch die Polizeiwache.«

»Ja«, sagte Geoffrey, »ein Haufen freche Halunken!«

Ich stellte fest, ich konnte nicht sprechen.

»Na«, sagte der Arzt, »wir sind eben auf Malta.«
»Danke für den Hinweis!«
Ich stellte fest, ich konnte sprechen.
»Bitte, Geoffrey, nicht!«
»Keine Aufregung!« verordnete der Arzt.
»Ich paß schon auf ihn auf«, sagte Geoffrey.

8 Seine Absicht blieb in dieser Nacht unerfüllt, obwohl ich, entgegen meiner Ankündigung vom Nachmittag, nicht allein schlief. Aus dem Schlafen wurde überhaupt nicht sehr viel. Nach etwa einer Stunde erwachte ich in lächerlicher Frische, sozusagen kathartisch wiederbelebt, und von den Eigenschaften der Malteser Nacht erwies sich keine als der Fortsetzung des Schlafes günstig. Der elektrische Mückenschutz summte, klickte und puffte, und die Turmuhren auf der ganzen Insel verkündeten in unvollkommenem Einklang die volle Stunde und ihr Viertel und, als Vorspiel zum nächsten Viertel, noch einmal die schon abgeschlossene volle Stunde. Ich paßte auf Geoffrey auf, nicht er auf mich. Den fetten Rücken mir zukehrend, schnarchte er unregelmäßig, schien manchmal das Atmen zu vergessen und sich erst in einem das ganze Bett erschütternden Krampf wieder daran zu erinnern. Einmal begann er leichter zu atmen, und dann sagte er etwas auf lateinisch. Es hörte sich an wie »*Solitam… Minotauro… pro caris corpus…*« Ich hörte aufmerksam und mit Erstaunen zu, war ich doch der Meinung gewesen, er habe eine der kleineren Public Schools besucht, an der die klassischen Sprachen verschmäht und durch eine Art elementare Anthropologen-Linguistik ersetzt wurden.

Aus dem silbernen Kästchen, das auf dem Nachttisch stand, einem Geschenk des Sultans von Kelantan, das ich im hellen Mondlicht ganz deutlich sehen konnte, nahm ich mir eine Zigarette und fand mit einem vagen Erstaunen Alis flammendes Geschenk gleich daneben: Mir war doch, als hätte ich's unten in meinem Arbeitszimmer gelassen. Die große Flamme schien Geoffreys schlafendes Hirn anzugreifen, denn er fuchtelte um sich, als ob er sich gegen sie wehrte, und drehte sich dann zu mir her. Nach einer Pause stieß er schnarchend einen höllischen Geruch aus, weder nach Alkohol noch nach Erbrochenem, sondern mit einem

Grundton von rostigem Eisen und undefinierbaren Anklängen an Verwesung. Der Geruch wunderte mich mehr, als daß er mich abstieß: irgendwoher kannte ich ihn. Das Mondlicht zeigte die dikken Schweißperlen auf Geoffreys Blöße, die mir nun unbehaglich nah war. Beim ersten Aufwachen war ich mir nicht sicher gewesen, ob ich einen gewissen vagen Hunger nach einem Sandwich mit Tee bis zu einer die Stillung erheischenden Solidität anwachsen lassen sollte; nun war ich sicher. Ich stieg aus dem Bett, merkte, daß mir die Beine zuverlässig gehorchten, zog Pantoffeln und Bademantel an. Geoffrey hatte nun das ganze Bett für sich. Ich empfand gegen ihn nichts von dem bitteren, nachträgerischen Groll, den man, obwohl er doch schließlich seiner Angst oder dem Pflichtgefühl nachgegeben hatte, von mir hätte erwarten dürfen und den ich nicht zuletzt selber erwartet hatte. Ich empfand nur ein allgemeines Mitleid, wie man es für den wehrlosen Gefangenen des Schlafes immer empfindet, in dem man einen wehrlosen Gefangenen des Lebens sieht. Den Menschen verlangt es nicht nach seinen Albträumen; es verlangt ihn nicht nach der eigenen Schlechtigkeit. Seine eigene Willkür ist nicht sein Wille. Wenn dies ein Widerspruch ist, so deshalb, weil die Sprache uns dem Widerspruch geneigt macht. Ich sagte mir, wahrheitswidrig vielleicht, daß ich die Welt doch kenne und gelernt habe, Toleranz zu üben. Daß es für mich zu spät sei, die menschlichen Leidenschaften, mitsamt meinen eigenen, ernst zu nehmen. Aber ich erinnerte mich, etwas dergleichen öffentlich einmal mit fünfundvierzig gesagt zu haben. Zu unserer Zeit, egal zu welcher, schenk uns Frieden! Was logischerweise hieß, daß ich Geoffrey hinauswerfen müßte. Und das hieße wieder, keinen Frieden genießen, weil mir die Milde fehlte. Klar, daß ich letzten Endes tatsächlich ein klappriges Scheusal war, ein Heuchler, das pingelige Geschöpf einer schlechten Zeit, lächerlicher Lustgreis – kurz, alles dasjenige, was mich Geoffrey in härteren Worten geheißen hatte. Laß ihn schlafen, laß alles nur schlafen!

Ich stieg die Treppe hinab und schlich leise, ganz leise in die große Küche mit ihrer nur von den Gewürzgeistern belebten aseptischen Weiße. Ali, im Zimmer gleich nebenan, für den das Wüstenleben erst drei Generationen zurücklag, hatte einen federleichten Schlaf. Ganz leise setzte ich Wasser auf, machte mir mit den Resten des Brathuhns vom Mittag ein Sandwich und überbrühte das Twiningkraut. Dann trug ich meinen Imbiß auf einem

Tablett leise ins Arbeitszimmer, und das Mondlicht war mir behilflich, den Fußschalter der Stehlampe zu finden. Nicht ein Gefühl der Dringlichkeit, aber der Neugier, gepaart mit einer Unruhe, die sich erst später klären sollte, gab mir den Wunsch ein, die Geschichte von jenem priesterlichen Wunder noch einmal anzuschauen. Kauend suchte ich die drei Bände meiner gesammelten Erzählungen heraus, in dem schönen, gepreßten Ledereinband, ein zehn Jahre altes Weihnachtsgeschenk meines amerikanischen Verlages. Ich wußte, daß die Geschichte im zweiten Band stehn mußte, denn der erste Band war den Geschichten mit europäischem Hintergrund gewidmet, der dritte dem Ertrag meiner Reisen im Orient und der zweite den beiden Amerikas. Das Geschehnis, auf dem die Erzählung beruhte, hatte sich in den zwanziger Jahren in Chikago zugetragen, soviel wußte ich, aber den Titel hatte ich vollkommen vergessen. Hier, *Handauflegen,* das war's. Der Stil war noch um einiges schlampiger, als ich gedacht hatte. Eine hastig hingepfuschte Tausenddollarschreibe für eine längst entschlafene illustrierte Monatszeitschrift. Während ich aß und meinen Tee schlürfte, las ich mit Beschämung und versuchte unter dem schäbigen Aufputz die Farben einer Realität zu erkennen.

Der gesichts- und namenlose Erzähler (Verzeihung, lieber Leser, wenn Sie die Geschichte schon kennen!) ist ein britischer Journalist, der nach Chikago kommt, um über den Pfarrer Elmer Williams zu schreiben, den Herausgeber des *Blitzschlag,* einer Zeitschrift, die sich mit der Entlarvung von Gangstern und korrupten Politikern befaßt. Im Foyer des Hotels Palmer House trifft er einen Geistlichen wieder, den Pater Salvaggiani, dem er zehn Jahre zuvor an der italienischen Front begegnet ist, wo der Pater damals Kaplan und er selbst Ambulanzfahrer war. Der Pater, ein dickes, unscheinbares Kerlchen, das nach Knoblauch riecht und ein komisches Englisch spricht, ist verzweifelt. Er ist eigens aus Italien gekommen, um seinen Bruder zu sehen, der in der Privatstation eines Krankenhauses im Sterben liegt, mit mehrfachem Schädelbruch und Eispickelwunden im Leib. Der Journalist erfährt, daß der Bruder, Ed Salvaggiani, ein prominenter Gangster ist, und begleitet den Priester ins Krankenhaus, weil er ein bißchen Material und Kolorit für einen Artikel wittert. Pater Salvaggiani erteilt seinem Bruder die letzten Tröstungen der Kirche. Er weint, denn der Bruder hat nicht mehr lange zu leben. Beim Durchgang durch eine öffentliche Station des Krankenhauses hört er entsetzliche Schreie: ein Kind, das an tuberkulöser Meningitis stirbt. Die Ärzte schütteln die Köpfe; nichts mehr zu machen. Aber Pater Salvaggiani legt die Hände auf das Kind und betet. Das Schreien läßt nach und hört schließlich ganz auf; das Kind fällt in tiefen Schlaf. Zur Überraschung der Ärzte tritt eine fortschreitende Besserung ein, über die jeden Tag berichtet wird, wenn der Pater kommt, um bei seinem sterbenden Bruder zu weinen. Der Bruder stirbt, aber das Kind wird gesund. Die Gläubigen unter den Krankenschwestern haben keinen Zweifel, daß dies ein Wunder gewesen ist. Pater Salvaggiani aber, in seinem komischen Englisch, spricht von der entsetzlichen Unverständlichkeit des göttlichen Willens. Warum hat er für seinen Bruder nichts tun können, den er liebte, wohl aber für einen völlig Fremden? Vielleicht gedenkt der Herr dies Kind zu einem Behälter der göttlichen Erlösungsabsichten heranwachsen zu lassen und hat sich des unwürdigsten unter seinen geistlichen Knechten zu dem Zweck bedient, die Natur zu überwinden und die Erfüllung seiner Absicht in die Wege zu leiten? Dies alles denkt der Pater laut beim Begräbnis seines Bruders, einer großen Zeremonie mit unrasierten Trauergästen und Bergen von Blumen. Der Erzähler hält derlei Spekulationen für müßig. Das Leben ist ein Geheimnis, und Gott existiert wahrscheinlich nicht.

Ich steckte eine Zigarette in die Spitze und ließ Alis Feuerzeug aufflammen, das ich aus irgendeinem Grund in der Tasche des Bademantels aus dem Schlafzimmer mitgebracht hatte. Im ganzen Haus gab es kaum einen Tisch, wo nicht ein eigenes Zigarettenkästchen gestanden hätte, nebst einem dazu passenden schweren Feuerzeug von Ronson, aus Altsilber oder klumpigem Onyx. Ali konnte zufrieden sein. Ich dachte über die Geschichte nach und konnte mich ums Verrecken nicht mehr an alle tatsächlich…
stände erinnern, auf denen sie fußte. Eine Z…
Blitzschlag hatte es ohne Zweifel gegeben, …
war der Pfarrer Elmer Williams gewesen…
war in Wirklichkeit Monsignore Cam…
dernde Oberhaupt einer Missionsges…
geheißen, Kongregation für Glau…
lich? Sein älterer Bruder Raffae…
der Chikagoer Profis zum Opfe…
von ihnen gewesen wäre, sonder…
stand und ehrliche Politik eingetr…

kago und wohnte im Palmer House, aber nicht, um über den Kreuzzug der braven gegen die bösen Buben zu schreiben. Soweit ich mich erinnern konnte, hatte ich die Manets, Monets und Renoirs in der Sammlung der Chikagoer *grande dame,* Mrs. Potter Palmer, sehen wollen, ob aber, um darüber zu schreiben, um etwas zu kaufen oder zu verkaufen, war mir ganz und gar entfallen. Deutlich sah ich nur noch Raffaeles qualvolles Gesicht vor mir. Ich hatte ihn bewundert, wenn auch mit ein paar Vorbehalten; dagegen hatte er von mir nie eine hohe Meinung gehabt. Der Grund war meine Homosexualität, in der Raffaele als aufrechter Katholik nur eine freie Entscheidung für die schiere Sünde zu sehen vermochte. So streng war Carlo nie gewesen. Er hatte mich nie dabei betroffen, wie ich meinen sündigen Neigungen nachging; und was für Geschichten über mich im Umlauf waren, interessierte ihn wenig. Die Sünden der Libido, von denen er wußte, waren zwei an Zahl, und beide waren heterosexuell. Wenn Männer ein Verlangen nach kleinen Jungen oder nach andern Männern hatten, so deshalb, weil sie weiblicher Gefährtinnen entbehrten. Oder vielleicht, aber dies kam selten vor, waren sie von einem austreibbaren Dämon der Perversität befallen. Was die Träger eines heiligen Berufes anging, die den Weg des Zölibats gewählt hatten, so wurden sie durch Gottes Gnade gestärkt wie durch ein Medikament, und damit hatte sich's. Ihrer ist das Himmelreich. Die Campanatis waren eine hochmoralische Familie, den jüngsten Sohn Domenico ausgenommen, den meine Schwester geheiratet hatte. Die einzige Tochter, Luigia, war eine pedantisch fromme Mutter Oberin geworden.

Welches Krankenhaus war es gewesen? War das Wunder, wenn es eines war, gar so augenfällig gewesen? Hatte das Kind tatsächlich Meningitis gehabt oder vielleicht eine andere, nicht ganz so tödliche Krankheit, die durch einen starken wohltätigen Willen, [illegible]er sich mit dem schwankenden Willen des Leidenden vereinte, [illegible]r beeinflußbar sein mochte? Ich hatte natürlich gar keinen [illegible]d, all dies herausfinden zu müssen; ich war nicht im minde- [illegible]pflichtet, aus dem guten, gefräßigen Carlo Campanati ei- [illegible]en machen zu helfen. Aber was war denn nun die Wahr- [illegible]ort *Wahrheit* war für mich kein solcher Augenspüler [illegible]*eue, Pflicht* und manchmal auch *heim*; wer aber der [illegible]d sei es auch noch so unvollkommen, sollte im- [illegible]heit dienen, und obwohl meine Tage im Dienste der Sprache vorüber waren, konnte ich diese andere, zeitlose Loyalität nicht verleugnen. Aber es ging mir nun weniger um die tiefere Wahrheit, die in Gott ist und der die Literatur am besten durch Lügen dient, als um die seichtere Wahrheit, die wir die Tatsächlichkeit nennen. Was war damals in Chikago geschehen? Ich wußte es nicht.

Es gab Unterlagen. Es hatte Zeugen gegeben. Die würde man ermitteln und befragen können – freilich nicht ohne Mühe. Aber für mich war die Frage eigentlich diese: Inwiefern konnte ich mich auf ein wahres Wissen von Tatsachen aus meiner Vergangenheit berufen, anstatt bloß auf deren literarische Überhöhung zu verweisen, die kaum etwas anderes als eine gewerbsmäßige Fälschung war? Aus zwei Gründen verdiente mein Gedächtnis kein Vertrauen: Ich war ein alter Mann, und ich war Schriftsteller. Schriftsteller pflegen beizeiten die Lügenhaftigkeit ihres Gewerbes auch in andere Bereiche des eigenen Lebens zu übertragen. In jener trivialen Zone biografischer Kneipenanekdoten ist es ja soviel leichter und lohnender, Dinge hinzubiegen und auszustaffieren, zu schürzen und zu steigern, für Applaus und Gelächter hier etwas wegzunehmen und da etwas hinzuzutun, als die kahlen Tatsachen herzuzählen, so wie sie sich öderweise zugetragen haben. Ernest Hemingway, wie ich mich noch gut erinnere (aber was heißt es schon, wenn ich sage, daß ich mich gut erinnere?), erreichte ein Stadium, wo er zwar so gut wie nichts Erzählerisches mehr schrieb, aber völlig im Banne der Fiktionen lebte. Er erzählte mir, und damals war er noch kaum über fünfzig, ein paar Jahre jünger als ich, er habe mit der schönen Spionin Mata Hari geschlafen; sie sei gut gewesen, »nur ein bißchen voll in den Schenkeln«. Ich wußte, und das ließ sich nachprüfen, daß Mata Hari hingerichtet worden war, bevor Hemingway zum ersten Mal nach Europa kam.

Nun hatte ich allerdings die Gewohnheit gehabt, mancherlei Aufzeichnungen zu führen, besonders während meiner ersten zwanzig Jahre als gewerbsmäßiger Erzähler. Am kleinen Notizbuch in der Jackentasche, hatte Samuel Butler gesagt, erkennt man den echten Schriftsteller. Und so hatte ich allerlei *mots* festgehalten, Ideen zu Geschichten, Beschreibungen von einem grünen Blatt, von Flaum auf einem Frauenarm, von Hundekot oder Lichtreflexen auf einer Ginflasche, Slangwörter, Fachausdrücke, nackte Tatsachen von Ort und Zeit (um eine außergewöhnliche »Epiphanie«, wie Jim Joyce sagte, besser zu fixieren), und diese

Notizbücher waren erhalten, obgleich nicht in meinem Besitz. Die Notizbücher des Kenneth Marchal Toomey ruhten in den Archiven einer amerikanischen Universität und sollten nach meinem Tode veröffentlicht werden, vermutlich mit allen Ehrenbezeigungen der Philologie. Ich hatte nichts dagegen, daß man die Rumpelkammer meines Gehirns öffnen wollte, wenn dieses Gehirn nicht mehr mein wäre und wieder in den allgemeinen Haushalt der Bodenschätze einginge; einstweilen aber hatten Rücksichten der Diskretion den Vorrang. Welche Universität war es doch? Die Korrespondenz mit ihr lag bei den Akten, ebenso eine Abrechnung über die paar tausend Dollar, die man mir für den dubiosen Schatz gezahlt hatte, doch die Akten befanden sich wegen des hastigen Wegzugs aus Tanger und vor allem wegen Geoffreys Nachlässigkeit in vollkommener Unordnung. Ich würde mich der Gefahr eines neuen Herzanfalls aussetzen, wenn ich verlangte, wenigstens eine grobe Sortierung vorzunehmen. Gewiß, ich hätte Geoffrey an sein widerwillig gegebenes Versprechen vom Nachmittag erinnern können. Wann soll das gewesen sein? An was für einem Nachmittag? Hab ich das gesagt? Geoffrey lebte ganz in der Gegenwart; er hatte, was in seinem Falle vielleicht nur klug war, die Last des Belästigtwerdens durch das Gedächtnis von sich abgeworfen. Nein, nicht unbedingt: Wenn es ihm paßte, konnte er sich viel deutlicher erinnern als ich. Ich zitterte von neuem bei der Erinnerung daran, was für Dinge er beschlossen hatte, über mich in Erinnerung zu behalten.

Am besten, ich ließe Carlo die Heiligsprechung durch andere, besser bezeugte Wunder erlangen. Aber dann bliesen *Glaube* und *Pflicht* in einer Kammer meines Hirns eine gedämpfte zweistimmige Invention. Heiliger Gregor, der du deine Erhöhung in gewissem Maße dem Zeugnis eines gewissen K. M. Toomey verdankst, bete für uns! Bete für den Heuchler, den Lüstling, den Vergeuder des Samens in steriler Umarmung! Es war nicht nur der Glaube (der längst freiwillig aufgegebene, an dem es mir fehlt, dessen Rückkehr aber infolge einer neuen, endgültigen Sterilität nun in Aussicht genommen werden könnte). Es war nicht nur Pflichtgefühl (ein Diener des Glaubens und daher mißachtet, aber siehe oben). Es war Furcht, eine Art Furcht.

Ich wußte, was mich in Geoffreys Büro erwartete. Eine wüste Bescherung mit Haufen von Aktendeckeln, Schneewehen von ungeöffneten Briefen, dito in verschnürten Bündeln, Zeitschriften,

Bücher, Presseausschnitte, gewichtige Dissertationen mit Titeln wie *K. M. Toomey und das Thanatos-Syndrom,* Aktenschränkchen, die wie tote rechteckige Hunde auf der Seite lagen *(K. M. Toomeys Ästhetik der bildhaften Unstimmigkeit),* leere Flaschen, plattgetretene Zigarettenkippen, der ganze Schreibtisch voller Schwulenzeitschriften, in denen nackte, gezierte Buben in unverhohlen päderastischen Szenen abgebildet waren, ein Stuhl, der mit etwas Klebrigem, möglicherweise Samen, verschmiert war. Trotzdem, es mußte sein. Ich atmete einige Male tief durch und mischte mir einen Schluck Bradwardine mit Leitungswasser aus dem benachbarten Waschraum. Dann schlich ich mich in den Flur hinaus, durchquerte die Bar und betrat Geoffreys Büro. Ich knipste das Licht an, und es strahlte grell auf das nackte, grinsende Chaos. Ich war auf Schlimmes gefaßt gewesen, aber es war noch schlimmer.

9

Das Knistern des Briefs in der linken Tasche meines Bademantels war wie Knistern von Feuer. Aber ich blieb ganz ruhig. Der Brief, wenn ich die Metapher etwas abkühlen darf, hatte meinen Hirnmotor gezündet, der nun gleichmäßig in sich hinein brummte. Ich hatte mir alles überlegt, dachte ich. Als Ali in der Frühe aufstand, fand er mich schon am Küchentisch sitzend, Hochlandkaffee trinkend. Wie immer achtete er meinen Wunsch nach morgendlichem Schweigen und bedeutete nur nickend ein *buenos días.* Er war auch nicht überrascht, mich so früh schon hier vorzufinden, kannte er doch mein kärgliches Schlafbedürfnis. Er nickte und nickte, als ich noch eine zweite Tasse voll Kaffee goß, reichlich Zucker hineintat, ein Glas mit Orangensaft aus dem Kühlschrank füllte und die beiden Morgentränke auf ein Tablett stellte. Das war für Geoffrey. Ich ging aus der Küche und stieg, mit bewundernswerter (fand ich) Beherrschung meiner Nerven das Tablett balancierend, zum großen Schlafzimmer hinauf.

Geoffrey lag quer über das Bett, den Kopf über den Rand hängend, wie einer, der aus einem Teich trinkt. Ich stellte das Tablett ab und schüttelte ihn. Er stieß wüste Laute aus und erwachte schließlich, auf den Fußboden hinabblinzelnd, als überlegte er angestrengt, was das sei. Dann wälzte er sich herum und lag in Kreuzigungspose auf dem Rücken, stöhnte, hustete, blinzelte mehrmals in rascher Folge und griff dann fast ohne hinzusehen nach dem

Orangensaft, den ich ihm reichte. Er schlürfte ihn blindlings hinunter, schmatzte, schauderte, rülpste, bebte, seufzte tief auf und gab mir das leere Glas zurück. Ich gab ihm den Kaffee. Er war nun halb wach. Er schlürfte, dann murmelte er:

»Katzenpisse!« Er meinte nicht den Kaffee. »Mund wie'n Papageienkäfig. Schrecklich nett von dir.« Ich wahrte mein Morgenschweigen. »Noch was da?« Er blinzelte nach dem Tablett, in der Hoffnung, dort sei die Kaffeekanne. Ich gab ihm eine Zigarette und Feuer mit Alis Feuerzeug. Er hustete und qualsterte ein Weilchen und sagte: »Schon. Viel. Besser!« Dann legte er sich wieder zurück, rauchte und rollte das schmutzige Weiß seiner Augen zu mir her. »Welchem Umstand verdanke ich sozusagen die unschätzbare Ehre?« Ich räusperte mich und sprach die ersten Worte des Tages:

»Du hast mich gestern abend um zehntausend Pfund gebeten.«

»So, Tatsache? Na, nächtliche Eingebung, würd ich sagen.« Dann schien er sich zu erinnern. »Ach ja, mein Gott, gestern abend! Hab mich wohl daneben benommen, weiß ich noch irgendwie. Das kommt von diesem vermaledeiten Malteser Traubenmus mit Essig.« Noch mehr fiel ihm ein. »Ach ja, allerdings!« Er musterte mich, wie ich auf dem Bettrand saß. »Du scheinst ja wieder auf Zack zu sein, mein Guter. Bekommt dir gar nicht schlecht, wenn mal so ein bißchen was durchbrennt, könnte man meinen. Mußt du öfter machen. Was ist mit den zehntausend Pfund?«

»Geoffrey«, sagte ich, »jetzt hör mir mal bitte ganz genau zu und sag gar nichts, eh ich nicht fertig bin! Zuerst einmal, deine zehntausend Pfund sollst du haben.«

»Jesus Beelzebub, ist das dein Ernst?«

»Ich hab gesagt, du sollst mich nicht unterbrechen. Bitte paß auf, aber genau!«

»Hänge an Ihrem Munde, Sir.«

»Ich war heute in aller Frühe in deinem Büro, das sich, wie ich wohl sagen darf, in einem Zustand unglaublicher Verdreckung und Verwahrlosung befand und noch befindet. Rein zufällig fand ich auf dem Boden diesen Brief, unter einer vermutlich von dir ausgetretenen Zigarette.« Ich zog aus der Tasche den schmutzigen Umschlag und aus diesem den Brief. »Er ist von Everard Huntley in Rabat.«

»Dieser Scheißer!«

»Geoffrey, bitte! Du kannst dir nicht vorstellen, was es mich für eine Mühe kostet, die Ruhe zu bewahren. Ich will dir den Brief nicht vorlesen; er ist an mich adressiert, betrifft aber ganz und gar dich. Ich will dir nur sagen, was darin steht. Hier steht, daß sich ein gewisser Abdulbakar in seinem tiefen und tränenreichen Kummer an das britische Konsulat gewandt hat. Er hat von dem Tod seines Sohnes Mahmud gesprochen.«

Geoffrey wurde totenbleich und flüsterte: »Heilandssack!«

»Ja, Geoffrey, die Verletzungen, die du ihm beim *Spielen,* wie du das nanntest, beigebracht hast, waren tödlich. Dieser Brief, wie ich dir sagen muß, ist schon einen Monat alt, und ich habe keine Ahnung, was seither passiert ist. Jedenfalls hat sich Abdulbakars Kummer schnell in Heulen und Schreien und den wütenden Ruf nach Gerechtigkeit verwandelt. Die Gerechtigkeit hat er vom konsularischen Vertreter Ihrer britannischen Majestät erwartet. Zuerst allerdings ist er dich in Tanger suchen gegangen, hat schließlich unser Haus gefunden, das wir gerade erst geräumt hatten und das sich inzwischen im Besitz des emigrierten Malers Withers befand.«

»Herr Jesus, mach schon weiter!«

»Das war, solange Mahmud, der arme Junge, noch am Leben war und im Krankenhaus lag, mit einer halben Chance, daß er die Operation überstehen würde.«

»Was für eine Operation denn, um Himmelswillen? Mein Gott, ja–«

»Abdulbakar kannte deinen Namen nur in einer verstümmelten Version. Mein Name, wie du weißt, geht leicht ins Arabische. Der Geschichtenerzähler Tumi, hat Withers gesagt, sei abgereist. Wohin, das wird Abdulbakar ohne Mühe herausfinden können, obwohl Huntley freundlicherweise den Mund gehalten hat. Huntley schreibt, du, Geoffrey, seiest in schwerer Gefahr.«

»Scheiße, aber ich war's doch nicht alleine! Du hast doch selber eins mit ihm gemacht, mit dem pockigen Klein-Mahmud, du pingeliges Arschloch du!«

»Abdulbakar hält instinktiv nichts davon, begreiflicherweise, wenn man seine Herkunft bedenkt, die Gerechtigkeit der Justiz zu überlassen.«

»Der verwünschte Zuhälter! Schickt seinen eigenen Jungen auf den Strich, der Halunke!«

»Sehr viel wahrscheinlicher, meint Huntley, wird er eine wilde

Gerechtigkeit nach seiner Art ausüben, auszuüben versuchen oder ausüben lassen. Natürlich kann es sein, daß er vor Verzweiflung über den unerschwinglichen Flug nach Malta, wo er übrigens keine Mühe hätte, das Haus des Tumi ausfindig zu machen, schließlich doch die Polizei informiert. Mord kann man dir nicht vorwerfen, wahrscheinlich nicht einmal Totschlag, aber in den meisten Ländern stehen auch ziemlich hohe Strafen auf schwere Körperverletzung mit Todesfolge. Sicherlich würdest du deshalb ausgeliefert. Hab ich mich soweit klar ausgedrückt?«

»Klar, klar, ich muß weg!«

»An deiner Stelle würde ich mich jetzt waschen, rasieren, anziehen und die Koffer packen. Und damit ade, Geoffrey! Du verläßt diese Insel, die du so verabscheust. Mittags geht eine Maschine nach London; wenn du Glück hast, bekommst du noch einen Platz. Zuerst mußt du zu Sliema gehn, der Reiseagentur an der Hauptstraße. Ich schreibe dir einen Scheck aus, in Malteser Pfund. Einen zweiten Scheck geb ich dir für die National Westminster Bank am Stanhope Gate – der ist für deine Ausgaben in London, bevor du von dort in die Vereinigten Staaten fliegst. In diesem Scheck ist auch ein Ticket für einen Flug New York–Chikago vorgesehen, und zurück, natürlich Touristenklasse. Ich hoffe, du hast dir dies alles gemerkt?«

»Chikago? Chik – Was zum Kuckuck soll ich denn in Chikago? Zurück, hast du gesagt? Hierher? Damit mich zum Kuckuck noch mal dieser Abdulscheißbakker umlegt?«

»Du sollst in den Vereinigten Staaten etwas für mich erledigen. Du bekommst einen weiteren Scheck auf die Chemical Bank in New York, über fünftausend Dollar. Vielleicht wirst du umherreisen müssen; kommt ganz drauf an, was du in Chikago herausfindest. Mit dem Rückflug meine ich, nach London. In London gibst du mir deinen Bericht, mir persönlich – Wignall hat mich gefragt, wann ich *heimkommen* würde, und ich hatte nicht gedacht, daß es so bald sein würde – und wenn ich dann sehe, daß du gute Arbeit geleistet hast, bekommst du einen letzten Scheck. Und der ist dann über die zehntausend Pfund, die du gestern abend, äh, erbeten hast.«

Geoffrey war bei der zweiten Zigarette und überblickte nun die Situation; er lag bequem hingestreckt und grinste sogar ein wenig. »Wie verdammt anständig und, äh, mildtätig du bist! Was für ein Sinneswandel!« Da er nicht mehr hier zu schlafen gedachte, drückte er die Zigarette auf dem polierten Zedernholz des Nachttischchens aus.

»Geld hab ich genug, Geoffrey. Du weißt genau, wieviel auf dem britischen Konto ist. Der letzte Bankauszug lag zwischen deinen pornografischen Magazinen. Paßt doch zusammen, wirst du sagen; eine Lektüre so aufregend oder obszön wie die andere. Ich habe noch andere Konten, von denen auch du nichts weißt. Bei all meinem Vermögen denke ich doch, daß zehntausend Pfund einigermaßen reichlich ist. Aber du mußt ein bißchen Arbeit dafür leisten. Es ist nichts Schweres, aber wichtig für mich.«

»Was denn für Arbeit, mein Guter?«

»Ich erkläre dir's beim Frühstück. Es hat etwas mit der Sache zu tun, derentwegen der Erzbischof gestern hier war.«

»O Heilandssack! Sehr wohl, Sir. Ich stehe gleich auf.« Und er stand auf, nackt, wenig behaart, schwitzend (nicht vor Anstrengung), fettgeworden in meinen Diensten. Er hatte ein allzu bequemes Leben gehabt.

10

Es war der Zahn, der während des Essens bei den Ovingtons angefangen hatte zu klopfen. Er schmerzte jetzt unerträglich, und der Gaumen darüber war weich und geschwollen. Der Zahn selbst war locker. Wahrscheinlich ein Abszeß. Kognak dämpfte den Schmerz; auch Nelkenessenz, die mir Ali aus der Apotheke von Grima oder Borg holte (sie lag zum Glück gleich nebenan), half ein wenig. Für einen Mann in meinem Alter, dachte ich mir, waren Zahnschmerzen fast ein Luxus. Mein Vater war Zahnarzt gewesen; und wie andere Väter ihren Kindern Strebsamkeit und, wenn schon nicht Moral, dann doch wenigstens Diskretion predigen, so hatte er uns immer die Wichtigkeit eines guten Gebisses eingeschärft. Trotzdem hatte ich mich um meine Zähne nie sonderlich gekümmert. Aber nun, in meinem zweiundachtzigsten Lebensjahr, hatte ich noch immer sechsundzwanzig, die zwar entfärbt, aber bis auf diesen einen störrischen Prämolaren alle scharf und gesund waren. Ich nahm an, daß dieser eine auch noch zu retten sei; nur durfte ich es nicht riskieren, damit zu einem fremden Zahnarzt in Birkirkara oder Valletta mit einem Wartezimmer voller aromatisch duftender Malteser zu gehn. Ich mußte zu meinem erprobten Zahnarzt, zu Dr. Pes an der Piazza Bologna in Rom. Pes ist ein sardischer Name und würde wohl eher zu einem Fußpfleger als zu einem Zahnarzt passen. Ein begüterter Herr meiner Generation hält naturgemäß denjenigen Sachwaltern seiner Gesundheit, Bequemlichkeit und seiner praktischen Bedürfnisse die *Treue,* die ihrerseits Treue zu der Metaphysik der Qualität und Tüchtigkeit bewiesen haben. Entfernungen spielen keine Rolle. Zähne aus Rom, Seidenhemden aus Kuala Lumpur, Ledersachen aus Florenz, Tee aus der Mincing Lane. Jetzt mußte ich nach Rom, ohne Begleiter.

Sowohl der Schmerz als auch die Aussicht, zur Behebung seiner Ursache eine Reise anzutreten, kamen zur rechten Zeit. Ohne Geoffrey war ich einsam, und nicht einmal seine Aufführung auf dem Flughafen, sozusagen die Abschiedsvorstellung, konnte meine bittere Zuneigung ganz ersticken. Mit Ali brachte ich ihn sehr zeitig zu seiner Maschine – vielleicht ein Fehler. Zuerst gab es Streit mit den Polizisten, die ihm einen Ausreisestempel in den Paß drücken wollten. Nichts mehr, was ihm gehöre, wolle er von diesen Scheißmaltesern besudeln lassen, brüllte er, und was zum Kuckuck sie denn machen würden, wenn er nun mal nicht wolle, ob sie ihn dann bittschön einlochen würden? Er kam mit unbesudeltem Paß durch, aber dann in der Bar unterhielt er mich und alle Leute ringsum mit einer lauten, von den Visa und Einreisegenehmigungen in seinem Paß inspirierten Rekapitulation mancher skandalöseren Momente aus unseren gemeinsam verbrachten Jahren. »New York, weißt du noch, wie dieser Affenarsch von deinem Verlag mich abhalten wollte, zu der Faustfickerparty zu gehn? Ist doch gefährlich, Mann, hat er gesagt, kann Sie das Leben kosten – so ein blöder Sack! Toronto, da haben wir doch beide auf einmal diesen Kleinen gepimpert, weißt du noch, wie hieß der bloß, so irgendwie hennahübsch, das Kerlchen, halb Indianer, halb Franzose, jedenfalls keine Unze von diesem vermaledeiten Angelsachsenblut, klar, weißt du auch noch!« Er betrank sich blitzschnell mit unverdünntem Pernod. »Ein Theologe aus Rom verging sich an einem Phantom. Das phosphoreszierte, als er es berührte, und hauchte: Schatz, nimm ein Kondom!« Es dauerte nicht lange, und wir hatten die ganze Bar für uns allein.

»Da ist jetzt deine Maschine, Geoffrey.«

»Müssen sie doch erst ausladen, die Scheißkiste, klar müssen sie das! Ist noch genug Zeit für einen, äh, kleinen Umtrunk.«

»Hast du denn alles bei dir?«

»Klar, Sportsfreund!« Er beklopfte zärtlich den alten Gucci-Koffer, den ich ihm zum Abschied geschenkt hatte. »Die Kleinen da drin können's kaum erwarten, bis sie abkassiert werden. Und das Zeugs über deinen heiligen Himmelsfurz hab ich auch.«

Geoffrey stieg als letzter in die Maschine. Vor dem Flughafenpersonal setzte er zu einer lauten und schwungvollen Lobrede auf meine Tugenden an, in denen meine Laster mit inbegriffen waren: »Sentimentalität und so eine verwünschte Pingeligkeit, außerdem diese Scheißheuchelei als zweite Natur, das Produkt einer vermaledeiten Periode. Tschuldjung, die Damen, wegen der *vermaledeiten Periode!* Aber Heilandssack, nein, wofür soll ich mich entschuldigen? Diese Scheißinsel kann zum Kuckuck froh sein, daß sie so einen richtig großen internationalen Schriftsteller auf ihrem scheinheiligen Boden beherbergt. Und *das* für Malta!« Er ließ einen ungeheuerlichen Lippenfurz los; zugleich streckte er zwei Finger als Teufelshörner zur Decke auf. »Also dann! Hoch sollt ihr'n kriegen, küßt mich alle britisch am Arsch, und ein Schweineglück euch allen, ihr Schweine! Paßt mir gut auf auf den Toomey!« Zuletzt sah man ihn noch über die Landebahn winken, während die Maschine schon warmlief und das Bodenpersonal darauf wartete, die Treppe wegkarren zu können. Er wollte noch eine Art Treppentanz vorführen, ließ sich aber schließlich bereden, an Bord zu gehn. Weder die Stewardeß noch seine Mitpassagiere waren zu beneiden.

Und dann wieder der Zahnschmerz. Da ich schon einmal hier war, konnte ich auch gleich den Flug nach Rom buchen. Ich müßte bis übermorgen warten, erfuhr ich. Zwei Ladungen Malteser flogen hin, sich den päpstlichen Segen zu holen. Ich nahm das Ticket mit und bezahlte per Scheck. Als ich wieder zum Wagen kam, wo Ali wartete, blickten wir beide uns an. An Alis herzlichem Abscheu vor Geoffrey hatte ich keinen Zweifel, aber noch nie hatte er durch Worte, Gesten oder Mienen etwas davon gezeigt. Jetzt aber nickte er mir zu, Auge in Auge, zog einen Hauch Luft ein und stieß ihn schnell wieder aus. »Und jetzt heim!« sagte ich, oder vielmehr *a casa.* So stimulierte es keine Tränen. Unterwegs sang der schlimme Zahn ein tobendes Forte. Es war die prompte Ablösung für Geoffrey. Ein Uhr, 24. Juni 1971. Mein zweiundachtzigstes Lebensjahr lag vor mir.

11 »Eines will ich Ihnen sagen, Pater. Den reuigen Sünder spielen, das wird mir nie gut gelingen. Jedenfalls nicht, solange der Trieb oder die Libido, wie manche dies nennen, nicht aussetzt. Und warum überhaupt soll ich bereuen, daß ich so bin, wie Gott mich geschaffen hat?«

Pater Frobisher S. J. schenkte mir noch ein Gläschen Amontillado ein. Das war nett von ihm, denn der Sherry war knapp, alles war knapp und wurde noch knapper. Wir saßen in einem häßlichen, finstern Zimmer in der Farm Street. Ich saß auf einem bußfördernd harten Windsorstuhl, er in einem Sessel, der groß und weich wie ein Bett war, alt, knirschend in der Federung und mit schmutzigem Chintz bezogen. Es war kurz vor dem grünen, dumpfen Weihnachtsfest von 1916, als die Überfüllung der Friedhöfe in Aussicht stand. Grad vor einem Monat war die Schlacht an der Somme zu Ende gegangen, mit britischen Verlusten, die auf eine halbe Million geschätzt wurden. Grüne Weihnachten stellten eine Art Kriegsbuße für die Zivilisten dar. Pater Frobisher sagte:

»Wer war es doch, der Sie zu mir geschickt hat?«

»Ein Herr Hueffer, oder vielmehr Ford, er hat wegen des Krieges den Namen gewechselt. Er ist Schriftsteller, Dichter, Herausgeber und so was.« Pater Frobisher zog die Stirn kraus; konnte sich wohl nicht erinnern. Er sagte:

»Ein oder zwei, wie soll man sagen, literarische Personen sind schon mal mit demselben Problem zu mir geschickt worden. Immer sind es solche Leute, die das Problem haben. Schauspieler auch, Musiker allerdings nicht. Sie sind auch Schriftsteller?«

»Romancier, Rezensent und so was.«

»Nun ja, die Situation ist für Schriftsteller dieselbe wie für Müllkutscher, sofern Müllkutscher dieses Problem kennen sollten, was ich bezweifle. Schwere Arbeit und Bier, Mr. Toomey, sind eine gute Ablenkung von, von, von.« Er war ein stämmiger Mann und hätte seinerseits mit Leichtigkeit Mülltonnen schleppen können. Sein Kopf war fast kahl, aber aus seinen Augenbrauen stachen drahtige Härchen in alle Richtungen. Seine schwarze Kluft war unreinlich. »Die Heilige Schrift«, sagte er, »macht vollkommen klar, *wie Gott uns geschaffen hat.* Er schuf sie Mann und Weib. Der Geschlechtstrieb ist dazu bestimmt, den Himmel mit menschlichen Seelen zu bevölkern. Abirrungen sind Werk des Menschen, nicht Gottes. Gott gibt uns den freien Willen. Wir können ihn wohl- oder mißbrauchen. Sie, nach dem, was Sie mir sagen, haben ihn mißbraucht.«

»Sie sind im Irrtum, Pater. Entschuldigen Sie! Ich bin nicht aus eigenem Willen so, wie ich bin. Von meiner Pubertät an sah ich mich von dem abgedrängt, was man in der Welt ebenso wie in der Kirche als das sexuell Normale bezeichnen würde.«

»Haben Sie gebetet?«

»Gewiß habe ich gebetet. Ich habe darum gebetet, zu etwas hingezogen zu werden, das mir zuwider ist. Manchmal sogar darum, zu den fleischlichen Sünden der Normalen verführt zu werden.«

»Man darf nie darum beten, in Versuchung geführt zu werden, Mr. Toomey.« Er zog eine billige Schnupftabaksdose aus der Tasche und bot sie mir an. Ich wußte nicht, ob sie eine Alternative zur Geschlechtslust oder eine andere Art sinnlicher Versuchungen darstellen sollte. Ich schüttelte den Kopf. Er zog eine große Prise weißen Pulvers, das nach Pfefferminz roch, in jedes seiner haarigen Nasenlöcher. Dann nieste und sprühte er und erschauerte wohlig. Aus dem Ärmel zog er ein verblüffend weißes Taschentuch und trompetete hinein. Dann sagte er, mit der ganzen Selbstgefälligkeit eines Mannes, der das Fleisch überwunden hat: »Ich finde, man macht zuviel Wesens um die Sexualität. Dies ist ein Fehler Ihrer Generation. Oder der Künstler und Dichter Ihrer Generation. Die Gedichte von Rupert Brooke haben Sie doch gelesen? Bedauerlich, daß sie so – nun ja, physisch sind.«

»Ja, im heterosexuellen Sinne. Er hat für alles gebüßt, Pater!« Hatte er, voriges Jahr auf Skyros. »Vielleicht«, sagte ich, »machen wir deshalb soviel – wie Sie sagen – Wesens um die Sexualität, weil soviel gestorben wird. Ja, ich weiß, was Sie sagen wollen, daß meine Art Sexualität steril ist. Aber es ist alles von Grund auf nur ein Trieb. *Alma Venus* und so weiter.«

»Warum«, fragte er mit der gleichen Unverfrorenheit, auf die man von fremden Frauen im Bus gefaßt sein mußte, »sind Sie denn nicht beim Heer?«

»Sie meinen, daß ein Feldgeistlicher über mein Problem besser Bescheid wüßte? Oder daß ein vorzeitiger Tod es lösen würde? Es ist nun aber so«, sagte ich, »daß den Stabsärzten mein Herz nicht gefällt. Der Takt ist unregelmäßig. Wenn wir allerdings noch mehr solche Katastrophen wie die an der Somme erleben, wird man sicherlich noch finden, daß es wie Marschmusik klingt. Aber darf ich zu dem Problem zurückkommen? Was sagt die Kirche dazu?«

»Zunächst einmal«, sagte Pater Frobisher rasch, die Hände im Schoß gefaltet und die Daumen umeinander drehend, »ist jeder fleischliche Verkehr Sünde, außerhalb des Ehestands. Sie befinden sich daher in der gleichen Lage wie jeder, jeder, jeder.«

»Ja, aber der geschlechtlich Normale kann wenigstens heiraten, statt zu verbrennen. Ich kann nicht heiraten. Es wäre ein Hohn und eine Sünde – ja, eine Sünde.«

»Ich will Ihre, äh, Metapher mal hingehen lassen. Aber man kann nie wissen, was die Liebe und, ja, die Hilfe einer guten Frau nicht alles bewirken könnten. Sie müssen um Gottes Gnade beten. Sie haben kein Recht zu der Annahme, daß Ihre jetzige, jetzige, jetzige einen ständigen und unwandelbaren Zustand darstellt. Gottes Gnade geht seltsame Wege. Sie haben keine Ahnung, was die Zukunft bringen mag. Sie sind noch sehr jung.«

»Sechsundzwanzig, Pater!«

»Sie sind noch sehr jung. Aber doch alt genug, wenn ich so sagen darf, um über die Erwartung hinaus zu sein, die Erwartung, sage ich–«

Ungeduldig brachte ich es für ihn zu Ende. »Die Erwartung, Schlupflöcher zu finden, Ausnahmeklauseln, ehrwürdige Präzedenzfälle und dergleichen mehr.« Grad hinter dem Pater, scheinbar auf dem Scheitelpunkt seines nach dem Nasenerguß nun ruhigen Kahlkopfes schwebend, hing eine trübe Reproduktion von Michelangelos *Jüngstem Gericht* – ein Christus mit Ringkämpferschultern, alle Welt verurteilend, ungerührt durch die Fürbitten der eigenen heiligen Mutter, und der Maler in der vordersten Reihe der Seligen, aber als Sankt Bartholomäus, sich die abgeschundene Haut haltend. »Wo ist denn Michelangelo?« fragte ich. »In der Hölle? Er hatte Verkehr mit Männern und hat leidenschaftliche Sonette über die homosexuelle Liebe geschrieben. Gott hat ihn zu dem erschaffen, was er gewesen ist, nämlich ein Homosexueller und ein Künstler. Habe ich nicht recht, wenn ich vermute, daß die Kirche früher, in einem humanen Geiste humorvoller Resignation, die Sünden des Fleisches nicht so ernst genommen hat? Es gab doch mal einen Bischof, ich weiß nicht mehr, wie er hieß, der von einem Mann und einem Mädchen in einem Garten an einem Maimorgen gesprochen hat, und wenn Gott dies nicht verzeihen würde, er, der Bischof, würde's. Womit er wohl meinte, Gott würde verzeihen. Sofern Gott sich überhaupt darum kümmert, was ich bezweifle.«

Pater Frobisher wurde nun laut. »Und *ob* Gott sich darum kümmert! Der Mann trägt in sich das Wunder des Samens, den der Schöpfer dort eingepflanzt hat. Die Kraft, für Gottes Königreich neue Menschenseelen zu zeugen. Die mutwillige Vergeudung des Samens in der Sünde Onans oder in den pseudohellenischen Umarmungen Ihrer, Ihrer, Ihrer–« Dann: »Von diesem Bischof hab ich noch nie gehört. Immerhin hat er von einem Mann und einem Mädchen gesprochen. Sie müssen von dieser Todsünde lassen. Sie müssen geloben, sie nie wieder zu begehen. Haben Sie mich gehört?«

»Ich habe«, sagte ich in gleicher Lautstärke, »regelmäßig gelobt, von ihr zu lassen. Ich bin pflichtgetreu einmal im Monat zur Beichte gegangen, manchmal öfter, und habe meine unreinen Gedanken oder unreinen Handlungen bereut. Und dann, regelmäßig, bin ich ihnen wieder verfallen. Das kann nicht ewig so weiter gehn.«

»Das kann es allerdings nicht. Allerdings!«

»Also muß ich mich entscheiden. Es ist nicht leicht. Sind Sie, Pater, von der Wiege an Katholik?«

»Das tut nichts zur Sache. Aber nein, ich bin Konvertit. Wie Newman. Aber das tut nichts zur–«

»Mein Vater ist auch Konvertit. Er ist katholisch geworden, als er meine Mutter geheiratet hat, die aus Frankreich kommt. Aber in der Familie meiner Mutter kann ich auf tausend oder mehr Jahre unterschütterlicher Glaubenstreue zurückblicken. Gewiß, es gab hier und da eine Abirrung – Katharismus, Jansenismus, sofern das wirklich eine Abirrung ist. Aber jetzt steht mir bevor, daß ich meiner Mutter das Herz brechen muß, denn ich kann nicht zugleich meiner Natur treu sein, so wie Gott mich geschaffen hat, und ein treuer Sohn der Kirche bleiben. Denn wenn ich, so wie Sie es getan haben, mich zu einem zölibatären Leben verpflichtete, wo wäre mein geistlicher Lohn? Ihre Berufung habe ich nicht. Dafür habe ich eine andere, oder zumindest meine ich, daß es auch eine Berufung ist, aber die läßt sich nicht in priesterlicher Abgeschiedenheit vom Leben des Fleisches erfüllen. Auf welchen Gott soll ich hören – auf den Gott, der mich so geschaffen hat, wie ich bin, oder auf den Gott, dessen Wille durch die Edikte der Kirche gefiltert wird?«

»Da besteht gar kein Unterschied, das dürfen Sie nicht sagen, das ist vollkommen vollkommen.«

Ich blickte ihn eine Sekunde lang ungläubig an; ich meinte, der Satz sei zu Ende.

»– ketzerisch, lästerlich!« sagte er, nach der Amontillado-Flasche greifend. »Leer ist sie«, sagte er im gleichen Ton, den er auch in der Karfreitagspredigt gebraucht hätte. »Wir leben in einer furchtbaren Zeit. Tausende, Millionen Tote auf Europas Schlachtfeldern, und die Deutschen versuchen uns mit ihren Blockaden zum Aufgeben zu zwingen. Männer kommen verstümmelt von der Front zurück, mit fehlenden Gliedmaßen und vom Gas zerfressenen Lungen, blind, gelähmt, zum Zölibat schon physisch verurteilt. Und da wagen Sie es, von geistlichem Lohn zu reden?«

Ich seufzte und zündete mir, ohne seine Erlaubnis einzuholen, mit meinem Feuerzeug, Marke Swan Vesta, eine Gold Flake an. Er hatte selbst Tabak eingenommen, aber in weniger reinlicher Form. Mit dem gleichen Vergnügen, das er beim Schnupfen des Reizmittels gezeigt hatte, stieß ich nun den Rauch aus. Dieselbe Substanz in zweierlei Gestalt. »Ich muß dies alles zurückstellen«, sagte ich. »Den Glauben, die Gnade, die Erlösung. Vielleicht wenn ich sechzig bin, sollte ich so alt werden, und der Ofen aus ist, vielleicht kann ich dann wiederkommen. Worum hat doch der heilige Augustinus gebetet – er wollte rein werden, aber nicht gleich?«

»Dies ist kein Anlaß zu Frivolitäten oder Zynismen. Sie sind in tödlicher Gefahr.«

»Daran glaube ich nicht mehr, Pater«, sagte ich, aber die Hand zitterte mir, in der ich die Zigarette hielt. »Danke für die Zeit und die Hilfe! Denn Sie *haben* mir geholfen.«

»Ich denke, Sie sollten lieber noch einmal wiederkommen. Nächste Woche! Nachdem Sie gebetet und sich besonnen haben. Beten Sie zu unserer Heiligen Mutter um die Gnade der Reinheit! Sie wird Sie erhören.«

»Es wäre nur peinlich, Pater. Ich würde mich lieber an einen Heiligen wenden, der in diesen Dingen Bescheid weiß. Aber gibt es einen? Oder vielleicht an den Herrn selbst. Wenn es stimmt, was Renan angedeutet hat, dann ist er–«

»Ich weiß schon, was Sie sagen wollen. Sprechen Sie es nicht aus! Ich sehe schon, welchen Weg Sie gehn werden. Gott helfe Ihnen! Durch einen perversen Akt des Willens haben Sie die Möglichkeit der Gnade ausgeschlagen. So schnell kann das gehn. Kommen Sie, wir wollen niederknien und gemeinsam beten!« Und er stand aus seinem knirschenden Sessel auf und deutete auf den Teppich am Ofen.

»Nein, Pater! Dazu ist es zu spät. Oder zu früh. Ich kann Ihnen versichern, es wird nicht leicht sein. Ich werde immer etwas zurückbehalten, eine Art« – die Sprache meiner Mutter drängte sich vor, obgleich es das Wort im Englischen auch gab – »*nostalgie*. Aber wiederkommen kann ich nicht. Noch nicht. Für lange Zeit noch nicht.« Dann verließ ich den Raum, so schnell ich nur konnte.

12

Was Sie eben gelesen haben, war natürlich kein wörtliches Protokoll. Ich weiß heute nicht mehr, ob der Geistliche wirklich Frobisher hieß, ob ich damals Gold Flake rauchte, ob er oder ich damals in jenem Zimmer in der Farm Street Tabak genossen, dieselbe Substanz in zweierlei Gestalt. Aber die Grundzüge stimmen. Ich ging mit unsicheren Schritten durch Mayfair, mit einem Gefühl, als ob ich die Füße von jemand anders ausgeliehen hätte, und mit einem Schwindel im Kopf, wie nach Anhören einer negativen ärztlichen Prognose. Auf einem Plakat des *Star* an einem Zeitungskiosk in der Berkeley Street stand: NIVELLE KOMMT FÜR JOFFRE. Ja, eben, ein Weltkrieg war im Gange, und ich hatte nichts Besseres zu tun gehabt, als meinen Geschlechtstrieb mit dem Glauben in Einklang bringen zu wollen. KRIEGSKABINETT LLOYD GEORGE TAGT. Ich wendete mich nach Piccadilly hin. Vor dem Bahnhof Green Park wurden Stechpalmen und Chrysanthemen verkauft. In einer Seitenstraße spielte ein Leierkasten, *Haltet warm den Herd daheim* oder so ähnlich. Eine Dame aus den höheren Ständen, ganz steif in Fischbein, mit einem Wust von Federn auf dem Hut, blickte mich streng an. Sie sah einen gesunden, sogar augenfällig gesunden jungen Mann in einem guten grauen Anzug mit offenem grauem Staubmantel darüber, den breitkrempigen Hut der Künstlergilde wie einen Heiligenschein in den Nacken geschoben. Im Bahnhof kaufte ich eine Abendzeitung und stieg die Treppen hinunter zu meinem Zug nach Baron's Court. Ein Trio Tommies auf Heimaturlaub, beschwipst und die Uniformkragen aufgeknöpft, kam mir von unten entgegen; ich war gezwungen, mich gegen das Geländer zu drükken. Einer von ihnen fing an zu singen, und die anderen stimmten nachklappernd mit ein:

»Du schäkerst mit den Weibern,
Und wir mit unsern Leibern
Wehren dem deutschen Feind ...«

Ob sie mich meinten? Wenn die gewußt hätten!
Im Zugabteil blätterte ich die Zeitung auf und las:

> Nach dem Betreten der Wohnung zündete der Angeklagte einen Gasofen an, nahm auf einem Stuhle Platz und beging das ihm zur Last gelegte Delikt. Der Zeuge erhob keine Einwände, versuchte aber mehrmals zu entkommen, woran er von dem Angeklagten durch Festhalten gehindert wurde. Der Angeklagte gab ihm einen Kuß und einen Schilling, außerdem einen Korkenzieher, mit der Aufforderung, diesen als Andenken an ihn zu behalten.

Der Angeklagte war Norman Douglas von der *English Review,* für die auch ich manchmal etwas schrieb. Douglas, der schon auf die Fünfzig zuging, verbrachte viel Zeit mit dem Aufgabeln kleiner Buben. In diesem Falle hatte er Pech gehabt. Ich war kein so leichtfertiger Päderast wie er und würde mich nie einer solchen Gefahr aussetzen; trotzdem erschauerte ich. Nun hatte ich meiner innig liebenden Mutter abgesagt und mich für Kälte, Sünde und Unsicherheit entschieden. Der Abscheu aller normalen und rechtschaffenen Menschen und die Bekanntschaft mit den Krallen unter den Samtpfötchen der guten Sitten waren mir sicher.

Welche Ironie, daß ich das erste bißchen Ruhm, das ich damals schon eingeheimst hatte, der Veröffentlichung eines Romans verdankte, der als kühne, ja, skandalöse Bejahung der Heterosexualität galt! Der Roman hieß, wie mancher ältere Leser vielleicht noch weiß, *Nach dem Aufbruch,* erschienen bei Martin Secker (in drei Auflagen zu je 1500 Stück, plus 4000 Exemplare in ungebundenen Druckbögen für die Vereinigten Staaten). Das Motto stammte aus FitzGeralds *Omar Khayyam* (»Du weißt, wie kurz die Zeit ist, zu verweilen...«), und die Geschichte handelte (*handelt,* sollte ich sagen, aber ich kann das Buch einfach nicht anders denn als verblichen betrachten) von einem jungen Mann, der dem Tod an einer unheilbaren, äußerlich aber nicht störenden Krankheit entgegensieht. Er ist entschlossen, das Leben bis zum bittern Ende auszukosten. Seine sexuellen Abenteuer mit allerlei hochbeinigen und vollbusigen, nach der Mode von 1911 gepanzerten Damen, denen das Haar in einem duftenden Katarakt über die zahllosen, der Öffnung harrenden Ösen und Nadeln fließt, beschrieb ich mit einer Suggestivität, an der viele Anstoß nahmen; und ich glaube, es war die Zeitschrift *John Bull,* die allen Ernstes nach Strafverfolgung rief. Es war ein Debütantenbuch, das kurz nach meinem zweiundzwanzigsten Geburtstag erschien, geschrieben als kaltblütig berechnete Übungsarbeit in der Darstellung der heterosexuellen Leidenschaft. Viele Leute, besonders die jungen Damen, denen ich bei Geselligkeiten begegnete, nahmen an, daß es die Neigungen und Gelüste des Autors widerspiegle. Ich erzählte niemandem, daß ich mich zu den intimeren Szenen nur hatte durchringen können, indem ich sie mir als homosexuelle Szenen vorstellte, obwohl dies mit den Sturzbächen parfümierten Haars und den wogenden Brüsten manchmal schwer zu vereinbaren war. Was ich beweisen wollte, war natürlich die Unbegrenztheit des schöpferischen Hoheitsgebiets, die Fähigkeit des Schriftstellers, sich Gefühle und Situationen vorzustellen, die gänzlich außerhalb des persönlichen Erfahrungskreises lagen.

Dieser junge Mann, der in zynischer Weise, wie manche denken werden, bereit war, sich mit einem Werk skandalöser Erotik (oder was dafür galt, im Jahr, als *Pygmalion* erschien, die *Titanic* unterging und Scott seine letzte Expedition unternahm) beim Lesepublikum einen Namen zu machen, war dennoch ein tief religiöser Mensch, der jede Woche zur Beichte und zur Kommunion ging, der die Messe auch bei Gelegenheiten besuchte, wo es die Kirche nicht unbedingt forderte, und der jeden Abend, immer auf der Hut vor der Sünde, skrupulös sein Gewissen erforschte. Auf seine Träume, die von ausschweifend homoerotischer Art waren, hatte er naturgemäß keinen Einfluß, und ebensowenig auf die unwillkürlichen Samenergüsse, die sie hervorriefen. Die Bücher, die er schrieb und zu schreiben gedachte, konnten, so meinte er, als kathartische Abmahnungen gerechtfertigt werden (in *Nach dem Aufbruch* starb oder stirbt der Held schließlich nicht an seiner unheilbaren Krankheit, sondern an Messerstichen in einem Bordell auf Madagaskar). Mein zweiter Roman, *Ein Becher Schierling,* handelte von Sokrates und Alkibiades. Umarmungen zwischen nackten Männern waren im Hintergrund zu ahnen, aber Sokrates wurde als Jugendverderber für schuldig befunden und zum Tode verurteilt. Mit einem Wort, meine Romane zollten auf alle Fälle der Moral ihren Tribut. Und dennoch hatten sie wohl etwas mit meiner religiösen Verderbtheit zu tun, die mich schließlich in den Stand setzte, den Glauben durch einen Willensakt von mir abzuschütteln. Aber die wahre Anstifterin zur Abtrünnigkeit war meine sexuelle Prägung. Gott zwang mich, von Gott abzufallen.

In der Zeit meines Glaubens aber, und dies muß ich klarstellen, war ich gläubig in einem Maße, wie man es in den mediterranen Ländern kaum kennt (von denen Norman Douglas, zu ihren Gunsten, behauptet hat, sie seien vollkommen heidnisch); allerdings haben die Katholiken des Nordens schon oft ihren Glauben bis an die Schmerzschwelle getrieben. Nachdem sie die Hauptprämisse von der göttlichen Gründung der Kirche einmal angenommen haben, müssen sie notwendig auch alle anderen Lehren der Kirche annehmen, mitsamt Vorhölle und Quatember. Ich hatte nicht den geringsten Zweifel, daß ich, wenn ich auf den mir so unentrinnbar vorgezeichneten sexuellen Abwegen weiterging, in der Hölle enden würde. Was die Hölle war, wußte ich: ein nie endendes Zahnziehen ohne Kokain, eine glühende Kohle auf den Fingern des Sechsjährigen, der ein Zelluloidbällchen aus dem Kamin fischen wollte. Da aber Gott mich zum Homosexuellen erschaffen hatte, mußte ich glauben, daß es noch einen anderen Gott gab, der mir die homosexuelle Betätigung verbot. Ich darf sagen, daß ich auch an zwei Gottessöhne glauben mußte: der eine der unversöhnliche Richter des Sixtinischen Freskos, der andere der sanftmütige Freund des Jüngers Johannes. Man wird nicht überrascht sein zu erfahren, daß dieser zweite Christus gelegentlich in meinen erotischen Träumen auftauchte.

Aber wie dem auch sei, als ich auf dem Bahnhof Baron's Court die Treppe hinabstieg, war ich erfüllt von dem schuldbewußten Leichtsinn eines Menschen, der weiß, daß er den Weg eingeschlagen hat, den er einschlagen mußte. Ich hatte mein Bestes getan; der Gott der Kirche konnte es schwerlich leugnen. Mit dem Gott meiner Hormone hielt er vielleicht in diesem Augenblick eine Besprechung über meinen Fall ab. Sie würden zu dem Ergebnis kommen müssen, daß man mich in Frieden einer Berufung nachgehn lassen müßte (im Dienste eines göttlichen Attributs), die mit dem Zölibat nicht vereinbar und bei der die Reue auf dem Sterbebett nur allzu wahrscheinlich war. Und damit hatte sich's, *Deo gratias!*

Als ich nun das Mietshaus in der Baron's Court Road betrat und die Treppe zu meiner Wohnung im Dachgeschoß hinaufstieg, konnte ich unbefangen über eine andere Art Treu und Glauben nachdenken. Val Wrigley wollte die Nacht mit mir verbringen; er kam mindestens einmal im Monat. Wir waren Freunde, wir waren Geliebte, doch ihm stand es nicht frei, ins homosexuelle Äquivalent des Ehestandes einzutreten. Er war erst neunzehn Jahre alt und wohnte zuhause, eifersüchtig behütet von seinen Eltern. Er fühlte sich zum Dichter berufen und arbeitete in der Buchhandlung Willett in der Regent Street. Er war blond, empfindlich und sehr schön, mit zarter Haut und schwachen Lungen. Er hatte in der *English Review* einen Artikel von mir über die Gedichte von Edward Thomas gelesen; darauf schrieb er mir einen Brief, der besagte, er habe geglaubt, der einzige Bewunderer dieses Dichters zu sein, und er nehme sich die Freiheit, drei kleine Gedichte beizufügen, die, wie er glaube, etwa im Stile Thomas' gehalten seien. Eines der Gedichte, wenn ich mich recht entsinne, enthielt die Zeilen:

Unverhofft, eh ich's glaub,
In mein Ohr verstädtert und taub,
In mein höriges Londoner Herz
Drosselschlag fällt und entsperrt's.

Wir trafen uns bei Tee und Kuchen in einer Brotstube und gingen dann zusammen in die Queen's Hall, wo damals, glaube ich, die erste britische Aufführung von *Le Sacre du Printemps* gegeben wurde. Vielleicht irre ich mich, aber mir ist, als verbände sich der Schlußsatz mit dem Augenblick, in dem seine kalte Hand vor Erregung die meine berührte. Fast augenblicklich wurden wir ein Paar.

Ab und zu konnte er die Nacht bei mir verbringen, weil seine Eltern (er wohnte in dem Londoner Vorort Ealing) in dem Glauben waren, er leiste Freiwilligendienst am Tee-Ausschank in der Truppennachtkantine der Heilsarmee auf dem Bahnhof Euston. Bei der Schicht, so erzählte er auf mein Anraten seinen Eltern, arbeite er mit einem netten, harmlosen Bücherwurm namens Toomey zusammen. Das war keine allzu riskante Geschichte, denn seine Eltern, die zu einer Truppenkantine keinen Zutritt hatten, konnten sie nie nachprüfen; außerdem konnte er nun unbesorgt über mich sprechen und erzählen, was ich über dies und jenes gesagt hatte. Mit anderen Worten, er mußte nicht allzu viel lügen. »Und dieser Herr Toomey, Spatz – ist er verheiratet?« – »Ich weiß nicht, Mutter, hab ihn nie danach gefragt.« – »Lad ihn doch mal zum Tee ein!« Aber ich ging nie zum Tee nach Ealing. Wenn Val morgens zum Frühstück heimkam, sah er hundemüd aus. Der Betrug funktionierte.

Ich schloß die Wohnungstür auf, trat ein, zündete das Gaslicht und den Gasofen an. Mrs. Pereira, meine portugiesische Wirtin, war schon drinnen gewesen, um die Post zu bringen – ein paar Bücher zur Besprechung und einen Brief von meiner Mutter in Battle, Sussex. Mrs. Pereira hatte das Schnüffelprivileg, meine Wohnung, wann immer sie wollte, betreten zu dürfen, aber sie machte davon am liebsten unter dem Vorwand irgendeiner kleinen Verrichtung Gebrauch. In ihren Augen war ich ein guter Mieter: Ich zahlte regelmäßig und brachte niemals eine Frau mit nach Hause.

Um sieben klopfte Val – dreimal kurz, einmal lang, aus dem Scherzo von Beethovens Fünfter –, und ich machte ihm eiligst auf. »Hab ich einen Hunger! Was gibt's denn heut, Alter?«

Ich hatte einen Gaskocher. »Eine Art Ragout. Büchsenbulle mit Zwiebeln und Möhren. Und der Rest von dem Médoc.«

»Ich hab so einen Hunger!« Val lispelte ein wenig, wie ich selbst auch. Als ich Geoffrey von meiner Vergangenheit erzählte, hatte ich dies erwähnt. Geoffrey war entzückt gewesen; er gab gleich eine hübsche und gemeine Parodie. »Szo eine Ekßtaße! Szag doch, war'ß nicht schön, Szüßer?« Val streckte seine langen Glieder in meinen schäbigen Sessel und nahm sich die Zeitung. Die Kriegsnachrichten interessierten ihn wenig, außer wenn sie mit Meldungen über gefallene Dichter in die Literaturspalten vordrangen. An diesem Abend war er ein wenig zerstreut und launisch. Er blätterte verdrossen die Seiten durch und machte ab und zu *ts, ts.* Es war, als ob er erwartet hätte, in der Zeitung genannt zu werden, wegen einer Verschwörung der Redakteure aber totgeschwiegen würde.

»Was ist los, Val? Schlechter Tag im Geschäft?«

»Ach, wie üblich, Alter! Die einzigen Bücher, die die Leute kaufen wollen, heißen *Schlagt den Hunnen im Gemüsegarten!* und *Onkel Wilfreds lustiger Kalender.* Dabei fällt mir ein! Was krieg ich denn von dir zu Weihnachten?«

»Hab ich mir noch nicht überlegt. Viel zu kaufen gibt es ja nicht.«

»Ach, hast du dir noch nicht überlegt? Ein, zwei Sachen gibt es schon. Wenn du dir die Mühe sparen willst, in den Läden herumzusuchen, könntest du mir ja auch das Geld geben, nicht?«

»Was ist denn heute abend mit dir los, Val?« Ich stellte das Ragout auf den kleinen runden Tisch am Fenster. Ein Vorortzug ratterte vorüber.

»Ach, ich seh grad, ein Freund von dir hat Ärger.« Er hatte den Artikel über Norman Douglas gefunden. Lesend kam er an den Tisch.

»Kein Freund von mir. Kollege, könnte man sagen.« Ich tat ihm auf. Das Ragout hatte einen leichten Metallgeruch.

»Nicht aufgepaßt, wie? Ich kann dir sagen, dies Zeug stinkt aber nach Armeeblech oder so was!«

»Das Büchsenfleisch ist Heeresration. Aber das Zivilblech ist genau dasselbe.«

»Warum können wir nicht ab und zu essen *gehn*? In Soho oder irgendwo! Ist doch nicht schön, in dem Blechbullengeruch schlafen zu müssen. Zwiebeln auch noch!« Er stocherte lustlos in dem Ragout. Angeblich hatte er Hunger.

»Was ist in dich gefahren, Val?«

»Bin wohl heute nicht der liebe Junge wie sonst, oder? Ach, bißchen deprimiert. Weiß auch nicht, warum. Ist nicht viel dran am Leben, nicht?«

»Doch, Val, die Liebe! Probier mal diesen Apfelwein!«

»Labbriges Zeug! Na ja, ein bißchen. Ach, heute hab ich was geschrieben.« Und er nahm einen Zettel aus der Brusttasche. »Hör mal!

Soll das finstre Recht noch taugen,
Des sich Kind und Greis entwöhnen?
Ich vergelte Aug mit Augen,
Zahn mit ungezählten Zähnen.

Muß natürlich noch ein bißchen begradigt werden.« Er lächelte, nicht für mich, sondern aus Wohlgefallen an seiner Darbietung.

»Kreuzige doch Jesus nicht zum zweiten Mal!« sagte ich. »Das macht mir keinen Eindruck. Außerdem hat es nichts mehr zu bedeuten. Ich habe es heute alles aufgegeben. Ich bin in der Farm Street gewesen und habe alles herausgewürgt. Mein Entschluß steht fest. Mit deinem halbwüchsigen Atheismus kannst du mich nicht mehr schockieren.«

»Fergus im Geschäft hat mir erzählt, beim Heer teilen sie die Leute nach Religionen ein. Es heißt: Katholiken links heraus, Kirche von England rechts, diverse Abarten Mitte. Also sind wir jetzt beide divers abartig.« Er kicherte. »Und um meinetwillen hast du Jesus den Rücken gekehrt.«

»Ich habe der Kirche den Rücken gekehrt wegen der Unvermeidlichkeit der Sünde. Wenn du so willst, kannst du sagen, es war um deinetwillen.«

»Wie reizend, mein Alter! Sehr geschmeichelt.« Er stocherte in dem Ragout, der verwöhnte Bengel, und der Flunsch, den er zog, ließ ihn dummfrech und häßlich, zugleich aber begehrenswert aussehen. »Ich kann dir sagen, ist das ein Fraß! Warum gehn wir heute nicht mal essen? Zur Feier der gemeinsamen Abart.«

»Geldfrage, Val! Ich habe genau noch zwei Schilling und neuneinviertel Pennies.«

»Kämen wir nicht weit damit!«

»Du hast gesagt, du hättest Hunger. Das hier ist immerhin eßbar.« Ich aß ein wenig. »Manch ein hungernder Deutscher würde seinen letzten Backenzahn dafür hergeben.«

»Dafür braucht er ja auch keinen Zahn mehr, nicht? Alles ein Mansch!« Er nahm etwas von der dünnen, grauen Soße aus der Ragoutschüssel auf den Löffel und ließ es mit Bedacht langsam auf die Tischdecke träufeln.

»Laß das sein, die Wäscherei kostet auch Geld! Warum mußt du so was Blödes tun?«

»Jedenfalls, ich glaube nicht, daß die Deutschen am Verhungern sind. Ich glaube, das ist bloß Regierungspropaganda. O dieser gräßliche Krieg! Wann wird der bloß um sein?«

»1919, 1921, ist das so wichtig? Du brauchst doch nicht an die Front!«

»Du auch nicht! Also, ich hab zwar Hunger, aber doch nicht auf diesen Mist. Ich glaube, ich geh heim. Ich kann ja sagen, ich hatte Schmerzen in der Brust, und sie haben mich für heute weggeschickt. Mutter hat ein schönes Stück Lammkeule. Vater hat irgendwo einen Weihnachtswhisky für den Metzger aufgetrieben, zehn Jahre in Eichenholz abgelagert oder so was. Dagegen kommt ein Romancier nicht auf.«

»Ein Lyriker schon gar nicht.«

»Der hat nur sein Leben, nur sein Leben! Fallen mußt du, an der Somme oder bei Gallipoli, und der Dichtername ist gemacht für immer! Aber ich steh nun mal in der Keats-Tradition. Dichter mit Schwindsucht!«

»Du redest Quatsch. Margarinebrot mit Marmelade kannst du haben, wenn du magst. Und eine gute Tasse Tee.« Ich legte beschwörend meine Hand auf seine. Er zog die Hand weg. »Was *ist* denn nur los mit dir, Val?«

»Ich weiß nicht. Maule mich nicht an! Ich laß mich nicht gern anmaulen.«

»Val! Val!« Ich stand von meinem Stuhl auf und kniete mich neben ihm auf den Boden. Ich nahm seine Hände, die er mir schlaff überließ, und küßte sie eine nach der andern, über und über.

»Du Schlabbermaul! Machst mich ganz naß!«

»Du hast etwas auf dem Herzen. Irgendwas ist passiert. Erzähl mir's!«

»Ich geh heim.« Er wollte aufstehen, aber ich drückte ihn wieder zurück auf seinen Stuhl. Ich sagte:

»Nein! Sag nicht so was! Du brichst mir das Herz.«

»Gesprochen wie ein volkstümlicher Erzähler! ›Und dann schloß er ihn in die Arme und bedeckte ihn über und über mit Küssen.‹ Nein, ist doch nicht so richtig volkstümlich, noch nicht!« (Ob er wirklich *noch nicht* gesagt hat? Die Gefahr bei Erinnerungen ist es, daß sie jeden Beliebigen in einen Propheten verwandeln können. Ein paar Zeilen vorher hätte ich beinah geschrieben: »1918, am soundsovielten November, ist das so wichtig?«)

»Bitte, Val, mein Liebling, sei ehrlich zu mir! Sag mir, was los ist!«

»Laß mich und setz dich wieder hin! Gewöhn dir diese Kniefälle ab!«

»Manches macht man besser im Knien.« Das war sehr roh gesagt, Gischt auf der steigenden Woge des Begehrens. Er beachtete es nicht, sondern zog die Nase kraus und schaute mich an. Ich ging zum Gaskocher und stellte den Kessel drauf, für den Tee. Kaffee hatte ich nicht. Er sagte:

»Du nimmst nur und gibst nichts.«

»Ich gebe dir Liebe, Verehrung! Aber ich verstehe, du willst jetzt mehr.«

»Nicht *ich*! Nicht *will*! Ich hab es satt, mit immer nur einem als Publikum für meine Gedichte.«

»Ah, ich begreife! Also das läßt du zwischen uns treten! Ich habe doch versucht, sie anzubringen! Die Absagebriefe hab ich dir doch gezeigt! Aber alle haben geschrieben, du sollst weitermachen.«

»Du kennst doch Jack Ketteridge, so ein Kumpel von Ezra Pound. Der hat eine alte Handpresse bekommen. Von einem, der nicht nur verliebt, sondern auch großzügig ist.«

»Wenn ich eine alte Handpresse hätte, würd ich sie dir geben. Ich würde dir alles geben.«

»Das mein' ich doch nicht, du Dussel! Ich will keine Handpresse. Ich will nicht drucken, ich will gedruckt werden. Ketteridge nennt sein kleines Unternehmen die Hakenkreuz-Presse. Das Hakenkreuz soll ein Sonnensymbol sein, bei den Hindus. Viel Glück bedeutet es auch. Er macht mir meinen Band für zwanzig Pfund. Zweihundert Exemplare. Ich finde, das ist billig.«

»Also deswegen das ganze Geknurr! Ich gebe dir nie was! Dabei weißt du, ich kann dir nicht zwanzig Pfund schenken. Warum fragst du nicht deinen Vater?«

»Ich gehe lieber«, sagte Val, »zu denen, die sagen, sie *lieben* mich. Und ich meine nicht, was mein Vater Liebe nennt und was bloß Eifersucht und Tyrannei ist.«

»Ich besorge dir das Geld. Irgendwie. Vielleicht bekomm ich einen Vorschuß auf meine Einnahmen. Aber ich bin eigentlich noch gar nicht soweit, daß ich mit dem nächsten Roman schon anfangen könnte – dem, von dem ich dir erzählt habe, der modernen Abälard und Heloise–«

»Ich weiß, von dem Mann, dem bei Suvla Bay die Hoden weggeschossen werden. Ich weiß auch, du nimmst nicht gern Vorschuß. Du hast mir oft genug erzählt, wie es dir die Arbeit verleidet, wenn du das Geld schon ausgegeben hast, und wie du die Sache dann schlecht machst. Ich weiß, ich weiß, Ken! Bemüh dich nicht! Ich möchte nur, daß du meine Motive kennst, weiter nichts!«

Mir sank das Herz, das Wasser im Kessel sprudelte. Treue! Glaube! Ich hatte gegen den Gedanken angekämpft, im gleichen Augenblick, als ich die Rindfleischbüchse aufdrehte: Welches Recht hatte ich, Treue zu erwarten, wenn ich sie meinerseits aufkündigte? Schon trat Aberglaube an die Stelle des Glaubens. Und da kam sie nun, meine Strafe! Mit Recht sind die Menschen abergläubisch. Ich sagte einstweilen nichts, hielt Val den Rücken zugekehrt, während ich den Tee bereitete, schwachen Tee, weil mein

Päckchen Liptons Siegesmischung beinah zu Ende war. Schließlich sagte ich mit erstickter Stimme (ja, mit erstickter Stimme, so hätte ich das in meinen frühen Romanen gesagt – »und in deinem, ähem, Spätwerk auch noch, mein Guter«, meint Geoffrey): »Wer ist es?«

»Ich möchte, daß du mich recht verstehst, Ken. Bitte, dreh dich um und schau mich an! Ich brauche Geld, nicht für mich, sondern für das, was mir wichtig ist. Ach, vielleicht bin ich blöd, daß es mir wichtig ist, aber es ist alles, was ich habe.«

»Du hast mich.« Ich blickte in die Kanne, um zu sehn, wie der Tee zog. »Hattest mich.«

»Das ist was anderes, Ken, du alter Esel, du weißt, es ist was anderes! Alles für die Kunst! Bernard Shaw hat so was gesagt, um der Kunst willen ist es richtig, Weib und Kinder hungern zu lassen, erst kommt die Kunst!«

»Nein, nein, nicht die Kunst!« Ich schenkte zwei Tassen Tee ein und stellte Büchsenmilch und grauen Kriegszucker auf den Tisch. »Liebe kommt zuerst, Glaube, ich meine Treue! Wer ist es? Ich möchte wissen, wer es ist.«

»Du wirst ihn nicht kennen. Er kommt in den Laden, er hat ein Konto. Er ist scharf auf Erstausgaben von Huysmans. Er hat Wilde gekannt, sagt er jedenfalls. Natürlich älter als du.«

»Und reicher! Du Strichjunge!« sagte ich dann. »Herumhuren willst du! Du weißt gar nicht, was Liebe ist!«

»O doch, ich weiß es! Liebe heißt Büchsenbullenragout essen oder es nicht essen und dann in einem Einzelbett einen Krampf kriegen und morgens in dem Zwiebeldunst erwachen! Kommt dir ein bißchen wie *Blast* vor, nicht, diese Rhapsodie auf eine stürmische Nacht? Na!« sagte er und legte strichjungenhaft den Kopf schief, »hättest du denn Lust auf ein kleines Abschiedsgetümmel?«

»Warum mußt du das machen? Warum?«

»Vielleicht deshalb«, sagte er feierlich, »damit du dich gegen mich kehrst. Dieser Tee sieht ja gräßlich aus! Wie warme Katzenpisse. Jedenfalls eines: Kein Samstagnachmittagsgetümmel mehr und keine Zwiebelnächte! Meine lieben Eltern wissen von nichts, ahnen nichts. Die Vorsicht, Ken, ob es wohl richtig ist, so vorsichtig zu sein? Na, das hat auch ein Ende. Nach der Lammkeule heute abend – und ich geh jetzt lieber, sonst wird sie kalt – sage ich den beiden, daß ich fortgehe. Ja, ich geh fort. Wir essen immer spät zu

Abend, und danach wird Vater schläfrig. Das wird ihn heut munter machen!«

Während er das sagte, ging ich mit der Langsamkeit eines müden alten Mannes zu dem Bett mit der Harlekindecke und setzte mich auf die Kante. Der Tee dampfte ungekostet. »Du willst ihnen sagen, daß du mit einem Mann zusammenleben wirst?«

»Ah ja, die sind doch so naiv! Die werden denken: Na, wenigstens nicht in Sünde mit einer Frau! Was ich ihnen sagen werd, ist, daß ich's satt habe, zuhause zu wohnen. Ich will so spät heimkommen dürfen, wie ich Lust habe. Und wenn sie dann sagen, du bist noch zu jung, dann sag ich: jung schon, aber nicht so jung wie manche, die bei Ypern und an dieser verdammten Somme gefallen sind. Das ist die neue Zeit, werd ich sagen, die Welt von heute! Zwei Männer zusammen in einer Wohnung in Bloomsbury. Aber, unter uns gesagt, Ken, es ist nicht bloß eine Wohnung. Es ist ein hübsches kleines Haus, voll mit Büchern und Nippsachen.«

»Wer ist es? Ich möchte wissen, wer es ist.«

»Die Frage hast du schon mal gestellt, genau in den gleichen Worten. ›Eine gewisse Monotonie des Ausdrucks.‹ Wer war doch der schurkische Rezensent, der das geschrieben hat? Ach, das *Times Literary Supplement,* keine Namen, nichts zu befürchten für die Redaktion! Also, ein letzter heißer Kuß, und dann muß ich los. Ich bin am Verhungern.«

Und so verließ er mich, am Verhungern. Ich lag auf dem Bett und benetzte das Kissen. Dann rauchte ich eine Zigarette (fast hätte ich geschrieben: zündete mir mit Alis Malteserkreuzgeschenk eine Zigarette an). Den letzten heißen Kuß hatte ich ihm verweigert, dem Strichjungen! Ich brütete weniger über Vals Treulosigkeit nach als über die Ungerechtigkeit dessen, was ich, wenn man sich damals schon so ausgedrückt hätte, die etablierte Sexualmoral hätte nennen können. Es gab nichts, was zwei liebende Männer – oder auch Frauen – zusammenzuhalten vermochte: keine Nachkommen, keinen Sinn für die Fortdauer eines Familiennamens und Familiengesichtes über die Jahrhunderte. Aber einer Gattin oder ihrem männlichen Surrogat hätte ich natürlich auch nichts zu bieten gehabt – kein Haus, kein Einkommen. Von draußen klirrten die großen Ketten des Rechts herein, mit einem Zug der Piccadilly-Linie als äußerem Anhalt für die Phantasie. Mit blankgewaschenen Augen sah ich den Brief von meiner Mutter an, mit der französischen Zierschrift in violetter Tinte auf dem Umschlag und dem Poststempel von Battle auf dem enthalsten Kopf Georgs des Fünften. Heimat, Herzenswärme, die blutenden Patienten, wenn sie aus dem Behandlungszimmer kamen und durch den Flur gingen, mein gutmütiger Vater mit dem Blut an den Fingern, das penible Englisch meiner Mutter mit dem Tonfall von Lille! Ich war in die Welt hinausgezogen, und die Welt machte mich bluten.

13

Sie kämen zurecht, schrieb meine Mutter, aber ihr Herz leide mit dem leidenden Frankreich. Dank des Vorteils, in einem landwirtschaftlichen Bezirk zu wohnen, hatten sie genug zu essen, und Vater war ganz wie ein irischer Landarzt bereit, sich mit Butter und Eiern honorieren zu lassen. Mein Bruder Tom hatte beim Königlichen Sanitätskorps in der Boyce-Kaserne einen Kurs als Gaskorporal gemacht, was immer das sein mochte. Meine Schwester Hortense, die den Vornamen meiner Mutter trug so wie ich den meines Vaters, hatte zu ihrem sechzehnten Geburtstag ein Fest gefeiert, wie man es in dieser Zeit der Zuckerknappheit besser nicht erwarten konnte. Pater Callaghan von der St. Antoniuskirche in St. Leonards hatte aus Dublin gehört, das Urteil gegen seinen Vetter Patrick, der an dem fehlgeschlagenen Aufstand von Ostern letzten Jahres teilgenommen hatte, sei in der Berufungsverhandlung bestätigt worden, und nun werde er wohl gehängt werden. Meine Mutter hoffte, ich sei in London glücklich; sie selbst sei so glücklich, daß ich über Weihnachten heimkäme. Wenn doch Tom nur ebenfalls kommen könnte! Aber das sei wohl zuviel verlangt. All dies schrieb sie mit lila Tinte in adrettem Französisch. Die Nachricht über Pater Callaghans Vetter bekam dadurch einen etwas entrückten, literarischen Anstrich, und sogar das über die Honorare in Butter und Eiern las sich wie ein Detail aus *Un cœur simple*.

Ich las den Brief bis zu Ende, vergrub den Kopf ins Kissen und vergoß abermals heiße Tränen, diesmal nicht nur über Vals Abtrünnigkeit, sondern auch über meine verlorene Unschuld und das allgemeine Elend der Welt. Dann wischte ich mir das Gesicht ab, rauchte noch eine Gold Flake und stand auf, um in Mrs. Pereiras gesprungenem blauem Spiegel nach meinen Augen zu sehen. Ich wusch sie mit warmem Wasser aus dem Teekessel, in den ich zu diesem Zweck einen Zipfel des Küchenhandtuchs eintauchte, und atmete einige Male tief durch. Ich hatte Bücher zu besprechen, und in Battle würde das bequemer gehn als hier in dem Zwiebelgeruch, inmitten der Geräuschs- und Geruchsspuren, die Val hinterlassen hatte. Mein Geld reichte nur für die Hinfahrt nach Battle. Ich wußte, daß kurz nach neun ein Zug von Charing Cross ging.

Also packte ich meinen kleinen Koffer, zog den Wintermantel an und setzte den zünftigen Künstlerhut auf. Durch die von einem Zeppelinmond gekrönte Dunkelheit ging ich zum Bahnhof Baron's Court. Ich fuhr bis Earl's Court, stieg um und kam nach Charing Cross. Auf dem Bahnhof wimmelte es von Soldaten und Matrosen, viele davon betrunken. Dirnen in Lackstiefeln und Boas liefen herum, aber auch finstere ehrbare Damen mit finsteren Blicken für kriegstaugliche junge Zivilisten. Früher waren dergleichen Patriotinnen schnell mit weißen Federn bei der Hand gewesen, aber inzwischen war es allzu oft vorgekommen, daß man dies Feigheitsabzeichen Männern verabreichte, die bei Ypern das Augenlicht verloren hatten und für den Sinn der Ehrung schlechterdings keinen Sinn hatten. Ich wurde angeschaut, aber mehr nicht. Ich beschloß, zum Zuge, wie ich es schon öfter getan hatte, zu humpeln – ein ebensogutes Immunitätszeugnis wie eine Uniform.

Der Zug nach Hastings war ziemlich leer, und ich hatte ein Abteil ganz für mich. Ich fuhr zurück in meine Jugend, über Tonbridge, Tunbridge Wells, Frant, Stonegate, Etchingham, Robertsbridge, über den abtrünnigen Val, zwei andere Burschen, denen ich meinerseits untreu geworden war, und den jungen Mann auf einem Bahnsteig, dessen Blick ich nicht unerwidert gelassen hatte – aber es war ein Mißverständnis gewesen, denn er hatte laut zu brüllen angefangen, und ich mußte mich zitternd und puterrot aus dem Staube machen. Ich fuhr zurück zum Anbeginn aller Dinge, für den Augenblick (denn abartigerweise saß ich lieber mit dem Gesicht zur Lokomotive) einer Zukunft den Rücken kehrend, an die ich jetzt nicht denken mochte.

Ich war mit vierzehn Jahren verführt worden, ausgerechnet in der Stadt, wo Pater Callaghans Vetter nun gehängt werden sollte. An der Thomas More Memorial School, wo es an gelüstigen Priestern und einem vorsichtig fingernden irischen Direktor nicht fehlte, war es nicht passiert, sondern in einer schönen Stadt, die normalerweise ihre Perversen nach London und Paris exportierte. In diesem Juni, in den mein vierzehnter Geburtstag fiel, waren wir alle in Irland: Mutter, Vater, die kleine Hortense und der schon etwas größere Tom, ich selbst in meinem Schuljackett, mit Flanellhosen und der blauen Mütze, auf der gelb aufgestickt die Initialen meiner Schule standen. Für abends hatte ich einen steifen Erwachsenenanzug, dessen Hosenbeine schon etwas kurz wurden. Wir wohnten im Hotel Dolphin. Mein Vater nahm seinen Jahresurlaub schon so früh, weil er für Juli oder August keine Vertretung fand; außerdem hatte Tom eine schwere Bronchitis und sollte sich ein paar Wochen am Meer erholen. Meinem Vater hatte es bei einem früheren Aufenthalt in Kingstown gefallen, heute Dun Laoghaire, und meine Mutter war neugierig auf eine katholische Hauptstadt, in der man englisch sprach. Außerdem hatte sie *Les voyages de Gulliver* gelesen, und der kurze Bericht über Swifts Leben, der im Vorwort zu ihrer Ausgabe stand, hatte sie bewegt. Wir blieben ein paar Tage, soweit ich mich erinnere, in Wicklow und dann in Dublin, ehe wir nach Balbriggan weiter im Norden fuhren.

Ich hatte genug von dem armen, immer noch hustenden Tom und meiner lärmenden und hosennässenden kleinen Schwester. Als meine Eltern einen Ausflug zum Phoenix-Park machten, blieb ich trotz des herrlichen Wetters lieber im Hotel. Ich hatte mir an einem Bücherstand für zwei Pennies einen alten gebundenen Jahrgang des *Boy's Own Paper* gekauft, und damit setzte ich mich in den Tagesraum, Karamelbonbons lutschend, und las. Ich war allein. Aus der Bar kam munterer Lärm; Dublin ist eine durstige Stadt. Und dann saß ganz still und plötzlich ein Mann neben mir. Er war in den besten Jahren (siebenunddreißig, wie ich später erfahren sollte), hatte einen Bart und trug sonderbare Kleidungsstücke, die, wie ich ebenfalls später erfuhr, handgewebt waren. Er hatte einen angenehmen Geruch nach Torf und Pfefferminz, mit einem Fähnchen von irischem *Whiskey* darüber (denn den Unterschied zwischen diesem und dem *Scotch* kannte ich schon damals), und schien zu einem Gespräch aufgelegt. Er sagte:

»Ah, Sie lesen! Aber finden Sie dies Zeugs nicht sehr kitschig?« Denn er konnte sehn, daß es das *Boy's Own Paper* war.

»Mir gefällt es. Die Geschichten sind spannend.«

»Na ja, die britischen Reichstugenden für die Jugend – Sport, Disziplin und kalte Bäder in aller Herrgottsfrühe! Und bis auf die Engländer alles sehr komische Leute! Drollige Nigger, schmuddelige und fröschefressende Franzosen, irische Fratzenschneider und Trunkenbolde. Hab ich nicht recht?«

»Nun ja!« Ich mußte lächeln. Er hatte das Ethos meiner Zeitschrift ganz plausibel, wenn auch etwas einseitig zusammengefaßt.

»Aber natürlich, Sie sind jung und wollen was Aufregendes lesen, und die Welt, wie sie wirklich ist, kümmert Sie nicht viel. Wie alt sind Sie denn?«

»Fast vierzehn. Heute in einer Woche werd ich vierzehn.«

»Ein schönes Alter, mein Junge, wenn man das Leben noch so vor sich hat. Und für euch wird sich noch viel ändern, werdet ihr sehn!« Er hatte eine angenehm weiche Stimme, mit verschliffenen Konsonanten. »Sie werden eine andere Welt kennenlernen, nicht die fix und fertige, die Ihnen in dem Schund, den Sie da lesen, aufgeredet werden soll. Aber es macht ja nichts, macht ja nichts! Die Freuden der Jugend!« Er suchte irgend etwas in seinen Taschen, vielleicht eine Pfeife oder Schnupftabaksdose, und brachte die Zeichnung eines Schweines zum Vorschein, das wie auf einer Landkarte mit Grenzen und Gebietsnamen dargestellt war – Schinken, Bauch, Rücken und so weiter. »*The Pig's Paper,* so heißt die Zeitschrift, die ich herausgebe – ganz anders als Ihre! Unser guter Freund *sus scrofa,* Irlands guter Freund, der Herr, der für die Miete aufkommt! Ich hätte's verflucht nötig«, sagte er dann, »mich mal zu waschen und zu kämmen. Wohnen Sie hier in dem Hotel? Haben Sie ein Zimmer für sich? Mit wem wohnen Sie hier?« Ich erzählte ihm, daß meine Eltern einen Ausflug zum Phoenix-Park machten. »Gibt doch sicher ein Badezimmer da oben, nicht? Die höheren Regionen kenn ich nicht. Ich wäre dankbar, wenn Sie's mir mal zeigen könnten.«

Also führte ich ihn hinauf, und, um es kurz zu machen, er kam in mein Zimmer, um sich meinen Kamm für seinen Bart zu leihen, und dann sagte er, warm gerötet von seiner Wäsche: »Jetzt hätte ich grad noch Zeit, Ihnen ein bißchen irischen Ringkampf zu zeigen, aus der Grafschaft Meath, denn ich muß bald fort, in die Redaktion der *Homestead.* Dabei kämpfen wir nackt, ist ja ganz natürlich an einem warmen Tag wie heute. Also ziehn Sie sich mal aus, und ich zeig Ihnen ein paar Griffe!« Einer seiner Griffe schloß die *fellatio* ein, etwas, wofür es weder im *Boy's Own Paper* noch in irgendeinem englischen Wörterbuch jener Zeit ein Wort gab. Eine irische Bezeichnung schien es auch nicht zu geben, doch gebrauchte dieser Schweinemann das Wort *blathach* für dasjenige, was dabei hervorgelockt wurde. Bevor er ging, schenkte er mir einen Schilling und sagte: »So, jetzt können Sie Ihren imperialistischen Kitsch weiterlesen, aber ich möchte wetten, daß Sie ihn ab heute nicht mehr so spannend finden.« Und mit einem freundlichen Lächeln ging er davon.

Dem Tag in Dublin, an dem ich verführt wurde, hat Jim Joyce einen ganzen dicken Roman gewidmet. Wie ich ihm selbst einmal in Paris gesagt habe, konnte ich dies Buch nie ernst nehmen. All das innere Wühlen und die äußeren Handlungen darin kommen mir naiv vor. An keines der öffentlichen Ereignisse, die erwähnt oder beschrieben werden, kann ich mich erinnern, weder an die Kavalkade des Vizekönigs (allerdings ist mir so, als hätte ich damals von fern eine Militärkapelle pfeifen und trommeln gehört), noch an das Feuerwerk des Wohltätigkeitsbazars, an die Meldung vom Untergang der *General Slocum* im East River, an Throwaways Sieg im Ascot-Goldpokalrennen bei sehr hoher Quote, noch an den abendlichen Regen oder an den Himmelsbaum der Sterne mit seinen nassen nachtblauen Früchten, von dem später die Rede ist. Meine Mutter blieb an diesem Abend mit den beiden Kleinen im Hotel; mein Vater ging mit mir ein über alle Maßen langweiliges Melodram mit dem Titel *Leah* anschauen.

Zu Joyce sagte ich 1924 in einer Pariser Kneipe: »Jedenfalls, dem George Russell haben Sie für diesen Nachmittag ein ewiges und unverbrüchliches Alibi verschafft. Aber er und ich, wir wissen, daß er da nicht in der Nationalbibliothek war.«

»Ich will Sie nicht Lügen strafen«, sagte Joyce, die Augen so wolkig wie der mörderische Cocktail, vor dem er saß (Absinth mit Kümmel statt mit Wasser), »aber dem Russell hätt ich die Sodomie eher mit einem Schwein als mit einem Jungen zugetraut. Ach, die Welt ist voller Überraschungen!«

Ich mochte Jim Joyce, aber nicht seine Wahnsinnsexperimente mit der Sprache. Die Chance, ein großer Romancier in der großen Tradition Stendhals zu werden, hat er vertan. Warum mußte er sich in den Kopf setzen, die Literatur zum Religionsersatz zu machen? Aber wir kamen uns nah im Dunstkreis einer *nostalgie.* Seine handfeste Lebensgefährtin Nora wußte, was sie wollte, und ließ ihm seine Flausen nicht lange durchgehn. Ich brachte ihn einmal nach Hause, als er betrunken war, und Nora wartete mit dem Donnerwetter, bis die Türe zu war. Dann, konnte ich hören, setzte es Prügel.

14

Vom Bahnhof in Battle ging ich zur High Street, zum Hause meines Vaters, wo er auch seine Praxis hatte, einen Steinwurf weit von der Abtei. Ein Gepäckträger, der wohl Dienstschluß hatte, ging zweihundert Schritt hinter mir und sang nach der Melodie *Auf, auf, zum fröhlichen Jagen:*

»Ojeh, es ist zum Heulen,
Wie Charlie aussehn tut.
Die Hosen haben Beulen,
Und speckig glänzt sein Hut.
Die Stiefel haben Stellen,
Da kommt ein Zeh ans Licht.
Bis zu den Dardanellen
Trägt ihn der Latschen nicht.«

Ich war da. Um den Türklopfer war ein Stechpalmenkranz gelegt. Ich klopfte und bekam einen adventlichen Stich in die Finger. Dann hörte ich drinnen meine Schwester Hortense herbeilaufen. »Das ist er«, rief sie, »ich weiß doch, daß er's ist!« Und dann wurde ich von Familienarmen und Heimatdünsten umschlungen.

O ihr Düfte des Damals, ihr Düfte jener Zeit! Immer habe ich dem Geruch der Orte und Epochen gehuldigt. Singapur – heiße Servietten und Katzenpisse. Moskau – Tischlerleim und spülungslose Abtritte mit kaltem Rauch von billigen Zigarren. Dublin – gerösteter Kaffee, der sich als geröstete Gerste erweist. Das Jahr 1916 war insgesamt eine Geruchsmischung von ungelüfteten Zimmern, ungewaschenen Strümpfen, blutigem Khaki, Mottenkugeln, verschwitzten Achselhöhlen der Damenkleider, Margarine, billigen Zigaretten aus Bodenfegseln (weil man die Böden mit nassen Teeblättern fegte). Ein sehr unamerikanischer Geruch, könnte man heute sagen. Im Hause meines Vaters mischte sich jedoch der neutral-medizinische mit dem häuslich anglofranzösischen Geruch. Beim Eintreten schon wehte mir der Nachspuk eines *Gigot* mit Knoblauch, vom Abendessen, entgegen, und über den verlorenen blassen Kokain- und Lachgasdünsten schwebte eine Ahnung von Karamelpudding. Die beiden Welten trafen sich im Aroma von Nelkenöl. Und dann kam meine Mutter, mit dem vertrauten Rotweinhauch im Atem (wie der Geistliche, wenn er sich mit der Hostie über die Altarschwelle beugt) und der zarten Hülle von Kölnischwasser.

»Was für eine herrliche Überraschung«, sagte Hortense, die

mich anbetete, »was für eine herrliche Überraschung! Du hattest doch geschrieben, du würdest erst am einundzwanzigsten kommen.«

»Heute nachmittag kam Mutters Brief an. Und dann hab ich mir gedacht: Warum nicht gleich? In London gab es nichts, was mich hielt.« Es kribbelte mir in den Augen.

»Einsam, ein einsamer Ort!« sagte meine Mutter mit ihrer tiefen Stimme. Und mein Vater, in seiner Hausjacke aus Alpaka, mit der blitzenden Uhrkette über dem schwellenden Bäuchlein, lächelte aus einer gewissen Schüchternheitsdistanz. Wir standen nun im Wohnzimmer, wo ein Birnenholzfeuer brannte, noch eine würzige Geruchsbeimischung, aber eine, die ich bisher nicht hatte zuordnen können. Hortense, die über die Schulferien heimgekommen war, hatte das Zimmer mit Papierschlangen, Stechpalmen, Mistel und Efeu geschmückt. In der Ecke ein Weihnachtsbaum mit kleinen, gefährlichen Kerzen, die noch nicht angezündet werden durften.

»Nachträglich alles Gute zum Geburtstag!« sagte ich zu Hortense. Ich nahm das Päckchen für sie aus meinem Koffer.

»Ein Buch, soviel ist klar«, sagte sie, aber ohne Bosheit. »Immer ein Buch!«

»Ich habe nur Bücher«, sagte ich. »Obendrein sind es Besprechungsexemplare. Was zählt, ist die Absicht, hab ich gehört.« Das Geschenk war eine neue Ausgabe des *Tagebuch eines Niemand* von Grossmith. Etwas zum Lachen hatten wir damals nötig, aber wir mußten es bei den Viktorianern suchen. Gewiß, es gab W. W. Jacobs, es gab P. G. Wodehouse, aber ihr Humor war dünn, mit einem Anflug von Entschuldigungsbedürftigkeit; man genierte sich wegen der unentbehrlichen billigen Zerstreuung.

»Du mußt am Verhungern sein«, sagte mein Vater. Ich schüttelte den Kopf; meiner Stimme traute ich nicht. »Vielleicht kannst du ihm noch eine Scheibe von dem kalten Hammel vorsetzen«, sagte er zu meiner Mutter. Ich schüttelte energisch den Kopf. Meine Mutter betrachtete mich mit ihren feierlichen braunen Augen. Als Frau sah sie mehr als mein Vater. Ich wollte, ich könnte sie jetzt klar vor mir sehen, aber ich sehe nur eine in die Länge gezogene Modezeichnung von damals – das lange, braune Kleid mit der niedrigen Taille, unfrivol, aus Respekt vor einer Zeit, welche die echte Frivolität, nicht die schaurige Unbekümmertheit der Politiker und der Generalstäbe, bitter nötig gehabt hätte; die Perlen, die ihrer Tante Charlotte gehört hatten; das weiche braune, schon ergrauende Haar, das sie aufgesteckt trug. Sie sagte:

»Ich glaube, du bist dort nicht glücklich in London. Du kommst mir dünn und müde vor. Du mußt doch nicht dort leben, um schreiben zu können. Du warst glücklicher, als du bei der Hastinger Zeitung gearbeitet hast. Wenigstens kamst du da jeden Abend heim und warst gut genährt.«

»Man muß nah am Literaturbetrieb bleiben«, sagte ich. Es war natürlich unwahr. Es verstand sich von selbst, daß man natürlich mußte.

»Wir sind natürlich sehr stolz«, sagte mein Vater kopfschüttelnd, »aber ein Beruf ist das doch nicht. Wir haben drüber gesprochen, deine Mutter und ich.«

»Ach was, Papa!« sagte ich, »du kannst zwar kein Universitätsexamen ablegen oder eine Lizenz erwerben und dich dann als behördlich anerkannter Schriftsteller niederlassen, mit einem Messingschild an der Tür, aber ansonsten ist es ein genauso ehrenwerter Beruf wie Zähneziehen.«

»Wie sind denn übrigens deine Zähne?«

»Bestens«, sagte ich und zeigte sie ihm. »Mutter«, sagte ich, mich zu ihrem schmalen feierlichen Gesicht hinwendend, »du würdest doch Flaubert, Balzac und Hugo nicht schlechtmachen wollen? So einer will ich auch werden.«

»Ich lese keine Romane«, sagte sie. »Natürlich, deine lese ich, aber das ist etwas anderes. Dieser erste, den du geschrieben hast – Mrs. Hanson hat ihn aus der Leihbibliothek entfernt, und gegen mich war sie sehr unverschämt. Natürlich denkt sie, weil ich Französin bin, habe ich dich zur Unmoral erzogen.«

»Schwester Agnes«, sagte Hortense mit ihrer klaren, offenen Jungmädchenstimme, »hat gesagt, er wäre sehr gekünstelt und man würde gleich sehn, daß er von einem sehr jungen Mann ist. Sie hat gesagt, er wäre nicht glaubhaft.«

»Schwester Agnes«, sagte ich, »ist eine sehr gescheite Kritikerin.«

»Natürlich, sie kritisiert ja auch den ganzen Tag.«

»Du siehst *exténué* aus, Kenneth«, sagte meine Mutter. »Ich mache jetzt Kakao für uns alle, und dann gehn wir zu Bett. Dein Zimmer steht immer für dich bereit, aber ich lege dir noch eine Wärmflasche ins Bett. Reden können wir morgen noch den ganzen Tag.«

»Und den nächsten und den übernächsten«, sagte Hortense. »O wie schön, daß du daheim bist!« Hortense, mit ihrem Haar in honigblonden Wällen über den Ohren, wie Yeats dergleichen bald nennen sollte, versprach eine große Schönheit zu werden. Sie hatte einen leichten Silberblick und eine kräftige, gerade französische Nase. Dann sagte sie: »*Daheim* – ein schönes Wort!« Meine Eltern hielten einen Augenblick betreten die Luft an. Meine Mutter sagte:

»Wenn du bitte im Hause nicht mehr deutsch sprechen würdest, Hortense, wäre ich dankbar.«

»Jetzt werdet ihr auch schon wie andere Eltern«, sagte Hortense. »Schwester Gertrude sagt, der deutschen Sprache am Kriege Schuld zu geben, ist so, wie wenn man der deutschen Wurst die Schuld geben würde. Jedenfalls sind wir immer noch drei, die Deutsch lernen. Und wir lesen ein Buch von Hermann Hesse. Das ist ein Pazifist, der in der Schweiz lebt oder da irgendwo. Ist das was Schlechtes?«

»Henry James mochte zuletzt nicht mehr mit seinem deutschen *Dachshund* spazieren gehn«, sagte ich. »Und sogar die königliche Familie mußte ihren Namen ändern. Das ist alles sehr töricht.«

»Wenn du Franzose wärest–« fing meine Mutter an.

»Ich bin ein halber Franzose.«

»Da fällt mir ein«, sagte mein Vater, »weil du doch grad von Mr. James sprichst. Aus Rye ist etwas für dich angekommen.« Er setzte seinen Kneifer auf die Nase und ging hinaus. Meine Mutter sagte:

»Also Kakao. Und eine Wärmflasche.« Und sie ging ebenfalls. Hortense strahlte mich mädchenhaft an. Der Wahnsinn war, wenn ich mich von irgendeinem Mädchen angezogen fühlen konnte, dann nur von Hortense. Meine Liebesfähigkeit war eingepfercht zwischen all den donnernden Geboten Mosis.

»Du siehst aus, als ob du hübsch wirst«, sagte ich albernerweise. »Ich meine, du darfst keine Landpomeranze aus dir machen lassen. Hockey spielen und dergleichen!« Sie wurde rot. »Entschuldige!« sagte ich. Noch röter werdend, als ob die Röte, weil sie aus dem einen Grunde schon einmal da war, gleich auch noch anderweitig verwendbar wäre, sagte sie:

»Hast du *Affären* in London?«

»Ich sitz an meiner Arbeit«, sagte ich. »So wie das nun mal ist. *Affären* kann ich mir gar nicht leisten. Ich meine, so eine Affäre fängt bei einem Essen an, mit Wein und Kerzenlicht, und geht dann weiter in einer geräumigen Wohnung. Ich habe doch nur ein Zimmer, mit einem Gaskocher drin, und in dem Geruch schlafe ich dann.«

Sie legte die Finger auf die Lippen; ich zwinkerte mir das Wasser aus den Augen; Vater war zurückgekommen, mit einem Brief. »Die haben seine Sachen dort aufgeräumt«, sagte er. »Anscheinend hatte er eine ganze Menge Briefe geschrieben, aber noch nicht abgeschickt. Da!«

Es war der übliche geschäftige, umschreibungsfrohe und unerschöpflich nuancenreiche Henry James, Träger des Verdienstordens. Seine wichtigste Verlautbarung über den modernen britischen Roman (für den er 1915 mit seiner Einbürgerung, wenngleich erst im nachhinein, das große strahlende Vorbild geworden war) hatte er in einigen Artikeln im *Times Literary Supplement* veröffentlicht. In einer regelmäßigen Literaturspalte der *Illustrated London News,* wo der Mann, der normalerweise schrieb, krank und verhindert war, hatte ich einen milden Protest erhoben: Ich hatte an seiner Metaphorik ebensoviel auszusetzen gefunden wie an seinem Urteil. Er hatte von dem zarten Ruderschlag Compton Mackenzies und Hugh Walpoles gesprochen, und D. H. Lawrence hatte er den »staubbedeckten Schwanz der Nachhut« heranführen lassen. Ein »durchgehaltenes Gleichnis« von einer Orange war ihm begegnet, von dem er sagte, daß es in Walpoles Händen »beachtlich süß« sei. Dem großen Stilisten konnte man dergleichen nicht durchgehen lassen. Er hatte mir einen Antwortbrief geschrieben, die Absendung aber verschoben; oder vielleicht hatte er auch im Wirbel seiner napoleonischen Phantasien schlicht vergessen, daß er ihn geschrieben hatte. Jedenfalls, nun hatte ich den Brief; mein lieber junger Freund, schrieb er, und so weiter, ich lasse den Kopf sinken vor Beschämung durch die erfahrene blanke Zurechtweisung, oder ich könnte auch sagen, ich lasse ihn hängen (was mir nur allzu naheliegt, aus physiologischen Gründen nämlich, wie sie einem, den das fortschreitende Alter und der unentwegt schritthaltende körperliche Verfall immer mehr zur Erde hinblicken lassen, vollkommen gemäß sind), darf aber als schwachen Milderungsgrund wohl vorbringen, daß das Drängen hektischer Redakteure undsoweiter undsoweiter.

Meine Mutter brachte den Kakao herein.

15

Es war ein Fehler gewesen, über Weihnachten heimzufahren. Für fast alle Leute sonst war Weihnachten ein sentimental heidnisches Fest, bei dem Tränen über die Geburt des Friedensfürsten sich vortrefflich mit der Wut auf die Hunnen vertrugen. Für mich und für unsere Familie dagegen galt es der Geburt des Erlösers, und ich hatte die unerträgliche Aufgabe, meinen kürzlich gefaßten Entschluß zum Unglauben an die Geburt des Erlösers für mich zu behalten. Die Weihnachtssänger gingen um und sangen »Herbei, o ihr Gläubigen!« – Worte, die für sie bloß ein Mittel waren, um ein bißchen Kleingeld für einen Hilfsfonds zu sammeln (»Winterwollsachen für unsre Tapfern im Felde«) oder um zu erreichen, daß man sie zu Pastetchen und heißem Eierflip hereinbat. Für mich waren sie eine Erinnerung an mein freiwilliges, doch unvermeidliches Ausscheiden aus der Welt der Gläubigen. Als Heiligabend bevorstand, sagte meine Mutter:

»Heute abend fahren wir mit dem Zug nach St. Leonards und gehn dort zur Beichte. Euer Vater hört in der Praxis heute früher auf. Und morgen früh gehn wir dann alle zusammen zur Kommunion.«

»Könnten wir nicht in St. Leonards bleiben, in den Kinematographen gehn und dann zur Mitternachtsmesse?« fragte Hortense. Kinematographen! Vermutlich die pedantischen Nonnen.

»Dann fahren keine Züge mehr«, sagte meine Mutter. »Nein. Zur Messe gehn wir morgen ganz früh. Und dann nach Haus zu unserm Weihnachtsfrühstück, und dann steck ich den Puter in den Ofen.«

Bei all dem rutschte mir das Herz tiefer. Und mir ist klar, wie auch Ihnen jetzt das Herz rutschen wird, lieber Leser, wenn auch aus andern Gründen. Denn, kommen wir hier nicht Herrn Graham Greene ins Gehege? Oder Herrn James Joyce, da es doch um den Verrat an der eigenen Mutter geht? (Das *Porträt des Dichters als junger Mann* war eben in diesem Jahr erschienen; es wurde in der Hauptsache mißverstanden, von H. G. Wells aber in vollen Tönen als »swiftisch« gepriesen.) Darf ich daran erinnern, daß manche Dinge der Literatur denn doch vorausgehen? Sie werden von der Literatur nicht erfunden. Sie werden Literatur, einfach weil es sie gibt. Graham Greene hat eine bestimmte Art Katholizismus zwar erfunden, aber es war eine Art, die den Katholiken von 1916 nicht ohne weiteres verständlich gewesen wäre. Ich sagte:

»Ich gehe nicht zur Beichte.«

»Liegen dir gar keine Sünden auf der Seele?« frozzelte meine Schwester. »Unbefleckt kam er aus dem sündigen London.«

»Wann bist du das letzte Mal zur Beichte gegangen?« fragte meine Mutter.

»Ich könnte sagen, Mutter, daß ich dies allein mit meinem Gewissen abmachen muß«, sagte ich behutsam lächelnd. »Aber tatsächlich war ich erst vor ein paar Tagen in der Farm Street.«

»Nun ja, wenn du meinst, daß du noch im Zustand der Gnade bist!«

»Ich bleibe daheim und schreibe meine Rezension.« Es war eine längere, über das bisherige *Œuvre* Eden Philpotts', eines Schriftstellers, der damals für wichtig gehalten wurde, besonders von Arnold Bennett, der ihn einen »Meister des langen Satzes« genannt hatte.

»Aber es ist doch schönes Wetter, und wir könnten ein Stückchen am Meer spazieren gehn.«

»Ich muß meine Miete zahlen, Mutter, und das Honorar bekomme ich erst nach Ablieferung des Artikels.«

»Na gut!« Und ich setzte mich ans Feuer und schrieb den ersten Entwurf mit Bleistift in einen Block auf meinen Knien, Datteln kauend und ein Gläschen Sherry in Reichweite. Im Hause meines Vaters fehlte es an sehr wenig.

In dieser Nacht lag ich wach und jonglierte verzweifelt mit den denkbaren Alternativen. Wenn ich nicht mehr *glaubte,* dann wäre die Hostie auf meiner Zunge weiter nichts als ein Stück Brot, und die Meinen wären zufrieden, daß wir alle zusammen zur Weihnachtskommunion gewesen wären. Aber ich wußte, daß die Hostie nicht nur ein Stück Brot war, und ich konnte sie nicht zynisch empfangen. Eine frevlerische Kommunion – entsetzliches Wort! Am Morgen richtete ich ein Stoßgebet an den Gott meiner Hormone: Hilf du meinem Unglauben! Der Unglaube, ich weiß es, braucht seine Zeit, aber, bitte, laß die Zeit kurz werden! Ich hörte, daß die anderen aufgestanden waren. Draußen war es noch dunkel, und im Flur brannte das elektrische Lämpchen. Mein Vater kam herein, Rasierschaum im Gesicht. »Junge, der Zug geht in einer halben Stunde!« Der Gott meiner Hormone gab schon Antwort. »Du siehst nicht gut aus«, sagte mein Vater. Ich hatte die Nachttischlampe angeknipst. Ich hatte keinen Zweifel, daß sie meine Blässe und meine hohlen Augen anleuchtete.

»Mir ist auch nicht so besonders«, sagte ich. »Ich glaub, es wird nicht gehn – bißchen den Magen verdorben. Ich bin das gute Essen nicht mehr gewöhnt.«

Meine Mutter kam herein, fertig angekleidet und kölnischwasserbetupft. »Ist dir schlecht? Hättest vielleicht nicht so viel essen sollen von der –« den Namen dieses Gerichts sprach sie wie in Anführungszeichen aus: eine Konzession an die Barbarenküche, etwas, das sie nur gekocht hatte, weil mein Vater es mochte, zur Not entschuldbar, weil der Heilige Abend trotz des Kriegsdispenses für uns ein Fastentag war – »von der Fischpastete«.

»Ich gehe morgen. Morgen ist St.-Stephanstag.«

»Wenn es dir besser geht, kannst du zur letzten Messe heut abend gehn. Aber gut, ja, Saint-Etienne, der Urmärtyrer! Und der Namenstag deines armen Onkels Etienne. Wir werden zusammen gehn.« Hortense kam herein, in Weihnachtsglanz und morgendlicher Jungfernfrische.

»Frohe Weihnachten! Ich hab mir doch gedacht, daß du nicht mitkommst! London ist an allem schuld. *Eine gottlose Stadt,* sagt Schwester Gertrude.«

»Das sagt der Kaiser Bill vermutlich auch«, knurrte mein Vater und knöpfte sich den weißen Stehkragen zu.

»Bitte, Hortense, sprich nicht deutsch! Schon gar nicht heute!«

»*Entschuldige! Je demande bien ton pardon.* Also, lassen wir ihn in Sünde schmoren! Kommt, oder wir kriegen den Zug nicht!«

Sie gingen, und ich blieb noch ein Weilchen liegen und schmorte, während das Haus mißbilligend knarrte und zuerst die milde Dämmerung und dann das noch mildere Tageslicht meines *gottlosen* Weihnachtsfestes einließ. Ich hatte einen Bärenhunger. Ich kleidete mich an (Stehkragen und Krawatte, immer wie es sich gehört, auch bei abartigen Liebeserklärungen) und stieg in die Küche hinab, wo das Herdfeuer abgedeckt und die Asche noch heiß war. Ich machte mir starken Tee und Röstbrot, öffnete das Fenster, um die Krümel und den Brandgeruch loszuwerden; dann machte ich im Wohn- und Eßzimmer Feuer an. Ich legte meine Geschenke unter den Weihnachtsbaum – *Herrn Britling geht ein Licht auf* von H. G. Wells für meinen Vater, eine neue Ausgabe der *Drei Mann in einem Boot* von Jerome für meine Schwester und für meine Mutter eine Hommage für unseren tapferen Verbündeten: eine Anthologie mit dem Titel *La belle France,* in der eine Mallarmé-Parodie von Beerbohm stand, eine taktlose Polemik von Bernhard Shaw über die Sünden Frankreichs und ein Pastiche über Debussy von Cyril Scott. Es war vielleicht keine gute Auswahl; meiner Mutter würden dabei Tränen kommen. Ich schälte eine Unmenge Kartoffeln. Die Klingel zur Praxis schellte laut. Vor der Tür stand ein Mann mittleren Alters; nach dem Hafergeruch zu urteilen, mußte er etwas wie Stallbursche sein. Er hatte bohrende Zahnschmerzen und wollte zu meinem Vater.

»Er ist nach St. Leonards. Zur Kirche.«

»So isch's reacht! Un i? I will au moin Weihnachtsbrode!«

Ich führte ihn ins Sprechzimmer. Der Soldat an der Wand starrte mit angstvoll verdrehten Augen auf das brennende Pompeji. »Sie sollten auf Ihre Zähne besser aufpassen«, sagte ich. »Zu Weihnachten müssen sie in Schuß sein.« Ich suchte nach Nelkenöl, fand aber keines. Aber Zangen lagen da, säuberlich aufgereiht und funkelnd im Weihnachtsmorgenlicht. »Nehmen Sie mal auf dem Stuhl da Platz!« befahl ich. »Wollen wir uns das doch mal anschaun!«

»Noa, i mecht en Zahnarzt, Sie senn doch koiner, gell?«

»Das ist wie mit der Taufe«, sagte ich. »Zur Not kann das jeder machen. Mund auf!« Er gehorchte und entließ einen Schwall medizinischen Rum- und Bierdunst. Der schlimme Zahn war ein vorderer Backenzahn. Er wackelte, als ich daran rüttelte.

»Des dut doch weih, au!«

»Sie wollen sicher keine Betäubung, nicht? Könnte ihnen den Magen verstimmen.«

»I mecht ebbes han gege d'Schmerze!«

»Mitten durchs Feuer«, sagte ich, »zum Frieden, zum Licht und zur Linderung!« Ich nahm die größte Zange in die rechte Hand, legte die Stuhllehne nach hinten um, führte das Instrument ein und nahm den Zahn zwischen die Greifer. Ich drückte kräftig, damit die Zange nicht abglitte. Der Mann behielt den Mund weit offen vor Schmerz oder Protest; sein »Au« konnte beides bedeuten. Ich rüttelte an dem Zahn, spürte, wie er sich lockerte und aus seiner Verankerung löste, und zog ihn heraus. »Spucken Sie aus!« sagte ich. Er spuckte und stieß ein paar Jammertöne durch die gespitzte Schnute. »Und jetzt spülen!« sagte ich. Ich gab ihm ein Glas kaltes Wasser. »Schon besser!« sagte ich. »Ist doch besser jetzt, hm?« Ich zeigte ihm das verfallene Scheusal zwischen den Greifern der Zange. Als er wieder sprechen konnte, sagte er:

»So ebs g'hört verbodde!«

»Sie können sich nicht beklagen. Es kostet Sie gar nichts. Sagen wir, ein Weihnachtsgeschenk!«

Er knurrte etwas von wegen verdammter Metzelei und ging blutbeschmiert weg. Ich warf seinen Zahn in den Küchenherd und wusch die Zange über dem Spülbecken. Ich hatte Blut an den Fingern, wusch es aber nicht gleich ab. Ein leibhaftes Werk der Barmherzigkeit und deren Wahrzeichen! Wenn ich in diesem meinem nachchristlichen Leben noch etwas Gutes tun würde, müßte es ohne jede Hoffnung auf Lohn geschehen.

Von meiner barmherzigen Tat sagte ich nichts, als meine Eltern mit Hortense heimkamen. Ja, mir ging es besser, etwas besser, aber Eier, Speck und Würste bekam ich nicht hinunter. Ich versäumte die letzte Weihnachtsmesse. Aber am Weihnachtsessen beteiligte ich mich herzhaft. Es ging mir besser, viel besser. Abends kam Besuch – Dr. Brown mit Frau und drei maulfaulen Kindern, Mackenzie, der Filialleiter der Bank, eine aus Belgien evakuierte Witwe, mit der meine Mutter sich angefreundet hatte. Ich trug die Krawatte, die meine Mutter mir geschenkt hatte, rauchte die türkischen Muratti von meiner Schwester und spürte in der Tasche das Knistern der fünf Einpfundnoten, Gott vergelt's ihm, von meinem Vater. Kalter Truthahn mit Füllung, Schinken, Trifles, Weihnachtsgebäck, Pastetchen, ein Punsch aus Burgunder und Sprudel für die Kinder, für uns Erwachsene Beaune und Pouilly Fuissé, ein Toast auf das Ende des Krieges, auf die abwesenden Freunde und den abwesenden Tom. Meine Mutter hielt die Tränen zurück. Als ich zu Bett ging, war ich ein bißchen betrunken.

Meine Mutter kam in mein Schlafzimmer, ihrerseits nicht im mindesten betrunken, und knipste das Deckenlicht an. Die elektrische Beleuchtung war damals mit Sicherheit weicher, rosiger und intimer, selbst dann, wenn sie von der Decke schien. Meine Mutter hatte den neuen Morgenrock an, den mein Vater ihr geschenkt hatte, kornblumenblau und mit Rüschen an Ärmeln und Rocksaum. Sie setzte sich auf den Bettrand und blickte mich mit nüchternen Augen an. Während unserer ganzen Unterredung sprach sie kein Wort Englisch.

»Keine Beichte, keine Kommunion, nicht einmal die Messe! Das hat es in unserm Hause zu Weihnachten noch nie gegeben. Ich glaube dir nicht, daß dir nicht wohl war, mein Junge.«

»Mir war vielleicht deshalb nicht wohl in meinem Körper, weil mir nicht wohl war in meiner Seele.« Ich war dankbar für das Französisch; es schuf ein wenig Distanz, allerdings nicht genug. Spielerisch, wie die Vokale und der Tonfall hervorkamen, stellte meine ganze mißliche Lage sich dar. Aber das Französische war buchstäblich meine Muttersprache. Es hatte die Kraft, das scheinbar so handfeste Englisch über den Haufen zu werfen, die Sprache meiner Erziehung, meiner Kinderspiele und meines Gewerbes, und die Handfestigkeit als bloßen Bühnenaufputz zu entlarven. Französisch war mir schon im Mutterleib durch die fötalen Knochen geklungen, meine Milch hatte danach geschmeckt, es hatte mich in den Schlaf gewiegt. Aber dennoch war es eine Sprache des Hirns; seine Wörter für *Glaube, Treue* und *Heimat* würden mich niemals zum Weinen bringen.

»Du hast auch gelogen. Du hast gesagt, du seist in London zur Beichte gegangen. Ich möchte wissen, was mit dir nicht stimmt.«

»Ich habe wohlweislich nicht gelogen. Ich habe gesagt, ich sei in der Farm Street gewesen, wo die Jesuiten sitzen. Ich habe mit einem Geistlichen gesprochen.«

»Worüber hast du mit ihm gesprochen?«

»Über die Notwendigkeit, meinen Glauben aufzugeben.«

»*Nécessité? Nécessité?*« Das Wort zischte wie eine Gasflamme.

Ich baute ein schützendes Kartenhaus auf. »Das ist eine Notwendigkeit, von der heute viele Christen reden. Wir beten zu dem gleichen Gott wie die Deutschen. Soll Gott nur die Gebete der Franzosen und Engländer erhören? Wird das Meßopfer nur zu dem Zweck dargebracht, daß *uns* Gnade gewährt wird?«

»Dies ist ein gerechter Krieg.«

»Es hat als ein gerechter Krieg angefangen. Ich und viele andere Menschen glauben, daß er aus anderen Gründen als denen der Gerechtigkeit in die Länge gezogen wird.«

»Davon hast du noch nie gesprochen, weder zu mir noch zu deinem Vater. Wenn du glaubtest, was du redest, wärest du damit herausgeplatzt wie mit so vielen anderen Dingen, wenn du zu uns nach Hause kamst. Du hast etwas anderes. Lebst du vielleicht in Sünde?«

»Wir leben alle in Sünde, Mutter.«

»Sehr geistreich, aber du weißt genau, was ich meine! Lebst du mit einer Frau zusammen?«

»Nein, keine Frau, Mutter! Keine Frau, keine Frau!« Und dann platzte ich damit heraus, wie es ja sein mußte. Sie hörte zunächst ungläubig, dann mit Verwirrung zu. Ich sprach damals nicht oft französisch; vielleicht drückte ich mich nicht richtig aus. Aber ich glaube, es lag nicht an meiner Ausdrucksweise. Ihr Apparat wollte meine Platte nicht spielen. Sie schmiß den Schellack zu Boden.

»Was du da redest, gibt keinen Sinn. Du hast zuviel Wein getrunken. Und nach dem Essen drei Glas Kognak. Du machst einen sehr dummen, albernen Witz. Morgen früh wirst du vielleicht wieder vernünftiger reden.«

»Du wolltest die Wahrheit wissen, Mutter! Ich sag dir die Wahrheit. Manche Männer sind eben so! Manche Frauen übrigens auch, wie ich in London selbst gesehen habe!«

»London, ja, in London! Über London will ich dir manches glauben. Aber dies glaube ich nicht. Nicht dir!«

»Mutter, Mutter, ich kann's nicht ändern! Es ist irgendeine Absonderlichkeit im Chemismus der Drüsen. Ich bin bei weitem nicht der einzige, der das hat, andere haben es auch gehabt, große Männer, Schriftsteller, Künstler, Michelangelo, Shakespeare, Oscar Wilde! Wilde hat dafür büßen müssen, im Gefängnis. Es ist etwas, das kein Mensch freiwillig tun wird. Jedenfalls nicht in einer Welt wie dieser, die es mit Abscheu ansieht.«

Davon hörte sie nur die erste Hälfte. Sie griff sich die *grands hommes* heraus und wiederholte den Ausdruck mit Widerwillen. »Weil also die großen Männer so gewesen sind, mußt du auch so sein!« Dann, etwas verspätet, nahm sie den Namen *Oscar Wilde* auf; der Skandal war ihr nur allzu erinnerlich. »Wenn der ein großer Mann war, solltest du allen Ehrgeiz darein setzen, ein sehr kleiner zu werden. Ich kann das nicht glauben«, sagte sie, »es geht mir nicht in den Kopf.«

»Es tut mir leid, Mutter! Ich weiß nicht, wie lange ich dies vor dir oder Vater noch hätte geheimhalten können, aber ich wollte, daß es geheim bleibt. Jetzt hast du daran gerührt und danach gefragt und die Wahrheit erfahren, die du wissen wolltest.«

Ihre Tränen waren ein Zeichen, daß sie das Unglaubliche zu glauben begann. »Dein Vater«, sagte sie, »darf es nicht erfahren.« Und sie erstickte ihr Schluchzen in einem cologneduftenden Batistgeviert, das sie sich aus dem Ärmel zog.

»Vater wird es irgendwann auch erfahren«, sagte ich, »aber lassen wir ihm einstweilen seine Ruhe und seine Unwissenheit. Die Wahrheit ist manchmal weder gut noch schön.«

Bei diesen Worten konnte sie nicht umhin, laut aufzuschreien.

»Du willst geistreich sein, du willst der *große Mann* sein, wie Oscar Wilde! Und du wirst auch noch so enden wie der, weil du es so geistreich findest, so zu sein, wie du angeblich bist. O mein Gott! Was hab ich getan, womit hab ich das verdient?«

»Ich habe keinen Zweifel, liebe Mutter«, sagte ich mit einiger Kühle, »daß Tom eine gute Ehe schließen und für Enkelkinder sorgen wird. Und Hortense auch.«

»Das unschuldige Kind! Wenn du etwas sagst, wenn du ein Sterbenswörtchen–« Sie sah jetzt sehr alt aus. »Aber früher oder später erfahren es doch alle. Es wird einen Skandal geben. Die Polizei, die Zeitungen!« Dann sagte sie: »Der arme Tom, der dient seinem Vaterland, beiden Ländern! Und du mit deinen skandalösen Büchern, du bist der große Mann in London!«

»Es tut mir leid, Mutter, daß die Behörden mich für untauglich befunden haben, sonst würde ich hingehn und mich abschlachten lassen. Auch daran kann ich nichts ändern. Ich kann nichts daran ändern, daß mein Herz so unregelmäßig schlägt, ebensowenig wie an jener anderen Unregelmäßigkeit. Es würde so viele Probleme aus der Welt schaffen, wenn dein unwürdiger, unregelmäßig geschaffener Ältester für sein Land oder seine Länder fiele. Vielleicht wird noch etwas daraus. Vielleicht gefällt den Stabsärzten mein unregelmäßiges Herz das nächste Mal besser. Nächsten Monat schon. Nächsten Monat werde ich noch einmal gemustert. Ich hoffe, alles wird sich zu deiner Zufriedenheit auflösen.«

»Jetzt wirst du auch noch gemein und grausam.«

»Schon recht, Mutter! Alles meine Schuld! Es gibt einen Vers, den ich dir in Schönschrift einrahmen lassen möchte.« Ich sagte ihr den Vers, wie er war, auf englisch: »*Gently dip, but not too deep.*« Dann sprach ich wieder französisch: »Du hast nach all dem gefragt. Ich habe dir nichts aufgedrängt. Morgen ist der Tag des ersten Märtyrers, aber ich werde weder zur Messe gehen noch zur Kommunion. Ich fahre mit dem ersten Zug wieder in die Stadt. Ob du mich wiedersehen willst, liegt ganz bei dir.«

Sie hörte Geräusche, die ich nicht hörte; sie saß ganz gerade, um zu lauschen. »Kanonen!« sagte sie. »Über den Kanal! Nichts als Verwüstung, Verwüstung! Weihnachten verwüstet!« Sie stand auf und betrachtete ihr Gesicht in dem Spiegel auf meinem Ankleidetisch. »Mein Gesicht ist verwüstet.« Auf französisch klang es weniger melodramatisch. »Ich hoffe um Gottes Willen, daß dein Vater schon schläft. Ich bin eine schlechte Schauspielerin.«

»Aber eine gute Mutter«, sagte ich, »eine gute Mutter!«

Sie ging hinaus, ohne Gruß oder Gutenachtkuß, und überließ es mir, aus dem Bett zu steigen und das Licht auszuknipsen.

16

1917 wurde unter anderem das Jahr, in dem ich anfing, Geld zu verdienen. Der medizinische Musterungsausschuß, der in Hounslow zusammengetreten war, wo ich mich am 16. Januar vorstellen mußte, fand mein Herz immer noch unverwendbar und verurteilte mich zur Fortsetzung meines schmählichen Zivilistendaseins. Einer der Stabsärzte, ein Patriot, dem der Whiskydunst aus allen Poren drang, sprach unverfroren die Empfehlung aus, ich solle eine »richtige Kriegsarbeit« annehmen, nämlich in der Produktion von Waffen und Munition, statt bloß die britische Kultur in Betrieb halten zu wollen. Ich sagte ihm, daß ich die Kampfmoral unseres Landes durch ein humorvolles Stück für die Bühne zu heben gedächte. Alle Ärzte schüttelten darauf betrübt die Köpfe.

In meinem Zimmer in der Baron's Court Road, mit dem Blick auf die an dieser Stelle unter freiem Himmel dahinratternden U-Bahn-Züge, rang ich mit meinem Stück. Ich ernährte mich nach wie vor von Büchsenfleisch aus den Heeresbeständen, das mir der Bürodiener in der Redaktion der *English Review* verkaufte. Ein Onkel von ihm war Unterquartiermeister beim Fourage-Korps. Völlig kalten Herzens, ohne auch nur einmal über die gerissene Albernheit meiner Dialoge zu lächeln, schrieb ich eine Art französische Farce – kein sehr würdiger Tribut für das Heimatland meiner Mutter und seine Kultur. Eine verheiratete Frau aus Paris will auf ein paar Tage verreisen, angeblich um ihre kranke Mutter in Lille zu besuchen; in Wahrheit verbringt sie die Zeit mit ihrem Liebhaber in einem kleinen Hotel im Vieux Marais. Ihr Mann, ein Sänger mit Holzbein, der angeblich in Dijon ein Konzert gibt, um für die notleidenden Soldaten Geld aufzubringen, quartiert sich mit seiner Freundin im gleichen Hotel ein. Der Hotelwirt hat beim Bummsen der Dicken Berta vor Schreck die Sprache verloren; seine Gattin, eine majestätische Dame, wird zärtlich und liebevoll, wenn man eine bestimmte Reizstelle auf ihrem üppigen Hinterteil findet und kräftig draufdrückt. Der sündige Gatte fällt in Ohnmacht, wenn er Eier sieht, weil er als Kind mal von einem Huhn angepickt worden ist. Der Liebhaber kann das Wort *rat, Ratte,* nicht hören, und wenn jemand sagt, »jede Arche kommt an ihren Ararat«, bricht er in Angstgeschrei aus. Aber am Ende des Stücks singt der Gatte ein Lied über Ratten, und zum Frühstück gibt es gekochte Eier. Der Hotelwirt findet beim nächsten Bumms der Dicken Berta die Sprache wieder. Sentenziöse Liedchen sind eingefügt, die mit der Handlung nicht viel zu tun haben. Ich nannte die Sache, die in drei kurzen Akten aufgebaut war, *Zicke-zacke-bong.* Reg Hardy vom Comedy Theatre gefiel das Stück, aber den Titel fand er ordinär, und es wurde in *Parlehwuh* umbenannt.

Ich wurde damit fertig am 1. Februar, dem Tag, als der unbeschränkte U-Boot-Krieg anfing. Die Kostümprobe war am 11. März, als die britischen Truppen Bagdad besetzten. Die Premiere, am 12. März, fiel mit der russischen Revolution zusammen. Als die Vereinigten Staaten am 6. April Deutschland den Krieg erklärten, gab es Sonderapplaus für die neu eingefügten pro-amerikanischen Gags. Am 13. April wurden bei der Suche nach der Reizstelle der Frau Wirtin die Schlacht von Arras und die Eroberung des Vimy-Rückens zum Vorbild genommen. Als zu Anfang jenes heißen Julimonats die dritte Schlacht bei Ypern begann, hatte das Stück Aussichten, ebensolange zu laufen wie die *Bing Boys* oder sogar *Chu Chin Chow.* Ich kam zu Geld und schrieb mein nächstes Stück in einer geräumigeren Wohnung, wo ich wie ein eleganter Lebemann in einem seidenen Morgenrock Besucher empfing und ihnen Cocktails vorsetzte. Das war in den Albany Mansions. Ich hatte auch einen neuen Geliebten, Rodney Selkirk, der in meinem Stück den singenden Gatten spielte, eine Rolle, die ihm gewissermaßen auf den Leib geschrieben war. Im bürgerlichen Leben Ehemann und Familienvater, hatte er sich 1914 einem Künstlerregiment, den *Artists' Rifles* angeschlossen und einen Konzertabend in Maubeuge veranstaltet; bei Mons war ihm ein Beckenknochen zertrümmert worden, und an der Marne hatte er das linke Bein verloren. Zum ersten Male sah ich den heimgekehrten Kriegshelden in Grigsons Farce *Teeny Weeny Winny,* die im Herbst 1916 sechs Wochen lang im Lyric Theatre lief; tapfer wußte er seinem neuerdings steifen Gang eine komische Seite abzugewinnen. Seiner Frau machte er weis, er sei durch eine Verletzung der Prostata zur Erfüllung der ehelichen Pflichten vollkommen unfähig geworden. Er war drei Jahre älter als ich, talentiert, witzig und bezaubernd häßlich. Wir verbrachten zusammen viele Sonntagsnächte, an denen er bei seiner Frau gewöhnlich einen Truppenabend im Norden oder in den Midlands vorschützte. Wie das Theater kennt auch das wirkliche Leben nur drei, vier Ausreden zur Bemäntelung heimlicher Sünden. Sünden? Unsinn.

Im britischen Theater wimmelt es nicht nur von Homosexuellen, sondern auch von Katholiken, und manchmal scheinen sich die beiden Konfessionen ohne jene kartesianisch-düsteren Bedenklichkeiten zu vereinen, die zu meinem Abfall geführt hatten. Albert Wiscomb, der in meiner Farce den Liebhaber spielte, kam unbekümmert eines Abends zu spät zur Vorstellung, mit der Bemerkung, »Entschuldigt, Herzchen! Ich hab mir die Szünden aus der Szeele kratzen lassen, und das hat gedauert und gedauert!« – letzteres mit einem neckischen Stöhnen, um die erdrückende Sündenlast zu kennzeichnen, die er von seinen schmalen, zierlichen Schultern hatte abwälzen müssen. Wiscomb war ein ungenierter Päderast, ein Liebhaber minniger Ministranten. Ich sprach mit ihm eines Abends in seiner Garderobe, während er sich sorgfältig schminkte.

»Beichtest du alles?«

»Sünden der Unreinheit, Herzchen? O ja! Ich sag natürlich nicht, welche, aber bußfertig bin ich immer, wie sich's gehört. Ich meine, *versuchen* müssen wir's, nicht? Aber nur versuchen. Gegen unsre Natur können wir nicht an.«

»Mir ist das ganz anders erklärt worden.«

»Ja, du bist aber auch ein Umstandskrämer, und dir kann ja nichts recht sein! Ich, ich bin nicht pingelig, und ich glaube, der Herrgott ist's auch nicht.« Und er schwärzte sich sorgfältig die Augenbrauen. Ich, ich konnte es nicht so leicht nehmen.

Mein Vater kam sich das Stück ansehen und fuhr sofort nach der Vorstellung mit dem letzten Zug wieder heim. Er fand es ordinär, aber er lachte. Meine Mutter kam nicht, aber kurz vor Ostern schrieb sie mir einen Brief auf englisch:

> Ich habe mir die größte Mühe gegeben, den Schock für mich zu behalten. Dein Vater, ich bin dessen sicher, hegt keinen Verdacht und meint nur, wir hätten Weihnachten nicht viel von Dir gesehen und seither wenig gehört, weil du soviel zu tun hättest, um in dieser großen, aber schlimmen Stadt berühmt zu werden. Ich muß Dir verbieten, jemals ein Wort von dem, was Du angeblich bist, zu Hortense zu sagen, wobei ich allerdings befürchten muß, daß Du schon etwas gesagt hast, denn neulich sprach sie von einem Buch über einen Mann, der einen Knaben in Vene-

dig liebt, und sie sagte, daß sie von solchen Dingen schon gehört habe. Es ist ein deutsches Buch. Ich glaube, sie wird diese Schule verlassen müssen, weil die Nonnen stärker, als es erlaubt sein dürfte, auf seiten der Deutschen stehen. Du bist trotz allem mein Sohn, und ich liebe Dich von ganzem mütterlichem Herzen, aber ich glaube, Du mußt von zuhause fortbleiben, bis ich mit dem Schock wieder leben kann. Ich bete darum, daß es nur etwas Zeitweiliges ist, wie es bei den Jungen an englischen Internatsschulen manchmal vorkommt, und bald vorüber sein wird. Tom war hier ein paar Tage auf Urlaub, und es war ein Trost, ihn dazuhaben. Er sagt, er soll ständiger Gas-Instrukteur in der Boyce-Kaserne in Aldershot werden. Nun ist Ostern, und ich bete um das Wunder, daß Du sagst, Du willst Dich ändern und ein gottgefälliges Leben führen und Deine Pflicht tun. Wir sind alle wohlauf, nur ich habe kleine Ohnmachtsanfälle, von denen ich sicher bin, daß sie von dem Schock kommen. Ich bete für Dich. Deine Dich liebende Mutter.

Das neue Stück, das ich schrieb, spielte im Wartezimmer eines Zahnarztes. Nachdem ich schon die Heimat meiner Mutter als ein Land alberner Liebschaften und Intrigen travestiert hatte, wollte ich nun den Beruf meines Vaters dem Gelächter preisgeben. Die Komödie war locker angelehnt an Molières *Médecin malgré lui,* und der Keim lag in meinem eigenen körperlichen Gnadendienst an dem Stallburschen in Battle. Die Premiere, mit Charles M. Brewster in der Hauptrolle, war am 24. Oktober im Criterion, an dem Tag, als die Österreicher den Italienern bei Caporetto eine schwere Niederlage beibrachten. Das Stück war ein Erfolg. Bald darauf (genau gesagt, am 7. November, am Tag der bolschewistischen Revolution) ehrte mich die *Daily Mail* durch Erwähnung meiner neuen Komödie in einem Leitartikel: »Wir können dem Kaiser nur versichern, daß das Prinzip des Zahn um Zahn strengstens erfüllt werden wird, und kein Mr. Toomey wird da sein, um bei den Extraktionen für schmerzlinderndes Gelächter zu sorgen.« Mein Stück hieß nämlich *Zahn um Zahn* – ein Titel, den ich selbst ein wenig grimmig, wenn nicht gar lästerlich fand, aber Brewster als Hauptdarsteller und Theaterdirektor zugleich hatte darauf bestanden.

Als es auf Weihnachten zuging, arbeitete ich schon wieder an einer neuen Komödie. Willie Maugham hatte 1908 einmal vier Stücke gleichzeitig auf den Londoner Bühnen; er forderte damit einen Cartoon von Bernard Partridge im *Punch* heraus, der einen über den Erfolg seines Vornamensvetters nicht eben glücklichen Will Shakespeare zeigte. So ehrgeizig war ich nicht. Ich betrachtete mich noch immer als einen Romancier, der zynisch genug war, für Geld auch Stücke zu schreiben. Drei Stücke reichten einstweilen. Am Tag, als der russisch-deutsche Waffenstillstand unterzeichnet wurde, saß ich in meinem seidenen Morgenrock an der Arbeit, rauchte eine Zigarette nach der andern und hielt mich frisch durch Dauergenuß von grünem Tee. Es war elf Uhr vormittags. Und wer stand vor der Tür? Meine Schwester Hortense.

Sie war gerade siebzehn geworden und sehr hübsch. Wir umarmten uns herzlich. Sie war wie eine fesche junge Dame gekleidet und nicht wie ein Schulmädchen. Sie hatte Gepäck bei sich. »Willst du länger bleiben?« fragte ich.

»Darf ich? Für ein paar Tage jedenfalls. Dann können wir vor Weihnachten zusammen heimfahren.«

»Ich«, sagte ich, »fahre Weihnachten nicht heim. Ich habe ein Stück in Arbeit. Und noch zwei Stücke, die schon laufen, aber es müssen immer wieder ein paar aktuelle Witzchen neu eingebaut werden.«

Sie setzte sich auf die Couch, die gelb war mit schwarzen Streifen, und wippte, um die Federung zu probieren. »Donnerwetter, du lebst nicht schlecht!« sagte sie, nachdem sie sich umgeschaut hatte. »Der Lohn der Literatur!« Das sagte sie mit einem deutschen Akzent – vermutlich ein Ausdruck, den sie von ihren Nonnen hatte.

»Nein, meine teure Hortense«, sagte ich. »Erträge der Prostitution, wenn du das Wort kennst.«

»Und ob ich es kenne!« Sie blickte mich übermütig an. In ihrem zarten, unschuldigen Gemüt weckte es vermutlich Vorstellungen von eleganter Koketterie und naturgewollter Freiheit im Geschlechtsleben. Wahrscheinlich hatte sie *Frau Warrens Gewerbe* gelesen, ohne es zu verstehen.

»Kuck nicht so schlüpfrig!« sagte ich streng. »Ich wollte sagen, ich opfere meine Talente im Dienst einer höchst fragwürdigen Kunst, die zugleich ein sehr lukratives Gewerbe ist.«

»Nimmst du mich mit in deine Stücke?«

»Natürlich, und zum Lunch und zum Dinner gehn wir fein essen. Und ins Café Royal gehn wir auch, wenn du ein braves Mädchen bist.«

Wie zu erwarten, sagte sie: »Ich dachte, brave Mädchen gehn nicht ins Café Royal?«

»Liebstes Schwesterchen, wird Mutter nicht wütend sein, wenn du nicht schnurstracks nach Hause fährst? Und obendrein noch bei deinem bösen Bruder wohnst? Denn ich *bin* bös, mußt du wissen. Ich feiere den ersten Jahrestag meiner Trennung von der Kirche.«

»*Dacht* ich's mir doch!« sagte sie. »Ich hab mir schon sowas gedacht, als du letzte Weihnachten gesagt hast, dir wäre nicht gut. Schwester Agathe hat gesagt, heutzutage macht so ein furchtbarer Atheismus sich breit unter den jungen Männern, und das kommt alles vom Krieg. Aber das geht vorüber, hat sie gesagt, wenn der Krieg aus ist.«

»Und wann, denkt die kluge Schwester Agathe, wird der Krieg aus sein?«

»Ach, sie sagt, nächsten Sommer machen die Deutschen noch eine große Offensive, und das ist dann die letzte, und die Engländer, Franzosen, Amerikaner, Kanadier und Australier ziehn sich dann entweder zurück oder ziehn sich nicht zurück, und von dieser großen Offensive wird alles abhängen, sagt sie.«

»Möchtest du Tee oder Kaffee mit Keksen, ein Gläschen Sherry oder sonst etwas?« fragte ich.

»Bitte, zeig mir doch mein Zimmer, damit ich auspacken, baden und mich umziehn kann, und dann wird es Zeit sein, daß wir essen gehn.« Sie war sehr selbstsicher, eine freche Göre, eine *minx* auf englisch, und das sagte ich ihr. »*Minsk* heißt es eigentlich«, sagte sie. »Ein niederdeutsches Wort – so sagt Schwester Gertrude immer. Hallo, ist das ein Luxus!« Sie meinte das große Schlafzimmer, an dessen offener Tür wir auf dem Weg zu dem kleinen Gästezimmer vorüberkamen. Dann sah sie etwas, das sie lieber nicht hätte sehn sollen, nämlich Rodneys überzählige Beinprothese, eigentlich seine erste, das Modell Eins, das auf der rechten Seite des Bettes lag, als sollte es dort wie das lebende Bein eines alten Landgrafen ein *droit de seigneur* demonstrieren. Es war bequemer, sagte Rodney, als das neue, das Modell Zwei, besser gepolstert, wo es an den fleischigen Stumpf anschloß, aber durch die allmähliche Rückbildung des Gewebes an dieser Stelle ein bißchen zu kurz geworden. Normalerweise ließ Rodney es nicht hier liegen, sondern hatte es zuhause. Warum lag es jetzt hier, ausgerechnet auf dem Bett? Lag es dort wirklich, oder trügt mich mein Gedächtnis? Ich glaube, es lag dort, das Modell Eins, eine sinnreiche Konstruktion aus Riemen, Federn und Metall, mit einem dicken roten, vom Schweiß ein wenig eingedunkelten Lederpolster für den Schenkelstumpf. Meiner Schwester fiel es sofort ins Auge. Ich sagte:

»Das gehört dem Hauptdarsteller einer Farce im französischen Stil, die du heute abend sehen sollst. Er ist ein ausgezeichneter Schauspieler, außerdem ein Kriegsheld, der seine Verstümmelung in einer blutigen Schlacht davongetragen hat.«

»Wohnt er hier bei dir?«

»Nein, er wohnt bei seiner Frau und seinen Kindern, aber sein Haus ist in Swiss Cottage, und wenn es ihm paßt, kommt er manchmal hierher, weil meine Wohnung so zentral liegt, um sich vor oder nach einer Vorstellung zu erholen. Ist Ihre Frage damit beantwortet, Madame?«

»Sei nicht so ein Stelzbock! Manchmal weiß ich nicht, ob du einen Witz machst oder nicht. Der arme Kerl! Für einen Mann ist es aber leichter. Schwester Agathe sagt, die Röcke werden nach dem Krieg ganz kurz werden, wegen Stoffknappheit. Scheint sehr gute Arbeit zu sein, dies Bein, ein sehr hübsch gearbeitetes künstliches Bein. Ich habe noch nie eins gesehn.« Und sie musterte mich sehr eingehend, als ob sie mehr denn zur Hälfte erraten hätte, was vorging. Es fehlte nicht viel, und ich hätte gesagt: *wir haben nichts miteinander.*

Das Weitere erriet sie an diesem Abend im Comedy Theatre. Sie hatte mit mir einigermaßen gut zu Abend gegessen, bei Frith, wo man oft eine ganz ansehnliche Wildpastete bekam, nach deren Bestandteilen freilich man sich besser nicht näher erkundigte. Hortense hatte auch noch ein niedlich aufgeputztes Dessert verspeist, das eigentlich nur ein raffiniert getarnter Brotpudding war, und mit mir zusammen eine Flasche lehmigglatten, vermutlich nordafrikanischen Weines mit einem Pommard-Etikett getrunken. Und danach hatte ihr der erste Akt von *Parlehwuh* großartig gefallen, mitsamt den klotzigen Witzen über die Balfour-Deklaration und den Fall von Jerusalem. In der ersten Pause ging sie mit mir ins Foyer, rot im Gesicht, mit glänzenden Augen, stolz auf ihren Bruder. Ich war meinerseits stolz auf sie in ihrem schicken untaillierten Kleid, mit Metallknöpfen, eines, wie sie es sonst nur zu den Trimesterbällen an ihrer Schule trug, wo die jungen Damen miteinander tanzten, vermutlich zu einem von Schwester Agathe oder Gertrude am Klavier mit deutscher Tüchtigkeit heruntergehämmerten Turkey Trot. Um ihr honigblondes Haar trug sie ein Band in ihrer Augenfarbe, und auf die Lippen hatte sie ein klein wenig Rouge aufgelegt. Ich wurde mit andächtigem Kopfnicken von Leuten gegrüßt, die ich nicht kannte und die wohl von jemand anders, der es wissen mußte, erfahren hatten, das da sei er, der Autor. Und dann sah ich einen, den ich kannte und der mich nur allzu gut kannte, nämlich Val Wrigley, meinen treulosen Geliebten. Ich trug ihm nichts nach. Anscheinend war er allein. Allzu gut schien es ihm nicht zu gehen, denn er war schmäler geworden, die Senkbrust war noch tiefer eingesunken, und die Backenknochen traten in roten Ecken hervor.

»Ach, Kenneth, mein Guter!« Hortense war ganz Ohr. »Das ist heute nicht ganz, was wir beide meinten, wenn wir früher von den Schönheiten der Literatur sprachen, oder?«

Ich machte ihn mit Hortense bekannt. »Wo ist denn dein *Freund*?« fragte ich.

»Ach, der ist schon gegangen. Wollte nicht mehr bleiben, als du dies Witzchen über das Judenasyl abgefeuert hast. Die Judenfrage ist nicht komisch, hat er gemeint. Meine auch ich.«

»Aha!« sagte ich, »aber du bist geblieben.«

»Hab dich hereinkommen sehn, Alter. Und mit dieser reizenden jungen Dame am Arm. *Hortense,* ja? Bist doch schon immer stolz gewesen auf das französische Blut, nicht, mein Guter?« Hortense kicherte. »Ich habe mir gedacht«, sagte Val spöttisch grinsend, »es wäre doch nett, eine alte Freundschaft aufzufrischen.«

»Hast du dein Bändchen schon drucken lassen?«

»Noch ein paar kleinere Schwierigkeiten, Alter! Aber ich bezweifle nicht, daß sie überwunden werden, wenn und wann Gott so will.« Der Ton, den er auf den geheiligten Namen legte, verriet eine nur allzu menschliche Tyrannei. »Aber schau!« sagte er, »wen sehen wir denn da?« Ich fühlte mich schmutzig. Das Hemd kam mir schon verklebt vor von dem Schweiß meiner schuldbewußten Verlegenheit, der zuerst tröpfchenweise, nun aber in Strömen ausbrach. Linda Selkirk war da, eine sehr schöne Frau mit überirdisch blauen Augen, das dichte schwarze Haar zu einem Knoten aufgesteckt. Sie kam in Begleitung von Phil Kemble, dessen Vater schlicht Watson geheißen hatte, der aber mütterlicherseits das Kemble ausgegraben hatte und den Namen dieser großen Schauspielerfamilie vor den Karren der eigenen Bühnenkarriere spannte. Ich hatte einmal gehört, die Kembles in der Familie seiner Mutter seien mit Fanny und John Charles überhaupt nicht verwandt; sie hießen in Wahrheit Campbell, seien kleine Schnapsbrenner und sprächen mit einem schottischen Akzent. Phil war ein guter Schauspieler, aber es war schwer, gleichzeitig seinem Hang zur Tragödie und seinem langen, grotesken Körper gerecht zu werden. Als ich ihn mit Linda zusammen sah, blitzte der Gedanke in mir auf: *Die haben ein Verhältnis.* War es dichterische Intuition, oder war es Wunschdenken, das dem eigenen schlechten Gewissen entsprang?

Val hatte Kemble erkannt, war ihm aber noch nicht vorgestellt worden. Ich machte alle miteinander bekannt. Phil zog mich in den Raum zwischen der Kasse und dem *Ausverkauft*-Schild. »Du hast mir nicht geantwortet«, warf er mir vor.

»Ich denke immer noch drüber nach, Phil. Ich weiß nicht recht, ob das etwas für mich ist. Aber ich sehe natürlich, daß so eine Rolle schon etwas wäre–« Gewiß wäre sie etwas gewesen: Phil konnte einen sehr ungewöhnlichen, bewegenden und vielschichtigen William Pitt geben. Er hatte etwas von Pitts Aussehen in der Karikatur von Gilray, in der er mit Napoleon den Pudding der Welt aufteilt. »Man muß auch noch aufpassen«, sagte ich, »daß man die Franzosen nicht beleidigt.«

»Nächstes Frühjahr ist der Krieg aus«, sagte Phil. »Dann können wir die Franzosen beleidigen, soviel wir wollen, die engherzigen Kanaillen! Stell dir vor, Frühjahrspremiere, die erste große nach dem Krieg – patriotisch, komisch und tragisch! ›Aus eigener Kraft hat England sich gerettet.‹« Schon aus dem einen Vers ließ er etwas wie Pitt erstehen, und Leute begannen sich nach ihm umzudrehen. Mit unbehaglichem Gefühl hatte ich bemerkt, daß Val viel redete, Hortense ebenfalls, während Linda ihnen zuhörte und lächelte. Sie drehte sich um und fing meinen Blick auf; dann lächelte sie nicht mehr. Es gefiel mir gar nicht. Phil redete weiter von einem guten Dialog, schlicht und klar wie Leitungswasser, ohne *meiner Treu* und *fürwahr,* wer den Fox spielen könnte und wer den George III., bis es klingelte. Ich sagte:

»Bist du das erste Mal hier drin?«

»Ja. Furchtbarer Mist, wirst du selbst als erster zugeben, alter Knabe, aber niemand wird dir's verübeln! Wir wollen alle zu essen haben, wenn man das heutzutage Essen nennen kann. Linda ist auch zum ersten Mal drin, hast du das gewußt? Mußte sie praktisch abschleppen, damit sie überhaupt kam. Haussegen hängt schief bei denen, weißt du womöglich besser als ich! Na, jetzt hören wir uns noch ein paar von deinen müden Gags an, und dann gehn wir essen.« Er nickte mir liebenswürdig zu und holte Linda. Val ging fort und winkte mir wehmütig zum Abschied. Ich führte Hortense zurück zu unseren Plätzen.

Nach der Vorstellung, als wir wieder in meiner Wohnung waren, machte ich für Hortense eine große Tasse heißen starken Milchkakao. Sie war zu aufgedreht, sie würde ohne einen solchen kindlichen Nachttrunk nicht einschlafen können. Ich hatte vom Tisch im Hausflur die letzten Posteingänge vom Abend mit heraufgebracht. »Gute Nachricht!« sagte ich, während sie unbeschuht auf meiner gestreiften Couch, die Füße unter den Leib gezogen, ihren Kakao schlürfte. »Mein Agent schreibt, Bourreau will es in Paris machen. Als typisch englische Farce.«

»Das bedeutet noch viel mehr Geld«, sagte sie.

»Meine teure Hortense«, sagte ich, den Brief weglegend, »mir ist klar, daß ich sehr egoistisch und unaufmerksam gewesen bin. Alles, was ich dir letztes Jahr zum Geburtstag geschenkt habe, war ein Buch, und ebenso zu Weihnachten, wo mich doch die Bücher noch nicht einmal Geld kosten. Morgen müssen wir ausgehn und ein paar wirklich schöne Geschenke für dich kaufen. Und für Vater und Mutter auch. Und für Tom. Aber was würdest *du* denn mögen?«

»Jedenfalls nicht die Art, wie du Geschenke machen willst!« sagte sie. »Ein Geschenk soll eine Überraschung sein. Eine nette Überraschung.« Dann sagte sie: »Weißt du, warum diese Mrs. Sowieso heute abend so *unangenehm* überrascht zu sein schien?«

»Mrs. Selkirk? Linda Selkirk? Wie? Weswegen?«

»Na, du kannst dir denken, man quatscht so Sachen aus, wenn man nervös ist. Ich meine, diese Mrs. Selkirk ist schon umwerfend, so mit ihren blauen Augen und dem rabenschwarzen Haar, sehr ungewöhnlich, und ich hab ihr was Nettes drüber sagen wollen, wie ihr Mann spielt und wie komisch, aber in Wirklichkeit tragisch sein steifbeiniger Gang ist. Sie hat gesagt, er hat ein künstliches Bein, und ich habe gesagt, ich weiß, ich habe sein Ersatzbein gesehn und–. Da kann doch nichts Schlimmes bei sein, das zu sagen, dachte ich, aber sie ist ganz bleich geworden. Warum bloß? Und dieser Dichterjunge, ich glaube sicher, der hat Schwindsucht, vermutlich will er wie Keats sein, und hat so sehr merkwürdig gelacht. Er hat gesagt, lieber damit aufwachen als mit Zwiebeln. Was kann er gemeint haben? Ob er modern sein wollte, so einer wie Schwester Anastasias Lieblingsdichter? Weißt du, der eine, der es mit Bulettengeruch in Hausfluren hat–«

Auch ich, das wußte ich, war jetzt bleich geworden. Ich versuchte ruhig zu atmen. Hortenses Augen, viel zu munter für diese späte Stunde, wurden größer. Sie sagte:

»Aber Donnerwetter, bei allen Heiligen im Himmel, das ist nicht möglich!«

»Was denn, Hortense? Was ist nicht möglich?«

»Das Café Royal, Oscar und Bosie, ach du lieber Gott, bist du auch so einer?«

»Was für einer, Hortense?«

»Du weißt schon! Also, dieser Junge hat dich verlassen, weil du kein Geld hattest, und jetzt kommst du zu Geld, und da sagt er, es war nur seine Schuld, daß du dich von der großen Literatur abgewendet hast und solchen Mist für die Bühne schreibst. O lieber Gott im Himmel, es paßt alles so gut zusammen!«

»Meine liebe Hortense«, sagte ich bedachtsam, »du hast eine sehr moderne Erziehung. Mutter und Vater– sie könnten das niemals – zu spät, mein' ich. Wenn man ihnen sagen würde, daß die Männer in Kriegsgefangenenlagern aus schierer Notwendigkeit– Aber davon abgesehen gibt es, wenn auch vermutlich relativ selten, gibt es Fälle, mein' ich– Was ich sagen wollte, ist, Mutter weiß es und ist unsäglich schockiert. Vater weiß nichts, und Mutter sagt, er soll auch nichts wissen. Und damit die arme, unschuldige Hortense nicht verdorben wird, hat sie gesagt–«

»Na ja!« Sie setzte sich auf ihren Fußsohlen noch bequemer zurecht. »Es ist schon eine Überraschung, ich meine, der eigene Bruder! Ach, zuhause werd ich den Mund halten, so tun, als wüßt ich nichts. In den Schulen kommt es vor, weiß ich. Jill Liptons Bruder. Auch bei Mädchen. Bei uns sind zwei erwischt worden, vierte Klasse, unreif, keine Erfahrung, sonst hätten sie sich nicht erwischen lassen.«

»Jetzt bin ich auch erwischt worden, nicht?«

Sie blickte mich an, mit fraulichem Ernst. »Nicht so wie Oscar. Bosie ist ja davongekommen, nicht, weil er ein Lord war. Ach du lieber Gott, sei bloß vorsichtig!« Und dann, in einer Pose wissenschaftlicher Neugier, die von ihren glänzenden Augen und geröteten Wangen Lügen gestraft wurde, fragte sie: »Was *machen* denn die Männer eigentlich zusammen?«

17 Von Weihnachten bis Fastnacht lebte ich zölibatär. Das war keine Vorsichtsmaßnahme: Was hinter verschlossenen Türen mit der Zustimmung der Beteiligten geschah, ging niemanden etwas an. Aber Rodney hatte schon angekündigt, daß er sich im neuen Jahr aus meinem Stück verabschieden würde, und seine Rolle ging an Fred Martins über. Er sollte in einer Art Probe-Inszenierung von Shaws *Haus Herzenstod* in Manchester die Rolle des Kapitäns Shotover spielen, die für ihn nach Ansicht der meisten Leute völlig ungeeignet war, die ihn aber dennoch faszinierte und die er unbedingt annehmen wollte. Val Wrigley machte einen herzerweichenden Versuch, unser altes Verhältnis zu restaurieren, weil er seinen jetzigen Freund tyrannisch und knauserig fand, aber meine Abweisung war unerbittlich. Ich war keineswegs einsam: Ich hatte meine Arbeit und meine Freunde beim Theater.

Mit dem neuen Stück gewann ich ganz unverhofft neuen Boden. Als ich den Entwurf des ersten Aktes J. J. Mannering zeigte, hauchte er mich mit seinem chronischen Zigarrengeruch an und sagte: »Junge, das ist ja eine Operette!«

»Nie und nimmer!«

»Doch! Schaun Sie, parallele Liebesgeschichten, die Leute hier ließen sich zu einem Chor vermehren, und dieser Säufertyp hier – reine handfeste Posse! Mein Gott, und was die so reden, das sind doch fast schon Lieder! Haben Sie schon mal Lieder geschrieben?«

»Na ja, als Schüler hab ich Gedichte gemacht.«

»Weiter braucht es auch nichts zur Operette, mein Junge – Verschen, wie man sie in der Schule gemacht hat. Für Drury Lane, schreiben Sie sich's hinter die Ohren, auf der großen Bühne, alles schön ausladend, das Ding muß atmen, setzen Sie sich gleich dran! Duette, Couplets, Chöre! Anfang ein Chor, Ende ein Chor. Zwei Akte, der zweite in Monte Carlo, Biarritz – irgendein verruchtes Nest im Ausland. Und die Lieder, die machen Sie, na, Sie wissen schon, wie heißt das, zugleich mit dem Buch, müssen draus hervorgehn, na, Sie wissen doch, wie das heißt–«

»*Pari passu?*«

»Dacht ich mir doch, daß Sie das wissen! Joe Porson ist scharf auf einen Job. War nicht seine Schuld, aber *Tilly Tulip* hat schon nach einem Monat zumachen müssen. Da waren mindestens drei gute Nummern drin, er hat was los, der Joe, er hat was von Jerome

Kern, von Irving Berlin, Jazz im Blut, mit diesem Mist von *Chu Chin Chow* sind wir fertig. Setzen Sie sich gleich dran, mein Junge!«

Weiter und weiter wurde ich von der hohen Literatur fortgelockt. So etwas hatte ja wohl mit der Literatur nichts mehr zu tun:

Ob ich wache, ob ich schlafe,
Es ist einerlei,
Ob ich schlafe, ob ich wache,
Ich ruf dich herbei.
Bitt ich auch schön,
Seufz ich und stöhn,
Weiß ich, du läßt dich nicht sehn.

Was wohl Henry James dazu gesagt hätte? Ich erinnerte mich, oder erinnere mich vielleicht auch erst jetzt, wie er damals, als mein Sokrates-Roman gerade erschienen war, bei einem Spaziergang durch den herbstlichen Garten des Lamb-Hauses zu mir sagte: »Halten Sie sich fern, mein lieber junger Freund, von dem steinernen Busen des Theaters! Dies ist der wohlbedachte Rat eines Mannes, der die Qualen der Verdammten hat erdulden müssen von diesen– Da herrscht eine Nacktheit, da gibt es Peitschenhiebe, da gibt es–« Die Emotion ließ die Worte stocken. Er erschauerte; der Mund ging ihm auf und zu. Er hob seinen Dachshund Max auf und drückte ihn an seinen unsteinernen Busen, wie wenn er auch ihn vor dem Theater bewahren müßte. Ich sah, daß er an die Pfiffe und Buhrufe zurückdachte, mit denen sein *Guy Domville* aufgenommen worden war, als er, den grausamen Hervorruf: »Autor!« in aller Naivität befolgend, auf die Bühne getreten war und, den Mund auf- und zuklappend, sich hatte verhöhnen lassen. O hüllende Wärme des Romans, labyrinthische Höhlen des Stils, worin man sich verbergen kann! Nacktheit war schon das rechte Wort.

Meine Operette hieß *Sag's schon, Cecil!* und beruhte auf einer höchst läppischen Idee. Ein junger Mann namens Cecil liebt eine junge Dame namens Cäcilie, bringt aber die verbindliche Liebesformel nicht über die Lippen. Im August 1914 hat er einmal zu einem Mädchen *I love you* gesagt, und schon ist der Krieg ausgebrochen. In Frankreich sagt er zu einer *Je t'aime,* und das Dorf, wo sie sich befinden, wird kurz und klein gebombt. Jemand bringt ihm die Worte *ja was lublu* bei, und das ist der Anfang der russischen Revolution. Cäcilie glaubt ihn zu lieben, kann es aber nicht mit Sicherheit sagen, solange sie die unzweideutige Formel nicht aus seinem Munde gehört hat. Er sagt *Ich liebe dich*, so sehr auch die Patrioten knurren, und das deutsche Kaiserreich bricht zusammen. Heller Jubel, aber noch immer getraut er sich nicht, *I love you* zu sagen. Er hat ein Lied mit Chorbegleitung – »Was ich doch gleich sagen wollte« –, und der Chor singt die bedenklichen Worte für ihn, aber damit ist Cäcilie nicht zufrieden. Gelöst wird das Problem (ich werde schamrot, noch heute!) durch ein Wortspiel mit Inselnamen: *Isle of Man, Isle of Wight, Isle of Capri, Isle of You.* Ende der Katastrophen, letzte Wiederholung des Chors »Nun sag's schon, Cecil«, abgewandelt zu »Du hast's gesagt, Cecil«. Kann man sich etwas Stupideres vorstellen? Die ganze Zeit, während ich daran schrieb, verfolgte mich die Vorstellung von Henry James' großem steinernem Gesicht bewegungslos und unbewegt, Augen und Stirn ein ewiger Vorwurf. Den Schlußchor schrieb ich am Sonntag, dem 24. Februar:

Wie das ausgeht, was man findet,
Wenn man sich so förmlich bindet –
Ein Zögern ist da wohl verständlich.
Doch nun trägst du die Fessel,
Denn du hast's gesagt, Cecil,
Na endlich!

Vorhang, Schande! Aber das Herz schlug mir höher in freudiger Erwartung der Einnahmen. Es klopfte an die Tür.

»Rodney, Liebster! Was für eine herrliche Überraschung!«

Ein Kuß. »Mein Engel! Kam mir so vor, als ob es lange her ist!« Er stellte seinen Koffer ab.

»Aber warum klopfst du so schüchtern?«

»Keine Schlüssel! Der ganze Bund ist irgendwie verschwunden, kurz bevor ich nach Norden gefahren bin. Macht nichts! Gib mir was zu trinken, mein Engel. Wie ausgedörrt!« Und er mixte sich Haig mit Wasser. Sonderbar, wenn man sich's überlegt, daß wir damals keine Kühlschränke hatten. Er trank und schenkte sich noch mehr ein. Dann setzte er sich auf die gestreifte Couch, das künstliche Bein grotesk abstehend. »Hab einen schlechten Tag heute, mein Engel! Die verdammte Krücke scheuert.«

»Nimm sie ab, Rodney! Wir gehn heute nicht mehr aus dem

Haus, oder? Ich hab ein schönes Stück Hammel aufgetrieben. *Und* Kapern! Und einen beinah makellosen Blumenkohl – ein Festessen!« Verliebt schaute ich ihn an, wie er da saß, adrett und stämmig in seinem steifen grauen Anzug, erheiternd häßlich, braun, als ob er aus dem sommerlichen Blackpool und nicht aus Manchester käme. »Wie war's?«

»Alles verpfuscht, seit Donnerstag! Die kleine Mabel, Mrs. Hushabye, kennst du, kriegt ein Telegramm, Kriegsministerium! Armes Luder, ich habe Frank gekannt, netter Junge! Sie die tapfere Kleine gemimt, der Abend mußte ja weitergehn, aber dann hat sie ihren Text vergessen und ist zusammengeklappt, Nerven sind durchgebrannt. Was Manchester heute denkt, denkt London morgen. Pah! für Mr. Shaw! Und es war doch nicht so ganz meine Rolle, nichts für mich! Überhaupt nicht! Schreibst du was Neues für mich?« Er sah das Manuskript auf dem Schreibtisch.

»Das ist was mit Tanz und Gesang. Nimm doch das Bein ab!«

»Du? Tanz und Gesang? Na, dacht ich mir doch, mußte ja kommen! Singen kann ich, weißt du doch, mein Engel! Und einen Krückentanz – stürzt dir das Haus ein bei dem Applaus! Aber nein, muß mich an den Claudius machen, für Bentinck. Gott, hab ich einen Durst!« Ich mischte ihm noch einen Whisky. »Gebibbert hab ich in dem Zug. War ungeheizt, bin in aller Frühe abgefahren. Bißchen Fieber. Fühl mal meinen Kopf!«

»Heiß! Setz dich näher ans Feuer! Schwitz es aus!«

Er hatte eine schwere Erkältung, soviel war klar. Essen konnte er nur wenig. Ich steckte ihn mit einer Wärmflasche und einem Becher Grog ins Bett. Ich legte mich neben ihn. In der Nacht wälzte er sich herum und brabbelte Stellen aus seiner Kapitän-Shotover-Rolle.

»Nichts als der Anprall des Schiffes mit dem betrunkenen Schiffer an die Riffe, das Splittern der morschen Planken, das Bersten der rostigen Platten, die ersaufenden Matrosen – wie Ratten in einer Falle!«

»Aber Rodney, Rodney, mein Guter–«

»Der Kapitän ist in seiner Koje, trinkt aus der Wasserflasche, und die Matrosen würfeln auf dem Vorderdeck. Das Schiff wird aufschlagen, sinken und auseinanderbrechen. Denken Sie, Gottes Gesetze werden England zuliebe außer Kraft gesetzt, weil Sie dort geboren sind?«

Der Schweiß floß ihm in Strömen und durchweichte die Bettlaken. Als er aufwachte, hatte er einen brennenden Durst. Ich gab ihm lauwarmes Gerstenwasser. »Danke, mein Engel! Bißchen besser, glaub ich. Allerhand ausgeschwitzt. Gott, mit diesem Bett muß was geschehn!« Ich half ihm aus seinem durchnäßten Pyjama und setzte ihn beiseite, wo er, nun vor Kälte zitternd und in die Steppdecke gehüllt, wartete, bis ich die Matratze umgedreht und frische Laken aufgelegt hatte. Dann, beide nackt, stiegen wir wieder hinein, umarmten uns, und ich streichelte seinen armen, wundgescheuerten Beinstumpf. Arm in Arm schliefen wir endlich ein, beim sanften Gebimmel der ersten Milchwagen.

Im vollen Regenlicht des Wintermorgens träumte mir, die Schlafzimmertür stünde offen und Leute schauten herein. War ich auch krank geworden? Nein, es war kein Traum. Leute standen im Zimmer, und zwar drei, zwei Männer und eine Frau.

»Aha! Was für ein Unrat!« sagte Linda Selkirk. Sie trug ein schwarzes Kostüm und ein schwarzes Barett. Die beiden Männer hätten Brüder sein können, beide mit düsteren Schnauzbärten und in grauen Fischgrätenmänteln, der eine, der ältere, mit Melone auf dem Kopf.

»Raus mit Ihnen!« sagte ich zu allen dreien und zog meinen taubgewordenen Arm unter dem schlafenden Rodney vor. »Sie haben kein Recht, hier drinnen zu sein. Sie sind eingebrochen, ich krieg Sie dran wegen Hausfriedensbruch.« Wer sagt schon immer genau das Richtige? Linda Selkirk klimperte erbittert mit einem Schlüsselbund am Ende ihres behandschuhten rechten Zeigefingers. Rodney begann zu schnarchen, wie um die Stimmen zu übertönen. Sie sagte:

»Hausfrieden? Eine Frau hat das Recht, bei ihrem Mann zu sein. Haben Sie genug gesehn, meine Herren?« fragte sie ihre beiden Begleiter.

Der Ältere, der mit einem Hut auf, sagte in einem sehr themsestädtischen Singsang: »Ist aber doch ein gewisser Unterschied, Gnäje Frau! Wenn der Herr da« – er zeigte auf mich – »ne Dame wär, dann! Sie sehn den Unterschied, Gnäje Frau. Soldaten im Gemeinschaftsquartier, das ist kein Ehebruch!«

»Wer sind Sie denn, Sie beide?« versuchte ich zu brüllen. »Polizeibeamte? Haben Sie einen Durchsuchungsbefehl?«

»Ach, Polizei haben Sie erwartet, soso?« sagte der Jüngere. »Und warum wohl, der Herr?«

»Was das unbefugte Betreten angeht«, sagte der immer noch

Melonenbedeckte, »so mußte die Dame hier Jewalttätigkeiten befürchten. Jeder Bürger ist berechtigt, sich zu schützen. Und sie's berechtigt, hier reinzukommen.«

»Sie schaun jetzt beide gut hin«, sagte Linda, »und merken sich alles! Zwei Männer im Bett, die Arme umeinander, widerlich! Er ist gleich hierher gekommen, unter Mißachtung von Frau und Kindern, suhlt sich im Unrat!«

Fast hätte ich gesagt: *Wir haben die Laken gewechselt.* Beruf färbt ab. Ich sagte: »Sie haben hier einen Kranken vor sich.« Unglücklicherweise war Rodney nun wachgeworden, leckte sich hörbar die trockenen Lippen und blickte mit großen, haßerfüllten Augen auf seine Frau. Ihre Anwesenheit schien ihn nicht zu überraschen; die beiden schnauzbärtigen Herren schien er nicht zu bemerken. »Er ist krank hier angekommen. Ich habe ihn die ganze Nacht gepflegt. Das wäre Ihre Pflicht gewesen«, sagte ich dümmlich zu Linda Selkirk.

»Der soll nur den Kranken spielen!« sagte sie. »Der hat schon öfter den Kranken gespielt, ebenso wie er den Verliebten gespielt hat. Und belehren Sie mich nicht, was meine Pflicht ist, Sie perverser Schmutzfink!«

»Vorsicht, Gnäje Frau!« sagte der Hutlose.

Rodney versuchte sich aufzusetzen, mit dem Rücken gegen die Kissen. Da saßen wir, zwei Männer in einem Bett, oberhalb der Gürtellinie erkennbar nackt. Ich nahm meinen Morgenrock, der auf einem Stuhl neben dem Bett lag, und bedeckte mir die Brüste wie eine alte Jungfer.

»Agentur Prothero, 11 Wardour Street«, sagte der Melonenmann und schien eine Visitenkarte aus der Brusttasche ziehen zu wollen. »Hier anwesend in Sachen Zeugenschaft betreffs ehelicher Untreue.«

»Nehmen Sie zum Kuckuck noch mal in meinem Hause den Hut ab!« rief ich.

»Bitte, der Herr!« Er nahm ihn ab. Er schien sich vor längerer Zeit das Haar gefärbt zu haben. Die Farbe war halb ausgewachsen; manche Flecken waren schmutziggrau, manche pechschwarz, und andere hatten noch einen Schimmer von Henna. »Sie können Anzeige erstatten, Gnäje Frau«, sagte er. »Vielleicht hat man Ihnen das schon gesagt.«

Rodney schien jetzt einen kerngesunden Irren spielen zu wollen. »Du Luder«, sagte er, »geh doch zu deinem vermaledeiten

Kemble, wie der sich nennt. Der hat doch zwei Beine, und die kann er dir zwischen deine schieben. Laß uns in Ruh, wir können dich hier nicht brauchen!«

»Ich laß dich in Ruh«, sagte sie, »und ich sorge dafür, daß du die Kinder in Ruh läßt. Haben Sie«, sagte sie zu den beiden Zeugen, »nun genug gesehen?«

»Der Akt ist immer schwer zu beweisen«, sagte der Jüngere. »Weiß jeder Jurist. Alles nur Indizien!«

»Sie haben's doch aus seinem eigenen ungewaschenen Munde gehört!« sagte sie. »Daß ich die beiden in Ruhe lassen soll!«

»Ja«, sagte Rodney, aus dem Bett steigend. »Mach, daß du hier verschwindest, los, raus! Deinen Kemble kannst du haben. Mich in ganz London zum Gespött machen!«

»Richterliches Ermessen«, murmelte der jüngere Zeuge. Er sah zu, wie Rodney aus dem Bett stieg, nackt und einbeinig. »Aha!« sagte er. Der andere schüttelte betrübt den Kopf, wie vor Mitleid über die Aussichtslosigkeit unserer Lage: Unzucht mit Krüppeln, eine besonders arge Perversion! »Du Luder, Luder!« keuchte Rodney und hopste, sich am Bett festhaltend, zwei Schritte weit auf sie zu, offenbar mit dem Vorsatz, sie anzuspringen und sich an ihr festzuhalten, während er sie erwürgte. Dann fiel er hin und konnte nicht mehr aufstehn.

»Gestehn Sie«, sagte Linda zu mir, »daß Sie mit meinem Gatten widernatürliche Unzucht treiben, Sie Schwein!«

»Wollen Sie's sehn?« fragte ich. Ich kam mir vor wie in einer meiner eigenen Possen. Dann, den Morgenrock überstreifend, ging ich zu dem armen Rodney. Am Morgenrock fehlte der Gürtel; ich hätte ebensogut nackt bleiben können. Ich hörte einen von den beiden Männern *pfuipfui!* sagen, als ich nach Rodneys Prothese griff. Vielleicht wollte ich sie ihm anschnallen, damit er, nackt, aber zweibeinig, auf Linda losgehn und sie erwürgen könnte. Linda sagte:

»Mir wird schlecht. Ich muß mich übergeben. Was für ein Unrat! Oscar Wilde nachäffen! Euch werd ich kleinkriegen, ich mach euch kaputt, alle beide! Ins Kittchen kommt ihr, ihr Schmutzfinken. Ich bring es in alle Zeitungen, alles!«

»Verletzung des sittlichen Empfindens«, murmelte der Jüngere.

Ich packte die Beinprothese wie eine Keule und hob sie drohend. Der offene Morgenrock ließ alles sehn, was ich hatte. Rodney, immer noch am Boden, stöhnte und wollte aufstehn. Er war

zu schwach, um sich mit den Armen hochzustemmen, und
wieder zusammen. Die beiden Zeugen stellten sich beherzt vo
Klientin ihrer Agentur. Ich rückte näher, nicht recht kampf
schlossen. Ich senkte die Prothese und streckte sie hin, eher wie
Prothesenverkäufer, der seine Ware feilbietet: Ein hochmodern
Bein hätt ich hier, Gnäje Frau, schaun Sie nur, entzückend, wie da
funktioniert! Oder wie ein Entlastungszeuge vor Gericht: An al
lem ist nur der Krieg schuld, meine Herren! Linda fletschte angewidert die Zähne. Sie sagte:

»Sie werden von mir hören. Sie kriegen Ihre Strafe. Den da können Sie behalten.« Aber dann schränkte sie ein: »Nicht doch! Jeder kommt in eine andere Zelle oder jeder in ein anderes Gefängnis.« Dann spuckte sie nachdrücklich aus, drehte sich um und ging. Sie selbst war natürlich auch Schauspielerin gewesen, eine kleine, nicht sehr erfolgreiche, bis sie ihre Kunst der Ehe zum Opfer brachte. Die beiden Männer setzten die Hüte auf, nickten und machten mit den Händen Abschiedsgesten, alles im schönsten possenhaften Gleichtakt. Dann gingen sie ebenfalls. Ich brachte sie bis zur Wohnungstür. Sie blickten sich nicht um. Ich ging zu Rodney zurück und brachte ihn ins Bett. Er glühte und bibberte zugleich und konnte nichts mehr sagen, außer *das Luder, das vermaledeite Luder!* Ich ging in die Küche und machte Tee. Das trübe Montagsregenlicht verhieß keinen Regen, ein karger, schwerer Februarhimmel. Ich machte Toast, mit echter Butter drauf, Geschenk von einem irischen Bewunderer. Noch immer sperrte ich mich gegen jeden Gedanken. Mit einem Tablett ging ich zu Rodney hinein. Er konnte nichts essen, trank aber durstig von dem milchgekühlten Tee. Dann bekam ich meinerseits das Zittern, aber vor Angst. Ich sagte:

»Was wird sie denn machen?«

»Das Luder, das vermaledeite Luder! Ich muß aufstehn, ich muß zu Bentinck.« Er versuchte, aus dem Bett zu steigen, aber ich schob ihn zurück. »Ich muß zur Leseprobe um zwei. Ich will meinen Koffer, ich will meinen *Hamlet*.«

»Du bleibst hier!« sagte ich. »Bentinck werde ich anrufen. Und den Arzt auch.«

»Zum Kuckuck, ich will keinen Arzt!«

»Was wird sie denn machen?« fragte ich noch einmal.

»Die soll machen, was sie will. Mit der bin ich fertig. Noch etwas Tee, mein Engel!«

nk drei große Frühstückstassen leer und schlief dann un-
ı. Seine Stirn glühte. Ich zog mich an und ging zum Telefon
n Hausflur. Bentinck war nicht da, aber ich hinterließ Be-
bei seiner Frau. Dr. Chambers sagte, das höre sich nach ei-
sen Grippe an, und er komme vorbei, sobald es gehe; die
e sei auf dem Vormarsch, und ich solle aufpassen, daß ich
elbst keine holte. Ich ging zurück zu Rodney. Er schlief
eißgebadet, und aus seiner Brust kam ein rasselnder Ton. Es
e nicht viel, und ich hätte nun mein Testament gemacht. Eine
se meines Lebens ging zu Ende, vielleicht mit einem ver-
ıtenden Skandal, zum Frohlocken meiner Feinde, unter den
ränen meiner Angehörigen und den Peitschenhieben des rachsüchtigen Staates. Wilde hatte man verschlungen wie einen fetten Braten; mich würde man wegputzen wie ein Würstchen zum Frühstück. Ich steckte *Sag's schon, Cecil!* in einen schweren Umschlag für Wertbriefe, adressierte es an J. J. Mannering, klebte die Marken drauf und brachte es zu dem Tischchen im Flur, damit es der Hausdiener zur Post mitnahm. Die Morgenpost lag schon aus; nichts für mich war dabei. Es war, als griffe ein Schweigen schon um sich, das der Gewalt vorausging. Noch immer kein Regen.

Ich setzte mich zu Rodney ans Bett und dachte nach. Wie immer bei mir, kamen die Gedanken in Bühnenbildern und Dialogen. Zwei feierliche Herren mit Ulster und Melone standen vor der Tür; sie hatten einen Haftbefehl. »Folgen Sie uns bitte unauffällig, Sir, ist das beste; hat keinen Zweck, daß Sie bei uns protestieren, wir sind nur der gleichgültige Arm des Gesetzes.« Einer von den beiden hatte ein Zucken in der linken Wange. Aber wenn es nur um eine Scheidung ginge, würde es lange dauern, bis der Zivilprozeß das Strafverfahren nach sich zöge. Der Skandal! Was würden die Zeitungen draus machen? Patienten im Wartezimmer meines Vaters, nach der Zeitungslektüre ins Sprechzimmer eintretend, sein leichtes Zittern bemerkend, seinen vor Scham auf die Instrumente gesenkten Blick. »Muß ich Ihnen wohl nicht erst sagen, Mr. Toomey, wie wir alle mit Ihnen fühlen, soll ich Ihnen von meiner Frau sagen, ja, das ist der schlimme, der immer weh tut, wenn ich was Süßes esse.« Nein, schon das Einreichen der Scheidungsklage, war das nicht so, würde die Anzeige der Straftat nach sich ziehen? Schwitzend sah ich mich mit schwerem Gepäck in Dover oder Folkestone, wie ich verstohlen im gnädigen Nebel über eine Laufplanke verschwand. Als es mittags an der Tür klingelte, saß ich da wie versteinert. Nun klopfte es ungeduldig. Ich blieb sitzen. Keinen Sinn, die konnten sich gewaltsam Eintritt verschaffen! Mit weichen Knien ging ich zur Tür. Es war natürlich Dr. Chambers, gekleidet wie ein Arzt der alten Schule, mit stark verzogenem Zylinder.

»Er wohnt hier?« fragte er streng, als er vor dem fieberbenebelten Rodney stand.

»Nein!« sagte ich errötend. »Er ist zu Besuch. Gestern angekommen. Aus Manchester.«

»Da oben tobt die Grippe ganz schlimm. Ein neues Virus, sehr hartnäckig. Gefällt mir gar nicht, dies Geräusch in der Brust. Das Gesicht kommt mir bekannt vor.«

»Es ist Rodney Selkirk. Der Schauspieler. Er hat in einem Stück von mir gespielt.«

»Noch nie ein Stück von Ihnen gesehn.« Mein Schuldgefühl wuchs. »Muß ihn in was anderem gesehn haben.«

»Sehr wahrscheinlich! Was kann man für ihn tun?«

»Ich muß ihm ein Bett verschaffen.«

»Das hier ist doch ein Bett.« O Gott, jeder Satz ein Lacher, Mr. Toomey übertrifft sich selbst, dreihundertfünfundsechzigste stürmisch bejubelte Vorstellung!

»Ich meine, im Krankenhaus. Ambulanz brauchen wir auch. Er kann sicher nicht gehen.«

»Er hat nur ein Bein. An der Marne. Kriegsheld, müssen Sie wissen!«

»Soso, ein Kriegsheld!« Es schien ihm nicht viel Eindruck zu machen. »Gefahr einer Lungenentzündung. Kann er dran sterben. Braucht sorgfältige Pflege. Aber selbst dann, selbst dann!« Er schüttelte den Kopf. Mir sank das Herz; ich spürte den ersten Übermut des frei ausgegangenen Verräters. Rodney tot, keine Scheidungsklage, kein Strafverfahren! Herrgott, tot! Rodney? Rodney tot? »Kann ich Ihr Telefon benutzen?«

»Unten! Sie meinen doch nicht, daß–«

»Meine was?«

»Dran sterben, haben Sie gesagt!«

»Denken Sie an meine Worte!« sagte er laut und stupste mit dem Finger nach mir. »Das gibt einen sehr bittren Frieden, wenn, wenn überhaupt. Alles in epidemischem Maßstab, denken Sie an meine Worte! Sie sehen selber nicht allzu gut aus.« Und streng ging er nach unten zum Telefon.

Als Rodney abgeholt wurde, war er zu tief im Delirium, um zu wissen, wo er und wer ich war.

»Denken Sie Gottes Gesetze worden, werden.« Dann war er der König Claudius. »Der, schwach, bettlägrig, schwach, bettlägrig, zum Kuckuck, wie geht's denn weiter, souffliert mir doch, verflucht noch mal!«

»Rodney, Rodney!«

Der hintere Träger an der Bahre schüttelte den angegrauten Kopf. Der Fahrer des Krankenwagens nahm Rodneys Koffer mit hinunter, aber ich vergaß, ihm das künstliche Glied mitzugeben. Zu Brett, dem Hausdiener, sagte ich, daß ich auf längere Zeit verreisen müsse. Ich gab ihm fünf Pfund, mit dem Auftrag, meine Bücher und Haushaltssachen in Kartons zu packen und im Keller zu verstauen. Dem Hauswirt schrieb ich einen Zettel und kündigte die Wohnung. Geheime Kriegssache, schrieb ich, dringender Antritt eines Postens. Was aus dem Bein meines armen Rodney geworden ist, wissen die Götter.

18

Im Hotel Marmion in Bloomsbury stieg ich unter dem Namen Henry M. James ab. Das ganz zufällig gewählte M. erwies sich später als Initial für den Dachshund Max. Ich redete kurz mit Humbert Wolfe, seinerseits Dichter und hoher Beamter. Er ebnete mir den Weg zur Erlangung eines Visums von der konsularischen Abteilung der französischen Botschaft. Schließlich befanden wir uns noch im Krieg, und nur die Verurteilten hatten freien Zutritt zu den Gefilden Frankreichs. Ich konnte eine Art Geschäft geltend machen, das mich nach Paris rief: Die typisch englische Farce *Goddam,* frei nach meiner typisch französischen Farce *Parlehwuh,* wurde am Odéon inszeniert, mit André Claudel in der Hauptrolle, und es schien ganz plausibel zu sein, daß ich mir zumindest die Proben ansehn müßte, um alle Züge des Originals, auf die ich etwa Wert legte, zu schützen. Ohne Schwierigkeiten bekam ich das Visum. Dann fragte ich mich, ob ich es wagen sollte, den armen Rodney zu besuchen, um ihn von meiner baldigen Flucht zu unterrichten. Aber vielleicht saß die Polizei schon bei ihm am Bett und wartete auf mich. Ich rief im Krankenhaus an und erfuhr, daß es ihm »sehr schlecht« gehe.

Von seinem Tode las ich auf dem Fährschiff nach Boulogne.

Es war in Wahrheit ein Transportschiff des Kriegsministeriums, das allerlei Leute ans andre Ufer schaffte: Offiziere mit abartigen Spezialaufgaben, Journalisten, zwei Herren vom französischen Kriegsministerium, Krankenschwestern, einen Trupp intellektuell aussehender Gnomen, der sich als *Sonderkommando für Spezialübergriffe* bezeichnete, einen bärtigen, aber gleichwohl uniformierten Heereszeichner, der auf einer der Deckbänke seinen *Evening Standard* liegenließ. In dieser Zeitung las ich die paar Zeilen über das vorzeitige Ableben eines geachteten Schauspielers. Ich weinte in der windigen Meeresdunkelheit; ich hatte ihn geliebt, und er mich, so glaubte ich, auch. Jüngeren Lesern wird die Tatsache, daß man an einer Grippe sterben konnte, nur schwer begreiflich sein. Wir hatten damals schon Elektrizität, Gas, Automobile, Rotationsdruckmaschinen, die Romane von P. G. Wodehouse, Büchsennahrung, Gold-Flake-Zigaretten, Flugzeuge und Massenvernichtungswaffen, aber Antibiotika hatten wir nicht. In den Künsten war dies schon die Moderne, das Zeitalter der Eliot, Pound und Joyce, des Surrealismus und der Atonalität, aber von den Naturwissenschaften wußten wir noch sehr wenig. Sogar unsere Kriegsführung ging noch wie im Mittelalter von der Annahme aus, daß sich der Feind auf einem Hügel namens Mitteleuropa verschanzt habe und daß wir diesen Hügel nun mühsam, Graben für Graben erstürmen müßten. Was die gleichgeschlechtliche Liebe anging, so war sie eine Sünde wider die Gesellschaft. Ich wußte nicht, ob ich, nachdem Rodney tot war, von Mrs. Selkirk und der Justiz noch etwas zu befürchten hatte. Doch nun gab es kein Zurück mehr. Ich war zum Exil entschlossen. Abgesehen von geschäftlichen Besuchen dann und wann wollte ich England nicht mehr sehen.

Die Bahnfahrt von Boulogne nach Paris war gräßlich, mit Rukken und Schütteln, Halten auf freier Strecke, brüllenden Eisenbahnern in der Nacht. Der Heereszeichner saß neben mir und zeichnete im trüben Licht etwas wie die Grobskizze zu einem Gemetzel. Ein dicker Belgier mir gegenüber hatte unerklärlicherweise einen Vorrat an pulverigem türkischem Honig, den er in der feuchten Höhlung seiner Hand herumreichte. Eine alte Dame rauchte Zigaretten, die wie russische Papirossy aussahen und rochen. Nach der Ankunft war es schwer, ein Taxi zu finden. Die einzigen Motorfahrzeuge weit und breit schienen die Rotkreuzwagen zu sein. Die Verdunkelung war strenger als in London.

Von den wenigen blaugekleideten Gepäckträgern trug mindestens die Hälfte schwarze Trauerbinden. Ich mußte mir auch eine besorgen, nahm ich mir vor.

Der verkrüppelte Taxichauffeur fand nur mit Mühe das kleine Hotel Récamier, das in einem Winkel hinter der großen Kirche von Saint-Sulpice mit dem Säulenportal versteckt lag. Ich hatte telegraphisch ein Zimmer bestellt, aber das Telegramm war nicht angekommen. Trotzdem gab man mir ein kaltes kleines Zimmer, wo ich mein unliniertes Papier und den Füllfederhalter auf das wacklige Tischchen legte – zum Zeichen ernsthaften literarischen Strebens. Schluß mit den Possen! Ich zog mich aus, bibbernd vor Kälte, und weinte mich in den Schlaf.

Das windig-wolkige Paris am nächsten Morgen war nicht besser als die traurige Leere bei Nacht. Nach einer Tasse bitterem Zichorienkaffee und einem altbackenen Croissant ging ich zu der Bank in der Rue de la Paix, an die meine Londoner Bank den größeren Teil meines Guthabens überwiesen hatte. Als ich das Haus verließ, hatte ich die Taschen voll dreckiger Francs. Lustlos schaute ich in den Strom der Rotkreuzfahrzeuge, bemerkte, daß große Hotels in Hospitäler umgewandelt worden waren, und hörte ein dröhnendes Krachen, das nur die Dicke Berta sein konnte.

»Die Dicke Berta!« sagte mir ein Engländer in einer trübseligen Kneipe am Boulevard Saint-Germain. »Gestern hab ich eine Granate auf der Straße explodieren sehn. Das beste ist, man rennt nicht in die Métro wie all diese Hosenscheißer. Wenn sie zu mir kommt, Verbeugung! Wer will denn schon noch leben?« Düster kippte er ein Gläschen mit etwas Rötlichem hinunter. Dann blickte er mich von der Seite an und schob dem Schankkellner sein Glas zum Nachfüllen hin. »Ich kenne Sie übrigens. Sie haben drüben doch bei Normans Literaturblättchen mitgemacht, nicht? Norman Douglas, mein' ich. Er ist abgehauen, nachdem sie ihn geschnappt hatten. Aufreißen von kleinen Jungen. Jetzt ist er hier und lebt von trockenen Kastanien. Sie auch hier untergetaucht? Ich heiße übrigens Wade-Browne.« Er war groß, schmal und hohlbrüstig. »Das war eine witzige Idee von Ihnen, dieser Tittenroman, mit dem Sie die Scheißer alle auf die falsche Fährte gelockt haben. Aber wir, die wir dahinterblicken, wir wußten natürlich Bescheid. Toomey!« Er grinste trist und anzüglich. »Mal sehn, ob ich Normans Verschen noch zusammenbringe. Ah ja, das ging so!« Und er sagte es auf:

»Herr Toomey schreibt ein Sittenbild voll Liebesrasen,
Dem Backfisch wird so schlüpfrig und im Kopf ganz dumm.
Man ahnt, der Dichter träumt vom Pfropfen und vom Blasen.
Er nennt es Liebe. Doch er selbst ist andersrum.«

Die Hand zitterte mir, als ich den *ballon* mit kratzigem Rotwein zum Mund hob. Ich trank und bekleckerte mir den Schlips. Von meiner Trauer konnte der Kerl hier nichts wissen. Aber sein Freund Douglas hatte trotzdem ganz schön eine Ahnung von meinem Temperament. Sogar die von meiner eigenen sexuellen Konfession konnten in der Liebe offenbar nur etwas Abwegiges sehen. Solchen Witzbolden, die sich recht und schlecht durchs Leben pfropften und bliesen, war die Verdammnis gewiß. Aber warum nicht auch den Pomadencasanovas, die dem noch viel billigeren Erfolg bei den Ladenmädchen nachjagen? Vielleicht auch denen, aber nicht ebenso gewiß wie dem knabenpfropfenden Douglas. Kaum in Paris angekommen, wußte ich, daß ich gleich wieder fort müßte. Douglas besudelte die Stadt, so dreckig sie schon war.

Wade-Browne beobachtete mich spöttisch. Dann, mit trübsinnigem Grinsen, verfiel er wieder in seine anfängliche Verdrossenheit. »Das Problem ist«, sagte er, »wie man das negativ fatalistische Warten auf das positiv Selbstmörderische aushalten soll. Ich meine, im Krieg wenden die Leute nun mal nicht Messer und Pistolen gegen sich selbst an. Die Selbstmordrate ist im Krieg sehr niedrig. Ein arrangierter Heimatschuß ist was anderes. Selbstverstümmelung in den Gräben spricht für starken Überlebenswillen. Ich würde mich nie selbst umbringen – nicht wenn man die Dicke Berta bummsen hört. Aber einer Granate über den Weg zu laufen ist verflucht schwierig.«

»Warum wollen Sie denn sterben?« sagte ich.

»Ach, haben Sie denn keine Augen im Arsch, oder vielmehr im Kopf, mein' ich? Warum, fragen Sie? Na, wissen Sie einen guten Grund, warum nicht? Na los, sagen Sie mir mal, warum man leben soll!«

»Gewisse physische Empfindungen! Schönheit der Erde und der Kunst!«

»O Jesus, was für ein Scheiß!«

Ich sagte nichts mehr. Ich würde mich hüten, die Liebe zu nennen.

»Die abendländische Zivilisation ist schon auf dem richtigen

Wege«, sagte er. »Um sich in die Luft zu sprengen.« Nordöstlich von uns krachte wieder die Dicke Berta. Der Schankkellner bekreuzigte sich, dann zuckte er die Achseln, wie um zu sagen: Ererbter Aberglaube, reine Reflexbewegung, verzeihn Sie! Ich beschloß, lieber nach Süden zu fahren. Ich war ja frei, immerhin! Ich hatte ein Recht, aus Gefahr, Mangel und Verdunkelung in die Mimosenwäldchen zu flüchten. Ich hatte die Taschen voll dreckiger Francs. Wenn ich erst da wäre, wo ich hinwollte, könnte ich mir ein Girokonto bei einer Zweigstelle der Banque Nationale einrichten. Ich wollte sofort gehn und packen. Ich verabschiedete mich von Wade-Browne mit einem kühlen Nicken und trank mein Glas aus. Als ich ging, rief er mir etwas Obszönes und Weinerliches nach.

Auf der Straße sah ich Maynard Keynes mit einer Aktentasche unterm Arm. Er lächelte wie besessen auf einen nach Amt und Würden aussehenden Franzosen los, der schnell, aber ehrerbietig zu ihm sprach, als wäre dieser große, gescheit und selbstsicher wirkende Mann damals schon zum Milord erhoben gewesen. Keynes wollte ihn offenbar loswerden. Er winkte mir zu, als ob niemand anders als ich es wäre, den er in Paris sehen wollte; dann kam er auf mich zu, während er den anderen, der zu flinken Verbeugungen und Hutlüftungen ansetzte, mit einem Schwall von Wirtschaftsfranzösisch in Schach hielt. Irgendwo am anderen Flußufer schlug die Dicke Berta ein. Keynes kannte ich von mindestens drei Parties in Bloomsbury. Morgan Foster war sehr entgegenkommend zu mir gewesen und hatte sogar vorsichtige Andeutungen im Hinblick auf eine etwaige Möglichkeit gemacht, daß es unter Umständen vielleicht nicht ausgeschlossen sein müßte, daß wir *Freunde* würden. Obwohl ich Morgan ganz gut leiden konnte, störte mich sein Geruch, der, unglaublicherweise bei einem Agnostiker wie ihm, dem Geruch schalgewordenen Weihwassers in einer Kirche nicht unähnlich war. Keynes gab sich damals gerade Mühe, wie ganz Bloomsbury wußte, sich mit Hilfe einer Ballettdame in einen Heterosexuellen zu verwandeln. Jetzt massierte er meine Hand und grinste mich an, als ob er schon wüßte, warum ich London den Rücken gekehrt hatte. Er schien der Ansicht zu sein, daß seine eigene Anwesenheit hier einer Erklärung bedürfe.

»Ich kaufe hier billig Gemälde ein für die Regierung. Kosten jetzt so gut wie nichts, wegen der Dicken Berta und dem ganzen Durcheinander. Wenn Sie wollen«, sagte er, »könnte ich Ihnen eine Gelegenheit zeigen. Einen Georges Rouault, absolut spottbillig!«

»Warum mir?«

»Warum nicht Ihnen?« Dann musterte er mich, wobei er das eine Auge zukniff und den Kopf mit der Melone zur Seite neigte, ohne zu grinsen. »Sie sehn mitgenommen und allein aus. Sie sehn aus wie jemand, der ein Bild zum Anschauen braucht. Kommen Sie ins Ritz und sehn Sie sich's an! Absolut nachgeworfen spottbillig!«

19

Der eckige, säulenbewehrte Rumpf der Kirche von Saint-Sulpice war und ist nicht zu übersehen. Als ich zum Hotel Récamier zurückkam, einen Rouault unterm Arm, bereit, meine Sachen zu packen, die Rechnung zu bezahlen, ein Taxi zu suchen und zur Gare de Lyon zu fahren, hatte ich das Gefühl, daß eine kleine Granate in meinem Herzen platzte. War ich nicht frei, und zwar nicht nur in jenem vagen Sinne, daß ich, wenn ich wollte, in Cafés unter Palmen herumsitzen konnte, sondern auch in dem bestimmteren Sinne einer Freiheit von fleischlichen Begierden? Rodney war tot, und einen anderen Geliebten wollte ich nicht. Da ich keinen wollte, konnte ich auf körperliche Liebkosungen verzichten. Sollte je ein Gelüst von unpersönlicher Art sich melden, so brauchte ich mir nur den knabenpfropfenden Witzbold Norman Douglas vorzustellen, um es zu verscheuchen. Teils angezogen durch die Solidität des Bauwerks, teils darauf zugeschleudert durch die explodierende Granate der Hoffnung, stieg ich die Stufen zur Kirche hinauf und trat ein in das abgestandene fromme Halbdunkel voller bußfertiger Sünder. Es war Samstag, der herkömmliche Tag, um sich die Seele auskratzen zu lassen. Ich setzte mich zu den wartenden Bourgeois, die Hälfte davon mit schwarzen Binden, und harrte der Beichte bei Pater H. Chabrier. Der Mann neben mir, der nach Nelken roch, las unverhohlen in einer Nummer von *Le rire* und betrachtete innig die Zeichnung einer Spitzentänzerin – wie der Gast in der Kneipe, der mit Behagen sein letztes Bier vor der Sperrstunde trinkt.

Auf französisch zu beichten war so, wie wenn ich meiner Mutter gebeichtet hätte. Von dem Pater Chabrier sah ich hinter dem Gitter nur seine knotigen, blassen Hände, die manchmal mit einer zusammengerollten Zeitung zu seinen Worten den Takt schlugen.

». . . Schon fast zwei Jahre her, seit ich meine Osterpflicht versäumt habe. Auch die Messe an den Sonn- und Feiertagen. Und die Morgen- und Abendgebete.«

»*Oui oui oui!*« Er war ungeduldig. Die Unterlassungssünden interessierten ihn nicht.

»Sünden der Unreinheit, Pater!«

»*Avec des femmes?*«

»Mit Männern, Pater!«

»Aaaaaah!«

Ich hatte mit dem Wort *Liebe* einige Schwierigkeiten. Auf französisch kam es mir in all seinen Formen und Ableitungen frivol, zynisch oder roh und sinnlich vor.

»Bereuen Sie diese Sünden aufrichtig?«

»Ich kann nicht gut die Liebe bereuen, *mon père.*«

»Sie müssen sie bereuen, Sie müssen!«

»Wie kann ich bereuen, was Gott uns zu tun gebietet? *Agape, diligentia!* Ich mag nicht sagen, *l'amour.* Ich habe einen Mann geliebt, und er ist nun tot. Was war daran schlecht?«

»Das Körperliche dabei, wie Sie gesagt haben! Das war eine Todsünde.«

»Aber das war Zärtlichkeit, ein Ausdruck der *agape*–«

»Gebrauchen Sie mir nicht dieses Wort, *agape* bedeutet die christliche Liebe, das ist blasphemisch!« Er seufzte, stöhnte und schlug dreimal gereizt mit der Zeitungsrolle gegen das Gitter. »Sie haben eine Todsünde begangen, bereuen Sie diese Sünde aufrichtig?«

»Was es auch ist oder war, ich bin entschlossen, es nicht wieder zu tun. Genügt das?«

»Besserungswille ist nur eines. Sie müssen auch bereuen. Bereuen Sie aufrichtig?«

»Sie verlangen, daß ich die Liebe bereue!«

»*L'amour,* so wie sie ausdrücklich verboten ist, *l'amour,* schmutzig und obszön!«

»Wenn diese Liebe wirklich schmutzig und obszön gewesen ist, dann will ich sie bereuen. Wird das genügen?«

Er ließ sich nicht bemogeln. Sofern hier kasuistische Überlegungen vonnöten waren, blieben sie ihm, dem Priester der Kirche vorbehalten. Er sagte: »Ohne Zweifel sind jetzt viele draußen und warten. Ich glaube, Sie haben sich nicht zur Genüge vorbereitet. Sie müssen Ihr Gewissen noch gründlicher erforschen, als Sie es bisher anscheinend getan haben. Kommen Sie am Montag wieder zu mir! Meinen *horaire* finden Sie an der Tür angeschlagen, Sie sehen dort die Zeiten, zu denen ich hier bin. Gehn Sie nun und beten Sie darum, daß Sie bußfertig werden!« Und er drosch die Rolle in einem letzten Taktschlag gegen das Gitter, ganz wie sein Namensvetter im Schlußakkord, na, sagen wir, seiner *Marche joyeuse*.

Also mußte ich ohne Beichte nach Süden fahren. Niemand konnte sagen, daß ich nicht mein Bestes getan hätte. Als ich aus dem Beichtstuhl trat, blickten die wartenden Sünder mit vagem Interesse zu mir auf. Vielleicht hatten sie das Knallen mit der zusammengerollten Zeitung gehört. Ein junges Mädchen in Schwarz schaute mich besorgt und vorwurfsvoll an: Der Père Chabrier war schlechter Laune, und alles nur meinetwegen! Als ich zum Hotel ging, den ebenfalls reuelosen Rouault unterm Arm, fühlte ich ein sachtes Fingerstupsen von den *Savants* der Aufklärung. Tapp, tapp, tappsten sie. Schreiben Sie bald etwas anderes als Farcen und Sensationsromane, Monsieur! Schaffen Sie etwas, woran Sie glauben! Liebe und Schönheit sind zu wenig.

20

Wie manche Leser wissen werden, habe ich ein kleines Buch mit dem Titel *Fahrt nach Süden* geschrieben. *Austral* hatte ich es zuerst nennen wollen, als strenge und gelehrte Abgeltung früherer Greueltaten wie *Zicke-zacke-bong*, aber der elende Norman Douglas war mir mit seinem *Sirokko* gewissermaßen zuvorgekommen. *Fahrt nach Süden* ist ein buntes Vielerlei von Reisebericht, autobiographischen Notizen (vorsichtig ausgewählten natürlich), Kommentaren zu meiner Reiselektüre und einem platt philosophischen Essay, endend in Lebensbejahung, wobei unter Leben Sonne, Meer, Wein und die schlechte ländliche Küche zu verstehn sind. Ich fing mit dem Schreiben gleich auf der Gare de Lyon an, wo ich lange auf die Abfahrt meines Zuges warten mußte, und schrieb weiter in Orléans, St. Etienne, Toulouse und Marseille.

Der Frühling kam, und der Krieg rollte klirrend zum Ende hin aus. Noch eine Schlacht bei Arras. Neue deutsche Offensive. Britischer Flottenangriff auf Zeebrugge und Ostende. Foch zum Oberkommandierenden der alliierten Streitkräfte ernannt. Versenkung der *Vindictive* im Hafen von Ostende. Letzte deutsche Offensive. Erfolgreicher Angriff der britischen Kolonialtruppen bei Amiens. Das Ende des türkischen Heeres bei Megiddo. Inzwischen war der Sommer vorüber, aber ich sonnte mich noch im herbstlichen Cagliari. Ich hatte in Nizza ein italienisches Visum bekommen, ein paar Wochen in Florenz verbracht, war per Schiff von Livorno nach Korsika gefahren, dann über die Meerenge von Bonifacio nach Sardinien hinüber und schließlich mit einem Bummelzug die Westküste entlang bis Cagliari. Die Bulgaren unterzeichneten einen Waffenstillstand. Beginn der letzten Generaloffensive im Westen. Annahme von Präsident Wilsons Vierzehn Punkten durch die Deutschen, massives Vordringen der Italiener, Kapitulation der Türken, Annahme der italienischen Friedensbedingungen durch die Österreicher. Glockengebimmel, Jubel, Besäufnis auf der Via Roma, wo ich keusch, freud- und freundlos an einem Tischchen vor dem Café Roma saß, bei einer Flasche kalten schwarzen einheimischen Weines. Am 9. November, dem Tag, als der Kaiser flüchtete und abdankte, schrieb ich in meinem Hotelzimmer am Largo Carlo-Felice:

Von Gut und Böse will ich nicht sprechen. Wenn diese Worte einen Sinn haben, dann nur in theologischem Zusammenhang. Richtig und falsch sollen mir genügen, so wechselhaft auch ihre Bedeutung. Es ist bis vor kurzem noch richtig gewesen, die Deutschen zu hassen; bald wird es richtig sein, sie zu lieben. Es war falsch, zu viel Brot zu essen; bald wird es falsch sein, die goldenen Profite der Getreidewirtschaft zu schmälern. Ich weiß, viele haben gesagt, der Krieg sei böse, als wäre Gott abgedankt wie der Kaiser Wilhelm und als hätte der Teufel selber eine Revolution ausgerufen. Aber kann man mehr sagen, als daß der Krieg richtig und falsch zugleich gewesen sei? Es war richtig, zum Schutze der kleinen Völker zu den Waffen zu greifen; falsch, so viele Menschen zum Tod oder zum Krüppeldasein zu verdammen. Die Menschen tun, was sie tun müssen, damit das große Grundprinzip der Bewegung sich erfülle. Geschichte ist Bewegung, und Bewegung ist Leben. Wer aber wäre außer Hegel und Marx so kühn zu behaupten, daß die geschichtliche Bewegung zum Besseren hinführe und mit der Einrichtung der befriedigenden, unveränderlichen Ordnung enden werde? Wir wissen nur soviel, daß die Menschen in Bewegung,

> im Wandel sind und daß die Leiden, die sie durchmachen – willentlich durchmachen – richtig und falsch zugleich sind. Was das Gute angeht, so sage mir niemand, daß Gott gut sei. Existiert Gott, so sind ihm die Menschen gleichgültig; und sind sie ihm gleichgültig, so könnte er ebensogut nicht existieren. Gott ist der Geschmack, der mir in diesem Apfel begegnet, er ist im Gehäuf der Wolken über dem Meer, hier in Cagliari, in der Wohltat der Morgensonne, im frischen Brot, im Kaffee, in der Freundschaft und der Liebe.

O mein Gott! kann ich heute nur sagen und schaudern. Am 11. November schrieb ich die letzten Sätze:

> Auf die eine oder andere Weise haben wir alle gelitten, und viele von uns werden nun unvernünftigerweise einen Lohn dafür erwarten, daß sie sich so tapfer gehalten haben. Wir haben unsere Medizin geschluckt, und nun soll der Vater uns eine Tüte Näschereien schenken. Die Wahrheit ist, daß der Vater uns gar nichts schenkt. Die Wahrheit ist, daß der Vater nicht existiert, weder als der unberechenbare Jehovah noch als die gütige Natur oder als der allmächtige Staat. Wir müssen selbst nach den Näschereien suchen und dürfen nicht enttäuscht sein, wenn sie schwer zu finden sein werden. Denn streng genommen, haben wir gar nichts verdient. Wir haben diesen Krieg gewollt. Hätten wir ihn nicht gewollt, er hätte nicht stattgefunden. Was wir auch wollen, werden wir bekommen; nur sollten wir vorher ausrechnen, ob wir es werden bezahlen können. Verlange wenig, erwarte noch weniger: Hängen wir uns diese Devise über den Bettpfosten, an diesem elften Tage des elften Monats im Jahre 1918. Was wenig und noch weniger ist, reicht uns zur Genüge. Suchen wir nach dem *Guten!*

Ich war noch sehr jung damals, ein sehr junger, unreifer Mann der es für eine feine Sache hielt, Schriftsteller zu sein. Reicht uns zur Genüge! Reichlich reichend! Solcher Dinge schämt man sich im Alter fast ebensosehr wie fleischlicher Sünden oder seelischer Gemeinheiten, und sie entspringen alle dem gleichen Fehler, den wir die Achtlosigkeit nennen wollen. Wenn ich eine so dicke Tautologie hinschreiben konnte, dann konnte ich auch von der Güte des Bösen oder der Bosheit des Guten schreiben und habe es vermutlich hier oder da auch getan.

Mit dem kleinen Buch war ich also fertig, und nun ging ich aus, den doppelten Abschluß zu feiern. Glocken dröhnten und klirrten,

Männer und Frauen in den Inseltrachten oder in dem farblosen Aufputz, der die gutbürgerliche Mode von Mailand nachäffte, schlenderten selig durch die abendliche *Passeggiata* oder saßen trinkend draußen in der milden Herbstluft vor den Cafés. Ich stieg ein Serpentinengäßchen hinan, auf dem mir ein verspäteter Lastesel entgegengeschliddert kam, gefolgt von seinem brrr! rufenden Herrn, einem kriegerisch dreinschauenden Schnauzbart, der seine Zipfelmütze nach phrygischer Art trug. Ich betrat eine kleine Weinstube und wurde stürmisch begrüßt, der Engländer, für den der Krieg nur ein paar Tage später zu Ende war als für sie. Ich trank zuviel von einem farblosen Schnaps, der nach altem Schäferhund roch und den der dicke Wirt zwinkernd aus einem der hinteren Räume herbeiholte: Etwas Starkes, Besonderes, Langaufbewahrtes! Zur Feier des Tages sang ich eine Ode an die Schadenfreude. Zum Glück verstand niemand Englisch.

»Bunker gab sie euch und Gräben,
Wanzen, Dreck und trocknes Brot,
Keine Kugel geht daneben –
Prost auf euren Heldentod!«

Ich war davongekommen; bessere Männer als ich waren abgeschlachtet oder verstümmelt worden. Und da saß ich nun und sprach in schlechtem Italienisch für meine siegreiche Nation. Meine Trinkgenossen trugen die bunten Strümpfe, bauschigen Flickenhosen, Zipfelmützen und steifen roten Wämser des ländlichen Sardinien oder aber die sackförmigen Hosen und groben Stiefel der städtischen Arbeiter.

»Ojeh, es ist zum Heulen,
Wie Charlie aussehn tut.
Die Hosen haben Beulen,
Und speckig glänzt sein Hut.
Die Stiefel haben Stellen ...«

Alle kannten sie Charlie Chaplin. Ich war der Meinung, daß die Schriftsteller die Krone der Schöpfung seien, Gesetzgeber der Welt und dergleichen mehr, aber damit war ich schon damals hoffnungslos hinterm Mond. Die Zukunft gehörte dem weltumglotzenden Auge, das mit Bildern betrogen und überfüttert sein will;

der Einbildungskraft gehörte sie nicht. Das letzte an jenem Abend, woran ich mich klar erinnere, war ein junger Mann, der eine sehr gekonnte Imitation Charlies gab, wie er vor den Schupos davonflitzt und auf einem Fuß schlitternd eine Ecke umkurvt. Und dann wachte ich um vier Uhr morgens in meinem Hotelzimmer auf, schwindlig und trockenmäulig, eine nackte Frau neben mir im Bett.

Als ich das warme Fleisch spürte, dachte ich zuerst, es sei Rodney. Dann erkannte meine Hand den Vorsprung einer weiblichen Brust. Ich lag im Bett mit meiner Mutter; Hortense lag bei mir im Bett. Moment, du bist in Sardinien. Die Frau schnarchte. Durchs Fenster kam nicht genug Licht herein, daß ich hätte sehen können, wer oder was sie war, wie jung oder alt. Eine Kirchenglocke schlug vier. Ich spürte Brechreiz. Ich stieg hastig aus dem Bett. Auch ich war nackt. Auf dem Tisch da drüben mußte Mineralwasser stehn. Ich wußte, ich könnte es im Dunkeln finden. Es würgte mich. Ich mußte schnell ins *gabinetto,* zwei Treppen tiefer, aber nicht nackt. Mein Morgenrock hing an der Tür; ich zog ihn über.

Auf wackeligen Beinen kam ich zurück und trank die halbvolle Flasche Mineralwasser aus. Ich zitterte. Es war eine kalte Nacht, und bis zur Dämmerung war es noch eine ganze Weile. Ich zog den Morgenrock aus und legte mich wieder ins Bett. Meine Bettgenossin rührte sich und murmelte etwas über jemanden oder zu ihm, der Pietro hieß. Ich lag rechts neben ihr auf dem Rücken; sie lag von mir abgewendet. Sie wälzte sich heftig herum und schlug mir mit der Länge eines harten Unterarmes über die Brust. Das Bett war schmal. Sie stieß einen vereinzelten röchelnden Schnarcher aus, bei dem sie wach wurde. Sie leckte sich die Lippen. Fast konnte ich ihre Augen rollen hören, als sie die Dunkelheit zu durchdringen und sich klarzuwerden versuchte, wo sie sei. In der Ferne krähte ein Hahn wütend ein plötzlich auftauchendes Licht an, ein junger, unreifer Hahn, der sein Kikeriki noch nicht gut beherrschte. Die Frau wußte nun, wo sie war. Sie drehte sich auf die rechte Seite und atmete mir ins Gesicht. Das Rascheln ihrer Lider konnte ich hören. Ich hatte Knoblauchgeruch und stinkende Ablagerungen der Nacht erwartet, aber sie roch nach Äpfeln. Ich stellte mich schlafend, mit dem langsamen Atemrhythmus, dann und wann von einem Schnarcher durchbrochen. Ihre linke Hand war an meinem Glied. Mit der rechten kniff sie mich in die Nase. Ich spielte den Erwachenden.

»Eh, was denn, wer's da? *Chi?*«

»Francesca.«

Der Teufel sollte mich holen, wenn ich eine Francesca kannte. Im Suff kann man einen Mord begehen und weiß nachher von nichts. Ich erinnere mich daran, wie ich einmal in London aus einem tiefen Nichts und Nirgendwo emportauchte und mich in einem sonderbaren Wohnschlafzimmer befand, zwischen lauter plaudernden Fremden auf einer Couch sitzend und ganz manierlich einen Räucherhering verzehrend. Was war bloß in dieser kleinen Weinstube auf dem Hügel geschehen? Hatte der Englishman, Angehöriger eines bekanntermaßen laublütigen Volkes, sich durch forsche Frozzeleien über das Zuviel oder Zuwenig an Steifheit zu einem Männlichkeitsbeweis durch Mitnehmen eines Mädchens von bekanntermaßen losen Sitten hinreißen lassen, vielleicht in der Annahme, daß der Beweis nicht der strengsten Kritik werde genügen müssen? Oder war sie eine Prostituierte, die ich nachher an der Via Roma aufgegabelt hatte (oder wohl eher sie mich)? Du fallen, du betrunken, ich dich bringen heim. Vorsichtig betastete ich Francescas Gesicht mit zwei Fingern: ein junges, glattes Gesicht, eingerahmt von struppigem Haar, das ein wenig angesengt roch. Sie nahm meine Hand und legte sie sich fest auf die Klitoris.

Nach der heterosexuellen Betrachtungsweise war ich sozusagen jungfräulich. Im Schlaf oder bei anderen Männern hatte ich Samenergüsse gehabt, bei einer Frau noch nie. Ich wußte zwar, was ein Mann mit einer Frau tut, doch dies, am 12. November 1918, war das erste Mal, daß ich, aus Pflichtgefühl und nicht im mindesten aus Neigung, anzuwenden versuchte, was ich in Schulpissoirs und, leicht abgewandelt, später in Kneipengesprächen und Büchern erfahren hatte. Die sexuelle Stimulierung eines unsichtbaren, aber sehr warmen und prallen weiblichen Körpers vollbrachte ich kalt und mit Ekel. Ich versuchte mich in eine Figur aus meinen Romanen zu verwandeln, in einen, der sich besser als sein Urheber darauf verstünde, mit *Lust,* wie die Deutschen das nennen, den Akt einzuleiten; aber es ging nicht. Schon die Heuchelei widerte mich an, zu der mein Gewerbe mich zwang, denn für homoerotische Romane war die Zeit noch nicht reif, und vielleicht würde sie's nie sein. Weiterhin würde ich über Männer und Frauen schreiben müssen, die sich im Taumel der Sinne wälzten und umschlangen, aber für mich würde dies immer eine kalte Lüge bleiben, ekelhaft obendrein. Aber der Teufel sollte mich holen, wenn ich diesen simulierten Tropismus vom Schreibtisch, wo er nötig war, nun ins Bett übertragen würde, wo er es nicht war. Ich zog die Hand weg, doch anscheinend nicht zu früh. Sie griff nach meinem Penis, mit der Absicht, ihn zu sich zu führen, aber da war nichts zu führen, bis auf ein paar Zentimeter schlaffe Gleichgültigkeit. Sie lachte. Ich drehte mich von ihr weg und murmelte ins Kissen: »*Via, via, non posso! Via, via, via! Voglio dormire.*« Sie lachte.

Licht schien sie nicht zu brauchen. Vielleicht ein Bauernmädchen, das kein Licht gewohnt war außer jenem, von dem der Herr gesprochen hatte, es werde! Ich hörte Geraschel und das Klappern von Schuhen. Wie eine Katze! Aber sie lachte immerzu. So komisch, daß die Katzen sich totlachen! Eine Parole, die in *Charleys Tante* vorweggenommen war; von Kenneth M. Toomeys Komödien konnte man das nicht sagen. »*Soldi?*« fragte ich, immer noch ins Kissen hinein. Aber sie lachte auch darüber. Wahrscheinlich war sie im voraus bezahlt worden. Ich konnte mich an nichts erinnern. Bevor sie die Tür aufmachte, sagte sie noch etwas Rapides und Rabiates, womöglich ein sardisches Sprichwort über Männer, die keinen hochkriegen. Dann war sie fort. Mir war elend. Gott sei Dank konnte ich abreisen. Sie würde mich gewiß wiedererkennen, den Englishman, der das Lied über Charlie gesungen hatte. Sie würde ihre Freundinnen mitbringen, damit sie mich alle sahen. Am Cafétisch würde ich bekuckt und bekichert werden. Zum Teufel, mochten sie tun, was sie wollten! Ich würde nicht dableiben, aber mir Zeit lassen. Wohin sollte ich denn? Irgendwohin, wo ich eine englischsprachige Maschinenschreiberin und ein vertrauenswürdiges Postamt fände. Ich mußte mein Buch nach England schicken. Ob dem Norman Douglas so was auch schon passiert war? Der war vermutlich so ein omnifutuantes Schwein, der mit allem und jedem konnte. Vorsicht mit Tautologien bei Fremdwörtern, Toomey! *Omnifutuant* heißt nichts anderes als. Ein Leben für den Stil!

Am nächsten Tag saß ich vor einem Café und ging mit einem dicken, stumpfen Bleistift mein Manuskript durch. Niemand lachte mich aus, aber ich hatte das Gefühl, manchmal mit finsterer Neugier betrachtet zu werden: Da, seht mal, ein echt englischer Schwuler! Natürlich lag das vielleicht nur an meiner einsamen literarischen Geschäftigkeit, dem Kopfschütteln, Vorsichhinbrabbeln und Herumstreichen im Manuskript. Jedenfalls waren alle Tische besetzt bis auf meinen, an dem noch zwei freie Stühle standen. Niemand wollte sie haben; meine Einsamkeit war ein sichtbares Besitztum. Dann versperrte ein massiger Schatten die Sonne. Ich blickte auf. Gott, nun schickte man mir schon einen Priester! Einen massigen Kerl in verschossenem Schwarz. Bei ihm war noch ein Laie. Der Laie blitzte mich mit seinem hübschen Mund an, deutete auf die freien Stühle und sagte: »*Possiamo?*«

»*Si accomodino!*«

Sie setzten sich, und der Kleriker zog ein wenig die Stirn kraus wegen meiner fremdländischen Vokale. Sie sprachen leise miteinander, wie mir schien, im Mailänder Dialekt. Im Café war um die Mittagszeit viel Betrieb, und der Kellner ließ auf sich warten. Der Laie schnippte und schnalzte mit den Fingern, dann lächelte er mir zu, gleichsam um Nachsicht bittend für eine vulgäre, aber hier leider nötige Geste. Er blickte unverhohlen in eine Seite meines Manuskripts. »Englisch?« sagte er.

»Ja, das ist Englisch.«

»Nein, ich meine Sie. Sie sind Engländer? Oder Amerikaner?«

»Engländer könnte man sagen. Oder vielmehr Brite. *Britannico.*«

Der Kellner kam, aufrechten Ganges, grimmig, schnauzbärtig, ein Krieger. Die beiden bestellten Wermut, ich noch einmal dasselbe. Kaffee, Kognak! Ich wollte mich von dem Kater kurieren. Der Priester trank und sagte mit komischer Feierlichkeit: »Nun begehen wir das Ende eines langen Krieges festlich mit Wärmwut.«

»Wie gut Sie Englisch sprechen!« sagte ich. Es war keine Schmeichelei. Der Akzent war ein wenig amerikanisch; nichts von jenen eingeschobenen Bindevokalen, mit denen so viele Italiener sich vor unseren aneinander schürfenden Endkonsonanten schützen. Ich hatte diesen Mann für einen beliebigen Gemeindepfarrer gehalten, obwohl ich mich hätte fragen können, was ein Mailänder in Cagliari machte. Der Laie war schon bereit, alle meine noch nicht gestellten Fragen zu beantworten. Er sagte:

»Unsere Mutter, verstehn Sie, ist in den Vereinigten Staaten geboren. In New Jersey, obwohl Italienerin. Unser Vater hat sie kennengelernt, als er auf einer Geschäftsreise in Amerika war. Er hat sie mit zurückgebracht nach Mailand – oder jedenfalls in die Gegend. Dahin, wo der berühmte Käse herkommt, nach Gorgonzola. Sie hat großen Wert darauf gelegt, daß wir Englisch lernten.

Englisch ist die Sprache der Zukunft, hat sie gesagt. Ich bin seit einiger Zeit hier, um an meiner Musik zu arbeiten. Mein Bruder ist hergekommen, um Ferien zu machen. Wir sind beide im Krieg gewesen, aber er war länger im Krieg als ich.« Da hatte ich gleich alles: kein langes Raten und Sondieren und Zurückhalten wie bei britischen Tischbekanntschaften.

»Ich bin ein englischer – oder britischer – Schriftsteller. Ich habe ein paar Bücher geschrieben. Ein paar stupide Komödien von mir sind in London im Theater aufgeführt worden. Ich bin gerade mit einem kleinen Buch fertiggeworden. Jetzt sitze ich hier und verbessere. Ich bin nicht im Krieg gewesen. Mir wurde gesagt, mein Herz ist nicht zuverlässig.«

»Sie wußten schon, daß diese Komödien stupid waren, als Sie sie geschrieben haben?« fragte der Priester. »Oder haben Sie später bemerkt, daß sie stupid sind? Oder haben andere Leute Ihnen gesagt, daß sie stupid sind?«

»Wenn ich sage stupid, meine ich, sie sind nicht von höchstem künstlerischem Range. Sie wurden geschrieben, damit die Leute in einer schlechten Zeit etwas zu lachen haben. Insofern hatten sie Erfolg.«

»Dann hätten Sie nicht sagen sollen, daß sie stupid sind.«

»Ist Ihr Name zufällig berühmt?« fragte sein Bruder.

»Ich glaube nicht«, sagte ich bescheiden, »außer in Londoner Theater- und Literaturkreisen. Ich heiße Kenneth Toomey.«

Sie erprobten beide meinen Namen: Tuuuuumi. Sie kannten ihn nicht, aber er gefiel ihnen; Italienern geht er glatt von der Zunge. Der Laie sagte: »Ich heiße Domenico Campanati und bin Komponist.« Er wartete, mit einer leisen Hoffnung. Nein, ich hatte noch nicht von ihm gehört. »Mein Bruder ist Don Carlo Campanati.« Offenbar wurde nicht erwartet, daß ich oder irgend jemand von ihm schon gehört hätte. Ich sagte:

»Mein letztes Werk für die Bühne habe ich noch nicht aufgeführt gesehen. Sie sagen, Sie sind Komponist. Ich glaube, Sie würden die Musik zu diesem Stück, denn es ist eine musikalische Komödie, ganz abscheulich finden. Natürlich habe ich auch die Musik noch nicht gehört«, fügte ich hinzu, blickte Don Carlo an und wartete.

»Wenn die Musik aber gut ist, warum sollte er sie dann abscheulich finden? Wenn Sie die Musik noch nicht gehört haben, woher wollen Sie dann wissen, ob sie nicht gut ist?«

Allmählich genoß ich seine Bemerkungen, so wie man lustvoll auf einem schmerzenden Zahn herumbeißt. Ich sagte: »Die Handlung dieses Stücks ist stupider als möglich.« Don Carlo schüttelte milde den Kopf, wie bei einem etwas begriffsstutzigen Schüler, dessen weitere Belehrung dennoch lohnend sein könnte. »Es handelt von einem jungen Mann«, begann ich, »der nicht *I love you* sagen kann.« Und dann erzählte ich ihnen die ganze Geschichte. Sie hörten aufmerksam zu, Domenico Campanati lächelnd, Don Carlo ernst wie ein Kirchenvater. Am Ende ließ Domenico ein kurzes amüsiertes Glucksen hören, wie es einer solchen Bagatelle gebührt; Don Carlo dagegen sagte:

»Daran ist gar nichts Stupides. Es ist eine tiefe Wahrheit, eingebettet in ein Spiel mit Worten. Denn die Liebe ist etwas Erhabenes, und eine Liebeserklärung sollte man nicht leichtfertig aussprechen.«

Ich neigte den Kopf. Ich sagte:

»Es wäre mir eine Ehre, wenn Sie mit mir essen wollten. Im *ristorante* meines *albergo*.« Ich sprach die Einladung aus, einen Sekundenbruchteil, bevor ich wußte, warum. Wegen Domenico natürlich, der ein hübscher Junge war, *simpatico*, ein Künstler. Meine Hormone trieben ihre eigene Politik. Die Brüder blickten sich an, und Don Carlo sagte als erster, daß es ihnen eine Ehre sei. Außerdem sagte er, während ich meinen Kaffee und Kognak austrank:

»Ich vermute, Sie essen Ihr Lunch rückwärts. Am Ende, nach der Suppe, kommt ein Gläschen Wärmwut.« Wir standen auf, und Don Carlo betrachtete mißbilligend das Trinkgeld, das ich auf dem Tisch hatte liegenlassen. »Das ist zuviel. Zwei Lire *mancia!* Der Kellner wird nun mit den Leuten nicht mehr zufrieden sein, die eine kleinere, aber vernünftigere *mancia* liegenlassen.«

»Sind Sie gegen Freigebigkeit? Vielleicht wird man mich den Don Quixote *della mancia* nennen.« Beide fanden sie das nicht komisch. Ich habe dies Witzchen schon oft bei Italienern anzubringen versucht, aber keiner fand es je komisch. Wir gingen durch das mittägliche Gedränge zum Largo Carlo-Felice. Es war noch immer mildes Wetter, aber Don Carlo trug einen schweren schwarzen Mantel. Das im Winde flatternde Manuskript unterm Arm, hielt ich scheu nach den Mädchen Ausschau, ob sie lachten und mit dem Finger auf mich zeigten. Offenbar nicht. Don Carlo sagte: »Ihre Augen sind unterwegs. Sie sind nicht verheiratet?«

Seinen eigenen schwarzen Augen entging nichts. Er richtete sie auf mich, zugleich mit der Nase, die ein komplizierter Aufbau war, mit weiten, haarigen Nüstern, einer Anzahl Hügelchen auf dem flachen Rücken und einem Zickzack von Fältchen um die Wurzel. Er war dick und reichte mir nur bis zum Kinn; etwa fünf Jahre älter als ich mochte er sein. Sein Bruder war jünger als ich und fast ebenso groß. Seine Augen, dachte ich damals, mußten ein Familienerbe sein, denn sie waren schwarz und weit auseinanderstehend wie bei seinem Bruder, aber ohne die Schärfe: ein Träumer, einer von meinem Schlag! Das pomadige Haar trug er lang, wie es sich für einen Musiker damals gehörte. Sein Anzug mußte von einem guten Mailänder Schneider stammen, in nüchternem Dunkelblau, aber die Revers waren ebenso hervorgespitzt wie seine Ohren, die alle vorüberhuschenden Geräusche schienen einfangen zu wollen. Man sah ihm an, daß seine Familie Geld haben mußte. Mir ahnte, daß seine Musik von der Familie subventioniert wurde. Im Gehen fragte ich:

»Was für Musik komponieren Sie denn?«

»Eine Oper in einem Akt. *La Scala* braucht solche Sachen. Warum muß *Cavalleria rusticana* immer mit *I pagliacci* zusammen gespielt werden?«

»Kaff & Pack, sagt man bei uns.«

»Oder warum muß immer Puccinis ganzes *Trittico* gespielt werden, wenn es eigentlich nur um *Gianni Schicchi* geht?«

»Haben Sie ein gutes Libretto?«

Er zog den Kopf zwischen die Schultern, bohrte sich die Ellbogen in die Rippen und spreizte die Finger. »Es ist von Ruggero Ricciardelli. Kennen Sie ihn? Ein junger Dichter, der D'Annunzio verehrt. Zu viel Worte! Es passiert zu wenig. Zu viele Leute stehn bloß herum auf der Bühne! Sie verstehn mich?«

»Vielleicht«, sagte ich, »würden Sie erlauben, daß ich es anschaue?«

»Wirklich, möchten Sie wirklich?« Er schien sich vor Dankbarkeit um mich kringeln zu wollen. »Sie sagen doch, Sie haben auch für die Bühne geschrieben, nicht? Musikalische Komödie, sagen Sie. Also ein Art Operette, nicht? Also, warum soll ich in meiner kleinen Oper nicht mal etwas Neues machen, so was Amerikanisches, mit Ragtime und Jazz? Ich kann mir's gut vorstellen, ein gemischtes Quartett, wie sie Cocktails trinken und die Musik immer mehr *ubriaca* wird!«

»Ja, Betrunkene, warum nicht?«

»*Drunk!*« knurrte Don Carlo, den englischen Vokal zu einem Mailänder *ah* in die Länge ziehend. »Aber nicht zu sehr, *fratello mio!*«

Gefaßt auf einen weiteren Nasenstüber, sagte ich: »Die Kunst und die Moral haben einander nicht viel zu sagen. Wir gehen nicht ins Theater oder in die Oper, um über Gut und Böse belehrt zu werden.«

»Das ist nicht, was die Kirche uns lehrt. Aber Sie sind Engländer und gehören der Kirche nicht an.«

»Meine Familie ist katholisch. Meine Mutter ist Französin. Sie hat meinen Vater bekehrt.«

»Trotzdem«, sagte Don Carlo, »glaube ich nicht, daß Sie der Kirche angehören.« Und damit hatte sich's. Wir waren beim Hotel angelangt und betraten das Restaurant, oder vielmehr die *trattoria.* Don Carlo ging voran, unter Verbeugungen des Personals, und führte uns zu einem Tisch, als ob er der Gastgeber wäre. Das Lokal war nicht voll. Ein alter Mann fütterte geduldig ein kleines Mädchen mit Suppe. Eine Gruppe geschniegelter junger Männer war schon beim Käse und wurde ein bißchen laut vom Wein. Unsere Tischdecke war sauber, aber fadenscheinig, die Gläser hatten Wölkchen, und die Gabeln waren verbogen. Schwarzer, kalter Wein in zwei Terracotta-Krügen wurde uns gebracht. Der Kellner blickte mich scharf an, aber ohne Bosheit. Der wußte Bescheid. Don Carlo schenkte ein. »Trinken wir«, sagte er, »auf das Ende des Krieges!«

»Meinen Sie, jedes Krieges?« fragte ich. »Oder nur des einen, in dem gestern der Waffenstillstand unterzeichnet wurde?«

Er nahm einen tiefen Zug und schenkte sich nach. »Es wird immer Kriege geben. Ein Krieg, um den Krieg abzuschaffen, das wäre eine Stupidität, um Ihr Lieblingswort zu gebrauchen.« Es war nicht ganz fair; dieses Wort hatte ich nicht gebraucht. »Mein Bruder hier«, sagte er, »hat schnell einen Ausweg gefunden. Damit hat er die Gelegenheit versäumt, gewisse Dinge zu lernen.«

»Was für einen Ausweg?« fragte ich Domenico. Unehrenhaft entlassen wegen abartigen Fraternisierens mit Freund und Feind. Ich schob den ungehörigen Gedanken schnell beiseite.

»Nervenzusammenbruch«, sagte Domenico. »Kurz vor Caporetto.« Er sagte nichts weiter. Don Carlo sagte:

»Ich war Feldgeistlicher. Ich habe sowohl Österreichern wie Italienern den Trost der Kirche gespendet. Und es war ein italienischer Anarchist, der auf mich geschossen hat. Da haben Sie etwas Spaßiges!« Er lächelte nicht.

»Auf Sie geschossen? Und Sie verwundet?«

»Nur an einer fleischigen Stelle. Eine harmlose Wunde. Ah!« Die Suppe wurde aufgetragen, in einer großen, angeschlagenen, blauweiß gestreiften Terrine. Sie roch nach Kohl, enthielt aber auch, wie sich in Don Carlos forschender Kelle gleich erwies, stückchenweise Sellerie, Kartoffeln (etwas sehr Teures in Cagliari), Broccoli und sogar ein wenig sehniges Fleisch. Er tat sich auf und brockte sich große Stücke körnigen Graubrots hinein. Geräuschvoll fuhr er den Löffel ein, seufzte vor Befriedigung und deutete mit dem tropfenden Löffel auf mich. Er sagte: »Was ich gelernt habe, war weniger, daß der Krieg böse ist, als daß die Menschen gut sind.«

Aus irgendeinem Grunde kam mir dies unerwartet. Ich blickte Domenico an, um zu sehen, was er davon hielte. Er löffelte abschmeckend seine Suppe. »Aber«, sagte ich, »denken Sie doch an die Tausende und Millionen Tote und Verstümmelte! An den Hunger und die Greuel, die erschlagenen Kinder und vergewaltigten Mütter!«

»Sie sagten, Sie waren nicht im Krieg?« fragte Domenico.

»Das Herz. Wie schon gesagt. Nein, ich war nicht dabei.« Don Carlo schnob über dem erhobenen vollen Löffel leicht durch die Nase. Er sagte:

»Mein Bruder war bei der Artillerie. Er weiß, es stimmt, was ich sage. Der Tod des Leibes. Der Mensch ist eine lebendige Seele, die durch Tod und Leiden erprobt werden muß. Domenico hat auch gesehen, daß die Menschen gut sind. Dann hat er schnell den Ausweg gefunden.«

»Auch Sie«, sagte ich, »waren nicht bis zum Ende dabei.«

»Ich wurde nach Rom berufen.« Don Carlo blitzte mich an, als ob mich das, wie es ja tatsächlich war, nichts anginge. »Es gab noch anderes zu tun. Es gab noch viele andere Feldgeistliche, auf die man schießen konnte.«

»Manche Menschen waren gut«, sagte Domenico vorsichtig. »Gute Menschen findet man überall. Im Krieg waren viele Menschen und daher natürlich auch viele gute.« Ich würdigte seinen Gedanken bei einem Stückchen Kohl. Unvernünftig war er gewiß nicht. Don Carlo nahm noch mehr Suppe, Brot und Wein. Er sagte:

»*I fini e i mezzi!* Der Krieg ist ein Mittel gewesen, das Gute im Menschen zum Vorschein zu bringen. Mut, Selbstaufopferung, Liebe zu den Kameraden!«

»Sollten wir da nicht gleich den nächsten Krieg anfangen?«

Er schüttelte gutgelaunt den Kopf. »Nein! Der Teufel hat Arbeit genug. Gott gestattet ihm, seiner Arbeit nachzugehen. Aber natürlich glauben Sie nicht an den Teufel.« Der Kellner trug mit der einen Hand einen Fisch auf und wollte mit der andern die Terrine fortnehmen. Don Carlo streckte seine kräftigen Arme aus und packte das Gefäß beim Rande: es war noch ein halber Tellervoll drinnen. Der Fisch war eine Art Makrele, gebraten mitsamt Kopf und Schwanz, in Öl schwimmend und mit Zitronenscheibchen garniert. Don Carlo aß seine Suppe schleunigst zu Ende, um auch bei dem Fisch noch zu seinem gerechten Anteil zu kommen. Sein gerechter Anteil war mehr als gerecht, wurde ihm aber nicht streitig gemacht. Er hatte sogar noch Zeit zu sagen: »So steht's in Ihrer englischen Bibel. In der Schöpfungsgeschichte. Dem gefallenen Luzifer wurde erlaubt, den Geist des Bösen in die Seelen der Menschen einzupflanzen. Wo ist das Böse? Nicht in Gottes Schöpfung! Das ist ein großes Geheimnis, aber manchmal wird es ein wenig gelüftet. Denn der Teufel bringt den Krieg, und aus dem Krieg kommt das Gute. Sie müssen an das Gute im Menschen glauben, Mr., Mr.–«

»Tuuuumi«, sagte sein Bruder. Und dann: »Mr. Toomey ist ganz wie ich. Er hat für die Theologie keine Zeit. Die überlassen wir ganz dir, Carlo. Wir haben genug zu tun mit unserer Kunst.« Ich konnte es nicht lassen, ihm ein überdeutlich einverständiges Lächeln zu schenken. Er erwiderte es. Don Carlo schien mit seiner zeitweiligen Dispensierung von der Heidenmission ganz zufrieden zu sein. Er aß sein Stück Fisch zu Ende, tunkte das Öl mit Brot auf und verlangte mehr Brot, als das Hauptgericht kam. Dies bestand in einer Platte mit gebratenem Lamm- und Hühnerfleisch und einer dritten Sorte, die möglicherweise Kalb war. Dazu gab es einen großen gekochten und mit Öl übergossenen Blumenkohl, den Don Carlo sogleich wie bei einer Opferzeremonie in drei ungleiche Teile zerlegte. Außerdem kam ein ganzer Laib graues Brot, in dicke Scheiben aufgeschnitten. Don Carlo aß mit starken, mahlenden Zähnen. Mein Vater hätte sie bewundert. Mein armer Vater, der im Gegensatz zu meinen beiden Frauenzimmern von meinen Sünden nichts wußte! Ich hatte kaum heimgeschrieben. Ich sei auf Reisen im Ausland, hatte ich mitgeteilt, und für einige Zeit nicht zu erreichen. Jetzt mußte ich daran denken, einen kleinen Ferienaufenthalt im warmen Süden für meine Schwester Hortense zu arrangieren, vielleicht auch für meinen Bruder Tom, wenn er entlassen würde. Ich hatte kein Verlangen, wieder heimzufahren, aber bei der Wärme und dem Wohlstand, in dem ich lebte, konnte ich es mir leisten, die Heimat stückchenweise an meinen zeitweiligen Aufenthaltsort nachkommen zu lassen. Meine musikalische Stupidität machte sich gut, soviel wußte ich. Ich dachte daran, den Winter in Nizza zu verbringen. Sardinien, hatte ich gehört, konnte trotz des blauen Himmels von Dezember bis März recht unwirtlich sein.

Domenico stimmte mir zu: Ja, es sei nichts für den Winter. Er war um der Ruhe willen hergekommen und hatte bei Guglielmi zwischen Cagliari und Mandas gewohnt. Ich wußte nicht, wer oder was Guglielmi war, anscheinend ein befreundeter Musiker, denn er war jetzt in Neapel, um dort zu fiedeln. »Zu *Natale,* das heißt zu Weihnachten«, sagte Domenico, »muß ich in Catania sein. Dort gibt es ein Konzert in der Oper. Meine kleine Partita für Streichorchester soll gespielt werden. Ich hatte gedacht, ich könnte versuchen, meine Oper in Pasis Haus fertigzubekommen, in der Nähe von Taormina. Pasi hat einen Steinway.« O wir Musiker und Schriftsteller, immer auf Achse! »Soll ich sie nun fertig machen«, sagte er, und seine großen schwarzen Augen schmolzen hin wie eingemachte Früchte, als er mich ansah, »oder von vorn anfangen? Sie haben gesagt, Sie wollten sich das Libretto anschauen?«

»Ich bin kein Da Ponte«, sagte ich. »Ich kann nur englisch schreiben.«

»Warum nicht?« sagte er, neue Ausblicke vor Augen. »Daran hatte ich nicht gedacht. Warum nicht englisch?«

»Freie Männer!« sagte Don Carlo. »Frei, ja oder nein zu sagen oder hinzufahren, wo ihr wollt. Ich dagegen, ich kann weder ja noch nein sagen und muß zurück nach Mailand.«

»Und der Junge?« fragte Domenico.

»Dem Jungen wird nichts mehr fehlen. Die Teufel sind raus.«

»Was sagten Sie da eben«, fragte ich, »von den Teufeln?«

Statt einer Antwort bearbeitete Don Carlo den angeknabbert aussehenden Klumpen *pecorino sardo,* den starken Käse, der von allen mittelmeerischen Käsesorten dem Geschmack eines englischen Käses am nächsten kommt. Ein neuer Krug kalten, schwarzen Weins wurde auf den Tisch gestellt. Ich überlegte, ob ich die theologische Frage der Völlerei aufwerfen solle, aber ich wußte, welches die Antwort sein würde. Sich satt zu essen war keine Völlerei; es war etwas Gutes, jawohl, eine Notwendigkeit. Mehr als sich satt zu essen war Teufelswerk und zog eine Art Purgierung nach sich, zugleich mit befristeten Leiden – beides sehr heilsam! »Nach Mailand, aber nicht für lange! Ich muß für Paris mein Französisch aufbessern. Für das *Institut Catholique* in der Rue d'Assas. *La Catho,* so nennt man's dort. Geschichte der Kirche«, sagte Don Carlo und richtete seine massige Nase auf mich wie eine Waffe, »das werde ich dort unterrichten.«

21

Das Libretto, soweit ich das mit meinem bißchen Italienisch sagen konnte, war wortreich, aber vernünftig. Für die Fabel hat der Librettist – und übrigens auch der Romancier – nicht allzu viele Möglichkeiten, und Ricciardellis Fabel war diejenige, die ihren besten Ausdruck in *Romeo und Julia* gefunden hatte. Der Titel war nach der Art von Pirandello: *I poveri ricchi.* Die Corvi sind reich, und die Gufi sind arm. Gianni Gufo liebt Rosalba Corvo. Die Corvi verbieten die Heirat. Der alte Herr Corvo verliert sein Geld, und der alte Herr Gufo erbt ein Vermögen von einem vergessenen Onkel in Amerika. Jetzt verbieten die Gufi die Heirat. Desungeachtet besäuft sich der alte Herr Corvo mit dem alten Herrn Gufo, und die beiden schließen Freundschaft. Corvo erbietet sich, Gufos Vermögen für ihn anzulegen, und Gufo sagt ja. Corvos Plan schlägt fehl, und nun sind beide Familien arm. Der Junge und das Mädchen dürfen heiraten, mit jedermanns halbherzigem Segen. Aber Gianni und Rosalba sind inzwischen so sehr an die heimlichen Stelldicheins gewöhnt, daß sie aneinander das Interesse verlieren, sobald öffentliche Küsse erlaubt sind. Also spiegeln die beiden Familien wieder eine nicht mehr empfundene Todfeindschaft vor (dies war geklaut von Rostand), und die Liebenden lieben sich wieder. Telegramme kommen an und melden die Wiederherstellung beider Familienvermögen. Umarmungen, Glocken, Alkohol, Vorhang. Diese Geschichte mußte in siebzig

Minuten über die Bühne gehn, mit der Terrasse des Hauses Corvo über einer Piazza voller chorbildender Marktleute. Ricciardellis Verse und Rezitative waren viel zu überladen mit Worten und poetischen Farbtönen: Die Farbe gebührte der Musik. Domenico brauchte vielseitigere Formen – Trios, Quartette und Quintette ebenso wie Duette – und er brauchte die kurz angebundene Prägnanz, die einem Bewunderer D'Annunzios nicht ohne weiteres zu Gebote stand. Tatsächlich hätte er einen Librettisten gebraucht, wie ich es nicht war – einen neuen Da Ponte.

Ich arbeitete an dem Libretto nicht in Nizza, sondern in Monaco, im Condamine in der Rue Grimaldi. Ich hatte dort für sechs Monate eine kahle und luftige Wohnung im Dachgeschoß von einem Monsieur Guizot gemietet, der sich vorübergehend in Valparaiso aufhielt. Als ich den ersten Entwurf fertig hatte, schickte ich Domenico ein Telegramm nach Taormina. Er kam. Ich mietete ein Klavier, ein blechern klingendes Gaveau. Er blieb. Am Ende hatten wir von dem Libretto zwei Versionen, die eine toskanisch, die andere in einer Art Bühnenamerikanisch mit dem Titel *The Richer the Poorer.* Ich lernte dabei allerhand Italienisch; er lernte etwas über englische Prosodie. Er begann von populären Sachen zu träumen, die er für die New Yorker Bühnen schreiben wollte. Er hatte keinen ausgeprägt individuellen musikalischen Stil, konnte aber alles und jedes imitieren. Diese Oper war überwiegend im Stil des alten Puccini, mit manchen von Strawinsky entlehnten Herbheiten. Sie hatte eine Ragtime-Szene und ein Duett der betrunkenen alten Herren. Ein betrunkenes Quartett ließ sich ins Handlungsschema nicht einpassen, aber das Finale war laut und feuchtfröhlich.

Während Domenico in dem langen, kahlen Salon trällerte und auf dem elenden Gaveau herumprobierte, saß ich, zwei Zimmer weiter, an einem Roman. Das waren *Die Krüppel,* über einen Mann, der einbeinig aus dem Krieg zurückkommt (armer Rodney!) und edelmütigerweise seine Verlobte zur Ehe mit einem anderen bewegen will, der noch ein ganzer Mann ist. Aber die Verlobte wird bei einem Autounfall blind, und der ganze Mann verliert an ihr das Interesse. Also heiraten die beiden Krüppel, werden glücklich und zeugen zweibeinige und sehende Kinder. Die Sache ist nicht ganz so schlimm, wie es hier klingen mag, aber, Don Carlo Campanati in Ehren, immer noch stupid genug. Mein Vorhaben damals war ein gewissermaßen shakespearisches. Ich nahm eine Geschichte, die unvermeidlich populär werden muß, besonders wenn sie auch noch verfilmt wurde, wie es mit den *Krüppeln* 1925 geschah, und versuchte sie mit Witz, Ironie und Anspielungen zu so etwas wie Literatur anzuheben.

Und die ganze Zeit über verzichtete ich auf die Freuden der Liebe. Domenico erriet schnell und ohne, daß ich es ihm sagen mußte, was ich für einer war, und er bedauerte, mir nicht helfen zu können. Ein oder zweimal die Woche fuhr er mit dem Zug nach Ventimiglia und sah erholt aus, wenn er zurückkam. Ich für mein Teil hielt mich an die bittere Onanie und sah manchmal, wenn es auf den Höhepunkt zuging, den Suppe löffelnden Don Carlo vor mir, wie er betrübt den Kopf schüttelte. Ich versuchte die Wut der Einsamkeit im Haushalt und in der Küche auszulassen, obwohl Domenico viel besser kochen konnte als ich und eine alte Frau dreimal die Woche zum Putzen kam. Freunde seien wir, sagte er, Freunde und Brüder in der Kunst, aber – ach, diese Art Liebe, wenn ich's ihm verzeihen könnte, daß er das sagte, sei ihm ein Greuel.

Als Don Carlo für zwei Tage aus Paris zu Besuch kam, schaute ich ihn schuldbewußt an, als wären meine Vorstellungen von ihm eine tatsächliche Erscheinung gewesen. Er sei gekommen, sagte er, nachdem er von dem langen Treppenaufstieg zum Dachgeschoß verschnauft hatte, um Roulette zu spielen.

»Ist das denn erlaubt?« fragte ich, während ich ihm einen Whisky mit etwas Wasser mixte. »Ich meine, für einen Geistlichen?«

»Die ersten Aktionäre des Kasinos«, sagte er, »waren der Bischof von Monaco und der Kardinal Pecci. Und Sie wissen, was aus dem Kardinal Pecci geworden ist.«

»Papst Leo der Dreizehnte«, sagte Domenico.

»Ihnen müssen wir noch den Puritaner austreiben«, sagte Don Carlo und fuchtelte bedrohlich mit dem Whisky vor meinem Gesicht herum, ohne einen Tropfen zu verschütten. »Sie denken wohl, Spielen wäre irgendwie unchristlich! Aber dabei steht nur ein freier Wille gegen den anderen–«

»Da Sie grad vom Austreiben reden!« sagte ich. »Domenico hat mir versprochen, Sie würden mir die ganze Geschichte erzählen. Von diesem Jungen auf Sardinien, der von Teufeln besessen war oder von weiß der Himmel was–«

»Domenico hat kein Recht, Ihnen in meinem Namen etwas zu

versprechen. Das ist für Sie nicht interessant, und glauben würden Sie's doch nicht.«

»Welches Recht haben Sie, mir zu sagen, was ich glaube und was nicht?« fragte ich und entlockte ihm damit ein Grunzen wie nach einem leichten Schlag auf die schmerzende Leber. Er sagte:

»Ich mache es was eben! Im Grunde macht das jeder Priester. Aber mancher macht's besser, mancher schlechter. Mancher versucht eben sein Glück!«

»Was meinen Sie damit – versucht sein Glück?«

»Sie bringen mich wieder auf das, was ich eben sagen wollte. Ein freier Wille gegen den anderen – der Wille des Spielers und der Wille der kleinen weißen Kugel auf dem großen Rad–«

»Sie meinen das bildlich? Oder meinen Sie, ein unbelebtes Objekt kann wirklich einen freien Willen haben? *Was* meinen Sie?«

»Sie weisen mich zurecht! Bitte versöhnen Sie mich mit noch einem Whisky!« Ich nahm ihm das leere Glas ab. »Ich meine«, sagte er, während ich ihm einschenkte, »daß etwas, was man nicht voraussagen kann, dem freien Willen aufs Haar gleich sieht. Mehr wollte ich nicht sagen. Ich brauche einen Schlips«, sagte er zu seinem Bruder. »Ich muß als Laie gehn. Ich darf die Gläubigen nicht schockieren. Schlimm genug«, grinste er, »daß ich die Ungläubigen schockiere!«

»Mich? Meinen Sie mich?« sagte ich und gab ihm den neuen Whisky.

»Warum nicht Sie? Sie gehören nicht zur Kirche. Sie gehören nicht zu den Gläubigen. Ergo sind Sie ein Ungläubiger. Ärgert Sie das?«

»Ich würde«, sagte ich traurig, »zu den Gläubigen gehören, wenn ich nur könnte. Wenn der Glaube selbst vernünftiger wäre! Ich war im Glauben, ich weiß alles darüber.«

»Niemand weiß alles darüber«, sagte Don Carlo.

»Für Sie ist das leicht«, sagte ich, ein wenig laut werdend. »Sie haben die Bedürfnisse des Fleisches von sich abgetan. Sie sind um der Liebe Gottes willen gegelzt.«

»Was war das für ein Wort?«

»Gegelzt, kastriert, verschnitten, des Gebrauches Ihrer *coglioni* verlustig!«

»Ich und verlustig?« rief er mit einer Stimme, die freilich nicht den Kastraten verriet. »Nein, keineswegs verlustig! Wir können wählen, was wir wollen, aber niemand darf den Verlust wählen. Ich möchte jetzt baden.«

Er tobte sehr laut im Bad herum und sang dabei in einer derben Mundart Lieder, die sich nur allzu weltlich anhörten. Im gleichen Tone brüllte er, und es klang wie eine Beschwerde, daß kein Handtuch da sei. »Ich bring ihm eins«, sagte ich zu Domenico, der am runden Tisch in der Mitte etwas aufzeichnete, das nach einem Sechzehntelnoten-Glissando für die Streicher aussah. Ich nahm ein Handtuch aus dem Schrank im Korridor und brachte es Don Carlo. Er stand in dem überschwemmten Badezimmer und drückte sich einen Mitesser am Kinn aus. Beim Eintreten blitzten mir aus dem Spiegel seine Augen entgegen. Natürlich war er nackt, mit mächtigem Bauch, aber auch der Hodensack unübersehbar, Arme und Schultern wie ein Bauarbeiter und überall dick behaart. Er nahm das Handtuch ohne Dankeschön und begann sich abzutrocknen, Sack und Bauch zuerst. Er sagte:

»Wenn alles gut geht, essen wir zu Abend im Hôtel de Paris. Aber ein leichter Imbiß vorher ist ratsam. Brot, Salami, Käse und Wein!«

»Gewiß doch, Pater!«

»Was ist Ihr Vater?« fragte er streng.

»Zahnarzt.«

»In England?«

»In dem Städtchen Battle in Ost-Sussex. Die Stadt hat ihren Namen zur Feier der Katastrophe von Senlac erhalten, als die Angelsachsen den normannischen Eroberern unterlagen.«

Er trocknete sich die Schultern ab, die Hoden und den *dumpennente,* wie ihn die Römer nennen, ohne Scham entblößend. »Und wann fahren Sie wieder heim?«

»Ich habe nicht die Absicht. Noch nicht.«

»Jetzt kommen zwar keine normannischen Eroberer mehr«, sagte er. »Aber manche sprechen von einer ungreifbaren Heimsuchung. Haben Sie die Zeitungen gelesen?«

»Sie meinen die Grippe?«

»Die Angelsachsen werden schlimmer heimgesucht als die meisten anderen Völker. Februar ist dort ein kalter Monat. Kaum ist der lange Krieg zu Ende, kommt ein langer Winter. Paris hat auch drunter zu leiden. Diese Woche habe ich drei Studenten verloren. Ich hoffe, Sie müssen nicht heimfahren.«

Mich schauderte, als würde die Grippe hier im milden, ungefährlichen Monaco von diesem nackten Priester heraufbeschworen. »Warum haben Sie meinen Vater erwähnt?« fragte ich. »Haben Sie irgendeine okkulte Vision gehabt, daß er an der Grippe–«

»*Okkult!*« schrie er mich an. »Reden Sie mir nicht von so was!« Und er schob mich aus dem Badezimmer hinaus.

»Ja, *okkult*!« schrie ich durch die geschlossene Tür zurück. »Es bedeutet nur, verborgen. Es bedeutet nur, verhüllt.« Aber er sang schon wieder.

Ich war verdrossen und hatte unbestimmte Befürchtungen, als wir zusammen die Straße hinaufgingen, die vom Condamine zum Kasino führt. Aber ich hatte die Genugtuung, Don Carlo bei dem steilen Aufstieg japsen und schnaufen zu hören. Auch kam vom Meer ein steifer Februarwind, und er knurrte, weil er seinen schwarzen Schlapphut festhalten mußte, während Domenico und ich Sportmützen trugen, die nicht weggeweht werden konnten. Wir beide trugen Straßenkleidung, wenngleich natürlich mit steifem Kragen, Don Carlo dagegen einen zerknitterten Alpaka-Anzug über einem zu knappen Hemd von seinem Bruder, mit einer prächtigen, aber nicht eben unauffälligen Krawatte. Er sah aus wie ein zynischer Leichenbestatter. Als wir beim Kasino anlangten, schnappte er schwer nach Luft, während Domenico und ich noch etwas zulegen konnten und einen Chor aus unserer Oper sangen:

»Geld ist, was man übrig hat,
Wenn der Saldo stimmt,
Eine Münze, daß man glatt
(Nicht zufrieden, aber satt)
Übers Wasser schwimmt.«

Domenico gefielen die *immt*-Reime besonders, und er hatte sie in der Orchestrierung mit Triangel und Glockenspiel ausgezeichnet.

Als Don Carlo zu spielen anfing, war sein Unmut verflogen. Domenico und ich setzten unsre paar Francs im Roulette und verloren sie prompt, aber Don Carlo schwebte im Rausch des Gewinnens. Wir waren natürlich in der »Küche«, nicht in einer der *salles privées* für die Reichen und Prominenten. Es war die gedrückte Nachkriegszeit, und nur wenige Leute kamen zum Spielen. Wir hatten gehört, daß die Société des Bains de Mer nur durch Sir Basil Zaharoff vor dem Bankrott bewahrt werde, der viel Geld von seinen Rüstungsmillionen in sie hineinpumpe. Wir hatten ihn gesehen, wie er mit seiner spanischen Mätresse, der Duquesa de Marquena y Villafranca, vor dem Hôtel de Paris aus einem großen, blitzenden Wagen stieg. Er gedachte das Fürstentum zu übernehmen und sich selber zum Herrscher einzusetzen; die dicke Mätresse wollte Fürstin werden. In die Spielsäle kam er nie; er hielt nicht viel von Glücksspiel.

»*Messieurs, faites vos jeux!*«

Und da saß Don Carlo und spielte gleichbleibend *à cheval,* mit der habgierigen Spekulation auf das Siebzehnfache des Einsatzes. Er gewann zweimal. Die Chips türmten sich auf. Dann vertiefte er sich in eine Anthologie anderer möglicher Einsatzweisen: *en plein,* was ihm das fünfunddreißigfache Geld bringen sollte, aber nicht brachte; *transversale* – ich glaube, es waren die Zahlen 25, 26 und 27 –, und dabei gewann er den elffachen Einsatz. *Carré? Quatre premiers?* Er verlor achselzuckend: hier gab es nur den achtfachen Einsatz. Er stieg wieder zu Pferde, mit dem Einsatz auf der Linie zwischen 19 und 22. Herrgott, sie kam! Dann setzte er dreihundert Francs auf die 16, *en plein.* Er verlor. Etwas in sich hineinmurmelnd, probierte er es mit einem *sixain,* mit seiner Plaque auf der Trennlinie zwischen 7, 8, 9 und 10, 11, 12. Es kam – fünfmal der Einsatz. Er zuckte die Achseln. Er kam wieder auf dieses verfluchte, widerspenstige *en plein* zurück – 16. Er ging es vorsichtig an, mit fünfzig Francs Einsatz. Er verlor. »*Basta, Carlo!*« sagte sein Bruder. Don Carlo furchte die Stirn, grunzte, und dann schien er *sotto voce* zu fluchen. Diesmal setzte er wieder dreihundert Francs, die obere Grenze in der »Küche«, auf die 16: Der Fluch hatte dem eigenen Kleinmut gegolten. Der Croupier ließ den *cylindre* kreiseln.

»*Les jeux sont faits, rien ne va plus.*«

Es saßen etwa zehn Leute um den Tisch. Natürlich wagten Domenico und ich kaum zu atmen. Ein Herr mittleren Alters mit nur drei Fingern an der linken Hand und einer schwarzen Klappe über dem rechten Auge hielt das andere Auge fest auf Don Carlos Gesicht gerichtet, wie zu einer Verhaltensstudie über einen Spieler in seiner selbstgeschaffenen Hölle. Eine silberhaarige Alte bekam blaue Lippen und schien im Begriff, um Don Carlos willen einem Herzstillstand zu erliegen. »O mein Gott!« Der das ausrief, war ich. Don Carlo warf mir wegen der müßigen Anrufung einen strengen Seitenblick zu. Dann schaute er wieder auf das Rad, wo die Kugel eben zur Ruhe kam.

Auf der 16! »Aha!« sagte er.

»Ein Glück«, bemerkte ich unpassenderweise, »wie der Teufel!« Er schien es nicht zu hören. Er drückte die Chips an die Brust, dann warf er einen dem Croupier zu, mit der ausladenden Geste, mit der ein Priester beim Hochamt den Weihwedel schwenkt. Der Croupier, der ihn, soviel ich wußte, noch nie im Leben gesehen hatte, sagte: »*Merci, mon père!*« Ohne Verlegenheit deutete Don Carlo einen Segen an und ging vom Tisch fort.

»Das ist sehr klug«, sagte ich.

»Und jetzt *trente-et-quarante*«, sagte er.

»Nein, Carlo, nein! *Basta!*«

»Roulette«, sagte Don Carlo, »ist ein Kinderspiel. *Trente-et-quarante* ist für Männer. Ich glaube, heut abend hab ich« – und er blickte mich stirnrunzelnd an – »ein Glück wie der Teufel.«

Also schauten wir ihm zu, als er sich an den *Trente-et-quarante*-Tisch setzte, mit wenig vertrauenerweckenden Mailändern und Genuesern, die zum Wochenende über die Grenze gekommen waren. Er frozzelte mit ihnen in mancherlei Dialekten, während die Siegel der sechs neuen Kartenspiele geöffnet wurden. *Trente-et-quarante* ist einfacher als Roulette, weil es nicht um bestimmte Zahlen geht, sondern um *pair* und *impair, couleur* und *inverse,* aber die Einsätze sind doppelt so hoch: das Spiel für den seriösen Spieler. Don Carlo setzte zumeist *à cheval.* Er schien das Spiel besser zu kennen als alle andern Teilnehmer, einschließlich des *chef de partie,* und während er die gewonnenen Chips zu zwei hohen Säulen aufbaute, hielt er einen kleinen mathematischen Sermon über die Wahrscheinlichkeiten der Wiederholungen – daß eine Kartenreihe im Wert von 40 nur viermal auftritt, gegenüber dreizehnmal im Wert von 31 und so weiter. Würdevoll warf er den Croupiers ihr Benefiz hin; dann stand er auf, ächzend vor Befriedigung wie nach einem schweren Mahl. Das Mahl allerdings stand erst bevor; er hatte es uns versprochen.

Bevor er seine Chips einlöste, zögerte er und blickte noch einmal zurück zum Spielsalon. In den Augen standen ihm Anzeichen eines nicht mit Sicherheit schon vollauf gestillten Gelüsts. »Zwei Sachen hab ich noch nicht gemacht«, sagte er. »Die *finales sept* und das *tiers du cylindre sud-est.* In beiden Fällen *par cent,* glaub ich. Ich glaub, ich mach das jetzt noch.«

»*Basta, Carlo!*«

»Was in Gottes Namen–«

»Gottes heiliger Name«, sagte er zu mir, »geht Ihnen ein bißchen leicht von den Lippen. Die *finales sept par cent,* das sind hundert Franc auf 7, 17 und 27. Das andere sind hundert Franc *à cheval* auf die Zahlen im südöstlichen Teil des Rades–«

»Wo haben Sie das bloß alles gelernt?« fragte ich. »Ist das in Italien ein Pflichtfach in der theologischen Ausbildung?«

»Haben Sie«, fragte er dagegen, »aber ich weiß, Sie haben's nicht, und darum brauchte ich Sie gar nicht erst zu fragen, haben Sie die Bücher von Blaise Pascal gelesen?«

»Ich kenne die *Pensées.* Die *Lettres provinciales* habe ich immerhin angeschaut. Sie haben kein Recht anzunehmen, anzunehmen–«

»Der fromme und gelehrte Pascal hat als erster das Wort *Roulette* gebraucht. Er hat sich viele Gedanken über die Geheimnisse des Zufalls gemacht. Er hat auch die Rechenmaschine erfunden, den öffentlichen Omnibus und die Armbanduhr. Das Geheimnis der Zahlen und des gestirnten Himmels. Wer sind Sie, daß Sie darüber witzeln und es heruntermachen?«

»Ich witzle gar nicht und mache nichts herunter. Ich habe nur gefragt–«

»Es könnte Ihnen nicht schaden, einmal über das Bedürfnis nach einem harmlosen Trost in einer Welt voller teuflischer Versuchungen nachzudenken. Also spiele ich nicht die *finales* und die *tierces.*« Als ob es nur meine Schuld wäre, daß ihm ein weiterer harmloser Trost versagt blieb, wechselte er verdrossen seine Chips ein. Er bekam einen ganzen Haufen große Scheine; ein paar fielen ihm herunter, und Domenico hob sie auf. Dann watschelte er hinaus. Domenico schaute mich achselzuckend an. Wir gingen ihm nach.

Ungeachtet der Nachkriegsknappheit hatte das schnörkelige, aber geräumige Restaurant des Hôtel de Paris uns einiges zu bieten. Ich hatte nicht viel mehr erwartet als Taubenfleisch mit Schnörkeln in hundert Varianten – das Fleisch jener Tauben nämlich, die, von einem zittrigen Schützen bei der berühmten monegassischen Taubenjagd nur verwundet, zutraulich pickend zwischen den Außentischen des Café de Paris auf der anderen Seite des Platzes umherwandern und sich so mühelos mit den Händen greifen lassen wie Kätzchen. Aber dies hier war wie Gott in Frankreich, und das sagte ich auch. Don Carlo ließ nach zwei Sekunden Bedenkzeit den Ausdruck durchgehen.

Saumon Fumé de Hollande
Velouté de Homard au Paprika
Tourte de Ris-de-Veau Brillat-Savarin
Selle d'Agneau de Lait Polignac
Pommes Dauphine   Petits Pois Fine-Fleur
Sorbet au Clicquot
Poularde Soufflée Impériale
Salade Aïda
Crêpes Flambées au Grand Marnier
Coffret de Friandises
Corbeille de Fruits   Café   Liqueurs

Und alles kostete ein Heidengeld, aber Don Carlo hatte ja genug. Zu trinken bestellten wir zuerst Champagner-Cocktails, gingen dann zu einem guten Chablis und einem feinen Chambertin über, nahmen zum Dessert eine erfrischende Blanquette de Limoux und endeten bei einem sehr trinkbaren Armagnac, der nicht in Ballongläsern, sondern in Kelchen serviert wurde. Don Carlo aß schwitzend und mit Konzentration, doch als wir zum Sorbet kamen, ließ er sich die Zeit, das zauberhafte *Belle-époque*-Dekor in sich aufzunehmen. Ich sagte zu ihm:

»Dies Dekor aus der *Belle époque,* finden Sie es nicht zauberhaft?«

Er antwortete, wie ich es erwartet hatte: »Diese Ausdrücke haben etwas Vages. Wer sagt, daß diese Epoche schön war? Schönheit ist ein Attribut des Göttlichen. Und zauberhaft, na ja, was soll das heißen, zauberhaft?«

»Verlockend. Hübsch. Gefällig. Verführerisch für das Auge. Untief, aber sinnlich befriedigend. Zart und geschmackvoll. So wie die Dame dort hinter Ihnen!«

Er grunzte, drehte sich um, an dem Brote kauend, das noch immer auf seinem Teller lag, den abzuräumen er dem Kellner verwehrt hatte, und betrachtete eine lebhafte Frau in einem sehr schönen schwarzseidenen Chiffonkleid mit Kettenstichverzierungen. Unverführten Auges wandte er sich wieder zum Tisch. »Ein frivoles Volk!« sagte er.

»Die Franzosen?« fragte ich vergnügt. »Alle Franzosen? Der Franzose in mir? Meine Mutter? Und was soll das heißen, frivol?«

Er schwenkte mir sein Stück Brot vor dem Gesicht. »Denken Sie daran«, sagte er, »daß die Sprache eine unserer Nöte und Prüfungen ist! Das Wesen der Sprache selbst zwingt uns, zu verallgemeinern. Würden wir nicht verallgemeinern, hätten wir nichts zu sagen außer Dinge wie« – er schwenkte es immer noch – »Dies Stück Brot ist ein Stück Brot.«

»*Tautologia*«, sagte Domenico.

»Ist die Sprache denn«, fragte ich, »diabolischen Ursprungs?«

»Nein!« sagte er, diesmal kauend. »Lesen Sie die Schöpfungsgeschichte, und Sie werden sehen, Gott ließ Adam alle Dinge beim Namen nennen, und das war die Geburt der Sprache. Mit dem Sündenfall wurde die Sprache verderbt. Wegen dieser Verderbtheit sage ich, daß die Franzosen ein frivoles Volk sind.« Und er schlang sein Brot hinunter. Es war nichts Eßbares mehr auf dem Tisch. Don Carlo rief nach der Rechnung. Es wurde eine sehr große. Der Tisch bedenkte sich mit Papiergeld.

»Dies Dekor aus der *Belle époque*«, sagte ich, »finden Sie es nicht zauberhaft?«

Diesmal antwortete er nicht wie erwartet. Er donnerte mich an, daß sich Köpfe nach uns umdrehten: »*Adiuro ergo te, draco nequissime, in nomine Agni immaculati*–«

»*Basta, Carlo!*«

Don Carlo grinste mir zu, aber nicht wie bei einem Scherz, sondern mit dem Anflug einer Drohung, die den eben ausgesprochenen Exorzistenworten gemäß war. »Das ist übertrieben«, sagte er. »Es geht zu weit. Ich spreche nur zu einem kleinen Dämon; nennen wir ihn den Dämon der Frivolität. Den werden wir Ihnen noch ausbrennen. Wir bekommen Sie noch wieder, ehe Sie am Ende sind. Wir werden Sie *heim* holen.« Zum ersten Mal prickelten mir beim Hören dieses Wortes die Augen, und das zauberhafte Dekor löste sich für einen Moment in buntes Wasser auf. »Jetzt«, sagte er, »fragen Sie mich noch mal nach dem Dekor der schönen Epoche!« Ich sagte nichts mehr, obwohl meine Lippen und Zunge ein *Wir?* bildeten. Ich hatte kein Brot im Munde, schluckte aber, als wenn welches drin wäre. Don Carlo, begriff ich allmählich, war unerhört. Aus einer Seitentasche seiner Jacke zog er nun eine billige Uhr, die ich über den ganzen Tisch ticken hörte. »Um sieben ist die Messe in Sainte Dévote«, sagte er. »Kennst du Pater Rougier?« fragte er seinen Bruder.

»*Lo conosco.*«

»Ich werde in meinem besten Pariser Latein die Messe lesen«, sagte er zu mir. Ich hatte vergessen, daß morgen Sonntag war; aber die Tage der Woche hatten für mich längst ihre individuelle Würze verloren; alle schmeckten nach der gleichen Einsamkeit und Frivolität, nach dem, was ich meine Arbeit nannte. Also mußten wir nun, denn es war schon nach zehn, von Carlos Monte zu Carlos Behausung hinabsteigen, damit er zu Bett käme und für seine Frühmesse ausgeruht wäre. Im Vestibül des Hôtel de Paris lächelte Don Carlo die bronzene Reiterstatue Ludwigs XIV. an, gleich darauf mich, doch diesmal ohne Bosheit oder Drohung. Die Figur stand erst seit etwa zwölf Jahren dort, aber das angehobene Knie des Pferdes war, weil es Glück bringen sollte, schon so oft angefaßt worden, daß es golden glänzte. Don Carlo tätschelte es liebevoll. Dann drehte er sich zu einer grüßenden britischen Stimme hin um.

»Der Don und der Monte. Wußt ich's doch, daß Ihr zwei euch irgendwann begegnen würdet! Wie geht's dir, *caro Carlo, Carlo querido?*«

»*Muy bien!*« Und Don Carlo schüttelte einem bleichhaarigen englischen Dauerlächler die Hände. Er hatte die Figur eines Krikketspielers, die in der Uniform eines anglikanischen Bischofs steckte, mitsamt Gamaschen. Domenico wurde ihm vorgestellt, dann ich.

»Sind Sie der Schriftsteller? Der Stückeschreiber? Na, das ist mir eine Ehre! Hab eine von Ihren Sachen gesehn, als ich zuhaus war. Ein echter Heuler!« Dieser Herr war der Bischof von Gibraltar. Das bleiche Haar trug er rechts gescheitelt, auf der Mädchenseite, wie man damals sagte, und eine Locke hing ihm verwegen über das tiefblaue linke Auge. Im nachhinein erscheint er mir wie eine Verschmelzung der Herren Auden und Isherwood, zweier homosexueller Schriftsteller wie ich selbst. Bei seinem mannhaften Händedruck entblößte der Bischof den größten Teil seines starken, braunen Gebisses. Die Diözese des Bischofs von Gibraltar erstreckt sich auch auf die Côte d'Azur, und früher hatte eine der bischöflichen Obliegenheiten darin bestanden, die sonnenbadenden Briten vor den Gefährdungen ihrer Seele durch das Glücksspiel zu warnen. Wie ich sogleich erfahren sollte, waren diese Zeiten vorüber. Was mich verwirrte und ein wenig schokkierte, war die Freundschaftlichkeit zwischen einem hohen anglikanischen und einem katholischen Geistlichen. »Ich habe Ihren Bruder in der windigen Stadt getroffen«, sagte der Bischof zu Don Carlo. »Wir haben zusammen gegessen. Und gespielt.«

»*Craps?*« fragte Don Carlo zu meinem weiteren Befremden.

»Ja, nach der Art von Idaho.«

»Was für eine gute Idee! Haben Sie, *ha i dadi?*« Er tätschelte von neuem das erhobene Bronzeglied.

»*Los dados? Cierto!*«

»*Basta!*« Domenico war sichtlich müde vom Essen. Auch ich wäre lieber heimgegangen, wagte aber aus Furcht vor dem Exorzismus keinen Protest. Also stiegen wir alle hinauf zur bischöflichen Suite im dritten Stock, und im Salon, der voller *Belle-époque*-Zauber war, schenkte Seine Lordschaft Whisky ein und holte die Würfel in einem Florentiner Lederbecher hervor. Don Carlo zog seine große billige Uhr aus der Tasche und legte sie auf den Tisch, wo sie aggressiv tickte. Der Bischof sagte:

»Natürlich, Fasten ab Mitternacht! Das gesegnete Murmeln der, wie sagt doch der Dichter? Browning, war es nicht der?« fragte er mich.

»Chikago«, sagte ich, während ich nickte, »wenn ich das mit meiner Literatenfrechheit so fragen darf, was führte Sie denn nach Chikago?«

»Anglikanische Angelegenheiten«, sagte der Bischof, den Becher schüttelnd. »Eine Bischofskonferenz, mehr kann ich nicht sagen. Da, sieben, elf!« Er warf 12 insgesamt, dann 9, dann 7 – verloren! Carlo stülpte mit Nachdruck den Becher hin, murmelte ein Gebet und hatte 11, fünfzehn zu eins. Alles spielte sich zwischen den beiden Geistlichen ab; Domenico und ich waren Statisten. Aber ich blieb dabei, trank und hörte zu, ganz der neugierige Romancier. Der Bischof, als Oberhirte einer anglikanischen Enklave am untersten Zipfel einer stockkatholischen Halbinsel hatte ein besonderes gesellschaftliches, wenn schon nicht theologisches Verhältnis zu den, wie hieß das doch früher, Söhnen der scharlachroten Hure. Big Eight: halbe halbe. Hardways: sieben zu eins. Baby braucht ein Paar neue Schuh. Klapper klapper Knöchli. Es war heller Wahnsinn. Sie sprachen über Kollegen: Alle, die den Kragen andersrum trugen, waren im gleichen Geschäft, trotz des elektrifizierten Drahtzauns der Reformation. Der dritte der Gebrüder Campanati, Raffaele, importierte Mailänder Lebensmittel in die Vereinigten Staaten. Er hatte Schwierigkeiten, denn in Chikago saß eine Bande Neapolitaner, während das Geschäft mit den Monopolen und mit der Gewalt, die sich *protection*, Schutz, nannte, anderswo in den Staaten eine Sache der Sizilianer war. Craps: sieben zu eins. Der Bischof sagte:

»Das große Wort ist auch gefallen, wie Sie sich denken können.«

»*Ecumenico?*« Big Six: halbe halbe.

»Noch ein bißchen früh«, sagte der Bischof. Ich verstand nicht. Das Wort war mir fremd; ich hatte wenig Griechisch gelernt. Aber nach und nach verstand ich, aus fragmentarischen Andeutungen, wie Don Carlo und der Bischof von Gibraltar sich kennengelernt hatten und wie es kam, daß sie so etwas wie Freunde waren. Mit der Religion hatte es nichts zu tun, wohl aber mit Rom. Seine Lordschaft machte gern Herbstferien in Rom. Don Carlo, der in Rom war, um für den Heiligen Vater persönlich ein sehr kniffliges Dokument zu übersetzen (aus dem Englischen ins Italienische, etwas über Kapital und Arbeit), hatte es zur Gepflogenheit werden lassen, mit Seiner Lordschaft, damals nur Dekan, Bridge zu spielen. Auction Bridge natürlich, denn Contract Bridge war damals noch nicht aufgekommen. Der Bischof schlug eine Partie Contract vor, allerdings erst für morgen, wenn er seine Predigt vor der britischen Gemeinde und Carlo sein ausgiebiges Frühstück nach dem heiligen Gestammel in Sainte Dévote hinter sich habe, Contract war im Kommen; Auction würde völlig verdrängt; ob ich den Artikel in der *Times* von Pfarrer Causley DD gelesen hätte? Aber Sie spielen doch auch? Bißchen Auction? Dann kriegen Sie Contract auch schnell mit. Geht leider nicht, sagte ich; ich muß etwas schreiben.

Eine Minute vor Mitternacht bekam Don Carlo einen steifen Whisky eingeschenkt. Er trank ihn aus, ehe die Stunde schlug, während wir alle die synchron gestellten Uhrzeiger verfolgten. Wie der Vorabend einer Schlacht, sagte der Bischof. Über die Schwelle und hinein ins Getümmel des Sonntags! Viel Glück? »Ja, eine Schlacht«, sagte Don Carlo, »alles eine Schlacht!« Und er blickte mich an wie einen geteerten und gefederten Drückeberger. Fast hätte ich mich auf mein Herzleiden berufen.

22 Nicht mein Vater, sondern meine Mutter! Ich las und las immer wieder das Telegramm, als der Sonntagszug auf Paris aufbrach. Don Carlo fuhr nicht mit; er wollte abends den Schlafwagen nehmen. *Schwer krank komm sofort.* Ich konnte der kurzen Nachricht nichts anderes entnehmen, als daß sie tot sein würde, ehe ich nach Battle kam. Die Räder ratterten den Namen meiner Heimatstadt. Spät am Abend aß ich im Restaurant der Gare de Lyon inmitten eines zauberhaften Dekors aus der *Belle époque.* Mit Klumpen lauwarmen Hammels, ohne die Würze der Minzsoße, versuchte ich das Schuldgefühl hinunterzuwürgen. Die Hand zitterte mir, und ich bekleckerte mir die Krawatte mit Kaffee. Die mörderische Grippe war eine neutrale Lebenskraft, die ihre eigenen Wege ging, vielleicht auch bevollmächtigt von Don Carlos Teufel, wahrscheinlicher aber von der Gegenpartei, weil wir mit dem strafenden Krieg uns nicht zur Genüge selbst gestraft hatten. Jedenfalls war es nicht meine Schuld, daß Mutter im Sterben lag oder schon tot war. Der Tod geht uns nichts an; was uns angeht, ist die Friedlichkeit des Sterbens. Meine Mutter würde in Kummer über meine Abtrünnigkeit sterben, über meine, wie sie glauben mußte, frei gewählte Abartigkeit, über die Schande einer Flucht, die sie als ein Wildesches Exil, oder, wenn sie den Widerling kannte, als ein Douglassches deuten würde. Ich hatte sie enttäuscht. Auf dem Totenbett würde sie eine Nachricht für mich hinterlassen haben, womöglich einen Brief, das Flehen einer sterbenden Mutter um ein unerfüllbares Versprechen. Natürlich hoffte ich, daß sie schon hinüber sei. Ich wollte nicht ihre sterbenden Augen entgeistert auf mich gerichtet sehen, mit ihrer Bitte, die in einen Fluch überginge, den ich mir dann gewissermaßen über mein abartiges Bett hängen müßte.

Ich fuhr mit dem Taxi zur Gare du Nord und nahm dort den Fährzug nach Calais. Der einzige andere Fahrgast in meinem Abteil war ein unangenehm betrunkener alter Herr, der wirre Anklagen gegen die Sünden der *intellectuels* hervorstieß. Ob ich mich auch als einen *intellectuel* betrachtete? *Non, monsieur, je suis dentiste.* Die Zahnärzte, sagte er, seien aber auch eine Art Intellektuelle. Alle Hoffnung liege bei den einfachen Leuten, die ihre Zahnschmerzen nicht selber kurieren könnten. Frankreich werde zusammenbrechen, ehe noch zwanzig Jahre um seien, und das nur wegen des Verrats der *intellectuels.* Heimat, Treue, Vaterland – diese Worte dürften nicht analysiert oder hinterfragt werden.

Glaube ohne Vernunftgründe, daran fehle's. *Conspuez les intellectuels!*

Auf dem Fährdampfer war die Bar geöffnet. Ich trank Kognak, um dem rabiaten Februarseegang auf dem Kanal zu trotzen. Ein Mann, der helles Ale trank, erzählte mir, er wolle ein kleines Buch über Lieblingstiere berühmter Leute schreiben. Ich erfuhr nicht, wie er hieß, und meinen Namen sagte ich ihm auch nicht, aus Besorgnis, daß er ihn vielleicht nicht kannte. Hauptsächlich über Hunde, sagte er. Über Prinz Ruperts *Boy* zum Beispiel, über dessen Tod bei Marston Moor die Cromwellianer frohlockten, weil sie ihn für einen bösen Geist hielten. Über Charles Lambs *Dash,* der zuvor Thomas Hood gehört hatte. Über Richards II. *Math,* der seinen Herrn im Flint Castle verließ und zu dem Usurpator Bolingbroke überging. Über *Flush,* Mrs. Brownings Spaniel, der sich vor den großen Spinnen unter dem Bett in ihrem dreckigen Zimmer fürchtete. Mir wurde hundeelend, als ich ihm zuhörte.

Von Dover nach Hastings gab es keine direkte Verbindung; darum nahm ich den Zug zur Victoria Station. Jemand hatte eine Sonntagszeitung im Abteil liegengelassen, und in einer sonntäglich dummen Klatschspalte stand ein Kalauer über die Verschwörung des Friedens mit der Grippe oder »Influenza«: Der Friede hatte Türen und Tore geöffnet, und hereingeflogen kam Enza (»in flew Enza«). Die Zahlen der Grippetoten stiegen alarmierend. Schwarze Jazzkapellen sehr beliebt. Das Schwein, unser aller Ernährer. Kurze Röcke o là là in den Nightclubs. Ein Artikel über einen Ernest Allworthy, Gewerkschaftsboß in Neuseeland. E. A. kontrolliere das ganze Land, hieß es. Der Einfluß der kriegsbedingten Vertraulichkeit auf das Verhältnis der Hausfrau zum Dienstmädchen. Der Einfluß der Lebensmittelknappheit auf den kulinarischen Erfindungsgeist. Der Einfluß Hugh Walpoles auf die jüngeren Nachkriegsromanciers. *Sag's schon, Cecil!* lief immer noch.

Der schwarze Himmel weinte bitterlich über London. Das englische Wetter hatte ich vergessen. Beinah hätte ich den Regenmantel in Monaco gelassen. Ich kam nach Charing Cross und erwischte den Frühzug nach Hastings; er hielt in Battle. Ich schlief ein und hätte fast mein Ziel verschlafen, aber eine Bahnwärterstimme gellte »Battle« durch den Regen. Ich watete durch das Montagmorgendunkel, einsam und durchnäßt, zum Haus und der Praxis meines Vaters, meinem früheren Zuhause. Auf der Hauptstraße hatte ich eine sehr sonderbare körperliche Empfindung: In meinen Schuhen war nichts als Luft, aber da, wo das Herz hätte sein müssen, war gar nichts. Ich stieß den Atem aus, konnte aber keinen einholen, um ihn zu ersetzen. Ein glühender Schriftzug fuhr mir rasch über den linken Arm, von der Schulter bis ins Handgelenk. Taumelnd lehnte ich mich ans Fenster eines geschlossenen Ladens, der Metzgerei, wo meine Eltern kauften. Das also war die Herzschwäche, die mir den Krieg erspart hatte. Trotz meiner Angst und Aufregung spürte ich, daß sie ein hilfreiches Lösungsmittel für mancherlei Schuldgefühle sein würde. Mein Herz nahm sogleich das kräftige Pochen wieder auf, das es, wie die Trommel in einem Orchester, auf irgendein Zeichen hin kurz unterbrochen hatte. Die Signatur des Schmerzes im linken Arm erlosch, als wäre sie mit verschwindender Tinte geschrieben. Die Schuhe füllten sich wieder mit Fleisch, Knochen und Zehen. Wie in eine angestochene Vakuumbüchse strömte wieder Luft in die vor Erleichterung aufstöhnenden Lungen. Mir zitterten die Finger nach einer Zigarette, einer Gold Flake von der Schiffsbar, und ich zündete sie an mit meinem Feuerzeug, Marke Swan Vesta. Ich zog den milden Rauch ein, mit dem verrückten Gefühl, wie schön ist nun wieder das Leben! Ich war neunundzwanzig, ein junger Mann, ein nicht mehr unbekannter Schriftsteller, und hatte das ganze Leben noch vor mir. Ich platschte aufgeräumt durch die Pfützen zum Haus meines Vaters.

Die Jalousien waren heruntergelassen und die Vorhänge zugezogen, aber durch die Ritzen drang Licht nach außen. Licht war in der Diele, in allen vorderen Räumen, auch in der Praxis. Ich mußte viele Mal klopfen. Ich wußte, mein Klopfen wurde gehört, aber im Augenblick nicht beachtet. Etwas sehr Wichtiges ging drinnen vor. Sie lag im Sterben, sie war grad an der Schwelle, und da stand ich und wartete draußen im Regen. Ich störte ihren Tod mit meinem Klopfen. Fast wäre ich davongelaufen, ich konnte ja wiederkommen, zu einer passenderen Zeit. Dann hörte ich meine Schwester kommen, die mich schluchzend beim Namen rief. Im Türschloß stocherte es, und Hortense lag in meinen nassen Regenmantelarmen und weinte: »Ken, ach, Ken, eben ist es gewesen, sie hat das Klopfen gehört und hat gewußt, du bist es, und sie hat noch eine Minute länger leben wollen, aber sie konnte nicht, ach, es war furchtbar!«

»Jetzt eben?«

«Die arme, arme Mutter, sie hat so gelitten, Ken, es war furchtbar!«

Also war alles vorüber. Nein, ich wollte sie nicht sehen, sie war ja nicht mehr da, es war nur noch totes Fleisch. O Ken, Ken! Mein Vater kam bleischwer die Treppe herunter, trockenen Auges, ohne Gruß für mich außer einem bitteren Blick wie für einen mißratenen Sohn. Und da kam mein Bruder Tom, nicht mehr in Uniform, aber immer noch mit kurzgeschorenem Haar, in einem Anzug, der ihm zu groß war. Seine Trauer äußerte sich in einem Hustenanfall. Ich umarmte ihn und klopfte ihm zugleich auf den Rücken. Alle hatten sie zerknitterte Tageskleidung an. Die ganze Nacht aufgeblieben. Sie hatte gelitten. Letzte Ölung gestern abend um sieben, und es hatte so ausgesehen, als würde sie sich wieder ein bißchen erholen (»... und sogar wieder gesund werden, wenn Gott es so will«). Aber dann ging es endgültig bergab. Dr. Brown, der Arzt, hatte getan, was er konnte. Scharen von Leuten starben in ganz England an Grippe. Um die Ecke wohnte eine Mrs. Levenson, die Aufbahrungen übernahm. Es war noch zu früh, um sie zu rufen. Es war noch zu früh zu allem, nur nicht zum Teetrinken. Wir setzten uns alle um den Küchentisch und tranken Tee; Hortense, Tom und ich rauchten meine auf dem Schiff gekauften Gold Flake. Bei Anbruch der feuchten Morgendämmerung waren wir jeder schon auf seine unbemutterte oder unbeweibte Zukunft gefaßt. So dachte ich zumindest. Eine Frage mußte ich noch stellen.

»Nein, nein, kein Brief!« sagte mein Vater barsch. »Es kam alles zu plötzlich, als daß sie hätte daran denken können, Briefe zu schreiben. Aber sie hat mir klipp und klar gesagt, was ich dir zu sagen habe.«

»Schau, ich konnte nicht, auch nicht um ihretwillen! Des Menschen Seele. Ist sein eigen – ich konnte nicht ewig lügen, nicht mal ihr zuliebe.«

»Des Menschen Seele! Ist ja wohl nicht nur die Seele, nicht?«

»Wie meinst du das?«

»Nein, nicht jetzt! Nicht hier vor den Kindern! Und wo sie da oben noch liegt!«

»Sie liegt nicht mehr da oben«, sagte Tom. »Sie ist jetzt im Fegefeuer oder sonstwo. Kaum hat man ein Elend hinter sich, da kommt gleich das nächste. Herrgott, gibt es denn nichts als diese Quälerei?«

»Du auch?« fragte ich.

»Er auch«, sagte mein Vater, »wenn du *das* meinst. Ich sage, es ist der Krieg, ich sage, das geht vorbei. Wir haben auf den Frieden gehofft, und da seht ihr, was wir haben! Aber wir kommen schon drüber hinweg.«

Hortense ging zum Schrank, Kekse holen. »Einen unerhörten Haß auf Gott gibt es heute«, sagte sie. Sie war schlank, hübsch, in schickem, wenn auch verkrumpeltem Blaßgrün bis zu den Knöcheln, mit bootsförmig geschwungenem Halsausschnitt, inzwischen fast schon eine Frau. »Ich kann mir nicht denken, daß Gott so stupid sein sollte, sich zu wundern. Aber Mutter hat ihn nicht gehaßt, o nein!« Sie schluchzte heftig, dann stopfte sie sich ein halbes Garibaldi-Biskuit in den Mund.

»Das ist kein Unglaube«, sagte Tom. »Einen Gott muß es geben, soviel ist klar. Nur eben Haß! Aber wir kommen schon drüber hinweg. Wie *er* sagt.« Das *Er* klang feindselig, jedenfalls nicht kindlich-ehrerbietig. Dann sagte er: »Die Kinder, sagt er. Das eine Kind ist so was wie ein Experte für Giftgas geworden. Das andere verführt von einem Zeichenlehrer.«

»Nein, nein, nein!« sagte Hortense. »Versucht hat er's, weiter nichts! Ironie des Schicksals, wie man das nennt«, sagte sie zu mir. »Mutter paßten meine deutschen Nonnen nicht, also schickte sie mich auf die französische Schule in Bexhill. Aber das ist nun alles vorbei.«

»Also«, sagte Tom, »die Kinder wissen nun, was du für einer bist, Ken. Wir sind nicht schockiert. Wir gehören zu der neuen, nicht schockierbaren Generation.«

»Du entschuldigst das auch noch?« sagte mein Vater. »Eine unnatürliche Generation!«

»Deine so verdammt *natürliche* Generation hat den Krieg angefangen«, sagte Tom.

»So sprichst du nicht mit mir, Tom!«

»Ach, um Gottes Willen«, sagte ich, »so wollen wir uns doch nicht aufführen!«

»Ich denke, wir sollten uns jetzt alle ein bißchen ausruhen«, sagte mein Vater. »Ich denke, ich geh mich jetzt eine Stunde hinlegen.«

»Aber Papa«, sagte Hortense, »warum willst du Ken nichts von Mrs. Scott sagen?«

»Lydia Scott«, sagte mein Vater, »ist eine gute Bekannte.«

»Mrs. Scott«, sagte Hortense, »soll die zweite Mrs. Toomey werden.«

»Das hab ich nie gesagt«, widersprach mein Vater flau.

»Eine Patientin?« fragte ich. Ich wartete nicht auf die Antwort. »Ist das wahr? Mutter ist noch nicht unter der– Nein, lassen wir die Klischees! Ich verstehe. Das geht schon eine ganze Weile so, nicht?«

»Manche Dinge braucht ein Mann eben«, sagte Tom, und ich konnte sehn, daß er unsern Vater zitierte. Vater funkelte ihn an.

»Die vertrauliche Atmosphäre des zahnärztlichen Behandlungszimmers«, sagte Hortense. »Eine kleine Schwierigkeit mit dem verkeilten Weisheitszahn.«

»Wie kannst du nur!« bebte Vater. »Du darfst nicht, es ist–«

»Ist sie Witwe?« fragte ich.

»Kriegerwitwe!« sagte Hortense, beide Hände um die Teetasse. »Den wackern Major Scott hat's früh erwischt. An der Marne oder Somme oder da irgendwo.«

»Ich lasse nicht zu–«

»Warum denn nicht, warum nicht?« sagte ich. »Manche Männer brauchen die Ehe.«

»Es gibt doch gewisse Anstandspflichten«, mäkelte Tom.

»Ach, um Himmels willen, Tom, spiel dich nicht auf!« sagte ich. »Das Leben geht weiter, fängt von vorn an, oder wie du's nennen willst.«

»Egal was für ein Leben!«

»Ich geh jetzt und leg mich hin«, sagte mein Vater und stand verdrossen auf. »Im Gästezimmer. In *deinem* Zimmer«, ergänzte er für mich. »Es ist dein Zimmer *gewesen.*«

»Ich verstehe«, sagte ich. »Es ist also aus mit der Familie.«

»Das hab ich nicht gesagt«, widersprach er gereizt. »Hortense, du gehst bitte und holst Mrs. Levenson! Tom, du rufst Dr. Brown an! Er muß einen Schein ausstellen über den, den.«

»Tod, Tod, Tod, Tod!« sagte Tom in einem Tonfall, der an das Glockenspiel von Westminster anklang.

»Was seid ihr für eine herzlose Bagage!« sagte mein Vater.

»O ja, herzlos!« rief Hortense und brach in lautes Weinen aus. Vater machte eine Bewegung, als ob er sie in seine tröstenden Arme schließen wollte, aber dann schüttelte er den Kopf und schlurfte ab. »Entschuldigung!« sagte Hortense und wischte sich die Augen mit einem Küchentuch.

»Na!« sagte ich. »Ob das für ihn das Richtige ist?«

»Manche Dinge braucht ein Mann eben«, wiederholte Tom erbittert. »Das hat er mir gesagt, als ich ihn mit ihr ertappt habe.«

»*Ertappt?*«

»Beim Küssen, nichts weiter! Ich bin sicher, Mutter hat Bescheid gewußt. Ihr ging's gar nicht gut. Das war nicht bloß diese verwünschte Epidemie.«

»Der Geschlechtstrieb«, sagte ich, »kann verflucht lästig sein. Wie ich ja selber weiß! Und wissen werde. Und was machen wir nun?«

»Ich bleibe nicht hier«, sagte Hortense. »Ich will keine Stiefmutter. Ich suche mir irgendwo Arbeit.«

»Du bist noch nicht volljährig«, sagte ich. »Und als was willst du denn arbeiten?«

»Ich könnte so einen Sechswochenkurs in Steno und Schreibmaschine machen. Ah«, sagte sie dann, »brauchst du keine Sekretärin?«

»Ich denke«, sagte ich, »ihr solltet beide mit mir zurückfahren. Erst mal weg aus diesem Klima. Und dann sich alles überlegen.«

»Ich habe mir schon alles überlegt«, sagte Tom. »Ich komme zurecht. Ich bin da in so was hineingestolpert. Na ja, dein Name hat was gemacht. Haste was zu tun mit dem Theaterfritzen? Ja, sag ich. Dann laß mal sehn, waste kannst! Ich mich hingestellt und jeden Quatsch erzählt, der mir grad einfiel. Über Heinrich VIII. und seine Frauen. Und das fanden die komisch.«

»Und was ist das alles?«

»Eine Art Revue, *Rob All My Comrades*, oder *Run Albert, Matron's Coming*. Das eine kann so was wie die Fortsetzung vom andern sein. Aber beide können auch gleichzeitig laufen, mit zwei verschiedenen Truppen.«

»Das RAMC nennt man das«, sagte Hortense. »Das *Royal Army Medical–*«

»Hör mal, ich bin ja vielleicht nur ein weggetauchter Zivilist–«

»So wie die *Roosters*«, sagte Tom. »Oder wie diese australische Truppe, *Les Girls* heißen die. Man kann damit rechnen, daß es eine Unmenge weggetauchte Zivilisten gibt, die nach jeder Soldatenrevue Schlange stehn werden. Altgediente Soldaten natürlich auch. Und das Ganze richtig professionell aufgezogen. Für höchstmögliche Ansprüche! Der Mann, der uns das aufzieht, Jack Blades, Quartiermeister-Sergeant ist er gewesen, der hat solche Sachen schon vor dem Krieg gemacht. Am 21. März gehn wir auf

Tournee. Für den Sommer haben wir Gastspiel-Angebote aus Badeorten.«

»Und du stellst dich einfach so hin und redest?«

»Na, es gibt Sketches. Und Chöre. Ich bin der Komiker, wie man das nennt.« Ja, so war's also! Ich schaute ihn an: dünn, blond, feingliedrig, die Stimme leicht und ziemlich hoch. Mein Bruder Tom, der Komiker! »Tom Toomey oder Tommy Toomey, was meinst du?« fragte er.

»Das zweite natürlich, ganz sicher!«

»Das meinen sie alle.«

»Na!« sagte ich, noch einmal Gold Flake herumreichend, »wer hätte das gedacht? Alle zwei beim Theater! Mutter wollte ja, daß wir ein bißchen was Achtbareres werden, wie die Franzosen das sehn. Ich hatte schon immer den Eindruck, sie hat gedacht, daß Zähneziehn doch nicht ganz der wahre Beruf ist. Du machst Medizin, hat sie gedacht, ich Jura. Und schau, was draus geworden ist!«

»Und ich muß heiraten«, sagte Hortense. »So sehn das die Franzosen. Sogar eine Mitgift liegt für mich bereit, bei der Distriktbank in der Hauptstraße. Daß eine Mitgift dasein muß, das konnte sie sich nie aus dem Kopf schlagen. Aber Mademoiselle Chaton hat gesagt, die Tage der freien Liebe stehn uns bevor.«

»An dieser Schule in Bexhill?«

»Die arme Mutter! Sie hat gedacht, die Schule ist französisch, also kann sie nicht schlecht sein. Und dann haben sie mir da gleich erzählt, es gibt keinen Gott, und wir müssen alle frei werden. Hast du mal was von D. H. Lawrence gelesen?«

»Die freie Liebe«, sagte ich mit Strenge, »wird durch die Tatsachen der Biologie vereitelt. Ich meine natürlich die heterosexuelle Liebe.«

»Und nun«, sagte Tom, »erzähl uns mal alles über die homosexuelle!«

»War's ein Schock?«

»Natürlich war's ein Schock. Und noch ein Schock war, daß unser unschuldiges Schwesterchen hier schon Bescheid wußte und nicht schockiert war.«

Aus dem Obergeschoß hörte man ein Stöhnen. »O mein Gott!« Beinah wäre mir die Gold Flake aus den Fingern gefallen. »Sie–« Und dann erinnerte ich mich, daß ja Vater da oben war, der schon anfing, aus unserem Leben zu verschwinden. Hortense sagte: »Ich geh mal lieber Mrs. Levenson rufen.«

Ich sagte schon, daß Tom in seinem ganzen Leben nur drei Zigaretten geraucht hat. Die erste im Schulpissoir, mit vierzehn. Die beiden anderen waren von meinen Gold Flake aus der Schiffsbar, bei dieser Gelegenheit, als unsre Mutter gestorben war und die Familie auseinanderlief.

23

Hortense fuhr mit mir nach Monaco. Als der Zug schon fast in Nizza war und Hortense vor Aufregung beim ersten Anblick der Côte d'Azur rotgolden anlief, kamen mir die ersten Zweifel, ob es wohl ganz schicklich sei, sie in einer Wohnung unterzubringen, wo ein nicht ganz unempfänglicher italienischer Künstler manchmal nackt den Morgenkaffee bereitete oder bei offener Toilettentür urinierte. Ich hatte gedacht, Tom würde auch mitkommen, so daß wir Brüder zu zweit alle Übergriffe der südländischen Lüsternheit, nicht unbedingt Domenicos, von ihr abwehren könnten. Domenico hatte auch schon lange davon geredet, daß er nun bald nach Mailand müsse, um mit Merlini über die *Poveri ricchi* zu reden. Die Vokalpartitur war fertig und von einem gewerblichen Kopisten, Pécriaux in Cannes, abgeschrieben, mit dem englischen und dem toskanischen Text in schöner Druckschrift unter den Notenzeilen, die verschiedenen Ligaturen und zusätzlichen Noten, die durch die Zweisprachigkeit erforderlich wurden, mit zierlichen Feinstrichen eingesetzt. Um die Orchestrierung fertigzustellen, mußte Domenico nicht unbedingt in meiner Wohnung bleiben, zu deren Unterhalt er nicht viel beitrug. Morgen oder übermorgen, sagte er immer wieder, würde er nach Mailand abfahren. Aber er schob es hinaus, vielleicht aus Angst, wie bei so vielen Künstlern, vor der Kälte des reinen Geschäftsmanns, dem er sein Werk anvertrauen mußte, vielleicht auch aus Angst vor einer möglichen Bestätigung eigener Zweifel an dessen Wert: Würde sein Werk überhaupt noch als brauchbar erscheinen, wenn es verwaist auf einem Bürotisch läge und von fremden Leuten entkleidet und abgeklopft würde? Wir waren uns allzu einig, wir beide, wie zwei Mütter in verschiedenen Stadien der Schwangerschaft, wenn die Kinder noch nicht der Luft und dem Licht der Außenwelt preisgegeben werden dürfen. Er verschaffte sich ein- oder zweimal die Woche etwas Abwechslung in einem *casino* in Ventimiglia; aber als der Zug nun in den Bahnhof von Monte Carlo einfuhr, sah ich hellsichtig voraus, wie er die

Anwesenheit einer hübschen jungen Anglofranzösin aufnehmen würde, die hier an Ort und Stelle Ferien machte und ihrerseits einer Abwechslung bedurfte.

Ich hatte mich nicht geirrt. Was für große, vor Bewunderung hinschmelzende Augen, und wie sie gleich feucht wurden, als er unsere Trauernachricht erfuhr – die Mutter tot, eure Mutter tot, *O Dio mio,* denn ein Italiener, wenn er hört, daß jemandes Mutter gestorben sei, hat eine schrecklich klare Vorstellung vom Tod seiner eigenen, o möge Gott diesem Schicksalstag nie heraufzudämmern gestatten –, und wie er mit den Händen die Laken streichelte, die er aus dem Wäscheschrank auf dem Korridor nahm, um ihr ein Bett zu machen! Heute abend essen wir im *Vesuvio,* geht auf mich, Scheck von meiner Mutter ist angekommen *(madre, madre, O Dio mio!)*, und dann Lasagne und Pfeffersteaks, Cassata, Bardolino und Grappa. »Ihr Bruder«, sagte er zu Hortense und ließ seine Augen im Kerzenschein glitzern, »ist auch mein Bruder.«

»Nett!« sagte Hortense lächelnd. Sie glühte vom Wein, von der zauberhaften flachen Stirn bis zu der Stelle, wo sich die beiden Stoffbahnen ihres V-Ausschnitts kreuzten. »*Kunstbrüder* nannte das Schwester Gertrude. Das heißt, so was wie ihr, zwei Jungen, die zusammen an ihrer Kunst arbeiten!« Sie war noch ein junges Mädchen, aber schon zeigte sie diese dreiste, gutmütige Geringschätzung, mit der Frauen, die echte Kinder zur Welt bringen, oft Männern begegnen, die mit ihren Ersatzkindern wichtigtun, mit steifrückigen Büchern und schlaffen Sonaten.

»Meine leiblichen Brüder«, sagte er, »lachen nur über meine Musik.«

»Italiener und lachen über Musik? Liebe Güte, ich dachte, die Italiener sind das musikalischste Volk der Welt!«

»Die meisten Italiener«, sagte Domenco, »sind steintaub.«

»Stocktaub?«

»Sag ich doch!«

»Steintaub, haben Sie gesagt.«

»Dann eben beides, Stock wie Stein. Musik hören sie gar nicht, wenn sie nicht sehr laut ist. Musik mögen sie nicht, wenn sie nicht sehr sexuell ist.« Ein gewagtes Wort damals, 1919, sehr frei, wenn ein junger Mann es zu einem Mädchen sagte, das er erst seit drei Stunden kannte. »Ich meine Liebesduette. *La Bohème, Butterfly!*« Und er quetschte mißtönend ein Stückchen Linkerton vom Ende des ersten Aktes hervor.

»Komponisten können nicht singen«, sagte sie. »Stocktaub, sollte man denken. Schwester Agnes hat uns immer vorgemacht, wie Beethoven gesungen hat, *Küsse gab sie uns und Reben, einen Freund geprüft im Tod.*« Aber sie selbst sang es zuerst sehr lieblich, ehe sie es in einem rauhen, leiernden Grollen hören ließ, mit gefurchter Stirn und vorgeschobenem Unterkiefer.

»Sie müßten mal Carlo hören, wenn er die Messe singt«, sagte Domenico. »Wie ein Hund!« Und er blickte Hortense mit hündischer Bewunderung an, ein geläufiges Manöver, von dem sie, so jung wie sie war, noch nichts wissen konnte, es sei denn, dieser Zeichenlehrer– ich mußte sie nach diesem Zeichenlehrer ausfragen.

»Können Sie tanzen?« fragte Hortense.

»Oh, ich kann alle allerneuesten Tänze«, sagte Domenco in gespielter Ruhmredigkeit. »Ich kann den Bunny Hug und den Turkey Trot und den Castle Walk.«

»Alle Menschen können das«, sang Hortense mit der gleichen Lieblichkeit wie bei der Ode an die Freude.

»Können das, können das«, sang Domenico. »*Addition, s'il vous plaît!*« rief er und zog mit gelangweilter Selbstverständlichkeit, wie wenn er immer zahlte, was nicht zutraf, ein Bündel Francscheine aus der Tasche.

Im Louisiane, unweit des Kasinos, war Tanz. »Ah, das berühmte Kasino«, sagte Hortense, als wir dort aus dem Taxi stiegen.

»Dieses Wort«, sagte Domenico mit dem Anflug eines Grinsens, »darf man in Italien unter wohlerzogenen Leuten nicht gebrauchen. Ein *casino,* nicht, ist ein kleines Haus.«

»Ein kleines Haus in Ventimiglia zum Beispiel«, sagte ich roherweise – gewiß eine verfrühte Warnung, zugleich eine Art unbeabsichtigte Ermutigung. Domenico blitzte mir seinerseits mit den Augen eine Warnung zurück, allerdings mit einer grinsenden Herzlichkeit, weil ich ihn ja ermutigt hatte.

»Sie meinen ein *bordel*«, sagte Hortense mit ihrer klaren, unschuldigen Jungfernstimme. »Jetzt versteh ich.« Sie betrachtete die Rokoko-Niedlichkeit der Fassade. »Also das ist es in Wirklichkeit. In den *London Illustrated News* hab ich mal etwas gelesen, ich glaube, über Mata Hari und noch so eine, La Belle undsoweiter, die mit Juwelen bedeckt war und mit sonst nichts. Also ist das Spielen bloß so ein Vorwand, so ein, na, wie heißt das doch?«

»Alibi«, sagte ich. »Nein, das stimmt nicht. Im Französischen wird das Wort anders gebraucht als im Italienischen.«

»Mein frommer Bruder hat sehr viel Glück gehabt da drinnen«, sagte Domenico. »Ein französisches *casino* darf sogar ein frommer Mann besuchen.«

Dergleichen Gespräche gefielen mir gar nicht. Ich mußte Domenico sobald wie möglich in seinen verdammten Zug nach Mailand setzen. Und Hortense würde das gar nicht gefallen, nachdem sie gerade erst aus dem kalten England ins Lächeln südländischer Gebisse entlassen und südländisch angehimmelt worden war von einem gut aussehenden italienischen Musiker aus gutem Hause, dessen Bruder Priester war, was soviel hieß, daß er schon nicht zu weit gehen würde, und noch dazu mit ihrem spielverderberischen Bruder als finsterem Bewacher ihrer Ehre, der ja sowieso ein Homosexueller war und gar kein Recht hatte, undsoweiter. Wir stiegen die Treppen hinab ins Louisiane.

»Liebe Güte«, sagte Hortense, »ein echter Nigger, damit es echter wirkt!« Aber der schwarze Mann in der kleinen Band war den Gesichtszügen nach bloß ein echter Senegalese; sein Kornett spielte er wie ein Heerestrompeter in der Kolonialarmee. Saxophon, Klavier, Banjo und Schlagzeug wurden von Weißen bedient. Sie spielten Musik vom Blatt, verwässerten, kommerzialisierten Ragtime, keinen echten Jazz. Der Banjospieler sang in gallifiziertem Amerikanisch ein altes Lied von W. C. Handy, das man den *Saint Louis Blues* nennt:

»I love dat gal like a schoolboy loves his pie,
Like a Kentucky colonel loves his mint an' rye,
I'll love ma baby till de day I die.«

»Tanzen wir!« sagte Hortense zu Domenico, und mir blieb es überlassen, drei Bier zu bestellen. Das Dekor des Raumes war schwarzweiß, als ob der Künstler die Illustrationen zu Wyndham Lewis' *Blast* von 1915 studiert hätte, und das Motiv schienen stilisierte Manhattaner Wolkenkratzer kurz vor dem Einsturz zu sein. Die Moderne, die Ära des Jazz, wir waren nun in sie eingetreten. Ein lärmender Amerikaner mit zwei einheimischen Mädchen war da, ein bulliger Kerl, der sich lauthals als ein Exemplar der Männlichkeit von Cincinnati, Ohio, anpries, jawohl, O-hi-o, links ein Bällchen, rechts ein Bällchen und in der Mitte, na ja, sagen wir aufrecht, vermutlich einer vom Expeditionsheer seines Landes, der noch dageblieben war, um irgendeine Schiebung abzuwickeln, vielleicht mit Heeresbullenhälften, und der nun hier sein Geld sehen ließ. Er brüllte die Musiker an, sie sollten ihm den *Darktown Strutters Ball* spielen, und sie gehorchten. Er sang:

»Remember when we get there honey
The twosteps I'm goin' to have 'em all.«

Er versuchte, Hortense von Domenico wegzuklatschen, aber Domenico wollte davon nichts wissen. Hortense sagte zu ihm: »Setzen Sie sich wieder hin wie ein lieber guter Junge!«

»Jiuhuuuh!« machte der Mann aus Cincinnati, »jungejungejungejunge!«

»Genug«, sagte ich energisch, »lassen Sie das!«

Er saß drei Tische entfernt und tat so, als hätte er meine Zurechtweisung nicht verstanden. Er mimte den tauben Tattergreis, legte die bullige Hand ans Ohr und sagte:

»Haste was gesagt, Kumpel?«

»Ich habe Sie gebeten, das zu unterlassen.«

»Hab ich mir doch gleich gedacht, daß du sowas gesagt hast«, sagte er und kam zu mir hergetorkelt. »Schweinepisse!« sagte er zu den drei Bieren, die auf unserm Tisch standen, mit einer Geste, als ob er sie gleich zu Boden befördern wollte. »Garßong!« brüllte er, »Whisky tuhti swieti für mein Gulli!« Der Kellner reagierte nicht. »Diese Froschficker!« sagte der Mann aus Cincinnati, stieß einen Stuhl um und setzte sich auf einen andern, »da verspritzt man seinen schönen roten Saft für die Halunken, jagt ihnen die Krautfikker aus ihrem Scheißfroschland, und was hat man davon?«

»Würden Sie bitte Ihre Ausdrucksweise etwas mäßigen!« sagte ich schneidend. »Meine Schwester ist dergleichen nicht gewohnt.«

»Was, 'ne Schwester haste auch?« Er schwenkte herum und begutachtete Hortense, dann brachte er mit einiger Mühe ein Fingerlecken mit Schnalzkuß hervor, wie wenn der Maître d'hôtel seine *spécialité de la maison* empfiehlt. »Und was für eine! Süßes Döschen, Mann, was für ein Schaum, aaaaahuuh!« machte er wie ein brünstiger Hund. »Britisch, was?« fragte er. »Ihr habt aber ein Weilchen gebraucht, sag ich dir, ihr Briten, bis ihr den Hunnen Beine gemacht habt, das kann man laut sagen, aaaaahuuh, Garßong, Whisky tuhti swieti!« Und bei seiner bulligen Schwenkung zum Kellner hin streifte er ein volles Bierglas knallend zu Boden. In diesem Augenlick ließ Domenico Hortense auf dem Parkett stehen und kam mit seinem schönen Italienermund lächelnd herbei. Er bewies nun eine Fähigkeit, von der ich zwar wußte, daß sie durch das italienische Bandenprotektionswesen eine gewisse Verbreitung erlangt hat, die ich aber ausgerechnet ihm nicht zugetraut hatte, nämlich die Fähigkeit zur kühlen, kunstgerechten und gewissermaßen musikalischen Verabreichung von Gewalt. Was soviel hieß, daß er dem Mann aus Ohio in einem schnellen, klaren und ökonomischen Rhythmus dreimal mit der beringten rechten Hand über sein Bullengesicht streifte, alles in einem einzigen Takt einer etwas langsameren Mazurka. Der überraschte Cincinnatianer, dessen Heimatstadt ihren Namen dem Lucius Quinctius Cincinnatus verdankt, einem römischen Feldherrn von schlichter und aufrechter Bürgertugend, blickte mit offenem Munde zu Domenico auf, während ihm auf den Backen und der Oberlippe drei Striemen, die zusammen ein rotes H bildeten, hervorbrachen.

»Und nun«, sagte Domenico, »gehn wir.« Zu dem kahlköpfigen, schnurrbärtigen Wirt, der verstört herbeieilte, um zu sehn, was ihn störte, sagte er: »*Ce monsieur américain va payer.*« Dann gingen wir, und Hortense hatte glänzende Augen vor Entzücken und vor Bewunderung für Domenico. Das war doch was anderes als in unserm kalten, trübsinnigen England, und sie war doch gerade erst einen halben Tag hier. Sie wollte gleich noch anderswo tanzen gehn, wo es vielleicht noch mehr amerikanische Rüpel gäbe, die Domenico ohrfeigen konnte, aber ich sagte nein, ab nach Hause! Dann aber, vor einer Bar namens *Palac* (was entweder ein englisches Wort mit unbeabsichtigter Apokope sein konnte oder das serbokroatische Wort für »Daumen«), bekam ich meinerseits Gelegenheit zur Abwehr rohen Betragens. Ein blonder junger Mann erbrach sich auf das Pflaster, und zwei monegassische Polizisten setzten ihm zu, er solle entweder sofort aufhören, hier in aller Öffentlichkeit zu kotzen, oder aber, ob kotzend oder nicht kotzend, mitkommen auf die Wache. Sehr englisch sagte der junge Mann: »Ich hab doch schon gesagt, daß es mir leid tut, zum Kuckuck, hörn Sie, aber gegen so was kann man nun mal nichts machen, muß irgendwas gegessen haben, Fisch oder irgendwas, meine Güte, da muß ich schon wieder!« Und so war es. Während er sich erbrach, stieß ihm der eine Gendarm gegen die Schulter, und der andere lachte. Sofort war ich mit meinem guten muttersprachlichen Französisch zur Stelle, um sie in die Schranken zu weisen. Wie konnten sie's wagen, wüßten sie denn nicht, mit wem sie's zu tun hätten, persönlicher Freund von Serenissimus nämlich, und so weiter.

»Wo wohnen Sie denn?« fragte ich den jungen Mann.

»In einem Dorf in Berkshire, werden Sie nicht kennen. Ach so, hier, meinen Sie, in dem Hotel da auf dem Berg, im Amoral, Balmoral mein' ich, sollte'n Scherz sein, ist nur allzu moralisch, der Laden, o mein Gott, da kommt's schon wieder!« Ich hielt ihm den Kopf. Die Polizisten deuteten Pflichterfüllung an: Auf Ihre Verantwortung, Monsieur, sehn Sie, daß Sie ihn von der Straße schaffen, schaun Sie nur, was für eine Verunreinigung des Pflasters, und das auf dem Spielplatz der Reichen, ekelhaft (sie mimten, wie die feinen Damen die langen Röcke lupften), wird die Gegend nicht besser von, und dann grüßten sie und zogen ab. »Tut mir alles schrecklich leid«, sagte der junge Mann. »Ich heiße Curry.« Er hielt mir die Hand hin, während er, vielleicht hervorgereizt durch seinen eigenen Namen, noch mehr hochwürgte und, platsch, auf das Pflaster spuckte.

»Hör mal!« sagte Hortense, »während du hier den Samariter spielst, können Domenico und ich doch noch irgendwo tanzen gehn? Du kommst dann nach.«

»Wir treffen uns in der Bar im Hôtel de Paris«, sagte ich. Nicht nach Hause, jetzt, um Himmelswillen, nein, nur nicht diese beiden zusammen allein nach Hause gehn lassen! Also gingen sie los, Arm in Arm. Ein hübsches Paar, fast gleich groß. »Besser?« fragte ich den jungen Curry. »Können wir versuchen, den Berg hinaufzusteigen? Atmen Sie tief durch, los, ganz tief!«

»Sie sind wirklich ganz schrecklich nett. Das war so ein verdammter Fisch, den ich gegessen hab, ein *loup* oder so was, *Wolf* heißt das, o mein Gott, wie kann man einen Wolf fressen?« Aber sein Magen schien nun nichts mehr hergeben zu wollen. Er richtete sich auf und schnupperte die scharfe Seeluft. »Ich glaub, jetzt geht's mir besser. Der *loup* ist immer noch da, steckt im Ozon, ich riech ihn doch, so ein vermaledeiter Werwolf, wie heißt das auf französisch?«

»*Loup garou.* Schaun Sie, diese Polizisten schaun immer noch her! Können Sie einigermaßen gerade gehn?« Ich nahm ihn beim linken Ellbogen und zitterte. Das erste Männerfleisch, oder wenigstens Knochen, seit weiß Gott wann! »Meinetwegen brauchen Sie nicht dem *loup* die Schuld zu geben«, sagte ich. »Sie haben heut abend wohl noch ein bißchen mehr zu sich genommen als nur *loup.*«

»Luuuuuh garuuuuuh! Ich kann Ihnen sagen, mir gefällt das. Sehr gut, nach rechts, schnell, wie heißt das doch?« Und wir gingen los. »Mein Name«, sagte er, »ist, nein, lieber nicht aussprechen, verflucht ungelegen manchmal, dieser Name, kann das Zeug nicht ausstehn, so ein indischer Mist!«

»Ich kenne Ihren Namen. Hat was mit Leder zu tun.«

»Ah, wissen Sie? Interessant. Weiß aber noch nicht, wie Sie heißen.« Er war auf eine schwächliche Weise hübsch, hellblond, schmal, geschmeidig, in feinem grauem Serge, unbefleckt vom Erbrochenen, einer der sauber blieb, auch wenn er kotzend im Rinnstein lag.

»Wüßt ich eigentlich auch gern, wie *Sie* heißen!« Ich sagte es ihm. »Ah, gefällt mir gut, Ihr Name, reimt sich auf *roomy, gloomy,* läßt an weite Gewölbe denken, Grabgewölbe, Mausoleen. Oder an Kühlhäuser in Fleischfabriken. Fleisch, o du mein Gott!« Es kam ihm schon wieder hoch, aber diesmal kam nur Leere.

»Tief durchatmen! Da sind wir.«

Der kleine Aufenthaltsraum im Vestibül war ganz menschenleer. Kaputt, erledigt, weich, geschmeidig und mundgerecht warf er sich auf ein weiches Sofa. Ich setzte mich auch, gemessener, und sagte: »Sind Sie allein hier?«

»Bin Waise«, sagte er. »Habe nur noch Tanten und andere Leute, denen ich so egal bin wie ein chinesischer Floh. Aber die einundzwanzig hab ich grad übersprungen, darum hat alles seine Ordnung, soweit das Papier reicht.« Er drehte jemandem, der nicht zu sehn war, eine lange Nase.

»Ich bin Halbwaise«, sagte ich. »Gerade erst meine Mutter beerdigt. Die Grippe.«

»Meine«, sagte er prahlerisch, »ist schon im zweiten Kriegsjahr abgetreten. War Oberschwester beim Freiwilligen Sanitätsdienst. Bombe auf das Lazarett in Maubeuge. Der alte Herr hat mehr Glück gehabt, ein unverschämtes Glück bis Amiens vor noch nicht einem Jahr. Sir James. Damit verbleibe ich Ihr untertänigster und sehr ergebener Sir Richard.« Er blies sich auf und fiel gleich wieder dünn und abgeschlafft in sich zusammen.

»Ach, ein Baronet sind Sie!«

»Sir Dick, Bart. Nur als Hantel am Namen. Ich kann Ihnen sagen, ich hab einen Mund wie weißichwas. Wie ein unausgemisteter

Papageienkäfig. Perrier oder Evian oder so was wäre nicht schlecht. *Eau minérale!*« rief er dem Mann zu, der schreibend an der Rezeption saß. »Haben Sie welches da?« Der Mann zuckte die Achseln, nickte zur Wanduhr hin, streckte einen Arm zu der geschlossenen Bar hinaus, zu den geschlossenen Schränken, und schrieb weiter. »Na ja, ich hab auch noch einen Rest oben«, sagte Sir Richard Curry Bart, »in meinem Gewölbe.« Der Anblick des schreibenden Mannes und das Wort, das er mit meinem Namen assoziierte, brachten ihn auf einen Gedanken. »Toomey, sagten Sie?« Er rappelte sich ein wenig auf und schaute mich an. »Sind Sie der Toomey, der so Sachen schreibt, sind *Sie* das?«

»Ja, ich hab ein paar Sachen geschrieben. Kenneth M. Toomey, Bühnenschriftsteller, Romancier und all solches Zeugs, ja.«

»Also, *der* Toomey sind Sie und nicht irgend so ein Wichtigtuer, barmherziger Samariter oder so ein Pinsel! Ich würde sagen, das war nett, werd ich nicht vergessen!«

»Bleiben Sie lange hier?«

»Ich hab gedacht, ich fahre weiter nach Barcelona. Was ich sagen wollte, ich hab eine von Ihren Sachen gelesen, so was mit schwerem Haar und schweren Brüsten, und ihre Lippen verschmolzen in einem, uch, nein, jetzt schmeck ich wieder diesen verdammten Luhgaruh!«

»So schmeckt es mir auch«, sagte ich. »Was das Publikum will! Ehrlichkeit ist manchen von uns gesetzlich verboten, wenn Sie mich recht verstehn.« Und ob er mich verstand! Die blanken grünen Augen, ein bißchen blutunterlaufen, musterten mich unter einer herabfallenden blonden Locke. »Manchen, die anders sind, wenn Sie mich recht verstehn!« Oh, er verstand, und wie!

»Sie wohnen hier?« fragte er. »Villa mit Seeblick, Chauffeur und Apéritifs auf der Terasse?«

»Nichts dergleichen! Kein bißchen, noch nicht! Ich würde sagen, schlafen Sie sich jetzt erst einmal anständig aus, und morgen könnten wir vielleicht ein bißchen schwätzen, wenn Sie Lust haben. Zum Lunch, wenn Sie wollen. Hier bekommt man doch gewiß ein anständiges Lunch, nicht?«

»Ein bißchen duster, das Speisegewölbe da oben! Aber still. Treffen wir uns so gegen eins, wenn Sie mögen, und dann sehn wir weiter. Jedenfalls keinen Lugaruh. Wie darf ich Sie noch nennen, außer Mr. Toomey?«

»Oh, Ken genügt. Alle Leute nennen mich Ken.«

»*When a new planet swam into his*, wie ging das, *ken*, ja, Ken. Ich habe noch ein Fläschchen oben – nein, keine gute Idee jetzt, seh ich ein! Ab nach Bedfordshire, sagte mein alter Herr immer. Aber das Bett steht in Berkshire, in so einem vermaledeiten großen dustern Haus, ja, auch einem Gewölbe, könnte man sagen, warum kommt mir das jetzt andauernd? Also, bis morgen!« Er stand auf, wir drückten uns die Hände, ich herzlich, er schlaff, nachgiebig, knochenlos. Dann erinnerte ich mich an Hortense und Domenico, die in der Hotelbar warteten. Er würde auf Verführung ausgehn und sie betrunken machen. Daher brachte ich Sir Dick nicht mehr bis zum Lift.

Hortense trank Crème de menthe frappée und lachte zuviel. Domenico erzählte ihr gerade eine Geschichte, die sie zum Lachen brachte. Soviel ich wußte, kannte Domenico keine Geschichten, die komisch waren. Sie saßen zusammen auf einer rotsamtenen Sitzbank, und als ich näherkam, wandten sie sich voneinander ab und lächelten mir mit zärtlichem Spott, wie ich es damals genannt hätte, entgegen. Oder, wenn man so will, mit dem Spott der verschworenen Heterosexualität, zwei junge Leute, die sich gegenseitig anziehend fanden – doch nein, *jung* ist zu vage und leichtfertig: Hortense war noch ein Kind, Domenico ein ungebundener junger Mann und damit selbstverständlich ein Schürzenjäger, obendrein Italiener und nicht von meiner Konfession –, zwei, die sich durch ihr gemeinsames Mitwissen um meine Abartigkeit zur Frivolität ermuntert sahen: Ich war eine wandelnde Zote, die sich ihnen immer wieder in Erinnerung brachte, und nichts fördert so sehr die Intimität wie eine Zote. Natürlich begriff ich, was ich tat und warum meine Position so aussichtslos war: Hatte ich nicht soeben, um eine Affäre in einem Hotelschlafzimmer anzubahnen, darauf verzichtet, Hortense vor Domenicos möglichen oder sogar wahrscheinlichen, ja, unvermeidlichen Zudringlichkeiten zu beschirmen? »Na, Öl und Wein auf die Wunden getan?« fragte Hortense unverschämt. Dann bekam sie einen Schluckauf, wie eine Figur aus einem französischen Witzblatt: *hipps!* Mit Wonne klopfte Domenico ihr den Rücken. Sie beugte den Rücken von der Lehne weg, damit er ihn besser klopfen konnte.

»Du bist das nicht gewöhnt, Hortense«, sagte ich milde. »Gehn wir!« – *gehn wir heim!* vermochte ich nicht zu sagen.

»Du, der barmhipps Samarhipps! Tanzen ist das beste dagegen. Gehn wir wieder hipps in dieses Dings!«

»Nein, meine Liebe, du gehörst ins Bett. Und ich auch. Wir haben beide einen langen Tag hinter uns.«

»Tanz in den Federn, klar, hipps! Was *machen* die bloß zusammen, die Männer?«

»Das reicht jetzt aber, Hortense! Trink aus, und dann gehn wir!« Und dann, unter weiterem Hippsen, kündigte sie an: »Neun Schluck mit Luftanhalten!« Domenico zählte feierlich auf italienisch neun Viertelsnoten aus. »*Brava!*« rief er, als sie keuchend absetzte. Sie füllte ihre Lungen etwa im gleichen Rhythmus, wie es Sir Richard Curry Bart getan hatte. »Gut – hipps – zum Kuckuck!« Aber sie stand auf, um zu gehn, und auch Domenico gehorchte in spöttischer Fügsamkeit; er machte sich gleichaltrig mit Hortense, unterwarf sich wie sie dem strengen großen Bruder. Es hatte etwas Inzestuöses. »*Hipps* – du Miststück!«

»Hortense, achte auf deine Ausdrücke!«

Wir gingen den Berg hinab, die Lichter des Hafens zur Linken. Sie erholte sich beim Ersteigen der drei Stockwerke. Mein Schlafzimmer lag zwischen Domenicos und ihrem, und ich blieb noch ein Weilchen wach und horchte nach tappsenden Füßen und Geflüster. Aber ich hörte nichts, nur daß Domenico leise schnarchte und Hortense einmal im Schlafe *Maman!* rief und schluchzte.

24

Meine altmodischen vormundschaftlichen Besorgnisse um Hortenses Tugend kann man von der Zukunft her, die des geneigten Lesers aufgeklärte Gegenwart ist, natürlich absurd und auch heuchlerisch nennen. Außerdem erwiesen sie sich, wenn man Domenico als einzigen Gefahrenherd betrachten wollte, zumindest einstweilen, dachte ich, als unnötig, denn Domenico bekam einen Brief von Merlini aus Mailand. Den Brief brachte ich ihm am nächsten Morgen mit dem Kaffe, denn ich war früh aufgestanden, um meinem Tugendwächteramt zu genügen – törichterweise, denn ich hatte ja vor, mich gerade während der gefährlichen Mittagsstunden pflichtvergessen auf den eigenen Abwegen in die Büsche zu schlagen. Immerhin. Merlini wollte dringend wenigstens die Vokalpartitur der *Poveri ricchi* sehen. Es bestand die Absicht, die Herbstsaison am Teatro alla Scala mit den zwei ersten kleinen Opern von Puccinis *Tryptichon* zu eröffnen. Man hatte ernsthaft erwogen, den Abend mit Bayers *Puppenfee* zu vervollständigen, die zum letzten Mal am 9. Februar 1893 nach der Erstaufführung von Verdis *Falstaff* gespielt worden war, aber die Prüfung der Partitur hatte den Ruf ihrer Mittelmäßigkeit bestätigt. Dies also, obwohl kein festes Versprechen gegeben wurde, war vielleicht Domenicos große Chance. Der Brief beflügelte ihn zu einem barbrüstigen Fandango durch die ganze Wohnung; vor Freude küßte er Hortense und, mit weniger Elan, auch mich. Für einen Augenblick erinnerte er sich daran, mir das halbe Libretto zu verdanken, und ließ sich feuchten Auges über unsere *Kunstbruderschaft* aus, wie die unverkaterte und morgenröckige Hortense oder ihre deutschen Nonnen das nannten. Aber bald gehörte der Morgen wieder ihm allein.

Kurz vor Mittag brachten Hortense und ich ihn zum Bahnhof. Er käme bald wieder; er hatte die meisten Kleidungsstücke dagelassen und nahm im Gepräck hauptsächlich die fertige Vokal- und die halbfertige Orchesterpartitur mit. Er würde uns Nachricht geben. Wieder küßte er uns beide, in der gleichen Abstufung wie vorher, ehe er in den Bummelzug nach Ventimiglia stieg. Unmäßiges toskanisches Winken von ihm, steifes anglofranzösisches von Hortense und mir. Als er fort war, blickten wir uns an. Sie sagte:

»Weißt du, das geht schon in Ordnung. Ich bin keine Henry-James-Heldin, die nur darauf wartet, sich von südländischem Charme verführen zu lassen.«

»Ich verstehe. Welche Heldin meinst du denn?«

»Ach, die in dem kleinen Buch, das er dir geschenkt hat, Maisie oder Tilly oder so ähnlich, er ist doch ein furchtbarer Langweiler. Ich meine, das eine mit dem langen liebenswürdigen Geschreibsel von Ihrem vorübergehend leider unpäßlichen, aber doch von Herzen frohgemuten Herrn und Meister. Ist es noch zu früh zum Essengehn?«

»Ach so«, sagte ich. »Ich bin heute zum Lunch verabredet. Macht es dir viel aus? Ein junger Schauspieler, der zufällig grad hier Ferien macht. Mach dir doch zu Hause selbst etwas, und heute abend gehn wir dann richtig essen, wir beide, und reden über die Zukunft. Nach Eze vielleicht. Das ist der Ort, wo Nietzsche gewesen ist. Einen Teil von *Also sprach Zarathustra* hat er da geschrieben.«

»Und deshalb soll das Essen da gut sein? Schwester Gertrude hat uns genug erzählt vom *Übermenschen.* Meinst du das Menschlein von gestern abend? Der Blonde, Gertenschlanke, dem du Sukkurs geleistet hast?«

»Was geleistet?«

»Hilfe, Beistand in Erbrechenspein, Halten des leidenden Hauptes.«

»Ja, den kenn ich. Er sollte mal in einem Stück von mir spielen, aber dann wurde nichts draus. Seinen Vater hab ich auch gekannt«, fügte ich hinzu. »Sir James Curry. Der ist nun tot. Vollwaise, der arme Junge!«

»Mir brauchst du nicht so was zu erzählen«, sagte sie. »Ich hab doch gesehn, wie du richtig danach gezittert hast, seinen gertenschlanken Köprer in die Arme zu nehmen. Na gut, mach nur! Bäh! Aber bitte hör auf, gegen mich den streng moralischen großen Bruder zu spielen! Weiter will ich nichts.« Dann sagte sie: »Was *machen* die Männer denn bloß zusammen?«

»Ziemlich wie Frauen, ich meine, ziemlich genau dasselbe wie Männer mit Frauen. Nur mit einem Unterschied selbstverständlich. Liegt an der Ausstattung, könnte man sagen.«

»Und das ist doch nicht richtig, oder? Eine Sünde wider die Biologie, würde Schwester Magda sagen. Es kann ja nicht richtig sein, es ist nicht natürlich.« Wir gingen in der Märzsonne die Rue Grimaldi entlang.

»Manchen Menschen«, sagte ich, »kommt eben die natürliche Sache unnatürlich vor.«

»Und das kann doch wohl nicht richtig sein. Krankhaft, oder?«

»Dann wäre Michelangelo auch krankhaft, oder nicht?« Hatte ich das schon mal zu ihr gesagt? Nein, natürlich nicht, sondern zu Mutter. Aber gewiß, es war tatsächlich etwas Krankhaftes an der unmäßigen Muskulatur des David und des Sixtinischen *Jüngsten Gerichts.* »Manche Menschen sind eben so«, sagte ich, und dies hatte ich ohne Zweifel schon öfter gesagt. »Wir sind eben so geschaffen.«

»Das glaub ich nicht, niemand ist so geschaffen. Das würde Gott nicht zulassen.«

»Ach, mußt du Gott wieder ins Spiel bringen! Ich dachte, über den Gotteshaß wären wir hinaus?«

»Du solltest mal zu so einem Psychofritzen gehn«, sagte sie.

»Ich dachte, die Kirche hält nichts von amateurhafter Seelenchirurgie?«

»Du bist ja nicht in der Kirche. Nur die biologisch Reinen können in der Kirche sein. Na gut, vergiß es!« Wir standen vor der Haustür des Mietshauses gegenüber der Société Marseillaise de Crédit. An der Tür hing als Klopfer ein grinsender Mönchskopf mit Kapuze, vielleicht in Anspielung auf den Namen des Fürstentums. Ich gab Hortense die Schlüssel. »So gegen drei oder vier bin ich zurück«, sagte ich. »Schinken, Salat und anderes Zeug findest du in dieser Art Kühlkasten.« Sie schaute mich boshaft an, dann, mit traurigem Lächeln und die rechte Hand an meiner linken Wange, sagte sie: »Armer alter Kenny Penny!«

Was an diesem Nachmittag weiter geschah, in jenem Einzelschlafzimmer des Immoral oder Amoral, wie Sir Dick Bart es nach Belieben nannte, sei hier nicht näher geschildert. Es war eine Labe für die schmachtenden Hormone und, jawohl, auch für die Gefühle. Aber das Wort *Liebe*, trotz der Warnung in dem schmierigen Verschen des schmierigen Norman Douglas (den Dick einmal kennengelernt hatte, mit kurzem Befingertwerden im Suff, und den er *Abnorman Fuckless* nannte), meldete bedrohlich weitere Bedeutungsansprüche als die bloße Lust und Dankbarkeit an. Ich hab dich lieb, mein lieber lieblicher Junge – das heißt, ein eifersüchtiges Verlangen kam auf, den Alleinbesitz mit Zähnen und Klauen zu verteidigen. (Wer ist der Kerl, mit dem du heute abend essen gehst? Was war das für einer, dem du am Boulevard des Moulins zugelächelt hast? Was sind das für Leute, die dich auf ihre Yacht eingeladen haben? Ja ja, ich weiß, ich geh mit meiner Schwester nach Eze, Antibes oder Cannes, aber das ist nur Pflicht, kein Vergnügen. Doch, ich *muß* einfach wissen, wo du bist, undsoweiter.) Aber Dick war amüsant und auf eine launische Weise fügsam; allerdings ging er mir mit seinen ewigen Assoziationen und Namenswitzchen auf die Nerven. Als ich am dritten Tage unserer Liaison ins Hotel kam, fand ich eine empörende Nachricht vor: »Bin fort mit den Pettimans. Pimmel in Sauce piquante heute nicht auf der Karte.« Am vierten Nachmittag schmollte er mit mir und sagte: »Ich dachte, du schenkst mir mal etwas, weißt du, so was Hübsches, Unnützes von Cartier!« Aber obwohl ich ja nun genug hatte, wollte er nie Geld von mir wie Val, dieser kleine Strichjunge, dem ich den Privatdruck seiner Gedichte hatte bezahlen sollen. Dick hatte selbst Geld in Fülle, und er schrieb keine Gedichte. Er schrieb überhaupt nichts. Irgendwann im Frühherbst würde er seine Streifzüge durch Europa abbrechen, sagte er, und in sein Gewölbe in Berkshire zurückkehren, und da würde er dann anfangen, sich um die Gewächshäuser zu kümmern und, ja, mein Lieber, etwas zu lernen, aber ernsthaft, ganz ernsthaft, nämlich über Orchideen, so schöne, klötenförmige Dinger.

Hortense, wie ich es mir halb gedacht hatte, fand ihren eigenen Zeitvertreib. Richtige Badegelegenheiten gab es in Monaco nicht, obwohl alles von einer Organisation aufgezogen wurde, die sich *Société des Bains de Mer* nannte; also fuhr sie meistens mit dem Zug ein Stück weiter die Küste hinauf, nach Beaulieu oder Menton, wo es Sand und Felsen gab, und dort aß sie zu Mittag ein *pan bagnat* und trank einen *ballon blanc,* und nach der Rückkehr ins Fürstentum spielte sie am späten Nachmittag Tennis mit ein paar netten, harmlosen Engländern (»Hupps, der wär draußen – bin eben ein Kricket-As, haha.«), die einen pickeligen und bücherkundigen siebzehnjährigen Sohn dabei hatten.

Abends ging ich meistens mit ihr essen, um wenigstens etwas für sie zu tun, und manchmal nachher noch zu einem Film im Price, mit Lon Chaney oder Charlot.

»Nach Barcelona«, sagte Dick und zeigte auf seine schon halb gepackten Koffer. »Und vorher noch kurz nach Avignon.« Es war der zehnte Tag oder der elfte.

»Du hast doch gesagt, du fährst noch nicht! Du hast doch gesagt, du fährst nicht vor April!«

»Ein Gentleman darf manchmal sein Hemd wechseln. Nichts hindert dich mitzukommen, oder? Lieber fahr ich mit dir als mit diesem Rabauken von Boogie.«

»Wer ist das? Was soll das alles heißen? Was ist los?«

»Frei wie Luft und Wasser, sagst du immer. Keinen Klotz am Bein, bloß Papier und Feder und ein bißchen Dicktionanie in der Mönchszelle, und dann du allein mit deinem gottgegebenen Talent! So kann man überall leben. Also fahren wir doch nach Barcelona, und zwischendurch ein paar Tage in Avignon! Sous les ponts de. Versteckspielen im Papstpalast.«

»Aber meine Schwester ist doch hier, zum Kuckuck!«

»Ach, was du von der immer redest! Glaub ich erst, wenn ich sie sehe.«

»Doch, die existiert wirklich, zum Kuckuck! Ich kann sie doch hier nicht ganz allein lassen.«

»Na, du hast doch was von so einem Opern-Pappagallo gesagt. Der wird sich schon um sie kümmern, nicht? Ihr was vorsingen, Ohrenschmalz für die Dame!«

»Der ist jetzt nicht hier, gottseidank nicht! Aber man kann doch eine Achtzehnjährige nicht so sich selbst überlassen.«

»Würde'n ihr reinschieben, meinst du, im Handumdrehen? So einer nimmt, was er kriegt, ob Mann, Weib oder Hund. Na ja, mit Avignon hat's keine Eile. Heute wär ich mal in Stimmung für ein bißchen was Wüstes. *Nice, son vieux port!* Komisch, ich hab das heut sozusagen an die Wand geschrieben gesehen. Spieglein, Spieglein an der Wand, wer hat den Schönsten in der Hand? Mein Vater mußte nach dem Essen auch immer seinen alten Port haben, *very nice!* Ich könnte mir denken, Nizza ist auch *very nice.*«

»Was soll das alles? Was willst du, Matrosen, Schlägereien? Dich verprügeln oder auspeitschen lassen?«

»Erzähl mir keine Opern! Nein, bloß mal sehn, bißchen kukken! So was mit Flaschen und Leuten, die durcheinander über die Tische fliegen, daß du nicht mehr weißt, wer wen geworfen hat, zerfetzte Kleider, unanständige Wörter. Wär doch mal was andres!«

»Ich finde, das ist eine miese Idee.«

»O höret den Weisen, der das Erleben in unsterbliche Worte ummünzt! Hab ich mal irgendwo gelesen, mein Guter, ging aber nicht auf dich. So ein Mäuschen, eine männliche alte Jungfer, schreibt über Sachen, die er selber nie tun würde, lebt vom Kukkucken, ich meine Zukucken.«

»Hast du mit jemandem über mich gesprochen?«

»Über dich, dich, dich, immer über dich! Mein Guter, keiner von meinen *Freunden* hat von dir je was gehört. Komm, ein Töfftöff zum Bahnhof und mit dem Schnuffschnuff nach Nizza!«

»Ich muß aber bis sieben wieder zurück sein. Hortense erwartet mich.«

»Hortense, so heißt sie also? Ja, klar, ihr seid ja beides Halbfrösche. Kannst du dich mal mit dem Blabla aufspielen, da wo wir landen. Altes Hafenplatt, mundartliche Raritäten. Monsieur kann's wie die Einheimischen oder noch besser, Monsieur hat unerhört viel los. Also komm!«

Also fuhren wir los, trotz meiner Abneigung. Im alten Hafen tranken wir ganz harmlos Kognak in zwei Cafés, die mit Ankern und Fischnetzen dekoriert waren. Für Abenteuer, wie Dick sie erwartete, war es die falsche Zeit, die Nachmittagsstunden, wo man sich nach einer schweren Mahlzeit aufs Ohr legt. Aber dann, im Le Crampon, erwies sich zu Dicks Vergnügen, daß ich mich irrte.

Dort waren saufende Matrosen, britische, keine französischen. Teerjacken, mein Guter! Auf ihren Mützen, die wie ein Heiligenscheln um den Hinterkopf hingen, stand HMS BELLEROPHON. Ja, der Bullerofen, da draußen im Hafen liegt er, Frühjahrskreuzfahrt. Auf der Theke stand ein Grammophon mit Schalltrichter, behütet von einem bullig-bissigen Weib mit rötlichem Kraushaar, die bloßen, sommersprossigen Arme so dick wie anderer Leute Schenkel. Manche von den Teerjacken tanzten zu einem Schlager aus der Kriegszeit: Wirhamdenkanal, wirhamdenkanal, wirhamdenkanal nochlangenichvoll. Das Grammophon lief aus, unter Klage- und Protestgeschrei der Matrosen. Hamdankanaaaaal. Die Patronne betätigte ihre Muskeln, um es wieder aufzuziehen. Ein drahtiger Liverpooler, nußbraun und mit schwarzem Haar, befummelte sie: »Was haste'n Schönes, Süße? Schinkenstulle? Kein Glas ohne Fraß.« Ohne jeden Zorn schlug sie nach ihm. Ein starker Dunst von Urin und Erbrochenem hing im Raum; eine Pfütze unter der Toilettentür zeigte, daß das WC verstopft war.

»Ce monsieur-ci«, sagte Dick in klarem Schulfranzösisch, *»voudrait quelque chose à manger. Un petit sandwich, par exemple.«* Die Patronin spuckte ihm einen Schwall Alterhafenlaute entgegen. »Ich versuche grad«, sagte Dick lächelnd zu dem Matrosen aus Liverpool, »eine Kleinigkeit für Sie zu bestellen.« Ein verschlissener Kahlkopf in einer schmuddeligen Schürze kam herein, gähnend nach seinem Mittagsschläfchen, mit Goldzähnen und belegter Zunge. *»Deux absinthes«*, bestellte Dick.

»Meinen mit Wasser«, sagte ich.

»Unsinn, Lästerung! Wird das Herz warm von«, sagte er grinsend zu dem Matrosen. Er kippte seinen hinunter. »So macht man's«, sagte er zu mir, »wie wenn du dir einen runterholst.«

»Klar, machen wir doch alle!« sagte der Matrose. »Aber manche gibt's, die wollen's nicht zugeben. Ihr zwei Macker, ihr wohnt hier?«

Ein Unteroffizier saß glasig blickend allein an einem Tisch voller Bierpfützen. »Dem hab ich's gegeben, dem Schweinehund dem!« sagte er mehrmals.

»Willste mit *dem* tanzen?« sagte ein anderer Matrose, der von seinem wild herumwirbelnden Partner zu uns hergetrieben wurde. Sein Partner knallte gegen die Wand, unter einem mit künstlichem Goldstaub besprenkelten Bild von Pierrot und Pierrette. Mit *dem* war Dick gemeint.

»Mit Vergnügen!« sagte Dick und kippte schon den dritten hinunter.

»Klar, einen runterholen, wennste nix anders hast!«

»Übertreib's nicht, bitte!« sagte ich, immer noch beim ersten.

»Alte Jammertante!« Dann, in den Armen seines Matrosen, eines jungen Mannes mit niedriger Affenstirn, aber grundehrlichen Augen, bog er sich in einem schmachtenden Onestep. Die Schallplatte war umgedreht worden. Und duhuuuh wörst die heunzige Frau vonner Wurrrrrlt.

»Ihr zwei Macker, ihr wohnt hier?«

»Mann, dem hab ich's gegeben, dem Schweinehund dem!«

Ich erinnere mich ungern, und warum ausgerechnet an diese Sache, wenn ich mich sogar an ein Wunder nicht mehr erinnern kann? Sie hätten eben schon viel früher anfangen sollen, mir zu mißtrauen, lieber Leser. Dick, wie mir leider unvergeßlich ist, ließ sich nicht davon abbringen, einen Cocktail zu mixen, den man zur Not als einen *Hangman's Blood* bezeichnen konnte, und zwar in einem von seinem Nagel an der Wand herabgeholten blechernen Nachttopf, auf dessen Boden der Kopf eines *sale Boche* gemalt war, mit einer *sale bouche*, die stumm danach schrie, daß man sie füllte. Kognak kam hinein, Whisky aus Indochina mit einem schlitzäugigen Schotten im Nationalkostüm auf dem Etikett, weißer Rum und echter schwarzbrauner, das sogenannte Nelsonsblut, Gin, auch etwas von diesem klebrigen Zeugs da, Pflaumensaft oder was das ist, und jetzt brauch ich eigentlich noch ein Fläschchen Guinness, aber egal, mit dieser Pißbrühe wird's auch gehn.

»Ist er wirklich ein Lord, Ihr Kumpel, wie er gesagt hat?« fragte mich einer namens Tish und hauchte mir einen Rumnebel ins Gesicht.

»Der geht runter«, sagte der Lord und reichte sein Gebräu in Schwenkern herum, »müssen Sie doch zugeben, daß der runtergeht!« Immer noch wurde getanzt; und einer der Tänzer nagte seinem Partner zärtlich an der Kehle, o ja, mach weiter, schön! Draußen sah man den dämmernden Seehimmel, als der Landwind die Tür aufstieß. Dann wurde alles dichtgemacht, und wir standen wieder im gemütlich stinkigen Dunkel unter den großen, von der Decke baumelnden Lampions. Klar, der geht runter, aber glatt!

»Glatt wie ein Babyarsch, so wie der Tabak, was der Prinz von Wales raucht, haste das gewußt?« sagte der Liverpooler, den die andern den Grünen Nelly nannten (»aber in Wirklichkeit ist das so einer von den irischen Schlägern, aus dem Dingle von Liverpool, die gehn nicht schlafen, wenn sie nicht wenigstens eine Keilerei hinter sich haben«). »Mann, hab ich da schon Wetten drauf gewonnen! *Baby's Bottom* heißt die Marke. Gibt's in jedem Laden.«

Die Patronne wollte wissen, wer zahlte. Der Lord zahlt. Er schmiß einen Haufen zerknüllter Scheine auf die überschwemmte Zinktheke. »Um Gottes willen, paß doch auf!« Ich fegte den größten Teil davon zusammen, stopfte sie mir in die rechte Jackentasche und bestand auf der Herausgabe des Wechselgelds.

»Noch besser«, sagte Dick torkelnd, »mit einem Schuß Absinth drin. Macht den Dingsda steifer. Nächstes Mal tun wir einen rein. Geht aber auch so runter.«

»Was soll ihn steifer machen, einen Schuß absengen?«

»Sang de bourreau«, erklärte Dick der Patronne und dem Barmann in der schmuddeligen Schürze, der eine selbstgedrehte Caporal paffte. »Können Sie auf Ihre Karte setzen, unter *délices étrangers.«*

»Etrangères«, mußte ich ihn verbessern, ich altfränkischer Trottel. »Wechselt das Genus im Plural.«

»Was heißt hier Penner mit Durchfall, spinnst wohl, Macker?«

Ein strichlippiger Matrose mit milchigen Augen hatte mich schon eine ganze Weile über die Krümmung der Theke hinweg beobachtet. Er kam jetzt zu mir her und sagte mir mit erbitterter Aufrichtigkeit etwas ins Ohr: »Du siehst mir genau wie so ein Schwein aus, das lange keinen Arschvoll gekriegt hat, du Arschloch!«

Ich trank nervös aus meinem Glas. »Ganz schönen Schluck hat er am Leib«, sagte ein Junge, schön wie ein Engel, den die andern Schweinchen nannten. Die Arbeiterklasse sieht in Uniform immer noch am besten aus.

»Die Arbeiterklasse«, setzte ich an.

In stiller Wut unterbrach mich der Strichlippige: »Der schreit doch danach, ich kenn doch dem seinen Scheißtyp, mit so einer Erster-Maats-Stimme, das Schwein!« Ich fand, es wurde Zeit, daß wir gingen.

»Wir gehn.«

»Er muß zu seiner Schwester«, erklärte Dick. »Die vögelt er immer vor dem Abendessen. Kriegt er Appetit von.«

»Was Fieseres gibt's doch gar nicht«, sagte Tish oder irgendwer. »Vater mit der Tocher, das ist was anderes, ist doch klar. Aber so ein Arschloch, das seine eigene Schwester vögelt, wo das doch sein eignes Fleisch und Blut ist – pfui Teufel!«

»Ein Scherz«, sagte ich, »ein roher Scherz, aber trotzdem ein Scherz!«

»Scheiße, das ist ernst, du Schwein!« sagte der Strichlippige zähneknirschend, die Halsmukeln ganz verknotet in der Anstrengung des Sprechens. »Und darum brauchst du einen Arschvoll.«

»Ach, Schluß mit dem dummen Zeug! Dick!« rief ich, »komm, wir gehn!« Und ich trank ein unter den vielen beliebig herausgegriffenes Glas leer, nicht aus Durst, aus Nervosität. Dick hörte nicht oder wollte nicht hören. Er tanzte gerade mit einem schmollmundigen Bullen, den die andern Sparks nannten, dem Schiffselektriker, und dieser Sparks scheuerte sich an Dick im Takte der Musik. Laß dü grauße weute Wurld sich drähn, jaulte das Grammophon. Ich überlegte, ob ich einen Herzanfall bekommen sollte, aber dieser Apparat schlug kräftig, angetrieben von dem widerlichen Brennstoff, mit dem ich mich bezechte oder benetzte. Denn mit dür alleun möcht ich glücklich seun.

»Du kriegst noch deinen Arschvoll, du Arschloch!«

»Ach, um Gottes willen«, sagte ich und drückte mein Glas so fest in der Hand, daß es splitterte. Meine Finger waren blutig. »Verfluchte Scheiße!«

»Schweinchen hier kann es Ihnen ablecken«, sagte Tish. »Ein richtiger kleiner Blutegel, unser Schweinchen!« Aber Schweinchen war jetzt ganz blaß und hatte Schweiß auf der Stirn.

»Verflucht noch mal!« Ich leckte selber. Das Grammophon lief aus, und niemand kurbelte es wieder an. Die große dicke kraushaarige Schlampe redete auf mich ein wegen des zerbrochenen Glases. Soa aain Schaatz wia duaaaaau.

»Ich muß kotzen«, stöhnte Schweinchen. »Ich muß.«

»Komm, mein Guter!« sagte Dick, »Papa wird dir'n Kopf halten.« Und er legte freundschaftlich einen Arm um das Schweinchen, das schon Speichel erbrach. »Schon gut, Madame, Sie dicke, unappetitliche Kuh! Wird ja alles beglichen.« Und er torkelte mit dem Schweinchen zur Tür.

»Ein Gentleman«, sagte Tish, »das ist er. Ist ja auch klar, wo der doch ein Lord ist.« Ein schwarzer Wind stieß die Tür auf. Sparks drückte sie mit dem Hintern zu. Dick und das Schweinchen waren draußen. Ich wollte auch gehn.

»Du bleibst hier, du Arschloch«, sagte der Strichlippige. »Du kriegst erst noch deinen Arschvoll.«

»Von dir und wessen Marine?« Ein ordinäres Zitat aus einem meiner stupiden Stücke.

»Haste was gesagt?« fragte jemand, das rot angelaufene Gesicht einen Zoll weit von meinem eigenen. »Haste was gegen die Marine?«

»Unsinn, ich geh jetzt!« Und ich staunte über mich selbst, wie ich den Fuß des zerdrückten Glases von der nassen Zinktheke nahm und die torkelnden Blaujacken damit einen nach dem andern anblitzte wie mit einer Taschenlampe.

»Ah, willste Streit, was? Na, da haste's.« Aber die Faust mit der eintätowierten Devise LOVE AND DUTY und den blauen Blumen drum herum fand nicht recht ins Ziel, denn der Arm dahinter war vom Alkohol entkräftet. Die Tür ging wieder auf, und aus der noch windiger gewordenen Schwärze kamen zwei echte Matelots herein, Franzosen. MAZARIN stand auf ihren Troddelmützen.

»Parlewuh wi wi! Zicke-zacke-bong!« Natürlich, mein ursprünglicher Titel! Ich ließ den Glasstummel auf den nassen, dreckigen Boden fallen und trat ihn gottweißwarum mit dem Absatz klein, zwischen den unzertretenen Zigarettenkippen. Dann zog ich den Kopf zwischen die Schultern und drängte mich hinaus. »Komm zurück, du Arschloch, hol dir deinen Arschvoll!«

»Dick!« rief ich in eine Nebenstraße hinein. Es brannte nur eine Laterne, ziemlich trüb, bei einem Byrrh-Plakat. Ich rannte ein Stück landeinwärts und kam zu einem Gäßchen. Ich hörte jemanden stöhnen, dann platschte etwas auf das Pflaster. Der dünne Mond kam zum Vorschein, und ich erkannte Dick, wie er, offenbar nüchtern und gut bei Kräften, den vornübergebeugten Matrosen mit starken Armen von hinten um den Leib gepackt hielt. Schweinchens Hosen waren heruntergelassen und lagen ihm um die Knöchel. Dick pfropfte ihn tief und herzhaft in der brutalen Norman-Douglas-Manier. »Sekunde noch, mein Guter!« lächelte Dick, »dann gehört er dir. Gar nicht so eng, überraschenderweise. Lockerung der Muskeln infolge Ekels oder so ähnlich.« Und er schürfte weiter. Dann, die Lippen weit offen, schüttelte es ihn wie bei ungesüßtem Zitronensaft, und er spritzte. »Köstlich, so ein hirnloses Geschöpf! Na, komm schon, mein Engelchen, bring es alles hoch für Pappi!« Die beiden Entleerungen waren gleichzeitig. Ich hatte eine Erektion. Ich schämte mich in Grund und Boden. Dann wurden Stimmen laut.

»Schweinchen, Schweinchen, wo bist du Arschloch?«

»Dieses geben wir hiermit frei«, sagte Dick und ließ ihn in die eigene Kotze fallen. »Also, mein Guter« – er knöpfte sich den Latz zu – »jetzt gehört er dir.« Und er rannte mit langen, geübten Schritten in das schwarze Gäßchen hinein, während der Mond seinen Wolkenlatz zuknöpfte. Es war, als ob Dick den verwünschten Flecken im Schlafe kannte. Der junge Seemann lag keuchend am Boden, furchtbar verschmiert, mit dem nackten Hintern zum Himmel. Eine starke Bö blies die Wolkenfetzen vor dem Mond weg. Dann waren Schweinchens Kameraden zur Stelle.

25

Das Wichtigste ist jetzt, erklärte ich, so gut ich es mit meinem geschwollenen Munde konnte, eine Nachricht an meine Schwester. Nein, Telefon hatten wir nicht. Ein Telegramm. Aber die Postämter waren geschlossen, und es gab keinen telefonischen Nachtdienst. Der ziviltragende Beamte an meinem Bett im Hôpital Saint-Roch sagte, man könne telefonisch eine Nachricht an die Polizei in Monaco durchgeben, und die würde sie von Hand überbringen. Um Gottes willen, bitte, sagen Sie aber nichts davon, was passiert ist, ich will doch nicht, daß sie den Kopf verliert, das arme Kind, grad erst Waise geworden und äußerst nervös, sagen Sie, ich habe zufällig meinen Verleger auf seiner Yacht getroffen, bleibe da, um über ein Buch zu reden. Bin Sonnabend zurück. Bei dem *samedi* schüttelte die dabeistehende Krankenschwester finster den grauen Kopf. Sagen Sie *lundi!* Ah, sagte der Beamte, Monsieur ist also nicht nur ein ausländischer Besucher, sondern auch *homme de lettres,* das macht die ganze Sache noch schlimmer. Und was hatte Monsieur in gerade diesem bekanntermaßen verkommenen und gefährlichen Teil des alten Hafens zu suchen, gewiß kein Ort für ausländische Besucher, schon gar nicht für literarische? Oho, sagte ich, aber genau der richtige Ort für einen Mann der Feder, der eine kulturelle oder volkskundliche Untersuchung über das Lebensspektrum einer großen südlichen Hafenstadt durchführt. Schreibt Monsieur einen Bericht über die kriminellen Elemente von Nizza? Ein gefährliches Unterfangen! Da sieht man, in welche Lage Monsieur sich hat bringen lassen. Nein, nein, sagte ich, mein Metier ist das eines Romanciers, ich schreibe keine Reportagen. Romane, verlautbarte der Beamte, sind Werke der Phantasie, der Erfindungsgabe, und erfordern keine Einlassung mit den Gefahren der Außenwelt. Der Beamte war ein rundlicher junger Mann und roch nach knoblauchgesättigter Ratatouille; er zerrte gereizt an seinem engen Zelluloidkragen, wenn er gerade nicht in sein kleines Notizbuch schrieb. Könnte Monsieur seine bisherigen und, wenn er sich erlauben dürfe, dies zu sagen, nicht eben gehaltvollen Erinnerungen noch ein wenig ergänzen? Monsieur könne nicht, sagte Monsieur. Plötzlich von Räubern angefallen worden, auf der Suche nach einer – offenbar vor Schmerz – schreienden Katze, denn wir Engländer sind sehr tierlieb. Habe mich gewehrt und wurde aus Rache zusammengeschlagen. Und anal vergewaltigt, erinnerte mich der Beamte, wenn auch nicht bösartig, mehr symbolisch. Sprachen Monsieurs Angreifer französisch? Oh ja, mit Sicherheit französisch, allerdings mit starkem algerischem Akzent. Ah, Monsieur kennt Algier! Hat Monsieur dort in den schlecht beleumundeten Vierteln ähnliche Forschungen über die Volkssitten angestellt? Nein, mehr so geraten!

Meist Prellungen, ein Zahn locker, aber das Verhalten des Herzens gefiel weder dem palpierenden Dr. Durand noch dem sthetoskopierenden Dr. Castelli. Bewußtlos aufgefunden neben einer Pfütze von Erbrochenem und partiell entkleidet, bei leichtem Regen auf den bereits verkühlten Körper. Zufällig mit der Taschenlampe entdeckt von einer Polizeistreife, die einem Schmerzensschrei nachging – der Schrei kam nicht von Monsieur. Anzeichen für Alkoholgenuß, nicht leicht zu sagen, ob exzessiv, aber dies war ohnehin belanglos. Die Polizei würde die Untersuchungen fortsetzen. Nicht nötig, sagte ich übereifrig, die kriegen Sie nie; und außerdem will ich's mir eine Lehre sein lassen. Ah, Monsieur will es sich eine Lehre sein lassen, soso! Monsieur sollte sich mit Dingen abgeben, die eines Mannes der Feder würdiger sind als Zechgelage in üblen Spelunken des alten Hafens. Klapp, Notizbuch zu, letztmaliges gereiztes Fingern am Zelluloidkragen, einer Art Schlinge um den Hals, Methapher für die Strenge der Pflicht. Monsieurs Schwester würde Nachricht erhalten. Zurück, so Gott will, *lundi prochain.*

Bis Freitagabend hatte sich das Herz widerwillig zu einem einigermaßen stetigen Rhythmus bequemt. So zerschrammt und zerschlagen ich auch war, ich wollte fort. Die Station war voller zumeist alter Männer, die mich als offiziellen Abgesandten Englands zu sehen beliebten, eines verräterischen Bundesgenossen im soeben gewonnenen Kriege. *Il n'y a qu'un seul ennemi,* brummte ein wackelnder Graukopf immer wieder vor sich hin. Sie meinen, sagte ich, daß wir verräterischerweise nicht bereit waren, Ihre Phantasiepreise für das Pferdefutter und die dreckigen Truppentransportzüge zu zahlen, als wir die Hunnen von Ihrem Boden, nicht von unserm, vertrieben haben? Die Deutschen, das sind wenigstens Europäer, sagte ein anderer alter Trottel. Gehen konnte ich, und nichts sollte mich hier noch halten. Dr. Durand, fand ich heraus, hatte sein Konto bei der Banque Nationale de Paris, wo auch ich meines hatte. Ob er mir ein Scheckformular verkaufen könne? Auch bei der BNP, Monsieur? Er würde mir zwei verkaufen, eines, um meine Rechnung hier zu begleichen; die Scheckgebühr würde ich zum Rechnungsbetrag hinzufügen. Ich bekam Erlaubnis, einem Krankenpfleger der Station, einem stämmigen Kerlchen mit Eskimohaar, eine Nachricht für den Leiter der Banque Nationale de Paris an der Place Masséna anzuvertrauen, in der ich ihn bat, meine Filiale in Monte Carlo anzurufen, nach erfolgter Vergewisserung über mein Guthaben den beigefügten Scheck freundlichst einzulösen und den Barbetrag in einem versiegelten Umschlag dem Überbringer auszuhändigen. Der Mann brachte mir das Geld und bekam ein üppiges Trinkgeld. Dann bat ich ihn, ins nächste Herrenbekleidungsgeschäft zu gehn und mir den billigstmöglichen Regenmantel zu kaufen. Ja, ich weiß, es regnet nicht, aber diese verdreckte und zerrissene Kleidung, da schaun Sie, braucht nicht jeder zu sehn.

Dieser Sonnabend war der 29. März 1919, der Tag der von Einstein vorausgesagten totalen Sonnenfinsternis. Ich kann mich noch an die plötzliche Dunkelheit erinnern, die mich nicht überraschte, wie wenn es ganz natürlich wäre, daß Schuld und Scham mir die Sonne verdunkelten. Schuld und Scham waren so erdrückend, daß ich kaum zu denken vermochte. Dick? Sir Richard Curry Bart? Hatte es jemanden dieses Namens je gegeben? Und dieses abscheuliche Bistro, wie hatte es geheißen? Hämmernde Fäuste und kratzende Fingernägel, Speichel und Schimpfworte waren mir völlig klar im Gedächtnis geblieben, aber nicht der zugefügte Schmerz. Ich nahm niemandem etwas übel außer mir selbst. Aber war dies gerecht oder logisch, nachdem ich einmal so geschaffen war? Aber wer hatte mich so geschaffen, wenn es keinen Gott mehr gab, wie dieser Deutsche dort in Eze behauptet hatte? Ich selbst? Aber wann und wie? Welchen Ausweg gab es außer der Kastration? Die Stirn zerschrammt, das linke Auge schwarz unterlaufen, mit geschwollenen Lippen, die Hände in den Taschen des billigen Regenmantels, humpelte ich vom Bahnhof durch die Rue Grimaldi, hier und da mit wohlverdienten neugierigen Blicken bedacht. Die Schlüssel hatte ich noch, denn sie waren mit einer Kette am Gurt meiner Hose befestigt; sonst hatte ich nicht mehr viel. Ich machte die Haustür auf und stieg keuchend, schwankend, ins oberste Stockwerk hinauf. Ich schloß leise die Wohnungstür auf und sah sofort, daß Domenico wieder da war: Sein Regenmantel, nicht so billig wie meiner, hing am Kleiderhaken. So sicher, wie Sie es jetzt wissen, lieber Leser, wußte ich, was los war.

Aber anscheinend war es schon vorüber. Als ich die Tür zu Hortenses Schlafzimmer aufmachte, fand ich sie beide nackt im Bett sitzend und friedlich rauchend. Mein erster Impuls war, dem verworfenen Ding die Zigarette aus der Hand zu reißen. Nackt im Bett sitzen und rauchen – davor versagte jede Toleranz. Aber ich blieb stehn, nickte und nahm alle Schuld auf mich. Ich hörte einen Hund draußen auf der Straße erbärmlich winseln. Der Hund wurde von einem Automobil überfahren, und auch das war meine Schuld. Die beiden im Bett waren durch mein plötzliches Erscheinen zuerst so schockiert, daß sie sich nicht einmal schämten, *post flagrantem* ertappt worden zu sein. »Was haben sie mit dir gemacht?« rief Hortense.

»Was hat er«, begann ich, aber ich kannte die Antwort. »Du Dreckschwein, du Kanaille!« sagte ich zu Domenico. »Und mit meiner Schwester!«

»Viele Frauen«, sagte Hortense, deren Brüste noch immer unverschämt aus dem Bett hervorstarrten, »sind jemandes Schwester. Raus, alle beide!« befahl sie. »Ich möchte mich anziehen.«

»Zieh dich an!« sagte ich zu Domenico. »Denn jetzt gibt es Schläge.«

»Du schlägst höchstens Schaum«, sagte Hortense. »Wer hat dich denn so zugerichtet? Dein netter Verleger auf seiner netten Yacht? Oder dein zartes blondes Bübchen? Raus, alle beide!«

Ich ging in den Salon und goß mir einen Whisky ein. Bald kam Domenico mir nach, barfuß, in Hemd und Hose, ganz wie ein bei der Unzucht Überraschter, der er ja auch war. »Ich habe geweint«, sagte er. »Sie hat mich getröstet.«

»Du hast geweint, meinst du, damit sie dich tröstet, du Schwein!«

»Wegen der schlechten Nachricht aus Mailand! Sie wollen die Oper nicht machen.«

»Geschieht dir recht, du jämmerlicher kleiner geiler Don Giovanni!«

Es fehlte nicht viel, und er hätte abermals geweint bei dieser Erwähnung einer Oper, die auch in Mailand schon so viele und gewiß noch nicht die letzten Aufführungen erlebt hatte.

»Pack deine Sachen!« sagte ich. »Raus! Ich will dich hier nicht mehr sehn. Auch nicht«, fügte ich hinzu, obwohl es eigentlich nichts damit zu tun hatte, »deinen verfressenen, roulettespielenden Heuchler von einem Bruder! Mich, mein Haus und meine Schwester zu besudeln! Beeil dich! Ich würde dich rauswerfen, wenn ich die Kraft hätte, aber du siehst, wie's mir geht. Die Welt ist aus den Fugen.«

»Und wenn es nun Liebe ist, wenn sie nun sagt, sie liebt mich, und wenn ich nun sage, ich liebe sie auch? Und noch eins, die Heuchler seid ihr, ihr Engländer!«

»Erzähl mir keine Opern von der Liebe!« Ich verschüttete Whisky vor Zittern. »Dies Wort will ich nicht mehr hören, hast du mich gehört? Von keinem Mann und schon gar nicht von dir! Geh bloß, ich schau dich nicht mehr an! Du existierst nicht mehr für mich, außer als Dreck für den Mülleimer der Welt. Raus mit dir aus meiner Wohnung, für die ich, ich allein die Miete bezahle!« Dann kam Hortense herein, das honigblonde Haar in einem blauen Band, und in einem Kleid aus Wolle und Seide, mit plissierten Seiten, gebauschten Ärmeln und künstlichen Kirschen auf dem linken Kragen. Sie sagte:

»Ich möchte auch was zu trinken.« Aber ich stellte mich vor das Getränketischchen wie vor ein unschuldiges Kind, das ich vor ihrer unsittlichen Annäherung beschützen müßte.

»Natürlich, so ist's recht, Sex und Whisky und Zigaretten! Die große Sünderin, du mit deinen achtzehn Jahren! Gott, was für eine Schande!« Aber nur ich, und das wurde mir immer klarer, war an allem schuld.

»Ich wünsche nicht«, sagte sie scharf wie eine Gouvernante, »von dir noch irgendwelche moralischen Vorträge zu hören. Dir steht ein Urteil über andere nicht zu. Jedenfalls nicht über *normale* andere.« Als der sensationslüsterne Romancier, der ich war, hätte ich ganz gern auf jedes Urteil verzichtet und mich lieber erkundigt, wie es denn sei, von einem brünstigen Toskaner verführt zu werden. Wenn ich schon an allem schuld war, könnte ich ebensogut ein bißchen gewerblichen Nutzen draus ziehen. Aber natürlich war auch die heterosexuelle Natur an allem schuld, und die beiden waren natürlich auch beide selber an allem schuld.

»Es ist eine Art Eifersucht«, sagte Domenico, »und ich finde das sehr traurig.«

»Ein unschuldiges jungen Blut verführen!« versuchte ich ihn anzudonnern. »*Defloratore!*« Das Wort klang irgendwie zu harmlos. Domenico schien derselben Meinung.

»*Stupratore*«, verbesserte er mich. Und dann schauten wir uns wieder mit einer ungewollten Herzlichkeit an, Kunstbrüder, die wir nun einmal waren, wie in den glücklichen Tagen der Unschuld, als wir an unserer Oper saßen, die Mailand nicht haben wollte.

»Ihr vermaledeiten Männer!« sagte die gestrauchelte Unschuld mit ihrer klaren und lieblichen Stimme. »Ihr mit eurem vermaledeiten Getue um diese blutige Angelegenheit!« Sie errötete, offenbar weil sie nun begriff, daß sie das unschuldige Blut nicht hätte so wörtlich nehmen müssen. »Behandelt die Jungfernhaut als ein, wie hieß das, Tauschobjekt! Jedenfalls, die französische Schule, die war an allem schuld.« Ich begriff nicht – Schule der Lyrik, Malerei, Phänomenologie? »Mutter hat es nicht gepaßt, daß ich von deutschen Nonnen unterrichtet wurde, und das ist dabei herausgekommen. Domenico, geh dir bitte etwas anziehn! Etwas mehr, mein' ich.«

»Und dann soll ich gehn?«

»Zum Kuckuck, ja, und ob du gehn sollst!« sagte ich. »Hier habe ich das Sagen.«

»Und du«, sagte er mit scheuem Hundeblick auf Hortense, »du kommst mit?«

Daran, wie er sich verspätet auf die Zunge biß, konnte ich sehn, daß er sich in die ungewohnte Lage gebracht hatte, einem vollinhaltlichen Liebesversprechen mit allen Konsequenzen nicht fern zu sein. Aber Hortense fuhr schnell dazwischen:

»Nein, Domenico, ich komme *nicht* mit. Willst du, daß ich in Sünde lebe, wie man das nennt? Wo du noch dazu einen Bruder hast, der Geistlicher ist? Willst du mir einen Heiratsantrag machen? Nein, natürlich nicht, du schmalziger kleiner Don Giovanni–«

»Genau meine Rede!« brummte ich in mein Whiskyglas, obwohl es nicht ganz zutraf.

»Ich bin kein«, brummte Domenico ebenfalls. »Die Zeit ist nicht. Es ist meine Kunst.«

»Na los, sing ihr's doch vor!« sagte ich grinsend. »Aber mit Feuer, wie in der *Tosca!*«

»Wer jetzt gleich Schläge kriegt, bist du«, schrie Domenico und ballte die Fäuste. »Ich hab die Nase voll von deiner englischen Heuchelei.«

»Ach«, sagte Hortense in einer Art weiser Resignation, »Heuchler seid ihr doch alle. Die Franzosen auch. Faseln einem was vor von den Schönheiten ihres Monet.«

»Also dieser Zeichenlehrer ist wohl auch schon drangewesen, wie?« sagte ich roh – zum Teil war der Whisky schuld.

»Du widerlicher Mensch!« fauchte Hortense. »Es war ein Pferd, wenn du's genau wissen willst. Es war das Reiten, das wir lernen mußten. Niemand ist ja so englisch wie manche Franzosen. Es war kein deutsches *Pferd,* sondern ein französisches *cheval.*« Als ob sie mir sagen wollte, alles wäre in bester Ordnung, wenn Schwester Gertrude es ihr gezeigt hätte, mit hochgestreifter schwarzer Kutte und vor Liebe brüllend wie eine Walküre. »Was den andern angeht, ja und nein! Der hat nur ein Stück weit die Tür aufgemacht, nicht?« Dann, obwohl es meiner Ansicht nach überhaupt nichts damit zu tun hatte, sagte sie: »Du roher und gemeiner Homosexueller!«

»Unsere arme Mutter!« sagte ich.

»Mutter!« schrie Domenico, der nicht die Hälfte verstanden hatte und sich womöglich vorstellte, die arme Hortense sei von einem Hengst gedeckt worden. »Du meinst, du warst schon, es hat, er hat–?«

»Unsere Mutter, du Esel!« schrie Hortense zurück. »Was französisch war, konnte nicht schlecht sein. Über die Italiener hatte sie keine Meinung.« Hübsch gesagt! Dann: »Bitte, geh jetzt, Domenico! Geh spazieren oder schwimmen, verführe jemand anders, oder irgendwas! Ich habe mit meinem Bruder zu reden.«

»Wenn du meinst, er soll wiederkommen«, sagte ich, »bist du verrückt und im Irrtum. Hab ich mich nicht klar ausgedrückt?

Raus mit dir, aber sofort und für immer! Und zu reden haben wir, bei Gott, ja, aber ich mit dir und nicht umgekehrt.«

»Mir geht das so zu Herzen«, sagte Domenico, die Arme schlaff an den Seiten. Der Tonfall ließ an eine Arie denken, vielleicht aus dem *Principe di Danimarca* von Enrico Garitta, den ich nicht gesehen hatte. »Ich geh in ein Hotel. Meine Sachen hole ich morgen. Mir geht das zu sehr zu Herzen, um jetzt zu packen.«

»Raus mit allem, aber sofort!« sagte ich. Dann, damit Domenico aus dem Kofferpacken keine Opernszene machte, gab ich nach: »Also gut, morgen um neun! Hortense wird nicht dasein.«

»Ach, willst du mich auch wegschicken, wie? Heim zu Papa und der neuen Mrs. Toomey? Die ist es übrigens, worüber wir zu reden haben.«

»Ich meinte, du würdest nicht dasein, um nicht gesehen und angeschmachtet zu werden und vielleicht auch noch– Bäh!«

»Furchtbar, nicht, ein Mann mit einer Frau? Immerhin bin ich nicht verdroschen worden wie du, wahrscheinlich von Matrosen, Freunde von deinem süßen blonden Herzchen, schau bloß mal, wie deine Sachen aussehn! Zieh dich sofort um! Wir haben ernsthaft miteinander zu reden. Papa hat einen Brief geschrieben.«

»An dich?«

»An dich!«

»Wie kannst du dich unterstehn, meine Post aufzumachen? Hast du auch noch andere Sachen durchgeschnüffelt? Das laß ich mir nicht bieten, Hortense, du hast den Bogen überspannt, du mußt die strenge Hand spüren, je eher du–« Je eher du was? Heimkehrst zu deinen deutschen Nonnen? Die strenge Ordnung einer der Verführung harrenden Londoner Stenotypistin lernst? Heiratest?

»Ach, red keinen Quatsch! Der Brief ist vor drei Tagen angekommen. Ich habe gewußt, er muß dringend sein.«

»Wo ist er? Ich wünsche ihn zu sehen.«

»Dann hol ihn dir! Auf deinem Schreibtisch. Du kommst dran vorbei, wenn du deine ekelhaften Sachen ausziehn gehst. Bäh – Blut und wer weiß, was noch!«

»Ich laß dich nicht allein mit dieser Kanaille da!«

»Ich laß mich nicht von dir eine Kanaille nennen, du englischer Heuchler!« Domenico stöhnte und stampfte mit den Füßen vor Schmerz über die vermeintlich ungerechten Beschimpfungen.

»Kann ich jetzt etwas zu trinken haben?« sagte sie ruhig und ließ sich, so schwer, wie ihre Zerbrechlichkeit es erlaubte, in einen Sessel nieder. Doch nein, Frauen sind nicht zerbrechlich.

»Whisky?« fragte ich, nun fast unterwürfig. »Was schreibt er denn?« Ich schenkte ihr ein, nur einen Fingerbreit. »Wenn es ein ärgerlicher Brief ist, bin ich gar nicht versessen drauf, ihn zu lesen.«

»Hab ich dir in Wirklichkeit einen Gefallen getan, siehst du! Danke!« Dann nippte sie und bekam gleich Husten. Eben doch noch nicht erwachsen!

»Die neue Mrs. Toomey wird nicht die sein, von der ich's dachte. Sondern eine andere Patientin, eine Doris Sowieso, und sie ist noch keine Dreißig. Papa verkauft seine Praxis. Er geht nach Kanada. Da siehst du meine Lage. Er sieht sie auch, auf seine umständliche Weise. Ach, lies es nur!«

»Später! Ich verstehe.« Ich schenkte mir selbst noch etwas ein. »Er muß dich aber mitnehmen. Du bist noch nicht volljährig.«

»Ich will nicht nach Kanada. Ich will keine Stiefmutter, die nur ein paar Jahre älter ist als ich. Ich will auch nicht bei dir bleiben.«

»Ich versteh schon, warum du nicht bei mir bleiben willst«, sagte ich. »Widernatürliches Treiben, und obendrein will ich dir noch Moral predigen. Andererseits, weißt du, hab ich gegen dich gar keine Verpflichtung. Abgesehen von dem, was – die brüderliche Zuneigung verlangt.« Ich wolle nicht *Liebe* sagen.

»Du ödest mich an, du verdammter Heuchler!«

Domenico, der über den zum langen Salon parallelen, aber von dort aus nicht einsehbaren Korridor abging, mußte es mit Zustimmung gehört haben. Er sang ein ersticktes »*Ciao, Orténsia*«, als er nach links in den Flur abbog, der von dem Teil des Salons, wo wir beide saßen, durch einen Bogen mit verzwirbelten Säulen sichtbar war; dann machte er die Wohnungstür auf und ging leise hinaus. Wir hörten ihn noch, wie er mit traurig tappenden Füßen die Marmortreppe hinabstieg.

»Ein Opernheld«, sagte Hortense, »in jeder Hinsicht! Liegt in der Sprache, in der Lebensweise, mitsamt Geschlechtsleben. Und natürlich in der Religion. England hat sich nie daran gewöhnen können. Trotzdem«, sagte sie, »werde ich ihn heiraten.«

»Ich geh mich mal umziehen«, sagte ich. Ich schaltete die Gedanken und Gefühle aus, als ich meine besudelte Kleidung abstreifte; nur der körperliche Schmerz ließ sich nicht ausschalten. Ich zog ein Seidenhemd und Tennishosen an, und in dieser sportlichen Tracht kam ich zurück, um sie zu fragen, was sie eben gesagt habe. Sie wiederholte es. »Du meinst«, sagte ich ruhig und müde, »du liebst ihn? Du hast ihn tun lassen, was er getan hat, weil du ihn liebst? Ich habe im Leben noch keinen so elenden und widerlichen und kindischen Unsinn gehört. Du weißt gar nicht, was Liebe ist. Du weißt überhaupt noch nichts von der Welt. Er ist praktisch der erste Mann, mit dem du in Berührung gekommen bist. Aus unseren Kreisen, mein' ich, abgesehen von dieser elenden und widerlichen anderen Sache.«

All dies beachtete sie nicht; sie wippte mit dem übergeschlagenen weißseiden bestrumpften Bein. »Weißt du, es hat gar keinen Sinn, dir alles erklären zu wollen. Du bist erstens homosexuell und zweitens begriffsstutzig. Jemanden heiraten und ihn lieben, ist nicht dasselbe. Mutter hat mir das immer ganz klar gemacht, wenn wir mal so ein bißchen geplaudert haben. Wie willst du je etwas über die eine große, wie sagt man, schicksalhafte Liebe wissen, wo es doch auf der Welt all die Millionen und Abermillionen vom andern Geschlecht gibt? So hat sie immer gesagt, und das war sehr vernünftig. Nicht lange warten oder sich umschaun! Die Welt ist zu groß und die Zeit zu knapp. Nimm, was du kriegst, wenn du überhaupt heiraten willst! Irgendwen, der körperlich intakt ist und der ein bißchen Talent und ein bißchen Geld hat! Domenico kommt mir intakt vor. Schließlich hab ich ihn nackt gesehn, zum Beispiel.«

»Das ist ja entsetzlich!«

»O ja, entsetzlich! Seine Familie hat Geld. Wenn man ihm ein bißchen auf die Sprünge hilft, kann er sich einen Namen machen. Diese Opernsache, die ihr zusammen gemacht habt, er hat mir was davon vorgespielt auf dem miesen alten Klavier dort, und geheult hat er dabei. Dann hab ich ihn ins Bett genommen.«

Ich setzte mich auf den harten Stuhl ihr gegenüber, die Hände zwischen die Knie gepreßt, vorgebeugt, und schaute auf den zitronengelben Teppich nieder, zwischen dessen Wollbüscheln ein winziger, intakt gebliebener Zylinder Zigarettenasche lag. Ich sagte ausdruckslos: »Er ist traurig hier angekommen. Sie hatten seine Oper abgelehnt, meine übrigens auch. Dies, *dies* haben sie abgelehnt, rief er, setzte sich ans Klavier und sang dir eine seiner brillanten Arien vor. Da tat er dir leid, und du hast ihn geküßt und ins Bett gezogen. Er war einverstanden, kein Zweifel, aber, könnte ich mir vorstellen, auch überrascht.«

»Na ja«, sagte sie, lächelnd vor widerwilliger Bewunderung für die Exaktheit meiner Rekonstruktion. »Genauso war's! Natürlich, du schreibst Romane, natürlich, das vergeß ich manchmal. Meistens bist du so stupid!«

»Wir strebten beide auf dich zu, er und ich. Aber sein Zug kam zuerst an. Was für ein Pech!«

»Nein, nein, nein, nein! Er ist schon vorgestern angekommen. Zuerst hab ich ihn ins Bett genommen, seither er mich. Egal, wie herum.«

»Was, verkehrt herum auch?«

Ich verstand nicht gleich, warum sie auf mich losschimpfte: »Du obszönes, abscheuliches, vulgäres, geschmackloses Scheusal!« Ich schaute verdutzt drein. »Entschuldige!« sagte sie. »Vielleicht bin ich gegen dich nicht immer gerecht. Vielleicht bin ich zu fest davon überzeugt, daß die Männer von Natur aus roh sind. Domenico ist jedenfalls nicht roh. Es wird schon gehn mit ihm. Er braucht eine feste Hand und dergleichen. Seinem bißchen Talent helf ich schon auf die Sprünge. Weißt du, das hat Mutter immer so leid getan, daß sie keinen Mann mit Talent geheiratet hat.«

»Er war ein talentierter Zahnarzt.« Dann schüttelte ich mich und sagte: »Noch nie im Leben hab ich solchen Wahnsinn gehört.«

Das beachtete sie nicht, natürlich! »Ich selbst habe kein Talent«, sagte sie. »Außer vielleicht dafür, den richtigen Vater für meine Kinder zu wählen. Das ist heute die Pflicht der Frauen. Den Vorrat wieder auffüllen! Nur Jungen! Frauen gibt es schon zu viele auf der Welt.«

»Das ist sehr altbacken. Außerdem stupid biologisch. Als ob du von der Ehe nur wüßtest, was ihre, ihre–«

»Primärfunktionen sind«, sagte sie ungeduldig. »Nämlich gute Kinder aufzuziehen. Hast du Bernard Shaw nicht gelesen?«

»Zurück zum *Uebermensch*!« lästerte ich erbittert.

»Schwester Gertrude hat ihn uns auf deutsch lesen lassen. Sie hat gesagt, auf deutsch ist er besser. Englisch sei nicht wirklich seine Sprache, hat sie gesagt.«

»Und wann«, lästerte ich noch immer erbittert, »soll *Ehe* oder *Ehestand* oder *Eheschließung* stattfinden?«

»Die *Eheschließung*«, sagte sie, »wird in Italien sein, nehme ich an. In diesem Käsenest. Mit seinem Bruder als Priester. Und mit meinem älteren Bruder als Brautführer. In Ermangelung« – nun war sie bitter – »eines Vaters.«

»Und wenn Domenico morgen seine Kleider holen kommt«,

sagte ich, »soll ich ihn wohl darüber informieren, daß er dich heiraten und Supermänner für die neue Zeit züchten darf, und dann wird er vor Freude einen Luftsprung machen und brüllen *che miracolo* oder *meraviglioso* oder so was.«

»Nein«, sagte sie, meinen Spott überhörend, »nicht ganz so! Aber im Grunde wird er erleichtert sein. Es ist immer eine Erleichterung für den Mann, wenn er keinen Frauen mehr nachlaufen muß. Jedenfalls eine Zeitlang. Jedenfalls braucht er jetzt noch nicht zu wissen, was er zu tun hat. Ich werde ein bißchen kühl und gerade noch so freundlich sein, als ob nichts passiert wäre, und dann wird er sich fragen, warum, und besorgt und beflissen sein, so blöd sind die Männer, und schon liegt er auf den Knien, wirst du sehn, oder vielmehr, du wirst es nicht sehn!«

»Du weißt ja überhaupt nichts vom Leben«, sagte ich, »überhaupt nichts!«

»Ich weiß«, fauchte sie mich an, »tausendmal besser, als du es je wissen wirst, was ein Mann mit einer Frau macht.« Sie machte eine ordinäre Geste mit den Fingern, das verdorbene Kind, eines vom neuen Schlage, verroht durch den Krieg! »Schreib dir das hinter die Ohren!«

»Na schön«, sagte ich geduldig. »Ich kenne gewisse biologische Tatsachen, obgleich nicht aus eigener Erfahrung. Ich weiß, daß Mann und Frau bei der Kopulation, wenn dir das Wort bekannt ist–«

»Du mit deinen pingeligen Dummheiten! Das ist es doch gerade, was an dir und deinesgleichen so diabolisch ist: Lust ohne die Gefahr der Empfängnis, und ohne die Freude an ihr übrigens auch! Ich weiß, was es mit *deiner* vermaledeiten Kopulation, wenn's überhaupt eine ist, auf sich hat: Pollution, so hat Schwester Berthe einen Geschlechtsakt genannt, bei der man den Samen bloß vergießt, ekelhaft, die Sünde Onans! Wenn es ein Mann mit einer Frau macht, läßt man's drauf ankommen.«

»O nein, so ist es nicht, so ist es ganz und gar nicht, so ist es auf keinen Fall! Willst du sagen, du hast es mit diesem grinsenden Dreckskerl von Domenico drauf ankommen lassen?«

»Ich habe Zahnpasta genommen, wenn du's wissen willst. Ein Mädchen an meiner Schule hat es auch so gemacht. Domenico, der übrigens nicht ganz so ein Dreckskerl ist, wie du einer bist, du Homo, hat sich ein bißchen über den Pfefferminzgeschmack gewundert.«

»O du mein Gott, o lieber Gott, o Jesus Christus, o heiliger Vater im Himmel–«

»Du Heuchler! Du bist ein verdammter Heuchler, da hatte er ganz recht, ein erbärmlicher Heuchler bist du, Ken Toomey!«

»O du mein Gott!« Dann klingelte es. Wir schauten uns an. »Das war die Klingel«, sagte ich.

»Na ja, geh schon hin! Es ist *deine* Klingel.«

»Wer kann das nur sein?«

»Der Prinz von Wales, Charlie Chaplin oder der Kaiser Wilhelm, du Idiot!« Sie stand graziös auf und ging hinaus, um aufzumachen. Sie hatte ja niemanden zu fürchten, keine neue Bootsladung vergeltungslustiger Matrosen oder die Sittenpolizei in Zivil. Ich hörte, wie sie aufmachte und dann, mit Überraschung, doch schnell wiedererlangter Fassung in der Stimme, zweimal »Oh« sagte. Die andere Stimme war männlich, japsend, bittend und verängstigt. Ich hatte nicht erwartet, ich hatte gar nicht daran gedacht, daß Domenico, dieser Dreckskerl, so schnell wiederkommen würde. Hortense kam zurück in den Salon und meldete: »Er hat dies Telegramm hier bekommen.« Sie gab es mir. Domenico, nahm ich an, stand immer noch schlotternd an der Tür. Das Telegramm lautete: ARRIVO LUNEDI GIORNI CINQUE MISSIONE DELICATA NIZZA CARLO. Typisch für so einen verdammten Pfaffen, zu denken, die Angelegenheiten anderer Leute könnten nie so durcheinander sein, daß sein verdammter pfäffischer Besuch ungelegen käme. Trotzdem, das war irgendwie– Es war ziemlich– Ich sagte:

»Laß ihn rein!« Ich hörte keine Schärfe in meiner Stimme, ich hörte vielmehr die Veränderungen der Vokale unter der einsetzenden Lippendehnung eines Lächelns. Domenico wurde hereingeführt. Mit runden, kullernden Augen, Schweiß auf den Wangen, Händen und Armen in wirbelnder Beredsamkeit trug er stammelnd ein Rezitativ vor: »Hab im Café gesessen, gleich über die Straße, und da hat mich der Telegraphenbote gesehn und gesagt, das wär für mich, denn er kennt mich ja, nicht, und der war froh, daß er nicht die Treppe rauf mußte deswegen. Hab im Café gesessen oder vielmehr an einem Tisch draußen davor und einen kleinen Kognak getrunken gegen meinen Schmerz, und da hat er's mir gegeben. Da, dies Telegramm, das ist von meinem Bruder. Mein Bruder Carlo hat was zu erledigen in Nizza. *Missione delicata,* da weiß ich, was er meint, dasselbe war's auch das eine Mal in Sardinien. Also, er meint, er kann hier wohnen, wie neulich, also, was soll ich machen? Am Montag kommt er, und übermorgen ist Sonntag, also was soll ich da machen?«

Natürlich muß ich mein späteres Wissen aus dieser Szene fernhalten, die Vorstellung von Seiner Heiligkeit dem Papst, wie er vollkommen weggetreten vor sich hin schnarchte, aber allein durch seine heilige Anwesenheit die unzüchtigen Pläne seines Bruders vereitelte. Es war einfach nur der dicke Carlo, der bei uns schnarchen würde, aber er war ein Geistlicher und eine unerhörte spirituelle Macht, und ich wußte, daß Domenico vor ihm Respekt hatte. »Kein Problem«, sagte ich. »Er kann mein Schlafzimmer haben, und ich kann hier auf dem Sofa schlafen. Oder ich kann auch in ein Hotel gehn, gar kein Problem!« Domenico wie auch Hortense schauten mich mißtrauisch an. Was zum Kuckuck hat er nun vor? Als ob sie's nicht wüßten. »Domenico, Hortense«, sagte ich und drohte sogar beiden mit dem Finger, »ihr seid mir zwei sehr unartige Kinder gewesen. Aber vor Gott sind wir alle nur unartige Kinder.«

»Du Heuchler!« sagte Hortense tonlos. Domenico schluckte und schenkte ihr einen Blick voll überaus heuchlerischer Mißbilligung.

»Du bist trotzdem mein Bruder«, sagte ich, »wenn auch ein irrender Bruder, und Hortense bleibt, wenn auch gleichfalls irrend, doch meine Schwester. Don Carlo, ich verspreche dir's feierlich, soll nichts von den beklagenswerten Dingen erfahren, die hier ruchbar geworden sind. Er wird jedoch, dessen bin ich sicher, die Anzeichen einer gewissen Vertraulichkeit zwischen euch beiden gar nicht übersehen können. Ich habe keinen Zweifel, daß er uns allen sehr nützlich sein wird.«

»O ja, die Vertraulichkeit!« sagte Domenico, der mich nicht im geringsten verstanden hatte, und er schob sich ein bißchen näher an Hortense heran, die, vielleicht noch tonloser als das vorige Mal, zu mir sagte:

»Du vermaledeiter Kerl! Ein homosexueller Pharisäer und wirft sich auf zum, zum, zum.«

»Das war nicht großzügig von dir, Orténsia«, sagte Domenico und schob sich immer noch näher.

26

»Kastration«, erklärte mir Dr. Henry Havelock Ellis, »verordne ich niemals. Aber natürlich, ich verordne heutzutage ja überhaupt nichts mehr. Ich bin Schriftsteller, wie Sie.«

Das war am Sonntag, dem 30. Mai 1919. Daß ich eingestanden habe, mich an frühere Ereignisse nur noch verschwommen zu erinnern, und doch so oft in der Lage bin, den gewissenhaften Chronisten zu spielen, braucht den Leser, der vom Autor Stimmigkeit erwartet, nicht im mindesten zu wundern. Fotokopien meiner Tagebücher und Notizblöcke sind etwa drei Monate nach meinem einundachtzigsten Geburtstag aus den Vereinigten Staaten angekommen, und darin finde ich die Tage und Wochen meines Lebens ziemlich vollständig, wenn auch mit beträchtlichen Auslassungen, verzeichnet. Daß die beschämenden Ereignisse, die zu der Zeit begannen, als ich mit Hortense aus England nach Monaco zurückkehrte, und am 29. März ihren Höhepunkt fanden, sich so zugetragen haben wie berichtet, kann der Leser ohne Bedenken glauben, wenn auch die Dialoge nur selten wortgetreu sein werden. Ob ich Havelock Ellis gleich am Tage darauf im Hôtel de Paris getroffen habe, weiß ich nicht mehr so genau, aber mit Sicherheit war es im gleichen Jahr und fast mit Sicherheit auch im Fürstentum. Diese Begegnung, und was er mir damals sagte, gehört ganz und gar in diese Phase meiner Geschichte, so wie ich sie nun einmal zu erzählen habe; und daher bitte ich den Leser, seine Vorstellung von der Wahrheit dahingehend zu erweitern, daß das Folgende darin Platz hat.

Ellis war damals etwa sechzig, mit spärlichem weißem Haar und einem großen weißen Bart, ein echter Prophet. Er hatte als Arzt praktiziert, dann aber die Medizin aufgegeben, um sich der Literatur zu widmen. Viele von uns waren dankbar gewesen für seine Mermaid-Ausgaben der elisabethanischen Dramatiker, die gegen Ende der 80er Jahre erschienen waren. Unsere erste persönliche Bekanntschaft ergab sich aus einer irrigen Behauptung von Ellis über die Ursprünge der elisabethanischen Akt-Einteilung. Ich weiß nicht mehr, wo es war, als ich seinen Vortrag über Sackville und Norton, die Londoner Rechtsschulen, *Gorboduc* und *Locrine* hörte, aber ich erinnere mich lebhaft an eine Art proletarische Aura (Bier, schwarzer Tabak, eine jeder Waschung unzugängliche Schmuddeligkeit), in die er getaucht war; nehmen wir daher an, daß es bei irgendeiner Londoner Vortragsreihe für bildungswillige

Arbeiter war. Ellis sagte damals, die elisabethanischen Dramatiker hätten ihre fünf Akte – nebst vielem anderen – von Seneca, und ich behauptete dagegen, sie hätten sie von Terenz und Plautus, denn Senecas kurze Lesetragödien haben nach griechischem Vorbild keinerlei Akt-Einteilung. Ellis mußte gestehen, der Sache nicht auf den Grund gegangen zu sein, und später gab er zu, daß ich recht hatte, aber sein damals in Umlauf gebrachter Irrtum wurde von T. S. Eliot aufgenommen und in einer jener gesammelten Zeitungsrezensionen, die er Essays nannte, verewigt. Ich habe Eliot deswegen zur Rede gestellt, ich glaube, es war Ende der 30er Jahre im Speisesaal des Hotels Russell (er kaute derweil Käsekrümel), aber der Fehler hat seinen Tod überdauert. Eliot hatte viel von einem Dilettanten. Beim Erscheinen des ersten Bandes von Ellis' *Geschlecht und Gesellschaft* (1897–1910) hatte es einen Skandal mit Strafverfolgung des Autors gegeben, und für viele Menschen meiner Generation war Ellis daher ein Held und ein Märtyrer.

Am Bier, sagte er, habe er in Australien Geschmack gefunden, als er dort Lehrer war, und jetzt trank er sein Bier in der Bar des Hôtel de Paris, wo ich ihn an diesem Sonntagmittag traf. Er hatte mancherlei sonderbare Unarten. Er zog die Oberlippe hoch, bis sie keine Luft mehr durch die Nase ließ, bei gleichzeitigem leisen und raschen Röcheln; er bleckte unerwartet und ohne daß es etwas zu bedeuten hatte seine unschönen Zähne, wie um sie vorzuzeigen; er schwellte sich die Backen voller Bier, ehe er es laut hörbar hinunterschluckte; und er zupfte sich am Hosenlatz, als ob er darauf Musik machen wollte.

»Homosexualität?« sagte er zu mir. »Ein Freund von mir, in Roquebrune, ist homosexuell seit eh und je. Ich glaube nicht, daß man viel dagegen tun kann, und sehe nicht ein, warum man es als krankhaft betrachten sollte. Krankhaft ist das Gesetz, aber das Gesetz wird bald geändert. Was ist denn Ihr Problem?«

»Die Ätiologie davon–«

»So kann man's kaum nennen. Mein Freund Sigmund in Wien hat den groben Helmholtzschen Physiologismus, in dem seine ganze Generation aufgewachsen war, vollkommen verworfen. Er sieht es so, daß die Neurosen und Hysterien und, wie man dazu sagt, wenn man die Termini kennt, die sexuellen Aberrationen und Inversionen keine körperlichen Ursachen haben, doch können sie freilich körperliche Symptome hervorrufen. Die sogenannte Aberration des Homosexuellen hat demnach überhaupt nichts mit einer unregelmäßigen Veranlagung in den Hormonen oder was weiß ich zu tun. Niemand wird als Homosexueller geboren. Aber niemand wird auch als Heterosexueller geboren. Nur sexuell ist von Geburt an jeder. Die Sexualität richtet sich unvermeidlich zuerst auf die Mutter, die Quelle oraler und anderer Befriedigungen.«

Dies waren kalte, trockene, unelisabethanische Worte, und sie waren bei weitem zu laut. Neben uns an einem Tisch saß eine englische Familie, Vater, Mutter und zwei naseweise Töchterchen, und hörten alles mit an. Ellis brach plötzlich in eine röhrende Lache aus, schlug ein paar Harfenakkorde auf seiner Tweedhose und rief:

»Freud, dieser jüdische Wissenschaftler, wird noch bei der Christlichen Wissenschaft enden, wenn er nicht aufpaßt, eh? Eh?« Dann bleckte er das gelbbraune Gebiß gegen den Raum, der sich zu dieser Apéritifstunde langsam füllte, und sagte: »Die meisten Leute hier sind heterosexuell. Allerdings dürfen wir die Tatsache nicht außer acht lassen, daß die Côte d'Azur ein Refugium für die von der anderen Konfession ist. Ich nehme an, das wird auch für Sie der Grund sein, warum Sie hier sind.« Dann blickte er, wie es schien, prüfend den Barkellner an und sagte: »*Encore un bock!*«

»Verzeihen Sie«, sagte ich, »dies alles ist von höchstem Interesse, aber–«

Er begriff schnell. »Ich rede zu laut, wie?« sagte er zu laut. »Ja, ein ärgerlicher Fehler! Kommt daher, daß ich taub werde.« Er begann nun zu flüstern, ebenso vernehmlich, wie er vorher deklamiert hatte. »Jeder Mensch, wie schon gesagt, ist von Geburt an sexuell. Es gibt Stadien der kindlichen Entwicklung, die in der Mehrzahl der Fälle zum Hervortreten des heterosexuellen Tropismus führen. Die Homosexualität nun entsteht aus einer verworrenen ödipalen Situation. Trotzdem ist Homosexualität keine Neurose oder Psychose. Nur die Einstellung des Homosexuellen zu seiner Homosexualität, das heißt, seine Einstellung zu der diesbezüglichen Einstellung der Gesellschaft, kann ein Leiden hervorrufen, bei dem es angebracht wäre, von einer Ätiologie zu sprechen. Habe ich mich klar ausgedrückt?«

Allzu klar, nur allzu klar!

Er trank sein Bockbier aus und sagte zu meiner Erleichterung: »Gehn wir doch ein Stückchen! Es ist ein herrlicher Tag.«

Wir gingen nur um den Platz, der von dem Hotel, dem Kasino,

dem Café de Paris und dem kleinen Park begrenzt wird. Es war wirklich ein herrlicher Frühlingstag, ein Tag, wie ihn die literarische Tradition für die Anbahnung heterosexueller Beziehungen empfiehlt. Ich sagte:

»Mein Vater, das war der sanfteste und freundlichste Mensch, soweit ich mich erinnern kann. Ein bißchen hab ich ihn verachtet, vielleicht, weil er nicht streng genug gegen mich war und die Disziplin meiner Mutter überließ. Jetzt verachte ich ihn wegen etwas anderem, aber reden wir nicht davon!« Dann fing ich plötzlich eine Erinnerung auf, schrill wie die flatternde Möwe über dem Kasino, eine Erinnerung an mich selbst, wie ich brüllte und festgehalten wurde, nicht fort konnte, während mein Vater grimmig mit der Zange auf mich losging. Nein, nicht in seinem Behandlungsstuhl. Ich lag bei meiner Mutter im Bett, ihren Arm um mich, und mein Vater schaute ins Schlafzimmer herein, grinsend in gespielter Brutalität (echt konnte sie nicht gewesen sein), die Küchenzange in der Faust (unmöglich) und darin festgeklemmt ein monströser brauner und blutiger Backenzahn. »Der größte, den ich je gesehen hab«, schien er zu sagen und warf grinsend den Zahn in Richtung meiner verhüllten Genitalien. »Merk dir das, mein Junge, immer schön acht geben auf die Zähne!« Ein Feuer (warum?) loderte im Kamin des Schlafzimmers; er lockerte die Zange und ließ den Zahn zwischen die Kohlen fallen. Dann winkte er mir mit der Zange, was ein stumpfes, metallisches Kastagnettenrasseln ergab, und ging singend hinaus. War dies die Urszene, oder wie man das nannte?

»Verachten?« sagte Havelock Ellis. »Hat nichts damit zu tun. Ich würde sagen«, und er verklammerte plötzlich die Hände auf dem Rücken und schwenkte zu einer ausführlichen Betrachtung den ganzen Körper herum, »das ist aber wirklich ein hübsches Mädchen!« Es war wirklich eines, etwa achtzehn, olivenglatt, kam mit der Mutter aus der Kirche, ein gelbliches Meßbuch in der Hand. Als habe er nur der Altersgeilheit einen konventionellen Tribut entrichtet, brach er seine Huldigung ab und wandte sich wieder zu mir hin. »Kann man so sagen. Ihr Vater hat Ihre Mutter besessen und war ohne weiteres bereit, Sie als Liebesrivalen zu kastrieren, und Sie in Ihrer Angst haben angenommen, alle Frauen gehörten Ihrem Vater. Das ist die Theorie von meinem Freund Sigmund. Sie ist nicht schlechter als jede andere. Wie falsche Etymologie zum Beispiel. Erzählen Sie irgendeinem Ignoranten, daß

Maria von Schottland gern Marmelade aß, wenn sie krank war, und deshalb hätte man das Zeug *Marie malade* genannt. Es ist Quatsch, aber es füllt eine Lücke im Hirn. Genau wie die Freudsche Mythologie. Sie *muß* nicht vernünftig sein, wissen Sie, sie kann's gar nicht sein! Aber Ihr Vater hat Sie von allen Frauen abgeschreckt, und darum sind Sie jetzt, wie Sie sind. Also vergessen Sie's! Genießen Sie Ihr Leben, es ist kurz genug!« Obwohl wir den Blicken einer Gruppe von Leuten voll ausgesetzt waren, die, ihrem Näseln nach zu urteilen, Neuengländer sein mußten, spielte er ein Arpeggio an seinem Hosenlatz.

»Und was«, fragte ich, »sollte ich für Empfindungen gegen meine Schwester haben?«

»Eine Schwester, so? Jünger als Sie? Interessante Sache, eine Schwester zu haben. Sigmund hat einen Riesenkrach gehabt mit einem von seinen abgeirrten Schülern, mit dem, der sich dann selbständig gemacht hat mit dieser Theorie, daß alles vom Geburtstrauma herrührt, Otto Dingsbums, ist wahrscheinlich was dran, einen Krach über Homosexualität und Inzest. Die Schwester, hat einer von beiden gesagt, ich weiß nicht, ob nun dieser Otto oder der alte Oberarsch selbst, die ist nicht mit im Körbchen. Der Vater besitzt sie nicht so, wie er die Mutter besitzt. Sie ist kein Sexualobjekt, jedenfalls nicht in dieser Phase, wenn Sie verstehn, worauf er hinaus will, egal wer von den beiden. Haben Sie meine Einleitung zu *Schade, daß sie eine Hure ist* gelesen?«

»Das Stück hab ich in der Mermaid-Ausgabe gelesen. An eine Einleitung kann ich mich nicht erinnern.«

»Macht nichts! Ach ja, wenn ich's recht überleg, ich hab auch gar keine geschrieben. Hatt' ich vielleicht vor. Macht ja nichts! Jedenfalls, der einzige Ausweg aus der Homosexualität ist der Inzest.«

»Oder die Kastration.«

»Kastration verordne ich niemals. Aber natürlich, ich verordne heutzutage ja überhaupt nichts mehr. Ich bin Schriftsteller, wie Sie.« Er schnitt eine furchtbare Grimasse und schielte furchtbar um sich: »Sororaler Inzest!« Wir standen am Rande der Tische um das Café de Paris. Ellis betrachtete die Apéritifgäste, als wären sie ein Zoo, und sagte dann deutlich zu einem tablettbeladenen Kellner: »*L'inceste avec la sœur!*« Der Kellner zuckte die Achseln, wie um zu sagen, das stünde nicht auf der Karte. »Das blitzt auf im Bewußtsein wie Wetterleuchten am Meereshimmel. Beobachtet werden, den Anlaß des Sündenfalls vermeiden! Aus der Pfanne gleich ins Feuer. Aber das kann dazu führen, daß man Ersatzfiguren sucht, Sororalsurrogate müßte man die dann wohl nennen. Interessant, sollten Sie ein Stück drüber schreiben! Nein, gibt sicher schon eines von Philip Massinger! Oder auch nicht. Lieber einen Roman, die größere Form, in einem Stück ist ja nicht genug Platz!« Einen solchen habe ich tatsächlich geschrieben, 1934. Immerhin einen halben. Aber ich wußte, den würde man mir nie durchgehen lassen, nicht in einer Zeit, wo der Journalist James Douglas, der Aldous Huxley einen GOTTESHASSER genannt hatte – den guten Aldous, der von Gott ganz trunken war! –, erklären konnte, eher würde er seinen Kindern Blausäure geben, als sie den *Born der Einsamkeit* lesen lassen. Mein Arbeitstitel hatte geheißen: *Die kleine Schwester ohne Brüste.*

»Welche Sünde ist größer?« fragte ich. Da fragte ich den Falschen. Der Richtige, um danach zu fragen, kam erst am nächsten Tag aus Paris. Er würde vermutlich die Existenz beider Sünden leugnen; allenfalls gäbe es sie als Punkte in einer hypothetischen Liste, die *a priori* von dem *Doctor angelicus* ausgearbeitet war, einem Manne, der so dick gewesen war, daß man ihm einen Halbkreis in seinen Eßtisch hatte sägen müssen. *Copulatio in aure porcelli,* Kopulation mit einem Schweineohr ist in keiner Hinsicht anders anzusehen denn besagte Handlung ausgeführt *in natibus equi,* in einem Pferdearsch (A, 3, xiv), denn dies ist Pollution und widerrechtliches Vergießen des zum Zweck der Zeugung bestimmten Samens, durch den das himmlische Königreich mit geretteten Seelen bevölkert werde. Der Inzest vergeudet den Samen nicht und darf daher als die geringere Sünde gelten, siehe aber Ambrosius Fracastor, Bibellius, Virgilius Polydorus Pornoflatus etc. etc. »Sünde? Sünde?« schrie Ellis einen kleinen Hund an. »O mein Gott, Sünde hat er gesagt!«

Die Erinnerung steht mir jetzt klar vor Augen; dennoch verstehe ich nicht, warum ich bereit gewesen sein soll, mühsam vom Condamine zum Monte Carlo hinaufzusteigen und meine Schrammen den Blicken fremder Leute auszusetzen, die sich denken mußten: »Der hat eine Keilerei mit Teerjacken hinter sich, der dreckige Schwule, geschieht ihm recht!« War ich gekommen, um im Balmoral nach Curry Ausschau zu halten, dem kleinen Verräter? Gewiß nicht. Jedenfalls war er schon abgereist. Hortense und Domenico, die beiden Heuchler, waren zu einer späten Messe in die Kirche Sainte Dévote gegangen. Warum war ich nicht in meinem Bett geblieben, das ich am Tag darauf an Don Carlo abtreten mußte, und hatte den Schlaf nachgeholt, den ich in einer langen Nacht des Lauschens auf das Tappsen unzüchtiger Füße (Disziplin, Toomey! Nein, zum Kuckuck mit der ewigen Disziplin!) versäumt hatte? Hatte ich meine Schwester zuerst befleckt sehen wollen und wollte sie nun verheiratet sehn? War es Masochismus? Oder eine sexuelle Identifizierung mit meinem Kunstbruder Domenico? Wollte ich, daß sie beide unsicher würden, weil ihnen mein scheinbarer Sinneswandel nicht geheuer wäre? Was ging da in mir vor? Ich habe das Gewerbe eines Erzählers viele Jahre lang ausgeübt, doch weiß ich heute weniger denn je über die Irrgärten der Menschenseele.

Havelock Ellis blickte nun zu dem steil abfallenden Gäßchen zwischen dem Kasino und dem Hôtel de Paris hin, und beim Anblick des Mannes, der da heraufkam, sperrte er Mund und Augen weit auf vor Freude. Der Mann, um die Fünfzig, in einem Anzug, der aus Alpaka zu sein schien und im starken Licht rötlich schimmerte, setzte sich in Trab und rannte auf Ellis los, der nun strahlte wie ein Stacheldraht in der Sonne. Ellis eilte ihm entgegen, wenn auch nicht im Laufschritt. »Mein Guter, mein Bester!« Das mußte sein homosexueller Freund aus Roquebrune sein. Später erfuhr ich, daß Mrs. Ellis ungeniert lesbisch und er selbst so ziemlich impotent war. Da standen sie beide, Ellis und dieser Mann, umarmten sich, und der Mann machte »Na? Na?« auf die feine englische Art. Dann legten sie sich die Arme um die Hüften und gingen ins Hôtel de Paris. Ellis hatte mich schon vergessen, der Flegel! Ich war Luft. Dabei hatte er mich auf den Platz hinausgeführt, wo ich mir nun unter der Sonne überflüssig und von den Möwen veralbert vorkam.

Aber siehe da, wer kommt dasselbe Gäßchen bergauf, um im Hôtel de Paris mit mir zu essen? Hortense im kleidsamen ungebleichten Leinenkleid mit geblümter Gürtelschleife an der Seite, weitem Schalkragen, einen Glockenhut mit breitem Seidenband und schmaler Krempe tief über der Stirn, und Domenico, dezent in Grau, Schlapphut mit durchgebogener Krempe, wie Puccini ihn meistens trug, einer von Domenicos Lehrmeistern. Sie kommen soeben aus der Messe und wirken spröd und solide, die Sünder! Und welcher Anlaß führt uns hier zum Essen zusammen – eine Feier, eine Buße?

»Die Feier«, sagte ich beim Kaffee, »wird vermutlich in Gorgonzola stattfinden.« Domenico, der gerade die Tasse am Mund hatte, verschluckte sich. Damit hatte er nicht gerechnet. Während des Essens hatte ich das Gespräch mit Bedacht bei dem Thema unserer kleinen Oper gehalten: Daß Mailand sie abgelehnt hatte, sagte ich, sei kein Weltuntergang. Meine Kontakte zu den Londoner Bühnen erstreckten sich zwar nicht auf die Oper, aber ich war sicher, daß ich meinen Agenten veranlassen könnte, Sir Hilary Beauclerk in Covent Garden zu veranlassen, daß er sie auf ihre Brauchbarkeit prüfte. Domenico war zuerst mißtrauisch gewesen, aber ich war gesprächig und charmant, trotzt der Schrammen und des halbzugeschwollenen Auges; ich war eben ein *Gentleman,* jemand von einem Schlage, den Domenico nur vom Hörensagen kannte. »Die Hochzeitsfeier«, ergänzte ich. Hortense sagte:

»Hör zu, Domenico, meine Idee ist das nicht, das weißt du! Es ist nur mein Bruder, dem sowas ähnlich sieht. Feierlich tun, große Reden schwingen und den Vormund spielen, du vermaledeiter Heuchler!«

»Und dein Bruder«, sagte ich, »wird die Zeremonie leiten. Ich nehme an, Hortense wird bald mit dir heimfahren müssen, um deine Familie kennenzulernen. Das alles können wir mit Don Carlo noch näher besprechen, wenn er morgen ankommt. Ich denke doch, deine Familie lebt unserer modernen Zeit gemäß, mit all ihren gesellschaftlichen Freizügigkeiten, genau wie du. Ich denke doch, es wird kein antiquiertes Feilschen um die Mitgift oder einen Heiratskontrakt geben. Ihr liebt euch, und das muß genügen, nicht mehr und nicht weniger. Oder«, sagte ich mit plötzlicher Schärfe, »liebt ihr euch etwa nicht?«

»Du gemeines Dreckschwein!« sagte Hortense.

»Halt den Mund!« fuhr ich sie an. »Untersteh dich, noch mal so mit mir zu reden! Du bist noch nicht zu alt für eine Ohrfeige. Für eine Tracht auf den blanken Hintern auch nicht.« An einem Tisch etwa fünf Meter weiter saß Ellis. Sein Freund aus Roquebrune flötete ihm jakobäische Verse vor, die ich kannte:

»Küß mich! Hört man in spätern Zeiten je
Von unsrer engen Neigung, wird man zwar,
Wie Sitte und Gewissen es verlangen,
Mit Recht uns tadeln. Kennte man die Liebe
Jedoch wie wir, sie bräch' aus jenen Schranken,
Die den Insekten selbst ein Greuel sind.«

Dann mußte er kichern.

»Ja ja«, brummte Ellis allzu laut, ein bißchen beschwipst, »vokale Metathese, Verkleidung des unaussprechlichen Wortes. Ich werde das nie vergessen, diese Verrückte! Wie die Königin gesagt hat; ›Wirf, guter Hamlet, dies farbge Nachthemd ab!‹ Aber das war nur bei der Probe, da hat sie sich Luft gemacht.«

»Ein interessantes Stück!« sagte ich zu Hortense. Das Kernwort des Titels schien sie nicht zu kennen, trotz all ihrer Bildung, einer Bildung, die gleichbedeutend war mit Besudeltsein. »*Whore* heißt es, dasselbe wie eine *Hure* auf deutsch. Schwester Gertrude wird es vielleicht bei Gelegenheit einer Ermahnung manchmal gebraucht haben.«

»Ja doch!« sagte Domenico, nachdem er seinen Kaffe ausgetrunken und sich mit der Serviette gründlich den Mund abgewischt hatte. »Wir lieben uns.« Und er streckte seine behaarte Pfote über den Tisch, um Hortenses schmales Handgelenk damit zu decken.

27

Don Carlo hatte telegrafiert, er käme auf fünf Tage; tatsächlich blieb er über eine Woche. Er hatte, soviel ich erfuhr, auf dem Gebiet des Exorzismus eine Reputation erlangt, und in der Gegend um Nizza gab es harte Arbeit für ihn. Der Bischof von Nizza hatte um seine Dienste nachgesucht, und daher hatte Carlo von der *Catho* in Paris eine Woche Sonderurlaub bekommen. Ein bißchen unvorschriftsmäßig, allem Anschein nach, aber Seine Exzellenz hatte gesagt, er sei als Teufelsbekämpfer der beste Mann in ganz Europa, und das war ganz wörtlich gemeint. Für manche Kirchenmänner war der Teufel keine Metapher, sondern ein greifbares Wesen oder vielmehr eine disziplinierte Armee solcher Wesen (weshalb sein Name *Legion* ist), mit dem Sohn des Morgens als dem Generalissimus, dem Belial, Beelzebub und Mephistopheles unterstanden, außerdem eine Unmenge Feldwebel und Rekruten, die allesamt darauf brannten, sich für die böse Sache zu schlagen und befördert zu werden. Ein Riesenunsinn, dachte ich damals, aber Don Carlo war bereit, mit dem *Rituale Romanum* bewaffnet gegen all diese in den Leibern der Unschuldigen verschanzten Unterteufel anzutreten und ihnen sozusagen heimzuleuchten zur Hölle. Er hatte nie den leisesten Zweifel daran, daß das Böse eine äußere Tatsache sei, und das machte ihn zu einem furchtbaren Streiter. Der Mensch war Gottes Geschöpf und daher vollkommen. Der Teufel hatte sich in den Garten Eden Einlaß verschafft und den Menschen gelehrt, böse zu sein, und so trieb es der Teufel noch immer. Warum aber hatte Gott den Teufel nicht mitsamt all seinen Werken vernichtet? Wegen des freien Willens. Wegen des freien Willens hatte er den Aufstand der Engel erlaubt. Der freie Wille war von Gott verliehen und konnte nie und nimmer und unter keinen Umständen widerrufen werden. Aber hören wir darüber lieber Don Carlo in seinen eigenen Worten! Die Schwerarbeit des Exorzismus, die nun sein tägliches Brot war (ich stellte ihn mir dabei mit aufgekrempelten Hemdsärmeln vor), hatte in den Spalten der Zeitung *Nice-Matin* Beachtung gefunden. Das Opfer, das sich die unerwünschte Gunst einiger subalterner, aber klettenhaft anhänglicher Teufel zugezogen hatte – sie hörten anscheinend auf Namen wie Chouchou, Ranran und Piquemonsieur –, war der achtjährige Sohn eines Bahnarbeiters, und der Vater hatte sich im Bistro einem Reporter anvertraut. Don Carlo hielt nicht ohne Grund die Presse für ihrerseits des Exorzismus bedürftig und weigerte sich, mit ihren Vertretern zu sprechen. Statt dessen sprach er zu aller Welt oder zu mindest demjenigen Teil der Welt, der am nächsten Sonntag die Elfuhr-Messe in Sainte Dévote besuchte. Er hielt seine Predigt in sehr ordentlichem Französisch, wenngleich mit Mailänder Akzent, über den neunten Vers im fünften Kapitel des Markusevangeliums, die Stelle, wo es heißt, Legion ist mein Name, denn unser sind viele. Er sagte:

»Erst vor fünf Monaten ist ein verheerender, entnervender, mörderischer, ein ganz und gar böser Krieg zu Ende gegangen. Wenn ich sage *böse,* so heißt das nicht dasselbe, wie wenn es ein Politiker oder ein Journalist sagt. Denn sie gebrauchen dies Wort in einem losen, beliebigen Sinne, als bloßes Synonym für schädlich oder unerwünscht. Wir haben alle schon vom ›Bösen des Kapitalismus‹ oder vom ›Übel des Mietwuchers‹ gehört, und wir haben zugelassen, daß der Ausdruck eine rein weltliche Bedeutung gewann. Aber *le mal, malum, evil,* das Übel oder das Böse im strengen Sinne bezeichnet eine absolute Kraft, die in der Welt tobt fast seit Anbeginn der Schöpfung und die erst am Jüngsten Tag erliegen wird. Diese Kraft ist absolut, das heißt, sie ist nicht von Menschen geschaffen. Sie ist das Monopol spiritueller Wesen, die von Gott erschaffen wurden: erhabene, majestätische und prächtige

Diener des Allmächtigen, die sich unter einem Führer, dem schönsten von allen, welcher der Lichtbringer hieß, gegen Gottes Herrschaft empörten, ihm den Dienst aufkündigten und aus dem Empyreum in den dunklen und leeren Raum geworfen wurden. Ihrem Fall, der sonst endlos gewesen wäre, denn der Raum kennt keine Grenzen, geboten sie Halt, indem sie aus eigenem Willen einen neuen Wohnsitz für sich selbst ins Dasein riefen, den wir die Hölle nennen; und das Prinzip der ewigen Güte ersetzten sie durch das gegenteilige Prinzip des ewig Bösen.

Wie nun definieren wir dies Böse? Sehr einfach. Als ein Prinzip, eine Wesenheit, die darauf abzielt, der Güte Gottes zu widerstehen und sie durch eine Reihe von Kriegshandlungen am Ende zu besiegen. Blinde Engel, irregeleitet in ihrem sündigen Stolz, die sich in einem hoffnungslosen Kampf gegen den Allmächtigen stellen, ihren eigenen Schöpfer, Ihn, der sie mit einem Schnauben Seiner göttlichen Nase auslöschen könnte wie Kerzenflammen! Gott aber ist als der Schöpfer definiert, nicht als der Vernichter, und in seinem Wesen liegt es nicht, zu zerstören, was Er erschaffen hat. Warum aber, mag nun der Unwissende fragen, hat Er nicht schon den ersten Funken der Empörung erstickt; warum ist das Bekenntnis zum Ungehorsam nicht schon dem, der es aussprach, im Halse steckengeblieben? Weil Er Seinen Geschöpfen die schreckliche und geheimnisvolle Gabe der freien Wahl verliehen hat. Man könnte sagen, daß Gott, da er nicht nur allmächtig, sondern auch allwissend ist, von Anbeginn gewußt habe, daß der Aufstand der Engel erdacht und vollzogen werden würde, und dies Vorwissen müßte notwendig die Freiheit der Geschöpfe aufheben. Dies aber entspringt dem schändlichen und nur allzu menschlichen Wunsch, dem Wesen der Gottheit eine Beschränkung beizulegen, welche die schrankenlose Inbrunst Seiner Liebe außer acht läßt. So sehr liebt Er Seine Geschöpfe, daß Er ihnen die Gabe Seines eigenen Wesens gewährt – vollkommene Freiheit. Im Vorwissen würde diese Gabe zurückgenommen, denn was vorhergesehen werden kann, ist vorbestimmt, und wo Vorsehung waltet, gibt es keine Willensfreiheit. Nein, in der schrecklichen Folgerichtigkeit Seiner Liebe hat Gott sich selbst das Vorwissen versagt, sich selbst eine Art menschlicher Unwissenheit auferlegt, in der wir den ersten Keim Seiner schließlichen Inkarnation in menschlicher Gestalt sehen dürfen. Schon mit dem entsetzlichen Sturz der Engel in den Abgrund beginnt Gott, die Möglichkeiten der Erlösung anzubahnen.

Der Erlösung von wem oder von was? Nicht von Luzifer und seiner Bosheit. Hier gibt es kein Zurück. Das Böse ist gewählt worden und jetzt nicht mehr zu widerrufen. Aber aus einer geheimnisvollen und furchtbaren Notwendigkeit heraus ist Gott an der Erschaffung des Menschen gelegen. Wenn ich von der Erschaffung des Menschen rede, will ich Sie nicht unbedingt auffordern, sich die buchstäbliche Verfertigung eines Lebewesens von Fleisch und Blut aus dem Staube zu denken. Den Wortklaubern Amerikas will ich es überlassen, die Möglichkeit eines langwierigen Schöpfungsvorgangs zu leugnen, den wir meinetwegen sogar Evolution nennen könnten. Nehmen wir jedenfalls an, daß an irgendeinem Punkt im langen Wirken der Zeit jenes Geschöpf auftritt, das wir den Menschen nennen, aus Fleisch, Blut und Knochen, und daß ihm sein Schöpfer eine Seele einhaucht. Das Wesen dieser Seele ist die Gabe der Freiheit, zu wählen, das Unterpfand der göttlichen Liebe. Und was ist dies für eine Wahl? Es ist eine Wahl zwischen dem Reich des Guten und dem Reich des Bösen. Ja, wir dürfen sagen, wie es manche Kirchenväter, unter ihnen Theodosius, gesagt haben, daß das Böse eine Notwendigkeit ist, denn gäbe es nur das Gute, so stünde nur das Gute zur Wahl, und das wäre keine Wahl. Also erschafft Gott den Menschen und verleiht ihm das göttliche *liberum arbitrium,* und siehe da, zwischen zwei Reichen kann er wählen: zwischen dem ewigen und strahlenden, das der Herrgott selbst erschaffen hat, und der stinkenden Höhle von Schmerz und Grauen, wo Gottes Feind haust.

Lassen Sie es mich klar aussprechen, meine Brüder, daß ebenso wie das Gute, das nicht von Menschenhand geschaffen wurde, sondern als eine ewige Wesenheit dem Menschen zur Wahl gestellt wird, so auch das Böse, sein tödlich genaues Gegenteil, über alles Menschenwerk hinausgeht. Es ist das Werk eines anderen Ewigen, des Führers jener Legion von Verdammten und Verlorenen, die den Allmächtigen treffen wollen, indem sie Seine liebste Schöpfung verwunden. Von den bösen Werken des Menschen zu sprechen ist nur möglich bei äußerster Verschwommenheit des Denkens und der Ausdrucksweise. Um dies zu verbildlichen, könnten wir sagen, daß der Mensch auf der Klaviatur seines Instruments eine Melodie des Bösen spielt, die er nicht selber komponiert hat. Nein, ein tödlicher Genius steht hinter ihm, der unsichtbar ist, sich aber in seinen Werken offenbart, und diese Werke haben eine gemeinsame Eigenart; sie lassen eine Handschrift und einen Charakter erkennen. So wie Gott der Schöpfer, so ist Gottes und des Menschen Feind der Vernichter. Das Böse ist Vernichtung, aber wir müssen zunächst kurz auf das Wesen dieser Vernichtung eingehen.

Etwas zu vernichten ist in menschlichen Angelegenheiten, wie wir wissen, nicht unbedingt verwerflich. Ein verfallenes Gebäude kann man dem Erdboden gleichmachen, um am selben Platz ein schöneres zu errichten. Eine Epoche der Tyrannei kann gewaltsam beendet werden, damit ein Zeitalter der Freiheit an ihre Stelle trete. Bei diesen Arten der Vernichtung ist jedoch eine Besonderheit zu beachten: Etwas wird vernichtet, das schon seinerseits als vernichtend erkannt ist. Das verfallene Gebäude ist eine Gefahr für seine Bewohner, und überdies ist es häßlich und mißfällt dem Auge. Häßlichkeit ist ein erkennbares Attribut des Bösen. Der Tyrann ist ein Vernichter, und den Vernichter mitsamt seinen Werken zu vernichten, ist der erste Schritt, um eine Ära des Guten zu begründen, mit Schönheit als einem erkennbaren Attribut. Das Wesen der diabolischen Vernichtung aber ist ein ganz anderes. Sie führt einen Schlag gegen das Gute und Schöne, in denen sie Spiegelungen des Göttlichen sieht. Einen Schlag auch gegen das Wahre, das dritte in der heiligen Dreiheit der göttlichen Attribute. Das Teufelswerk der Vernichtung ist an seiner Mutwilligkeit, an seiner augenscheinlichen Sinnlosigkeit zu erkennen. Es dient keinem Zweck, es sei denn, dem Schöpfer ins Gesicht zu spucken. In dem Kriege, der erst seit fünf Monaten zu Ende ist, haben wir ein beispielloses Panorama der Vernichtung gesehen: die sinnlose Opferung von Millionen Menschenleben, mutwillig verübte Grausamkeit, die Aussaat von Not und Krankheit, die Zerstörung großer Städte, die Vergiftung der Luft und der Erde. Und manche sprechen von einer Vergeudung, einem Irrsinn, einer *dementia* der Menschheit, ihrem unerklärlichen Streben nach der Selbstvernichtung. Doch sollen wir von Vergeudung sprechen, wenn so viele Menschen, Männer, wie Frauen, zu Heldentaten getrieben wurden, zu Taten der Liebe und Selbstaufopferung, wie sie aus den Zeiten des Friedens und der Erschlaffung niemals hätten hervorgelockt werden können? Sollen wir von Irrsinn sprechen, wenn doch der Teufel für die massenhafte Verübung des Bösen mit solcher List und Umsicht die Anlässe stiftet, daß die böse Sache als die gute erscheint? Sollen wir von Unerklärlichkeit sprechen, wenn doch die Heilige Schrift und die Lehren der Heiligen Kirche uns nur allzu klar sagen, daß die Herrschaft des Bösen die eine von den zwei bleibenden Tatsachen unseres Lebens ist, und die andere ist die Herrschaft des Guten?

Liebe Brüder und Schwestern in Christo, ich habe von einem großen Bösen gesprochen, und nun will ich kurz auf ein kleineres zu sprechen kommen – obwohl ich betonen würde, hätte ich die Zeit und hätte ich nur die Darstellungsgabe und Beredsamkeit, daß wir über des Teufels Werke eigentlich keine quantitativen Urteile abgeben können, denn alles, was er verübt, ob groß, ob klein, ist ein Greuel und ein Versuch, Gottes Güte und Majestät zu besudeln. Ob er nun aus der Blüte des Mannestums in der Welt eine Myriade dahinrafft oder ob er ins Dasein eines unschuldigen Kindes eindringt, müssen wir ihm gleichermaßen mit der Stimme des Protests im Namen des Allerhöchsten begegnen. Ich, der geringste und schwächste von Gottes Dienern, war in den letzten Tagen mit einer jener normalen Pflichten befaßt, wie sie dem Priestertum aufgetragen sind, da sie von unserm Herrn Jesus Christus seinen Jüngern anbefohlen wurden, nämlich der Austreibung böser Geister. Ich war damit befaßt, schmutzige kleine Diener des Vaters der Lügen niederzuwerfen, elende und doch in ihrer Feigheit furchtbare Kreaturen, da sie feig über die Unschuldigen und Wehrlosen herfallen. Willkürlich wie ein Bienenschwarm haben sie sich auf die Person eines kleinen Jungen gestürzt, den Sohn einer guten und bescheidenen katholischen Familie, und haben versucht, indem sie das arme Kind zum Wahnsinn trieben, eines von Gottes vollkommenen Geschöpfen zu vernichten. Da waren sie, und ihrer Stimmen waren viele, aber das Thema war nur eines, nämlich geifernde, unflätige Lästerung, kläffende Widerrede gegen Gottes Diener, Anspucken des heiligen Kreuzes und Niederbrüllen der heiligen Worte des Exorzismus. Aber am Ende suchten sie heulend das Weite, und, Dank sei Gott und Seinem Heiligen Sohne, der Unschuldige wurde zur Unschuld wiederhergestellt, und in dieser bescheidenen Familie wird immer ein lebhaftes Gefühl für Gottes Größe herrschen und für die letztendliche Ohnmacht des Bösen.

All dies sage ich Ihnen, meine Brüder und Schwestern, damit Sie von neuem des Kampfes gewahr werden, den Gott in Seiner unerschöpflichen Weisheit über unsere Tage verhängt hat. Der Kampf nimmt vielerlei Formen an, doch im Grunde müssen wir nur den einen Feind erkennen, das Heer, dessen Name Legion und dessen Soldaten so viele sind. Lassen Sie mich nun den wahren Sinn eines höchst furchtbaren Wortes deutlich machen, das Sie selber gebrauchen und an jedem Tag Ihres Lebens von anderen gebraucht hören, das Ihnen von Geistlichen wie mir entgegengerufen wird, über das Sie aber vielleicht noch nie zur Genüge nachgedacht haben. Das Wort heißt *péché, peccato, sin,* die Sünde. Ich bitte Sie, sehr gewissenhaft zwischen diesem Wort Sünde und dem anderen Wort Böse zu unterscheiden. Denn Sünde ist dasjenige, was menschliche Seelen begehen können, das Böse dagegen ist jene schon vorgegebene Wesenheit, der eine menschliche Seele durch die Handlung, die wir eine Sünde nennen, sich willentlich ergeben kann. Die Heilige Kirche lehrt, daß sich die Fähigkeit zur Sünde von der Ursünde herleitet, die unsere Ureltern begingen, als sie dem Vater des Bösen lauschten, sich von seiner verführerischen Stimme betören ließen und von der verbotenen Frucht im Garten Eden aßen. Diese Fähigkeit zur Sünde haben wir von ihnen ererbt, ebenso wie andere adamitische oder menschliche Wesenszüge. Nun können wir die Sünde als eine Übertretung definieren, ermöglicht durch unsere eingeborene Fähigkeit, das wahrhaft oder göttlich Gute mit dem zu verwechseln, was uns der gefallene Sohn des Morgens als ein höheres Gutes hinstellt. Natürlich, es gibt kein höheres Gutes als das Gute Gottes, doch in unserer Blindheit, in der Verstrickung des Fleisches, der Überreizung der Begierden, in der Leichtgläubigkeit unseres gefallenen Zustandes – eines Zustandes, an dem wir der Tatsache Schuld geben müssen, daß das Böse vom Teufel schon in die Welt gesetzt war – werden wir nur allzu oft einer diabolischen Kunst und Schläue erliegen und das Häßliche für schön, das Falsche für wahr und das Böse für gut gelten lassen. Dies nun sage ich Ihnen: Klagen Sie nicht, daß dem so ist, sondern erfreuen Sie sich des Kampfes um die Erkenntnis des wahren und schönen Guten, erfreuen Sie sich der großen und göttlichen Gabe, die in der Freiheit liegt, den Kampf fortzusetzen!

Gott schuf den Menschen nach Seinem Bilde. Gott schuf den Menschen ohne Fehl, aber auch mit der Freiheit, fehlerhaft zu werden. Die Fehler aber lassen sich aufheben, die Rückkehr zur Vollkommenheit ist möglich. Wenn wir uns, und manchmal mit gutem Grund, als ›erbärmliche Sünder‹ bezeichnen, müssen wir uns daran erinnern, daß wir dies aus eigenem Willen sind, daß dies nicht ein von einem göttlichen Schöpfer über uns verhängter Zustand, sondern eine Folge unseres freien Willens ist. Dieser freie Wille aber, der uns zur Sünde fähig macht, ist die edelste Gabe des Himmlischen Vaters. Wir müssen lernen, unsern Willen mit dem Seinen und nicht mit dem des Widersachers zu vereinigen. Dies ist, kurz gesagt, der Sinn des menschlichen Lebens. Der Hang zur Sünde ist in uns, aber die Sünde setzt das schon gegebene Böse voraus, und dies Böse ist nicht in uns, sondern in den Mächten der Finsternis, die uns quälen. Freut euch, denn Gott ist in euch! Freut euch des von Gott anbefohlenen Krieges! ›Legion ist mein Name, denn unser sind viele.‹ Ja, doch die Heerscharen der göttlichen Gnade sind unendlich viel größer, und tausendmal heller als die Sonne scheint ihre Rüstung, und Waffen halten sie bereit von unauslöschlichem Schrecken. Fürchtet euch nicht! Sogar aus dem bösesten Übel kann strahlend das Gute erstehen. Bei Ephesus und anderswo haben wir gegen das Tier gekämpft, und wir werden weiter kämpfen gegen das Tier und all seine Brut, ob groß, ob klein. Es soll nicht siegen! Gott ist gut, Seine Welt ist gut, Seine Kinder sind gut. Freut euch und frohlocket im Namen des Vaters und des Sohnes und des Heiligen Geistes! Amen.«

Don Carlo, dem das Hauptschlafzimmer überlassen wurde, während ich – gegen keinerlei Widerspruch – darauf beharrte, auf einer Couch im Salon zu schlafen, betrachtete sich als den Hausherrn, und daß ich die Messe, bei der er diese Predigt hielt, besuchte, hatte er so gut wie befohlen. Also war ich hingegangen, in einer Art säuerlich guter Laune, gemeinsam mit meinem künftigen Schwager. Hortense, mit der Don Carlo zutiefst einverstanden war als mit einem guten, hübschen, unschuldigen und katholischen Mädchen, ging zu einer früheren Messe, um für Don Carlo, der gefastet hatte, ein echt englisches Sonntagsdinner mit Roastbeef und Yorkshire-Pudding mit Colmans Senf bereiten zu können. Auf den Yorkshire-Pudding verstand sie sich gut: Er stieg auf der einen Seite hoch aus der Backform auf, war außen knusprig braun und innen flockig gelb. Don Carlo aß mit dem gleichen Behagen, mit dem er auch in der letzten Woche zu Werke gegangen sein mußte, bei der Austreibung von Chouchou, Ranran und Piquemonsieur.

28

»Er kann seine Gefühle nicht zeigen«, sagte Signora Campanati, »aber ich weiß, er ist glücklich.« Sie sprach von ihrem Gatten, der seit fünf Jahren gelähmt im Rollstuhl saß. Dennoch war er der Mittelpunkt einer lebhaften Hochzeitsfeier unter freiem Himmel.

Wir befinden uns nun im Sommer 1919, und bald werde ich mit diesem ersten Nachkriegsjahr fertig sein. In diesem Sommer gelang Alcock und Brown der erste Direktflug über den Atlantik, und bei Scapa Flow wurde die internierte deutsche Flotte versenkt. Am 28. Juni wurde in Versailles ein Friedensvertrag mit Deutschland unterzeichnet, und am Tage darauf wurden Domenico und meine Schwester in der Kapelle, die zum Hause der Familie Campanati gehörte, bei Gorgonzola, einer Kleinstadt östlich von Mailand, durch das Band der heiligen Ehe vereinigt. Unser Vater, dessen Heiratserlaubnis wir einholen mußten, hatte aus Battle kurz telegrafiert, daß er keine Einwände habe. Die Rolle des Brautführers überließ er mir.

Ich war inzwischen aus Monaco nach Paris gezogen, wo ich eine Wohnung in der Rue Bonaparte gemietet hatte. Hortense und Domenico, mehr er als sie, sprachen davon, daß sie ebenfalls nach Paris ziehen wollten, nach den Flitterwochen in Rom und einem weiteren Aufenthalt in Gorgonzola, wo sie nun schon seit einigen Monaten waren. Also würden wir uns schließlich alle in Paris treffen, Carlo an der *Catho,* ich unter dem Sauerstoffzelt des literarischen Modernismus, und Domenico, wie er sagte, wollte sich mit der neuen jazzigen Würze der *Six* einen Namen machen, vielleicht ein bißchen bei Nadia Boulanger oder Martinú studieren, auf jeden Fall aber, zum Vergnügen ebenso wie zum Gelderwerb, als Jazzpianist mit Negersaxophonisten in den *boîtes de nuit* spielen. Paris sei *die* Stadt, sagte er.

Was das Städtchen Gorgonzola angeht, so wird der Leser wissen, daß es die Heimat eines weltberühmten Käses ist, und durch die Erzeugung und den weltweiten Absatz dieses Käses war die Familie Campanati reich geworden. Da nun viele den Käse, aber nur wenige die Stadt kennen, ist die Nennung dieses Namens keine einfache Ortsangabe, sondern ruft ein Oxymoron von herzhaftem Geschmack und üblem Geruch herauf. Ich fuhr mit dem Schlafwagen von der Gare de Lyon nach Mailand, traf mich zu einem Lunch (*riso al burro, vitello,* eine Flasche Vighinzano) mit Elio Spagnol, der zwei von meinen Büchern verlegt hatte, blieb über Nacht im

Excelsior Gallia an der Piazza Duca d'Aosta und ließ mich am nächsten Morgen in einem gemieteten offenen Coupé zur Casa Campanati fahren, auf der Straße über Cernusco sul Naviglio und Cassina de' Pecchi. Der Chauffeur, ein wohlgenährter Mann und voll Verachtung für die Bauern, sprach von den Nachkriegsnöten Italiens, an denen er hauptsächlich den Engländern Schuld gab; die einzige Hoffnung sah er in einer kommunistischen Revolution. Es war ein schöner Tag, und die Lerchen durften ohne Flintenbeschuß aufsteigen. Der Chauffeur sprach mit einem verschluckten r-Laut, einem sogenannten Rhotazismus, eine Spracheigentümlichkeit, die man bei Italienern gemeinhin nicht erwartet, die aber in der Lombardei verbreitet ist. *'Ivoluzione. 'ibellione. Lo spi'ito 'ivoluziona'io* – die Henkerskarren rollten gleichsam auf umwikkelten Rädern. Es war ein schöner Tag, mit schwerem Magnolien- und Zederndulft. »Kapitalisten!« sagte der Chauffeur, als wir zu den hohen Mauern um die Villa Campanati gelangten. »Diese Mauern stehn nicht mehr lange, werden Sie sehn!« Auf den Torpfosten lagen zwei gewaltige Steinkugeln, links eine und rechts eine, wie man sie in England einst als Wahrzeichen grundherrschaftlicher Rechtshoheit kannte. »Da kommen ihre Köpfe drauf«, versprach der Chauffeur. Er feilschte erbittert über den Fahrpreis. Es war ein schöner Tag, und die Brise, die von der Stadt her wehte, trug keine Geruchsspur von der lokalen Spezialität.

»Aber ich weiß, er ist glücklich.« Mein Stuhl an dem großen, quadratischen Tisch auf dem weiten Rasen stand gleich neben dem ihren. Das Haus hinter uns war ein sonderbares Architekturgemisch. Es war im wesentlichen ein kleines Herrenhaus, dessen Bau, so erfuhr ich, in dem Jahre beendet worden war, als die Engländer in der Schlacht bei Bosworth ihre englischen Herrscher verloren. Früher war es im Besitz einer Nebenlinie der Familie Borromeo gewesen; der exzentrische Principe Dragone hatte hier gehaust, zerfressen von der Syphilis, bis zu seinem Selbstmord in den 80er Jahren; und dann war das Besitztum zum Verkauf angeboten worden. Die Familie Campanati hatte das Haus mitsamt manchen Kunstschätzen übernommen, darunter eine *Venere e Cupido* von Annibale Caracci, eine *Annunciazione* von Bernardino de' Conti und eine *Maddalena Penitente* von Antonio Boltraffio. Im Keller, hieß es, sei eine große Bibliothek seltener Erotika eingemauert, aber einem obszönen steinernen Satyr, ich glaube, von Tallone, hatte man gestattet, sein Unwesen zwischen den Zypressen fortzusetzen. Die Familienkapelle, wo die Ehe meiner Schwester die religiöse Weihe erhielt, lag an der Rückseite des Hauses, hinter einem weiten Hof, und sie hatte vier fromme Gemälde von Lanzetti, außerdem einen Schmerzensmann (später zurückgefordert von der Familie Borromeo und heute im Palazzo Borromeo am Lago Maggiore zu besichtigen), der Zenale zugeschrieben wurde. Die Campanatis hatten das ursprüngliche Gebäude durch zwei nichtssagende Flügel erweitert, große Stuckkästen voller Schlafzimmer wie in einem Hotel, mit dem Vorgeschmack eines amerikanischen Holiday Inn. Im Erdgeschoß des linken oder östlichen Flügels befand sich die Zimmerflucht des gelähmten Familienoberhaupts, mitsamt einer Art Nebenflucht für seine Pflegerin, eine Miss Fordham aus Amerika.

»Glücklich«, sagte Signora Campanati, eine Dame Anfang sechzig, Italo-Amerikanerin, deren Familie aus Livorno stammte. Sie hatte einen leichten Silberblick, so daß man Hortense, die, wie man sich erinnern wird, die gleiche zauberhafte Abnormität aufwies, eher für ihre Tochter als für eine eben erst hinzugewonnene Schwiegertochter halten konnte. Sie war schlank und gepflegt wie eine Amerikanerin.

Strenggenommen wäre für die Ausrichtung der Hochzeitsfeier die Familie der Braut verantwortlich gewesen, aber trotz meines Angebots, ein Bankett heranschaffen zu lassen (das Geld hatte ich; die Royalties machten in diesem Jahr ihrem Namen Ehre), hatten die Campanatis es sich nicht nehmen lassen, für alles aufzukommen. Eine gewisse Erleichterung, sogar den Dienern anzumerken, lag in der Luft, daß Domenico endlich in feste Hände käme.

Er und Hortense waren eine Zeitlang bei mir in Paris gewesen, sie, um für das Hochzeitskleid und die Aussteuer zu sorgen. Das Kleid wurde im aufstrebenden Hause Worth gearbeitet und war sehr modern, das heißt, es hatte ein röhrenförmiges Miederteil, niedrige Taille, gerafften Rock knapp bis über die Knie, Hemdsärmel mit glockenförmigen Spitzenmanschetten, tiefen, U-förmigen Ausschnitt und einen zarten Chiffonschleier mit bestickten Rändern. Damals in Paris, bei einer Gelegenheit, als Domenico irgendwohin gegangen war, um die Komponistin Germaine Tailleferre kennenzulernen, sagte Hortense, sie könne mir nie verzeihen.

»Weshalb denn?« fragte ich in ehrlichem Erstaunen. Wir aßen

zu Mittag in einem Restaurant, das seither längst verschwunden ist, dem Pelléas et Mélisande in der Rue Buffon, südlich vom Jardin des Plantes, und ich hatte gerade mein *steak au poivre* angeschnitten. »Weshalb denn, um Gotteswillen?«

»Weil du so ordinär warst. Es war gemein und ordinär von dir, die Sache so zu forcieren. Ich kam mir ganz schmierig dabei vor, und Domenico auch. Es stand dir nicht zu, davon anzufangen, wann es sein sollte, und los, mach schon, sieh zu, daß meine Schwester eine anständige Frau wird, du Lümmel, und all diese Sachen.«

»Aber du hattest doch gesagt, du willst ihn heiraten!«

»Wann ich es will, ja! Es war meine Sache, ihn dahin zu bringen, und da bist du dazwischengekommen mit deiner widerlichen, klotzigen Heuchelei, meinen Segen habt ihr, Kinder, und mit dem ganzen Mist!«

»Ich versteh nicht, ich versteh einfach nicht! Ich wollte doch bloß, daß du den Mann kriegst, von dem du gesagt hast, du liebst ihn, und–«

»Mich abschieben willst du, weil ich dir eine Last bin, und dann kannst du dein widerliches Schwulenleben fortsetzen. Außerdem bin ich jetzt gar nicht mehr so sicher, ob ich ihn liebe.«

»Ach, das ist so üblich, kurz vor der Heirat, wenn man sich das klar macht, bis daß der Tod euch scheidet und dergleichen. Und«, sagte ich, »ich wünsche nicht, daß du in solchen Ausdrücken wie eben über mein Leben sprichst. Mein Leben ist mein Leben.«

»Und meins ist meins – oder war es, bevor du dich eingemischt hast.«

»Du bist ein Mädchen, du bist noch nicht volljährig.«

»Das steht nur im Gesetz, und das Gesetz ist Unsinn. Jetzt fühl ich mich eingepfercht und festgenagelt und nicht mehr frei. Alles deine Schuld!«

»Es ist nicht meine Schuld! Du hast ihn dir ins Bett genommen, und dann hast du gesagt, du willst ihn haben, und–«

»Das sind Engländer da drüben. Die hören zu. Sprich nicht so laut!«

»Du hast das alles angefangen. Aber«, und ich legte Messer und Gabel hin, »du mußt ja nicht, weißt du? So manch eine Heirat ist schon abgesagt worden, auch noch am Altar.«

»Oh, ich werde's mitmachen.« Und sie stocherte in ihrem Endiviensalat. »Ich werde sehr glücklich sein«, sagte sie bitter.

»So wie dir jetzt zumute ist, oder wie du denkst, daß dir zumute ist, weißt du, das ist gar nicht so ungewöhnlich.«

»Du mußt es ja wissen.«

»Ein bißchen weiß ich allerdings vom Leben. Ich bin Schriftsteller.«

Sie schob den Salat beiseite und legte die Hände zusammen, als wollte sie ein Gebet sprechen.

»Er macht mir Angst«, sagte sie.

»Domenico? Ganz unmög–«

»Domenico nicht, Carlo! Mir ist das nicht ganz geheuer, wie der mich manchmal anschaut. Als ob er sehn könnte, was in mir vorgeht. Er schaut mich an, und dann grinst er so irgendwie und nickt.«

»Ja, hab ich gesehn! Aber er nickt vor Zufriedenheit. Er ist mit dir einverstanden. Domenico ist ein – ein Bruder Leichtfuß gewesen, wie du ja weißt. Jetzt kommt er in feste Hände.«

»Ja, so ist es, alles bestens für Domenico, immer nur, was alle andern wollen, und an mich denkt niemand. Und dann fängt Carlo schon von den Kindern an, die wir kriegen werden. Er sieht die irgendwie, als ob sie schon da wären. Jede gute katholische Familie schenkt Gott Menschenkinder, sagt er. Wie er das wohl meint? Jedenfalls, ich fühle mich eingesperrt und kann nicht raus, nie mehr! Das werd ich dir nie verzeihen.«

»Du redest reinen, absoluten Unsinn!«

»Es ist kein Unsinn, und das weißt du selbst! Ich meine, was ist denn aus uns geworden, aus unsrer Familie? Wir existieren nicht mehr, aber die Campanatis, mit der Kirche hinter sich, blühn und gedeihen wie ein–«

»Weinberg?«

»Nein! Doch! Na, jedenfalls lebendig sind sie und gehn nicht in die Brüche, obwohl der Alte nicht mehr lange zu leben hat, und da komme ich und werde von denen verschluckt!«

»Du kannst aussteigen«, sagte ich, »jetzt gleich.«

»Du weißt, daß ich's nicht kann. Dieser verdammte Carlo würde mich nicht lassen. Ach, vielleicht ist es doch Unsinn.«

»Nicht nur vielleicht!« hatte ich gesagt und mich wieder über mein Pfeffersteak hergemacht, ohne viel Appetit. Und nun, als Signora Campanati neben mir saß, aß ich eine Scheibe vom Hochzeitskuchen, einem prächtigen Rokokogebäude aus vielen Schichten, auf dem es von Cherubim und breitärschigen *putti* wimmelte wie von Fliegen, das Werk eines Mailänder Architekturkonditors. Dazu trank ich ein Glas Dom Perignon, um ihn hinunterzuspülen. Auch dem Paralytikerkopf wurden von Schwester Fordham ein paar Krümel von dem Kuchen eingefüttert. Hortense war ein bißchen betrunken, was nicht schadete, aber nicht so betrunken wie Domenico, der vor Onkeln, Tanten, Vettern, Schulfreunden, Monsignori, Dienstboten, Angestellten aus dem *Caseificio* und Nonnen eine überschnappende Freude zur Schau stellte, allerdings nicht ohne einen Beiklang von italischer Abgefeimtheit. Unter den Nonnen befand sich die einzige Tochter der Familie, Luigia, Suor Umiltà, ein großes schnurrbärtiges Mädchen Mitte zwanzig, unverhohlen und ohne sichtbare Wirkung ständig am Süffeln. Carlo hielt eine lange unsittliche Dialektrede und goß unter Applaus in einem Zug einen halben Liter Schampus hinunter. Signora Campanatis gezwungenem Lächeln merkte ich an, daß dies nicht der Stil der Familie war: Dies war eine Familie gesetzter Geldverdiener, die sich einer Sprache namens Italienisch bedienten, nämlich einer für den nationalen Gebrauch neutralisierten Form der toskanischen Mundart mit all ihren Bildungs- und Herrschaftsnuancen, während Carlo anscheinend eine Art pastorale Pflicht darin sah, die himmlische Sprache in einer Schaunummer mit der irdischen zu vermählen. Und noch etwas: Im Vergleich zu seinen schmalen, zierlichen Verwandten war Carlo körperlich ungeschlacht. Einen Augenblick dachte ich ihn mir als einen Wechselbalg, ein Koboldskind, das man den Campanatis in die Wiege gelegt hatte. Jedenfalls hatte er keine Ähnlichkeit mit seinem ältesten Bruder Raffaele.

Raffaele war nicht wegen der Hochzeit in Italien, sondern weil er um diese Jahreszeit immer aus Chikago heimkam. Er sah aus wie der internationale Geschäftsmann, der er war, doch hatte er eine Aura der Lauterkeit und sogar Frömmigkeit um sich, so als hätten die Antriebe, die aus Carlo einen Priester und aus Domenico einen Musiker gemacht hatten, hier innegehalten und die interessante Widersprüchlichkeit einer, wie ich erfuhr, im geschäftlichen Erfolgsstreben ehernen Persönlichkeit geformt. Er war Ende dreißig und schon Witwer. Seine Frau war eine angelsächsische Katholikin aus St. Louis gewesen, an Blutvergiftung gestorben nach dem dritten fehlgeschlagenen Versuch, den Campanatis einen Erben zu schenken. Er hatte nicht wieder geheiratet und sagte, er würde bis an sein Lebensende Witwer bleiben. Fortgepflanzt werden sollte die Familie durch Domenico und meine Schwester; daher die Bedeutung dieses Anlasses.

»Er kann seine Gefühle nicht zeigen«, sagte Signora Campanati, »aber ich weiß, er ist glücklich.« Wie gesagt, sie sprach von ihrem Gatten, einer eingetrockneten Parodie auf Raffaele, sprach- und verständnislos, aber gebeugt unter die theoretische Notwendigkeit, glücklich zu sein, daß die Familie nicht aussterben sollte.

»Unser Glück,« sagte Raffaele auf italienisch zu den Gästen. Er hatte volles schwarzes Haar und einen Schnurrbart wie King C. Gillette auf den Rasierklingen-Päckchen. Und er sah ebenso gut aus, in der alten, steifen Art der Jahrhundertwende – statuarisch, streng, ohne jeden Anflug von Geckenhaftigkeit. Er war von Natur aus keusch, und auch sein Appetit war im Vergleich zu Carlos Gefräßigkeit überaus frugal. Er hatte wenig gegessen und noch weniger getrunken. Er, ich und sein Vater waren von den männlichen Anwesenden die einzigen vollkommen nüchternen. »*La nostra felicità*«, sagte er feierlich.

Das glückliche Paar sollte noch am gleichen Abend mit dem Schlafwagen nach Rom abfahren. Sie könnten im Zug essen, wenn sie noch Appetit hätten, und es war denkbar, daß sie anschließend in einer der engen Kojen einen förmlichen Vollzug der Ehe versuchen würden. Aber das hatten sie schon vorweggenommen, die Heuchler, und so würden sie vermutlich bis zum nächsten Nachmittag warten, wenn die Jalousien vor der schwarzen römischen Hitze verschlossen wären, im Hotel Raphael am Largo Febo, nahe der Piazza Navona. Niemanden und auch mich nicht sollte dies kümmern.

Auch was ich selbst nun tat, meinte ich, sollte, nachdem meine Bruder- oder eigentlich Vaterpflicht erfüllt war, niemanden kümmern außer mir selbst. Ich, der freie Schriftsteller! Ich gedachte mich mit den anderen Gästen zu verabschieden und eine weitere Nacht im Exelsior Gallia in Mailand zu bleiben. Meinen Koffer hatte ich dort gelassen. Ein Dottore Magnago war gern bereit, mich in seiner Chauffeurslimousine mitzunehmen, kein Problem, gar kein Umweg für ihn. Am nächsten Tage dann wollte ich mir kurz die Inseln im Lago Maggiore anschauen, auf Vergnügungsdampfern von einer zur andern, und in Ascona den Zug nach Lyon besteigen. Aber es war Raffaele, der darauf bestand, daß sie alle es mir sehr übelnehmen würden, wenn ich nicht eine Nacht in der Villa Campanati verbrächte: Man hatte mir ein Zimmer im

Westflügel vorbereitet und Toilettenartikel zurechtgelegt. »Wir haben«, sagte er, »miteinander zu reden.«

»Worüber?«

»Zu reden.« Wir standen alle am frühen Abend an dem großen, offenen Tor, in köstlichem Zitronen- und Magnolienduft, mit einem pfirsichgelben Mond am Himmel. Das Automobil war angekommen, mit dem das glückliche Paar zum Bahnhof fahren sollte. Ich küßte die Braut. Sie trug ein graues Reisekleid mit gekreuzten Riemchen am Kragen und an der tiefsitzenden Taille, darüber einen leichten Satinmantel, offen gegen die Abendkühle.

»Wird alles schon werden«, sagte ich, »wirst du sehn! Wir treffen uns in Paris. Verzeihst du mir jetzt?« Selbstverständlich gab es eigentlich nichts zu verzeihen. Sie wurde mir sofort von Carlo entrissen, der sie umarmte, bis sie schrie, und dann mußte ich Domenico auf seine Wangen küssen, denen die morgige Rasur guttun würde. Küsse, Zurufe, Segenswünsche und eine Nachtigall in den Zypressen. Der alte Herr Campanati war ans Tor gerollt worden. Die Pflegerin packte seinen rechten Arm, der so schlaff war wie ein Tauende, und winkte damit dem scheidenden Paare. »Jetzt sind sie weg, mein Süßer«, sagte sie. Wie ein dressierter Affe, der Winkewinke macht, blickte er in die andere Richtung. Signora Campanati gebrauchte ein Batisttaschentuch abwechselnd zum Wegtupfen der Tränen und zum Winken. Unsittliche, aber in Mailand populäre Ratschläge für die Hochzeitsnacht wurden Domenico von seinen männlichen Altersgenossen zugerufen, deren einer mit der geballten Faust eine ordinäre Geste machte. Winken und nochmal Winken, Zurufe und ein paar leichte Regenschauer von Blütenblättern, die zu meiner gelinden Überraschung von den Nonnen gestreut wurden.

»Viel Glück euch beiden!« rief Schwester Umiltà auf englisch.

In England oder Irland hätte die Hochzeitsfeier die ganze Nacht fortgedauert, und zumindest in Irland hätte sie mit einer Prügelei geendet. Hier endete sie mit der Abfahrt des Brautpaares. Das Abendessen war die normale Familienmahlzeit, wie üblich kalt, eine Platte mit übriggebliebenem Fleisch, eine *insalata mista,* Rotwein aus der eigenen Winzerei in Flaschen ohne Etikett. Wir aßen, Suor Umiltà, Signora Campanati, Carlo, Raffaele und ich, in einem herausfordernd altertümlichen Speisezimmer, wo es nach Moder roch. Über dem Schrank hing eine *Ultima Cena* von Giulio Procaccini. An dem elektrischen Leuchter waren mehrere

Birnen kaputt. Carlo aß, als hätte er den ganzen Tag gefastet. Als der Kaffe aufgetragen wurde, verlangte er nach dem hausgemachten Schnaps, einem Grappa mit einem durchdringenden Fußkäsegeruch. Kein Wort fiel über die Abwesenheit der Schwester Fordham. Ich nahm an, daß sie zuerst ihren Pflegling mit etwas aus einem Fläschchen fütterte und dann für sich selbst in der eigenen Küche etwas Amerikanisches kochte. Wir sprachen alle Englisch: Es war ihnen so geläufig wie Italienisch. Raffaele sagte zu mir:

»Wo denn in Paris?«

»Ich oder die beiden?« Er blickte mich streng und stumm an. Er fand die Frage wohl ungehörig. »Nun ja«, sagte ich demütig. »Ich habe versprochen, ihnen suchen zu helfen, ein Studio oder so was. Und Carlo auch, wenn er von etwas hört–« Merkwürdig, wir waren nun gewissermaßen Verwandte. »Ich habe ein großes Gästeschlafzimmer, wo sie drin wohnen können, bis wir etwas gefunden haben. Das heißt, wenn sich nicht schon bis zu der Zeit etwas Brauchbares findet. Domenico hat gesagt, er braucht einen Flügel. Ich meine, das ist alles nicht so furchtbar eilig, nicht?«

»Domenico«, sagte seine Mutter, »will bald Geld verdienen. Wie wir alle wissen, ist das mit Musik nicht so einfach.«

»Ist aber auch nicht so eilig, nicht?« sagte ich, und vielleicht war das taktlos. »Zumindest« – alle schauten mich an und sagten nichts – »hatte ich gedacht, dies alles sei klar, die Schwierigkeit, mein' ich, als ernsthafter Komponist sein Geld zu verdienen. Domenico sagt, er muß noch manches lernen. Er sagt, er will noch Unterricht in Orchestrierung nehmen. Er sagt auch, er will in Nachtklubs Klavier spielen. Um etwas zu lernen nämlich! Er glaubt, Ragtime und Jazz undsoweiter haben der ernsthaften Musik etwas zu geben. Ravel glaubt das ebenfalls«, sagte ich herausfordernd, »und Strawinsky auch.«

»Jazzmusik in Nachtklubs!« sagte Raffaele. »Und verheiratet mit der Schwester eines Romanschriftstellers! Wie sich die Zeiten ändern! Wie sich das Leben ändert!«

»Das hört sich fast so an«, sagte ich kühn, »als ob dies keine anständigen Berufe wären. Dein Ton, entschuldige bitte, klang ein wenig abfällig. Jeder Beruf, der harmlosen Trost gewährt, ist ein anständiger Beruf. Vergiß bitte auch nicht, daß Domenico und ich zuerst, nun ja, Freunde geworden sind, als wir zusammen an einer Oper gearbeitet haben. Sie war für die Scala gedacht. Du wirst doch nicht über die Scala abfällig reden wollen?«

»Von der Scala wurde sie abgelehnt«, sagte Raffaele, mit einem Blick, der mir zu verstehen gab, es müsse wohl am Libretto gelegen haben; vermutlich stand irgend etwas Unanständiges drin.

»Von Covent Garden wird sie vielleicht nicht abgelehnt.«

»Ach ja, das ist eure englische Oper, hab ich gehört.« Sein Achselzucken war das bei Italienern und Deutschen übliche, wenn von England und Musik in einem Atem die Rede war.

»Ein Theater auf einem Gemüsemarkt!« sagte Suor Umiltà. Obzwar Nonne, kannte sie doch die Welt.

»Das klingt auch wieder abfällig«, sagte ich, weil ich schon einmal dabei war.

»Ach was, Abfall! Spargel und Rosenkohl!« mischte Carlo sich ein. »Seien wir heut nicht so finster!« Er meinte Raffaele, dessen schöne Augen melancholisch jemandes oder jedermanns Zukunft aus der Schale mit Orangen in ihrem eigenen Laub zu lesen schienen, die in der Mitte des Tisches stand. »Du sagt, die Zeiten ändern sich«, sagte Carlo, »als ob das nicht bei allem so wäre, was Leben hat. Was wäre denn aus unserer Familie geworden, wenn sie nicht offen gewesen wäre gegen die Welt? Hast du Angst, der Jazz und die Romane und die Angelsachsen werden uns verschlucken? Nein, wir verschlucken sie. Hast du Angst, die Familie verliert an Würde? Wir hatten nie viel Würde, das heißt, wir waren immer auf seiten des Lebens und der Veränderung. Denk an unsern armen Vater! Er hat sich unsre liebe Mutter wie eine Orange in Ost-Nassau gepflückt, oder wo war das?«

»In Ost-Orange«, lächelte seine Mutter traurig.

»Na gut, also wie ein Nassauer in Ost-Orange. Er hat Amerika in die Familie gebracht und damit auch die Sprache Amerikas. Und jetzt kommt englisches Blut hinzu und französisches. Sollte Raffaele ein Negermädchen heiraten–«

»Genug!« sagte Raffaele. »Du solltest auch mal ein Witzchen unterdrücken können.«

»Ich sage Blut«, redete Carlo weiter, »aber alles Blut ist gleich. Allerdings nicht ganz, es gibt heißes Blut und kaltes. Kaltes, wie hier bei Kenneth, und heißes, wie bei uns Mediterranen–« Es war das erste Mal, daß er mich beim Vornamen nannte: Nun gehörte ich wirklich mit zur Familie. »Allerdings, nein, wir sind hier eher septentrional, alle ein bißchen kühl. Woher ist Mutter? Aus Genua und dem Alto Adige, der kältesten Gegend Italiens.«

»Ich dachte«, sagte ich, »alle Italo-Amerikaner kämen aus dem Süden, aus Kalabrien oder Sizilien. Ich dachte, aus Sizilien.«

»Mit Sizilien wollen wir nichts zu tun haben«, sagte Raffaele. »Wer die Vereinigten Staaten kaputt macht, sind die Sizilianer. Chikago ist voller Neapolitaner. Die sind schlimm genug, aber wenigstens bleiben die Sizilianer draußen. Aber New York!« sagte er mit Schaudern.

»Die Zeiten ändern sich«, rief Carlo. »Schau dich an, Raffaele! Ein richtiger Chikagoer Geschäftsmann bist du geworden, obwohl du doch weißt, von Rechts wegen und nach altem Brauch müßtest du hier den Platz unseres armen Vaters einnehmen. Aber weil die Zeiten sich ändern, denkst du, das große Geschäft der Zukunft liegt in Amerika–«

»Darüber hab ich viel nachgedacht«, sagte Raffaele. »Aber mit Zio Gianni läuft es hier doch gut. Außerdem wird unser Produkt allmählich ein sehr kleiner Teil des Ganzen. *Panettoni, pomodori* in Büchsen–«

»Zio Gianni?« fragte ich. »War das der Mann, der das Lied mit dem komischen Stottern gesungen hat?«

»Stottern? Oh, *balbuzie!* Nein, das war unser alter Sambon«, sagte Carlo, »der Werksleiter. Onkel Jack, wie du vielleicht sagen würdest, hat mit dem Magen zu schaffen und konnte nicht kommen. Er hat in Padua irgendwas Schlechtes gegessen. Außerhalb seiner Heimatgegend kann er nichts essen. Du lernst ihn vielleicht morgen und übermorgen noch kennen.«

»Ich fahre morgen ab«, sagte ich. »Ich muß ein Buch fertig bekommen.«

»Ich muß jetzt gehn«, sagte Suor Umiltà. »Bis zehn hab ich nur Ausgang.« Ihr Kloster, erfuhr ich, war in Melzo, nicht sehr weit weg. »Nein, niemand stehe auf!« Ihr Englisch war weniger idiomatisch als das der anderen. Sie küßte ihre Mutter und ihre Brüder, dann auch mich, mit den Worten: »Du hast unserm lieben Domenico eine Frau gegeben«, was nicht ganz stimmte. Dann sagte sie: »Könnt ihr euch erinnern, wo mein Fahrrad hingestellt wurde?« Carlo konnte sich erinnern.

Als sie fort war, sagte Carlo: »Ein Buch? Einen Roman?«

»Ja. So etwa zwanzig Seiten fehlen noch. Über ein blindes Mädchen und einen Krüppel, die sich heiraten und reizende Kinder haben.« Unklugerweise fügte ich hinzu: »Nicht sehr gut, eigentlich reiner Unsinn!«

»Fängst du schon wieder an!« rief Carlo. »Warum schreibst du das denn, wenn es reiner Unsinn ist?«

»So etwas ist zunächst mal«, sagte ich, »ganz vielversprechend und sogar aufregend. Dann wird mir die eigene Unbeholfenheit bewußt, die sentimentale Ader, die ich nicht loswerde, die Schäbigkeit des Stils und meine Unfähigkeit, ihn zu verbessern. Aber ich kann auch nicht vernichten, was ich schon geschrieben habe, denn das hieße für mich, lebende Geschöpfe vernichten. Außerdem muß ich meinen Unterhalt verdienen, und die Leser nehmen's nicht so genau wie ich. Also schreib ich das Buch gewissermaßen ohne Hoffnung zu Ende, schick es weg, vergesse's und hoffe, daß ich es nächstes Mal besser mache.«

»Und vielleicht beten?« sagte ihre Mutter.

»In gewissem Sinne«, sagte ich vorsichtig. »In gewissem Sinne ja!«

»Aber«, sagte Raffaele, »wenn das Buch nun unmoralisch wäre und einen Skandal erregte, fändest du es dann trotzdem möglich, darum zu beten, daß du besser schreiben könntest?«

»Oh«, lächelte ich, »ich kann nicht einsehen, daß ein Werk der erzählenden Literatur entweder moralisch oder unmoralisch sein soll. Es sollte die Welt einfach so zeigen, wie sie ist, ohne moralisches Vorurteil. Der Leser soll selbst sehen, welcher Art die Motive menschlichen Handelns in dem Buch sind, und vielleicht auch etwas darüber erfahren, was für Motive hinter den gesellschaftlichen Kräften stehn, die über diese Handlungen Urteile fällen und die wir, so wie ich es verstehe, ein System der Moral nennen.«

»Es gibt eine göttliche Moral«, sagte Raffaele, »und das ist die einzig wichtige.« Er kam Carlo ins Gehege, aber Carlo war damit beschäftigt, eine Orange auszusaugen, wie ein Wiesel einem Tier das Hirn aussaugt. »Ich glaube, es ist möglich und kommt tatsächlich gar nicht so selten vor, daß ein Buch die göttliche Moral leugnet. Dies wäre dann ein gefährliches Buch, das man den Leuten nicht in die Hand geben sollte.«

»Ich glaube nicht, daß meine Bücher von dieser Art sind. Die Romane, die ich geschrieben habe, sind moralisch ziemlich konventionell. Ich meine, es kommen zwar verwerfliche Handlungen drin vor, aber sie werden immer in ziemlich konventionellem Sinne bestraft. Niemandem«, sagte ich, »lasse ich etwas durchgehen. Das ärgert mich manchmal. Ich meine, die Welt ist ja nicht so. Du erinnerst dich vielleicht an den Roman, den Miss Prism in

Bunbury schreibt. Die Guten, sagt sie, nehmen ein gutes Ende und die Bösen ein böses, und darum nennt man es Dichtung.«

»Das kenne ich nicht«, sagte Raffaele. »Von wem ist das?«

»Von Oscar Wilde. Der hat übrigens auch gesagt, daß es in der Dichtung nur eine Art Unmoral gebe, und die bestehe darin, schlecht zu schreiben.«

»Das ist Unsinn«, sagte Carlo und nahm sich noch eine Orange. »Über Dinge kann man nicht moralisch urteilen, nur über Handlungen.«

»Aber Schreiben ist eine Art Handlung«, sagte ich. »Du würdest doch auch ein moralisches Urteil über einen Tischler abgeben, der schlechte Stühle macht.«

»Nur wenn er sie als gute verkauft.«

»Oscar Wilde«, sagte Raffaele düster. »Würdest du dich als Schüler von Oscar Wilde bezeichnen?«

»Aber nein!« lächelte ich. »Der ist doch allzu sehr der viktorianischen Epoche verhaftet. Wir müssen schreiben wie Schriftsteller des zwanzigsten Jahrhunderts, und heutzutage wie Menschen, die die furchtbare Katastrophe des Krieges miterlebt haben. Wir können nicht zurück.«

Carlo hörte auf zu lutschen und stand auf. »Ich nehme noch ein paar Orangen mit«, sagte er und klemmte sich etliche unter den Arm. »Für den Fall, daß ich nachts aufwache. Aber es war ein sehr voller Tag, und ich glaube, ich werde schlafen wie ein Hund.«

»Es war ein sehr voller Tag«, pflichtete seine Mutter ihm bei und stand ebenfalls auf. »Aber auch ein glücklicher.« Sie küßte ihre Söhne und dann, zu meiner Überraschung, küßte sie mich. »Dein Zimmer ist bereit«, sagte sie. »Raffaele wird es dir zeigen. Deine Schwester ist ein prächtiges Mädchen«, fügte sie hinzu. »Ich bin sehr glücklich.«

»Wenn«, sagte Raffaele zu mir, »du noch auf einen Moment in die Bibliothek kommen könntest!«

»Du schaust drein, wie mein Vater mich immer angeschaut hat. Wenn ich ein schlechtes Schulzeugnis hatte.«

»Es ist etwas dergleichen.«

»Meine Güte! Du machst mir Angst.«

Die Bibliothek zeichnete sich durch eine Reihe schlechter Büsten von italienischen Autoren aus – Foscolo, Monti, Niccolini, Pindemonte –, blind, sozusagen mit den Nasen nach dem Lichte schnüffelnd, und alle leicht zu verwechseln. In Leder gebundene

Bücher standen da, wie in der Bibliothek eines englischen Landhauses allesamt nicht zum Lesen bestimmt, aber es waren nicht allzu viele, denn Italien besitzt im Grunde keine gar so umfangreiche Literatur. Dafür stand dort aber ein sehr schöner Florentiner Erdglobus oder *mappamondo,* und neben ihm ließen wir uns in Klubsesseln nieder. Ich drehte den Globus rückwärts, während Raffaele Whisky einschenkte, aus einer eckigen Karaffe, die er aus einem abgeschlossenen englischen Flaschenschränkchen hervorgeholt hatte. Ich hob als erster mein Glas zum Anstoßen. »Auf das glückliche Paar!« sagte ich.

»Ich hoffe. Ich hoffe, es wird gutgehn. Weißt du, ich kenne deine Schwester nicht; ich kenne deine Familie nicht. Aber Domenico hat seinen Willen.«

»Und Hortense hat ihren.«

»Ja, ja, ich würde meinen. Kennst du einen Mr. Liveright?«

»Ach ja, mein New Yorker Verleger. Ich meine, wir korrespondieren miteinander. Begegnet bin ich ihm noch nicht.«

»Ich gehöre in Chikago einem Klub an, der Merkurklub heißt er, für Geschäftsleute, du verstehst, weil Merkur der Gott der Geschäftsleute sein soll.«

»Und der Diebe.«

Das fand er nicht komisch. »Ein Geschäftsfreund von mir hatte diesen Verleger Liveright als Gast mitgebracht. In den Merkurklub. Wenn ich das sagen darf, obwohl er dein Verleger ist, er kam mir nicht wie ein Mann von hoher Moral vor. Er ist auf Geld aus. Es ist ihm egal, ob er sein Geld durch Frömmigkeit, Pietät und ernsthaft belehrende Schriften verdient oder durch Skandale. Das nennt er ein guter Geschäftsmann sein. Nicht *gut,* habe ich ihm gesagt, erfolgreich vielleicht, aber nicht gut.«

»Er ist kalvinistischer Herkunft. Ich glaube nicht, daß er den Unterschied begreift.«

»Nein? Ich habe über deine Bücher gesprochen, und er schien überrascht zu sein, daß ich sie kenne. Ich habe nur gesagt, ich hätte eines von deinen Büchern gesehen, ohne es zu lesen. Wenigstens habe ich die erste Seite gelesen. An den Namen Liveright habe ich mich erinnert, weil die erste Seite davon zu handeln schien, was einer der Charaktere unter dem richtigen Leben versteht.«

»Das muß *Ein Becher Schierling* gewesen sein«, sagte ich. »Nein, Moment, in Amerika heißt es irgendwie anders. Ein Roman über Sokrates. Tut mir leid, wenn du ihn unlesbar findest.«

»Nein, nein, nein, bitte! Ich finde die meisten Romane unlesbar. Ich bin überhaupt kein großer Leser. Aber natürlich kannte ich deinen Namen, wegen Domenico und weil er sich verliebt hatte, wie es meine Mutter in ihrem Brief genannt hat.«

»Du sagst das so, als ob es nicht echt wäre. Die beiden *sind* verliebt. Aber verzeih, ich wünschte, du könntest zur Sache kommen.«

»Liveright war so freundlich, mir einen Hefter mit Artikeln über deine Arbeiten zu schicken. In einem Artikel ging es um Unanständigkeit und Obszönität – ich glaube, Sinnlichkeit war der Ausdruck. Ich habe den Hefter da, in einer Schublade in dem Schreibtisch da drüben. Ich sollte ihn vielleicht hervorholen.« Aber er schien müde zu sein, es war ein sehr voller Tag.

»Das müßte über meinen ersten Roman gewesen sein«, sagte ich. »*Nach dem Aufbruch.* Ich glaube, in Amerika heißt er *Ohne Wiederkehr.* Diese Titeländerungen sind sehr ärgerlich.«

»Liveright sagte auch, du hättest England wegen eines Skandals verlassen müssen und getrautest dich nicht mehr zurück. Stimmt das?«

»Hör mal, Raffaele, wenn ich dich beim Vornamen anreden darf, dies alles ist meine Sache. Zu bestreiten, was Liveright behauptet, hieße schon zugeben, daß es dich etwas angeht. Ich sehe nur, ich muß meinen amerikanischen Verlag wechseln.«

»Es geht die Familie etwas an, in die deine Schwester einheiratet. Du bist so etwas wie ein Verwandter geworden. Ich möchte's erzählen. Eine britische Schauspielerin war am Broadway; der Name steht auch in diesem Hefter. Anscheinend eine Witwe, der Mann war an der Grippe gestorben. Sie sagte, ihr Mann habe einige Zeit vor seinem Tode angefangen, einen unregelmäßigen Lebenswandel zu führen. Sie war bei einer Party, bei der auch Liveright anwesend war. Er brachte das Stück heraus, in dem die Dame spielte. Sie wurde sehr heftig und sprach sehr ausfallend über dich, wegen der Rolle, die du angeblich dabei gespielt hättest, daß ihr Mann sich von ihr entfremdete. Sie hat von sexuellen Unregelmäßigkeiten gesprochen. Als ich dich vorhin fragte, ob du ein Schüler von Oscar Wilde bist, meinte ich das nicht nur im literarischen Sinne. Wir bezeichnen diese Sache als eine Krankheit und manchmal als die englische Krankheit. Ich habe selbst zwei Jahre lang eine englische Schule besucht, die Orpington School. Die Krankheit tritt oft zuerst in diesen Schulen auf.«

»Homosexualität ist der Terminus«, sagte ich. »Es ist keine Krankheit. Krankhaft ist wahrscheinlich die Einstellung der Gesellschaft zu ihr, aber diese Erscheinung selbst ist weitverbreitet und findet sich oft in Verbindung mit künstlerischer Begabung. Manchmal bei großen künstlerischen Genies. Euer Michelangelo zum Beispiel.«

»Michelangelo hat keinen Skandal erregt.«

»Und, könnte man hinzufügen, er hatte auch keine Schwester, die in die Familie Campanati hätte einheiraten können.«

»Ob wir es nun eine Krankheit nennen oder eine Begleiterscheinung des künstlerischen Temperaments, es ist in jedem Fall eine Sünde.«

»Der homosexuelle Akt oder die homosexuelle Veranlagung?«

»Eins führt zum anderen, darum sehe ich keinen Unterschied.«

»In dem Falle ist man nicht berechtigt, von Sünde zu sprechen. Sünden sind Ergebnisse des freien Willens. Dein Bruder Carlo hat uns das ganz klar gesagt, in seiner Predigt, die er dieses Frühjahr in Sainte Dévote in Monaco gehalten hat. Ich bin nicht aus eigener Wahl ein Homosexueller. Da die Kirche die Homosexualität verdammt, unlogischerweise, möchte ich sagen, befinde ich mich außerhalb der Kirche. Aber all dies ist meine Sache.«

»Ich bin nicht deiner Meinung. Ich war ernsthaft dazu bereit, Domenico von dieser Heirat abzuraten, auch noch letzte Woche, als schon alles vorbereitet war, aber ich habe eingesehen, daß dies vielleicht ungerecht wäre. Außerdem ist Domenico alt genug, um seinen eigenen Weg zu gehen. Ich konnte ihm natürlich nichts verbieten. Trotzdem muß die Familie vor Schaden bewahrt werden, und ich bin nun das Oberhaupt der Familie. Es ist meine Pflicht, dich zu bitten, daß du keinen Skandal über unsere Familie bringst.«

Ich mußte an mich halten. »Dann hast du auch die Pflicht, meinen Vater zu bitten, daß er sich in Toronto in acht nimmt. Er ist erst ganz kurze Zeit verwitwet und will schon ein junges Mädchen heiraten, von dessen Vorleben wir alle nichts wissen. Außerdem hast du auch die Pflicht, zu meinem Bruder Tom zu gehn, egal an welchem Theater er gerade spielt, und ihn zu bitten, daß er nichts Unanständiges bringt.«

»Jetzt redest du Unsinn. Du bist Schriftsteller und hast die Möglichkeit, Skandale in der Öffentlichkeit zu erregen. Das gilt auch für dein Privatleben. Diese Geschichte ist immerhin bis nach New York publik geworden.«

Ich blieb äußerlich gelassen. »Was also rät mir das Oberhaupt der Familie Campanati zu tun? Soll ich mir einen anderen Beruf suchen? Oder meine wahre Natur verbergen? Oder mich im Lago Maggiore ertränken?« Dann brach meine Wut durch. »Noch nie im Leben habe ich so was von scheinheiliger Unverschämtheit erlebt. Ich bin ein freier Mann und werde verdammt noch mal tun, was mir paßt. Innerhalb der Grenzen«, sagte ich, um nicht ganz und gar anarchisch zu erscheinen und damit seine Ansicht von mir in gewissem Maße zu bestätigen, »die mir durch die eigene Natur und durch die Gesetze der Gesellschaft und der literarischen Ethik geboten werden. Die Familie Campanati«, fügte ich grinsend hinzu, »*una familia castissima, religiosissima, purissima, santissima!* Und das, wo dein Bruder Domenico doch alles gefickt hat, was ein Loch hat, und es vermutlich auch im heiligen Stand der Ehe weiter so treiben wird!«

»Dies Wort kenne ich nicht! Und ich glaube, ich kann mir deinen Ton nicht bieten lassen.«

»Meine Schwester, wenn ich das hinzufügen darf, will aus deinem Bruder einen Mann machen. Sie findet, er hat ein Talent, dem man auf die Sprünge helfen muß. O ja, lieben tut sie ihn auch, was immer das heißen mag. Er ist bereit, mit Musik seinen Unterhalt zu verdienen, oder jedenfalls sagt er das, statt die Musik bloß als ein von eurem Käse subventioniertes Steckenpferd zu betreiben, aber da rümpfst du deinen *naso raffinatissimo* bei der Aussicht, er könnte ein bißchen harmlosen Jazz auf einem kaputten Klavier herunterklimpern. Dein frommer Bruder Carlo, ein watschelndes Panier für die Todsünde der Völlerei – der ist wenigstens realistisch und milde und hat keine Zeit für die erste Todsünde – den Stolz«, sagte ich, »eines Verwesers laktischer Feststoffe. Ein Stolz, der ebenso stinkt wie dieses Erzeugnis!«

Er leerte sein Whiskyglas in einem einzigen ärgerlichen Schluck und stand auf. »Vielleicht war dies nicht die beste Zeit, um darüber zu sprechen. Es war ein langer Tag. Vielleicht habe ich mich nicht diskret genug ausgedrückt.«

»Deine Absichten sind klar.« Ich stand ebenfalls auf, trank aber den Whisky nicht aus. »Klar und glockenrein! Ich schlafe heute nacht in Mailand.«

»Nein, nein, nein! Dein Zimmer steht bereit. Ich zeige dir, wo es ist. Vielleicht müssen wir beide erst einmal ausschlafen. Du bist doch stärker aufgebracht, als ich erwartet hatte. Ich glaube aber, du verstehst meine Haltung nicht. Wir sind von Korruption umgeben, von Unmoral. Chikago ist eine brutale Stadt und wird immer noch schlimmer. Ich bin gegen dergleichen empfindlich, es bedrückt mich körperlich. Wenn du jetzt wütend bist – ich entschuldige mich, daß ich dich gekränkt habe.«

»Ich denke, ich werde nach Mailand laufen müssen. Vielleicht kann ich unterwegs einen kleinen Jungen aufgabeln, so ein kleines Mailänder Ferkel, das für ein paar Centesimi seinen *culo* vermietet.«

»Es ist doch kein Grund, so ausfallend zu werden!«

»O doch! Pharisäer! Ich danke dir, Gott, daß du mich rein geschaffen hast! Von eurer verschimmelten Spezialität hab ich noch nie was gehalten. Ich will machen, daß ich hier rauskomme!«

Und ich ging, unter dem honiggelben Mond, und kam ins Städtchen, wo ich eine Garage mit einem vermutlich von den besiegten Österreichern zurückgelassenen Daimler fand, mit verbeulter Haube und Löchern in der hinteren Tür, die nach Einschüssen aussahen. Der Fahrer war ein Kaiser-Wilhelm-Tvp, der den Engländern die Schuld gab, daß sie Italien in den Krieg hineingezogen und damit sein jetziges Elend heraufbeschworen hätten. Trotzdem fuhr er mich zum Hotel, so wie ich war, kochend vor Wut und Verachtung, und dort verlangte er einen Wahnsinnspreis. Die Mailänder Metro gab es damals noch nicht.

Am nächsten Tage fuhr ich nicht, wie ich beabsichtigt hatte, an den Lago Maggiore. Ich mußte vom Hotel mit dem Taxi zur Stazione Garibaldi, um dort einen Zug nach Arona am Westufer des Sees zu nehmen. Auf den Straßen waren aufsässige Arbeiter mit Lenin-Porträts und Freiheitsparolen. Ein Haufe von fünf Mann hatte einen Carabiniere niedergeschlagen; sie trampelten seinen blutenden Körper zu Tode. Als mein Taxi sich näherte, müssen sie gedacht haben, da käme ein blutsaugerischer Mailänder Industrieller, den sie herauszerren und der revolutionären Schnelljustiz überantworten könnten. Ein paar Plünderer, die Schaufenster eingeworfen hatten, kamen hinzu, lächelnd, aber mit ausgefahrenen Krallen. Gute norditalienische Gesichter, furchtbar verzerrt von der Politik. Mein Taxifahrer war nicht auf ihrer Seite. Er fuhr auf sie los, setzte mit einem gräßlichen Wumms über den Körper des Carabiniere hinweg, und die Kerle machten brüllend und stolpernd, daß sie aus dem Wege kamen, fielen hin, rappelten sich wieder auf und rannten hinter uns her. Ich spürte, wie der Herzanfall kam, ebensoeiner wie zuletzt in Battle, als ich im Regen über die Hauptstraße ging und gleich darauf erfuhr, daß meine Mutter sofort nach meinem Klopfen gestorben war. Der Anfall, so kam es mir in meinem kurzen Delirium vor, verfehlte sein Ziel und prallte gegen das Fenster hinter mir. Aber was dort anprallte, war ein Stück Bleirohr. Der Fahrer brachte mich mit meinem Koffer auf stürmischen Umwegen zum Hauptbahnhof, ohne daß ich ihm mein neues Ziel erst hätte sagen müssen. Er wußte, daß ich Ausländer war; also fort mit mir, zurück ins Ausland, damit ich nicht noch mehr von Italiens Schande mitansähe! Auf dem Platz vor dem Bahnhof standen Soldaten unter Waffen.

»Wie hypnotisiert sind die Leute«, sagte er, als ich ihn bezahlte. »Aber was soll man erwarten? Wie besoffen von dem Zirkus in Rußland! Der Bolschewismus soll die Antwort sein auf den ganzen verfluchten Mist. Keinen Mumm, die Politiker, die Polizei auch nicht. Aber die Roten gewinnen nicht, sie können gar nicht gewinnen. Die Patrioten vom Trentino werden's ihnen zeigen, heilige Mutter Maria, ich bin auch einer! Haben Sie schon mal von den Sansepolchristi gehört? Nein, Sie sind eben Ausländer. Die Piazza San Sepolcro, da werden die sich noch dran erinnern, kann ich Ihnen sagen, und was da entschieden worden ist! Letzten März ist das gewesen.«

Am 10. März, genau gesagt. In einem von einem Mailänder Juden gemieteten Raum, mit Blick über den Platz des Heiligen Grabes. Übernahmen die schwarzen Hemden von D'Annunzios *arditi* und nannten sich die *Fasci Italiani di Combattimento.* Die würden dafür sorgen, daß die roten Horden nicht mehr auf offener Straße Polizisten umbrächten.

29

»Ich tu dir nicht weh«, hauchte Robert, »du magst es, du wirst sehn!« Und leichtfingrig knöpfte er dem Jungen das Hemd auf, zog es ihm über den Krauskopf und ließ es zu Boden sinken, wo es hingebreitet liegenblieb wie der Körper des Jungen auf dem Bett. »Ralph, Ralph!« murmelte Robert, während er das warme junge Fleisch liebkoste, wieder und wieder mit der Hand über die dünnen, doch muskulösen Arme mit ihrem zarten Flaum streifend, über das glatte Relief des Bauches, die seidigen Flächen des Rückens und die verhalten bewegten

Konturen der Brust, wo die kleinen Warzen unter der feuchten Glut der Küsse schon die braunen Köpfchen zu heben begannen. Und in der langen, leidenschaftsgedehnten Sekunde, als sein Mund den andern Mund unterwarf, zupfte er blindlings an den Hosenknöpfen des Jungen. »Ralph, mein Liebling«, flüsterte er, »wir müssen einer wie der andre sein, nackt wie am Tage der Geburt, und das nicht ohne Grund, denn in diesem Augenblick werden wir beide neu geboren. Die ganze Welt wird dir verändert erscheinen, du wirst es sehn, es ist für uns beide der Anfang eines neuen Lebens.« Die Außenwelt, die fremde Welt von Haß und Abscheu, brachte sich mit einem dröhnenden Angelus in Erinnerung – doch ja, dies war die Glocke der Verkündigung, die dem Engel des Herrn, dem nahen Wunder voraufging. Seine suchende Hand erkannte, was bei dem Jungen selbst nun an Spannung erwachte, die eherne Schwellung unter der seidenen Hülle, und mit bebenden Fingern strich er über den Königsstab und die Zwillingsplaneten. »Jetzt muß es sein«, keuchte er, »dies ist der Augenblick, halte still, Ralph, mein Geliebter!« Dann, während ein neuer Kuß sie vereinte, fand Robert das *antrum amoris* und wölbte den Leib, um mit der eigenen, nun zu einem gewaltigen Königszepter verherrlichten Rute dagegenzupochen. Der Junge schrie auf, doch schien es Robert nicht ein Schmerzensschrei, sondern ein Ruf der Hingabe und Huldigung zu sein. Ermutigt wagte Robert sich weiter vor und schob seine pochende Last behutsam und mit zarten Worten, Liebesworten, um Einlaß werbend in die scheue Wärme des heiligen Kraters, während draußen die Angelusglocken dröhnten und donnerten. Und dann nahte, was verheißen war, der Engel des Herrn zog herauf, und, unterm Pochen uralter Trommeln, über unmerkliche Stufen langsam beschleunigt, entstieg ein Choral den silbernen Kehlen aller himmlischen Heerscharen und erfüllte das Weltall bis in die entrücktesten Schluchten, wo sich gleich scheuen Meerestieren die unbenannten Gestirne und Milchstraßen vor den Kartographen verstecken. Und der Wahnsinn brach los, ein heiserer Sandsturm irrer Gesänge, arkaner Beschwörungen, krächzender, unvergeßlicher Schreckensformeln für das Ohr der längst in den Boden gesunkenen oder in fernen Höhlen Äonenstaub fangenden Götter, denen kein Mund mehr huldigt, der nicht selbst schon im Staub läge, seit die rachsüchtigen Horden, die dem Banner des Galiläers folgten, das alte Reich von Faz und Chlaroth zerschlugen und niederstampften.

Und dann, o Wunder aller Wunder, wurde die Dürre geheilt, als die Dämme brachen und eine Flut die ganze ausgetrocknete Erde bedeckte, und Roberts Stimme erhob sich wie eine Trompete in der Verzückung des Sichverströmens. Liebe, namenlose und unnennbare Liebe nannte wieder und wieder den geliebten Namen, »Ralph, mein Geliebter«, und die Lippen, die sich zu einem wortlosen Dankgebet geöffnet hatten, schlossen sich um den Aaronsstab des Jungen, um seine Krone und Blüte, sanft zupackend wie um eine Beere, mit deren Zermalmung es noch einen Augenblick Zeit hat. Ralph wand sich und stöhnte, und aus seinem Munde kamen seltsame Worte, »*solitam ... Minotauro ... pro caris corpus ...*«, lateinische Worte im Gedenken an eine alte Lektion, einen uralten Verführungsversuch in der Bibliothek jener Jesuitenschule, von der er einmal gesprochen hatte – die Vermutung blitzte durch Roberts kühler werdendes Hirn. Dann, mit der Eile des Jünglings, der nicht an sich halten kann, stieß Ralph seine Bürde aus, süß, beißend und reichlich, und begierig schlang Robert den Liebeshonig hinunter. Dann blieben sie ein Weilchen liegen, beide stumm, bis das Klopfen ihrer brüderlichen Herzen nachließ, Robert mit dem Kopf auf den Lenden des Jungen, Ralph mit der rechten Hand das feuchte, zerzauste Haar seines Geliebten glättend.

Zum Café an der Ecke gingen sie nicht wie Liebende, nicht Hand in Hand oder auch nur Arm in Arm. Sie wahrten einen schicklichen Abstand, etwa eine Armeslänge, als wollten sie für einen stummen, unsichtbaren Dritten zwischen sich Platz lassen, dessen Gegenwart sie spürten, ohne doch sagen zu können, wer er sei. Sie setzten sich an einen Außentisch, Robert mit einem Absinth und einem Fläschchen Perrier, Ralph mit einer ausgepreßten Zitrone. Der Pariser August umhauchte sie mit seiner Mattigkeit. Ein bärtiger Franziskaner ging vorüber; das Brevier in seiner Hand schwang hin und her im lebhaften Takt seiner Schritte. »Eine Sünde«, sagte Ralph. »Er würde sagen, es ist Sünde.«

»Kam es dir wie Sünde vor?«

»Es war so herrlich, daß man es Sünde nennen könnte. Nein, herrlich ist zu nichtssagend. Man kann es nicht beschreiben. Man kann es nur wiederholen.«

»Was willst du nun zu Mittag essen?«

»Fleisch, blutiges Fleisch!« Und Ralph lächelte verständnisinnig. Er streckte seine sommersprossige Hand aus, berührte Roberts braune, magere und fleckenlose Hand und zog die seine schuldbewußt wieder zurück.

»Staat wie Kirche«, sagte Robert, »müssen die Lust verpönen. Wer an der Lust teilhat, wird gleichgültig gegen die weltliche wie gegen die geistliche Macht. Schau dir doch bitte mal dies an!« sagte er nun. »Eine kleine Sache, die ich angefangen habe.« Aus der Brusttasche seiner Jacke hatte er ein paar Seiten mit seiner reinlichen Handschrift gezogen, in violetter Tinte, die Streichungen gewissenhaft mit dem Lineal ausgeführt, Hinzufügungen in zierlichen Kästchen mit scharfen Hinweispfeilen. Ralph sagte:

»Lies du mir's vor! Es ist niemand da, der Englisch versteht. Es ist überhaupt niemand da.« Und Robert las vor, langsam und deutlich:

»Im Anfang schuf Gott Himmel und Erde. Und er schuf die Lichter am Himmel, das tosende Meer und die Tiere auf der Erde, in der Luft und im Wasser. Und er schuf einen Mann namens Adam, setzte ihn in einen schönen Garten und sagte zu ihm: ›Adam, du bist die Krone meiner Schöpfung. Deine Pflicht gegen mich ist, glücklich zu sein, aber für dein Glück mußt du arbeiten, und die Arbeit ist es, in der du das Glück finden wirst. Deine Arbeit wirst du gern tun, denn sie besteht darin, diesen Garten zu hegen, in den von Meiner göttlichen Hand dir zur Freude und Nahrung allerlei wohlschmeckende Früchte und Wurzeln eingepflanzt sind. Und du sollst Aufsicht führen über die Tiere, daß keines mutwillig dem andern nachstelle. Und dies muß so sein, damit der Tod in diesen Garten nicht Eingang finde, denn es ist ein Garten, wo die Unsterblichkeit blühn muß wie eine Rose.‹ Da sagte Adam: ›Tod und Unsterblichkeit, die Wörter kenn' ich nicht. Was bedeuten sie?‹ und Gott erwiderte: ›Unsterblichkeit bedeutet, daß ein Tag dem andern folgt und daß der Tage kein Ende ist. Tod aber bedeutet, daß du nicht mehr sagen könntest: *Dies werde ich morgen tun;* denn Tod bedeutet den Zweifel am morgigen Tag. Verstehst du?‹ Adam in seiner Einfalt sagte, er verstehe nicht, aber Gott sagte, es schade nichts, und je weniger er dies verstehe, desto besser. ›Mitten in diesem Garten, steht ein Baum, den ich dort gepflanzt habe‹, sagte Gott, ›und dieser Baum heißt der Baum der Erkenntnis. Von der Frucht dieses Baumes zu essen ist der sicherste Weg, den Tod verstehen zu lernen, denn sie bringt den Tod. Rühre sie nicht an! Du weißt nun, daß es verboten ist, sie anzurühren, aber die Tiere wissen dies nicht, und auf keine Art kann ich ihnen verständlich machen, daß sie, wenn sie von der abgefallenen Frucht dieses Baumes essen, sich dem Tod unterwerfen und den Mitteln zum Tod. Eine deiner Arbeiten soll es sein, die Tiere vom Baume fernzuhalten. Dies aber wird dir nicht vollkommen gelingen, denn manche Tiere gibt es, die sind schlauer als Adam, und das schlaueste von allen ist die kriechende Schlange auf den Wiesen. Kein Zaun wird sie von dem Baume oder seiner Frucht fernhalten. Ich aber, dein Gott und Schöpfer, ich dulde sie, wie sie einmal ist; denn ich selbst habe der Schlange ihr Hirn eingepflanzt. An die Arbeit nun, denn es wird Tag! Wenn die Dunkelheit hereinbricht, sollst du von der Arbeit ablassen, von den unverbotenen Früchten essen und von dem kristallenen Wasser des Baches trinken, der durch den Garten fließt; und dann leg dich zur Ruhe!‹

Also mühte sich Adam, aß, trank und schlief; und dem Tage folgte die Nacht, und der Nacht wieder ein Tag; und Adam war zufrieden mit allem bis auf eines, und das war die Einsamkeit. Denn Gott der Herr hatte ihm die gesegnete Kraft der Rede gegeben, doch den Tieren hatte er diese Gabe versagt. Manchmal aber schien es, daß die Schlange, die sich wie in Liebe um Adams Leib ringelte, seine Worte verstehen und nur nicht auf sie antworten könne. Eines Abends, als Gott in der Kühle des Gartens umging, faßte sich Adam ein Herz und sagte: ›Herr, ich bin einsam.‹ Den Herrn erstaunte dies, und er sagte: ›Einsam bist du? Wie kannst du einsam sein, du, dem meine Liebe gilt und der du erschaffen wurdest, um meine Einsamkeit zu lindern, denn in dir sehe ich Züge meiner selbst, und in deiner Stimme höre ich etwas von meiner eigenen Stimme?‹ Doch Adam sagte: ›Herr, ich wollte, du schüfest einen meinesgleichen, der wie ich mit der Rede begabt wäre, der mit mir den Garten hegte und nach des Tages Arbeit mit mir äße, tränke und ruhte, so daß wir zwei von einer Art und einer gleich dem andern wären.‹ Und Gott sagte: ›Es ist gut, daß ich dich geschaffen, Adam, denn du ersinnst Dinge, die mir nicht eingefallen wären, und darin bist du ein Werkzeug meiner selbst geworden, der ich der Herr alles Ersonnenen und Erschaffenen bin. Es soll sein, wie du verlangst. Iß nun, trink und leg dich zur Ruhe, und wenn du morgen bei Sonnenaufgang erwachst, so wird einer gleich dir selbst neben dir liegen, der dein Gefährte sein soll, und sein Name sei Yedid, was Freund bedeutet.‹

Und wie Gott gesprochen hatte, so geschah es. Denn während

Adam schlief, nahm Gott etwas Staub von der Erde und hauchte ihm Leben ein, und als Adam erwachte, lag einer gleich ihm selbst neben ihm, der reden konnte wie er und auf den Namen Yedid hörte. Vor Freude umschlang Adam seinen Gefährten in Liebe und küßte seinen Mund. Gott sah es und verwunderte sich, denn Adam hatte nun jene Herzensneigung zu einem anderen empfinden gelernt, die Gott der Herr für Adam empfand, die jedoch Adam, der ohne Zweifel spürte, daß seine Liebe zu Gott immer die Liebe eines Geschöpfes zu seinem Schöpfer sein müsse, nicht in gleichem Maße erwidern konnte. Aber, dachte Gott, durch Adams Liebe zu Yedid und Yedids Liebe zu Adam könnten beide noch zu größerer Liebe für ihren Schöpfer hingeführt werden. Also war Gott zufrieden. Und er sah zu, wie sie sich nach des Tages Arbeit oder in der Morgenfrühe zärtlich umschlangen, und er gewährte ihren Umarmungen so viel Freude, wie er nur vermochte. Denn in der Vertrautheit ihres liebevollen Beisammenseins sprang aus den Leibern der beiden ein Freudenstoff hervor, sprühend wie eine Fontäne und von der Farbe des Opals, und wo er zu Boden fiel, da sproßten Blumen auf. Und all dies sah auch die Schlange, und sie sah es voll Neid, denn die Schlange war allein und hatte kein anderes Geschöpf von ihrer Art, mit dem sie hätte Zwiesprache halten oder die Freuden der Liebe genießen können. Und so geschah es, daß die Schlange in ihrem Neid eines Morgens, als Yedid noch schlief, Adam aber soeben erwacht war, zum ersten Mal Worte gebrauchte. Und Adam hörte sie mit Erstaunen.

Diese Worte sprach die Schlange zu Adam: ›Durch nichts konntest du mich von der Frucht des verbotenen Baumes fernhalten, weder von der abgefallenen noch von der im Gezweig hängenden, denn ich bin schlau und schmal, und kein Weg ist mir verschlossen. Darum hab ich von der Frucht gegessen, und köstlich war ihr Geschmack, doch köstlicher noch war die Frucht der Frucht, denn dies war die Frucht der Erkenntnis. Siehe, ich spreche, wie du sprichst, und diese Gabe kam mir aus dem ersten Bissen der Frucht, und aus dem letzten Bissen kam mir ein sehr bitterer Geschmack, aber dennoch war er köstlich, denn ich sah, daß dieser Geschmack einem anderen Munde Entzücken bereiten würde, und im Geiste freute ich mich an diesem Entzücken. Das Bittere aber war der Geschmack meiner selbst, die ich nur sehen, doch nicht handeln, Dinge nur ersinnen, doch nicht erschaffen, von Macht nur träumen, doch sie nicht ausüben kann. Die Macht gebührt dir und deinem Gefährten Yedid. Warum mußt du als Knecht in diesem Garten wohnen und mit Nahrung, Schlaf und den Umarmungen der Liebe zufrieden sein, während Gott, der dich erschaffen, sich der Macht und des Wissens im Überfluß freut? Die Erkenntnis wartet auf dich, daß du sie kostest, und mit der Erkenntnis die Macht, und was ist dies für eine Liebe, wenn Gott dir die Frucht mißgönnt, die in deiner Hand liegt oder dir verführerisch vor den Lippen schaukelt? Du sieht sie vor dir, und doch ist sie dir versagt. Was ist dies für eine Liebe? Ich habe von der Frucht gegessen und bin verwandelt. Schlau war ich schon, doch nun bin ich weise. Nimm nun von der Frucht deinen Morgenimbiß und laß Yedid desgleichen tun!‹ Dann glitt die Schlange davon und überließ Adam seinen Gedanken, die er sogleich Yedid mitteilte, als dieser erwachte.

So geschah es, daß sie beide von der Frucht des Baumes pflückten und aßen, und sogleich kamen ihnen Gedanken, und mit den Gedanken kamen die Mittel, um sie auszudrücken. Und sie wurden fähig, Gott als einen Gedanken zu erkennen und folglich auch dasjenige, was nicht Gott war, nämlich seine Leugnung oder seinen Feind. Ihr Herr und Schöpfer wurde dadurch in ihren Augen kleiner, und sie zweifelten an seiner Macht. Aber von Gottes Macht wurden sie gestraft. Gott, der von allem wußte, wußte auch von ihrem Ungehorsam, und er war zornig, und die Werke seines Zornes waren schrecklich zu schauen, zu spüren und zu hören. Denn die Erde bebte, so daß die Tiere vor Furcht heulend und klagend umherliefen, und aus dem Himmel brachen Blitz und Donner und Sturzfluten von Regen hervor, so daß Adam und Yedid sich vor Schrecken zu Boden warfen. Yedid aber sprach laut in Adams Ohr, denn der Donner und die Erdbeben waren betäubend, und er schrie: ›Ist Er nun zu dem anderen geworden? Ist Er zu dem geworden, der sein Gegenteil ist? Hat Er sich in den Feind verwandelt?‹

Dann aber legte sich der Aufruhr von Himmel und Erde, und im blassen Sonnenlicht erschien Gott vor Adam und seinem Freunde, und er erschien in Gestalt eines alten Mannes. Mit zitternder Greisenstimme sprach er schreckliche Worte. ›Verflucht‹, sagte er, ›seiet ihr beide, und es reut mich, daß ich Menschen erschaffen.‹ Doch Adam, mit der Kühnheit, die ihm der Genuß der Frucht vom Baum der Erkenntnis verliehen hatte, erwiderte: ›Den Schöpfer kann seine Schöpfung nicht reuen. Der Schöpfer kann nicht ein Vernichter sein wollen.‹ Da sagte Gott: ›Wahr ist's, doch kann ich meine Schöpfung vernichten und sie zugleich erhalten, auf eine Weise, die auch der Genuß der Frucht vom Baume euch nicht verraten wird, denn noch seid ihr Menschen und also weniger denn Gott. Von Adam und von Yedid nehme ich die Gabe der Unsterblichkeit, und beide sollt ihr sterben, wenn eure Gestalt gleich der geworden ist, in der jetzt ich euch erscheine. Ihr sollt alt werden und am Ende daliegen ohne Leben, den scharfzähnigen Tieren und den Vögeln der Luft zur Beute, die lernen werden, sich von eurem Aas zu ernähren. Aber wenn Adam und Yedid auch sterben werden, soll das Geschlecht der Menschen doch erhalten bleiben, und damit dies geschehe, wollen wir aus Adam und Yedid ein Paar machen.‹ Und Yedid in seiner Neugier fragte: ›Wie kann dies sein, o Herr?‹

Gott aber antwortete nicht mit Worten, sondern mit einer Bewegung seiner Hand, denn er berührte Yedid, und Yedid wurde verändert. Er hörte auf, seinem Gefährten Adam gleich zu sehn, denn Brüste schwollen ihm, Bauch und Hüften weiteten sich, sein stolzes Szepter schrumpfte zu nichts zusammen und ebenso die Zwillingsäpfel seines Mannestums, und er kreischte laut auf, bedeckte sich die Lenden und schrie: ›Ich bin geschlagen, ich bin mittendurch gespalten.‹ Adam hörte voll Furcht seine Stimme, denn es war nicht die Stimme, die er kannte, sondern eine höhere Stimme, die dem Zwitschern der Vögel in der Luft näherkam als dem Brüllen der Tiere im Walde. Und Gott der Herr sagte: ›Fortan bist du nicht Mann, sondern Weib, und dein Name sei nicht mehr Yedid, sondern Hawwah, was Leben bedeutet, denn aus deinen Lenden soll Leben kommen, das die Art der Menschen erhält. Dort hinein nämlich, wo meine Hand dich geschlagen, soll die Milch der Leidenschaft fließen, und von da, wo meine Hand dich gespalten, soll das neue Leben austreten, denn die Milch eurer Umarmungen wird den Samen der Zeugung enthalten, und aus deinen Brüsten werden die Wässer der Nahrung fließen. Doch ist diese Verwandlung ein Fluch und kein Segen. Denn deine Liebe soll ein Fluch sein, und deine Kinder sollst du unter Schmerzen gebären. Gehet nun fort, ihr beiden, und tragt die Bürde eines Lebens, aus dem der Tod wird, und verlasset den Garten der Unsterblichkeit! Und die Tiere der Erde und die Vögel des Himmels und die Fische des Wassers seien mitgetroffen von eurem Fluch, denn die Unsterblichkeit wird fortan nur mehr dem Himmel des Geistes zukommen, während der Leib verfallen und wieder zu dem Staube werden wird, aus dem er geschaffen.‹

Dann gingen Adam und Hawwah in Kummer fort, und der Fluch liegt noch immer auf den Generationen der Menschen, nur nicht auf den Gesegneten. Denn die Gesegneten leben der Unschuld Adams und Yedis nach, und ihre Umarmungen gemahnen an die Freuden des Gartens Eden.«

Ralph blieb eine Weile stumm, dann nickte er und sagte: »Warum sollte das nicht ebenso wahr sein wie die andere Geschichte?«

»Es wird wahrgemacht«, sagte Robert, »durch die bloße Tatsache, daß ich es schreibe. Sollen wir nun etwas essen?«

Nach ihrem Mittagsmahl, mit rotem Fleisch und noch röterem Wein, kehrten die beiden Liebenden in ihr Eden im fünften Stock des Hinterhauses der Rue St. André des Arts Nummer 15 zurück. Mitten im Schweiße ihrer Umschlingungen sagte Ralph plötzlich: »Also werden die Tiere zu unseren Brüdern?«

»Wie meinst du?«

»So!« Und der Junge nahm den Geliebten wie ein Tier, stieß ihm den purpurnen Königsbaum ins Antrum, ohne Zärtlichkeit, ohne Liebesgurren, vielmehr fauchend und heulend, ihm Brust und Bauch mit den unbeschnittenen Nägeln blutig kratzend, und der Himmel schloß sich auf für sie beide und enthüllte in blendendem Glanze die Umrisse eines *Benedicent numen*.

30

»*Benedicent numen* fürn Arsch!« verlautbarte Ford Madox Ford. Mit dem Rauch seiner Caporal blies er einen Pesthauch aus, daß der Wein in den Gläsern sauer wurde. Den Mundgeruch mußte man allerdings nicht nur entschuldigen, sondern in Ehren halten: Er war das olfaktorische Äquivalent eines fehlenden Gliedes, denn der Hauptmann Ford hatte lungenverzehrendes Gas eingeatmet, als Freiwilliger bei der Infanterie, den manche Londoner Literaten wegen seines Patriotismus verlachten, ein braver Soldat unter elenden Drückebergern. »Aber nicht für *meinen* Arsch!« ergänzte er. Dann sagte er: »Das geht doch nicht, klar?«

»Meinen Sie, wegen des Inhalts oder wegen des Stils?«

»Das kann man nicht trennen, wie Sie wissen sollten. Joe Conrads Meer riecht nach *Roget's Thesaurus,* wie ich ihm immer wieder gesagt hab, aber er wollte nicht auf mich hören. Ihre Schwulennummer hier riecht nach Pfaffen, denen man die Soutane ausgezogen hat. Oder die Hosen, wenn Ihnen das lieber ist.« Er ließ eine neue Wolke Phosphorfäule entweichen. »Wenn Sie mit dem Inhalt das allgemeine Thema meinen, einen Jungen verführen und das dann dadurch rechtfertigen, daß man die Schöpfungsgeschichte umschreibt – na, das ist widerlich genug, aber das meine ich nur als Heterosexueller, nicht als Herausgeber. Als Herausgeber meine ich, daß Ihr Stil nach verschwitzten Hemden und Käsefüßen riecht. Vielleicht verdienen Sie mit Bücherschreiben Ihren Unterhalt, aber lassen Sie sich nicht einfallen, Ihre Bücher Literatur zu nennen!«

»Und was ist Literatur?«

»O lieber Mann! Da fragen Sie doch Ezra da drüben! Mit Sinn aufgeladene Worte, wird er Ihnen sagen. Machen Sie was Neues, wird er Ihnen sagen.«

Ezra Pound, glaube ich, tanzte gerade mit Sylvia Beach, oder vielleicht war es auch Adrienne Monnier. Und im Hintergrund kann man sich auch noch den schattenboxenden Ernest Hemingway hinzudenken. Ford war soeben mit einer kleinen Irin übers Parkett geschlurft, einer Kastanienkrausköpfigen, die ihm bis zur Brusttasche reichte und daher größtenteils vor seinem keuchenden Abhauch verschont blieb. Nach eigener Aussage war sie Malerin. Die Band bestand aus einem schwarzen Kornettisten namens Truc Vanderbilt, einem Schlagzeuger aus Marseille mit einem künstlichen linken Arm, einem schwindsüchtigen Geiger und meinem Schwager Domenico. Das Lokal war das Bal Guizot am Boulevard des Capucines.

Das Stück aus meiner Novelle *Zurück nach Eden,* das man soeben gelesen hat und das angeblich auch Ford gelesen hatte (er las nie etwas durch, wenn es nicht auf französisch war; er fischte nur eine hervorstechende Wendung heraus, die er dann nie mehr vergaß: *Ah ja, Benedicent Numen Toomey!),* könnte nach der Stelle, an der ich es hier eingefügt habe, wie eine bitter gehässige Reaktion auf Raffaeles scheinheilige Vorhaltungen wirken, aber es war erst drei Jahre nach jenem Hochzeitstag geschrieben worden und war eher ein Versuch, ein wenig von der neuen Aufrichtigkeit zu profitieren, die von den Pariser Emigranten, insbesondere von Jim Joyce, im geheiligten Namen des Modernismus unters Volk gestreut wurde. Ford Madox Ford brachte gerade eine neue Zeitschrift heraus, die *transatlantic review* (die kleinen Anfangsbuchstaben waren schick, die Charvetkrawatte des Modernismus), und ich hatte einer flüchtigen Anwandlung nachgegeben, mich auch einmal bei den *littérateurs* hervorzutun und nicht immer bloß meine biederen, kleinbürgerlichen Leser im Londoner Nordwesten zufriedenzustellen. Fords Verdammungsurteil hatte ich halbwegs erwartet; trotzdem war ich gekränkt. Ich sagte:

»Anscheinend finden Sie etwas nicht richtig dabei, wenn man mit Büchern seinen Unterhalt verdient. Ich verstehe unter Literatur sprachliche Verständigung. Ich verständige mich sprachlich mit einer größeren Leserschaft. Sie würden Ihre letzten paar Zähne dafür geben, wenn Sie das auch könnten.«

»Mein lieber Mann, nicht um den Preis, den man dafür zahlen muß!«

»Den Preis der Klarheit und Verständlichkeit?«

»Den Preis der Klischees, Halbwahrheiten, Kompromisse und Ängstlichkeiten!«

»Das hier ist nicht gerade ängstlich«, sagte ich, nahm ihm das Typoskript des dritten Kapitels von *Zurück nach Eden* aus seiner wabbligen Hand und fuchtelte damit vor seiner Nase herum wie mit einem Pfändungskuckuck, den ich auf seine Habe kleben könnte. »Sowas hat noch keiner geschrieben. Und erzählen Sie mir nichts von Kompromißlosigkeit! Sie können Ihre Zeitschrift nicht machen, ohne auf Ihre Geldgeber zu hören. Von wegen ängstlich! Sie hätten nicht den Nerv, das zu veröffentlichen.«

»Und ich bemäntele meine Feigheit mit ästhetischer Mäkelei. Ich hätte auch nicht den Nerv, den neuaufgefundenen Entwurf eines unterdrückten Kapitels von *Onkel Toms Hütte* abzudrucken. Oder eine Rhapsodie über das Volksleben auf der Insel Man von Hall Caine. Purpurner Königsbaum, meine Fresse! *Benedicent numen!*«

»Was ist mit Newman?« Die Musik hatte aufgehört, und Ezra Pound kam wieder an den Tisch. Hemingway ging mit seinem Schattengegner in die nächste Runde. Die Musiker standen auf, um Pause zu machen, und Domenico wurde vom Kornettisten wegen irgendwas geschurigelt; wahrscheinlich hatte er den Takt nicht gehalten. Pound runzelte die Stirn, trotz des alle Gemütsbewegungen deckenden Bartes ein launischer Poet, aber von großer Energie. Anstelle seines heimischen Idaho-Akzents hatte er sich eine Art synthetisch-britische Aussprache zugelegt, mit dem rollenden schottischen *r*. »Bessere Prosaschriftsteller als Newman gibt es nicht viele«, sagte er und nahm einen großen Schluck Wein.

»Noch besser, ja!« blies Ford mich wieder an. »Vielleicht haben Sie's so gemeint. Der purpurne Königsbaum der gebenedeiten Kardinalsprosa!« Er gab ein Pfeifgeräusch ab, das ein Lachen sein sollte. »Sie sollten sich das alles wirklich erst mal überlegen«, belehrte er mich. »Auch zwischen absichtlichen Ungereimtheiten gibt es sowas wie Harmonie. Sie werden sehn, wie verrückt das Ganze ist – ein heiliggesprochener britischer Kardinal, auf ein Schwulenpärchen herniederstrahlend!« Es saßen keine Damen am Tisch. Sylvia Beach und Adrienne Monnier standen am Podium, in heftigem Wortwechsel, ich glaube mit Larbaud. Ich war gekränkt, konnte mich aber schnell trösten: Es war ja nur Neid, der blanke Neid, sogar Pound war neidisch. Meine Bücher brachten Geld; *Früchte des Sturms* war in der siebenten Auflage. Und jetzt war Domenico an unsern Tisch gekommen; er setzte sich. Unter diesen Literaten fühlte er sich wie zuhause, sein Schwager war ja auch einer. Er bekam Mineralwasser: Alkoholische Getränke waren für die Musiker, solange sie noch spielen mußten, verboten. Der *patron* wurde die Erinnerung an den betrunkenen algerischen Posaunisten nicht los, der am Tag, als er entlassen wurde, sein Instrument als Hiebwaffe benutzt hatte. Domenico sagte zu Pound:

»Haben Sie mit Antheil gesprochen?«

»Ja, es paßt rein, hat er gesagt. Es hat die richtige Länge.« Ford, ein Mann mit einer schmutzigen Phantasie, kicherte wieder stimmlos. Domenico strahlte. Er sah jetzt ganz wie das Musterexemplar eines Quartier-Latin-Bewohners aus, dünn, abgerissen, langhaarig, ein Dachkammermusikus wie aus der *Bohème* von Murger. Er hatte mit Hortense eine Zweizimmerwohnung im Quartier des Gobelins, mit Blick auf ein Holzlager. Die beiden waren ständig knapp bei Kasse, denn aus Gorgonzola kam nun kein Geld mehr; aber Hortense wollte's nicht anders. Domenico spielte Klavier und kopierte Orchesterpartituren in Reinschrift. Für den Operettenschreiber Paul Trentini-Patetta machte er Orchestrierungen. Auch als Komponist war er nicht faul. Soviel ich wußte, hatte er eine Fantasia für vier elektrische Klaviere, sechs verschieden hohe javanische Gongs und eine Windmaschine geschrieben. Es war eine Art verspäteter Futurismus, schalgewordener Marinetti, und reimte sich auf seine schrille, verstimmte Art zu den Dingen, die der Amerikaner George Antheil in Mode brachte – Flugzeugsymphonien, Chaconnes für Fabriksirenen und anderen kulturbolschewistischen Unfug. Ford und Pound, mit denen wir jetzt zusammensaßen, hatten von Domenico eine höhere Meinung als von mir. Domenico war *modern.* Er spielte Jazz in einer echten Jazzband mit einem echten Neger als Kornettisten. Seine gequält dissonante Fantasia sollte in einem von Antheil veranstalteten Konzert gespielt werden. Betuchte Anbeter des jeweils letzten Schreis würden da hingehen – Harry und Caresse Crosby, Lady Gertrude (Binky) Carfax, die Principessa Cacciaguerra. Und darum strahlte Domenico jetzt. Die Tage, als wir zusammen einen melodischen und witzigen Einakter ausheckten, der einen Puccini-Abend ergänzen sollte, waren vorüber. Daß es mir nicht gelungen war, unsere Sache in Covent Garden anzubringen, deprimierte ihn ganz und gar nicht. Er war jetzt bei der Avantgarde. Unterricht bei Nadia Boulanger? Über die Harmonik des Verbrennungsmotors konnte er von der nichts lernen. Martinú? In einer von Martinús Partituren hatte er wahrhaftig ein Tonartzeichen gefunden – vollkommen *vieux jeu,* der Mann! Ein Konzert für Lokomotive und Orchester wollte Domenico schreiben, wobei das Orchester auf fahrenden Kohlenwaggons unterzubringen wäre. Harry Crosby würde das unterstützen. Dann käme ein Quartett für Cunard-Dampfer, leider ohne Unterstützung von Nancy Cunard. Jetzt sagte ich zu ihm:

»Komm doch bitte auf einen Augenblick mit an die Bar!«

Er stand auf, achselzuckend. An der Bar standen ein paar *poules* und langweilten sich. Es war noch früh. Das Lokal pflegte sich erst gegen zwei Uhr morgens mit Amerikanern zu füllen. Die Bar war mit Martiniglasattrappen aus Aluminium dekoriert, die auf einem stahlblauen Grund mit weißen Wölkchen von echten Entendaunen steckten. Boris, der russische Prinz hinter der Theke, schenkte mir einen Kognak ein. »Sie sagt, sie kommt nicht heim«, sagte ich. »Es sei denn, du schickst ihr eine schriftliche Entschuldigung. Und an deiner Stelle würde ich ihr auch ein paar Blumen schicken.«

»Blumen kann ich mir nicht leisten, weißt du doch. Luder!«

»Meinst du mich oder meine Schwester? Wenn du sie meinst, sag das bitte nicht noch mal!«

»Sie hat bei ihrem Mann zu sein. Ich habe meine Rechte!«

»Sie hat auch ihre Rechte! Zum Beispiel das Recht, sich nicht zum wiederholten Male mutwillig, bösartig und gemein ins Gesicht schlagen zu lassen.«

»Du weißt ja, warum.«

»Ich weiß, warum. Und ich weiß auch«, sagte ich nun freundlicher, »daß dies noch öfter vorkommen wird, wenn ihr nicht beide bald zu einem Arzt geht, zu einem Spezialisten für sowas. Es gibt einfache Tests, es gibt Behandlungsmöglichkeiten.«

Domenico stöhnte. Er blickte verstohlen umher. Der *patron* würde um diese Zeit in seinem Büro sitzen und sein Abendessen einnehmen, das er sich von Les Hespérides bringen ließ, einem Restaurant in der Rue de Sèze. »*Vite, Boris!*« sagte er. Boris schob ihm unauffällig einen Kognak hin. Domenico kippte ihn hinunter, gab das Glas zurück, das Glas wurde gespült, alles vorbei. Vielleicht war der Patron dem Hauptmann Ford einmal in seine Gaswolken gelaufen und ging nun nicht mehr nach Fahnen schnüffeln. Zu Ford und Pound, sah ich, hatte sich nun Hemingway an den Tisch gesetzt, der stark schwitzte. Adrienne Monnier und Sylvia Beach hatten auch Platz genommen. John Quinn kam herein, ein asketischer amerikanischer Rechtsanwalt, wie für eine Verhandlung gekleidet, und blickte sich angewidert um. Ford und Sylvia Beach winkten. Quinn ging zu ihnen hin. Pound schnalzte hektisch mit den Fingern nach dem Kellner. Ich sah, was kommen mußte. Quinn hatte Geld und war ein großer Sammler literarischer Autographen. Sie würden versuchen, ihn betrunken zu machen.

»An mir kann es nicht liegen«, sagte Domenico. »Carlo sagt, das kann nicht sein.«

»Das sagt er, weil es in der Bibel keine sterilen Männer gibt«, sagte ich, »nur Frauen. Will er vielleicht bei Hortense beten, um die Dämonen der Unfruchtbarkeit auszutreiben? Vollkommen fruchtlos! Zu einem Arzt müßt ihr gehn, alle beide.« Aber ich wußte, daß Domenico ein Kind, das natürlich ein Sohn sein mußte, gar nicht aus reinem Fortpflanzungsdrang wollte. Ein dicker Klumpen Gorgonzolageld hing davon ab, ob er einen Erben zeugte.

»Ich werde dir fünfzig Franc geben«, sagte ich, »und du kaufst ihr ein paar Blumen. Dafür müßtest du einen schönen Strauß kriegen.« Er zog den Mund schief. »Schau!« sagte ich, »ich schreib auch noch die Entschuldigung für dich. Du brauchst nur zu unterschreiben.«

Er lächelte mich an, nur mit dem Munde. »Du bist ja auf meiner Seite! Wie kommt das?«

»Männliche Solidarität!« log ich. »Welcher Mann läßt sich schon gern Sterilität vorwerfen? Außerdem will ich sie bald loswerden. Verdammt noch mal, ich bin nicht ihre Mutter, der Himmel hab sie selig! Frauen haben bei mir nichts zu suchen.«

»Was macht sie denn jetzt?«

»Sitzt da und wartet auf deinen Entschuldigungsbrief.« Das war nicht die reine Wahrheit. Sie lag noch im Bett und erholte sich stöhnend von ihrem Kater. Ich hätte energischer sein und sie am Abend vorher nicht zu dem Ball der Vier Künste an der Porte d'Auteuil gehn lassen sollen. Domenico hätte ihr's gewiß nicht erlaubt. Aber was konnte ich tun? Sie war inzwischen einundzwanzig, verheiratet und konnte auf sich selbst aufpassen. Am Tage vorher, als wir in der Alouette in der Rue du Faubourg St. Antoine zu Mittag aßen, hatten wir Harry und Caresse Crosby getroffen, zwei amerikanische Lebeleute, beide mit schöner Pergamenthaut und ständig zuckenden Lippen. Die beiden kannten mich und respektierten mich irgendwie als einen Schriftsteller, der Geld verdiente. Meine Bücher kannten sie nicht, nahmen aber an, da ich in Paris lebte, müßten sie irgendwie modern und bis auf die Paarungsszenen unverständlich sein. Sie machten viel Wesens um Hortense, die nun in der Tat bildschön war. Was für eine Haut, was für ein Haar, schwärmten sie. Sie muß unbedingt mit zum Ball der Vier Künste. Wie Harry Crosby denn da hineinkommen wolle, frage ich; er war ja kein Student. Er käme schon rein; er würde als einer gehn, der einen Akt malte für den Prix de Rome. Das Thema waren in diesem Jahr Römer und Senatoren. Togen aus Bettlaken, mit Cäsarenblut bemalte Leiber, phantastische Medusenhäupter für die Damen. Die Sache gefiel mir gar nicht. Hortense gefiel sie um so besser. Sie bekam große Augen, in denen sich eine dicke Frau spiegelte, die am Nebentisch frühe Erdbeeren mit Chantilly in sich hineinfraß. Was sollte ich tun?

Heute nun, den Mittag darauf, war sie bei mir in der Rue Bonaparte vor der Haustür abgeladen worden, rotbemalt und nackt bis auf ein hellblaues Herrenoberhemd, und an einer Kette Woolworthperlen trug sie ein Schild um den Hals: POUR M. TOUMY. Die Concierge äußerte ihren Abscheu durch langes und lautes Meckern. Ich holte Hortense in die Wohnung herauf und versuchte ihr starken Kaffee einzuflößen. Er blieb nicht nur nicht unten, sondern kam gleich als schwarze Woge zurückgebrandet, kaum daß er das wellenbrechende Gaumenzäpfchen berührt hatte.

Um fünf, zur Stunde, wo ich meinen Chinatee mit Petits fours einnehme, war sie noch ganz blind, aber schon aussagefähig, voller Aspirin, das die Schmerzzentren wie mit Gummibällchen abfederte, mit heftigem Aufstoßen, das anfallsweise auftrat, wenn die schäumenden Salze sich mit der Magensäure vermählten. Zuerst auf einer Abendgesellschaft in der Rue de Lille 19, wo die Crobys wohnten. Wände, Sessel und Bücherregale mit Sacktuch bezogen. »Nackt wie ein Zerstörer vorm Gefecht«, hatte Crosby gesagt. Achtzig Gäste, Studenten und Mädchen. Champagnerpunsch aus vierzig Flaschen *Brut,* je fünf Flaschen Gin, Whisky und Cointreau. Canapés von Rumpelmayer, die meisten auf dem Teppich zertrampelt. Harry, Caresse, Mai de Geetere (wer?) alle zusammen im Bad. Harry hat einen Sack mit zehn lebenden Schlangen mitgenommen zur Porte d'Auteuil. Aufgemacht und von der Loge herab unter die nackten Leute auf der Tanzfläche geworfen. Geschrei, aber am Ende hat man ein dickes schwarzes Mädchen einer Schlange die Brust geben sehn. Rituelle Taubenschlachtung zu den Einleitungsworten der Messe, mangels passenderen Heidenlateins. Echtes, aber nur dünnes Blutgeträufel auf die rührigen Leiber eines sich paarenden Pärchens. Was, Paarung? Na ja! Und du? Erinnerst du dich denn an nichts mehr? Mein Gott, ich erinnere mich an vieles, aber nicht alles. Sie erinnerte sich, morgens im Bett der Crosbys aufgewacht zu sein, zusammen mit fünf anderen Leuten. Da war ein Grammophon, davon bin ich aufgewacht. Einer hat es bedient, den anscheinend keiner kannte, und der hatte nur dieses hellblaue Hemd dort an. Erzähl weiter! *Ich möchte wissen, was passiert ist!* Meingott, laß mich schlafen!

»Sie wartet auf deinen Entschuldigungsbrief.«

Er nickte, dann schüttelte er den Kopf, wie um das Nicken zu dementieren, dann ging er fort von der Bar, zum Podium, wo sich die Musiker nun wieder versammelten. Domenico nickte im Takt zu den vier Einstimmungsschlägen des Schlagzeugers mit dem künstlichen Arm, spielte eine viertaktige Einleitung, und dann legten sie alle los mit dem *Darktown Strutters Ball.* Die Musik versetzte mich ein Stück weit zurück, immerhin schon vier Jahre, in die Zeit mit Domenico und Hortense und diesem verfluchten Curry. Seither war ich vergleichsweise brav gewesen; dafür brachte ich viele Liebeszenen zu Papier. Ab und zu mietete ich die Schenkel eines gefälligen Senegalesen; keine Verpflichtungen, nichts von Liebe, außer auf dem Papier. Verteufelt einsam, mit nichts als meiner Kunst, wenn man's so nennen konnte. Adrienne Monnier versuchte John Quinn zum Tanzen zu überreden, aber er wollte oder konnte nicht. Sie war eine große, üppige Goldblonde in Königsblau. »*Son frère*«, sagte Boris, »*est prêtre.*« Ich sagte, ich wüßte's.

Sollte Carlo mit seinem Bruder jemals über das göttliche Mysterium der Vaterschaft gesprochen haben, so bezweifelte ich, ob ihm Domenico zugehört oder, wenn zugehört, ob er ihm geglaubt hatte. Erst vor einer Woche war ich in der *Catho* gewesen (ich hatte die unbestimmte Absicht, einen ausgestoßenen Priester zum nächsten Helden zu nehmen) und hatte von Carlo eine sehr gescheite Vorlesung über manche Häresien gehört, welche die frühe Kirche hatte ausmerzen müssen. »Procrustes, Varius, Torquatus und andere konnten sich mit der Lehre von der jungfräulichen Geburt nicht recht abfinden. Sie stritten über die wahre Bedeutung von *parthenos* und meinten, es müsse nicht notwendig einen Mangel an sexueller Erfahrung bezeichnen. St. Vitellius« – oder irgendwer; es gab ja so viele von diesen frühchristlichen Heiligen mit Namen wie römische Senatoren – »hielt eine Predigt in Antiochia, in der er sagte, es gebe zwar Myriaden von Müttern, aber nur einen einzigen echten Vater, unsern Vater im Himmel. Der Zeugungsakt ist ein Schöpfungsakt, nicht minder wunderbar als die Schaffung des Firmaments: Der göttliche Same geht von Gott in die Frau ein, aber gewöhnlich verwendet Gott einen Menschen männlichen Geschlechts als den Zwischenträger des Samens. Dies ist jedoch nicht notwendig so, und um sein alleiniges Schöpfungsrecht zu bekunden, hat Gott die Jungfrau Maria direkt befruchtet – in der Person des Heiligen Geistes, dessen erste Bedeutung die des Schöpfergottes ist, der sich in der menschlichen Geschichte zeigt –, damit die Geburt seines heiligen Sohnes die wahre Natur der Vaterschaft verkünde. Das menschliche Recht spiegelt klugerweise die theologische Wahrheit insofern wider, als es die frivole Unverschämtheit jedes menschlichen Anspruchs auf Vaterschaft betont und die Vaterschaft als ihrer Natur nach unbeweisbar betrachtet. Die furchtbare Wahrheit, wie Tertullian weise gesagt hat, ist, wie so oft, eingeschreint in die Sprache des einfachen Volkes. Es muß ein kluges Kind sein, das den eigenen Vater kennt, und selbstverständlich auch umgekehrt. Haben Sie noch Fragen?«

Ich weiß noch genau, wie ich aus dem Bal Guizot fortging (der betrunkene Hemingway hatte eine Pavianer Ablehnungsgeste gegen mich gemacht, oder vielleicht stammte sie auch aus seiner Heimatstadt Oak Park; Quinn, stocknüchtern, hielt das Gesicht von Fords Atem weggewendet und sah aus, als ob er ihm die Beichte abnehme), und fast gleich darauf traf ich Jim Joyce und Wyndham Lewis, die an einem Tisch vor einem Café in der Rue Auber saßen. Joyce suchte beim Trinken manchmal die onomastische Nähe kleinerer Opernkomponisten. Aber wenn dies Ende Juni war, zur Zeit des Balls der Vier Künste, und wenn es das Jahr 1923 war, so müßte Joyce eigentlich in Bognor Regis gewesen sein, um zu hören, wie die Möwen *»three quarks for Muster Mark!«* schrien. Quark sollte später der Name eines der drei hypothetischen subatomaren Partikel werden, die eine elektrische Ladung in der Größe von ein oder zwei Dritteln der Ladung eines Elektrons besitzen und als die Grundeinheiten der Materie angenommen werden. Manchmal leisten wir Schriftsteller Größeres, als wir ahnen. Ungeachtet der biographischen Tatsachen also und nur von meiner Erinnerung geleitet, behaupte ich, daß ich mich zu den beiden an den Tisch setzte, an diesem Juniabend, dessen Luft die prickelnde Ladung eines bevorstehenden Gewitters in sich trug. Joyce war betrunken. Er hatte eine leere Schachtel Sweet Afton in der Hand, während die Zigaretten selbst jungfräulich verworfen in einer Art Quincunxmuster auf dem Boden lagen. Joyce zuliebe schienen viele Dinge sich zu Mustern zu ordnen, aber die heruntergefallenen Zigaretten konnte er gar nicht sehen, nicht nur weil er betrunken war, sondern auch wegen seines zunehmenden Augenleidens, einer Folge der Unterernährung in seiner Jugend und verschiedener Formen von Selbstmißhandlung. Wyndham Lewis war nüchtern, wie ein Anarchist gekleidet, sah aber eher wie ein Leichenbestatter aus. Herrgott, war denn die ganze literarische Welt damals in Paris? Sollen wir auch noch Thomas Stearns Eliot auftreten lassen, damit ich ihm sagen kann (nach einer Entdekkung, die ich in den 30er Jahren machte), daß er kein Recht hatte, in seinem *Waste Land* von den Tarotkarten zu reden, wenn er die Zusammensetzung des Tarotdecks nicht kannte? Einem Romancier würde man solche Nachlässigkeiten im Detail nie durchgehen lassen. Aber nein, Eliot lernte ich erst zur Zeit des Spanischen Bürgerkriegs kennen. Habe ich vielleicht Lewis gebeten, Eliot auszurichten, daß sein Mann mit den drei Stäben – von wegen

»*authentic member*«! – eine Dummheit sei? Joyce, mit seiner meckernden Tenorstimme, sagte:

»Ist das nicht der Toomey?«

Er hatte mich nicht gelesen, aber ohne Zweifel gehört, daß ich bloß ein Unterhaltungsschriftsteller sei und daher als literarischer Rivale nicht zu fürchten. Ich glaube, er bewunderte mich eher, weil ich bei diesem Gewerbe, das er nur dank üppiger Subventionen ausüben konnte, sogar Geld verdiente. Ich hatte erfolgreiche Stücke herausgebracht, während seine *Verbannten* durchgefallen waren; er gab zu, daß Stückeschreiben mehr handwerkliches Können als dichterische Inspiration erforderte. Vor allem aber schätzte er die Geschichte von meiner Verführung durch George Russell im Jahre 1904; allerdings ließ er mich schwören, daß ich sie für mich behalten würde: Er befürchtete sonst Schaden für die Struktur eines Buches, dessen größtes Verdienst angeblich im strengen Festhalten an der historischen Wahrheit lag. Und schließlich muß er mich wohl um mein muttersprachliches Französisch beneidet haben. Manchmal wollte er mich dazu überreden, den Rest meiner Tage als Oberhaupt einer Synode seiner französischen Übersetzer zu verbringen.

»Ja, der bin ich. Ergebenster Diener, Lewis!« Lewis knurrte etwas zur Antwort. Ich steckte Joyce eine Zigarette in den Mund, und seine Lippen begegneten ihr mit einer Gier wie die Lippen eines Diabetikers im Koma einem Stückchen Zucker. Ich gab ihm Feuer, und er sog an dem versengten Tabak, als ob erst die Hitze an den Lippen ihm die Gewißheit gebe, zu rauchen. Ein Kellner kam, und ich bestellte Kaffee und Kognak. Lewis schaute den Kellner finster an, blinzelte und gab ihm mit den Lippen ein Zeichen, daß Joyce von dem trinkbaren Urin in der fast leeren Flasche, die vor ihm stand, nun genug intus habe. Das dritte Kapitel von *Zurück nach Eden,* das sich während des kurzen Fußwegs in meiner Brusttasche verschoben hatte, schaute aus meiner Jacke hervor. Lewis schien spöttisch zu grinsen, als wüßte er, was es war. Zum Kuckuck, bei aller Ungeschliffenheit war es doch eine echte Erzählung; es passierte doch was, Himmelherrgott! Lewis' *Tarr,* vor fünf Jahren herausgekommen, bestand nur aus Klötzen von Figuren; einen Kran hätte man gebraucht, um die von der Stelle zu bringen. Joyce war reiner Wortschwall. Ich spürte eine gewisse Verachtung für alle beide. Ich sagte: »Eine Romansituation: Ein junger Mann und seine Frau wollen unbedingt ein Kind, aber sie bekommen keins. Ist er steril oder sie? Für ihn ist die Fruchtbarkeit ein Aspekt seiner Männlichkeit, darum sträubt er sich gegen die beiderseitige medizinische Untersuchung. Er will die Wahrheit nicht wissen und es der Frau anlasten. Sie ist realistischer und löst das Problem, indem sie sich bei einer Party im Dunkeln von einem Unbekannten schwängern läßt – uncharakteristische Abschweifung einer sonst braven Frau, aus Liebe zu ihrem Mann. Ein Kind wird geboren. Der Mann traut sich nicht, die Wahrheit zu erraten. Setzen Sie die Geschichte von da an fort!«

»Sehr pikant!« sagte Lewis.»Sollen wir Ihnen vielleicht bei einem von Ihren Romänchen zur Hand gehen?«

»Och, Lewis, Sie ewiger Snob!« sagte Joyce mit schwerer Zunge. »Wie sagt man denn«, fragte er mich, »zu einem Ohrwurm, da wo Sie herkommen?«

»Ein *eeriwiggle*«, sagte ich.

»*Eire wiggle*«, sagte Joyce, ganz blind vor Rauch und vor Freude. »Schreiben Sie mir das doch gleich mal auf die Zigarettenschachtel hier! Der Ire irrt und wiggelt sich raus. Och«, sagte er, »eine Geschichte fortsetzen, darin war ich noch nie gut. Hören Sie da auf, wo Sie gesagt haben, Toomey! Hauptsache, das Kind wird geboren!« Bei aller Wortbesessenheit konnte Joyce doch oft sehr direkt sein, besonders in Geldangelegenheiten. Aber für längere Geschichten hatte er keinen Sinn. Obendrein liebte er keine Bewegungen und vermied sie, wo immer er konnte. Darin waren Lewis und er näher verwandt, als sie beide hätten zugeben wollen. Romane waren Stilleben oder Skulpturen für den einen, gewaltige Arien mit einer Unmenge Koloraturen für den anderen. »Stertilität«, sagte Joyce mit nüchterner Erregung. »Ein stertiles Becken, saumsämig beschält von schalen Kondominien. *Shaun.* Bitte, schreiben Sie's mir auf, Lewis, sein Sie ein lieber Kerl!« Den zukkenden Keil am Himmel konnte er nicht sehn, aber den Donner einen Herzschlag später hörte er unvermeidlich. »Herr Jesus«, sagte er, »das halt ich nicht aus, so ein verfluchtes Gewitter! Bitte, holen Sie mir ein Taxi, ich muß nachhauuuuuse! O Jesus, Maria und Josef!« Es krachte abermals; die ersten Regennadeln stachen herab. Ich stand auf, um ein Taxi zu suchen. Ich beschloß, ich wollte Harry Crosby dazu bringen, *Zurück nach Eden* zu veröffentlichen. Er redete schon lange von seiner *Black Sun Press,* die er aufziehen wollte. Stertiler Donner stomulierte gewaltig. Der Regen prasselte jetzt. Ein Taxi war schwer zu bekommen.

31 Ich trat ins Badezimmer, und da saß meine Schwester Hortense in der Wanne, was sie zweifellos nötig hatte. Nur war das WC ebenfalls im Bad, und ich mußte es dringend benutzen. Sie sah rosig und erholt aus, wenn auch noch matt, und ihre klaren braunen Augen durchbohrten mich, als sie nach dem Handtuch griff, um sich die Brüste zu bedecken.

»Sei nicht albern«, sagte ich. »Ich denke, du bist meine Schwester?«

»Trotzdem könntest du klopfen.«

»Und du könntest die Tür verriegeln. Jedenfalls, deine Schamhaftigkeit ist blanker Unsinn. *D'ailleurs, je veux pisser.*«

»Ich steige gleich aus. Es kommt kein heißes Wasser mehr. Nun mach schon, mach!« Es war eine altmodische Badewanne mit Löwenpranken. Die Leitungen, nach Franzosenart, machten viel Lärm um wenig Wasser. Ich betrachtete mich im Spiegel über dem Waschbecken, der Schriftsteller mit dreiunddreißig, dieselben Augen wie Hortense, von unserer Mutter, bei mir aber enger beisammen stehend und überspannt wachsam, die Braue ein wenig verzogen in der Anstrengung, die drückende Blase zurückzuhalten, das strohige Haar mit Clovis-Brillantine geglättet, der Gardeoffiziersschnurrbart. »Mach schon, hab ich gesagt!«

»Darf ich? Ich werde dir den Rücken zukehren.« Während ich den Strahl laufen ließ, sagte ich laut: »Ich möchte wissen, was gestern nacht passiert ist. Und heute morgen. Ich möchte wissen, wer dich in diesem schändlichen Zustand an meine Haustür gebracht hat.«

»Beeil dich! Das Wasser ist am Zufrieren.«

»Dann steig raus, Dummchen! Wickel dich in dein Handtuch, ich will dich nicht nackt sehn! Ich habe keine inzestuösen Absichten.«

Wenig später saß sie in meinem Salon, mit rosigen Füßen, in einem schwarzen Charvetpyjama von mir, und trank heiße Milch. Sie saß auf meinem *Dix-septième*-Sofa, provenzalische Arbeit, *garniture en tapisserie au point polychrome de l'époque,* ich ihr gegenüber in einem dazu passenden *fauteuil.* Ich hatte die Wohnung unmöbliert gemietet und mir ein paar schöne Sachen hineingestellt: eine krummbeinige Kommode mit Intarsien, reich mit vergoldeter Bronze verziert, aus der *epoque Régence;* eine norditalienische Walnuß-Kredenz mit Engelsköpfen; Vasen, Rosen und noch allerlei. Meine Gemälde aus dem zwanzigsten Jahrhundert hingen im Speisezimmer. Die Bilder aus der Schule von Barbizon – Daubigny, Troyon und Veyrassat – paßten nicht recht dazu, aber es war ja noch viel Zeit, und am Gelde würde's nicht fehlen. »Machst du dir keine Sorgen über die Möglichkeit«, fragte ich, »daß dein hitzköpfiger Domenico von deiner Teilnahme am Ball der Vier Künste erfährt?«

»Sprich nicht mit mir in diesem stupiden, pedantischen Ton! Spar ihn dir für deine stupiden Leser! Er wird nichts davon erfahren, wenn du ihm nichts erzählst. Außerdem hab ich nichts Unrechtes getan.«

»Als du heute morgen hier ankamst, warst du nackt und in einem Zustand, in dem es dich nicht kümmerte, ob dich jemand nackt sah oder nicht. Dein schamhaftes Getue, grad eben, wirkt deshalb so heuchlerisch.«

»Ich war betrunken. Jeder kann mal betrunken sein. Als ich aufgestanden bin, war ich noch nüchtern, und dann haben sie angefangen Henkersblut zu mixen. Davon wurde ich wieder betrunken. Und die beiden Crosbys haben gesagt, o was für ein süßes kleines Mädchen, und wo kommst du denn her, also wußten sie gar nichts mehr. Kein Mensch hat gewußt, wer ich bin. Dann hab ich gesagt, ich will ein Taxi, und sie haben gesagt, wohin denn, und dann hab ich gesagt, hierher. Toomey, haben sie gesagt, Toomey, kommt mir bekannt vor, der Name, ach, das ist doch dieser schwule Erzeuger von Backfischkotze.«

»Das hast du dir ausgedacht!«

»O nein! Daran erinnre ich mich ganz genau. Nur was in der Nacht gewesen ist, das weiß ich nicht mehr. Und was ich nicht weiß, ist nicht gewesen, sag ich dir. Also hör jetzt auf davon, und morgen geh ich wieder zu Domenico und koch ihm seine Angelotti oder Capelli d'angeli oder weiß der Kuckuck was! Ich hätte nie gedacht, daß es so viele Sorten von diesen vermaledeiten Nudeln gibt.«

»Deine Flucherei paßt mir gar nicht, Hortense. Und es hat keinen Sinn zu sagen, was ich nicht weiß, ist nicht gewesen. Nimm an, du hättest jemanden umgebracht! Auch wenn du's nicht wüßtest, wär er trotzdem tot.«

Es klingelte. »Mein Gott, Domenico!« fuhr sie hoch.

»Es ist erst elf«, sagte ich. »Er muß noch spielen. Und wenn du nichts Unrechtes getan hast und niemand mehr sich erinnert, warum kriegst du dann so einen Schreck, du Dummchen? Ich weiß, wer das ist«, sagte ich, stand auf und ging zur Tür. Es war Carlo mit den Patres O'Shaughnessy und Leclercq, beides Professoren mit befristetem Lehrauftrag an der *Catho,* der eine für Kirchenrecht, der andere für Sakramente oder irgend so etwas. Sie kamen zum Bridge.

»Ehestreit!« sagte Carlo nickend und fuhr fort in parodistischem Irisch, das er sicherlich von O'Shaughnessy gelernt hatte, »und du stellst dich im Nachtgewande zur Schau vor den frommen Priestern der Kirche!«

»Nicht schlecht!« sagte O'Shaughnessy, ein drahtiger kleiner Rothaariger aus der Grafschaft Athlone, von dem man hätte denken können, daß er eher zum Schankwirt als zum Seelenhirten berufen war. Seit drei Monaten kam er mit Carlo und Leclercq einmal die Woche zu mir. Ich hatte sie nie eingeladen. Carlo hatte die beiden eines Abends mitgebracht, ohne auch nur selbst eingeladen zu sein; er hatte den Whisky herumgereicht und zwei neue Kartenspiele aus der Tasche seines priesterlichen Regenmantels gezogen. Wie immer verfügte er frei über Ort und Zeit. Pater Leclercq, der aus dem Midi kam, trank gern Gin mit ein wenig Altarwein oder *Alt,* wie O'Shaugnessy das nannte, und eine Flasche von diesem Getränk, einer Art gezuckertem britischem Portweinersatz mit einem gekreuzigten Christus auf dem Etikett, war von Leclercq selbst mitgebracht und in mein Getränkespind eingestellt worden, so daß ich nur noch für den Gin sorgen mußte. Leclercq war viel zu schön für einen französischen Geistlichen; er hatte eine Physis und einen göttlichgoldenen Schimmer (woher kam das im Midi? Von den Goten oder Westgoten, von den durchziehenden Kreuzfahrern?), die eher zu einem Superintendenten der Feldgeistlichen-Abteilung im britischen Heer gepaßt hätten. Wäre er nicht katholisch gewesen, er hätte einen guten Bischof von Gibraltar abgeben können. Früher, sagte er, habe er viel Sport getrieben, *le tennis, le rugby, la boxe.* Auch jetzt wurde er noch nicht fett, trotz Gin und *Alt.* Alle drei geistlichen Herren waren ausgezeichnete Bridgespieler. »Irgendwann, wenn Gott will, bring ich ihm auch noch richtiges Englisch bei«, sagte O'Shaughnessy zu mir, spitzbübisch zwinkernd. »Sollen wir?« Und er zog den zusammengeklappten, mit grünem Filz bespannten Kartentisch hinter der *Régence*-Kommode vor. Leclercq stellte Stühle auf. Carlo sagte scherzhaft mit dem Finger drohend zu Hortense:

»Ihr zankt euch zuviel, Orténsia. Bei euch sollten die Babies inzwischen nur so durcheinanderkrabbeln.« Es klang sonderbar unappetitlich. Hortense blieb die Antwort nicht schuldig:

»Sprichst du als sein Bruder oder als so ein vermaledeiter Pfaffe?« Leclercq, der kaum Englisch verstand, reagierte auf den Ton mit blankem Erstaunen, während er mit den Lippen eine Zigarre anleckte, die er, natürlich unaufgefordert, aus dem Humidor genommen hatte. O'Shaughnessy aber war entzückt:

»Richtig, Mädchen, gib ihm Saures! Dem vermaledeiten Pfaffen!« Seine Psychologie war gut: Hortense wurde rot. Carlo behielt die gute Laune. Er war nun furchtbar häßlich, noch dicker als bei seinem letzten Auftritt in diesen Seiten, mit der großen komplizierten Nase als einem Füllhorn unausgezupfter Haare. Sein Kopfhaar dagegen zog sich zusehends weiter nach hinten zurück. Seine Finger waren fast zu plump für die zarten Hantierungen mit der Hostie. Sein Priesteranzug war zerknautscht und fleckig. Aber er war unerhört wie schon immer. Er sagte:

»Mutter läßt grüßen.«

»Wie steht's zuhause?« fragte ich. »Was sagt man denn zu Mussolini?«

»Das ist einer«, sagte Carlo zu Hortense, »den kannst du vermaledeien, soviel du willst! Weil er ein vermaledeiter atheistischer *farabutto* ist, mit seinen vermaledeiten Schwarzhemden, auf denen man den Dreck nicht sieht. Der steckt voller Teufel, vielleicht sogar mitsamt dem obersten Chef. Und sonst steckt nichts in ihm, womit er sich gegen sie wehren könnte. Der Teufel nimmt unser ganzes vermaledeites Italien in Besitz.«

»Aber dafür«, sagte ich, »habt ihr doch von dem vermaledeiten atheistischen Kommunismus nun nichts mehr zu fürchten.«

»Den Teufel treibt man nicht mit Beelzebub aus«, rief er. »Also, laßt uns beten, ich meine geben!« sagte er leiser. »Orténsia, du scheinst sehr müde zu sein, *cara!* Vielleicht ist dein Bruder mit dir zum Ball der Vier Künste gegangen.« Es war als Scherz gemeint, aber mir kam dabei eine Vision, wie sie nur ein Romancier haben kann: Carlo als Musiker verkleidet, in einer der beiden Bands das Saxophon spielend und alles mitansehend, auch wie sich Hortense einem schlanken Jüngling mit geschmolzenen Ikarusflügeln hingab (wo ich bloß dieses Detail herhatte?). Ohne zu erröten, sagte Hortense:

»Dr. Belmont hat an mir herumgestochert, in seinem *Centre gynécologique*. Eine sehr anstrengende Sache!«

»Aaaaaah!« machte Carlo. »Hast du bald gute Nachricht für uns alle?« Er saß schon am Kartentisch und ließ mit seinen starken Spielerfingern ein neues Päckchen Karten durcheinandersurren. Er hatte einen großen Vorrat Spielkarten, die er aus irgendeinem dunklen Grunde von der Fabrik Rouach et Fils geschenkt bekam. Vielleicht war er einfach einmal dort hineingewatschelt und hatte gesagt: »Geben Sie mir die da!«

»Es gibt ja auch noch andere Dinge im Leben«, sagte Hortense. »Eine Frau ist keine Gebärmaschine. Man muß das Leben als Ganzes nehmen. *Je vous quitte, messieurs.* Ich überlasse Sie Ihrem Vergnügen. Ich will auch bestimmt mein Nachtgebet nicht vergessen«, sagte sie schnippisch. Und ohne weiteren Abschiedsgruß tappste sie auf ihren reizenden rosigen Füßen in das freie Schlafzimmer.

»Ein reizend mutwilliges Mädchen«, sagte O'Shaughnessy, »und dem Allmächtigen sehr nah, würde ich meinen. Steckt ein bißchen was Irisches in Ihnen beiden?« Ich schenkte ihm ein bißchen was Irisches ein und sagte nichts. Gin mit Altarwein, Scotch, Scotch. O'Shaughnessy erhob sein Glas mit dem Irentrunk gegen Carlo und neigte vielsagend den Kopf. »Auf Ihr Wohl, Monsignore!«

»Monsignore?« fragte ich.

»Noch nicht, noch nicht!« brummte Carlo und gab Karten.

Ein großes Literaturjahr würde 1922 erst in ferner Zukunft gewesen sein, wobei man allgemein an Erträge wie den *Ulysses* und das *Waste Land,* aber natürlich nicht an meine *Früchte des Sturms* denkt. Daß es in der Rubrik der Haupt- und Staatsaktionen ein großes Jahr sein würde, konnten manche Leute schon damals sehen. Mussolini war auf Rom marschiert, oder vielmehr, seine Schläger waren marschiert, und er selbst war per Schlafwagen in Termini eingefahren. Papst Benedikt XV., der große friedliebende Kirchenfürst, auf den weder die Deutschen noch die Alliierten hören mochten, Giacomo della Chiesa, ein Jurist und Diplomat, der nicht mit Geld umgehen konnte und durch seine freigebige Hilfe für die Bedürftigen den Vatikan in die roten Zahlen gebracht hatte, war gestorben, und sein Nachfolger wurde Pius XI., Achille Ratti aus Desio bei Mailand, der ein Jahr lang Erzbischof von Mailand gewesen war, ein Freund, so hatte ich erfahren, der Familie Campanati. »Monsignore?« Ich hatte es nicht anders erwartet, als daß bei der neuen Ämterverteilung etwas für Carlo herausspringen würde.

»Oberaufsicht über die Glaubensverkündigung«, verkündigte O'Shaugnessy, als ob dies ein urkundlicher Titel wäre. »Einführung zweckmäßiger Methoden bei der Ausbreitung des Glaubens. Dreimal Karo. Vielleicht nimmt er jetzt ein paar Pfunde ab.«

»Viermal Pik«, sagte Carlo. »Ich habe allen Leuten gesagt, der Krieg würde bald nur noch wie eine Kindheitserinnerung an einen Ausflug sein im Vergleich zu dem, was danach kommt. Und da haben wir's! Die diabolischen Kräfte sind stärker denn je. Ach was, bleiben wir bei unserem Spiel!«

Aber daraus wurde nichts, hauptsächlich deshalb, weil ich wie ein Trottel spielte. »Du macht es dir zu einfach«, sagte ich und warf meine Karten hin. »Gott kontra Teufel – kindisch!«

»Na gut!« murrte Carlo und befächerte mich mit seinen Karten, als ob die Flammen schon an mir leckten. »Schau dir nur das letzte Jahr an, 1922! Stalin zum Generalsekretär des Zentralkomitees der Kommunistischen Partei gewählt. Der sagt, der zentrale Kontrollausschuß soll das ganze Land säubern. Säubern nennt er das. Schaun Sie«, sagte er zu O'Shaughnessy, »das Justizgebäude in Dublin gesprengt und Gemetzel überall! Die Griechen« – er wandte sich der Symmetrie halber an Leclercq – »von den Türken massakriert!« Wir sprachen nun französisch, abgesehen von manchen Namen. »Und nun haben wir 1923, und überall sitzen die Schurken fest im Sattel und lachen sich eins. Schurkerei ist ganz einfach, Kenneth, *caro!* Und die Waffen, um sie zu besiegen, sind auch ganz einfach. Zuerst muß dafür gesorgt werden, daß die Flammen nicht um sich greifen.« Er befächerte mich wieder. »Das ist meine Aufgabe.«

»Dieses Volstead-Gesetz in Amerika«, sagte Leclercq, »ist auch eine üble Sache.«

»Aus einer üblen Sache erwächst die nächste«, stimmte Carlo zu. Dann sagte er zu mir: »Ich hab etwas für dich. Von Raffaele.« Er zog eine dicke Brieftasche hervor, aus speckig-abgegriffenem Leder, wie wenn jahrelang ein Tartar drauf geritten wäre. Brummend durchsuchte er den Inhalt. O'Shaughnessy war rot angelaufen und fuchtelte mit einem Nikotinfinger auf Leclercq los. Sein Französisch wurde sehr irisch:

»Sagen Sie bloß nicht, daß etwas schlecht ist, wenn es dazu führt, daß solche verfluchten Sachen seltener vorkommen, wie meiner Schwester Eileen in Baltimore eine passiert ist! Schwarze saufen sich mit billigem Gin einen an und belästigen weiße Frauen.«

»Die kriegen ihren billigen Gin trotzdem«, sagte Leclercq. »Gin, Whisky oder Kognak, aber ein Zeug, von dem sie blind oder gelähmt werden oder sogar sterben.«

»Das Volstead-Gesetz war richtig, das Volstead-Gesetz war notwendig.«

»Etwas für mich von Raffaele? Wieder eine Rüge wegen meiner unanständigen Romane?«

»Er hat deinen letzten gelesen. Er hat gesagt, der sei gesund und gar nicht unanständig. Er sprach von einem Sinneswandel. *Ecco!*« Er gab mir einen zusammengefalteten Zeitungsausschnitt.

»Na dann«, sagte Leclercq, »machen Sie das in Irland doch auch so! Machen wir's hier! Gießen wir diese Flaschen ins WC!«

»Bei uns ist das was anderes. Wir sind gesittete Leute. Wir können uns beherrschen. Was meiner armen Schwester Eileen passiert ist, hätte in Westmeath nicht passieren können.«

»Alle Menschen sind gleich. Alle Menschen haben die gleichen Rechte. Sich zu betrinken. Frauen zu belästigen. Zu bereuen.«

»Aber der Wein!« brüllte Carlo. »Sie gehn an der Sache vorbei. Diese Verfälschung der Lehre! Die sagen doch, Christus hätte unvergorenen Fruchtsaft in sein eigenes kostbares Blut verwandelt–«

Ich las. Es war ein kurzer Artikel, von Raffaele geschrieben und in einer Zeitung abgedruckt. Vermutlich sollte ich ihn lesen, damit mein Stolz, ein professioneller Schriftsteller zu sein, durch den Hinweis darauf gedämpft werde, daß schließlich jedermann schreiben konnte, wenn es etwas zu schreiben gab. »Das Gesetz ist schlecht und kann in den großen Bevölkerungszentren nicht durchgesetzt werden. Schottischer Whisky wird nach den britischen Westindischen Inseln und den französischen Inseln St. Pierre und Miquelon vor der kanadischen Küste verschifft und von da aus mit schnellen Motorbooten in die Vereinigten Staaten eingeschmuggelt. Eine ausreichende Überwachung für die gesamte Ostküste der Vereinigten Staaten ist nicht durchführbar. Wie zu erwarten, äußert sich die Rivalität zwischen den nach Herrschaft über ganze Stadtgebiete strebenden Schmugglerbanden schon jetzt in Morden, welche die korrupten Polizeibehörden nicht einmal untersuchen wollen. Ich verurteile diese Gesetzlosigkeit und Anarchie, vor allem aber verurteile ich die Regierung der

Vereinigten Staaten und all jene, die blindlings einer rechabitischen Überzeugung folgen wie der Kongreßabgeordnete Volstead ...«

»Ja«, sagte ich. »Recht hat er, aber er bringt sich selbst noch in Schwierigkeiten. Warum wolltest du, daß ich das lese?«

»Er schreibt gut, nicht?«

»Ganz leidlich. Grammatisch korrekt und klar. Und?«

»Er möchte, daß du etwas schreibst. Er sagt, du hast einen Namen in den Vereinigten Staaten, du bist bekannt. Artikel, meint er. Mit den Schwierigkeiten hast du recht. Er kennt Namen und Tatsachen. Er hat zum FBI Kontakt aufgenommen, aber diese Behörde tut bisher nicht viel. Die Frage muß in großem Maßstab aufgerollt werden. Damit der Kongreß, der Präsident und das ganze Volk sich schämen. Artikel wären gut, vielleicht auch Geschichten. Du wärst dabei in Sicherheit, er nicht. Er traute sich nicht, dir selbst zu schreiben. Er hat mich gebeten, dich darum zu bitten.«

»Carlo«, sagte ich, »das ist nicht mein Fach. Für mich ist Schreiben eine Kunst – so gut ich's verstehe. In Propaganda hab ich keine Übung. Außerdem scheint mir, daß man in Amerika doch sehr auf der Hut sein muß. Das Land der freien Rede, aber, hab ich gehört, die Folgen der freien Rede können tödlich sein. Redaktionen werden in Brand gesteckt, Herausgeber mit Fleischeräxten im Bauch aufgefunden. Ich kann etwas schreiben, aber es gibt keine Garantie, daß es veröffentlicht würde.«

»Propaganda?« sagte Carlo, einen Augenblick zögernd, die volle rote Unterlippe vorgeschoben. »Was hab ich da neulich gehört? Du schreibst Propaganda für die Kinder Sodoms? Domenico erzählte mir, er hätte so was auf deinem Schreibtisch dort gesehen.«

»Ich schreibe nichts dergleichen«, sagte ich, ein bißchen rot angelaufen. »Ich bin ein Geschichtenerzähler. Domenico hatte kein Recht–« Wann konnte er das gesehn haben? Aber die Publikation, das Öffentlichmachen, begann schon beim Einrollen des Blatts in die Schreibmaschine. Von der Feder, dem vertraulicheren Werkzeug, war ich abgekommen. Domenico hatte eines Abends hereingeschaut, um mir zu sagen, er habe eine Lösung für eines von Joyces Problemen. Joyce hatte mir etwas von *insect* und *incest* erzählt. Das furchtbare Wort konnte nicht ausgesprochen werden, nicht einmal im Traum, daher die Metathese. Aber das

Ganze hatte etwas Billiges, Albernes, nicht viel mehr als ein Kalauer. Es mußte eine andere Rechtfertigung geben. Womöglich eine musikalische? hatte ich vorgeschlagen. Und nun hatte Domenico mir gesagt, es gebe eine. Joyces Held HCE ließ sich in ein musikalisches Thema auflösen: H war das deutsche Zeichen für das englische *B natural.* Dem SEC von *insect* wiederum entsprach in der deutschen Notation Es-E-C. Die beiden Dreitonakkorde harmonierten miteinander vollkommen. C-E-Es dagegen ging nicht. (Joyce war entzückt gewesen.) Und dann war ich auf die Toilette gegangen, und Domenico hatte einen Teil meines zweiten Kapitels gelesen.

»Alle Worte sind Propaganda«, sagte Carlo. »Propaganda machen für eine gute Sache! Die Sodomiter gehn schon nicht unter, die sind ganz zufrieden mit ihren selbsterwählten Teufeln!« Ahnungslos, wie immer! »Du kannst doch frei reden und einem Mann helfen, der dein Bruder geworden ist. Er muß vorsichtig kämpfen. Er sagt, die Lage wird noch schlimmer werden.«

Ich schaute ihn an. »Was importiert denn Raffaele, abgesehen von Trockengütern? Chianti, Strega, Sambuca, Grappa?«

»Der Spirituosenhandel hat den Geist aufgegeben. Aber das ist nicht seine größte Sorge. Wirst du's dir überlegen, ob du etwas für ihn tun kannst?«

»Überlegen kann nichts schaden«, sagte ich und überlegte gleich, daß die idiotischen Gesetze der Vereinigten Staaten mich nicht im mindesten angingen. Die hatten vor anderthalb Jahrhunderten ihre Unabhängigkeit gewählt und konnten von mir aus nun in ihrem kalifornischen Traubensaft baden. Ich hatte anderes zu tun.

»Spielen wir doch«, rief Carlo, »ein paar Runden Poker! Auf Bridge kann ich mich nicht konzentrieren. Dieser Wahnsinnige bei dem Turnier in Juan-les-Pins«, sagte er plötzlich auf englisch zu O'Shaughnessy. Dann redete er rasch weiter darüber, welches die richtige Verteidigung wäre, wenn Nord sieben Herz ansagte und West das übliche Kreuz-Anspiel stach. Dann wurde er überboten und verlor seinen Trumpfstich. Wie zu erwarten. Unerhört, der neue Monsignore! »Unerhört!« sagte Pater Leclercq und meinte natürlich etwas anderes, vielleicht den Geschmack der Romeo und Julia, zu der ich ihm gerade Feuer gegeben hatte. Oder sonst etwas. Wie soll ich das alles noch wissen?

32 Zu Frühlingsanfang 1924 brachte meine Schwester Hortense in der Entbindungsklinik der Petites Sœurs de la Passion Zwillinge zur Welt, *jumeaux, gemelli!* Freudiges Erstaunen, um so mehr, als sie wie bei William und Ann Shakespeare ein Junge und ein Mädchen waren. Zwei Mädchen – das hätte wie eine vorsätzliche angelsächsische Brüskierung der Familie Campanati ausgesehen, und bei zwei Jungen hätte es Streitereien über die Seniorität geben können. Ein Junge und ein Mädchen, so war es am besten, und beide gesund, die Mutter auch, sozusagen ein genetisches Kunstwerk, eine klare Sache, wie ein Geschenkkorb zu Ostern mit einer Flasche Rotem und einer Flasche Weißem vom gleichen Jahrgang. Als ich die Zwillinge sah, kamen sie mir ganz plausibel anglo-franko-italienisch vor. Wenigstens war kein schwarzes oder gelbes Blut mit im Spiel. Hortense, die sich in ihrer türkisfarbenen Bettjacke aufgesetzt hatte, im Regenlicht des Frühlingsanfangs, blickte mir ins Auge, und ich blickte ihr ins Auge. »So, das reicht«, sagte sie.

»Ich dachte, du willst die Welt bevölkern helfen?«

»Das reicht.«

»Nenne sie doch Hamnet und Judith! Oder nein, vielleicht Harry und Caresse!«

»Du gemeines, widerliches, steriles Dreckschwein!«

»Meine Fruchtbarkeit ist und bleibt unerprobt. Darüber mach ich mir überhaupt keine Sorgen. Ich bin nicht Domenico.«

»Los, raus mit dir!«

»Früher hast du mich gemocht, Hortense. Früher hast du mich bewundert. Es gab mal eine Zeit, wo ich ehrlich sagen konnte, ich glaube, daß du mich bewunderst.«

»Daß ich nicht lache! Los, raus mit dir, oder ich laß dich von den Nonnen hinauswerfen!« Ich überlegte, ob ich den großen Mimosenstrauß wieder mitnehmen sollte, den ich ihr gebracht hatte, und ihn der erstbesten Alten schenken, die ich in der Rue des Minimes träfe. Aber schließlich war Hortense doch meine Schwester.

Die Zwillinge wurden in der Madeleine getauft, die nun Hortensens und Domenicos Gemeindekirche war, denn sie waren in die Rue Tronchet umgezogen. Als Namen wurden John und Ann ausgewählt, einfache Namen, die auch bei der Umsetzung ins Französische oder gar Italienische ihren Charakter nicht verloren: Aus Giovanni würde bald Gianni werden, und das klang dann ganz wie Johnny in amerikanischem Englisch. Und tatsächlich sollte aus dem Jungen ein Johnny Campanati werden, als er nach Kalifornien kam. Die armen Kinder, denke ich jetzt, im nachhinein! Der eine mußte persönlich, die andere als stille Teilnehmerin Furchtbares erleben. Aber greifen wir nicht vor! Ich muß es halten wie Gott und ihnen die Illusion des freien Willens lassen, aus der ihre Zukunft im Frühjahr 1924 noch so seidig leer erscheint wie das weiße Blatt, das der Autor nur allzubald mit der Feder besudeln wird.

1924 war ein gutes Jahr für Domenico. Er ritt auf der Welle des Erfolgs von George Gershwins *Rhapsody in Blue,* die in diesem Jahr erstmals gespielt wurde, und bekam den Auftrag, für den Pianisten Albert Poupon, der im vergangenen Oktober seine lächerliche Fantasia gehört hatte, ein jazziges Klavierkonzert mit Saxophonen, Wa-wa-Trompeten und all dem übrigen Unsinn zu komponieren. Diesem Werk wurde von Vladimir Jankelevitch (*Ravel,* Editions du Seuil, 1958) ein nachwirkender Einfluß auf Maurice Ravel zugeschrieben, der sieben Jahre später ebenfalls ein jazziges Konzert produzierte. In diesem Jahr ließ Ravel sein *L'enfant et les sortilèges* aufführen (Libretto von Colette Willy, einer sehr frechen und sinnlich gefräßigen Person), und es war im Gespräch, daß unsere *Pauvres riches* den Abend einleiten sollten, aber statt dessen kam Ravels Freund Ducrateron mit seinem banalen und heute vergessenen *Violon d'Ingres* zum Zuge. Domenico machte sich nichts draus, denn wie schon angedeutet war er der Meinung, über derlei Jugendsünden hinaus zu sein. Allerdings konnte ich feststellen, daß er es nicht unter seiner Würde fand, das eine oder andere Thema aus unserer Oper für sein Klavierkonzert zu verwenden. Mit Hortense und den *gemelli* lebte er nun in einer viel größeren Wohnung als zuvor, und er hatte einen alten Broadwood-Flügel, der bei einer Auktion aus der Habe des armen Edouard Hecquet ersteigert war.

Auch für mich fing das Jahr gut an und ging gut weiter; doch freilich (und der Magen sträubt sich mir bei der Aussicht, dies alles nun zu Papier bringen zu müssen) endete es dann in Elend. Es war das Jahr der britischen Empire-Ausstellung in Wembley. Die Schirmherrschaft hatte der Prinz von Wales (dessen Standbild aus neuseeländischer Butter eine der Attraktionen war), und eröffnet wurde das Ganze von seinem Vater an Shakespeares Geburtstag. Es gab einen Palast der Kunst, einen für die Industrie und einen für die Technik, und der letztere war sechsmal so groß wie der Trafalgar Square. Es gab dort ein Kohlebergwerk im Modell, eine Zigarettenfabrik, Druckereien und Pavillons für die Industrieerzeugnisse der Dominien und Kolonien. Es gab auch ein königliches Puppenhaus zu sehen, mit einer Bibliothek winziger Bücher und mit Handschriften von anerkannten Schriftstellern, natürlich nicht von mir, denn so anerkannt war ich noch nicht. Könige und Königinnen kamen die Ausstellung besuchen, und irgendwie erinnere ich mich, daß im Juni der nominelle Herrscher Italiens mit seiner Gemahlin da war, so daß er sich nicht in Rom befand, als Giacomo Mateotti, der große Progressive, unversöhnlicher Feind des neuen Machthabers, von faschistischen Schlägern abgeschlachtet wurde. Dieses stupidermaßen unverhüllte Verbrechen hätte Mussolinis Ende sein können, aber ebenso wie die anderen bolschewismusfürchtigen Nationen begegnete ihm England mit einer stupiden Herzlichkeit, und später im gleichen Jahre fuhr Austen Chamberlain in die Heilige Stadt, um das ekelhafte Regime zu lobpreisen.

Am 25. Mai (am Tag, als Georg II., König der Hellenen, abgesetzt und die Griechische Republik ausgerufen wurde) war im Londoner Prince of Wales Theatre die Premiere meines neuen Stücks *Tumult und laute Worte.* Es war ein ironisch-volkstümelndes Stück, und Jim Joyce hätte sein linkes Auge dafür hergegeben (das ihm freilich nicht mehr viel nützte), auch einmal einen solchen Erfolg zu haben. Es kam der grassierenden Begeisterung für das Empire entgegen, und viele, die damals London besuchten, haben es gesehen, aber man findet es nicht in den drei Bänden meiner gesammelten Stücke. Es handelte von einem anarchistischen jungen Hitzkopf, dem einzigen Sohn eines vom Sandflohfieber schwer gezeichneten Kolonialbeamten im Ruhestand. Der junge Mann eröffnet den ersten Akt mit lauten Worten gegen den britischen Imperialismus und einer vehementen Tirade über die Notwendigkeit, die universale Menschheitsrepublik auszurufen. Der Vater, zitternd in einem sehr bühnenwirksamen Fieberanfall, sagt ihm, wenn du so denkst, dann scher dich fort aus meinem Hause! Ich geh schon! Er knallt die Tür hinter sich zu, und der schlotternde Vater bereut den vorschnellen Hinauswurf. Der junge Schreihals hält bei einer Kundgebung eine hitzige Rede über die Freiheit des Menschen und wird von Faschisten zusammengeschlagen (für diese hatte ich die italienischen Schwarzhemden zum Vorbild genommen, so wie ich sie in den europäischen Illustrierten gesehen hatte; den *Cornerboys* unseres Sir Oswald Mosley kam ich damit um rund sieben Jahre zuvor). Blutend und mit etlichen Frakturen wird er von einem gütigen Hindu-Arzt aufgelesen und gesundgepflegt, der ihn zugleich behutsam über die Vorzüge des britischen Imperialismus aufklärt: Eben aus dem Empire keime jetzt schon das internationale Gemeinwesen hervor, das er herbeiwünscht. Außerdem verliebt er sich in eine dunkelhäutige Schöne, eine Viertelsnegerin aus Trinidad, Adoptivtochter seines indischen Wohltäters, und erklärt seinen Wunsch, sie zu heiraten. Das Stück endet mit einer Rede der jungen Dame, in der sie ihr Bedauern ausspricht, daß für eine Mischung der Rassen die Zeit noch nicht reif sei, trotz des Präzedenzfalls ihrer eigenen Abkunft, aber eines Tages werde diese Zeit anbrechen. Eines Tages werde die Brüderlichkeit zwischen den Menschen aller Länder, über denen die britische Fahne weht, nicht mehr nur ein frommer (eigentlich scheinheiliger) Wunsch sein. Einstweilen aber müsse man sich den Vorurteilen der Unaufgeklärten noch beugen und vor allem daran denken, welch ein Kreuz die Sprößlinge aus einer gemischten Ehe unter der Dummheit und Ignoranz der andern zu tragen hätten. Der geläuterte Aufrührer nickt und nickt, gewinnt immer mehr das Aussehen eines älteren, abgeklärteren und patriarchalischeren Mannes mit Sandflohfieber und verabschiedet sich von der einsichtigen Mischlingsschönen mit einem zarten Kuß auf die Stirn, während der Vorhang langsam niedergeht und der Applaus einsetzt. Heute mutet es sonderbar an, daß die Rollen der beiden Farbigen von farbig zurechtgeschminkten Weißen gespielt wurden, nämlich von Phil Kemble (der übrigens immer noch den Pitt spielen wollte) und Rosemary Fanshawe. Das waren noch Zeiten!

Zur Premiere kam Rudyard Kipling mit seiner befehlsgewohnten amerikanischen Frau. Der Titel stammte aus seinem *Recessional,* und daher hatte er ein Anrecht auf Freikarten und einen Schnaps im Büro des Intendanten während der ersten Pause. Seine Frau paßte scharf auf, als Ferguson, der Intendant, ihm einen Whisky einschenkte. »Mit viel Wasser!« sagte sie. Als Ferguson nachschenken wollte, sagte sie: »Nein, Ruddy!« Kipling begann ganz plötzlich zu singen, aus *Acis und Galatea* von Gay und Händel: *»Oh ruddier than the cherry oh sweeter than the berry.«* »Da sehn Sie!« sagte Mrs. Kipling streng, mit dem Gesicht zu dem Stück Wand zwischen mir und ihrem Gatten. Kipling sagte zur mir:

»Ihr jungen Leute, ihr könnt doch nie begreifen, um was es geht! Die Unaufrichtigkeit scheint durch.« Er sprach in einem leicht trällernden Tonfall, der auf eine Waliser Herkunft hinzudeuten schien; man getraute sich kaum zu glauben, daß es *Babu, Chichi* sein sollte, eine vor langer Zeit erlernte Geste der Solidarität mit den englischsprechenden Indern. Sein Schnurrbart war grau, aber die schweren Augenbrauen waren noch immer schwarz. Vielleicht hatte er in Hastings in der Sonne gelegen; jedenfalls war er bräuner, als es sich für einen Engländer gehört. Seine Brillengläser waren so dick wie der Boden einer Flasche, und darin schwammen die Augen drohend vergrößert. »Ein schlechtes Stück«, verlautbarte er, »bis jetzt! Aber das braucht Sie nicht zu kümmern. Ich wäre nicht gekommen, aber weil wir einmal in der Stadt waren ... *Dieser verdammte Zirkus!*« rief er.

»Aber Ruddy!«

»Sie waren nicht da, Toomey?« Nein. »Die albernste Pantomime, und das sollte mein Gedicht sein, das über Gunga Din, mit einem *Bishti,* dem sein Wasser ausgeht, wie er im Gefecht tröpfchenweise den Verwundeten zu trinken gibt, und dann wird er von johlenden Eingeborenen niedergeschossen. Bevor er stirbt, kommt er noch mal hoch und salutiert. Beifall der mutterländischen Spießbürger. Und eine Musik, o mein Gott! Was war das doch für eine Musik, Carrie?«

»*Nimrod*«, sagte Ferguson, der die Besprechungen in den Zeitungen gelesen hatte. »Von Elgar, Sir Edward. Aus den *Enigma Variations.*«

»Ach ja, der arme Elgar!«

»Wieso der arme?« rief Mrs. Kipling. »Mit dem brauchst du kein Mitleid zu haben. Der hat schon deine großen Dampfer ruiniert.« Ich zeigte mein Unverständnis. »Wo fahrt ihr hin, ihr großen Dampfer alle?« erklärte mir die Dichtergattin. »Gedicht von ihm, hat der Elgar eine Musik zu geschrieben.«

»Wir waren in der königlichen Loge«, erzählte mir Kipling, »mit allen Hoheiten, George, Mary und der junge David, der die ganze Zeit seine Zigaretten gepafft hat. Elgar auf der einen Seite, Frauchen und ich auf der andern, und dazwischen das ganze adlige Gesindel.«

»Hör auf, Ruddy!«

»Gekrönte Spießbürger! Wir haben uns angeschaut, beide haben wir uns geschämt. Diesen Hurra-Expansionismus haben wir längst hinter uns. Aber Elgar und dieses verfluchte Gedicht! Land der Hoffnung, Land der Güte, von wegen! Land der Huren und Profite!«

»Ruddy, das ist nicht komisch!«

»Geben Sie mir noch einen Schluck!«

»Es hat schon geklingelt, Ruddy. Wir müssen wieder auf unsere Plätze.«

»Müssen wir? Wollen wir? Sollen wir, Toomey? Ach ja, Elgar! Wissen Sie, was den heute einzig noch interessiert? Pferderennen und Mikroskopie – die Musik hat er aufgegeben, Zeitvertreib für Idioten. Und ich?«

»Schuldgefühl, Symbolik, Technik«, sagte ich, oder wenn ich es nicht sagte, sage ich's jetzt.

»Nicht schlecht!« sagte Kipling. »Ist hier irgendwo eine Toilette? Die Blase ist auch nicht mehr, wie sie mal war.«

»Zeigen Sie Mr. Kipling die nächste Örtlichkeit!« befahl mir die Dichtersgattin.

Es klingelte schon zum zweiten Mal, als Kipling pißte. »Neulich hab ich den andern Toomey gesehn«, keuchte er. Die Entleerung schien ihn sehr anzustrengen. »Sind Sie mit dem verwandt?«

»Er ist mein Bruder.«

Das Publikum war *Rob All My Comrades* im Cambridge Theatre noch nicht müde geworden, aber die Uniformen wichen allmählich dem Zivil, und im zweiten Akt trat das ganze Ensemble in Abendkleidung auf. Außerdem spielten anstelle der rauh- und haarbeinigen Transvestiten jetzt auch echte Mädchen mit. Die *Comrades* im Titel klangen nun ungewollt bolschewistisch, und darum wurde auch der Titel für die neue Fassung zu *Friends, Just Friends* verändert. Tommy Toomeys Rolle war aber immer noch militärisch genug. Er spielte einen schnoddrigen Unteroffizier, der seinen Männern einen Vortrag über das Empire hielt. Ab und zu hustete er und sagte: »Nicht das Wahre, müssen wir uns mal abgewöhnen!« Diese Parole fand weiten Anklang bei den etwa einer Million karborundpyritkratzenden britischen Rundfunkhörern, als Tom im nächsten Jahr diese und andere Nummern im Londoner BBC-Sender brachte. Sogar der Prinz von Wales sollte sie sich zu eigen machen, als er bei der britischen Ausstellung in Buenos Aires eine argentinische Zigarette probierte. Es war aber nicht mehr komisch, als sich herausstellte, daß Toms Husten offenbar ungewollt war und nicht mehr, um in einem modernen Jargon zu reden, als ein suprasegmentaler prosodischer Tropos gedeutet werden konnte. Was die vermaledeite Ironie dabei war, hab ich wohl schon gesagt. Aber 1924 war Tom noch gut beieinander und ging seinen größten Erfolgen entgegen. Sehr komisch war seine ineins verrührte Geschichte über Clive und das Schwarze Loch von Kalkutta (nein, Jones 69, ich meine *nicht* die Feldlatrine, sondern das war so eine Art Gefängnis). Er war zu gut für dieses Programm.

Wir trafen uns zu einem Nachtessen bei Scott, dem feinsten Lokal am Haymarket. Seine Freundin kam auch, ein Mädchen mit blauschwarzem Ponyhaar und kohlegeschwärzten Lidern, Estella Soundso – Schauspielerin, Malermodell, alles, was kam. Sie wußte genau, was sie wollte, als wir in dem vollen, verräucherten Lokal unsre Plätze gefunden hatten, nämlich Krabbensalat, Hummer Mornay, Chablis Hausmarke. Und was wir alle geraucht haben damals: Gold Flake, Black Cat, Three Castles, Crumbs of Comfort. Fast alle Leuten rauchten, bis auf Tom, der bloß hustete. Er aß an diesem Abend *Goujons frits,* ich *Koulibiak de saumon.* Estella hatte Bücher gelesen, auch ein oder zwei von mir. Von denen hielt sie gar nichts. Sentimental, sagte sie. Gekünstelt, veraltet.

»Also, Stella, das reicht wohl!« lächelte Tom. »Du beißt die Hand, die dich füttert.«

»Ach so, *er* zahlt, wie? Na ja, ich meine nur, verglichen mit Huxley. *Narrenreigen,* das ist doch was, göttlich, nicht wahr, Tom, göttlich!«

»Ich lese nur Zeitungen«, sagte Tom entschuldigend zu mir. »Wegen der Späßchen und Anspielungen. Ich muß meine Rolle auf dem laufenden halten. Das ist so, wie wenn man dem Clive ein Standbild aus indischer Butter baut – es hält nicht lange.«

»Einem jungen Schlaks aus Ostanglien wuchs am Leisten ein Knäuel Ganglien. Das steht im *Narrenreigen.* Göttlich!« sagte ich.

»Was sind Ganglien?« fragte Tom.

»Es geht nicht«, sagte ich. »Es gibt darauf keinen dritten Reim. Einen Limerick *anfangen* kann jeder–«

»Sie sind aber gleich eifersüchtig!« Estella trank von ihrem Chablis und hinterließ weiße Breispuren am Rand ihres Glases. »Aldous ist göttlich.«

»Sie kennen ihn?«

»Wer kennt ihn nicht? Er ist sozusagen unser Sprachrohr. Der desillusionierten Nachkriegsgeneration, nicht? Göttlich, sag ich Ihnen!«

»Ein langer gangliöser Schlaks mit Glasaugen, schmachtet die Nancy Cunard an. Göttlich, kann man wohl sagen!«

»Lieber Himmel«, sagte sie, mir nicht zuhörend, »so ein Zufall!« Ein junger Mann war hereingekommen, stocksteif aufrecht, mit gestutztem blondem Schnurrbart, laut lachend, eine noch schlampigere Version von Estella im Gefolge, ein Mädchen mit dick aufgemaltem Rouge und von schmuddeligem Äußeren, das auf hohen Absätzen einherstelzte. »Das ist der Heseltine«, sagte Estella. »Oder Peter Warlock, sein zweites Ich. Der kommt in zwei Büchern vor, göttlich, nicht, in *Liebende Frauen* und in diesem einen von Aldous.« Mit Heseltine waren anscheinend noch mehr Leute gekommen. Er klatschte in die Hände, damit man ihm einen Tisch freimachte. Wie schon gesagt, das Lokal war voll. Er lalalate spöttisch die Koda aus dem Finale der ersten Symphonie von Brahms. In der Queens Hall hatte Henry Wood ein Promenadenkonzert gegeben. Alle Augen waren auf Heseltine gerichtet, und er strahlte. Zu seinem Gefolge gehörte anscheinend auch Val Wrigley, mein früherer Geliebter. Fast wäre mir eine Fischgräte im Hals steckengeblieben, als ich ihn sah. Was sieben Jahre doch ausmachten! Er war nun eine *Queen,* wie man damals die süßliche Version eines Homosexuellen nannte, das Haar hennarot, mit einer eleganten Verdrosssenheit in Miene und Gesten. Zu meinem Entsetzen winkte Estella ihm energisch zu, mit lautem Rasseln der Schildpattringe, die sie um den Arm trug. »Val, Val, Val, hier's noch Platz!«

»O nein!« murmelten Tom und ich gleichzeitig. Sie sagte voll Eifer zu mir:

»Ein ganz göttlicher Dichter! Wenn Sie den noch nicht kennen, wird es Zeit. Die haben seine Sache heute abend gebracht. Gratulieren Sie ihm doch!«

»Was für eine Sache?« sagte ich mißgünstig. Und schon war Val da, leicht angeheitert, die Blicke ein bißchen verschwommen. Immerhin, er kannte mich noch. Er machte eine spöttische Verbeugung vor dem *cher maître.* Estella sagte, alles in einem Atem hervorsprudelnd:

»Ja wie war's denn Val ich konnte nicht, sicher war's göttlich?«

»Der Text«, sagte Val, »war nicht zu hören. Er war nur Vehikel für sein Schäumen und Toben. Na, mein Alter«, sagte er zu mir,

»tut mir leid, aber ich kann jetzt nicht bleiben. Du florierst ja wie die Rose, wenn man dich so ansicht.« Er zischelte so betont, daß der Speichel die rauchige Luft schwängerte. »Mein Platz ist heute bei meinem Freunde« – und er hauchte dem Namen eine pompöse Länge ein – »Bernard.«

»Was denn, was ist denn gewesen?«

»Bernard van Dieren, dort siehst du ihn, mit der grau umwölkten Stirn und der blanken Kordjacke! *Amoretto Zwei* hieß die Sache. Text von mir, aber sonst alles von ihm, Kratzen, Blasen, Klappern mit Feuerhaken und Mülltonnendeckeln. *Sein* Triumph, heute abend, schau bloß mal, diese köstlich gespielte Bescheidenheit! Komm doch mal vorbei, Alter!«

»Wo denn?«

Estella zog die Stirn kraus, als sich die Anzeichen dafür häuften, daß Val und ich uns schon kannten. Sie winkte mit dem Finger zu dem uralten Kellner hin, der den Dessertwagen umherkarrte. Mit demselben Finger zeigte sie ihm, was sie wollte, während sie mit dem entsprechenden Finger der anderen Hand eine schwarze Haarsträhne zwirbelte. Der Kellner brummelte etwas, wie vor Widerwillen gegen all die buntscheckige Süße in seiner Obhut, türmte ihr Karamelkrem, *Trifle* und *Chocolat mousse* mit Chantilly auf den Teller und krönte das Ganze wie eine überfließende Kloake zuletzt mit dem gepuderten Hinterteil einer Meringue. »Oh, ich werde morgen abend im Neptun sein. Da bin ich die meisten Abende. So eine Art Klub, in der Dean Street. Nicht zu früh.«

So eine Art Klub. Ich konnte mir denken, was für eine. »Gut, nicht zu früh! Ich hab allerhöchsten Besuch, morgen abend. Die Clarences wollen in mein Stück hereinschauen.« Val färbte auf mich ab. Ich dehnte und behauchte, so daß alles sehr aufgedonnert klang.

»Ganz schön hoch hinaus sind wir jetzt, wie? Weißt du noch, Baron's Court und das *Ragout de bully?* Grau wie der liebe Bernard, der jetzt nach mir ruft, und genauso unappetitlich. Aber da haben sie doch tatsächlich einen *Platz* für mich! Ich muß hin und mich ausschimpfen lassen.« Heseltine-Warlock brüllte etwas Unflätig-Elisabethanisches über lästige Liebespflichten im Vollrausch. Val ging hin, sich anmutig in den Hüften wiegend, grimassenschneidend und mit den Händen zierliche Entschuldigungssymbole in die Luft knetend. Dann drehte er sich absichtsvoll noch einmal zu Estella um, die Nase in Falten gekniffen. »Sie kenn ich doch gar nicht, oder? Nein, ich glaube nicht!« Und er ging, anmutig undsoweiter. Das arme Dummchen lief über dem Teller mit süßem Mansch erdbeerrot an.

»Göttlicher Dichter, was?« sagte ich schadenfroh. »Den hab ich entdeckt. Ein göttliches Gedicht über eine Drossel im hörigen Herzen von London hat er geschrieben.« In diesen Klub wollte ich nicht gehn. Doch, ich wollte. Ich war neugierig. Ich wollte sehen, in was für eine Welt ich vielleicht geraten wäre, hätte ich mich nicht selbst verbannt. Und ich wollte mich über Val lustig machen, über dessen Abtrünnigkeit ich einmal geweint hatte. Zu Tom sagte ich: »Schreibst du ihm noch? Vatern, meine ich? Ich hab es aufgegeben, Hortense auch. Immerhin, ich hab ihm geschrieben, daß er zweifacher Großvater geworden ist. Hortense wollte nicht mal das. Keine Antwort.«

»An sie schreib ich jetzt, ab und zu, an Doris, unsere Stiefmutter. Ich kenne sie nämlich, mußt du wissen. Wer hätte das geahnt? Ich hab nicht wirklich – du verstehst –, aber ich hätte gekonnt, ich war nur zu *keusch.*« Das Wort dehnte er genüßlich, wie es Val Wrigley getan hätte, aber natürlich, Tom war ja inzwischen professioneller Theatermann. »Sie schreibt, Vater macht sich gar nichts daraus, daß er nun Großpapa sein soll – als ob Hortense ihm damit eins hätte auswischen wollen. Sie schreibt, er ist wohlauf, aber müde, und wovon er müde ist, na ja, das kann man sich denken. Bei den Zahnärzten geht es drüben sehr modern zu, soll er gesagt haben, er hat zusehn müssen, daß er auf den neusten Stand kam, und davon ist er auch müde geworden. Amerikanischer Stil! Die nennen sich dort Stomachologen oder so ähnlich. Warum, weiß ich auch nicht.«

»Stomatologen. Von Stoma, der Mund. Erinnerst du dich nicht mehr an Pater Dwyer? Schluß mit dem Stomulieren, ihr Knaben!«

»Der ist gleich nach dir abgegangen. Und dann gab es kein Griechisch mehr.«

»Ich möchte einen Kaffee«, forderte Estella, »und einen Crème de Menthe.« Warlock oder Heseltine war deutlich zu hören, wie er mit hoher Predigerstimme etwas rezitierte, das ein Gedicht von Lawrence zu sein schien. »Klar«, sagte sie, »ihr seid eben alle beide RKs, nicht?«

»John Milton«, erklärte ich ihr, »hat einmal gesagt, das Wort römisch-katholisch sei einer der unbeabsichtigten Witze des Papstes. Dieses ganz besondere Allgemeine. Verstehn Sie? Und möchten Sie vielleicht einen Kaffee? Mit einem Likör, vielleicht einen Crème de Menthe?«

»Genau das will ich, hab ich doch schon gesagt. Kein Mensch liest heute mehr Milton. Der ist doch *vieux jeu.*«

»Furchtbar, Ihre französischen Vokale!« sagte ich lächelnd. »Ihre Manieren übrigens auch! Beides ließe sich gewiß verbessern.«

»Schon gut, Ken!« sagte mein Bruder. »Bitte, laß gut sein! Verderben wir uns nicht den Abend!«

»Ursache davon sind die Priester, nicht?« sagte Estella. »Die machen euch eine Höllenangst davor, mit 'nem Mädchen zu gehn, weil das Unzucht ist und Sünde, und deshalb macht ihr lieber diese andre Geschichte.«

»Was für eine andre Geschichte?« Ich lächelte noch immer.

»Bitte, Ken!« sagte Tom. »Genug, Stella, hör auf davon!«

»Entweder gar nicht oder andersrum. Tommy hätte selber Pfaffe werden können. Und was Sie sind, das sieht doch jeder.«

Ich blickte Tom an, der in ratloser Wut errötete. Unsere ganze Familie, so schien mir, war sexuell irgendwie in der Klemme. Zu Estella sagte ich: »Den Dr. Freud würde das sicherlich sehr interessieren. Und Ihren göttlichen gangliösen Schlaks, den Aldous Huxley, sicherlich auch. Schreiben Sie einen Aufsatz darüber! Eine neue Theorie der Homosexualität.«

»*Bitte,* Ken!« Tom bekam einen Hustenanfall. Er hustete ingrimmig. »Verwünschter Qualm!« keuchte er und leerte ein Glas Wasser. »Laß uns hier zahlen und fortgehn!«

»Ich möchte bitte meinen Kaffee«, sagte Estella, wie wenn sie die Worte buchstabieren wollte, »und«, fügte sie mit überkorrekter französischer Aussprache hinzu, »einen Crème de Menthe!«

»Woanders!« sagte Tom, immer noch keuchend. »Im Café Royal.«

Ich legte zwei Einpfundnoten auf den Tisch. »Ich muß ins Hotel. Etwas umschreiben. Rudyard Kipling hat mir gesagt, ein paar von meinen Angaben über Indien seien falsch.« Es war gelogen.

»Kipling?« sagte Estella und steckte die sahnebeschmierte Zunge heraus, wie wenn sie gleich kotzen müßte. »Ach Jottchen, der! Hörste woll den Osten rufen?« Sie zitierte aus der *Road to Mandalay* in unverfälschtem Cockney. Dann lehnte sie sich zurück, ließ ihren sahneverschmierten Löffel wie ein Pendel baumeln und sagte: »Armes Luder!«

»Wie meinen Sie das bitte?«

»Ach, laß doch, Ken, um Himmels willen!« Tom, der nun ganz weiß war vom Husten, winkte mit meinen beiden Einpfundnoten einem Kellner in der Ferne.

»Ich gehe«, sagte ich und ging. Ich mußte an Warlock-Heseltines Tisch vorbei. Er, mit etwas wie Kartoffelpüree am Bart, deklamierte höhnisch die Einleitung des *Regenbogen* von Lawrence: »Denn um sie her, da tobten die Elemente, und wann sollte das bloß je aufhörn? Ja, Kumpels, das ist die Sprache des schlichten Bergmanns von Nottinghamshire!« Val schnippte mit den Fingern nach mir und hauchte mir aus süß gespitztem Munde ein *»morgen!«* zu. Es fiel mir auf, daß ich keine Freunde hatte.

Am nächsten Tag besuchte ich meinen literarischen Agenten Jack Birkbeck in seinem Büro in der Maddox Street. Das Wetter hatte sich abgekühlt, und er hatte die Gasheizung aufgedreht. »Ich beneide Sie«, sagte er, »daß Sie sich von hier gleich wieder verabschieden können. Seit dem Krieg haben wir keinen richtigen Sommer mehr gehabt.«

Ich kannte seine vorgreifende Redeweise und wußte, daß er etwas anderes meinte als meine Rückkehr in den ebenso kühlen Pariser Juni. Er war etwa dreißig und von einer vollkommenen, man hätte sagen können, obszönen Kahlköpfigkeit, ein Zustand, den er, soviel ich wußte, schon mit zwanzig erreicht hatte, als er noch in Cambridge saß und davon träumte, ein großer Romancier zu werden. Er hatte fleischige, mit Bläschen bedeckte Lippen und ein ausgeprägtes Diastema, mit weit nach links und rechts abgewinkelten vorderen Schneidezähnen, eine Folge kindlichen Daumenlutschens. In diese Zahnlücke paßte die Zigarette wie in einen eingewachsenen Halter; oft vergaß er, so wie auch jetzt, daß er sie im Munde hatte, und fluchte, wenn sie ihm die Lippen versengte. Er trug einen braunen Anzug mit blauen Sprenkeln, der besser aufs Land gepaßt hätte. Ich wartete. Er warf auf seinem Schreibtisch Papiere durcheinander. »Der famose Herr Lasky, der von den Paramount Pictures, will *Die Krüppel* kaufen.«

»Ah! Für wieviel?«

»Oh, so rund tausend, Pfunde natürlich. Für Gibson Gowland. Kennen Sie den? Etwas von ihm läuft jetzt am Leicester Square, in einem der Kinos dort. Und als nächstes machen wir jetzt ein Reisebuch. Sowas wird bald sehr gefragt sein, wo doch in der Welt nun wieder die Türen aufgehn. Der Jeffreys von Scribners ist dagewesen, zu einem Lunch, hat er natürlich bezahlt, wollte er unbedingt. Prima Idee, hat er gesagt. Hat drauf bestanden, mit mir nach Wembley ins Lukullus zu gehn. Das britische Empire, das ist ihm nicht aus dem Kopf gegangen. Indien, Ceylon, der Malaiische Bund. Also hören Sie, das wäre meine Idee. Sie machen sowas, und außerdem machen Sie auch noch so eine Art, na, sagen wir, Reiseerzählungen. Der Seitensprung der Memsahib, der Mord der Pflanzersfrau an ihrem chinesischen Liebhaber, die letzten Worte des Distriktschefs Sowieso im Delirium tremens und dergleichen.«

»Etwas eng, diese Vorstellung vom Empire!«

»Na ja, Sie wissen doch, der Ferne Osten! Hörste woll den Osten rufen? Kennen Sie *Collier's?* Ich meine die Illustrierte. Dachte, die würden Sie kennen. Tausend Dollar pro Geschichte. Die wollen einen Vertrag machen, über zwanzig Geschichten, Auslandsrechte halbe halbe, und dann vielleicht noch mal zwanzig, wenn alles gut geht. Ganz kurze Geschichten, zweieinhalb Seiten bei denen, mit einer großen Illustration – Sie haben so was sicher schon gesehen: ein muskulöser Kuli, der sich die Lippen leckt, und die Memsahib in Unterwäsche, wie sie ihn mit einer abgebrochenen Ginflasche bedroht. Jedenfalls, es sind zwei Fliegen mit einer Klappe. Am Ende haben Sie zwei Bücher, und eins wirft ein grelles tropisches Licht auf das andere. Toomeys Ferner Osten. *Verdammt noch mal!*« Der Fluch galt der Zigarette.

»Fünfzehnhundert Dollar!« sagte ich. »Kurzgeschichten sind Schwerarbeit.«

»Aber Sie haben dann doch auch noch das Buch. Vierzig Geschichten, rund neunzigtausend Worte alles in allem, gibt gerade einen Band. Na, mal sehn, was sich machen läßt! Also besorgen Sie sich mal schon eine hübsche Kluft für die Tropen, mit zwei weißen Smokings, amerikanische Mode, aber das können Sie da im Osten ja einführen, und kaufen Sie sich bloß keinen Tropenhelm, denn die Dinger trägt man nicht mehr. Die Reisekosten kann ich bei Scribners herausholen. Oder vielleicht teilen die sich's mit Secker. Sie könnten mich zum Lunch einladen, ich glaube, ich hab's verdient.«

Ich nahm ihn mit ins Claridge, wo ich wohnte, und da gab es an dem Tag Hack-und-Nierenauflauf, nicht das Schlechteste an einem kalten Junitag; kein Wetter für Salat. Dazu eine Flasche purpurroten Pommard. Erdbeerstrudel mit Devonshire-Sahne. Kaffee, Kognak und ein Schälchen Pralinen, die Jack Birkbeck ganz allein verzehrte. Wie die meisten literarischen Agenten hatte er einen guten Appetit. »Bis fünf ist bei mir niemand mehr angemeldet«, sagte er. »Wir sollten hingehn und uns diesen Film mit Gibson Gowland anschauen und mit Zasu Pitts. Stroheim hat den gedreht, ein Österreicher. *Gier* heißt es«, sagte er und nahm die letzten beiden Pralinen.

»Ich muß heute noch vor den Clarences meinen Diener machen. Das heißt, noch ein bißchen schlafen, baden und mich in Ruhe bei einem Cocktail ankleiden.«

»Ach ja, schlafen! War ein bißchen schwer, der Auflauf, nicht? Na, können Sie sich gleich an das tropische Nickerchen gewöhnen. Gut, also nicht ins Kino! Dann vielleicht jetzt eine Corona Corona, noch einen Kaffee und noch einen Schluck Rémy Martin!« Dann, während er vergebens versuchte, die Zigarre in der Zahnlücke zu befestigen, fragte er: »Warum denn Paris?«

»Wie meinen Sie das, warum Paris?«

»Sie sind doch so ein Schriftsteller, der eigentlich hier leben müßte. Paris ist mehr was für den internationalen Klüngel, der ohne Punkt und Komma schreibt und für *ficken* keine Pünktchen macht. Das ist nichts für Sie.«

»Das kommt mir so vor, als ob Sie jemanden zitieren.«

»Sie lesen wohl keine Rezensionen, wie? Kann ich Ihnen auch nicht verdenken. Nein, zitiert nicht gerade. Aber da war ein langer Artikel im *Times Literary Supplement.* Paraphrasiert, könnte man sagen.«

»Über mich?«

»Neeeee, nicht über Sie. Sie sind doch nicht der Typ. Über die Pariser Exilschule, wie er das genannt hat. Anonym natürlich, aber jeder weiß, daß es Robert Lynd gewesen ist, der Literaturredakteur vom *News Chronicle,* oder irgendein andres bodenständiges Astloch. Zum Schluß kam noch eine kleine Frozzelei über Toomey, wie er sich anstrengt, mit der Pariser Mode und dem Bewußtseinsstrom zu schwimmen, und einen ganzen Absatz in Versalien und ohne Interpunktion schreibt.«

»Na, jedenfalls scheint er *Früchte des Sturms* gelesen zu haben, immerhin etwas! Das war parodistisch gemeint, und es war auch nicht viel.Das große ungebildete Publikum hat sich nicht beklagt.«

»Sie müssen unbedingt diese Reise machen. Sie müssen sich den Wind um die Nase wehen lassen. Sind Sie zu Prousts Begräbnis gegangen?«

»Ich war nicht eingeladen.«

»Introvertiertes Zeug, so ein großes inzestuöses – na, wie sagt man doch? Was er hinterlassen hat.«

»Ganglion?« Ein sonderbares Wort, bezeichnet entweder einen Nervenknoten oder eine zystische Läsion von der Art eines Tumors. Aber ein Nervenbündel sein hieß krank sein. »Anglia oder Ganglia, dazwischen soll ich mich entscheiden, wollten Sie das sagen? Denken Sie ans britische Erbe und kümmern Sie sich nicht um den ausländischen Schund! Eine Tour durchs Empire und dann zurück nach London, zum Lunch mit Arnold Bennett im Klub undsoweiter! Ich weiß noch nicht, ob ich das will, Jack.«

»Was Sie jetzt brauchen, ist eine Fahrkarte für die Indien-Fernost-Linie von Southampton. Ich rufe für Sie in der Cockspur Street an, wenn Sie wollen. Je eher, je besser!«

»Lassen Sie mir ein, zwei Tage Zeit! Ich überleg mir's.«

Mein Schlaf war tiefer als sonst bei einer Siesta nach dem Essen. Ich träumte, ich brächte ein neues Stück heraus, mit einem Titel wie *Schwer duftet der Knoblauch* oder so ähnlich. Auf der Bühne war echtes tropisches Laubwerk, und da lag ich, nackt, und wurde im glühendheißen Rampen- und Scheinwerferlicht von einem großen nackten Neger besprungen. Das Publikum buhte, und mir war, als sähe ich im Parkett Toms Freundin Estella, die aufgestanden war und die Mißfallenskundgebungen dirigierte. Königliche Gäste in der königlichen Loge standen königlich angewidert auf und gingen. Das kleine Bühnenorchester stimmte die Nationalhymne an. Schwitzend und mit trockner Kehle wachte ich auf und klingelte gleich nach Tee.

Tumult und laute Worte lief an diesem Abend sehr gut, und der Herzog und die Herzogin von Clarence sprachen uns allen ihre huldvollsten Glückwünsche aus, wobei mich der Herzog allerdings mit Jerry Comrie zu verwechseln schien, der den vom Sandflohfieber geplagten Vater spielte. »Machen Sie nur so weiter!« sagte er zu Jerry, »sehr stark, manches, paar verflucht gute Stellen, der Text!« Anschließend ging ich im Frack, mit einem leichten Mantel darüber, durch die Shaftesbury Avenue, bog in die Dean Street ein und hielt unter den Vergnügungsstätten des gemeinen Volkes nach dem Neptun-Klub Ausschau. Er lag zwischen einer Kontinentalen Nachrichtenagentur und einer Kondomhandlung, bei der die Werke des Aristoteles (des mönchischen Geburtshelfers, nicht des Stagyriten) im Schaufenster standen. Der Klub hatte eine gewöhnliche Ladenfront aus undurchsichtigem violettem Glas. Eine Ladenglocke schellte, als ich die Tür aufmachte. Ein Türsteher sagte: »Na, mein Guter?« – »Ich bin eingeladen von Mr. Wrigley.« »Von wem? Ach, *der*, ja, das Würmchen, den kennen wir, klar!«

Drinnen sah es einigermaßen scheußlich aus. Eine maritime Dekoration mit Netzen und Tauen, alles aus Papier geschnitten, war um die blaßblauen Wände geklebt. Die Bar, an der ein sehr muskulöser, strenger Herr mit etwas wie Leichenschminke im Gesicht regierte, der Eigentümer des Klubs, Paul, Paulie oder Pauliballs mit Namen, war zu einem blitzendweißen Rettungsboot zurechtgezimmert. Ein Bürschlein mit lose in die Stirn hängendem schwarzem Haar bespielte ohne Pause das Pianino, während ein anderer Jüngling ihm Zigaretten in den Mund steckte. *Lady Be Good. Felix Kept on Walking. Stardust.* Nein, *Stardust* kann es in dem Jahr noch nicht gewesen sein. Und da saß auch mein Freund Val und schaute den Tänzern zu. Toms Husten am vorigen Abend hatte mich daran erinnert, daß Val angeblich Tuberkulose hatte. Jetzt war davon nichts zu merken. »Wie bist du denn auf der Brust, heutzutage?« frage ich. Wir bekamen zwei Ale.

»Mit Geld meinst du? Komische Frage! Ach so, du meinst die Brust, diese Geschichte!« Er drückte sich die fünf gespreizten Finger einer Hand gegen die Brust und versuchte ohne Erfolg, ein Hüsteln hervorzulocken. »Ach, das war früher in meiner Keats-Phase. Manchmal hatte ich richtig Angst deswegen, aber dann bin ich in die Schweiz geschickt worden, da nach Aargau, Argovie, kennst du das? Sehr teuer, ständig diese klare, kalte Luft – tut einem gut.«

»Und wer hat's bezahlt?«

»Na, wir wissen schon, wer, nicht, mein Alter? Natürlich, ist ja nicht deine Schuld! Immerhin haben wir's beide doch weit gebracht seit damals.«

»Ich hätte nie gedacht, daß man mit Lyrik zu Geld kommen kann.«

»Kann man auch nicht. Aber mit dem Nebengeschäft. Rezensionen. Ich hab eine Zeitlang an dieser Sache von der Nancy Cunard mitgearbeitet, *Ivory and Ebony,* bis sie mich rausgeschmissen und einen Nigger an meine Stelle gesetzt hat. Viel Elfenbein war nicht mehr übrig, als die Sache schließlich einging. Außerdem hab ich ein paar Kinderbücher gemacht, wußtest du das?«

»Nein. Also geht's dir gut? Du bist unabhängig undsoweiter?«

»Sicher!« zischelte er und schaute mich nicht eben liebevoll an. »Nicht ausgehalten, wenn du das meinst. Ich habe schon Lobsprüche über die autoritative Maskulinität meiner Verse gelesen. Von dem dußligen Jack Squire, das alte Arschloch! Sieh und staune!« Er trug sowas wie eine modische Wilddiebsjoppe über einem crèmefarbenen Seidenhemd, mit zierlich gefälteltem karmesinrotem Halstuch, dazu grasgrüne Flanellhosen. Aus einer großen Seitentasche zog er ein dünnes Bändchen. Valentine Wrigley. Bei Faber undsoweiter, hochseriös. Der Titel hieß *Aschenmahl.*

»Das ist nicht eins von deinen–«

»Nein, nichts für Kinder. Hat nichts zu tun mit Aschenputtel. Lies, sieh und staune!«

> Ein Blick, ein Stein nach diesem Schwänzeltänzer,
> Den Tölpel mein ich ja den Seelenstranddieb,
> Stoßtaucher in das unermessene Blau,
> Scharfschnäbelig schnappend, gischtkehlig schlingend,
> Was der Himmel ihm anschwemmt.
> Schwarze Flügelspitzen am Leib,
> Ruht er auf Felsen und fragt nicht, was Fels ist.

»Da haben wir's ja weit gebracht seit der Drossel im hörigen Herzen von London!«

»Ach, *das!*« Einer der Burschen hatte einen Schlager angestimmt, wenn ich das einzige Mädchen wär auf der Welt und du wärst der einzige, und zwei andere krähten hämisch dazwischen.

»Was will denn die Tunte?«

»Laß *sie,* sie meint, sie kann singen!«

»Bleibst du länger in London?« fragte Val. »Hast du vielleicht sogar die Absicht, sozusagen heimzukehren?«

»Na«, sagte ich, »was ich in Paris will, weiß ich zwar nicht. Aber wenn ich in London lebte, wüßte ich's auch nicht.«

»Hier wird deine Sprache gesprochen, mein Guter, deine Muttersprache!«

Muttersprache! Aus Vals Munde klang selbst dies Wort anzüglich, als ob eine Frauenkrankheit gemeint wäre. Die Muttersprache diente einem nicht näher bekannten, aber jedenfalls obszönen Zweck. »Meine Vatersprache«, verbesserte ich. »Meine Mutter war Französin.« Und dann, als die Erwähnung meiner Mutter mich an den Tag zurückversetzte, als ich mir die Tränen um Val aus dem Gesicht gewischt und in den Zug nach Battle gestiegen war, sagte ich: »Ich nehme an, du willst nicht darauf hinaus–«

»Ich will auf gar nichts hinaus. Jedenfalls nicht auf eine *ménage,* wenn du das meinst. Ich bin heut so ein kleiner Don Giovanni, du kennst das, nimm, was de kriegst, wie der gräßliche alte Ruddy Kipling sagt. Ah, schau, der hat doch tatsächlich! Ich hätte nie gedacht, daß er ernst macht.«

Ich mochte zuerst meinen Augen nicht trauen. In den Klub kam ein lachhaft jugendlicher Erzbischof hereingewandelt, in vollem erzbischöflichem Ornat, mit schimmerndem Ring, den er grinsend zum Kusse darbot, und einem echten Krummstab in der Hand. Der Pianist stimmte ein frommes Lied an, *Weißer denn die Tünche an der Wand.* Die Klubmitglieder bespöttelten oder bewunderten ihn, waren aber nicht weiter erstaunt. Mit viel Getue vollführten sie Kniefälle und Ringküsse. So ein *reizender* Stoff, muß ein *Vermögen* gekostet haben! Ach bitte, bei dir möcht' ich beichten! Wie dürfen wir dich denn anreden?

»Autozeffeles«, erklärte mir Val. Es klang, als ob das eine Geschlechtskrankheit wäre. »Du hast doch sicher schon von den autokephalen Kirchen gehört. Jeder, der Lust hat, kann anscheinend eine aufmachen. Ich glaube, seit unserm Bruch mit Rom.« Das *Rom* klang schnarrend, höhnisch, stark nasaliert. Während ich den jungen Pseudoprälaten bestaunte, mit seinem Krummstab in der einen Hand, einer Flasche Starkbier in der andern, denn er trank ohne Glas, sagte ich, das ist doch nicht zu, nein, sowas hätt ich noch nie gesehn, die Welt ist doch voller Überraschungen. »O ja, mein Guter, so ist es! Und denk bloß nicht, er glaubt nicht dran! Er glaubt wirklich. Das Ärgerliche ist nur, daß nicht jeder, der wirklich glaubt, so lange warten kann, bis er den ganzen Putz beisammen hat, ich meine, nicht als Theaterkostüm, sondern echt. Aber dann ist er das Haupt seiner eigenen Kirche und der Fuß oder Schwanz auch, und kein Körper dazwischen. Es heißt, eine Konferenz der autokephalen Kirchen soll stattfinden, ich glaube in Whitby.«

»Ich muß dir etwas schicken«, sagte ich grimmig. »Einen Teil der Schöpfungsgeschichte, umgeschrieben von mir. Seiner Exzellenz wird es sicher gefallen.«

»Wenn es *Spott* ist, nicht«, sagte Val mit Strenge. »Der ist sehr fromm. Er möchte all die losen Buben hier bekehren, sie auf den Weg führen, wie er das nennt, zur Wahrheit, zum Leben. Gott läßt sich nicht spotten, und des Menschen Wille ist sein Himmelreich.«

Der Erzbischof setzte die Bierflasche an wie eine kleine Trompete – irgendwie wirkte es besser, daß er aus dieser Flasche trank, die ein rotes Dreieck auf dem Etikett hatte; ein Glas wäre ordinär weltlich gewesen –, und der Klavierspieler, mit einer neuen Zigarette im Schnabel, stimmte ein *Lobet den Herren* an. Danach können wir doch nicht tanzen, Cyril! Spiel noch mal *Felix!*

Felix
Kept on walking kept on walking still
With his hands behind him
You will always find him

Ein Mann in voller Schottentracht kam herein, ein Tartanstuart. Mit ihm kamen drei Matrosen, alle schon betrunken. Ach du mein Gott, Matrosen, und obendrein alle aus Liverpool! Ihre Reaktion auf den Anblick eines hohen Prälaten in vollem Ornat, der an der Bar Bier aus der Flasche trank, war kompliziert. Der eine, voller Schuldbewußtsein wegen irgendwas, wollte gleich wieder gehen; ein anderer sagte, Heilandssack, sowas von Lästerung, ich hau den Kerl in die Fresse. Der Erzbischof, dem irdische Schicksalsschläge nicht fremd zu sein schienen, hob drohend den Krummstab. Als er seine Flasche geleert hatte, segnete er mit zwei erhobenen Fingern das ganze Lokal und ging. Scheißlästerung! Scheiße, der ist aber echt, Curly, gibt doch kein Gesetz, daß der hier nicht sein Bier trinken darf. Die drei Matrosen stierten glasig umher und sahen mich mit meiner weißen Fliege am Kragen. Feiner Pinkel in voller Montur. Ich sagte:

»War nett, dich wiederzusehn, Val. Jetzt muß ich aber wirklich gehn. Ich muß noch eine Kleinigkeit umschreiben.« Meine Absicht war gewesen, mich ein bißchen an Vals Reue und Jammer wegen seines Verrats zu weiden. Acht Jahre, oder beinah, lag das nun schon zurück. Es war klar, daß er nicht daran dachte, zu jammern. »Kein Geringerer als Kipling hat an meinen indischen Anspielungen etwas auszusetzen gehabt.«

»Schon wieder?« Über seinem Ale schaute er mich kühl an.

»Wie meinst du das, schon wieder?«

»Mit derselben Entschuldigung hast du dich gestern abend schon verdrückt, hat Estella gesagt, das kleine Luder!«

»Das du angeblich nicht kanntest.«

»Ach, die hatte's nicht besser verdient, Alter, ein richtiges Flittchen, Schauspielerin ohne eine Spur von Talent, Herz übrigens auch nicht, jedenfalls keines für die Kunst. Ich hab ihr mal was von Felicia Dorothea Hemans vorgelesen und behauptet, es wäre von Tom Eliot. Ja, göttlich! sagt sie, die dumme Kuh! Aber dein Bruder, fällt mir grad ein, der kann sehr witzig sein. Er zitiert den Vers, kennst du, von Landor: *Nature I loved and next to Nature Art* – und Art, sagte Tommy, hieß der Metzgerjunge. Der Ton macht es, wie er sowas bringt, die Sekunde. Er ist ein richtiger kleiner Heiliger, wie du ja auch wissen müßtest.«

»*Tom?*«

»Diese Estella, die war eine echte Schlampe, die hatte schon mal Schanker, Tripper, Syph und gottweißwas noch von dem Augustus John, und die läßt Tommy da bei sich wohnen, am Earl's Court, und schickt sie zum Arzt. Stellte sich dann raus, sie hatte gar nichts mehr, hätte aber sein können, und die rührt er überhaupt nicht an. Keusche Natur! Sehr anständig, dein Tommy oder Tom! Nein, Tom gefällt mir nicht, was ein *Tom* ist, wissen wir ja wohl alle. Schön, also hau ab, hast dich nicht viel geändert, ich wollte dir ein Exemplar von meinen Gedichten schenken, hier und jetzt mit meiner schönen schwungvollen Handschrift signiert, aber das laß ich lieber. Ah, da gibt es Trubel!«

Den Trubel machten die Matrosen. Der Mann in dem Schottenröckchen versuchte sie zu bändigen. Anscheinend war er kein Schotte, er hatte einen levantinischen Akzent. Nunn herrt auf dammit, Boys, irr seid meine Giste, dinkt dran! Dann sag du mal dem Scheißer, daß der das Maul halten soll, was der eben gesagt hat, von wegen ich hab'en roten Zinken, an meinen Zinken geht mir kein Scheißer dran, nicht ohne meine Erlaubnis. Paul oder Pauliballs kam hinter dem Tresen vor, um sein Pianino zu schützen, das zwei von den Matrosen umkippen wollten. Auf den Kokosmatten wurden Gläser zertreten. Die meisten Klubmitglieder schauten mit leuchtenden Augen zu; Trubel war ihr Element. »Bald haben wir die Polizei hier«, sagte Val befriedigt. »Die liegen immer auf der Lauer. Den armen Paulkins haben sie schon mal drangekriegt, Betreiben einer unsittlichen Einrichtung, nicht hier, sondern irgendwo an der Edgeware Road, aber alles harmlos wie der helle Tag, genau wie hier. Hält sich nirgendwo lange, der arme Kerl!«

»Ich muß auch weiter«, sagte ich und stand auf; ich hatte noch nicht mal mein Bier ausgetrunken. Val packte mich am Gürtel meines Mantels und zog mich wieder an den Tisch. Tatsächlich gab es im Moment keinen freien Ausgang. Pauliballs hatte die beiden klavierverrückenden Teerjacken fest bei ihren aufgeschlagenen Matrosenkragen gepackt (die früher einmal den Zweck gehabt hatten, den Teer am Haarzopf von der Jacke fernzuhalten) und bugsierte sie zur Tür, wobei er gleich dem schottenröckigen Levantiner die Klubmitgliedschaft aufkündigte. Scheiße, Scheiße, Scheiß auf dein Scheißdreck! Der dritte Matrose hatte ein mehligweißes Würstchen auf die Klaviatur gekotzt, wofür er von dem Klavierspieler und seinem Zigarettenanzünder etwas abbekam. Dreckschwein!

»Klar, wenn es Trubel gibt, haust du ab«, sagte Val. »Du schreibst keine Ballade vom Zuchthaus zu Reading, du nicht, mein Alter! Angesehener Schriftsteller in Abendkleidung von der Sittenpolizei aufgegriffen. Toomeys Tanz mit betrunkenen Teerjacken. Können wir uns nicht leisten, so was, nicht, mein Guter?«

»Mußt du mir sagen!« sagte ich. »Du machst dich davon und läufst dem Geld nach, keine Zeit für einen armen Schriftsteller! Und dann macht so ein treuloses Luder sich auch noch lustig! Aber freilich, mir soll's egal sein.«

»Freilich! Suchst dir von beiden Seiten das Beste heraus, nicht, mein Guter? Die Petition hast du auch nicht unterschrieben, i bewahre! Fünfhundert Namen stehn drunter, aber nicht deiner. Du hast dich zwar verdrückt wie eine Ratte, aber nun hast du deinen kostbaren sauberen Namen über den Kanal gerettet und kannst ihn für so was nicht hergeben, o nein!«

»Wovon redest du? Ich weiß nichts von–«

»Ach, mach mir nichts vor! Sitte in Zivil, gibt sich als ein armer, einfältiger Strichjunge aus, und Kevin nimmt ihn mit nach Hause und tut ihm gar nichts, gibt ihm nur was zu trinken, und schon ist der zweite von den Schuften da. Aber natürlich weißt du Bescheid, wer weiß das denn nicht? Und dann diese sture Häme bei den wohlanständigen Schmierfinken unserer Massenblätter! Und in der *Times* auch, die Heuchler! Du hast den Brief doch gekriegt, das kannst du nicht bestreiten.«

»Ich«, sagte ich, »kriege viele Briefe. Ich lese nicht alle.«

»Wie soll denn das alles mal anders werden? Na ja, du hast dich verdrückt und dir in die Hosen gemacht, darüber wissen wir Bescheid. Jedenfalls, die ist ja nun in Australien.«

»Das ist lange her. Es war im Krieg. Außerdem, jeder muß für sich selbst sorgen. Du hattest das schnell genug begriffen, hast mich sitzen lassen mit gebrochenem Herzen–«

Val jaulte vor Rührung. Dann sagte er in belehrendem Ton: »Wir müssen einer für den andern sorgen. Es sei denn, natürlich, wir wären betuchte Romanciers, die sich irgendwo ein Exil suchen können, wo die Gesetze nicht gar so drakonisch sind. Es muß ein paar *echte* Märtyrer geben, keine vorgeschobenen wie dieser arme kleine Kevin Rattigan mit seinem Stottern und seinem Husten. Ein Märtyrer ist ein Zeuge.«

»Ich tu ja auch etwas da drüben.« Das apologetische Tremolo gefiel mir gar nicht, aber ich konnte es nicht unterdrücken. »Ich hab schließlich diese Sache geschrieben. Zum ersten Mal in der ganzen englischen Literatur–«

»Und natürlich in Paris erschienen, im *Arsehole International* oder irgend so einem Cliquenblättchen. Und natürlich pseudonym.«

»Das ist nicht fair.«

»Ach, verschwinde bloß, du stinkst mir! Erzähl doch der Sitte, die draußen über die Straße wartet, was das hier alles für schlimme Brüder sind! Und die jungen Männer tanzen zusammen, Herr Wachtmeister! Ich hab mich geirrt, Herr Wachtmeister, ich dachte, das wäre ein anständiges Haus. Bekannter Dramatiker, Herr Wachtmeister, komme gerade aus dem Theater, wo ich der königlichen Familie meine Aufwartung gemacht hab. Schaun Sie bloß mal da rein, ist eine Pflicht gegen das anständige Publikum! Los, mach schon, verschwinde, du Heuchler!«

33

Nicht nur ich reiste in den Osten, auch Carlo, Monsignore Campanati, ein streunender Abgesandter des Glaubens auf heidnischer Erde. Aber für ihn würde der Osten weiter sein als für mich. Ich wollte mich auf den malaiischen Archipel und allenfalls noch ein Stück Polynesien beschränken. Indien war mir zuviel, und Kipling hatte dazu einstweilen alles Nötige gesagt, aber nein, Morgan Forster gab es ja auch noch, oder würde es geben. Ich wollte aus meiner Reise Geld herausholen, während Carlo unter anderem die Aufgabe hatte, den Priestern und Nonnen in entlegenen Winkeln der Welt zu erklären, warum für die weitere Ausbreitung des Glaubens in den Schatzkammern des Vatikan kein Geld mehr da sei. Schulen, Krankenhäuser et cetera, Dreigroschenkatechismen. Während er unseren gemeinsamen Neffen auf seinem fetten Knie und während ich unsere gemeinsame Nichte auf meinem mageren Knie schaukelte, erklärte er mir wutentbrannt die Finanzlage des Vatikans. Wir saßen in Hortensens und Domenicos Wohnung. Hortense las André Gide oder einen ähnlichen Unsinn, und Domenico, vor dem Notenhalter am Klavier, den Bleistift wie ein Entermesser zwischen den Zähnen, spielte immer wieder von neuem dieselben drei Takte eines langsamen Satzes – wie starkes, blaues Pfefferminz.

»Benedikt war schon schlimm genug«, sagte Carlo auf französisch (warum französisch? Vermutlich bloß, weil wir in Paris waren), »aber Pius ist in Gelddingen der größte Idiot von der Welt. Paß auf!« Er zählte die einzelnen Posten nacheinander auf den flauschigen Kopf des Kindes hin, von Ohr zu Ohr, dann vom Hinterkopf zur Stirn, während der Kleine wie betrunken das Wunder der eigenen Finger anstarrte. »Gleich am Tag nach der Amtseinsetzung hat er – ich sag dir die Zahlen in amerikanischen Dollar – 26000 den deutschen Kardinälen gegeben, weil sie unter der Abwertung der Mark zu leiden hatten. Dann hat er einem französischen Sanatorium 62500 Dollar gegeben. Dann 156250 für die Russen. Dann 9375 für die Armen in Rom – wahrscheinlich haben die sich einen angesoffen davon. Dann 55000 für die Opfer des Brandes von Smyrna–«

»Wie kannst du bloß diese Zahlen alle behalten? So genau, mein' ich?«

Er schaute mich an wie einen armen Irren. »Weil das genau die Summen sind, die er weggeschenkt hat. Jeder Centesimo zählt. Und dann noch mal 81250 Dollar für die Deutschen, 21875 für die Wiener, 20000 für das japanische Erdbeben. Es muß was geschehen. Dieser Wahnsinnige muß zur Vernunft gebracht werden.«

»Pius?«

»Nein, nein, nicht doch!« Er war gereizt heute, hatte viel zu tun, mußte noch mal nach Rom, bevor er abfuhr in den Osten, und die Nachrichten aus der Familie waren nicht gut. Er gab dem kleinen John oder Gianni einen heftigen Ruck, und das Kind zog kurz die

Stirne kraus, als erinnerte es sich an etwas Ähnliches, im Mutterleib Erlebtes. »Dieser Bengel von dem atheistischen Grobschmied! Benito nach Benito Juarez, Amilcare nach Amilcare Cipriani, Andrea nach Andrea Costa. Revolutionär, Anarchist und Sozialist – drei Teufel in einem!« Im nachhinein kann ich sehen, wie die ganzen Lateranverträge hinter Carlos tintenschwarzen Augen Gestalt annahmen. »Das gottlose Biest muß zur Arbeit eingespannt werden wie ein Ochse, der er ja auch ist. Gutes aus dem Bösen herausholen!« Er wandte sich zu Domenico hin, dessen feine Zähne den Bleistift umklammerten, als ob sie ihn durchbeißen wollten, während er, das Ohr nach unten geneigt, wie ein Mechaniker, der auf ein Motorgeräusch lauscht, die oxymoronische Klangfülle unter seinen behaarten Fingern prüfte. »Hör doch mal einen Moment damit auf!« rief Carlo, immer noch auf französisch. Domenico ließ den Takt abreißen, aber dessen Harmonie hielt sich noch wie die Erinnerung an einen Zahnschmerz. »Hat Mutter dir auch geschrieben?«

»Nein, mir nicht! Du weißt doch, sie schreibt nur an dich.«

»Also, es wird nicht mehr lange dauern, schreibt sie.«

»*Povero babbo!*«

»Der Arme, sagst du, aber er ist doch praktisch schon seit über sechs Jahren tot. Wenn er wirklich tot ist, kommt seine Seele ins Fegefeuer, und dann ist sie bei Gott. Jetzt streift seine Seele leise um Entlassung winselnd durch die unbewohnten Korridore seines Gehirns.« Hübsch ausgedrückt; womöglich machte sich Carlo schon zu einer taktlosen Gedenkrede bereit. »Du solltest am besten gleich hinfahren, damit du da bist, wenn es zu Ende geht, und alle Vorkehrungen für das Begräbnis treffen kannst.«

»Ich bin der Jüngste. Raffaele sollte das machen. Und ich bin auch kein Priester. Du solltest es machen.«

»Bis Raffaele da ist, wäre alles schon vorüber. Er kann doch seine Arbeit nicht liegenlassen, Nägel kauen und warten. Und ich, ich muß heute abend zum Zug nach Rom und in einer Woche nach Tunis.« Er blickte mich streng an und sagte: »Kuala Lumpur?«

»Nein, das liegt nicht gerade bei Tunis. Das ist im Malaiischen Bund.«

»Ich weiß, ich weiß. Kommst du nach Kuala Lumpur?«

»Vermutlich ja. Aber wann, das weiß ich jetzt noch nicht. Ich habe keinen bestimmten Terminplan. Ich will umherreisen, mich umschauen, besinnen, etwas schreiben, ganz wie der Geist weht.«

»Der Geist!« Carlo schob gewisse theologische Anklänge beiseite und schüttelte den kleinen Johnny abermals durch. »Ich«, sagte er, »werde zu Weihnachten in der Kirche des heiligen Franz Xaver in Kuala Lumpur die Mitternachtsmesse lesen. So hab ich's Pater Chang versprochen.«

»Das ist noch lange hin.« Es war der 4. August, zehnter Jahrestag des Kriegsbeginns. Arbeiten hatten meine Abreise verzögert, aber nun war es nicht mehr lange. Erst nach London, dann Southampton, das 20000-Tonnen-Passagierschiff SS Cathay Erster Klasse, nach Gibraltar, Port Said, Aden, Bombay, Colombo, Singapur. »Wer« – und auch nach Hongkong, wenn man wollte – »ist denn Pater Chang?«

»Anselm heißt er mit Vornamen. Früher hieß er Chang Li Po. Ich habe ihn in Rom kennengelernt. Er spielt vorzüglich Bridge. Er schreibt die Bridge-Spalte in der, ja, ich glaube, so heißt das, in der *Straits Times.* Unter dem Pseudonym Philip le Bel – wie der Großinquisitor von Frankreich.« Er schaute mich an, als ob ich, der ich nur ein durchschnittlicher Spieler war, auf die heilige Folter gespannt werden müßte. »Also«, sagte er nun auf englisch, »werden wir uns da sehen. Frohe tropische Weihnachten!«

»Und dir auch frohe tropische Weihnachten!« Diese elende Gespäßigkeit. Es war auch im kalten Europa schon sehr heiß. Und nun wollten wir beide, allerdings jeder für sich, dahin fahren, wo es wirklich heiß war, und ich war gespannt, wie der dicke Carlo die Hitze wohl vertragen würde. Wahrscheinlich sehr gut, wenn auch eimerweise schwitzend.

»Fangt ihr schon wieder an!« sagte Hortense und schaute, verzeihlicherweise, von ihrem Gide auf. »Ihr mit euren blöden Witzchen!« Aber sie war nun wieder netter zu mir, andernfalls wäre ich nicht dortgewesen und hätte die kleine Nichte auf den Knien schaukeln dürfen, die jetzt mit dumpfem Interesse den Flug einer Fliege verfolgte. »Ich will nicht nach Gorgonzola«, sagte sie zu Domenico. »Die Reise wäre eine Strapaze in dieser Hitze mit den *gemelli.*«

»Ah, ihr müßt aber hin«, befand Carlo. »Mutter hat die Kleinen doch noch gar nicht gesehen. Es wird ihr ein Trost sein. Das Leben begegnet dem Tod und dreht ihm einen *marameo.*« Entschlossen machte er einen zweihändigen *marameo* oder eine lange Nase vor, wobei er den kleinen Gianni riskant auf dem Knie balancierte. Er packte rasch zu, als der Kleine zu brüllen begann. Seine

Schwester bewies Zwillingseinfühlung und brüllte gleich mit. Sie machten sich in die Windeln. Hortense kam, um sie an sich zu nehmen. »Mehr davon!« verlangte Carlo, als er ihr seinen Zwilling übergab und aufstand. »Ihr müßt noch viel mehr Kinder bekommen.« Auch ich gab ihr meine Kleine und stand ebenfalls auf. Ich sah, daß Carlo auf einer Nummer des *Figaro* gesessen hatte.

»O nein!« sagte Hortense, an jeder Brust einen schreienden Zwilling. »Keine Kinder mehr! Ich hab meine Pflicht getan.« Sie nahm sie ab. Ihr Kindermädchen Sophie machte irgendwo eine Woche Urlaub.

»Hast doch noch einen vollen Köcher«, sagte Carlo auf englisch zu seinem Notenhäkchen malenden Bruder. »Einen Köchervoll!« Der Ausdruck gefiel ihm. Schwirr, flirr, Köcher, Löcher. Ich schaute in die Zeitung, die durch Carlos Gewicht zu einer Art flacher Schale verformt war. Ich sagte:

»Lieber Gott, Joseph Conrad ist tot!« Die beiden Campanatis kümmerte es nicht. Ich hatte eine flüchtige und vielseitige Vorstellung von der herben Seelennot eines weißen Mannes inmitten von flirrender Hitze, Feuchtigkeit und Gewimmel. »Und in Indien, Carlo? Willst du den Leuten dort erzählen, wie gut es ist, sich zu vermehren? Jedes Jahr ein Kind und wenig zu essen. Ein Tamilmädchen fängt mit neun an und macht dann weiter bis zum Umfallen. Mit dreißig sind die Frauen alt, aber bis dahin vermehren sie sich wie die Fliegen, wenn sie nicht vorher an Infektionen bei Entbindungen sterben.« Ich hatte etwas darüber gelesen – nicht von Joseph Conrad. Eine Welt voller schreiender Gören mit verschissenen Ärschen. Ich hielt mich da heraus, von mir hatte niemand Kinder. Ich war Vorbote einer neuen, vernünftigen Zeit, in der es keine Tugend mehr sein würde, sich zu vermehren.

»Seelen für Gottes Reich!« sagte Carlo. »Und das Verhältnis zwischen Weltbevölkerung und Weltnahrungsmittelversorgung? Gott wird sorgen. Heute feiern wir den zehnten Jahrestag des Kriegsausbruchs. Der Krieg hat die Bevölkerung Europas um einige Millionen verringert. Aus Bösem kommt Gutes, Hungersnöte, Erdbeben! Jeder Mensch hat ein Recht, geboren zu werden. Ein Recht, zu leben, hat niemand.«

»Furchtbar!« sagte ich. Naturgemäß war ich zur Unfruchtbarkeit entschlossen, die vermutlich in Carlos Kalkulationen als ein übervölkerungshemmender Faktor neben den Kriegen und Erdbeben stand.

»Furchtbar findest du das? Es gibt viele Dinge, die angeblich furchtbar sind. Es sind meistens Dinge, die von den Gesetzen der Natur verfügt sind, die auch Gottes Gesetze sind, oder von den Gesetzen der Kirche, die ebenfalls von Gott sind. Jedes Jahr ein Kind, sagst du. Gott sieht alles voraus. Er sorgt schon dafür, daß die Kinder nicht in der gleichen Folge geboren werden wie Katzen, Ameisen oder Kaninchen. Hortense und Domenico haben fünf Jahre warten müssen. Er hat gesehen, daß die Wartezeit nötig war. Und jetzt brauchen sie vielleicht nicht mehr so lange zu warten. Der Same fließt mit Gottes Segen oder ohne ihn, aber der Mensch muß immer annehmen, daß er gesegnet ist. Und wenn er nicht fließt, weil er durch das heilige Zölibat, durch Ehelosigkeit oder außerhalb der Ehe zurückgehalten wird, dann hat der Ausdruck *gesegnet* oder *ungesegnet* keine Geltung. Verstehst du?«

»Warum erzählst du mir das alles? Ich finde nicht, wenn ich das sagen darf, daß es meine Situation angeht.«

»Über deine Situation mach ich mir manchmal Gedanken«, sagte Carlo und blickte kopfschüttelnd in eine Seite von Domenicos Partitur. »Ist das dein Ernst mit dem Diminuendo da?« fragte er den Komponisten, der die Achseln zuckte und zugleich nickte. Mein Gott, er wußte viel zuviel von allem; nur von der gemeinen Vernunft, die mit der aristotelischen Logik nicht identisch ist, und von der Homosexualität wußte er gar nichts. Man müßte einen Heiligen aus ihm machen, dachte ich schon damals, aus diesem häßlichen, gefräßigen Pfaffen. »Ich frage mich oft«, sagte er zu mir, immer noch mit scheelen Blicken auf die Partitur, »was deine Situation denn für eine ist. Du nicht, Domenico?« Domenico, aus einer Art schuldbewußter Loyalität, sagte:

»Er macht sich nichts aus Frauen, aus Kindern und aus der Ehe. Gott hat gesagt, er soll allein bleiben. Du ja auch, Carlo. Gewissermaßen. Du und Kenneth, ihr seid gewissermaßen gleich.« Ich verstand nicht, wieso. Ich sagte nichts. Ich war selber Künstler, und über die Einsichten und Eingebungen eines anderen Künstlers soll man nicht spotten, nicht einmal innerlich.

»Mir scheint es manchmal«, sagte Carlo und fuchtelte mit dem Notenblatt auf mich los, womit er in der von Fliegen durchsummten Hitze der Wohnung ein angenehmes Lüftchen erzeugte, »daß wir dich erst wieder zurückbekommen werden, wenn du bereit bist und es mit dem Leben aufnimmst. Wenn auch in Sünde, aber es damit aufnimmst. Verstehst du, was ich meine?«

»Ich muß noch«, sagte ich, »ein Wort mit Hortense reden.« Sie war in dem halbverdunkelten Schlafzimmer, wo ein kleiner elektrischer Ventilator summte und sich gelassen hin und her drehte. Die nackten Zwillinge schlugen mit Händen und Füßen um sich, als ihnen die frischen Windeln angelegt wurden. »Ich habe dir den Ersatzschlüssel mitgebracht«, sagte ich. »Wenn du Gelegenheit hast. Ich meine, ist denn alles in Ordnung?« Sie schaute mich kühl an, aber ohne Feindseligkeit, eine Sicherheitsnadel zwischen den Lippen. Sie nahm sie heraus und sagte:

»Alles in Ordnung. Nur, ich muß noch etwas zu tun finden. Ich denke, ich werde Bildhauerei lernen.«

Ich nickte verständnisvoll. »Ja, als Frau und Mutter, ich versteh dich. Bei wem willst du denn Unterricht nehmen?«

»Bei Sidonie Rosenthal.«

»Aha!« Die kannte ich, eine große schlanke Blondine, Ende dreißig, starke Raucherin mit nervösen, aber geschickten Händen; ihr Studio lag dicht an der Rue de Babylone. Seit kurzem war sie in eine metallische Phase eingetreten: große schlanke Männer aus Stahlblech. »Sei vorsichtig!« sagte ich. »Ich meine, paß auf, daß du dich nicht verletzt!« Dann, zum eigenen Erstaunen, fügte ich hinzu: »Du bist die einzige, die ich liebe, Hortense. Bitte vergiß das nicht! Du weißt, ich sag das nicht bloß so.« Ich küßte sie auf die Wange und spürte den schwachen, lieblichen Durft ihres Gesichtswassers, während sie sich niederbeugte, um eine Windel festzustecken. Dann richtete sie sich auf, legte die Hände auf meine Unterarme, eine große, reizende junge Frau, die meine Schwester war, und gab mir einen leichten Kuß auf die Lippen. Ich verspürte einen wohltätig kühlenden Luftzug, und aus unerfindlichen Gründen sah ich kurz wie im Kino den Moses vor mir, wie er mit den Gesetzestafeln vom Berg herabstieg. »Nächstes Jahr«, sagte ich, »bin ich wieder da. Wenn er dich noch mal schlagen will, schieb einen von den Zwillingen dazwischen!«

Und bald darauf war ich unterwegs. Pflanzer und Verwaltungsbeamte mit ihren Frauen, aus dem Urlaub zurückkehrend, ungern aus dem europäischen Sommer scheidend, wo die Sonne ein zwischen zwei Schichten Kühle verpacktes Geschenk war und nicht ein lästiger Aspekt der alltäglichen Pflichterfüllung. Gebieterisches Kindergeschrei, *Ayah!* oder *Amah!* Herr Kenneth M. Toomey hatte seinen Platz an der Tafel des Kapitäns.

Als ersten Gang gab es im Speisesaal Erster Klasse mittags immer ein Curry-Ragout. Einer der Passagiere, der drei oder vier Plätze weiter saß, bestellte jedesmal nur das Ragout, ohne etwas danach, bis auf einen Becher Milch und etwas Zucker. Er aß das Ragout mit Brot, dann schüttete er Milch und Zucker über den Reis, den es dazu gab, und löffelte dies als Nachspeise in sich hinein. »Sir Albert Kenworthy», sagte mir der Steward. »Was der wert ist, brauch ich Ihnen ja wohl nicht erst sagen. Das macht er immer so, seit eh und je.«

Die Frage war: Gab das eine Kurzgeschichte? Vermutlich nicht. Seit der Einschiffung in Southampton hatte ich mir Notizen gemacht. In meiner L-förmigen Kabine hatte ich sogar schon zu schreiben begonnen, gleich in die Reiseschreibmaschine. Die erste Geschichte, mehr oder weniger frei erfunden, war schon fertig zum Abschicken, als wir nach Gibraltar kamen; sie handelte von dem Ehepaar in der benachbarten Kabine. Er war ein schwammiges Bierfaß, Teepflanzer bei Jaffna, sie eine große schlanke Blondine, nicht unähnlich der Sidonie Rosenthal, aber vertrocknet und mit Tropenblässe. Der Mann schnarchte, daß der ganze Korridor wach wurde. Zuhause auf ihrer Pflanzung hatten die beiden wahrscheinlich getrennte Schlafzimmer, vielleicht sogar getrennte Bungalows. Hier nun konnte die Frau nicht schlafen, und sie war nicht die einzige. Ich lag wach und analysierte das Schnarchen: seine Periodizität, die Abfolge der tiefen Rachen- und der hohen Nasenlaute, Lippenschnauben, Würgen und Stöhnen, die in unregelmäßigen Anfällen auftraten. In meiner Geschichte ließ ich die Frau in einer Mondnacht in der Bucht von Biskaya aufstehen und, im Sommermantel über die Heckreling gelehnt, ihre Ehe durchgrübeln. So ein guter Mann, der Philip, wenn er nur nicht so schnarchen würde! Und sie hatten doch alles versucht, mit Wollknäueln auf dem Rücken und einem Pflaster überm Mund, damit er durch die Nase atmen mußte, aber alles hatte nichts genützt! Dann trifft sie den Herrn aus der Kabine nebenan, den der gute Philip ebenfalls nicht schlafen läßt, und mit dem begeht sie in seiner engen Kabine einen Ehebruch, ihren ersten, aber eigentlich ist ja Philip selber an allem schuld, und Philip schnarcht und schnarcht vor sich hin, gegen den Takt ihrer Liebesregungen. Daheim in Jaffna will sie unbedingt wieder mit Philip in einem Bett schlafen. Selber schuld, und nun muß sie leiden, aber diesmal, wiederum schlaflos, als sie im Nachthemd unter dem Mond von Ceylon herumwandelt, begeht sie Ehebruch mit einem großen, blauschwarzen Tamilen, dem Buchhalter der Plantage. Überwältigt von Gewissensqualen, sich selbst den Schlaf nicht mehr gönnend und in Voraussicht ihrer fortan unmöglichen Lage, erklärt sie Philip, daß sie heim muß nach England; sie hält das Klima nicht mehr aus. Er sieht sie nie wieder. Ins Bett nimmt er auf brüderliches Drängen die Schwester seines tamilischen Buchhalters, die noch lauter schnarcht als er, und mit der lebt er zusammen bis an sein seliges Ende. *Nachtwache* heißt die Geschichte, und der Leser wird sie vielleicht schon kennen. (Vgl. *Henry IV Teil II,* IV, V. 22, Philip und Helen Biggin – schlagen Sie da mal nach, wenn Sie Zeit haben!)

Unter den Passagieren gab es allerhand unzüchtigen Bordverkehr; allerdings nichts für mich. Unter Deck, so hörte ich, fanden stürmische Mitternachtsparties statt, mit Heizern, die sich in Schale warfen. Der Dirigent der Bordkapelle und der Oberkellner in der Bar Erster Klasse, soviel sah man, waren abgebrühte Schwule. All die unvernünftigen Verbote des Landlebens haben auf See keine Geltung. Ist die Marine, ob Krieg oder Handel, ein Kulturerzeugnis der sexuellen Inversion? Ich saß herum, einen rosa Gin vor mir, der Beobachter, der sich Notizen macht. In den Stunden der Mittagsruhe hörte man meine Maschine klappern. Manche Passagiere wußten, wer ich war. Können Sie uns für Ihr nächstes Buch gebrauchen, Mr. Toomey? Sie kamen der Wahrheit näher, als sie ahnten. Mrs. Killigrew, deren Mann den ganzen Tag Bridge spielte, entbrannte in Leidenschaft für einen Herrn mit warzenbedecktem Gesicht. Warum bloß? In einer Geschichte muß man einen Grund finden, aber im wirklichen Leben geht es sehr schön auch ohne; nicht einmal Freudsche Motive sind unerläßlich. Ich fragte Sir Albert Kenworthy wegen der Sache mit seinem Reis; mußte ich einfach wissen, entschuldigen Sie die pathologische Neugier des Schriftstellers! Er nahm es mit guter Laune, bei seiner dicken Zigarre. Er möge so zubereiteten Reis, ungesalzen, ungesüßt, erst nachher ein bißchen Zucker dran. Nein, aus Reispudding habe er sich noch nie was gemacht. So habe man Hauptgericht und Dessert gleichzeitig und in einem, ohne warten zu müssen. Zeitsparendes Lunch. Aber warum wollte er beim Lunch Zeit sparen? Diese Frage stellte ich nicht.

Ich hatte ein Exemplar von R.O. Winstedts englisch-malaiischem Wörterbuch, 2. Auflage, Singapur 1920, und versuchte daraus fünf Worte pro Tag zu lernen. Schlag eine beliebige Seite auf! Dämon. Schwarzer Erdgeist, *awang hitam, jin hitam, hantu hitam*. Moslemdämonen. *Schaitan, iblis, afrit, ifrit, jin kafir.* So kann man die Sprache nicht lernen, erklärte mir ein Bergmann aus den Zinnminen von Ipoh. Wollen Sie vielleicht in der Kneipe einen *hantu hitam* verlangen? Na, doch, könnte sich sogar durchsetzen, gar nicht schlecht für einen Black Velvet aus Guinness und Champagner.

In Gibraltar stieg ein Bekannter zu, der Bischof von Gibraltar. Schon vor dem Abendessen, als das Schiff tutend und knarrend von dem vorgelagerten Kai ablegte, steuerbords der große Felsen unter einem satten Zimt-, Malven- und Eidotterhimmel, Willis' Farm glühend im oberen Sonnenrand, stand Seine Lordschaft an der Bar, sehr elegant in einem leichten episkopalen Abendanzug, mit Gamaschen und glänzenden silbernen Schuhschnallen. »Toomey!« begrüßte er mich. »Haben wir uns nicht in Monte gesehen? Ja, mit Carlo. Craps haben wir gespielt, nicht?« Ein triefäugiger Bargast, der neben ihm stand, noch ganz verschwitzt vom Landausflug, schaute ihn an, nicht sicher, ob er recht gehört habe. »Ich habe von der Verbindung zwischen Ihren Familien gehört. Eine gute Sache, solche Verbindungen brauchen wir. Was trinken wir denn, Gin mit was?«

»Darf man sagen«, sagte ich, als ich meinen steifen rosa Gin bekam, »Gott sei dir gnädig, Zettel?«

Der triefäugige Bargast schüttelte irritiert den Kopf, während der Bischof bübisch lachte. »Prima, ja, ich bin transferiert. Nach Bombay – ein Höllenpfuhl von einer Diözese! Ein Gewimmel! Was wird Carlo sagen, wenn er das sieht? Erstaunlicher Mann, Ihr Schwager! Aus Tanger hab ich von ihm gehört. Legenden schießen um ihn aus dem Boden. Er soll mit *sa majesté* gepokert haben und nachher imstande gewesen sein, den Unbeschuhten Karmelitern von Rabat oder irgendwo dort zehntausend Francs in die Hand zu drücken. In Colomb Bechar hat er ein Hammel-Wettessen gewonnen. Unnötig zu sagen, daß ich von alledem kein Wort glaube.«

Seine Lordschaft war der gesprächige Mittelpunkt der Kapitänstafel. Kapitän Fergusons Taifungeschichten konnte er mit selbsterlebten Greueln überbieten, die er schamlos von Joseph Conrad entlehnte. Er erzählte vom Rattenragout auf einem chinesischen Frachter: sehr appetitlich sogar, wenn man nicht wußte, was es war, wie kleine Kaninchen, sind ja auch sehr reinliche Tierchen, nicht solche wie Ihre Londoner Kanalratten, sondern glatte, wohlgenährte Exemplare, sogar ein bißchen fett, mit ganz feinfaserigem Fleisch. Am Abend vor der Ankunft in Port Said zog er ein Bordkonzert auf und stellte sein Talent als Conférencier und Possenreißer unter Beweis. Fragt eine Dame in der Bar Erster Klasse kurz hinter Southampton den Steward nach der Örtlichkeit für die Damen. Backbord, Madam. Himmel, und bei Seegang? Weiter unten, Madam. Und jetzt habe ich das Vergnügen, meine Damen und Herren, Ihnen Kenneth Toomey vorzustellen, wenn Sie ihn noch nicht kennen, den berühmten Lustspieldichter, der uns jetzt ein Lied vorsingen wird: *Une petite spécialité*, die heißt *l'amour*. Ich konnte nicht gut leugnen, daß ich das Liedchen kannte, denn der Text war von mir. Es war aus *Sag's schon, Cecil!,* meinem persönlichen Beitrag zu den Weltkriegsgreueln. Also blieb mir nichts anders übrig als. Eine Miss Frisby begleitete mich recht und schlecht auf dem Klavier.

»Metropolenspatzen
Zwitschern schon wie toll,
Marktfraun von der Straße
Schrein dir die Ohren voll,
Licht wie kaltes Wasser
Scheucht dich aus dem Bett.
Geh nur gleich zum Bäcker,
Kauf dir *une baguette*.
Knurr nicht deinen Schatz an:
Sie kann nichts dafür,
Trink erst einen Kaffee
Au lait oder *nature*.
Ach ja, Paris ist lausig,
Hier gibt es eines nur,
Das lernt man hier wie's ABC
Mit einem ganz besondern Pariser Dreh:
Une petite spécialité
Die heißt *l'amour*.«

Dann tanzte eine Miss Pauline Higgins zu *Narcissus,* Beine wie Quark mit Rosinen, und ein asthmatischer Beamter machte Kartenkunststückchen. Was das doch alles für liebe Menschen waren, dachte ich, verführt durch ihren Beifall und meinen rosa Gin, rotbäckige Stützen eines großen Imperiums mit ihren Damen, wie sie zechten und klönten und mit Spielen an Deck die Zeit totschlugen! Und dieser geistliche Königsläufer, der nun auf dem großen Schachbrett um drei Diagonalen versetzt wurde, war so ein verflucht lieber Kerl wie die ganze verfluchte Bande.

Ach, wie ich sie scheue, diese unnötige Klarheit der Erinnerungen. So überdeutlich sehe ich den Spielsalon vor mir, um drei Uhr morgens. Seine Lordschaft spielte die Kreuz-Neun aus und legte die Herz-Sechs ab. Worauf der Pflanzer Collins die Herz-Acht hinlegte und ich die Karo-Zehn. Seine Lordschaft, im ungewissen über den Verbleib der Herz-Dame, spielte die Pik-Dame der verdeckten Hand. Ich nahm mit dem Herz-König, spielte Karo-Acht aus. Seine Lordschaft nahm mit dem Karo-As der verdeckten Hand und spielte abermals Pik. Ich nahm mit dem Pik-As und legte Collins die Karo-Sieben zu seiner Neun vor, um Seine Lordschaft mit den Hauptfarben in die Enge zu treiben. Seine Lordschaft wußte, daß Collins noch die Pik-Neun hatte; also mußte er die Herz-Neun abwerfen. Den nächsten Stich holte ich mit dem Herz-As, aber seine Lordschaft holte den letzten mit dem Herz-Buben der verdeckten Hand. Eine gottverflucht schön gespielte Partie!

In Port Said, wo die Hitze erst richtig anfing, kam der Gullygullymann an Bord und führte ein Kunststückchen vor, das geradewegs aus dem Alten Testament stammte. Er hatte eine Schlange bei sich, die mit Drogen betäubt war, ein schnurgerades olivgrünes Stöckchen mit einem Schlangenkopf als Knauf. Er warf das Ding aufs Promenadendeck, und es erwachte aus seiner Trance und wurde eine Schlange. Gullygullygullygullygully. »Was die Wunder angeht«, sagte der Bischof, als wir abends bei Stella-Bier in einem Café an Land saßen, wo uns eine fleischige griechische Bauchtänzerin unterhielt, »wenn wir einmal in dem Stadium sind, das wir eines Tages werden erreichen müssen, so werden wir auf sie als erstes verzichten können. Kleine Reservate für den Aberglauben, nichts dagegen, ein bißchen Aberglaube kann nicht schaden, so wie das mit diesem blutartigen Zeugs in Neapel, das unter den Auspizien des Heiligen Januarius dahinschmilzt. Das Abendmahl – darüber habe ich mit Carlo einmal lange gestritten, in Rom oder wo das war. Das ist etwas, wo Rom und Canterbury sich noch nicht verständigen können, aber irgendwo muß es da einen Ausweg geben–«

Die Bauchtänzerin schob sich zu unserem Tisch her, den tassengroßen Nabel halboffen. Der Bischof von Gibraltar versuchte feierlich, ein britisches Sixpencestück hineinzustecken, aber sie griff es sich und sagte: »*Efcharisto!*«

»Um was geht es denn eigentlich?« fragte ich. »Eine Vereinigung der christlichen Kirchen?«

»Das wird noch lange dauern.« Wohlgemerkt, es war Ende August 1924. »Verteufelt lange! Aber ein paar sind wir immerhin schon – ich meine, ich selbst habe sowas wie eine Untergrundlehre vorgeschlagen, die man einfach als eine Substantiationslehre bezeichnen könnte. Aber warum erzähl ich Ihnen das alles? Sie sind nicht eben sehr religiös, oder?«

»Entweder«, sagte ich, »ist es wirklich das Fleisch und Blut oder nicht.« Die Tänzerin kehrte uns jetzt ihren in einem komplizierten Rhythmus bewegten Hintern zu, während sie einen Tisch verlegen lachender Rotgesichter bezauberte.

»Etwas abgewandelt«, sagte er unbestimmt. »Metaphysisch und epistemologisch. Wird man sich alles erst noch überlegen müssen.«

Am nächsten Tag, einem Sonntag, schlichen wir durch den Suez-Kanal, und der Bischof von Gibraltar hielt eine gutbesuchte Morgenandacht an Deck. Zum Abschluß wurde *O hülf uns aus der Fluten Not* gesungen, aus vollen Kehlen, ohne Grinsen oder Ironie, obwohl unsere einzige Gefahr augenscheinlich darin bestand, die Kanalböschung zu streifen. Zu beiden Seiten sah man eine Turmuhr, und beide zeigten die gleiche Zeit. Als wir ins Rote Meer kamen, wurde es ernst mit der Hitze. Der Bischof, in Shorts und Sportweste, schwitzte unter seinem dünnen Haar; er hatte eine leere Pfeife zwischen den gelblichen Zähnen und deutete auf die grimmigen Pentateuche der roten Felsen und die trockenen Textzeilen der bitteren Eipulverwüste. Er nahm die Pfeife aus dem Munde, und fast wäre sie ihm aus den verschwitzten Fingern aufs Deck gefallen. Er steckte sie ein und deutete abermals auf die fürchterliche Trockenheit unter der zermalmenden Hitze. Frauen kamen vorüber, buchstäblich am Zerfließen, mit vom Schweiß durchsichtig gewordenen Kleidern, unter denen sich die Wäsche abzeichnete. Du, Männe, ich bin echt am Zerfließen! Sind doch bald in Aden, Liebling, fast wie im Paradies dort! »Der Islam«, sagte der Bischof von Dschebel-al-Tarik, »ist ein Wüstenglaube, der geschworene Feind des Christentums, obgleich er Jesus als einen Propheten gelten läßt, Nabi Isa oder Esa. Unversöhnlich im

Haß. Aber ob man das sagen kann, heute, wo uns im sowjetischen Materialismus ein neuer Feind erstanden ist? Früher einmal haben die Christen gegen die Muslim gekämpft, dann die Christen gegen die Christen. Der Glaube ist schwer zu bewahren, wenn er nicht von Feinden belagert oder mit Reichsträumen im Bunde ist. Und gegen wen kämpfen wir nun? Sollen alle diejenigen, welche der Hoheit des Geistes gehorchen, ob Christen, Muslim, Buddhisten oder Hindu, sich gegen seine Widersacher einigen? Gott gegen Nichtgott? Ich muß jetzt zu einer Partie Quoits.«

Auf halber Strecke zwischen Aden und Bombay gab es einen Ball, in Abendkleidung, nicht in Kostümen (der Kostümball kam erst am Abend vor der Ankunft in Singapur), und der Bischof führte unter allgemeinem Beifall einen Schautango mit einer Mrs. Foxe vor. Als die Kapelle gerade *Felix kept on walking* spielte, traf uns ein Taifun. Meine Tänzerin, Linda Sowieso, ein junges Ding, ließ sich plötzlich immer schwerer immer steiler bergauf schleppen, und ich wunderte mich über den Kronleuchter, der ein warnendes Klirren hören ließ und dann alle Tentakeln fuchtelnd nach Steuerbord streckte. Abwärts kamen mir Leute entgegen, während ich hinaufstieg, helle Seidenkleider und Smokings, und eine purzelnde Dame mit zartgelben bauschigen Beinkleidern. Der gekippte Boden begradigte sich, und die eben noch Tanzenden brüllten durcheinander, suchten Halt an den Schotten, am Podium und an den Tischen, ehe wir zur anderen Seite hin kippten. Gischt kam herein, und Wasserknuten knallten an die Fenster und Lampen, wie Steine einer wütenden Menge gegen einen Palast der Reichen und Leichtlebigen. Der Bischof von Gibraltar war irgendwie ans Podium gelangt; wie an einen Felsen klammerte er sich an den festgeschraubten Flügel und brüllte *nur Mut, Freunde!* oder etwas dergleichen. Der Violinist-Saxophonist und der Schlagzeuger packten ihre Instrumente zusammen, der Pianist nahm einen Schluck aus einer Flasche. Das Schiff schien ohne Aufbäumen ein Stückchen voranzukommen, in einer kurzen, taumelig rollenden Bewegung, dann tauchte es vornüber wie ein Otter, schien wieder hochzukommen, schüttelte sich, und ich saß mit meiner kleinen Linda am Rande des Podiums, ich mit einem Arm an ein Bein des Flügels, sie mit beiden Armen an mich geklammert. Konnte es sein, daß dieses Kirchenlied für die Gefährdeten in der Fluten Not vorbeugend wirkte, eine Art musikalische Versicherung gegen Seenot? Die Gala-Offiziere des Schiffs, die es, denn dies war höhere Gewalt, dem Gottesmann überließen, für Diszplin und Ermutigung zu sorgen, legten tröstend die Arme um ihre zeitweiligen Freundinnen, manche davon verheiratete Frauen. Dann kam alles zur Ruhe, und der Bischof, wie ein radfahrendes Kind, das Freihändigkeit demonstriert, hob flehend oder danksagend die Arme gen Himmel. Das Schiff machte noch einen Satz, und der Bischof taumelte würdelos umher, beschämend anzusehen, wie ein Betrunkener am Altar, und schlug mit dem Kopf auf die scharfe Kante des Podiums. Schockierend, ein höherer Sachwalter Gottes von den brutalen Werkzeugen des eigenen Herrn niedergeschmettert! Er war bewußtlos und blutete, und der Kapellmeister, zwischen den Lippen eine – wie ich sehn konnte – Craven A, beugte sich über ihn, um den Schaden zu inspizieren.

Dienstbereite Teerjacken kamen mit Tauen, die sie an Pfosten festmachten, knorrige, furchtlose Männer, geräuchert wie Heringe; ihre bloßen, hornhäutigen Füße, ob auf den Decksplanken oder auf dem feinen Parkett, hafteten am Boden wie mit Saugnäpfen, doch ohne je auf die Glasscherben zu treten, die sie mit einer Art intelligentem Tastsinn, ohne jede Einflußnahme ihrer Besitzer, vermieden. Die verängstigten Passagiere wurden ermutigt, aufzustehen und sich wie zu einem Tauziehen an die Seile zu begeben, über die sie in ruhigen Momenten nach draußen, wo weitere Taue gespannt waren, und in ihre Kabinen gelangten. Der Schiffsarzt war anderswo beschäftigt, aber zwei Sanitäter kamen mit einer Bahre, um den Bischof von Gibraltar zu holen. »Vollkommen weggetreten, Jack«, sagte der Kapellmeister durch die Rauchwolke vor seinem Gesicht. »Gehirnerschütterung, das arme Schwein!«

Als ich am nächsten Morgen ins Schiffslazarett ging, war der Indische Ozean wieder still wie ein blaupelziges Lämmchen, und der Bischof von Gibraltar war nach einer langen Bewußtlosigkeit wieder zu sich gekommen, allerdings mit den klassischen Symptomen einer Gehirnerschütterung – Reizbarkeit, Gedächtnislükken und der Neigung, unversehens einzudösen. »Wer zum Teufel sind Sie denn?« fragte er mich.

»Ist nicht wichtig! Wie geht's Ihnen, wie wird man Sie an Land bringen, haben Sie Ihre Glieder in der Gewalt?«

»Ich weiß das Athanasianische Glaubensbekenntnis nicht mehr.« Er fing an zu weinen.

»*Quicunque vult* fängt es an, nicht?«

»Das ist Latein, das verdammte Ding ist in Englisch, ich weiß es nicht mehr, was muß ich diesen Indern blöd vorkommen!«

»Also das zumindest haben Sie nicht vergessen. Morgen vormittag kommen wir nach Bombay. Das Athanasianische Glaubensbekenntnis fällt Ihnen schon wieder ein, werden Sie sehn! In ein paar Tagen sind Sie wieder frisch wie eine Wiese nach dem Regen.«

»Was hat der Regen damit zu tun? Ist denn Regenzeit? Ist der Regen gekommen? Fällt auf Gerechte und Ungerechte. Warum hat Gott mich geschlagen?«

»Das war nicht Gott, das war Mutter Natur.«

»Gott reitet den Orkan – gibt doch ein Lied dazu, von Isaac Irgendwieso. Hören Sie bitte meine Beichte an!«

»Nein, nein, ich doch nicht! Außerdem, Sie sind doch Rekon–, ich meine, ihr geht doch nicht beichten.«

Sein bandagierter Kopf fiel zur Seite und er begann zu schnarchen. Armer Teufel! Seine arme Kirche! Gesellschaftsspiele und Tango! Als wir bei graufeuchtem Wetter nach Bombay kamen, stand eine Begrüßungsdelegation braunhäutiger Kleriker am Kai, mit Mädchen in Saris, Chorknaben, die ein Kirchenlied mit unverständlichem Text und unbekannter Melodie sangen, und einem weißen alten Herrn in blankgescheuertem Alpaka, offenbar der aus dem Amte scheidende Bischof. Kränze von Frangipani welkten in der feuchten Hitze. Der ehemalige Bischof von Gibraltar torkelte noch ein bißchen, aber es ging ihm schon viel besser. Indische Lastträger schafften sein Gepäck an Land, mitsamt, soweit ich es im Gedränge sehn konnte, einem Kruzifix in voller Größe, das er vielleicht als Hutständer benutzte, und er machte viel Wind um jede Kleinigkeit und fuchtelte mit einem Spazierstock. Ein drawidischer Fotograf belebte den grauen Tag mit Blitzlichtern, und ein Eurasier mit Tropenhelm vom *Indian Express* (Bombay) stellte dem Bischof Fragen. Der Bischof aber, der mit seinem Kopfverband wie ein Hadschi aussah, sprach zu allen, die da waren, in einem resonanten kirchenmännischen Bariton. »Von Gottes Hand getroffen«, sagte er, »doch nun in rascher Erholung begriffen, obgleich ich mich an das Athanasianische Bekenntnis nicht mehr erinnern kann, freue ich mich, bei Ihnen zu sein.« Beifall und Gelächter. »Unser guter alter Bisch!« sagte einer von den Pflanzern aus Malaya. »Schreiten wir gemeinsam voran im Kampf gegen den gottlosen Materialismus!« Gelächter und Beifall. »Alle, die an Gott glauben, *quicunque vult,* sind ein Leib. Das Wichtigste zuerst! Mögen die Bekentnisse ihre Meinungsverschiedenheiten begraben und sich einig werden angesichts der Bedrohung durch den gemeinsamen Feind!« Dies, gesprochen Anfang September 1924, war meines Wissens die erste öffentliche Stellungnahme für eine ökumenische Bewegung. Gott wirket Wunder ähm ähem auf unerforschter Bahn. Er setzt den Fuß ähem ähem und reitet den Orkan. Dies hätte ein historischer Augenblick sein müssen. Der scheidende Bischof holte seinen Nachfolger an Land, so schnell er nur konnte. Beifall und Gelächter. Später kamen zwei buddhistische Mönche in ihren narzißgelben Gewändern an Bord, um uns auch weiterhin nicht ohne religiöse Begleitung zu lassen, aber sie waren Zwischendeckspassagiere und fuhren nur bis Colombo. Wir vermißten den Bischof von Gibraltar und nun von Bombay.

Von Colombo weiß ich nur noch eines. Die örtliche Madrigal-Gesellschaft gab ein Konzert im Mount-Lavinia-Hotel, und ein einheimischer Bariton streute ein paar Solovorträge ein, darunter auch jene Arie von Gay und Händel: *O ruddier than the cherry.* Anstelle von »*Or kidlings bright and merry*« sang er »*or kiplings*«. Anscheinend merkte es niemand. Möglich, daß in seinem Notenblatt ein *d* auf dem Kopf stand. Vielleicht nahm er ohne viel zu fragen an, daß es eine Klasse von Dingen gebe, die *Kiplings* hießen. Das ist mir mein Leben lang nachgegangen: Colombo, mit dem kollektivistischen Albtraum der Krähen in dem großen Regenbaum über dem Hotel, und die Händel-Arie mit den Kiplings.

Und dann endlich tauchte nachts aus dem Meer Singapur auf und wurde mit einem Kostümball gefeiert. Ich war Julius Cäsar, allen Menschen zu Gefallen, nachdem mir der zerstreute Schiffsfriseur, als ich eingenickt war, den Schnurrbart abgenommen hatte. Ausschiffung am Tag darauf um die Mittagszeit. Meinegüte, was für eine Hitze! Leben heißt schmoren. An die Wand eines Lagerhauses war, wie zu meiner Begrüßung, eine grobe Karikatur der gleichgeschlechtlichen Liebe gekritzelt. Singapur riecht, wie man schon weiß, nach heißen Servietten und Katzenpisse. Ich stieg im Hotel Raffles ab, dem Willie Maugham im Geleitwort eines späteren Hotelprospekts nachrühmen sollte, es atme alle Geheimnisse des sagenumwobenen Ostens. Das größte Geheimnis war vermutlich die Herkunft des Fleisches für die Curry-Ragouts. Die Lounge war ein Wartesaal, groß und kahl wie ein Fußballstadion, erfüllt von den Stimmen durstiger Leute, die ärgerlich nach dem *Boy* riefen. Die *Boys* oder Kellner waren säuerliche, steinalte Chinesen, die unbeirrbar unter den *kipas* oder Fächern an der Decke ihres Weges gingen. Von dem Leiter einer Bank schnappte ich eine Geschichte auf. Sein junger Assistent Forbes mußte auf dem Weg ins Geschäft jeden Morgen durch den Botanischen Garten, der voller Affen war. Er machte es sich zur Gewohnheit, einen Laib chinesisches Brot mitzubringen. Brockenweise warf er es ihnen hin; sie tollten schnatternd um ihn herum und fraßen es ohne Dankesbezeigung. Sie gewöhnten sich an seinen Besuch, und bald betrachteten sie die Brotspende als eine Art Wegezoll. Eines Nachts nahm er aus dem Park der Glückseligkeit eine malaiische Prostituierte mit nach Hause, verausgabte sich mit ihr bis zum Morgengrauen und verschlief. Er hatte keine Zeit mehr, Brot für die Affen zu kaufen. Wütend sahen die Affen den brotlosen Forbes daherkommen und rissen ihn in Stücke. Ganz buchstäblich! Die ganze Affenbevölkerung des Botanischen Gartens riß den Bankangestellten Forbes in Stücke. Vielleicht kennen Sie die Erzählung, die ich daraus gemacht habe, *Dankesschuld*.

Ich fuhr mit dem Nachtzug nach Kuala Lumpur, an der schlammigen Flußmündung, und blieb dort drei Tage im Bahnhofshotel. Ich fand Stoff für ein paar Geschichten, *Der rauchende Sikh, Klein Eleanor* und *Nicht ohne Krawatte* (die Geschichte von einem Mann, der ohne Krawatte in den Selangor Club hineinzugelangen versuchte). Dann fuhr ich nach Ipoh, der Zinnstadt, Hauptstadt des Staates Perak (dessen Name Silber oder Zinn bedeutet), und dort wurde mir ein Besuch in Kuala Kangsar empfohlen, der Königsstadt an der Stelle, wo sich die Flüsse Perak und Kangsar vereinigen. Sehr pittoresk, sagte man mir, mit einer schönen Moschee und einem *istana*, wo ich »mein Kreuzchen machen«, d. h. mich anmelden müsse. Außerdem gab es dort das Malaiische College, eine Public School nach englischem Vorbild für die Söhne des malaiischen Adels, und ein friedliches Rasthaus, das einzige in dem ganzen gottverdammten Malaiischen Bund, wo man eine anständige Tasse Tee bekam. Und von nun an muß sich meine Geschichte ein Stück weit wie ein phantastischer Schauerroman lesen, aber nichts davon ist erfunden. In Kuala Kangsar, wenn ich mir einen romanhaften Ausdruck gestatten darf, traf ich meine große Liebe.

34

»Full house«, sagte ich, zwei Könige und drei Neunen vorzeigend, und dann machte mein Herz, was es wollte. Es sprang mir gegen die Rippen wie ein Ball, der an einem Faden baumelt, und meine Arme füllten sich rasch mit Luft. Die Luft zogen sie offenbar aus meinen Lungen. Ich keuchte, wollte aufstehen und fiel um. Das Rohrgeflecht des umgeworfenen Stuhles stand mir wie eine geheimnisvolle Seite aus dem Buch der Toten vor Augen, und dann war ich weg. Nach knapp drei Minuten, wie mir der Pflanzer Fothergill nachher sagte, kam ich wieder zu mir und fühlte mich ganz wohl, nur ein bißchen schwach. Ich wollte aufstehen, aber man sagte mir, bleiben Sie liegen. Der Pflanzer Greene sagte, ich gehe Dr. Shawcross anrufen. Der chinesische Boy sagte, das sein weil sehr heiß, sehr heiß für neue Tuan. Ich lag also im Idris Club auf dem Fußboden und sagte, dann lassen Sie mich doch wenigstens hier weitertrinken, und der Pflanzer Booth gab mir einen Schluck von meinem Booth Gin, *pahit* oder *merah,* was soviel wie bitter oder rosa (eigentlich eher rot) bedeutet, wobei er mir die Schultern hielt wie einem Alkoholiker auf dem Totenbett. Über meinen Augen drehten sich die *kipas,* aber Boo Eng, der Boy, befächelte mich mit einer alten Nummer der *Illustrated London News.* Mir geht's schon wieder ganz gut, wirklich. Du warten, Tuan Doktor, er kommen. Schon wieder besser, alter Knabe? Wirklich besser? An dies Klima muß man sich erst gewöhnen, Problem ist die Feuchtigkeit, nicht die Hitze. Also durfte ich aufstehn und mich setzen. Jetzt sehn Sie wieder putzmunter aus, aber vorhin, das kam mir doch ziemlich schlimm vor.

Als Doktor Shawcross kam, trank ich Kognak und Ginger Ale. »Na«, sagte er, »was muß ich da hören?« Er war ein junger Mann in weißem Hemd und Shorts, mit langen weißen Strümpfen, tiefbraun und abgemagert, wie man sehn konnte, von der Arbeit, der Hitze und einer asketischen oder doch zumindest athletischen Lebensweise – ganz anders als die Pflanzer, die alle einen Wanst hatten, das tropische Ei, wie die Franzosen das nennen. »Toomey?« sagte er. »Kenneth Toomey? Aber Sie hab ich doch gelesen! Ich hab ein paar Bücher von Ihnen zu Hause. Na, dann müssen wir erst recht aufpassen, daß Ihnen hier nichts passiert.« Das sagte er unverkennbar aufrichtig.

»Das Herz«, sagte ich. »Sowas passiert mir sehr sehr selten. Ich glaube, das letzte Mal war vor fünf Jahren. Jetzt bin ich schon wieder vollkommen in Ordnung.«

»Passen Sie auf mit dem Trinken! Und rauchen Sie ein bißchen weniger!« Mein gelber Zeigefinger war seinem ärztlichen Blick nicht entgangen. »Essen Sie nicht zuviel! Ich weiß, die ersten Monate in den Tropen frißt man wie ein Roß. Dann kommt die Appetitlosigkeit. Schwer zu sagen, was schlimmer ist. Wo wohnen Sie denn? Wie lange wollen Sie bleiben?«

»Im Rasthaus. Wie lange, weiß ich nicht. Ich bin am Schreiben. Das ist eine gute Stadt hier zum Schreiben, so friedlich.«

»Was zu trinken, Doc?« fragte Fothergill.

»Bitte einen *suku!* Mit viel Wasser.« Ein *suku* war ein Viertelsglas Whisky, ein *stengah* ein halbes. Doktor Shawcross hatte ein schlichtes, offenes Gesicht mit hoher, schmaler Stirn, das Haar wie kurzabgemähter, sonnengebleichter Weizen. Die Augen waren gesprenkelt blau. Kein sexuelles Feuer, kühl und klar, der Mann, wie sein Beruf. Alter etwa neunundzwanzig. »Ich werde Sie ein bißchen untersuchen müssen, nicht? Bißchen primitiv, unser Rasthaus. Ich hätte gedacht, Sie wohnen bei unserm DC.« Das hieß, der Distriktchef, ein literaturferner Verwaltungsbeamter mit einem heimlichen Sexualleben, wie man mir erzählte, das die Gastfreundschaft ausschloß. Seine Amtszeit ginge zu Ende, hieß es, und dann würde ein andrer kommen. »Oder beim Sultan hätten Sie auch wohnen können. Pearce hätte das sicher arrangiert.« Pearce war ein sehr alter Australier, der mit einer der Prinzessinnen von Perak verheiratet gewesen war und nun als Witwer in einer Art Sommerhäuschen auf dem Gelände des *istana* wohnte. »Aber egal, warum wollen Sie nicht bei mir wohnen? Das Arzthaus auf dem Bukit Chandan« – Sandelwaldhügel hieß das – »ist für einen verheirateten Arzt mit vollem Köcher gebaut«, – aha! – »aber unsereins ist Junggeselle.«

»Schrecklich nett von Ihnen!«

»Gute Idee, Doc«, sagte Booth. »Zum Klub kann er dann eine Trishaw nehmen. Machen mit so einem Halunken etwas aus, zwei Dollar die Woche. Jeden Tag um dieselbe Zeit.« Die Leute konnten mich gut leiden, glaube ich, oder vielleicht wollten sie auch, daß ich sie in ein Buch hineinbrachte, wenn auch verleumderisch, egal, Hauptsache, daß man drin vorkam.

»Dann kommen Sie doch gleich mit, wenn es Ihnen recht ist! Mein Boy kann Ihr *barang* aus dem Rasthaus holen. Der Tee müßte gerade fertig sein.«

»Schrecklich nett von Ihnen!«

»Gute Idee, Doc«, sagte Fothergill, ein Mann mit dürren, knochigen Gliedmaßen und einem Wanst, der wie eine Krankheit aussah, aber nur vom Bier kam, abends Anker, morgens Tiger.

»Das ist wirklich ganz schrecklich nett. Aber ich muß doch erst packen. Und meine Rechnung bezahlen.«

»Da kümmern Sie sich man nicht drum!« sagte der Pflanzer Greene, ein Mann mit kautschukartigem Doppelkinn. »Das läßt sich alles richten, ohne viel Umstände. Die faulen Säcke im Rasthaus sollen mal was tun zur Abwechslung, und klauen werden sie schon nichts – mehr kann man ja nicht verlangen von denen. Also fahren Sie man mit dem Herrn Doktor und ruhn Sie sich ein bißchen aus. Heute abend können wir ja vielleicht noch eine Runde spielen.« Alle diese Pflanzer blieben den Tag und den größten Teil der Nacht über in Kuala Kangsar und fuhren dann gegen Morgen wieder zu ihren Pflanzungen in Rambutan, Pisang oder Gutta Percha, alles an der Hauptstraße nach Ipoh.

»Wirklich schrecklich nett!«

Also nahm mich Dr. Shawcross in seinem kleinen Ford mit auf den Bukit Chandan. Sein Bungalow war vom Amt für öffentliche Arbeiten frisch grünweiß gestrichen und lag in einem umzäunten, kühlen Garten mit Bougainvilleen, Banyanbüschen, Waldfeuer und wilden Orchideen. Ein großer Regenbaum stand da, ein Papaya-Baum, zwei Pampelmusenbäume, außerdem drei flammendrote Pfefferbüsche. Der Gärtner oder *orang kebun* war mit einer Hacke oder *chungkol* am Werke, und in der Ferne schien ein Kupferhammervogel seinen Metallarbeiten nachzugehen. Dr. Shawcross parkte den Ford vor der Tür, und wir gingen auf die Veranda, wo schon die Teetassen klirrten. Oder vielmehr, eine klirrte auf ihrem Tellerchen, in dem Einheitsblau der britischen Gemeinde. Yusof, der *kuki,* ein sehr muskulöser Malaie mit behutsamen Manieren, rannte erfreut los, um weiteres Geschirr zu holen und noch mehr Sandwiches zu machen (Corned Beef, dick bestreut mit Paprika, sehr belebend am späten Nachmittag), während Dr. Shawcross und ich auf knisternden Rohrsesseln Platz nahmen. Wie zur Verhüllung einer anstößigen Szene wurden in aller Eile purpurne Wolken über den blaßblauen Himmel gezogen, und der Ausblick auf den Golfplatz, die Moschee, den *istana* und den fernen Dschungel war hübsch, aber etwas finster. »Um diese Zeit, genau zum Tee«, sagte mir Shawcross, »gibt es immer eine Husche.« Und ein leiser Regen rauschte nieder, ebenso leise wie Yusof mit den Sandwiches und mit Tiptrees Kirschmarmelade wieder auftauchte. »*Terima kaseh,* Yusof!« Das hieß danke, wörtlich »mit Liebe empfangen«. Dann ließ der Regen nach und hörte auf; Dschungelgerüche kamen nähergeschlichen und stritten mit dem Duft des erfrischten Grases, und schon waren die Wolken fort und der Himmel wieder klar.

»Das hier«, sagte ich, »ist alles, was man braucht. Ich hoffe«, fügte ich hinzu, »Sie werden mich Ken oder Kenneth nennen.«

»Philip heiße ich. *When a new planet swims into his.* Ich lese ziemlich viel Gedichte, müssen Sie wissen, die Romantiker. Ich muß mich ein bißchen an was Schönes halten können in diesem Beruf. Das Häßliche– ach, vielleicht kommen Sie morgen mal ins Krankenhaus. Wir machen schnell ein paar Tests. Blutdruck und so was. Da können Sie sehn, was ich meine mit dem Häßlichen, wenn Sie's vertragen können. Aber Sie können's gewiß, Sie sind ja Schriftsteller, ich habe Ihre Sachen gelesen, sagt' ich wohl schon?« Er goß mir Tee nach. »Sie könnten doch hier schreiben, nicht? Sehr ruhig hier!« Ruhig war es allerdings, denn die Vögel von Malaya singen nicht. Es gibt nur ein bißchen Gezwitscher von den winzigen gelbschnäbeligen Spatzen; die übrigen Vogelrufe sind bloße Geräusche zu Nutz und Frommen der Chinesen: Der Kupferschmiedvogel erinnert sie an die Tugend des Arbeitsfleißes, und der Fiebervogel gibt ihnen Anlaß zum Wetten, denn man kann nie voraussagen, ob seine fallende Tonleiter sich zu drei oder zu vier Tönen summieren wird. Tausende von Dollars, sagte man mir, werden manchmal dabei gesetzt. »Yusof«, sagte Philip, »*minta jalan sama Mat kebun ka-rest house dan bawa barang tuan ini kasini.*« Das hieß, Yusof und Mat, der Gärtner, sollten mein Zeug aus dem Rasthaus holen gehn. »Möchten Sie sich ein bißchen hinlegen? Ich muß wieder ins Krankenhaus. Auf jeden Fall zeig ich Ihnen mal Ihr Zimmer.«

Das Zimmer lag an der Rückseite des Hauses, mit freiem Ausblick auf den Dschungel. Einfache Möbel, vom Amt für öffentliche Arbeiten gestellt, ein Bett mit aufgerolltem Moskitonetz, ein Ventilator an der Decke, Badezimmer nebenan. »Wirklich ganz schrecklich ...« Ein Holztisch stand da mit einem Windsorstuhl davor, ich konnte mich gleich dransetzen. Ich sah voraus, daß Yusof noch mit Biskuits oder Süßigkeiten in einem Marmeladengläschen herbeischleichen würde.

»Ich gehe mal Mas holen, unsere *amah,* daß sie das Bett bezieht. Ein hübscher Name, Mas, finden Sie nicht? Es bedeutet Gold. Heute abend bin ich zum Essen eingeladen, aber ich kann absagen, wenn Sie wollen, und wir machen uns einen ruhigen Abend daheim.« *Daheim.* Ich spürte bei dem Wort eine Vorahnung von Tränen in den Augen, ein rührseliges, edles, nostalgisches, sehnsüchtiges Wort, und zum Kuckuck, warum auch nicht? »Oder vielleicht würden Sie gern mitkommen? Er würde es sich zur Ehre anrechnen, zwei weiße Männer statt bloß einem! Ein Tamile, Mahalingam heißt er. Bedeutet ein, äh, großes Zeugungsorgan–«

»Und noch mehr, nicht, etwas Religiöses, ein heiliges Lebenssymbol und dergleichen. Aber ja doch, warum nicht, danke, ich bin hier, um was zu lernen. Abendessen bei einem Tamilen. Ich dachte, die Tamilen machen hier nur die Dreckarbeiten?«

»Nicht alle. Ich hab einen im Labor, ein guter Mann, hat in Madras studiert. Mahalingam ist neu hier, aus Penang hergeschickt als Leiter der Wasserwerke. Bei der letzten Klub-Versammlung haben wir drüber gestritten, ob wir ihm die Mitgliedschaft anbieten sollen, aber es ist nun mal ein Klub für Weiße, bis auf die Malaien natürlich, und ein Klub hat nur Sinn, wenn er exklusiv ist. Ich meine, *wir* dürfen ja auch nicht in den chinesischen Klub gehen oder in den indischen. Kommt mir so ganz vernünftig vor. Aber jetzt muß ich wirklich los zu meiner Abendvisite.«

»Ich setze mich vielleicht ein Weilchen auf die Veranda.«

»Bitte, tun Sie das! Glauben Sie, ich freu mich schrecklich, Sie dazuhaben.«

»Aber nein, mir ist es eine Freude, wirklich!«

Also setzte ich mich auf die Veranda und tat nichts, als auf den Golfplatz hinauszuschauen, der voller natürlicher Hindernisse war, auf den Zwiebelturm der Moschee und den honigbraunen *istana,* während die Sonne bedächtig zum Horizont schlich, um dann, wie mit einem Sprung über den Zaun, vor der aufziehenden Nacht und dem Ansturm der Sterne zu flüchten; ein tiefer, beschaulicher Friede. Ich hörte die Räder der zwei, drei Trishaws quietschen, die mein *barang* brachten, und dazu die leisen Stimmen von Mat, dem Gärtner, und Yusof, dem Koch. Dann kam Yusof und sagte: *»Saya buka barang, tuan?«* Und er machte die Geste des Kofferauspackens. *Terima kaseh,* mit Liebe empfangen und mit zwei Dollar Erkenntlichkeit, die Yuṣof in den Gurt seines Sarongs steckte.

Ich nahm eine Dusche und zog eine graue Flanellhose an, ein weißes Seidenhemd und eine blaugolden gestreifte Krawatte. Das Wohnzimmer war ein langer Raum mit einer Eßnische, mit primelfarbenen Polstern auf den stämmigen Bambussesseln, Ventilatoren an der Decke, die sachte in ihrer Halterung kreisten, einem Bücherregal, auf dem Fotografien standen. Die Frauen in seinem Leben: eine sehr ähnliche Schwester und eine hübsche Mutter. Sein Vater, anscheinend auch schon Arzt, in Momentaufnahme lächelnd, wie er mit schwarzer Tasche einen Wagen bestieg. Das Wappen der Universität Manchester auf einem Tabaknapf: Vergils Schlange *arduus ad solem.* Eine Gruppe Studenten, Philip verlegen lächelnd in der hinteren Reihe, vorn in der Mitte ein ungeduldig dreinblickender Professor. Die Bücher ganz gewöhnliche Sachen, die paar, die von mir waren, nicht ausgenommen: Stevenson, *Dschungelbuch,* Hall Caine, Marie Corelli, Keats und Shelley in einem Band, den er in der Schule als Preis bekommen hatte, medizinische Lehrbücher, darunter eines über Tropenmedizin von Manson-Barr. Ein anständiger, ganz gewöhnlicher Amtsarzt im Kolonialdienst, mit viel Arbeit, aber auch ein paar Annehmlichkeiten, nicht überbezahlt, einer der später so viel gescholtenen weißen Blutsauger in einem Dienstbungalow mit Einheitsausstattung, wo er sich daheim fühlte.

Yusof knipste das Licht an, zog die crèmefarbenen und laubgrünen Vorhänge zu und sagte: »*Tuan mahu minum?*« Ja, bitte! Er brachte mir einen Whisky mit Soda, kalt, aber ohne Eis. Mit Liebe empfangen. »*Tuan datang*«, sagte er, als er, eher als ich, den Ford hörte. Dann brachte er für Philip, als wir in der beschaulichen Flaute des tropischen Frühabends saßen, ein schwaches Gebräu aus Kognak und Ginger Ale. Ich sagte:

»Ein einsames Dasein, meinen Sie nicht?«

»So viele Patienten, gar keine Zeit, sich einsam zu fühlen, die Pflanzer hier sind ganz nette Kerle, dann und wann mal einen trinken, dann und wann mal ein Essen, nur die Frauen sind eine große Last, war doch Kipling, nicht, der gesagt hat, das Empire würde an den Memsahibs zugrunde gehn?«

»Klingt mehr, wie wenn das jemand von draußen gesagt hat, ein Amerikaner vielleicht. Wie lange sind Sie denn schon hier? Und warum?«

»Meine erste Pflichtzeit geht zu Ende. Nach Weihnachten ist mein Urlaub fällig. Warum ich hier bin? Weiß ich auch nicht. Der

Osten ruft, das Abenteuer!« Sein Ton war ironisch. »Ich hatte ein Buch von Conrad gelesen, *Jugend.* Muß da irgendwo im Regal stehn.«

»Conrad ist tot, wußten Sie das schon?«

»Nein, wußt ich nicht, hier kommen alle Nachrichten erst zwei Monate später an. So, der ist tot! Früher hatte ich öfters einen Traum, daß ich gerufen werde, um das Leben eines großen Mannes zu retten. Ich habe nur kleine Leute gerettet, und davon auch nicht allzu viele. Ich vermute, Sie schreiben jetzt etwas über den Orient? Irgendwann wird dann ein Medizinstudent das lesen und sagen, aha, das Abenteuer, und schon meldet er sich in der Great Smith Street. Eine große Verantwortung!«

»Es ist also nicht wie bei Conrad?«

»Conrad hat den Hakenwurm, die Malaria und die Yaws weggelassen.«

»Was sind Yaws?«

»Was ist, nicht was sind. Yaws können Sie morgen sehen. Wir haben eine ganze Yaws-Station. Tropisches Paradies, was für ein Quatsch! Bazillen und Spirochäten lieben die feuchte Hitze. Gefährliche Mückenstiche, Schlangenbisse. Die Malaien sind verrückt, die kommen nicht wegen eines Schlangenbisses, Aberglaube, sterben zufrieden lächelnd, der Biß soll Glück bringen. Schnurstracks ins Paradies vielleicht, mit Scherbett und Huris in Ewigkeit. Dann gibt es *amok* und *latah,* und die Chinesen haben noch eine besondere Krankheit, *shook jong* nennen sie die, *koro* bei den Buginesen. Schönes Paradies! Und für sie tun können wir gar nichts, denn der Osten geht uns nicht in den Kopf und der Westen ihnen nicht. Der Geist des Fernen Ostens, da kann der Westen nicht dran rühren, sagt man, nur Karl Marx, der geht ihnen ein, weil er ganz schlicht ist, mehr Reis und weg mit den Bossen! Ich weiß nicht, ich weiß von nichts und wieder nichts.«

»Was sind das für Sachen, *mah jong* und diese andern?«

»*Shook,* nicht *mah*! Der Patient bildet sich ein, daß sein Penis schrumpft und sich in den Bauch zurückzieht. Er hat Angst. Er bindet ihn sich mit einem Stück Schnur am Bein fest oder versucht auch, ihn mit einer Nadel oder einem *li teng hok* festzustecken, das ist so eine Art Doppelklingenmesser, wie es die Juweliere benutzen. Haben Sie sowas schon mal gehört? Und dann stirbt er vor Angst. Kann man gar nichts machen. Hat sicher was mit dem Sexuellen zu tun, aber sinnlos, dem Mann mit Freud kommen zu wollen. Von Amoklaufen haben Sie gehört. Das sind fast immer Malaien. Sie haben etwas gegen jemanden, und darüber brüten sie eine Weile und sind sehr schlechter Laune. Sie bringen den Mann um, gegen den sie etwas haben, und alle andern auch, die zufällig in der Nähe sind, so viele wie möglich. Dann wird der Amokfritze auch umgebracht, wenn er Glück hat. *Latah* – das ist unbeschränkte Suggestionsbereitschaft. Die imitieren alles. Eine alte Dame in Taiping hörte eine Fahrradklingel und fing an, einen strampelnden Radfahrer nachzumachen, konnte einfach nicht mehr aufhören und starb vor Erschöpfung. So einem *orang latah* brauchen Sie bloß zu sagen, daß die Matratze seine Frau wäre, und er fängt an und will ihr ein Kind machen. Das hat Conrad alles ausgelassen.«

»Die drei Krankheiten der modernen Literatur«, sagte ich. »Diese Sache mit dem Penis wäre etwas für D. H. Lawrence, *latah* für James Joyce und Amok für diesen Lümmel, den Hemingway – bängbäng, rummsrumms, aber ist eigentlich alles nur Todestrieb.«

»Kenn ich keinen, von denen. Sie müssen mir sagen, was ich lesen soll. Bücher kann man sich aus Singapur schicken lassen, machen manche. So, wir müssen bald los. Noch schnell duschen und umziehn!« Er war noch in den Shorts, die er bei der Arbeit trug. »Sie sehn ja schon ganz frisch und schick aus. Ihre Krawatte gefällt mir. Dauert keine Sekunde.«

Wir fuhren ab unter einem großen Vollmond, viel größer, als man ihn im Norden sieht. Mahalingams Bungalow lag an der Straße nach Taping, auf dem Gelände der Wasserwerke, und war daher leicht zu finden. Es war warm und feucht, und ich bog das Kreuz durch, um das feuchte Hemd von meinem feuchten Rücken zu lösen. »Wie ist Ihnen denn jetzt?« fragte Philip. Bestens, sagte ich. »Essen Sie nicht zuviel von dem, was es bei ihm gibt. Dieses kalte Fett, wissen Sie? Sachen, die aussehn wie Kröten in warmem Sirup, Chillies, daß man Durchfall kriegt, und gallonenweise Honigschnaps, bloß um zu zeigen, daß er sich's leisten kann. Wenn man ablehnt, ist er beleidigt, weißer Mann verschmäht meine Gastfreundschaft oder so ähnlich. Sagen Sie, Sie seien krank gewesen, ist ja auch keine Lüge, aber Sie mußten einfach mitkommen. Auf Ceylon oder da irgendwo hab ich auch schon ein paar nette Tamilen getroffen. Aber verflucht empfindlich, manche von denen! In der ersten Zeit hier wollt' ich den Kumpel rauskehren, hab mich in der Kneipe zu ihnen an den Tisch gesetzt, einen mitgetrunken und ihr Fett runtergewürgt. Dann eines Tages hat einer zu mir gesagt, ein Bengali war das, Doktor Shawcross, ich verachte Sie. Ich einen Schreck gekriegt, kann ich Ihnen sagen, aber dann hab ich ihn gefragt, warum denn? Weil, sagt er, weil Sie sich herablassen, mit Leuten wie mir einen zu trinken. Meinegüte!« Flugkäfer knallten immer wieder gegen die Windschutzscheibe, hinterließen jeder einen Tupfen wie eine Fingerspitze Marmelade mit Sahne. »Da, schaun Sie, ein Fliegender Fuchs!« Ein *burong hantu,* Gespenstervogel oder weiße Eule stieß ins Scheinwerferlicht, pickte sich etwas Grünes, Ringelndes und stieg wieder auf ins Dunkel. Ein Tier ähnlich einem kleinen Braunbären hoppelte von Dickicht zu Dickicht über die Straße. »Ja, ein *beruang,* so nennt man den. Klingt ähnlich wie *Bär,* reiner Zufall. Wunderbares Tierleben hier, aber die Viecher werden auch krank. Räudige alte Tiger. Affenleichen fallen von den Bäumen wie Kokosnüsse. Ein toter Python liegt in einer Monsunpfütze, lang wie eine Straße, und eine ganze Menagerie knabbert an ihm herum.«

»Werden Sie nach Ihrem Urlaub wiederkommen?«

»Ach, ich komme wieder. Einer muß es ja machen. So, da sind wir.« Er fuhr nach links in eine große, offene Maschendrahtpforte ein; die Scheinwerfer erfaßten ein großes Schild, wie eine Sprachlektion mit drei Alphabeten und einem Trupp chinesischer Ideogramme. *Pejabat Ayer,* Amt für Wasserversorgung. Die Wasserwerke lagen ein Stück weiter weg, mondbeschienen, grau wie ein Gefängnis. Dann tauchte ein Garten auf, ein obszönes Gewucher von Blumen, wie als Reklame für die Wasserqualität. Mahalingam, ich nahm an, daß er's war, stand hellhörig schon vor der Tür seines Bungalows, um uns zu begrüßen.

»Gäste zu zweit, doppelte Freud, wie man sagt. Viele Köche verderben den Brei, aber viele Hände machen die Arbeit leichter.« Es war, als ob ein Spruch automatisch den nächsten auslöste, ob's paßte oder nicht. »Wie war doch Ihr Name? Mr. Toomey, spricht sich sehr schön. Schriftsteller sind Sie? Die Feder ist mächtiger als das Schwert, wie man sagt. Sie müssen mir sagen, wie Ihr Buch heißt, und ich besorge es mir aus der Stadtbücherei.« Wir kamen ins Wohnzimmer, das keine Deckenbelüftung hatte, denn dies war kein Bungalow Erster Klasse. Die Luft war eine dicke Wolke aus vielerlei würzigen Bestandteilen. »Setzen Sie sich, die Stühle gibt es umsonst.« An *daheim* erinnerten nur die Dienstmöbel in der Standardausführung; ansonsten fühlte ich mich in eine

Welt versetzt, die nicht nur exotisch, sondern uneigennützig übelwollend war. Ihre Lebensfülle konnte man riechen. Der Eßtisch in der Nische war schon für zwei Personen gedeckt, mit Suppentellern, die kalte, schwere Soßengerichte in grellen Geleefarben, wie Babynahrung, enthielten. Ein unentwegt grinsender Bursche, barfüßig, in Hemd und Dhoti stand am Tisch und machte einen Diener nach dem andern. »Mein Ältester«, sagte Mahalingam, »ein Idiot.« Und, den Burschen beidhändig ohrfeigend, gab er auf Tamil den Befehl, ein drittes Gedeck aufzulegen. Der Bursche rannte zu einer Tür, machte sie auf, und der Lärm eines Weiberdschungels drang durch ein Eisengitter. Mit einem Teller und Eßbesteck kam er zurückgerannt und vergaß die Türe zu schließen. Mahalingam gab der Tür einen Stoß und dem Sohn eine Ohrfeige. Dazu brabbelte er eine Unmenge Tamil.

Ein rauchender Sikh-Taxifahrer in der Bar zum Malaiischen Bund in Ipoh hatte mir die Legende von der Erschaffung der Tamilsprache erzählt. An einem Tag schuf Gott der Herr alle Sprachen der Welt, eine mühsame, schweißtreibende Arbeit. Als er fertig war, legte er sein Gewand ab und stieg in ein kaltes Bad, das sein Boy Nummer eins ihm eingelassen hatte. Während er sich wusch, tippte ihm jemand ängstlich auf die Schulter. Es war ein kleiner Tamile, der sich mit Händen und Füßen beschwerte, keine Sprache abbekommen zu haben. »Es ist keine Sprache mehr übrig«, sagte Gott der Herr. »Du wirst mit dem zufrieden sein müssen, was ich noch habe.« Und Gott der Herr ließ einen gewaltigen Unterwasserfurz los: Schörreltoppwarwarreldrorrrrrp! Und siehe, das Tamil war ins Dasein gerufen!

Mahalingam schien etwa fünfundvierzig zu sein. Zu Ehren des weißen Besuchs trug er einen Tennisdreß mit einer gestreiften Krawatte, ähnlich meiner eigenen. Die Schwärze seiner Haut wirkte in diesem Kostüm um so bedrohlicher. Eigentlich war es ein tief violetter Ton, mit einer Schattierung von verkohltem Gold unter den Augen. Wenn Schwärze ihren Höchstgrad einmal erreicht hat, geht sie in andere Farben über. In der Statur sah er Carlo Campanati nicht unähnlich, nur war der Bauch ausladender. Er ging barfuß, und seine Zehen waren echte Greifwerkzeuge, immerzu damit beschäftigt, Flusen und Krümel aufzulesen oder ein verirrtes Insekt aufzuspüren und zu erdrücken. Die Gesichtszüge verschwanden in der Vorderansicht hinter der dicken, flächigen Hautfarbe; nur die Augen stachen hervor, die keine Iris zu haben schienen, und die über vierzig großen Zähne, die Englisch und Tamil mit gleichem Behagen zermalmten. Im Profil oder im Schein der Stehlampe wirkten die Züge rein arisch, nur etwas breitgedrückt, mit ausgestülpten Nasenlöchern und weit zum Kiefer hingezogenen Mundwinkeln. Ein ranziger, aber irgendwie ködernder Geruch ging von seinem Schweiß aus, als er mir einen puren Whisky mit Eis reichte. Er hatte einen elektrischen Kühlschrank, nicht bloß wie Philip einen altertümlichen Eiskasten, und dies fortschrittliche Möbel hockte wie ein mißliebiger Großvater im Wohnzimmer, die Tür über und über mit Familienfotos beklebt, ächzend und stöhnend wie vor Altersschwäche, obwohl er noch neu war.

»Ist das, was Ihr wollt, Mr. Toomey, so war doch Ihr Name, oder ist es viel Lärm um nichts?«

»Wenn Sie vielleicht ein bißchen Sodawasser hätten!«

Ich hatte etwas Furchtbares gesagt. Mahalingam ging mit den Fäusten auf den Burschen los, der sich duckte und wimmerte. Dann, brüllend vor Wut, jagte er ihn zur Vordertür aus dem Haus. Einmal draußen, schien der Bursche das Geld nachgeschmissen zu bekommen, denn wir hörten etwas klimpern. Allzu schnell, wie es mir vorkam, hörten wir das Anlassergeräusch eines Wagens, der in einem offenbar unmöglichen Tempo abfuhr. Philip runzelte die Stirn.

»Sie haben auch Söhne, Mr. Toomey, oder leben Sie im Stande außerehelichen Glücks?« Mahalingam ließ mir keine Zeit, zu antworten. »Also Sie haben ein Buch geschrieben, nun ja, hier finden Sie genug, worüber Sie schreiben können, ein Treibhaus der Intoleranz, des Lasters, der Unwissenheit und nicht zuletzt des Aberglaubens. Der Herr Doktor kann es Ihnen bestätigen.«

»Ach was«, sagte Philip, »die Leute sind überall so ziemlich dieselben. In Indien sicherlich auch«, fügte er vorsichtig hinzu.

»In Indien allerdings, und darum bin ich aus Indien fortgegangen. Was erwarten Sie vom Leben, Mr. Toomey?«

Eine sehr direkte Frage. »Ich will es genießen. Und die Erscheinungen der menschlichen Gesellschaft in Worte fassen.«

»Sehr interessant! Und Sie glauben, daß sie in Worten zu fassen sind?«

»Wenn es die richtigen Worte sind, ja! Wenn man die richtigen findet.«

»Glauben Sie an ein Leben nach dem Tode, Mr. Toomey, oder

sind Sie im Zweifel, wie Ihr Landsmann, der Prinz Hamlet, weil aus dem unentdeckten Land kein Wandrer wiederkehrt?«

»Ich bin kein Däne«, sagte ich, »aber weil Hamlets Dänentum ja doch nur etwas ganz Nominelles ist, könnte man vielleicht sagen– Aber, Entschuldigung, gehört eigentlich nicht hierher. Nun ja, ich wurde im Glauben daran erzogen, aber heute bin ich nicht mehr so sicher.«

»Die Persönlichkeit eines Toten lebt also Ihrer Meinung nach nicht fort und ist nicht durch geeignete Verfahren in die Welt der Lebenden zurückrufbar?«

Während des letzten Satzes dröhnte das Motorgeräusch eines rasch gebremsten Wagens herein, der knirschend zum Halt kam. »Unmöglich!« sagte Philip. Aber dann tauchte der Bursche in dem Dhoti auf, mit sechs Flaschen Sodawasser von Frazer und Neave, Singapur, unter dem Arm und in den Händen. Mahalingam riß ihm knurrend eine weg, öffnete sie mit einem Handkantenschlag an der Stuhllehne und goß mir auf eine irgendwie unverschämte Art, als ob er hineinpißte, etwas in mein Glas, unter Schimpfworten gegen seinen Sohn, weil der Schaum überlief. Ich spürte, ich mußte hier fort. Vielleicht könnte ich einen Herzanfall simulieren, aber Mahalingam würde deswegen seinen Sohn mit den entsetzlichsten Strafen verfolgen. Der Sohn ließ nun wieder fünf Sekunden lang den Lärm aus dem Weiberdschungel herein, und dann stand er mit einer Schüssel neben dem Eßtisch, anscheinend Reis mit Safran, flehend und drängend und angstvoll grinsend, denn er wäre schuld, wenn der Reis kalt würde.

»Bei Tisch«, sagte Mahalingam, »können wir diese interessanten Gespräche wohl fortsetzen.«

Es fällt immer leichter, etwas zu essen, wenn man weiß, wie es heißt, oder noch besser, woraus es besteht. In der Mahlzeit bei Mahalingam gab es keine kosmologische Ordnung, jedenfalls keine, die für den Abendländer begreiflich wäre. Mit etwas anzufangen, was wie Bouletten in schwarzer Soße aussah, sich dann aber als penetrant süßer Kuchen in Honig erwies, war gelinde gesagt verwirrend. Ich meine, die Speisenfolge in einem abendländischen Essen rekapituliert gewissermaßen die Erdgeschichte, von der Ursuppe über die Meerestiere, das Geflügel und die Tiere des Landes bis hin zu den Wahrzeichen der Zivilisation, die wir im Käse und in den zierlichen Puddings erkennen. Mahalingams Essen dagegen bestand aus lauter derben Überraschungen. In gewisser Hinsicht war es ein Glück, daß er den Gerichten keine Namen gab und nicht zum Beispiel sagte, Mr. Toomey, wie Sie sich wohl denken können, ist das ein Fledermaus-Curry, was Sie jetzt essen, wohlgemerkt Fledermäuse, keine Vampire, haha, obwohl wir die blutsaugenden Arten auch schon gegessen haben, aber dies hier ist genauer gesagt von Flugfüchsen, sorgfältig zubereitet mitsamt all dem nahrhaften Parasitenleben, das noch an ihrem Körper haftet. Als Philip und ich kaum erst einen Löffel von dem farbenfrohen Reis heruntergebracht hatten, war der verflixte Bengel mit seiner Schüssel schon wieder da, um die Teller nachzufüllen, so daß ein Ende der Tortur nicht abzusehen war. Allen lief uns der Schweiß in Strömen, und wenn auch der Flüssigkeitsverlust durch den Honigschnaps mit Wasser mehr denn aufgewogen wurde, so galt dies doch nicht für den Salzverlust, denn während der ganzen Mahlzeit gab es nichts, was gesalzen gewesen wäre, und Salz auf dem Tisch gab es auch nicht.

»Es gibt keinen Tod«, sagte Mahalingam soeben, »im Sinne eines Verschwindens für immer. Denn essen wir nicht die Toten? Sie werden ein Teil von uns, und damit leben sie fort. Die Seelen der Toten nehmen andere lebende Formen an, so daß meine liebe Mutter, die schon vor langer Zeit in Madras am Tertianafieber gestorben ist, vielleicht in diesem Flugkäferchen dort steckt, oder vielleicht ist sie in Form von Hammel-, Rind- oder Schweinfleisch längst von ihrem Sohne gegessen worden.«

»Sie nehmen also«, sagte ich, »eine Seelenwanderung an, sind aber kein Hindu oder irgendwas, ähem, im Sinne einer bekannteren Orthodoxie?« Der Honigschnaps wirkte.

»Ich bin, was ich bin, Mr. Toomey«, sagte er schlicht wie ein Gott, »und ich habe viele Mysterien geflissentlich studiert. Aus allen entnehme ich, was mir paßt, aber ich sage, am Grunde der Religion liegen Geheimnisse, und diese werden gewöhnlichen Menschen naturgemäß nicht offenbart. Es gibt allerheiligste Dinge, auf deren Suche und Erlangung ein Mann von höherer Intelligenz sein Leben verwenden muß. Sie könnten sagen, meine Religion ist persönlich und elektrisch.«

»Eklektisch, meinen Sie doch sicher?«

»Ich meine, was ich meine«, sagte er laut. »Sie sind zwar Engländer, aber das heißt nicht, daß Sie ein Monopol auf die Sprache hätten.«

»Ich bitte um Verzeihung. Ich hatte Sie mißverstanden. Ich

sehe jetzt, was Sie meinen. Ich dachte, Sie hätten vielleicht eklektisch sagen wollen, was von griechisch *eklegein,* auswählen, kommt. Daß Sie sich aus den Religionen des Orients oder vielleicht auch der ganzen Welt diejenigen Elemente ausgewählt hätten, die Ihnen am meisten zusagen. Ich bitte aufrichtig um Entschuldigung.«

»Ihre Entschuldigung«, sagte er großmütig, »kann ich annehmen. Was Sie sagen, ist eine annehmbare Zusammenfassung meines Glaubens. Lebt Ihre Mutter noch, Mr. Toomey?« Die Frage klang drohend. Ich war froh, ihm antworten zu können, daß sie ebenso wie seine Mutter tot sei; andernfalls hätte er sich vielleicht über das Monopol der Engländer auf langlebige Mütter ereifert. »An Grippe gestorben. Wir hatten eine furchtbare Epidemie gegen Ende des Krieges, wie Sie sicher wissen.«

»Mein Vater und meine Schwester sind auch daran gestorben«, sagte Philip. »Beide in einer Woche.«

»Furchtbar, furchtbar!« lächelte Mahalingam, »die Folgen menschlicher Einmischung in die geheiligten Abläufe der Natur, Störungen in der ausgewogenen Harmonie des Universums. Nun, Mr. Toomey, sehen Sie wohl das Bild hinter mir an der Wand, etwa hinter meinem Kopf muß es sein?« Ich sah es, hatte es schon gesehn. Es war eine gerahmte Bildtafel, in denselben Babyfarben wie die Gerichte an Mahalingams Tafel, mit einer Auswahl der Strafen, die den braunen Sündern von vielarmigen, tiger- oder elephantenköpfigen Wesen in roten Unterhosen, vermutlich Göttern, verabfolgt werden. Die Bestraften trugen ebenfalls rote Unterhosen und schienen sich nicht darüber zu beklagen, daß man sie in der Mitte durchsägte, mit Scheren enthauptete oder ihnen dicke Knüppel in den Rachen stieß. Es war wie eine Seite aus der Farbbeilage einer amerikanischen Sonntagszeitung, nur weitaus gröber. Eine inhaltliche Bedeutung schien es in Mahalingams häuslichem Schmuck nicht zu besitzen, es war wohl einfach aufgehängt worden, um die paar Pfennige zu ehren, die es irgendwo gekostet hatte, und weil die Farben doch sehr schön waren. »Ja«, sagte ich und senkte den Blick auf Mahalingams lächelndes Gebiß, gerade noch rechtzeitig, um zu sehn, wie er sich für einen Sekundenbruchteil in meine bekümmerte Mutter verwandelte und dann wieder seine eigene Gestalt annahm. Dies alles gefiel mir gar nicht. Ich schaute auf meine Armbanduhr.

»Sie denken jetzt, Mr. Toomey, daß Sie am liebsten wieder in die Ihnen gemäße Gesellschaft europäischer Herren zurückkehren würden, nachdem Sie nun lange genug in den Häusern von Menschen fremder Rassen und Gebräuche gewesen sind.«

»Nein, gar nicht!« versicherte ich schuldbewußt. »Dr. Shawcross hier hat mir frühzeitige Bettruhe vordnet. Ich war nicht ganz wohlauf.«

»Einen Kollaps hat er gehabt, heute nachmittag«, bestätigte Philip. »Eine Art Herzanfall. Morgen werde ich ihn gründlich untersuchen. Vielleicht ist es einfach die Hitze, Mr. Toomey ist sie nicht gewöhnt. Ich hab ihm gesagt, er sollte heute abend lieber nicht mitkommen, aber er hat drauf bestanden. Nicht wahr, ähm, Ken?«

»Ich habe schon früher Gelegenheit gehabt«, sagte ich bedachtsam, »die liebenswürdige Gastfreundschaft mancher Herren in Südindien kennenzulernen. Ich wollte kommen und bin froh, daß ich gekommen bin. Ich glaube, es war für uns beide ein sehr erfrischender Abend.« Dieses Wort, *erfrischend,* das von fern an Bäche und sprudelndes Wasser allgemein erinnerte, wirkte auf meine Gedärme. »Wenn ich vielleicht einmal«, sagte ich, »auf Ihre ähm–« Ich stand vom Tisch auf. Mahalingam donnerte seinen Sohn an, ohne Schläge diesmal, weil der Bursche zu weit entfernt stand, aber mit drohenden Gesten, und der Bursche dienerte und dienerte vor mir, gab zu verstehen, daß er mir's zeigen, mich hinbringen würde, oh, bitte, kommen Sie doch mit, Sir! Ich ging ihm nach aus dem Zimmer, einen dunklen Korridor entlang. Er stieß eine Tür auf und dienerte mich in eine türkische Toilette hinein, mit einem entsetzlichen Hockloch. »Wie heißen Sie denn?« fragte ich ihn, »*Siapa nama?*« Er antwortete mit weiteren Verbeugungen und gestikulierte, bitte machen Sie schnell, solange's noch da ist, Vater könnte's plötzlich verschwinden lassen, und dann bin ich schuld! Ich hockte mich hin, und er schien zuschauen zu wollen, aber ich winkte ihn fort. Er machte von außen die Tür zu, aber ich hörte nicht, daß er sich entfernte. In der Toilette gab es kein elektrisches Licht, aber eine große Laterne, vermutlich vom Rande der Wasserwerke, schien durch ein hohes Fenster herein, unterstützt durch den Mond. Ich blies ganze Liter aus dem After und fand eine Rolle braunes Einheitspapier. Aus dem Pappzylinder fiel etwas, das wie ein Kerzenstummel ohne Docht aussah. Es war Wachs, aber mit Haaren. Stand nicht so etwas im Buch der Offenbarung? Ich ließ das Ding fallen, als ob ich mir die Finger verbrannt hätte.

Und der Mond war wie ein härener Sack, und das Licht einer Kerze soll nicht mehr leuchten? Unsinn!

»Also«, lächelte Mahalingam, als er uns hinausbegleitete, »ich freue mich schon auf die Erwiderung der Gastfreundschaft.« Womit er sich selbst zum Gegenbesuch einlud. »Die verschiedenen Rassen müssen miteinander verkehren und voneinander lernen. Auch dies gehört zu meiner exzentrischen Religion.« Ohne Grund schlug er nach seinem Sohn, der unentwegt lächelte und seine Diener machte.

»Es war ganz schön schlimm«, sagte Philip, als wir auf der Straße ein gutes Stück weit fort waren. »Ranziges Hammelfett und Zusammengerolltes aus dreckigen Pfoten! Wo er bloß das Sodawasser hergekriegt hat? Er hat es irgendwo gekauft, aber wo? Auf sieben Meilen im Umkreis gibt es kein *kedai.* Fährt los und ist wieder zurück wie ein Vampir aus der Hölle. Mir fällt jetzt das Wort nicht ein, aber bei dem Jungen muß ich an was denken, an diese ausgebuddelten Toten, die man in Westindien auf den Plantagen arbeiten läßt, wie nennt man die doch?»

»Ein Zombie. *Zumbi,* ein Wort vom Kongo, ich glaube, bei Conrad kommt es vor.« Ich sagte nichts davon, daß ich Mahalingam für einen Augenblick in meine Mutter verwandelt gesehen hatte. »Haben Sie schon ärztlich mit einem aus der Familie zu tun gehabt?«

»Nein, aber das kommt noch. Umsonst arbeitet der nicht bei der Behörde. Wenn ärztliche Betreuung zum Dienst gehört, dann nimmt er sie auch in Anspruch. Dieser ganze gräßliche Mist war sozusagen eine Vorauszahlung.«

»Gegen den Whisky war nichts zu sagen. Gegen das Sodawasser auch nicht.«

»Schaun Sie, da!« Er fuhr langsamer. In einer Lichtung des Gestrüpps am Fuße des Bukit Chandan sah man zwei alte Malaiinnen in Sarongs, die unter den Achselhöhlen verknotet waren, Kerzen in tönerne Halter stecken. Die eine zündete ein Streichholz an. Als die Kerzen brannten, sah man kein Flackern. Kein Lüftchen regte sich. Die andere stellte mit andächtiger Gebärde eine Staude Hornbananen auf einen Erdhaufen. »Ein *keramat* oder Schrein«, sagte Philip. »Vor etwa zwei Jahren sind zwei Kinder, Bruder und Schwester, ungefähr an dieser Stelle verschwunden. Entweder sind sie daheim weggelaufen, oder sie sind in die Schuldsklaverei verschleppt worden – üble Sache, Vater kann seine Schulden nicht zahlen, Kinder müssen für die Gläubiger arbeiten. Die Einheimischen sagen, sie sind gen Himmel gefahren wie der Prophet selber. Aber sie kommen noch sich die Bananen holen und schnüffeln sozusagen, ob man für sie gebetet hat. Die Bananen fressen natürlich die Affen, aber das glaubt niemand. Die Gegend steckt voller Aberglauben.«

»Der Kolonialismus, die unter Zwang ausgebreitete Herrschaft der Vernunft«, sagte ich ohne viel Überzeugung. Die hatten natürlich recht, abergläubisch zu sein. »Aber wer soll sie unter den Kolonisatoren ausbreiten?«

»Ich schmeck immer noch diesen Honig und das ranzige Fett und dieses Ochsenziemerragout. Nur heim, heim!« Und er gab Gas, der Zuflucht der Vernunft und Gesundheit entgegen. »Nichts wie heim!«

35

Morgens. Yusof, halbnackt, brachte mir Tee ans Bett und ein Büschelchen *pisang mas,* kleine goldgelbe Bananen, wie ein Sommerhandschuh. Er hob die Arme, um das Moskitonetz auf den Rahmen zu wickeln. Haarlose Achselhöhlen. »*Selamat pagi, tuan!*« sagte er lächelnd. Der tropische Tag, eine Allegorie des Lebens, beginnt in Frische, Glanz und paradiesischer Reinheit, bringt aber nur allzu bald den Schweiß und das Gefühl des Besudeltseins, wenn Hemd und Hosen am Körper kleben. Kurze Minuten der Unschuld, als wir von der Veranda bei Toast und einer zweiten Tasse Tee die Sonne über das liebliche grüne Land aufsteigen sahen; danach ein Berlioz-Orchester mit blecherner Glut, eine Feuchtigkeit, in der die feindlichen Sporen badeten und tollten, und, bis in die Erholungsstunden des Abends, die vergebliche kolonisatorische Plackerei, aus der Wildnis einen Garten zu machen. Um acht war ich mit Philip im Krankenhaus oder *rumah sakit,* und die Hitze war schon wie mittags. Er behorchte mich mit seinem Stethoskop, fühlte mir den Puls und verhüllte ihn dann mit dem Schlauch seines Sphygmomanometers. Hmm, machte er ein paar Mal, und schließlich sagte er: »Tachykardie.«

»Ja, das Wort hör ich nicht zum ersten Mal. Überfunktion der Schilddrüse oder sowas. Aber das erklärt nicht die Ohnmachtsanfälle, oder?«

»Ich glaube, es ist nicht sehr gefährlich. Sie werden damit leben müssen. So wie Sie auch damit leben müssen, daß Sie Schriftsteller sind. Wahrscheinlich hängt beides zusammen. Eigentlich müßten Sie deshalb auf Tabak-, Alkohol- und Liebesgenuß verzichten, aber natürlich werden Sie... An dieser Krankheit werden Sie nicht sterben. Wenn Sie übermäßige Aufregung vermeiden, können Sie damit ein gesegnetes Alter erreichen.«

»Gut!« sagte ich mit Gleichmut.

»Und jetzt gehn wir uns die Yaws ansehen. Ziehn Sie am besten einen von den weißen Kitteln dort an! Sie sind ein *tuan doktor* auf Besuch.«

Die Yaws-Fälle lagen in einem langen Bungalow-Gebäude, zu dem wir über ein Stück Rasen gehn mußten. »Ich hab mir gedacht, es ist sowas wie eine moralische Frage«, sagte Philip, als wir hingingen. »Ich meine, es gibt dabei einen Spirochäten, wie bei der Syphilis, aber man braucht sich keine Vorwürfe wegen schmutziger sexueller Eskapaden zu machen. Klar, der Virus haftet am Schmutz, aber Schmutz kann alles sein, Wände oder Fußböden. Eine offene Wunde, irgendeine Hautverletzung, und schon hat man's. *Frambösie* ist der wohlklingende Name. Warum, das sehn Sie gleich.«

»Von *framboises,* Himbeeren?«

»Sie sehn gleich, warum. Der einheimische Name ist *purru*, paßt auch nicht schlecht. Purulent. Natürlich Zufall.«

Zwei winzige Krankenschwestern, die eine Malaiin, die andere Chinesin, sehr pikant in ihrem frischen Weiß, begrüßten uns am Stationseingang. »Tuan Doktor Toomey«, sagte Philip.

»O du mein Gott!«

»Ja eben! Oder eben nicht! Wie soll man an einen Gott glauben, wenn man diese Herde Unschuldslämmer sieht?«

Die Unschuldslämmer waren zumeist Malaien, zumeist lächelnd, respektvoll grüßend, mit der Hand zur Brust. *Tabek, tuan.* Eine monströse Himbeere wuchs aus dem Knöchel eines jungen Mannes, schleimig glitzernd, eine primäre Geschwulst. Ein Sechs- oder Siebenjähriger, über und über verwarzt mit Sekundär-Yaws. Tertiäre Geschwülste an einem Unterarm, krebsförmige Auswüchse an einem Paar Chinesenfüße. »Die Frauen«, sagte Philip, »sind da hinter diesem Vorhang.«

»Herrgott!«

»*Gundu.* Die Augen sind von Tumoren aufgefressen. Der harte

Gaumen ist auch weg. Mit Knochenschäden. Sie können's anfassen, wenn Sie wollen. Die Haut da ist ganz gesund. Was Sie so abstößt, ist nur die Deformation. Er kann entlassen werden, wir können nichts mehr für ihn tun. Aber keiner will ihn haben, er ist verflucht, keine Augen mehr. Gangosa oder ulzeröse Rhinopharyngitis. Der Geruch war unerträglich, aber das ist nun vorbei. Gott in seiner unermeßlichen Güte ist mit ihm fertig. Keine Augen, keinen Gaumen, keine Nase. Aber sonst geht's ihm gut.«

»Ich glaube, ich muß mich–«

»Nur Mut, Monsieur, Sie sind Schriftsteller, ein furchtloser Berichterstatter über Gottes Schöpfung. Da ist ein Fall, der ist nicht so schlimm. Deformierte Phalangen, tibial-periostale Nodi, ausgetrocknete Ulzi. Niemand stirbt dran, müssen Sie wissen – anders als bei der Grippe. Das ist ein Madura-Fuß, weißes Myzetom. Gehört eigentlich nicht hierher, aber für eine gesonderte Fungus-Station haben wir keinen Platz. Hier hab ich ein schönes langes Wort für Sie: Chromoblastomykose. Wie ein Boot, das mit Muscheln bewachsen ist. Aber das Söhlchen bleibt unberührt, da schaun Sie!«

»Ich muß mich jetzt wirklich–«

»Kann ich Ihnen nicht verdenken. Gehn wir einen Kaffee trinken! Mit einem Gläschen Honigschnaps, wenn Sie mögen.« Draußen auf dem Rasen würgte ich ergebnislos. »Ich glaub, ich hätte Sie nicht–« sagte Philip. »Es war nicht fair. Aber ich kann Sie doch nicht wieder heimfahren und vom Paradies faseln lassen. England soll's wissen, wie man so sagt.«

»Wie meinten Sie das«, fragte ich, als wir wieder in seinem Sprechzimmer waren, »daß das Seelchen unberührt bleibt?«

»Das was? Ach so, ich verstehe. Unser inneres Wesen können wir nicht in den Boden stampfen, aber wenigstens können wir's so tief herunterdrücken wie möglich und drauf herumtrampeln.«

»Ach so, ich verstehe.« Es würgte mich bei dem breiigen Chinesenkaffee, den ein malaiischer Peon uns gebracht hatte. Es gab auch eine privat bewirtschaftete Kaffeebude gleich an der Pforte des Krankenhauses. Blätterteigrouladen, *pao,* Wilderreiter-Zigaretten, solche einfachen Genüsse gab es überall, vor Schulen, Spielplätzen, Moscheen, vermutlich auch in den Gefängnissen. »Habe ich das Schlimmste nun gesehen?«

»Es gibt noch anderes, was nicht so ins Auge sticht. Ruhr, der Hakenwurm. Malaria mit ihrer schmerzhaften Folge, dem Chinin-Abszeß, Trypanosomiasis, ulzeröse Granulome an den Pudenda – das sieht aber schon nach was aus, kann Ihnen am Verkehr ein für alle Mal die Lust nehmen.«

»Hat es«, fragte ich, »diese Wirkung auf Sie gehabt?«

»Hören Sie!« sagte er ein wenig ingrimmig. »Ich bin seit meiner Studentenzeit in Manchester mit keiner Frau mehr zusammengewesen. Natürlich, für Mediziner gehört sich's fast so, daß man Weiberheld ist, große, hartgesottene Kerle, sozusagen Humanmetzger, den Schwestern zusetzen, wenn die Oberin nicht hinkuckt, ein Tänzchen bei Shorrock und dann im dunklen Hausflur schnell einen reinschieben. Hab ich alles auch mitgemacht. Aber später kam mir der Geschlechtsakt dann wie eine Falle vor, ein haariger Köder. Bauernfang, irgendwie. Ich hab Angst bekommen vor dem Körper. Ich meine, nicht vor dem funktionsgestörten Organismus, den man heilen soll, wenn's geht, sondern vor dieser verwünschten Falle. Ich kann's nicht gut erklären.«

»Ich versteh schon. Sie meinen, Ihnen ist die Lust am Geschlechtsakt vergangen. Wegen dieses ulzerösen Weißgottwas an den Pudenda.«

»Wenn der Trieb sich meldet, und er meldet sich oft, dann brauch ich nur zu der Asma binte Isamail gehn und mir ihr Geschlechtsteil anschaun. Ihre kleine Schwester sitzt neben ihr mit einem Papierfächer, um die fliegenden Ameisen zu verscheuchen. Ich kann ohne sowas leben, ich muß ohne sowas leben. Der ganze verwünschte Orient sitzt in dieser Falle. Kinder zeugen, damit sie Yaws bekommen, nicht zum Verzehr geeignete Himbeeren. Oder Lepra. Das ist Dr. Lim«, sagte er, als die Tür aufging und ein weißbekittelter Chinese eintrat. »Mr. Toomey, der englische Schriftsteller, als Arzt verkleidet. Sie können den Kittel jetzt ausziehen, Ken.«

Dr. Lim gab mir die Hand. »Mein Cousin«, sagte er, »heißt auch Ken, aber seinen vollen Namen, Kenneth, hört er lieber. Ich heiße John, unglücklicherweise, weil die Weißen zu allen Chinesen John sagen, eine Art Beleidigung. Aber die Engländer heißen John Bull, also kann es nicht so schlimm sein.« Zu Philip sagte er: »Wir haben eben einen Fall von Meningitis aufgenommen. Ein malaiisches Mädchen.«

»O Gott, das heißt die ganze Familie! Alle zusammengepfercht in einer Bambushütte. Ich werde lieber– Was haben Sie denn vor, Ken? Haben Sie genug gesehn?«

»Ich glaube, wenn ich eine Trishaw finde, fahr ich heim.«

»Heim!« Er schien betroffen. »Ach, Sie meinen, zurück zum *rumah.* Ich meine, ich bin geschmeichelt, daß Sie sich daheim fühlen. Ich könnte Sie mit dem Ambulanzwagen hinbringen lassen, aber da bekäme Yusof einen Höllenschreck. Trishaws finden Sie draußen genug, wenn Ihnen dieser Armeleutetransport wirklich nichts ausmacht.«

Also ließ ich mich für fünfzig Cent von zwei muskulösen Malaienbeinen zu dem Haus auf dem Bukit Chandan zurückradeln. Die *amah* Mas fegte gerade mein Schlafzimmer aus, nach Malaienart mit dem Besen in einer Hand, ein Mädchen, das mehrerlei Blut in sich gemischt trug, kaum einsfünfzig groß, reizend, wahrscheinlich stolz auf ihren goldenen Schneidezahn. »Bald fertig sein«, sagte sie auf englisch. »Muß machen sauber.«

»Wie gut Sie sprechen!«

»Bißchen hier, bißchen da! Malaya viele Sprachen.«

Wie schlecht du schreiben! Zwei Stunden später nahm ich die fertige Seite aus der Maschine, las sie mit Widerwillen durch und sah alle schlecht geschriebenen Seiten der Welt seit dem Brande der Bibliothek von Alexandria vor mir, all die schlechten und unnützen Bücher, welche die Regale der Welt verstopfen, kranke Bücher, mit Yaws und eitrigen Pudenda, nur in die Welt gesetzt als Köder und Fallen, Anpreisungen einer unwirklichen Wirklichkeit, Lügen. Eine bessere und schlichtere Wirklichkeit war schon das bloße Dasitzen hier, unter der Kühle des Ventilators in einem kahlen, gefegten Zimmer, die Fenster offen für die Sonne, das Grün und die Vögel, die nicht sangen, mit dem Wissen, daß Philip nun bald zu Mittag heimkäme und daß *heim* das edelste Wort der Welt war, kein Köder oder Bauernfang, das zutiefst Unanalysierbare, einfach wie der Duft einer englischen Blume.

»*Tuan mahu minum?*« Yusof in Sporthemd und Sarong stand in der Tür.

»*Minta stengah, Yusof.*« *Minta* hieß, ich wäre dankbar für, seien Sie so gut und geben Sie mir, ich bitte Sie um den Gefallen, so freundlich zu sein und. Und später: mit Liebe empfangen. Ein kalter Whisky, Wasser und eine Zigarette. Die Seite, die ich geschrieben hatte, war erträglich, und die Leser in aller Welt verlangten nicht mehr. Genauigkeit der Sprache würde ihnen gar nicht gefallen: *Mort* bezeichnete auf englisch den Ton des Hornes, das den Tod des Hirsches verkündet, *mortmain* unveräußerliches Grundeigentum, und weiter, was gab es noch, Morphosis, Morula und der Morris-Stuhl. *Ein Chinese trat ins Zimmer.* So, das mußte genügen; schräge Augen und gelbliche Hautfarbe verstanden sich von selber. Von genau diesem einen Chinesen mit Gangosa oder Madurafuß wollten die Leute nichts wissen. Verstören wir die Nachbarn nicht mit Genauigkeit, treiben wir sie nicht fort von daheim!

»War er schlimm, der Vormittag?« Wir saßen am Eßtisch unter dem freundlichen Ventilator, bei Tomatensuppe aus Büchsen, kaltem einheimischem Huhn mit Kartoffelsalat, Papayascheibchen für den Nachtisch. Dazu Bier und bittrer Kaffee.

»Wie üblich. Die Malaiengöre mit der Meningitis war im Fleckfieberstadium, und der *bomoh* oder *pawang* im Ort hatte gesagt, die roten Flecken wären so eine besondere Schrift, die der Körper schreibt, kein Grund zur Beunruhigung. In einer Woche wird sie tot sein. Blind, taub und dann tot. Es macht nicht viel aus. Die Mutter ist schon wieder im sechsten Monat, vielleicht wird es diesmal ein Junge, und Allah sei gepriesen.«

»Gegen Gott haben Sie was, nicht?«

»Wenn ich den Namen ausspreche, meine ich den andern, Sie wissen schon. Der ist nicht gefallen, er ist gestiegen. Unsere Theologie steht auf dem Kopf. Nehmen Sie noch von der Papaya! Schmeckt allerdings nicht nach viel.«

»Aber sie ist doch köstlich! Dürfte ich mir vielleicht ein bißchen Sherry draufgießen?«

»Natürlich.« Er griff nach der Flasche Amontillado auf der Anrichte und lachte. »Mein Vorgänger O'Toole, der hatte einen chinesischen *kuki.* Trank wie ein Loch, am liebsten Schnaps. O'Toole mußte seine Flaschen wegschließen. Bis auf den Sherry, den hatte er im Eiskasten. Jedenfalls, als er merkt, daß der Sherry-Pegel jeden Tag ein bißchen abnimmt, will er sich einen Jux machen und pinkelt jeden Tag in die Flasche, grad so viel, daß das Fehlende wieder aufgefüllt wird. Aber es geht so weiter, und jeden Tag fehlt wieder etwas, bis er schließlich seinen *kuki* zur Rede stellt und ihm vorwirft, daß er an die Flasche drangeht. Der *kuki* streitet es ab, sagt, er mag keinen Sherry, ist zu schwach, kein richtiger Schnaps. Na, was ist denn dann aus dem Sherry geworden, fragt O'Toole. Ach, sagt der *kuki,* davon hab ich jeden Tag einen Spritzer an die

Suppe getan.« Bevor ich mein herzliches Lachen anstimmen konnte, sagte er: »Meinen Sie, wir müssen Mahalingam bei uns zum Essen einladen?«

Ich war gerührt. Er sprach schon von *uns.* »Ich habe das Gefühl, Sie sollten diesen Mahalingam nicht über Ihre Schwelle lassen. Laden Sie ihn doch lieber in ein chinesisches Restaurant ein oder so etwas!«

»Das wär nicht dasselbe. Das hieße der Pflicht zur Erwiderung einer Einladung ausweichen. Wir werden ihn wohl einladen müssen, aber noch nicht gleich. Schieben wir's noch ein bißchen auf. Leben heißt aufschieben. Na ja, nicht immer. Heute nachmittag hab ich eine Operation, Appendektomie. Vielleicht möchten Sie zuschauen? Ganz primitiv natürlich. Der gute John Lim mit den Chloroformbäuschchen, ich mit Messer und Gabel, Nadel und Faden.«

»Danke, aber ich glaube, ich werde schreiben. Ich *kann* nämlich hier schreiben. Sie werden mich nicht so leicht wieder loswerden.«

»Bleiben Sie, solange Sie nur mögen! Es ist nett, jemanden anzutreffen, wenn man heimkommt.«

»Es ist nett, wenn jemand heimkommt. Aber *jemand* ist wohl nicht ganz das richtige Pronomen.«

»Nein, allerdings! Was würden Sie denn heute abend gern machen? Gleich nach dem Essen kommt mein *munshi,* zweimal die Woche, ist so Vorschrift, und die Regierung zahlt. Aber der bleibt nur eine Stunde. Dann könnten wir ins Königliche Elektrische Lichtspieltheater gehn.«

»Was ist ein *munshi?*«

»Ein *guru,* Lehrer. Syed Osman heißt er, er läßt mich das *Hikayat Abdullah* übersetzen. Erst ins Englische, dann zurück ins Malaiische, und dann vergleichen wir. Das ist wegen der Examen. Wir müssen so ein paar Examen ablegen, und wenn man nicht besteht, heißt das, begrenzt verwendbar. Und das heißt, keine Gehaltserhöhungen. Ich muß zugeben, ich mogle ein bißchen mit dem alten *Hikayat.* Im *Journal of South East Asian Studies* steht das ganze Ding übersetzt. Ich hab mir die Nummer aus der Club-Bibliothek gemopst. Natürlich stell ich sie wieder hin, wenn ich durch bin, wenn ich das je schaffe.«

»Was ist das denn?« Sieht dir ähnlich, dachte ich, ein bißchen traurig, du Bücherwurm! Wie du die Ohren spitzt, wenn du von einem Buch hörst! Noch dazu ein unbekanntes in einer unbekannten Sprache, egal was für ein Buch, egal was für eine Sprache! Romanfutter, Bühnenfett!

»Das ist von so einem *munshi,* der bei Sir Stamfort Raffles gewesen ist. Seine eigene Lebensgeschichte, aber das meiste handelt von Raffles. Ein weißer Koloniengründer aus der Sicht der Eingeborenen.« Romanfutter! Ich spürte eine mir wohlbekannte Erregung. »Er hat auf den alten Raffles große Stücke gehalten, und ganz mit Recht. Der hat Singapur aus dem Nichts gestampft.«

»Darf ich es sehn? Ich meine, die Übersetzung?«

»Selbstverständlich.«

Am gleichen Nachmittag noch las ich die kurze Autobiographie, auf dem Bett liegend, unter dem leisen Ventilator. Ich mußte die Aufregung bezähmen. Roman über Raffles, einen Angestellten der Ostindischen Kompanie, der während der Napoleonischen Kriege den Franzosen Java weggenommen und dort wie ein Engel regiert hatte, dann hatte er Sumatra an sich gerissen, dann den Ankauf eines Stücks Sumpfland mit Namen Singapur ausgehandelt. Und was hatte er davon gehabt? Nichts als Fieber, Schiffbruch und frühen Tod. Zu erzählen war das Ganze von diesem hypochondrischen Moslem Abdullah. Ich sah meinen Roman schon gedruckt und gebunden vor mir, etwa hunderttausend Worte, in den Buchhandlungen ausgestellt, schwärmerisch gelobt oder neidisch angegiftet von der Kritik. *König der Löwenstadt* von Kenneth M. Toomey. Nein, *Herr der östlichen Meere.* Ich hielt den Roman in den Händen meiner Phantasie, blätterte und las: »Heute abend schüttelte ihn das Fieber. Die Kerzen flackten unter den ersten warnenden Stößen des Monsuns. Die Hand zitterte ihm, als er den Sand auf die letzte Seite seines Berichtes für die Kompanie in London streute. Eine Hauseidechse kletterte piepsend die Wand hinauf.« Mein Gott, hatte ich damals ein Feuer, oder würde es bald haben! Und außerdem hatte ich natürlich auch klar erkannt, daß ich, um einen Roman über das alte Malaya zu schreiben, notwendig hierbleiben und mich einnisten müßte. Vielleicht mit ein paar Reisen zu Museumsbesuchen nach Penang oder Malakka, aber schreiben würde ich hier, in diesem kahlen Zimmer, *tuan mahu minum,* merkwürdiger Fall von Penisschrumpfung heute morgen im *rumah sakit,* und dann heim. Kurzgeschichten konnte man überall schreiben, für einen Roman brauchte man ein Nest. Nein, *Flammen am Osthimmel.* Nein, *Der Erbauer der Insel.*

»Ich, den man Abdullah nennt, meines Zeichens ein *munshi* oder Lehrer der Sprache, sitze hier, die Feder in der Hand, und hänge Erinnerungen nach. Die Tinte an der Federspitze wird trocken, aber meine Tränen feuchten sie nach. Ich denke an meinen einstigen Herrn, einen *orang puteh* oder weißen Mann von einer fernen, kalten Insel, an einen Mann, der mir Vater und Mutter war, doch nun hat er mich in einer Einsamkeit zurückgelassen, die nur Erinnerung noch versüßt.« Herrgott, ja, das machen wir! Morgens Roman, nachmittags Kurzgeschichten. Ich würde mich zur Hälfte an der Miete und den Einkäufen beteiligen. *Die Stadt des Löwen,* so sollte's heißen. Ich sah die Illustration auf dem Umschlag schon vor mir: ein ansehnlicher, müde dreinschauender Mann in der Kleidung des frühen 19. Jahrhunderts, mit einem chinesischen Aufseher über eine Karte gebeugt, im Hintergrund Kulis, die auf die Mangroven loshackten. Bei Gott, das Buch war schon so gut wie fertig, nur noch hinschreiben! Bis zum Tee, wenn Philip zurückkäme, hatte ich ein Schläfchen verdient.

36

»Tatsache ist aber«, sagte der Distriktchef, »daß die Leute reden.« Er stand in der Ecke neben dem Zeitschriftentisch, der dicht an die Wand geschoben worden war, um mehr Platz zum Tanzen zu schaffen. Der Ventilator über uns an der Decke blätterte rasch eine alte Nummer des *Tatler* durch. Das Grammophon spielte einen langsamen Walzer:

Was soll ich tun,
Wenn du fern von mir bist
Und ich weiß nicht,
Was soll ich tun?

Viele Schallplatten waren unspielbar: Alle, die nicht im Eiskasten aufbewahrt worden waren, hatten sich in der Hitze zu flachen Suppentellern verzogen. Der Klubsekretär hatte dafür eine kräftige Rüge erhalten und war zurückgetreten. Er sagte, Ah Wong, der Boy Nummer eins, hätte Anweisungen gehabt, sie aber nicht beachtet oder nicht recht verstanden. Immerhin gab es noch einen Tango, nämlich *La Paloma,* ein paar Onesteps, darunter auch *Felix,* und Walzer von Irving Berlin. Außerdem konnte der Pflanzer

Greene auf dem tropenfesten Klavier hier und da etwas hämmern. Heute abend waren alle Damen mitgekommen, alle mit dem gleichen Bubikopf vom Stadtcoiffeur Fook Onn, aber jede in einem anderen neuen geblümten Kleid von Whiteaway in Ipoh. Sie drehten sich in den Armen schwitzender Herren mit schwarzen Fliegen, unter ihnen der Herr Doktor Philip Shawcross, adrett, unverheiratet und ernsthaft. Er grinste ernsthaft, als er vorüberkam, und der Distriktchef furchte die Stirn. Der Herr Distriktchef war kein großer Tänzer, aber sein Durst war darum nicht geringer. Boo Eng hatte ihm schon ungefähr den zehnten Gin gebracht, rosa und ohne Wasser.

»Wer redet«, fragte ich, »und über was bitte?«

»Es ist gelinde gesagt ungewöhnlich. Sie sollten sich eigentlich nicht hier aufhalten. Kuala Kangsar ist ein Ort für Besucher, die ihn, nun ja, eben besuchen. Ich mochte Sie deswegen nicht ins Büro kommen lassen. Sie sind kein Kolonialbeamter, Sie unterstehen nicht meiner Gerichtsbarkeit. Immerhin, Sie bewohnen eine staatliche Unterkunft, gemeinsam mit einem Medizinalbeamten, und das zieht Sie ein bißchen mit hinein in die, in die, sozusagen. Wenn ich sage, die Leute reden, dann meine ich, sie machen so halblaute Bemerkungen darüber, daß zwei Männer zusammen wohnen.«

»Das gibt es doch oft genug, nicht? Symes und Warrington vom Malaiischen College, und diese beiden bei den Beläst– Bewässerungsanlagen. Junggesellen, die sich ein Haus teilen, das ist doch wohl nichts Neues!«

»Nun, wenn Sie unbedingt wollen, daß ich offen mit Ihnen rede, Ihr Ruf spielt auch eine Rolle.«

»Mein literarischer Ruf?« sagte ich, an mich haltend.

»Also, hören Sie, ich weiß nicht genau, in was für einer Welt Sie zuhause leben, außer daß Sie ein bißchen, na ja, Sie wissen schon, wir sind hier eben ziemlich konventionell, müssen wir sein. Es heißt, Sie sind ein bekannter Schriftsteller, muß auch stimmen, denn Sie stehn im *Who's Who* undsoweiter, tut mir leid, aber ich kenn Ihre Bücher nicht, keine Zeit zum Lesen, aber jedenfalls, dieser Herr, weiß nicht mehr, wie er hieß, der Parlamentsabgeordnete, der neulich hier durchgekommen ist–«

»Colin Garside?«

»Ja, der, der hat was davon gesagt, sehn Sie, mir ist das ziemlich peinlich–«

»Sie haben davon angefangen. Was wollen Sie bitte sagen?« Der Distriktchef Porson war ein Mann um die Fünfzig, vollkommen unansehnlich, hatte nur ein bewegliches Auge, das andere wahrscheinlich Glas, krumme braune Schneidezähne, die sich sogar bei geschlossenem Mund in die Unterlippe drückten, und mit Schinne auf dem Jackenkragen.

»Sie sind nun schon über zwei Monate hier, das ist eine verflucht lange Zeit für einen prominenten Besucher. Wann reisen Sie denn ab, wenn ich's mal so sagen darf?«

»Deutlicher geht's wohl nicht! Ich schreibe einen Roman. Über Sir Stamford Raffles. Malaya ist der beste Aufenthalt für diese Arbeit. Philip Shawcross hat mir freundlicherweise ein ruhiges Plätzchen zum Arbeiten überlassen. Das Rasthaus hier ist alles andere als ruhig. Ich bezahle für meinen Unterhalt. Wenn Sie wollen, kann ich an den Kolonialminister schreiben, ich kenne ihn flüchtig, um seine förmliche Erlaubnis einzuholen. Der Sultan freut sich, mich hier zu sehen, oder jedenfalls sagt er das. Eine Tochter von ihm studiert an der *London School of Economics* und hat ein Stück von mir gesehen.«

»Kennen Sie den malaiischen Ausdruck *kaum nabi Lot?«*

»Ja. Sonderbar genug, ich habe gehört, wie er in bezug auf Sie gebraucht wurde. Stamm des Propheten Lot. Er sollte eigentlich diejenigen bezeichnen, die *gegen* die Sodomie sind, aber vermutlich hat es der Koran irgendwie verdreht. Ich glaube, Sie sollten Doktor Shawcross mit diesem Terminus bekanntmachen. Er hat nichts zu verlieren. Seine Zeit ist beinah um. Er wird Sie mit seinem Skalpell perforieren.«

»Ich habe Ihnen gesagt, was ich zu sagen hatte.« Und laut rief er: »Boy, einen Gin *merah!«*

»Sie haben etwas zuviel gesagt. Mir scheint, Sie haben eine höchst verleumderische Anschuldigung erhoben, verhüllt durch eine malaiische Paraphrase.«

»Mir scheint«, und seine Stimme begann im Halse zu flattern, wie wenn er andrängendes Blut schluckte, »daß Sie desgleichen tun, wenn Sie sagen, Sie hätten das da zum ersten Mal über mich gehört.«

»Die Verleumdung, *wenn* es eine ist, geht nicht von mir aus. Das hat eines von den Mädchen in Taiping gesagt. An der Pforte der Himmelstaverne. Ein Mädchen aus Kelantan namens Mek Hitam.«

»Und ich sage auch nur, was die Leute sagen. Genau wie Sie. Ich schlage vor, wir lassen dies Thema fallen.«

»Sie haben davon angefangen.«

»Ich habe nur meine Pflicht getan.« Boo Eng brachte ihm seinen Gin *merah.* Ohne Liebe empfangen. Der Walzer war zu Ende, und die Tänzer klatschten der Kapelle auf der Schallplatte Beifall. »Nämlich Sie über das allgemeine Empfinden zu unterrichten.«

»Das Sie nun angelegentlich auf die Spitze treiben werden. Da muß ich mir unrein vorkommen. Da möchte ich am liebsten sofort abreisen. Mit einem angefangenen Buch. Ein Buch, das ich nun nicht der freundlichen Gemeinde von Kuala Kangsar widmen werde. Und zwar wegen der unfreundlichen Haltung ihres Distriktchefs.«

Greene, unter Schulterklopfen und Gutzureden, setzte sich an das tropenfeste Klavier und begann zu spielen *If You Were the Only.* Ich ging zu Mrs. Renshaw, der Gattin des Direktors vom Malaiischen College, und forderte sie zum Tanz auf. Ihr Rücken war feucht, unsere zusammengelegten Hände ebenfalls. Ein Tanzabend war eine sehr feuchte Angelegenheit. Die Schlemmkreide auf dem Fußboden hatte sich in zähen hellgrauen Brei verwandelt. »Wann kommen Sie denn mal zum Essen?« fragte sie. Eine hübsche kleine Frau aus dem Kohlenrevier mit einer durchscheinenden Warze auf der Stirn, die von ihrer nassen Frisur nicht mehr verdeckt wurde.

»Sobald Sie uns einladen.«

»Unzertrennlich, Sie beide, wie? Phil Shawcross hab ich auch schon gefragt, aber er hat gesagt, Sie würden arbeiten wie eine Furie.«

»Stimmt. Ein Roman über Raffles.« Der Distriktchef stand jetzt an der Bar und sprach finster mit Grieves, dem Sportlehrer am College. Der schaute zu mir her. Was wurde dort abgesprochen? Eine Serenade auf dem Bukit Chandan, mit dem Wort *homo* zur Melodie der Westminsterglocken? Vereinskeile für einen reichen Gast, der sich's hier bequem machte, ein Mitglied des *kaum nabi Oscar?*

Ihre Augen verrieten, daß sie im Gedächtnis nachforschte, wer oder was Raffles sein mochte. »Ach *der,* Raffles! Das liegt aber ziemlich weit zurück, nicht? Da kommt ja dann niemand von uns drin vor.«

»Warum nicht? Sie würden sich sehr hübsch machen in einer Balltoilette der Regentschaftszeit. Und ich habe schon einen Erzschurken von einem Malaien, der ein bißchen dem Herr Distriktchef ähnlich sieht.«

»Ach, Mr. Toomey, ihr Schriftsteller!« Wie viele ihr wohl schon begegnet waren? Unser Tanz durch den Raum hatte uns an die Tür zur Straße gebracht, die wegen der Hitze offen stand. Viele Einheimische waren da und beobachteten unser Treiben mit Nachsicht, *sireh*-Klümpchen kauend. Mahalingam war unter ihnen, in heller Aufregung. Er packte mich am Ärmel. *If You Were the Only* endete stimmungsvoll mit Vereinsgesang. Klatschen und Beifallsrufe. »Guten Abend, Mr. Mahalingam!« sagte Mrs. Renshaw hoheitsvoll. Der herablassende Ton war unbeabsichtigt, wie immer, er war das unbewußte Erzeugnis langer kultureller Überlieferungen, unauslöschlich. Mahalingam schien sich zerstreut an der Stirnlocke zu zupfen. Er sagte:

»Dr. Shawcross möchte ich sprechen. Wo ist Dr. Shawcross?«

Der stand am andern Ende des Raumes. Ein dicker Pflanzer demonstrierte ihm die Qualen eines Gelenkleidens. Mrs. Renshaw wurde von Symes, dem Englischlehrer, zu *Felix* geholt. »Irgendwas nicht in Ordnung, Mr. Mahalingam?« fragte ich.

»Mein Sohn. Er will nicht aufwachen. Wir haben schon alles versucht.«

Ich wand mich zwischen den Tänzern durch und erreichte Philip. Als wir uns zusammen zur Tür schoben, hörte ich jemanden eine Melodie pfeifen, deren Text lautete: Hier kommt die Braut. »Ihr Sohn?« sagte Philip. »Der, den wir gesehen haben? Der Idiot, wie Sie gesagt haben?« Das war taktlos, aber ein ganz natürlicher Auswuchs situationsgegebener Autorität. »Ich komme gleich.«

»Soll ich mitkommen?« fragte ich.

»Sie könnten nichts dabei tun. Wir sehn uns zuhause. Ich hatte sowieso genug von dem hier.« Ich ging an die Bar. Ich wollte noch einen trinken und dann eine Trishaw nehmen. Der Distriktchef war nicht mehr da; vielleicht ließ er grad die feuchten Rückstände seiner Ladung Gin *merah* aus der Blase, aber Grieves begrüßte mich in bester Laune, wenn auch mit hinterhältigen Blicken.

»Na, rast die Feder immer noch? Ein unsterbliches Meisterwerk aus den Vororten von Kuala Kangsar? Trinken Sie einen mit?«

»Trinken Sie einen mit mir! Von wegen Unsterblichkeit, bloß Berufsausübung! Feder auch nicht, ich schreibe Maschine. *Dua stengah*«, bestellte ich bei Ah Wong.

»Ach, Sie sprechen die Landessprache? Prima, prima! Muß ein Schriftsteller kennen!«

»Ein paar Worte, mehr nicht! Reicht grad, um durchzukommen. *Cheers!*«

»*Chahs!*« Ich hatte einen etwas anderen Akzent als er, aber es war mit Sicherheit ungehörig, daß Grieves, der wohl aus Liverpool kam, sich über den Unterschied mokierte. Er drehte sich auf seinem Barhocker herum und betrachtete grinsend die Mrs. Hardcastle, deren Mann wegen eines verkorksten Magens oder etwas dergleichen nicht mitgekommen war und die nun Grieves' Kollegen Warrington, der sie tappsigen Schrittes durch den Kreidebrei bewegte, erhitzte Worte ins Ohr flüsterte. »Sieht ganz so aus, als ob Jack Warrington da landen wird«, sagte er. »Wird auch Zeit, die hätt er schon vor einem Jahr haben können.«

»Ja, die unbefriedigten Kolonialfrauen!« sagte ich. »Von dieser Erscheinung hab ich gehört.«

»Haben Sie von gehört, sieh einer an! Der Zuschauer, der das ganze Treiben durchschaut. Kommt natürlich drauf an, was man selbst treibt.« Das überhörte ich; setzte sogar ein gewinnendes Lächeln auf. Der Pflanzer Fothergill gesellte sich zu uns. Er hatte die Jacke ausgezogen und die schwarze Fliege abgenommen; mit einem Geschirrtuch, das hinter der Theke gelegen hatte, wischte er sich Gesicht, Hals und ein großes Stück Brust ab. Er bestellte eine Pinte Zitronensaft mit einem vierfachen Gin drin und sagte zu Grieves:

»Möchte wissen, warum wir solche Idioten sind. Schweiß wie Kies, sagt man bei Ihnen in Liverpool.« Zu mir sagte er: »Von Ihnen sieht man ja nicht viel, noch keine Revanche gehabt.«

»Revanche? Ach so, beim Pokern. Ja, ich hatte viel zu tun. Die Abende, wo ich hier war, sind Sie nicht dagewesen.«

»Kommt ganz drauf an«, sagte Grieves, »wie ich schon sagte.« Der Distriktchef kam aus dem Hof hinterm Haus, wo der Abtritt oder *jamban* war. Mit zwei erhobenen Fingern erteilte er allen Anwesenden einen finsteren, abgemessenen Segen und verschwand. »Der hat sich gut gehalten«, sagte Grieves. »Alles schön in der Stille abgemacht.«

»Was hat er in der Stille abgemacht?« fragte Fothergill. »Ach so, das! Der läßt sie kurz rein und schmeißt sie gleich wieder raus. Ein Dollar die Nummer, Kleinkinder die Hälfte. Tüchtig einen stoßen vorm Essen, kriegt er Appetit von!«

»So wie der Norman Douglas«, sagte ich, vielleicht unklugerweise. »Ich glaube nicht, daß ich den kenne«, sagt Fothergill. »Wenn Sie den alten Potch Douglas meinen, der hat ein ganz anständiges Leben geführt, weiß ich bestimmt.« Er schluckte mit Muskelkontraktionen wie bei einer Entbindung und trank sein halbes Glas leer.

»Bißchen was Braunes!« sagte Grieves. »Ist gar nichts dabei, wenn man's in der Stille abmacht. Aber mit einem Schwulen sozusagen an Tisch und Bett zusammenleben! Da hört doch alles auf!«

»Wenn ich recht verstehe«, sagte ich verwegen, »sprechen Sie von homosexuellen Beziehungen im Gegensatz, sagen wir mal, zu unpersönlichen sodomitischen Eskapaden.«

»*Homo*«, sagte Grieves, »bedeutet Mann. Mann und Mann. *Homo homo* hieße das in unserem schönen Malaienkauderwelsch. Ja, so ähnlich. Noch zweimal dasselbe!« sagte er zu Ah Wong. »*Dua stengah lagi!*«

»Ein verbreiteter Irrtum«, sagte ich. »Dieses *homo* bedeutet nicht Mann. Es ist nicht Latein, sondern Griechisch. Bedeutet gleich. Gleichgeschlechtliche Liebe.« Wie hätte ich es treffender sagen sollen?

»Na, leider haben wir nicht alle eine klassische Bildung genossen.« Grieves lächelte mich gewinnend an, während er ohne hinzusehen die zwei *stengah* quittierte. »Wir sind nicht so gut dran wie Ihr Norman Douglas und all diese anderen Griechen. Jetzt nehmen Sie das hier mal in die rechte Hand und denken Sie an die altgriechische Weisheit, daß der Vogel mit einem Flügel nicht fliegen kann!« Das Grammophon spielte schon wieder *Was soll ich tun?*, aber es tanzten nicht mehr viele. Die Müdigkeit setzte hier schnell ein: Blaßgesichtige Frauen, die an Appetitlosigkeit und tropischem Unbefriedigtsein litten, schleppten ihre Männer heim – heim, wie sie das nannten. Ich trank von meinem *stengah*, endgültig der letzte; muß jetzt auch heim.

»Kennen Sie Norman Douglas?«

»Ich bin auf der Insel Capri gewesen, so ungebildet ich sonst auch bin. Auf der letzten Reise nach England, mit einem Itakerschiff von Suez. War sehr bildend.«

»Was ich doch aber sagen wollte«, sagte ich, »dieser Douglas ist genauso ein Jahrmarktsschwuler wie Ihr Distriktchef.«

»Bitte«, sagte Symes, der Englischlehrer vom Malaiischen College, »das haben wir hier nicht gern, daß über einen Mann hinter seinem Rücken geredet wird.« Symes war blaß und dicklich, ohne Augenbrauen. Ich bemerkte, daß nun eine ganze Menge Leute an der Bar standen und daß ich umringt war. »Schon gar nicht«, fügte er hinzu, um es ganz klar zu machen, »von Gästen unserer Gemeinde. Wenn Sie«, dämpfte er ein wenig, »gestatten wollen, daß ich Ihnen das sage.« Der hatte wahrscheinlich ein paar von meinen Büchern gelesen und mochte sie nicht. Schließlich gab er Unterricht in englischer Literatur.

»Mr. Toomey«, sagt Grieves, »hat uns gerade ein bißchen klassische Bildung vermittelt. Er hat uns den Unterschied zwischen hoomo und hommo erklärt.«

»Na schön«, sagte ich und trank aus. »Ich merke, daß ich nicht erwünscht bin.«

»Oh, aber ja doch«, sagte Symes. »Sehr begehrt sind Sie, ich meine, der Obersekunda wäre's eine Ehre, wenn Sie mal ein bißchen über *Die Mühle am Floss* sprechen könnten. Schön einfach natürlich. Über George Eliot, den viktorianischen Schriftsteller, oder war es eine Schriftstellerin? Hat sich gescheut, ihr Geschlecht zu verraten. Das waren schlechte Zeiten für eine Frau.«

»Alle Schriftsteller«, sagte ich, »sind eine Art Zwitterwesen wie Kiplings Marinesoldaten–«

»Sehr schön gesagt«, sagte Grieves. »Gefällt mir sehr gut.« Niemand bediente mehr das Grammophon, es lief aus. Wasselichtuuuuu.

»Nämlich Soldaten und zugleich Matrosen«, versuchte ich zu erklären. »Jetzt muß ich aber gehn.«

»Ach was, noch einen Schluck vorm Ablegen, da wir grad von Matrosen reden. *Satu empat jalan.*«

»Ein vier Weg – einen fürn Heimweg«, übersetzte mir Symes. »Für mich einen *stengah!*«

»Da wir grad von Matrosen reden«, sagte Greene, »was haben Sie denn im Krieg gemacht, Toomey?«

»Die Greuel Europas erduldet«, sagte ich leichthin.

»Soll heißen«, sagte Greene, »Sie haben sich nicht bananenfutternd in den paradiesischen Osten verdrückt. Nett, sehr nett!«

»Das Herz«, sagte ich. »Ein Herzleiden. Wie Sie selber neulich gesehn haben.«

»Sie brauchen sich gar nicht zu verteidigen«, sagte Symes schonend. »Sie stehn nicht unter Anklage oder irgendwas.«

»Wie wir selber gesehn haben«, pflichtete Greene mir bei.

»Doc Shawcross als Retter. Na, trinken wir auf Ihre schöne Freundschaft!«

»Müssen Ärzte auch Griechisch können?« fragte Grieves mit andächtiger Wißbegier. »Oder genügt Latein?« Er zuckte überdeutlich die Achseln, dann trank er. Auch die andern tranken, ich stellte mein Glas ab. Ich quittierte. Weg hier!

»Danke für den netten Abend!« Sie ließen mich nicht durch. »Bitte!« sagte ich.

»Von den Damen ist ja gar nichts mehr zu sehn!« sagte Grieves mit gespielter Überraschung. »Männer unter sich, die normale Situation – in den meisten Fällen. Sie«, sagte er zu dem Pflanzer Booth, »wo Sie doch unser neuer Sekretär werden, müßten uns doch sagen können, ob es eine Klubbestimmung gegen Enthosungen gibt.«

»Hört auf damit!« sagt Fothergill. »Wir sind hier nicht in der Schule.«

»Nicht vor den Eingeborenen!« sagte Symes mit spöttischer Korrektheit. »Dem Herrn Distriktchef« – weniger spöttisch – »wäre das nicht recht.«

»Ah, hörn Sie doch!« machte Grieves in seinem Liverpooler Singsang, »ich kenn doch meinen Distriktchef! Wir wollen doch Herrn Toomey bloß mal in seinem Schlüpfer vorführen, gar nichts Unanständiges!«

Ich war froh zu bemerken, daß ich nur Verachtung empfand. Ich war noch froher, als sie in Wut überging. »Sie mit Ihren kindischen Spielen!« sagte ich zu Grieves. Ich war selber überrascht, als ich Fothergills leeres Pintenglas bei der Sohle packte. Ich hielt die Öffnung gegen Grieves' Mund gekehrt. Moment, es mußte erst abgeschlagen werden, ausgezackt, wenn ich Blut sehen wollte. Booth mit seiner kräftigen Pflanzerfaust griff zu und wand es mir aus der Hand, bevor ich es gegen den Thekenrand schlagen konnte. Der Boy Nummer eins, Ah Wong, der schon an die siebzig sein mußte, summte etwas vor sich hin. Vielleicht war eine alte Weissagung des Tao in Erfüllung gegangen. Booth sagte:

»Jedenfalls verbieten unsere Klubregeln die Gewaltanwendung und die versuchte Gewaltanwendung von oder zwischen Mitgliedern, auch zeitweiligen. Ich glaube, wir sind eine beschlußfähige Versammlung. Will jemand den Antrag stellen?«

»Dann darf ich wohl gehn?« sagte ich zitternd vor Empörung.

»Sie dürfen nicht nur«, sagte Symes.

Draußen fand ich keine Trishaw. Zur Abkühlung oder Anwärmung ging ich zu Fuß den Bukit Chandan hinauf. Philip war noch nicht zurück. Yusof war zu Bett gegangen. Ich nahm mir selbst einen Becher Honigschnaps ohne Wasser, bebend vor Zorn. Mit schon ein wenig unsicherer Hand goß ich mir etwas nach, als ich den Ford in der Einfahrt hörte. »Dieser vermaledeite Klub!« sagte ich zu Philip, als er hereinkam. »Diese vermaledeiten Schufte!«

»Was war denn los? Geben Sie mir auch was von dem! Nein, nicht so viel! Mein Gott, Sie zittern ja!«

»Die haben so Andeutungen gemacht, hämische Andeutungen, und dieser vermaledeite Distriktchef hat es so gut wie ausgesprochen. Sie möchten glauben, wir hätten ein homosexuelles Verhältnis. Macht ihnen einen wohligen, ehrbaren Kitzel, den Dreckschweinen!«

»Mein Gott, nein!« Er saß in einem Sessel, ich ging mit unsicheren Schritten auf dem Siamteppich auf und ab. »Aber ich glaube, das mußte so kommen«, sagte er, »früher oder später. Daß ich mir das nicht gleich gedacht habe! Der Distriktchef kann deswegen den Mund nicht sehr weit aufreißen, soviel ich weiß. Ein homosexuelles Verhältnis, soso! Und dabei sind wir rein wie die Lämmer. Hätten wir uns öfter ein paar Nutten aus dem Bazar kommen lassen, wären sie ganz still gewesen. Sieht nicht so aus, als ob ich nach dem Urlaub wieder zurückkommen möchte.«

»Die Sache ist die. Sie erinnern sich an diesen Abgeordneten, Garside, der neulich auf der Cocktail-Party im *istana* gewesen ist? Der hat ein bißchen geklatscht, anscheinend. Junggeselle, nicht, Schriftsteller, lebt im Ausland, Geschichten mit Schauspielern, Oscar Wilde . . .«

»Sind Sie?« Philip schaute mich blaß erschrocken an. »Haben Sie denn? Ich habe mir überhaupt nichts. Das ist mir gar nicht in den. Gott, meine gesegnete Einfalt!«

»Unsere! Unsere! Wie ich's auch nennen würde, es wäre wohl falsch. Wir haben doch einfach nur hier zusammengelebt. Wir mußten keinen Namen dafür finden. Ich war noch nie im Leben so glücklich. Und ich lasse Sie nicht allein, ich will Sie nicht verlieren.«

»Nein«, sagte Philip vollkommen ausdruckslos. »Wir mußten keinen Namen dafür finden. Und wir haben nie über die Zukunft gesprochen. Was machen wir nun?«

»Wann beginnt Ihr Urlaub?«

»Anfang Januar. Ich kriege drei Monate bei vollem Gehalt. Dann sollte es hier weitergehn, alles wie gehabt, Yusof, auch bei vollem Gehalt, macht den Hausmeister. Schade! Wir hatten grad alles so schön in Gang gebracht. Ich dachte, ich schreibe die maßgebliche Abhandlung über Yaws, während der nächsten Dienstperiode, und dann könnte man eine staatliche Yaws-Klinik gründen. Vielleicht in Ipoh, Penang oder Kota Bharu, am Strande der Leidenschaftlichen Liebe, wie man das nennt.« Er lachte trocken. »Leidenschaftliche Liebe, schön, schön!«

»Wir müssen zusammenbleiben«, sagte ich. »Aber zunächst einmal muß ich hier fort. Es müßte ohnehin sein. Ich muß Malakka sehn. Ich dachte, ich fahre bis hinauf nach Bangkok und komme dann wieder heim.«

»Heim wohin?«

»Sie wissen verdammt genau, wo das ist. Wo es immer sein wird. Wo wollten Sie denn Ihren Urlaub verlieben, ich meine verleben?«

»In einer Stadt, wo ich noch nie gewesen bin, in Adelaide, Südaustralien. Meine Mutter lebt dort mit meinem Stiefvater. Ihn kenne ich noch gar nicht. Er hat sich mit einem andern zusammengetan, um ein großes Sportgeschäft aufzumachen; die sind ganz verrückt nach Sport, die Aussies. Black heißt er, ein guter schlichter unzweideutig nichtssagender Name, und so heißt jetzt meine Mutter, eine sehr nette Frau, sehr nett auch zu sich selbst, warum nicht, warum sollte sie ihr Leben lang in Trauer gehn?«

»Finden Sie's nicht richtig?«

»Ach, da steht mir kein Urteil zu. Jedenfalls, ich wüßte nicht, wo ich sonst hinfahren könnte.«

»Ungefähr in dieselbe Richtung wollte ich auch, nur weiter. Ich habe auch unbekannte Angehörige im Empire, in meinem Fall eine Stiefmutter, und zwar in Kanada. Aber kein Mensch kann alles vorhersehn. Denken wir einstweilen bloß an ein bestimmtes Schiff, das wohin fährt?«

»Die *Lord Howe,* von Singapur nach Fremantle. Anfang Januar. Ja, wir fahren zusammen. Von jetzt ab fahren wir überallhin zusammen. Das ist nun einfach klar, nicht? Ob es falsch ist, frag ich mich? Rauben wir möglichen Geschlechtspartnerinnen ihr Recht auf ein weniger, wie nennt man das, platonisches Glück?«

»Es ist nicht falsch, aus keiner Sicht. Soviel weiß ich. Jetzt kann ich abreisen, glaube ich, mit einem Gefühl der, zum ersten Mal–«

»Sicherheit, ja, Sicherheit! Und davor sollten wir beide Angst haben. Es ist gefährlich, sich so sicher zu fühlen, wo doch der dikke, dreckige Gott der Ungewißheit über uns schwebt. Fahren Sie nicht zu weit weg! Nicht ohne mich! Müssen Sie denn nach Malakka wegen dieses Buchs über den Raffles?«

»Um zu sehen und zu spüren, wie's dort ist. Ich nehme an, ich könnte alles auch aus Büchern oder aus der Phantasie zusammenbekommen, aber ich habe das Gefühl, ich muß Malakka sehen.«

»Also gut, Malakka! Steigen Sie dort im Rasthaus ab, ich muß genau wissen, wo Sie sind.«

»Ich denke, morgen werd ich fahren.«

»Morgen noch nicht. Morgen abend kommt Mahalingam zum Essen.«

»Warum denn um Himmels willen?«

»Es ging ihm so elend, und kein Wunder! Krank ist nicht der Zombie, sondern sein Jüngster, acht Jahre, sein Benjamin Jaganathan, dasselbe Wort wie Dschagannath, ein Moloch geht über ihn hin, das arme Schwein!« Philip sprach wie betrunken, es war die nüchterne Trunkenheit eines zum ersten Mal ausgesprochenen Hochgefühls. »Tuberkulöse Meningitis. Schlechte Hygiene, schlechte Ernährung, mit Masern und Keuchhusten in der Vorgeschichte. Sie haben bis zum letzten Moment gewartet, wollten das Erbrechen mit irgendsoeinem indischen Teufelstrank heilen und die Verstopfung mit Rizinus. Jetzt kann ich nicht mehr viel tun. Mahalingam sagt, er zahlt für alles, egal wie teuer, und wenn er seine Töchter als Konkubinen verkaufen muß. Ich hab ihm gesagt, mehr als mein Bestes könnt ich nicht tun. Mein Freund, hat er gesagt, mein lieber, lieber Freund! Daher kommt er nun morgen zum Essen. Und nun sollten wir, die wir müde und beladen sind, beschimpft und verleumdet und allgemein herumgestoßen, endlich zu Bett gehn.«

»Jedenfalls, wir wissen's nun.«

»Ja, ja, wir wissen's nun, gottseidank, wir wissen's!«

Mahalingam, mit weißer Krawatte und hellem Anzug, wie das photographische Negativ eines Europäers, kam eine Stunde zu früh. Der Zombiesohn brachte ihn in dem Phantomwagen: Wir hörten Tamilschimpflaute und metallische Züchtigungsgeräusche, ehe der Wagen mit unmöglichem Tempo wieder davonraste.

»Ich habe dem Idioten gesagt«, erklärte uns Mahalingam, »er soll mich in vier Stunden wieder abholen.« Mein Gott, vier Stunden! »In einer sehr hübschen Unterbringungsklasse sind Sie«, bewunderte er neidisch, »mit Ventilatoren an der Decke und Schmucksachen, die vermutlich Ihr persönliches Eigentum sind. Dies ist Ihr toter Vater, ich sehe, und eine von diesen beiden europäischen Damen, wie ich annehmen muß, die jüngere, ist Ihre tote Schwester, und die andere ist Ihre noch lebende Mutter? Sie lebt doch noch, oder? Ah ja, bei *Ihnen* war ja die Mutter tot, nicht, Mr. Tombey?«

Eine sehr nekrologische Einleitung des Abends. »Toomey!«

»Sagte ich doch! Und das sind Sie, Dr. Shawcross, mit dem Kricketschläger am Tor auf den Anflug des Balles wartend. Das ist gut, da sehen Sie noch jung und gesund und mit dem Leben zufrieden aus.«

»Seither hab ich mich ganz schön verändert.«

»Sterben – schlafen!« sagte Mahalingam, »nicht mehr.« Er setzte sich, nahm einen Whisky mit Wasser entgegen und streifte die Schuhe ab, so daß seine großen, purpurnen Zehen die Fußbodenmatten abtasten konnten. »Meinem lieben Sohn schien es heute besser zu gehen, er schien viel weniger Schmerzen zu haben, das haben Sie doch auch gedacht, Dr. Shawcross, ich weiß es. Wir dürfen nun hoffen.«

»Wir dürfen immer hoffen«, sagte Philip.

»Wenn ihm etwas zustößt, wenn ihm etwas zustößt!«

Wir warteten. »Ja, Mr. Mahalingam?« sagte Philip.

»Ich weiß nicht recht, was ich täte. Weil er der Jüngste und der Beste und auch der Letzte ist, denn ich werde keine Kinder mehr bekommen, es sei denn, ich schaffe mir meine jetzige Frau vom Hals und heirate eine jüngere, was nach meiner eklektischen Religion nicht angeht. Sie hatten übrigens unrecht, Mr. Toomey, es heißt nicht elektrisch, wahrscheinlich wollten Sie Ihren Scherz mit mir treiben. Denn der mittlere Sohn ist nicht intelligent, und der älteste ist ein großer Dummkopf, und all meine Hoffnung ruht auf dem kleinen Jaganathan, und darum müssen wir hoffen. Und auch beten«, sagte er gebieterisch zu mir allein. »Beten, beten!«

»Ich verspreche Ihnen«, sagte ich, »das werde ich tun. Und nicht nur für Ihren Sohn, sondern für alle Kinder in Schmerz und Gefahr. Auch für die Tochter von Mr. Lee, dem Lebensmittelhändler. Wie ich gehört habe, wurde sie ebenfalls letzte Nacht eingeliefert.«

»Mit was für einer Krankheit?« wollte Mahalingam eifersüchtig von Philip wissen.

»Mit einem Darmleiden. Die Prognose ist gut«, sagte Philip unvorsichtigerweise.

»Darmleiden!« spöttelte Mahalingam. »Ein Mädchen, noch dazu Chinesin! Eine Rasse von Völkern, die sich selbst für sehr gescheit halten!« Yusof kam aus der Küche und trug eine große, unterteilte Platte mit *sambals* in die Eßnische, denn es sollte einen Huhn-Curry geben. »Das ist Ihr Boy«, versicherte Mahalingam uns beiden. »Wieviel zahlen Sie ihm?«

»Das Übliche«, sagte Philip. »Er ist ganz zufrieden.« Dann sagte Mahalingam zu Yusof laut und in dem besonderen Malaiisch der Tamilen, in dem das Possessivmorphem *punya* aus irgend einem Grunde als substantivischer Nachdruckverstärker verwendet wird, daß er ein guter Boy sein müsse und seinem guten Herrn treu ergeben, nie betrunken, stets ehrlich und fleißig, und nie dürfe er schlechte Mädchen aus dem Bazar mit nachhause bringen, andernfalls werde er, Mahalingam, Sohn des Sundralingam *punya,* mit Heimsuchungen *punya* durch diverse böse Geister hinter ihm *punya* her sein, den *hantu hitam* oder schwarzen Geist *punya* nicht ausgenommen. Yusof sagte nichts dazu, aber er schaute Philip an, als ob er wissen wollte, wie ernst er dies alles nehmen müsse, und Philip beruhigte ihn mit einem leichten entschuldigenden Achselzucken.

»Dies sind abergläubische Völker. Geister und Dämonen mit schwebenden Gedärmen machen ihnen Angst und treiben sie zur Arbeit an. Es ist dumm von ihnen, zu glauben, daß man dergleichen sehen kann, denn man kann es in Wirklichkeit nicht. Denn die Geister sind unsichtbar, wegen ihrer geistigen Natur. Dies ist eine ernsthafte Wissenschaft und kein Gegenstand für den Aberglauben.«

»Sie scheinen viel davon zu verstehen, Mr. Mahalingam?« fragte ich.

»Es ist eine sehr merkwürdige Sache, Mr. Toomey, und besagt vielleicht nicht wenig über die innerste Verfassung des Universums, daß die unsichtbaren Kräfte nur selten in den Dienst guter Werke gestellt werden können. Wir können keine Geister herabrufen, damit sie meinen armen kleinen Jaganathan heilen, sondern müssen ihn auf Gnade oder Ungnade Dr. Shawcross' menschlicher Kunst überlassen. Die Kräfte der Vernichtung aber sind immer nur allzu bereit, sogar dem Ruf des unkundigen Beschwörers Folge zu leisten. Dies ist ein großes Geheimnis.«

»Sie meinen, dies ist eine böse Welt?« fragte ich.

»Das habe ich nicht gesagt, Mr. Toomey. Ich sprach von geheimen Dingen. Vernichtung und Schöpfung fallen in der Mythologie der Hindus mit Schiwa und seinem Weibe Kali zusammen. Gut und böse sind Wörter, die nicht leichtfertig gebraucht werden dürfen. Wenn wir von etwas Gutem sprechen, meinen wir, was gut für uns ist, vielleicht aber nicht gut für die Ewigen. Doch wir sind schwach und unwissend und müssen nach Menschenart leben, und wenn auch die Liebe zum eigenen Fleisch und Blut in der Welt der Ewigen dumm und närrisch sein mag, ist sie für uns dennoch wirklich. Er muß, er muß«, sagte er mit Heftigkeit, »wieder heil und gesund werden und wachsen und gedeihen.«

»Ich weiß«, sagte Philip, »Sie haben eine exzentrische, nein, eklektische Religion, egal, wie es nun heißt, aber es gibt doch orthodoxe Hindus, die sagen, alles Leben ist heilig. Das heißt, das Tuberkelbakterium und die Spirochäten ebenso wie die Würmer und Insekten, die die indischen Arbeiter hier mit soviel Mühe von ihren Schaufeln entfernen. Die westliche Medizin versucht nun, diese Organismen zu töten. Ist das eine Blasphemie?«

»Irgendwo«, sagte ich, »müssen wir eine Grenze ziehn.«

Mahalingam schüttelte bekümmert und nachdrücklich den Kopf. »Ich kann nur von Liebe, Verlust und menschlichem Leid sprechen. Mein lieber Sohn ist in Ihrer Hand, und ich wundere mich, daß wir in diesem Augenblick hier sitzen, mit unserem Whisky, in Erwartung eines Currys, dem Aroma nach zu urteilen, wo wir, und das heißt vor allem, wo Ihr gütiges Ich, Dr. Shawcross, doch mit Adleraugen über ihn wachen sollten. Gewiß, ja, die Notwendigkeit einer kurzen Erholung von Kummer und Sorgen leuchtet mir durchaus ein, aber dennoch muß ich mich wundern. Immerhin, ich bin in Ihrem Hause, und das ist an und für sich schon ein Segen. Es ist ein Schwerpunkt, ein Hebel aller Dinge«, setzte er dunkel hinzu.

»Er schläft jetzt«, sagte Philip müde. »Vor einem Weilchen erst hab ich mit Dr. Lim telefoniert«, log er. »Er schläft ganz ruhig. Der Puls ist fast normal, die Temperatur allerdings immer noch hoch. Im Augenblick können wir nichts weiter tun.«

»Ja, ja, ja, ich verstehe. In meinem Hause haben Sie, meine Herren, viele Fotografien von Freunden und Kollegen an der Tür des elektrischen und gewiß auch, Mr. Toomey, exzentrischen Kühlschranks befestigt gesehen. Da ich Sie nun als einen Freund kenne, Dr. Shawcross, darf ich Sie um einen kleinen Gefallen bitten, nämlich um ein Foto von Ihnen, das ich zu den anderen hinzufügen kann. Das eine dort, Sie mit dem Kricketschläger am Tor, würde vollauf genügen und hoch in Ehren gehalten werden. Ich bitte Sie nur um das Bild, ohne den Rahmen.«

»Nun«, sagte Philip in Verlegenheit, »das ist eine Bitte, die – Na gut, ja, ich meine, wenn ich mich selber sehn will, kann ich ja immer noch in den Spiegel schauen.«

»*Makan sudah siap*«, meldete Yusof. Der Curry und der Reis standen dampfend auf dem Tisch.

»Wir müssen essen, ja, essen«, seufzte Mahalingam. Schnell und als erster stand er auf. »Meinen herzlichsten Dank!« sagte er, ging zu dem kleinen Fotoständer, und trotz seiner breiten Wabbelhände löste er mit flinken Fingern den kricketspielenden Philip aus den Klammern auf der Rückseite des Rahmens. »Jetzt weiß ich, daß ich Sie immer bei mir habe.« An mir wäre es gewesen, etwas dergleichen zu tun und zu sagen, denn schließlich würde ich eine Weile von daheim fern sein, aber Philip und ich waren eben Engländer, und abgesehen von einem bißchen Tierliebe neigten wir nicht sehr zur Sentimentalität.

37

Am nächsten Morgen waren wir beide noch immer erschöpft von den über vier Stunden Mahalingam. Mahalingams Sorge um seinen Benjamin hatte sich in einem mächtigen Appetit und in atavistischen Tischmanieren geäußert; dann folgten unbefangen vergossene Vatertränen; eine Phase tiefer, angsterfüllter Dyspepsie, der Philip mit einer Natronlösung tönende Linderung verschaffen mußte; der Wunsch, daß wir alle mit ihm gehen und die Nacht am Bett des kleinen Jaganathan verbringen sollten; eine Zornesaufwallung über unsere Abgeneigtheit gegen diesen Vorschlag; die rührselige Versicherung, daß wir trotz allem immer seine Freunde bleiben würden, es sei denn, wir wollten ihm schaden, in welchem Falle er uns beweisen würde, daß er ein echtes Schwein sein könnte; das Verlangen, dem Pflegepersonal telefonisch die haarsträubendsten Konsequenzen für den Fall anzudrohen, daß sich das Befinden des Patienten verschlechtern sollte; ein langer pseudophilosophischer Exkurs über Freud und Leid der Vaterschaft; mehrfaches Erbrechen unverdauter Shakespearezitate; eine Blütenlese alter Sprichwörter; ein detaillierter Bericht über seine, Mahalingams, Laufbahn als Staatsdiener; eine timoneske Diatribe gegen das undankbare Madras; ätzende Kurzbiographien verräterischer Freunde und Kollegen; und ein peinlicher und exakter Katalog kopulatorischer Stellungen. Kein Wunder, daß Mahalingam sich in Philips Kopf fest eingegraben hatte; das erste, was mein Freund nach dem Aufstehen tat, war im Krankenhaus anzurufen und sich nach dem Befinden des Benjamins zu erkundigen. Anscheinend war der Dschagannath aus seiner Vernichtungsbahn abgelenkt worden, denn Philip sagte »gut« und setzte sogar ein müdes Lächeln auf. »Könnten Sie vielleicht den Vater anrufen«, sagte er. »Ja, bei den Wasserwerken. Danke!« Dann setzte er sich zum Frühstück mit Tee, Toast und Pampelmusenscheiben auf die Veranda und sagte: »Es sieht so aus, als ob die Diagnose falsch war. Lim meint, es ist eine Art Kolitis, genau wie bei der Kleinen von Lee. Verstopfung, also stopft die Mutter ihm Abführmittel hinein. Schmerzen, also gibt sie ihm Laudanum. Kein Wunder, daß sie ihn dann nicht mehr wach bekamen! Vielleicht hab ich in letzter Zeit ein bißchen zu viel an Meningitis gedacht. Jedenfalls, die Temperatur ist herunter und der Puls fast normal. Eine Last weniger! Das Wetter gefällt mir gar nicht.« Verzwirbelte Wolken, die mit Maschinenöl beladen zu sein schienen, wanden sich wie in langwieriger Qual. Die Luft war zum Auswringen. »Der Monsun kommt bald, muß man ja mit rechnen. Der untere Teil der Stadt ist übel dran, wenn der Regen anfängt. Der Fluß tritt über die Ufer, und manche Leute müssen ihr Bettzeug, ihre *kualis* und Schirme aufs Dach schleppen. Die Krokodile schnappen nach ihnen. Vorletztes Jahr hatte ich einen alten Chinesen, dem der Arm am Ellbogen abgebissen worden war. In den Bäumen sind Schlangennester. Letztes Jahr war es nicht so schlimm. Vielleicht haben wir wieder Glück. Gottseidank jedenfalls, daß wir auf einem Hügel wohnen!« Er schaute mich auf eine neue Weise an, gemäß dem gegenseitigen Versprechen, das uns Mahalingam vorübergehend aus dem Sinn getrieben hatte. »Also heute wollen Sie abfahren?«

»Mit dem Mittagszug nach Kuala Lumpur, dann weiter nach Malakka.«

»Und wie lange?«

»Na ja, das muß man so sehen: Ich habe diesen Roman so ziemlich von hinten nach vorn geschrieben – so kann man's auch machen. Ich brauche noch ein paar Kapitel, wo Raffles über die Verschlammung des Hafens von Malakka und den allgemeinen Niedergang der Stadt lamentiert. Ich brauche ein paar malakkaportugiesische Ausdrücke. Ich muß eine Vorstellung von dem Ort bekommen. Eine Woche wird es dauern, nicht länger.«

»Passen Sie auf bei diesem Regen! Die Bahnlinien werden manchmal überschwemmt.« Er spuckte Pampelmusenkerne aus und sagte: »Ich muß gestehn, ich bin ganz schön erleichert. Ich meine, wegen Mahalingams Bengel.«

»Ich weiß, was Sie befürchtet haben«, sagte ich. »Mahalingam könnte ein sehr unangenehmer Kunde werden. Unangenehm auf die orientalische Art.«

»Fünf Dollar für eine unauffällige Beseitigung. Die *orang kapak kechil,* je davon gehört? Malaien mit Beilen. Die machen hin, wen man nur will, und fragen nach nichts. Lügen und keine Zeugen. Aber bei ihm müßte's wahrscheinlich sein Ältester machen, der Zombie. Da kann man Gift drauf nehmen, daß er permanent unter irgendwelchen Drogen steht. Der Alte vom Berge und die Haschischesser. *Assassinus,* der Meuchelmörder. Sprachzentren funktionieren nicht, aber akute motorische Reaktionen, große Schnelligkeit. Könnte aber auch ein anderes Narkotikum sein. Dieser verwünschte Orient, da kommen wir nie dahinter!« Yusof kam und meldete *telefon, tuan.* »Das wird unser Freund selbst sein, fließt jetzt über vor Dankbarkeit und sabbert in die Muschel, daß mir das Ohr naß wird.« Er ging hin. Als ich die erste Morgenzigarette aufgeraucht hatte, kam er wieder und schnitt eine Grimasse. »Ein großes Dinner will er mir geben. Unsern ganzen *rumah sakit* mit Blumen füllen. Er küßt mein Foto, sagt er. Mir ist es gar nicht recht, daß Sie jetzt wegfahren, Ken. Meine Feinde sind seine Feinde, sagt er, und wen ich als ersten beseitigt sehn möchte.«

»Den Distriktchef.«

»Ach bitte, bleiben Sie ernst! Macht mir Angst, der verdammte Kerl! Von der Einladung zum Essen wollte ich mich losmachen, aber dann hat er gesagt, das sei kein Zeichen von Freundschaft, wenn man Dank zurückweise, oder irgend sowas.«

»Dann fahr ich nicht.«

»Er weiß, daß Sie fahren, ich hab es ihm erzählt. Er will einen Daimler mieten und Sie damit zum Bahnhof bringen, mit Bergen von Blumen, und die Polizeikapelle soll spielen.«

»Bleiben Sie ernst!«

»Er denkt, Ihre wohltuende Anwesenheit hat ebenso viel geholfen wie meine medizinischen Künste. Na, er wird sich schon wieder abkühlen. Vielleicht sollte ich ihm eins von Ihren Büchern leihen und ihm sagen, daß Sie ihn mündlich darüber examinieren werden, wenn Sie wieder zurück sind. Das könnte ihm den Mund stopfen. Aber natürlich müssen Sie fahren. Dieses Essen kann ich ohne weiteres auf nächste Woche verschieben. Es war nicht mein Ernst.«

Zwanzig vor zwölf machte sich Philip im Krankenhaus frei, um mich zum Bahnhof zu fahren. Mahalingam hatte keinen blumengeschmückten Daimler besorgt. Als der Zug aus Kuala Lumpur ankam, wurde uns beiden klar, daß es kein Repertoire von Abschiedsgesten gab, die für unser Verhältnis getaugt hätten. Kein Händedruck, keine südländischen Umarmungen wie mit Domenico Campanati, nur kühle, freundliche Banalitäten. Arbeiten Sie nicht zuviel, nehmen Sie's leicht, machen Sie sich einen schönen Tag, ich bin bald wieder da. Winken und Winken, als der Zug abfuhr, winkewinke! Der Himmel kochte und brodelte über dem Dschungel. Ein Dschungelgeruch zog herein, den kein spürbarer Wind trug. Ich drückte auf die Klingel im Abteil, bis ein weißjackiger Chinese kam. Ich bestellte Whisky und Wasser. Jemand hatte die *Straits Times* von gestern im Abteil liegengelassen. Die Bridge-Spalte von Philip le Bel. Wer war das doch? Pater Chan nein Chang. Geschnitten und verliert seinen Trumpfstich. Vielleicht telefonisch Kontakt aufnehmen, Grüße vorweg an Carlo Campanati. Eilt nicht. Im Mittelteil stand eine merkwürdige Geschichte aus Negri Sembilan. Ein Malaie, Mohamed Noor, hat sich in eine gewisse Aminah binte Lot verliebt. Sie weist ihn ab, zugunsten eines anderen, Haji Redzwan. Mit Hilfe des örtlichen *pawang* oder Zauberers sucht Mohamed Noor sich zu rächen. Abbildzauber. Mohamed Noor macht von dem Gesicht des Mädchens eine grobe Zeichnung. Diese wird auf einer Lichtung im Busch an einer Wäscheleine aufgehängt. Sprüche werden gegen das Porträt gerichtet, Handtrommeln geschlagen, giftige Kräuter entzündet, die mit ihrem Geruch die Luft unter dem Bilde verpesten. Das Mädchen wird krank, siecht dahin. Haji Redzwan entdeckt die Hexerei, doch trotz der durch eine Pilgerfahrt nach Mekka erlangten Gnade (dies, sagt der Berichterstatter, ist die Bedeutung seines Namens) fühlt er sich außerstande, dem heidnischen Zauber mit Koranformeln zu begegnen. Dennoch greift er in der achten Nacht der Hexerei ein, bringt das Porträt in seinen Besitz und lenkt die Zauberflüche durch einen heroischen Willensakt auf sich selbst. Das Mädchen wird gesund, aber nun siecht er dahin. Sein Onkel alarmiert die Polizei. Maßnahmen gegen den *pawang* oder den verschmähten Liebhaber können nicht ergriffen werden, denn nach dem prosaischen weltlichen Recht, das über Mordversuch durch Hexerei nichts aussagt, ist keinerlei Verbrechen beweisbar. Als die Moslem-Behörden sich einschalten, schwört eine ganze Clique angestifteter Zeugen, daß dieser Mann kein Zauberer sei und daß dem Mädchen nichts fehle als ein paar Eisenpräparate und Brands Hühnerextrakt; sie habe Menstruationsbeschwerden oder etwas dergleichen. Aber alles geht gut aus; der geheilte Haji heiratet nun seine Geliebte und zieht zu ihr in ihren *kampong,* nach dem matriarchalischen Recht oder *adat perpatuan* von Negri Sembilan, und wird Koranlehrer an der Dorfschule. Diese Geschichte wollte ich verwenden. Mit ein paar geeigneten literarischen Schnörkeln würde ich sie zusammenschreiben, sobald ich wieder bei Philip war. Leichtverdientes Geld!

Als ich allein in der Hafenstadt an der Straße von Malakka herumlief (wie Singapur und Penang kam Malakka damals direkt unter die britische Krone, während die Staaten im Malaiischen Bund sich einer Scheinautonomie unter britisch angeleiteten einheimischen Regenten erfreuten), wurde mir deutlich, wie sehr Philip mir fehlte. Ich bestaunte das Geheimnis einer eigentümlich unkörperlichen Liebe, die das allgemeine körperliche Begehren offenbar auszutreiben vermochte. Der Gedanke, ich könnte Philip umarmen, war mir ein Greuel. Ich hatte aber angenommen, daß die Libido, ähnlich wie die Verdauungsvorgänge und der Durst, die mit der Seele nichts zu tun haben, sich in ganz unpersönlicher Weise regen würde, da die von der *Tunica albuginea* geschützten Zellen unvermeidlich Samen produzieren. Wenn aber jeden Morgen der schöngebaute, halbnackte Yusof seine Ballettnummer mit dem Aufheben und Zusammenwickeln des Moskitonetzes vollführte, spürte ich keinerlei unwillkürliche Regungen, und keinerlei Morgenschwellung stand auf. Vielleicht hatte der Anblick der Yaws mich traumatisiert. Hier in Malakka trug die Atmosphäre langwieriger Genesung von der Krankheit einer turbulenten Geschichte weiter dazu bei, den sexuellen Frieden zu wahren.

Als ich die Stadt durchstreifte, die Brücke über den Malakka-Fluß überschritt, der die Viertel oder vielmehr die Hälften der Eingeborenen und der Europäer voneinander trennt, die Ruinen der alten Kathedrale betrachtete, auf dem Friedhof die Grabinschrift las, HIC JACET DOMINUS PETRUS SOCIETATIS JESU SECUNDUS EPISCOPUS JAPONENSIS OBIIT AD FRETUM SINGAPURAE MENSE FEBRUARIS ANNO 1598, und von der Schläfrigkeit der Malaio-Portugiesen mit angesteckt wurde, wußte ich, daß Philip, wäre er bei mir gewesen, nichts von alledem durch ein gescheites Wort oder einen treffenden Vergleich hätte aufhellen können. Aus seinem Geist und seiner Sprache sprühten keine Funken. Ich konnte mich an keine Gelegenheit erinnern, wenn wir beim Essen saßen oder nachher, beim Bummel durch den Bazar, bei den Spaziergängen am Flußufer, bei den Autofahrten nach Ipoh, Sungei Siput oder Taiping, oder bei unseren zaghaften Vorstößen an die Ränder des Dschungels, wo er fähig gewesen wäre, ein Bild oder ein Geschehnis in den Filigrankäfig einer individuellen Betrachtung oder Temperamentsäußerung einzufangen. An Philips Körper und Geist war nichts Bemerkenswertes; ich mußte einen alten, von den Humanisten, in deren Nachfolge ich mich glaubte, längst verworfenen Begriff entstauben und wiedererwecken, nämlich den *spiritus* der Theologen, jene Größe, die man nur negativ definieren und doch positiv lieben konnte, ja, mehr noch, glühend lieben, mit der Glut und bis hin zu der Glut des letzten Feuers. Also kann der Mensch, wie sehr er sich sträubt, zu Gott zurückgeführt werden. Es gibt keinen freien Willen; wir müssen die anbefohlene Ordnung mit Liebe empfangen.

Steigen Sie im Rasthaus ab, ich muß genau wissen, wo Sie sind. Also sollte das Telefon uns verbinden, mit den schwerfälligen, rauschenden Kabelverbindungen von damals, mit der trällernden chinesischen Vermittlerin in Kuala Kangsar, die erst ihre Amtsschwester in Ipoh anrief, dann die Schwestern in Kuala Lumpur und Malakka? Nicht nötig, denn eigentlich gab es nichts zu sagen außer vielleicht, »Sie fehlen mir«, wobei wir beide aber, weil es zu rührselig war, rot geworden wären. Es genügte, daß Philip sich meine Umgebung vorstellen konnte. Zwar war er noch nie hier gewesen, aber alle Rasthäuser waren gleich, morgens die blauen

Teetassen und nachts das geflickte Spukhemd des Moskitonetzes. Und ich, wenn ich in der Erinnerung seinem üblichen Tageslauf nachging, konnte ihn deutlicher sehen als er mich. Aber eines Abends versuchte ich ihn zuhause anzurufen und erfuhr von der trällernden Amtsstimme, daß die Leitung vor Ipoh gerissen sei, Sturm und schwere Regenfälle, Männer schon unterwegs und geben sich die größte Mühe, den Riß zu flicken, könnte aber noch zwei Tage dauern. Der Monsun selbst also rügte meine Sentimentalität, und inzwischen rückte er auch auf Malakka vor.

Nach fünf Tagen hatte ich meinen Stamford Raffles zusammen, wie er den verschlammten Hafen inspiziert und von einem neuen träumt. Er liest die Grabinschrift des Pater Peter SJ, zweiter Bischof von Japan, gestorben 1598 in der Straße von Singapur. Singapur, was war das damals? Eine Mangroveninsel, die kein Mensch haben wollte. Mit seinem eigentümlichen Gelehrtensinn bemerkt er, wie die Portugiesen den Malaien die Zählung, nicht die Benennung, der Wochentage beigebracht haben, nur der Sonntag heißt *domingo* oder *hari minggu.* Er denkt an den hl. Franz Xaver, der aus halbgebackenen Moslems halbgebackene Katholiken gemacht hat und unter dessen persönlicher Aufsicht die Flotte der achinesischen Eindringlinge verbrannt wurde. Was ich für den Roman brauchte, war eine Vorstellung von der Vergangenheit Malayas, und hier hatte ich alles beisammen, in diesem verschlafenen Städtchen Malakka, wo sich die chinesischen Millionäre zur Ruhe setzten.

Ich erwachte mitten in der Nacht vom Lärm des ersten starken Regens, mit dem Gedanken, sofort heimfahren zu müssen. Dann erwachte ich wieder in der nassen Frühe, von einem einzigen Herzschlag, der mich auf der unbequemen Matratze hochfedern ließ. Philip rief mich beim Namen, *Ken!* Da stimmte etwas nicht. Da stimmte etwas ganz und gar nicht. Noch vor dem Frühstück bat ich den Boy Nummer eins, die Nummer in Kuala Kangsar für mich anzurufen. Er versuchte's. Nix kann machen. Linie noch unterbrochen. Als ich meine Sachen packte, dachte ich in wütender Ungeduld an die lange Bahnfahrt, die mir bevorstand, unter dem tobenden Himmel, mit Baumstämmen auf der Strecke und den Geleisen unter Wasser. Auf dem *jamban* des Rasthauses hing der Geruch von etwas, das nicht die Winde des letzten Benutzers sein konnten, schlimmer als Fäkalgeruch, etwas anorganisch Bösartiges. Seit ich zuletzt dort gewesen war, hatte jemand einen groben Tierkopf an die weißgetünchte Wand gemalt, aus dem menschliche Finger und Zehen hervorwuchsen. Der Dunst stieg dem Idol in die Nase. Ein Treibhaus des Lasters, der Dummheit und Intoleranz, auch des Aberglaubens. Der Herr Doktor wird es Ihnen bestätigen. Der hl. Franz Xaver legte das Feuer an die Kampfschiffe der Achinesen. Ich sah ihn vor mir in weißem Gewand, mit dem Rosenkranzgürtel, wie er übermenschlich hoch und allein auf dem Gipfel des Berges Ophir stand, die Arme wie zum Segen erhoben, in Wahrheit aber, um durch ihr Senken das vereinbarte Feuerzeichen zu geben.

Während der Fahrt nach Kuala Lumpur war ich meist allein im Abteil. Bei den kurzen Aufenthalten an Stationen mit Flußnamen, die sich wiederum von Tiernamen herleiteten, stiegen schnatternde Chinesen ein, die Enten in Körben bei sich hatten, Bengalis in Dhotis mit tragbaren Blechkasetten, Malaien mit nichts als einem Mundvoll *sireh,* und alle stiegen bald wieder aus. Ein rötlichblonder Engländer, Mitte zwanzig, von unnahbarem Wesen, vermutlich ein kleiner Regierungsbeamter, fuhr zusammen mit mir die letzten paar Meilen, sagte kein Wort, gab keinerlei landsmannschaftliches Erkennungszeichen bei dieser Begegnung in der Fremde und las *Die vier Gerechten* von Edgar Wallace. Der Regen prasselte, und der Zug schwankte im Sturm, aber er stampfte weiter der Bundeshauptstadt entgegen, wie ein Schiff die endlose Wasserfläche durchpflügend. Auf dem Bahnhof von Kuala Lumpur Gesichter in allen Farben des Orients, aber darunter, wie wimmelnde Krebse auf dem grauen Felsgestade des Bahnsteigs, immer wieder dasselbe vervielfachte Paar Füße, mal nackt, mal in Sandalen, einen Schweißdunst abgebend, der sich mit dem brandigen Geruch nassen, teerigen Haars vermischte. Ich betrat den langen, vollen und dämpfigen Erfrischungsraum und drängte mich durch zur Theke. Der nach Südwesten abziehende Regen hämmerte unerbittlich und ohrenbetäubend aufs Dach. Das Telefon, Ortsgespräche umsonst, stand am Ende der Theke unter einem Reklamekalender mit einer grinsenden Geisha. Neben dem chinesischen und dem islamischen Jahr mit ihren unlesbaren Mondmonaten stand klar und klapprig wie die Vernunft selber der Dezember 1924. Ich bestellte einen Kognak und ließ mir das Telefonbuch geben. Zwei gelbgesichtige Pflanzer tranken Tiger-Bier und redeten von einer Kricketpartie im Londoner Oval. Links hat er rausgeschnitten und um ein Haar dem Linienrichter ein Auge zerdroschen. Eine Unmenge Changs standen im Buch. Ich schlug die

Franz-Xaver-Kirche, Batu Road, auf. Da stand eine Pfarrhausnummer. Einen Augenblick bitte! »Pater Chang?«

»Am Apparat.« Die Stimme hatte nichts Chinesisches, sondern den matten, herablassenden Tonfall eines anglikanischen Pfarrers.

»Ich heiße Toomey. Ich bin ein Freund, oder eigentlich ein Verwandter, das heißt, ein angeheirateter, von.«

»Wie war Ihr Name? Entschuldigung, dieser Regen ist ganz entmutigend.«

Im Zug nach Norden war ich allein bis Kampar. Die hinausgesandte Botschaft hatte die Besorgnis des Liebenden etwas gemildert. Wordsworth auf dem Wege zu seiner Lucy. Ich holte das Typoskript des ersten Drittels von *Löwenstadt* heraus und trug mit Tinte Korrekturen und Verbesserungen ein, das Bakelitröhrchen zwischen den schweißglatten Fingern. Großes Essen in Penang, flackernde Kerzen, manchmal erlöschend in Wind der *punkahs*. Ein Schweißrinnsal von Miß Denhams linkem Ohr abwärts zum Saum ihres Décolletés. Directoirekleider. Ich tupfte dem kurzatmigen Major Farquhar eine Warze auf die Wange und der alten Mrs. Saunderson, die Sanskrit konnte, ein paar Fältchen unter die Augen. Kerzenlicht ertrank in den Römern mit verdünntem Rotwein. Bißchen mehr Leben, ihr Schweine, los, macht schon! »Aus der jüngst eingetroffenen *Times*, doch verzehr' mich der Aussatz, ha, wenn ich weiß, wie lange sie unterwegs ist, ehe sie uns erreicht, entnehme ich, daß Herrn Raffles' Freund Tom Moore ein neues Werk herausgebracht hat.« – »Wieder eine Erzählung aus dem sagenumwobenen Osten? Oh, wie *Lalla Rukh* mich damals entzückt hat!« In Kampar stieg ein schottischer Bergbauingenieur zu, ein unermüdlicher Schwätzer. Über zwanzig Jahre bin ich im Land, aber wat die Leutchen hier würchlich denken, da blickste nicht dahinter. Er hatte einen schönen, bräunlichen Kahlkopf. Eine Zeitlang redete er täuschend vernünftig von seinen kalvinistischen Maschinen, aber am Ende war er beim Geheimnis der Gnadenwahl und bei der Unerforschlichkeit des göttlichen Willens. Chawoll, ich hab hier Sachen chesehn, die sollt man nicht für möchlich halten! Den Chlauben an die mechanischen Ursachen und Würchungen hab ich verloren. Ein malaiischer Mechaniker, wenn dem seine Maschine nicht funktioniert, der betet erst mal zu so einem *semangat*, dat ist die chöttliche Seele von dem kaputten Dings, und dann droht er ihr, und erst chanz zuletzt holt er die Zange raus. Dat Wichtigste zuerst! Na, da ist ja schon Ipoh, aber in Würchlichkeit stehn wir im Rechen, und die Würchlichkeit, dat ist der Rechen, und allet andre ist Schall und Rauch. Chuten Abend, war nett, mit Ihnen zu klönen!

Kuala Kangsar war ein See, der ins Abteil schwappte, als ich die Tür aufmachte, aber der Himmel gelobte Besserung; die Wolken lockerten sich, und der Vollmond stand dahinter. Ich watete zu einem Malaienboot und ließ mich für einen Malaiendollar zum höhergelegenen Land rudern, wo neuerdings ein Ufer war. Trishaws sah ich keine und mußte schwitzend und mit nassen Füßen den Bukit Chandan hinauf. Philips Ford stand in der Einfahrt, und törichterweise dankte ich Gott. Yusof kam heraus, seinen Sarong festknotend. *Tuan sakit, tuan. Tuan di-rumah sakit.* Ich kriegte keine Luft mehr, das Herz klopfte dreimal und wollte aus dem Käfig gelassen werden. Yusof war ernst, ein Zeichen der Hoffnung! Hätte er gelacht, das Schlimmste wäre sicher gewesen, denn Lachen ist die weise fernöstliche Reaktion auf die Unmenschlichkeit des Todes. Ich wechselte die Hosen, Schuhe und Strümpfe, und als ich wieder ins Wohnzimmer kam, hatte Yusof mir einen Whisky und Wasser hingestellt. Ich setzte mich hin, trank und rauchte eine Zigarette. Ich gab Yusof auch eine, und er paffte mit Anstand. Mein Malaiisch reichte bei weitem nicht, um etwas Zusammenhängendes von ihm in Erfahrung zu bringen. *Anak orang Tamil mati?* Ja, *mati,* das Kind von diesem Tamilen war tot. *Tahi Adam,* lästerte Yusof, durch die Zigarette verwegen gemacht, aber er blickte schnell hinter sich, als ob es immerhin möglich wäre, daß er durch das obszöne Wort das darin Berufene heraufbeschworen hätte. Adams Scheiße, der braune Mann verachtete den schwarzen. Und der *Tuan?* Der Tuan, soweit ich verstehen konnte, war sehr müde und schlief jetzt im Krankenhaus. Der Tod des Kindes war ihm auf die *hati* oder Leber geschlagen. Vielleicht war doch alles gar nicht so schlimm. Der *Tuan* hat zuviel gearbeitet. *Tuan* guter Mann. Stimmt, Yusof. Nun war ich bereit, zum Krankenhaus zu gehen.

In Philips Sprechzimmer ließ ich mich in den Korbsessel fallen. Dr. Lim, der auf der Untersuchungscouch gedöst hatte, schrak hoch. Ich knipste das Deckenlicht an, zusätzlich zu der matten Schreibtischlampe, holte den Kognak aus dem Medikamentenschrank, denn ich war ja im weiteren Sinne auch hier daheim, nahm einen Schluck aus der Flasche und setzte mich wieder. »Kein Mensch hat Sie erreichen können«, sagte Dr. Lim. »Er hat nach

Ihnen gefragt, bis er nicht mehr konnte. Heute ist ein Telegramm rausgegangen, glaube nicht, daß es ankommt. Aber jedenfalls, da sind Sie.«

»Ich hab doch gewußt, daß etwas nicht stimmte. Das Kind ist gestorben, hab ich gehört?«

»Das Kind war schon vorher so ziemlich hin. Was so aussah wie Besserung, war die Rehabilitation, temporäre Remission, mein' ich. Die kommt, wenn es zu Ende geht. Die Schwestern hätten es wissen müssen. Ich hätte dran denken sollen. Mr. Mahalingam war sehr erbost und hat gedroht. Dr. Shawcross hat ihm vorgehalten, er hätte mit seinem Sohn viel früher kommen müssen. Mr. Mahalingam mußte dann hinausgeworfen werden.«

»Und Philip?« Ich schluckte und schluckte, und dann schluckte ich noch etwas Kognak.

»Er war niedergeschlagen. Vorher war er schon sehr müde. Eine Stunde lang eine sehr schmerzhafte Dyspepsie, außerdem Symptome einer Kolik. Dann starke Diarrhöe, dann der Kollaps. Die Diarrhöe hält auch noch im Koma an. Viel länger kann sie nicht dauern. In seinen Gedärmen ist nicht mehr viel, obwohl ich ihm oral eine Glukose-Lösung einträufle.«

»Was machen Sie mit ihm?« Ich bekam die Worte kaum heraus. »Dr. Howes ist aus Ipoh unterwegs. Es ist ein Koma. Da können wir nur warten, ob er aus dem Koma aufwacht. Aber so etwas hab ich noch nie gesehn. Das Merkwürdigste ist das Gesicht.«

»Das Gesicht?«

»Wollen Sie kommen und sehen?« Er sprach die letzten drei Wörter genau in dem Tonfall des chinesischen *lan i lan,* blick einen Blick. Es klang nicht wie eine Frage.

»Ich *muß.*« Aber ich wollte nicht. Ich wollte, daß Philip hier in sein Sprechzimmer träte, gähnend und sich reckend, muß ja tagelang gepennt haben, geht mir verflucht viel besser, ah, Briefchen von Mahalingam, gibt sträfliche Nachlässigkeit zu, wie ging's denn in Malakka, Ken?

Philip lag in einem Privatzimmer Erster Klasse für Beamte, bei voller Deckenbeleuchtung. In einem grauen Pyjama lag er unter nur einem Laken, die Hände auf dem Bauch lose darüber zusammengelegt. An seinem Mund war eine Kanüle befestigt, und die Kanüle war angeschlossen an einen Gummischlauch, der Gummischlauch an eine umgedrehte Flasche farbloser Flüssigkeit, die mit Klammern am Kopfende des Bettes befestigt war.

»Sehn Sie?«

»O mein Gott!«

Das Gesicht war verkrampft in sardonischer Lustigkeit, wie wenn ein Hund die Zähne bleckt, oder wie nach dem Verzehr einer der adstringenten Pflanzen, die auf Sardinien wachsen. Das archaische Lächeln nennen es die Kunsthistoriker, und es bedeutet, daß die Lippen eine Heiterkeit bekunden, mit der die Augen nichts zu tun haben wollen. Die Augen standen offen, die oberen Lider weit hochgezogen, aber sie blickten auf nichts. »Philip!« rief ich. »Phil! Ich bin's, Ken, ich bin wieder da.« Ich sah keine Reaktion.

»Puls sehr langsam, aber regelmäßig«, sagte Dr. Lim. »Temperatur stark subnormal. Atem auch regelmäßig, aber schwach.«

Eine chinesische Schwester kam herein, blinkte mich traurig mit den Zähnen an und sprach kurz in Hokkien mit Dr. Lim.

»Was denken Sie wirklich?« fragte ich Dr. Lim.

»Dem Tod ist er nicht nah, wenn Sie das meinen. Es ist einfach ein sehr tiefer Schlaf, aber das Gesicht kann einen enervieren. Unsere malaiischen Schwestern traun sich nicht in seine Nähe. Wenn man versucht, das Gesicht in einen Zustand zu bringen, der, der–«

»Der dem Kranksein gemäßer wäre–« sagte ich bitter.

»Könnte man sagen, ja! Das Gesicht ändert sich nicht. Ah!« Er schnüffelte die Luft über Philip. »Ich glaube, die Därme haben sich wieder gerührt.« Und er sagte wieder etwas in Hokkien zu der Schwester, ohne Zweifel, daß sie die Windeln wechseln sollte, als ob Philip Klein-Ann oder Klein-Johnny wäre.

»Er bleibt nicht allein?« fragte ich.

»Nein, nein, jemand ist immer in der Nähe. Ich schlafe im Büro. Gehn wir wieder dahin! Wir können nichts tun, wenn wir hier an seinem Bett stehn.«

»Vielleicht hört er meine Stimme, vielleicht reagiert er?«

»Gewiß nicht! Dr. Howes ist ein sehr erfahrener Arzt. Er ist schon sehr alt. Er wird wissen, wie diese Krankheit heißt. Er wird wissen, was zu tun ist.«

»Warum gehen Sie nicht heim, John? Ich darf Sie doch John nennen? Sie sehn ganz kaputt aus. Schlafen Sie sich eine Nacht richtig aus!« Aber die Nacht war schon weit vorgerückt. »Ich werde hierbleiben und alle halbe Stunde hereinschauen und Hilfe rufen, wenn's nötig scheint. Sie können mir vertrauen, Philip ist mein Freund.«

»Meiner auch.« Dann sagte er: »Viel zu gewissenhaft, zu gewissenhaft!« Das lange, ganz unchinesische Wort griff ihn an wie ein Barbarenheer. »Gewissenhaft.« Wir waren wieder im Sprechzimmer. Er setzte sich auf die Untersuchungscouch und begann tränenlos zu schluchzen. Der undurchschaubare Asiate! Wirklich undurchschaubar sind wir Briten. Was ich empfand, wußte niemand. Auch Sie wissen's nicht, lieber Leser. Ich setzte mich ebenfalls und sagte:

»Sagen Sie mir, John, glauben Sie, daß Mahalingam etwas mit ihm gemacht hat?«

Er schaute auf. Ein schwarzer Haarkringel, Ideogramm seiner Gefühle, hing ihm übers Auge. »Ich weiß, was Sie meinen. Ich bin in Penang geboren. Ich bin ein britischer Chinese aus den Siedlungen an der Malakkastraße. Als Kind hab ich allerlei Geschichten gehört und auch manches Ungewöhnliche gesehen. Aber meine Ausbildung dann war ganz europäisch. Mein medizinisches Examen hab ich in Schottland gemacht, in Edinburgh. Solche Gedanken wurden mir damals ausgetrieben, besonders in Schottland. Ich hörte von Ursachen und Wirkungen und von der Krankheit als einer Dysfunktion, die zu erklären und zu beheben sei. Ich habe auch einen kurzen Lehrgang in Psychiatrie gemacht und gehört, was eine hysterische Erkrankung ist. Ich möchte gern glauben, daß es bei Philip so etwas ist und daß man vielleicht sein Unbewußtes ansprechen könnte. Ich möchte nicht glauben, was Sie offenbar für möglich halten. Aber vielleicht werde ich es noch glauben müssen.«

»Ich bin nicht so auf die Wissenschaft eingeschworen wie Sie«, sagte ich. »Ich bin bloß ein Romancier und kann alles glauben. Wenn mir die Welt einmal nicht mehr sehr geheimnisvoll vorkommt, möchte ich nicht mehr schreiben. Auf der Rückreise sind mir viele Dinge gleichzeitig durch den Kopf gegangen. In einem Buch habe ich mal gelesen, daß es manche Menschen gibt, denen man aus dem Wege gehn muß. Man darf ihnen kein Stäubchen von sich selbst überlassen. Man darf sie nicht zu sich ins Haus lassen. Ihnen auch nur ein Glas Wasser zu geben kann schon gefährlich sein. Die zupfen sich ein Haar aus Ihrem Kamm oder sammeln die abgeschnipselten Fingernägel auf, wenn sie können. Alles, um Macht über einen zu gewinnen. Früher fand ich das sehr verrückt und spannend, jetzt nicht mehr, weder verrückt noch spannend. Mir ist, als ob ich in ein Kinderbuch hineinspaziere, wo die Überspanntheit Gesetz ist. Vielleicht die Strafe dafür, daß ich das Phantasieren zum Beruf gemacht habe. Aber mich trifft die Strafe ja nur indirekt, egoistisch von mir, überhaupt davon zu reden. Denn ich bin nicht unschuldig, und es trifft immer die Unschuldigen. Dieser Arzt aus Ipoh kann ihm nicht helfen. Philip braucht einen Priester.«

Dr. Lim schaute mich mit seinen schwarzen Chinesenaugen groß an, Iris und Pupille eins, mit dem leichten Silberblick der Übermüdung, wie bei Hortense, nur war er bei ihr, wenn sie müde war, noch viel stärker. »Philip ist doch nicht katholisch. Er ist überhaupt nichts. Sie meinen, die Sterbesakramente?«

»Sie und ich, wir sind nach dem gleichen Katechismus erzogen worden. *Sogar zu heilen, wenn Gott es so will.* Nun, auch daran würd ich mich klammern. Aber daran hatte ich nicht gedacht.«

»Ich weiß schon«, sagte er, »woran Sie gedacht haben.«

Die Straße zwischen Ipoh und Kuala Kangsar war zum größten Teil überschwemmt. Der Regen setzte von neuem ein, und die medizinischen Bücher in Philips Sprechzimmer schwitzten einen blassen Schimmel aus. Als Dr. Howes ankam, berichtete er uns gereizt, daß er mit dem Wagen steckengeblieben war, schon fünf Meilen hinter Ipoh. Sein *sais* war zu einem Polizeiposten geschwommen, und ein Polizeiboot hatte ihn hergebracht; also haben Sie hoffentlich auch einen Grund, damit sich das lohnt. Er war über siebzig, mit einem Gesicht wie eine Karte von Flußläufen, dünn bis auf das Kolonialbäuchlein, abgearbeitet, warum zum Kuckuck kann Kuala Kangsar nicht allein fertig werden, ob Sie's glauben oder nicht, wir haben *echte* Krankheiten in Ipoh! Aber Philips sardonische Maske, das Koma ohne ein exzitierendes Trauma und die fortgesetzte, wenngleich geringe Darmtätigkeit machten ihm Eindruck. Er roch an einer Stuhlprobe. »Jesus!« sagte er, »was ist denn da los?« Lim und ich, wir schauten uns an; die unstatthafte Ätiologie behielten wir für uns. Dann sagte Howes: »Hat es jemand auf ihn abgesehen gehabt?«

»Sie meinen«, sagte Lim, »einer von den einheimischen–«

»Hörn Sie mal, Lim, Sie sind doch hier geboren! Sie wissen doch, was los ist. Wir wissen nicht alles und werden's nie wissen. Wenn Manson-Barr *amok* und *latah* nicht erklären kann, oder diese andere Geschichte, die mit dem Schrumpfpenis, dann kann er sowas wie das hier wohl auch nicht erklären. Die haben alle

Angst, sowas in ihre Schwarten aufzunehmen, ist nicht wissenschaftlich. Haben Sie sich schon mal überlegt, warum wir Exilärzte uns manchmal nicht mehr heimtrauen? Ich meine, ich werde hier sterben, ich geh nicht in Pension. Wenn wir anfangen zu erzählen, tippen die sich an die Stirn, die Einfaltspinsel, wenn man nur den Rücken kehrt. Die Dämonen des fernen Arabien haben ihn geschlagen, ihm sein bißchen Grips geraubt, wie der Dichter sagt. Was ist denn da los?« fragte er zum zweiten Mal.

Ich sagte es ihm. Während ich sprach, musterte er mich von oben bis unten. Es war, wie wenn mich ein Hund beschnüffelt hätte. Was zum Kuckuck ist das denn für einer, was will der hier in diesem gottverfluchten Nest am Arsch der Welt. »Also«, sagte ich, »werden wir ihn uns vorknöpfen müssen.«

»Sind Sie verrückt? Der gibt es nicht zu, die geben niemals was zu. Der wird laut lachen, und dann beschwert er sich wegen Belästigung. Also, ich kann Ihnen sagen, was passieren wird. Unser junger Freund hier wacht auf, morgen oder übermorgen, mit einem Bärenhunger auf Ei mit Schinken und eine schöne kalte Scheibe Papaya. Die lange Bettruhe kann ihm nicht schaden, sehn Sie's mal so an! Machen Sie weiter mit der Glukose, und Vorsicht wegen Dehydrierung! Sonst noch was zu tun, wenn ich schon mal da bin?«

Philip wachte nicht auf, weder morgen noch übermorgen noch in der nächsten Woche. Im Foyer des Krankenhauses stellten die chinesischen Schwestern ein Gebinde von knallig olivgrünem Laub auf, mit tückischen Stacheln und blutroten Beeren, eine Karikatur der Stechpalme, mit kleinen Wachskerzen, *lilin-lilin,* umsteckt, wie sie niedlicherweise hießen. Sie wurden ausgeblasen, wenn eine Tür aufging und den Monsun hereinließ, aber mit asiatischer Geduld steckten die Schwestern sie immer gleich wieder an. An die Tür zum Zimmer des abgezehrten grinsenden Philip wurden von verstohlen vorüberhumpelnden Patienten merkwürdige Hieroglyphen und Piktogramme gekritzelt. Der Sekretär des Klubs rief mich an, um sich wegen des dummen Mißverständnisses zu entschuldigen; waren doch alle blau, die Leute, und nichts weiter, jederzeit wieder gern gesehen, und in allgemeiner Abstimmung sei beschlossen worden, daß Mr. Toomey dies Jahr den Weihnachtsmann für die Kleinen machen müßte, Fest des Friedens und der milden Reife. Den Mitgliedern, fügte er hinzu, täte es sehr leid um Doktor Shawcross. Könnte man nur hoffen, daß sein

Nachfolger ebenso gut wäre. Also war er für die praktisch schon tot, ein lästiger Schatten bei ihrem Weihnachtsbesäufnis. Zwei Tage vor Weihnachten kam Monsignore Carlo Campanati.

38

Er trat ins Haus mit einem Köfferchen, in schmutziges Tropenweiß gekleidet, um den Arm eine schwarze Binde. O mein Gott, nein, so ein teuflisches Vorwissen, der kommt da von weit her, hat das Ding im Koffer gehabt und es in der Trishaw herausgeholt! Er sah meinen entgeisterten Blick. »Mein Vater!« erklärte er. »Endlich! Ein Grund zur Freude. Endlich ist er los von seinem Gehirn, diesem läppischen Gefängnis, und seine Seele hat ihre Wallfahrt zum Allerhöchsten begonnen.« Yusof kam herein und staunte ihn an: Ein dicker Mann in einem weißen Hemd! »*Ni hau ma?*« begrüßte ihn Carlo. »Ach nein, das ist ein Malaie. *Selamat pagi! Minta stengah.*« Mit offenem Mund ging Yusof zu den Flaschen, wie ein Schlafwandler.

»Woher hast du? Wie bist? Ich meine, Gott sei Dank, daß du da bist!«

»Du bist in der Klemme, wie? Du siehst sehr sehr schlecht aus.«

»Um mich geht's nicht, nein. Ich meine, die Straßen sind überschwemmt, und die Züge fahren auch nicht mehr. Ich hatte die Hoffnung schon aufgegeben.«

»Verzweiflung und Vermessenheit«, sagte Carlo und setzte sich, »sind beides Sünden gegen den Heiligen Geist. Es ist schwer, zwischen ihnen durchzusteuern, aber so ist's im ganzen Leben. Scylla und Charybdis. Ich bin aus Kuala Lumpur gekommen«, sagte er mit Stolz, »und das ist das erste Mal, daß ich festen Boden betrete. In Kapar hab ich einen Küstendampfer genommen, bis nach Terong im Norden, und dann hat mich ein Polizeiboot über euren Fluß hierher gebracht, oder vielmehr eure zwei vereinigten Flüsse, denn ihr seid ja hier in einem Delta. Mächtige Stürme, verheerende Flutwellen. Aber ich denke, der Regen läßt bald nach«, sagte er, wie jemand, der ein Gemeindefest vorbereitet und auf gutes Wetter hofft. Er nahm Yusof den *stengah* ab. *Terima kaseh!* sagte er, ziemlich italienisch. Yusof starrte ihn fassungslos an: Man konnte sehn, er hatte noch nie einen Weißen das *r* so trällern gehört. »*Siapa nama?*« fragte ihn Carlo. Yusof sagte ihm, wie er hieß. »*Nama yang chantek sa-kali*«, sagte Carlo, ein schöner Name. »*Nama bapa nabi Isa.*« So heißt der Vater des Propheten

Isa – stimmt zwar nicht ganz, aber immerhin, besagten Carlos Lächeln und Achselzucken. Er war häßlicher denn je, und abgenommen hatte er anscheinend auch nicht. Im britischen Orient war er offenbar ebenso zuhause wie in Gorgonzola. Er leerte gleich sein Glas und sagte: »Nun erzähl mir mal, weswegen du mich hier haben wolltest, was natürlich nicht heißen soll, daß es nicht unter allen Umständen eine Freude wäre, dich zu sehen.« Ich erzählte es ihm. »Soso«, sagte er. »Dann laß uns mal hinfahren.«

Philips Wagen stand noch draußen. Ich selbst, wie der Leser sich wohl schon denken kann, fahre nicht Auto, aber Carlo setzte sich ans Steuer, ließ Yusof den Motor ankurbeln, und als das Ding brummend ansprang, fuhr er los mit jener typischen Zuversicht des Geistlichen, während ich ihm den Weg wies. Ich saß neben ihm und hütete das Buch, das er mir zum Mitnehmen in die Hand gedrückt hatte, das *Rituale Romanum Pauli V Pontificis Maximi Jussu Editum et a Benedicto XIV auctum et castigatum.* Erschienen *Ratisbonae, Neo Eboraci et Cincinnatii,* MDCCCLXXXI. Cincinnati? Wie lange das her war seit Domenicos Ohrfeigen damals in diesem Nachtklub! Hängt eben doch alles am Ende zusammen! Signaturen der Realität. Und sonderbar, wie New York ins Netz eines toten, nein, selbstverständlich noch lebendigen Reiches verstrickt war! Nie zuvor war es mir so recht aufgegangen, daß das Römische Reich noch existierte und verwaltet und regiert wurde von der geweihten und entteufelten Stätte der Römischen Märtyrer. Und hier neben mir saß ein Beamter dieses Reiches und war bereit, alle Heidengötzen zu zerschmettern. Ich drehte ein wenig durch, zum ersten Male, und redete verworrenes Zeug, was für eine abscheuliche Bosheit, und so ein guter Mann, mein guter Freund, und was dies Schwein bloß mit ihm gemacht hat, du mußt ihn retten, du mußt! Und Carlo, den Blick auf der kolonialen Straße, sagte nur Mut, nur Mut, nur Mut!

John Lim war da, wußte nicht recht, welches Carlos Rang war, nahm seine Hand, um den Ring zu küssen, fand aber keinen. Die chinesischen Schwestern deuteten reizende Kniefälle an; die malaiischen Schwestern kreuzten unauffällig die Finger. »Wo ist er?« fragt Carlo. Dann sah er ihn, und ich schlug die Hände vor die Augen, während John Lim mir die Schulter beklopfte, nur Mut, nur Mut! Die dünnen Arme einer einzigen chinesischen Schwester hatten ausgereicht, Philip auf ein Wasserbett zu heben: Er war durchgelegen, wie ich wußte, Rumpf und Rücken mit eitrigen Geschwüren bedeckt. Carlo sah den sardonischen Riktus und nickte ihm zu wie einem alten Bekannten. Er schnüffelte grimmig die Luft ein. Er strich Philip über die starren Augen wie ein Jahrmarktzauberer. Er bemerkte den winzigen Luftzug, der aus den grauen Lippen kam. »Getauft?« fragte er mich.

»In die Kirche von England.«

»Eine echte, wenn auch fehlgeleitete christliche Glaubensgemeinschaft«, räumte Carlo ein. »Wie steht es mit deinem Latein? Bist du schon mal Ministrant gewesen? Wirst du diese Antworten aufsagen können?«

»Versuchen wir's!«

Und er schlug nach allen Richtungen Kreuze in die Luft und polterte los aus seinem *Rituale Romanum,* während John Lim und ich zuschauten, in der halben Hoffnung, daß dieser Riktus sich nun endlich auflösen werde. Wogen von Latein brandeten gegen das Fleisch, aber der arme, hinfällige Körper blieb steif wie ein Felsen.

»*Omnipotens Domine, Verborum Dei Patris, Christe Jesu, Deus et Dominus universae creaturae...*« Ich wußte, es war aussichtslos; diese orientalischen Geister pfeifen auf Christum Jesum. Carlo sprach selber das Amen, dann stieß er mich derb an, und ich sagte meinen Text auf, über seine breite Schulter hinweg, in seinem und meinem Schweißgeruch. Er machte das Kreuzeszeichen über Philips unbeeindrucktem Kopf und sagte mit fester Stimme: »*Ecce crucem Domini, fugite partes adversae.*«

»*Vicit leo de tribu Juda*«, sagte ich, »*radix David.*«

»*Domine, exaudi orationem meam.*«

»*Et clamor*«, sagte ich und dachte, die verstehn ja doch kein Latein, alles nur Blabla für die, »*ad te veniat.*«

»*Dominus vobiscum.*«

»*Et cum spiritu tuo.*«

Dann sagte Carlo: »Ich möchte jetzt alleingelassen werden. Ruht euch inzwischen aus! Es dauert noch eine Weile.« Ich machte leise die Tür zu, als er losdonnerte: »*Exorcizo te, immundissime spiritus, omnis incursio adversarii, omne phantasma, omnis legio...*« Die Worte hatte ich schon mal gehört: im Restaurant des Hôtel de Paris in Monte Carlo. Ein erfolgreicher Abend im Kasino, dann ein üppiges Abendessen, dann Austreibungsformeln. Wie sollte man das ernst nehmen? Draußen vor der Tür schauten wir uns an, John Lim und ich. Er zuckte die Achseln und sagte: »Es kann nicht schaden.« Der Tag ging zu Ende, bei schwacher

Abendsonne. Seit Mittag hatte es nicht mehr geregnet. Der wäßriggrüne, orangegelbe und magentarote Sonnenuntergang spendete einen ironischen Parzivalssegen. »Ich muß heim«, sagte John Lim. »Ich bin seit drei Tagen nicht mehr zuhause gewesen. Rufen Sie mich an, wenn.«

Mehr als zwei Stunden später kam Carlo ins Sprechzimmer. Ich hatte auf der Untersuchungscouch gedöst, bei angeknipster Schreibtischlampe. Unvermindert tatenlustig sagte Carlo: »Wir müssen mit diesem Mann reden.«

»Wie geht's Philip?«

»Wie vorher, keine Änderung zu sehn. Aber was an ihm zu sehen ist, sind nur die Folgen dämonischer Einwirkung. Das Gesicht grinst immer noch, er ist sehr schwach. Heut abend gehn wir und knöpfen uns den Dämon vor. Wie heißt das auf englisch – *warlock?* Ja, *warlock.«* Der Abend in Scotts Restaurant – alles schon angebahnt. »*Witchcraft!«* sagte er, das Wort genüßlich ausschmatzend. »Sehr angelsächsisch. Man muß dem Munde Gewalt antun, um das auszusprechen. *Stregoneria.* Wir müssen dem *stregone* einen Besuch machen.«

»Das ist doch–« Spielerei, Theater, ein Schauerroman, hätte ich beinah gesagt. »Der wird sich dumm stellen. Der wird uns mit der Polizei drohen. Der wird uns rauswerfen. Der wird keinen Spaß verstehn, weil er seinen Sohn verloren hat. Gegen soviel Böswilligkeit kommst du nicht an. Ich werde mich selbst als Opfer–« Aber die Worte paßten nicht. Ich war kein Malaie, der einen Dorf-*pawang* anflehen wollte, sich ein anderes Ziel zu suchen. Ich lebte in der Welt der Vernunft. Dieser magische Humbug war mit gesteigerter Suggestibilität zu erklären. Carlo lebte nicht in der Welt der Vernunft. Letzten Endes glaubte ich ihm gar nichts. Carlo sagte:

»Ich habe seit vielen Stunden nichts mehr gegessen. Gibt es hier etwas zu essen?«

»Draußen.« Draußen waren die kleinen Buden wieder ins Freie zurückgekehrt, wo *mee* und heißes *sateh* verkauft wurden. Die Verkäufer hatten auch in der schlimmsten Monsunzeit nicht aufgesteckt; in der Kolonnade vor dem Krankenhaus und in der Ambulanzgarage hatten sie kaltes *pau* und Bananen angeboten. Unter den Wolken und dem Wassermond hatten sie jetzt ihre Feuer angezündet; ihre Waren schmeckten nach Qualm und Lampenöl. Carlo aß zehn, zwölf Spießchen Ziegenfleisch-Kebab mit

Chilli-Sauce und dazu, sehr gekonnt mit den Stäbchen umgehend, zwei Schalen *mee,* die er mit warmem Orangensaft aus der Flasche hinunterspülte. »*Mo-liao hai yao ho chia-fei*«, sagte er zu dem Verkäufer, aber der alte Mann verstand nur Hokkien. Sein Sohn, der in der Schule Kuoyü lernte, übersetzte, und wir bekamen ein breiiges, kaffeeähnliches Getränk mit Kondensmilch. »Wo hast du das bloß alles gelernt?«

»Das muß man lernen«, sagte er. »Man muß immer imstande sein, mit den Leuten zu reden. Manche behaupten zwar, es sei Gottes Fluch gewesen, daß er die Sprachen der Menschen verwirrt hat, aber das seh ich nicht so. Daß es so viele verschiedene Blumen gibt, ist doch kein Fluch, warum sollte es also bei den Sprachen anders sein? Trink aus, und dann fahren wir!«

Mir war ganz schlecht, als wir uns den Wasserwerken näherten. Das Nachtleben war schon im Gange, und schwere, geflügelte Leiber stürzten sich in die Windschutzscheibe, Tupfen von Schleim und braunem Blut hinterlassend. Eine lange Sekunde lang schwebte ein *burong hantu* über der Kühlerhaube, eine zappelnde Fledermaus im Schnabel. Carlo steuerte verwegen durch die bald flacheren, bald tieferen Tümpel auf der Straße. »Du bist kleingläubig«, sagte er. »Die Macht der Vernunft hat dich verdorben. Vergiß nicht, die Vernunft ist von Menschen erfunden, und hier haben wir es jetzt nicht mit menschlichen Dingen zu tun. Für mich ist alles ganz einfach, aber das heißt nicht, daß ich mit einem leichten Sieg rechne. Für dein Teil mußt du ganz still und bescheiden da hineingehn. Du wirst merken, daß du schon weißt, was du sagen mußt. Ich warte draußen. Du sagst unter anderem, du hättest einen italienischen Freund, der gern wissen möchte, was ein Tamiltext bedeutet, den man ihm gegeben hat. Er wird mich einlassen. Oder, wenn er mich nicht hineinlassen will, wird er dich doch hinauslassen, und dabei komme ich hinein.«

»Wenn er mich überhaupt reinläßt!«

Aber die große Pforte zu den Wasserwerken stand offen, und in Mahalingams Haus brannten die Lichter. Carlo hielt ein Stück weit hinter der Pforte, in einer Pfütze am Rande der Straße. Wir stiegen beide aus, Carlo mit seinem *Rituale Romanum* gewappnet, ich ganz schwach vor Kleinglauben und Übelkeit. Ich wankte zur Tür und klopfte. Sogleich hörte ich Schritte, in Eile, als ob ich erwartet würde. Ich blickte kurz hinter mich und sah Carlos schmutzigweißes Hemd hinter den Stamm eines Regenbaums gleiten. Die

Tür ging auf, und der älteste oder nun der ältere von Mahalingams Söhnen stand da, grinste und dienerte. »Ihren Vater«, sagte ich. »Ich möchte gern Ihren.« Dann tauchte Mahalingam selbst auf, in schwarzer, dicker Blöße bis zum Gürtel, einen Malaiensarong umgeknotet. Er sagte:

»Mr. Toomey.« Er sagte es tonlos, nur als Feststellung, wer ich sei. Dann sagte er: »Vermutlich möchten Sie gern eintreten.«

»Ich war verreist«, quasselte ich los und trat ein in den unvergessenen Geruch würzigen Übelwollens, »und wie ich zurückkomme, entsetzlich, da hör ich, daß Ihr Sohn– Ich habe keinen Zweifel, daß alles getan worden ist, was man tun konnte. Ich dachte mir, Sie müßten das auch so empfinden. Niemandem kann man Vorwürfe machen, man kann nur weinen und irgendwann wieder aufhören zu weinen und allmählich vergessen, damit das Leben weitergehn kann.«

Er bot mir keinen Platz an. »Wer hat Sie hergeschickt?« fragte er.

»Niemand hat mich hergeschickt. Ich komme zu Ihnen, nachdem ich gesehn habe, wie furchtbar Dr. Shawcross von der eigenen Verzweiflung über seinen Mißerfolg getroffen worden ist. Er ist schwer krank. Vielleicht wissen Sie das noch nicht.« Mahalingam sagte nichts. »Vielleicht haben Sie sich gewundert, daß Dr. Shawcross Sie noch nicht besucht hat. Trotz seiner Freundschaft, an der Ihnen einmal sehr viel gelegen zu sein schien.«

Ich merkte, daß der Idiot hinter mir stand; er atmete mit einem leichten Rasselton durch den Mund. »Reden wir nicht von Freundschaft!« sagte Mahalingam. »In dem, was Dr. Shawcross nach dem Tod meines Kindes zu mir gesagt hat, war keine Freundschaft. Er hat mir Nachlässigkeit vorgeworfen. Er hat gesagt, es wäre nur meine Schuld. Er hat nicht eingestanden, daß es seine Schuld war und Schuld seines Volkes, daß es Dummheit, Nachlässigkeit oder noch Schlimmeres war. Das Kind von diesem dummen Chinesen hat sich erholt und ist schon wieder zuhause. Mein Kind hat man sterben lassen, aus Dummheit, Nachlässigkeit oder wer weiß, warum. Das Kind eines schwarzen Inders – macht nichts! Zuerst dieser tückische Telefonanruf, der in mir Hoffnung weckte, und dies ganze Haus war glücklich, und dann diese tückische Hinrichtung meines Vaterglücks und meiner Erleichterung! Sprechen Sie mir nicht von Freundschaft, Mr. Toomey! Wenn Sie nun unglücklich sind, tun Sie mir leid, denn soviel ich weiß, haben Sie nichts Unrechtes getan. Aber wenn Ihr Freund nun krank ist, dann ist er selber schuld. Seine Erkrankung ist ein Zeichen der Gerechtigkeit, und von der Gerechtigkeit hat er gewußt, und mehr gibt es nicht zu sagen.«

»Er wird sterben«, sagte ich, »und ich werde mich damit abfinden müssen. Das Leben geht weiter. Ich werde traurige Pflichten zu erfüllen haben, Freundespflichten, wie Sie wohl wissen. Seine Habe muß an seine Mutter in Australien geschickt werden. Es gibt ein Foto von ihm, wie er Kricket spielt, und das wird sie haben wollen.« Carlo hatte recht gehabt, als er sagte, ich würde schon wissen, was ich sagen müßte. »Sie haben dieses Foto als ein Zeichen der Freundschaft an sich genommen. Wenn nun diese Freundschaft nicht mehr besteht, benötigen Sie dieses Zeichen nicht mehr. Ich wäre sehr froh, wenn Sie es mir geben könnten, damit ich es mit seinen anderen Habseligkeiten an seine Mutter schicken kann.«

»Ich habe das Foto nicht mehr«, sagte Mahalingam. »In meinem Zorn habe ich es vernichtet.«

»Wie haben Sie es denn vernichtet?« fragte ich, nun sehr kühn, vielleicht allzu kühn geworden. »Oder soll ich sagen: Wie vernichten Sie es?« Der Atem des Idioten hinter mir schien jetzt noch näher zu sein.

»Ich verstehe nicht, was Sie meinen. Wenn Sie alles gesagt haben, was Sie sagen wollten, dann ist es nun Zeit, daß Sie gehen. Sie werden verstehen, daß ich keinen Grund sehe, Ihnen wie früher meine Gastfreundschaft zu erweisen.«

»Ich verstehe«, sagte ich. »Aber eine kleine Bitte werden Sie mir erfüllen können. Sie hat gar nichts mit mir oder mit dem armen Dr. Shawcross zu tun. Ich habe einen Italiener zu Besuch, der sehr dankbar wäre, wenn Sie ihm mit Ihrer tamilischen Sprache in einer Kleinigkeit behilflich sein könnten. Er hat mich heute abend in seinem Wagen hierher gefahren. Er wartet jetzt draußen. Ich weiß, daß Sie in Ihrem Kummer jetzt vielleicht nicht geneigt sein werden, ihm den kleinen Gefallen zu erweisen, um den er Sie bittet – nämlich ein paar Worte Tamil in einem Brief, den er bekommen hat, ins Englische zu übersetzen –, aber er ist ein sehr freundlicher Mensch, der das Tamilenvolk liebt, und er wäre sehr dankbar. Das Leben geht weiter«, fügte ich hinzu.

»Ein Italiener? Was macht denn ein Italiener hier im malaiischen Staate Perak?«

»Er ist in der Gummibranche.«

Mahalingam wirkte leicht amüsiert. »Nun, dann sehen wir ihn uns mal an, diesen Italiener aus der Gummibranche! Bitten Sie ihn herein in mein Haus!«

Also ging ich zur Tür, immer dicht gefolgt von dem Idioten, und rief Carlo. Sein schmutzigweißes Hemd pflügte rasch durch die Dunkelheit und kam in die Lichtquadrate, die nach draußen fielen. »Carlo«, sagte ich zu ihm, als er lächelnd eintrat, »das ist Mr. Mahalingam. Mr. Mahalingam, das hier ist mein Freund Monsignore Campanati.«

»Offenbar nicht«, grinste Mahalingam, »aus der Gummibranche.«

»Ach nein!« sagte Carlo, das Grinsen erwidernd. Er zog–

Ich hoffe nur, Sie verstehn mein Problem, lieber Leser. Wenn ich dies frei erfunden hätte, wäre mir gewiß etwas eingefallen, um Ihren Unglauben zu beschwichtigen, aber es ist nicht erfunden, und Sie sollen es glauben. In gewissem Sinne allerdings sind alle Erinnerungen erfunden, obgleich die Erfindungsgabe des Gedächtnisses nicht im Dienste der Kunst steht, die ihrerseits im Dienst einer tieferen Wahrheit als der bloßen Tatsächlichkeit steht. Die Erinnerung lügt – nur können wir nie sicher sein, wieviel Wahres dran ist. Mehr als meine Erinnerungen transkribieren kann ich nicht tun.

Jedenfalls, er zog aus der Brusttasche seiner halbaufgeknöpften Soutane ein schön gearbeitetes und augenscheinlich schweres metallenes Kreuz. »Das ist meine Branche«, sagte er. Mahalingam bellte dem Idioten etwas zu. Carlo schien gefaßt auf die Reaktion des Jungen, die in einem katzenhaften Fauchen und einem katzenhaften Ansprung auf Carlos grauweiße Masse bestand. Carlo fuhr hoch mit seinem Kreuz und knallte dem Burschen die flache Seite über den Kopf, dann, mit einer schnellen Bewegung aus dem Handgelenk, traf er ihn mit der Kante des Querstücks seitlich unters Ohr. Ich hätte nie erwartet, dieses barbarische Strafinstrument solchermaßen verwendet zu sehn. Es ging sehr schnell, und Mahalingam war sehr überrascht. Carlo gebrauchte sein Kreuz noch einmal mit einiger Wucht wie einen Eispickel gegen den Schädel des Burschen. Der Bursche fiel um, Schaum am Mund und bewußtlos. »Ah!« machte Carlo, als der Bursche dalag. Und nun ging Mahalingam auf Carlo los, kehlige, unreine Tamillaute erbrechend. »Wenn ich«, sagte Carlo, »mein Kreuz flach auf Ihre Stirn lege, verbrennt es Ihnen den Schädel, und das Feuer greift Ihnen ins Hirn. Soviel wissen Sie doch wohl.« Das *Rituale Romanum* in der einen Hand und das Kreuz in der andern, sagte er zu mir: »In meiner Tasche hier, links, findest du einen Gummibehälter. Das mit der Gummibranche ist nicht vollkommen gelogen. In dem Behälter ist Weihwasser. Nimm ihn heraus und spritze diesem Herrn ein wenig Weihwasser ins Gesicht! Weihwasser kann ihm nicht schaden.« Ich fummelte in der bezeichneten Tasche und fand eine Gummibirne mit Spritzdüse. Es war gar nicht leicht, Mahalingam etwas in die Augen zu sprühen, denn er tobte und fuchtelte mit seinen fetten Armen an Carlo herum, und Carlo knallte ihm ein paar Mal das Kreuz auf den Kopf, so daß ich um die beiden herumtanzen mußte, um einen Zugang zu finden. Als die Flüssigkeit an Mahalingams linkes Auge sprühte, verströmte sie einen starken und völlig weihelosen Salmiakgeruch. Mahalingam brüllte und hielt eine Hand vor das Auge, brüllend. Ich versorgte das andere Auge. Er brüllte noch lauter und hielt beide Hände vor. Hinter der Küchentür, dessen war ich sicher, mußte ein ganzes Serail stecken, aber die Tür ging nicht auf. Männersache, und der Lärm war vielleicht auch nichts Neues. Vermutlich war dies nicht die klassische Methode des Exorzismus, über die ich gelesen hatte, aber Carlos Technik kam mir vernünftig vor: Auf jeden Fall muß man dem Behandelten ein gewisses Maß an Aufmerkamkeit abnötigen. Carlo lupfte weibisch die Soutane und versetzte Mahalingam einen mächtigen Tritt in den Bauch. Mahalingam wälzte sich am Boden. »Gut!« sagte Carlo. Dann sagte er:

»Den Jungen müssen wir behandeln.« Und er schlug sein Buch auf, Seite 366. Mit der rechten Hand Kreuze in die Luft zeichnend und das Buch in der linken, brummte er die Liturgie herunter. »*... Audi ergo, et time, satana, inimice fidei, hostis generis humani, mortis adductor, vitae raptor, justitiae declinator, malorum radix, fomes vitiorum, seductor hominum, proditor gentium, incitator invidiae, origo avaritiae, causa discordiae, excitator dolorum ...*« Vielleicht war es doch gar nicht so unverständlich. Tamil hatte einen umfangreichen Sanskritwortschatz, und Sanskrit war die ältere Schwester des Lateins. »*Quid stas, et resistis, cum scias, Christum Dominum vias tuas perdere?*« Aus dem Körper des Jungen stiegen in rascher Folge beängstigende Gerüche auf: von faulem Fleisch, überreifen Zibetfrüchten und verstopften Ausgüssen. Sein Mund ging auf und entließ ein schrilles Quietschen, wie von den Bremsen eines Wagens. Er furzte in einem kurzen, langsamen Takt, und dann kam ein Geräusch, wie wenn sich die Gedärme entleerten. »Etwas unangenehm«, bemerkte Carlo. Die Glieder ruckten und zuckten mechanisch. Ein langer Wurm, irgend etwas wie Haferbrei, spulte sich schubweise aus dem Munde. »*Recede ergo in nomine Patris † et Filii † et Spiritus † sancti . . .*« Der Haferbrei lag jetzt auf dem Hemd und dem Dhoti des Jungen, verteilte sich und lief auseinander. »Das wird man verbrennen müssen«, sagte Carlo. Der Junge lag nun ganz still, anscheinend erschöpft. »Kommen wir nun zu Ihnen, mein Herr!« sagte Carlo zu Mahalingam. Blinzelnd und stöhnend versuchte Mahalingam auf die Füße zu kommen. »Die Situation ist Ihnen bekannt«, sagt Carlo. »Wir wollen nicht von Jesus Christus und vom Teufel reden. Sagen wir bloß, Sie und ich, wir stehn auf verschiedenen Seiten wie in einem Fußballmatch, aber Sie haben foul gespielt, und die Tritte, die Sie ausgeteilt haben, galten einer menschlichen Seele. Sie hören mir damit auf, haben Sie verstanden?« Um Mahalingam auf dem Boden zu halten, lupfte Carlo abermals den Rocksaum und gab ihm einen zweiten Tritt in den Bauch. Mahalingam stöhnte und blieb, wo er war. Carlo blickte auf und sah den eingerahmten Prospekt mit den Qualen der Hinduhölle in knalligen Farben. »Primitiv!« sagte er und löste mit Finger und Daumen die obere rechte Ecke von der Wand. Etwas glitt dahinter vor und landete auf dem Boden. »Schau dir mal das an!« sagte Carlo. »Aber vielleicht willst du es lieber nicht sehen.«

Es war ein mittelgroßes Blatt Zeichenpapier. Darauf war in sorgfältiger Vergrößerung das Kricketfoto von Philip nachgezeichnet. Zumindest die Körperhaltung war dieselbe, im übrigen war Philip entsetzlich verändert. Das Gesicht zeigte unter der Kricketmütze den sardonischen Riktus. Mit den behandschuhten Fingern hielt er den eigenen, grotesk vergrößerten Penis gepackt und zwang ihn, eine unbestimmbare Flüssigkeit auf den Boden zu spritzen. Die Krickethose war bis auf die Fußknöchel heruntergestreift, die Beine waren dünn und unbehaart. Ein schwarzer Humanoide hielt ihn von hinten um die Schenkel gepackt und schien ihn zu bespringen. »Versuchen Sie nicht, es zu vernichten!« rief Carlo. »Solltest du einen Beweis brauchen–« Bitterlich stöhnend und dann wieder fluchend kam Mahalingam hoch, sich den Bauch haltend, und ließ sich auf einen Eßtischstuhl der Normalausführung für öffentlich Bedienstete fallen. »Welchen Rang haben Sie?« fragte ihn Carlo.

»Tempelmeister, uff! Was haben Sie mit meinem Jungen gemacht? Sind Sie mit dem einen nicht zufrieden, den Sie mir umgebracht haben?« Er blinzelte aus den schmerzenden Augen.

»Wir haben jetzt keine Zeit«, sagte Carlo, »genau zu bestimmen, was das für einer ist, den Sie Ihren Jungen nennen. Wenn er aufwacht, werden wir es erfahren, wenn wir dann noch hier sind. Oder wenn Sie es ihm erlauben, aufzuwachen. Rufen Sie Ihre Hunde von dem anderen zurück! Dies ist ein Befehl der höheren Mächte.«

»*Uccidiamolo*«, sagte ich.

Carlo schüttelte viele Male sehr betrübt den Kopf. »Das geht nicht. Er kann seine Hunde nur zurückrufen, solange er lebt.« Mahalingam taumelte zu der Anrichte neben dem Eßtisch, griff sich die Whiskyflasche, entkorkte sie mit zittriger Hand und trank. Er sagte:

»Zu spät, *Padre*, wie ich Sie wohl nennen muß! Die Natur nimmt ihren Lauf. Machen Sie, daß Sie aus meinem Hause kommen, ehe ich Ihnen beiden etwas antue!«

»Sie werden uns beiden kein Haar krümmen.« Carlo gab ihm einen wohlgezielten Tritt gegen das Schienbein. Mahalingam heulte auf. »*Magister templi, magistrum verissimum cognosces.*« Er hielt Mahalingam das Kreuz entgegen, der es prompt anspuckte. Carlo schien erfreut. »Gut so, nur keine Heuchelei! Sie machen aus ihrem Haß kein Hehl. Denken Sie an mich! In der einen oder anderen Form werden wir uns noch öfter begegnen. Ah!« Der Junge auf dem Boden war erwacht. Mit Schrecken und Staunen sah er seine Verunreinigung. Seine Blicke irrten zwischen uns hin und her, dann stand er mühsam auf. Mahalingam brüllte ihn auf Tamil an. Der Junge schien ihn nicht zu verstehen. Mit frisch gesammelten Kräften machte Mahalingam Prügelgesten. Der Junge reagierte mit einer Art tierischem Staunen. Dann hatte er den körperlichen Schmerz bemerkt. Er hob eine Hand zum Scheitel, zog sie wieder zurück und betrachtete das trocknende Blut. Er schien nicht zu wissen, was es war. »Gib ihm alles Geld, das du bei dir hast!« sagte Carlo zu mir. »Er wird sich erinnern, wo er hingehen muß. Egal, wo er hingeht, er wird es besser haben als hier.« Ich hatte etwas über siebzig Malakka-Dollar in der Tasche, beinah acht Pfund. Der Junge nahm widerwillig die Scheine, aber er schien zu wissen, was das war. »*Pergi-lah!*« befahl ihm Carlo. Ohne Salaam machte der Junge in seinem verschmierten Dhoti, daß er hinauskam. Mahalingam kniff düster die Augen zusammen, als er ging, sagte aber nichts. »Ein ganz gewöhnlicher Junge«, sagte Carlo. »Vielleicht sogar ein guter Junge.«

»Und nun Philip!« sagte ich. Carlo schüttelte den Kopf, nun aber nicht mehr bekümmert. »Sollen wir zulassen, daß dieser Schweinehund ihn umbringt?«

»Nennen Sie mich nicht Schweinehund!« rief Mahalingam.

»Nein, Schweinehund nicht!« pflichtete Carlo ihm bei. »Es gibt auch gute Schweinehunde. Sondern sagen wir Knecht des Vaters aller Untaten, des Verführers der Menschen, Schöpfers der Zwietracht und des Schmerzes! Des Unreinen, mit allen Greueln besudelt, der da badet in Kot und Krankheiten! Lassen wir ihn in der eigenen Bosheit schmoren und sich verzehren!«

»Kannst du denn nichts weiter tun?«

»Wenn du weißt, wo sein *gabinetto* ist«, sagte Carlo, »dann kannst du diese Schmiererei, die du in den Fingern hast, da hineinwerfen und wegspülen. Dem Wasser wird es nichts schaden. Er hat sein Schlimmstes schon geleistet.«

Ich begann zu schluchzen. Mahalingam betrachtete mich mit Interesse.

Auf dem Rückweg sagte Carlo zu mir: »Er wird sterben, und du wirst gleich anfangen, mich zu verwünschen, weil ich kein Wunder wirken konnte. Unser Freund, der *stregone,* hatte recht, als er gesagt hat, die Natur würde ihren Lauf nehmen. Daß es zu spät ist. Ich hätte früher kommen müssen, viel früher. Schuld sind die Umstände, das schlechte Wetter, kurz, niemand.«

»Er siegt, der schwarze Schweinehund siegt.«

»Was meinst du mit *er siegt?* Das ist ein langer Krieg. Wer am Ende siegen wird, das wissen wir. Hast du denn gedacht, ich könnte den *stregone* in ein Bündel Haut und Knochen verwandeln und dann den Heiligen Geist in ihn reinpumpen? Das wäre ein langes Ringen, und auch ich könnte dabei verlieren. Gott hat seinen Geschöpfen den freien Willen verliehen, allen seinen Geschöpfen. Was du heute abend gesehn hast, war immerhin ein kleiner Sieg.«

»Aber Philip stirbt doch!«

»Anscheinend liebst du diesen Menschen. Was liebst du an ihm? Die Antwort kennst du. Was du an ihm liebst, wird nicht sterben. Das ist die reine, geläuterte Seele, ich habe für ihn schon alles getan, was ich auch für einen Sohn der Kirche tun würde. Was ich jetzt von ihm sage, habe ich neulich schon von meinem Vater gesagt. Es ist besser, er stirbt und geht hinüber ins ewige Leben. Du denkst, du verlierst ihn. Gar nichts hast du verloren. Sein leibliches Dasein, seine Stimme, Freundschaftsbezeigungen.« Carlo blickte auf seinen rechten Ärmel und bemerkte, daß die schwarze Binde fehlte. »Die muß ich in der Aufregung verloren haben«, sagte er. »Macht nichts! Ein heuchlerischer Lappen. Paß auf! Du bleibst jetzt im Hause, ich fahr dich hin, wenn du mir bitte sagst, wo es ist. Ich fahre ins Krankenhaus. Ich glaube, es wird jetzt nicht mehr lange dauern.« Ich stieß Laute der Wut aus, des Hasses, der Klage und Enttäuschung. »Hör auf damit!« rief er. »Freu dich! Um Gottes willen, versuche doch, dich zu freuen!«

39

Der Friedhof von Kuala Kangsar ist fast voll mit Gräbern der in den Kriegen von Perak gefallenen britischen Soldaten. Dort wurde Philip begraben, doch weder Carlo noch ich waren zugegen. Als der Wasserstand sank und der Regen aufhörte, fuhr Carlo mit dem Zug wieder nach Kuala Lumpur, wo er zu seiner Mitternachtsmesse zwei Tage zu spät kam. Ich fuhr nach Singapur, gefühlstaub und abgemagert; die Verschikkung von Philips Habseligkeiten überließ ich der zuständigen Distriktsbehörde. Wie Carlo mir angeraten hatte, ignorierte ich das sentimentale Beiwerk unseres Erdendaseins: die Bücher, die Erinnerungsfotos und den Tabaknapf mit dem Wappen der Universität Manchester. Philips wahres Dasein war nun im Fegefeuer, Seite an Seite mit dem Dasein anderer unbezwinglicher Ignoranten (aber das werde sich bald ändern, sagte Carlo, es gab nur eine Kommunion, wie all die bezwinglichen Ignoranten beizeiten erfahren würden). Was du liebst, ist eine Seele, sagte er mehrmals, auch zuletzt noch, als der Zug abfuhr, und wenn die Seele nicht stirbt, stirbt die Liebe auch nicht. Alles steht zum Besten, du wirst schon sehen! So recht sehen konnte ich's niemals.

Zusammen mit elf anderen Passagieren fuhr ich auf der *Archippus,* einem Handelsdampfer, der nach Darwin fuhr und auf dem Wege dorthin zahllose Häfen in Niederländisch-Ostindien anlief. Ich tippte in meiner Kabine an der *Löwenstadt,* ging spät zu den Mahlzeiten und schützte mich vor der Bordgeselligkeit durch die Pose des Leidtragenden. Die Stadt Darwin war erbärmlich öd, aber meinem Zustand kam sie entgegen. Breitärschig wie ein Känguruh sammelt sich das australische Leben in den südlichen Territorien; hier dagegen, im hohen Norden gab nur die Telegraphenstation klappernde Hinweise auf die Existenz einer Welt, die nicht stillstand. Auch meine Schreibmaschine klapperte unentwegt auf der Veranda des Rasthauses, das sich ein Hotel nannte. Es gab fettige Steaks; ich ließ sie kaum angerührt wieder zurückgehn. Ich schwamm in der lauwarmen Brühe der Arafura-See zwischen Geschwadern von großen Feuerquallen. Am Strande Baumfarne und Pandanuspalmen, weiter landeinwärts sechs Meter hohe Termitenbauten. Die Kookaburra-Vögel lachten nicht, denn, hieß es, hier habe man nichts zu lachen; in Perth und Adelaide dagegen würden sie sich schier totlachen. In Adelaide wollte ich mich nicht aufhalten: Vor der Frau eines Sportgeschäftsinhabers mochte ich nicht durchdrehen. Ich spazierte nach Süden aus Darwin hinaus bis zum Waldrand; dort sah ich Zykadeen, Baobabs und einen Baum voller roter und weißer Blüten. Als ich näherkam, setzte sich der Baum in Bewegung und schwirrte in eine Hundertschaft Galah-Vögel auseinander, mit weißen Bäuchen, der Kamm orange, die Flügel teerosenfarben. Die Natur, nachdem sie ihren Tribut genommen hatte, begann wieder etwas zu geben.

Ich hörte von einem Ted Collins, der sich bereit machte, nach Alice Springs auszuwandern. Er hatte sich einen alten Fordlastwagen gekauft, den wollte er in der Hauptsache mit Benzinkanistern beladen. Ich sagte ihm, daß ich auch nach Süden wollte – dem Leben ganz sachte wieder näherrücken, fügte ich still für mich hinzu. Halbehalbe für den Saft und die Vorräte, sagte er. Tausend Meilen zu fahren, eine Woche unterwegs, wenn wir Glück haben. Er war ein sonnenverbrannter, einsilbiger Bursche, Tischler gewesen in Darwin und dabei melancholisch geworden. Offenbar sah er für sich in Alice eine strahlende Zukunft voraus. Er bewies bald einen trockenen Sachverstand beim Feuermachen in der Wüste oder im Termitengelände verlassener Viehstationen; er buk am offenen Feuer ein päppiges Wüstenbrot und brühte starken Tee in einer Zinnkasserolle. Er redete nicht viel. Drei Stunden hinter Darwin sagte er etwas:

»Alles so verdammt abgeschnitten! Wie mit dem Herrgott seiner Schere.«

»Vor zweihundert Millionen Jahren wurde's abgeschnitten«,

sagte ich. »Hier gibt es Säugetiere, die Eier legen, die Beuteltiere. Das gibt es nirgendwo anders.«

»Kucken Sie bloß mal, die verdammten Viecher da!« sagte er. Es war ein dichter Schwarm Wellensittiche, wie Heuschrecken, die nach Süden zogen, um dort die frischen Waldknospen abzuknabbern, nachdem sie sich im Norden sattgefressen hatten. Sie flogen mit unserer Geschwindigkeit, fünfunddreißig Meilen die Stunde. Collins beschleunigte. »Verdammte Vögel!« sagte er. »Und was hier noch alles so kreucht und hoppelt! Und diese verdammten Eingeborenen erst!«

»Wenn's Ihnen nicht gefällt, warum gehn Sie nicht woanders hin?«

»Häng nun mal dran. Hab ich von meinem Großpapa. Bin eben Australier. Müssen wir alles nehmen, wie's kommt. Steht doch verdammt noch mal in der Bibel, mein' ich.«

»Scheiß doch verdammt noch mal auf die Bibel!«

Da war er schockiert. »Das dürfen Sie nicht sagen. Ich hatte mal'n Onkel, der hat das auch gesagt, und den hat's erwischt. Kukken Sie bloß, die verdammten Biester da!« Diesmal waren es Obstfledermäuse, eine Schwadron kleiner schwarzer Todesengel für die Gärten im Süden. Entfernung spielte auf ihrem Weg keine Rolle.

»Gibt es denn gar nichts, was Ihnen gefällt?« fragte ich, als wir bei Sonnenuntergang neben dem sich abkühlenden Lastwagen saßen und er den Zinntopf auf dem Feuer beobachtete. Er blickte mißtrauisch hoch, sah, daß die Frage ehrlich gemeint war, und sagte:

»Doch, mir gefällt was, wenn's gut gearbeitet ist. Wenn es schön verfugt und verzapft ist, und mit einem guten Lack drauf. Aber dann kommen diese verdammten weißen Ameisen und fressen's auf. Die kommen von innen, von außen sieht alles blendend aus, nur anfassen darf man's nicht. Was ich verdammt noch mal nicht ausstehn kann, ist dieser Hohn.« Dann blickte er mich pfiffig an und fragte: »Und von was leben Sie denn?«

»Hat Ihnen das niemand erzählt in Darwin?« Ich fädelte die Zunge einer Rindfleischbüchse in die Spalte des Öffners ein, drehte, hörte das elbische Seufzen des sterbenden Vakuums und drehte kräftiger. »Von Büchern, Mr. Collins. Ich lebe von Büchern. Ich schreibe welche.«

»Was denn für welche? Krimis? Buffalobills? Desabiljen?«

»Was sind denn um Himmels willen Desabiljen?«

»So was mit Mädchen in ihren Desabiljen, und er legte seine heißen Pfoten um ihre im Sinnestaumel bebende Gestalt undsoweiter. Sauereien, könnte man sagen.«

»Meine Bücher sind ganz sauber, finde ich. Saubere, anständige Geschichten!«

»Und so eine wollen Sie über Darwin schreiben, dieses Drecknest? Mann, in Darwin ist nichts los, ob Sauerei oder sauber! Sie müssen verrückt sein. Und wie ist's mit Geld, verdienen Sie Geld damit? Haben Sie jetzt Geld bei sich?«

»Einen Kreditbrief hab ich, wie man das nennt. Damit geh ich zur Bank und kriege Geld drauf.« Das Corned Beef platschte auf einen Blechteller und blieb dort in seinem dünnen Fettmantel hocken. »Warum fragen Sie, Mr. Collins?«

»Ich hab nichts von Ihnen verlangt, nur für Fressalien und Saft für den Wagen. Und die Arbeit mit dem Fahren hab doch ich, das ganze verdammte Stück bis nach Alice.«

»Die hätten Sie sowieso. Wollen Sie Geld? In bar hab ich nicht viel bei mir. Und von Alice muß ich erst weiter nach Adelaide, hab ich Ihnen schon gesagt. Außerdem war von Geld keine Rede, bevor wir losgefahren sind.«

»Wenn Sie Geschichten schreiben und davon leben, dann müssen Sie mir eben Ihre verdammten Geschichten erzählen. Ist nur recht und billig!«

»Ist das Ihr Ernst?«

»Und ob, Mann, ist mir verdammt ernst. Ab morgen. Da haben Sie noch Zeit, sich was auszudenken.«

»Desabiljen?« Das Kreuz des Südens zeichnete den Himmel aus.

»Alles! Krimis, Räuberpistolen und Desabiljen auch!«

Also erzählte ich ihm, während wir von Birdum nach Daly Waters fuhren, die Geschichte von Beowulf und Grendel; er meinte, das sei mehr etwas für Kinder. Von Daly bis Newcastle Waters hörte er die Geschichte des Müllers aus den *Canterbury Tales,* von Elliot bis Powell Creek die Geschichte aus dem *Decamerone,* wo der Teufel in die Hölle gesteckt wird. Von Powell Creek bis Tennant Creek erzählte ich ihm die Geschichte des Ablaßhändlers. Diese machte ihm Eindruck. »Geschieht ihnen recht, den Schweinen!« war sein Urteil, und ich mußte die Geschichte wiederholen. All dies tat mir gut. Von Tennant Creek bis Devil's Marbles, kurz vor Wauchope erzählte ich ihm die Historie vom Doktor Faustus, und er sagte, da sieht man, was rauskommt, wenn so ein Kerl mit was rumspielt, was gegen die Natur geht. Von Wauchope bis Barrow Creek faßte ich den *Hamlet* zusammen, und er meinte, das sei aber ein bißchen verdammt weit an den Haaren herbeigeholt. Von Barrow Creek bis zum Tee Tree Well Store gab es das *Verlorene Paradies,* aber nun wollte er nicht mehr so recht glauben, daß das von mir sei, denn, sagte er, sowas Ähnliches habe er schon als Dreikäsehoch von seinem Papa gehört. Von Tee Tree Well Store bis Aileron erzählte ich ihm den *Robinson Crusoe,* aber da hielt er aus Protest mitten in der glühenden Hitze den Wagen an. Die Geschichte habe er irgendwo in der Zeitung gelesen, sagte er, und in Arnhem Land sei mal ein Eingeborener herumgelaufen, den irgendwer Freitag genannt hatte. Geklaut ist geklaut, sagte er, ob Geld oder Garn, und manche Leute könnte ich ja vielleicht für dumm verkaufen, aber bei manchen müßt ich mich vorsehn. Also beschwichtigte ich ihn mit der Geschichte von Peter Schlemihl und seinem Schatten, auf der Strecke von Aileron bis zum Anfang der Macdonnel-Berge, als wir in der Ferne schon den Rauch von Alice Springs sahen. Als wir nach Alice hineinfuhren, gab er ein Gesamturteil über meine Stärken und Schwächen als Erzähler ab: Eine Geschichte ist sowas wie ein Tisch, ein gut oder schlecht gezimmertes Möbel, und wenn Sie weiter bei solchen Sachen bleiben wie der mit den drei Typen unter dem Baum, die der Tod holt, dann kommen Sie bestimmt ganz schön voran und werden vielleicht sogar noch ein bißchen berühmt. Dann schüttelten wir uns die Hände und trennten uns bei einer letzten Pinte Bier nach einem Steak mit Spiegeleiern im staubigen Alice Springs. Ich fuhr mit der Port Augusta-Bahn nach Adelaide, eine gottverflucht lange Reise. Dann nahm ich den Bummelzug nach Melbourne, wo von nichts anderem die Rede war als von der langen Trockenheit und den Bränden, die nördlich der Stadt ausgebrochen waren. In einer Hustenbonbonfabrik war mit Riesengestank der Eukalyptus explodiert, und eine Felswand hatte den heißen Wind auf ein Gehölz zurückgeworfen, das durch Selbstentzündung in Flammen aufging.

Das Tröstlichste, was ich in Neu-Südwales sah, eine Sache, die sehr zur Bescheidenheit gestimmt machte, war in Professor Hockslys Aviarium: ein Laubenvogel, der einen Tunnel aus Zweigen gebaut hatte, um künftig seine Weibchen auf diesem Wege ins Nest zu jagen, und dieses Gaudí-artige Bauwerk schmückte er mit blauen und roten Blüten und Federn und mit gestohlenen blauen

Wäschebeuteln; dann sah ich wahrhaftig, wie er das verfluchte Ding anmalte, mit einem Zweig im Schnabel, den er in blauen und roten Beerensaft tunkte. Soviel zu den spirituellen Prätentionen der Kunst. Während der Woche in Sydney, wo ich im Hotel Phillips in King's Cross wohnte, nahm ich ein bißchen zu und setzte einen kleinen Bierbauch an. Ich konnte mich sogar überwinden, zu einem Kricketmatch zu gehen. Unter diesem weiten blauen Himmel gab es nichts Böses; aber dann las ich im *Bulletin,* daß irgendein Irrer in den kleinen Känguruh- und Koalabärenzoo eingebrochen war; sieben ausgewachsene Hüpfer und drei Joeys hatte er abgeschlachtet. Ich fuhr mit dem Schiff nach Auckland, und dort, in einer Buchhandlung, wurde ich erkannt. Ich ließ mich zu einem Vortrag vor den einheimischen Literaturdamen über *Das Leben des Romanciers* überreden, und da sagte ich, ja, Reisen ist schon nützlich, lernt man Leute kennen und kommt auf Ideen. Und Ihr Liebesleben, Mr.Toomey? fragte eine dicke, halb maoriblütige Dame. Nichts wie weg!

In Auckland bestieg ich die *Celsus,* einen Dampfer der Pazifiklinie, der nach San Francisco fuhr und unterwegs die Fidschis, Tonga und die Marquesas anlief; dann ging es nordwärts über eine nur durch zwei Wendekreise und einen Äquator vermenschlichte Wasserwüste, und schließlich, nach zwei Tagen Aufenthalt in Honolulu kam das letzte Stück Pazifik bis zum amerikanischen Festland. Am Tag, bevor wir nach Honolulu kamen, wurde ich mit der *Lowenstadt* fertig. Um das Ereignis zu feiern, gönnte ich mir ein Bad in der lauwarmen Brühe unter dem Diamantenkopf, nachher ein chinesisches Essen, viele Becher Rum mit Ananas- und Passionsfruchtsaft; und voller Selbstmitleid ging ich zu Bett. In San Francisco wollte ich den Roman von einer professionellen Stenotypistin mit zwei Durchschlägen abtippen lassen, den einen für meinen Agenten Joe Phelps in New York. Außerdem hatte ich ein ansehnliches Bündel Kurzgeschichten für *Collier's* beisammen. Das Leben geht weiter, entschuldigt durch Werke. In der kleinen Schiffsbibliothek machte ich eine erstaunliche Entdeckung, einen österreichischen Schriftsteller namens Jakob Strehler, natürlich in englischer Übersetzung. Die Bibliothek hatte vollständig seinen siebenteiligen Romanzyklus mit dem Gesamttitel *Vatertag.* In meiner Aufregung über diese Entdeckung, in der Überzeugung, hier vielleicht den größten Romancier unserer Zeit vor mir zu haben, kaufte ich mir seine Bücher nicht sehr viel später auf deutsch, zusammen mit Cassell's großem Wörterbuch und der englischen Fassung nur als Lesehilfe, denn keine Übersetzung vermag das Original in der ganzen Fülle seiner Kraft wiederzugeben. Dabei lernte ich alles, was ich von diesem zungenbrecherisch und rachensperrend gemütvollen Fleischwolfsheulen, als das mir die deutsche Sprache früher erschienen war, heute noch weiß. Obwohl ich mich jetzt an diese erste Lektüre der etwas blassen Übersetzung von William Meldrum erinnere, fallen mir daher als erstes die deutschen Titel der einzelnen Bände ein: *Dreimal Schweinekohl, Nur Töchter, Wir saßen zu dritt, Hinter den Bergen, Wie er sich sah, Arbeit geteilt,* und *Woran sie sich nicht erinnern will.* Warum standen diese Romane hier *(Three Helpings of Pork and Cabbage, Over the Mountains* etc.), im steifen braunen Einband der Schiffahrtsgesellschaft und mit einem goldenen Anker vorn draufgestempelt? Weil, so erfuhr ich von dem Kajütenoffizier, der in der Bibliothek Dienst hatte, die Frau des Autors einmal auf dieser Strecke mitgefahren war, und die hatte in San Francisco dann die Scribners-Ausgabe von *Father's Day* gekauft und dem Schiff zum Geschenk gemacht, als Dankeszeichen für eine angenehme Reise. Was die Gattin eines Wiener Schriftstellers in dieser Weltgegend zu suchen hatte, war eine Frage, die mich damals noch nicht bewegte.

Der Leser, dem Jakob Strehler zumindest dem Namen nach bekannt ist, weil er 1935 den Nobelpreis für Literatur bekam, wird vielleicht das einfältige Staunen belächeln, mit dem ich ihn fast zehn Jahre früher (wir sind nun im März 1925) zum ersten Male las. Aber damals war Strehler außer in den literarischen Zirkeln von Wien und Berlin noch nicht sehr bekannt, und die schwierige Eigenwilligkeit seines Stils und Handlungsaufbaus war nicht eben eine Empfehlung bei denjenigen Lesern, die zum Beispiel gern nach einem Toomey greifen, weil er billige Spannung, handfeste Chronologie und eine beruhigend laxe Sprache verheißt. Man wird mir verzeihen, wenn ich Handlung und Eigenart dieser Romane hier summarisch wiedergebe. Der Vater des *Vatertag* ist der österreichisch-ungarische Kaiser, Herrscher über ein undemokratisches, von Polizeispitzeln verseuchtes Mitteleuropa, das zugleich liebenswert, komisch und schöpferisch ist. Die Familie Bürger hat am Rande mit den Künsten zu tun – ein Kontrabassist in einem Tanzorchester, eine Chansonette, ein Jahrmarktszauberer, ein Notenabschreiber, Opernstatisten –, und in ihrer unentwegten Jagd nach dem Lebensunterhalt breiten sich die Bürgers von Wien bis nach Triest aus. In diesem bürgerlichen Zigeunertum haben ohne weiteres auch kleinkriminelle Erwerbstätigkeiten wie Hehlerei, Fälschung, Prostitution und Diebstahl von Kerzenhaltern aus Kirchenbeständen ihren Platz. Es ist eine Familie ohne jeden Sinn für Moral. Aber in ihrer klotzig-talentlosen Art ist sie unausrottbar und freut sich des Lebens. Die meisten großen Künstler des Reiches treten auf, von Metastasio bis Richard Strauss, aber immer in irgendeiner nicht ganz astreinen Verbindung zu der Familie Bürger. Von fern hören wir polternde Drohungen gegen das brüchige Staatsgefüge der Magyaren, Deutschen und Slawen, aber die prophetische Rede vom Anbruch des modernen Zeitalters und vom Anachronismus des Kaiserlich-und-Königlichen Reiches weckt nur zynische Belustigung. Sofern das Werk eine Moral hat, wird ihr mit der gelegentlich wiederkehrenden Formel *Bleibt mir gestohlen!* vollauf Genüge getan. Die Möglichkeit des Fortschritts wird geleugnet. Das Leben des Einzelnen ist kurz, und wir müssen jeder das Beste draus machen. Der Wein ist immer etwas Gutes, aber das Wienerschnitzel kann schlecht gebraten sein, weshalb man es manchmal dem Kellner an den Kopf werfen muß. Die Bürgers sind laut, streitlustig und immer sympathisch. Gegen Onkel Otto ist Falstaff eine Mimose, und die dunkelhaarige Gretel ist eine schandmäulige Sirene, bei der selbst dem Kaiser vom bloßen Zuhören ein feuchter Zacken von der Krone abgeht. Geschrieben ist das Werk zum höheren Ruhme des Lebens.

Dieser Familie gehört der Erzähler an, Fritz, ein Überlebender des Weltkrieges (Strehler schrieb alle sieben Bände zwischen 1915 und 1920 in Hainburg an der Donau), der in einem verlassenen Schloß bei Bratislava oder Preßburg einen verborgenen Weinkeller entdeckt hat und dort nun, immer dichter umnebelt, die Annalen der Bürgers aufzeichnet. Sein Gedächtnis ist mangelhaft; er hat keinen Sinn für Geschichte und läßt alle Epochen in einen einzigen kaiserlich-und-königlichen Tag einschmelzen, den er den *Vatertag* nennt. Menschen sind für ihn solider als Institutionen, sogar solider als deren Bauwerke: Wenn einer von den Bürgers sich schwer an eine Museumsmauer lehnt, so ist es gar nicht unwahrscheinlich, daß die Mauer zerbröckelt. Die Städte und Dörfer sind verfließend, wie durch ein Weinglas gesehen, Grenzen in Raum und Zeit flüchtig hingemalt wie mit der eingetauchten Fingerspitze. Mozart und Rilke treffen wir beim Wiener Kongreß, wo ein neuer Strauß-Walzer aufgeführt wird (ob von Johann, Josef oder

Richard bleibt unklar, aber das Orchester spricht für Richard). Mozart bricht ohnmächtig zusammen, niedergeschmettert durch die Harmonien der Blechinstrumente. Sigmund Freud erscheint zu Pferde in der Schlacht bei Poysdorf, die Zigarre in dem noch nicht krebszerfressenen Munde. Schlachten sind ein blutiges Gaudi. Die Sprache des Erzählers ist gespickt mit selten gedrucktem Rotwelsch, slawischen Lehnwörtern und Neubildungen. Wir haben hier ein großes, aber schwieriges komisches Meisterwerk, irrsinnig vernünftig wie Rabelais, das einen starken Kontrast zu Strehlers anderen Romanen bildet, meist zarten, schlichten und bittersüßen Liebesgeschichten aus den österreichischen Dörfern, mit Ausnahme der großen *Moses*-Tetralogie (1930–35), welche die Technik des *Vatertag* auf die jüdische Geschichte anwendet. Einstweilen will ich über Strehler nur noch sagen, daß seine zufällige Entdeckung mitten im Pazifik eine starke Medizin war, die meine innere Genesung beschleunigte. Durch diesen großen Ruhmredner des Lebens wurde ich mit der Welt ausgesöhnt.

Während ich an der Haltestelle der Seilbahn in der Nähe des Fisherman's Wharf stand, wo ich zu Mittag Austern gegessen hatte, kam mir eine Erscheinung von der Art, wie ich sie immer wieder für meine Romane erfunden habe, obwohl ich mich dann von den Lektoren oft überreden ließ, sie zu streichen, weil sie naiv, rührselig und wie ein dick hingeklotztes Symbol wirke. Ein Schmetterling ließ sich für einen Augenblick auf meiner rechten Hand nieder, und obwohl an Luftfeuchtigkeit kein Mangel war, trank er von meinem Schweiß, als ob wir in der australischen Wüste wären. Seine Flügel, die in der vom Meer wehenden Frühjahrsbrise ein klein wenig bebten, waren mit dem griechischen *Phi* gezeichnet. Das hieß, alles in Ordnung, den Tod gibt es nicht, und so weiter.

Von San Francisco fuhr ich mit der Bahn quer durch den ganzen Erdteil. Handlungsreisende, Zehncent-Zigarren, Spucknäpfe. Geschäft soll ziemlich mies sein im Süden. Tatsache, soll ziemlich mies sein, he? Hörn Sie mal, der Schenmen hier sagt, Geschäft soll ziemlich mies sein im Süden. Tatsache? Das große Herzland des üppigen, launischen Kontinents rollte vorüber, und der Geist Walt Whitmans (Männer, die es hinabzog in Erfüllung der Pflicht) kam in Gestalt eines Käfers hereingeflogen, den einer der Zigarrenkauer zwischen seinen Pranken zerquetschte. Ziemlich mies, würd ich sagen, yep. Yes, sir. Ja, wir nehmen alle Blue special. Ein entsetzlicher Fusel aus Taschenflaschen, Hüftöl.

Im frühlingswarmen Manhattan stieg ich im Hotel Plaza ab. Der Central Park war voll schäumenden Grüns, und die Blumen sahen so aus, als ob sie Cullencion, Bryanthemen und Thanatopsis hießen. Über der Stadt dröhnte der Boom wie ein Belagerungsgeschütz. Es roch nach Geld wie nach Eiter aus einem frischaufgebrochenen Furunkel, behandelt mit schlechtem Whisky und Nelkenöl. Vater in Toronto anrufen. Eilt aber nicht, gibt ja nichts zu sagen. Ich besuchte Joe Phelps in der Madison Avenue, einen höflichen, gerissenen Yankee, anglophil, hatte in Princeton europäische Geschichte studiert, trug Anzüge von einem Londoner Schneider, war im Kriege zweiter oder dritter Adjutant bei Pershing gewesen. Das Haar um den schnurgeraden Mittelscheitel war mit derselben Brillantine angeklebt, die auch Valentino benutzte. Seine Augen waren weiß wie Schlehengin, zartblau verschleiert. Er teilte sich die Kommissionsgebühren mit Jack Birkbeck in London, nach einem Modus, den sie insgeheim und zur beiderseitigen Zufriedenheit unter sich ausgemacht hatten. Den Vertrag über die Kurzgeschichten für *Collier's* hatte mir Jack in London verschafft, obwohl *Collier's* eine New Yorker Illustrierte war; und Joe hielt nun das Bündel Geschichten in einer stählernen Schublade unter Verschluß, aus der er immer nur eine für den Literatur-Redakteur hergab, wie Taschengeld für ein Kind oder einen Alkoholiker. Ich gab ihm nun den Pappkarton mit dem Typoskript von *Löwenstadt,* und er wog ihn in einer Hand wie einen Block Metall, dessen Goldgehalt man noch würde feststellen müssen. Er glaubte nicht, daß die Leute irgendwelche Bücher tatsächlich *lasen;* allerdings ließen sie sich oft eine Illustriertenschreibe zerstreutermaßen bis zu der Stelle gefallen, wo es hieß, *Fortsetzung auf Seite 176.* Andererseits aber *kauften* die Leute Bücher, wenn die nur dick genug waren, um wie eine Altersvorsorge für die Mußezeit des Ruhestandes zu wirken. Er hatte die Literatur ein Stück weit studiert und kannte ihre Grenzen. Kino und Theater interessierten ihn mehr. Am meisten interessierte ihn Geld. Er sagte:

»Bis wann könnten Sie ein Stück für die Keepers fertig haben?«

»Cuypers?«

»Tim, Rod und Alice Keeper, das unerträgliche Trio.«

»Ah, die!« Zwei echte Brüder und eine echte Schwester vom echt einheimischen Neu-Amsterdamer Schrot und Korn, spezialisiert auf Dreiecksdramen und eigens für sie in Auftrag gegebene

Komödien. Noel Coward hatte *Krank und frei* für sie geschrieben, Willie Maugham *Die Katze im Sack*. Das Publikum wußte, daß die Keepers echte Geschwister waren, und dies gab ihren ehebrecherischen Kapriolen auf der Bühne etwas Gesundes, Biederes, das zugleich ein wenig bedenklich war. Alle in der Familie versicherten, daß es reine Bühnenarbeit sei, ohne private Histörchen, aber trotzdem hatte es einen reizenden Anflug von Inzest.

»Merkwürdig, aber da hatte ich eine Idee. Ich habe nicht speziell an die gedacht, aber ja, ich will mir's mal überlegen.«

»Überlegen Sie nicht zu lange. Ich habe versprochen, Sie wissen wie das ist, halbe Versprechen haben keinen Sinn, daß ich bis Ende April etwas für sie haben würde. Nicht notwendig von Ihnen, Sie waren ja nicht aufzufinden, wo zum Teufel haben Sie denn seit Weihnachten gesteckt, aber egal, nun sind Sie ja hier, gehn Sie gleich dran! Die Keepers hören im Mai in Chikago auf, *Geld oder Leben* von Lonsdale, gehn Sie mal hin und sehn Sie sich die drei an, ein Tumult! Machen Sie was mit viel britischem, na, Sie wissen ja, Humor, kann gar nicht schiefgehn! Bringt viel Geld.«

»Da Sie grad von Geld reden«, sagte ich. Meine amerikanischen Einkünfte lagen alle bei Joe, von mir noch nicht angerührt. Er unterhielt für mich ein Sonderkonto bei seiner Bank, mit schwächlichen fünf Prozent Zinsen. Ich vermutete, daß er klammheimlich ein bißchen damit spekulierte. Ich konnte von meinen Einkünften aus Europa und dem britischen Empire ganz auskömmlich leben. Er sagte, ohne erst nachsehen zu müssen:

»Fünfundsechzigtausenddreihundertzweiundneunzig Dollar einundvierzig Cent. Es ist doch jammerschade.«

»Was ist schade?«

»Lassen Sie's mich alles Haigh Purdue in die Hand drücken! Alter Freund von mir aus Princeton. Hier in der Straße, Gillespie Spurr und Purdue. Der verdreifacht es Ihnen in einem Jahr. Das Radio zum Beispiel, Radio wird die Rakete, die legen grad erst die Lunte.«

»Raketen sehn hübsch aus, brennen aber nicht lange. Joe, euer Boom hier kommt mir faul vor. Das ist hysterisch, genau wie die Prohibition. Konjunktur und Schnapsschmuggel – zwei Seiten derselben Krankheit! Aktien sind auch viel zu abstrakt für mein schlichtes Gemüt. Lassen Sie das Geld, wo es ist!«

»Aber Immobilien«, sagte er, »mit Immobilien können Sie gar nichts falsch machen. Was würden Sie zu so einem hübschen kleinen Stück Privatbesitz in Manhattan sagen, keine drei Minuten von hier? Upper East Side, 76. Straße. Für Zwanzigtausend.«

»Eine Wohnung?«

»Drei Schlafzimmer, zwei Bäder, Wohnzimmer lang wie 'ne Rennbahn. Zehnter Stock, tolle Aussicht. Gehört Bernard Lamaria, kennen Sie, dem Schriftsteller, *Freund und Feind* und noch so eine Sache. Vorigen Donnerstag ist er ausgezogen. Er hat sie noch keinem Makler übergeben. Vollkommen möbliert, alles gute Sachen, kostet, sagen wir, noch mal dreitausend. Seine Frau wollte unbedingt nach Great Neck ziehn, auf Long Island, Haus von ihrer Mutter geerbt, bißchen spießig, aber hübsch. In Great Neck wohnt jetzt alles, Lillian Russell, George M. Cohan und Flo Ziegfeld persönlich. Große Parties, ob auch große Literatur dabei rauskommt, weiß ich nicht. Aber trotzdem! Bloß 'ne halbe Stunde bis zum Broadway mit dem Long-Island-Expreß. Aber ich will Ihnen ja nicht Great Neck verkaufen. Gar nichts will ich Ihnen verkaufen. Ich sag bloß, es wär doch nett, wenn Sie ein Fleckchen hätten, wo Sie wohnen können, wenn Sie herkommen.«

»Ich komme nicht oft her.« Ich war neugierig, wieviel dieser Lamaria wirklich verlangt hatte. Land des schnellen Dollars. »Im Plaza bin ich ganz gut aufgehoben.«

»Aber verkaufen können Sie's ja immer, warum denn das Geld schlafen lassen? Immobilien sind die Rakete. Aber jedenfalls, schreiben Sie erst mal dies Stück! Nette kleine Bar, hat er selber gezimmert, der Bernie, Ahorn, Hocker mit echt Leder, und ein paar alte Drucke hab ich gesehn, Barfaustboxen, bei Stolz in der 43. Straße, ganzes Dutzend für'n Appel und 'n Ei, würden sich prima machen an der Wand hinter der Bar. Einen Schnapsschmuggler kann ich Ihnen vermitteln, den besten, den's gibt.« In Joes Schlehenginaugen konnte ich sehn, daß er diese Bar schon fix und fertig und wohlbeliefert vor sich sah, mitsamt ihrem glasigen Blicks vor sich hinschreibenden Käufer. In seiner Einfalt dachte er wohl, kein Schriftsteller würde je etwas schreiben, wenn er nicht besoffen wäre.

»Ich könnte's mir wenigstens mal ansehn.«

»Klar, können Sie! Gehn wir jetzt essen! Zu Baxter, echt englischer Hack-und-Nieren-Auflauf, für Sie ganz wie zuhause. Dann können wir vorbeigehn, Schlüssel hab ich da. Machen wir gleich Nägel mit Köpfen beim Notar Max Lorimer, wohnt gleich um die Ecke. Zehn Minuten und alles gehört Ihnen, morgen können Sie einziehn. Wird Ihnen nicht leid tun, Ken, können Sie mir glauben!« Wieviele Dollars dabei wohl in Joes Tasche flossen? Zuviel haben konnte man nie.

Es hat mir nicht leid getan, nicht ernstlich. Es dauerte nur eine Weile, bis ich den optischen und olfaktorischen Mief des Kollegen Lamaria los wurde: bunte, großgemusterte Tapeten, nachgemachte Antiquitäten, Teppichböden wie eine Haferbreipfütze. Der Geruch stammte wohl mehr von seiner Frau: Terpineol, Zinamidaldehyd und Chlorostyrolen hielten sich noch lange, nachdem der synthetische Blumenduft ausgetrieben war. Ich stellte die Schreibmaschine auf und schrieb mein Stück, bei selbstgebratenen Spiegeleiern mit Schinken, dazu echter Booth-Gin, Chesterfield-Zigaretten, und der Ausblick auf die hochgetürmte Stadt. Das Stück findet man in meiner Sammlung *Toomey's Theatre;* es heißt *Die dritte Hälfte.* Es ist das erste wirklich experimentelle Stück, das ich geschrieben habe, aber mit herzhaften Lachern gewürzt, so daß es dem Publikum trotz aller Tücken glatt einging. Drei Personen treten auf, mehr nicht: Richard und Marion Trelawney, Mann und Frau, und der amouröse Eindringling John Strode. Vier Szenen, zwei Akte. Szene 1 ist elisabethanisch, mit den Gewissensqualen des Ehebruchs, Szene 2 Restaurationstheater, die Aussöhnung mit dem gehörnten Gatten, der angesichts der eigenen, höher hinausgreifenden Behornungspläne zur Nachsicht gestimmt ist. Szene 3 ist aufgeklärt-viktorianisch: Die Beteiligten können sich nun endlich zu einer *ménage à trois* nach rein vernünftigen Gesichtspunkten bereitfinden, was, wie sie am Ende einsehen, nur möglich ist, weil sie vor lauter Aufgeklärtheit allesamt geschlechtslos geworden sind. In der letzten Szene, in Manhattan, 1925, leben die drei immer noch zusammen, aber die Frau ist momentan verreist, angeblich zu ihrer Mutter. Trelawney und Strode bekommen ein Telegramm mit der Nachricht, sie sei bei einem Autounfall ums Leben gekommen. Ehemann und Geliebter fallen sich weinend in die Arme, geeint in der treuen Gemeinsamkeit einer Liebe, die, wie sie nun langsam begreifen, schon immer ein bißchen fad und sogar unehrlich gewesen ist. Sie merken, daß sie sich eigentlich gegenseitig lieben – aber natürlich nicht homosexuell, bloß wegen der Harmonie der Temperamente und wegen ihrer gemeinsamen Neigungen, unter denen die Neigung zu Marion nach all den Jahren wohl nicht mehr die wichtigste ist. Aber die Nachricht erweist sich als irrig: Es waren ein anderer Wagen und andere Leute, wenn auch derselbe Unfall (Zusammenstoß). Marion kommt wieder, quicklebendig. Aber erschüttert und reumütig, weil sie dem Tode so knapp entgangen ist, gesteht sie, daß sie bei einem Mann war, ihrem Liebhaber seit drei Jahren. Ich tu's nie wieder, sagt sie, von nun an bleib ich für immer meinem Richard und meinem Jack treu. Aber die beiden sagen: Raus mit dir, wir wollen dir nicht verzeihen! Einträchtiger Pfeifenrauch, Männerwirtschaft *à deux*, Vorhang.

Es war Ende Mai, als ich mit dem vierfach ausgefertigten Typoskript der ersten Fassung nach Chikago fuhr. Dort, wie ich schon einmal sagte, war eine Ausstellung der Monets, Manets und Renoirs aus dem Besitz der Mrs. Potter Palmer, aber ich war nicht in erster Linie deshalb hingefahren. Ich wohnte allerdings im Palmer House, einem Hotel mit einem Vestibül wie eine Kathedrale, obwohl es, damals wenigstens, im Gegensatz zu einer Kathedrale keine Genehmigung für den Ausschank geistiger Getränke hatte. Die Keepers wohnten auch da, und wir trafen uns an einem Sonntag. Sie waren drei lebhafte Personen, die jünger aussahen, als sie waren, sich alle erstaunlich ähnlich, einander, ich war mir fast sicher, auch sexuell zugewandt, holländisch blond, mit einem gewaltigen Durst auf den bestmöglichen Schmuggelscotch. Ich las ihnen mein Stück vor, und mit gewissen Vorbehalten gefiel es ihnen. Alices Augen, puppenblau wie die ihrer Brüder, projizierten an die Gesimse ihres Wohnzimmers eine wechselvolle Vielfalt pikanter Dekolletagen. Aber Trelawney, der Name gefiel ihnen gar nicht. Aus Cornwall, nicht? Ein unnötiger und ganz unbeabsichtigter Tupfen Regionalfarbe. Und gab es nicht auch schon ein Buch, wo dieser Name im Titel stand? Tim Keeper blätterte die Lokalseiten der *Chicago Tribune* auf, Todesanzeigen, Nachrufe, Ihre Gebete sind willkommen für (die Chikagoer Zeitungen bestanden in diesen Gangsterjahren zu einem großen Teil aus Nekrologen), in der Hoffnung, einen plausibleren Namen zu finden. »Allenby, Aubrey, Bertorelli, Boehme, Brancati, Bucer, Caliente, Campanati, Campion, Ciano. Wie wär's mit Campion, das gibt irgendwie einen Ton, Campion klingt gut?«

»Sagten Sie eben Campanati?« fragte ich.

»Nein, Campion. Dichter, Priester, Musiker, Märtyrer und sowas.« Auf der Suche nach geeigneten Vorlagen waren die Keepers eine ziemlich belesene Familie geworden.

»Lassen Sie mich das mal sehn!« Ihre Gebete sind willkommen

für die Genesung des in kritischem Zustand im Chisholm General Hospital, Michigan Avenue. Und nun, nachdem ich mich an so vieles und oft ganz zutreffend erinnert habe – in den Grenzen der menschlichen Beschränktheit, denen das Gedächtnis unterliegt, so daß uns nichts andres übrig bleibt, als die Lücken im Vergangenen durch Erfindung zu füllen –, muß ich versuchen, mich so genau wie nur menschenmöglich jenes Vorfalls zu erinnern, den zu bezeugen Seine Exzellenz von Malta mir ans Herz gelegt hatte.

40

»Wie hast du das denn nur fertiggebracht?« fragte ich Carlo. »Ich meine, daß du gleich hier bist?«

»Du bist ja auch hier.« Er sah ganz wie ein amerikanischer Pfarrer aus, mit seinem Priesterkragen aus Zelluloid, der kunstseidenen schwarzen Hemdbrust und dem Priesteranzug im St. Louis-Schnitt. Wir standen in einem Privatzimmer des Chisholm Krankenhauses und schauten von beiden Seiten des Bettes voll Zorn und Mitleid auf den bandagierten, bewußtlosen Raffaele hinab. Von seinem Gesicht und Körper war nicht viel zu sehen. Zeichen der Atemtätigkeit waren kaum erkennbar. Dank einem Hauptmann Robertson und den Doktoren Rous und Turner konnte Blut, wegen der Gerinnungsgefahr in einer 3,8prozentigen Sodiumzitratlösung, in Raffaeles Adern gepumpt werden: Der Weltkrieg, wie Carlo schon immer sagte, hatte doch auch sein Gutes gehabt. Aber! »Ich war schon da«, sagte Carlo. »Nicht in Chikago, aber in New York.« Zum ersten Mal, seit ich ihn kannte, klang in seiner Stimme ein Selbstvorwurf an. »Vielleicht wäre es besser gewesen, wenn ich nicht in Amerika gewesen wäre. Ich habe mit ihm telefoniert. Ich habe etwas gesagt, was ich vielleicht nicht hätte sagen sollen.«

»Was ist denn passiert?« Ich konnte sehn, daß etwas Furchtbares passiert war. Kopf, Brust, Bauch, und das eine Bein mit Sicherheit kürzer als. »Wer hat das getan?«

»Die Chikagoer Polizei sagt, er wurde irgendwo aufgehängt, wo Gefrierfleisch gelagert wird, an einem Fleischerhaken unterm Kinn. Aber das erst, nachdem man ihn viele Male auf den Kopf geschlagen und ihn wieder zu Bewußtsein gebracht hatte. Eine Axt, wie man sie zum Eisbrechen verwendet, wurde ihm in den Leib geschlagen. Der linke Fuß mitsamt Knöchel wurden ihm abgehackt, wieder mit einer anderen Axt. Das Ganze ist blutiger als bei deinem Freund in Malaya, aber es sind dieselben Teufel. Da siehst du's, für meinen Bruder kann ich ebensowenig tun wie für deinen Freund!«

»Lieber Gott!« sagte ich und begriff nun alles. Italienische Landsleute, Italienisch die Sprache der Verachtung, wenn auch eine seiner südlichen Mundarten, das Neapolitanische, die Sprache der *guappi* oder Itaker. Schöne Zähne, Tieraugen, die Muskeln hirnloser Einwanderer, Werkzeuge eines Hirns an der Spitze, des Großkapauns.

»Du sagst lieber Gott, aber das meinst du nicht. Du denkst, wir haben einen schlechten Gott, weil er zuläßt, daß so etwas mit den Unschuldigen gemacht wird.«

»Wo hat man ihn gefunden?«

»An einer Straßenecke bei einem großen Gefrierfleischlager. Gefrierfleisch gibt es genug in dieser Stadt. Eine Stadt voller Wind und Schlachthöfe. Er hat getan, was er für richtig hielt. Du hast ihm nicht geholfen, und ich wollte unbedingt einen Helden aus ihm machen. Aber passiert wär es in jedem Falle.«

»Ich habe ihm nicht–« Gewiß, was ich mit der Pranke des beliebten Schriftstellers und als Meister der literarischen Volksbelustigung womöglich hätte tun können, um das Böse an den Pranger zu stellen, hatte ich nicht getan, nicht mal aus sicherer Entfernung. Daran war Raffaele selber schuld: In seiner Rechtschaffenheit hatte er an mir ein allzu billiges Angriffsziel gefunden und sich selber in den Geruch der Scheinheiligkeit gebracht. »Du wolltest einen Helden–«

»Oh, Raffaele hatte Bedenken, ob er eine bestimmte Information, die er hatte, an die Bundespolizei weitergeben sollte. Ich habe gesagt, du darfst nie vor etwas Angst haben. Jemand bei der Bundespolizei ist korrupt, soviel ist sicher, aber es wird schwer aufzuklären sein, wer es ist. Der hat von den Gangstern Geld genommen und die Information beseitigt, zugleich aber verraten, wo die Information herkam. Sie betraf den Tod einer Mutter mit ihrem Kind. Sogar das korrupte Chikago und die korrupte Bundespolizei müßten eine solche Information zur Kenntnis nehmen, sollte man denken. Raffaele saß mit einem anderen Mann beim Essen in einem Restaurant. Er wurde hinausgeschleppt, niemand ist dagegen eingeschritten; vermutlich haben die Leute alle in Ruhe weitergegessen. Ich hätte Lust, zu dem Großkopfeten oder

Großkapaun zu gehen und die Worte des Strafgerichts zu sprechen. Aber ob ich nun hingehe oder nicht, denn er ist schwer aufzufinden, die Worte werden ihm zu Ohren kommen. Diese Leute sind alle sehr abergläubisch.«

»Raffaele kannst du damit nicht helfen.« Ich sprach mit Erbitterung, und Carlo konnte sehen, daß ich nicht an Raffaele dachte. »Was sagen die Ärzte?«

»Sie haben einen Gehirnschaden festgestellt. Sie haben ein *cancrena* festgestellt.«

»Gangrän?« Das unheimlichste Wort unserer Sprache, hatte ich schon oft gedacht, mit dem Beiklang einer unverschämten Lebendigkeit.

»Sie sagen, es kann nicht mehr lange dauern. Ich habe gebetet, und gestern habe ich ihm die letzte Ölung gegeben. Wir können weiter beten, aber nur noch für seine Seele.« Carlos schwere Schultern wogten, als ob er gleich weinen würde, aber die Augen blieben hart und trocken. Der Körper schien einer menschlichen Regung nachgeben zu wollen, die der Kopf verwarf. Er wollte nicht den bevorstehenden Verlust beweinen; er versteifte sich nur im unausgesetzten Kampf gegen die dunklen Gewalten. Aber er sagte: »Unsre arme Mutter! Alles in einem halben Jahr! Erst Vater, dann ihr Ältester. Du mußt sie besuchen. Ich glaube, zu dir hat sie Vertrauen. Du wirst ihr etwas zu sagen haben, Sachen, die Domenico nicht einfallen würden, weil er zu dumm oder zu egoistisch ist. Er ist eben ein Musiker.« Carlo war immer gut für eine Überraschung. Jetzt wollte er mich ohne Bedenken für seine Familie annektieren. Warum nur? Im Englischen gibt es nicht einmal eine Verwandtschaftsbezeichnung für mein Verhältnis zu den Campanatis. Ich war niemandes Bruder-von-Rechts-wegen. Carlo adoptierte mich gewissermaßen als seinen Bruder, als einen neuen Sohn seiner Mutter – sehr christushaft. »Ich kann noch nicht zurück nach Italien«, sagte er. »Ich habe in Amerika noch einiges zu tun.«

»Deine Weltreise ist doch sicher noch nicht zu Ende?«

»Ach, alles eine Geldfrage! Ohne Geld kannst du auch keinen Glauben verkündigen. Über die Macht des Geldes wird der Vatikan noch viel lernen müssen.« Ich schaute ihn groß an: Ob er womöglich, weil er im Spiel so eine glückliche Hand hatte, jetzt mit den kargen Kapitalien des Heiligen Stuhls an den Börsen der Welt spekulierte? »Es gibt noch anderes zu tun, noch eine andere Sache. Ich muß zu Tagungen, hier, in Boston und in St. Louis. Irgendwann wirst du davon hören, aber das hat Zeit.« Was ich hier in Chikago machte, schien ihn nicht zu interessieren; es gehörte einfach zu meinem freien Schriftstellerdasein, daß ich überall sein konnte und nirgends. Ich sagte:

»Ich werde nächste Woche nach Europa abreisen. Ich habe hier ein Stück geschrieben. Man hat mich gebeten, noch dazubleiben, um Änderungen zu besprechen. Ich glaube, es wird das beste sein, ich fahre wieder nach Paris und halte mir diese Schauspieler und Produzenten vom Hals. Eine endgültige Fassung, sollen sie die schlucken oder nicht! *Quod scripsi scripsi.*«

»Ist dir schon mal aufgefallen«, sagte er, »daß Pilatus die Worte sagt, die den Leuten am besten in der Erinnerung geblieben sind? Über den mußt du irgendwann mal ein Stück schreiben. Alles, was er sagt und tut, ist fürs Theater. In der Ostkirche gibt es eine Sekte, die glaubt, daß er später zu Christus bekehrt wurde, und verehrt ihn als Heiligen. Ein hochinteressanter Charakter. Vergiß nicht, Mutter zu besuchen, sobald du wieder in Europa bist! Ich werde ihr schreiben müssen, aber ich weiß gar nicht, wie ich's anfangen soll. Du mußt mit ihr reden, erzähl du ihr alles! Unsre arme Mutter! Ich glaube, sie bleibt nicht mehr lange in dem großen Haus. Es sind viele Verkäufe zu erledigen, ich werde mich drum kümmern müssen.« Während dieses Gesprächs waren unsere Blicke kaum einmal von Raffaele abgeirrt, der bandagiert und ausgestreckt auf dem schmalen Bett lag, einem Metallbett, wo das Email hier und da abblätterte und schwarze Löcher hinterließ, wie von den verkrampften Fingern früherer Patienten hineingekratzt. Ins Zimmer trat eine Schwester, ein stämmiges Mädchen, hellhäutig und blond wie die Weizenfelder von Illinois.

»Sie müssen jetzt gehn, Pater. Ich hab jetzt hier zu tun bei dem Patienten.«

»Sie können nichts mehr tun, außer für Ihre Stadt und Ihr Vaterland zu kämpfen. Um dem Wahnsinn ein Ende zu machen. Es hat keinen Sinn, daß Sie ihn säubern und seine Verbände wechseln. Aber danke für alles, was Sie getan haben!«

»Aber bitte!« Wahnsinn? Stadt? Vaterland? Sie furchte verwirrt die Stirne.

»Bis heute abend!« sagte er. »Heute abend kommen wir wieder.« Wir verließen das kleine Zimmer, während die Schwester den eingewickelten Raffaele aufzudecken begann. Carlo hörte etwas, als wir die Tür aufmachten. »Hast du das gehört?« sagte er. »Ein Schmerzensschrei. Such die Schuld dafür nicht bei Gott!« Wir standen in dem tristen Flur vor den Türen zu der Allgemeinstation, an die Raffaeles Privatzimmer angegliedert war. Die Türen wurden von dem Knie einer Schwester aufgestoßen, die ein zugedecktes Steckbecken trug und sich eine blonde Haarsträhne aus den Augen blies. Der Schrei drang jetzt lauter nach draußen. Carlo schob sich in den Stationssaal, die Nase vorgestreckt, als ob er der Geruchsspur des Schmerzes nachschnüffelte. Ich folgte ihm zögernd und wollte schon sagen, »komm doch, Carlo, das alles hier geht uns nichts an«. Die anonymen Kranken, von denen die Station voll war, schauten nach dem massigen Priester, der stirnrunzelnd hereingestapft kam, und dem eleganten Laien im perlgrauen Sommeranzug, der ihm mit verlegenem Entschuldigungslächeln folgte. Sie schauten nach uns in der trüben Hoffnung auf eine Abwechslung, mit gelinder Furcht (vielleicht ging es unversehens mit jemand zu Ende) oder leichtem Groll wegen unserer Gesundheit; vielleicht wurden sie auch mißtrauisch, weil wir so aussahen, als ob wir in einer unbestimmten amtlichen Eigenschaft kämen. Am Ende des Saales hing ein geblümter Bettvorhang. Der Schrei kam nun erneut und durchdringend dahinter vor. Carlo schob sich von der Wandseite her in den verhangenen Raum. Zögernd ging ich ihm nach, nur weil mir schien, daß es das beste war, um sich den beobachtenden Blicken der Stationsbelegschaft zu entziehen.

Das Kind war etwa sechs Jahre alt, ein Junge, kaukasisch, wie man in Amerika sagt. Seine Augen standen offen, mit geweiteten Pupillen, aber er schien nichts mehr zu sehen oder auch nur das Licht wahrzunehmen, das mit dem Luftzug beiderseits der braunen Blende vor dem halboffenen Fenster hereingeweht kam. Sein Kopf mit dem zerwühlten schwarzen Haar rollte auf dem verschwitzten Kissen hin und her, und er stocherte sich mit Idiotenfingern im Gesicht herum. Ich wußte noch, von Kuala Kangsar her, daß dies das depressive Stadium einer tuberkulösen Meningitis war. Das Kind schrie abermals, aber der Schrei konnte nichts zu bedeuten haben, denn in dieser Phase der Krankheit gab es keine Schmerzen. Lungen und Kehlkopf erinnerten sich nur noch der vergangenen Paroxysmen eines schädelspaltenden Kopfschmerzes und beschrien die Tatsache, daß ein solcher Schmerz, wenn auch vorüber, doch möglich war. Das dritte Stadium würde dann

Koma und Konvulsionen bringen, Blindheit und Taubheit, Auszehrung und dann den Tod, ob in einem Anfall oder vor Erschöpfung, aber jedenfalls den Tod. »*Poverino!*« murmelte Carlo und berührte das Kind an der Stirn. Dann berührte er die rechte Schläfe, dann die linke, in einem Rhythmus, der mit dem Pulsschlag der Worte zusammenging, die seine Lippen fast tonlos hervorbrachten. Die Augen des Jungen schlossen sich vor Erschöpfung, und die Arme sanken wie in einer knochenschmelzenden Mattigkeit langsam an den Seiten herab. Carlo befeuchtete sich die Fingerspitzen mit Speichel und strich damit über Stirn, Brust und Schultern des Kindes. Das Schreien hörte auf. Carlo blickte mich grimmig an und sagte leise: »Man muß doch tun, was man kann und wo man es kann.« Dann sagte er noch einmal: »*Poverino!*«

Ich war der einzige Zeuge bei diesem Vorgang. Für den Augenblick hatte das Ganze nichts zu bedeuten. Carlo schien einem schmerzgequälten Kinde durch seine grimmig-sanfte, mitleidige Gegenwart den Schlaf gegeben zu haben, wobei das Mitleid vielleicht nur eine nervöse Trotzreaktion auf zwei Beweise seiner priesterlichen Ohnmacht war, angesichts der unausgetriebenen Teufel, denen erlaubt war, den Tod zweier Unschuldiger zu bewirken. Wir müssen tun, was wir können und wo wir es können. Er hatte dem Schlaflosen Schlaf gegeben, den Lärm des Leidens zum Verstummen gebracht.

Als wir aus dem verhangenen Raum heraustraten, sahen wir eine Stationsschwester kommen, ärgerlich wegen des eigenen Versäumnisses; die Station war ein Weilchen unbeaufsichtigt gewesen. Patienten hatten gesagt, zwei Kerle sind da reingegangen, der eine davon ein Priester, gehn Sie mal lieber hin, Schwester, nachsehn, was da los ist! Hinter der Schwester kamen klappernde Rollwagen mit Essen, geschoben von den Küchenmädchen, während zwei Schwestern die Diätbögen prüften; dies erklärte die Aufsichtslosigkeit. Die Stationsschwester war um die Fünfzig, eine derbe Person mit skandinavischen Backenknochen und prallem Körper. »Verwandter von dem Patienten da?« fragte sie mich. Carlo gab mir keine Gelegenheit zu antworten. Er sagte:

»Ich bin Geistlicher, wie Sie sehn. Habe eben meinen Bruder, Mr. Campanati, in dem Zimmer da drüben am Ende besucht. Ich habe einen Schmerzensschrei gehört und bin hergekommen, um ein Gebet zu sprechen. Dies«, sagte er vereinfachend, »ist noch ein Bruder von mir. Wir wollen jetzt gehen.« Sie war nicht mehr so verärgert wie eben noch, aber immer noch mißmutig; vermutlich war sie evangelisch.

»Kein Verwandter!« sagte sie, sich auf mich konzentrierend. »Dacht ich mir doch, der arme Kleine hat keine Verwandten. Okay, ich schätze, beten wird ihm nicht schaden, aber bitte tun Sie nichts ohne meine Erlaubnis, ist so Vorschrift hier.«

»Tuberkulöse Meningitis«, sagte ich, weil mir sonst nichts zu sagen einfiel. Sie schaute mich mit dem leichten Groll an, mit dem Krankenschwestern, manchmal auch Ärzte, die Anzeichen medizinischer Kenntnisse bei einem Laien immer aufnehmen. »Zweites Stadium«, setzte ich kühn geworden hinzu. »Das arme Kind!«

»Wenigstens kann man nicht sagen, die armen Eltern!« sagte sie. »Schwacher Trost! Es ist aus dem Waisenhaus von St. Nikolaus. Nach einem Heiligen. Ich schätze, ein katholisches Gebet war also okay. Okay, aber nächstes Mal sprechen Sie bitte erst mit mir, okay?«

»Okay!« sagte Carlo, und es klang wie ein Amen.

Wir gingen hinaus auf die Michigan Avenue. Freitagmittag, sonnig, aber wie so oft hier mit starkem Wind. »Sollen wir irgendwo Fisch essen gehn?« sagte ich.

»Der Fisch aus dem See ist gut«, sagte er. »Gitschi Gumi hieß dieser See bei den Indianern.« Er schaute mich an wie ein Schneider, der mich maßnehmen wollte. »Du siehst jetzt besser aus. Du hast mehr Fleisch auf den Rippen. Nein, ich muß jetzt zum Essen mit ein paar andern Leuten. Nonnenküche, kein reines Vergnügen! Aber heute abend essen wir zusammen, und dann gehn wir uns das Ende unseres armen Raffaele ansehn.« So wie er das sagte, hätte man denken können, er wollte mit mir in eine Bar oder ins Kino gehen. »Diese Schufte!« sagte er, aber in ungehässigem, priesterlichem Ton. »Diese – wie sagtest du damals? – Schweinehunde! Aber die werden noch sehn, wann Gott will! Wo denn?«

»Im Palmer House. Um sieben unten im Vestibül.«

»Gut!« Und er ging los, mit der Gelassenheit eines Mannes, der sich in der Stadt auskennt. Ich winkte mir ein Taxi.

Am Nachmittag schlief ich, nach einem gegrillten Steak und Eiswasser, und erwachte zitternd aus einem bösen Traum. Ich stand an Philips Sterbebett im Krankenhaus von Kuala Kangsar, und Philip blinzelte plötzlich, tauchte aus seinem Koma auf, und dann grinste er mich mit einem Gesicht an, das nicht seines war. *Ich krieg euch alle noch, ehe wir fertig sind*, sagte er. *Auf bald, Al-*

ter! Dann versteinerte das Gesicht zu einem Wasserspeier von gräßlicher Schläue und starb, mich angrinsend. Brüllend arbeitete ich mich aus der Monsunflut heraus. Hemd und Unterhose, in denen ich mich schlafen gelegt hatte, waren durchgeschwitzt, und meine gesitteten Muskeln hatten im Augenblick des Erwachens einer Darmbewegung wie nach einer Mahlzeit mit Chillies gerade noch Einhalt geboten. Ich ging ins Bad, um es herauszulassen und dann zu duschen. Ich wußte, daß meine so lange verhaltene Reaktion auf Philips Tod mich nun bald in einem Zusammenbruch überkommen mußte. Ich dachte an die Läuterung, die es wäre, alles niederzuschreiben und ein Buch, eine Erzählung oder ein Bekenntnis zum Surrogat für die Krankheit zu machen. Aber ich wußte, das ginge nicht, nie und nimmer. Meine wohlfeile Kunst reichte nicht bis in solche Tiefen.

Carlo kam ins Hotel Palmer House mit zwei Flaschen Meßwein unterm Arm – jedenfalls nahm ich an, es sei Meßwein, denn sie hatten das übliche Etikett mit dem gekreuzigten Christus. Im Speisesaal stellte er sie herausfordernd auf den Tisch, den man uns zuwies. Der *maître d'hôtel* kam und äußerte seine Besorgnis. Dem Akzent nach schien er ein Deutschschweizer zu sein.

»Haben Sie Spirituosen in diesen Flaschen, Sir? Das Gesetz erlaubt dies nicht.«

»Das Gesetz«, sagt Carlo, »sollte einem Priester nicht erlauben, im Besitz des Weines zu sein, den er am heiligen Altare gebrauchen muß? Das scheint mir ein sehr schlechtes Gesetz zu sein.«

»Ein verrücktes Gesetz, wie jedermann weiß, Sir, aber wir müssen ihm gehorchen. Es ist allerdings richtig, daß Sie dies in Besitz haben dürfen, aber nicht, um es hier zu trinken. Dies ist ein Hotel, keine Kirche«, fügte er mit bedrücktem Humor hinzu, »wenn es auch im Vestibül wie in einer Kirche aussieht.«

»Ein Priester tut seine Pflicht, wo er sie tun muß, ob auf einem Berggipfel, auf freiem Feld oder in den Katakomben. Sogar an einem Tisch in einem Restaurant. Und wenn ich nun hier eine Messe lesen wollte, wollten Sie mir dann sagen, daß es eine Hotelvorschrift gibt, die mir das verbietet? Wenn es eine solche Bestimmung gibt, dann bitte ich darum, daß man sie mir zeigt.«

Dem *maître d'hôtel,* einem gedrungenen Mann mittleren Alters, rotblond und mit überhöhtem Blutdruck, war nicht wohl in seiner Haut, und er hielt nach dem Direktor Ausschau, der nicht da war. Die anderen Gäste, die zu ihrem Essen Coca-Cola, Fruchtsaft und, Gott sei ihnen gnädig, fette, unentrahmte Milch tranken, schauten mit Interesse zu uns herüber. Carlo bequemte sich zu einer Notlüge. »Es ist nur Traubensaft. Ich bin Baptistenpfarrer. Ist der Saft der Traube ebenfalls verboten? Wenn nicht, dann bringen Sie uns doch bitte einen Korkenzieher und veranlassen Sie, daß wir bestellen können!«

Also aßen wir: Hummer, Forellen aus dem Michigan-See und Erdbeertörtchen. Und wir tranken den guten, wenn auch etwas zu warmen Chablis, der sich unter dem Bild des Gekreuzigten verborgen hatte. Über Amerika sagte Carlo dasselbe, was auch ich, nur kürzer, zu meinem Agenten gesagt hatte: »Ein Land, das sich theoretisch den Trost des Weines versagt, tatsächlich aber besoffen ist. Besoffen von Blut und billigem Fusel! Und sehr reich obendrein, aber das kann nicht dauern. Wenn du etwas kaufen willst, kauf es schnell und verkauf es noch schneller! Dieses Land wird vom Teufel geritten.« Als uns der Kaffee gebracht wurde, zog er aus einer Brusttasche ein Ding, das wie ein Meßbuch aussah, sich aber als ein Schnapsfläschchen erwies. Ohne Scham ließ er Kognak in unsere Tassen gluckern. Dann bot er mir einen fürchterlichen burmesischen Stumpen an, den ich ablehnte. Qualmend sagte er zu dem Deutschschweizer, der sich beobachtend in unserer Nähe hielt: »Ist das auch verboten? Gibt es gegen jedes harmlose Vergnügen ein Gesetz?« Dann sagte er zu mir: »Jetzt gehn wir mal nach dem armen Raffaele sehen.« Er schien guter Laune. Wir gingen.

Über Raffaeles Gesicht lag ein Bettlaken. Ein Arzt in weißem Kittel stand bei ihm, mit einer Schwester, diesmal einer spanisch aussehenden, und einem gummikauenden Pfleger. Der Arzt, ein Angelsachse, etwa mein Alter, mit vertrauenerweckendem Gesicht, füllte ein Formular aus, das auf eine Tafel geklammert war.

»Wann?« fragte Carlo.

»Sie sind. Hier steht Monsig«, las der Doktor ab, »nore Campaneighty. Sein Bruder, ja? Vor fünfzehn Minuten etwa. Wir haben getan, was wir konnten. Wir legen ihn jetzt in die Morgue. Sie werden seinen Tod beim Bürgermeisteramt melden müssen. Miß Cavafy im Hauptbüro kann Ihnen eine Namensliste von Leichenausstattern geben.« Er sagte *morticians,* ein Wort, das ich zum ersten Mal hörte: Bestattungskünstler, Leichenbildner, eine sehr mundgerechte und würdevolle Berufsbezeichnung. »Morgen um neun.«

»Du«, sagte Carlo zu mir, »kannst dich darum kümmern.« Ich nahm meine Strafe mit einer Verbeugung hin.

»Okay, Ted, da ist Larry.« Ein zweiter Pfleger, nicht gummikauend, das Gesicht feierlich, wie es sich gehörte, war eben eingetreten. Der Arzt gab ihm ein amtliches Stück Papier. Larry stopfte es in die Brusttasche seiner fleckigen weißen Jacke und nickte. Carlo sagte:

»Augenblick bitte!« Dann murmelte er etwas über seinem toten Bruder und segnete ihn. Ich verbeugte mich abermals und behielt den Kopf gesenkt. »Jetzt kann er gehn«, sagte Carlo. Auf quietschenden Rädern wurde das Bett hinausgerollt; die spanisch aussehende Schwester hielt die Tür auf. Und das war das Ende von Raffaele Campanati, den die Mordbuben der Camorra viehisch umgebracht hatten. Dann sagte Carlo: »Dieses Kind am Ende des langen Stationssaales!«

»Was ist mit dem Kind?«

»Dieses Kind mit– mein Bruder hier sagt, es hat Meningitis.«

»Ah, Sie sind auch ein Mr. Campaneighty? Freut mich, Sir, und herzlichstes Beileid! Sie haben recht, tuberkulöse Meningitis. Ah! Waren Sie die beiden Herren, die da heute reingeschaut haben? Die Schwester sagte was von einem Priester. Also, dem Kind geht's gut. Nimmt Nahrung an. Kann sehen und hören. Paralyse zieht sich aus den unteren Gliedmaßen zurück. Es gibt immer so einen unbekannten Faktor. Die Krankheit nimmt ihren Verlauf, und wir erwarten, daß sie bis zum Ende geht. Aber manchmal kommt was dazwischen. Besonders bei Kindern, bei manchen Kindern kann man nie wissen. Sie entschuldigen mich jetzt, ich muß meine Runde machen. War nett, Sie beide zu sehen. Haben getan, was wir konnten, aber Sie wissen ja, wie's ist. Er kann von Glück sagen, daß er noch lebend hier eingeliefert wurde. Na ja, Sie wissen, wie ich's meine.« Und er ging freundlich nickend hinaus und ließ uns allein in dem vollkommen leeren Zimmer.

»Siehst du!» sagte Carlo. Ich wußte nicht, was ich sehen sollte. »Da fragt man sich doch, warum nun grade dies Kind. Ein Kind, von dem ich nicht mal den Namen weiß und auch nicht wissen will. Aber Gottes Wille ist für uns ein unauflösliches Geheimnis.«

Das also war das Wunder. Raffaele Campanati, für den kein Wunder gewirkt werden konnte, war ein angesehener und geachteter Bürger von Chikago gewesen, ein frommer Katholik, der die Totenmesse verdient hatte, die am nächsten Donnerstag im Dom für ihn gelesen wurde. Der Erzbischof persönlich leitete den Gottesdienst, und Carlo hielt eine Predigt, die mit einem Panegyrikus anfing und mit einem Anathema endete. Die Kirche war voll, in den hinteren Reihen eine Ansammlung von Süditalienern, die sich an diesem Tage zum Zeichen der Trauer nicht rasiert hatten. Auf diese hielt Carlo zumeist den Blick gerichtet, während er seine klingenden englischen Worte aus dem Zwerchfell heraufschallen ließ. Vorbildlich nannte er seinen Bruder, dessen Eifer für Tugend und Gerechtigkeit von den Dummen und Bösen jedoch als eine Art törichter Schwäche betrachtet wurde, eine Art kindischer Unfähigkeit, mit den Schlichen des Geschäftslebens ins reine zu kommen. Weil er gerecht war, mußte er als ein Irrer, ein Don Quixote gelten, weil tugendhaft, mußte er ein Eunuch sein, weil großmütig, eine Zielscheibe des Spotts und der Übervorteilung. Weil er Christus nachlebte, mußte er barbarisch gefoltert und verstümmelt und dann wie ein Hund im Straßengraben liegengelassen werden. Carlo sagte:

»Wenn aber der Wert des Vermögens, das er hinterläßt, der angesammelte Besitz an Kapital- und Sachwerten, schließlich ausgerechnet sein wird, so wird man sehen, daß Erwerb von Reichtum nicht unvereinbar ist mit der Befolgung der christlichen Gebote. Viele sind heute in diesen großen, modernen Tempel des Herrn nicht aus andächtiger Freundschaft oder Hochachtung gekommen, sondern in Befolgung der widerwärtigen Formen einer heuchlerischen Konvention, und unter ihnen sind manche befleckt, besudelt, beschmiert von unredlich angehäuftem Reichtum, einem Reichtum, der durch Mord, Folter und Ausbeutung menschlicher Schwächen erlangt wurde. Dies aber ist ein fauler, flüchtiger Reichtum, trügerisch wie Elfengold oder vielmehr Drachengold, und er wird zu Staub werden im ersten Morgengrauen der Vernunft und Redlichkeit, wenn diese große Nation den Wahnsinn abstreifen wird, der sie zeitweilig befallen hat, wenn dieses Land erst wieder zu sich kommen wird, das für die Einwanderer ein Land der Verheißung gewesen ist, wo aber nun die Teufel der Habgier, der Dummheit und des Irrsinns sich eingenistet haben. Männer in dieser Stadt, die sich jetzt reich und mächtig glauben, werden noch in der Gosse nach Brotrinden suchen; der Reichtum Raffaele Campanatis aber wird dauern, der gerechte Lohn der Gerechtigkeit.

Seinen Reichtum hat er in einem Land erworben, das er liebte, und in einer Stadt, die er liebte; und seine Liebe hat er selbst dann noch bewahrt, als das Land und die Stadt sie nicht mehr verdienten. Er hat nach dem Recht gerufen, als das Recht von denen mit Füßen getreten wurde, deren Pflicht es ist, Recht zu wahren. Er hat erkannt, daß großes Unrecht geschah, und versucht, dieses Unrecht an den Tag zu bringen, damit alle Menschen es sehn könnten. Aber die Kräfte der staatlichen Rechtspflege waren eingeschüchtert von den Drohungen der Schläger und Straßenlümmel, die sich zu großen Männern herausgemacht haben. Aus dem Gesetz ist ein bitterer Witz geworden, über den nur der Teufel noch lachen kann. Nun habt ihr ein Land, welches das Neue Gesetz mißachtet, das Wort Christi, der gekommen ist, die Menschen zu erlösen, ein Land, das blindlings den überspannten Geboten von Rechabs Sekte folgt. Christus unser Erlöser tut sich im Weine kund, aber die Weinfässer wurden als ein Übel verdammt und zertrümmert, und das Elixir der Sonne floß in den Rinnstein. Doch die Scheu vor dem Vakuum ist sowohl ein menschliches Gesetz wie ein Naturgesetz, und nur indem sie die Gesetze des Staates brachen, konnten Menschen sich wieder den Trost verschaffen, der seit dem Tage, als Noahs Arche auf den Ararat setzte, vor Gott immer als ein heiliger und heilsamer Trost gegolten hat. Brecht ihr aber eines von den Gesetzen des Staates, weil ihr es mit Recht für wahnsinnig haltet, müßt ihr unvermeidlich auch andre Gesetze brechen, die vielleicht nicht wahnsinnig sind. Nun habt ihr kein Gesetz mehr, nur noch Anarchie. Nun trinkt ihr alle Blut mit eurem Schnaps.

Was ich jetzt sagen will, will ich in einer Sprache sagen, die vielen hier bekannt ist. Es ist nicht meine Sprache, aber ich kenne sie. In dieser Stadt hier ist sie zur Sprache des Unrechts, der Gewalt, der Korruption und des Mordes geworden. Ein Fluch liegt auf dieser Sprache. Hört mich an!« Und dann legte Carlo in einem Dialekt los, den ich als den neapolitanischen erkannte, ein Dialekt, der wegen der vielen tief in der Mundhöhle erzeugten ah-Laute für englische Ohren irgendwie aristokratisch klingt, obwohl er eine Sprache der Armut und des Verbrechens ist. Ich konnte den Ton der Verwünschung heraushören und etwas, das mir wie eine Litanei von Namen vorkam. Die Unrasierten in den hinteren Reihen hörten mit innigem Verständnis zu, aber das Verständnis äußerte sich nicht in deutbaren Zeichen der Scham, Furcht oder Verärgerung. Schwere Lider senkten sich über kohlschwarze Augen und klappten wieder auf. Die Inhaber der Namen, soweit sie anwesend waren, verrieten nicht das leiseste Zucken jenes Reflexes, den selbst ein schlafender Hund zeigt, wenn man ihn beim Namen ruft. Dann sagte Carlo auf englisch: »Der Erzbischof hat mir erlaubt, mit der Liturgie zu schließen, welche den Dämonen, von denen die Seele der Bösen befallen ist, gebietet, dem Wort des Herrn zu gehorchen und sich davonzumachen. Aus dieser Liturgie wähle ich das Folgende aus.« Und dann, auf lateinisch, aber anscheinend immer noch mit dem neapolitanischen Akzent, brüllte Carlo die Worte heraus, die ich schon in Kuala Kangsar gehört hatte, mit dem Befehl, der höchst unreine Geist, jeder Vorposten des Feindes, jedes Phantom und jede Legion möge sich im Namen unseres Herrn Jesus Christus hinwegheben und Gottes Geschöpf verlassen. *»Recede ergo in nomine Patris et Filii et Spiritus sancti: da locum Spiritui sancto«*, wobei Carlo ein-, zwei-, dreimal das Kreuzeszeichen in die Luft schlug. Aus der stummverdrossenen Bande der dunkelgesichtigen Unrasierten mußte eine Reaktion kommen, es mußte eine kommen, und es kam eine. Ein kleiner, rundlicher Mann mit mächtigen Schultern stand röchelnd auf, die eine Hand an der Kehle, die andere zum Deckengewölbe hin ausgestreckt. Dann zerrten beide Hände an dem steifen Kragen und an der Hemdbrust, um dem Atem mehr Zugang zu schaffen. Das Röcheln aus seiner Luftröhre war allgemein hörbar; viele schauten sich betreten nach ihm um. Die Nachbarn des Mannes, als ob sie eine Ansteckung fürchteten, hielten die Hände eng am Körper und saßen wie festgeleimt auf ihren Bänken, während die Lider in vielerlei Takten langsam über schwarzen, gleichgültigen Augen auf und nieder klappten. Dann brach der Mann in die Knie, die man an das eichene Betbänkchen schlagen hörte, und der Oberleib fiel schlaff über die Rückenlehne der Bank vor ihm, die man ihm gefälligerweise inzwischen geräumt hatte. Er lag da in einer Pose furchtbarer Reue, die aber nur zu bedeuten hatte, daß er ohnmächtig geworden war. Es war ja bei einer so langen Messe nichts Ungewöhnliches, daß jemand umfiel. Vier irisch aussehenden Kirchendienern blieb es überlassen, ihn hinauszutragen. Seine Augen waren geschlossen, der Mund schnappte nach Luft. Carlo ließ sein Latein ausklingen, blickte die ganze Gemeinde durchdringend an, schlug ein letztes Kreuzeszeichen und kam massig von der Kanzel herabgestiegen. Die Messe für Raffaele Campanatis Seele nahm ihren Fortgang.

41

Wir saßen auf dem Rasen, demselben, wo vor sechs Jahren die Hochzeit gefeiert worden war. An dem *ombrellone*, der uns vor der heißen Sonne schützte, wellte sich der bunte Fransenrand matt in der fast unbewegten Luft. Der Pfosten des Schirms steckte in der Mitte eines runden, weiß emaillierten Eisentisches, auf dem Sambuca, Grappa und leere Kaffeetassen standen. Die Witwe Campanati war blaß, aber man sah ihr nicht an, daß sie über sechzig war. Wir saßen auf Stühlen, die zu dem Gartentisch paßten, sie in schwarzer Seide, ich in weißem Seidenhemd und Flanellhosen. Beim Essen hatte sie einen sozusagen trotzigen Appetit bewiesen; ich dagegen hatte wenig gegessen. Der Trotz galt nicht ihrem Kummer, sondern den emotionalen Folgen eines Besuchs von einem Trio Schwarzhemden. Die waren am Vormittag dagewesen, als ich noch von Mailand her unterwegs war. Sie hatten gehört, Professor Gaetano Salvemini hielte sich im Hause auf. Salvemini war ein Feind des Regimes. Er hatte geschrieben, Mussolini sei ein aufgeblasener Ochsenfrosch, die einzige Leistung der Faschisten bestehe bisher in der Erfindung einer brutalen Kur gegen Verstopfungen, und noch manches dergleichen. Tatsächlich hatte Salvemini der Witwe Campanati in der vorigen Woche einen Besuch gemacht, aber nun war er nicht mehr da. Die Schwarzhemden hatten ohne gerichtliche Befugnis darauf bestanden, das Haus nach belastenden Dokumenten zu durchsuchen. Sie hatten nichts gefunden, sich aber dennoch höchst unverschämt aufgeführt; der eine hatte ostentativ gegen eine Wand gepißt. Die Witwe Campanati wollte Italien mit Freuden verlassen. Sie stand im Begriff, ein kleines Haus in der Schweiz zu übernehmen, in Chiasso, nur eine kurze Bahnfahrt entfernt. Das Leben würde dort sein wie in einer italienischen Stadt, aber ohne die Schwarzhemden.

»Sagen Sie«, fragte ich, »wie soll ich Sie nennen?«

»Concetta«, sagte sie. »Sehr italienisch, sehr katholisch! Ich glaube, es gibt keine englische Entsprechung. Connie sagten die Jungen früher zu mir, das ist viel amerikanischer.« Der amerikanische Tonfall war jetzt ausgeprägter als vor fünf Jahren. Das amerikanische Äußere ebenfalls. Was war oder was ist ein amerikanisches Äußeres? Der Mund großzügiger, nicht so verkniffen wie bei Europäerinnen; die Augen ebenso. Ihr weißes Haar war modisch kurz geschnitten. Die Haut war feucht, vielleicht von einer Milchdiät, das Kinn fest. »Concetta Auronzo, so hab ich geheißen. Es steht immer noch in meinem US-Paß. Ich hab ihn behalten und laß ihn immer wieder erneuern. Betrug, sagt die italienische Regierung. Aber die wissen nichts davon. Meine Mutter hat immer gesagt, Concetta, wir sind aus der alten Welt in die neue gekommen, und den Vorteil laß dir nicht nehmen! Laß dich von der alten Welt nicht wieder verschlucken!«

»Was wollen Sie denn machen in einer Stadt wie Chiasso?«

»Meine alten Tage verleben. Vielleicht reise ich ein bißchen umher. Ich könnte in die Staaten fahren und dem armen Raffaele Blumen aufs Grab legen.« Aber das sagte sie in einem so munteren Ton, als wäre der arme Raffaele ein Hund, mit dem sie früher in New Jersey gespielt hatte. Immerhin, als ob sie diesen Ton selbst bemerkt hatte und ihn korrigieren wollte, fügte sie hinzu: »Der arme Junge! Der arme *gute* Junge! Sie haben sich ja nicht besonders mit Raffaele vertragen. Aber ich bin froh, daß Sie am Ende bei ihm waren. Vielleicht hat er es gewußt.«

»Ich habe ihn bewundert. Die Schwierigkeit war nur, daß er nicht begreifen konnte, daß ein Schriftsteller wie ich mit Dingen in Berührung kommen muß, an denen er sich die Finger schmutzig macht. Ihm kam das wie ein ziemlich sündhaftes Gewerbe vor, die Schriftstellerei. Er war ein sehr aufrechter Mensch.«

»O ja, sehr aufrecht! Und da sehn Sie, wohin ihn das gebracht hat, den armen Jungen!« Sie wußte nicht alle Einzelheiten darüber, wohin es ihn gebracht hatte; sein Tod war ihr mehr wie eine reinliche Scheidung vom Leben geschildert worden. »Ich nehme an, alle sind beim Begräbnis gewesen, alle in Schwarz und haufenweise Lilien! Was für eine Heuchelei! Mein eigenes Volk, Italo-Amerikaner! Katholiken, treue Söhne der heiligen apostolischen katholischen Kirche!« Sie sagte dies mit Erbitterung und schien vor einer Vorstellung zurückzuscheuen wie vor einer großen schwarzen Spinne, die sich von einem *ombrellone* herabließ. Ich sagte:

»Carlo hat gesagt, Sie würden sich für eine Weile von Gott abwenden. Das sei zu erwarten, hat er gesagt. Er sprach von göttlichen Geheimnissen und dergleichen.«

»Göttliche Geheimnisse, was für ein Quatsch!« sagte sie. »Es gibt eben schlechte Menschen und gute, ganz einfach. Habgier und Böswilligkeit gegen Mäßigung und Anstand. Carlo möchte in alles seine Theologie hineinbringen, und an allem muß der Teufel schuld sein.«

»Das ist sein Beruf.«

»Ja, sein Beruf. Das Böse ist für ihn eine berufliche Notwendigkeit. Ohne das Böse hätte er nichts zu tun. Darum kann er vom Bösen nicht genug kriegen.« Ich bot ihr eine Gold Flake an und gab ihr mit Allahs Malteserkreuz, nein, mit meinem Swan Vesta Feuer. Sie paffte wie ein junges Mädchen auf dem ersten Ball, ohne zu inhalieren, das Ende durchnässend, so daß sich das Papier auflöste und sie die Zigarette nach drei Zügen wegwerfen mußte. Sie trat sie mit ihrem hohen Absatz fest in das braune Gras. »Sie sind hoffentlich nicht schockiert«, sagte sie. »Sie sind auch katholisch«, fügte sie hinzu.

»Ja, warum?«

»Carlo sagt, Sie hätten den Glauben verloren, und eines Tages würde er Sie zurückholen. Wenn er mal Zeit hat, Sie zu bearbeiten. Im Augenblick hat er zuviel mit der Kapitalbeschaffung zu tun. Für die heilige apostolische etcetera.«

»Für die Ausbreitung des Glaubens unter den Hindus, Moslems und Taoisten. Und unter den schwarzen, umnachteten Afrikanern. Carlo, das wissen Sie besser als ich, ist ein ganz erstaunlicher Mensch. Aber in die Kirche holt er mich niemals zurück. Es sei denn, daß wir beide zusammen alte Männer werden. Aber nicht *nel mezzo del cammin.*« Ich hatte gerade erst meinen fünfunddreißigsten Geburtstag gefeiert, mit einem kleinen Diner bei Fouquet mit Hortense und Domenico. Hortense hatte ihre linke Wange stark schminken müssen, um die rote Spur einer Ohrfeige zu verdecken, nach einer hitzigen Auseinandersetzung mit Domenico wegen irgendwas.

»*Gott, mach mich rein*«, zitierte Concetta, »*aber noch nicht gleich!* Der hl. Augustinus, Apostel der Neapolitaner von Chikago.« Ich begriff nun, warum sie eine Frau war, die ein Gaetano Salvemini gern besuchte. »Sollen sie alle in der Hölle schmoren«, sagte sie dann, sehr amerikanisch, der l-Laut sehr dunkel. »Blutende Standbilder, Unwissenheit, Aberglaube, Gewalt und Gemeinheit! Angst vor dem Gewitter! Die katholische Kirche hat für alles Platz.« Eine Anwandlung von Bitterkeit, aber wie eine Passage in einer Arie, die Ausfüllung einer obligatorischen Form. Ich wartete ab, daß es vorüberginge. Sie sagte, mit Zuneigung und nur noch ein wenig bitter: »Carlo glaubt, das Gute siegt immer. Auf lange Sicht. Aber seine lange Sicht ist vielleicht ein bißchen zu lang.« Sie sprach ein langes amerikanisches *long.* »Einen verzweifelten Optimismus hat das mal jemand genannt.« Dann sagte sie mit einem gewissen Trotz, als ob ich ihr vielleicht nicht würde glauben wollen: »Ich habe nämlich allerhand gelesen, müssen Sie wissen, ich wollte mit meinen zwei frommen Söhnen Schritt halten. Ich lese immer noch manches. Ihre Bücher hab ich auch gelesen. Ich habe sogar die italienischen Übersetzungen mit den Originalausgaben verglichen. Sie sind nicht besonders gut auf Italienisch.«

»Auf Englisch auch nicht. Aber ich gebe mir immer wieder Mühe, etwas besser zu machen.«. Sie sagte:

»Es hat seine Grenze, was man an einer Sache besser machen kann. Auch wenn Carlo das nicht glaubt. Ich meine, was Carlo glaubt, ist vielleicht nicht ganz orthodox. Aber die Orthodoxie ist vielleicht nur eine Frage der Willenskraft. Carlo meint, daß man mit dem Willen alles erreichen kann. Natürlich mit einem bißchen Gnade und Gebeten nebenher. Wenn Sie nun kein Shakespeare geworden sind«, zog sie mich auf, »dann doch wohl deshalb, weil Sie nicht wollten.«

»Wollte Shakespeare auch nicht«, sagte ich. »Aber was meinen Glauben angeht, so haben Sie den Finger auf den wunden Punkt gelegt. Ich sollte mit Ihnen in die Schweiz gehn. Da vermehrt sich das Geld grad so, wie die Uhren ticken, alles ohne Zutun des freien Willens. Ich war dazu prädestiniert, Kenneth M. Toomey zu werden, ein belangloser und überbezahlter Skribent.«

»Und dazu prädestiniert, den Glauben zu verlieren?« Sie lächelte nun. »Das ist ein bißchen schwierig, würd ich sagen. Gott sollte gewollt haben, daß Sie nicht an ihn glauben?«

»Ah, ich glaube schon an ihn, was er auch für ein Gott sein mag. Vielleicht der rätselhafte Jehovah des Alten Testaments. Ob er gut oder bös ist, weiß man nicht, aber daß er da ist, kann man nicht leugnen. Macht uns schwer zu schaffen, wenn er sich überhaupt um uns kümmert.«

»Hat was mit Sex zu tun, nicht?« sagte sie und blickte mich geradeheraus an. »Ich habe diesen Roman von Aldous Huxley gelesen. Das Beste darin war dieses Zitat über – wie nennt man das?«

»Epigraph?«

»Ja, so heißt es. *Created sick, commanded to be sound.* Als ein Kranker erschaffen, doch mit dem Auftrag, gesund zu sein. Aber ich will ja nicht sagen, daß Sie krank sind. Der arme Raffaele hat gemeint, Sie seien krank, obwohl der arme Carlo gar nicht glauben kann, daß es das wirklich gibt.«

»Das gibt es freilich. Wenn es nur eine Art Gesundheit gibt, dann bin ich vermutlich krank. Aber ich fühle mich nicht krank. Unsere Nachkriegswelt lernt doch allmählich, den Geschlechtsakt vom Zeugungsakt zu trennen. Die Kirche sagt, das sei Sünde. Aber es ist eine mit Vorsatz gewählte, gesunde Betätigung des bösen freien Willens. Wenn es also Sünde ist, dann ist mir die Sünde vorbestimmt. Sehr einfach, sehr ungerecht.«

»Haben Sie mit Carlo schon mal darüber gesprochen?«

»Er würde nur von der Sünde Sodoms anfangen. *Kaum nabi Lot.*« Dann kamen mir Tränen. Ich zwang sie zurück hinter ihre Staudämme.

»Carlo hat mir etwas davon geschrieben, daß– Nein, reden wir nicht davon! Liebe unter Männern. Daß es das gibt, weiß er schon. Es war Malaiisch oder Arabisch oder irgend sowas, was Sie eben gesagt haben, nicht? Ja, davon hat er was geschrieben. Leid und Kummer, was für eine Welt! Möchten Sie ein bißchen Siesta machen?« Die verhaltenen Tränen empörten sich und hatten ihren Willen.

»En. Tschuldig. Unnnnng!« Ich bebte und schluchzte auf meinem weißen Eisenstuhl, die Hände vor den Augen, spürte ihre Hand, wie sie mir in trockenem Mitgefühl auf die Schulter klopfte. Schließlich hatte sie selber Mitgefühl nötig. Sie sagte:

»Der Vermittler in Mailand hat schnell einen Mieter gefunden, irgendeinen prominenten Kunstprofessor aus Philadelphia. Ein Sabbatjahr will er hier machen, hat er gesagt, das heißt ein Jahr Sonntag. Ende des Monats will er hier einziehn, mit Frau und sieben Kindern. Wie's dann weitergehn soll, weiß ich nicht. Sollen wir das Haus verkaufen? Italien steht voller unverkäuflicher Palazzi. Gibt es nicht das eine oder andere Bild hier, das Sie in Paris für mich aufbewahren möchten? Ich kann mich nicht entschließen, die Sachen in Auktion zu geben. Ich glaube, London wäre der richtige Ort dafür, bei Christie's oder so jemand. Ich glaube, ich muß warten, bis Carlo zurückkommt.«

»Schuldigung, Schuldigung!«

»Schon gut, lassen Sie's nur heraus!« Es war klar, daß ich sie anödete mit meinem Geschluchz; verdenken konnt ich's ihr nicht. »Machen Sie nur ein Weilchen Siesta, ich habe noch ein paar Briefe zu schreiben.«

In meinem kühlen Zimmer mit den herabgelassenen Rolläden und den dünnen Streifen Licht und Luft, die hereindrangen, weinte ich mich durch eine geräuschvolle Ekstase des Selbstmitleids in den Schlaf. Ich hörte kurz die Stimmen zweier Diener auf dem Korridor murmeln, wahrscheinlich eher angenehm berührt, daß es nun doch wenigstens ein paar Schmerzenslaute zu hören gab, nachdem die *vedova* Campanati bei ihren zwei Trauerfällen so unnatürlich still geblieben war, und beide auch noch kurz hintereinander. Ich träumte, wie ich hätte erwarten können, von Raffaele und Philip, die zu einer Person verschmolzen waren und in den australischen Wüsten von irgend etwas aufgefressen wurden. Ich erwachte verängstigt und beschämt mit einem grotesken Steifen, der Samen auf das weiße Bettlaken pumpte. Im Augenblick vor dem Erwachen sah ich die metallenen Lettern auf der weißen Fassade des Hotels King's Cross und hörte eine Stimme sagen *o ihr Kleingläubigen!* Dann kam der Erguß.

Beim Abendessen waren wir beide allein. *Zuppa di verdura,* Kalbsfilets, ein *zabaglione,* zu trinken einen sehr kalten *spumante.* »Das da zum Beispiel«, sagte sie. Sie meinte den Tommaso Rodari über der Anrichte (hatte er voriges Mal auch schon da gehangen? Ich glaubte nicht), mit Lot und seinen Töchtern. *Nabi Lot,* den vom Feuer verzehrten Sodomitern entkommen und nun bereit, sich zu Trunk und Inzest verführen zu lassen. War das eine leise Bosheit? Ich glaubte nicht, nach ihren Augen zu urteilen, die ernst, aber nicht traurig blickten. »Oder irgendein anderes, suchen Sie sich's aus!«

»Zu groß, die Verantwortung«, sagte ich. »Trotzdem, danke! Wird Ihr Sabbatprofessor nicht von den großen Kunstwerken Italiens umgeben sein wollen, im Mietpreis inbegriffen?« Dann, aufs neue beschämt, merkte ich, daß ich schon wieder einen Steifen bekam, einstweilen noch verborgen unter dem weißen Damast-Tischtuch: Was zum Teufel war mit mir los? Ich sagte rasch: »Am siebzehnten Oktober ist Domenicos Konzert, ein großes Ereignis! Wollen Sie nach Paris kommen? Sie könnten bei mir wohnen, Platz hab ich genug.«

»Dieses *concerto!*« sagte sie, und ihr Silberblick schimmerte leicht spöttisch, ganz wie bei ihrer Schwiegertochter. »Mit diesem Gekritzel hat er das Begräbnis seines Vaters von sich ferngehalten. Hier etwas ausradieren und da etwas hineinpinseln und zwischendurch mal die arme Hortense verprügeln! Unser großer Künstler, der sich auch durch den Tod seines Vaters von seiner Kunst nicht abhalten läßt! Ist es denn gut, sein *concerto?*«

»Ich habe nur Teile davon gehört. Ich hab auch kein Urteil. Werden Sie kommen?« Kommen, ein bedenkliches Wort, mit dieser pochenden Versteifung unter der Tischdecke. Aber dann brachte die alte Rosetta, die bisher nicht im Eßzimmer gewesen war, den Kaffee herein und schenkte mir einen finsteren Blick; vielleicht hatte sie die unreine Verfehlung bei meiner Siesta schon bemerkt. Eingeschüchtert schrumpfte der Unhold in sich zusammen.

»Na schön, ich werde kommen. Aber ein Urteil hab ich auch nicht. In unserer Familie gab es keine Musik, auf beiden Seiten nicht. Na ja, ganz stimmt es auch wieder nicht. Sein Vater war ein eifriger Kulissengast in der Scala. Wenn eine Oper mit einem Ballett gespielt wurde. Aus Puccini und Wagner hat er sich nichts gemacht, zu wenig Beine.« Ich mußte lächeln über ihre Unverfrorenheit; sie war weder die pietätvolle Witwe noch die gütige Mutter der echten mittelmeerischen Tradition. »Raffaele«, sagte sie mit Bestimmtheit, »das heißt mein Mann, nicht mein Sohn, hat seine Paralyse von einer Syphilis bekommen.«

»Mein Gott, ich hatte keine Ahnung!« Ich verschüttete sogar den Kaffee.

»Womit nichts über die *belle ballerine* von der Scala gesagt sein soll. Das sind gute, saubere Mädchen, viele von denen. Aber in Mailand gibt es noch andere Mädchen, die sind nicht so sauber, ganz zu schweigen von den anderen Städten, wo ein Geschäftsmann so dann und wann ein Geschäftchen hat. Immerhin war Raffaele so rücksichtsvoll, sich dieses Leiden erst ziemlich spät in seinem Leben zu holen, als er daheim keinen großen Schaden mehr anrichten konnte. Natürlich ist er jeden Sonntag zur Messe gegangen. Eine Sünde hat er sich nicht zuschulden kommen lassen. Er hat nur getan, worauf man bei einem treuen Sohn der Kirche gefaßt sein muß. Vielleicht wundern Sie sich, daß ich Ihnen das alles erzähle.«

»Ich kann verstehen«, sagte ich, die nun eingetretene totale Erschlaffung bemerkend, »daß Sie das irgendwann mal jemandem erzählen wollten.«

»Domenico hat viel vom Temperament seines Vaters. Aber mir scheint, er hat mehr, wie sagt man, Vorsicht bewiesen.« Sie lächelte, ohne alle Bitterkeit. »*Prudenza!* So hieß übrigens eine von Raffaeles dauerhafteren Mätressen. Von meinem Mann, mein' ich natürlich. Domenico hat wenigstens keine *bastardini* in den Nachbardörfern hinterlassen. Soweit wir wissen. Ihre liebe Schwester« – sie trank ohne Händezittern ihren Kaffee – »hat sich ganz schön was aufgeladen. Die Zwillinge sind himmlisch. Aber Domenico scheint anderer Ansicht. Er denkt, Hortense müßte ihr Geschrei und Getobe strenger zügeln. Sie kommen ihm dazwischen, wenn er seine *concerti* und dergleichen komponiert. Die Zwillinge«, sagte sie, »haben sehr viel von ihrer Mutter, aber nicht viel von ihrem Vater. Dem Aussehen nach, mein' ich. Ich glaube«, sagte sie und blickte mir in die Augen, »Hortense ist ein sehr braves Mädchen, aber zu brav ist sie auch nicht.«

»Ich glaube«, sagte ich, »ich verstehe nicht, was Sie meinen?«

»Oho, tun Sie nicht so! Ein Mädchen mit Witz und Feuer und vielleicht auch Talent! Ich habe gehört, sie verlegt sich auf die Kunst, Bildhauerei, soviel ich weiß. Sie wird sich von ihrem großen Musiker nicht einschüchtern lassen. Ich könnte mir denken, daß sie sich zu wehren weiß. Domenico wird das sehr guttun. Sollen wir ein Stück durch den Garten gehn? Der Mond scheint, und vielleicht hören wir eine Nachtigall.« Das letzte Wort hatte denselben leicht spöttischen Ton wie das *concerto:* Ein Männchen zum Vorzeigen, sexuell rührig, aber nicht zum Sattwerden. Lack und Süßholz, nichts Handfestes. Das Gespräch über Hortense hatte – ich schämte mich nun nicht mehr, denn dies war offenbar pathologisch – eine erneute Versteifung herbeigeführt. Ich dachte an Eiswasser und spürte ein hinlängliches Nachlassen. Ich konnte vom Tisch aufstehen.

Der Mond war wie ein Klumpen bretonische Butter mit Käseadern, und eine Nachtigall sprudelte lächerliche Kadenzen. Feigenbäume streckten uns schlaff die Handschuhe entgegen, und zwischen den Oleanderbüschen standen lauter herzlose Maßliebchen. »Es wird Ihnen schwerfallen, hier wegzugehn«, sagte ich.

Darauf gab sie keine Antwort. »Hortense hat geweint, als sie mir von ihrer Mutter erzählt hat. Sie hat noch mehr geweint, als sie von ihrem Vater sprach. Verrat hat sie es genannt – ein törichter Ausdruck, glaub ich. Den Toten kann man nicht treu sein.«

»Was sie so aufgeregt hat, war die Eile. Bevor die Schuh verbraucht ..., Gebacknes vom Leichenschmaus, kalte Hochzeitsschüsseln undsoweiter. Tot, das ist eigentlich er. Ich habe ihn von New York aus angerufen. Er kam mir ganz wie ein Fremder vor, wir hatten uns nichts zu sagen. Es hörte sich an, als ob er enttäuscht wäre, daß bloß ich ihn anrief und nicht ein neuer Patient. Das Getue um die Elternschaft ist wahrscheinlich ein Riesenunsinn.«

»Es sei denn«, sagte sie, denn sie hatte immer, ganz wie Carlo, eine kleine schockierende Wahrheit parat, »das Verhältnis ist freiwillig. Ich bin froh, Hortense zur Tochter zu haben. Es gibt nichts Stupideres als die amerikanischen Verwandtschaftsbezeichnungen mit diesem *in-law* hinten dran. Sehr kalt, wie wenn einem die Leute vom Staat zwangsweise angeheiratet würden. Die italienischen sind besser – *nuora.* Und Sie, Sie müßten eigentlich mein Sohn sein, weil Sie ja ihr Bruder sind. Aber ich glaube, Sie brauchen niemanden.«

»Doch, ich brauche jemanden«, sagte ich heftig, aber dann nahm ich es zurück: »Vergessen Sie das! Es würde Ihnen einen falschen Eindruck machen. Freundin ist besser. Das hat einen schönen klassischen Beiklang, besser als eine Verwandte und besser als ein sexuelles Verhältnis. Erinnern Sie sich an Cyrano – kurz, bevor er stirbt, was er zu Roxane sagt? Ich weiß nicht mehr, wie es französisch hieß. ›*Nur eine Freundschaft kannte ich im Leben, und die trug ein seidenes Kleid.*‹« Dann sagte ich: »Bitte, betrachten Sie meine Wohnung in Paris, wenn Sie wollen, als Ihr zweites Zuhause! Platz hab ich genug. Und«, fügte ich hinzu, »Sie dürfen nicht annehmen, daß sich dort kleine nackte Schäferbuben à la Thorvaldsen tummeln, was immer das heißen mag. Von einem Heterosexuellen erwartet man ja auch keine sexuelle Dauerbetätigung, warum also von unsereinem?« Sie lächelte, als wir unter einer großen, mondgebadeten Eiche dahinschlenderten, oder vielleicht war es auch eine Zypresse. Ich sagte, ebenso heftig wie beim vorigen Mal: »Doch, ich brauche jemanden. Ich habe jemanden gefunden. Ich habe jemanden verloren. Wir sind nicht anders als diejenigen, die den Segen der Kirche und der Biologie haben. Können Sie das verstehen?« Und wie zum Hohn begann der Teufel an meinem Unterleib sich wieder zu erheben.

»Carlo«, sagte sie, »hat mir von Malaya erzählt. Sie hätten erwartet, daß er ein Wunder wirkt, hat er gesagt.«

»Hat er Ihnen alles erzählt?«

»Seine Briefe sind immer wie vorbereitende Notizen zu einem Brief. Er hat etwas davon geschrieben, daß Gott die Entscheidungen trifft. Und von einem unbekannten Kind in diesem Chikagoer Krankenhaus hat er auch etwas geschrieben. Ich«, sagte sie,

»glaube nicht an Wunder. Ich werde nun Zeit haben, mich zu entscheiden, was ich eigentlich glauben will. Aber die Fassade erhalte ich aufrecht. Ich habe zwei sehr fromme Kinder.« Sie wandte sich zum Hause zurück; ich ebenfalls. »Mit Ihrem freundlichen Angebot werde ich Sie beim Wort nehmen«, sagte sie. »Danke! Chiasso wird vielleicht doch ein bißchen langweilig sein.«

In der Nacht wickelte ich meinen Ithyphallus in kleine Handtücher ein. Ich hatte bemerkt, daß die Bettlaken ostentativ nach Krankenhausmanier an den Ecken eingestopft und gewechselt worden waren. Ich erwachte sechsmal bei Samenergüssen, von denen der sechste nicht minder reichlich war als der erste. Etwas mitgenommen, aber nicht merklich geschwächt, suchte ich in Mailand einen Arzt auf, Ennio Einaudi, einen Vetter meines italienischen Verlegers. Ich sollte vielleicht ergänzen, daß ich nicht nur nach Italien gekommen war, um die Witwe Campanati zu besuchen. Wegen der faschistischen Beschränkungen gegen die Ausfuhr von Lira mußte ich meine Honorare in bar abholen und das Geld in den Grenzen des italienischen Mutterlandes ausgeben, denn das neue Reich war noch nicht erbaut. Seit damals ließ ich mich auch von einem römischen Zahnarzt behandeln, nur während des Krieges natürlich nicht, aber bis dahin waren es noch vierzehn Jahre. Dr. Einaudi, ein bärtiger Mann in den Fünfzigern, sagte, ich litte an Spermatorrhöe, einer in Italien ziemlich seltenen Beschwerde, die, nach seinen Handbüchern jedenfalls, mit Schuldgefühlen, Überarbeitung, Depressionen und, wenn ich ihn bitte recht verstehn wollte, Einsamkeit zusammenhinge. Wenn der Geschlechtstrieb sich melde, sagte er, müsse ich ihm nur nachgeben. Er selbst, nach dem lauten und vielstimmigen Kinderlärm zu urteilen, der zusammen mit dem Käsegeruch von *riso al burro* hereinwehte, wenn die Tür zu seinen Wohnräumen einmal aufging, war ein Mann, der sich keine Gelegenheit, dem Triebe nachzugeben, hatte entgehen lassen. Ich sagte ihm nichts von meiner Homosexualität, befolgte aber seine Verordnung und las im Schatten des Duomo einen dunklen, dünnen und willfährigen sizilianischen Immigranten auf, mit dem ich den Nachmittag in einem verschwiegenen, dreckigen Albergo verbrachte. Also, da hatte ich's wieder, mit Schweiß und Wanzen, offenen Vokalen und brutalen Intromissionen. Keine Vison eines mißbilligenden Carlo, Raffaele des Jüngeren, oder meines armen, vielgeliebten Philip suchte mich heim, nur meine Mutter spähte kurz durchs Fenster herein, aber offenbar ohne mich zu erkennen. Es war eine therapeutische Maßnahme, wenngleich ausgeführt unter alles andere als aseptischen Bedingungen. Mein Leiden begann nachzulassen und ließ weiter nach in Paris, wo mir Algerier zur Abhilfe dienten – und in manchen Fällen wirkte die Erinnerung an sie als ein zusätzliches, auskühlendes Therapeutikum. Der erwartete Zusammenbruch blieb aus.

Siebzehnter Oktober, die Salle Gareau. Eine ganze Menge Publikum, meist gekommen, um Albert Poupon zu hören, aber Hortense, Concetta Campanati und ich wurden von Antheil, Pound und aus irgendeinem Grunde auch von den Damen Stein und Toklas in der Aufgabe unterstützt, dem schwitzenden Domenico Ruhe und Mut einzuflößen. Das Orchester des Conservatoire unter Gabriel Pierné (heute am besten durch sein kleines Stück über die kleinen Faune in Erinnerung) begann mit zweien von Debussys *Nocturnes* – mit *Nuages* und *Fêtes,* denn die *Sirènes* erfordern ja einen Damenchor, der sehr mühsam einzustudieren ist und außerdem die Kosten in die Höhe getrieben hätte –, und dann kam Poupon hereingewatschelt, mit exaltierten Dankesbezeigungen für den Applaus. Er sah aus wie ein wohlhabender Gemüsehändler aus der Provinz, mit Gesellschaftstanz als liebstem Zeitvertreib, kahlköpfig, mit einem altmodischen Walroßschnauzbart und einer wippenden Nelke im Knopfloch. Er brachte zwei endlose Minuten damit zu, seinen Klavierstuhl richtig einzustellen, schnalzte mit allen zehn Fingern, um deutlich zu machen, daß er Pierné das Tempo vorzählte, und hämmerte dann solo die beiden Einleitungstakte herunter. Das Orchester, mit Windmaschine, Kesselpauken, Xylophon und allem, was es hatte, intonierte scheppernd, quäkend und polternd fünf Themen gleichzeitig, jedes in einer andern Tonart und jedes, für sich genommen, so banal wie alle andern. Da hörten wir's nun, Domenicos Klavierkonzert, erster Satz *allegro con anima,* vom letzten polytonalen Schick und doch sonderbar altertümlich mit seinen biederen Jazz-Motiven von Wawa-Trompeten und Posaunen-Glissandi. Domenico sah und lauschte mit so etwas wie andächtigem Staunen: Gott, was hatte er ein Genie, hätte er selbst nicht gedacht! Das zweite Thema, vom Klavier solo vorgetragen, begleitet *con sordino* von einem Teil der Streicher, deren Akkorde tapfer erduldetes Leiden darzustellen schienen, war eine Art Bluesmelodie mit verminderter Terz und Septime, aber das Zeug zu einem Schlager hatte es auch nicht. Der Durchführungsteil war kurz, denn Domenico konnte kein Thema entwickeln, und als dann die Koda kam, hörte sie sich an wie ein mit Dissonanzen gepfefferter und durchsäuerter Heilsarmeechoral. Der langsame Satz schien aus manchen pucci-nesken Themen unserer *Poveri ricchi* zu bestehen; doch das Bemerkenswerteste waren die Arabesken der linken Hand, mit denen sich Domenico groteskerweise und offenbar aus Scham über sein romantisch-lyrisches Talent lustig machte – in Wahrheit das einzige Talent, das er besaß. Der Schlußsatz, *moto perpetuo,* war Feuerwerk und Gaukelei mit Furzen und Quieken und einem Fugato, aus dem Domenico wegen mangelhafter Beherrschung der Kontrapunkt-Technik nicht mehr hatte machen können als eben einen müden Witz über jemanden, der die Kontrapunkt-Technik mangelhaft beherrscht. Dumpfe Paukenschläge, Blasebalgtöne, eine Melodie ähnlich wie *Some of These Days,* Crescendo der kleinen Trommeln, gegenläufige Glissandi auf den schwarzen und weißen Tasten, schrille Dissonanzen zwischen Trompeten- und Hörner-Tremolo, synchron dazu und *fortissime* gespielt die Tonleiter, und das war's gewesen.

Beifall *(c'est de la musique moderne, mon pote!),* und Poupon deutete liebenswürdig auf Domenico, holte ihn aus dem Parkett aufs Podium, wo er seine Verbeugungen machen, schwitzen, bescheiden tun, lächeln und wieder abtreten durfte. Wir klatschten alle wie verrückt, ausgenommen die Mutter des Komponisten, die nur ein paar Mal mit drei Fingern der Linken in die rechte Handfläche klopfte. Pause. Im zweiten Teil sollte es Beethovens Siebente geben, aber Domenicos Freunde gedachten nicht dazubleiben, um ihre Loyalität nicht beeinträchtigen zu lassen. Ich kann nur wiederholen, was ich mir schon einmal in den Mund gelegt habe: Über Musik hatte oder habe ich kein Urteil. Andererseits war ich sicher, daß Domenico musikalisch eine Zukunft hatte; ich konnte nur noch nicht sagen, in welcher Richtung sie liegen würde, denn wir schrieben damals erst 1925.

»So«, sagte ich zu Concetta, als wir unter dem rosaroten Heiligenschein meiner Stehlampe den Tag mit Kognak und Soda beschlossen, »das war's! Domenicos Triumph, auch du mußt sehr stolz sein.«

»Machen Sie sich nicht lustig!« Sie trug ein elegantes schwarzes Wollkleid von Worth mit einer Perlenkette. »Überlassen Sie's Domenico, sich lustig zu machen! Hat er Ihnen von seinem nächsten Vorhaben erzählt?«

»Er hat mir nichts gesagt.«

»Mit dem Geld, das ihm Raffale hinterlassen hat– Er sagt, für einen Teil des Geldes will er sich die Zeit kaufen, die er braucht, um ein Requiem zu schreiben. Zum Gedenken an seinen *caro fratello.* Darin sollen Negerspirituals vorkommen, warum, weiß ich nicht. Ein *Dies Irae* mit Polizeipfeifen und Maschinenpistolen.«

»Hat er das gesagt?«

»Er hat gesagt, das extravagant Moderne muß sich darin mit dem asketisch Traditionellen verbinden. Großes Orchester mit Saxophonen. Zwei Chöre und Knabenstimmen von der Orgelempore. Um Himmels willen, versuchen Sie ihm das auszureden!«

»Carlo wäre dafür der Richtige. Er vereinigt in seiner Person alle hier nötigen Formen der Autorität – die spirituelle, familiäre und künstlerische. Außerdem hat er eine sehr schwere Faust. Aber ich glaube, wir brauchen uns keine Sorgen machen. Domenico ist kein Verdi. Die Energie in diesem Konzert heute abend kam mir vorgespiegelt vor. Viel Lärm, wenig Antrieb!«

»Schade, daß er soviel Schmeichelhaftes zu hören kriegt. Von diesem Verrückten – Anthill oder wie der hieß.«

»George Antheil. Der nennt sich selbst das schwarze Schaf der Musik.«

»Und von dieser dicken Jüdin. Und der anderen, die so irgendwie an ihr mit dranhängt. Ich mache mir Sorgen um die arme Hortense, wenn die beiden heute abend zu Bett gehn. Wenn sie auch nur den kleinsten Mangel an Begeisterung zeigt, kriegt sie die schwere Faust zu spüren.«

»Sie hat ja ihre Büste von André Gide, um sich zu wehren. Das ist eine sehr solide Kunst.«

»Ich wußte gar nicht«, sagte Concetta und nahm ein Exemplar von *Woran sie sich nicht erinnern will,* das neben ihrem Sessel gelegen hatte, vom Boden auf, »daß Sie auch deutsch lesen.«

»Ich lerne es gerade. Ich muß es lernen. Dieser Strehler ist ganz unglaublich. Ich habe etwas getan, was ich mir nie hätte träumen lassen – jedenfalls nicht seit meiner Henry-James-Phase – ich habe ihm geschrieben wie ein schüchterner Gymnasiast, auf englisch natürlich. Bis jetzt noch keine Antwort. Vielleicht kriegt er viele solche Briefe. Kennen Sie etwas von ihm? Wenn nicht, müssen Sie ihn unbedingt lesen. Er ist einfach–«

»Doch als uns der Fliegenpilz seine Wirkung entzog, als kein Glück mehr nachdämmern wollte«, las sie mit einer tänzelnden

Betonung, die in nichts an den teutonischen Norden denken ließ, »als wir uns ...«

»Aber«, sagte ich verblüfft, »mit Ihnen erlebt man ja immer neue–«

»Deutsch gehört zu meinem Erbe aus dem Alto Adige«, sagte sie. »Liest sich gut, das hier.«

42

Man schrieb das Jahr 1928, und Hortenses zwei Kinder, die ihre einzigen blieben, waren nun schon gesprächige Menschenwesen, die den *Onkel, tonton* oder *zio* Ken mit Makkaroniwörtern überhäuften, wie man sie von dreisprachig aufwachsenden Kindern erwarten muß, mit *strap* für reißen, *the lun* für den Mond und *robinettes* für die Wasserhähne. Die herkömmlichen Geschlechtsmerkmale der Kleidung und des Haarschnitts wurden ihnen zugefügt; davon abgesehen aber waren sie, wenn sie nicht gerade in der Badewanne saßen, ein und dasselbe Kind in doppelter Ausfertigung. *Soyez sages!* ermahnte sie Hortense, die schon für die Reise angekleidet war. Unten auf der Straße brummte wartend das Taxi. Hortense und ich wollten nach London zur Hochzeit unseres Bruders Tom. Er heiratete dasselbe Dummchen, das der Leser schon flüchtig kennengelernt hat, nämlich diese Estella, die mich vor vier Jahren bei Scott angepöbelt hatte. Ein neues Kinderfräulein für die Zwillinge war da, aus Gattières am Var kam sie, die Augen desillusioniert graubraun wie der Schlamm ihres Heimatflusses, verkrumpelte Strümpfe um die ländlichen Waden, eine unentwegte Lakritzenlutscherin mit dem schmeichelhaften Namen Désirée. Sie versicherte der gnädigen Frau, daß die Kleinen brav sein würden. Domenico würde auch brav sein, wenigstens im eigenen Hause. Er schien aufrichtig betrübt, daß Hortense verreiste, wenn auch nur für ein paar Tage. Als er sie zum Abschied küßte, hatte er feuchte Augen. Er sah gut aus wie eh und je, wenn auch mit jenem zarten Ergrauen der Schläfen, das als distinguiert gilt, und nach Italienerart wurde er allmählich von einer gewissen Rundlichkeit ereilt. Auch ich wurde schon ein bißchen grau, blieb aber dünn, stetig von innen her abgenagt vom Wurm des schlechten Gewissens wegen meiner diversen Verfehlungen – meiner sexuellen Abartigkeit, meiner mediokren Erwerbsprosa und meines versagenden Glaubens. Hortense, die nun auf die Dreißig zuging, hatte nie schöner oder eleganter ausgesehen. Sie trug ein kurzes, blaßgrünes Leinenkostüm mit kontrastierenden dunkelgrün und weiß getupften Besätzen, horizontalen Abnähern auf dem weiten Rock und den Jackenärmeln, bis zum Gürtel durchgeknöpfte Bluse, einen breitrandigen Hut mit getupftem und an den Enden ausgefransten Seidenband und einen feinwollenen Mantel mit Pelzbesatz am Kragen und an den zweistufig gebauschten Ärmeln. Mit den hohen Absätzen war sie fast so groß wie ich. Wie immer war ich stolz darauf, mit ihr gesehen zu werden.

Domenico hatte natürlich jenes angedrohte Requiem nicht komponiert. Er hatte ein bißchen Geld verdient mit einer abgestuften Serie von Klavierübungen für Kinder in der Art von Bartóks *Mikrokosmos,* mit dem forschen Titel *C'est notre monde, les enfants!* Außerdem hatte er noch andere Sachen geschrieben. Jetzt arbeitete er an einer Folge polytonaler Quartette mit wechselnden Besetzungen. Es machte ihm Sorgen, daß er das Äußerste an Dissonanz schon erreicht hatte. Weiter als bis zu einem Akkord, der die ganze Tonleiter umspannte, konnte man ja nicht gehen, wenn man nicht die Mikrotöne von Haba verwenden wollte, die in einem Lied von Gerard Manley Hopkins schon vorgezeichnet waren. Noch ahnte Domenico nichts davon, daß sein wahrer Wirkungskreis sich bald vor ihm auftun sollte.

»*Tesoro, tesoro!*« Die Büste, die Hortense von Domenico gemacht hatte und auf der man die echte Verdrossenheit hinter dem Mailänder Charme erkannte, blickte blind und verdrossen auf die Abschiedszene. Als wir gingen, hörten wir die Zwillinge an die *cadeaux* gemahnen, die wir ihnen aus *Londres* mitbringen müßten, egal wo das nun sein mochte. Wir ließen uns nach Orly fahren, wo wir den einmal täglich fliegenden Doppeldecker der Imperial Airways nach Croydon bestiegen. In der guten alten Zeit des Flugverkehrs hatte man den Boden und die Wasserfläche des Kanals in fast greifbarer Nähe, saß in der natürlichen Kühle der unteren Luftschichten auf unbequemen Rohrsesseln, die antiphonisch zum Röhren des Motors knarrten, und bekam Kaffee aus Thermosflaschen serviert. Ein Flughafenbus brachte uns von Croydon zum Terminal im West End, und von da war es nur noch ein kurzes Stück mit dem Taxi zum Claridge. Als wir beide im Wohnzimmer unserer Suite saßen, bei einem trocknen Martini, und auf die holländischen Fassaden der Brook Street hinausblickten, mußten wir an alte Zeiten denken, an London während des Krieges, meine ersten Bühnenerfolge, den Kakao vor dem Schlafengehen, ein künstliches Glied, ein freudestrahlendes Schulmädchen in unschuldiger Faszination durch das große verbannte Buch des Geschlechts. Und, weil wir von verbannten Büchern sprechen, dazu stand etwas im *Evening Standard*: Radclyffe Halls *Born der Einsamkeit* wurde angeklagt. Hortense las mir vor, was der Vorsitzende des Gerichts gesagt hatte:

»›Der schwerste Verstoß des Buches liegt in der Unterlassung auch des leisesten Hinweises darauf, daß jemand mit den darin geschilderten widerwärtigen Neigungen zu mißbilligen sei. Alle Personen werden als sympathische und bewundernswerte Menschen hingestellt.‹« Hortense blickte auf. »Hier steht, vierzig Zeugen haben sich gemeldet, aber keinen davon will der Richter anhören. Warum hast du dich nicht als Zeuge gemeldet, Ken?«

»Was hätte das für einen Sinn, wenn er sie doch nicht anhören will?« Hortense zog die Stirn kraus. »Entschuldigung. Ja, ich wurde aufgefordert. Eine Menge Schriftsteller sind aufgefordert worden. Aber ich konnte das verdammte Zeug nicht lesen. Es ist so jämmerlich schlecht geschrieben. Hast *du* es denn gelesen?«

»Im Studio hat ein Exemplar herumgelegen. Ich hab nicht gewußt, was es ist, sonst hätt ich.«

»Es ist was über lesbische Liebe.«

»Jetzt weiß ich's auch, du Dummkopf! Was machen die denn eigentlich?«

Ich mußte lächeln. Dieselbe Frage hatte sie mir vor all den Jahren schon mal gestellt, in einem Londoner Wohnzimmer ähnlich diesem, aber damals über die Brüder, nicht die Schwestern in der Abart. »Es scheint, die machen gar nicht viel, außer daß sie sich lieben. Keine hitzigen Szenen mit Cunnilingus und zustoßenden Penisprothesen, wenn du das meinst.«

»Warum muß sich das bei dir alles so kalt und widerlich anhören?« Dann sagte sie: »Hier steht etwas von einer Rebecca West. Kennst du die?«

»Eine sehr gute Schriftstellerin. Sie war mal die Mätresse von H. G. Wells. Das ist nicht ihr richtiger Name, sondern von einer Figur bei Ibsen. Sie war früher Schauspielerin, daher. Was sagt sie denn?«

»›Jeder, der Miß Radclyffe Hall kennt, möchte zu ihr stehen. Aber es fällt einem alles andere als leicht, zu ihrem *Born der Ein-*

samkeit zu stehen, aus dem einfachen Grunde, daß dies, was unter den gegenwärtigen Umständen besonders stört, kein allzu gutes Buch ist.‹«

»Genau, was ich auch gesagt hätte! Aber ich habe mir gedacht, ich sag am besten gar nichts.«

»Und wenn nun ein Mann ein schlechtes Buch darüber geschrieben hätte, wie Männer es miteinander treiben, hättest du dann auch gedacht, du sagst am besten gar nichts?«

»Der einzige Verteidigungsgrund, den du vor Gericht geltend machen kannst, ist der literarische Wert, den die Richter natürlich irrigerweise mit dem moralischen Wert für gleichbedeutend halten. Du weißt ja, wie beim *Verlorenen Paradies.* Mir kommt es ganz falsch vor, ein Buch als gut hinzustellen, wenn es das nicht ist.«

»Aber darum geht's doch nicht. Es geht doch darum, daß die Leute schreiben dürfen, was sie wollen, oder? Und genauso dürfen sie gießen oder hauen, was sie wollen. Nimm an, ich möchte die männlichen Geschlechtsorgane, wie du kaltes Ekel das nennen würdest–«

»Nichts soll dich hindern, solange du sie nicht öffentlich ausstellst. Aber ich würde meinen, es gibt hübschere Sujets für Skulpturen. Was ich nicht einsehe, ist, warum schlechte Künstler – ich meine solche, die offenkundig unfähig sind, wie diese Miß Radclyffe Hall – warum die heuchlerischerweise als gute Künstler hingestellt werden sollen, bloß weil sie angeblich die Grenzen unserer Ausdrucksfreiheit erweitern oder, du weißt, wie ich's meine, weil sie demonstrieren, daß kein Thema unmöglich ist. Ich wollte mich nicht in eine schiefe Position bringen, ebenso wie Rebecca West.«

»Ich finde, du bist einfach ein erbärmlicher Feigling.«

»Hortense, so sprichst du bitte nicht mir!«

»Weil sie dich vor Gericht vielleicht gefragt hätten: Sind Sie auch homosexuell, Mr. Toomey, wie die Verfasserin dieses Buches?«

»Solche Fragen trauen die sich gar nicht zu stellen. So eine Frage käme nicht ins Protokoll. Das Geschlechtsleben ist jedermanns Privatsache.«

»Nicht nach dem Gesetz, das weißt du sehr gut! Was würdest du denn tun, wenn nun einer ein großes strahlendes Meisterwerk über das Leben des männlichen Homosexuellen schriebe, und die Justiz würde sich das vorknöpfen und sagen, das ist abscheulich und widerwärtig undsoweiter?«

»Ich würde Krach schlagen für sein Recht, das zu veröffentlichen. Und viele andere mit mir, egal, wie sie's mit der Sexualität halten. Und das gäbe dann einen solchen Aufschrei in der Presse und im Parlament, daß man an dem Gesetz gegen obszöne Darstellungen etwas ändern müßte.«

»Aber du würdest nicht sagen: Ich bin selber homosexuell und kann bezeugen oder beglaubigen oder irgend sowas, daß dieser Schriftsteller die Homosexualität wahrheitsgemäß geschildert hat.«

»Nicht beim heutigen Zustand unserer öffentlichen Meinung.«

»Mit anderen Worten, du hast eine solide mittelständische Leserschaft, und die möchtest du nicht verlieren?«

»Es hat doch eine Grenze, was ein Mann oder meinetwegen auch eine Frau bereit sein muß zu riskieren.«

»O Gott, das ist zum Erbrechen! Das ist doch wirklich zum Erbrechen. Hat Jesus Christus vielleicht auch geglaubt, daß es eine solche Grenze gibt?«

»Jesus Christus war in jeder Hinsicht eine Ausnahme, Hortense! Dein Schwager Carlo würde dir sagen, daß du eine Lästerung begehst.«

»Ach, geh mir mit deinem Carlo, dem fetten Schwein, fetter als je, seit er im fetten Rom lebt, der fette Spaghettifresser! Ich seh keinen Unterschied, ob man nun für seinen Glauben an das Recht zu schlafen, mit wem man will, einsteht oder für diese andere Geschichte.«

»Welche andere Geschichte?«

»Daß einer Gottes Sohn sein will und das himmlische Königreich einführen und dergleichen. Zum Kuckuck, denkst du vielleicht, das ist denen damals nicht lästerlich und obszön vorgekommen, diesen alten Juden im Hedron oder wie das heißt.«

»Synedrion. Christus hat eine übernatürliche Lehre gepredigt. Ein Homosexueller soll dagegen unternatürlich sein.«

»Ob nun drunter oder drüber, beides ist wider die Natur, egal, was das ist, die Natur. Du gehst auf die Vierzig zu, Ken Toomey, und du wirst allmählich verdammt behäbig und selbstzufrieden. Du müßtest hier in London auf die Straße gehn und für das Recht auf Widernatürlichkeit eintreten.« Sie sah selbst die Komik der Sache und mußte grinsen. Ich sagte:

»Ich hab so ein Buch geschrieben, wußtest du das, ein kurzes. Ich wollte's Ford zur Veröffentlichung geben. Aber pseudonym natürlich.«

»Oh, natürlich! Um deine fetten, behäbigen Mittelstandsleser nicht zu vergraulen, nicht? Gieß mir noch einen ein!«

Ich stand auf und ging mit unseren Gläsern zu der geeisten Karaffe auf der Anrichte. »Die Sache zählt, nicht der Name. Nächstes Jahr soll es bei einer Privatpresse erscheinen. Bei deinen Freunden, den Crosbys–«

»Das sind nicht meine Freunde. Sie kennen mich nicht, und ich kenne sie nicht.«

»Na gut, dann eben nicht deine Freunde. Aber die wollen's machen. Das ist immerhin ein Anfang. Immerhin etwas Gedrucktes, das die Gerichte nicht so leicht einkassieren können. Also erzähl mir nichts mehr von wegen behäbig und mittelständisch!«

»Ja, im schweinischen Paris kannst du alles machen. Aber hier in London und unter deinem eigenen Namen, da würdest du dich das nicht trauen.«

»Ich hätte keine Chance. Noch nicht. Die Zeit kommt noch.« Und dann, als ich ihr das nachgefüllte Glas Gin mit einem Spritzer Wermut gab, sagte ich: »Nimm zum Beispiel Ehebruch! Würdest du für ein Buch über die Freuden des Ehebruchs einstehen wollen?«

Sie nahm das Glas und nippte. »Ehebruch«, sagte sie, »ist weiter nichts als mit Leuten schlafen, mit denen man nicht verheiratet ist. Vielleicht ist es nicht richtig, aber unnatürlich ist es nicht. Warum sagst du das? Was hast du wieder Kaltekliges im Sinn?«

»Ach, nichts weiter! Bloß Neugier. Durch die Crosbys bin ich darauf gekommen.«

»Ich sage dir, ich kenne die Crosbys nicht. Oder, wenn du willst, ich habe sie ein paar Stunden lang gekannt, und da waren sie betrunken und widerlich. Eigentlich willst du nämlich sagen, was ist denn mit dir und Domenico? Und ich kann dir nur sagen, das geht dich einen Schmarren an, Ken Toomey!«

»Entschuldige! Nur brüderliches Interesse, nichts weiter!« Dann fragte ich: »Ist denn alles in Ordnung? Wirklich in Ordnung? Ich meine, ganz abgesehen von seinen Wutanfällen, denn die entschuldigt er ja mit seinem künstlerischen Temperament, der vermaledeite Idiot, abgesehen von seiner Neigung zu Gewalttätigkeiten gegen die eigene Frau und abgesehen von der etwas indiskreten Art, wie er herumhurt?«

Hortense kniff die Lippen ein und schaute mich giftig an; das Martiniglas hielt sie, als ob sie mir den Inhalt ins Gesicht schütten wollte. Es war nicht mehr viel Flüssigkeit drin, die sie daher vernünftigerweise lieber austrank. Dann stand sie auf und wollte sich selber nachschenken. Wie beim vorigen Mal nahm ich ihr das Glas ab und schenkte uns beiden ein, bis zum letzten Tropfen aus der Karaffe. Sie sagte, ganz vernünftig: »In den meisten Ehen ist es genauso. Man muß nur wissen, bei was man die Augen zudrückt.«

»Gilt für euch beide, meinst du?«

»Ich«, sagte sie mit erhabener Eiseskälte, »bin treu gewesen. Während der letzten fünf Jahre bin ich ganz und gar und vollkommen treu gewesen. Gattentreue, *fidelitas,* wenn dir das Wort etwas sagt!«

»Aber vor fünf Jahren, da warst du nicht treu.«

»Und du weißt, warum nicht, auch wenn's dich nichts angeht.«

»Ich verstehe. Und diese Sache auf dem Vierkünsteball war nicht dein einziger Fehltritt?«

»Fehltritt, was soll das heißen, Fehltritt? Das war so eine Art, wie nannte man das früher–«

»Saturnalie. Rituelle Ausschweifung. Verstehe. Aber die anderen Geschichten wurden nüchtern, vorsätzlich und in vollem Bewußtsein begangen?«

»Ekelhaft, wie du redest, du verwünschter Pedant, wie ein Richter oder ein Jesuit! Nun ist ja auch alles längst vorüber.«

»Hat Domenico noch immer keine Ahnung, daß sein Same unfruchtbar ist?«

»Wie sich das wieder anhört! Nein, natürlich nicht, du Esel! Wir haben uns darauf geeinigt, daß wir keine Kinder mehr wollen, und zum Kuckuck mit dem fetten Carlo! Er denkt, ich habe mir so ein Ding einsetzen lassen.«

»Domenico ist ein jämmerlicher Idiot.«

»Ob er einer ist oder nicht, Domenico ist nun mal der Mann, den ich geheiratet habe. Und dabei bleibt es. Jetzt halte bitte den Mund und erzähl mir nichts über Domenico! Ich habe dir schon mehr gesagt, als ich hätte sagen sollen. Kümmre du dich nicht um diese ganze Geschichte! Ich möchte jetzt mein Abendessen, und dann müssen wir uns diesen dußligen Film anschaun.«

»Du *mußt* ihn dir nicht anschaun. Ich übrigens auch nicht.«

»Red keinen Quatsch, ich *muß*! Ich muß doch sehen, wie schlecht er ist.«

»Woher weißt du, ob er schlecht ist?«

»Das Buch ist doch schlecht, oder nicht?«

Ich tat einen Seufzer. »Du armes Kind, umzingelt von mediokren Kunsterzeugnissen! Meine Bücher, Domenicos Musik.«

»Laß Domenico aus dem Spiel!«

Der Film, schon der dritte nach einem Buch von mir, beruhte auf meinem Roman *Wasting in Despair* (ich glaube, das Buch hieß auf deutsch *Herz ohne Labe*). Die deutsche Universum-Film-Aktiengesellschaft, mit ihrem Akronym UFA, hatte ihn gedreht, und er war nicht die übelste unter den Verballhornungen, mit denen sich die Filmindustrie des deutschen Staates bald so entsetzlich hervortun sollte. Arnold Fanck war der Regisseur, und Leni (Helene Bertha Amalie) Riefenstahl, später Adolf Hitlers Egeria, spielte die weibliche Hauptrolle. Fanck war besessen von Gebirgsszenen und hatte unter gelegentlicher Mitarbeit von Pabst eine große Anzahl Bergfilme gedreht. Leni Riefenstahl war als Tänzerin besser denn als Schauspielerin. Mein Roman handelte von einem jungen Mann, der sich in eine Ballerina verliebt, von ihr abgewiesen wird und daraufhin zum Skilaufen in die Schweizer Alpen fährt, um seinen Kummer zu vergessen. Die Handlung war oder ist wohl etwas läppisch: Die Ballerina taucht mit ihrer Truppe plötzlich in Zürich auf, erneute Begegnung der beiden, letztes flehentliches Liebeswerben des jungen Mannes, und dann äußert er die Absicht, in einem Schneesturm oder etwas dergleichen den Tod auf den Brettern zu suchen. Bangend und erschüttert fährt sie ihm nach und erweist sich als brillante Skiläuferin. Schneestürme, Lawinen, Liebeszenen auf einem vereisten Grat, Happy End! Der deutsche Titel war, glaube ich, *Bergliebe*; der englische jedenfalls war *A Mountain of Love.* Es war einer der letzten Stummfilme. Als wir mit dem Taxi zum Leicester Square fuhren, kamen wir an Plakaten für den *Jazzsänger* mit Al Jolson vorüber – ein schwarzbemaltes dummes Gesicht mit frechen Augen, geweiteten Nüstern und einem Grinsen, daß ihm der Zahnschmelz über die Lippen troff. Kinomusiker hatten vor dem Kino, wo der Film lief, protestiert: Auf der wagenradgroßen Vitaphon-Tonplatte war kaum Dialog, dafür aber jede Menge Musik.

Bergliebe wurde später, als die Nazis die deutsche Filmindustrie beherrschten, in einen Tonfilm umgewandelt, was nicht allzu schwer war, denn der Film hätte ja wenig Dialog. Die Ballettsequenzen erforderten eine mit der Choreographie genau synchronisierte Musik, und die Bergszenen erforderten etwas Wagnerianisches, nicht das bißchen Tremolo-Gefiedel und Klaviergehämmer, mit dem wir am Leicester Square zufrieden sein mußten. Trotzdem war *A Mountain of Love*, wie sogar Hortense zugeben mußte, kein ganz und gar dußliger Film. Er war psychologisch grobschlächtig, aber technisch gekonnt, und die verwegen expressionistischen Zutaten, mit denen die kitschige Geschichte überhöht war, gaben der Sache eine eigentümliche Faszination und schienen anzudeuten, daß sie eine Allegorie auf etwas anderes sei, meinetwegen auf die Krankheit der Weimarer Republik. Die Gesichter waren fahlweiß geschminkt, die Bewegungen hatten eine verhaltene Mechanik, ein Oberkellner stelzte herum wie der grollende Wotan, und ein Fritz-Lang-Albtraum kam vor, mit dem Wort SCHICKSAL in Frakturlettern vor einem *Jugendstil*-Hintergrund. Die ganze Zeit über störte mich die Unzulänglichkeit der musikalischen Begleitung, die dann von den Nazis allzu gut gemacht wurde: immer wieder bei den Tanzszenen dieses *Pizzicato* von Délibes, das zu spät einsetzte und zu spät endete; immer wieder die *Sommernachtstraum*-Ouvertüre als Hochgebirgsmusik; Elgars *Salut d'amour* für die Liebesszenen. Und dann, wie selbstverständlich, wurde mir klar, wo Domenicos musikalisches *Schicksal* lag. Aber wie sollte man ihm das nahebringen? Es war noch Zeit genug.

Nachher ging ich mit Hortense in eine Kneipe am Leicester Square, wo wir Kognak mit Soda tranken, ohne Eis, denn Eis war im britischen Gaststättengewerbe damals noch eine exotische Rarität. Ich sagte: »Da liegt Domenicos musikalisches Schicksal. Musik für das Quasselkino!«

Sie durchmusterte mein Gesicht nach Anzeichen von Sarkasmus. Anscheinend entdeckte sie die Spur eines Grinsens an den Mundwinkeln, denn sie sagte: »Recht so, hol ihn nur herab auf den Teppich der Gebrüder Toomey! Hintertreppenromane, Kabarett-Monologe und nun auch noch Musik für das Quasselkino!«

»Ich sehe weiter voraus als du, Hortense«, sagte ich oder will ich mich jetzt, im nachhinein, sagen lassen. »Die neue Kunstform steckt noch in den Kinderschuhen. Dieser *Jazzsänger* ist noch gar nichts.« Wir hatten den Film beide, allerdings nicht zusammen, an den Champs Elysées gesehen. Die Orchesterbegleitung, fand ich, war gut auf die Handlung zugeschnitten gewesen, aber sie bestand nur aus einem Potpourri von Opernmelodien, die meistens aus *I pagliacci*, nichts Originales. Es würde sicherlich bald einen Bedarf nach einer Art Musik geben, die eigens für das Zelluloid komponiert war, ein anonymes, bescheidenes Mobiliar der Handlung. Der arme Erik Satie hatte etwas geschaffen, was er eine *musique d'ameublement* nannte, als überhörbaren Hintergrund für Gespräche bei einer vormittäglichen Champagner-Feier. Als die Musik einsetzte, hatten die Gäste, um zu lauschen, ihre Gespräche unterbrochen. Satie war zwischen ihnen herumgetanzt und hatte gerufen: *Parlez, parlez!* Er war der Vater vieler moderner oder zukünftiger Dinge, ein geschniegeltes Kerlchen, das keine Unterwäsche trug und in einer verdreckten Dachkammer hauste. »Große Komponisten werden sich bald darum reißen, für den Film komponieren zu dürfen, wirst du sehen! Bei Gaumont, Pathé oder irgendwem werden schon die ersten französischen Tonfilme gedreht. Da müssen wir Domenico hineinbringen.«

»Er wird sagen, das ist eine Entweihung.«

»Ihr müßt euch von dieser intellektuellen Hochnäsigkeit freimachen, ihr alle beide! Der Künstler muß sich in den Dienst des Massenpublikums stellen, so gut er kann. Was soll denn daran faul sein, was Tom zum Beispiel macht? Er bringt die Leute zum Lachen. Ich würde alles dafür geben, wenn ich das auch könnte.«

»Für mich«, sagte sie grimmig, »*sind* deine Bücher zum Lachen.«

Toms Hochzeit war am Nachmittag darauf, in einer Kirche in Soho, die in den katholischen Bühnenkünstlern ihr Stammpublikum hatte. Sarah Bernhardt war einmal in einer abergläubischen Phase hier zur Messe gestelzt, und Coquelin hatte sich sehr dramatisch die Hostie auf der Zunge zergehen lassen. Die letzte Sonntagsmesse war erst mittags, weil die katholischen Schauspieler, Degenschlucker und Fahrradakrobaten nach den Strapazen der Samstagnacht tüchtig ausschlafen mußten. Viele britische Theaterleute kamen aus katholischen Familien: Diejenigen Familien, die sich der Reformation nicht gefügt hatten, waren, soweit nicht geköpft, gehängt oder verbrannt, doch zumindest der wirtschaftlichen und sozialen Aufstiegsmöglichkeiten beraubt worden, die das angeborene Recht der britischen Protestanten waren. Da sie nicht Rechtsanwalt, Chirurg oder Professor für Griechisch werden konnten, hatten früher viele Katholiken sich auf den einzigen Beruf verlegt, für den urkundliche Qualifikationen nicht nötig waren, und das Theater wurde bei ihnen zur Familientradition, besonders im widerborstigen Norden. Zwar waren die Katholiken nun emanzipiert, wenn auch noch immer ohne Vertretung ihrer Bischöfe im

Oberhaus, aber die Tradition hielt sich. Vielleicht war inzwischen etwas davon sogar ins katholische Blut eingegangen. Das würde Tom und mich selbst erklären (denn auch ich schrieb ja dann und wann für die Bühne). Die meisten Homosexuellen beim Theater gehörten jedoch meinem Eindruck nach der reformierten Kirche an.

Ich war nicht zum Brautführer ausersehen. Dieses Amt war einem von Toms Kollegen übertragen worden, Ernie Callaghan, dem man anmerkte, daß er mit der Versuchung kämpfte, am Altar eine Wo-hab-ich-bloß-den-verflixten-Ring-Pantomime vorzuführen. In der Gemeinde erkannte ich viele halbwegs berühmte Gesichter, und jemand hatte eine Koppel sehr artiger dressierter Hunde mitgebracht. Der Geistliche wirkte auch wie eine Rollenbesetzung; wie ich später hörte, war er ein ehemaliger Schauspieler, der es nie weiter als bis zum dritten Mörder im Hintergrund gebracht und erst spät seine geistliche Berufung entdeckt hatte. Die Anrufungen und Antworten der Zeremonie kamen schallend deutlich und genau zur rechten Sekunde. Estella trug ein kurzes Brautkleid mit Hemdsärmeln, weiten Spitzenmanschetten und tiefem U-Ausschnitt, dazu einen am Rande bestickten Chiffonschleier und weiche Ziegenlederschuhe mit Riemchen über den Spann. Gegen Ende der Zeremonie kamen zwei Betrunkene herein, Augustus John und Peter Warlock (alias Philip Heseltine), wurden aber gleich wieder hinausbefördert von zwei starken Männern, die man mir später unter ihren Spitznamen als Huste und Spucke, die flämischen Zwillinge, vorstellte. Warlock hörte man noch brüllen, daß er ein altes Seemannslied namens *Rumbelow,* von den Rumfässern unter Deck, auf der Orgel spielen wolle. Zu mehr als einer kleinen Champagnerfeier in einem gemieteten oberen Saal bei Wheatsheaf war keine Zeit. Tom und manche von den Gästen hatten am Abend Vorstellung: Ein *richtiges* Fest sollte nach der zweiten Vorstellung auf der Bühne des Palladiums stattfinden. Tom kam im letzten Teil der ersten Hälfte.

Estella, nun unsere Schwester von Rechts wegen, saß mit Hortense und mir in einer Loge links von der Bühne. »Die waren *wonnig*«, erklärte sie uns und meinte das framboise-silberne Kaffee-Service, mein Geschenk, und das von Hortense, ein paar übergroße Teller von echtem Sèvres. Damals konnte man aus Paris noch Sachen verschicken, ohne daß sie zu Bruch gingen oder verschwanden. »Ich *liebe* doch solche Sachen!« sagte Estella. Unsere vorige Begegnung schien sie ganz vergessen zu haben, und Hortense kannte sie natürlich noch gar nicht. Ihre frühere Kunstbegeisterung hatte sie nun auf die katholische Kirche übertragen, wegen ihrer Konversion, auf die sie ausgerechnet durch jenen Pater Frobisher aus der Farm Street, der mich damals verdammt hatte, ausführlich vorbereitet worden war. Sie hätte gern Stella Maris geheißen, sie verehrte andächtig die Kleine Blume, sie beachtete den Herz-Jesu-Freitag, sie betete zum hl. Antonius von Padua um die Wiederfindung verlorener Gegenstände, und sie *liebte* das Fasten, weil es so gut war für die Figur, und überhaupt fastete sie auf Teufelkommraus und ohne Rücksicht auf die Kirchenvorschriften. Als das Palladium-Orchester überlaut und in einem Wahnsinnstempo mit dem *Einzug der Gladiatoren* loslegte, zog sie einen Rosenkranz aus dem Portemonnaie und begann mit blassem Heiligenlächeln ein Gesetz abzuzählen. Von Joe Framley, dem bierseligen Dirigenten, hatte ich schon gehört. Die Musiker hatten bei der Probe für dieses Stück schon von sich aus ein lebhaftes Tempo vorgelegt, aber er hatte den Stab aufs Pult geknallt und geschrien: Scheiße, ist das denn ein Trauermarsch? und darum spielten sie jetzt, daß die Fetzen flogen.

Estella war etwa beim fünfzehnten Gesetz, als Tommy Toomey auftrat, schlank und adrett im Schwalbenschwanz, von herzlichem Beifall empfangen. Das Publikum wußte, daß er am Nachmittag geheiratet hatte, denn der *Evening Standard* hatte einen kurzen Artikel gebracht, mit einem Foto, auf dem die Braut fromm und holdselig aussah. Statt sich schnurstracks in die Freuden des Ehestandes zu stürzen, kam Tommy erst einmal hierher, um sich mit seinem Publikum zu paaren. Treue, Pflichtgefühl! Tommy war guter Dinge und lächelte. Er hatte jetzt ein bißchen mehr Fleisch auf den Rippen, und sein alter Husten, die Folge einer angeborenen Bronchialschwäche und verschärft durch den Dienst als Gas-Korporal in der Boyce-Kaserne, war kaum zu bemerken. Seine helle Stimme mit der gekonnten Lippenartikulation erfüllte das freundliche, vulgäre Auditorium mit der Melodie einer pseudopatrizischen Sprechweise. In den Nachrichten hatte allerlei über ein Handelsabkommen zwischen Großbritannien und Dänemark gestanden, und darum erzählte Tom nun die Geschichte von Hamlet unter dem Aspekt der landwirtschaftlichen Exporte. Hamlet, sagte er, hieß in Wirklichkeit Omlett. Sein böser Onkel Chlorius ist das faulste Ei Dänemarks, ausgenommen diejenigen, die man nach England exportiert hat. Milch und Eier werden in Dänemark seit Menschengedenken nicht mehr frisch erzeugt, aber die beiden Exportmanager Dosenstanz und Milbenkern wollen mit neuen Einbalsamierungsverfahren aus der Not eine Tugend machen. Polonius ist eine polnische Importwurst, die von Omlett zur Abwehr fremdländischer Konkurrenz in Scheibchen aufgeschnitten und hinter einem Wandschirm liegengelassen wird, bis der ganze dänische Hof sich die Nasen zuhält und klagt, daß etwas faul ist im Staate Dänemark. Ophelia ist stolz auf ihre glatte weiße Eierschalenhaut und fordert alle Männer auf, doch mal anzufassen. Omlett gibt dem Wunsche nach, und, knacks, schon ist sie angebufft, und Omlett muß sich mit ihr verloben. Die Verlobung dauert so lange, daß Ophelia wahnsinnig wird und mit lauter Stimme höchst unanständige Lieder singt. Omlett ist in seinem sittlichen Empfinden verletzt, zugleich aber im Zweifel, ob darin nicht ein Wink des Himmels für die dänische Landwirtschaft zu sehn ist: »Schwein oder nicht Schwein«, sinniert er und kommt auf das Problem des Seetransportes zu sprechen. Undsoweiter. Höchst kindisch, Pennälerwitze im Grunde, aber in Toms Vortragsweise war das von vornherein zugestanden. Zum Schluß, und hier bekam auch ich als Bruder und Textschreiber eine Salve Applaus, sang er mein altes Liedchen über Paris und *l'amour:*

»Sucht euch ein nettes Plätzchen
In einem *restaurant,*
Allein, doch unter Leuten,
Da seid ihr *très contents.*
Dort füll dein Weib mit Hummer,
Mit Wein und *eau de vie,*
Tu so, wie wenn es keine
Andere gäb als sie.
Dann los, schnell ab nachhause
In das *grand lit carré,*
Und wenn sie schläft, die Gute,
Gehst du ins *cabaret.*
Mehr muß man wohl nicht sagen,
Auf dieser Extratour
Kommst du auf einen ganz besondern Pariser Dreh:
Une petite spécialité,
Die heißt *l'amour*.«

Als er das *l'amour* in die Länge zog, gab er den Beleuchtern ein diskretes Zeichen, und seine Braut wurde mit einem schimmernden rosa Heiligenschein umgeben. Königlich wie der Meerstern erhob sie sich unter Beifall, ihren Rosenkranz fest umklammernd. Dann fiel der Vorhang, während die Kapelle Toms Kennmusik spielte *(It's Tommy this and Tommy that* – Text vom alten Ruddy Kipling, Musik von Sir Charles Villiers Stanford); die Deckenbeleuchtung ging an, und die Leute machten sich auf zu dem Streit und Gedränge an der Bar.

Das Fest nach der Vorstellung war eine Zeitlang so gut, wie man sich's nur wünschen konnte. Die leergeräumte Bühne wurde zum Tanzen gekreidet, die Kapelle baute sich dort auf und spielte die neuesten Charlestons und Foxtrotts. Auch *Black Bottom* wurde gespielt:

The say that when that river bottom's
covered with ooze
They start to squirm
Couples dance and that's the rhythm
they use
Just like a worm

Getanzt wurde lebhaft, weil soviele professionelle Tänzerinnen da waren, zum Beispiel die Choristinnen vom Palladium, die vermutlich in ihren kurzen Röcken und Phantasiekostümen wesentlich verführerischer aussahen als während der Vorstellung in ihrer flittergleißenden Halbnacktheit. Komiker rezitierten aus *Othello* und *Maß für Maß;* und ein dantesk verwüsteter alter Schmierenhengst tanzte einen Cakewalk. Flaschenbier gab es ebenso wie Whisky und Champagner und eine herzhaft ordinäre Schweinspastete mit dicker, dunkler Kruste. Ernie Callaghan trug die Ballade vom kleinen Waisenkind Annie vor, so herzergreifend, daß die kleine Vollwaise Estella weinen mußte. Aber sie faßte sich wieder und sang uns höchst erbärmlich und unter dem lauten Beifall der Kulissenkinder, denen Unaufrichtigkeit so bewunderswert leicht fällt, das Bach-Gounodsche *Ave Maria.* Tom trug sehr bewegend die Schlußstrophen von Spensers *Epithalamium* vor. Dick Bradshaw zog mich in eine Ecke an der Beleuchtungsbank und sagte, die Zeit ist reif für ein großes patriotisches Musical. Das Land braucht ein bißchen mehr Zutrauen ins eigene *Schicksal,* jetzt, wo der Generalstreik immer noch nicht vergessen ist und unser Handel so schwer zu leiden hat unter dem Dumping der Japaner. Scharen von Arbeitslosen in unserm Gewerbe, und das kommt immer noch dicker. Sie können die Bühne vollstopfen mit Statisten für dreißig Schilling pro Nase, und die sind noch froh über das Geld. Eine Geschichte des ersten Vierteljahrhunderts mit Gesang, Witzen und, zum Kuckuck, ja, auch richtig schön was zum Heulen! – Gehn Sie zu dem Noel Coward, sagte ich, fragen Sie den! Gerade noch rechtzeitig zum Anschneiden des Hochzeitskuchens (das Palladium in Zuckerguß mit einem umschlungenen Zuckerpuppenpärchen auf der Krone) erschien mein alter treuloser Geliebter Val Wrigley.

Val war inzwischen der versoffene Lieblingspoet von ganz Soho und wurde langsam fett. Er brachte einen unirdisch schönen jungen Mann in Purpurgewändern mit, den er als den heimatvertriebenen König von Böhmen vorstellte. Der Bursche hatte ein Theaterschwert in einer Theaterscheide und erbot sich, für fünf Schilling oder einen dreifachen Whisky jedermann zum Ritter oder zur Dame zu adeln. Val war schon ein mehrfacher Sir Valentine. Er erkannte Hortense gleich wieder. »Wie lange das her ist, meine Liebe!« sagte er. »Damals in jenem *vernichtenden* Kriege, als wir alle um unsre Ehre gekämpft haben, da hab ich mir gesagt, ah, hier ist die *wahre* Schönheit, und die wird blühn und gedeihen, und da hab ich mich *nicht geirrt.* Sollte man nicht denken«, sagte er, mich unwirsch anblinzelnd, »daß Sie auf demselben Mist gewachsen sind wie dieses Unkraut.« Er mümmelte Kuchen.

»Deinen Kumpel, den Erzbischof, hättest du auch mitbringen sollen«, sagte ich. »Exilkönige gibt es ja heute zehn Stück für'n Penny.« Ich knabberte an der Glasur.

»Wir kennen ja deinen Zynismus, mein Guter!« gab Val mir speichelsprühend zur Antwort. »Der sentimentale Spötter, vollgesogen mit Feigheit! *Mein Kumpel, der Erzbischof,* wie du ihn vulgärerweise nennst, ist *tot.* Er wurde niedergeschlagen und mit Füßen getreten, als er in einer Pfütze lag. Von betrunkenen Iren, darf ich hinzufügen, in einer Samstagsnacht. Eine Rippe war gebrochen. Er holte sich eine Lungenentzündung, als er da lag. Davon hat er sich nicht mehr erholt.« Er schlang Kuchen hinunter.

»Also eine autokephale Kirche weniger!« sagte ich. »Vermutlich gibt es immer noch genug. Die Kostümverleiher sind in der Charing Cross Road.«

»Er's ein Dreckskerl, nicht?« sagte Val zu Hortense, mit bös verkniffenen Augenschlitzen zu mir her. »Nach außen hin nichts als Schmus fürs Publikum, aber dahinter die steinharte Herzlosigkeit!«

»Sie sprechen von meinem Bruder?« sagte Hortense.

»Jaja«, machte Val mit komisch geblähten Nüstern und einem manischen Augenglitzern, »von dem spreche ich, meine Liebe. Der Tod der Liebe und Toomey als ihr Grabgewölbe.«

»Erzähl du mir nichts«, sagte ich, »vom Tod der Liebe!«

»Büchsenbulle mit Tränen!« sagte Val. Sein Gedächtnis war untrüglich. »Kitsch mit Zwiebeln! Ah, da kommt Jenny!« Eine Frau, knapp einsvierzig groß, in leberbraunem Kostüm, einen Glockenhut in die Stirn gedrückt wie die Pickelhaube eines Wachsoldaten, leicht bucklig, etwa mein Alter, aber vom Mund zum Kinn mit tiefen Falten, wie Abzugsgräben für Bratenfett, stand vor mir und schaute zu mir auf, ein Glas am Munde, in dem wahrscheinlich purer Whisky war. »Das hier«, sagte Val, »ist unser großer Toomey. Und das ist seine entzückende Schwester.«

»O ja, entzückend!« sagte sie eifrig. »Jenny Tarleton«, stellte sie sich vor und behielt Hortenses Hand ein wenig zu lange in der ihren. »Literarische Agentin. Val hier ist mein Autor.«

»Sie meinen«, sagte ich, »Sie verkaufen Vals Gedichte an den Meistbietenden? Dann muß es ja bergauf gehn mit ihm.«

»Gedichte«, sagte sie, Hortenses Hand mit Bedauern loslassend, »finden heute wieder den Weg auf die Bühne. Die *pièce bien faite* haben wir überwunden.«

»Also suchen Sie jetzt nach *pièces mal faites?* Tarleton«, sagte ich, »ist ein großer Theatername. Dick Tarleton, der zirrhotische Leiter der *Queen's Men.* Ich habe mal ein Bild von ihm gesehn, wie er mit einer kleinen Trommel über die Bühne stolziert. Sind Sie mit ihm verwandt?«

»Nie von gehört. Sie haben sich ja nicht gerade vorgedrängt für den *Born der Einsamkeit.*«

»Es ist ein schlechtes Buch.«

»Was hat das damit zu tun?«

»Was ich dir auch gesagt habe«, warf Hortense ein. »Es geht um das Recht zu sagen, was man sagen will, ob man es nun gut oder schlecht sagt.«

»Ich finde nicht«, sagte ich zu ihr, dann zu Val: »Soso, Stücke in Versen machen wir, eh? Willst du in die Fußtapfen des prächtigen alten Stephen Phillips treten – urkräftige Dialoge mit *thee* und *thou, traun fürwahr* undsoweiter? Welch großen Vorwurfs denket euer Sinn, o Meister? Ein Empedokles, ein Cyrus der Große, oder gar ein Tintinnabulus der Tyrann?« Ich behauchte die Ts sehr theatralisch.

»Ja, ja, entzückend, wie Sie das formulieren!« sagte Jenny Tarleton gerade zu Hortense. »Das Recht, wie Sie sagen, zu sagen, zu tun. Ja, entzückend!«

»Oder wie wär's«, sagte ich voller Inspiration, »mit einer hübschen Verdrehung der englischen Geschichte? Ein englischer Erzbischof wird zum Märtyrer für seine homokephale Kirche, von vier homophilen Rittern zu Tode gegeigt.«

»Du bist so ein Ekel«, sagte Val nachsichtig, »daß man dich gar nicht so behandeln kann, wie man eigentlich sollte. Immer nur Frozzelei, und dabei so vollkommen hinterm Mond! Hast du zum Beispiel mal von dem Brecht gehört? Natürlich nicht, denn du sitzt ja fest in Paris, wo alles bald aus ist. Berlin ist die Stadt der Zukunft, du alter Furz! Dieser Brecht! Wystan Auden und ich, wir waren beide ganz hin.«

»Was ist das wieder für einer?«

»Da siehst du, was hab ich dir gesagt! Immer die Nase hoch in den rosa Wattewölkchen deiner ekligen Geschichten und nie am Boden, wo man die Erde riecht!«

»Ich dachte, es käm auf das Ohr an, nicht auf die Nase. Entschuldigung!« sagte ich zu einem Tanzpaar, das mich von hinten anrempelte.

»Um wenigstens ehrlich zu sein«, sagte Hortense.

»Ich kann gar nicht sagen, wie vollkommen ich Ihnen da zustimme! Ohne Ehrlichkeit, wo kämen wir hin? Wir müssen für unsre Sache einstehen, entzückend richtig!« Ich hörte kurz, wie Estella mit ginschwerer Zunge zu jemandem sagte:

»Wenn ich auf die Sache mit der Jungfräulichkeit doch bloß eher gekommen wär, als ich noch Jungfrau war! Aber jetzt machen wir's keusch, weißte, keusch noch und noch. Ich *liebe* das doch so, die Keuschheit!«

»Die wird ihm eine gute Frau sein«, sagte Val. »Keine Seitensprünge, jedenfalls nicht, bis sie nicht all diesen Müll aus sich rausgeschafft hat!«

»Was weißt denn *du* von guten Frauen«, sagte ich, »vielleicht aus deinen erdnahen Jugendbüchern? Was weißt denn du zum

Kuckuck noch mal von der Keuschheit?« Tränen kamen mir in die Augen und verschwanden wieder.

»Du hättest ruhig für diese nette, *aufrichtige* Kleine ein Wort sagen können«, begann Val mich auszuschelten. »Könntest du immer noch tun. Da drüben ist Bascombe vom *Evening Standard.* Sag ihm gleich jetzt was, solang er noch gradestehn kann. Der bringt sowas ganz genau. Die arme kleine Radclyffe!« Offenbar kannte er sie gar nicht: Niemand, der sie kannte, gebrauchte diesen Namen. »Ja, wir werden jedenfalls kämpfen, wir werden alle Hebel in Bewegung setzen, auch ohne daß uns der prominente Herr Toomey zu Hilfe kommt!«

»Was heißt das? Wovon redest du?«

»Unsere liebe Hortense«, sagte Jenny Tarleton, »darf ich doch zu Ihnen sagen, Hortense, nicht, klar darf ich, so ein entzückender kleiner Name, wußt ich doch gleich, als ich Sie gesehn hab, daß da französisches Blut mit drin ist, sieht man irgendwie an den Handgelenken und, ja, an den Knöcheln, unsere Hortense wird mit Freuden hingehn, nicht, mein Engelchen?«

»Wohin?« fragte Hortense, der bei der Forderung nach dem Recht auf lesbischen Selbstausdruck nun auch nicht mehr ganz wohl zu sein schien.

»Nach Westminster!« zischte Jenny Tarleton, als wäre von einem Schlangennest die Rede, »dahin, wo die Leute sitzen, die sich um unsere Freiheiten kümmern sollen, aber gar nicht dran denken. Die Zeit ist ganz entzückend reif dafür. Morgen um zwei treten wir auf mit unseren Bannern!«

»Und was soll auf diesen Bannern beurkundet werden?« fragte ich.

»Das ist schon drauf *beurkundet*«, sagte Val, »wie du mit deiner Grundstücksmaklergesinnung das ausdrückst. Mindestens dreihundert von uns werden da sein. London wird die Ausdrücke *gayboys* und *gaygirls* kennenlernen, Schwule und Lesben. Diese Wörter werden in die allgemeine Umgangssprache Eingang finden.«

»Mein Gott«, sagte ich, »das ist ja Verbrecherrotwelsch!«

»Ja, eben!« sagte Val. »Und die anderen Wörter gehören zur Terminologie von Leuten wie Krafft-Ebing. Dazwischen müssen wir wählen.«

»Das gibt ein Massenmartyrium«, sagte ich. »Die neuen englischen Märtyrer.«

»Die können uns nicht alle märtyrisieren«, sagte Jenny Tarleton. »Und unsere Petition kann nicht abgewiesen werden. Fünfhundert Unterschriften!«

»Um was wird denn nachgesucht in dieser Petition?« fragte Hortense.

»Na«, sagte Jenny Tarleton, enttäuscht nach Hortenses Händen suchend, die nun beide hinter Hortenses Rücken verborgen waren, und die Stimme über den *Posthorn-Galopp* und das Hottehüh- und Halaligeschrei anhebend, »wir fordern *alle* Freiheiten – Versammlungsfreiheit, Handlungsfreiheit, Ausdrucksfreiheit. Wir sind doch keine Verbrecher.«

»Wie hat denn das Christentum angefangen?« sagte Val. »Wir haben auch schon unsere Kreuzigungen erlebt, wir haben auch schon unsere Heiligen.«

»Es ist nicht dasselbe«, sagte ich.

»Warum nicht?« rief Val. »Verkünden wir nicht auch eine neue Auffassung von Gott? Gott hat uns so geschaffen, wie wir sind, und er wird seine Gründe gehabt haben. Ich sehe da keinen Unterschied.«

Ich lächelte Hortense an; ich verkniff mir jede Spur von Schadenfreude. »Du«, sagte ich, »hast heute nachmittag noch etwas Ähnliches gesagt.«

»Klar hat sie das«, gurrte Jenny Tarleton. »Hortense und ich, wir sind auf einer Wellenlänge. Ich hab doch gleich gespürt, wie entzückend da sowas mitschwingt, gleich als ich sie gesehn hab. Du kommst doch, mein Engel, nicht? Da werden viele Leute da sein, und alle werden sie nach dir kucken.«

»Wir fliegen doch morgen zurück, nicht, Ken?«

»Übermorgen«, sagte ich. »Morgen muß ich noch ein paar Leute besuchen. Wollen Sie mich bitte jetzt entschuldigen«, sagte ich zu allen. »Ich muß noch ein Wort mit meinem Bruder reden.«

Jetzt wurden Tangos für die fast noch Nüchternen gespielt, und für die Betrunkenen gab es eine Art wirbelnden Derwischtanz. Tom hatte den Arm um die Braut gelegt, und beide lehnten sich an die mit wulstigen Spiralen besetzte rechte Säule des Proszeniumsbogens. Tom nickte, und Estella blickte leer eine alte Frau in Schwarz an, die auf sie einredete, vielleicht jemandes Garderobenfrau. »Sie hat doch nichts weiter gewollt als ein bißchen Liebe und Güte, aber der mußte jeden Abend ins Bett geschleift werden, wenn er heimkam. Das kann sich doch jeder nur 'ne Warnung sein lassen.« Als sie mich kommen sah, wiederholte sie, »aber jeder!« und ging sich noch etwas zu trinken holen.

»Abermals Glück und Segen dir, lieber Bruder!« sagte ich im Bühnentonfall. »Und dir, liebe Estella!«

»Wüßte nicht, daß wir uns duzen.«

»Ach, hör doch auf damit, Stella!« sagte Tom. »Wenn sie sich bloß an dieses Leben gewöhnen könnte!« sagte Tom. »Na, angefangen hat sie ja schon. Nächste Woche nach Manchester, im Alten Palast. Nicht sehr geruhsam, unsre Flitterwochen, nicht, Stella?«

»Du siehst gesund aus«, sagte ich. »Dieser Husten scheint weg zu sein.«

»Stella hat mir einen ganz erstaunlichen Hustensaft besorgt, Dr. Greggs. Sie hat mir eine ganze Flasche gegeben, als ich halbtot war vor Bronchitis. Ich bin drei Tage lang ganz weg gewesen, herrliche Träume gehabt. Als ich aufgewacht bin, war ich so klar wie eine Glocke. Bist schon ganz erstaunlich, Kleine, nicht? Was ist denn das da für eine, die unsere Hortense umarmen will? Ah, das wird sie sich merken!« Hortense hatte sie geohrfeigt. Jenny Tarleton wirkte verdutzt. Ernie Callaghan holte Hortense weg und tangote mit ihr in langen, plattfüßigen Gleitschritten. Die Kapelle spielte *Jealousy*.

»Hortense«, sagte ich, »hat sich auf die Bildhauerei verlegt.«

»Warum sagen Sie das?« sagte Estella. »Ich seh da keinen Zusammenhang.«

»Die Muskeln«, sagte ich. »Sie kann mit Hammer und Meißel umgehen.«

»Sie kommen mir bekannt vor«, sagte Estella. »Sie sind einer von Peter Warlocks Freunden.«

»Glück und Segen!« sagte ich abermals. »Viel mehr kann ich ja wohl nicht sagen, oder? Es freut mich, daß du die Sache riskieren willst.«

»Na, Sie sagen ja nette Sachen«, sagte Estella. »Macht sie religiöse Skulpturen und so Sachen?«

»Sie will eine Madonna mit Kind machen, hat sie gesagt.«

»Glauben Sie an die Keuschheit? Ich finde Keuschheit wonnig.«

»Nicht zu viel davon!« sagte Tom.

»Alles, was man nur haben kann«, sagte ich aufrichtig. Der König von Böhmen zickzackte auf uns los, das Schwert zum Ritterschlag entblößt.

»Also«, sagte ich zu Hortense, als wir spät in der Nacht in unserem Wohnzimmer noch eine Kanne Tee tranken, weil wir beide, nachdem wir so viel getrunken hatten, nun durstig waren, »sollen wir hingehn und die Petition unterstützen?«

»Das war ein entsetzliches Weib, diese Kleine. Du weißt, ich hab sie ohrfeigen müssen. So hat die mich begrabscht und befummelt. Aber ich kann mir nicht helfen, ein bißchen tut sie mir leid.«

»Lesbierinnen«, sagte ich und streckte die Beine auf einen zitronengrünen Rundsessel aus, »sollen viel mehr davon verstehen als Männer, wie man sexuelle Befriedigung gewährt. Sie haben Geduld, das ist schon mal eines. Sie haben's nicht so eilig, alles hinter sich zu bringen. So wie«, riet ich, »Domenico.«

»Du hast ein schönes Talent, alles so auszudrücken, daß es sich scheußlich anhört. Und was weißt du denn über Domenico?«

»Männer sind nun mal so. Jedenfalls mit Frauen. Der arme Tom! Ich glaube nicht, daß sich da viel abspielt, bei unserem armen Tom. Eine weiße Ehe, wie man so sagt. Gehn wir morgen da hin?«

»Du bringst mich da in ein schiefe Position, nicht? Ich meine, von wegen Freiheit undsoweiter. Du *mußt* natürlich hin. Du mußt in die vorderste Reihe, und pfeif auf die Konsequenzen!«

»Wie zum Beispiel eins mit dem Gummiknüppel oder einen Tritt von einem Polizeipferd. Ich glaube wirklich nicht daran, Hortense«, sagte ich und stand energisch auf, um mir noch eine Tasse Tee nachzugießen. »Ich glaube wirklich nicht, daß es richtig ist, so zu sein wie wir, diejenigen von uns, die so sind, mein' ich. Ich brüste mich nicht damit. Es ist nicht richtig und wider die Natur. Es ist ein Fluch. Dies dumme Stück heut abend hat von Keuschheit gefaselt. Ich habe die Keuschheit kennengelernt und keine Enttäuschung verspürt. Ich habe einen Ausweg gefunden.«

»Ich hab alles darüber gehört, was dir in den malaiischen Bundesstaaten passiert ist.« Sie sprach *malaiisch* mit zwei *i*-Lauten aus, mit dem Ton auf dem ersten. »Es kam mir unnatürlich vor.«

»Wie Jesus Christus? Wie die Priester?«

»Jetzt lästerst du aber. Geh doch ans Telefon und ruf den Vatikan an, oder den fetten Carlo, egal wo der gerade steckt! Der wird dir sagen, was du zu tun hast. Der wird dir was vom freien Willen erzählen, und daß man seinen Brüdern im Mißgeschick beistehen muß.«

»Er würde etwas vom bösen Gebrauch des freien Willens sagen, wie du verflixt genau weißt. Wovon ich jetzt rede, das ist die Vorbestimmung und die Abneigung gegen das Vorbestimmte. Aber eins geb ich zu – den Staat oder das weltliche Recht geht das alles nichts an. Zum Kuckuck, gehn wir doch beide hin! Aber wenn es Ärger gibt, rennen wir beide weg. Dieses Martyrium ist blanker Unsinn.«

»Wegrennen, o nein!«

»Wegrennen, denn sonst kriegst du ein Auge ausgetreten oder deinen Heiligenschein abgerissen, mitsamt Kopfhaut. Wir haben beide noch andere Pflichten.«

»Ich ja. Aber du?«

»Vielleicht«, sagte ich, »schreib ich eines Tages doch noch ein gutes Buch. Vielleicht ist mein ganzer Kitsch bis jetzt nur die Vorbereitung. Schicksal!«

»Schwester Gertrude hat immerzu vom Schicksal geredet. Über das Schicksal weiß ich Bescheid. Es ist Quatsch. Und jetzt geh ich schlafen.« Sie ging, ohne Gutenachtkuß für ihren älteren Bruder, und verriegelte mit lautem Klicken ihre Schlafzimmertür. Dummes Ding, was dachte sie denn? Daß ich reingestürmt käme, um sie nackend zu sehn? Somnambul-inzestuöse Vergewaltigung?

Träume waren nur allzu oft mein Surrogat fürs Erleben. Ich schlief ein, bevor ich noch die letzte Zigarette aufgeraucht hatte. Fast sofort hörte ich Big Ben mit seinen dreizehn Tonnen die zweite Stunde schlagen, und dann schlug er noch mal und noch mal, mit einer Art Glucksen und Mahlen zwischen den Wiederholungen, irgendwas kaputt am Uhrwerk. Ich stand nackend vor dem öffentlichen Eingang zum Hof des Alten Palastes; die Tür war offen, aber niemand drinnen. Der magnesiumhaltige Yorkshire-Kalkstein der Parlamentsgebäude korrodierte vor meinen Augen im sauren Londoner Regen. Brösel und Klumpen einer schwarzen, petrösen Substanz fielen herab und platschten faul in die Pfützen. »Achtung!« rief ich und drehte mich um. Vor mir stand eine Horde Schwule von schlimmster Abart, lispelnd, schnalzend und augenklimpernd, und der treulose Val war nirgends zu sehen. O ja, hol nur die Bobbies, die süßen Bengels, wir hätten so gern einen gepfiffen! Stückchen korrodierter Stein wurden aufgehoben und nach mir geworfen, aber schwächlich, wie von Mädchenhand. Hortense kam in Unterwäsche aus dem Innern des Gebäudes, durch den Normannenhof und dann hockhackig klappernd die

Treppe herunter. Domenico in Faschistenuniform brüllte »*Disgraziata!*« und schleuderte ein schweres Geschoß nach ihr, graues Blei, zu einem Kricketball zusammengebogen. Er traf Hortense ins rechte Auge. Blut kam hervorgesprudelt, dann kam das Auge selbst und hing glotzend am Ende seines Stiels. Beifällige Zurufe. Wird ihr die Visage verderben, dem treulosen Luder! Ihr Schrei schien aus dem wachen Zustand, nicht aus einem Traume zu kommen. Er weckte mich, als hätte sie neben mir im Bett geschrien. Ich fuhr hoch wie ein Klappmesser, saß da, bebte und schwitzte. Draußen prasselnder Regen, die Brook Street voller ertrinkender, flackender Laternen. Ich zündete mir die weggelegte Zigarette wieder an.

Und nun, wie so oft, übernahm mein Hirn die Traumszene und spann sie fiebernd ins Lange und Breite. Norman Douglas hielt eine hochvernünftige Rede für die Sache der Päderasten. »Und ich möchte betonen, daß ich von einem Menschenrecht spreche, von unserem Menschenrecht, zu blasen und zu geigen und zu pfropfen. Auf einer Straße in Capri fand ich einen Briefträger, der von seinem Fahrrad gestürzt war, bewußtlos, mit einer leichten Gehirnerschütterung. Er lag da in einer genau zweckmäßigen Stellung. Ich pfropfte ihn mit athletischer Gewandtheit; er kam zu sich und fühlte sich bald wieder wohlauf.« Der Innenminister nickte verständnisinnig, während der Regen im alten Palasthof auf ihn niederweinte. »Ich meine, wohlgemerkt, auch mit Minderjährigen. Ich meine, für uns käme nichts dabei heraus, wenn Sie die Sache nur für freiwillig handelnde männliche Erwachsene zulassen, meinetwegen ab einundzwanzig oder ab achtzehn mit Einwilligung der Eltern. Knaben sind so schmiegsam, so plastisch, so entzükkend sodomiefähig – nicht wahr, das wissen Sie doch auch, alter Knabe?« Der Innenminister nickte, wie wenn er sagen wollte: Klar, alter Knabe, weiß ich, bin doch selber auf der Public School gewesen! Ich sah viele bekannte Gesichter, Pearson, Tyrwit, Lewis, Charlton, James, und alle traten hochvernünftig für das juristische Recht ein, zu pfropfen und zu blasen und zu geigen. Dann erteilte ich mir selbst das Wort und sagte, ebenfalls hochvernünftig, das habe alles mit dem Recht nichts zu tun, denn da bliebe immer noch die ethische und theologische Seite der Sache. Worauf wir ein Recht haben, das ist die Liebe, und in diesem Rechte sind wir durch nichts beschränkt. Ach, Quatsch, was für ein Langweiler! Und à propos Theologie: Gibt es nicht ein apokryphes Buch der Bibel, in dem die Heterosexualität als die Urstrafe dargestellt wird?

Das gab es nun freilich, mein eigenes Erzeugnis, allerdings war es noch gar nicht erschienen, sondern kam erst im nächsten Jahr als eine prachtvoll gedruckte kleine Schrift bei der *Black Sun Press* heraus. Ob ich mir heute, wo ich weiß, was aus dieser Veröffentlichung geworden ist, wo ich weiß, daß sie bei Männerhochzeiten als liturgischer Text verlesen wird, die billige Weisheit des Afterpropheten beilege? Ich habe die Autorschaft schon einbekannt, zum ersten Male übrigens in einer gedruckten Veröffentlichung, durch Wiedergabe jenes Textes an einer früheren Stelle in diesem Memoirenwerk. Denjenigen Homosexuellen, denen die Tatsächlichkeit des Triebes allein nicht genügt, habe ich damit eine Art theologische Rechtfertigung geboten. Warum hatte ich das geschrieben? Teils aus Ärger über Raffaele Campanatis scheinheilige Vorwürfe; als Ersatzhandlung für eine Raserei ungestillter Lust; in Wahrnehmung des Rechtes, das selbst dem schlechten Künstler zusteht, nämlich zu sehen, wie weit ihn die Einbildungskraft trägt; in Unterwerfung unter den Dämon der Vernunft. Shakespeare hätte sowas auch schreiben können, und gewiß besser, hätte man ihn dazu herausgefordert. Schreib mir, o Dichter, ein Werk, das Pogrome und Gaskammern gutheißt – damit es glaubhafter wird, kann man's immer einem erfundenen Fanatiker in den erfundenen Mund legen! Darein setzt der Schriftsteller seinen Stolz: Sehn, ob man's kann. Welchen Sinn hätte die Dialektik des Romans oder des Dramas, wenn das Böse nicht ebenso stimmig wäre wie das Gute?

»Was sollen wir«, sagte Norman Douglas zu mir mit seinem schottischen Schnarren, »zur Frage des sterilbleibenden Samens sagen? Seine Ergießung in das *vas naturale mulieris* ist ebensosehr eine Befleckung wie das Abspritzen in Mannesmünder, Mannesärsche oder zwischen Mannesschenkel. Jedenfalls dann, alter Knabe, wenn man der streng aristotelischen Auffassung folgt. Ja, ich weiß, wenn man nämlich weiß, daß man steril ist, was wohl ein guter Grund wäre, es nicht wissen zu wollen. Sie haben die Wahrheit gesagt in dieser pseudo-biblischen Sache, die von Ihnen sein soll: Der Ursinn des Ergusses war der Ausdruck der Lebensfreude, und so bleibt es! Sind wir denn Sklaven der Biologie wie die Tiere?«

Es regnete immer noch stark, als Hortense und ich das Frühstück einnahmen, das man uns aufs Zimmer gebracht hatte: Lachs, Nierchen, Eier, Röstbrot und starken Claridge-Tee. Ich sagte: »Es wird nichts draus. Das sind mir nicht die Leute, die sich in den Regen hinauswagen werden.«

»Hört bald auf«, sagte sie. »So kann es nicht den ganzen Tag regnen.« Ihre beiden Augen durchsengten mich kühl und stetig: Dieser Traum war keine Melodramatisierung einer Augenentzündung gewesen durch einen Luftzug oder Anschlagen im Dunkeln beim Gang zur Toilette. Aber es regnete immer noch, als wir uns aufmachten, um im West End jeder seinen Geschäften nachzugehen: Sie wollte Spielsachen für die Zwillinge einkaufen, ich meinen zahnlückigen Agenten besuchen. Die würden sich nicht in den Regen hinauswagen, und es nieselte den ganzen Tag. Der *Evening Standard* setzte mich ins Unrecht. Eine Prozession von Männern, jungen und nicht mehr ganz jungen, mit vom Regen verwischten Plakaten – *Wir sind, wie Gott uns geschaffen – Gerechtigkeit für die Schwulen* – war in der Bridge Street mit einem Zug von etwa hundert Arbeitslosen aus dem Norden zusammengetroffen, denn beide Gruppen strebten dem Unterhaus zu. Die Arbeitslosen, empört über die Frivolität und, jawohl, Unsittlichkeit der abartigen Demonstranten, waren zu Gewalttätigkeiten übergegangen, die von manchen auf der Gegenseite erwidert wurden; die meisten waren allerdings weggerannt. Die Polizei hatte offenbar erst ein Weilchen zugeschaut, ehe sie eingeschritten war. Niemand wurde schwer verletzt, bis auf einen jungen Mann, der durch einen Steinwurf das linke Auge verlor. Vertreter beider Gruppen erhielten die Erlaubnis, unter polizeilicher Aufsicht ihre Petitionen mit den Unterschriften zu überreichen, die eine an den Abgeordneten von Warrington, Lancashire, die andere für den Innenminister. Nach Aushändigung seines Dokuments hatte der Vertreter der Abartigen, ein in Soho wohlbekannter Dichter namens Valentine Wrigley, in den äußeren Korridoren des Unterhauses unsittliche Parolen gebrüllt. Die Polizei hatte ihn zuerst nur milde verwarnt, aber nachdem er einem Konstabler den Visierhelm vom Kopf geschlagen hatte, war er in Obhut genommen worden.

»Die wollen ja nicht wirklich die große Geste«, sagte ich beim Tee zu Hortense. »Die wollen ja nicht wirklich eine Änderung. Die wollen unartig sein und beachtet werden, mehr nicht. Denn, daß ihr Treiben vom Gesetz verboten ist, das ist für die so unentbehrlich wie das liebe Brot. Und die vergleichen sich mit den Urchristen! Die brauchen den Anstrich des staatlich geprüften Bösewichts. Daß auch Frauen dagewesen wären, davon steht hier nichts. Sagt alles über deine Miß Tarleton!«

»Wieso meine?«

Der *Born der Einsamkeit* wurde in Großbritannien während der nächsten einundzwanzig Jahre nicht mehr neu aufgelegt. Er war und ist ein schlechtes Buch. Beim Prozeß in den Vereinigten Staaten traf der New Yorker Richter 1929 die gleiche Entscheidung wie sein Londoner Kollege, aber sein Urteil wurde von einer höheren Instanz einstimmig aufgehoben. Es war nicht länger möglich, ein Buch allein wegen seines Themas zu verbieten. In Großbritannien hatten moralische Reformbestrebungen noch nie sehr viel Sinn: Hier wartet man einfach ab, bis die Amerikaner vorangehen. Immer noch schuften die Kolonien für ihr Mutterland, die alte Kanaille.

43

Eine Dekade läuft auf die Null, nicht auf die Neun aus, und im Jahre 2000 wird das zwanzigste Jahrhundert immer noch nicht vorüber sein (oder war noch nicht vorüber – sollte dies Buch seine Zeit überdauern), wenn auch in den letzten Zügen. Trotzdem ist das Umschalten auf die neue Zahl in der Zehnerstelle immer recht dramatisch und kommt einem wie der Anfang von etwas vor. 1929 hatten wir noch zehn Jahre Zeit bis zum nächsten Krieg, und seit dem letzten waren elf Jahre vergangen. In einer Hinsicht fing ein neues Zeitalter an; in anderer Hinsicht ging eines sehr augenfällig zu Ende. Zum Beispiel wurde der Lateranvertrag geschlossen, zu dessen Vorbereitung Monsignore Carlo Campanati, in gutem Einvernehmen mit Pietro Kardinal Gasparri, hinter den Kulissen so vieles beigetragen hatte.

Es war der 11. Februar, ein regnerischer Tag in Rom, und die Angelusglocken dröhnten und hämmerten. Vom Gianicolo wurde der Mittagsböller abgefeuert, als Kardinal Gasparri in Begleitung von Monsignore Campanati auf der Piazza Laterana vorfuhr. In den Palazzo Laterano hinein marschierte Benito Mussolini mit seinem Gefolge. Auf einem langen Tisch, den die Völker der Philippinen dem Heiligen Stuhl geschenkt hatten, lagen die der Unterschrift harrenden Papiere, daneben blanke silberne Tintenfässer, Löscher, rein wie getaufte Kinderseelen, und ein schöner Goldfederhalter. Kardinal Gasparri sagte, als er den Duce begrüßte:

»Dies ist der Tag unserer lieben Frau von Lourdes – ein sehr günstiges Auspizium!«

»Ist diese liebe Frau von Lourdes dieselbe wie die anderen lieben Frauen?« fragte der atheistische Ochsenfrosch.

»Das ist ungehörig«, sagte Monsignore Campanati.

»Also, von Ihnen hab ich die Nase bald voll«, sagte der Duce unliebenswürdig. »Ich bin froh, wenn wir das hier hinter uns haben.«

»Außerdem«, sagte Kardinal Gasparri, »jährt sich heute zum siebenten Male der Tag, an dem Seine Heiligkeit gekrönt wurde.«

»Jaja«, sagte der Duce. »Durch einen rückwirkenden Akt erklären wir diese Krönung zu einer rein geistlichen Zeremonie. Und dafür muß der italienische Staat zahlen.«

»Neulich«, sagte Monsignore Campanati, »habe ich Ihre Broschüre *Gott existiert nicht* gelesen. Ist das noch immer Ihre Ansicht?«

»Gehört nicht hierher!« knurrte der Duce. »Ich hab die Nase voll von Ihnen, hab ich gesagt. Ich verlange, daß Sie nach Amerika abgeschoben werden oder sonstwohin. Eminenz«, sagte er zu Kardinal Gasparri, »Ihrem Mitarbeiter hier ist bekannt, daß ich mich habe kirchlich trauen und meine Kinder habe taufen lassen. Er weiß, daß ich Ihre im Kriege beschädigten Kirchen habe reparieren und durch ein Gesetz in allen Schulen und Behörden Kruzifixe habe aufstellen lassen. Bei allem Respekt vor seinem geistlichen Gewand, ich habe es satt, mich von Ihrem Untergebenen schikanieren zu lassen. Bitte, rufen Sie ihm in Erinnerung, daß ich das weltliche Oberhaupt des italienischen Staates bin!«

»Sie dürfen doch«, sagte Kardinal Gasparri milde mahnend zu Monsignore Campanati, »das weltliche Oberhaupt des italienischen Staates nicht schikanieren.«

»Ich bitte um Verzeihung«, sagte Monsignore Camapanati demütig. »Es waren und sind nur die liebevollen Schikanen eines Vaters. Ich höre mit Freuden, daß der Duce, wie der Herr sich nennen läßt, nun wenigstens von sich behauptet, das Licht erblickt zu haben; allerdings habe ich vor Gott weiterhin die Pflicht, an seiner Aufrichtigkeit zu zweifeln. Ich habe gehört, daß der Herr noch immer über die Priesterhörigkeit unseres Volkes klagt und sich in

Andeutungen über eine Vernunftehe zwischen Kirche und Staat ergeht. Sehen Sie nur, wo er jetzt die linke Hand hingetan hat: Dies ist ein gottloser Aberglaube. Wir werden ihn nicht auf magischem Wege der Potenz berauben.«

Der Duce zog rasch die linke Hand vom Hosenladen weg und schob sie in die Brust seines Cutaway. Instinktiv hatte er das apotropäische Zeichen gegen den bösen Blick eines Priesters gemacht. »Bringen wir diese Sache jetzt hinter uns!« brummte er. »Wo soll ich unterschreiben?«

»Hier!« sagte Kardinal Gasparri und zeigte mit dem schwer besteckten Ringfinger auf die Stelle. »Und hier! Und hier!« Der Duce nahm die Urkunden wie einen Feind in Angriff und hieb seine Unterschriften hinein. Dann richtete er sich auf und sagte:

»Noch was?«

»Das ist alles. Gott sei gelobt, der Lateranvertrag ist geschlossen.«

»Angebahnt, sollte man vielleicht besser sagen«, sagte Monsignore Campanati. »Möchte der Duce nicht ebenfalls ein *Gott sei gelobt* sagen?«

»Gottseidank, sag ich, daß wir's hinter uns haben«, sagte der Duce. »Hören Sie mir bitte zu, Monsignore! Ich möchte von nun an in Ruhe gelassen werden. Ich gehe meinen eigenen Weg. Ich mag es nicht, daß man mit dem Katechismus vor mir herumfuchtelt und mir Spione nachschickt, die berichten, ob ich zur Messe gegangen bin oder nicht. Des Menschen Seele ist sein eigen.«

»Gottes ist sie«, sagte Monsignore Campanati, »Gottes! Immerhin, Sie sprechen von einer Seele, und das ist schon etwas.«

»Sollen wir Champagner kommen lassen?« fragte Kardinal Gasparri. »Na schön, keinen Champagner! Nein, nein, der Federhalter gehört Ihnen. Aus reinem, keuschem Gold. Ein Geschenk von Seiner Heiligkeit.« Der Duce, immer noch finster, gab den Federhalter einem Sekretär; der wischte an einer Ecke eines Löschers die Tinte ab und verstaute das Ding in der Brusttasche.

»Vergessen Sie nie«, sagte der Duce, »und bitten Sie auch Seine Heiligkeit, nie zu vergessen, daß das Ganze meine Idee war. Sagen Sie auch in Ihren Hirtenworten, daß die Idee von mir war. Wir wollen doch keine Geschichtsfälschung.«

»Ich«, sagte Monsignore Campanati, »habe die Idee zuerst Moscon unterbreitet, der ist damit zu Dragone gegangen, und dann ist sie die ganze Leiter bis zu Ihnen hinaufgeklettert. Wie Sie sagten, wir wollen keine Geschichtsfälschung.«

»Na denn!« sagte der Duce.

»Na denn!« sagte Kardinal Gasparri und streckte ihm die Hand hin. Der Duce nahm sie. Die Hand des Monsignore Campanati nahm er nicht, denn sie wurde ihm nicht hingestreckt. Der Duce drehte sich um und marschierte hinaus, sein Gefolge hinterdrein. Monsignore Campanati und Kardinal Gasparri schauten sich an. Monsignore Campanati sagte:

»Er ist zu dumm, zu begreifen, was dies für ihn bedeuten wird. Er sitzt fest im Sattel. Die Leute werden ihn vergöttern. Sie werden seine verrotzten Taschentücher als Reliquien verehren. Die Weiber werden sich ihm anbieten wie Jungfrauen zum Menschenopfer. Überall wird sein Bild hängen. Die Kirche, Gott helf uns, hat seine Rizinuskuren und seine Gummiknüppel gesegnet.«

»Sie sagen doch sonst immer, das Gute kann das Böse für sich einspannen. Ich glaube das auch. Wichtig ist nur, daß er sich nicht lange halten wird. Wir halten uns. Gehn wir zum Essen!«

Diesen Bericht habe ich mir aus dem zusammengesetzt, was Carlo mir später erzählte. Was dieser Vertrag, der da an einem feuchten Februartag in Rom unterzeichnet wurde, zu bedeuten hatte, bedarf vielleicht einer Erklärung. Während des Risorgimento waren die päpstlichen Staaten, die ein reiches weltliches Besitztum von mehr als siebzehntausend Quadratmeilen und einer Bevölkerung von über drei Millionen darstellten, mitsamt der ganzen Stadt Rom, einem großen Stück Land nördlich des Tiber und einem südlich des Po, mit Landstrichen, Flüssen und Ortschaften vom Tyrrhenischen Meer bis zur Adria, von den Kräften der Reform rücksichtslos weggenommen worden. Mussolinis neue Ordnung, die von seiten der Kirche wenn schon nicht der lauten Zustimmung, so doch zumindest eines Schweigens bedurfte, das sich als stilles Einverständnis deuten ließ, bot nun eine Regelung an, welche die Kirche für den Verlust ihrer weltlichen Macht entschädigen sollte. Der Lateranvertrag sah die Anerkennung der Vatikanstadt als eines unabhängigen souveränen Staates vor. Drei Basiliken – San Giovanni Laterano, Santa Maria Maggiore und San Paolo mitsamt allen dazugehörigen Anwesen – wurden für exterritorial erklärt und von den staatlichen Vermögenssteuern befreit. Dasselbe galt für die päpstliche Sommerresidenz in Castel Gandolfo und für eine Reihe historischer Gebäude im Stadtgebiet von Rom. Dafür erkannte der Vatikan die Existenz des italienischen Staates und die fortdauernde weltliche Oberhoheit über die unpassenderweise immer noch so genannte Heilige Stadt an. Der Vatikan bestand jedoch darauf, daß zwar der Staat sich in Kirchenangelegenheiten nicht einmischen dürfe, umgekehrt aber das kanonische Recht der Kirche die Gesetze des weltlichen Gemeinwesens durchdringen müsse. So durfte zum Beispiel der Staat keine Ehescheidungen zulassen, und wenn jemand in einer Kirche geheiratet hatte, so mußte dies den Ansprüchen der staatlichen Behörden genügen.

Eigentlich waren im Lateranvertrag drei getrennte Verträge zusammengefaßt. Der erste war der Lateranpakt, der die Vatikanstadt zum selbständigen Staat machte. Der zweite war das Finanzabkommen, demzufolge der Vatikan von Italien eine Summe in Höhe von umgerechnet über neunzig Millionen Dollar erhielt, teils in Bargeld, teils in staatlichen Schuldverschreibungen; außerdem verpflichtete sich der Staat zur Besoldung der Gemeindepfarrer. Der dritte schließlich war das Konkordat, das den Klerus von allen Steuerlasten befreite und dem Vatikan die finanzielle Kontrolle über eine Anzahl sogenannter kirchlicher Körperschaften in ganz Italien verlieh. Das Konkordat stellte auch die protestantische Bibel und die Abhaltung evangelischer Zusammenkünfte, sogar in Privathäusern, unter Verbot. Der Katholizismus war die offizielle italienische Staatsreligion. Religion war Pflichtfach in den Schulen, und Bildungseinrichtungen unter katholischer Ägide erhielten den Vorzug vor laizistischen oder staatlichen Anstalten. Der 11. Februar, der Tag der Unterzeichnung, wurde ein nationaler Feiertag. Am 7. Juni 1929, dem Tag der Ratifizierung, schuf der Papst eine Sonderbehörde des Heiligen Stuhls und ernannte Bernardino Nogara, einen Verwandten des Erzbischofs von Udine, zu deren Leiter. Carlo war damit nie so recht zufrieden: Er glaubte, er selbst hätte mit all den Millionen sehr viel besser umgehen können. Nogara, sagte er, sei kein frommer Mensch. Er sei ein Lügner und Heuchler. Als Laie ermangelte er der geistlichen Skrupel. Er erlag der Versuchung, vatikanisches Kapital in den Dienst fragwürdiger weltlicher Unternehmungen zu stellen.

»Geld ist Geld«, sagte ich zu Carlo, »egal, wer darüber verfügt. Es ist weder sauber noch schmutzig. Sogar der Judaslohn stand in aller Unschuld entweder über oder unter der Befleckung durch den Verrat. Geld ist wie ein Tier. Und wie einem Tier muß man ihm die Vermehrung gestatten. Das ist das Gesetz der Natur.«

Nogara vermehrte das Geld mit Hilfe von *Italgas,* das er dem Rinaldo Panzarasa abkaufte, als dessen Firmengruppe dem Untergang nah war. Bald brannte das Gas dieser Firma, die der Vatikan mit einer Aktienmehrheit lenkte, in den Gebäuden von sechsunddreißig italienischen Städten – deren Bordelle nicht ausgenommen. Der Vatikan schluckte La Società Italiana della Viscosa, La Supertessile, La Società Meridionale Industrie Tessili und La Cisaraion und stellte sie alle, zu dem Konzern CISA-Viscosa vereinigt, unter die Leitung eines anderen unfrommen Menschen, des Barons Francesco Maria Odesso. Das Hirn aber war Nogara. Er hatte großen Einfluß auf den Duce, der seinerseits von Ökonomie keine Ahnung hatte – von anderen Dingen übrigens auch nicht, außer vielleicht von der Abgasverwertung in der Rhetorik und von der Organisation politischer Morde. (Trotzdem hatte er einen Roman geschrieben, *Die Mätresse des Kardinals,* der mindestens so gut ist wie nur einer von mir.) Nogara redete dem Duce ein, daß eine Bank im Besitz des Vatikan eigentlich eine Art Kirche sei, deren Transaktionen vom Heiligen Geist abgesegnet würden; daher müsse sie als eine der kirchlichen Körperschaften gelten, denen nach den Klauseln 29, 30 und 31 des Konkordats Steuerbegünstigungen zustanden. Sogar nach dem Börsenkrach Ende 1929 erwirkte Nogara noch die Zustimmung des Duce zur Übertragung der stark abgewerteten Sicherheiten dreier Banken, an denen der Vatikan sich kräftig beteiligt hatte (Banco di Roma, Banco dello Spirito Santo und Sardinische Bodenkreditbank), in die staatliche Holdinggesellschaft für abgewirtschaftete Unternehmen, das Istituto di Ricostruzione Industriale, und zwar nicht zum derzeitigen Marktwert, sondern zum ursprünglichen Wert der Effekten. Der Vatikan verdiente dabei 632 Millionen Dollar, und das italienische Schatzamt buchte den Verlust ab.

Aber in gewisser Hinsicht behielt Carlo recht. 1935 besetzten die Italiener Äthiopien, und eine von Nogara kontrollierte Munitionsfabrik belieferte die Invasionstruppen. Geld konnte also doch schmutzig werden. Trotzdem war es alles in allem, wenn man's nicht zu genau nimmt, Carlo gewesen, der in seiner früheren Sorge, daß der verarmte Vatikan die Ausbreitung des Glaubens bald nicht mehr finanzieren könne, den Funken gelegt hatte, aus dem nun nach langem Schwelen diese Explosion des Kapitalzuwachses geworden war. Es war schon unanständig, wie schnell der Vatikan nun reich wurde, widernatürlich wie ein Zeitraffer-Film, in dem man ein Senfkorn sich in einen Baum verwandeln sieht, in dessen Zweigen die Vögel nisten. Carlo hatte Geld gewollt, um den Heiden das Licht bringen zu können, und bei Gott, nun hatte er welches! Allerdings hatte er selbst nun weder mit der Organisation noch mit der Überwachung der Glaubensausbreitung mehr etwas zu tun. Mussolinis Worte, daß er ihn nach Amerika abgeschoben zu sehn wünsche, trugen Früchte, nicht weil man im Vatikan viel auf sie gegeben hätte, sondern wohl einfach, weil sie einmal ausgesprochen waren. Wie jeder andere unabhängige Staat mußte der Heilige Stuhl seine Botschafter ins Ausland schicken. Carlo war zwar noch nicht so weit, daß er an die Spitze einer Gesandtschaft hätte treten können, aber man sah wohl, daß er ein sehr nützlicher Gehilfe in einem Lande sein konnte, dessen Sprache er buchstäblich als seine Muttersprache beherrschte. Also schickte man ihn Anfang der 30er Jahre nach Washington, und dort diente er unter einem Erzbischof, der Amerikanisch wie ein Leierkastenmann sprach. (Unfreundlicherweise nannte man Carlo damals manchmal seinen Affen.)

Denn solange er noch in Italien war, ließ Carlo den Duce nicht in Frieden, und seine Feindseligkeit stand nicht im Einklang mit der freundlichen Geneigtheit des Vatikans. Von den naiveren Gemütern unter den Geistlichen wurde Mussolini als Sendling Gottes bezeichnet. Sogar Seine Heiligkeit selbst sprach einmal bei gelöster Zunge von der göttlichen Herkunft des Duce. Carlo, Monsignore Campanati, wie er einstweilen hieß und noch lange heißen sollte, versäumte keine Gelegenheit zu Ausfällen gegen den pyknischen Atheisten, wie er ihn nannte. Der Lateranvertrag war unterzeichnet und konnte nicht zurückgenommen werden (und der Duce, nun fast ein Heiliger, hätte das auch nicht gewünscht). Die Kirche war vor den Faschisten sicher, und Carlo gehörte zur Kirche. Er war unverletzlich. Dennoch gab er mir ein Dokument in Verwahrung, das im Falle seines plötzlichen Ablebens zu öffnen wäre. Darin würde die Schuld an seinem Tod unzweideutig den Faschisten zugeschrieben werden, egal ob er angeblich an doppelter Lungenentzündung oder an Überernährung gestorben sein sollte.

Bei einem meiner Besuche in Rom, wo ich meinen Zahnarzt aufsuchen wollte, aß ich eines Abends mit Carlo im Da Piperno, einem beim Hause der Cenci gelegenen jüdischen Restaurant, das für seine Artischocken und für ein Dessert mit dem Namen Großvaters Klöten berühmt war. Am Nachbartisch saßen zwei Faschisten mittleren Dienstrangs. Sie erkannten Carlo. Das Da Piperno wurde viel von Faschisten besucht. Daß man die Juden verfolgen müsse, hatten die Italiener damals von den Deutschen noch nicht gelernt. Sogar unter den Juden selbst gab es Faschisten. Die Juden hatten zwar Christus getötet und sich bereichert, aber immerhin waren sie in Italien schon länger zuhause als die Christen. Sie tolerierten den Papst, weil er ein Römer war, aber Christus blieb für sie eine Art Ausländer. Oben auf dem Gianicolo verkauften die jüdischen Straßenhändler metallene Abbilder von Sankt Peter, von Romulus und Remus und von der Kinnlade des Duce. Gegen die Juden hatte man nichts, und das Da Piperno war eines der besten römischen Restaurants. Einer der beiden mittelrangigen Faschisten knurrte Carlo an und sagte: »Hüte deine Zunge, Pfaffe!«

»Seit wann duzen wir uns?« Carlo legte das Skelett einer gegrillten Seezunge weg, von der er das Fleisch abgelutscht hatte, und drehte sich ganz liebenswürdig zu den beiden hin.

»Spiel dich nicht auf! Du weißt, wer wir sind, und wir wissen, wer du bist. Wir wissen, was du gesagt hast, und wir warnen dich, du sollst damit aufhören.«

»Was ich über den Duce und euer stinkiges Regime gesagt habe? Als euer Vater in Gott muß ich euch doch warnen, mischt euch nicht in Dinge ein, von denen ihr nichts versteht! Über Gummiknüppel und Rizinusöl wißt ihr ja vielleicht Bescheid – ein gutes Abführmittel, nebenbei gesagt, in mäßiger Dosis –, aber von Theologie habt ihr keine Ahnung. Darf ich jetzt bitte in Ruhe weiteressen?« Und er machte sich wieder über die Fischgräten her. Der eine, der nichts gesagt hatte, packte ihn grob bei der Schulter, um ihn zur Anhörung weiterer Reden herumzudrehen. Carlo seufzte, legte das Skelett nieder, wischte sich die Finger an der Serviette ab, und dann, mit einer für einen Mann von seiner Leibesfülle überraschenden Gewandtheit, machte er sich mit einer Drehung von dem Faschistengriff frei. Zugleich griff er das angreifende Handgelenk und drückte drauf, bis ein leiser Schmerzenslaut kam. Dann ließ er los. Zu den beiden sagte er: »Wahrscheinlich liebe ich euren Benito Mussolini mehr als ihr. Ihr würdet ihm morgen die Kehle durchschneiden, wenn ihr tausend Lire dafür bekämt. Ich liebe ihn, weil er eine Menschenseele ist, und ich bedaure nur, daß seine reine Menschlichkeit, die er aus der Hand eines Gottes empfangen hat, an den er nicht glaubt, so gräßlich von den Teufeln der Gier und Macht besudelt worden ist, von denen er offensichtlich besessen ist. Ich würde ihm die Teufel gern austreiben, aber er in seiner Verdorbenheit will gar nichts anderes als von ihnen besessen sein.«

»Teufel!« höhnte der eine, der gesprochen hatte, ein gutaussehender, pomadenköpfiger Bursche knapp über dreißig. »Bleib bei deinen verstaubten Büchern, Pfaffe, und überlaß uns die moderne Zeit! Teufel, so ein Quatsch! Von deinem Aberglauben haben wir die Nase voll.« Der andere, der einen Weinfleck auf seinem schwarzen Hemd hatte, kicherte albern.

Carlo setzte eine schockierte Miene auf. »Wie bitte? Die strenge katholische Lehre nennt ihr Aberglauben? Und das, wo ihr und euer Führer doch so hinterher seid, daß ihr's der Kirche recht macht? Wo ihr doch die Kruzifixe sogar in den Puffs aufhängt! Aber natürlich«, sagte er lauter werdend, »vielleicht seid ihr mit den Maßnahmen des Duce nicht immer einverstanden.«

Ein Mann, der sich die Serviette um den Hals gebunden hatte, hielt die volle Gabel in der Schwebe, um die beiden Faschisten zu betrachten. Der jüngere von beiden, der Schulterpacker, sagte: *»Mussolini ha sempre ragione.«* Das war eine Trostparole des Regimes. Carlo hörte sie mit Vergnügen. Er sagte:

»Hat er zum Beispiel recht, daß er den Priestern der Kirche Gehälter zahlt, damit sie ihre Priesterpflichten erfüllen können? Wobei eine dieser Pflichten wohlgemerkt in der Austreibung von Teufeln besteht.«

»Mussolini ha sempre ragione.« Der Pomadenkopf schnalzte mit den Fingern nach der Rechnung. »Wir haben genug von Ihrem Pfaffengeschwätz.«

»Unbelehrte Geister!« sagte Carlo voll Mitleid. »Versteckt euch hinter Partei-Schibbolethen, die euch vor der Menschenpflicht, selber zu denken, bewahren! Euer dreckiges Regime ist eine Schande für dies große Land, das Mutterland der Kunst und der Intelligenz. Los, sucht mal darauf eine Antwort! Es genügt nicht zu sagen, Mussolini hat immer recht.«

»Paß auf«, sagte ich auf englisch, »das gibt Ärger! Laß sein, Carlo, es reicht!«

Die Italiener wollen niemals Ärger, unter keinem Regime, jedenfalls nicht mehr als eine winzige Dosis. Dies ist eine Seite ihrer natürlichen Volksweisheit, die hinter großen Worten wie Vaterland und Pflichtgefühl niemals ganz verschwunden ist. Aber Carlo war eben nicht ganz italienisch. Der Pomadenkopf grinste also nur noch einmal verächtlich und sagte:

»Vielleicht wären Ihnen die Bolschewisten hier lieber. Die würden Ihnen das schnell austreiben, Ihr Scheißgeschwätz von den Teufeln.«

»Nun ja«, sagte Carlo, ganz gesprächsbereit, »an diesem Marx ist immerhin mehr dran als an Mussolini. Wenigstens hat der sich etwas gründlich überlegt. Und ein dialektischer Prozeß, das bedeutet Bewegung und einen Fortschritt hin zu einem idealen Ziel. Wenn man's nicht zu genau nimmt, könnte man das sogar als eine Art christliche Denkweise auffassen. Versteht ihr nicht, wie? Da versteht ihr kein Wort von!« Die beiden, nachdem sie die Rechnung beglichen hatten, waren nun aufgestanden, und ihr weltliches Schwarz dräute auf Carlos geistliches herab. Schwarz, dachte ich, damit man den Dreck nicht sieht. »Aber natürlich, wir sollen uns ja alle auf das imperiale Ziel freuen. Die Wiedererweckung des römischen Imperiums, was soviel heißt wie die Auspressung von ein paar armen unschuldigen Afrikanern. Eine Travestie wie alles, was er sich je zusammengesponnen hat, euer gottloser, heuchlerischer Ochsenfrosch! Jetzt aber raus mit euch, denn ich will weiteressen!«

»Sie werden noch von uns hören«, schimpfte der Pomadenkopf.

»Hoffen wir's!« sagte Carlo. Dann stieß der andere, bevor er ging, mit der Hüfte unsere Tischkante an, so daß unsere zweite Flasche Acidrezza ins Wackeln kam. Ich griff zu, um sie zu retten, aber sie fiel um und begann auf den Boden zu vergluckern. Die Flasche war noch beinah voll gewesen, ein guter Wein und nicht billig. Ich sagte auf meine englische Manier: »Aber ich bitt' Sie – *rovinoso*«, fügte ich hinzu, »*è molto scortese!*«

»*Non mi frega un cazzo.*« Und die beiden gingen, jeder mit einem Lippenfurz und ironisch salutierend. Carlo schaute ihnen freundlich zu und sagte:

»Moment bitte!« Er stand auf.

»Mach keine Dummheiten!« sagte ich.

»Moment bitte!« Er war schon draußen. Der kleine Platz, auf dem die automobilfahrenden Kunden ihre Wagen parkten, war, abgesehen von dem Restaurant, von der Fassade des entehrten

Hauses Cenci und seiner entweihten Kapelle umgrenzt. Als ich hinauskam, fand ich den Pomadenkopf zusammengekrümmt, anscheinend von Carlo in die Hoden getreten. Auf den anderen schlug Carlo gerade kräftig mit den Fäusten ein. Er war ein dickliches Männlein, dessen ganzer Mut in seinem Hemd steckte. Als er noch einen zweiten auf sich losgehen sah, einen immerhin gelenkig aussehenden Engländer, dessen Wein er verschüttet hatte, rannte er, Schimpfworte hinter sich blasend, das abschüssige Gäßchen hinunter. Der Zusammengekrümmte, in einer Haltung, als ob er vor Carlos Priestergewand in Anbetung verharre, stieß mancherlei ächzende Drohungen aus. Dann, immer noch gebückt, mit den Händen sein Gemächte umklammernd, folgte er fluchend seinem Freund. »Die können nichts machen«, sagte Carlo. »Daß sie von einem Prälaten angefallen worden sind, glaubt ihnen niemand. Oder, wenn man's ihnen glaubt, ist es eine große Schande.« Ich begriff nun, warum Mussolini in Anwesenheit dieses Priesters um seine Hoden besorgt gewesen war. »Und jetzt«, sagte Carlo, und ich fand es sehr passend, »essen wir Großvaters Klöten.« Dies war eine Süßspeise: Sahne in leichtem Blätterteig, kurz in heißes Fett getaucht, wie Pralinen mit Pflaumenmus. Carlos Benehmen machte mir klar, daß er in Amerika besser aufgehoben wäre.

Aber Amerika war unser aller Schicksal. Domenico, wie ich vorausgesagt hatte, entdeckte sein wahres Metier in der Komposition für den Tonfilm, und auch mich sollte der Film bald als Drehbuchautor anlocken. Beide waren wir Gebrauchskünstler, und hier hatten wir eine Gebrauchskunst *in excelsis* oder *in mediocritate.* 1929 war Paris wie überschwemmt von amerikanischen Filmen, in denen pausenlos gequasselt, gesungen und getanzt wurde. Angekündigt wurden die Filme mit Plakaten, auf denen man Damen und Herren mit Zylinderhüten raumgreifende Luftsprünge machen sah. Hier und da gab es als kühlenden Sorbet ein schlichtes Nasaldrama (nasal, weil die frühen Tontechniken die nasalen Stöhn- und Grunzlaute zu begünstigen schienen). Aber auch diese schlichten Dramen mußten immer eine Titelmelodie haben, auch wenn es nicht immer möglich war, ihr einen Gesangstext beizugeben. Die phonographischen Aufnahmen waren eine nützliche Reklame, und die Filme wieder nützlich für die phonographischen Aufnahmen – die Symbiose fing früh an. Der Gesangsfilm wurde damals als die Hauptform der Gattung anerkannt. Weder Dramatiker noch Romanciers fühlten sich durch dieses von Grund auf frivole Medium damals schon angezogen.

Auf den Champs-Elysées liefen im Herbst, kurz vor dem Wallstreet-Krach, *The Fox Movietone Follies of 1929*, und gleich nebenan lief der Pathé-Film *La Fille du Pendu* mit Jean-Luc Carel und Claudine Pellegrin, Regie Georges Legras, Musik Domenico Campanati. Ich weiß davon fast nichts mehr; nur an die Musik habe ich einen Erinnerungsrest: Sie war verschwommen und gewunden in den Tutti, mit zu viel öligem Saxophon (damals obligatorisch). Domenico hatte den Auftrag auf meine Empfehlung bekommen, und nach anfänglichem Murren fügte er sich mit Vergnügen den brutalen Zwängen, denen das Gewerbe des Cutters seine Partitur unterwarf. Jeder Takt mußte in jeden anderen Takt übergehn können; jeder musikalische Satz, wie sehr auch von der Schere verstümmelt, mußte immer noch Sinn ergeben. Ob strawinskische Dissonanzen oder postpuccineskes Gebrodel, alles war möglich, wenn es nur einigermaßen paßte. Das Titellied des Films – einer finsteren Geschichte von einem armen verfemten Mädchen, dessen Vater als Mörder hingerichtet worden ist – wird zuerst in einem Cabaret gesungen und taucht dann in ironischen Bezügen immer wieder auf. Es hieß *Il était une fois,* Text von Roger Le Coq, und brachte Domenico eine Menge Geld ein.

An den amerikanischen Nachbarfilm erinnere ich mich noch ganz gut, zumindest an die Lieder darin. Eines zum Beispiel hieß *Breakaway:*

Write a little note
On your toes
Don't forget to dot the i
Look at what you wrote
Goodness knows
It's easy as pie
Let's do the Breakaway
Get hot and shake away ...

Und so fort. Worauf will es hinaus, das menschliche Gedächtnis, daß es solche Albernheiten behält und die großen Verse eines Goethe vergißt?

Von dem Börsenkrach selbst will ich nicht viel sagen. Carlo hatte ihn klar vorausgesehen, als er für die Kirche spekulierte, wobei er auch für einen Teil des von dem armen Raffaele hinterlassenen Vermögens eine gute Verwendung fand. Der Krach war die Folge von blindem Optimismus, Dummheit und Mangel an Voraussicht. Die Exil-Amerikaner in Paris, die von amerikanischen Dividenden lebten, mußten ihr letztes Geld für die Heimfahrt zusammenkratzen. Das Licht der literarischen Experimente wurde trüb; nur Jim Joyce schuftete weiter an seinem unabgeschlossenen Wahnsinns-Opus. Jammernde Amerikaner, die in den Bars, wo sie einst mit Dollars um sich geworfen hatten, einen Drink zu schnorren versuchten, wurden bald lästig. Franklin Dowd erschoß sich in einem Zimmer des Hotels George V, das er nicht mehr bezahlen konnte. Der silberhaarige Hastin Newsom, der seine Bank verkauft hatte, um so zu leben wie Riley (wer Riley war, weiß ich nicht; vermutlich auch mit der Wallstreet pleite gegangen), stürzte sich von der Plattform des Eiffelturms. Schließlich wurden dort oben Gendarmen postiert, um auf Leute mit amerikanischem Akzent zu achten. Joe, mein New Yorker Agent, wurde überführt, mit dem Geld seiner Klienten, wie ich schon lange vermutete, spekuliert zu haben; er hatte alles verloren, das meiste beim Radio. Er verließ sein Büro um die Mittagszeit, während die Sekretärin noch tippte, und verschwand nach Nuevo Laredo in Mexiko. Da ich auf Carlos Anraten meine amerikanischen Einnahmen nach Paris abgezogen hatte, war meiner eigenen Partialpleite vorgebeugt, und ich verlor nur rund fünfzehntausend Dollar. Harry Crosby, der im Februar mein Bibel-Pastiche herausgebracht hatte, unter dem Titel *Fall for Lovers, auctor ignotus,* brachte sich am 10. Dezember in einem Bostoner Hotelschlafzimmer mit seiner Freundin Josephine um, womit er die eigene, talentlos-protzige Extravaganz mit der seiner Epoche identifizierte und das Kunstwerk vollbrachte, von dem er wußte, daß es allem Augenschein zum Trotz in ihm steckte. e. e. cummings schrieb eine Elegie:

        2 bostoner
    Puppen, gefunden
    mit Löchern inbeinander-
    weitig unbe, unbe
    *LALA*lalala*DE*

                Ein Sie-in-ihm mit einem
    Er-in-ihr (&
    beides aufgedoppt) gedoppelt

Und das legt sich sowohl
als auch
Hin
mal ehrlich
und ab *(PENG (PENG*

Auch sonst krachte noch vieles, aber der Tonfilm hielt sich. Domenico schrieb eine sehr handwerksgerechte Partitur für *Bourrée italienne,* mit lauter Mandolinen, Tenören und Tarantellas, und damit machte er Wouk und Heilbutt von der MGM Eindruck, die den Film zufällig in Montreal sahen. In den nächsten Jahren sollten allerlei verzweifelt lustige Filme herauskommen, manche davon im *sunny It* spielend, wie Wouk das Land nannte, von dem man ja schon immer gewußt hatte, daß es eine verzweifelt lustige Gegend war. Domenico wurde unter Vertrag genommen, und die ersten beiden Partituren schrieb er für *The Kid from Naples,* das in Rom spielte, und für *Mamma mia,* einen Film über eine arme Familie in der New Yorker Mulberry Street, die in der Lotterie gewinnt und wieder heimfährt ins sonnige Italien, um mit dem Geld anzugeben. Ich für mein Teil blieb in Paris, das ohne die Exil-Amerikaner öder als sonst war. Dann wurde ich nach Hollywood gerufen, um das Drehbuch für *Singapur!* zu schreiben, die Filmversion meines Romans über Sir Stamford Raffles. Auch der Pazifik, der Indische Ozean und das Chinesische Meer galten als Gegenden mit einem gewissen Unterhaltungswert, und *Clive of India* mit Robert Colman hatte eine schöne Stange Geld eingespielt.

44

»Es ist eine Art Blasphemie«, sagte Carlo. »Ich verstehe nicht, warum die Moslems das zulassen.«

»Hier gibt es keine Moslems«, sagte ich. »Nur Juden.«

»Ob denen das gefiele, wenn man es den Garten Jehovas nennen würde?«

Er meinte das Hotel am Sunset Boulevard, in dem ich wohnte. Es war früher einmal der Wohnsitz der Filmschauspielerin Alla Nazimowa gewesen, erklärte ich ihm, daher der Name, und daß man ein *h* drangehängt hatte, war ganz natürlich unter Leuten, die den Gott Mohammeds wie Scherbett für ein Versatzstück in orientalischen Dekors hielten. »Das Schwimmbecken da draußen«, sagte Carlo, »erinnert mich an irgendwas.«

»Es hat die Form des Schwarzen Meeres. Alla Nazimowa stammte aus Jalta.«

Carlo schüttelte den Kopf, und mit Recht, über all den Wahnsinn ringsum. Wir waren weitab von Washington, wo der Wahnsinn immer als Politik zu entschuldigen war. Carlo ließ sich mit Vorsicht auf einen Stuhl von gebogenem Rohr nieder, als befürchte er, das Möbel werde sich als eine Illusion erweisen. Das Hotel war in Bungalows und die Bungalows wieder waren in Wohnungen eingeteilt. In der Wohnung nebenan hauste ein ehemaliger Humorist vom *New Yorker,* der die halbe Nacht hindurch bitterlich vor sich hin lachte. Ich bekam fünfzehnhundert Dollar die Woche für das möglichst langsame Abfassen von Drehbüchern. Gedreht wurden die Filme hier in großer Eile, aber außerhalb der Aufnahmestudios ging alles sehr lässig zu. Carlo öffnete seine Aktentasche, auf die in Gold die Schlüssel und die Tiara der Vatikanstadt eingeprägt waren, und zog ein Paket hervor, das dem Auge jedes Hollywooders als das dickste Drehbuch aller Zeiten erscheinen mußte. »Nein«, sagte ich, »unmöglich!« Aber dann hatte ich's in der Hand und sah, was es war.

»Lies es nicht gleich«, sagte Carlo, »sondern warte, bis du mal viel Zeit hast! Dies ist das Ergebnis vieler langer Jahre der Arbeit und Diskussion. In einer Hinsicht ist es fix und fertig, in anderer Hinsicht bloß ein Entwurf und schändlich einfach. Was jetzt geschehen muß, das ist die weite Ausstreuung der Ideen. Wenn dann die Zeit kommt, wo man die Ideen in die Tat umsetzen kann, dann wird die Welt der Gläubigen auf sie vorbereitet sein.« Ich las die Titelseite: *The True Reformation – A Blueprint for the Reorganization of Institutional Christianity with Some Notes on Techniques of Affiliation with Related Faiths.* »Alles selber getippt«, sagte Carlo. »Unseren Stenographinnen in Washington konnte ich's nicht geben. Die hätten geplappert, und hier darf nicht geplappert werden. Die Sache darf nicht mit mir oder mit irgendeinem, der daran mitgewirkt hat, in Verbindung gebracht werden. Sie ist hochgeheim.«

»Und trotzdem bringst du sie zu mir?«

»Mit dir ist es was anderes. Du hast niemanden, bei dem du plappern könntest. Oder besser, es würde sich für dich gar nicht lohnen, davon zu plappern.« Er schien ganz verliebt zu sein in das

Wort. »Über Religion plappern ist nicht dein Fach. Was hast du denn zu trinken?«

Er wußte, daß ich etwas zu trinken hatte, denn die Flaschen standen aufgereiht auf einer kleinen Bar, aber die meisten Etikette sagten ihm nichts. Southern Comfort, Old Grandad, Malone's Sour Mash – ich hatte mich auf die amerikanischen Getränke umgestellt. Natürlich waren die Zeiten der Prohibition nun vorüber; all die Opfer, auch der arme Raffaele, waren umsonst gestorben. Carlo fand eine Flasche Old Mortality, einen sehr raren Scotch, und goß sich einen Schluck ein. »Eis im Eisfach«, sagte ich pleonastisch. Er trank seinen Old Mortality pur. »Das hier«, sagte ich, das Typoskript durchblätternd, »ist doch wirklich nicht meine Tasse Tee.«

Er hatte die englische Redewendung noch nie gehört, oder vielleicht hatte er sie vergessen, jedenfalls starrte er mich einen Augenblick an, als hätte ich mich mit Alice im Wunderland verirrt, weil ich dafür grad an einem Drehbuch saß. Dann begriff er. »Das hier muß erscheinen«, sagte er. »Als Buch von einem Laien, anonym oder pseudonym. Keine Rede von einem *Nihil obstat* oder *Imprimatur.* Vielleicht könntest du es unter deinem Namen veröffentlichen. Der Name ist gleichgültig. Du hast einen bekannten Namen, und dein Verleger wird es machen. Das Geld kannst du behalten oder den Armen geben. Wichtig ist nur, daß die Ideen ausgesät werden. Du könntest sogar eine Art Roman draus machen, mit Leuten, die in einem Garten um einen Tisch herum sitzen und über Religion diskutieren. Es ist mir egal, was du damit machst, wenn nur die Ideen ausgesät werden. Die sitzen um einen Tisch und trinken eine Tasse Tee dazu, und damit wäre es schon eher eine Tasse Tee für dich.«

Ich stellte den Kessel auf den Herd. Es war bald fünf. »Da brauchte ich aber zentnerweise Tee«, sagte ich und blätterte das Opus durch. Rund hundertfünfzigtausend Worte mußten es sein, rechnete ich. Gegen jeden professionellen Usus war es engzeilig geschrieben. Es war fast wie ein Filmdrehbuch zusammengebunden, in blauen Deckeln ohne Rücken, mit drei Heftern von einer Länge, wie ich sie noch nie gesehen hatte, gegabelten goldenen Stiletten, durch die Ränder gespießt, vielleicht eine Besonderheit des Schriftverkehrs beim Heiligen Stuhl. Ich löffelte Orange Pekoe in die angewärmte Kanne. »Der Bischof von Bombay quondam Gibraltar weiß doch sicher davon?«

»Er ist ein bißchen unzuverlässig geworden. Bitte, das bleibt unter uns. Er ist jetzt ganz besessen von der Auslegung des Athanasianischen Glaubensbekenntnisses, ein Aspekt seines Anglikanismus. Aber von seiner Terminologie ist manches hier eingeflossen. Dr. MacKendrick, ein Kalvinist, der trank seinen Tee, fällt mir grad ein, immer ganz schwarz, ohne Zucker oder Zitrone, hat mir beim Aufbau des Ganzen geholfen. Fast wie ein Ingenieur. Viele Leute haben mit beigetragen. Keiner von denen wird plappern. So wie die Dinge heute stehn, können sie's gar nicht wagen. Sie bekämen Ärger mit ihren jeweiligen Sektenführern. Mit ihren *Duci*, sozusagen.« Seine Blicke erweichten sich wie im wehmütigen Angedenken einer Schlacht.

»Aber unter meinem Namen?«

»Deinem Ruf kann es nicht schaden. Es bringt dich in ein ganz neues Licht, ein ernsthafter Autor! Du kannst heut abend anfangen, es zu lesen. Ich werde mir bei Domenico und Hortense einen ruhigen Abend machen, und bei meinem, bei unserem lieben Neffen und unserer Nichte. Groß sind die geworden, aber jetzt nicht mehr im gleichen Verhältnis, das macht das Geschlecht. Heute läuft eine Radiosendung, die ich gern höre, über zwei Schwarze namens Amos und Andy. Die sind nicht wirklich schwarz, legen aber schwarze Schminke auf, sogar für die Radiosendung. Ich finde das irgendwie gewissenhaft.«

»Bist du denn dort schon gewesen?« Ich meinte das Haus Nummer 151, South Doheny Drive in Beverly Hills, wo Domenico und Hortense mit den Zwillingen wohnten. »Heute abend ist nämlich so eine Party in Bel Air, und da gehn wir alle hin, möchtest du vielleicht–« Der Tee war fertig. Ich goß mir welchen ein; Carlo zog die Stirn kraus zum Zeichen, daß ihm der Scotch lieber war.

»Sie waren nicht daheim. Die Kinder waren in der Reitstunde, die Eltern bei der Arbeit.« Hortense hatte den Auftrag bekommen, eine Büste in vielfacher Ausfertigung, oder besser, in den sukzessiven Phasen der Fertigstellung für den neuen Marlene-Dietrich-Film zu liefern, der von einem Bildhauer handelte, der sich in sein Modell verliebt. »Nur diese schwarze Bediente von ihnen war da, eine Baptistin. Ich habe meine Reisetasche dagelassen. Eine Party? Was denn für eine? Mit Filmstars?« Er hatte Hollywoodfilme über Hollywoodparties gesehen: Diese Art Inzest hatte früh angefangen. War Narzißmus eine Art Inzest?

»O ja, Filmstars jede Menge! Daisy Apfelbaum, die du vielleicht besser unter dem Namen Astrid Storm kennst, feiert ihren Geburtstag.«

»Ah!« Er leckte sich die Lippen. »Die hat in *Ocean Bear* mitgespielt.«

»Sie schwärmt für Religionen jeder Art. Mit der kannst du über Religion reden.« Ich trank von meinem Tee und seufzte. Und was das hier . . . »Und was das hier angeht«, sagte ich, »so kannst du dir doch denken, daß du etwas Unmögliches verlangst.«

»Puuh!« blies er mich beiseite, »das Unmögliche ist noch nie besonders schwer gewesen. Mit dem Unmöglichen fängst du an, und das ist dann die weiße Seite, wo du das Mögliche draufschreiben kannst. Erst wenn die Leute sagen, das ist aber leicht oder meinetwegen auch schwierig, dann gibt's Ärger. Das hier ist so unmöglich, daß du's gut machen kannst.«

»Aber unter meinem eigenen Namen?« sagte ich zum zweiten Mal.

»Unter irgendeinem Namen. Oder ohne Namen. Nur die Sache selbst zählt.« Ganz wie bei meiner schwulen Schöpfungsgeschichte. »Aber wenn kein Name draufsteht, fangen die Leser an zu raten. Mein kleiner Duce in Washington rät womöglich gleich als erstes, daß es von mir sein muß. Und wenn wir ein Pseudonym nehmen, so eines wie das von diesem Filmstar, wo wir heute abend hingehen? Ich wußte übrigens nicht, daß es ein Pseudonym ist. Auch da könnte man zu raten anfangen. Dein Name wäre wohl das Beste. Du könntest ein Vorwort schreiben: Bei der heutigen Weltlage hast du dich gezwungen gesehn, viel über diese Dinge nachzudenken, und hier nun, ganz bescheiden und als Laie, erlaubst du dir, die vorläufigen Ergebnisse deiner Überlegungen vorzutragen. *Die wahre Reformation,* von Kenneth M. Toomey! Ich kann mir schon gut vorstellen«, sagte er, auch einer, der von Amerika in aller Unschuld ein bißchen korrumpiert worden war, »wie das Ding in die Bestsellerlisten klettert. Vielleicht mit einem brennenden Kreuz auf dem Umschlag.«

»Damit die Leute denken, wir sind der Ku-Klux-Klan, wie? Nein, besser wäre eine schöne Frau mit tiefem Ausschnitt und gefurchter Stirn, vielleicht Daisy Apfelbaum, die würde das machen, und als Titel sowas wie *Gott ist okay* oder *Der Herr ist mein Hobby.*«

»Jetzt gehst du zu weit. Ich glaube, du machst Witze. Aber ich sehe, du fängst schon an, es dir wirklich mal zu überlegen. Wann ist denn diese Geburtstagsparty?«

»Irgendwann nach acht.«

»Kann ich so gehn, wie ich bin? Ich hab keine andern Sachen dabei.« Ich musterte ihn, als er zur Bar ging, um sich noch einen Old Mortality pur zu holen. Soweit ich es sagen konnte, trug er noch denselben Priesteranzug wie schon damals, als sein Bruder starb. Er war ausgebeult, er war fleckig, er war abscheulich, ein Denkmal der Sparmaßnahmen während der großen Ebbe in den Kirchenkassen. Er paßte zu Carlos Häßlichkeit, die hier in Hollywood geradezu Bewunderung wecken mußte. Carlo sah aus wie ein Kinomonster, den Händen gewiefter Kostüm- und Maskenbildner entsprungen.

»Du siehst genau richtig aus«, sagte ich.

Er nickte, setzte sich massig hin und schluckte ohne Grimasse den unverdünnten Whisky, dann schaute er betroffen drein. »Mutter«, sagte er.

»Wie bitte?«

»Hast du etwas von unserer Mutter gehört?« Das *unserer* sollte offenbar mich mit einschließen.

»Ein paar Postkarten hat sie mir geschrieben«, sagte ich. »Die eine aus Salzburg. Eine aus Chiasso, um anzuzeigen, daß sie aus Paris wieder dorthin gefahren ist. In meiner Pariser Wohnung fühlt sie sich immer mehr wie zuhause, aber anscheinend macht sie sich Vorwürfe deswegen, weil sie so gern in Paris ist. Chiasso ist dafür die Buße.«

»Sie hat doch das Geld«, sagte Carlo mit finsterer Befriedigung. »Da hat sie Cartier, da hat sie Maxim, alle Fleischtöpfe Ägyptens. Von Chiasso aus besucht sie Luigia. Es ist nur ein kurzes Stück mit der Bahn. Luigia schreibt mir, so auf ihre strenge Art, die wird bald die Oberin ihres Klosters sein, wirst du sehn, daß Mutter den Glauben verliert.«

»So?«

»Sie hat so eine Idee, daß die Faschisten eigentlich Katholiken seien. Sie hat gelesen, dieser Hitler soll ein österreichischer Katholik sein, der die Lutheraner ebenso verfolgt wie die Juden. Sie sagt, das Christentum sei nur eine Art Häresie im Judentum. Sie hat sich mit ihrem Bankdirektor in Chiasso angefreundet, und der ist Jude. Sie liest das Alte Testament.«

»Ist das was Schlechtes?«

»Sie sagt, was das wirkliche Verhältnis zwischen Gott und dem Menschen ist, das stünde im Alten Testament. Und das Neue Testament sei sehr langweilig zu lesen. Wenn doch bloß die Heilige Schrift niemals den Laien in die Hände gefallen wäre! Damit hat der ganze Ärger angefangen, daß man zugelassen hat, daß ungeschulte Köpfe sich über die Bibel hermachen.«

»Deine Mutter hat einen sehr klaren Kopf. Ich würde mir ihretwegen keine Sorgen machen.«

»Ich bete. Ich bete auch für dich.« Er trank seinen Old Mortality aus. »Ich bete für die ganze verfluchte Welt. Kann ich mich irgendwo hinlegen?«

»Betest du im Liegen?«

»Ich bete in jeder Stellung. Gott interessiert sich nicht für unsere Körperhaltung. Jetzt möchte ich gern eine Stunde schlafen. Wo geht es?«

»Da!« Und ich zeigte auf das zweite Schlafzimmer. Er stapfte hin. Er machte die Tür zu. Ich hörte seine Körpermasse aufs Bett sinken. Dann kamen Schnarchtöne wie aus einem Schofar.

Ich hatte mindestens zwei Monate lang am Drehbuch von *Singapur!* gearbeitet, mit der unnötigen Beihilfe eines jungen Drehbuchautors namens Al Greenfield. Jetzt war ich mit dem Produzenten und dem Studioleiter an einen onomastisch toten Punkt gelangt. Sie wollten von mir, daß ich den Namen des Gründers von Singapur änderte. Und zwar deshalb, weil es schon einen anderen Raffles gab, der viel bekannter war, einen Hochstapler, über den gerade in einem Studio der Konkurrenz ein Film in Arbeit war. Warum nicht Sir Thomas Stamford? Aber lieber Gott, Mann, ich sag Ihnen doch, so kann man die Geschichte doch nicht verdrehen! Das wär ja so, wie wenn Sie die Namen von, na, sagten wir Jefferson oder Franklin ändern wollten, weil grad ein Franklin oder Jefferson wegen Entführung oder Sittlichkeitsdelikt in der Zeitung gestanden hat. Ist ja schon richtig, was Sie sagen, Ken, der Kerl bleibt doch derselbe, wollen ihm ja bloß dieses Schwänzchen von seinem Namen abschneiden! Aber lieber Gott, Mann! Ich wollte und wollte nicht nachgeben. Riffles wär doch okay, klingt ja sowieso so ähnlich in eurem Tommygeschnodder, sagte ein brutaler Kerl mit einer am Mundende zerfransten Zigarre. Reffle, Roffle, Riffold. Riffold, Schmiffold, geht alles nicht! Raffles und nicht anders! Das Projekt blieb für eine Weile liegen, machte auch gar nichts, weil Loretta Young, die die Lady Raffles, Riffles oder was weiß ich spielen sollte, noch nicht verfügbar war. Ich konnte voraussehn, daß man mir die Sache aus der Hand nehmen und mich im Vorspann gar nicht erwähnen würde, aber was sollte's, dies war nicht mein Fach, und die ganze Bande konnte mir gestohlen bleiben. Ich wurde auf den König Artus und seine Ritter angesetzt. Meine Auftraggeber sagten nicht viel über den Stoff, wußten aber, er wäre ganz was Schnuckliges für einen Kostümstreifen. Und da konnte ich schon den nächsten Ärger voraussehn, denn von dem ganzen Mist mit Lanzelot und Ginevra wollte ich nichts wissen; ich wollte einen kämpfenden keltisch-christlichen *dux*, der vergebens den Glauben gegen die rohen Germanenhorden verteidigt. Die Sache sollte nach England aussehn, das nasse Immergrün sollte man riechen können. Im Westen, Glaube, Treue! Damals fing es an, daß mir bei diesen Wörtern die Augen prickelten; das Drehbuch, soviel wußte ich vorher, würde voll davon sein. Ich las Gottfried von Monmouth, aus der Stadtbibliothek von Los Angeles, nicht die *Idylls of the King*. Heute war ich nicht im Autorengebäude; ich schrieb nicht, obwohl man mich feierlich belehrt hatte, es sei mein Job, zu schreiben, jeden Tag einen ganzen Bleistift mindestens, bis Punkt fünfe, okay? Im Kopf hatte ich die ganze Sache schon fix und fertig projiziert, konnte sie sehn und hörte immer *Treue* und *Glauben*.

Aber jetzt riefen Carlos Widderhorntöne mich dazu auf, sein Typoskript wenigstens zu überfliegen; es war ja nicht ganz belanglos bei dem Job, für den man mich bezahlte: das kriegerische Christentum. Es kam mir wie ein recht sonderbares Werk vor, das bei allem Bemühen um einen unpersönlichen Ton doch von vielerlei Stimmen erfüllt war, alle sozusagen aus einem Körper hervordringend, der von Dämonen mit dem Namen Legion besessen war. Ein deutscher Theologe kam zu Wort, der sich über das *Abendmahl* verbreitete, ein Name für die Eucharistie, daß man denken könnte, Jesus hätte mit seinen Jüngern Rippchen mit Sauerkraut gegessen. Der Bischof von Bombay quondam Gibraltar jonglierte mit Begriffen wie Substantiation, Konsubstantiation und Insubstantiation. Es gab ein zähes Ringen um den freien Willen und die Prädestination, Carlo selbst im Handgemenge mit einem Schotten oder Schweizer. Was mir, dem Renegaten, damals heterodox und schockierend vorkam, denn niemand ist leichter zu schockieren als der Renegat, ist heute die milde, abgeklärte Orthodoxie. Hier wurde die furchtbare ökumenische Strategie dargelegt, in ungeschickter, engzeiliger Maschinenschrift, und ich, der ich doch den Glauben verloren zu haben meinte, war erschrocken.

Der römische Papst stellte in diesem Plan eher so etwas wie einen älteren Bruder als den Vater dar, den versöhnlichen Vorsitzenden eines interkonfessionellen Glaubenskomitees, der sein Amt einem historischen Anrecht verdankte, aber keine göttliche Autorität geltend machte. Der Glaube sollte zugleich erweitert und gelockert werden, und anscheinend wurde eine Methode empfohlen, die ich nur als semantische Haarspalterei bezeichnen konnte, um jahrhundertalte fundamentale Glaubensdivergenzen zu vereinbaren. Zum Beispiel die Lehre vom *Abendmahl* oder der Eucharistie, bei der manche an die wahrhaftige Gegenwart, andere an eine Art sozusagen wahre Gegenwart und wieder andere an einen bloßen Akt des Gedenkens glauben. Vergessen Sie nicht, sagte die eine oder andere Stimme, daß Christus, der Sohn des Vaters, nicht mit Notwendigkeit herniedersteigen muß, um von dem Brot und dem Wein im Augenblick der Weihe Besitz zu ergreifen, obwohl er dies am Abend vor der Kreuzigung versprochen hat und obwohl der Priester, der die Weihung ausführt, auf mystische Weise Christi Amt übernimmt. Der freie Wille der Gottheit ist unberechenbar, weil frei. Überdies, in welchem Sinne ist Christus nach dem Glauben der Unreformierten Kirche in den Umständen der Zeremonie wirklich gegenwärtig? Nicht in einem der physikalischen Analyse zugänglichen Sinne, nicht im Sinne zeitlich-räumlichen Anwesendseins. Die eucharistische Zeremonie, in jeder ihrer Ausdeutungen durch die verschiedenen Sekten, ist ein Versuch, die Gegenwart Christi in einem wesentlich physischen Kontext heraufzubeschwören, in dem Brot und Wein als gewöhnliche und bescheidene Gottesgaben der Natur die physischen Elemente darstellen, die als Analogien für menschliches Fleisch und Blut dienen können, wie der Stifter des Sakraments gemeint hat, als er nach dem Brauch seiner göttlich-poetischen Redeweise statt von einer Analogie von einer Identität sprach. Ein persönlicher Kontakt zu dem göttlich-menschlichen Wesen des Herrn wird erzielt, wenn bestimmte Gegebenheiten zusammenkommen: der amtierende Priester, der Gläubige im Zustand der Anbetung und die physischen Elemente, die sie beide verbinden. Wenn die Worte laut werden: »Dies ist mein Leib, dies ist mein Blut«, macht der Empfänger dieser Elemente eine Erfahrung durch, die zu überwältigend ist, als daß sie von Dauer sein könnte, und die daher vermutlich nur für einen Augenblick anhält: eine vorgestellte und darum spirituell gültige Kommunion mit der Persönlichkeit Christi. Daher die Vortrefflichkeit dieses Sakramentes und vielleicht auch seine Notwendigkeit für die Erlösung.

Die Zeremonie eines Abendessens mit dem Herrn ist das Kernstück einer umfassenderen Zeremonie (las ich weiter), die aber ohne jenes Kernstück wenig zu bedeuten hat. Was man bei den Katholiken die Messe oder Kommunion nennt, ist ein je nach ästhetischem oder religiösem Geschmack auszuweitendes oder zu verengendes Ritual: Der sakramentale Kern des Rituals bleibt sein unantastbares Wesen. Die äußeren oder schmückenden Elemente dürfen an keinerlei zentrale Vorschriften gebunden sein: Sie sollten vielmehr frei aus den kulturellen Bräuchen der jeweiligen Gemeinde hervorgehen und ihren kulturellen Bedürfnissen dienen. Dann kam einiges über die afrikanische Messe als Beispiel für eine solche freie Umgestaltung; Tänze und ortsübliche Gesänge wären hier angemessener und vermutlich auch dem Herrn wohlgefälliger als die obligatorischen Orgelsoli oder abendländische Kirchenlieder.

Die Zeremonien einer wahrhaft reformierten Kirche, so folgte daraus, sollten also den Bedürfnissen des Volkes näher kommen, als es in den auf einer hohen Autoritätsebene entwickelten und von dort aus verfügten hieratischen Formen möglich gewesen war. Es verstand sich von selbst, daß die Volkssprache an die Stelle des Lateins treten müßte, wobei man sich übrigens nicht auf die jeweilige Nationalsprache beschränken, sondern soweit irgend möglich auch auf die Sprachebene der regionalen Mundarten begeben sollte. Wo dies in Frage käme, wäre die Entscheidung der Diözese oder sogar dem Konsens der Gemeinde zu überlassen, denn die Form der Messe oder des Sakramentes von Christi Ankunft sei letztlich, wenn man von jenem zentralen und geheiligten Kern absehe, ein echter Ausdruck des lokalen Brauchtums und des Volkswillens.

Und so ging es weiter. Ein Register gab es bis jetzt noch nicht, also suchte ich blätternd nach der wahrhaft reformierten Auffassung der Sünde. Anscheinend hatte man weniger Gewicht auf das Falsche als auf das Richtige, Gute oder Heilige gelegt. Das Hauptthema war die Liebe oder Nächstenliebe. Und wenn der Nächste nun homosexuell war? Unsinn, die Liebe stand über dem Geschlechtlichen. Ehe und Fortpflanzung? Der Geschlechtsakt, wenn durch die Ehe geheiligt, blieb, was er schon immer gewesen war – eine Quelle der Lust, geheiligt durch ihren Zweck, nämlich

Gottes Reich mit Seelen zu bevölkern. Darüber waren sich wohl alle einig; Kompromisse zur Auflösung sektiererischer Dissonanzen schienen hier nicht nötig gewesen zu sein. Geburtenregelung? Abtreibung? Abtreibung war Mord, aber es gab manche sehr seltenen Ausnahmefälle, in denen nach eingehender Gewissensprüfung und ausgiebigem Beten auf bischöflicher oder gleichwertiger Ebene Entscheidungen zu treffen wären. Geburtenverhütung war in jedem Falle verwerflich, da sie die Paarung ihrem biologischen und spirituellen Zweck entfremdete. Die Absicht beim Ausstoßen des Samens mußte immer die Empfängnis sein, obwohl die Vereitelung dieser Absicht durch die Launen der Natur dem menschlichen Willen entzogen blieb und daher jenseits der Sphäre moralischer Urteile lag. Die Verausgabung des Samens um der reinen Lust willen war ein Greuel.

Als ich beim Lesen an diese Stelle kam, gab Carlo einen Schnarcher von besonderer Vehemenz ab. Ich blickte erbittert nach der geschlossenen Schlafzimmertür.

Ungeachtet dieser strengen Verbote betonte die Abhandlung immer aufs neue den Grundsatz des *liberum arbitrium.* Der Mensch war definiert durch seine Fähigkeit, moralische Entscheidungen zu treffen, und die Existenz des Bösen im Gegensatz zum Guten war eine Garantie dieser Fähigkeit, frei zu wählen. Wenn aber das Gute, als eines der Attribute des Schöpfers, dem Menschen, der Krone des Schöpfungswerkes, eingepflanzt war, so mußte ihm das Böse notwendig äußerlich sein. Und erst durch den Trug einer vernichtenden Kraft, die man logischerweise als den Bösen personifizieren konnte, ein ewiges Wesen, das selbst Gott nur um den Preis vernichten könnte, daß er das Recht aller seiner Geschöpfe auf einen freien Willen widerrufen müßte (denn wenn man die manichäische Häresie ablehnte, mußte man auch den Bösen als Gottes Geschöpf anerkennen), erst dann, wenn von dieser Seite, wie es freilich immer wieder vorkam, das Böse als das Gute hingestellt wurde, verfiel der Mensch der Sünde. Die Verantwortung für die Sünde konnte nicht ganz und gar dem menschlichen Sünder aufgebürdet werden, und im Wissen um diese Stärke des Feindes war Gott unendlich gnädig gegen die vom Feinde Genarrten; dennoch war der Mensch nicht frei von der Notwendigkeit, sein Urteilsvermögen auszubilden, die Fähigkeit, das Böse selbst dann zu erkennen, wenn es sich als das höchste Gute maskierte. Warum erlaubte Gott dem Bösen, zu existieren?

Eine Frage, die man nicht stellen durfte. Ohne das Böse gäbe es keine freie Wahl. Aber so alldurchdringend ist das ursprüngliche Gute, daß es selbst dem Bösen als eine mögliche Folge innewohnen kann. Gefährliche Worte, gefährlich, gefährlich!

Gefährlich waren sie, weil sie die Erbsünde leugneten, obwohl dies nicht ausdrücklich gesagt wurde. Für den Mangel an moralischem Urteilsvermögen konnte man die Schuld bei sich selber suchen, aber nicht für die Dynamik, von der die eigenen bösen Handlungen angetrieben wurden. Die Erbsünde war eine Urschwäche, nämlich daß der Mensch nicht gescheit oder nicht gottähnlich genug war, um die Machenschaften des Feindes zu durchschauen. Es wunderte mich gar nicht, in einem der zahlreichen Anhänge eine Rehabilitierung des Häretikers Pelagius zu finden.

Jemand, wahrscheinlich Carlo selbst, denn Kirchengeschichte war ja sein Spezialgebiet, hatte die Angelegenheit zusammengefaßt. Pelagius, ein britischer Mönch, der zu Anfang des fünften Jahrhunderts in Rom lebte, war zutiefst verstört, als er einen Bischof aus den *Confessiones* des hl. Augustinus zitieren hörte: »Enthaltsamkeit verlangst du: Gib, was du verlangst, dann verlange, was du willst.« Dies erschien dem Pelagius als eine Leugnung der moralischen Verantwortung. Zur gleichen Zeit behauptete anscheinend ein Kommentator der Paulus-Briefe, der gewöhnlich Ambrosiaster genannt wird, daß Adams Sünde auf biologischem Wege fortgepflanzt werde, denn die Seelen der Menschen würden ebenso wie ihre Leiber aus den Eltern hervorgehen. »In Adam haben alle mit einem Male gesündigt.« Empört schrieb Pelagius selber einen Paulus-Kommentar und versicherte, daß es eine Fortpflanzung der Sünde durch Vererbung nicht gebe, denn damit wäre die Freiheit des Willens aufgehoben. Der Mensch sündigt in frei gewählter Nachahmung der Sünde Adams, nicht wegen eines der menschlichen Natur innewohnenden Fehlers. Bei aller Sünde, sagte Pelagius, muß eine persönliche Einwilligung vorliegen. Die Folge von Adams Sünde war nur das schlechte Beispiel, dem seine Nachfahren freiwillig folgten. Die kleinen Kinder müssen zum Glauben getauft werden, aber die Taufe ist kein Mittel, um sie von der ererbten Sünde reinzuwaschen. All dies gab einen Riesenstunk. Hieronymus nannte den Pelagius einen fetten Hund, der sich am schottischen Porridge überfressen habe, ein verquollenes Hirn, einen eher dummen als sündigen Leugner der schlichten Wahrheiten: daß die Kindertaufe notwendig sei zur Reinigung von der Erbsünde, daß Gottes Gnade errettende Kraft habe, daß der Mensch als frei handelndes Geschöpf vergleichsweise ohnmächtig sei, wenn er sich ohne jene Gnade fähig glaube, das Gute freiwillig zu tun. Augustinus, wie man sich denken kann, tobte.

Papst Innozenz I. sagte: Häresie. Augustinus war selig. Dann kam Papst Zosimus (417–19). Ihm war es eher recht, wie Pelagius in einem neuen Buche den freien Willen betonte, weil dabei auch die Moral und die päpstliche Autorität aufgewertet wurden. Zosimus sagte dem Augustinus und den anderen Afrikanern, daß Pelagius als orthodox anerkannt werden müsse. Augustinus, wie man sich denken kann, tobte. Pelagius hatte nun aber in Sizilien (wie diese Leute damals herumkamen!) ein sozialistisches Pamphlet geschrieben, in dem er die Verantwortungslosigkeit der Reichen gegen die Armen und die Sünden bei der Erhaltung der Staatsgewalt durch Foltern und willkürliche Hinrichtungen beklagte. Auf diese sozialrevolutionäre Lehre lenkte Augustinus in Ravenna die Aufmerksamkeit des Kaisers. Am 30. April 418 wurde Pelagius mit seinen Anhängern als eine Gefahr für den Frieden aus Rom verbannt. Dieser höchsten weltlichen Autorität mußte Zosimus sich beugen. Der Form halber verurteilte er den Pelagius als einen Erzketzer, und bei diesem Urteil ist die Kirche seither geblieben. Carlo aber (es konnte nur Carlo sein) schien zu sagen, daß die Verurteilung, da sie unter Zwang ausgesprochen wurde, keine echte Geltung besitze und daß es Gründe für die Annahme gebe (er drückte sich hier diplomatisch vorsichtig aus), daß die Pelagianische These mit der wahrhaft reformatorischen Prämisse der Menschenwürde und des Guten im Menschen besser übereinstimme als die Augustinische Lehre von der natürlichen Verworfenheit.

Bei diesem Wort war ich angelangt, *Verworfenheit,* als Carlo einen Schnarcher ausstieß, den sein Unbewußtes veranlaßt zu haben schien, um ihn zu wecken. Eine Minute später tauchte er auf, im Hemd, verschlafen, aber offenbar erfrischt und kläräugig; er leckte sich die Lippen und schien bereit, sich ins Getümmel zu stürzen. Ich klappte das Typoskript zu. Ich wollte später noch weiterlesen, fühlte mich aber gedrängt, ihm jetzt schon zu sagen, daß es nicht gehe, daß er's lieber jemand anderem geben solle, daß es jedenfalls nicht meine Tasse Tee sei. Carlo nickte ohne Mißvergnügen, nahm den Deckel von der Teekanne ab und sah, daß noch welcher drin war, wenn auch kalter, setzte die Tülle an den Mund

und trank die bittre bernsteinbraune Flüssigkeit ohne Tasse. »Keine Eile«, sagte er mit nassen Lippen. »Entscheide dich nicht voreilig! Lies es genau durch!«

»Ich finde«, getraute ich mich zu sagen, »daß dies ein hochgefährliches Dokument ist.«

Das gefiel ihm. »*Genau!* Die Religion ist die gefährlichste Sache von der Welt. Die Religion, das sind nicht die kleinen Mädchen im Kommunionkleid, alberne Andachtsbildchen und die Kinder Mariens. Religion ist hochexplosiv, Dynamit, sie ist« – er lächelte über das Sinnbild – »Atomspalterei.«

45

Ein Automobil zu steuern, habe ich nie gelernt. In Los Angeles machte ich die Wege nach Culver City und zurück mit einem Studiowagen, und fürs Privatvergnügen nahm ich Taxis. Mit Carlo fuhr ich zu der Party also in einem Taxi, und wegen des geschwätzigen Chauffeurs konnten wir über sein frommes oder unfrommes Projekt einstweilen nicht mehr sprechen. »Neulich hab ich einen gefahren, auch so'n britischer Typ, Cary Grant, aber sowas von knickrig, wissen Sie, was der mir gegeben hat bei einer Fünfdollarfahrt? Lumpige zehn Cent! Aber die Ginger Rogers, das ist 'ne Dame, kann man nur sagen, dabei heißt die gar nicht richtig so, haben Sie das gewußt? Sie beide auch beim Kintopp?« Undsoweiter. Carlo schaute hinaus in die Welt des sündenfälligen Menschen, endlose Vororte, die eine Stadt sein sollten. Ein Freßlokal in Form eines Sphinx (Eingang zwischen den Vordertatzen); ein anderes in Form eines auf Befehl des Mahout hingeknieten Elefanten, mit einem Plakat, das eine Malzmilch anpries, die zu dick sein sollte, um sie mit dem Strohhalm zu trinken; buntscheckige Tempel diverser Religionen; Nußburgerstände mit Strohdächern auf korinthischen Säulen; Kredithäuser wie Sand am Meer; Läden voller Gelegenheitsradios; eine Pfannkuchenbäckerei; Wohnhäuser, die wie Schweizer Chalets aussahen oder wie Nymphenburg, Trianon oder die Hagia Sophia; ein Bankhaus in Gestalt eines kleinen Ozeandampfers; staubige Bäume am Straßenrand (Dattelpalmen, Orangen, Oleander); Bars mit endlos verströmenden Neonflaschen; Fachhochschulen für Doubles und Stuntmänner; Institute für Schönheitspflege und

Leichenkosmetik; eine Schule, wo man sich zur Tambourmajorin ausbilden lassen konnte. Nachts war alles nicht mehr ganz so schlimm, trotz der Krankenbeleuchtung, aber unter der chirurgischen Bloßlegung durch die kalifornische Sonne tränten mir die Augen vor Scham und Mitleid. Wir kamen nun in ein exklusives Wohnviertel mit Aztekenpyramiden, Parthenontempeln und Loireschlössern. Ich gab dem Fahrer einen Dollar Trinkgeld. Neulich hab ich so einen mitgenommen, so'n britischen Typ, sowas von knickrig, gibt der mir doch einen lumpigen Dollar!

Das Palais Storm hatte eine lange Einfahrt, mit kiesbestreuten Parkplätzen zu beiden Seiten, die sich zusehends füllten. Als Wächter am Tor standen Stein- oder Gipspatriarchen in langen Gewändern und mit offenen Mündern, aus denen sanfte Orgelmusik kam. Die Auffahrt führte zu einer Fassade, die ungefähr nach dem Vorbild von Borrominis San Carlo (ha!) alle Quattro Fontane gehalten war. Drinnen, so wußte ich schon, war die Diele eine Miniaturnachbildung der Wallfahrtskirche Vierzehnheiligen von Balthasar Neumann; über das Altarblatt konnte eine Kinoleinwand herabgelassen werden. Verborgene Aufzüge führten nach oben und unten zu chinesisch, byzantinisch, kolonialspanisch oder im Regentschaftsstil eingerichteten Zimmern. Die rückwärtige Fassade des Hauses sah aus wie die Kirche der heiligen Vinzenz und Anastasius von Martino Lunghi dem Jüngeren. Diese Seite wurde heute abend von den weitläufigen Rasenflächen her angestrahlt, auf denen sich die Party abspielte, wobei es im Innern des Hauses auch Gelegenheiten zum Kartenspiel oder Roulette, zur Unzucht oder zum Anschauen eines neuen Films gab. Über dem Rasen schienen sieben künstliche Monde, während der blassere echte Mond in der Ferne über den Bergen aufging. Ein Tanzorchester spielte auf einer Plattform unter einer Waffeldecke wie von Pier Luigi Nervi. Ein Sänger sang ins Mikrophon:

»Ich hol dir vom Mond
Ein silbernes Stäubchen,
Und vom Blauen am Himmel
Bekommst du ein Scheibchen.
Ich scheu keine Gefahr,
Nicht Müh und Verdruß,
Ich sterbe sogar,
Wenn ich dran glauben muß.«

Die Schlagertexte machten damals gerade eine kurze literarische Phase durch. Viele Gäste standen schon herum, tranken, schwoften, lachten, meckerten und aßen, die Herren in weißen, silbrigen und goldenen Smokings, die Damen in Feuer- oder Purpurrot, in Himmelblau oder Jungfernweiß, die Brüste hochgelupft und die Zähne schneegekrönt, viele berühmte Gesichter, allesamt ordinär. Es roch nach angebranntem Fleisch mit Ingwer- und Sojasauce. Einen Augenblick flammte Feuer auf, als man Kognak über ein hawaianisches Spanferkel schüttete. Die Tanzfläche war eine blanke runde Silberscheibe neben dem herzförmigen Schwimmbecken. Scheinwerfer spielten wie dicke, wollüstige Finger an den reizenden Mädchen herum, die in dem Wasser, von dem ein volltönender Patschuliduft aufstieg, tauchten und sich tummelten. Loreleiengleich lockten die Mädchen, ihre wundervollen Gebisse vorweisend, und führten dicke, kahlköpfige Herren in die Versuchung, ihnen in voller Kleidung nachzuspringen. Carlo schien von all dem tief beeindruckt zu sein. Gesichter, die er nur aus unnatürlichen Vergrößerungen kannte, waren nun auf ein ansprechbares Maß geschrumpft: wie eine Entzauberung des Himmels. Aber dennoch murmelte er: »Das ist doch sicher Joan Blondell. Und das ist Clark Gable. Da ist Norma Shearer. Schau mal, dieser leichte Silberblick! Und da ist Domenico. Aber wo ist Hortense?«

Es war nicht möglich, zuerst die Gastgeberin zu begrüßen. Die Gastgeberin war nirgends zu sehen. Wir gingen an die Bar, wo Domenico stand, der neuerdings bei feierlichen Anlässen ein Korsett trug. Er trank etwas, was nach den weißen Flecken um seinen Mund zu urteilen ein Ramos-Fizz sein mußte. Er sah immer noch gut aus, und sein zurückweichender Haaransatz war mit einer geschickt aufgebauschten Frisur überdeckt worden. Sein Haar hatte nun keine grauen Strähnen mehr und glänzte im Schein der sieben Monde wie ein gegrilltes Steak. Neben ihm stand ein mexikanisches Sternchen, ich glaube, es hieß Rita Morelos, mit blauschwarzem Haar und einer Figur ohne eine einzige gerade Linie; ihr scharlachrotes Kleid war an der Seite den Schenkel hinauf tückisch angeschlitzt; sie hatte freche Augen und feuchte, aufgeworfene Lippen. Domenico, der sich neuerdings Nicky nennen ließ, schien nicht sehr erfreut, seinen Bruder zu sehen. »Hätt ich nicht gedacht!« sagte er. »Ich meine, du als Priester!«

»Gibt es ein Gesetz dagegen?« sagte Carlo finster. »Wo ist deine Frau?«

»Hortense«, sagte Domenico, und er sprach ihren Namen amerikanisch aus, so daß er sich auf *Kredenz* reimte, »muß sich um Johnny kümmern. Er ist beim Reiten vom Pony gefallen und hat sich den Fuß verstaucht. Es tut ein bißchen weh. Er ist wachgeworden und hat geweint. Sie bleibt bei ihm. Sie macht sich sowieso nicht viel aus Parties.«

»Du dafür um so mehr, das seh ich! Was trinken Sie denn da, meine Tochter?« sagte er freundlich zu Rita Morelos. Sie hielt ein Glas von der Länge einer ganzen Flasche in der Hand, und oben auf der Schaumkrone steckte ein winziger Sonnenschirm. Es war ein Mai-Tai. Carlo bat um einen Whisky.

Ich bring dir alles,
Was du willst,
Damit du meine
Liebe fühlst,
Denn um dich allein
Dreht sich meine Welt,
Und was dir gefällt,
Ist dein.

Mit einem schweren Becher Scotch in der Hand war Carlo nun nicht abgeneigt, mit den Großen des Kinos Bekanntschaft zu machen. Ich hatte in Hollywood eine angenehme Position. Ich nahm mit Freuden, was ich an Geld herausholen konnte, hatte es aber nicht wirklich nötig. Ich mußte vor niemandem kriechen und mich nirgendwo anbiedern. Es war noch ein Schriftsteller da, sah ich, Godfrey (God) Thurston, der vom Glück verlassen sein mußte, denn er ging zwei steinern dreinblickenden Moguln um den Bart. Ich dagegen war Kenneth M. Toomey, renommierter britischer Autor im besten und ansehnlichsten Alter, dessen Gesicht man schon auf Buchumschlägen gesehn hatte, dessen sexuelle Neigungen noch nicht offengelegt waren (allerdings hielt man mehr oder weniger alle Engländer für warme Brüder, schon aus Neid wegen unseres vornehmen Akzents und unserer europäischen Eleganz), also einer, der bei andern Leuten mindestens ebenso bekannt war wie sie bei ihm und den ohnehin alles nicht kümmerte. Daher konnte ich Carlo nun unbefangen von Gruppe zu Gruppe herumführen. Der Einfachheit halber stellte ich ihn als meinen Schwager vor, leitender Mitarbeiter der Apostolischen Gesandtschaft in den

Vereinigten Staaten. Manche dachten, das sei eine neue Sekte, und ein großmäuliger Komiker namens Joe E. Brown wollte schwören, er kenne einen, der dem Verein beigetreten sei: Kein Fleisch, kein Fusel, so war das doch, nicht, darf nichts Totes rein ins System! Aber Edward G. Robinson, ein Schauspieler etwa von gleicher Statur wie Carlo, nur nicht so häßlich, wußte besser Bescheid; er konnte aus dem Gedächtnis die Kunstschätze des Vatikans katalogisieren und gab obendrein, als *bonne bouche,* noch ein bündiges Résumé der Sabellianischen Häresie. Schließlich trafen wir doch noch die Gastgeberin. Mochte man über das zynische Gewerbe der Sternenschöpfung denken wie man wollte, gewisse Voraussetzungen mußten schon da sein, und Astrid Storm besaß wahrhaftig einen Reiz, dem Carlo auf den Leim ging. Wie durchbohrt von ihren großen Veilchenaugen stand er da, schluckte in sich hinein und pflichtete jedem Unsinn bei, den sie redete, sogar ihrer Forderung nach einer, nun ja, Sie verstehn mich, Vergeistigung der christlichen Kirchen durch die Bauchatmungstechniken der Maya.

Nach einer Stunde hatte ich schon genug. Jemand sagte zu Domenico: »Nickyboy, deine letzte Musik war das Größte.« Und Domenico, der anscheinend dringend fort mußte, weil er woanders irgendwas vorhatte, sagte: »Na ja, danke, Dave!« Eine Frau von überirdischer Schönheit stand in der Nähe, die zu einem Mann, der auf sie einredete, immer wieder nur »ja, ah-ha-ha, ja« sagte. Ein blonder junger Mann von prachtvollem, auch durch den Smoking nicht verhülltem Körperbau sprang offenbar aus ungestillter Tatenlust in voller Kleidung vom Brett ins Schwimmbekken, elegant eintauchend, ohne daß viel Wasser aufspritzte. Niemand schien es zu bemerken. Ein bezahlter Witzbold ging herum und beschimpfte die Leute. Carlo sagte zu mir:

»Ich hab gehört, da drinnen wird gepokert.« Er zeigte mit dem Daumen hinter sich, zu den Heiligen Vincenzo und Anastasio.

»Um sehr hohe Einsätze, Carlo. Kannst du dir das leisten?«

»Die Leute hier sehn mir alle nicht wie richtige Kartenspieler aus. Komm rein und sag mir, wenn du meinst, daß wir gehn müssen!«

»Aber du fährst doch mit Domenico?«

»Ich glaube, ich bleib doch lieber bei dir. Ich meine, wir sollten über das Buch reden.«

»Aber Carlo, ich muß morgen früh zur Arbeit.«

»Vier, fünf Stunden reden, dann schlafen! Nach der kleinen Zerstreuung jetzt wird es um so besser gehn. Unsere Gastgeberin ist eine zauberhafte Person. Nur schade«, sagte er schwerenöterisch, »daß ich nun mal auf Keuschheit vereidigt bin!«

»Sie ist viermal geschieden.«

»Mit den Scheidungen in Amerika, das ist Polygamie auf Raten«, sagte er. »Wie in Allahs Garten.« Und er watschelte davon.

Ich ging zurück an die Bar. Ein Betrunkener mit langem Schädel ohne Hinterkopf stellte sich vor mich hin, stierte mich an und sagte: »Sie nennen sich Toomey?«

»Nein, ich heiße wirklich so.«

»Nein, Sie nicht, den Namen haben Sie mir geklaut, Sie Fatzke!«

»Ach, sind Sie auch ein Toomey? So viele gibt es gar nicht von uns. Wo kommen Sie denn her?«

»Es gibt Scheiße noch mal nur einen Toomey, und der bin ich! Und Sie sind kein Toomey, sondern bloß ein Tommy, und zwar ein warmer und ein Dieb obendrein, Sie Fatzke!« Er griff sich eine Flasche Southern Comfort von der Theke und wollte zuschlagen. Trottel! Zwei dunkle Backenbärte in schwarzen Smokings, beide mit breitem Kreuz unter der Jacke, kamen wie ein Windstoß über das trockne Gras angeflogen und schleppten den fluchenden zweiten Toomey oder Pseudotoomey mitsamt seinem Southern Comfort beiseite. Dann zog der Nervipavillon meine Blicke an, wo die Musiker nun ein Geburtstagsständchen angestimmt hatten; der Sänger, eine zwiegeschlechtige Weidengerte mit Schmachtlocke überm rechten Auge, sang vor: *Happy birthday dear Astrid!* Die Scheinwerfer strahlten die liebe Astrid an, und auch sie strahlte, wie ein Klavierkonzert, aber nicht das von Domenico. Unter Fanfarenstößen kam ein massiger Geburtstagskuchen auf anscheinend automobilen Rädern hereingefahren, ein blaues Auspuffwölkchen hinter sich lassend. Er war viel zu schön, als daß man ihn mit einem gewöhnlichen Messer hätte verstümmeln dürfen, aber ein paar barettgekrönte Konditoren fielen über ihn her und entleibten ihn kunstvoll wie ein Opfertier. Champagner in Strömen floß aus den Methusalems, und Schönheit und Jugend der lieben Astrid wurden berufen, ehe noch das nächste Jahr ihnen etwas anhaben konnte. *Happy birthday* erklang noch einmal, nun als ein schaumiger Walzer, und der Reihe nach kamen die Herren, um Astrid zur Feier des Tages ein paar Schritte herumzuschwenken. Alles war eine Harmonie, aber in dunklen Winkeln der Gebüsche wurden halblaute Liebespakte geschlossen und Streitigkeiten am Schwelen gehalten. Zähne blitzten öfter bissig als lächelnd. Ein unbekanntes Mädchen in einem Directoirekleid sprang aus unbekannten freudigen Gründen ins Schwimmbecken und tauchte wieder draus hervor, das Kleid um den prallen Körper klebend, und ein bewundernswert magerer Steptänzer mit drahtigem Lächeln besteppte die Tanzfläche zur Melodie von *Sweet Sue.*

Aus der Fassade der Heiligen Vincenzo und Anastasio tauchten zwei Männer auf, die von nicht wenigen zuerst für ein Komiker-Duo gehalten wurden. Es war Carlo, der seinen Bruder Domenico nach draußen schleppte, und beide schimpften im Mailänder Straßendialekt aufeinander ein, so daß die sizilianischen Smoking-Gorillas, die schon eingreifen wollten, erst einmal die Ohren spitzten, weil sie Worte hörten, die ihnen bekannt vorkamen, ohne doch verständlich zu sein. Aber gleich darauf konnte man sehn, daß der dicke Abschlepper ein Priester war; also mußte er wohl wissen, was er tat. Domenicos Frisur war in Unordnung, und man sah nun die Lichtung auf der Stirn. An den Füßen hatte er Socken, aber keine Schuhe, und unter dem Smoking quoll die behaarte Brust vor. *In flagranti* hieß das. Carlo, scham- und wutverzerrten Gesichts, sagte niemandem Gutenabend. Er schleppte und prügelte Domenico über den Rasen, zur Vorderseite des Hauses hin. Ich mußte ihnen nach, hielt aber diskreten Abstand. Es ging zum Parkplatz. Ich kannte Domenicos Wagen, einen gelbgrünen Studebaker, wußte aber, daß Domenico vorgeben würde, ihn nicht zu kennen. Sollte er sich von seinem schwarzröckigen Bruder nach Hause schleppen lassen, wo er doch nur (nahm ich an – was anders hätte es sein sollen?) ein so gut wie obligatorisches Fleischesdelikt begangen hatte? »Da steht er«, rief ich und zeigte mit dem Finger hin, »den sucht ihr doch wohl! Aber was in Gottes Namen ist denn passiert?« Domenico bog sich herum, um nach mir zu spucken, und Carlo probierte mit der freien Hand, ob die Fahrertür offen war. Auf diesem Privatparkplatz mit seinen schwarzen, vermutlich bewaffneten Wächtern schloß man die Wagen nicht ab. Die Zündschlüssel ließ man stecken, damit die Wächter die Wagen umstellen und Ausfahrten erleichtern konnten. So auch jetzt. Ein großer Klotz von einem Plymouth schob sich dem Studebaker aus dem Weg.

»Hinten rein!« befahl Carlo, »ihr beide!« Und er schob erst Domenico hinein, dann mich.

»Hör mal!« protestierte ich. »Ich habe nichts Böses getan. Ich bin unschuldig wie der pelagianische Schnee.« Carlo fand es nicht lustig. »Zum Kuckuck«, sagte ich, »das geht mich doch nichts an! Ich will wieder zurück zu der Party.« Aber Carlo hatte die Tür schon zugeknallt und klemmte sich in den Fahrersitz.

»Du«, sagte ich zu Domenico, »du mußt etwas ausgefressen haben.«

»Sag das mal zu dieser Hure von deiner Schwester!« knurrte Domenico. Ich konnte ihm diesen Ausdruck nicht verübeln: Der Ehemann hatte eben doch mehr Rechte als ein Bruder. Carlos Nacken sagte:

»Du sagst mir bitte, wo es lang geht, Kenneth! Wir fahren wieder zurück zum Allahsgarten. Und du, *fratello,* sagst bitte gar nichts mehr! Wenn du noch was zu sagen hast, muß ich dich's sagen sehn. Ich muß dir in deine unverschämte und ehebrecherische Visage sehn.« Sehr italienisch von ihm. Die Italiener, wie auch die Frauen, müssen den wahren Sinn hinter den gesprochenen Worten sehen. Oder den geschriebenen. Die Italiener schreiben keine Briefe, weil man in den Briefen kein Gesicht sieht.

»Es war doch kein Ehebruch«, sagte Domenico rechthaberisch. »Sie ist gar nicht verheiratet.«

»Diese mexikanische *puttana*«, verbesserte ihn Carlo, »ist eine verheiratete Frau. Ich bin nicht vom Mond. Du wirst sagen, sie ist geschieden. Aber sowas gibt es nicht, Scheidung! Das muß ich dir nicht erst sagen. Sei jetzt still! Zum Reden wirst du noch Zeit genug haben. Aber nicht über deine Unzucht, darüber gibt es nichts mehr zu sagen. Sondern über das, was du vorhin gesagt hast und dann nicht gesagt haben wolltest. *Stai zitto!*« brüllte er, obwohl Domenico nur um der Luft willen Luft geholt hatte. Also herrschte eine Art knurriges Schweigen, während wir an billigen Herrenhäusern und feierlichen Freßschuppen vorbeifuhren; nur Carlo beachtete ab und zu grollend die langhingeschmierte Signatur menschlicher Verworfenheit. »Jetzt links!« sagte ich. Er bog ab, vollkommen sicher in der Beherrschung dieses wie jedes beliebigen Wagens.

Wir kamen an. »*La ilaha illa'lah*«, mokierte sich Carlo. Er parkte den Wagen am Schwarzen Meer, zwischen Konstanza und Cetatea. Wir stiegen aus, und nun hatte Carlo beide Hände frei, um auf seine rauhe Art Domenico bis vor meine Tür zu bugsieren. Ich schloß auf und knipste das Licht an. Die beiden zankenden

Brüder waren nun in voller Beleuchtung zu sehen, mitsamt Schweißspuren, Knautschfalten und allem. »Was zu trinken?« fragte ich. »Für mich ja!« sagte Carlo, »für ihn nichts! Also«, sagte er barsch auffordernd, »was hattest du gesagt?«

»Ich hatte gar nichts gesagt, nur daß du nicht das Recht hattest.« All dies übrigens auf englisch. »Du sagst, das ist Sünde, und ich sage dir, das machen hier alle. So ist das hier nun mal. Und ich sage dir, sag du dazu, was du willst, aber jeder kann tun, was er will. Du hattest nicht das Recht, du hast mich lächerlich gemacht.«

»Du bist auch lächerlich gewesen, wie du da auf dem Weib draufgelegen bist, wie ein Tier. *Nackend!*« – als ob das die Sünde noch schlimmer machte. »Wie du mit deinem dußligen *culo* gewackelt hast!« Carlo nahm ohne Dankeschön seinen Old Mortality entgegen und mimte grimmig die besagte Bewegung.

»Du hattest nicht das Recht, da hereinzuplatzen, du hast gewußt, es war nicht das *gabinetto!* Ich war kurz davor, verflucht noch mal, es wollte mir *gerade kommen,* und du hast die dreckige Dummheit und erzählst mir was von Sünde!« Dann kam er ihm dreckig auf italienisch. Carlo setzte mit der einen Hand sein Glas an den Mund und schlug mit der andern nach seinem Bruder, ohne zu treffen.

»Ein glücklicher Zufall, Brüderchen, daß du da drin warst mit dieser *puttana,* und nicht das *gabinetto!* Ich habe dich bei einer Sünde ertappt, und deine Schande führt vielleicht noch zu ehrlicher Reue. Ich möchte wissen, was das war, was du gesagt hattest.«

»Ich hatte gesagt, du hattest nicht das Recht.«

»Als was nicht das Recht? Als Priester der Kirche? Oder als dein Bruder?«

»Ich frage dich«, sagte ich, »was dir das Recht gibt, meine Schwester eine Hure zu nennen?«

»Das ist was andres«, sagte Carlo. »Eins nach dem andern!«

»Warum«, fragte ich lauter, »ist meine Schwester eine Hure?«

»Ich sag überhaupt nichts mehr, wenn ich nicht auch einen Whisky bekomme, wie dieser besoffene Pfaffe hier.« Natürlich schlug Carlo gleich wieder zu, aber Domenico wich aus. Ich schenkte einen von den billigeren Whiskys ein und gab ihn Domenico. Er trank durstig, unter ständigen Abwehrbewegungen gegen Carlo, der ihm das Glas aus der Hand schlagen wollte. »Du hörst mir bitte zu!« Domenico keuchte, weniger vor Aufregung als von der Anstrengung des einen tiefen Zuges, mit dem er das Glas geleert hatte. Jetzt konnte Carlo es ihm nicht mehr wegnehmen. Er behielt das Glas fest in der Hand, mit weiß anlaufenden Knöcheln; weiteren Schlägen würde er damit begegnen. »Unzucht und Ehebruch«, sagte er, »treibe ich nicht aus Gewohnheit. Ich bin nicht wie die andern Leute hier.« Carlo nahm es mit einem höhnischen Pfiff auf. »Hörst du mir zu, oder hörst du mir nicht zu? Wenn nicht, fahr ich heim.«

»Heim?« donnerte Carlo. »Du wirst nicht in ihrem Bett schlafen oder auch nur im gleichen Zimmer! Du besudelst ihre Reinheit durch dein bloßes Dasein. Du wirst dich von ihr fernhalten, bis du Buße getan und die Absolution bekommen hast! Und weiß Gott«, versprach er ihm ingrimmig, »das wird eine lange und harte Buße! Viele viele viele viele Gesetze des Rosenkranzes! Du wirst nie damit fertig, die alle zu beten.«

»Du hast nicht das Recht. Ich habe das Recht, zu meinem eigenen Priester zu gehn.«

»Den Mann kenn ich. Ich sage dem Bescheid. Ich sag ihm schon, was er dir geben soll.«

»Du hast nicht das Recht, und du weißt, daß du nicht das Recht hast.« Und dann wurde Domenico höhnisch. »Reinheit! Keuschheit! Treue! Lauter schöne große Worte, die nichts bedeuten! Ich sag euch eins: Von wem sind denn diese Kinder? Wer ist der Vater von den beiden Gören, die zu mir Papa sagen?« Ah! »Jetzt durch die *orecchioni* komm ich allmählich dahinter.«

»*Orecchioni?*« Ich kannte das Wort nicht. Carlo und Domenico mimten zerstreut dicke Ohren und Wangen. »Geschwollene Drüsen? Ah, Mumps!« Ich erinnerte mich. Johnny und Ann hatten Mumps gehabt. Domenico hatte sich angesteckt. Es war eine harmlos unangenehme Erkrankung, für männliche Erwachsene mit einer gewissen Gefahr verbunden. Hortense hatte sich auch angesteckt, aber für weibliche Erwachsene bestand keine Gefahr.

»Ich geh zum Studio-Arzt«, erzählte Domenico, »weil mir das nicht gefallen hat, wie mir die Eier geschrumpft sind. Partielle Hoden-Atrophie, so sagt der mit seinen schönen Wörtern. Ob es was Schlimmes ist oder nicht, hat er mir nicht gesagt. Kommt vor, sagt er, in dreißig Prozent der Fälle. Ich sag ihm, lieber Mann, das sind nicht Ihre Eier, sondern meine, und mir gefällt das überhaupt nicht. Er sagt, er braucht ein bißchen Samen von mir. Also geh ich in ein anderes Zimmer, damit er welchen kriegt. Gar nicht so leicht! Er gibt mir ein Buch mit Aktphotos, und das hat geholfen.«

»Ekelhaft!« befand Carlo. »Pollution! Masturbation!«

»Ach, *cazzo!*« rief Domenico angewidert. »Du weißt doch von nichts, du dußliger Pfaffe!« Ganz wie der Faschist damals. »Er nimmt meinen Samen und steckt ihn unter ein Mikroskop. Heute nachmittag hat er mir die Ergebnisse gesagt. Er hat gesagt, es ist nichts da. Er hat gesagt« – Crescendo – »es ist nichts da. Er hat gesagt, das ist das perfekteste Beispiel von Unfruchtbarkeit, das er je gesehn hat. *Das perfekteste* hat er gesagt. Und er hat noch was gesagt. Er hat gesagt, das ist aber sehr, sehr, sehr ungewöhnlich, daß ein Mann durch eine Erkrankung der *orecchioni* unfruchtbar wird. Er hat gesagt, er sei fast sicher, daß ich schon von Geburt an so sein müsse. Und dann hab ich ihm gesagt, ich habe zwei Kinder, Zwillinge. Und da hat er dann ganz schnell gesagt, ein bißchen zu schnell, ah so, klar, dann müssen natürlich doch die *orecchioni* die Ursache sein, ist sehr selten, kommt aber doch manchmal vor. Ich kann mir denken, er hat das nur gesagt, um mich zu beruhigen. Aber natürlich bin ich nun erst recht alles andre als ruhig. Jetzt seht ihr, was mir für Zweifel kommen.«

»Du darfst keine Zweifel haben«, brüllte Carlo. Der Manhattaner Humorist nebenan lachte. »Daß ein Mann an seiner Frau Zweifel hat, kommt nicht in Frage, schon gar nicht an einer Frau wie Hortense. Wie kannst du's wagen, Zweifel zu haben, wer der Vater deiner Kinder ist?«

»Wenn sie über Nacht bei dir geblieben ist«, sagte Domenico finster zu mir. »Wie soll ich wissen, wo sie gewesen ist? Wie soll ich wissen, was sie gemacht hat, wenn sie gesagt hat, sie geht den Nachmittag über in den Louvre? In Paris hab ich gesehn, wie sie Männern zugelächelt hat. Du bist ihr Bruder, und daß du sie nicht verraten wirst, kann ich mir denken.«

»Es gibt nichts zu verraten«, sagte ich scharf. »Hortense ist dir eine gute und treue Frau gewesen, und außerdem eine Frau, die du kräftig provoziert hast, wenn du die Wahrheit wissen willst. Du weißt, was du für gräßliche Launen hast, dein Temperament, sagst du, als ob du Verdi oder Puccini wärst, und was für ein Feigling du bist, daß du gegen eine Frau tätlich wirst.«

»Ach, aber inzwischen wird sie tätlich gegen mich«, rief Domenico. »Wie ich ihr von diesem Arzt mit seinem verfluchten Mikroskop erzähle, und daß er gesagt hat, daß keine Spermatozoen drin rumschwimmen. Und dabei hab ich vernünftig mit ihr geredet, wollte ihr's verzeihen, wenn sie einen Fehler gemacht hat, denn das ist ja nun lange her. Aber sie sagt nur, wie kannst du's wagen, wie kannst du's wagen, noch lauter als Carlo eben. Sei doch ehrlich, sag ich, liebe Orténsia, sei doch ehrlich, ich verzeih dir's ja, ich lieb ja diese Kinder, egal wer der Vater ist oder wer die Väter sind, und dann fängt sie wieder an mit ihrem Wie-kannst-du's-wagen und geht mit den Fäusten auf mich los. Und dann sagt sie, geh doch und frag deinen Bruder Carlo, was der Zweck ist beim Vollzug der Ehe, der Zweck beim Vollzug der Ehe ist, Kinder zu zeugen, und wie viele Kinder kannst du denn jetzt noch zeugen, du unfruchtbare Kanaille, laß du mich von jetzt an in Ruhe!«

»Sie hat unrecht«, sagte Carlo, nun aber schwächlich. »Die Kirche straft niemanden für einen Fehler der Natur. Wenn das Sakrament der Ehe in gutem Glauben eingegangen wird, sind die Freuden des Ehestandes legitim.«

»Ach«, sagte Domenico, »sie hat ganz andere Freuden im Sinn. Wir Italiener sind lauter harmlose Trottel, nicht so wie die Franzosen oder Engländer. Ich habe mich schon über ihre Freundschaft mit meinem *fagotto* gewundert, aus dem Studio-Orchester. Ein Getue ist das, ach, wie geht's dir denn, Liebling, und Küßchen, wenn die sich treffen.«

»Mit einem Fagottisten?«

»Nein, nein, nein, nein, nein, *stolto*, das ist eine Frau« – als ob es selbstverständlich ein Frauenberuf wäre, dieses schwere, lange Ding zu blasen. »Fran Lilienthal, so heißt sie, ein lächerlicher Name, Tochter eines Druckfehlers, aber sie ist eine gute *fagottista*, kommt hinauf bis *mi bemolle*, bis zum *es*, wenn du willst. Aber darum geht's doch jetzt nicht«, sagte er wütend, wie wenn jemand anders ihn vom Thema abgebracht hätte. »Hortense hat mir schon öfter gesagt, Männer hätten keine Ahnung, wie man eine Frau glücklich macht. Vor allem italienische Männer. Ich hab sie gefragt, was sie denn von andern wüßte, und sie hat gesagt, sie hätte schon oft genug mit andern Frauen geredet und einiges dabei gehört, und außerdem lese sie Bücher. Sie sagt, man muß eine Frau sein, um eine Frau zu verstehn. Wie soll ich da nicht auf Gedanken kommen? Unter den Frauen hier in Hollywood gibt es solche genug.« Wir standen alle noch, aber nun setzte Carlo sich hin. Der Whisky in seinem Glas wollte bleiben, wo er war, und bespritzte Carlos schwarzes Jackett. Er achtete nicht darauf und schaute stirnrunzelnd hoch zu seinem Bruder. »Du weißt, wie man das nennt«, sagte Domenico zu mir. »Ich glaube, mit eurer ganzen Familie ist etwas faul.«

»So eine Dummheit und Gemeinheit!« sagte ich sehr hitzig. »Nimm diese Worte sofort zurück, oder ich prügle sie dir den Hals runter! Mitsamt deinen albernen künstlichen Italoschnuckizähnen!« Der Humorist nebenan klatschte und rief *hurra!*

»Du redest dummes Zeug«, sagte Carlo, »wie so oft. Du bist unehrlich und sündigst, wie so oft. Du möchtest Ehebruch oder zumindest Unzucht begehen, und dafür ist dir jede Entschuldigung recht. Deine Frau stößt dich weg, oder so möchtest du's glauben, und darum denkst du dir eine solche schändliche Perversität aus. Die Frauen«, versicherte er weltklug, »sind nicht so wie die Männer. Die küssen und umarmen sich bei jeder Gelegenheit. Das hab ich sogar schon bei jungen Nonnen gesehn, bei Novizinnen. Das ist nur Freundschaft und nichts weiter. Die Frauen sind emotionaler und demonstrativer als die Männer, das ist ihre Natur. Die Frauen sind aufgrund ihrer physischen Beschaffenheit unfähig zu der Sünde Onans. Aber du mußt dir jetzt so eine schmutzige Verleumdung zusammenspinnen, und weil Kenneth hier so ein unerfülltes und abrupt beendetes Liebesverhältnis hinter sich hat, worüber du genauestens Bescheid weißt, da sagst du sowas, was er dir mit Recht in den Hals zurückprügeln möchte. Du willst bloß deine Sünde von heut abend rechtfertigen. Du wirst auch noch andere Sünden ähnlich rechtfertigen wollen. Knie jetzt nieder! Los! *Auf die Knie!«* Er deutete auf eine geeignete Stelle des abgetretenen rostfarbigen Teppichs. »Bitte Gott um Vergebung! Aber sofort!«

»Ah, *merda!«* sagte Domenico, nicht niederknieend. »Du hast ja keine Ahnung vom wirklichen Leben. Du weißt gar nicht, was Sex ist und was für Arten von Sex es gibt und was der Sex beim Menschen anrichtet. Aber immerhin weißt du jetzt, warum ich das heut abend getan habe. Und du bist mir dazwischen gekommen, Scheiße, und wie! Das ist das Schlimmste im ganzen Leben, die schlimmste Sünde, schlimmer als Mord. Einem Mann in dem Moment dazwischen zu kommen, wenn es ihm kommt!« Er bebte vor echter Entrüstung. »Das ist eine ganz abscheuliche Sünde. Wenn hier einer auf den Knien um Vergebung bitten sollte, dann du.«

»Sag du mir nicht, was Sünde ist und was nicht!« sagte Carlo und stand wieder auf, »und sag du keine gemeinen Wörter zu mir, zu einem Priester und Monsignore! Also, da haben wir jetzt deine

Sünde, Sünde, Sünde, hast du gehört, und da haben wir deine läppischen Motivationen.« Er hörte sich ein wenig so an wie der Leiter der Drehbuch-Abteilung von MGM. »Aber du hast noch immer nicht wiederholt, was ich dich gebeten hatte zu wiederholen. Was du gesagt hast, als ich dich zwingen mußte, deine Hosen anzuziehn, in diesem widerlichen Schlafzimmer mit der kichernden, nackten *puttana,* die schamlos ihren bloßen Körper zur Schau gestellt hat. Ich möchte das gern noch mal hören. Ich kann es ertragen. Es war eine furchtbare Sache, sowas zu seinem Bruder zu sagen. Es war eine Verleugnung. Aber ich kann es ertragen.«

»Ich habe gesagt, daß du nicht das Recht hattest.«

»Nicht das Recht als Priester oder nicht das Recht als dein älterer Bruder?«

»Keins von beiden! Du hast immer gesagt, wir haben unsern freien Willen und das Recht zu wählen, was wir tun.«

»Ja, und wir haben das Recht, einen Menschen zu hindern, wenn er sich selbst Schaden tun will. Das Recht haben wir, und von dem Recht hab ich Gebrauch gemacht. Was war das, was du gesagt hast?«

»Du bist es doch gewesen«, sagte Domenico vorwurfsvoll, »der gesagt hat, ich müßte heimfahren, um dabeizusein, wenn mein Vater stirbt, und dann alles in die Hand zu nehmen. Du hattest wichtige Sachen für die Kirche zu erledigen, und Raffaele mußte in Chikago bleiben, um sich von Al Capone umbringen zu lassen.«

»Sowas solltest du nicht sagen. Rede vernünftig!«

»Stimmt doch alles! Ich mußte dabeisein, als mein Vater gestorben ist, und dann für meine Mutter alles erledigen. Du hast mir allerhand von meinen Pflichten als Sohn erzählt.«

»Was soll dieser besitzanzeigende Singular? *Unser* Vater, *unsere* Mutter! Es war nicht meine Schuld, daß ich nicht dasein konnte. Du hast alle unsere Pflichten für uns erfüllt, sehr gut von dir, danke, du bist ein guter Sohn gewesen, ein guter Bruder undsoweiter. Aber was hat das mit all dem zu tun?«

»Ich mußte Urkunden durchsehen und manche, die meisten, verbrennen, manche auch aufheben, aber alle mußte ich lesen. Mutter hat es mir überlassen, sie wollte nichts damit zu tun haben, laßt mich in Ruhe mit meiner Trauer, hat sie gesagt, aber mir kam's nicht so vor, als ob sie sehr getrauert hätte. Das ist ein anderes Kapitel. Was ich jetzt sagen will, ist, daß ich da so ein altes *certificato di adozione* gefunden hab.« Carlo war plötzlich hellwach und erwartungsvoll wie ein Stock, der übers Knie gebrochen werden soll. Er sagte leise:

»*Tu?*«

»*No, tu.*« Ich hatte Carlo, glaube ich, ich hatte überhaupt noch nie jemanden so nackt und kleingeschrumpft gesehen. Er, der Unerhörte, der voller Überraschungen steckte, hatte eine Überraschung von so monumentalem Gewicht erlebt, mit einem metallenen Kern, der schwerer wog als das ganze Arsenal seines Glaubens und Wissens und seiner übermenschlichen Zuversicht, mit der Welt fertig zu werden. Die beiden sprachen weiter italienisch, nicht mailändisch. Carlo sagte:

»Hast du's bei dir? Hat es Mutter? Ist es noch da?«

»Es war eins von den Dingen, die verbrannt wurden. Sie hat gesagt, es hätte schon viel früher verbrannt werden sollen. Sie hatte nicht gewußt, daß es noch bei den Familienurkunden lag. Sie hat gesagt, du dürftest es nie erfahren. Sie war sehr aufgebracht, daß ich es gesehn hatte.«

»Und mit Recht, mit Recht, irgendwann mußtest du's mir doch sagen, und wenn du hundert Jahre hättest warten müssen! Zehn Jahre hast du gewartet. Oder mehr. Aber du mußtest mir's sagen. Sie war mit Recht aufgebracht.« Der Humorist nebenan lachte wieder. Carlo trommelte in furchtbarem Ernst mit den Fäusten gegen die Wand. Der Humorist ließ noch ein schwaches Wiehern hören und war dann still, vermutlich zu Bett gegangen. Domenico sagte:

»Ich hab es dir gesagt, weil ich wütend war. Nichts kann einen Mann so wütend machen, wie wenn er in so einen Zustand versetzt wird. Sonst hätte ich es nicht fertiggebracht. Vergessen wir das jetzt alles! Es gibt Rechte, die du nicht hast. Aber trotzdem bleibst du mein älterer Bruder.«

»Was weiß man denn? Wer bin ich?« Entsetzliche Frage, die Frage des Ödipus. Domenico sagte:

»Du bist Carlo Campanati. Die Adoptionsurkunde besagt, daß deine Eltern unbekannt sind. Mutter sagt, das sei alles damals gewesen, als Italien Äthiopien eingenommen hat. Der Mann war beim Heer und ist nicht zurückgekommen. Die Frau war auf dem Hof und hat beim Traubenpressen geholfen. Sie hat dich geboren und ist dann fortgegangen. Mein Vater, unser Vater hatte irgendwie so einen Traum. Er ist aus dem Traum erwacht und hat gleich den Advokaten mit den Adoptionspapieren kommen lassen. Er hat gesagt, du müßtest zur Familie gehören. Damals, hat Mutter gesagt, hatten die Ärzte ihr abgeraten, noch mehr Kinder zu bekommen. Sie hatte mit Raffaele Schwieriges durchgemacht. Aber mit mir hatte sie dann keine Schwierigkeiten. Mutter hat gesagt, du bist ein Geschenk Gottes gewesen.«

Carlo stöhnte furchtbar auf. Ich getraute mich zu sagen, auf englisch: »Ich versteh nicht, was daran so schlimm sein soll. Warum man das hat geheimhalten müssen. Warum es dich unglücklich machen sollte, daß du es nun weißt.«

»Du hast deine Mutter gekannt«, stöhnte Carlo. »Jeder Mensch kennt seine Mutter, sogar Jesus hat seine Mutter gekannt. Aber seine Mutter nicht zu kennen! Ob man seinen Vater kennt, ist nicht so wichtig. Dies trifft mich sehr tief.«

»Vielleicht Vorsehung«, sagte Domenico, dieser unverbesserliche Dummkopf, »daß du dir deine Mutter wählen kannst, denn das können ja nicht viele, Ich meine, deine Mutter, die Kirche. Aber unsere Mutter bleibt trotzdem auch deine Mutter.«

»Das ist nicht dasselbe«, sagte Carlo mit hohler Stimme. »Ich bin nicht aus ihrem Leib gekrochen. Ich bin nicht Fleisch von ihrem Fleisch. Jetzt muß ich mir ewig Gedanken machen um meine leibliche Mutter und werde sie niemals kennen. Deine beiden Kinder kennen ihre Mutter, und das ist alles, worauf es für sie ankommt. Und da willst du mir was von irgendwelchen sündhaften Zweifeln erzählen, ob du auch wirklich der Vater bist! Als ob das wichtig wäre! Aber ich, ich habe keine Mutter!« Und er stöhnte abermals.

»Doch, die Kirche«, sagte Domenico, »Die Kirche! Du hast eine Mutter, die Kirche.«

»Die Wahrheit ist immer gut«, sagte ich, weil ich die Sentenz irgendwie tröstlich fand, »egal, was das ist, die Wahrheit. Ich meine«, stellte ich klar, »es ist immer gut, die Wahrheit zu kennen. Du bist eben, wie du bist, und du wirst nicht anders. Deine Begabungen? Die kommen von Gott, und auf welchem Wege er sie dir über einen Vater übermittelt hat, das ist unwichtig.«

»Da hat Kenneth ganz recht«, sagte Domenico. »Genau wie mit meinen Begabungen. Weder mein Vater hatte sie noch meine Mutter. Sie kommen vom Unbekannten. Ich würde nicht sagen, von Gott, denn über Gott, da bin ich mir nicht mehr so sicher. Das Talent oder Genie ist ein tiefes Geheimnis.«

»Was soll das heißen«, fragte Carlo, »über Gott bist du dir nicht mehr so sicher?« So elend ihm auch war, der Hirtenhund roch das verirrte Schaf. »Du hast es wohl heute mit Ungewißheiten, den ganzen Abend schon. Nur eins ist sicher, daß ich keine Mutter habe. Was soll das heißen, nicht so sicher?«

»Erzähl den Mafiosi mal was von Gott!« sagte Domenico in kühnem Freimut. »Die regieren das Personal in den Studios. Die sagen mir, wer in meinem Orchester spielen darf und wer nicht. Mich schleppst du wegen einem bißchen Unzucht von einem Bett weg, aber diese Leute, die töten! Wie kommt das denn, daß die Katholiken alle schlechte Menschen sind, erklär mir das mal! Ich war jetzt sechs Monate nicht mehr zur Messe. Ich will mir die Dinge mal selber überlegen. Das ist *deine* Mutter, nicht meine.«

Carlo nickte. »Das würdest du nicht sagen, wenn ich wirklich dein älterer Bruder wäre.«

»Das weiß ich doch schon seit über zehn Jahren«, sagte Domenico.

»Ja, aber seit heute abend weißt du's erst richtig. Heute hast du's ausgesprochen. Na los, geh nur! Ich seh dich morgen.«

»Morgen wirst du mich nicht sehn. Ich hab den ganzen Tag Aufnahmen. Wenn die Mafiosi mich arbeiten lassen. Ich denke, ich fahre jetzt wieder zurück und mach da weiter, wo du mich unterbrochen hast.« Und er ging verächtlich los, ohne Gutenacht zu sagen. Carlo sagte:

»Die Flasche hier ist leer. Was hast du denn sonst noch für Whisky?«

»Scotch meinst du? White Label, Haig, Claymore–«

»Sehr gut! Das ist jetzt viele, viele Jahre her, seit ich sowas gemacht habe.« Er nahm sich ein Bierglas, füllte es zur Hälfte mit Claymore und schaute mich tragisch an, ehe er trank. »Du mußt mitmachen«, sagte er. »Alleine kann man nicht saufen.« Draußen hörte man den Studebaker vom Schwarzen Meer losbrummen. »Na, soll er nur! Soll er verdammt sein! Sollen die Teufel des Stolzes, der Geilheit und Stupidität ihn fressen! Er war schon immer ein Idiot. Komm, sauf mit mir!«

»Wodka«, sagte ich, Ich wollte am nächsten Morgen nicht arbeitsunfähig sein; um zehn hatte ich eine Drehbuchkonferenz. Im Kühlschrank hatte ich ein paar alte Schnapsflaschen, die mit Wasser gefüllt waren. Ich holte mir eine eiskalte Flasche Kavkaz heraus. Dann setzte ich mich zu Carlo, ganz der treue Gefährte bei seinem Besäufnis, und schnitt Grimassen des Abscheus vor dem starken Zeugs, wenn ich an dem segensreich kühlen und neutralen Wasser nippte.

Mit dem Claymore wurde Carlo in etwa einer Stunde fertig. Die halbe Zeit über sagte er nichts, stieß nur ab und zu Selbstmitleidslaute und mundartliche Flüche aus. Dann sagte er: »Ist das wahr, was Domenico vermutet?«

»Das ist jetzt hier eine Beichte«, sagte ich. »Ist das vollkommen klar?« Er begriff nicht gleich, aber dann nickte er.

»Unter dem Siegel«, sagte er, »unter dem Siegel!«

»Es ist möglich, eine Sünde aus Liebe zu begehn. Wenn meine Schwester gesündigt hat, dann war es Domenico zuliebe. Kannst du das begreifen? Sie hat ihre Seele aufs Spiel gesetzt, um seine Selbstachtung zu schonen. Du erinnerst dich wohl, daß du zu Domenico gesagt hattest, unfruchtbar wäre immer nur die Frau. Das ist eine von den Dummheiten aus dem Alten Testament. Hortense wurde dazu getrieben. Es gibt nichts zu bereuen. Kommt sie nun in die Hölle?«

»Hortense«, sagte er behutsam, »kommt nicht in die Hölle. Wenn sie in die Hölle kommt, dann möcht ich dort auch hin. Ich liebe Hortense. Sie ist zu gut für diesen Idioten, der mein Bruder gewesen ist.«

»Sag mir mal«, sagte ich, »wie hältst du das aus? Ich meine, mit deinem Enthaltsamkeitsgelübde? Ich meine, mit der Liebe? Eros, nicht Agape.«

»Ich halte das aus«, sagte er in seiner Unschuld, »wie du es aushältst. Du hast die Liebe in Keuschheit gefunden, das ist die beste. Und du hast sie wieder verloren. Ich habe mein Bestes getan. Das Böse in der Welt, das Böse! Ich habe niemanden. Sogar Christus hatte den Johannes. Ich habe zu leiden«, sagte er, »unter den Bissen der Lust. Ich bin ein Mann wie jeder andre, du vielleicht ausgenommen. Manchen Männern fällt die Keuschheit leicht. Mir nicht. Ich frage mich manchmal, ob es nicht, wenn die Zeit kommt, das beste sein wird, den Priestern die Ehe zu gestatten. Besser als verbrennen, Bromide nehmen, Chinin, und immer wieder das Fleisch in den Zwinger zurückscheuchen müssen.«

»Wenn welche Zeit kommt?«

»Wenn die Kirche neu aufgebaut wird.« Dann machte Carlo mit dem Saufen Ernst. Beim Entkorken des Dimple-Haig begann er Flüche und Lästerungen zu speien. Wie Luther schien er in einer Ecke des Wohnzimmers den Teufel zu sehen, doch verschwendete er, in Ermangelung eines Tintenfasses, kein Glas mit gutem Whisky auf ihn. Der Teufel nahm die Gestalt einer großen Ratte an, deren glattes Fell und blanke Zähne Carlo ausschweifend in mehreren Sprachen pries, ich glaube, auch auf Aramäisch. Im Ton eines Engländers der Oberschicht sagte er: »Im Augenblick hast du ja Oberwasser, alter Knabe, eh, so ziemlich? Ich seh dich grinsen, mit deinen großen blanken Hauern, über meine augenblickliche Klemme. *Salut, mon prince, votre bloody altesse!* Du und ich, wir haben beide keine *mater,* alter Knabe. Sogar Gott hat sich als Sohn in eine Zwangslage begeben. Aber der Wille siegt, das weißt du bloß nicht. Der Wille versagt niemals. Wir sind, was wir aus uns machen, Freundchen. Jetzt wollen wir dich doch mal als Schlange sehn, dein erstes Kostüm. Sehr schön, wirklich eine feine Kobrahaut, *mon vieux*! Ich habe vor Schlangen nie allzu viel Angst gehabt, mußt du wissen. Kolonialerfahrung sozusagen, *mon brave!* Aber jetzt hast du mir ganz schön zugesetzt, du machst mich ein bißchen müde. Bißchen die Augen zutun wäre ratsam, meinst du nicht? Doch.«

Es wurde höchste Zeit. Carlo leerte sein Glas, dann schmiß er das Glas in die Ecke. Es ging nicht entzwei. Dann nickte er mir ganz nüchtern zu und zog ab ins Bett, vorher noch einen Segen andeutend. Bald hörte ich sein dröhnendes Schnarchen. Am nächsten Morgen stand er noch vor mir auf; ich wurde erst von dem Duft des Kaffees wach, den er braute. Er konnte sich an alles erinnern, besonders an seine neue, stoische Einsamkeit.

46

König Artus und Sir Bedivere verstauten den Heiligen Gral sicher unter dem Schutt der zerstörten Kapelle im Walde, zusammen mit dem verrosteten Speer, der Christi Seite durchbohrt hatte. Dann ritten sie müde zu dem Hügel, wo sich der verschlissene Rest ihres Heeres zum letzten Gefecht gesammelt hatte. Am Himmel brodelten und quirlten ostwärts treibende Wolken, und das Drachenbanner flappte und flatterte, die Finger zu einem flauen *marameo* dem herannahenden Feinde entgegengestreckt. Artus sprach zu seinem Heer, und an seinen schlaffen Stimmbändern merkte man, wie müde er war, aber der Wind trug seine Worte bis zu den Burschen ganz hinten bei den letzten Karren, die vom Troß noch übrig waren, und alle hörten ihm hoffnungslos zu. »Wir, die wir durch Christi Blut erlöst wurden, wir, die wir die Gesittung des Römers lobpreisen und die frohe Botschaft aus Galiläa, wir, die alten Kelten, denen der lebendige Glaube anvertraut wurde, um ihn unter die Völker des finstern Nordens zu tragen, wir stehen nun vor der Vernichtung durch einen grausamen und gottlosen Feind. Doch mögen wir auch sterben, kann doch der Glaube niemals vergehen. Dampfend wird unser Blut zur Sonne emporsteigen, wie Weihrauch vor dem Vater aller Dinge. Aus dem Boden, den wir mit unsern Leibern düngen werden, soll ein neues Volk von Christen erwachsen. Seid guten Muts, denn der Glaube stirbt nicht. Männer, tut eure Pflicht, wie Gottes Sohn die seine getan hat! Hört ihr nicht schon, wie sie lärmend herannahn, die sächsischen Horden, die gnadenlosen Heiden, die sich vom Fleisch und vom Blute der Christen nähren? Haltet ihnen stand ohne Furcht, gestärkt vom Zeichen des heiligen Kreuzes und der Hoffnung auf den Himmel! Christus ist gestorben und auferstanden, und nun stirbt er nicht mehr. Auf denn in die Schlacht, für Pflicht und Glauben! Trompeter, blase zum Angriff!«

Al Birnbaum gefiel es überhaupt nicht, und ebensowenig gefiel es Joe Svenson. Und weil es den beiden nicht gefiel, gefiel es auch weder Chuck Gottlieb noch Dick Rothenstein oder Ed Kingfish. Wir saßen zusammen in der Drehbuchkonferenz in Al Birnbaums Büro. Wir saßen um einen großen, schönen, leeren Mahagonischreibtisch, den nur die Kaffebecher entstellten. An den Wänden hingen signierte Fotos der großen Stars, alles Kontraktsklaven der Studios, und ihr geringschätziges Lächeln gab einen himmlischen Widerschein zur irdischen Verdrossenheit der Aschkenasim und zum nordischen Schmollen Joe Svensons. »Ich hab es euch doch gleich gesagt«, sagte ich, »von diesem Quatsch mit Lanzelot und Ginevra will ich nichts wissen. Das hier ist, worum's wirklich geht in der Sage.« Sie fanden, da war nichts dran an der Sage. Die Kinder der Diaspora und der abgefallene Lutheraner aus Minnesota fanden, es war nichts dran an der Sage. Al Birnbaum sagte:

»Zu viel Sonntagsschulzeugs!« Was wußte *der* über Sonntagsschulen? »Zu viel Blabla über Religion! Wir brauchen 'ne lebenswarme Story, mehr menschlich. Dieser König Artus redet ja wie'n Pfaffe.«

»Genau, Al, wollt ich auch grad sagen«, sagte Ed Kingfish.

»Wann soll denn das spielen?« fragte Joe Svenson. »Shakespeares Zeit?«

»Viel früher als Shakespeare«, sagte ich. »Noch vor dem Mittelalter. Dies ist der Anfang des Dunklen Zeitalters. Ungefähr fünfhundert Jahre nach Christus. Der Existenzkampf des keltischen Christentums gegen die Angelsachsen. Die Angelsachsen«, erklärte ich, »sind sozusagen die heutigen Briten. Aber die echten Briten sind die Kelten. König Artus ist der letzte keltische Herrscher Britanniens. Dann kamen die Angelsachsen.« Das schien niemand zu verstehen. Den Leuten hier waren meine Kelten schnuppe. Man wollte keine historische Belehrung, sondern eine lebenswarme Story. Dick Rothenstein sagte:

»Ich habe mir alle Artusfilme angekuckt, die ich kriegen konnte. Das ist alles ganz anders als bei dir, Ken. Da ist immer so ein Typ dabei, ein Sir Lanzibald oder so ähnlich, der haut mit der Königin ab, und dann sagt Artus, Sir Sowieso, was fällt dir ein, du hast meine Alte gefickt!«

»Sagten die damals *ficken*?« wollte Joe Svenson wissen.

»Doch«, sagte ich, »das ist ein sehr altes Wort. Angelsächsisch *fuggan* oder so ähnlich, verwandt mit deutsch *ficken*. Ich würde meinen, auf Jiddisch heißt es genauso.« Die letzte kleine Glosse machte mich nicht beliebter. Alle schauten mich bedenklich an, mit noch weniger Zutrauen als vorher. Al Birnbaum fächelte mit meinem Treatment den Zigarrenrauch weg – offenbar alles, wozu es gut war. »Mein Kontrakt läuft in vierzehn Nächten aus«, sagte ich.

»Bitte, in was?« fragte Chuck Gottlieb.

»Vierzehn Nächte, zwei Wochen. Mir scheint, wir haben die ganze Zeit aneinander vorbei gearbeitet. Schade um Zeit und Geld, würd ich sagen.«

»Laß mich das nicht noch mal hören, Ken!« sagte Al Birnbaum tadelnd. »Nichts war umsonst. Du hast gute Arbeit geleistet. Es ist nur so, wir können sie nicht brauchen. Noch nicht. Die Zeit ist noch nicht reif. Aber es kommt der Tag, wo man ficken sagen und es auch auf der Leinwand zeigen kann. Und der religiöse Schmonzes, der geht den Leuten dann auch runter. Aber jetzt brauchen wir lebenswarme Stories. Wir müssen ans Hays Office denken und an die Katholische Liga für Sittlichkeit. Bring uns noch mal Kaffee, Lydia!« sagte er zu der häßlichen Person, die zur Tür hereinschaute – die Sekretärin, die seine Alte ihm ausgesucht hatte.

»Also«, sagte ich, »es hat wohl nicht viel Sinn, daß ich noch die letzten vierzehn Nächte oder zwei Wochen hier arbeite. Vierzehn

Nächte, nebenbei gesagt, schließen natürlich auch die Tage mit ein. In England sagen wir auch sieben Nächte, wenn wir eine Woche meinen. Kein Sonderhonorar für diese Auskunft.« Nickend würdigten sie mein Entgegenkommen. Joe Svenson sagte:

»Wie bei Shakespeare!«

»Mach das klar mit dem Kontraktbüro, Ken, kein Problem! Ich glaube, du wirst eine Klausel wegen Entschädigung oder irgend sowas bei Kontraktbruch finden, Rob Schoenheit wird's dir erklären. Aber warum hast du's denn so eilig? Ich würde sagen, geh das hier doch noch mal durch und schmeiß den ganzen religiösen Schamott raus, denn *den* können wir nicht brauchen.«

»Überflüssig wie'n Kropf!« pflichtete Ed Kingfish bei.

»Ich bin nach Deutschland eingeladen«, sagte ich. »Zu einem Filmfestival. Die haben einen alten Film nach einem Buch von mir nachträglich vertont. Und Honorare abholen will ich auch. Aber warum erzähl ich euch das alles?«

»Werden deine Bücher denn nicht verbrannt?« fragte Dick Rothenstein. »Wie alle diese Sachen bei der großen Bücherverbrennung da?«

Ich schwieg beschämt. Nein, meine Bücher wurden nicht verbrannt, meine Bücher waren im Deutschland der Nazis sogar ziemlich populär. Ich konnte mir ein hübsches Sümmchen unexportierbare Reichsmark abholen und sie ausgeben für Lederhosen, Alpenstöcke oder gottweißwas. »Na, jedenfalls«, sagte ich demütig, »ich muß nächsten Donnerstag fort. Ich habe auf der *Hindenburg* gebucht. Von Lakehurst, New Jersey. Also werd ich den Kontrakt brechen müssen. Vielleicht sollte man einen Kontrakt doch immer erst durchlesen.«

»Immer erst lesen, den Kontrakt!« sagte Joe Svenson. »Wenn du das Kleingedruckte nicht durchliest, das kann in die Hose gehn.«

»Paß bloß auf, wenn du mit so einer Luftzigarre fliegst!« sagte Ed Kingfish. »Diese Gasbeutel sind womöglich noch gefährlicher als unsre Kontrakte. Hast du von der *Shenandoah* und von der *Akron* gehört? Die Kusine von meiner Frau hat einen bei der US-Navy geheiratet, und der ist auf der *Akron* gewesen, als das Ding runterkam. Bißchen böiges Wetter, und schon verlieren die Gas. So ist das auch bei diesem britischen Ding gewesen. R hundertsoundsoviel. Lausige Geschichte war das, nichts für ungut, Ken! Angebummst an eine von diesen Scheißkirchen in Frankreich.«

Inzwischen war frischer Kaffee gebracht worden. Al Birnbaum schlürfte laut aus seinem Becher. Chuck Gottlieb sagte: »Das gäb einen schnuckligen Streifen, ein brennendes Luftschiff mitten im Atlantik, wie die Leute zu Tausenden in ihr Verderben stürzen!«

»Es gehen nur rund einhundert Leute rein«, sagte ich.

»Ein Zusammenstoß«, sagte Chuck Gottlieb und schien eine Vision zu haben. »Ein mehrfacher Zusammenstoß.«

»Also denn, meine Herren!« sagte ich. »Ich darf abermals mein Bedauern kundtun, daß nicht alles so gegangen ist, wie es hätte gehn können. Mehrfacher Zusammenstoß der Meinungen und keine Auflösung der Divergenzen. Also, mit eurer Erlaubnis–«

»Nur die Kasse hat Meinungen«, sagte Joe Svenson. »Vergiß das nicht, Ken. Alles andre ist für die Katz.«

»Schmonzes, Ken, klar!« sagte Al Birnbaum. »Geh zu Rob Schoenheit, der wird dir das Kleingedruckte erklären!«

Ich verließ den Verwaltungsblock und überquerte mehrere Rasenstücke, wo die rotierenden Wassersprenger mir die Hosenbeine naß machten. »Weg da, Mann, weg da!« brüllte ein alter Mann mit Schirmmütze. Ich ging weiter, unter der blechernen Sonne von Culver City, zu dem Tonaufnahme-Studio, wo Domenico zu dieser Stunde atmosphärische Filmmusik zurechtschnitt. Draußen leuchtete ein blaues Schild, das den Eintritt untersagte, aber bald ging es aus, und ich ging hinein. Die Musiker hatten ihre obligatorische Zigarettenpause, fünf Minuten pro Stunde. Hörner und Geigen ruhten sich aus. Ein backenbärtiger Aufpasser von der Gewerkschaft oder von der Mafia, in knappsitzendem blauem Anzug, saß wachsam dabei und kaute an einem Streichholz. Domenico, in Hemdsärmeln, war dabei, etwas in eine Orchesterpartitur einzutragen. Ein kleiner Kerl mit den verbogenen Fingern des professionellen Notenschreibers machte Verbesserungen in einem Trompetenpart. Der Produzent des Films lungerte herum, in einem Hemd wie für den Strand von Waikiki. Ich sagte zu Domenico:

»Also hat sich noch nichts geändert?«

Er malte ein *pp cresc f* in das Blatt und sagte: »Warum soll sich was ändern? Wir haben's versucht. Das Geld kriegt sie aber, das weiß sie. Ich bin jedenfalls nicht so einer, wie sie sagt.«

»Aber das ist doch jammerschade!«

»Vieles ist jammerschade. Was sein muß, muß sein.«

»Es ist jammerschade auch wegen Carlos Karriere, hast du dir das mal überlegt? Der ältere Bruder in Chikago von Gangstern umgebracht, der jüngere Bruder will sich scheiden lassen, die Mutter verschwunden.« Seit Astrid Storms Geburtstagsparty waren etwas über drei Monate vergangen. »Oder, die andere Möglichkeit, er ist ein Findling.«

»Ein was?«

»Ein Findelkind, wie Tom Jones. Ein namenloses Bündel an einer Türschwelle. Den Leuten im Vatikan wird das alles gar nicht recht sein.«

»Jeder muß selber sehn, wie er durchkommt«, sagte Domenico. Der Produzent sagte:

»Okay, machen wir weiter!«

Die Musiker drückten die Zigaretten aus und versammelten sich wieder. Die Lichter gingen aus bis auf die Glühwürmer an den Notenpulten. Auf der Leinwand erschien Ozean, darauf ein offenes Boot mit unrasierten Männern in verzweifelter Lage. Es war noch graue Morgenfrühe, aber dann kam die Sonne hoch. Eine flatternde Möwe tauchte auf und rief bei dem stoppelbärtigen Clark Gable, der schneller schaltete als seine Leidensgefährten, langsame mimische Regungen zuerst von Verwunderung, dann Freude hervor. Ein vertikaler Balken zog über die Leinwand, das hatte etwas mit der Synchronisation zu tun. Es war ein Schleifenausschnitt aus dem Film. »Land!« sagte Gable. Dann fing die Sequenz von vorn an. Domenico hatte beim ersten Durchlauf bloß zugeschaut, für den zweiten hob er den Stab. Dünung mit Geigen. Dissonante tiefe Bläser symbolisierten die Situation der Männer im Boot. Beim Sonnenaufgang deuteten drei gedämpfte Trompeten und zwei Oboen einen zaghaften Tusch an. Als die Möwe ins Bild flatterte, kam eine Flöte mit einer Arabeske. Sie setzte einen Sekundenbruchteil zu spät ein, und der Fehler lag natürlich beim Komponisten. »*Merda!*« sagte Domenico. Lichter gingen an. Stoppuhren wurden angeknipst. Die Flöte sollte die Einsatzstelle in der Partitur nicht beachten und sich nur nach dem Stab richten. »Wir brauchen auch noch was für diese Armbewegung, Nick«, sagte der Produzent. Er meinte einen der erschöpften Männer im Boot, der in einer Geste schicksalsergebener Müdigkeit die rechte Hand vom Hals herabsinken ließ. »Warum hat er die Hand überhaupt da oben? Er denkt, er ist am Ersticken, Nick.« Also noch mal Zigarettenpause, und Domenico mußte eine fallende Klarinettenpassage und leises Pochen der großen Trommel nachtragen.

»Keine Abschiedsbotschaft?« fragte ich.

»Nichts«, sagte er flunschig und tupfte seine Sechzehntel auf das Papier.

»Dann«, sagte ich, »will ich mich auch mal lieber verabschieden.« Und ich streckte ihm die Hand hin. Domenico gab mir seine, flau und zerstreut. Aber auf seinem Pult konnte er energisch genug sein, kein Zweifel.

»Wir sehen uns wieder«, sagte er. »Die Welt ist klein.«

»Manchmal zu klein.« Dann machte ich eine volkstümelnde Abschiedsgeste, nicht allzu verschieden von einem Gruß bei der US-Armee, und sagte »*Addio*«. Ich glaubte nicht, daß ich ihn wiedersehn würde. Ich ließ ihn allein mit seiner Gummimusik und seinen Schiffbrüchigen und ging nach dem Studiowagen suchen, der mich zum Allahsgarten zurückbringen sollte.

Ein paar Tage später flog ich mit Hortense und den Zwillingen von Los Angeles nach New York. Zwischen den beiden war alles aus – aber immerhin waren sie ja fünfzehn Jahre verheiratet gewesen, nach den Maßstäben Hollywoods gar nicht so schlecht. Was immer Domenico unternehmen würde, um unter Berufung auf eine wechselseitige Unverträglichkeit, die Hortense vollkommen zugab, die Scheidung zu erwirken, Hortense wollte verheiratet bleiben. An ihrem Glauben hielt sie ebenso fest wie an ihrem britischen Paß. Aber Domenico und die Zwillinge waren nun Amerikaner, und die Zwillinge sprachen auch schon wie Amerikaner. Sie saßen neben Hortense und mir auf der andern Seite des Mittelgangs, zankten nach Kinderart herum und legten ein Puzzle, das die Hosteß ihnen gegeben hatte. Nein, du Doofchen, das doch nicht! Das hier, du Dussel! Wen meinste'n von wegen Dussel, Doofchen? Die Hosteß, eine üppig hirnlose, kalifornischblonde Person, hatte uns eine Mahlzeit aus Hühnerragout und Büchsenbohnen vorgesetzt, mit einem Salat aus neutralschmeckenden, untertassengroßen Tomatenscheiben. Ich hatte eine Flasche Mumm mitgenommen, und die tranken wir nachdenklich aus Pappbechern, während wir in der Dunkelheit über Neumexiko hinflogen. Die transkontinentalen Luftreisen waren noch neu und langsam; erst am nächsten Morgen sollten wir in New York ankommen. Hortense würde mit den Zwillingen meine New Yorker Wohnung übernehmen. Sie hatte vor, sich in Greenwich Village, wo die Mieten ziemlich niedrig waren, ein Atelier zu suchen und mit ihrer Bildhauerei weiterzumachen. Die Zwillinge sollten auf eine exklusive Schule in der Park Avenue gehn, die von einem Pädagogik-Theoretiker gegründet worden war, der ein Buch mit dem Titel *Sehenden Auges unter den Blinden* geschrieben hatte. Er befolgte die Lehren aus Platons *Meno.* Die Zwillinge würden nicht viel lernen. Seid ihr denn mit dem Puzzle schon fertig? Mann, seid ihr clever! Klar, wir wollen noch eins. »Also!« sagte ich zu Hortense.

»Also was?« Sie war hübscher als je, Mitte dreißig, elegant in einem zimtbraunen Kostüm, den Rock vorn in langen eingenähten Falten, kurze Falten hinten, breiter Kragen und Revers, breiter handgewebter Gürtel, hochgeschlossene Bluse, auf dem Kopf eine kleine, stilisierte Melone mit Band und durchgebogener Krempe. Auf ihre Sprechweise hatte Amerika kaum abgefärbt. Sie würde nie so recht hierherpassen, während Domenico, Nick Campaneighty, zu einem total akklimatisierten Kalifornier geworden war. Am Telefon hatte ich ihn schon sagen hören: »Wie wär's heut mit'em Gölfchen?« und zu einem Sänger: »Das war aber echt schön, Herzchen!« Hortense glaubte, in New York könnte sie eine Zukunft haben, denn es war eine Stadt voller Künstler und voller Galerien, die Kunst ausstellten. Sie wollte schuften, an ihren metallenen Kunstgebilden, solchen, wie Sidonie Rosenthal in Paris sie aufgebracht hatte. Ihr Geschlechtsleben? War die Keuschheit, durch die – obgleich nun zerbrochene – Ehe erzwungen, noch immer ein unverbrüchliches Gebot? Darüber sprachen wir nicht. Wenn sie, was ich für möglich hielt, lesbische Freuden entdeckt hatte, so wurde dabei kein Same vergeudet, und die Sünde, sofern es eine war, blieb läßlich. In der literarischen Darstellung mochte die lesbische Liebe nach britischem Recht verboten sein, aber in der fleischlichen Realität hatte sie offenbar nichts Abstoßendes, wenn sie nicht gerade mit einer Megäre wie dieser Miß Tarleton verübt wurde. Den Gedanken an zwei wohlgestalte nackte Frauen, die einander Lust antaten, fand ich einigermaßen erregend. »Also nichts!« sagte ich. Hatte doch Carlo, wenn auch im Suff, selber versichert, daß Hortense nie in die Hölle käme. Und schließlich geht es mir ja darum, in diesem Augenblick, wo ich mich daran erinnere, Carlos Heiligkeit zu bestätigen. Der Heilige mußte es wissen.

Sie lächelte blaß. Kindischer Unfug! Die Zwillinge spielten ein Schlagespielchen. Der eine hielt einen Finger hoch, und der andere mußte ihn mit einem Finger treffen, wenn er oder wenn sie konnte. Auf die Reaktionsschnelligkeit kam es an. Aber ihre Reaktionen wurden langsamer. Die beiden wurden schläfrig. »Zeig mir doch noch mal den Brief!« sagte Hortense. Auf dem Umschlag war eine abgestempelte Briefmarke des Deutschen Reiches, aber in dem Brief selbst stand keine Adresse. Es war ein kurzer Brief, der besagte, da die Krankheit als unheilbar angesehen werde, sei sie entschlossen, nötigenfalls ihren Tod zu dem Zweck auszunützen, anderen zu helfen. Entscheidend sei, daß sie nun nichts mehr zu fürchten habe und die Zeit, die ihr noch bleibe, trotz ihrer wachsenden Müdigkeit darauf verwenden könne, Hilfe zu leisten, wo Hilfe am nötigsten sei. Niemand solle sich um sie Sorgen machen, sie habe ihr Leben hinter sich. »Tapfer!« sagte Hortense, einen feuchten Schimmer in ihren reizenden Augen. »Sie hat ja so recht! Aber sie muß arge Schmerzen haben.«

»Carlo hat sie etwas von einem künstlichen Rektum geschrieben. Damit das Gewächs nicht gereizt wird. Von dieser Adoptionsgeschichte hat Carlo ihr nichts geschrieben. Lohnt sich jetzt wohl nicht mehr, noch irgendwas zu sagen. Meine liebe Mutter, dein dich liebender Sohn. Wenn sie nicht mehr ist, hat Carlo nur noch uns, hast du dir das mal überlegt?«

»Er hat doch noch seine Schwester. Die wird in dem Glauben bleiben, daß sie wirklich seine Schwester ist.«

»Sie ist nur noch die Schwester von Schwestern, nein, Mutter Oberin ist sie inzwischen. Carlo lebt in der Welt, und wir leben in derselben Welt. Er hat wirklich nur uns. Das kommt heraus bei einer Ehe, neue Konstellationen. Und wenn es mit der Ehe vorbei ist, bleiben doch die Konstellationen.«

»Trotzdem, ich mag Carlo nicht so recht.«

»Obwohl er doch eurer Trennung das Wort geredet hat? Er ist dir nicht mit der Heiligkeit der Ehe und deinen Weibespflichten gekommen. Ganz im Gegenteil. Carlo hat eine höhere Meinung von dir als irgendwer sonst auf der Welt.«

»Du redest immer über Carlo, als ob er so wichtig wäre.«

Lege ich mir jetzt prophetische Worte in den Mund? Ich glaube nicht. Ich sagte: »Carlo wird das Christentum umwandeln.«

»Und denkst du, das ist so wichtig?«

»Es ist wichtig für alle, die daran zu glauben vermögen. Für Millionen und Abermillionen. Es könnte vielleicht sogar für mich wichtig sein.«

»Wichtig wenn?«

»Wenn die beiden Götter verschmelzen könnten. Der eine, der

mich krank geschaffen hat, mit dem andern, der mir befiehlt, gesund zu sein.« Ich sah kurz Concetta Campanati vor mir, an jenem Tag in ihrem Garten vor der Stadt, die vom Verschimmeln laktischer Feststoffe lebte. »Der Gott meiner Natur und der Gott der orthodoxen Moral. Und wenn Gott, einer von ihnen oder beide, einmal zeigen könnte, daß er es mit dem Rattenfürsten wirklich aufnehmen kann.«

»Mit dem was?«

»Dem Vater der Lügen. Carlo hat ihn in einer Zimmerecke im Allahsgarten als eine Ratte gesehn. Er hat ihn mit *mon prince* angeredet. Und er hat gesagt, der sei auch Waise.«

»An den glaub ich nicht.«

»Mußt du auch nicht. Ich hab ihn gesehn. In einem anderen Garten Allahs.«

Die prachtvoll hirnlose kalifornische Göttin lehnte sich über uns, mit einem Lächeln von ausgesucht nichtssagender Liebenswürdigkeit, und sagte: »Na, Sie zwei Nachteulen, wollen Sie nicht auch ein bißchen schlafen?« Ich sah ihr an, daß sie Hortense und mich für Mann und Frau hielt. Unsere Kinder waren schon eingenickt. Inzwischen mußten wir bald den Nordostzipfel von Kansas erreicht haben. Die meisten Leute schliefen: die beiden glatzköpfigen Direktoren von der United Artists; der dicke, witzelnde Handlungsreisende, der neue jugendliche Liebhaber, der jetzt wie ein geiler Schwachsinniger aussah, mit herabhängendem Kinn und einer trotz der Decke ersichtlichen Schwellung in der Lendengegend; die anonymen anderen. Hortense erwiderte das Lächeln mit einem ausgesucht vielsagenden, aber ebenso unbestimmten Lächeln und sagte:

»Sie sind ein ganz reizendes Mädchen.«

»Na, was denn, danke, Talentsucher, Sie beide, was?« Und sie warf sich schelmisch in Positur. Was Amerikanerinnen mit ihrer Schönheit anfangen, dem ist nicht zu trauen. Sie haben geholfen, eine Kultur zu schaffen, in der alles und jedes ausgenützt werden muß. Die Schönheit dieser Hosteß war so etwas wie der Musterkoffer auf den Knien des schnarchenden Handlungsreisenden. Sie gab uns Decken, wie wenn sie nur die Rolle einer Flugzeughosteß spielte, die für die Nacht Decken austeilt. Hortense murmelte das Nachtgebet, das wir als Kinder von unserer Mutter gelernt hatten, mit einer Bitte um die *protection de Dieu* und ihres *ange gardien*, und dann machte sie die Augen zu. Wie ähnlich sie sich jetzt waren, Hortense und die schlafenden Zwillinge, mit den langen, dunklen Wimpern, mit der Hauttönung, welche die Mitgift eines feuchten, gemäßigten Klimas war, und mit dem honigbraunen Haar. Ich konnte noch nicht schlafen. Ich hatte einen Dante dabei und schlug das Inferno, sechzehnter Gesang, auf. Guido Guerra, Tegghiaio Aldobrandi und Jacopo Rusticucci brennen für die Sünde der Sodomie. Es war nicht eben das beste Schlafmittel. Ich schloß das Buch und die Augen und ließ mich von einer Welle der Nostalgie durchspülen: Hortenses Nachtgebet, mein abgelehntes Treatment der Artussage. Die Schlacht ging weiter, mitten drin der mutterlose Carlo, und ich, ob willentlich oder aus Veranlagung, hatte mich an den Rand des Schlachtfeldes drängen lassen, welches das Weltall war. Ich wollte auch kämpfen, wußte aber nicht, für welche Sache. Und doch, vielleicht nur aus Mitleid für den Verwaisten, hatte ich mich unter sein Banner gestellt: Jenes Buch über die Reform des Christentums sollte im nächsten Frühjahr unter meinem Namen und unter dem von mir gewählten Titel herauskommen: *Neue Wege zu Gott* von Kenneth M. Toomey (bei Scribners), mit einem Vorwort, das die Autorschaft teilweise verleugnete:

> Dies sind die Ideen nachdenklicher Christen, die einen universellen Glauben suchen, eine Definition des göttlichen Guten, das sich den Wucherungen des Bösen in unserer Zeit entgegenstellen ließe. In mir selbst darf man dabei vieles sehen, einen Zuhörer, Stenografen, Herausgeber, doch gewiß nicht den Urheber dieses Entwurfs. Ich will nur soviel sagen, daß ich die Macht des Bösen kenne und mir der Notwendigkeit bewußt bin, die Kräfte des Guten zu sammeln. In der Hoffnung, daß dieses Buch helfen möge, die Gedanken gutwilliger, aber ratloser Männer und Frauen zu klären, die nach dem Glauben verlangen, ihn aber nicht finden können, streife ich für diesmal die bunten Fetzen des Romanciers ab und hülle mich ins Gewand des Theologen.

Als ich Perkins das Typoskript brachte, war Ernest Hemingway gerade bei Sribners im Hause, mit der Absicht, einen Lausbuben zu verdreschen, der geschrieben hatte, seine *cojones* seien Prothesen. Weil er noch ganz erfüllt war von Spanien und dem Barock, und weil er selbst einmal, wie er behauptete, in Mailand während des Krieges zum Katholizismus übergetreten war, fand er sich bereit, mir schnell ein paar Zeilen der Empfehlung hinzuschreiben, allerdings ohne auch nur eine Seite des Typoskripts gelesen zu haben. »Dies Buch ist wichtig. Wenn wir an den Menschen glauben, müssen wir auch an Gott glauben. In diesem Buch können Sie sehen, wie man an Gott glauben muß. Es ist ein verflucht herrliches Buch.« Der letzte Satz mußte später wieder gestrichen werden, weil er dasselbe schon mal über den *Ulysses* von Jim Joyce geschrieben hatte.

Was mir nun durch den Kopf ging, als ich auf den Schlaf wartete und die Motoren ihr unwirksames Schlummerlied brummten, war das eine Kapitel, ein kurzes, über die Juden. In gewissem Sinne, hieß es da, waren auch die Christen Juden, denn sie hatten mit ihnen ein Buch von göttlicher Herkunft gemeinsam, sprachen von Abraham als von einem Vater, verehrten die Propheten, frohlockten über das Heldentum der Krieger, sahen in Moses den Stifter eines Bundes, erkannten an, daß die Lehren Christi auf den Grundsätzen der Thora beruhten, und so fort. Daß die Christen des weiteren zu der Erkenntnis gelangt waren, daß der Messias in einer obskuren römischen Provinz erschienen sei, und daß die Juden dies bestritten, setzte den alten Glauben keineswegs außer Kraft. Die Christen, die für eine schändliche Verfolgung der Juden über Jahrhunderte verantwortlich waren, mußten einsehen lernen, daß auch die Juden, ebenso wie viele andere exotische Inseln in einer christlichen Gemeinschaft, ein Daseinsrecht hatten, daß ihre Talente von besonderer Art und eine Gottesgabe waren und daß ihre manchmal etwas bigotte Exklusivität durch eine Geschichte gerechtfertigt wurde, die zugleich die unsere war. In einer Zeit gottloser Pogrome mußte man mit ihnen fest zusammenhalten. Ein guter Christ mußte bereit sein, mit den Kindern Israels und für sie zu kämpfen und zu sterben. Schlicht gesagt, und soweit ich dies aus ihren Briefen entnehmen konnte, machte Concetta Campanati in ihrem jetzigen Handeln dies alles wahr. Was aber sollte ich, ein Zuschauer am Rande und zu gar nichts verpflichtet, gegen die Erniedrigung, Enteignung, Versklavung und Vernichtung der Juden tun?

Ich wollte vergessen, wenn ich konnte, daß die Ereignisse in Deutschland meine Herren Auftraggeber in Culver City kaum berührt hatten. Das Hays Office und die Katholische Liga für Sittlichkeit würden nicht gestatten, daß man die Behandlung der Juden durch die Nazis in ihrer ganzen Obszönität filmisch darstellte. Ich mußte auch vergessen, wie Ed Kingfish, Chuck Gottlieb und

Al Birnbaum meine Filmfassung des Verzweiflungskampfes abgetan hatten, in dem sich Artus' Königreich und das keltische Christentum der andrängenden heidnischen Horden erwehrten. Ich mußte vergessen, wie kompromißlos Rob Schoenheit meinen Kontraktbruch, der eigentlich nur eine harmlose Vorwegnahme der Kontrakterfüllung gewesen war, dazu ausgenutzt hatte, mich durch eine im Grunde willkürliche Konventionalstrafe um zehntausend Dollar ärmer zu machen. Wer das Kleingedruckte las, waren immer die Juden; die Schrift an der Wand zu lesen war immer Sache der Babylonier. Ein unwürdiger Gedanke, und ich flüchtete davor in den Schlaf.

Wir erwachten alle, verdrückt und unausgeschlafen, als es Kaffee und Orangensaft in Pappbechern gab, beim Anblick der frühherbstlichen Morgendämmerung über den Türmen von Manhattan. »Ich habe von Papa geträumt«, sagte Klein-Ann, kein sehr verheißungsvoller Beginn für den Tag. »Und ich habe von Pferden geträumt«, sagte Johnny. »Ich habe von gar nichts geträumt«, sagte ihre Mutter. »Und von was hast du geträumt, Onkel Ken?« Türme von polychromem Eiskrem, und die Sonne war Gottes Zunge, die daran leckte. »Ich habe von sprechenden Putern geträumt«, sagte ich. »Ihre Sprache ging immer so tichletachletechletuchle. Darum sagt man in Hollywood manchmal, jetzt wollen wir mal Tacheles reden.« Also redeten die Kinder miteinander Tacheles. Was für eine prächtige Stadt, die manchmal Jew York genannt wurde, den Blicken des Herrn ein Wohlgefallen! Jerusalem, die goldene, Babylon, die große. Das Flugzeug ging auf einem kleinen Feld nieder, wo man die Hasen davonrennen sah. »Da schau, Johnny, ein Kaninchen!« Bald rasten wir in der schwarzen Limousine der Fluggesellschaft durch den Holland-Tunnel, lauter weiße Kacheln. Mit einem Taxi fuhren wir dann zu meiner Wohnung, die für meine Schwester ein Heim werden sollte.

»Alles in Ordnung«, sagte Hortense, als sie sich darin umschaute. »Nur abstauben müßte man.« Onkel Ken, was ist das da für ein Gebäude? Warum können wir das Empire State nicht sehn? Aber Kinder, ihr wohnt jetzt im Empire State. Hö? Kinder, ihr seid jetzt New Yorker! Hier seid ihr besser dran als in Kalifornien. Kalifornien ist eine miese Gegend, voller Arbeitsscheu und Apfelsinen und industrieller Mediokrität. Das hier ist der Mittelpunkt der Welt und die Bastion der freien Wirtschaft. Morgen werden wir die Freiheitsstatue besteigen. Und dann sagte ich zu mir selber:

Das sind meine Lieben, alle, die ich noch habe. Hier sind sie in Sicherheit, und du hast ihnen eine Heimstatt gegeben. Tränen aus verschiedenen Quellen mischten sich in meinen Augen.

47

In Frankfurt erwartete mich niemand, aber in Berlin stand ein junger Mann im Zweireiher und ohne Hut an der Fahrkartenschranke, mit einem Pappschild HERR TOMEI! Das konnte man verschieden ausdeuten: Daß ich nun endlich da wäre und mich verdammt noch mal melden sollte, daß ich ein Herr wäre und kein Mister, daß man sich erlauben wolle, meinen Namen ein bißchen einzudeutschen. Der junge Mann oder Herr stellte sich als Toni Quadflieg vor, von der Reichsfilmkammer, und sein Englisch war nicht allzu gut. Um so froher war er über mein Deutsch. Where had I so good German learned? Beim Lesen der Romane von Jakob Strehler, dem großen österreichischen Schriftsteller, vor kurzem mit dem Nobelpreis ausgezeichnet. Herr Quadflieg schien unschlüssig, was er dazu sagen solle. Ein Jude, sagte ich, und daher in Ihrem entjudeten Reich gewiß schon längst dem Feuer überantwortet, aber desungeachtet ein großer Schriftsteller. Vielleicht ist mein Deutsch, so wie ich es jetzt spreche, durch den Makel entstellt, daß ich es von einem jüdischen Autor gelernt habe? Nein, nein, es ist gutes Deutsch, egal, von wem Sie's gelernt haben. Dort wartet unser Wagen, um Sie ins Hotel Adlon zu bringen.

Berlin sah unbestreitbar gut aus unter seinen Naziherren, besonders im Licht des goldenen Bratapfels am Himmel. So reinlich, so wohlgenährt, und noch die Gepäckträger auf dem Bahnhof sonnten sich in einem gewerkschaftsfreien Wohlstand! Es blitzten die silbernen Pfeifen der Schupos, und das goldblonde Haar der echten Arier, von denen freilich nicht viele zu sehen waren, leuchtete, als hätte man es zu meiner Ankunft frisch schamponiert. Im blanken Lack des Mercedes, der auf mich wartete, spiegelte sich jovial abgerundet das Kommen und Gehen der Volksgenossen auf dem Bahnhof. Der Chauffeur grüßte mit einem militärischen Schneid, den der Sitz und die Sauberkeit seiner Uniform noch unterstrichen. Wir stiegen ein. »Had you a good flight?« sagte Herr Quadflieg.

»Ausgezeichnet! Die *Hindenburg* kann ich sehr empfehlen.

Nur so kann man fliegen. Sind Sie auch schon mit der *Hindenburg* geflogen? Sie ist ein Meisterwerk der deutschen Luftfahrttechnik.«

»Unglücklicherweise bin ich mit der *Hindenburg*, die fünfzehn diagonal versetzte Hauptrahmen hat, deren jeder ein sechsunddreißigseitiges gleichschenkliges Vieleck ist, noch nicht geflogen. Die Passagiere sind auf zwei Innendecks untergebracht. Zu den Außenvorrichtungen gehören ein Lenkwagen und vier Motorgondeln. Die Außenhaut ist mit an der Oberseite zur Steigerung der Hitzereflektion mit Aluminiumpulver vermischtem Cellon gefirnißt. An der Rumpfunterseite ist das Gewebe zwecks Lüftungserleichterung porös.«

»Welch ein Wissen!« sagte ich. »Es ist überwältigend.« Und nirgendwo auf den Straßen, die so sauber, daß man von ihnen hätte essen können, waren, sah man die Abholung eines jener elenden Davidsternträger zwecks Abtransport mit einem Lastwagen. Das würde wohl nicht so am hellichten Tage geschehen. Ich sah drei nette Herren in Schwarz mit Hakenkreuzarmbinden; sie alberten mit zwei hübschen Frauen, von denen die eine einen Kinderwagen schob, ein neues Geschenk für den Führer. Ein Sahnebonbon namens TILL! wurde auf Plakaten gepriesen, schmeckt prima, wie das Bild eines blonden, strahlenden Bengels mit vollen Backen bewies.

»I am for all kinds of machines beghosted«, sagte Herr Quadflieg. »That is the reason why I by the film am.« Zuständig für Kameras, Ton und Beleuchtung; technische Perfektion sei das oberste Ziel.

»Gute Filme«, sagte ich taktloserweise, »können mit sehr bescheidenen technischen Mitteln gemacht werden. Finden Sie nicht, daß viel auch darauf ankommt, ob etwas ehrlich und feinfühlig gemacht oder originell gesehen ist?«

»Doch, da hängt auch manches von ab.« Wir sprachen nun deutsch.

»Was ist denn nun das Programm?«

»Das Programm, gut! Morgen Besichtigung des UFA-Studios in Tempelhof, der Tobis-Studios in Johannisthal und Grunewald, der Einrichtungen in Neubabelsberg und der Froelich-Studios. Abends *Hitlerjunge Quex* im Astoria-UFA-Palast in der Windmühlenstraße. Dies ist dann der eigentliche Beginn der Festspiele. Die nächsten Tage über gibt es dann viele Filme, wobei ein Tag ganz den Bergfilmen vorbehalten ist, darunter auch Ihrer.«

»Und was hab ich dabei zu tun? Alles ansehen?«

»Im Hotel werden Sie viele schriftliche Unterlagen finden, aus denen Sie alles erfahren können, was Sie wissen müssen. Das Wichtigste ist Ihre Anwesenheit.«

»Und heute abend?«

»Heute abend ist ein Empfang im Ministerium für Volksaufklärung und Propaganda. Essen und Trinken und eine Rede des Herrn Reichsministers Dr. Goebbels. Dieser Wagen wird Sie um sieben Uhr abholen.«

Im Salon meiner Suite im Adlon hatten sich schon ein paar Journalisten versammelt, die mich bei Getränken erwarteten. Sie waren vom *Völkischen Beobachter,* vom *Film-Kurier* und vom *Jugendfilm. Der Stürmer,* glaube ich, war nicht vertreten. Das Presseamt hatte eine Dolmetscherin geschickt, eine hübsche Person in offener, rostroter Jacke mit Pelzkragen über einer zweireihigen Weste, mit langen, enganliegenden Ärmeln, am Rande pelzbesetzt. Faltenrock, rostrotem Filzhut mit durchgebogener Krempe, rostroten Schuhen mit geknöpftem Leineneinsatz Aber ich konnte die Fragen auf deutsch beantworten. Wo ich denn so gut Deutsch gelernt habe? Ich erklärte es ihnen. Ein kurzes Schweigen kam auf, bis es Fräulein Dahlke, die Dolmetscherin, mit einem interessanten Einwurf durchbrach. Eine Doktrin könne man naturgemäß nicht rückwirkend durchsetzen. Sie selbst habe an Mendelssohns *Liedern ohne Worte* Klavierspielen gelernt. Solle sie die Fingertechnik nun vergessen, die sie am *Frühlingslied* eingeübt habe?

Was ich von den Leistungen des deutschen Films im Dritten Reich hielte? Ich kannte sie kaum, anscheinend exportierten sie sich nicht gut. Meine Meinung über die Erzeugnisse Hollywoods? Mediokritäten. Ich habe doch dort gearbeitet, woran ich denn dort gearbeitet habe? Ein Treatment zur Artussage, vom Studio abgelehnt. Die Herren Birnbaum, Gottlieb, Rothenstein, Kingfish und Svenson hätten vom tragischen Wesensgehalt der Sage nichts wissen wollen und sich nur für Liebesaffären und Ehebruch interessiert. Ob ich den amerikanischen Film für dekadent hielte? Ach nein, um zur Dekadenz zu gelangen, muß man erst einmal das Stadium der Kultur durchlaufen, wenngleich Oscar Wilde in einem Epigramm einmal gesagt hat ... Gott verzeih mir's, aber ich sagte ihnen genau, was sie hören wollten. Was ich für Eindrücke vom neuen Deutschland habe? Sauber sei es, tüchtig, erfinderisch. Den

Erfindungsgeist hatte ich bisher erst an der Streichholzschachtel ermessen können, die neben einer vom Hotel gespendeten Büchse *Wahnfreud*-Zigaretten auf dem Tisch lag. Weil man Holz sparen wollte, bestanden die Streichhölzer nur aus den Phosphorköpfen, die man mit einer kleinen Pinzette fassen mußte: Nur Streich, kein Holz! An was für einem Buch ich denn jetzt schreibe? Nächstes Frühjahr würde in England und Amerika ein Buch von mir über die Notwendigkeit herauskommen, in Zeiten großer Übel einen Glauben zu finden. Was für Übel, der Bolschewismus? Ja, der auch und noch so allerlei. Die Journalisten schienen mit dem Interview sehr zufrieden.

Punkt sieben holte mich der Wagen ab; ich konnte meine Uhr danach stellen. Im Frack und mit weißer Krawatte fuhr ich los zum Propagandaministerium, durch die hellen abendlichen Straßen. Hakenkreuzfahnen flappten sachte in der stillen Luft und wurden angestrahlt. Das Dumme an diesem vermaledeiten Hakenkreuz war, daß es ein uraltes und sehr erfreuliches Symbol war. Das *Swasti* von *Swastika* bedeutet auf Sanskrit *Glück*. Kipling hatte das Hakenkreuz auf den Titelseiten aller seiner Bücher. Die Schreiber des Mittelalters füllten Zwischenräume damit aus; in England nannten sie es ein *fylfot*. Ob man das dadurch repräsentierte Regime nun billigte oder nicht, man konnte nicht umhin, das Zeichen herzerhebend zu finden, wenn man es in all seinem Hochmut über den Dächern von Berlin erblickte.

Hochmut herrschte auch unter den Dächern, aber er war nicht geschmacklos. Die riesige Empfangshalle feierte mit Statuen und Reliefs die Nazikünste: nackte, blicklose klassische Nazis mit Lyren und Bachtrompeten, ein Nazi-Cicero in weiter Robe, oder vielleicht war es ein Nazi-Demosthenes, die Nazi-Wahrheit deklamierend, Nazi-Athener zu einer Nazi-Sarabande erstarrt. Und überall Hakenkreuze, bis sie linksherum zu kreiseln schienen. Ich gesellte mich zu den befrackten und diamantenbehangenen Gästen und stieg die feingeschwungene Treppe zum Hochparterre hinauf, unter einem flutlichtbestrahlten Porträt des Führers, der mich von oben herab ansah, aber weniger verächtlich als zerstreut, denn seine Blicke hatten sich in die Großräume des Dings an sich verloren. Oben begrüßte uns Dr. Paul Joseph Goebbels, der Reichsleiter und Präsident der Reichskulturkammer, er im Frack, seine Gattin in Weiß und Juwelen. Der Dame war ich schon begegnet, ich erinnerte mich, sie aber offenbar nicht mehr. Damals war sie noch die Frau eines gewissen Herrn Friedländer gewesen, eines reichen Juden, den die Partei gezwungen hatte, ihr für die neue Ehe eine halbe Million Mark mit auf den Weg zu geben und ihrem neuen Gatten als Hochzeitsgeschenk das Schloß der Friedländers auf Schwanwerder abzutreten.

Goebbels begrüßte mich mit seinem rheinischen Akzent. Ich wußte, daß er erfolglose Bücher geschrieben hatte und an dem Mißerfolg den Juden die Schuld gab. Er seinerseits wußte, daß ich ein erfolgsgesättigter Schriftsteller war: »Wird denn«, fragte ich, »Ihr Führer auch zu dem Festival kommen?«

»Leider nein!«

»Wo er doch so ein Filmliebhaber ist!«

»Er läßt sich die Filme lieber privat vorführen. *Mutiny on the Bounty* und *The Hound of the Baskervilles.*« Er sprach die Titel in rheinischem Englisch aus. »Das sind immer noch seine Lieblingsfilme.«

»Sein Geschmack muß verbessert werden.«

»Sein Geschmack wird verbessert werden.« Dann wurde Dr. Veit Harlan angekündigt. Ich ging weiter in den großen, hellerleuchteten Empfangssaal. Uniformen sah ich nur bei einigen Hitlerjungen, appetitlichen Knaben mit glattangebürstetem Haar; wahrscheinlich Mitspieler aus dem *Hitlerjungen Quex*. Sie trugen Tabletts mit Tafelbissen umher, während Oberkellner in weißen Jacken und mit weißen Handschuhen den eiskalten Sekt reichten, ein Getränk, das mir schon immer lieber gewesen ist als Champagner. Eine essende Dame sagte zu mir:

»Monsieur Toumy?«

»Madame Durand, nicht wahr? Wie, zum Teufel, wenn ich das fragen darf, kommen Sie auf diese Galeere?« Ich erinnerte mich, sie hatte etwas mit Gaumont zu tun.

»Ah, was wir alles zu lernen haben!« Sie war von üppiger Gestalt, und ihr blondes Haar glänzte metallisch. »Und nicht nur in bezug auf das Kino.«

»Sie sympathisieren mit diesem Regime?«

»Wie sollte man nicht? Diese jungen Männer, sehn Sie nur, so schlank und gerade! Wie ein zum Leben erstandener Wagner!« Sie beäugte mich unverschämt. »Und Ihren Neigungen, soviel ich weiß, kann die Aussicht auf solche muskulösen Umarmungen, wie man sie da erwarten darf, doch keinesfalls widerstreben.«

Mir wurde schlecht. In der rechten Hand hatte ich noch einen

Windbeutel mit irgendwas und wußte nicht, wohin damit. Ich steckte ihn Mme. Durand geradezu in den Mund. Sie machte eine alberne Geste des Entzückens. Ich sagte: »Meine Neigungen sind meine Sache. Wenn Sie es aber wissen wollen, sie werden am besten in der Welt der Dunkelhäutigen befriedigt.« Der Teufel soll mich holen, wenn ich noch weiß, aus welcher Sprache ich das hier angeblich übersetze. Was mir vorschwebt, ist die Halluzination eines gallifizierten Deutsch oder eines germanifizierten Französisch. Ich erbrach Wörter: »Das Mittelmeer. Juden, Araber, Phönizier, Sizilianer! Wein, Knoblauch, Oliven! Dort ist die Wiege der Zivilisation. Diese Nordmänner, was wollen die? Was haben die je anderes getan, als die Zivilisationen am Mittelmeer zu zertreten?« Ich muß laut geredet haben. Ein langer, grauköpfiger Mann, das Haar rechts gescheitelt, nach seinem tranigen Französisch zu urteilen ein Skandinavier, sagte:

»Es ist die Zeit für den Norden. Für den Norden ist es die Zeit.« Ein Amerikaner von erlesener und daher gefährlicher Bildung mischte sich ein:

»Toomey, nicht wahr? Natürlich.« Er sprach das Englisch des vornehmen Philadelphia. »Abteilen, trennen! Ich seh es vor mir, krauses Schamhaar, schwarz wie Teer und schweißglänzend wie Teer.« Dem Aussehen nach konnte er ein Philadelphiadeutscher sein, deutscher Herkunft, was man dort *Dutch* nennt. »Und dann die Lenden von gestutzter Schmalheit in der Sonne, auf die der Norden ein gleiches Recht hat, die Mähne wie Goldfolie!«

»Was zum Teufel reden wir da?« Hatte man mir etwas ins Glas getan? Oder war dieser Sekt von so unerhörter Stärke? Ein weißjackiger Bediensteter reichte mir ein neues Glas. Ich nahm es. Mme. Durand, die nicht viel Englisch sprach, kicherte. »Sind wir denn hier, um den Tod des Mittelmeers zu feiern?«

»Unsere italienischen Freunde da drüben«, sagte der Philadelphier, »wären wohl anderer Meinung. Sind wir nicht vielmehr hier, um einen neuen Geist zu feiern, ein frischgeschaffenes Europa, Alberich in den Boden gestampft und Siegfried phallisch entfesselt?« Der Mann war ganz schön besoffen.

»Was zum Teufel geht Sie denn Europa an?«

»Und morgen«, sagte er, »die ganze Welt!« Mme. Durand kicherte. Ich sagte:

»Gaumont Gauleiterin. *Ou bien Pathé pathologue*.«

»*Dingue, dingue*«, bimmelte sie. Zu einem weißgedeckten

Tisch wurden von Männern in Küchenchefshauben nun große, dampfende Schüsseln getragen. »Goulache«, sagte Mme. Durand schmatzend und ging hin.

Und nicht nur Gulasch, sondern eine Art Soldatenschmaus, mit prallen Würsten, Schweinekoteletts mit Pilzen und Radieschen, Rinderbraten in Beifußsauce, wabbelnde braune Aspikpyramiden mit Saffranrahm, eine Sahnetorte in Form eines Hakenkreuzes, ein Turm von Babel aus Schokoladenkonfekt, der wie eine ganze Hafenkneipe nach Rum roch, Beeren aus den deutschen Wäldern, zitronen- oder leprafarbener Käse und, sozusagen als Vorbereitung auf die kommenden heroischen Zeiten, knorrige Scheiben Kommißbrot. Ich aß nichts, sprach aber durstig dem auserlesenen Extrasekt zu, während die rund zweihundert anderen Leute eifrig spachtelten, manche im Schweiß ihres Angesichts. Ein Halbgott in Zivil, anscheinend einer von der Sonderzuchtwahl der SS, für die man schon wegen einer Zahnplombe disqualifiziert war, sagte zu mir, sehr richtig und korrekt: »You do not eat.«

»Nein, ich esse nichts. Um so mehr saufe ich.« Und ich leerte demonstrativ mein Glas, um es gleich nachfüllen zu lassen. »Danke sehr!«

»Ich saufe auch.«

»Das ist gut. Saufen ist immer gut. Haben Sie schon mal gesoffen Blut?«

»Ein sonderbares Englisch sprechen Sie! Nein, Blut noch nicht. Die Juden verzehren Blut, aber getrocknet. Es wird ihrem religiösen Gebäck beigemischt.« Es schien sein Ernst zu sein. Ich sagte nun auf deutsch zu ihm:

»Ich habe gehört, Sie können hier unterm Mikroskop die Strukturunterschiede zwischen Juden- und Christenblut erkennen?«

»Zwischen jüdischem und arischem Blut, ja!«

»Das Wort arisch hat eine rein philologische Bedeutung. Es bezieht sich nur auf Sprachen. Tatsächlich gibt es keinerlei Unterschied zwischen jüdischem und anderem Blut. Dies weiß ich. Und dies ist Ihnen zu wissen verboten.«

»Sie irren sich.«

»Worin? Daß Sie dies nicht wissen dürfen?«

»In dem, was Sie über das Blut sagen. Aber bitte seien Sie jetzt still! Der Herr Reichsminister will sprechen.«

Goebbels, der bei dem Schmaus nicht zugegen gewesen war,

trat nun unter Beifall in den Saal. Er war nicht der Mann, der ein paar Begrüßungsworte der Improvisation überlassen hätte; er hatte maschinenbeschriebene Blätter vor sich, von denen Kopien ohne Zweifel schon an die Presse gegangen waren. Er begrüßte uns in seinem rheinischen, von bäurischen Anklängen noch nicht ganz geläuterten Tonfall. In einem doppelten Sinne bezeichnete er uns als Freunde: Freunde der Filmkunst und Freunde des neuen Deutschland. Nein, eigentlich auch noch in einem dritten Sinne: Freunde der Filmkunst des neuen Deutschland. Doch eine innere Stimme schien seinen tiefsitzenden Affenaugen die Wahrnehmung eines sekundenlangen Zweifels an der logischen Zulässigkeit dieser Folgerung zu gebieten. Dann redete er vom Kino als der volkstümlichen Stimme des Staates, die ein zum Verständnis der traditionellen Künste noch nicht gebildetes Publikum anspreche. Er schien der Ansicht zu sein, daß die Gäste der Reichsfilmkammer verpflichtet seien, ihre Bewirtung damit zu vergelten, daß sie die deutschen Filmerzeugnisse, die sie sehen würden, in ihren Heimatländern lobpriesen. Nein, mehr noch, sie müßten auch die Filmverleiher in diesen Ländern für die Vorführung dieser Erzeugnisse gewinnen, die allein durch ihre Reinheit und Vortrefflichkeit geeignet seien, den internationalen Filmmarkt von dem widerwärtigen Unrat, den das Weltjudentum ausspie, zu säubern. Denn das Dritte Reich sprach für das Gesunde allüberall. Die nationalsozialistische Philosophie hatte ein langezeit durch die internationalen Unratspeier verderbtes Deutschland gesäubert und stark gemacht; und durch sein Beispiel könnte Deutschland noch die ganze Welt erretten.

Mir war vorher schon schlecht gewesen, und der Sekt hatte mich gerettet. Nun wurde mir allmählich vom Sekt schlecht. Ich wußte, ich würde mich gleich übergeben müssen. Der Herr Reichsminister schien noch drei oder vier engbeschriebene Seiten vor sich zu haben. Ich machte mich unauffällig auf den Weg zu einem der offenen Fenster. Die Ziele der von der nationalsozialistischen Filmkammer verfochtenen Politik ließen sich, sagte Goebbels, in sieben Punkten zusammenfassen. O mein Gott, sieben! Erstens, Betonung eines Rassenstolzes, den man in aller Bescheidenheit als ein berechtigtes Gefühl rassischer Höherwertigkeit auffassen dürfe. Genau wie die Juden, dachte ich, während ich zu der Kühle des herbstdunklen Fensters hinschlich, genau wie die! Dies bedeute, fuhr Goebbels fort, keine engstirnige Deutschtümelei, sondern Stolz auf die große Ursprungsrasse der Arier, die einst die Herren im Herzen Europas gewesen seien und es von neuem werden sollten. Das arische Schicksal sei eingeschreint in den unvordenklichen arischen Mythen, die in ihrer reinsten Form unzweifelhaft in der alten Sprache des Herzlandes erhalten seien. Zweitens. Aber als er zu diesem Punkt kam, hatte ich das Fenster erreicht. Erleichtert wallte der Sekt, der in mir schäumte, in den Wellenschlägen einer umgekehrten Peristaltik mundwärts. Unter mir flappte sacht in der nächtlichen Herbstbrise eine große Hakenkreuzfahne. Im Augenblick fand ich sie nicht herzerhebend; was gehoben wurde, war nicht mein Herz. Mit gespitztem Munde wie ein Wasserspeier durchweichte ich sie mit gut einem Liter unverdautem Sekt, gefolgt von einigen Fäden Speichel. Es war vielleicht nicht so schön, wie wenn ich auf die Fahne gepinkelt hätte; aber im Rückblick erscheint es mir doch als ein maßvoller symbolischer Erweis der Mißachtung. Als ich wieder zuhören konnte, war Goebbels inzwischen bei Punkt sieben, der von Punkt eins offenbar nicht allzu verschieden war.

In dieser Nacht schlief ich sehr tief und erwachte mit Sodbrennen um halb neun. Die Studios von Tobis und Johannisthal, Grunewald, Froelich, Neubabelsberg und wie die alle hießen, wollte ich heute nicht sehen. Wenn man dafür verlangte, daß ich Unterkunft und Flugreise bezahlte, so würde ich es tun; ich war doch ein freier Mensch. Ich würde zu Fritz Kalbus beim Wehmayr Verlag gehn, meine Honorare abholen und zurückfahren nach Paris. Ich rief beim Zimmerdienst an, verlangte Soda-Bikarbonat, ein Kännchen Mokka und etwas trocknes Toastbrot. Als ich gerade herzhaft vor mich hin rülpste, rief die Rezeption an, um mir zu sagen, unten sei eine Dame und wolle mich sprechen. Ich nahm an, es sei eine von Herrn Quadflieg geschickte Eskorte mit Wagen, und ließ sagen, ich bedaure, sei aber zu krank, um am Tagesprogramm teilzunehmen. Nein, nein, es sei eine Dame da unten, die gern hinaufkommen würde, eine Freundin von mir, Fräulein Auronzo. *Auronzo?* Auf den Namen konnte ich mir zuerst keinen Reim machen, aber dann kam ein ganzes Sonett. Ja, natürlich, hätte ich gleich wissen müssen! Bitte schicken Sie die Dame herauf!

Concetta Campanati, geborene Auronzo, sah sehr alt und schmal aus, aber sehr stark. Es war eine Stärke des Willens, nicht mehr des Körpers, in dem, wie ich mir denken konnte, das Gewächs, das sie auffraß, nun alle Kraft monopolisiert hatte. Wir küßten uns. Ob sie eine Tasse Kaffee mochte? Ja, bitte. Sie setzte sich. Sie war nun nicht mehr elegant gekleidet, sondern wie für eine schwere Arbeit, in senffarbenem Tweed und Baumwollstrümpfen. »Ich hab mir's doch gedacht«, sagte ich, »daß du in Berlin sein könntest.«

»Ich bin erst seit einer Woche hier. Vorher war ich in Dresden, Leipzig und Magdeburg. Angefangen hab ich in München, von dort an allmählich weiter nach Norden. Ich denke, hier bring ich's zu Ende.«

»Woher hast du gewußt–«

»Aus dem *Völkischen Beobachter.* Hast du's noch nicht gesehn?« Sie nahm die stabförmig gerollte Zeitung aus einer großen, undamenhaft aussehenden braunen Tasche. »Da steht, du hättest hier nach deiner Ankunft ein Interview gegeben. Du sollst die amerikanischen Juden angegriffen haben. Natürlich glaub ich das nicht. Die verdrehn alles. Da, lies!«

»Nein, lieber nicht! Mir ist schon schlecht genug.«

»Schlecht? Aber du hast noch gar nichts gesehen. Überhaupt noch nichts!«

»Was hast du denn bloß gemacht? Ist dir doch klar, daß wir uns alle Sorgen gemacht haben? Ich meine, einfach so verreisen, keine Adresse, alles so vage! Nicht, daß wir dich nicht– Ich meine, deinen Mut. Fast genau, was Hortense mir zuletzt gesagt hat, als ich in New York abgefahren bin. Sie hat sich übrigens von Domenico getrennt. Sie hatte genug. Sogar Carlo hat nichts mehr vom heiligen Band der Ehe gesagt. Aber darüber wollen wir nicht reden. Also was war denn bloß?«

Sie trank einen Schluck Kaffe. Damals gab es noch mehr oder weniger reinen Bohnenkaffee, nur erst mit einem leichten Beigeschmack von gemahlenenen Eicheln. »Sie sind jetzt wohl alle sehr weit weg. Vergiß nicht, sie alle herzlich von mir zu grüßen! Sogar Domenico, diesen Dummkopf! Er ist nicht schlecht, nur dumm.« Dann sagte sie: »Ich habe keine Zeit, dir die ganze Geschichte zu erzählen. Angefangen hat sie in Chiasso mit meinem Bankdirektor, einem Juden. Wir haben über Kapitalanlagen gesprochen, wir haben uns angefreundet, er ist verwitwet. Er hat gesagt, dies sei keine Zeit, um von *sicherem* Geld zu reden, so wie die Dinge liegen. Alles Geld, was irgendwo übrig sei, hat er gesagt, müßte man dazu verwenden, Juden aus Deutschland herauszuholen. Wenigstens die großen Juden, Schriftsteller, Wissenschaftler. Die Nazis konfiszieren, was sie können, und lassen manche von ihnen dann gütigst hinaus. Aber nur unter der Bedingung, daß sie dem Staat Sondersteuern zahlen. Es ist ungeheuerlich, eine Art obszöner Witz. Die Leute haben schon alles hergegeben, und nun sollen sie das Geld für diese Steuer und noch eine Steuer aufbringen. Die Steuern haben entsetzlich lange Namen, höhnische Namen. Und hier nun können die Davidsbündler etwas tun.«

»Die–« Den Namen kannte ich. Ich dachte an Domenico, wie er in Paris etwas auf seinem Klavier gespielt hatte. Ja, das war's gewesen, Schumann. Marsch der Schar Davids gegen die Philister. Aber das war nur Musik gewesen. »Ja, ja, ich verstehe. Von der Schweiz aus?«

»Die Schwierigkeit ist, sie müssen irgendwo hingehn können. Aber niemand will sie haben. Es sei denn, es sind sehr sehr wichtige Leute. Oder sie haben irgendwo Familie. Niemand scheint die Juden zu mögen. Jemand hat gesagt, Hitler hat getan, wovon andere Leute bloß reden. Diese Juden möcht ich mal am Boden sehn, sagt man, aber dabei bleibt's. Hitler aber macht es wahr. Und er will sie nicht nur am Boden sehn. Es gibt hier gewisse Arbeitslager und noch Schlimmeres. Vor den Häusern geachteter und anständiger Juden kommen mitten in der Nacht Lastwagen vorgefahren und holen die Leute ab. Nichts davon steht in den Zeitungen. Niemanden kümmert's. Kein Recht für die Juden, das heißt, sie stehen außerhalb der Gesetze. In Dresden hab ich gesehn, wie ihnen die Schädel eingeschlagen wurden. Was können wir für die kleinen Juden tun, Verkäufer, Uhrmacher, Leute ohne internationale Verbindungen?« Sie verzog einen Augenblick das Gesicht wie vor mitempfundenem Schmerz. Aber natürlich war es der eigene. Sie wühlte in ihrer Tasche und zog ein Glasröhrchen mit Tabletten hervor. »Könnte ich ein Glas Wasser haben?«

»Gewiß.« Als ich ihr das Glas brachte, fragte ich: »Wie ist es denn? Ich meine, wie geht's dir?«

»Es wird Zeit«, sagte sie, nachdem sie geschluckt hatte, »daß ich Schluß mache. Nein, nein« – sie sah, wie mir das Kinn herabfiel – »ich bin ja immer noch eine Tochter der Kirche. Meine unsterbliche Seele«, sagte sie mit ihrer alten Ironie, »will ich nicht aufs Spiel setzen. Ich denke auch nicht daran« – wie in Ablehnung eines von mir ausgehenden Vorschlags – »in einem ihrer Arbeitslager zu sterben, die in Wirklichkeit Todeslager sind. Aber ein bißchen Aufsehen zu machen, wenn man stirbt, kann nicht schaden. Christus ist auch so gestorben.«

»Niemand«, sagte ich, »wird dir etwas anhaben können. Du hast doch immer noch deinen amerikanischen Paß? Ich meine, weil du dich Auronzo genannt hast. Aber als Italienerin könnte dir auch niemand etwas anhaben. Der Name Campanati hat ja doch etwas zu sagen. Wie meinst du das, mit dem Aufsehen beim–«

»Campanati«, sagte sie, »ist kein allzu beliebter Name in den Musterländern der Unterdrückung. Carlo, hab ich gehört, ist unvorsichtig gewesen, wie man das nennt.«

»Carlo«, sagte ich und hätte beinah hinzugefügt, *der inzwischen alles weiß,* »hat nur seine Meinung gesagt. Pflicht des Priesters, hat er gesagt, nur seine persönliche Meinung, nicht die amtliche des Heiligen Stuhls. Aber der Papst hat auch Stellung genommen.«

»Der Papst nur sehr vage und voller Gemeinplätze. Aber bei Carlo hatte es Hand und Fuß; er hat von Teufelsaustreibung gesprochen.«

»Wie hast du davon erfahren?«

»In den Konsulaten kann man die amerikanischen Zeitungen einsehen. Über eine von diesen Rundfunksendungen wurde in der *Washington Post* berichtet. Hast du ihn vielleicht sogar gehört?«

»Er war sehr gut. Als Gast in so einer wöchentlichen Sendung, die von einem Pater gemacht wird. Der hat ihn nicht lange reden lassen. Er hat dem Pater Macsowieso den Effekt gestohlen. Aber hör mal«, sagte ich, »wie du vom Sterben redest, das gefällt mir gar nicht.«

»Viele Menschen müssen jetzt sterben. Ich hab ein zehnjähriges jüdisches Mädchen mit zertrümmertem Schädel gesehn. In der Nähe von Leipzig. Das sind hier Mörder. Und die haben noch gar nicht richtig angefangen.«

»Es trifft nicht nur die Juden, nicht?«

»Ah nein, nicht nur die Juden! Hast du schon von den Braunen Häusern gehört? Nein, natürlich nicht? Hedemannstraße und Papenstraße, die Ulap. Gott, was für eine Heuchelei! Dr. Goebbels hat vor dem Internationalen Kongreß über Strafvollzug und Gefängniswesen über humane Rehabilitation gesprochen – hier in Berlin!«

»Es scheint, du bist sehr gut informiert, Concetta.«

»Bin ich. Und du wirst auch bald sehr gut informiert sein. Und dann wirst du jeden informieren, der nur irgend hören will. Du bist der Schriftsteller in der Familie.«

Ich stöhnte innerlich. »Ich habe schon den armen Raffaele im Stich gelassen, nicht? Weil ich lieber meine Hintertreppenromane geschrieben hab, als Gangster anzugreifen. Aber was hätte ich denn Nützliches tun können?«

»Die Leute wollen nichts davon wissen. Man muß ihnen das Wissen beibringen. Ob sie mit dem Wissen dann etwas anfangen, liegt bei ihnen. Aber sie müssen's wissen.«

Das Telefon summte. Es war ein diskretes Geräusch hier im Adlon, Venusberg, nicht Walküre. Herr Toni Quadflieg, ein wenig quengelnd. I have the message of your crankhood received. Meine Teilnahme, sagte er, werde aber bei den Studio-Besichtigungen erwartet. Unflätige Beschimpfungen lagen mir auf der Zunge, aber ich bewahrte die Ruhe. Kränk, sagte ich, jawohl, kränk! Zum *Hitlerjunge Quex* heut abend sind Sie aber wieder gesund? Kränk, kränk, sagte ich und knallte den Hörer auf. Concetta sagte:

»Warum bist du hergekommen?«

»Auf Einladung. Wird alles bezahlt. Ein Film nach einem Buch von mir. Tantiemen abholen und ausgeben. Aus Neugier.«

»Wen hast du schon gesehen?«

»Goebbels. Französische, amerikanische und nordische Bewunderer des Regimes. Filmleute. Frau Goebbels.«

Sie nickte. »Viele hohe Tiere werden zu dieser *Horst Wessel*-Premiere kommen.« Sie stand mühsam auf und ging zu dem Schreibtischchen, auf dem das Telefon stand. Neben dem Telefon lag eine dicke Mappe mit einem Projektionsgerät auf dem Umschlag, das ein Hakenkreuz auf eine Leinwand warf. Das Programm der Festspiele. Filmgrößen, Synopsen, Besetzungslisten. Sehr gründlich und vollständig. Sie nahm die Mappe mit zu ihrem Stuhl; das Stehen schien sie sehr anzustrengen. »Hier ist es! Donnerstag abend, acht Uhr. Gott, was für eine Obszönität! Die Fahne hoch! Die Reihen dicht geschlossen! SA marschiert mit mutig festem Schritt. Ein Raufbold und Zuhälter, und der stirbt mit dem Wort *Deutschland* auf den Lippen! Ken, geh nicht hin zu dieser Abscheulichkeit!«

»Gerade das Schlimmste muß ich doch sehn, nicht?«

»Geh da nicht hin! Reise gleich wieder ab! Aber nimm das Zeug hier mit!« Sie ließ die Mappe auf den Teppich, einen roten Anatol, fallen, so daß die ungebundenen Glanzpapierbögen sich auffächerten. Das Zeug, das sie meinte, war etwas, das sie nun erst aus ihrer Tasche nahm, eine Ledermappe, Quartformat, solid und juristisch aussehend, von der Größe eines versandfertigen Achtzigtausendworte-Typoskripts. »Da ist alles drin«, sagte sie.

»Was ist da drin?« Ich nahm die Mappe.

»Verfügungen über alles«, sagte sie unbestimmt. »Domenico wird enttäuscht sein, kein Geld für ihn, ein bißchen Treuhandvermögen für die Zwillinge, aber sehr wenig. Der Hauptteil des Vermögens geht an die Davidsbündler, Dr. Nussbaum in Chiasso hat schon alles geregelt. Und was sonst noch drin ist, sind Tatsachen. Ein, zwei Fotos, persönliche Geschichten. Wenn dir immer noch schlecht ist, schau es jetzt nicht an! Mach es erst auf, wenn du wieder zurück bist! Wohin fährst du denn zurück?«

»Nach Paris. Aber nicht für lange. Ich hatte dran gedacht, mir in Albany eine Wohnung zu nehmen. Was ist denn dies alles?«

»Was es auch ist, du mußt es veröffentlichen! Ich bin so egoistisch, ich möchte, daß man sich an mich erinnert. Die anderen Namen – es stehn keine anderen Namen drin, aber doch ein paar Helfer, gar nicht so wenige. Sie müssen weiterleben. Ich hoffe, ich kann dir trauen.«

»Concetta! Wie kannst du sowas sagen?« Der Stachel saß.

»Es ist wegen deines Gewerbes. Du gibst dich zu viel mit Unwirklichem ab. Mach keinen Roman daraus!«

»Ein Roman kann wirklicher sein als–«

»Dies sind böse, böse Zeiten. Unser Jahrhundert ist das schlimmste der Geschichte. Und wir haben erst ein Drittel hinter uns. Es muß Zeugen und Märtyrer geben.«

»Zeugen und Märtyrer sind eins, nicht?«

»Da siehst du, was ich meine«, sagte sie freundlich. »Eine gewisse Neigung zur Frivolität. Ich weiß auch, daß *Märtyrer* Zeuge bedeutet. Du bist zu sehr dran gewöhnt, dich mit Worten abzugeben.« Plötzlich krümmte sie sich, und zum ersten Mal sah ich das Böse des Schmerzes: Ihr trotz Alter und Krankheit noch immer ansehnliches Gesicht war nun nicht mehr zum Ansehen. »Ich muß auf deinen– Es kann ein ganzes Weilchen– Jesus–« Schockiert half ich ihr zum Abort. Es war klar, daß sie ihre Muskeln nicht mehr beherrschte.

48

Wenn ich vorgreifen darf, ich machte mit Concettas Material, was man damit machen mußte, und zwar 1937 in London, nachdem ich von Aldous und Maria Huxley, die sich mit ihrem Sohn Matthew und mit Gerald Heard am 7. April dieses Jahres auf der *Normandie* ins amerikanische Exil einschifften, das Apartment E2 in Albany, Piccadilly, übernommen hatte. Paris, das nur noch von politischen Wirren belebt wurde und nach mancherlei Korruption roch, hatte ich satt. Concettas dicke Ledermappe enthielt Fotografien von Männern und Frauen, die kurz zuvor aus den Folter- und Verhörskammern in der Hedemann- und Papenstraße oder aus anderen Strafanstalten herausgekommen waren; es enthielt auch Angaben über Buchenwald, ein Konzentrationslager bei Weimar, das schon 1934 eingerichtet worden war, und andere gutbezeugte Unterlagen über zumeist von der *Schutzstaffel* verübte Greuel, von der SS, wie sie in vertraulicher Kürze genannt wurde. Im Vergleich zu dem, was später bekannt werden sollte, waren Concettas Enthüllungen über die Teufeleien der Nazis ziemlich harmlos, aber das Böse, wie Carlo mir bald darauf erklären sollte, durfte man niemals quantitativ beurteilen: Einem einzigen Rabbi, bis er erstickt war, das Gesicht in den eigenen Kot zu drücken, war genug. Die Millionen, von denen wir später erfuhren, Juden, Slawen, Zigeuner und abtrünnige Arier, sind auch heute noch eine gar zu große Armee von Gespenstern, als daß ihr Schreckensbild sich der Phantasie einprägen könnte. Für mich war und ist eine der Fotografien, die Concetta beigebracht hatte, ein hinlängliches Zeugnis für das Faustische im Deutschen, für den Verkauf der Seele um der irdischen Macht willen. Die Fotografie zeigt das Gesicht einer Lehrerin, einer reinen Arierin aus Bitterfeld, die einen traditionsgemäß humanistischen, nun aber mißliebigen Grundsatz vertreten hatte, von Mitgliedern der Hitlerjugend unter ihren Schülern denunziert und daraufhin einer kurzen Rehabilitation unterzogen worden war. Das Gesicht hatte praktisch keinen Mund mehr. Die schwarze, zahnlos-breiige Masse unter der zerbrochenen Nase würde keine Goetheverse mehr vortragen können; ein Auge fehlte, und ein Ohr war abgeschnitten. Das Foto zeigte nur, was aus ihrem Gesicht geworden war; über den Zustand des übrigen Körpers besagte es nichts.

Concetta wußte, daß die Judenverfolgung nur ein Aspekt aus der infamen Philosophie dieses satanischen Regimes war, aber sie hatte den Weitblick, zu erkennen, daß dies die augenfälligste Leistung der Nazis sein würde. Die Kristallnacht, die im nachhinein das offizielle Massenpogrom auslöste, kam erst später, am 9. November 1938 (zwei Tage, nachdem Herschel Grynspan einen Beamten der Deutschen Botschaft in Paris getötet hatte), und die dreispurige Vernichtung der Juden – a) Beschlagnahmung ihres Eigentums, b) ihre Ausbeutung als Sklaven und c) ihre Tötung, Ausplünderung und Verarbeitung – hatte noch nicht die Form eines administrativen Konzeptes angenommen und war auch noch nicht mit jener unökonomischen Endlösung in Konflikt geraten, von der Heinrich Himmler (Gott verzeih mir! – warum, das erfahren Sie im nächsten Kapitel) jetzt schon träumte. Als Arierin, wenn ich diesen ekelhaften, scheinwissenschaftlichen Ausdruck verwenden darf, und als Christin war Concetta schon bestens darauf vorbereitet, sich mit den Millionen zu identifizieren, die zu dem Regime in einem rein ideologischen Gegensatz standen – einem Gegensatz, der sehr schnell aufgelöst wurde –, aber sie hatte sich dafür entschieden, selbst als Jüdin betrachtet werden zu wollen und sich wie eine Adoptivschwester oder Adoptivmutter für die Juden einzusetzen.

Ihr Versuch, sich bei denselben Instanzen, welche die Juden verfolgten, die Anerkennung als Jüdin zu verschaffen, war nach dem Zeugnis ihres Tagebuchs, das einen wichtigen Bestandteil des mir anvertrauten Materials bildete, eher komisch denn heroisch. In Hannover hatte sie durch lautstarken Gebrauch ihres Deutsch, durch Vorweisen des italienischen Passes und Andeutungen von dringenden Nachrichten aus Rom erreichen können, daß die unteren Dienstgrade im SS-Hauptquartier sie bei einem leibhaftigen Oberbannführer namens Hummel vorließen. Der hatte sie zuerst korrekt-höflich behandelt, wie es sich gegen eine Dame offenbar schickte, die sich als höhere Funktionärin einer verschwisterten Schurkenpartei auszugeben schien, aber dann hatte Hummel sich bald erlaubt, ein langes und längeres Gesicht zu machen, als er sich anhören mußte, was ihm als eine Art Wahnsinn oder, wahrscheinlicher noch, als eine gefährliche, betrügerische Vorspiegelung von Wahnsinn erschien. Denn sie hatte ihm erklärt, ob man Jude sei, hänge nicht von der Rasse ab, weil es keine physiognomischen oder hämatischen Merkmale gebe, an denen sich ein Jude zum Beispiel von einem Deutschen unterscheiden ließe; Judentum sei vielmehr eine Sache des Glaubens, und sie nun, obwohl als amerikanisch-italienische Katholikin geboren, habe beschlossen, den Glauben Abrahams und Moses' anzunehmen. Was er, der Herr Oberbannführer, deswegen zu unternehmen gedenke? Nichts, sagte Herr Hummel, denn einstweilen habe er noch keine Befugnis, gegen ausländische Staatsangehörige jüdischen Glaubens vorzugehen. Ah, erwiderte sie, also hätten nur die deutschen Juden sich gegen die Rasse versündigt? Nein, nein, die Völkerkundler der Nazis seien der Ansicht, daß die Juden der ganzen internationalen Diaspora einen homogenen, für die arische Kultur unendlich gefährlichen Schadstoff darstellten, aber Deutschland müsse die bedauerlichen Grenzen seiner Reinigungs- oder Bestrafungsvollmachten eben anerkennen. Grenzen, sagte sie, die nicht für immer seien? Nein, nein, hoffentlich nicht! Werde also Deutschland in absehbarer Zeit den Juden anderer Völker den Krieg erklären, was natürlich hieße, diesen Völkern insgesamt, da es in den zivilisierteren Nationen undenkbar wäre, die Juden von den Nichtjuden zu sondern? Darf ich meinen Freunden in Amerika berichten, daß Deutschland sich schon auf Krieg einstellt? Nein, nein, nein! (Er war ein sehr stupider Oberbannführer.) Gut, sagte sie, dann werde ich die Unvollkommenheit Ihres Antisemitismus bei den zuständigen Stellen in Berlin melden. Nein, nein, nein! Na schön, dann verfolgen Sie mich bitte! Als Jüdin erhebe ich Anspruch auf Verfolgung. Ich werde mich draußen auf den Korridor setzen, der nach Ihrem SS-Karbol riecht, und der Verfolgung harren. Natürlich habe ich die Berliner Korrespondenten der größten amerikanischen Zeigungen von meiner Konversion schon in Kenntnis gesetzt. Sie werden gespannt sein zu erfahren, was Sie zu tun gedenken. Concetta wurde nicht geradezu hinausgeworfen, aber doch unter Androhung einer Strafanzeige wegen unbefugten Betretens eines Privat- oder SS-Gebäudes zum Gehen bewogen.

Es war traurig, berichten zu müssen, daß Concetta bei den Juden im östlichen Deutschland, mit denen sie Kontakt aufnahm, nicht die Unterstützung fand, die sie in ihrer Eigenschaft als gutwillige Helferin hätte erwarten dürfen. Denn viele dieser Juden mißtrauten ihrer zur Schau getragenen religiösen Bekehrung, und manche sahen darin sogar eine frivole Entweihung des Glaubens. Ganz wie die Theoretiker der Nazis hielten auch sie die Juden für eine von den anderen Rassen verschiedene Rasse, überdies noch für eine ganz besondere, nämlich eine auserwählte Rasse, der Gott, um ihr seine alleinige Liebe zu zeigen, große Leiden zugemessen habe. In gewissem Sinne, so kam es ihr bisweilen vor, waren die Juden und die Nazis für einander geschaffen wie Hammer und Amboß. Am Grenzübergang bei Basel – als eine kleine alte Dame mit harmlos aussehendem Gepäck – hatte sie nur zweimal den Koffer aufmachen müssen, und beidemal hatte sie keine Waffen bei sich gehabt. Insgesamt schaffte sie rund dreißig leichte Webley-Wilkinsons und Smith-Wessons aus der Schweiz nach Deutschland, nebst Munition. So wie sie es sah, mußte man die einfachen SS-Männer, wenn sie in alkoholisiertem Übermut samstagsnachts in die Häuser geachteter Juden einzudringen versuchten, hier und da mit ein paar Kugeln empfangen, um sie zur Räson zu bringen. Den älteren Juden waren gewaltsame Maßnahmen ein Greuel, aber bei manchen jüngeren Leuten fand Concetta Gehör: Sie verwundeten oder töteten sogar etliche von ihren Bedrückern (in Finsterwalde wurde ein Sturmbannführer erschossen auf einer Müllkippe gefunden) – wofür die Rache fürchterlich war. Zu Concettas weiteren Plänen gehörte auch der Import von SS-Uniformen mit hohen Rangabzeichen (angefertigt von einem Schneider in Zug), mit denen junge, wagemutige Juden sich in der Provinz als Beauftragte höherer Stellen ausgeben und Verfolgungsmaßnahmen mit dem Hinweis auf die letzten politischen Umschwünge in Berlin vereiteln sollten. All dies war leider nur ein Kinderspiel und obendrein gefährlich. Vollkommen harmlos, geradezu bemitleidenswert einfältig waren auch die Broschüren, die sie vorbereitet und in Genf hatte drucken lassen (eine davon hatte, sehr flüchtig, der längst emigrierte Hesse geschrieben): über Hitlers jüdische Vorfahren, mit Stammbaum; eine Bitte von Himmlers sterbender jüdischer Mutter, mit dem ganzen Unfug Schluß zu machen; den Brief eines sterbenden Judenkindes an die Welt. Am meisten Gutes tun konnte Concetta mit ihrem Gelde. Geld vermag auch die perverseste Ideologie zu durchkreuzen, und vielleicht wird es das Geld sein, das die Menschheit noch rettet. Aber kein Mensch war damals in der Lage, einen Vorgang aufzuhalten, der dem Willen der Vernichteten ebenso zu entsprechen schien wie dem der Vernichter.

Ich stellte ein kleines Buch mit dem Titel *Eine Heldin unserer Zeit* zusammen, in dem angegeben wurde, wer Concetta gewesen war (das Geheimnis, das Domenico in jener Nacht im Allahsgarten ausgeplaudert hatte, verbreitete ich jedoch nicht weiter), was sie getan hatte und wie sie gestorben war. Beiderseits des Atlantik erhoben meine Verleger Einwände, als ihnen das Typoskript mitsamt den Fotografien vorgelegt wurde. Ich war doch ein populärer Roman- und Bühnenschriftsteller, und auf was zum Teufel wollte ich denn nun damit hinaus? Ich hatte schon ein dickes Buch über Religion herausgebracht, und nun kam ich auch noch mit so etwas Hagiographischem, das wenige Leute interessieren und viele verärgern würde. Germany war ein befreundetes Land, keine der erhobenen Beschuldigungen war beweisbar, und die Fotografien (die ja auch Trickaufnahmen sein konnten oder zumindest aus nicht nachprüfbarer Quelle stammten) waren obszön und unpublizierbar. Wie man sich erinnern wird, hatte die britische Regierung erst nach Kriegsausbruch den Mut, ihr Weißbuch über die Behandlung deutscher Staatsangehöriger durch die Nazis von der Königlichen Hofdruckerei veröffentlichen zu lassen. Inzwischen meinte man, daß es zu spät sei, mein Buch über Concetta herauszubringen; ohnehin wurde alles Papier beschlagnahmt, um Totenscheine für die gesamte britische Bevölkerung drucken zu lassen, die ja bald von der Luftwaffe vernichtet werden würde, ausgenommen vermutlich die Bürokraten. Ich ließ die *Heldin unserer Zeit* in etwa fünfzig Exemplaren auf eigene Kosten bei einer Firma in Loughborough drucken. Dies ist heute, wie man vielleicht weiß, eine von Sammlern gesuchte Rarität.

Jenes theologische Buch machte übrigens wenig Aufsehen und verkaufte sich schlecht. In *Tablet* und in der *Church Times* wurde es gleichermaßen vernichtend besprochen, und in dem Städtchen Branchville, Südkarolina, wurde es sogar als gottlose Schrift öffentlich verbrannt. Aber *non importa,* sagte Carlo: Der Same sei ausgestreut, und niemand werde in Zukunft sagen können, die Christenheit sei nicht vorbereitet gewesen. Wenn man ihn hörte, bekam die frohe Botschaft einen sonderbar bedrohlichen Unterton.

49

Ich kam zu spät, aber ich kam noch hin. Ein Junge namens Heini, Flugblätter verteilend (Schlagzeile in Großaufnahme: *Hunger und Not in Sowjetrußland*). Schnitt, Café mit einem jungen Kommunisten, scheeläugig, der die letzte Nummer des *Vorwärts* liest. Schnitt, Straße mit Kommunisten, Scheelauge unter ihnen, die dem Heini seine Flugblätter weggenommen haben und sie in einen Kanal schmeißen. Schnitt, andere Straße mit Kommunisten, die Naziplakate abreißen. Anfang Verfolgungssequenz. Heini wird von den Kommunisten gejagt, Scheelauge voran. Flüchtet auf Rummelplatz mit dröhnendem Orchestrion. Sucht Versteck, findet eins hinter brummendem Generatorlastwagen. Kommunisten finden ihn, trampeln und prügeln ihn nazimäßig zu Tode, bei Gassenhauermusik im Hintergrund. Scheelauge verabfolgt gestiefelten *coup de grâce.* Heini, sterbend, murmelt Anfangszeile des *Marsches der Hitlerjugend*, vom himmlischen Chor aufgenommen, Crescendo. Schlußmontage mit marschierenden Nazis, belferndem Hitler, Absingen des Vereinsliedes:

Unsre Fahne flattert uns voran,
In die Zukunft ziehn wir Mann
für Mann.
Wir marschieren für Hitler durch Nacht
und Not,
Mit der Fahne der Jugend für Freiheit
und Brot...

Ich machte, daß ich hinauskam, sobald das ENDE aufleuchtete und das Publikum zu klatschen anfing. Mist, Schund, ekelhaft tendenziös! Strolche gegen Strolche. Ich mußte schleunigst einen trinken.

Ein paar Schritte weiter, ich glaube, es war Windmühlen-, Ecke Korngoldstraße, sah ich ein rotleuchtendes Kabarettschild: *Die rote Gans,* eine rote Neongans im Gänsemarsch auf endlos dahinrollenden Gänsefüßchen. Ich stieg ein paar Stufen hinab und befand mich inmitten von Weltstadtmief und Germanenjazz, weillisch, irgendwie schon damals mit einem Drall zum Heimweh. Ein trübsinniger ältlicher Kellner wies mir einen Tisch an, und ich bestellte ein Helles mit Korn. Das Lokal war noch leer. Ein Männchen, nicht unähnlich dem Dr. Goebbels, sang *Wenn die Elisabeth nicht so schöne Beine hätt*... Nach und nach kamen ein paar Uniformierte, SS-Männer in Schwarz; vielleicht kamen sie auch aus diesem verdammten Film. Kaleidoskopische Drehlampen wurden angeknipst und kreiselten uns in einen Fritz-Lang-Traum hinüber, aber alles in Farbe. Ich dachte an Concetta und machte mir Sorgen. Als sie am Morgen aus meinem Badezimmer gekommen war, kaputt, klapprig, ein Gespenst, hatte sie doch nicht erlaubt, daß ich nach dem Hotelarzt, einer Ambulanz oder irgendwem sonst telefonierte. Einen tüchtigen Schluck Kognak, und dann wollte sie fort. Ich könnte ihr ein Taxi rufen. Aber wo sie denn wohnte? Das müßte sie mir doch wohl sagen. Sie sagte's mir nicht. Ich wurde brutal und sagte: »Irgendwer wird ja irgendwann wissen müssen, wo du steckst. Irgendwer wird dich fortschaffen müssen.« Sie sagte's trotzdem nicht: Es war ganz so, als hätte sie schon alles so eingerichtet, daß es zu gegebener Zeit nicht schwer sein würde, sie ausfindig zu machen. Es gefiel mir gar nicht. Und, um ganz offen zu sein, ich wollte auch nichts damit zu tun haben. All diese Geschichten mit den Campanatis wurden mir langsam zuviel. Ich hatte meine eigenen Sorgen, hatte meine Bücher zu schreiben. Ich schaute bedrückt auf die kleine Tanzfläche. *Eine kleine Reise im Frühling* spielte die Kapelle. Drei Paare in steifem Foxtrott. Die SS-Männer verlangten jemanden namens Willi. »Willi, Willi!« riefen sie.

Nach dem Foxtrott, unter Beifall, trat Willi auf. Er war das Männchen, das dem Dr. Goebbels nicht unähnlich sah, jetzt als Nonne gekleidet. Berlinernd, mit Fistelstimme schnurrte er eine freche Nummer herunter, in der es darum ging, sich einen frechen Pfaffen vom Leibe zu halten, jammerte über die Blutschande, weil er/sie doch eine »Schwester« war und der ein »Vater«. Zum Schluß sang er *Auf Wiedersehn:*

> »*Und wenn du einsam bist,*
> *Einsam und alleine,*
> *O Süße, denk an mich,*
> *Daß ich auch einsam bin und weine*...«

Dann kehrte er dem Publikum den Rücken, öffnete einen Längsschlitz seines Nonnenkostüms und streckte zu einem lauten Posaunenfurz den nackten Arsch raus. Verdunkelung, Oberbannstürme von Beifall. Ich wußte jetzt, mit wem ich mich in Verbindung setzen mußte. Aber damit wollte ich lieber bis morgen früh warten. In Melzo lagen nun sicher schon alle im Bett.

Ich erwachte einigermaßen frisch, bestellte Kaffee und gekochte Eier, die man mir geschält und zu zweit in einem Glase servierte. Mit geschlossenen Augen brachte ich diese Frühstückszote zur Toilette und spülte sie hinunter. Die Ausgabe des *Stürmer* hinunterzuspülen, die man mir mit einem angehefteten Vermerk der

Redaktion *(Dritte Seite!)* aufs Zimmer geschickt hatte, dauerte wesentlich länger. Auf der dritten Seite war eine Schmiererei von einer Karikatur, mit Hollywoodjuden, die einen parzivalischen König Artus von einer Vision des Heiligen Grals wegzerren und ihn zu einer augenscheinlich syphilitischen Judenhure ins Bett stecken wollen. Darunter standen in Frakturschrift meine Worte über die Dekadenz der amerikanischen Filmindustrie. Ich atmete ein paar Minuten lang tief durch; dann machte ich mich an das mühsame Geschäft, Verbindung zu der Suor Umiltà aufzunehmen, ehedem Luigia Campanati, jetzt *Madre Superiore* im Kloster von Melzo. Ich wußte, es gab dort Telefon, hatte aber nicht die Nummer. Erst mußte ich mit einem Untergebenen im Büro des Erzbischofs von Mailand sprechen, der lange brauchte, um im heiligen *elenco telefonico* des Ortes nachzuschauen, aber schließlich doch einen *numero* herausfand. Dann versuchte ich alles Erdenkliche, um zu der Nummer durchzukommen. Am Ende hatte ich die demütige Schwester tatsächlich am Apparat. Zuerst wußte sie nicht, wer ich war; dann ließ sie sich von den Höhen der Klosterverwaltung zu irdischen Belangen herab, hörte mir zu und unterbrach mich mit frommen Zwischenrufen.

»Daher«, sagte ich, »meine ich, daß Sie kommen müssen, und zwar sofort. Und ich glaube, es wäre das beste, wenn Sie in, wie würden Sie sagen, *vestiti laici* kämen.« Mir ging Willis Kabarettnummer noch nicht aus dem Kopf. Ich war mir nicht sicher, ob eine Nonne unter diesem gottlosen Regime nicht Gefahr liefe, geschändet zu werden – mit hinten aufgeschlitztem Gewand.

»Aber wo ist sie?«

»Das weiß ich nicht, aber ich habe das Gefühl, wir werden sehr bald nicht mehr im Zweifel sein, wo sie ist, und dann wird man dafür sorgen müssen, daß sie nach Italien zurückgeschafft wird.«

»Sie meinen«, sagte sie, »nicht mehr lebendig?«

»Ja, genau das! Wenn Sie Schwierigkeiten wegen des Reisegelds haben–«

»Das macht keine Schwierigkeit. Aber die Erlaubnis zu bekommen, wird schwer sein.«

»Aber sie ist doch Ihre Mutter, verdammt noch mal, Ihre Mutter!«

»Wenn Sie mir ein Hotelzimmer bestellen könnten–«

»Sie werden hier im Adlon wohnen. Schreiben Sie sich den Namen auf! Ich werde gleich ein Zimmer bestellen.«

»Ich komme«, sagte sie mit Bestimmtheit, »aber so wie ich bin. Ich werde mich nicht für etwas anderes ausgeben. Aber vielleicht dauert es zwei, drei Tage, bis ich fort kann.«

»Wenn Sie nur kommen! Sie sind die einzige aus der Familie, die ich anrufen kann.« Und dann, nach wechselseitigen frommen Segenswünschen, beendeten wir das Gespräch. Ich glaube, wir hatten italienisch gesprochen.

Ich war mir sicher, daß Concetta etwas vorhatte, um die Premiere des *Horst Wessel*-Films im Capitol zu stören. Wollte sie eine Bombe werfen? Sie hatte mich ermahnt, nicht hinzugehen, aber das hatte sehr allgemein geklungen, mehr aus moralischen als aus physischen Gründen. Abscheulich, verlaß dieses abscheuliche Land! Offensichtlich wollte sie aus mir keinen Märtyrer machen, denn sie hatte mir ja ihre Dokumente gegen das Hitlerregime anvertraut. Also eine Bombe würde sie wohl nicht werfen. Schon deshalb nicht, weil zu der Premiere viele hohe Nazis angesagt waren (allerdings nicht Hitler, der sich zweifellos derweilen in seinem Adlerhorst bei Kaffee und Kuchen die *Meuterei auf der Bounty* oder den *Hund der Baskervilles* anschaute), und das hieße, scharfe Sicherheitsmaßnahmen würden getroffen werden. Was konnte sie sonst vorhaben? Eine komische alte Dame, die mit schwacher Stimme feindselige Parolen dazwischenrief? Ein Brand? Juden mit Revolvern? Ich sah ein, daß ich mir diese Abscheulichkeit, wie sie den Film, ohne ihn zu kennen, genannt hatte, würde ansehen müssen. Er konnte nur abscheulich sein.

Es hatte schon 1933 einen »Urfilm« über Horst Wessel gegeben, aber den hatte man eine Woche nach der Premiere, zu der Goering, Wilhelm Furtwängler, Mitglieder der Sturmabteilung und viele Leute vom diplomatischen Korps erschienen waren, wegen Zweideutigkeit und weltanschaulicher Unzuverlässigkeit abgesetzt. Zweideutig offenbar deshalb, weil der kommunistische Feind, nachdem er den Stiefel einmal in die Fresse bekommen hatte, doch in gewissem Maße Mitleid erweckte; weltanschaulich unzuverlässig, insofern der Held dunkelhaarig und nur von mittlerer Größe war. Schon beim Schneiden hatte man den Verdacht gehabt, daß der Film nicht ganz das Richtige wäre, und daher war der Held in Hans Westmar umbenannt worden, was ja in der Nachsynchronisation leicht zu machen war. Trotzdem hatten alle, die den Film sahen, angenommen, daß Horst Wessel gemeint sei; daher die Verbannung. Drei Wochen nach dieser Verbannung erschien in der *Hannoverischen Volkszeitung* eine vermutlich von Goebbels selbst verfaßte Glosse, die versicherte, der Film könne nicht schaden, wenn nur klar wäre, daß dieser Hans Westmar nicht Horst Wessel sei, sondern eben jemand anders namens Hans Westmar. Trotzdem wurde der Film als ein minderwertiges Produkt angesehen, und Goebbels hatte sich's nun mal in den Kopf gesetzt, ein Meisterwerk zum Gedenken an den Autor des Naziliedes zu protegieren. Und das war es nun, diesmal ohne Vorbehalte! Der Film hieß schlicht und einfach *Horst Wessel.*

Ich wußte, das ganze Meisterwerk würde ich nicht vertragen können; darum fand ich mich erst so spät wie höflicherweise möglich vor dem Capitol ein, das wie eine Festung von bewaffneten Schutzpolizisten und Schutzstaffelmännern umringt war – *Schutz,* was wie englisch *shoots* klingt, *protection,* wie die Bandendienstleistung der Italoamerikaner. Schon jetzt standen ein paar harmlose Leute herum, die offenbar auf die Abfahrt der Großen warteten, aber Concetta war nicht unter ihnen. Ich kam im grauen Straßenanzug, weil mir Toni Quadflieg gesagt hatte, das sei sozusagen ein Kampffilm, Abendanzug nicht angemessen. Die Oberbonzen würden in Uniform kommen: Dr. Goebbels hatte vorgeschlagen, auch ich könne mir ja vielleicht eine Uniform ausleihen und mich nachher drin fotografieren lassen. O nein! O nein und noch mal nein! Zum Kuckuck, nein danke! Keine Uniform, sondern grauer Anzug! Am Eingang wies ich mein Billet vor und durfte hinein. Mein Platz war in der letzten Reihe. Ein Männchen rückte freundlich beiseite und bot mir ein Pfefferminz an. Danke sehr! Bitte sehr! Als die Leinwand im hellen Sonnenschein des Straßenkampfs aufleuchtete, konnte ich meinen Platznachbarn sehen: ein schlichtes, anständiges Gesicht mit einem Kneifer auf der Nase; darunter eine SS-Uniform. Er lächelte mich schüchtern an. Noch ein Pfefferminz? Danke nein!

Der Film schien eine geläuterte Erwachsenenversion des *Hitlerjungen Quex* zu sein. Geläutert insofern, als es hier nun keine gefährlichen Unklarheiten mehr gab: Die Arier waren alles edelmütige blonde Recken, die Kommunisten alles mickrige, brutale Finsterlinge. Horst Wessel, von den Untermenschen brutal zusammengehauen, liegt im Krankenhaus. Schnitt, Hauptquartier der KPD, wo mickrig und finster beschlossen wird, zum Krankenhaus zu gehen und dem Horst Wessel den brutalen Rest zu geben. Schnitt, Hauptquartier der SA, wo ein diesbezüglicher Warnbrief ankommt. Schnitt, Krankenhaus, wo die mickrigen, finsteren Kommunisten, als sie brutal eindringen, von den blonden Nazirecken schon erwartet und edelmütig zusammengehaun werden. Vor der Tür zum Zimmer des schlafenden Helden stehn zwei SA-Männer Wache; an seinem Bett stolz und traurig die Mutter. Horst schlägt die Augen auf und sagt: »Der Moment wird kommen.« SA-Männer treten ein, etwas voreilig, könnte man denken, mit Blumen. Später, als nur noch die Mutter bei ihm ist, stirbt der Held. Sein letztes Wort ist »Deutschland!« Noch nicht das Ende. Stumme Prozession der augenwischenden Kameraden im Flur des Krankenhauses. Trauerzug mit der Nazifahne auf dem Sarg. Polizei schreitet ein (es ist ja erst 1929): »Diese Fahne ist verboten!« Die Fahne bleibt, wo sie ist. Begräbnisfeier mit Polizei und Massenaufruhr. Grabrede: »Hoch die Fahnen! Für das Deutsche Reich!« Man sieht Horst Wessel gegen den dunklen Wolkenhimmel, wie er pflichtbewußt gleichfalls die Fahne hebt. Nacht, Fakkelzug. Erst laut, dann schwächer die *Internationale*, übertönt vom Horst-Wessel-Lied:

> Zum letzten Mal wird nun Appell geblasen,
> Zum Kampfe stehn wir alle schon bereit.
> Bald flattern Hitlerfahnen über allen Straßen.
> Die Knechtschaft dauert nur noch kurze Zeit.

Arbeiter heben die geballten Fäuste, aber durch ein Wunder, das der nun im Himmel befindliche Horst Wessel bewirkt hat, öffnen sie die Hände und strecken die Arme zum Hitlergruß aus. Auch der Stiefvater von Horsts Verlobter Agnes, ein Mann, der viel Ähnlichkeit mit Stalin hat, streckt den Arm zum Hitlergruß aus. Jubelnde Menschenmengen. Ende. Mein Nachbar bot mir noch ein Pfefferminz an. Danke sehr, nein!

Draußen im Vestibül sah ich vermutlich alles, was in der Partei Rang und Namen hatte. Goebbels wurde mit Glückwünschen überhäuft, aber der Regisseur des Films war nirgends zu sehn. Heß, Heydrich, Streicher. Der dicke Göring. Der Schauspieler Paul Hörbiger, der den Horst Wessel gespielt hatte, für mich klar erkennbar ein Homosexueller: Signalfunken blitzten zwischen uns durch das grellerleuchtete, hakenkreuzbeflaggte und kölnischwasserduftende Foyer. Wie hat Ihnen unser Film gefallen, fragte das Pfefferminzmännchen mit dem Kneifer. Technisch auf hohem Niveau, für den Inhalt kann ich als Engländer nicht so empfinden wie Sie. Wie gut Sie unsere Sprache sprechen! Ich habe sie beim Lesen der Romane von Strehler gelernt. Den kenne ich nicht. Er ist Jude. Ach so, den kenne ich nicht, aber den müßte ich kennen. Wir traten hinaus ins Freie. Blitzende Limousinen warteten in Reihen. In einem Obergeschoß des Friedrich-Schiller-Hotels sollte es einen herzhaften Partei-Imbiß geben, wohlgemerkt nichts Feines, als Grundlage für einen herzhaften Umtrunk. Menschenansammlungen, zurückgehalten von SS-Männern und Schupos (»Weiß du, was ein Schupo ist? Ein Schupo ist ein Polizist« – ein Kinderreim, stand irgendwo bei Strehler), begrüßten die herauskommenden Paladine mit Applaus und Heilhitler. Der Mond, wie einst in Hollywood, wollte mit seinen silbernen Stäubchen auch bemerkt werden, aber die Flutlichter schoben diesen blassen Würdenträger beiseite. Dann sah ich Concetta Campanati, klein und harmlos wirkend, sehr krank, um so tapferer, daß sie trotzdem gekommen war, um die Führer des Landes zu ehren, eine alte Dame in der ersten Reihe rechts von mir, zwischen zwei SS-Recken. Sie trug ihre große, undamenhafte Tasche bei sich, sie hob die Tasche bis in Brusthöhe, und über den Rand der Tasche lugte die Mündung einer Pistole, die viel zu groß war für die Hand der alten Dame und mit der sie auf das freundliche, schüchterne Pfefferminzmännchen zielte, das die Augen hinter dem Kneifer gerade auf die grüßende Menge links von uns beiden gerichtet hatte. »Achtung!« rief ich und gab ihm einen Stoß. Vater, vergib ihnen, denn sie wissen nicht, was sie tun! Er bummste von hinten gegen den kleinen Goebbels, der, ebenfalls von hinten, gegen den dicken Göring, und der war zu schwer, um den Impuls weiterzugeben. Göring drehte sich um und wollte losbelfern; Goebbels holte zum Kläffen Luft. Die Kugel, sofern es eine war, traf nichts und niemanden. Ich bin verflucht sicher, es war keine Kugel. Eine Explosion gab es, wie von einem Feuerwerkskörper. Die kleine alte Dame lächelte, löste sich aus der wie ein Schönberg-Chor im Sprechgesang aufschreienden Menge, legte mit der Pistole auf die Schupos und SS-Männer an und mimte beklagenswert schlecht eine Kreisbewegung wie mit einer Maschinenpistole. Ein wackrer Recke von der SS, der ihr Enkel hätte sein können, zog seine Mauser und feuerte. Diesmal kam eine Kugel, kein Zweifel, und dann noch eine und noch eine, alles mit sehr viel Lärm. Rauch und Geruch von Bratspeck. Mehr oder weniger lächelnd fiel sie nieder. Ich hielt mich fern von ihrer

Leiche, ich hatte nichts zu schaffen mit ihrer Leiche, diese Leiche gehörte nun ins Leichenschauhaus der SS. Heinrich Himmler, das Pfefferminzmännchen, begriff so langsam, daß er jemandem das Leben verdankte, der kein uniformierter Genosse war, sondern ein englischer Festspielbesucher in grauem Straßenanzug. Concetta Campanatis Leiche konnte ein einziger SS-Mann bequem huckepack nehmen, ohne zu schwanken. Ein anderer hob ihre Tasche auf. Zwei Pässe würde man darin finden, ausgestellt von zwei befreundeten Regierungen. Mit zwei Botschaften wäre Kontakt aufzunehmen. Aber darum sollte Schwester Umiltà sich kümmern. Ich wollte nichts mehr tun. Ich wollte fort. Nach einem solchen Dienst am Staate würde die Reichsfilmkammer ja wohl nicht so kleinlich sein, eine Rückzahlung zu verlangen. Der Krebs, dachte ich mir, als ich zusah, wie die Leiche zu einem Polizeiwagen getragen wurde, würde unentwegt weiterfressen, sich aber seinerseits nun bald durch den Appetitverlust und den Wechsel in der Art der Nährstoffe gestört fühlen. Mir war sehr übel. »Wie kann ich«, sagte Heinrich Himmler gerade, die Hände an meinem Ellbogen und mich mit einer segnenden Pfefferminzwolke anblasend, »Ihnen nur danken?« Oder irgend so etwas – ich erinnere mich nur noch an die Nachstellung des Infinitivs. Kenneth M. Toomey, der britische Romancier und Retter des Reichsführers Heinrich Himmler. Irgendwie mußte ich die Leute dazu bringen, daß sie über die Sache Schweigen bewahrten.

50

Das Städtchen Moneta liegt in der Lombardei, unweit der Dreiländergrenze zur Schweiz und nach Österreich. Im Norden beginnen die Rätischen Alpen; nach St. Moritz ist es nur eine kurze Fahrt mit der Bahn. Im Jahr vor dem Krieg, als ich dort war, hatte die Stadt rund siebzigtausend Einwohner, die teils im Handel mit den Acker- und Weinbauprodukten der Gegend, teils in leichten Industrien wie der Herstellung medizinischer Korsagen beschäftigt waren. Eisenverarbeitung und Keramik gab es auch. Der Hauptteil der Stadt liegt auf dem Westufer des Torrente Melaro, der an drei Stellen von kräftigen Brücken mit den Namen Garibaldis, Cavours und Cesare Battistis überspannt wird. Auf dem Ostufer berühren die Brücken den schönen Viale Milano und die Via de Guicciardi, mit dem Piazzale

Mottalini dazwischen. Es gibt eine stattliche alte *Prefettura* und das beste *Ospedale Civile* der Gegend. Der Ort hat nur ein erstklassiges Restaurant, das Oca d'Oro, aber an vorzüglichen Trattorien ist kein Mangel. Die regionale Küche soll sich von ihrer charakteristischsten Seite im Winter zeigen, wenn von den Rätischen Alpen ein schneidender Wind herabpfeift: dicke Bohnensuppe, Kuttelragout mit *gnocchi,* fette gegrillte Würste und der schwarzrote Wein, welcher der Stolz von Moneta ist. Die Stadt ist Bischofssitz, und der Duomo und der Bischofspalast liegen zwischen der Via Trieste und der Via Trento, die beide genau auf geographischen Breitengraden verlaufen. Die Fundamente des Duomo sind von 1397, der Stil ist gotisch, aber mancherlei Unterbrechungen wie Bürgerkriege, Eroberungen, Hungersnöte und Seuchen hatten die Fertigstellung bis um 1530 verzögert. Jacopo della Quercia wurde durch Bestechung oder Erpressung bewogen, aus Siena zu kommen und das Mittelportal mit einem Sankt Ambrosius zu verzieren, der wie ein Zeremonienmeister mit ausgebreiteten Armen der Welt Christi letzte Leiden darbietet. Die Säulen an der Tür sind mit Reliefs aus der Geschichte des Glaubens von Adam und Eva bis zu Ambrosius' Bekehrung des Augustinus besetzt. Im Innern sind Fresken von Giovanni da Modena (St. Laurentius auf dem Rost) und Lorenzo Costa (die Jungfrau, das Jesuskind stillend). Der Bischofspalast ist ein Renaissancebau und im Winter kalt. Dort aß ich mit Carlo im Vorfrühling, als die Kälte nachließ. Carlo war natürlich inzwischen der Bischof von Moneta.

»Fehlt dir nicht Washington?« fragte ich über dem Teller mit kleinen Bratfischen.

Er war alles andere als kirchenfürstlich gekleidet. Nach der Zentralheizung von Washington litt er hier immer noch unter der Kälte; deshalb trug er einen dicken Fischerpullover aus Jersey. Im Kamin mit seinem bemalten Proszenium (nackte Damen, die Arme zum Herd oder *fuoco* hin streckend) schwelten ein paar grüne Holzscheite; nur das Harz in ihnen loderte gelegentlich auf wie ein Wutanfall. Er betrachtete mürrisch die kalte Pracht des Saales mit den abblätternden Fresken von Buhlerei und unkeuschen Nachstellungen. »Ich hab doch gewußt, es geht nicht so weiter«, sagte er. »Nicht mit diesem Bastard, der auf mein Englisch neidisch war.« Er meinte den Apostolischen Gesandten in den Vereinigten Staaten von Amerika. »Ich hab doch gewußt, was kommen würde, als der dicke Bertoli am Herzschlag gestorben ist.« Er meinte seinen Amtsvorgänger in der Diözese. »Schicken wir den nachhause, haben sie gesagt, damit er ein bißchen pastorale Erfahrung sammelt. Aber es macht mir nichts aus«, fügte er hinzu. »Ich muß ja zuhause sein, wenn ich's mal schaffen will bis zum Papst.« Seine Ausdrucksweise war sehr amerikanisch. Es war das erste Mal, daß er von diesem Ehrgeiz sprach, aber mitgemeint war dies schon immer, wenn er mir Andeutungen über geheime Zusammenkünfte zur Veränderung des Christentums machte, und an dem Tag, als er mir im Allahsgarten sein Typoskript gab, hatte er es so gut wie ausgesprochen. »Wenn ich erst Papst bin«, sagte er, »brauche ich mir über den Namen, den man mir gegeben hat, keine Gedanken mehr zu machen. Dann kann ich mir selber einen aussuchen.«

»Du meinst nicht Carlo, wenn ich dich recht verstehe, sondern Campanati?«

Er brütete vor sich hin, während Mario, sein Bediensteter, das Fischgericht abräumte. »Seine Mutter nicht zu kennen! Ich habe herumgefragt. Der Vater ist nicht so wichtig, der Vater ist allemal Gott. Aber nicht zu wissen, wer deine Mutter ist oder gewesen ist. Gewesen ist. Sie muß schon tot sein.«

»Weißt du«, sagte ich, »es war schon besser so, wie sich alles ergeben hat. Deine Ausbildung! Und Englisch als Muttersprache! Das wird etwas ausmachen, wenn der Tag kommt.«

»Manche von diesen Bastarden hier glauben einfach nicht, daß es auch anderswo als in Italien Katholiken gibt.«

»Warum sagst du immerzu Bastard?«

»Hm?« Mario trug jetzt ein sehr blasses Kalbfleisch herein und legte es vor. Er war ein alter Mann, sehr gebeugt, geschickt im Hochziehen fallbereiter Nasentropfen. Auch er spürte die Kälte. »Ach, das sagt man immer so in Washington, besonders in der Politik. Es ist ein ziemlich neutrales Wort, ähnlich wie Scheißer, Typ, Arschloch. Außerdem, ich bin doch selbst ein Bastard. Ich meine, ganz buchstäblich, ein Bankert.«

»Das kannst du nicht wissen.«

»Doch, ich weiß es. Das ist das einzige, was ich beim Herumschnüffeln in der Gegend um Gorgonzola herausbekommen habe.« Der Ausdruck paßte gut, und er wußte, daß er gut paßte. »Ja, die Milben des Tratschs und der grüne Schimmel des Skandals! Es gibt ein paar alte Frauen, denen man damals vor all den

Jahren mit Geld das Maul gestopft hatte, aber manche von ihnen konnten sich noch erinnern. Nur Nachnamen wußten sie nicht mehr. In manchen Weltgegenden sind Nachnamen sowas wie ein moderner Luxusartikel.« Und dann, verdrießlich kauend, sagte er: »Wie heißen doch diese Verse im *Ödipus Tyrannos?*«

Ich wußte, welche er meinte. Und er meinte nicht das Original, sondern meine eigene Übersetzung, die ich mit Hilfe der Loeb-Ausgabe als Eselsbrücke gemacht hatte. Ernest Milton hatte mir den Auftrag gegeben; es sollte mehr eine Bearbeitung als eine Übersetzung sein, mehr in der Art der neuen Versdramen, die Auden und Eliot aufgebracht hatten (diese Tarletonziege hatte recht gehabt), und nicht im alten Philologenstil à la Gilbert Murray. Carlo hatte es in New York gesehn, zusammen mit dem ehemaligen Bischof von Bombay, nun Erzbischof von Old York, der neben ihm saß und gerade von einem Besuch bei seiner Schwester in Toronto kam, wo er übrigens bei einem klapprigen alten Herrn namens Toomey eine notdürftige Zahnbehandlung erhalten hatte. Ich zitierte:

»Die letzte Tür zur letzten Kammer muß
ich öffnen,
In der ich selber bin. Mich muß ich anschaun.
Schlimmstenfalls bin ich der Sohn der
Göttin Fortuna.
Wer wollte eine solche Mutter nicht?
Verwandt zu sein den Jahreszeiten – dem
vierbeinigen Frühling,
Dem aufrecht schreitenden Sommer, dem
schlottrigen Winter!
Ich steig und fall und steig so wie
Das Jahr, das steigt und fällt und steigt.
Von diesem Stamm zu sein genügt mir.«

»Ja, so war's, sagte er. »Aber was soll das mit dem vielen Steigen und Fallen?«

»Das Rätsel der Sphinx«, erklärte ich, »in der Bildersprache eingeschlossen. Vier Beine, zwei Beine, drei Beine für den Mann am Stock. 4, 2, 3 – eine Wiederkehrformel, zirkulär. Verstehst du?«

»Ich glaube nicht an die Tragödie«, sagte er, scheinbar ohne auf mich einzugehen. »Das ist kein christlicher Begriff.«

»Du kannst doch dem Sophokles nicht übelnehmen, daß er kein Christ war.«

»Dieses *vitello*«, sagte er, »ist unmöglich. Hier muß sich manches ändern. Das einzig Gute ist der Wein.«

»Der Wein ist gut.« Wir tranken uns finster zu.

»Das tragische Opfer«, sagte er. »Der Ausdruck wird sehr leichtfertig gebraucht. Besonders in den Zeitungen. Tragisches Opfer eines Verkehrsunfalls. Geopfertes Opfer. Christus ist eines, aber er bringt auch das Opfer. Das ist der große Unterschied zwischen *Ödipus* und der Messe. Das christliche Opfer muß zugleich ein Sieger sein, der das Opfer darbringt.« Neben seinem Teller stand eine große Messingglocke. Rings um das Metall wand sich der Markuslöwe wie ein chinesischer Drache. Carlo hob die Glocke hoch wie ein Ausrufer und bimmelte kraftvoll. Als Mario schniefend wie der personifizierte Winter hereinkam, fragte ihn Carlo, was es sonst noch zu essen gebe. *Pollo alla diavola. Patate arrosto.* Dann bring uns das und schaff diesen Mist hier vom Tisch! Zu mir sagte Carlo: »Ich mag keine Nieten.«

»Wir sind alles Nieten.«

»Red keinen Unsinn! Du bist keine Niete.« Wenn der wüßte! »Und ich bin auch keine. Weißt du, ich bin froh, diese Familie los zu sein. Alles Nieten!« Schockiert sagte ich:

»Deine Schwester ist eine Art Heilige Teresa. Dein Bruder Raffaele ist für Recht und Anstand gestorben. Deine Mutter ist eine Blutzeugin für die Opfer der Judenverfolgung. Domenico«, sagte ich, aber dann wußte ich nicht weiter.

»Domenico ist ein Idiot. Ein gottloser ehebrecherischer Idiot mit einem Talent, dußlige Musik für dußlige Filme auszuspinnen. Na ja, vielleicht waren sie nicht alle dußlig. Der eine mit Astrid Storm, *The Passion and the Pity,* war's nicht, aber auch der wurde beinah ruiniert durch Domenicos schwachsinnige Musik. Und über meinen Adoptivvater weiß ich Bescheid. Auch so ein Ehebrecher, syphilitisch obendrein, erfolgreicher Käsehändler, aber auch das nur, weil er die Geschäftsführung in der elterlichen Firma seinem Bruder überlassen hat, dem Onkel Gianni, wie ich zu ihm gesagt habe. Luigia ist Nonne geworden, weil sie sexuell kalt ist, konnte die Vorstellung nicht ertragen, daß ein Mann sie anrührt – eine negative Berufung. Die Frau, die ich Mutter genannt habe, hat Selbstmord–«

»Aber hör mal, ich war dabei–«

»Das war so etwas wie bei diesen Amokleuten in Malaya. Töte, damit man dich tötet! Sie hat noch nicht mal jemanden getötet.«

»Das war nicht meine Schuld«, sagte ich zerknirscht.

»Wo soll ihr Opfer sein? Die SS hat einen Löffel Asche aus ihr gemacht, Luigia hat sie in einer Urne heimgebracht. Aus der Geschichte ist sie getilgt, als hätte sie nie existiert.«

»Immerhin mach ich dieses Buch.«

»Das kein Mensch lesen wird«, prophezeite er richtig. »Raffaele hat sich von den Strolchen in Chikago in Stücke hacken lassen. Auch eine Niete!«

»Dann waren die christlichen Märtyrer auch alles Nieten?«

»Das ist was anderes. Die sind singend in den Tod gegangen, verdammt noch mal! Die haben das Römerreich erschüttert. Verdammt noch mal, Raffaele ist von Katholiken umgebracht worden, als Zeuge für einen halbgaren weltlichen Glauben, den er noch nicht mal wirkungsvoll artikulieren konnte. Es war dumm von ihm, daß er's mit dir verdorben hatte, du hättest ihm deine Stimme leihen können.«

»*Mea culpa, mea maxima culpa!*«

»Mach dich nicht lustig!« rief er, als das halbverkohlte Hühnchen mit den Kartoffeln aufgetragen wurde. »Die Frau, zu der ich Mutter gesagt habe, hat gesagt, sie sei Jüdin, aber die Juden wollten nichts mit ihr zu tun haben. Sie hat gewußt, der Krebs würde sie bald umbringen, und da hat sie ihn betrogen, was doch ohne Zweifel nicht Gottes Wille gewesen ist.«

»So? War denn der Krebs Gottes Wille?«

»Ah, nein! Ah, nein! Das kommt von der andern Seite. Aber man muß es bis zu Ende durchstehn. Christus hätte in Gethsemane um sich schlagen können, dann hätt er ein Schwert in den Bauch gekriegt. Hat er aber nicht getan. Er hat nicht betrogen. Er hat's ausgestanden bis zu Ende, und so müssen wir's auch halten. Und er hat seinen Sieg gehabt.«

»Concetta und Raffaele werden auch ihren Sieg haben. Ihr Lohn im Himmel wird hoch sein.«

»Ah, nein!« Er kratzte von seinem *pollo alla diavola* ein Stück verbrannte Haut ab. »Die haben Glück, wenn sie überhaupt reinkommen. Beide haben Selbstmord gemacht.«

»Du bist härter als früher. Früher hattest du immer viel Mitgefühl.«

»Ich laufe über vor Mitgefühl«, sagte er kauend und lief über vor Fett. »Sie tun mir furchtbar leid. Aber mein Mitgefühl hat nichts zu bedeuten. Nur Gottes Erbarmen zählt. Dies Huhn ist entsetzlich.« Er gabelte einen Kartoffelwürfel auf, vier Seiten goldgelb, zwei schwarz. »Ich weiß, was du jetzt denkst. Du denkst, ich bin auch ein Selbstmörder.«

»Denk ich nicht! Du hältst gegen die Faschisten jetzt den Mund.«

»Ich sage meine Meinung, aber ich bin nicht politisch. Ich verurteile ihre Sauerei nicht als politische Sauerei. Ich sage bloß, der Ochsenfrosch soll seine Christenpflichten nicht vergessen. Und die anderen Strolche ebenso. Daran ist nichts Politisches.«

»Und der Krieg in Spanien?«

»Da ist Unrecht auf beiden Seiten. Ich überlaß es euch Engländern, Franco einen christlichen Politiker zu nennen. Die Kirche in Spanien hat unrecht, sich auf die Seite der Falangisten zu schlagen, bloß weil sie die Jungfrau Maria zur Oberkommandierenden ihrer verdammten Mörderbande ernannt haben. Die Kirche sollte bei ihrer Aufgabe bleiben, und dazu gehört, daß sie verfolgt wird. Die Kirche wird niemals zum Opferlamm, vergiß das nicht! Die Kirche überlebt. Und ich«, sagte er, behaglich kauend, »gedenke auch zu überleben. Glaubst du im Ernst, ich sterbe vor diesem pyknischen Atheisten? Ich will das noch erleben, wie die alle aufgehängt werden oder jammernd und schuldbeladen im Bett sterben wie Herodes der Große. Ich«, sagte er, die schönen, starken Zähne zeigend, als er in sein Fleisch biß, »werde kein Opferlamm sein.«

Seine Häßlichkeit wurde im Durchgang durch das mittlere Alter zu einer besonderen Art Schönheit. Das Fett an ihm war fest und nicht schwammig. Wie ein Opferlamm sah er nicht aus. »Nimm dich in acht«, sagte ich, »vor der Hybris!«

Er spuckte einen kleinen Knochen aus und damit zugleich die Hybris. »Ich stelle mich nicht gegen Gott. Gott kennt seine Diener. Weißt du«, sagte er, »die Campanatis kann ich vielleicht noch gebrauchen, vielleicht nicht. Es wird auf die allgemeine Atmosphäre ankommen, wenn es soweit ist.«

»Und wann wird das sein?«

»Nach dem nächsten, und das wird wahrscheinlich Pacelli sein. Ich glaube, Ratti macht's nicht mehr lange. Pacelli hat ihm schon viel Arbeit abgenommen – *Mit brennender Sorge* ist von ihm, da bin ich sicher. *Divini Redemptoris* vielleicht auch. Die eine Faust gegen die Nazis, die andere gegen die Russen. Aber ich glaube, es gibt eine Möglichkeit, wie man die Kommunisten mit ihren eigenen Waffen schlagen kann. Die werden versuchen, hier die Macht zu übernehmen, wenn es Mussolini an den Kragen geht. Ich bin auf sie vorbereitet.«

»Das hab ich gelesen. Verdammt noch mal, das steht alles in dem Buch drin, für das ich idiotischerweise meinen Namen hergeben mußte! Wie meinst du denn das mit der allgemeinen Atmosphäre?«

»Hm? Ach das! Es könnte sich gut machen, eine Mutter gehabt zu haben, die für die Juden gekämpft hat und von der SS erschossen wurde. Und einen Bruder, der in Chikago Bürgersinn bewiesen hat. Und eine Schwester, die eine Mutter Oberin ist.«

»Und noch einen Bruder, der ein Ehebrecher ist, nicht zur Messe geht und sich scheiden lassen will.«

»Den Bastard«, sagte er, »bring ich noch auf Vordermann, wenn's sein muß. Wenn nötig, hol ich ihn zu der armen Hortense zurück, Gottes Gnadenlicht über den bekehrten Sünder.«

»Und wenn die arme Hortense ihn nicht mehr will?«

»Die Ehe ist ein unauflösliches Sakrament.«

»Der Bastard bist du, Carlo! Ein elender Opportunist, das bist du.« Ihm gefiel das. Er strahlte mich fettig an, dann wischte er sich das Fett und das Strahlen mit der Serviette aus dem Gesicht. Er sagte:

»Oder vielleicht ist es besser, wie Ödipus zu sein. Ein Kind der Göttin Fortuna. Wird ganz drauf ankommen, wie die Dinge dann stehn.«

»Und wann«, fragte ich zum zweiten Mal, »wird das sein?«

»Nach Pacelli. Ich wette mit dir tausend Dollar, daß Pacelli sich Pius XII. nennen wird. Und Pacelli wird dranbleiben bis, na, sagen wir Mitte der 50er Jahre.«

»Und dann wirst du Pius XIII.?«

»O nein, dreizehn bringt Unglück. Ich werde mich anders nennen.«

»Und wie?«

»Ach«, sagte er, während Mario, der vergessen hatte, zunächst die Fleischgerichte abzuräumen, den Käse hereinbrachte – keinen Gorgonzola, aber sonst alles, eine stinkende Anthologie der italienischen Käseproduktion – »das muß geheim bleiben.« Und dann, während er sich ein Stück von der verwesten Milch abschnitt, sagte er feierlich: »Der Tod.«

»Ja, so riecht das Zeug, der Leichnam der Milch, hat Jim Joyce dazu gesagt.«

»Nein, nein, nein, ich meine, es ist eine Zeit des Todes, die wir durchmachen. Der Sensenmann, das Skelett zu Pferde. Wir müssen alle auf unsre Gesundheit achten – du, Hortense und ich. Wir müssen eine schwere Zeit überleben. Du und Hortense, ihr seid meine Familie. Das weißt du.«

»Ja, ich weiß.« Dann sagte ich: »Der arme Tom!«

»Tut mir leid«, sagte Carlo käsekauend, »daß ich ihn nie kennengelernt habe. Aber ich glaube nicht, daß wir uns–«

»Daß ihr euch verstanden hättet?«

»Du hast mir ja ein paar von seinen Witzen erzählt, aber ich konnte sie nie sehr komisch finden. Zum Beispiel Hamlet, der ein Omlett sein soll und dergleichen.«

»Tom«, sagte ich, »war ein Heiliger.« Das hatte zwar Val Wrigley einmal gesagt, aber es war trotzdem richtig.

»Was glaubst du denn, was das ist, ein Heiliger?«

»Tom war ein Mensch, der niemandem wehgetan hat. Er hat den Leuten viel harmloses Vergnügen bereitet, ist keusch und gütig gewesen, hat Schmerzen erduldet, ohne zu klagen, und als er gestorben ist, hat er gesagt, Gottes Wille geschehe.«

»Das hat er gesagt?«

»Nein, er hat Witze gerissen. Er hat die Ärzte zum Lachen gebracht und die Schwestern zum Heulen über so viel Mut. Er hat darauf bestanden, ohne Betäubungsmittel zu sterben. Er wollte Gott so begegnen, hat er gesagt, wie seinem Publikum – lächelnd, während man sich in die Hosen macht vor Angst. Vielleicht war er zu gut. Seine Frau ist ihm deshalb davongelaufen. Die Frauen können Güte nicht ausstehen. Manche Leute haben gesagt, die Heilige sei sie gewesen. Andauernd ist sie zur Messe und zur Beichte gerannt und hat ihren vermaledeiten Rosenkranz gebetet. Und dann ist sie ihm mit einem andern Komiker durchgegangen.« Carlo konnte sich bei dem Wort nichts Rechtes vorstellen. »Tom war ein Komiker, ein Possenreißer, wie man sagt. Aber einer ohne rote Nase, ohne Derbheiten. Nicht so einer wie der George Robey, der sich als Lehrer vor eine Tafel stellt und die Buchstaben abzählt: Ein Buchstabe, zwei Buchstaben, drei Buchstaben, fünf Buchstaben.« Carlos verständnisloses Gesicht erinnerte mich an den Kultur- und Temperamentsunterschied zwischen uns beiden. Ein humorvoller Papst würde er nicht werden.

»Ein Heiliger«, sagte er, »ist doch was anderes, als du zu glauben scheinst. Ich habe schon Katzen und Hunde gesehn, die nach deiner Definition Heilige wären. Ein Heiliger«, sagte er, »muß die Welt verändern, in dem Sinne, daß sie sich der Gegenwart Gottes in ihr bewußter wird.«

»Womit er eine Illusion nährt«, sagte ich, einigermaßen erbittert. »Gott hat sich von der Welt zurückgezogen. Wie wir noch sehn werden. Wie wir bald immer deutlicher sehn werden.« Mario brachte einen Zabaglione herein, eine geschwärzte Pfanne in der einen Hand, zwei Teller und zwei Löffel in der anderen. Laut schniefend zog er einen Tropfen hoch. »*Nein!*« brüllte Carlo. Mario setzte alles schnell ab und verschwand. Carlo sagte nun milder:

»Du bist noch nicht bereit. Aber vielleicht bist du bereit für die *noche oscura.* Hast du San Juan de la Cruz gelesen?«

»Wir sind alle bereit für die *noche oscura.*« Und dann fand ich, daß es an der Zeit war, die ganze Sache einmal auszusprechen. Während ich den Zabaglione löffelte. »Carlo«, sagte ich, »aus irgendeinem Grund willst du meine Situation nicht verstehen. Meine Lage, so wie ich bin. Meine sexuelle Lage.«

»Ich hab nie ein Anzeichen dafür gesehn, daß du so bist, wie du sagst, obwohl ich davon reden gehört habe. Du benimmst dich nicht wie ein *finocchio,* du hast keinen Blick für verführbare Jungen. Ich kenne Sodomiten, ganz üble, perverse Sünder. In dir habe ich immer nur etwas gesehn, was mir christusähnlich erscheint – der Drang, einen anderen Mann zu lieben und sich damit in eine höhere Sphäre der Liebe zu erheben, die über dem Treiben der Natur steht. Ein Drang, der so heilig ist, daß er diabolisch vereitelt werden mußte. Ich weiß, daß ich dich hier nicht verstehn kann, und es tut mir leid, aber ich kann nichts dafür. Vielleicht mußte die Straße zu dieser Art Liebe mit körperlichen Versuchungen gepflastert sein, aber in diesen kann ich einfach nicht die gemeinen und willkürlichen Lüste der Stadt Sodom sehen. Ich glaube, du wirst diese Liebe wiederfinden. Ich glaube nicht« – und dabei kratzte er die letzten trockenen Flocken des Zabaglione aus der Pfanne – »daß du und ich sie zusammen finden werden. Unser Verhältnis ist ein brüderliches, etwas ganz anderes. Du darfst anderen gegenüber nie zögern zu sagen, welches unser Verhältnis ist: Der Bischof von Moneta ist mein Bruder, der Erzbischof von Mailand ist mein Bruder, der Heilige Vater der Gläubigen ist mein Bruder.«

Er hatte sich alles schon überlegt. »Die Liebe, nach der du suchst, kann vielleicht nur in der Person Christi befriedigt werden. Vielleicht bist du es, der zur Heiligkeit ausersehen ist.« Er ließ den Löffel in die Pfanne scheppern, wie zur Vorankündigung von Glockengeläut. Er wischte sich die Finger an seinem Fischerpullover ab.

»Carlo«, sagte ich, einigermaßen überdrüssig, »*fratello,* Gott hat mich als ein Wesen erschaffen, das danach verlangt, an verbotenen Stellen Samen zu vergießen. Gott hat mich so geschaffen, daß ich zu den gewöhnlichen philoprogenitiven Lüsten eines Mannes unfähig bin.«

»Gott hat dich nicht so geschaffen. Diese Art Prägungen ist dem Teufel vorbehalten. Das kommt nicht von Geburt, sogar der Dr. Freud sagt das, ein Mann, der doch ein sehr guter jüdischer Theologe sein könnte, wenn er bloß damit aufhören würde, solche Termini wie das Es und dergleichen zu erfinden. Wenn der Teufel dir das angetan hat, dann mußt du, wie schon gesagt, deine Pflicht und deine Ehre darin sehen, das Verlangen nach dem Fleisch des eigenen Geschlechts in ein rein spirituelles Verlangen zu verwandeln. Du darfst nicht nachgeben.«

»Ich habe nicht dein Berufenheitsgefühl. Ich brauche gelegentlich die Freilassung und Beschwichtigung des Fleisches. Ich hatte gehofft, daß dieses Buch, das ich für dich herausgebracht habe – welche Ironie, daß ich als Schirmherr für eine Ansicht auftreten muß, die ich durch meine Natur gehindert bin, mir zu eigen zu machen! Eines Tages wirst du dieses Dogma ändern müssen. Es gibt so viel Samen auf der Welt – zu viel. Onan hat in Wirklichkeit keine Sünde begangen. Er war bloß seiner Zeit voraus.«

»Der Teufel, da hast du's!« lächelte er. »Peitscht mit dem Schwanz wie eine Katze. Gottes Reich ist für unermeßlich viele Seelen geschaffen. Gottes Liebe zu den individuellen Menschenseelen ist unersättlich. Mit der Vergeudung des Samens begehst du die Todsünde, die Stillung des göttlichen Appetits zu vereiteln.«

»Moloch, Moloch!« stöhnte ich. »Füttre ihn doch mit neugeborenen Kindern in einem Land, wo es kein Brot und kein Wasser gibt und kaum mehr genug Spucke für die flüchtigste Nottaufe! Nein, nein, nein, Carlo, so geht's nicht! Nach deiner Logik müßten Priester und Nonnen ja die ersten sein, die in kondomloser Kopulation nur so schwelgten.«

»Wir«, sagte er nicht ohne Selbstgefälligkeit, »sind eben anders. Wir bezeugen die göttliche Paradoxie. Wir sind steril, nur um fruchtbar zu sein. Wir verkünden die primäre Realität eines geistlichen Reiches, das eine unendliche Zahl Wohnstätten für eine unendliche Zahl Menschenseelen bereithält. Und auch du bist anders. Dein Schicksal ist von der seltensten Art. Du wirst in deinem Leben noch die Liebe Christi zum Menschen und des Menschen zu Christus in Gestalt einer irdischen Liebe verkünden.« Predigerrhetorik; besser hätte es im Italienischen geklungen, das in melodischer Nichtssagenheit schwelgt. Mit derselben Verdrossenheit wie zuvor sagte ich:

»Mein Schicksal ist es, mit Triebregungen zu leben, die sowohl von der Kirche wie vom Staate verurteilt werden, und mich durch Anbieten einer wertlosen Ware mürrisch zu bereichern. Ich habe grad einen Roman fertig, und als ich das Typoskript noch einmal durchgelesen habe, ist mir ganz schlecht geworden. Aber das ist es, was die Leute wollen – die Beschwörung einer goldenen Vergangenheit, als es noch keinen Mussolini, Hitler oder Franco gab, als man Güter noch mit Sovereigns bezahlte, als Elgars Symphonie Nummer eins in As-Dur *nobilmente* eine massive Hoffnung auf die Zukunft hinaustrompetete, als die romantische Liebe zwischen dem Ladenmädchen und dem jüngeren Sohn aus adligem Hause noch eine gesunde Abwandlung, aber nicht die Zerstörung der ererbten sozialen Formen ankündigte. Komische Diener und gebieterische Herzoginnen, Kutschen und Ascotrennen. Das wird den Faschisten ebenso gefallen wie den Demokraten. Mein Schicksal ist es, eine Art Subliteratur zu schaffen, der jeder Anflug von Subversivität fehlt.«

»Unterschätze dich nicht!« sagte Carlo. Mario brachte Kaffee herein und ein Kästchen *pártagas.* Carlo sprach zu ihm recht ausführlich im Mailänder Dialekt – der, wie ich bemerkte, nicht allzu viel anders war als der von Moneta – und sagte ihm, daß unser Essen eigentlich verdient gehabt hätte, daß man es im *gabinetto* hinunterspülte, daß er alle Verantwortlichen in die Eier treten werde, wenn sich nicht ganz schnell in der *cucina* einiges ändere, und noch manches mehr dergleichen. »Ich kann wie ein Bauer sein«, erklärte mir Carlo, als Mario hinausgegangen war und er mir das Zigarrenkästchen und die wächsernen *fiammiferi* reichte. »Ich kann verdammt noch mal alles sein, was sie wollen.« An diesem Abend ging ich sehr bald in mein kaltes Bett. Ich wollte frühmorgens den

Zug nach Genf nehmen. Um dort ein Bankkonto zu eröffnen, denn die Aussichten für das übrige Europa, damals im Frühjahr 1938, gefielen mir gar nicht. Hitler war soeben in Österreich einmarschiert (nicht eingefahren: aller motorisierte Verkehr auf der Straße nach Wien war zusammengebrochen) und im heimischen Linz mit Früchten und Blumen begrüßt worden. Carlo aber blickte weiter, über Hitler hinaus und all die räuberischen Bastarde. .

51

Papst Pius XI. starb am 10. Februar 1939, und Eugenio Pacelli erfüllte Carlos Prophezeiung, indem er sich etwa einen Monat später als Papst Pius XII. krönen ließ. In der Fleet Street schien schon wie Zigarettenrauch eine Ahnung davon in der Luft zu liegen, daß ich irgendwelche Verbindungen zum Vatikan haben müßte, denn die *Daily Mail* forderte mich auf, zu den Begräbnisfeierlichkeiten nach Rom zu fahren und über das Warten auf das erlösende Rauchzeichen und die Krönung zu schreiben. Ich lehnte ab: Ich hatte keine Lust, mit Sir Hugh Walpole, der dasselbe für den Hearst-Konzern machte, in Rom herumzulungern und mich von ihm zu Nachstellungen nach den *pedicabili* animieren zu lassen, während das Konklave über die Ansprüche der verschiedenen *papabili* befand. Trotz Carlos Prognose hatte Pacelli es nicht ganz leicht.

Ich blieb daheim und erlebte, daß Großbritannien die Regierung des Generals Franco anerkannte, Hitler Böhmen und Mähren annektierte und ein deutsches Protektorat ausrief, daß Litauen das Memelland ans Reich abtrat und Italien eine Woche nach dem Ende des Spanischen Bürgerkriegs Albanien besetzte. Daß es einen zweiten Weltkrieg geben werde, glaubten damals nur wenige: Wir hatten unseren Schreck schon letzten September bekommen, und nun würden Chamberlain und Daladier nach demselben Schema wie mit dem Sudetenland wohl auch mit dem polnischen Korridor verfahren und später den Gebietsforderungen Hitlers nachgeben. Wir waren im Begriff, uns mit unserer Schande abzufinden, ein Aspekt der *conditio humana*.

Am Tage, als Großbritannien ein Verteidigungsabkommen mit der Türkei unterzeichnete, saß ich in meinem Wohnzimmer in Albany und studierte das Studioporträt, das Hirsch von mir gemacht hatte. Sorgfältige Unterbelichtung und ein paar Striche mit dem

Retuschenpinsel hatten mich jünger gemacht, als ich war. Im Rasierspiegel sah ich jeden Morgen einen Mann, der unbezweifelbar achtundvierzig war, unruhig, verdrossen, ungeliebt außer von seinen Lesern, gezeichnet vom Wohlleben, etwas schlaff ums Kinn, das Haar ergrauend, aber herrlich modelliert von meinem ständigen Coiffeur bei Trumper in Mayfair. Der Mann auf dem Foto war der volkstümliche Romanautor, so wie man mich in aller Welt kennt, ohne Falten und mit verträumten Jünglingsaugen, aber auch mit dem Ausdruck harterworbener Lebensklugheit: einer, dem man trauen konnte (ein bißchen, aber nicht zu sehr), weitgereist, von sicherem Geschmack in den Künsten, nicht so beängstigend intellektuell, aber doch belesen und halbwegs gescheit, scharfzüngig oder warmherzig, je nachdem, was der Anlaß gebot, wenn er in der Massenpresse einmal seine Ansichten über die moderne Frau, die Absichten der Diktatoren, das Wesen der Freundschaft, die Bedeutung des Glaubens, den Rang William Somerset Maughams, die Dekadenz der Franzosen oder die Schönheit des ländlichen England zum besten gab. Bei der Werbung für meine Bücher würde das Porträt vermutlich für die nächsten zehn Jahre seinen Zweck erfüllen. Mein Agent würde dafür sorgen, daß es ins isolationistische Amerika gelangte, ins falangistische Spanien, ins Deutschland der Nazis, ins faschistische Italien, ins imperialistische Japan und in andere Länder, wo ich einen Hunger nach beruhigender Literatur stillen konnte. Mein bisher beruhigendster Roman, sehr spannend ohne jeden Anflug von Subversität, sollte in Kürze herauskommen: *Die Zeit der reifen Äpfel.* Wovon er handelte, das hatte ich Carlo schon erzählt.

Ich legte mit einem Seufzer das Porträt weg und las zum zweiten Mal den Brief von der zweiten Frau meines Vaters. Er sei sehr krank, schrieb sie, mit Beschwerden, wie man sie in seinem hohen Alter, beinah achtzig, erwarten müsse, nämlich pulmonale Kongestionen, ein Gewächs in der Prostata, grauer Star, etwas, das nach der Bürgerschen Krankheit oder Thromboangiitis obliterans aussah, Mundgeschwüre, chronische Verdauungsstörungen und nahender Altersschwachsinn. Seine zweite Ehe war nicht mit Nachkommen gesegnet gewesen, und er sprach oder klönte nun viel von seinen Kindern, die er seit dem Ende des einen Weltkrieges nicht mehr gesehen habe und wegen des nächsten Krieges, der bevorstünde, nicht mehr sehen werde, wenn wir uns nicht alle (alle!) schleunigst auf den Weg nach Toronto machten. Daß Tom tot war, schien er nicht mehr aufgenommen zu haben. Er hatte eine vage Ahnung davon, daß irgendjemand von uns ihn zum Großvater gemacht hatte. Er besaß ein, zwei Bücher von mir und schien zu glauben, daß ich bei meinem britischen Verleger wohnte. Er wußte nicht, daß seine Tocher nur einen kurzen Flug weit entfernt von ihm lebte und sich als Bildhauerin einen Namen machte.

»Nein«, sagte ich laut zu meinen Büchern, Bildern, Nippsachen und Bucharateppichen. »Nein«, sagte ich zu der englischen Frühlingssonne und dem fernen, behaglichen Summen des Londoner Straßenverkehrs. Von Carlo hatte ich gelernt, daß die Vaterschaft eine Fiktion war und daß man Sohnespflichten nur gegen Gott hatte und gegen die eigene selige Mutter, sofern man wußte, wer sie war; Carlo mußte's ja wissen, denn er würde der nächste Papst werden. Väter und Söhne – Unsinn! Dann klingelte es behutsam an der Wohnungstür, und Jack, der alte, warzengesichtige Hausdiener, führte den Sohn eines sehr bedeutenden Vaters herein.

Dieser Sohn machte vor mir eine Verbeugung, knallte ironisch die Hacken zusammen und sagte auf deutsch: »Ein Brief für Sie!« Dann stellte er seine Koffer und ein Bündel mit Tennisschlägern zu Boden, zog mit der linken Hand den Brief aus der Brusttasche und überreichte ihn mir mit vorgestrecktem Arm und hocherhobenem Kopf, in spöttischer Nachahmung der militärischen Habachtstellung. Der Brief war von Jakob Strehler, und die Adresse auf dem gedruckten Briefkopf war Wien, Albrechtsgasse 21. Er war auf deutsch und in einer spöttisch nachgeahmten Kinderschönschrift geschrieben. Das Spöttische lag also wohl im Blut. »Bitte nehmen Sie doch Platz!« sagte ich auf englisch zu dem Sohn, und er setzte sich immer noch in pseudomilitärischer Habachtstellung auf einen meiner Louis-Quinze-Stühle. Ich setzte mich ihm gegenüber in ein Fauteuil und las.

Der große Strehler sprach mich als »lieben Freund« an und schrieb, ich solle nicht denken, er sei undankbar für meine wiederholten Beifallsäußerungen, sowohl in den Rezensionen, die ich so freundlich gewesen sei, ihm zu schicken, und die auch wohlbehalten angekommen seien, für die er sich aber, wie ihm leider klar sei, niemals bedankt habe, als auch in meinen ebenfalls nie beantworteten Briefen. Leider sei er kein großer Briefschreiber. Er schreibe nur für Ruhm und Geld, vor allem letzteres. Die Lage in Österreich, nun bloß noch eine Provinz des Dritten Reiches, sei für einen wie ihn, einen Juden, sogenannten Intellektuellen, Demokraten, Anhänger und Nutznießer der Redefreiheit, ohne Zweifel gefährlich; dennoch gedenke er dazubleiben, mehr oder weniger im Verborgenen, ein wenig gestärkt durch sein internationales Ansehen (allerdings nicht mehr durch das leider schon ausgegebene Geld), das ihm durch die »Freigebigkeit Schwedens«, wie Yeats gesagt habe, zuteil geworden sei, gestärkt auch durch die eigene, relativ indifferente Haltung gegen die Zukunft. Seine Frau, was ich wohl nicht wissen könne, sei vor ein paar Jahren in ihre Heimat, nach Neuseeland zurückgekehrt und habe ihre Tochter mitgenommen, ihren Sohn aber in seiner, Strehlers, hilfloser Obhut gelassen. Um ihn nun war Strehler besorgt, und für ihn bat er mich zu tun, was mir möglich sei. Er entschuldigte sich für dieses unerbetene Geschenk eines Sohnes, aber er habe keinen Zweifel, daß sich die traditionelle Gastfreundschaft, mit der die Briten Flüchtlinge vor der Unterdrückung aufnähmen, auch bei mir finden werde. Er wünsche jetzt, er hätte ein paar von meinen Büchern gelesen, aber dafür sei es nun wohl zu spät; und außerdem lese er gewöhnlich keine Zeitgenossen.

Heinz, wie der Junge hieß, habe kaum ein Talent zu etwas anderem als dem eigenen Vergnügen, wozu auch die gutwillige, manchmal aber, wenn man zynisch sein wolle, nicht uneigennützige Bereitschaft gehöre, anderen Menschen Vergnügen zu bereiten, solange es ihn nichts kostete. Nur dank der Beihilfe eines Mannes, dem er solche Vergnügen bereitet habe, eines hohen Funktionärs der österreichischen Nazipartei, habe sich Heinzens Ausreise aus dem Reich, dieser judenhungrigen Einrichtung, bewerkstelligen lassen. Ich solle mit Heinz bitte so verfahren, wie ich es für richtig halte. Der angelsächsischen literarischen Welt könne ich ausrichten, daß sie sich um das Schicksal von Jakob Strehler nicht zu sorgen brauche. Seine Werke würden das tausendjährige Reich überdauern. *Es ist,* wie Bach in einem von Strehlers Freund Berg für ein Violinkonzert entlehnten Choral versichert hatte, *genug.* Bitte, empfangen Sie Heinz als ein Stück von seinem gebrochenen Vater und als Zeichen des Dankes für erwiesene Freundlichkeiten! Ich danke Ihnen herzlich. Jakob Strehler.

Ich nahm den Brief und verwahrte ihn andächtig in einer Schublade, wo er auf einem anderen deutschen Dankesbrief lag, allerdings einem kurz angebundenen, vom Reichsführer SS Heinrich Himmler. Dann betrachtete ich verdrießlich den geschenkten Sohn. »Willkommen, Heinz!« sagte ich. »Wie alt sind Sie denn?«

»Dreiundzwanzig Jahre.«

»Was gedenken Sie hier in England zu tun?«

»*Bitte?*«

»Was Sie in England machen wollen?«

»Ach so!« Er lächelte wohlig, während er in großer Eile aus seiner affektierten Steifheit herausschmolz, die Beine ineinander verschränkte wie der gummiknochige Jim Joyce, sich in Odaliskenpose zurücklehnte und in den Taschen nach Zigaretten suchte. Er fand ein paar Chesterfield und beförderte sich eine in den Mund, mit einem Schnippsen des Fingernagels gegen den Boden der Packung. »Geben Sie mir ein Feuer!« sagte er.

»Feuer soll ich Ihnen geben, Sie meinen Feuer geben?« Ich gab ihm welches mit meinem goldenen Dunhillfeuerzeug, und während ich es ihm hinhielt, legte er die eine Hand leicht auf meinen feuerspendenden Handrücken. Die Zigarette knisterte, zuviel Nitrat im Papier. Rauchfahnen aus den Nasenlöchern blasend, sagte er:

»Ich mache, was Sie wollen.«

Er ärgerte mich. Er war so überdeutlich, in fast kommerziellem Stile zwiegeschlechtlich. Hübsch war er, sogar sehr, trotz des schmalen, kleinlichen Mundes. Schwer zu sagen, wie ein Jude aussehen müßte, aber Heinz hätte ein prachtvolles Exponat für eine Ausstellung nordischer Mannesschönheit abgegeben. Wahrscheinlich hatte er das von seiner neuseeländischen Mutter, aber vielleicht wurde es auch durch nachwirkendes Kreuzfahrerblut begünstigt, denn die Retter der heiligen Stätten haben ihren nordischen Samen freigebig in Palästina verstreut. Ich steckte mir auch eine Zigarette an, eine von meinen, und wir saßen Auge in Auge und bliesen uns unmißverständliche Rauchzeichen ins Gesicht. Er war ein richtiges Hürchen. Ich knisterte wie seine Chesterfield vor konventionellem Verlangen, mit einem Vorgeschmack von Ekel. Ich hätte Lust gehabt, ihn auf der Stelle mitsamt seinen Tennisschlägern zum Teufel zu jagen, aber ich hatte eine Pflicht gegen den großen Mann. »Ihr Vater, dieser große Mann«, sagte ich. »Er muß auch fort aus Österreich. Was für Pläne hat man gemacht? Was für Freunde hat er? Sigmund Freud ist schon in London, aber es hat eine Weile gedauert, bis die *Reichsfluchtsteuer* und all diese anderen lächerlichen Steuern aufgebracht waren. Ich kann nicht glauben, daß Ihr Vater bleiben möchte. Bitte sagen Sie mir genau, wie es gegenwärtig um Ihren Vater steht!« Ich hatte deutsch gesprochen, denn für einen, der zu Hälfte von anglophonem Blut war, sprach er ein gräßliches Englisch. Ebenfalls auf deutsch erklärte er mir, sein Vater habe Glück gehabt, daß er den Nobelpreis bekommen habe, aber mit dem Glück wäre es bald vorbei. Am Tag nach der Kristallnacht im letzten November habe sein Vater ein Metallschild gemacht und es vor der Tür an der Hauswand befestigt, so hoch, daß die SA-Männer nicht hinauflangen und *Jude* draufschmieren könnten; und auf dem Schild stand: Jakob Strehler, österreichischer Schriftsteller, im Namen der Welt von der Schwedischen Akademie durch Verleihung des Nobelpreises für Literatur geehrt. Das Reich wolle die Schweden nicht vor den Kopf stoßen, und man sei auch noch nicht recht sicher, ob Jakob Strehler wirklich ein *echter* Jude sei. Strehler ist kein jüdischer Name. Für ihn sprach die äußere Erscheinung seines Sohnes, und hierbei streckte sich Heinz und grinste selbstgefällig, ein so reines Bild arischer Männlichkeit wie nur möglich, allen gemeinen Unterstellungen zum Trotz. Aber die Zeit würde kommen, wo das anders wurde, und Heinz schien darüber nicht allzu bekümmert. Ich sagte: »Jetzt will ich Ihnen Ihr Zimmer zeigen!«

»*Bitte?*«

»Ihr Englisch ist nicht sehr gut. Sie haben vielleicht niemanden gehabt, mit dem Sie Englisch sprechen konnten.«

»My father, a bittle. Once I speaked it good.«

»Well, meinen Sie, you spoke it well.«

»Once I spoke it very well.«

»Gut, das ist ja sehr gut.«

Ich trug ihm die Koffer, was er auch nicht anders zu erwarten schien, und überließ nur die Tennisschläger ihm selbst. Bevor er das Zimmer anschaute, schaute er sich selbst an: Gleich an der Tür stand ein schöner alter, etwas fleckiger Drehspiegel, den ich bei der Versteigerung von Lady Huntingtons Wertsachen in Belgravia erworben hatte. Dann probierte er das Bett aus, das vor kurzem nach einem Besuch des amerikanischen Filmproduzenten Jack Rappaport frisch bezogen worden war; er wippte mit dem Hintern drauf, um zu sehn, wie es federte. »Well«, sagte er, »Very well. Then sleep I here.« Wenigstens machte er mir aus dieser Lage keine Augen. Dafür machte er sich wieder selbst welche, im Ankleidespiegel, wo er den Sitz seiner braunen Jacke, von unbequemem mitteleuropäischem Schnitt, und das scheußliche Goldmuster mit hüpfenden Disney-Häschen auf seiner blauen Krawatte bewunderte.

»We will go to the Café Royal and there drink a cocktail and then eat lunch und discuss your future.«

»Bitte? *Please?*«

»Über deine Zukunft wollen wir sprechen.« Er lächelte mich vielsagend an, weil ich aus Versehen die vertrauliche Anredeform gebraucht hatte. Dann kam er wippend auf die Beine, machte einen seiner schweren Koffer auf und fing an, sich umzuziehen. Natürlich ohne jede *pudeur* oder Schamhaftigkeit. Er wollte betrachtet werden, also betrachtete ich ihn. Er machte mich darauf aufmerksam, daß er nicht beschnitten war. Auch sonst war sein Körper ein nahezu lehrbuchmäßiges, hartgoldenes Musterbild arischer Männlichkeit. Er zog einen Anzug an, den er vermutlich, weil er dunkelgrau war, für britisch hielt; mir kam er einfach nur unbequem vor. Beim Anziehen summte er *Trink, trink, Brüderlein, trink!* – ein beliebter Schlager bei der SA zur Zeit des Gemetzels von 1934.

An der Theke im ersten Stock des Café Royal schaute man uns verständnisvoll an. Der alte Toomey! Konnte man sich schon immer denken, was der für einer ist, aber neuerdings, wo er ins gesetzte Alter kommt, da zeigt er's ganz offen. Heinz trank drei Martinis und leckte sich nach jedem Schluck schnalzend die Lippen. Dann ging ich mit ihm nach unten zum Lunch, wo er ein großes Hors d'œuvre in sich hinein spachtelte, dann pochierten Steinbutt, Roastbeef mit Meerrettichsauce, Stiltonkäse und zwei Portionen Schokoladen-Mousse. »That smacks good!« rief er mehrmals befriedigt aus, und einmal sagte er »the good English cook-art!« Wir tranken zwei Flaschen kalten Wachauer Schluck, zum Gedenken ans verblichene Österreich. Wir redeten. Mein Vater hat gesagt, Sie sorgen für alles. Er hat gesagt, Sie werden mein Pflegevater und besorgen englische Adoptionspapiere. Ist Ihr Vater denn verrückt? Gut möglich, mir ist er immer so vorgekommen. Mögen Sie Ihren Vater denn nicht? Doch, wenn er in dem Haus bei Gerasdorf ist und ich bin in Wien, oder wenn ich in dem Haus bei Gerasdorf bin und er ist in Wien, aber in dem Haus bei Gerasdorf, da bin ich nicht gerne, weil es zu weit weg ist von Gerasdorf, und man kann gar nichts anfangen dort, auch nicht in Gerasdorf. Ein anderer Vater wäre mir nur recht. O du mein Gott! Nein, Ihr Vater kann ich nicht werden. Wenn Sie in England Arbeit finden, könnte man eine Arbeitserlaubnis besorgen, und dann wären Sie Ihr eigener Herr. Darum könnt ich mich kümmern, aber Sie dürfen nicht annehmen, Gott sei davor, daß ich eine so schwere und bindende Verpflichtung eingehen möchte, wie es die Adoption wäre. Aus Achtung vor dem Werk Ihres Vaters will ich alles für Sie tun, was mir möglich ist, aber, verstehn Sie mich bitte recht, das hat seine Grenzen. Achtung vor dem Werk seines Vaters schien er für blanken Schwachsinn zu halten, der nicht weniger schwachsinnig wurde durch den Umstand, daß er ihm schon öfters begegnet war und daß die Schweden diesem Schwachsinn sogar eine Art offizielle Weihe gegeben hatten, denn für ihn war das Werk seines Vaters nur altmodisch, langweilig und gestelzt. Er selbst las lieber einen guten Krimi oder etwas von Jack London. Aber noch lieber ging er ins Kino, er war ganz verrückt nach dem Kino. How many cinemas gives it here in London?

Ein stadtbekannter Sodomit, der Theaterkritiker James Agate, kam herein, schaute Heinz unverfroren an und sendete Rauch- und Glutsignale mit seiner Zigarre. Heinz blinzelte ihm zu und ließ die Schultern spielen. Ich erklärte Heinz, daß die Arbeitssuche für einwandernde Juden wahrscheinlich bald leichter würde, weil die Gewerkschaften ihre Beschränkungen lockern wollten. Was, Juden? sagte Heinz. Die Juden interessierten ihn nicht. Jids, Itzigs, dies aufgeplusterte Pack! Aber zum Kuckuck, Mann, Sie sind doch selber einer! O nein, ich bin keiner, weil meine Mutter keine ist; hat mir mal ein jüdischer Rabbi ganz klar gesagt, der bei Vater zu Besuch gewesen ist, nur wissen eben die Nazis manchmal nicht so genau, woran man einen Juden erkennt. Herrgott, Mann, Ihr Vater ist aber Jude, und noch dazu ein sehr angesehener, sollte das nicht genügen, um Ihnen klarzumachen, daß Sie auch einer sind? Ist denn die Tatsache, daß Sie damit rechnen mußten, als Jude verfolgt zu werden, nicht Grund genug, um etwas Solidarität mit diesem leidenden Volk zu empfinden? Nie, mich hätten sie nie verfolgt, die wollten mich sogar auf einem Plakat bringen, als Reklame für die Wehrmacht und den Dienst fürs Vaterland. Und die Juden, die kriegen jetzt nur, was ihnen schon lange geblüht hat. Ach du mein Gott!

Was haben Sie denn schon für Stellungen gehabt, haben Sie einen Beruf gelernt, ein Handwerk oder irgendwas? I have in many jobs worked, but was everything nothing for me. Einmal hatte er bei einer Versicherung angefangen, war aber unter der angeblich falschen Beschuldigung einer Unterschlagung entlassen worden. In der Kapelle des Kabaretts *Der gestiefelte Kater* hatte er eine

Woche lang die Trommel gespielt. Und dann war er in einem Stück von Schiller oder Schilling oder so jemandem aufgetreten, in einer stummen Soldatenrolle. Er hatte Freunde gehabt, Männer wie Frauen, die für ihn gesorgt hatten, aber alle waren sie irgendwann unvernünftig geworden, und mit der Freundschaft war's aus. Vater hat mir manchmal Geld gegeben, manchmal auch nicht. Für diese Reise hat er mir Geld gegeben, aber er hat mir nicht genug gegeben, und ich habe das meiste schon in Paris ausgegeben und den Rest in Dover, denn da bin ich heute nacht gewesen, obwohl es da nicht viel gibt, wofür man Geld ausgeben kann, aber ich habe es doch ausgegeben. Ich glaube, ein Kerl in einer Bierstube hat mich beklaut, aber ich weiß nicht mehr so genau. Jedenfalls, ich habe kein Geld mehr.

Wir bestellten Kaffee und Kognak. Heinz verlangte Schlagsahne zum Kaffee, eine liebe alte Wiener Gewohnheit, ödipal, hatte Freud in seiner Autobiographie geschrieben, und als ich die Brieftasche hervorholte, um zu zahlen, pfiff er durch die Zähne und schnalzte mit den Fingern, wie um einen Hund in Griffweite zu locken. Das sollte heißen, er könne ein paar von den Scheinen aus meiner Brieftasche gebrauchen. Mit einem Seufzer gab ich ihm fünf Pfund. Er hatte es plötzlich sehr eilig, zu verschwinden, als befürchtete er, ich könnte ihm das Geld wieder abnehmen, ehe er Zeit gehabt hätte, es auszugeben. Ich kriege doch bitte auch den Schlüssel! Den Schlüssel, o nein! Sie klingeln bitte wie andre Leute auch. Er zog einen Flunsch. Verfolgt von anzüglich starren Blicken ging ich mit ihm hinaus und blickte ihm nach, wie er zum Piccadilly Circus hinschnürte.

Ich hatte für den *Daily Express* einen Artikel zu schreiben, über Frauen, die sich die Zehennägel bemalten, und was dies im Hinblick auf den Untergang des Abendlandes zu bedeuten habe. Zum Abendessen traf ich mich mit John Boynton Priestley, einem Romancier aus Yorkshire. Als ich etwas nach zehn wieder in meine Wohnung kam, war Heinz noch nicht da. Ich zog Pyjama und Morgenrock an und wartete. Ich versuchte ein wenig in den literarischen Essays seines großen Vaters zu lesen und bemerkte zum ersten Mal, daß ihre Umständlichkeit eine spöttisch zur Schau gestellte Umständlichkeit war. Viel Umstände durfte ich mit dem jungen Mann nicht machen.

Eine ganze Weile nach Mitternacht kam er, nicht allzu betrunken, aber ohne Krawatte. Er brachte zwei kichernde Mädchen mit, trielmäulige, ordinäre Personen, aber keine Prostituierten, zumindest einstweilen noch nicht: Erst an diesem Abend waren sie, aus Jack Priestleys Heimat kommend, am Bahnhof King's Cross eingetroffen. Heinz, den sie Bohnenstroh nannten, hatten sie in einer Kneipe am Leicester Square kennengelernt, und er hatte ihnen Portwein und Limonade spendiert und gesagt, er wüßte schon, wo sie die Nacht zubringen könnten. Sie verstünden ihn, sagten sie, obwohl er so komisch redete, aber das kam bloß davon, daß er ein Ausländer war, und er hätte einen Freund, so einen alten Knaben mit einer schicken Wohnung, und da wäre genug Platz für sie. Ich heiße Elsie, und das hier ist Doreen, freut mich. Sie trugen tiefausgeschnittene Sommerkleider, kunstseidene Strümpfe, waren geschminkt wie Dorfmädchen beim Jahrmarkt (dicke Puderkleckse, schmierigfetter Lippenstift) und hatten überentwickelte Brüste. Raus, sagte ich, raus, raus, meine Damen, das ist hier keine Absteige! So eine Gemeinheit von mir, und wo sie denn jetzt hin sollten zu nachtschlafender Zeit? Heinz sagte, sie seien seine Freundinnen, hätten schon angefangen, ihm Englischunterricht zu geben. Stimmt, sagte Elsie oder Doreen, wir haben Würstchen und Chips gefressen, in einer Imbißhalle, und da hat er gesagt, wir sollen ihm lernen, richtig zu reden, wie sich's gehört. Raus, Sie alle beide, und ich näherte mich drohend dem Telefon. Na gut, wenn Sie's so wollen, aber Sie sind ein ganz gemeines Stück! Und Doreen, oder war es Elsie, tat so, als ob sie mich in den Sack hauen wollte, als ich sie zur Tür hinausließ. Tschüß, Bohnenstroh, bis morgen! Dann nahm ich mir Heinz vor, der mir eine Liste deutscher Komposita mit *Scheiß!* entgegenknurrte.

Seine Absicht angesichts meines Ärgers schien zu sein, mich bis zu einer Wut aufzustacheln, die sich in Lust umwandeln ließe. Ich sollte ihn mit Gewalt nehmen, etwas, wovon ich sehn konnte, daß er's gewöhnt war. Tatsächlich hätte eine strenge sexuelle Züchtigung ihm nur gut getan, aber die wollte ich ihm nicht erteilen, zumindest jetzt noch nicht. Ich befahl ihm, auf sein Zimmer zu gehn, aber er wollte noch in einen Nightclub und dazu brauche er bitte noch etwas Pinke. Die fünf Pfund, eine Menge Geld damals, hatte er ausgegeben. Nein, Sie gehn jetzt schlafen, Sir, und morgen haben wir ernsthaft miteinander zu reden. Murrend schiß er ab. Nachts wurde ich einmal kurz wach, als er nackt und brünstig zu mir ins Bett steigen wollte. Ich knallte ihm eine, und er redete mir mit Wörtern zu, die ich nicht verstand, offenbar Althochdeutsch, in modernen Gassenunflat verwandelt. Beleidigt und schimpfend zog er ab in sein Zimmer, und ich hörte, wie er sein Bett mit den Fäusten bearbeitete, ehe er sich hinlegte. Dies konnte nicht so weitergehn.

Am nächsten Morgen stand er vor elf nicht auf. Gähnend, strubblig und natürlich nackt kam er in mein Arbeitszimmer und verlangte sein Frühstück. Machen Sie sich selbst was, Sie sehn doch, wo die Küche ist! Ach, na ja, nein, lassen Sie doch lieber mich, Sie zerschlagen mir sonst das Geschirr! Dann saß er vor seinem Kaffee und den Spiegeleiern, immerhin schon in Hemd und Hose, aber noch barfuß, während ich ihm einen strengen Vortrag hielt. Sie müssen sich bitte benehmen lernen. Diese Wohnungen hier waren früher ein einziges Herrenhaus im Besitz des Herzogs von York, mit zweitem Titel Albany; Ende des achtzehnten Jahrhunderts wurden sie in Junggesellenwohnungen umgewandelt. Große Männer haben hier gewohnt, Lord Byron, Macauley, George Canning und Bulwer Lytton. Nicht jeder darf hier wohnen, und eine strenge Etikette ist zu beachten. Haben Sie mich verstanden? Jaja. Hier können Sie nicht mitten in der Nacht irgendwelche Flittchen anbringen, Sie müssen sich benehmen lernen wie ein Gentleman! Jajaja. Ich würde ihn auf die Berlitz-School schicken, sagte ich, damit er Englisch lernte. Dann würde ich sehn, ob ich irgendwo für ihn Arbeit fände. Er zog einen Flunsch. Das Leben ist so kurz, sagte er prophetisch, und darum müssen wir alle noch ein bißchen was vom Leben haben, ehe die Bomben fallen und das Giftgas herumweht. Unsinn, sagte ich, glauben Sie doch nicht an sowas, es gibt keinen Krieg! Hier haben Sie zehn Schilling, das ist viel Geld! Das reicht für Ihr Mittag- und Abendessen. Ich selbst esse heute zu Mittag und zu Abend bei Freunden. Gehn Sie sich die Meisterwerke in der Nationalgalerie und im Britischen Museum anschaun, nehmen Sie die Fähre nach Greenwich, machen Sie sich still und bescheiden einen guten Tag! Und spätestens um elf heute abend sind Sie zuhause, und bitte ohne Begleitung!

Er kam nicht ohne Begleitung. Immerhin war er insofern etwas gesetzter geworden, als es diesmal zwei Männer waren, nämlich zwei schnurrbärtige Polizisten in Zivil. »Diese Adresse hat er uns genannt, Sir«, sagte der eine, welcher der Vorgesetzte des andern zu sein schien. »Und das ist der Name, den er uns genannt hat, Sir. Ist das richtig? Ist das Ihr Name, Sir?« Er hatte einen Zettel, auf dem diese Angaben vermerkt standen. Ich sagte:

»Nehmen Sie doch lieber erst mal Platz! Ich vermutete, Sie sind im Dienst, aber gewiß hat niemand etwas gegen ein Schnäpschen ich jedenfalls nicht.« Ich machte mich gleich daran, Whisky einzuschenken, und zwar reichlich, in die Heinrich-Wilhelm-Stiegel-Gläser, die ich aus Amerika mitgebracht hatte.

»Mit Soda für ihn, für mich pur«, sagte der Vorgesetzte, als sie Platz genommen hatten. »Ich nehme an, Sie wissen, was der junge Mann getan hat, Sir?«

»Ich kann mir's denken. Bitte, stellen Sie für den Augenblick keine weiteren Fragen! Warten Sie, bis ich Ihnen die ganze Sache erzählt habe!« Und ich erzählte.

»Wie ein Jude sieht er mir nicht aus, Sir«, sagte der Untergebene. »Mehr wie so ein echter Nazzytyp. Wie so einer aus diesen Sturmtrupps in der Wochenschau.«

»Einfach so?« sagte der Vorgesetzte. »Ihnen einfach so auf den Hals geladen?«

»Uns werden noch viele Flüchtlinge auf den Hals geladen werden«, sagte ich. »Hitler wird alle Juden abschlachten, die er in die Finger kriegt. Wir werden da manche Rücksichten nehmen müssen. Moralisch, gesellschaftlich, in allem.«

»Tatsache ist, Sir«, sagte der Vorgesetzte, »daß wir ihn in der Goodge Street aufgegriffen haben, offenes Anerbieten zur Unzucht. Gesetz ist Gesetz, und wir können da keine Rücksichten nehmen, wie Sie es nannten, auf Leute, die das Gesetz nicht kennen. Die müssen es eben lernen, wenn es sein muß durch unangenehme Erfahrung. Für ihn hier könnte das die Deportation bedeuten, Sir. Wenn er's noch mal versucht, mein' ich, und er sieht mir ganz so aus wie einer, dem das zuzutrauen wäre.« Heinz saß verdrossen und tief eingesunken in einem Sessel und sog laut an einer Zigarette der übelsten Sorte, die er irgendwo aufgetrieben hatte, mit einem Geruch wie ein mexikanisches Lagerfeuer.

»Sie meinen, er würde heimgeschickt ins Dritte Reich und in die Konzentrationslager?«

»Unsere Straßen müssen sauber bleiben, Sir«, sagte der Untergebene.

»Darum geht es Hitler auch.«

»Für den können wir nicht sprechen, Sir«, sagte der Vorgesetzte, »obwohl es vielleicht doch auch manches für sich hat, was er macht. Wir können nur für uns sprechen, und unsere Pflicht ist es nun mal, für Recht und Ordnung zu sorgen. Sagen Sie ihm mal kräftig Bescheid, in seinem eigenen Kauderwelsch. Er sagt ja, Sie sprechen das wie ein Eingeborener. Wie kommt das übrigens, Sir?«

»Macht Sie mißtrauisch, wie? Gibt es wohl ein Gesetz dagegen, daß ein Engländer sich eine deutsche Grammatik besorgt und einpaukt?«

»Nichts für ungut, Sir, hat mich nur interessiert! Ich dachte, da gäbe es vielleicht noch Zusammenhänge, von denen Sie uns nichts gesagt haben.«

»Ich habe Ihnen die Situation geschildert, so klar ich konnte. Ich vermute, Sie haben noch nie von Strehler gehört, der den Nobelpreis für Literatur bekommen hat. Ich vermute, Sie haben auch von mir noch nie gehört?«

»Zum Bücherlesen haben wir nicht viel Zeit, Sir.« Dann sagte er zu Heinz: »Sie haben heute noch mal Glück gehabt, Bürschchen. Nächstes Mal kommen Sie nicht mehr so leicht davon. Bitte, Sir, sagen Sie ihm das auch in seiner Sprache!« Ich sagte es ihm. Die beiden hörten zu wie zwei Phonetiker. »Sehr schön ausgedrückt, Sir, wenn ich das sagen darf, obwohl ich keine Silbe verstanden hab.«

»Vielen Dank für Ihre Nachsicht und Diskretion. Ich werde dafür sorgen, daß es nicht noch mal vorkommt. Noch einen Whisky?«

»Nur'n kleinen für unterwegs, Sir. Bitte viel Soda für den Kollegen!«

An diesem Abend Heinz noch einen Vortrag zu halten schien mir sinnlos. Die Aussicht, man könnte ihn zu den Nazis heimschikken, mit einem Schild: JUDE! um den Hals, hatte ihn ohnehin ein wenig eingeschüchtert. Am nächsten Vormittag ging ich mit ihm ins Kaufhaus Harrod's. In der Sportabteilung kaufte ich ihm einen Rucksack mit Stahlrahmen, kurze Hosen, Wanderstiefel, einen Schlafsack und einen Mitgliedsausweis für die Jugendherbergen. Mal sehn, ob wir nicht so einen vermaledeiten *Wandervogel* aus ihm machen können! Im Reisebüro des Kaufhauses löste ich eine Fahrkarte zweiter Klasse einfach nach Glasgow. Am folgenden Morgen, zwanzig vor acht, fuhr ein durchgehender Zug vom King's Cross ab. Sollte er sich das romantische Schottland ansehn, im Heidekraut schlafen und sich meinetwegen den Tod holen! Im Harrod's-Restaurant bestellte ich ihm Hack-und-Nierenauflauf mit Pflaumenmus – eine Bindestrichmahlzeit, die an und für sich schon geeignet sein mußte, seinen Unternehmungsgeist abzustumpfen –, und in der Lebensmittelabteilung besorgte ich Vorräte fürs Abendessen: ein gebratenes Huhn, einen halben Schinken, Kartoffelsalat, Mrs. Goodbers Kirschkuchen und echtes Wiener Schlagobers für Heinzens Kaffee. Dann gingen wir nach Hause, und ich beaufsichtigte ihn beim Packen. Er war noch immer folgsam. Er sagte sogar, er freue sich auf die schöne schottische Landschaft, und wieviel Geld ich ihm bitte mitgeben werde? Zehn Pfund, sagte ich, zehn schöne Pfund und keinen Penny mehr, sollte er mal sehn, wie weit er damit käme. Wenn sie sechs Wochen reichten, bekäme er zur Belohnung einen Fünfer. Um zehn brachte ich ihn zu Bett und schloß ihn stillschweigend in sein Zimmer ein, nachdem ich ihn vorher zur gründlichen Blasen- und Darmerleichterung angehalten hatte. Ich stellte meinen Wecker auf Viertel nach sechs, scheuchte Heinz aus dem Bett und brachte ihn mit einem Taxi zum Bahnhof. Als ein blonder, berucksackter Wandervogel sah er sehr appetitlich aus. Ich begleitete ihn bis zum Zug und winkte ihm freudig nach, als er abfuhr. Gute Reise!

Eine Woche lang hatte ich Frieden, in fast greifbarer Stille und Lauterkeit. Dann kam ein Anruf aus Falkirk. Am Apparat war ein Polizeibeamter, der strengen, getragenen Stimme nach zu urteilen ein Presbyterianer, und bei all dem Rauschen noch sehr deutlich. Ein junger Mann namens Strayler sei bei dem Versuch ertappt worden, ein Fahrrad zu stehlen. Er hat Ihren Namen und Ihre Adresse angegeben, Sir. Einstweilen haben wir ihn hier in die Zelle gesperrt. Morgen vormittag erscheint er vor dem Richter. Er hat keine erkennbaren Unterhaltsmittel. Er sagt, alles sei ihm gestohlen worden, Geld, Rucksack, sogar der Rasierapparat, was auch der Augenschein bestätigt. Morgen wird er mit einer Verwarnung davonkommen, da dies anscheinend sein erster Rechtsverstoß und er selbst ein unwissender Ausländer ist. Aber was haben Sie mit ihm vor, Sir? Ich sagte, ich würde gleich telegraphisch das Geld für die Rückreise nach London überweisen; einstweilen sollten sie ihn bitte bei Wasser und Brot in der Zelle behalten. Verdreschen Sie ihn tüchtig, wenn er Ärger macht! Ärger, ja freilich, hören Sie, wie er jetzt eben tobt? Von ziemlich weit her hörte ich germanisches Brüllen und Randalieren. So sehr wir's auch mögen täten, ihm eine gelinde Körperstrafe zu verabfolgen, Sir, sind wir doch in Schottland und nicht in Nazzydeutschland. Der Mann gab mir die Adresse der Polizeiwache.

Ich stöhnte von Kopf bis Fuß. Was sollte ich bloß mit ihm machen? Es gab nur eines: Ich mußte Strehler von seinem unverantwortlichen Entschluß abbringen, im Österreich der Nazis zu bleiben und dem Schlimmsten ins Auge zu sehen. Gott sei uns gnädig, aber in unserer Naivität damals war uns allen nicht klar, was dieses Schlimmste sein würde. Daß Strehler noch nicht abgeholt und in ein Lager verschleppt war, hatte nur einen Grund: Es gab noch genug namenlose Juden, die man zuerst einmal vornehmen konnte, ehe man die Schwedische Akademie vergrämte. Mir erschien die Wiedervereinigung von Vater und Sohn auf freiem Boden, aber möglichst weit weg von Albany, als die einzige Lösung. Ob ich es nun auf mich nehmen mußte, ein Asyl für Strehler zu finden? Bei der Morgenpost war ein Brief von einem Professor Waldheim von der Universität des Staates Colorado gewesen, der mich einlud, nach Amerika zu kommen und eine Reihe Vorträge und Seminare über den europäischen Roman der Gegenwart zu halten. Wer wäre besser geeignet, an meiner Stelle diese Vorträge zu halten, als der ausgezeichnetste aller modernen europäischen Romanciers? Ich wollte sogleich an Waldheim schreiben. Strehler ein zeitweiliges Asyl in Großbritannien zu verschaffen, würde nicht schwerfallen; aber die Reichsfluchtsteuer und all die anderen Kopfprämien aufzubringen und dem Manne erst einmal klarzumachen, daß seine Zukunft an der Seite seines Sohnes liegen müsse, das gäbe eine elende Plackerei, die ich lieber nicht mir allein aufbürden wollte. Der PEN-Klub sollte mir dabei helfen und Strehlers britischer Verlag auch.

Ich suchte Charlie Evans bei den Messrs. William Heinemann auf und sprach mit ihm über die Lage. Bei einem Gläschen lauwarmem Amontillado erfuhr ich, daß Strehler natürlich als Autor hochangesehen und daß Heinemann sehr geschmeichelt sei, ihn im Programm zu haben; nur verkaufe er sich leider nicht entfernt so gut wie Willie Maugham oder Jack Priestley. So etwa fünfunddreißig Pfund hatte er an Royalties noch gut. Ich suchte den weltkundigen Sekretär des PEN-Klubs auf, der mir bei einem Gläschen lauwarmem südafrikanischem Sherry (der spanische, weil er nach Republikanerblut stank, war nun vollkommen unmöglich) von seiner Bewunderung für Strehlers Werk erzählte. Eine gute Idee wäre das, ihn aus diesem scheußlichen Faschistendeutschland herauszuholen, dieser Hitler, kein Deut besser als Franco ist der, zweimal verflucht alle beide, und bei der nächsten PEN-Vollversammlung müßte man drüber diskutieren, was zu tun sei. Ich fuhr heim nach Albany in der klaren Erkenntnis, daß es alles bei mir lag.

Heinz kam zurück als reuiger Sünder, das Hemd und die Shorts verdreckt, mit goldenem Flaum ums Kinn. Die Dienstmänner im Albany schüttelten die Köpfe, als sie ihn sahen. Sie schüttelten die Köpfe, als sie mich sahen: Man würde mir kündigen, kein Zweifel! Lord Byron zum Trotz war dies noch immer eine Einrichtung von altehrwürdiger Ehrbarkeit. Im Bade besserte sich Heinzens Stimmung, während er mit einem leicht schottischen Akzent den *Umbrella Man* sang:

»*Toora lumma lumma*
Toora lumma lumma
Tooraleye eh
Any umber ellas
Any umber ellas
To mend to day?«

Rasiert, hungrig und fix und fertig angezogen kam er heraus. »Wie zum Kuckuck«, sagte ich, »haben Sie es fertiggebracht, das ganze Geld so schnell auszugeben?« Geklaut, sagte er, von Männern, die er für lieb und gut gehalten hatte. »Und warum wollten Sie ein Fahrrad stehlen?« Die einzige Möglichkeit, nach London zurückzukommen. Fieberhaft überlegte ich, ob ich ihm ein Rad kaufen und ihn damit nach Land's End schicken sollte. Er sei heilfroh, wieder bei mir in London zu sein, sagte er. Er wollte unbedingt Walt Disneys *Schneewittchen und die sieben Zwerge* sehn. Verdrossen ging ich am selben Abend noch mit ihm hin. Wir mußten uns in einer langen Schlange anstellen. Ein paar Reihen vor uns stand Val Wrigley mit irgendeinem Jungen. Val drohte mir mit dem Finger und kam zu uns, nachdem er zuerst seinen Begleiter beruhigt hatte: »Du hast doch das Geld gut verstaut, Charles? *Zwei* Karten mußt du lösen. Nein, ich lauf dir nicht weg.« Und dann kam er zu mir.

»Ja, wen haben wir da denn? Sowas von Reiz! Und so frisch wie ein Bad mit Fichtennadelessenz, geradewegs, denk ich mir, aus einem Kraft-durch-Freude-Lager in den heimischen Nadelwäldern!« Val war schon immer sehr schnell und pfiffig gewesen. Irgendwie, vielleicht an etwas in den Augen, am Mund oder den neugierlosen Ohren, merkte er, daß Heinz wahrscheinlich nicht viel Englisch verstand. »Zum Anbeißen, kann ich nur sagen!«

»Dies ist der Sohn des großen Jakob Strehler. Heinz, darf ich Sie mit einem großen Dichter bekanntmachen – Valentine Wrigley!« Und dann, aus einem einsetzenden inneren Gärprozeß von Hoffnung und Hinterlist, sagte ich: »Hier hast du Gelegenheit, Val, einmal etwas für die Sache der Unterdrückten zu tun.«

»Jude, wie? Sollte man nicht denken. Sehr appetitlich arisch.« Diese verfluchte mißbrauchte Vokabel!

»Ich bin kein Jude.«

»Schon gut, mein Bester, niemand will Sie *zwingen*!« Zu mir sagte er: »Ich weiß doch, was du für ein Heuchler bist, Kenneth Toomey, ich hab's nicht vergessen. Sache der Unterdrückten, soso! Keine Unze Altruismus in deinem hinfälligen Kadaver, ich kenn dich doch!«

»Dein eigener Kadaver sieht mir auch nicht mehr besonders gut aus.«

»Nein? Gut ist, was gut tut. Ach, laß ihn das doch mal auf deutsch sagen. Eine ganz finstere Sprache ist das geworden, nicht? Kann einen ja gruseln vor!« Die Schlange rückte weiter. Heinz schien sehr angetan von Vals ungehemmter Bewunderung. Ein großer Dichter! Gut, was gut tut. Ich sagte giftig:

»Unberührt, kann ich dir versichern! Und stubenrein ist er auch.«

»Tod der Libido, was? Mein Guter! Ich hab den Sigmund Freud mit seiner Tocher gesehn, in einer Kneipe. Der Mund sieht schlimm aus. Hat ihn ganz schön aufgemöbelt, daß jemand mit ihm über den Ödipus-Komplex geredet hat. Er spricht prima Englisch, sehr slangig. Gibt schon ein paar Prachtexemplare unter den Flüchtlingen, nicht?« Und zärtlich zwinkernd stubste er Heinz an.

Darauf wurde ich Heinz bald für ein Weilchen los. Ich gab ihm Vals Adresse und schickte ihn mitsamt seinen Koffern und Tennisschlägern zu ihm. Bis dahin gab ich ihm jeden Tag ein bißchen Geld, von dem er das meiste für *Schneewittchen* ausgab, das er hinreißend fand. Er schaute sich's siebzehnmal an, und sein Englisch wurde dabei besser. »Magic mirror on the wall«, sprach er sich in meinem Ankleidespiegel zu, »who is the fairest of them all?« Die Antwort war ihm nicht zweifelhaft. Er konnte sogar die Namen der sieben Zwerge herunterschnurren. Mit Falsettstimme sang er *With a Smile and a Song.* Durch Walt Disney wurde er nicht völlig gezähmt, aber doch ein wenig beruhigt. Einstweilen!

52

Erst in der dritten Augustwoche zeigte sich ein Weg, wie Jakob Strehler aus dem Österreich der Nazis herauszuholen wäre. Ich will den Leser nicht mit einer Schilderung meines Zusammenlebens mit Heinz während des Monats Juli vergraulen, den wir in einem gemieteten Haus an der See verbrachten. In dieser Zeit war Heinz recht artig, und wenn er auch manches zu bemängeln hatte, wurde er doch durch die Mädchen am Strand, die ihn anhimmelten, einigermaßen versöhnt. In der Nähe war eine Tanzdiele, wo er jeden Abend hinging. Nur zweimal bekam er es mit der Polizei zu tun, und beidemal bloß wegen Schlägereien im Suff. Von Deportationen für straffällig gewordene Flüchtlinge war nun nicht mehr viel zu hören; das Innenministerium begegnete dem stetigen Zustrom der Verfolgten mit mancherlei Rücksichtnahmen. Heinz schien die britische Lebensart nun halbwegs begriffen und sich ein wenig die Hörner abgestoßen zu haben. Val Wrigley hatte sich einen vollen Monat lang gesträubt, mir einzugestehen, daß er mit seinem ungebetenen Gast nicht fertig wurde; schließlich hatte er ihn an andere Wirtspersonen weitergereicht. Eine Zeitlang war Heinz sogar so was wie ein Gefangener in einer Art Konzentrationslager gewesen – einem sogenannten Ferienlager der *Freien Deutschen Jugend* bei Scunthorpe, wo die Insassen auf drakonische Weise zu ihrem Glück gezwungen wurden. Wie Heinz mir schaudernd erzählte, war das Lager voller Juden gewesen. Auch die Wächter an den Pforten waren Juden und sehr ruppig. Wer ohne Genehmigung hinaus wollte, wurde verprügelt. Alle mußten drinnen bleiben, um Kraft durch Freude zu sammeln. Einmal versuchte Heinz schwimmend zu entkommen, aber starke jüdische Rettungsschwimmer schleppten ihn zurück ans Ufer.

In den ersten beiden Augustwochen, als wir wieder zuhause in Albany waren (ich hatte einen neuen Roman angefangen), benahm Heinz sich gut, hatte aber manche Heimlichkeiten, und ich befürchtete das Schlimmste. Er blieb die Vormittage über zuhause und las Comic-Heftchen für Kinder im ersten Lesealter, *Bambi, Petzi, Pelle und Pingo* und dergleichen, Sachen, in denen damals zur Erleichterung des Lesens alle zweisilbigen Wörter – längere kamen nicht vor – mit Bindestrichen geschrieben wurden. Ich kaufte ihm ein tragbares Grammophon und Englischlektionen auf Schallplatten, aber er hörte lieber Schlager und lernte die Texte auswendig. Im Badezimmer sang er:

»Two slippy people
In dawn's early light
And too much in laugh
To say good night.«

Ebenso schön sang er *Blue Orchids, Skylark* und *Stay in my Arms, Cinderella.* Wir aßen zusammen friedlich zu Mittag, und dann verdrückte er sich stillschweigend. Wo gehn Sie denn hin? To Hampton Court over the river. In the Cinema. Sausages and chips will I eat in a Lyon's Corner House. Haben Sie denn noch was von dem Geld, das ich Ihnen gestern gegeben habe? Jeß, I have still a bit over, thank you, perhaps can you me tomorning something give. Gegen elf kam er heim, ein bißchen leisetreterisch ruhig, nicht allzu betrunken.

Mrs. Ollerenshaw, die bei mir saubermachte, sagte eines Tages: »Meinen Sie wirklich, das geht in Ordnung, Mr. Toomey, daß ich sein Zimmer nicht saubermache?«

»Daß Sie *nicht–*«

»Er schließt immer die Tür ab. Er sagt, er hat schon immer in seinem Zimmer selbst saubergemacht und auch die Betten frisch bezogen, da, wo er herkommt. Jedenfalls hab ich ihn so verstanden. Er spricht ja kein Englisch wie Sie und ich.«

»Entschuldigung, da hab ich noch nie dran gedacht! Ich war ganz beschäftigt mit meinem– Jetzt ist auch abgeschlossen, wie?«

»Immer abgeschlossen, Mr. Toomey. Kann man doch nie wissen, auf was so ein junger Mann für Ideen kommt. Ich habe mal einen gekannt, der hielt sich weiße Mäuse im Schlafzimmer – hat nie jemand reingelassen. Wenn Sie einen zweiten Schlüssel hätten, könnten wir ja vielleicht mal nachsehen.«

»Ich habe keinen. Es gibt nur den einen Schlüssel, der immer in der Tür gesteckt hat.«

»Na, den hat er in der Tasche, würd ich wetten.« Sie hatte drei, vier knotige Warzen im Gesicht, aus denen graue Borsten hervorwuchsen. Sie war eine anständige Frau, fleißig, grau und angestaubt, dankbar für die getragenen Kleidungsstücke, die ich ihr ab und zu für ihren arbeitslosen Mann gab.

»Ich werde mal mit ihm reden, wenn er heimkommt, Mrs. Ollerenshaw.«

An dem Tag kam er nicht heim. Die Polizeiwache Savile Row rief mich an. Er war bei dem Versuch erwischt worden, in einem

Juwelierladen in der Regent Street eine Armbanduhr zu stehlen. Voller Wut ging ich hin und fand Heinz sich in einem lauten, klagenden Sprechgesang ergehend, den kein Mensch verstand; nur der Juwelier, der Jiddisch sprach, schnappte ein paar Worte auf. »Der Dialekt«, sagte er, »ich versteh den Dialekt nicht.« Ich wandte mich an den diensthabenden Wachtmeister und sagte:

»Bitte verstehn Sie mich recht, ich bin nicht juristisch verantwortlich. Der junge Mann ist ein Flüchtling, den mir ein österreichischer Jude, den ich noch nie gesehn habe, auf den Hals geschickt hat. Aus Barmherzigkeit hab ich mein Bestes für ihn getan, aber hier hört die Barmherzigkeit auf. Nun soll das Gesetz walten.«

»Es ist ihm ja nicht geglückt, Sir. Er kriegt nur eine Verwarnung oder eine Geldstrafe. Wenn Sie bisher Verantwortung für ihn übernommen haben, müssen Sie das auch weiter. Verrückt, was manchen Leuten so einfällt, wenn sie aus Deutschland und solchen Gegenden hier zu uns rüberkommen! Dieses Gefühl, sozusagen frei zu sein, das vertragen sie nicht. Daß es ihm leid tut, das sieht man. Niemand will zu streng mit ihm sein. Mr. Goldfarb hier ist vielleicht bereit, die ganze Sache zu vergessen.«

»Aber dies«, stöhnte ich aus tiefstem Magen, »wird nicht das letzte Mal sein.«

»Ist wohl auch nicht das erste Mal gewesen, Sir?«

»Na«, druckste ich, »beinahe!«

»Wie der Herr Wachtmeister gesagt hat«, sagte Mr. Goldfarb, ein freundlicher, kluger Mann mit Hakennase wie aus einer *Stürmer*-Karikatur, »vergessen wir die ganze Sache! Aber vergessen wir sie noch nicht gleich, sondern erst morgen früh! Morgen früh rufe ich vielleicht an, daß ich auf die Klage verzichte. Soll er mal die Nacht über dran denken, was unser Volk da drüben durchmacht, und dankbar sein, daß die Engländer so anständig sind!«

»Er ist selbst Jude«, sagte ich.

»Gibt eben alle Sorten Juden«, sagte Mr. Goldfarb.

Heinz waren die Taschen ausgeräumt worden, und der Inhalt lag auf dem Schreibtisch. Zwischen Münzen, Taschentuch und Regencape lag ein einzelner Schlüssel. Den nahm ich an mich. »So ist's am besten«, sagte ich zu dem Wachtmeister. »Machen Sie ihm ein bißchen Angst! Tüchtig anbrüllen, Wasser und Brot!«

»Wir sind nicht in Nazzydeuschland, Sir.«

Heinzens Schlafzimmer war in einem bemerkenswerten Zustand. Die Fenster waren fest verschlossen gegen die Gifte der frischen Luft, es stank beklemmend nach mehreren ekelhaften Zigarettenmarken, das Bett war ungemacht, die Laken dreckig. Das Zimmer war voller gestohlener Sachen. Wie er sie hereingeschmuggelt hatte, ohne daß ich es merkte, war mir unbegreiflich, denn nicht alle ließen sich in die Tasche stecken. Da standen zum Beispiel zwei Koffer und die Umhängetasche eines Briefträgers, eine Goldbronzeuhr, ein Kofferradio und ein halbaufgegessener Hochzeitskuchen. In einer Schublade war fein säuberlich Geld verstaut – wieviel, weiß ich nicht, es zu zählen hätte lange gedauert –, und in einer anderen Schublade tickten mehrere Ingersoll-Uhren, anscheinend alle gewissenhaft und regelmäßig aufgezogen. In wieder einer anderen Schublade lagen drei britische Pässe. Ich setzte mich schwer auf das verdreckte Bett und schaute sie mir an. Und dann dämmerte mir der verrückte Gedanke. Heinz hatte das einzige Mittel entdeckt, wie man seinen Vater herausholen konnte. Unglücklicherweise stammten die Pässe alle drei aus gestohlenen Damenhandtaschen, vermutlich von der Victoria Station: Mrs. Hilda Riceyman, Miß Flora Alberta Stokes, Dr. Julia Manning-Brown. Dr. – der prächtige zwiegeschlechtliche Titel! Dr. Manning-Brown war Ärztin, am 9. April 1881 in Leicester geboren. Sie war fünf Fuß, sechs Inches groß, Augenfarbe *»hazel«*, besondere Kennzeichen keine. Sie schaute mich so freundlich an, wie es das Paßfoto nur zuließ: eine schlichte, aber feinnasige Frau, das Kinn hochgereckt, vielleicht aus Stolz, daß sie eine Studierte war, vielleicht aus weiblichem Selbstgefühl. Ihr Paß war ausgestellt von S. M. Generalkonsul in Nizza. Der Stempel war nachlässig tief aufgedrückt worden; sein Rand krümmte sich in den Rahmenstreifen hinein wie die aufgehende Sonne in den Morgenhimmel. Jakob Strehler, so wußte ich, war Anfang sechzig; erst spät hatte er den Heinrich Mordechai Strehler gezeugt, wie der Schurke laut eigenem, gleichfalls hier verstautem Reisedokument hieß – einer Urkunde voller Reichsadler, Hakenkreuze und langer Wortwürmer. Es schien ganz so, als ob sich ins Erbgut der Familie allmählich eine Entartung eingeschlichen habe, die im Falle des Vaters allein durch die schöpferische Phantasie sublimiert worden war. Jakob Strehlers Körpergröße kannte ich nicht, aber das Reich war ein Meterland, und kein prüfender Beamter würde sich die Mühe machen, eine Umrechnungstabelle hervorzusuchen. *»Hazel«* als Augenfarbe? Das kann man von allen Augen sagen, ausgenommen die meiner lieben Schwester Hortense. Hasel ist eine Nuß, keine Farbe. Strehlers neuer Name würde Julian Manning-Brown lauten; für den einen Buchstaben war gerade noch Platz. Die Schwierigkeit wäre das Foto.

Ich hatte schon Geschichten darüber geschrieben, wie man gute Menschen aus bösen Orten herausschmuggelt. Jeder Erzähler sollte einmal im Leben gezwungen werden, tatsächlich zu bewerkstelligen, was er sich ausgedacht hat. Ich wollte versuchen, etwas zu leisten, das sich in meiner Biographie gut ausnehmen würde. Ich konnte dabei auch diesen verwünschten Heinz loswerden. Ich blickte auf die Uhr: 5 Uhr 5. Heinzens gestohlene Ingersoll-Uhren zeigten alle genau dieselbe Zeit an. Im Verlag William Heinemann Ltd. würde noch jemand sein. Ich wollte die Werbeabteilung zu Rate ziehen.

Alle Fotos von Strehler, die Fred Holden mir bei einem lauwarmen Tio Pepe zeigen konnte, schienen ihn als biblischen Propheten anpreisen zu wollen, und für die Ironie dabei würden die Nazis keinen Sinn haben. Ich zog Fred Holden ins Vertrauen. Jesses, sagte er, sehr riskant! Ich sagte: Ehrlich, was kann man denn sonst tun, um einen großen Mann zu retten, für den die Stunde der Gefahr näherrückt, wenn sie nicht, und das könnten wir uns selbst niemals verzeihen, jetzt schon geschlagen hat? Reden Sie nicht mit der Presse, wenn Sie ihn zurückbringen, sagte Fred Holden, die Story möcht ich zuerst kriegen. Wollen wir doch mal sehn. Und er suchte die Bilder heraus, die 1935 in Stockholm aufgenommen worden waren. Da, das könnte gut gehn, mit ein wenig Glück! Strehler in einer Gruppenaufnahme mit anderen Preisträgern: H. Spemann (Medizin und Physiologie), F. Joliot und seine Frau Irène Curie (Chemie). C. von Ossietzky (Frieden) fehlte. Strehler linste finster in die Kamera, einen großen Schnaps in der Hand. Sehn wir mal, ob es paßt. Ich schlug den Paß der armen Frau Dr. Manning-Brown auf. Fred Holden holte seine Assistentin Christine zu Hilfe, ein Mädchen, das mit Leim und Schere in seinem Element war. Das Foto der rechtmäßigen Besitzerin wurde abgelöst und diente als Schablone für den Rasierklingenausschnitt des Gesichts von Strehler. Ist sowas nicht verboten? kicherte Christine. Ja, sagte ich, aber sehr, sehr moralisch. Jetzt noch dies kleine Stückchen Kurve aus dem Foreign-Office-Stempel, sagte Fred Holden. Mal sehn! Auf Strehlers eingeklebtem Foto probierte er den Rand etlicher verschieden großer Likörgläschen aus; die

Werbeabteilung hatte ein hübsches Budget für die Bewirtung von Gästen. Das Dumme ist, die Dinger sind alle rund, und der verflixte Stempel ist oval! Christine ging hinaus auf den Korridor, zum Sicherungskasten, und brachte die Lösung des Problems. Gott segne Sie, Mädchen, Sie sind ein Genie! Fred zog einen Schuh aus, und mit dem Absatz hämmerten wir einen halben Zoll von dem dicken Sicherungsdraht als Stempel auf das Bild. Vielleicht würde der britische Immigrationsbeamte den Paß nicht durchgehen lassen, aber mich interessierte ja nur die Emigration. Damit mußte man Strehler nur in eine Lufthansa-Maschine von Wien nach Mailand setzen, und alles Weitere wäre ganz einfach.

Am nächsten Vormittag, gegen elf, kam Heinz verstohlen herein, in geduckter Haltung, die Arme erhoben, um seine Schönheit gegen Tätlichkeiten von meiner Seite zu schützen. Verwirrt sah er, daß ich ganz gelöst und ruhig mit meiner *Times* in einem Sessel saß. »Setzen Sie sich, mein Junge!« sagte ich. »Machen Sie sich's bequem und dann hören Sie mir mal gut zu!« Demütig bat er um die Erlaubnis zu rauchen. »Nehmen Sie eine von meinen!« sagte ich und schnippste mein goldenes Dunhill-Feuerzeug an; ein Wunder, daß ich es immer noch hatte! »Sie ziehen jetzt für ein Weilchen ins Marmion-Hotel in der Coventry Street«, sagte ich. »Ich habe dort angerufen und alles abgemacht. Die Rechnung wird an mich geschickt. Und noch ein paar andere Dinge sind auch abgemacht. Das nächste Mal, wenn Sie wieder der Versuchung zu einer kriminellen Betätigung erliegen, werden Sie prompt heimgeschickt ins Reich, wo mein Freund Heinrich Himmler, Reichsführer SS und Leiter der Gestapo, mit deutscher Gründlichkeit alles für Ihren Empfang vorbereitet haben wird. Haben Sie mich verstanden?« Ja, ich versteh. »Ich muß für etwa eine Woche verreisen und werde diese Wohnung hier solange abschließen. Anfang September bin ich zurück. Ich bringe Ihnen ein Geschenk mit.« Natürlich sagte ich nicht, was für eines. Es war nicht ausgeschlossen, daß Heinz, wenn er hörte, daß ich seinen Vater herausschmuggeln wollte, schnurstracks zur deutschen Botschaft rennen und mein Vorhaben verraten würde. Dann, mit der ganzen Ausgekochtheit des erfahrenen Romanciers, fragte ich ihn: »Vielleicht ist es Ihnen ein bißchen zu langweilig hier? So wie in diesem Nest bei Wien, von dem Sie mir erzählt haben – wie hieß es doch?« Gerasdorf? Ja, sind Sie denn meschugge, wollen's mich veralbern? Gerasdorf ist der Arsch der Welt, und London ist prima, trotz der vielen Versuchungen. Aber Gerasdorf – na ja, sein Vater hatte da ein Häuschen auf dem Land, aber etliche Kilometer weit außerhalb, ein elender Marsch durch den Wald. »Haben Sie vielleicht ein paar Fotos von Ihrem Haus dort, vielleicht mit Ihnen und Ihrem Vater drauf, wie Sie davorstehn? Da Sie meine langjährige Bewunderung für Ihren Vater kennen und meine neuhinzugekommene Bewunderung für seinen Sohn, können Sie sich ja denken, wie sehr ich ein solches Symbol einer für Sie und ihn glücklichen Zeit zu schätzen wüßte.« Von wegen glückliche Zeit, Scheiße! Aber ja, ein paar Fotos hätte er in seinem Zimmer. Er stand auf und wollte hingehen, suchte in der Tasche nach dem Schlüssel, und dann erinnerte er sich, daß ich ihn genommen hatte. Mit Grauen und Entsetzen schaute er mich an, dann rief er in heller Empörung, mein Zimmer ist meins, Scheiße, Sie haben kein Recht – »Schon gut, Heinz, ich weiß Bescheid. Alle Achtung vor Ihrem ansehnlichen kleinen Warenlager! Keine Angst, ich sag es niemand! Ich bringe Sie eines Tages noch in einem Buch. Alle Achtung vor Ihrem kriminellen Talent!« Das Närrchen begann zu lächeln und gleich darauf spießgesellenhaft zu grienen – nicht ganz zu Unrecht, denn war nicht Sodomie eine ärgere Sünde als Diebstahl? »Also, die Fotos, Heinz?«

Es waren Kodak-Schnappschüsse. Auf den meisten sah man nur Heinz in selbstgefälligen Posen, aber ein- oder zweimal sah man ihn auch, wie er grinsend an einem Apfelbaum hing oder einen Gartenzaun überstieg, mit dem Haus im Hintergrund. Die Merkmale des Hauses lernte ich gleich auswendig: Dreifachgiebel, konisch überdachte Holztreppe mit Geländer vor der Tür, niedrige, durchbrochene Gartenmauer, ein Walnußbaum und ein amerikanischer Johannisbeerstrauch. »Hübsch«, sagte ich, »dieser ländliche Friede! Südlich von Gerasdorf, wie? Nahe bei Wien?« Nein, nein, nordöstlich von Gerasdorf, auf halbem Wege nach Seyring, auch so ein Drecknest. »Na ja, eines Tages sehn Sie es wieder, und wer weiß, vielleicht seh ich es dann mit Ihnen.« Gotteswillen, bloß nie wieder in diesen Scheißpfuhl, as long as I fucking live! Der liebe Junge, sein Englisch wurde doch langsam besser!

Ein paar Tage, bevor ich über Paris und Berlin nach Wien abreisen konnte, unterzeichneten die Deutschen einen Nichtangriffspakt mit der Sowjetunion. Ein Freundschaftspakt war es nicht. Stalin sollte später sagen: »Die Sowjetregierung konnte nicht plötzlich mit Versicherungen einer deutsch-sowjetischen Freundschaft (*druschba*) an die Öffentlichkeit treten, nachdem sie von der Naziregierung sechs Jahre lang mit Kübeln von Unrat überschüttet worden war.« Der Pakt, so versicherte mir ein Bekannter aus dem Foreign Office, mit dem ich in Orly schnell einen Pernod trank, war gar nicht so übel: Er bremste die deutschen Maßnahmen gegen Polen, das ja zur russischen Einflußsphäre gehörte. Krieg? Gibt es nicht. Das Bündnis mit einer so weit östlichen Macht, und Rußland hatte noch schlechtere Seeverbindungen als selbst China, konnte die britische Regierung nicht ernst nehmen. Die Dinge würden von selbst wieder ins Lot kommen. Chamberlain sprach jetzt von einer internationalen Sonderkommission, die man aufstellen sollte, um über das Problem des polnischen Korridors zu sprechen. Es würde ein zweites München geben, die einzige Möglichkeit. Sein Sie ganz ruhig! Sie haben herrliches Flugwetter.

Beim Anflug auf Wien knipste ich aus einem Backbordfenster der Lufthansa-Kabine ein paar Fotos von der flockigen Wolkenlandschaft. Ich hatte mir von Heinz eine kleine Kodak geliehen, aus dem reichen Arsenal gestohlener Kameras in seinem Kleiderschrank, das er mir stolz präsentierte. Im Wiener Flughafen waren sehr umgängliche SS-Offiziere, die den normalerweise langweiligen Vorgang der Paßkontrolle mit Glanz und Leben erfüllten. Herr Toomei, Toomei, Ihr Name kommt mir irgendwie bekannt vor. Was ist der Zweck Ihres Besuchs im Reich, Herr Toomei? Ich bin der Autor eines neuen Buchs, das gerade herauskommt, *Es herbstet,* ja, ich glaube, so ist der Titel. Was für ein blendendes Deutsch Sie sprechen, Herr Toomei! Aber natürlich, ich kannte doch Ihren Namen! Ein Schriftsteller, ja! Und in welchem Hotel in Wien werden Sie absteigen? Ich weiß noch nicht recht; ich hatte daran gedacht, in einem Gasthof ein bißchen Landluft zu genießen, vielleicht in Bad Vöslau, ein kurzes Stück von Wien mit der Bahn. Und wie lange gedenken Sie bei uns zu bleiben, Herr Toomei? Auch dies weiß ich noch nicht recht. Mein alter Freund, der Herr Reichsführer Himmler hat gesagt, er wolle vielleicht nach Wien kommen, um ein paar fröhliche Abende hier zu verbringen und bei der Gelegenheit mal die örtliche Schutzstaffel auf Herz und Nieren zu prüfen. Ich bitte um Verzeihung, Herr Toomei, würden Sie das bitte noch mal sagen, vielleicht ist Ihr Deutsch doch nicht so unmißverständlich! Und ich vermaledeiter Idiot, wie immer übers Ziel hinausschießend, zog meinen unschätzbaren Himmlerbrief aus der Tasche und gab ihn dem Mann zu lesen. Er wurde von allen Anwesenden ehrfürchtig studiert; die Kontrollmaschinerie kam für ein Weilchen zum Stillstand. Der SS-Offizier gab ihn mir zurück, andächtig und ein wenig ängstlich. Er war ein gutaussehender, dunkelhaariger junger Mann mit der seltenen Besonderheit, daß jedes Auge eine andersfarbige Iris hatte: Nur eines war haselnußbraun. Er hatte ein mitfühlendes Gesicht; wahrscheinlich würde er als Aufsichtsperson bei Liquidationen vor Mitleid zerfließen: Sehn Sie, ich leide ja mehr als Sie! Mit Heilhitler und Hackenknallen entließ man mich ins reichbeflaggte Wien. Und ich – vermaledeiter Idiot ist zu wenig gesagt – ich antwortete ganz automatisch Heilhitler.

Um gleich nach Gerasdorf zu fahren, war es zu spät. Ich fuhr mit dem Taxi zum Hotel Messepalast in der Mariahilferstraße und meldete mich an für die Nacht. Vor dem Abendessen ging ich die Neubaugasse hinauf, bog ab in die Burggasse und fand die Albrechtsgasse, die von der Thaliastraße abzweigte. An dem Haus Nummer 21 stand *Jude* in halbausgelöschter roter Farbe, aber das Ruhmesschild darüber, außer Reichweite der schmierenden Fäuste, war nicht mehr da. Aus den Fenstern der beiden obersten Stockwerke hingen Hakenkreuzfahnen schlaff in der warmen, unbewegten Abendluft. Im Erdgeschoß, wo, wie ich annahm, Strehler gewohnt hatte, waren ein paar Fensterscheiben zertrümmert; die Räume, soweit ich das durch zwei oder drei Hüpfer, die nur wenig Höhengewinn brachten, erkennen konnte, schienen leerzustehen. Eine Katze bog sich behutsam zwischen den Glaszacken hindurch, setzte sich aufs Fensterbrett und schaute mich aus großen Granataugen verwundert an. Ich ging zurück zum Hotel, wo ich in dem fast leeren Restaurant eine Bouillon mit Ei und Tafelspitz mit Erdäpfeln und Semmelkren verzehrte, gefolgt von einer Sachertorte und einem Kaffee, der nach verbrannter Gerste roch und wie bittergewordene Ovomaltine schmeckte. Dann schlenderte ich zu einem Straßencafé am Michaelerplatz und trank Gösser-Bier. Eine Kapelle spielte Waldteufel. Vermutlich zu Ehren des neuen Paktes spielte sie auch das Lied der Wolgaschiffer. Die lachenden Gäste, hübsche Mädchen, solide Bürgersfrauen und schlanke Herren in Uniform, leger und höflich, von denen manche scherzhaft in das *Jo-ho ho-ho* einfielen, schienen eine Gewähr zu bieten, daß es keinen Krieg geben würde. *Hell ist dein Schimmer, strömend für immer.* Von der Donau blies ein kühler Luftzug herein.

Am nächsten Morgen nahm ich ein Taxi nach Gerasdorf. Der Fahrer, ein dürrer, hinterhältiger Bursche, viel zu neugierig für meinen Geschmack, bemerkte meinen Koffer und wollte wissen, wo ich in Gerasdorf absteigen wolle: gibt kein Hotel da. Sind Sie sicher, daß Sie nicht nach Gänserndorf wollen? Wo Sie doch Ausländer sind – Engländer, wie? –, könnten's die Namen verwechselt haben. Nach Gänserndorf ist es ein ganz schönes Stück, aber ich bring Sie hin. Bitte bringen Sie mich nach Gerasdorf, ich muß dort Fotos machen. Warum denn da? Zum Kuckuck, das ist meine Sache! Schon gut, kein Grund, gleich beleidigt zu sein, wollte Ihnen ja nur helfen. Es war herrliches Spätsommerwetter; wir fuhren vorüber an Apfel- und Pflaumenbäumen, Bohnenfeldern und Kindern mit Dolden von Wiesenkerbel. Hier setzen Sie mich ab, sagte ich bei einem *Stüberl* mit wildem Wein über dem Türsturz. Ich bezahlte, und der Fahrer dankte verdrossen. Er hatte es auch nicht eilig, zu wenden und zurückzufahren. Er beobachtete mich, als ich an dem Tisch vor dem Lokal Platz nahm. Als ob er sich vergewissern wollte, daß der erste Schluck von dem hiesigen Weißwein mir mundete. Ich nickte ihm zu. Er nickte zurück und fuhr ab.

Der Wirt des *Stüberl* wollte wissen, was mich in diese Gegend führte. Er war ein derber Bursche mit einem Bauch wie ein Weißkohlkopf und einem Mund voller verfallener Zähne. Ein paar Fotos will ich machen, sagte ich und klopfte auf meinen Koffer. Apparat und alles da drin. Die Reize des ländlichen Österreich. Gerasdorf hat man mir wärmstens empfohlen. Ach, sagte der Wirt, da können Sie ja gleich mal meine Frau und mich unter den Weinranken fotografieren. Er rief Liese, Liesel oder irgendso einen Namen. Eine dicke Frau mit schönen Zähnen kam heraus. Küß die Hand, der Herr! Ich knipste die beiden. Danke, ich komme wieder, um noch einige Gläser von Ihrem exzellenten Weine zu trinken, nachdem ich ein wenig gewandert sein werde. Kopfschüttelnd blickte der Wirt mir nach, als ich loswanderte. Ein Briefträger mit einem posthornverzierten langen Tragegurt und einem dünnen Postsack winkte von seinem Fahrrad zum Stüberl hin. Beide beobachteten mich.

Ich schlug den Weg nach Seyring im Norden ein. Ein Dorftrottel kam hinter einer Hecke vor und blaffte mich an, wobei er Kletten von seiner schmutzigen Hose abzog. Nach einer Meile über freies Feld kam ich an einen Wald zur Linken. Ich trat ein ins sonnengefleckte Dunkel, stolperte über Baumwurzeln und knakkende Zweige, und ein paar Mal fielen mir Haselnüsse auf die Schultern wie schüchterne Willkommensgrüße des ländlichen Österreich. Hoch in den Bäumen war ein Krähennest, und eine Krähe krächzte *Achtung! Achtung!* Eichhörnchen flitzten herum, und auf einem umgestürzten Baumstamm fiepte und schnalzte mir eine Eidechse entgegen. Dann kam ich, mächtig schwitzend, in offenes Gelände mit Stoppelfeldern. Und da stand das Haus, hinter drei Ulmen: drei Giebel, ein Kegel und die niedrige, durchbrochene Mauer. Ich war ebenso überrascht wie erleichtert, es zu sehen; bei Heinz war nicht einmal den Fotos zu trauen. Eine Meile weit ging es über knisternde Stoppeln. Das Haus hätte neu verfugt und verputzt werden müssen. Die Gartenpforte, die nur noch in einer Angel hing, quietschte, als ich sie aufdrückte. Äpfel plumpsten von einem Baum, eine gute Sorte zum Backen. Als ich nach dem gußeisernen Türklopfer griff, der den Kopf des alten Kaisers Franz Josef darzustellen schien, ging die Tür auf. Strehler hatte mich kommen gehört. Er hielt ein Jagdgewehr in der Hand.

»Ja?« Er sah ganz wie auf dem Bild aus Stockholm aus. Er war ungefähr fünf Fuß, acht Inches groß, aber ein bißchen konnte er sich ja bücken. Er trug eine ausgebeulte, zerrissene Hose, ein Flanellhemd mit Speiseflecken, eine Weste, an der zwei Knöpfe fehlten, und Filzpantoffeln. Ich sagte auf englisch:

»Toomey. Der britische Schriftsteller. Dem Sie Ihren Sohn geschickt haben.« Er antwortete, ebenfalls englisch:

»Was machen Sie hier? Sie sollten sich um den guten Heinz kümmern.«

»Sie sollen mit Ihrem Heinz wiedervereinigt werden. Darf ich eintreten?«

»Wiedervereinigt? Sind Sie verrückt? Aber kommen Sie rein!«

Ein Flur führte durchs ganze Haus, von der Vorderfront bis zur Rückseite. Er war vollgestopft mit alten Kisten und Koffern, einem großen hölzernen Schaukelpferd, Büchern über Büchern, Mänteln, die überall herumlagen oder -hingen. Staubwirbel tanzten im Licht von der Haustür, die Strehler nun schloß und verriegelte. Er führte mich in ein Zimmer zur Rechten. Drinnen, an der Wand gegenüber der Tür, ging eine eiserne Wendeltreppe ins Obergeschoß hinauf. Durch eine große gesprungene Fensterscheibe sah man die Felder, den Himmel und Schwalben, die für ihren Exodus probten. Vor dem Fenster stand ein großer Teakholztisch voller Schreibpapier und aufgeschlagener Bücher. Strehler schrieb wohl an etwas. Sein Arbeitszimmer also, voller Trödel in Elfenbein und Ebenholz, wie man ihn von Reisen mitbringt, mit glitzerndem Staub, wie graue Eisenspäne, auf den ebenen Flächen. An den Wänden gerahmte Fotos: eine grinsende Frau mit einem Glockenhut in einem Park mit Kiwis, der junge Strehler im ersten Ruhmesglanz, Heinz als kleiner Junge, eine getigerte Katze am Schwanz packend, Sigmund Freud, Hermann Hesse, Stefan Zweig, Rainer Maria Rilke. »Rilke!« sagte ich. »Zum letzten Mal hab ich ihn in einem Café in Triest gesehen. Er hat geweint.«

»Er hat viel geheult. Aber niemand hörte ihn aus der Engel Ordnungen. Setzen Sie sich auf den Stuhl da, der wird hoffentlich noch nicht zusammenbrechen.« Er selbst setzte sich an seinen Arbeitstisch und schaute mich stirnrunzelnd an. »Wie haben Sie eben gesagt – wiedervereinigt?«

»Ich habe die Mittel, Sie mit geringer Mühe nach England zu bringen. Ich habe einen Paß für Sie. Gottseidank sprechen Sie Englisch. Sie müssen nämlich als ein englischer Arzt reisen.«

»Warum Arzt?«

»Weil der am besten geeeignete unter den Pässen, die Ihr Sohn Heinz gestohlen hat, einer Ärztin gehörte. Ganz einfach.«

»Hat er viel gestohlen?«

»O ja! Außerdem öffentliches Anerbieten zur Unzucht. Aber noch sitzt er nicht im Gefängnis. Abgesehen von ein paar Nächten in der Zelle hat er sich sehr frei und ungehemmt ausleben können. Ein erstaunlicher junger Mann. Ich hoffe, Sie werden ihn mit Freuden wiedersehen.«

Er grinste. »Vielleicht hätte ich doch ein oder zwei von Ihren Büchern lesen sollen. Sie haben diese englische Eigenschaft – wie sollen wir's nennen? Humor, Toleranz, Geduld. Es muß ein einziges Wort dafür geben, aber ich kenn es nicht. Ich werde ihn natürlich mit Freuden nicht wiedersehn. Ich dachte, inzwischen hätten Sie ihn vielleicht schon nach Neuseeland zu seiner Mutter verfrachtet.«

»Merkwürdig, aber daran hatte ich noch gar nicht gedacht. Ich dachte nur an die Wiedervereinigung von Vater und Sohn. Ich möchte die ersten Umarmungen mitansehen, die Freudentränen, das *Gottseidank!*«

»Daraus wird nichts, ich bleibe hier. Bis die mich holen. Aber ein paar von ihnen bring ich vorher noch um.« Er streichelte das Schloß seiner Flinte – österreichisches Fabrikat, Mannlicher-Schönauer, Kaliber 6,5 mm, wie er mir später erklärte.

»Aha! Und wann, denken Sie, werden sie kommen?«

»Bald, bald! Haben Sie mal von einem kleinen reaktionären Skribenten namens Johannes Braunthal gehört? Nein, natürlich nicht, woher auch? Sowas wie ein Kritiker, sowas wie ein Romancier. Seinen wahren *Beruf*– wie sagen Sie dafür?«

»*Calling, vocation, métier.* Sie sprechen übrigens ein ausgezeichnetes Englisch.«

»Danke. –Hat er bei der SS gefunden. Ein grausames kleines Kerlchen, wie so viele Literaturkritiker. Der wird dafür sorgen, daß ich zum Latrinenputzen eingeteilt werde, oder was weiß ich, womit man die jüdischen Intellektuellen in diesen Lagern beschäftigt.«

»Ich glaube«, sagte ich, »Sie unterschätzen die Absichten dieser Leute im Hinblick auf die Juden. Soviel ich weiß, spricht man in Berlin allen Ernstes von der Ausrottung der ganzen Rasse.«

»Davon spricht man auch in Wien schon lange. Das ist nichts Neues. Auf Judenhaß haben die Nazis kein Monopol. Dennoch, so dankbar ich auch dafür bin, wie Sie sich offenbar um mich bemühen, hab ich doch das Gefühl, hierbleiben und das Schlimmste abwarten zu müssen. Aber bevor es dazu kommt, bring ich den Braunthal um. Das hab ich mir schon immer gewünscht.«

»Vermutlich weiß er das und kommt nicht selber. Außerdem kommen diese Leute gewöhnlich mitten in der Nacht. Die brechen ein und stehn plötzlich mit einem Revolver an Ihrem Bett.«

»Wenn sie einbrechen, das hör ich. Und schlafen tu ich meistens auf einem harten Sessel im Vorderzimmer, mit dem Gesicht zum Fenster und das Gewehr – wie sagt man, schußbereit, *cocked?*«

»Wissen die denn, wo Sie sind?«

»Ach, das werden sie herausfinden. Vielleicht laß ich sie sogar herbitten. Sie, Mr. Toomey, wären ein sehr nützlicher, ähem, Emissär. Da sehn Sie, ich stecke in einer Arbeit, die bald fertig ist. Auch dabei könnten Sie nützlich sein. Wenn Sie die Sache mitnehmen ins freie Ausland.«

»Was ist es?«

»Eine sonderbare Geschichte. Haben Sie mal von einem lateinischen Autor namens Frambosius gehört? Natürlich nicht, ein ganz unbedeutender Name, wie Braunthal. Und Österreicher war er auch; der Name war ein Deckname oder Pseudonym, und richtig hieß er Wilhelm Fahlrot. Aus Klagenfurt, gestorben 1427, hat lateinisch geschrieben. Hier, sehen Sie selbst, das ist sein Buch.« Und ebenso andächtig, wie der SS-Offizier mir meinen Himmlerbrief zurückgegeben hatte, überreichte er mir ein Büchlein in schimmligem braunem Einband, Duodez-Format, wie mir schien, die Seiten voller Leberflecken. Der Inhalt war ein Gedicht von etwa tausend Versen, lateinische Hexameter, mit dem Titel *Vindobona.*

»*Vindobona?*«

»Wien. Ich weiß nicht, wie gut Ihr Latein ist. Meines ist notgedrungen besser geworden, seit ich angefangen habe, diese Sache ins Deutsche zu übersetzen. In gereimte Verse. Es ist eine erstaunliche Prophezeiung. Eine Horde mannsgroßer Ratten dringt aus den Ländern im Norden nach Österreich ein und nimmt sich die Hauptstadt als politisches und kulturelles Zentrum. Die *haute cuisine* ist Unrat, die Musik Quieken, und der beliebteste Zeitvertreib besteht darin, Hoch und Niedrig anzufallen und ihnen die Kehlen durchzubeißen. Ihre Fahne zeigt vier stilisierte Krummbeine auf schwarzem Grund. Alle, die sich lange Schnurrhaare wachsen lassen, sich einen langen Schwanz ankleben und auf vier Beinen zu gehen lernen, werden in die Volksgemeinschaft der Ratten aufgenommen. Der König der Ratten heißt Adolphus.«

»Lieber Gott!«

»Etwa hundert Zeilen fehlen mir noch. Eine lange Einleitung hab ich schon geschrieben. Ich denke, alles wird fix und fertig sein, ehe der Braunthal mit seinen Lümmeln mich wegholt.«

»Sie können's doch in London fertigstellen. In meinem Arbeitszimmer. Ich glaube, dazu werden Sie sich durchringen müssen. Ich fahre nicht ohne Sie zurück.«

»Aha!« Und er lächelte. »Wie wollen Sie mich nach London bringen, wenn ich nicht will? Ich hab ein Gewehr, Sie, glaub ich, nicht. Aber ich mache Ihnen einen Vorschlag. Bleiben Sie hier, genießen Sie die Landluft, und warten Sie ab, bis ich fertig bin. Ich habe Wein im Keller und Whisky dort in dem Tantalus, sehn Sie, unter dem alten samtenen Dreispitz. Das Wasser aus meinem Brunnen ist so gut wie Wein. Ich habe einen Sack getrocknete Bohnen im Haus; eine Schüssel ist schon eingeweicht. Außerdem zwei Schinken, der eine aus Westfalen. Ich habe Brot backen gelernt – eine Tätigkeit, von der man eher satt wird als vom Romanschreiben. Oben, wenn Sie die Treppe da hinaufsteigen, finden Sie ein Bett und Decken. Lassen Sie mir drei, vier Tage! Dann reden wir weiter. Aber Sie müssen verstehn, ich habe mir nun einmal ein Herz gefaßt, wenn das der richtige Ausdruck ist, diesen Johannes Braunthal umzubringen.«

Die enge Welt des Schriftstellers, seine Kleinlichkeit in der Feindschaft! Für Strehler bedeutete der *Anschluß* nicht viel mehr als die Gelegenheit, einen Kritiker umzubringen. Ich sagte: »Ich kenne britische und amerikanische Kritiker, die ich auch gern umbringen würde. Aber das wäre ein Luxus. Was jetzt not tut, und zwar sehr dringend, ist, daß wir Sie hier herausschaffen. So prätentiös es klingen mag, ich habe das Gefühl, das bin ich der Literatur schuldig.«

»Und außerdem möchten Sie meinen guten Heinz gern loswerden. Kann ich Ihnen gar nicht verdenken! Schicken Sie ihn nach Christchurch in Neuseeland, eine finstere Stadt, das wird seinen Übermut dämpfen! Gehn Sie jetzt in die Küche und machen Sie für uns beide Kaffee! Ich habe Bohnenkaffee von einem meiner brasilianischen Leser. Haben Sie zufällig echten britischen Tee mitgebracht? Von Twinings oder von Jackson in Piccadilly? Dort hab ich gerade Tee eingekauft, als ich Amelia zum ersten Mal gesehn hab, die dann meine Frau geworden ist. Sie versuchte damals, sich bei John Middleton Murry und bei ihrer Landsmännin Katherine Mansfield beliebt zu machen. Mein Englisch hab ich nur von ihr. *Box of birds* – kennen Sie den Ausdruck?«

»Ich habe leider nichts mitgebracht außer dem Paß. Ich meine, ich hatte doch nur eines im Sinn. Ich dachte, morgen könnten wir schon in der Maschine nach Mailand sitzen, um so schnell wie möglich aus dem Reich zu verschwinden. Vielleicht sogar schon heut abend–«

»Nein, wir wollen nichts überstürzen.« Ja, seine Sprache hatte tatsächlich einen ozeanischen Beiklang. Die Stimme war rauh, aber auch, wenn er Englisch sprach, mit dem wienerischen Tonfall. Ab und zu hüstelte er, bekam Schleim in den Mund und schluckte ihn hinunter. Die Augen waren schwarz, klar und schweifend. Das schmutziggraue Haar stand in krausen Strähnen vom Kopf ab. Die Haut war rötlich, die Nase riesengroß, der Mund voll krummer brauner Zähne. Auf dem Schreibtisch hatte er eine Sherlock-Holmes-Pfeife liegen, die er sich nun ansteckte; ein wenig Speichel trielte ihm von den Lippen. Es roch wie ein brennender Kräutergarten. »Machen Sie uns Kaffee«, sagte er mit wäßriger Stimme, »und Schinkenbrote! Lassen Sie mich weitermachen! Der Rattenkönig Adolphus setzt durch, daß in den Menschenschulen die Rattensprache gelehrt wird. Sie hat einen sehr kleinen Wortschatz.«

53

Das rote Licht ging an, genau wie im Londoner Broadcasting House am Portland Place, und der nette junge Beamte vom Propagandaministerium sagte:
»Willkommen im Deutschen Reich, Mr. Toomey!«
»Sie tun so, als ob ich zum ersten Mal hier wäre.«
»O nein, natürlich wissen wir, daß dem nicht so ist. Wir kennen Sie als einen alten Freund, noch dazu als einen, dessen Bücher vom deutschen Volke sehr geschätzt werden. Jammerschade, nicht, dieses Mißverständnis, das nun zwischen zwei großen Völkern steht?«

»Mißverständnisse sind immer zu bedauern, besonders wenn sie zum Kriege führen.«

Der Leser wird schon erraten haben, was geschehen war. Die erste Septemberwoche hatte ich sehr erholsam und anregend im Hause und im Garten bei Jakob Strehler verbracht. Es war herrliches Wetter, und die Äpfel fielen von den Bäumen. Allen Greueln der Welt waren wir weit entrückt, und mir fehlte nichts bis auf meine Zigaretten aus der Burlington Arcade. Aber Strehler hatte ein Pfund blonden Tabak zum Selberdrehen und etliche Päckchen *Pferd*-Zigarettenpapier, und er zeigte mir, wie man mit nur einer Hand so ein Röllchen zustande bringt. Abgesehen von Kinocowboys war mir bisher erst einer begegnet, der dies konnte, der junge Eric Blair, bei einer Versammlung des PEN-Klubs; aber auch er hatte es irgendwie wieder verlernt, seitdem er einen Namen hatte und nun George Orwell hieß. Strehler führte den Trick ganz gedankenlos aus, meistens, wenn er etwas eben Geschriebenes durchlas. Wie die meisten Pfeifenraucher nahm er Zigaretten nur *faute de mieux* oder zur Besänftigung des Gaumens.

Mit der Übersetzung von *Vindobona* war er fast fertig, als die Schergen des Nazistaats kamen. Es war früh am Morgen, und ich schlief noch in dem lakenlosen Bett im Obergeschoß über seinem Arbeitszimmer, als er kam und mich sachte wachschüttelte, einen

Hauch von schwarzem Kaffee und Schinken verbreitend. Er sagte: »Es kommen Männer durch den Wald.« Ich war augenblicklich wach. Freundlich rollte er mir einen Rachenöffner. Ich sagte:

»Um Gottes willen, vergessen Sie nicht, wer Sie sind! Haben Sie den Paß in der Tasche?«

»Das klappt nicht.«

»Doch, es muß! Wir sind zwei Engländer, die in Strehlers Landhäuschen wohnen. Strehler ist fort. Wohin, wissen wir nicht. Es wird ganz einfach sein.«

»Diese Leute werden mich kennen. Unglücklicherweise scheint Braunthal nicht mitgekommen zu sein. Ich werde verlangen, daß Braunthal die Verhaftung vornimmt. Alles, oder vielmehr das eine, wartet auf Braunthal.«

Ich hustete über meiner Zigarette, während ich die Hose anzog. Ich hatte in Hemd und Unterwäsche geschlafen. Hustend steckte ich die nackten Füße in Stiefel. »Es wird gehn, es muß gehn. Lassen Sie mich nur reden. Ich hab's Ihnen doch gesagt, wir hätten uns schon vor Tagen ins Flugzeug setzen sollen.«

»Sie hatten es zuletzt nicht mehr so eilig.«

»Sie haben mich davon abgebracht. Wir sind zwei vermaledeite Idioten, alle beide! Trotzdem, es wird schon alles gutgehn.« Wir waren nun im Erdgeschoß. Wir traten ans Vorderfenster und sahen die sechs Männer über das Stoppelfeld knistern.

»Sehn Sie«, sagte Strehler, »kein Braunthal dabei. Ich verlange, daß der Braunthal persönlich kommt.«

»Halten Sie den Mund von Ihrem Braunthal!« Es waren zwei stämmige Zivilisten mit Schlapphüten und Regenmänteln, zwei Gendarmen mit Revolvern und zwei Mann von der Wehrmacht, ein Unteroffizier und ein Gemeiner, beide mit Gewehren. »Die SS scheint gar nicht vertreten zu sein.«

»Ich glaube, ich kenne den einen da, mit den Händen in den Taschen. Ich hab ihn bei der Gestapo gesehn, als ich die Ausreise für den guten Heinz arrangiert habe. Der kennt mich. Verfluchte Scheiße etcetera! Ich mach mal lieber die Tür auf. Vielleicht trinken die Herren Kaffee.«

Dem kleinen Trupp schien es die Stimmung zu verderben, als die Tür aufging und Strehler und ich wartend in der kühlen Morgenluft standen. Es war, als ob sie zum Frühstück eingeladen wären und zu spät kämen. Strehler zog seine Taschenuhr aus der Weste. 7 Uhr 51. Die Uniformierten in der Gruppe legten einen

Schritt zu. Dann machten sie Halt und warteten, bis die beiden Zivilisten nachgerückt waren. »Kommen Sie doch herein!« sagte Strehler. Von nun an wurde nur noch deutsch gesprochen. Zu meiner Überraschung war ich es, den sie verhaften wollten. Weder Strehler noch ich hatten etwas davon gewußt, daß England und Frankreich am vorigen Sonntag Deutschland den Krieg erklärt hatten. Dies muß der Sonntag darauf gewesen sein. Offiziell war der Krieg schon in vollem Gange. All dies erfuhren wir beim Kaffee in der Küche. Es hatte ein Weilchen gedauert, bis die Nachricht von einem Engländer mit Kamera, der sich in der Nachbarschaft herumtrieb, bis zur Polizei in Wien durchgesickert war. Aber nun war ich verhaftet, und natürlich auch Strehler. Sowohl den Polizisten wie den Soldaten gefiel der handfeste Beweis für Strehlers Untreue gegen das Reich: Er hatte einen feindlichen Ausländer mit Kamera beherbergt. Außerdem war er natürlich Jude und hätte längst im Arbeitslager sein sollen, aber die Juden holte man scharenweise mit Lastwagen aus ihren Wohnvierteln, nicht einzeln aus entlegenen Häusern auf dem Lande. »Und ich dachte«, sagte Strehler, »Braunthal würde hergeschickt, um mich zu holen.«

»Hören Sie«, sagte ich auf deutsch zu Strehler, »dies alles tut mir schrecklich leid. Nun werden Sie keine Zeit mehr haben, dies verdammte Gedicht zu beenden.«

Die zwei Herren von der Gestapo saßen auf der Kante des Küchentischs und tranken unseren guten brasilianischen Kaffee. Der Unteroffizier und der Gemeine hatten die Gewehre auf Strehler und mich angelegt. Die beiden Gendarmen standen bequem, die Pistolenhalfter noch zugeknöpft. Der ranghöhere Gestapomann, der, den Strehler kannte und der seinerseits Strehler kannte, versuchte ein bißchen philosophisch-vaterländischen Schaum zu schlagen. Nachdem er seinen Kaffee ausgetrunken hatte, knurrte er in rechtschaffener Empörung: »Saujuden! Die einzigen im ganzen Reich, die Bohnenkaffee trinken, und wir alle müssen mit dem Eichelzeugs zufrieden sein!«

»Das kommt daher«, sagte Strehler milde, »daß Sie lieber Kanonen wollen. Kanonen oder Bohnenkaffee, beides können Sie nun mal nicht haben. Ich dagegen will keine Kanonen, und darum hab ich ein Anrecht auf Bohnenkaffee. Von Rechts wegen müßten Sie sich die Finger in den Hals stecken und das vaterlandsfremde Gift auskotzen.«

»Saujud!« sagte der Gestapomann. »Halt bloß deine Judenschnauze, eh wir sie dir stopfen!« Er war ein ganz normal aussehender Mensch mit glänzendem Gesicht, wie ein glasiertes Brötchen, aber die ungewohnt frühe Rasur, vermutlich bei schlechtem Licht, hatte angetrocknete Blutfleckchen hinterlassen. Sein Kollege war graugesichtig, wahrscheinlich Magengeschwür, denn bei dem heißen Kaffee war er zusammengezuckt, aber er hatte ihn ausgetrunken bis auf den letzten Tropfen. Beide behielten die Hüte auf. Ich sagte:

»Was denken Sie denn, was mit mir geschehen soll?«

»Sie werden als Spion erschossen, und dieser Saujud hier wird auch erschossen. Und noch eins, wie kann ein englisches Schwein wie Sie so gut deutsch sprechen?«

»Muß er doch, wenn er ein Spion ist«, sagte der andere Gestapomann.

»Ich habe mein Deutsch«, sagte ich, »bei der Lektüre der Werke von Herrn Doktor Strehler gelernt, des größten Romanciers der Gegenwart. Ich bin kein Spion, nebenbei gesagt. Ich mache hier Ferien und habe keine Nachrichten gehört. Wie steht denn dieser Krieg, wenn wir tatsächlich Krieg haben?«

»London liegt in Trümmern. Der Krieg ist voll im Gange, wie Sie bald merken werden. Vor Weihnachten noch steht der Führer am Piccadilly-Platz. Kommen Sie, wird Zeit, daß wir gehn!«

»Ich verlange«, sagte Strehler, »meinem alten Feind Braunthal vorgeführt zu werden. Wenn ich ihn schon nicht umbringen kann, möchte ich ihm doch wenigstens in sein schreckliches Gesicht spucken.« Das »schreckliche Gesicht« war aus dem *Faust I.*

»Halt deine freche Goschn!« brüllte der zweite Gestapomann, gegen einen Magenstich ankämpfend. »Dir werden wir ins Gesicht spucken und noch einiges mehr.«

»Es heißt Piccadilly *Circus*«, sagte ich, »und nicht Platz.« Und mir wurde allmählich klar, daß ich Piccadilly möglicherweise nie wiedersehn würde.

Man erlaubte mir, mich vor einem Soldatengewehr und einer Gendarmenpistole richtig anzuziehen und meinen Koffer zu pakken. Strehler durfte auf die Toilette gehn, mußte aber die Tür offenlassen. Er saß dort eine ganze Weile und las in einer von den alten Nummern des *Punch,* die er stapelweise dort aufbewahrte, um sich die Wartezeiten der Hartleibigkeit zu verkürzen. Der Gestapomann schimpfte über die Judenscheiße, aber Strehler erwiderte in gemessenem Ton, eben die lasse sich nicht erzwingen. Dann blinzelte er mir zu, und ich bemerkte, daß er seinen britischen Paß in der Nummer vom 20. Juni 1934 versteckte: Zumindest ein Punkt weniger, den man ihm oder mir zur Last legen könnte. Über die Felder und durch den Wald wurden wir abgeführt, jeder eskortiert von einem Soldaten, einem Gendarmen und einem Gestapomann, wobei die Dienstältesten der drei Waffengattungen sich zu mir hielten, während Strehler mit den niederen Chargen ein ganzes Stück vorausging. Ich fühlte mich völlig unbeschwert. Das ist oft so, wenn man zwangsweise in den Zustand persönlicher Unverantwortlichkeit versetzt wird: weder beleidigte Unschuld noch tatsächliche Schuld vermögen dann das Gefühl der Freiheit nachhaltig zu stören. Daß auch Strehlers Herz leicht war, hörte ich daran, wie er das alte Lied des Archipoeta summte, *Meum est propositum,* ein Lied aus dem unvölkischen Mittelalter, als Deutschland das Heilige Römische Reich war. Ich sah ihn zum letzten Mal. Er hatte ein großes Werk geschaffen, das die Nazis überdauern würde; er hatte allen Grund, zufrieden zu sein, was auch kommen mochte an Sticheleien und Verhöhnungen. Er hatte sogar *Vindobona* in seiner Tasche mitgenommen, aber ich glaube nicht, daß man ihm erlaubt hat, die Übersetzung fertigzustellen. Was mich selbst anging, so hatte ich mein bißchen Talent in den Dienst volkstümlicher Unterhaltung gestellt; ich hatte gut gegessen und getrunken; ich hatte versucht, etwas Ehrenwertes zu tun, obwohl ich's verpfuscht hatte. Wenn ich erschossen wurde, bekäme ich vielleicht ein Standbild auf einem Londoner Platz wie die tapfere Edith Cavell aus dem Ersten Weltkrieg.

An der Straße warteten ein Zweikommafünftonner Opel und ein Porsche-Kübel; drei, vier Soldaten unter einem Feldwebel hielten ein paar neugierige Einheimische auf Distanz. All dies kam mir unnötig vor, aber die Nazis mußten's ja wissen. Ich, der gefährliche englische Spion, mußte umringt von den Gewehrträgern auf dem offenen Lastwagen Platz nehmen, während Strehler auf den Rücksitz des Porsche gestoßen wurde. Mit Genehmigung der Wehrmacht durften die Gestapomänner und die beiden Gendarmen mitfahren: Es gab verschwimmende Übergänge und Doppelungen im Machtgefüge des Nazistaates, die ich nie recht begriffen habe. Strehler und ich, wir winkten uns zum Abschied zu, und das war das letzte, was ich von ihm gesehen habe. Ich muß annehmen, daß aus ihm eine jener anonymen jüdischen Arbeitskräfte geworden ist, die man erst bis zur Erschöpfung ausbeutete und dann im gesäuberten Deutschland als Dünger für die langen weißen Spargel verwendete, die heute noch auf beiden Seiten Berlins zum Verkauf angeboten werden. Doch Strehler lebt, so wie Heine und Mendelssohn leben; und die Nazis sind nur noch ein Stoff für Fernsehserien.

Strehler versäumte beim Abschied jede Erwähnung des armen Heinz, der nun sowohl des Vaters als auch des Pflegevaters beraubt werden sollte. Auch ich sprach nicht von ihm, doch ging er mir als der Verursacher meiner jetzigen Notlage nicht aus dem Sinn. War ich doch auf dem Zweikommafünftonner Opel sozusagen von lauter Heinzens umgeben, alle mit Vorhaut und aufgepflanztem Bajonett, aber die militärische Habachtstellung war bei ihnen kein Spaß.

Um es kurz zu machen, dem vereinten Bemühen verschiedener Instanzen in Wien gelang es, festzustellen, daß ich kein Spion war. Die Filmrolle in meiner Kamera erwies sich als leer, bis auf das Porträt eines Gastwirts mit schlechten Zähnen und seiner lieben Frau. Abwehr, SS und ein recht zuvorkommender professoraler Kettenraucher in zweireihiger taubengrauer Uniform, der offenbar am meisten zu sagen hatte, ließen die Angaben zu meiner Person tippen, prüfen und nach Berlin kabeln. Ich war Kenneth M. Toomey, ein angesehener britischer Romanschriftsteller, der in dem Glauben, daß es keinen Krieg geben werde, ahnungslos zu einem Ferienaufenthalt ins ländliche Österreich gekommen war, wo er ahnungslos bei einem anderen, noch angeseheneren Romanschriftsteller gewohnt hatte, dessen sträfliches Judentum der Aufmerksamkeit der Behörden und ebenso auch der Schwedischen Akademie irgendwie entgangen war. Alles nicht weiter schlimm! Aber leider würde man mich später in ein Lager für feindliche Ausländer von ähnlich glückloser Ahnungslosigkeit einweisen müssen; bis dahin sollte ich unter Bewachung in einem früheren kleinen Pflegeheim für Epileptiker in der Stromstraße wohnen.

Zu meinen Mitgefangenen dort gehörten zwei Polen, welche die Ansichten der Nazis über die Entbehrlichkeit der slawischen Volksgruppen kannten und in gebrochenem Deutsch Befürchtungen für ihr Leben äußerten. Außerdem war ein Trupp französische Wochenschau-Leute da, die man geschlossen in den Zillertaler Alpen aufgegriffen hatte. Ihre Kamera war beschlagnahmt worden. Sie meckerten laut über mich als Angehörigen einer wenig vertrauenswürdigen Nation, von der Frankreich in einen sinnlosen Krieg hineinverwickelt werde. Ihr Kameramann, den der Verlust seines Geräts erbitterte, war muskulös und aufbrausend. Niemand aus dem eigenen Volke konnte mir beistehn, bis auf einen uralten Spielzeugmacher aus Lancashire, der sein Leben lang in Graz gearbeitet und fälschlich angenommen hatte, daß er ein naturalisierter Österreicher sei. »*Bloody Frenchies*«, sagte er, »war schon das letzte Mal kein Verlaß auf die Scheißer, und diesmal genauso. Nur'n toter Franzose ist'n guter Franzose.« Nach zwei Wochen erteilte mir einer der Wächter brüllend den Befehl, meine Sachen zu packen und mich zur Abreise bereitzuhalten. Das war an einem regnerischen Vormittag im Tagesraum, wo die Franzosen unter lautem Gezänk eine Partie Poker spielten. Sie johlten mir zu und machten Kopf-ab-Gesten. »*Bloody frogs!*« sagte der Spielzeugmacher. »Paß auf dich auf, Mann! Laß dir nichts gefallen!«

Ich wurde in die Wiener Dienststelle des Reichspropagandaministeriums gebracht, wo man mich in einem frischgebohnerten Büro mit Hakenkreuzen und einem Porträt, das den Führer als Parzival darstellte, einem Herrn Doktor Franz Eggenberger vorstellte. Er war ein kleiner, dunkelhäutiger Mann mit dichtem Haar auf den Handrücken, wie eine Andeutung von Pelzhandschuhen, und er sprach ein ausgzeichnetes Englisch, das nur in seiner rhythmischen Modulationsfähigkeit auf dem Entwicklungsstand eines Untersekundaners steckengeblieben war. Er hatte eine Schule namens Hyderabad House bei Bridport in Dorset besucht, denn sein Vater war ein großer Anhänger der britischen Herrenschichterziehung gewesen, mit kalten Bädern, kargem Essen und viel Latein. »*So here we are, old chap*«, sagte er und hielt mir eine Packung *Overstolz*-Zigaretten hin. »Hab ein oder zwei von Ihren Sachen gelesen. Nicht schlecht! Eben hatt ich unsern großen Joe Goebbels am Apparat.«

»Ah!«

»Der scheint viel von Ihnen zu halten. Sie werden sich denken können, was er von Ihnen will. Ein Rundfunk-Interview, zwei Minuten. Natürlich auf englisch, für unsere britischen Hörer. Nichts Verräterisches, aus Ihrer Sicht, mein' ich. Auch nichts allzu Böses aus unserer Sicht. Sagen wir, es wäre doch ein Geschäft.«

»Sie meinen, Sie würden mich dann ausreisen lassen?«

»Es könnte so gehn, daß sich plötzlich niemand mehr für Sie interessiert. Sondergenehmigung zur Ausreise in ein neutrales Land. Mit dem Flugzeug nach Mailand, wurde vorgeschlagen, und dann sind Sie sich selbst überlassen. Mir scheint, dies ist ein sehr anständiger Vorschlag.«

»Wir sollen doch aber mit dem Feind keine Geschäfte machen, nicht?«

»Niemand will Sie zwingen.«

»Die Frage ist, was man zuhause dazu sagen wird.«

»Na, da können Sie nun nicht erwarten, daß wir auf unsrer Seite uns darüber viel Gedanken machen, nicht wahr? Ich meine, seien Sie doch vernünftig! Wir haben schließlich Krieg, nicht?«

»Gut, ich mach's, Gott sei mir gnädig!«

»Dacht ich mir's doch, Pfundskerl sind Sie! Joe Goebbels wird sich freuen.«

Also brachten sie mich in der Lederergasse in der Josefstadt unter und schickten mir einen netten jungen Beamten, um mich auf das Interview vorzubereiten. Er entschuldigte sich gleich dafür, kein Bewunderer meiner Werke zu sein. Er hatte ein Jahr lang in Cambridge studiert, mit Dr. L. C. Knights als Tutor, und hatte dort eine sehr strenge Auffassung von der Literatur bekommen. Und dann, an dem regnerischen Abend des 29. September, hörte ich mich sagen:

»Mißverständnisse sind immer ein Jammer, besonders, wenn sie zum Kriege führen.«

»Wie würden Sie den Begriff der *Nation* definieren, Mr. Toomey?«

»Nun, wie ich wohl in unserem privaten Gespräch schon gesagt habe, meine ich, im Hinblick auf eine gewisse Kontinuität der Kultur – in erster Linie natürlich der Literatur–«

»Und die Literatur besteht doch aus der Sprache, nicht wahr?«

»Nun ja! In gewissem Sinne könnte man sagen, England ist die englische Sprache und Deutschland die deutsche. Sie könnten sogar sagen, Luther hat Deutschland geschaffen, weil er das Neuhochdeutsche geschaffen hat.«

»Und Deutschland, das wäre überall, wo deutsch gesprochen wird, ob in Österreich, Danzig oder im Sudetenland?«

»Könnte man sagen, ja!«

»Waren Sie überrascht, als Sie während Ihres Ferienaufenthaltes hier im Reich erfahren haben, daß zwischen unseren beiden Ländern der Krieg ausgebrochen ist?«

»Ich war überrascht zu erfahren, daß Frankreich und Großbritannien, nachdem sie den Anschluß und die tschechoslowakische Angelegenheit hingenommen haben, sich nun so bedingungslos für Polen einsetzen, für ein Land, dem zu helfen oder beizustehen sie gar nicht in der Lage sind–«

»Wenn Sie sagen, Frankreich und England, Mr. Toomey, so meinen Sie, glaube ich, die politischen Führer dieser Länder?«

»Nun, gewiß! Um dem demokratischen System, wenn schon nicht den gegenwärtig amtierenden gewählten Führern gegenüber loyal zu sein, fühle ich mich gedrängt, auszusprechen, daß ich zu Mr. Chamberlain sehr wenig Vertrauen habe. Dies, so muß ich betonen, ist keine Illoyalität. Im Gegensatz zu Ihrem Volk haben wir Briten das Recht, unsere Führer zu wechseln.«

»Vielleicht liegt es daran, daß Sie keinen echten Führer haben, Mr. Toomey. Wenn Sie einen hätten, würden Sie nicht davon sprechen, ihn wechseln zu wollen.«

»Da ist vielleicht etwas dran. Die Demokratie hat ihren Preis. Aber die Diktatur natürlich auch.«

»Sie bedauern also diesen Krieg, Mr. Toomey?«

»Ich bedaure alle Kriege mit ihrer Vergeudung junger Menschenleben. Junges Blut, heißes Blut, wie Ezra Pound einmal gesagt hat, helle Wangen, schöne Körper! Für eine alte Sau mit faulen Zähnen–«

»Für eine verpfuschte Zivilisation. Ja, das Gedicht kenn ich. Es war eine Vorlage für kritische Textanalyse, als ich in Cambridge war. In Ihrem Buch über die Religion, Mr. Toomey, haben Sie geschrieben: ›Etwas dringt ein in den Menschen, eine Kraft, deren er nicht Herr zu werden vermag, etwas, das wir als diabolisch bezeichnen und das wir auszutreiben lernen müssen.‹ Glauben Sie dies immer noch?«

»Ja, das glaube ich. Ich glaube, daß diese zerstörerischen Kräfte besiegt werden können, wenn wir uns genug anstrengen. *Exorcizo te, immundissime spiritus, omnis incursio adversarii, omne phantasma, omnis legio*–«

»Was ist das, was Sie da zitieren, Mr. Toomey? Es klingt sehr eindrucksvoll.«

«Oh, es ist das alte *Rituale Romanum.* Ich dachte gerade an meinen Freund, fast meinen Bruder, Monsignore Campanati, den Bischof von Moneta in Italien. Er hat immer unerschütterlich an der Auffassung festgehalten, daß der Mensch gut geschaffen ist und daß das Böse vom Teufel kommt. Ich habe ihn einmal an der Arbeit gesehen, beim Austreiben von Dämonen. Ich bin sicher, daß er auch jetzt an der Arbeit ist und die Dämonen des Krieges austreibt, von denen diese unsere Welt befallen ist. Wir alle können unterdessen wenigstens darum beten, daß bald wieder Friede einkehrt.«

»Amen, kann ich da nur sagen, Mr. Toomey. Wenn ich Ihnen eine ganz allgemeine Frage stellen darf, was ist Ihrer Ansicht nach das Wichtigste im Leben?«

»Mark Aurel hat dies, glaube ich, sehr treffend gesagt: ›Kleinen Anfängen seid treu, reifet innerlich, entsagt rastlosem Tun–‹«

»Sehr schön, Mr. Toomey!«

»›–Denn ihm entwächst nur Ansporn zu irdischen Sünden.‹«

»Und haben Sie unseren beiden Völkern, dem deutschen wie dem englischen, noch etwas zu sagen?«

»Ja: Nicht immer endet deutsch-englisches Ringen mit irrsinnigem, tödlichem Haß in Trümmern–«

»Ja, Mr. Toomey?«

»Liebet einander rückhaltlos!«

»Ich danke Ihnen für dieses Gespräch, Mr. Toomey.«

Das rote Licht ging aus.

Am nächsten Vormittag brachte mich Dr. Eggenberger in einem blitzenden Mercedes zum Flughafen. »Herrliches Wetter!« sagte er. »England müßte jetzt wunderschön aussehn.« Im Abflug-Korridor schnauzte er in einem, wie es mir vorkam, sehr theatralischen Deutsch das Personal der Lufthansa an. So hätte er vielleicht in der Theateraufführung zum Schuljahresabschluß im Hyderabad House bei Bridport einen Klamaukpreußen in Schaftstiefeln spielen können. Ich erwartete halb und halb, daß er mir zublinzeln werde, um zu zeigen, daß sein Gebelfer nur Theater gewesen sei. Aber er blinzelte nicht. Wenn etwas Theater war, dann sein Englisch. »Haben wir alles? Paß, Geld, Reiseschecks?«

»Alles. Und vielen Dank für alles!«

»Na dann«, sagte er, »nichts wie raus mit Ihnen aus unserem vermaledeiten Reich!« Und in schrecklichem Ernst trat er schnell einen Schritt zurück, hob den rechten Arm zum alteuropäischen Gruß und rief: »Heil Hitler!« Bridport war sehr weit.

Im Flugzeug saß ich neben einem amerikanischen Journalisten. »Europa«, sagte er angewidert, »mit seinen mörderischen Spielchen! Diesmal geht ihr wirklich bis neun auf die Bretter.« Da ich kein Amerikaner war, konnte ich für ihn nur Europäer sein, aber welche Sorte Europäer, ob Isländer, Lette, Athener oder Spartaner, das war ihm eins.

»Europa ist keine Einheit. Das ist ein Irrtum, in den ihr Amerikaner immer wieder verfallt. Und Europa wird sich weiter dagegen sträuben, daß es eine Einheit werden soll. Das ist der Grund, warum Hitler nicht siegen wird.«

»Am Ende kommen wir, wie letztes Mal, und ziehn euch alle wieder aus der Scheiße.« Dann versenkte er sich in seine Zeitschrift, *Time*, mit einem amerikanischen Senator auf dem Umschlag, Idahos George F. Schlitz oder irgendwer, den man in Europa nicht kannte. Unter uns lagen die Alpen, ein zerbröselter Kuchen mit verlaufenem Zuckerguß. Wir landeten in Graz, dann im seenahen Klagenfurt. Der Amerikaner stieg aus. »Ade, man sieht sich! Oder auch nicht.« Dann flogen wir bei Tarvisio über die Grenze, und ich war in Sicherheit. Zur Feier hielt ich ein Schläfchen bis zur Landung in Mailand.

Einmal in den malaiischen Bundesstaaten, als ich Philip auf einem Besuch bei einem alten und bettlägerigen chinesischen Patienten begleitete, beim Durchschreiten eines Hinterzimmers in dem Juwelierladen, über dem dieser steinalte vertrocknete Regenwurm hauste, sah ich plötzlich in einem sonst leeren Bücherregal eine Ausgabe des *Buchs der göttlichen Tröstung. Bagaimana kitab ini datang di-sini?* fragte ich die Mah-jong-Spieler, die dort saßen: Wie zum Teufel kam dies Buch hierher? Sie wußten es weder, noch interessierte es sie. Und nun, in dem Taxi, das mich vom Mailänder Flughafen zum Bahnhof brachte, war ich nicht minder erstaunt, auf dem Rücksitz ein Exemplar von Hobbes' *Leviathan* zu finden. Es stammte obendrein aus der Molesworthschen Ausgabe von 1839–45, die, wie ich erst kürzlich hörte, bis vor wenigen Jahren, als Professor Howard Warrender sich an die Arbeit machte, die einzig vollständige Ausgabe von Hobbes' Werken war. Ich fragte den Taxichauffeur, wie das Buch dahin käme, und er zuckte die Achseln und sagte *Ta' tahu,* nein, sondern natürlich *non lo so.* Ich schlug den Band auf. Er war voller Eselsohren und Bleistiftanstreichungen, gekauft bei Brentano in New York, aber der Name des Käufers stand nicht auf dem Vorsatzblatt. Mein Blick fiel auf eine Stelle im vierten Teil, *Vom Reich der Finsternis.* Da stand:

> Außer diesen souveränen Gewalten, der göttlichen und der menschlichen, von denen ich bisher gehandelt, findet in der Schrift noch eine andere Gewalt Erwähnung, nämlich die *der Herrscher der Finsternis dieser Welt,* die des *Satansreiches* und die des *Fürstentums des Beelzebub über die Teufel,* das heißt, über Phantome, die in der Luft erscheinen. Weshalben Satan auch *der Fürst, der in der Luft herrschet* und (da er in der Finsternis dieser Welt regieret) *der Fürst dieser Welt* genannt wird: Und weshalben, wie hieraus folget, all jene, die unter seiner Macht stehen, im Gegensatz zu den Gläubigen (welche die *Kinder des Lichtes* sind) *Kinder der Finsternis* genannt werden...

Und dann war die Rede von einer

> Verschwörung von Betrügern, die, um über die Menschen in dieser gegenwärtigen Welt Macht zu erlangen, bestrebt sind, durch dunkle Irrlehren das Licht der Natur und des Evangeliums in ihnen zu löschen, damit sie der Vorbereitung auf das künftige Reich Gottes abspenstig werden.

Von dem Buche aufblickend, als wir uns dem Bahnhof näherten, sah ich ein Plakat für Mercurio-Glühbirnen. Der Gott Merkur, nackt, aber mit einem Helm oder besser einer Art Kriegszylinder auf dem Kopf, an den Füßen die Flügelschuhe, eilte durch den blauen Äther, eine flammende Glühbirne in der Hand, die vermutlich den Strom direkt aus dem göttlichen Leib empfing. War nicht das christliche Bild vom Teufel aus einer Zusammenschau des Hermes mit seinem bockshufigen Sohne Pan, entstanden? Der Fürst der Phantome – ein feiner Titel! Luzifer, der Lichtbringer. Aber die Herren der Luft konnten nicht zugleich die Herren der Finsternis sein. Die Luft, die war, wo das Licht herkam. (Ja, Toomey, und ihrerseits blieb sie dunkel.) Wer im Dunkeln saß und sich den Bart fingerte, war Gott, aller Welt Lumpensammler. (Ungehörig, Toomey: Sagen wir, ein Licht jenseits der für Menschenseelen geeigneten Frequenzen, das uns als Dunkelheit erscheint.) Nicht einmal für seine Auserwählten konnte er sorgen. Aber Toomey, denk doch an William Blake: Die Hölle ist Energie, und Energie ist ewige Wonne; John Milton war mit dem Teufel im Bunde, ohne davon zu wissen. Alles war recht, wenn es nur half, gewisse Wörter ihres Sinns zu entleeren – Wörter wie zum Beispiel *England, Pflicht* und *Heimat.*

Natürlich hatte ich Angst vor der Heimkehr. Ich hatte meine Pflicht gegen England versäumt. Ich hätte abwarten sollen, bis das rote Licht aufleuchtete, und dann brüllen: *Gott strafe Deutschland!* Dann hätte man mich beiseite geschafft und gefangen gehalten, solange dies eben dauerte, aber ich wäre ein Held gewesen, ein Patriot und ein Bestseller-Autor – letzteres war ich schon immer, aber man konnte sich ja noch besser als bestens verkaufen. Am Bahnhof stieg ich zitternd aus dem Taxi: Ich wollte meinen *fratello* im Bischofspalast von Moneta besuchen. Der Taxichauffeur hatte nichts dagegen, daß ich ein Buch mitnahm, das ihm nicht gehörte, noch dazu eines in einer unverständlichen Sprache. Ich ließ den Koffer aufschnappen und stopfte den Hobbes hinein. Dem Fahrer gab ich ein üppiges Trinkgeld. Ich kaufte eine Fahrkarte nach Moneta. Im Zuge beruhigte ich mein Zittern mit einer Besinnung über die Mystik, Metaphysik oder Theologie des Krieges. War der Krieg eine natürliche Folge historischer Übel, oder war er die Allegorie eines ewigen Gegensatzes? Es kam mir wahrscheinlich vor, daß Gut und Böse ebenso undefinierbar waren wie Richtig und Falsch, und daß die elektrische Spannung des Gegensatzes das einzig Wirkliche war. Alpha kontra Omega, und beides friedlich vereint in einem Schöpfer, der behauptete, beides zu sein. Er hatte den Fürsten der Phantome erschaffen, aber er mußte auch einen mit diesem verfeindeten Fürsten erschaffen haben, den wir lästerlicherweise Gott nennen. Partei zu ergreifen, dazu waren wir verurteilt, ob es aber darauf ankam, welche Partei? Und dann war mir, als ob ich aus dem Geschrei eines Kindes im Nebenabteil die Wörter *Pflicht* und *Heimat* heraushörte.

Ich erzählte Carlo mein Abenteuer, als wir bei einer Karaffe des einheimischen Weines in seinem Salon saßen. Zuvor aber hatte ich mir durch den verschnupften Mario Einlaß verschaffen und mitanhören müssen, wie Carlo – nun von erstaunlicher, was sag ich, prachtvoller Häßlichkeit in einer schwarzen, soßenfleckigen Soutane – zwei gesetzten Herren in Faschistenuniform die Leviten las. Anscheinend hatte er in einer Predigt etwas gesagt, was die örtlichen Vertreter des Regimes ungern hörten – etwas über den Krieg, aus dem Italien sich heraushalten müsse, weil der Kampf für die Freiheit in der Seele des Italieners und nirgendwo anders beginnen müsse. »Dort sehn Sie einen Engländer«, polterte Carlo, als ich in das große Vestibül mit den frommen Gemälden trat. »Er ist gewissermaßen mein Bruder. Aber trotzdem, tun Sie nur Ihre Pflicht für die Sache des Faschismus! Er steht hier für die Demokratie, für Presse- und Redefreiheit. Los, auf ihn, reißt ihn in Stücke! Oder schickt eure Schläger her, wir werden sie erwarten!« Die beiden blitzten mich an, machten aber gleichzeitig vage Begrüßungsgesten. Mario hielt ihnen schniefend die Tür auf. Sie gingen brummend, mit einem Gruß, der mir eher kommunistisch als faschistisch vorkam. Carlo sagte: »Was machst du denn hier? Ich habe gehört, England soll alle Grenzen dichtgemacht haben.«

Er hörte sich meine Geschichte an. »Du hast getan, was du tun mußtest«, sagte er. »Was die jetzt auch mit dir machen werden, dein Gewissen ist rein.« Dann sagte er: »Im Vergleich zu Domenico bist du rein wie der Schnee.«

»Was ist denn mit Domenico?«

»Domenico hat in Reno oder irgendwo dort eine Zivilscheidung erwirkt und hat wieder geheiratet. Er ist jetzt verheiratet oder was man dort so nennt mit irgendeinem Filmstar, von dem ich nie gehört habe. Das stand so ganz beiläufig in einem Brief, den mir unser Neffe geschrieben hat. Ein Fünfzehnjähriger, beschämt und befleckt durch Geilheit und Verrat seines Vaters! Und seine Schwester auch. Und Hortense muß Anwälte nehmen, um die Alimente zu bekommen, wie man das nennt. Der Name Campanati hängt mir an wie ein alter stinkender Käse.«

»An Hortense hängt er auch.«

»Aber zugleich mit dem Glauben, dem Glauben treu bis in den Tod.« Und da kam es mir wieder: Das Bild von dem Römer in Habachtstellung, mit aufgerissenen Augen beim Untergang von Pompeji, das Sprechzimmer meines Vaters, der Zahn, den ich selbst an einem Weihnachtsmorgen gezogen hatte. »Auch die Kinder werden im Glauben stark sein, Gott sei Dank, aber sie brauchen einen Vater, und einen Vater haben sie nun mal nicht. Dich brauchen sie, dich!«

Ich stöhnte tief aus den Eingeweiden und dachte an Heinz, der zuhause in London auf mich wartete, auf mich, seinen Pflegevater. Ich begann, über die Nazis zu schimpfen, leise, aber ungehemmt. Carlo hörte mir mitleidig zu und nickte. Er sagte: »Ich glaube, heute wird es für einige Jahre das letzte Mal sein, daß wir uns sehen. Je eher du nach England zurückkehrst, desto besser. Mach deinen Frieden! Setz deine Talente für die Propaganda ein! Hier haben wir's jetzt mit größeren Strolchen zu tun als jemals in Chikago. Ich will dir sagen, was meiner Ansicht nach passieren wird. Die Franzosen werden sich den Deutschen ergeben, und die Deutschen überrennen Europa. Mussolini wird in den Krieg eintreten und zusehen, daß er von Hitlers Tisch ein paar Bröckchen ergattert. Und dann bricht Italien zusammen, die Engländer landen, und die Deutschen besetzen dies arme umnachtete Land. Amerika wird am Ende eingreifen, wie im letzten Krieg. Aber bis dahin haben wir noch allerhand durchzustehen.« Carlos Prophezeiungen waren immer ziemlich akkurat. »Vielleicht werde ich's nicht überleben. Ich bin von Natur aus nicht eben vorsichtig, obwohl ich versucht habe, Vorsicht zu üben. Du erinnerst dich an den Abend im Garten Allahs, was für ein komisch blasphemischer Name, als wir uns zusammen besoffen haben? Heute abend besaufen wir uns wieder, aber diesmal mit Wein. Morgen wirst du etwas Zeit brauchen, um zu dir zu kommen, bei mir ist das nicht so schlimm. Übermorgen kannst du den Zug von Mailand nach Ventimiglia nehmen und dann von Ventimiglia nach Paris. Und von da kommst du über den Kanal. Noch haben wir Frieden, mit all seinen Annehmlichkeiten, aber nicht mehr lange. Es wird lange dauern, bis wir uns wiedersehn. Wenn überhaupt.«

54

Das Gremium finsterer Männer, dem ich mich in einem kahlen Raum in der Ebury Street gegenübersah, war nicht geradezu ein Tribunal, aber auch nicht bloß ein Untersuchungsausschuß. Alle waren in Zivil, hatten aber Soldatenmanieren, bis auf einen mit Polizistenmanieren. Ich konnte nur vermuten, welchen Behörden sie zugehörten: der Sonderabteilung von Scotland Yard, einer Dienststelle des militärischen Nachrichtendienstes und dem Innenministerium. Den Vorsitz führte ein Major de la Warr, ein Mann mit kleinen Gesichtszügen in einem breiten Fleischrand, mit Doppelkinn und fetter Stimme. Es gab damals einen Büchsenschinken, Marke Rosenschwart, und wenn ich mich an den Major erinnere, fällt mir gewöhnlich eine sargförmige Dose ein, mit einem rosa Mastschweinchen drauf. Mit andern Worten, eine sowohl speckige als auch blecherne Stimme. Jeder der Herren hatte ein Dossier vor sich, offenbar mit Kopien meiner Akte, aber wohl nur eine gekürzte Fassung, denn der eine von den Polizisten, im Rang eines Oberrats, wie ich erfuhr, schien die vollständige Originalakte zu haben. Diese, so konnte ich sehen, enthielt auch Zeitungsausschnitte und sogar Fotos. Major de la Warr sagte: »Sie haben sich Zeit gelassen mit der Rückkehr.«

»Ich hatte noch Glück, daß ich überhaupt zurückkam.«

»Davon reden wir später. Was haben Sie in Italien gemacht?«

»Monsignore Campanati besucht, den Bischof von Moneta. Wir sind verschwägert.« Alle Anwesenden wußten das schon oder hätten es wissen sollen, aber niemandem gefiel es. Ein Dünner mit steifem Kragen und schwarzer Krawatte schrieb hastig etwas auf.

»Ja«, sagte Major de la Warr. »Dies ganze Latein. Irgendein Unsinn über Teufelsaustreibung.«

»Sie wissen anscheinend, daß es Unsinn ist«, sagte ich. »Manche Prälaten der Kirche denken anders.«

»Der römischen Kirche.«

»Der ich angehöre.« Das galt immer nur gegenüber der Kirche von England. Major de la Warr sagte:

»Und was haben Sie in Paris gemacht?«

»James Joyce besucht. Den irischen Schriftsteller.« Ich ließ nichts aus. »Ein notorischer Neutraler im letzten Krieg, trotz seines britischen Passes, von den Jesuiten erzogen, Autor des *Ulysses,* seit langem verbannt wegen Obszönität. Er hatte mir ein Exemplar von *Finnegans Wake* versprochen. Er hat es mir signiert. Ein großes experimentelles Meisterwerk. Es wurde mir vom britischen Zoll abgenommen, beschlagnahmt zwecks Untersuchung. Ich habe den Beamten versichert, daß es kein Kodetext ist. Verdammt noch mal, es wird doch von Faber und Faber verlegt!« Alle machten sie sich jetzt Notizen.

»Was«, fragte der Dünne, »haben Sie denn überhaupt in Österreich gemacht?«

»Ich habe dies schriftlich schon vollkommen klargestellt. Ich habe versucht, Jakob Strehler zur Ausreise zu verhelfen. Dem Schriftsteller. Der den Nobelpreis bekommen hat.« Niemand schien je von ihm gehört zu haben. Ich war wütend und sagte: »Mir ist ja klar, meine Herren, daß die Literatur nicht in Ihr Ressort fällt, aber der Name Jakob Strehler sollte sogar Ihnen nicht völlig unbekannt sein. Ich habe versucht, eine Pflicht gegen die Weltliteratur zu erfüllen.«

»Warum«, quäkte ein kleiner Kerl, der immerzu seine Brille, die er locker an einem der Bügel hielt, um die linke Hand drehte,

»haben Sie nicht eher versucht, ihn herauszuholen? Schließlich standen wir doch am Rand eines Krieges.«

»Sein Sohn war zu mir geschickt worden. Ich fand, daß der Sohn seinen Vater brauchte.«

»Also« – immer noch brillendrehend – »nicht bloß Dienst an der Weltliteratur oder dem, was Sie so nennen!« Sehr schlau und gemein. »Wie gedachten Sie diesen Strehler denn herauszuholen?«

»Ich hatte ihm einen gefälschten Paß besorgt.«

»Einen britischen?« fragte Major de la Warr.

»Leider ja. Ich meine, es ging nicht anders.«

»Wo ist dieser Paß?« Das war der Dünne mit dem steifen Kragen.

»Versteckt, soviel ich weiß, in einem Stapel alter *Punch*-Nummern, in denen Strehler immer auf der Toilette las.«

»Dort zurückgelassen, so daß ein Nazi-Agent ihn verwenden kann. Aha!« Derselbe. »Woher hatten Sie den Paß?«

»Gestohlen. Von Strehlers Sohn. Der hat gestohlen. Die väterliche Hand fehlte ihm sehr.« Es wurde viel mitgeschrieben. Ein Mann, der mit der linken Seite des Mundes lächelte und seine Finger zu einem Käfig verschränkt hatte, sagte:

»Wo ist dieser Herr Strehler der Jüngere jetzt?«

»Interniert, soviel ich weiß. Ich habe ihn in einem Hotel einquartiert, als ich abreiste, um seinen Vater zu holen. Er hat sich in irgendwelche Schwierigkeiten gebracht, von denen ich nichts Näheres weiß. Die beiden Herren, die zu mir gekommen sind, um es mir zu sagen, waren nicht sehr mitteilsam. Aber Gott sei Dank bin ich ihn nun los.«

»Wir haben hier«, sagte Major de la Warr, »Kopien einer Mitschrift von Ihrem, äh, Interview. Es wurde abgehört in dem unverschämterweise so genannten *Free British Radio.* Aus Berlin. Und Sie wollen behaupten, daß Sie in Wien gewesen sind?«

»Aber gewiß war ich in Wien! Landlinie, Landlinie!« Warum ich ihnen die Worte so vorsang, wußte und weiß ich nicht. Wieder wurden Notizen hingekritzelt.

»Ihnen ist klar, wie gravierend das ist – dem Feind moralischen Beistand leisten!« sagte Major de la Warr. »Und den haben Sie geleistet, und nicht zu knapp. Ein Herz und eine Seele mit denen. Alter Freund des Regimes. Sie haben sich, äh, abfällig über den Premierminister geäußert. Sie haben den Krieg bedauert. Sie haben sogar von, ähem, rückhaltloser Liebe gesprochen.«

»Ihren Prüfern sind offenbar zwei raffiniert eingeschmuggelte Akrostichen entgangen«, sagte ich. »Schauen Sie bitte in Ihre Mitschrift! Das eine, in eine angeblich von Mark Aurel stammende Maxime eingekleidet, lautet KASTRIERT DIE NAZIS. Das zweite ist in meiner letzten Auslassung enthalten. Es fängt an bei ›Nicht immer endet . . .‹ und geht bis ›rückhaltlos‹. Die Entschlüsselung will ich Ihnen überlassen, meine Herren.« Sie fingen an zu buchstabieren. Der Polizeimensch mit der dicken Akte hatte es zuerst heraus:

»Nieder mit Hitler.«

»Jawohl!« sagte ich. Der ganze Ausschuß oder das Tribunal, was immer es war, vermutlich alles Männer, für die der Tag mit dem Kreuzworträtsel in der *Times* anfing, mußte ein wenig lächeln über meine Findigkeit. »Ich könnte mir denken, daß die Nazis dies auch herausbekommen haben. Die sind nicht dümmer als Sie, meine Herren.« Das hätte ich mir verkneifen sollen. »Und da wollen Sie behaupten, ich hätte dem Feinde moralischen Beistand geleistet?«

»Jedenfalls«, sagte ein brutal aussehender Glatzkopf mit zarter, gepflegter Stimme, »haben Sie ein obszönes Wort verwendet. Sie hätten Ihren, ähem, arkanen Abscheu vor den Nazis doch auch ausdrücken können, ohne die Sprache der Gosse zu gebrauchen.«

»Ihnen ist eben erst deutlich geworden, daß es die Sprache der Gosse war«, sagte ich. »Dies ist jedoch die einzige den Nazis gemäße Sprache.«

»Ich dachte nur daran, was wäre«, sagte der Glatzkopf, »wenn eine anständige Engländerin Ihre Sendung hören, die kodierte Aussage erkennen und sich in ihrem sittlichen Empfinden verletzt fühlen würde.« Es war sein Ernst, absoluter und totaler Ernst. Der Polizeirat sagte:

»Dies war nicht Ihr erster Besuch in Nazideutschland?«

»Ich war einmal, wie Sie zweifellos wissen, bei den Filmfestspielen in Berlin, weil ein Film nach einem Roman von mir vorgeführt wurde.«

»Nach einem unserer Berichte haben Sie Heinrich Himmler das Leben gerettet.« Es gab ein Raunen, aber in widerwilligem Respekt, nicht Abscheu. »Vor der Kugel einer Attentäterin.«

»Das war nämlich die Schwiegermutter meiner Schwester. Sie hatte Krebs im Endstadium und wollte sterben. Sie wollte Heinrich Himmler mitnehmen. Meine Rettungsmaßnahme geschah rein instinktiv, und ich glaube nicht, daß ich mich dafür entschuldigen muß. Damals galt Deutschland bei uns noch als ein befreundetes Land.«

»Was sagten Sie da eben, Ihre Schwiegermutter?« fragte der Dünne mit dem steifen Kragen ungläubig.

»Nämlich die Mutter von Monsignore Campanati, dem Bischof von Moneta.« Alle lehnten sich zurück und schauten mich groß an. »Sie hat viel Gutes getan und Gefährliches gewagt für die deutschen Juden.«

»Dieser Ezra Pound«, sagte der Polizeimensch, »macht von Rom aus Radiosendungen für Mussolini. Da zieht er über die Schlechtigkeit Großbritanniens her. Den haben Sie zitiert.«

»Er gilt als ein großer Dichter. Das Gedicht, das ich zitiert habe, hat er gleich nach dem letzten Weltkrieg geschrieben.«

»Sie sind also der Ansicht«, fragte Major de la Warr, »daß Großbritannien eine, äh, alte Sau mit verfaulten Zähnen ist? Und daß dies eine, äh, verpfuschte Zivilisation ist?«

»In gewissem Maß, ja. Wenn Großbritannien noch vorzeigbare Zähne gehabt hätte, dann hätte es sie gegen Hitler eher zeigen sollen. Und ja, unsere Zivilisation ist keine, auf die wir stolz sein können. Ein Reich voller schwarzer und brauner Heloten, mit einer unüberbrückbaren Kluft zwischen Regierenden und Regierten. Sagen wir, manche Zivilisationen sind mehr, manche weniger verpfuscht. Unsere ist verpfuscht, aber manche sind noch schlimmer. Nehmen wir zum Beispiel unseren Verbündeten, Frankreich–«

»Von Frankreich wollen wir jetzt nichts hören«, sagte der Glatzkopf. »Ich glaube sogar«, und er blickte an der Reihe seiner Kollegen entlang, »wir wollen gar nichts mehr weiter hören.« Einige grunzten zustimmend.

»Ich habe nur Ihre Fragen beantwortet«, sagte ich. »Darf ich nun meinerseits etwas fragen – was gedenken Sie mit mir zu tun?«

»Ich habe erfahren«, sagte Major de la Warr, »daß Sie es ziemlich eilig hatten, sich bei verschiedenen Regierungsstellen zu bewerben. Sie wollen die Kriegsanstrengungen auf jede Ihnen mögliche Weise unterstützen. Auf welche Weise«, fragte er, »könnten Sie das denn?«

»Ich nehme an, daß ich für den Dienst mit der Waffe nicht in Frage komme. Ich kam schon im letzten Konflikt nicht in Frage, wegen eines Herzleidens. Und jetzt gehe ich auf die Fünfzig. Aber ich kann schreiben. Ich habe etwas Erfahrung in der Filmherstellung. Ich kann mir etwas ausdenken und mit Worten etwas anstellen.«

»Das haben wir gehört«, sagte der Brillendreher, der seine Brille nun nicht mehr drehte, sondern auf der Nase hatte, »was Sie mit Worten anstellen können.«

»Halten Sie sich denn selbst für vertrauenswürdig?« fragte Major de la Warr. »Müßte man nicht befürchten, daß Sie subversive Akrostichen, Anagramme oder irgendsoein Teufelszeugs einschmuggeln?«

»Sie scheinen sagen zu wollen«, sagte ich, und mir wurde sehr heiß, »ich könnte wirklich bestrebt sein, dem Feinde moralischen Beistand zu leisten. Das klingt mir ein wenig so, als ob Sie mir Verrat vorwerfen. Ich glaube, ich muß eine Entschuldigung verlangen.«

»Ein Verräter sind Sie nicht«, sagte der brutalaussehende Glatzkopf. »Zum Verräter haben Sie nicht das Zeug, soviel seh ich. Aber Sie sind naiv und könnten von echten Verrätern ausgenützt werden. Außerdem kommt bei Ihnen die Rettung der eigenen Haut vor der Pflicht gegen das Vaterland.«

»Also hätte ich die Sendung ablehnen sollen«, sagte ich wütend, »und mich für die ganze Dauer des Krieges internieren lassen? Fünf Jahre, zehn Jahre, weiß ich, wie lange das dauert? Was hätten Sie denn gemacht, meine Herren?«

»Wir hätten uns gar nicht erst in so eine Lage bringen lassen«, sagte der mit dem steifen Kragen. Die anderen grunzten.

»Nein, denn Sie haben ja keine Pflichten gegen die Weltliteratur. Was haben Sie denn nun mit mir vor? Mich internieren, weil nicht gerade hochverräterisch, aber gefährlich naiv? Oder mir auf dem Tower Hill die Rübe abhacken, damit Sie mich los sind?«

Der Mann, der nun das Wort ergriff, einer von hervorstechender, aber irgendwie deplazierter Schönheit, war anscheinend der Vertreter des Innenministeriums. »Wir haben bis jetzt noch keine Einrichtungen für die Internierung britischer Staatsangehöriger ins Auge gefaßt. So ewas braucht seine Zeit. Ihr zweiter Vorschlag war, wie Sie selber wissen, frivol und unverantwortlich. Sie sind aber vermutlich intelligent genug, um allmählich zu der Einsicht zu kommen, wieviel Schaden Sie angerichtet haben.«

»Sie meinen, weil ich einen riskanten Versuch gemacht habe, der nicht gelungen ist? Weil ich auf ein harmloses Geschäft mit dem Propagandaministerium der Nazis eingegangen bin?«

»Kein Geschäft mit dem Feind ist harmlos«, sagte Major de la Warr.

»Noch etwas zum allgemeinen Hintergrund«, sagte der schöne Mann aus dem Innenministerium. »Ich verstehe nicht recht, warum Sie diese italienischen Beziehungen haben müssen?«

Ich schaute ihn eine ganze Weile mit offenem Munde an. Dann sagte ich: »Meine Familie ist eine katholische Familie. Im Gegensatz zur Kirche von England ist die katholische Kirche eine internationale Einrichtung. Es ist in katholischen Ehen nichts Ungewöhnliches, daß sie die nationalen Grenzen überschreiten. Außerdem ist Italien neutral.«

»Nicht mehr lange«, sagte Major de la Warr. »Und auch jetzt ist es schon nicht mehr so ganz neutral. Aber wir haben doch noch etwas, nicht, Fletcher?« Er meinte den Polizeimenschen mit der vollständigen Akte.

»Sie meinen die– ja! Oh, das können wir ruhen lassen. Er hat in der Hinsicht keine Vorstrafen. Ingesamt ist er dabei ganz schön vorsichtig gewesen. Wir hätten gar keine Information darüber, wenn er nicht mal ganz sinnlos angezeigt worden wäre. Nichts Ungewöhnliches unter Künstlern, Büchermenschen und dergleichen. Es geht nur darum, daß Leute, die im Bilde sind, ihn daran festhaken könnten, wenn sie das je versuchen sollten. Na, er weiß jetzt, was da seine Pflicht ist.«

Ich starrte entgeistert erst ihn an, dann den ehemaligen Brillendreher, der zu mir sagte: »Erpressungsgefahr, verstehn Sie? Sie könnten in Situationen gebracht werden.«

Ich sagte: »Ach, du mein Gott! Was in Gottes Namen hat denn meine– wie sind Sie–? Ich verlange diese Fotos zu sehen.«

»Das sind keine von Ihnen«, sagte der Polizeimensch.

»Es geht doch, sehn Sie das nicht ein?« sagte Major de la Warr, »um Ihre Dienstverwendbarkeit. Ich glaube nicht, daß Sie verwendbar sind. Wir müßten bei jeder Stelle, wo Sie sich bewerben, unser Veto einlegen. Bleiben Sie lieber bei dem, was Sie bisher gemacht haben, obwohl es schwierig sein wird, wegen der Papierknappheit. Das Publikum unterhalten, ich glaube, so könnte man's nennen, Einsatz für die nationale Kampfmoral. Was die Sicherheitsauflagen angeht, also, da sollte die Polizei immer wissen, wo Sie sich aufhalten. Wenn Sie umziehen wollen, melden Sie's an! Wenn Sie verreisen, auch wenn's nur auf eine Woche ist, melden Sie's bei der örtlichen Polizeiwache! Ihr Paß ist natürlich eingezogen, für die Dauer der Feindseligkeiten. Und vielleicht auch noch ein bißchen länger.«

»Aha! Sie denken, ich würde sonst wahrscheinlich über Dublin nach Berlin verschwinden und dem Feinde moralischen Beistand leisten.«

»Es sind schon ganz andere Dinge vorgekommen«, sagte der Steifkragen. »Und werden noch vorkommen«, ergänzte er, denn es war ja erst seit ein paar Monaten Krieg. »Eire ist angeblich neutral, aber es ist eine sehr zweifelhafte Neutralität.« Dann sagte er, einigermaßen versöhnlich: »Das tut uns natürlich alles furchtbar leid, Toomey. Meine Frau liest Ihre Bücher, und anscheinend gefallen sie ihr. Aber jetzt scheint es, daß sie aus unserer Leihbibliothek herausgenommen sind. Dieser Artikel im *Daily Express,* von so einem Poeten, hat Ihrem Ruf nicht sehr gutgetan.«

»Ich habe darauf erwidert. Ich habe mich entlastet.«

»Ja, ich weiß, aber es ist immer besser, man kommt gar nicht erst in eine Lage, wo man das nötig hat. Schreiben Sie ein paar Stücke für die Bühne, würd ich Ihnen raten! Etwas, das uns auf andre Gedanken bringt. Ein bißchen was zu lachen.«

»Dies hätte nicht sein müssen, Toomey«, sagte Major de la Warr ähnlich beschwichtigend. »Sie sind unvorsichtig gewesen, weiter nichts. Aber Unvorsichtigkeit kann in Kriegszeiten genauso tödlich sein wie echter Verrat. Der Premierminister, wenn ich das jetzt unter uns mal sagen darf, war zutiefst verletzt durch Ihre gehässige Bemerkung. Ich glaube, wir haben ihn nicht mehr sehr lange.«

»Wollen Sie sagen, mein demokratisch geäußerter Mangel an Vertrauen in seine Regierung wird ihn umbringen?«

»Na, ganz so schlimm wird's nicht sein. Aber so etwas gleich in den ersten Kriegswochen aus Deutschland hören zu müssen, und noch dazu von einem Autor, von dem er gesagt hat, daß er ihn bewundert–«

»Chamberlain bewundert meine Werke?«

»Jetzt natürlich nicht mehr, alter Knabe!« sagte ein äffisch aussehender Herr mit drei breiten Strähnen schwarzgefärbten Haars. Er hatte bisher nichts gesagt, aber viel mitgeschrieben. »Von Ihren Bewunderern sind Sie viele losgeworden. Aber gehn Sie in Deckung, halten Sie den Mund und machen Sie weiter, dann kommen die schon wieder. Die Hauptsache ist, daß Sie sich jetzt aus allem weiteren Ärger raushalten.«

»Will noch jemand was sagen?« fragte Major de la Warr. Niemand. Die Dossiers wurden zugeklappt, aber die Akte blieb natürlich noch offen. Ich konnte gehn, also ging ich.

Ich ging heim nach Albany, durch die verdunkelte Stadt unter den Suchscheinwerfern, ich war darauf gefaßt, diesen Krieg schmählich absitzen zu müssen. Von nun an bis zum Ende hatte ich ständig das Gefühl, verfolgt und observiert zu werden. Von dem Mann im Regenmantel, der am Ende der Theke diskret sein Bittres trank. Von dem Mann am Nebentisch im Café Royal, der eine Fleischbrühe und ein Brötchen verzehrte und das Gespräch mit meinem literarischen Agenten mit anhörte. Keuschheit war nun ganz und gar unfreiwillig: Wenn ich einen Matrosen aufgabelte, konnte er ein feindlicher Agent sein. Aber mein privates Anrecht auf Patriotismus konnte der furchtbare Apparat der Staatssicherheit mir nicht verwehren. Nichts konnte mich hindern, das erfolgreichste Stück von 1942 zu schreiben – *Break Break Break,* worin jeder Brecher ein gebrochenes Herz bedeutete, nämlich die Herzen dreier Schwestern, jeweils leidtragend um eine andere Waffengattung, das junge Mädchen um den Schatz bei der Luftwaffe, die Frau um den Mann bei der Marine und die Mutter um den Sohn beim Landheer, aber das Tennysonsche Ganze steht für die Wogen der Zeit und des Kummers, die vergebens gegen den Felsen britischer Unverzagtheit anbranden. In seinem schamlosen Schematismus und seiner brutalen Rührseligkeit entsprach das Stück genau den Wünschen des Publikums. Das Publikum wollte auch ein bißchen was zu lachen haben, und darum bescherte ich ihm *Die Götter im Garten,* etwas über griechische Götterstatuen, die während eines Luftangriffs zum Leben erwachen und sich in die häuslichen Angelegenheiten einer vornehmen Familie einmischen. Dann kam ein Soldatenklamauk, *Laß rollen!* Da ich vom Truppenalltag abgeschnitten war, mußte ich die Plausibilität meiner Situationen und Dialoge in den Kneipen absichern, wo ich den Soldaten zuhörte und mir manche besonders verheißungsvollen Ausdrücke und Sprüche notierte: »Suppe für mich, mit einer Nudel extra!«, »laß rollen, bis uns die Engel wichsen!« oder »die Armee kann dich kurz und klein ficken, aber da kriegste kein Kind von.«

Als ich so eines Samstagabends in der Fitzroy-Taverne unauffällig meine Notizen machte, wurde ich unauffällig von zwei Männern in Regenmänteln und Schlapphüten nach draußen gebeten.

Auf der verdunkelten Straße fragten sie mich ebenso unauffällig, was ich denn da schriebe. Ich mache mir Notizen für ein Stück, an dem ich schreibe. Dürfen wir Ihre Notizen bitte sehn, Mr. Toomey! Ah, Sie wissen, wie ich heiße! Yes, Sir, das wissen wir. Schließlich sagten sie mir, nachdem sie die Notizen bei dem fast schwarzen Licht einer abgeblendeten Taschenlampe untersucht hatten, dies scheine in Ordnung zu gehn, aber passen Sie bloß auf, Sir! Aufpassen auf was?

Wer tatsächlich aufpaßte, waren sie, die Kräfte der Staatssicherheit. Ihre Wachsamkeit ließ keinen Augenblick nach. 1941 wollte man mich in Los Angeles haben, um das Drehbuch für einen Film über die Schlacht von England zu schreiben, mit Errol Flynn in der Hauptrolle, aber die Rückgabe meines Passes, und sei es auch nur befristet, kam nicht in Frage. Als ich 1943 meine kommentierte Anthologie *Und Englands Luft zu atmen* herausgebracht hatte, von der General Horrocks sagte, jeder des Lesens kundige Soldat sollte sie in der Beintasche haben, hielt mich die BBC für würdig, nach den Neunuhrnachrichten am Sonntag eine kleine patriotische Spritze zu geben, aber von Amts wegen blieb ich ein Paria, und deshalb ging der Auftrag an Jack Priestley. Sogar Val Wrigley, der doch vor der Mutter der Parlamente die Fahne der Homosexualität gehißt hatte, der wegen Tätlichkeit gegen einen Polizisten im Gefängnis gesessen, der England öffentlich wegen seines Sexualstrafrechts verflucht und oft gesagt hatte, kein Schwuler könne ein echter Patriot sein, sogar der hatte nun eine Stellung beim Informationsministerium und machte irgendwelche Broschüren über das britische Tierleben. Der Artikel im *Daily Express* war natürlich von ihm gewesen. Dies war der Wortlaut:

> Was hätten Sie gemacht, wenn Ihnen das passiert wäre: Bei einem kleinen Urlaub in Nazideutschland wird man aus lauter Liebe zur Natur von den Nachrichten abgeschnitten und muß plötzlich feststellen, daß man sich mitten im Krieg zwischen Deutschland und dem eigenen lieben Vaterlande befindet?
>
> Ihre erste Antwort wird natürlich sein: So ein vermaledeiter Idiot wär' ich nie, mich in eine solche Lage zu bringen. Aber mal angenommen, Sie wären doch so einer gewesen?
>
> Dann wäre die Antwort natürlich: Nicht viel zu machen. Die würden mich sicher internieren. Und da säß' ich dann fest in ei-

nem Lager bis zum Ende des Krieges und träumte vom fernen England. Eben Pech.

Aber, oho, mein lieber Leser, wenn Sie nun zufällig ein berühmter Romancier wären, so einer wie Kenneth Toomey, dann sähe freilich alles ganz anders aus. Denn für Mr. Toomey *sah* es anders aus. Er wurde von den Nazis fürstlich behandelt. Ganz schrecklich nett waren sie zu Mr. Toomey. Sie ließen ihn sogar nach England heimreisen.

Aber zuerst mußte Mr. Toomey sich den Nazis natürlich ein bißchen gefällig zeigen. Er hat im Nazirundfunk gesprochen. Oder vielmehr in dem widerwärtigen Propagandasender, den die Nazis infamerweise als *Free British Radio* bezeichnen. Mr. Toomeys Worte wurden in seinem kämpfenden Heimatland laut und deutlich empfangen.

Was hat Mr. Toomey gesagt? Er hat gesagt, dieser Krieg sei ein großer Jammer, Deutsche und Briten sollten einander rückhaltlos lieben, und Mr. Chamberlain sei nicht ganz bei Troste. Gesprochen wie ein Patriot, nicht? Und dann setzten die Nazis den Mr. Toomey in ein Flugzeug irgendwohin, und siehe da, Mr. Toomey erscheint wieder am heimischen Gestade, gesund und munter und nicht im geringsten mitgenommen von seinem Ausflug! Und natürlich auch ohne jede Spur von Scham.

Ein echter britischer Patriot hätte an seiner Stelle gesagt: »Zum Kuckuck mit euch allen, ihr Judenmörder, Bücherverbrenner, Peiniger der Nonnen und Priester! Tut mit mir, was ihr nicht lassen könnt; aber ich mache keinen Kuhhandel mit euch! Eure Hände, die ihr mir hinstreckt, dampfen vom Blut der Unschuldigen. Euch kann ich die Hand nicht geben.«

Aber Mr. Toomey ist nun mal ein Schriftsteller, der in Nazideutschland viele Verehrer hat, und darum mußte er nicht nur die eigene Haut retten, sondern auch auf sein Heilhitler-Publikum gewisse Rücksichten nehmen.

Nun denn, sein deutsches Publikum hat er – also kann er auf das britische wohl verzichten. Mögen seine Bücher von den Regalen unserer öffentlichen Bibliotheken gefegt und von den Herbstfeuern verzehrt werden! Mögen die patriotischen Briten seine Schriften wie seine Handlungen aufnehmen – mit Schweigen und Verachtung!

Mr. Kenneth Toomey, Sie gängiger Romancier, Sie haben

blutbefleckte Hände geschüttelt. Jetzt hängt Ihnen ein Geruch an, ein Gestank aus den Schlachthäusern der Nazis. Noch die Umschläge Ihrer verächtlichen Werke müssen uns nun mit dem Blut der Unschuldigen besudelt erscheinen.

Sie und ich, liebe Leser, wir können auf diesen treulosen Toomey verzichten. Um uns in unserm gerechten Kampfe anzufeuern, haben wir gottlob bessere Schriftsteller, mächtigere Sänger. Verscharren wir seine Werke, ohne alle Ehren!

DER GERUCH DES MR. TOOMEY hieß der Artikel, und daneben stand eine Karikatur von mir beim Händedruck mit Dr. Goebbels.

Als Plum Wodehouse 1940 in seiner französischen Villa von den Deutschen gefangengenommen wurde und sich überreden ließ, ganz unbefangen und unvorsichtig, obgleich auch humorvoll, im Berliner Sender zu sprechen, geriet mein Fall allmählich in Vergessenheit, allerdings nur beim Publikum, nicht beim britischen Staatssicherheitsdienst. Wodehouse wurde von George Orwell als echter politischer Trottel rehabilitiert, aber eine Zeitlang blies ihm ein Sturm der scheinheiligen Entrüstung ins Gesicht. Der *New Statesman* veranstaltete sogar einen Wettbewerb, um zu sehen, wer Wodhouses literarischen Ton am besten nazifizieren könne, mit einem Beitrag, der den Bertie Wooster *Cheeriheil!* brüllen ließ. Im *Spectator* versuchte Val Wrigley sich als Satiriker, mit Knittelversen wie den folgenden:

Mit Witzen, geschliffen und blank wie ein Bratspieß,
Macht Wodehouse sich sehr beliebt bei den Nazis ...

Schwachsinn! Mir ging der Dichter wohlweislich aus dem Wege. Es schien, daß er sich neuerdings um das große philiströse Publikum bemühte. Er veröffentlichte viele schlechte Tendenzreime und hatte sogar eine ständige Lyrikspalte im *Sunday Pictorial.* Sein in der *Times* erschienenes Gedicht *Wir Danken Unserem Fuehrer* galt als eines von der Art, wie man sie damals schreiben mußte, um Hofdichter zu werden:

Shadowing earth, our fylfot will have told
History's spring and end to the eager hearer –
Our earth's first blood, our titles manifold:
Wir danken unserem Fuehrer.

Auf das *fylfot,* das Hakenkreuz, war er durch mich gekommen, damals im Jahr 1935. Diese vier Schlußverse zeigen, was für eine Art Gedicht es war – von einer bitteren, breitspurigen Ironie. Das sarkastische Lob des Führers wurde dennoch von Goebbels' Free British Radio für bare Münze genommen; dort wurde das Gedicht von einer feierlich dröhnenden Stimme vorgetragen. Val Wrigley hatte davon mehr Nutzen als Schaden: Man konnte es so sehen, als habe er die Nazis, abgesehen davon, daß sie blutrünstige Teufel waren, nun auch der lächerlichsten Eselei überführt.

Ich habe keine Zweifel, daß das Mißtrauen gegen meine Person in den Augen des britischen Staatssicherheitsdienstes durch die Tatsache erhärtet wurde, daß William Joyce sich in der Rundfunkpropaganda der Nazis als Lord Haw Haw einen Namen machte. Daß der Name Joyce Verräterei bedeutete, das wußte man, und ebenso wußte man, daß ich mit einem Joyce von mannigfaltig begründetem schlechtem Ruf befreundet gewesen war. Auch Ezra Pounds lächerliche Rundfunksendungen aus Rom paßten gut ins Bild. Andererseits bekam ich in intellektuellen Zirkeln allmählich das Ansehen eines verhinderten Helden: Herzogs langer Aufsatz im *Horizon* über Strehlers Größe – Strehler wurde nun allgemein für tot gehalten – trug viel dazu bei. In Kneipen wie dem Yorkminster und der Fitzroy-Taverne konnte ich mich wieder sehen lassen und Leuten in schmutzigen Regenmänteln mit büchergestopften Taschen, schmierigen Kerlen, die um die Einberufung herumgekommen waren, ein Halbes ausgeben. Den ganzen Krieg über blieb ich in London, spielte Brandwächter, spendete Gerümpel für die Rote-Kreuz-Auktionen (die Sachen, die Heinz zusammengestohlen hatte, waren gut zu gebrauchen), aß entsetzliche Dinge in den Restaurants von Soho und war ein paar Mal, allerdings nicht oft, auch in Gefahr. Ich hätte mich auf dem Lande in Sicherheit bringen können, hatte aber keine Lust, mich wie ein Sträfling auf Bewährung oder wie ein feindlicher Ausländer auf den Polizeiwachen melden zu müssen. Die Bomben und der Luftschutzkeller in Albany waren mir lieber. Hortense schickte mir zwei Lebensmittelpakete, die durchgewühlt ankamen. Sie schickte mir auch den *catalogue raisonné* ihrer New Yorker Ausstellung von 1943 – ein paar Steinfiguren, ein paar Bronzen, jede Menge geschnittenes und gemartertes Aluminium. Keine ihrer Arbeiten schien das Leben zu feiern. 1944 hörte ich, daß mein Neffe Johnny bei der Fünften Armee in Italien war, als Kameramann in einem Filmtrupp.

1945 heiratete meine Nichte Ann einen Dozenten für vergleichende Literaturwissenschaft an der Columbia-Universität. Ich merkte, daß ich alt wurde.

Am besten stand mir in meiner Einsamkeit sonderbarerweise mein Bruder Tom zur Seite, dessen Stimme auf den Grammophonaufnahmen überlebte, die Stimme eines anständigen Menschen, der den Greueln der Welt mit gelassenem Humor begegnet war. Er war mir zum Greifen nah, wenn ich mir seine Monologe anhörte (Columbia, Rosinen-Serie), und ich mußte jedesmal weinen über den Heroismus in *Spuck es aus!,* wo in der Schilderung eines Mannes, der wegen einer schlimmen Erkältung seiner Arbeit fernbleibt, die Posse des Leidens vorgeführt wird. Ich wußte, den Himmel mußte es geben, und sei es auch nur, um Menschen wie Tom aufzunehmen. Ich weiß, daß man dasselbe auch schon von den überladenen und unterernährten Eseln Nordafrikas gesagt hat.

Für den Augenblick bin ich der eigenen Stimme überdrüssig. Ich will einem andern das Wort geben, Howard Tucker, der eines der ersten Bücher über Carlo geschrieben hat. Mit seiner Erlaubnis drucke ich das folgende Kapitel hier ab. Ein Honorar wurde vereinbart und wird auch bezahlt werden.

55

Am 26. April fiel die Stadt Verona, von alters her mit Romeos und Julias Schicksal romantisch verknüpft, in die Hände der Amerikaner. Das hatte damals nichts Romantisches: Viele historische Bauwerke waren durch das Bombardement der Alliierten zerstört worden, und die Deutschen hatten das Chaos vollgemacht und alle sieben Etschbrücken gesprengt, ehe die Amerikaner sie erreichen konnten. Was uns an Bildberichten über diesen beklagenswerten Zustand der schönen Stadt erhalten ist, verdanken wir der unentwegten Kamera des Korporals Johnny Campanati und seiner Kameraden. Leider konnten sie daher am 27. April nicht in Genua sein, um den triumphalen Einmarsch der Amerikaner in die große alte Hafenstadt zu filmen, einen Einmarsch, der von den heldenhaften italienischen Partisanen, die einen großen Teil der Stadt schon besetzt hatten, vorbereitet worden war. Ebensowenig waren sie rechtzeitig zur Stelle, um das schmähliche Ende des Benito Mussolini mitanzusehen und für die Nachwelt im Film festzuhalten. Der Jeep des kinematographischen Trupps, mit dem phlegmatischen, gummikauenden Frank Schlitz aus Brooklyn am Steuer, und bemannt mit dem Kurbler Johnny, mit dem Leutnant Mayer (aus der Filmfamilie, deren Name den letzten Bestandteil von MGM bildet) und dem Sergeanten McCreery (nicht verwandt mit dem rauhbeinigen und energischen Befehlshaber der Achten Armee) rückte zu dieser Zeit gerade mit dem Panzerzug der Fünften Armee auf der Via Emilia zur Einnahme von Piacenza vor, auf halbem Wege zwischen Parma und Mailand.

Mussolini war in Lecco gefangengenommen worden, in den zerklüfteten Hügeln um Como, als er in die Schweiz zu entkommen suchte. Am Tage nach seiner Festnahme wurde der einstige Duce mit zwölf Mitgliedern seines faschistischen Kabinetts von italienischen *partigiani* summarisch hingerichtet, und die Leichen wurden in aller Eile nach Mailand befördert, wo sie eintrafen, kurz bevor die große Industriestadt mit ihrem zu Recht berühmten Duomo am 29. April den Einmarsch der Fünften Armee erlebte. Die Leichen Mussolinis und seiner Mätresse wurden an den Füßen aufgehängt wie geschlachtete Vögel, doch erst nachdem ein auf Schicklichkeit bedachter Bürger den Rock der unglücklichen Dame so befestigt hatte, daß dem sittlichen Empfinden der Öffentlichkeit jede Kränkung erspart blieb. Dies geschah auf einer Piazza, wo man im Jahr zuvor fünfzehn Partisanen erschossen hatte. Als Johnny Campanati mit seinem Apparat zwischen den jubelnden Mailändern herumkurbelte, mag er einen Augenblick jungenhaft gelächelt und daran gedacht haben, welch einen Triumph dieser Augenblick seinem hochwürdigen Onkel, dem Monsignore Carlo Campanati, Bischof von Moneta, bereiten müsse. Doch eine solche Annahme wäre irrig und das Lächeln fehl am Platz gewesen, denn Carlo Campanati hatte nie ein Vergnügen daran gefunden, einen Feind des Glaubens in Reuelosigkeit sterben zu sehen. Nichts wäre ihm lieber gewesen als das Bild eines Benito Mussolini, dem seine Opfer verziehen hätten, der seine Sünden ehrlich zerknirscht bereute und, wieder am Busen der Kirche, friedlich und in hohem Alter im Bette gestorben wäre, mit Aussicht auf die himmlische Gnade. Für Carlo gab es nur einen Feind – den Feind der Menschheit und ihres Schöpfers. Für Carlo war der Mensch im Wesen gut, weil er im Wesen Gottes Geschöpf war; und das Böse war eine Eigenschaft, die ihm von den Mächten der gefallenen Engel aufgedrängt wurde. Ich habe dies schon an früherer Stelle gesagt und werde es noch einige Male sagen, aber man kann es nicht oft genug wiederholen.

Die alliierten Armeen rollten weiter nach Norden, und die Kameras der kinematographischen Trupps rollten mit ihnen. Truppen der 56. (Londoner) Division rückten am 29. April in Venedig ein, wo ein herrlicher Sonnenuntergang die historischen Lagunen vergoldete und die Tauben auf dem Markusplatz, ohne im mindesten etwas von den weltgeschichtlichen Ereignissen um sie her zu ahnen, sich zur Ruhe zusammengefunden hatten. Schnell drang der Vorstoß durch die nördlichen Ebenen, und Bergamo, Brescia, Vicenza und Padua grüßten die Befreier mit Glockengeläut. Die Fünfte und die Achte Armee durchstießen die vom Feinde massiv befestigte Etschlinie und zwangen die schwerbedrängten Deutschen zum Rückzug auf das Ostufer der Brenta. Das brasilianische Expeditionskorps erzwang die Kapitulation einer ganzen deutschen Infanteriedivision. Die deutschen Streitkräfte waren zerschlissen und in Auflösung. Fünfundzwanzig Divisionen, die besten im ganzen deutschen Heer, waren zerstückelt und zermahlen und konnten kaum mehr Widerstand leisten. Und diese niederschmetternde Vernichtung war das Werk von Wochen, nicht von Monaten gewesen. Die Achte Armee hatte ihre Aufgabe in zwanzig Tagen erfüllt, die Fünfte in nur fünfzehn. Johnny in seinem Jeep näherte sich rasch den nördlichen Grenzen der Halbinsel. Er kam in ein Moneta, das von den rauhen Partisanen unter der nicht nur geistlichen Anleitung seines Onkels schon befreit war. Bald sollten Onkel und Neffe sich begegnen, unter den dröhnenden Siegesglocken der alten Kathedrale.

Wer und was für einer war dieser junge Mann, der in diesem Siegesjahr eben einundzwanzig geworden war, dem Augenschein nach ein freundlicher, mutiger, gutgewachsener amerikanischer Kriegsfreiwilliger, aber nicht viel mehr? Sein Vater war Domenico Campanati, Carlos jüngerer Bruder und ein berühmter Komponist. Alle Welt kannte Domenicos Musik, ohne aber immer zu wissen, wer sie komponiert hatte. Das große Filmpublikum zollt den Namen der Beteiligten im Vorspann wenig Beachtung. Manch ein großer Film verdankte seinen Adel einer Partitur von Campanati, und ein paar Jahre nach dem Krieg sollte Domenico die höchste Auszeichnung empfangen, nämlich einen Oscar für seine Musik zu Otto Premingers *Brüdern Karamasow,* der den berühmten Roman Dostojewskis auf die Leinwand brachte. In den fünfziger Jahren dann sollte Domenico zu seiner ersten Liebe zurückfinden, der Oper, und sich einen Jünglingswunsch erfüllen, nämlich ein eigenes Werk an dem großen Mailänder Opernhaus, la Scala, aufgeführt zu sehen und zu hören. Johnnys Mutter war die vielbeachtete Bildhauerin Hortense Campanati, eine Frau von großer, doch durch einen Unfall entstellter Schönheit, die unglücklicherweise seit Johnnys Kindheit von Domenico getrennt war, seither aber in New York ein schöpferisches, erfülltes Leben führte. Frau Campanati war die Schwester Kenneth Marchal Toomeys, des angesehenen britischen Romanschriftstellers. In Johnnys Adern kreisten Blutkörperchen dreier Nationen, denn die Toomeys sind halbe Franzosen, und sowohl auf der väterlichen wie auf der mütterlichen Seite waren diesem Blut große Namen entsprossen. Daß er das Aussehen seiner schönen Mutter geerbt hatte, wurde allgemein anerkannt. Damals, im Jahre 1945, war es noch ungewiß, in welche Richtung seine Talente gehen würden. Er hatte in einem Kriege kämpfen müssen und konnte die Zukunft noch nicht klar ins Auge fassen.

Johnny hatte eine angesehene Privatschule in der Park Avenue von Manhattan besucht und später die berühmte Choate School in Connecticut. Er hatte sich kurz nach Pearl Harbor zum Kriegsdienst gemeldet, ein Jahr in der Infanterie-Ausbildung verbracht, wo er keine große Eignung zum Befehlsempfang und ein gewisses Ungeschick im Gebrauch der Waffen an den Tag legte, und war dann als einer der ersten zu einer kinematographischen Einheit abgestellt worden, als das Erfordernis einer filmischen Kriegsberichterstattung auf den höchsten Befehlsebenen erkannt wurde. Er war in der Kinohauptstadt der Welt aufgewachsen, und die Filmkarriere seines Vaters wurde ein wenig einfältig als Hinweis auf die Fähigkeiten des Sohnes gedeutet. Und so folgte er der Fünften Armee auf ihrer Siegesbahn, machte die normalen Entbehrungen und Gefahren der Front mit und hielt für die Nachwelt im Film die Freuden und Schrecken und am Ende den Triumph des Italienfeldzuges fest. In gewissem Sinne wurde er durch dieses Erleben heimgeführt, nämlich zu seinem norditalienischen Erbe, und der Höhepunkt dieser großen Tage, in denen Italien befreit wurde, war für ihn ohne Zweifel die Begegnung, die erste seit seiner Kindheit, mit dem großen Prälaten, der dazu ausersehen war, der erstaunlichste *Pontifex maximus* unserer Zeit zu werden.

Onkel und Neffe trafen sich bei prächtigem Frühlingswetter im

Schatten der Kathedrale. Johnnys Sergeant hielt das Ereignis mit der Kamera fest, und ich habe tiefbewegt den grobkörnigen schwarzweißen Streifen einmal vorgeführt gesehen – der rundlich-gewaltige Bischof in der muskulösen Reife der besten Mannesjahre, einen schlaksigen blonden Hünen umarmend. Was indes der Film nicht aufzeichnen konnte und was sich auch aus den amtlichen Archiven nicht im vollen Umfang rekonstruieren läßt, das ist der erstaunliche Werdegang, den unser Gottesmann unter der Nazi-Besatzung durchgemacht hatte – ein Mann, der Gott und nur ihn allein fürchtete und dem unbelehrbare Faschisten und deutsche Eindringlinge gleichermaßen als verirrte Schafe galten, die sich dem Vater der Lügen ergeben hatten.

Carlo Campanati mochte nie recht über die zweideutige Rolle sprechen, die Papst Pius XII. während des Zweiten Weltriegs spielte. Hier war ein Pontifex, der im Dezember 1939 die »vorbedachte Aggression« verurteilte und »eine Verachtung der Freiheit und des Menschenlebens, aus der Handlungen entspringen, die nach Gottes Rache schreien«. Pius war bestrebt, die ganze päpstliche Autorität und seine persönliche Überredungsgabe in die Waagschale zu werfen, um Mussolini von der Verwicklung Italiens in einen europäischen Konflikt abzuhalten. Und dennoch hat der Vatikan für seine Politik angesichts der Judenverfolgung durch die Nazis allen Grund, sich zu schämen. Pius schien nicht nur keine Hilfe zu gewähren, sondern die höllische Behandlung, die den Söhnen und Töchtern Israels zuteil wurde, sogar aktiv zu billigen. Carlos Haltung war in dieser Hinsicht ganz anders und einigermaßen heroisch. Er war verantwortlich für die Organisation jener rettenden Verbindung, durch die sich italienische Juden nach der Schweiz in Sicherheit brachten – zumindest dreihundert allein aus dem Industriegebiet im Norden – und für den Schutz der noch verbliebenen Juden, wobei das Franziskanerkloster bei Bormio und das Kloster der Unbeschuhten Karmelitinnen bei Sondrio als Zufluchtsstätten dienten. In der Krypta der Kathedrale von Moneta befand sich eine Zeitlang ein Waffenlager der Partisanen. Die deutschen Dienststellen in der Stadt hatten den Verdacht geschöpft, daß Carlo aktiv an der Subversion beteiligt sei. In seinen Sonntagspredigten gab er in Form leichtverständlicher biblischer Parallelen Nachrichten über den Kriegsverlauf aus den ungetrübten alliierten Quellen, von denen die Nazis das Volk fernzuhalten suchten. Zu der Zeit, als der Partisanenführer Gianfranco de Bosio mit Hilfe von Partisanengranaten aus dem Gestapokeller der Prefettura in der Via de Guicciardi befreit worden war, wurde der Bischof gewaltsam zu einem Verhör geholt. Ohne jede Hilfe von Carlo Campanati selbst, der sich stets gesträubt hat, davon zu sprechen, vermögen wir den Hergang des entsetzlichen Geschehnisses – und gottlob auch das gute Ende – zu rekonstruieren.

Der Schauplatz: ein hellerleuchteter Keller, weißgetüncht, sehr kalt, mit einem Geruch nach feuchtem Erdreich. Der Tag: von allen guten Tagen im Jahr ausgerechnet der eine, der erste Weihnachtstag. Der Bischof von Moneta, außerstande, das Hochamt zu singen und von Liebe und Hoffnung zu predigen, wie es dem Tage gebührte, sitzt auf einem schlichten Stuhl. Ihm gegenüber ein altertümlicher Zahnarztstuhl. Auf einer blutfleckigen Schlachtbank liegen Zahnbohrer und Zangen bereit. Der verhörende Beamte, warm eingehüllt in erbeutete Pelzsachen. Ein vierschrötiger Techniker in Hemdsärmeln, der die Kälte nicht zu spüren schien, stand zur Bedienung der zahnärztlichen Geräte bereit. Der Verhörsleiter sprach ein etwas gutturales, aber flüssiges Italienisch.

»Ist de Bosio wieder bei der Fedele-Gruppe?«

»Davon weiß ich nichts.«

»Wo befindet sich die Stelle B 5?«

»Ich weiß es nicht.«

»Wohlgemerkt, Monsignore, wir haben unsere eigenen Nachrichtenquellen. Was wir von Ihnen wollen, ist nur eine einfache Bestätigung, durch die Sie Ihrem Volk viel Leiden und Unruhe ersparen können.«

»Wenn ich es wüßte, könnten Sie die Informationen aus mir herauszerren. Ich habe sogar die in langer Übung befestigte Gewohnheit, nicht zu lügen, die Wahrheit zu sagen, wenn man mich fragt. Ich verberge Ihnen nichts. Ehrlich, ich weiß es nicht.«

»Sie haben schöne Zähne, Monsignore.«

»Ah, ich verstehe! Die wollen Sie mir ziehen, ohne Betäubung? Um mich zum Reden zu bringen. Schmerzen hab ich nicht gern, schon gar nicht nutzlose. Wenn Sie mir die Zähne ziehen oder auch nur dazu Anstalten machen, werde ich Sie bitten, aufzuhören, und Ihnen den ersten besten Ort nennen, der mir einfällt. Dann vergeuden Sie Ihre Zeit damit, das nachzuprüfen, und das unangenehme Geschäft muß von vorn anfangen. Das ist natürlich eine brutale Methode, die Sie da anwenden. Sie ist außerdem veraltet, langwierig und unergiebig.«

»Es geht nicht um *Ihre* Zähne, Monsignore.« Der Verhörsleiter nickte dem hemdsärmeligen Techniker zu. Der ging zur Tür, machte auf und ließ einen Kollegen herein, der ein verängstigtes, weinendes Mädchen vor sich her schob. Carlo kannte das Mädchen: Annamaria Garzanti, die vierzehnjährige Tochter eines Bäckers aus der Via Leopardi. Sie brüllte, als man sie auf den Zahnarztstuhl zwang. An dem Stuhl waren schmierige Lederriemen befestigt, mit denen die beiden Techniker nun den Körper und die Arme des unglückseligen Kindes anzuschnallen begannen. Carlo sagte:

»Also gut! Die Stelle B 5 befindet sich in den Hügeln um Olivone.«

»Das ist lachhaft, Monsignore, das wissen Sie selbst.«

»Sie haben recht. Also, die Wahrheit. Die Gruppe formiert sich neu in Cevio. Erkundigen Sie sich dort nach einem Elektriker namens Belluomo!«

Der Verhörsleiter seufzte resigniert und gab den Technikern das Zeichen, ihr Werk zu beginnen. Der Mund des Mädchens wurde geöffnet und ein Holzkeil hineingeschoben, offenbar einer, der, nach dem anhaftenden Blut zu urteilen, schon einmal zu demselben Zweck gedient hatte. Der hemdsärmelige Techniker nahm den Zahnbohrer zur Hand. Dieser wurde mit einer Pedale angetrieben. Darauf stellte der Mann seinen Stiefel und begann zu treten. Der Bohrer surrte. »Warten Sie!« sagte Carlo Campanati. Sie warteten. »Annamaria«, sagte er. »Du mußt verstehen, was hier passiert. Diese Leute wollen eine Information von mir. Ich habe die Information nicht. Daher mußt du leiden. Der Schmerz wird furchtbar sein, aber er wird dich nicht umbringen. Biete ihn Gott dar! Denk daran, daß auch Christus gelitten hat und daß du ihm durch deinen Schmerz näher kommst! Es tut mir leid, daß ich nichts tun kann, um dir zu helfen, außer daß ich bete, der Teufel möge aus diesen armen Leuten hinausfahren. Bedaure sie, wenn du kannst! Du bist noch besser dran als sie.«

»Wie haben Sie uns eben genannt?« fragte der Verhörsleiter.

»*Arme Leute*«, übersetzte es ihm Carlo ins Deutsche. »Sie sind von den Mächten des Bösen befallen. Das muß doch auch Ihnen klar sein. Überlegen Sie doch mal, was einen Menschen dazu bringen sollte, ein unschuldiges Kind foltern zu wollen! Doch nicht die Vaterlandsliebe! Doch nicht eine Abstraktion namens Adolf Hitler! Nein, der Teufel ist in euer ganzes Volk gefahren. Das kann nicht anders sein.«

»Bohren Sie!« befahl der Verhörsleiter. Der Techniker gehorchte. Der Bohrer glitt ab und verletzte das Mädchen an der Lippe. Dann setzte er auf dem Zahn an und grub sich zum Nerv hin ein. Er traf den Nerv. Das Mädchen brüllte. Carlo betete laut, doch nicht für das Kind. »O gnädiger Gott, mach Licht in den Köpfen deiner drei Knechte hier, die versklavt sind in einem teuflischen Glauben! Treib ihnen das Böse aus, gibt ihnen die verlorene Menschlichkeit wieder! Verzeih ihnen, denn sie wissen nicht, was sie tun!«

»Aufhören!« sagte der Verhörsleiter. Der Bohrer brummte die Tonleiter abwärts und hielt ein in seiner gräßlichen Melodie. Das Mädchen weinte und wimmerte. »Reden Sie jetzt!« sagte der Verhörsleiter zu Carlo. »Wer hier den Teufel im Leib hat, sind Sie. Sie sind derjenige, der für die Schmerzen dieses Mädchens verantwortlich ist.«

»Hören Sie, ich sage noch einmal, daß ich nichts zu sagen habe«, sagte Carlo. »Zu sagen, daß Sie Ihre Zeit vergeuden, wenn Sie die Folter fortsetzen, wäre nicht ganz richtig. Sie sind gehalten, die Roheit zum Selbstzweck zu erheben, obwohl Sie sich wahrscheinlich einreden, es sei nur eine Verhörsmethode oder ein Ausdruck der Wut auf seiten einer Besatzungsmacht, die bei den Kindern des Lichts unfehlbar auf Widerstand stoßen muß. Roheit um der Roheit willen ist das Wahrzeichen des Teufels. Wenn dieses Kind schreit, so sind das die Schreie seiner gequälten Nerven. Seine Seele aber ist unversehrt. Ich sage noch einmal, das Mädchen ist besser dran als Sie.«

»Nehmen Sie die Zange!« sagte der Verhörsleiter. »Ziehen Sie einen Zahn! Einen von den Schneidezähnen.«

»Ihr armen Leute!« stöhnte Carlo. »Ihr armen, armen Kerle! O Gott, tu etwas mit ihnen! Treib das Böse aus!« Er sah die Zange den milchweißen Zahn des Mädchens packen, dessen dichtes schwarzes Haar schon vom Schmerzensschweiß verklebt war. »Du wirst es ertragen müssen, Annamaria«, sagte er. »Ich kann ihnen nicht sagen, was sie wissen wollen. Sei tapfer, wie es Christus gewesen ist!« Er konnte den Zahn in seiner Höhle knirschen hören, als die Zange ihn abdrehte, denn das Mädchen war ohnmächtig geworden, und die Schmerzenslaute waren nun gnädig verstummt. Der Zahn wurde herausgerissen, begleitet von einem Blutstrahl, und auf den steinernen Fußboden geworfen, wo er ein leises, stumpfes Klicken gab, eine Umdrehung weit rollte und dann still lag. Zu dem Mann mit der Zange sagte Carlo: »Wie ist Ihr Name, mein Sohn!« Der Mann blickte den Verhörsleiter an, der ein Achselzucken andeutete. Der Mann sagte:

»Lenbach.«

»Nein, wie sagt Ihre Mutter zu Ihnen?«

»Hans.«

Carlo Campanati hob den Blick zu der feuchten, entfärbten Decke auf und betete: »O Gott, sieh in Erbarmen herab auf deinen Knecht Hans. Er ist ein guter Mensch, fehlgeleitet durch die Tücke des Feindes. Er verabscheut sein eigenes Tun. Er weiß, daß dies unschuldige Kind seine eigene Tochter sein könnte. Er kann nicht verstehn, wie der Schmerz, den er dem Kinde zufügt, seinem Lande helfen sollte. Erbarme dich seiner, o Gott, mach seine Seele rein und hol ihn zurück in die Bruderschaft der Menschheit!« Der Verhörsleiter sagte:

»Einen Eimer kaltes Wasser! Wecken Sie das Mädchen auf!« Hans Lenbach sagte:

»Es ist genug.« Der Verhörsleiter traute seinen Ohren nicht. Er sagte:

»Was war das? Was haben Sie eben gesagt?«

»Ich habe genug. Ich versteh nicht, was dies mit dem Krieg zu tun hat.« Und er warf die blutige Zange auf die Bank. Der andere Techniker starrte ihn mit offenem Munde an. »Wie der Priester hier sagt, das arme Mädchen kann nichts dafür. Ich habe genug.«

»Ist Ihnen klar, was Sie da reden, Lenbach?«

»Ja, genug, hab ich gesagt, es reicht. Verstehn Sie das? Nein, ich glaube, Sie nicht. Suchen Sie sich einen andern, der Ihnen das macht!« Und er stapfte hinaus. Als die Tür aufging, konnte Carlo draußen einen behelmten Soldaten in langem grauem Mantel sehen, der mit dem Gewehrkolben auf den steinernen Fußboden stampfte und weiße Atemwolken ausstieß. Die Tür wurde zugeknallt. Der Verhörsleiter gab keine Anordnung, Lenbach festzunehmen. Statt dessen blickte er Carlo mordlustig an. Er sagte:

»Ist Ihnen klar, was wir mit Ihnen machen können?«

»O ja«, sagte Carlo. »Foltern Sie mich doch, bringen Sie mich um, nageln Sie mich an der Kirchentür fest wie Luthers fünfundneunzig Thesen! Machen Sie nur! Der Teufel kann nicht siegen. Luther hat es gewußt, obwohl er ein Schismatiker war. Aber ihr armen Kerle habt euren Luther vergessen, so wie ihr euren Goethe und Schiller vergessen habt und Johann Sebastian Bach und alle andern echten Deutschen. Mein lieber Mann, was bleibt Ihnen denn noch? Wofür, in Gottes Namen, kämpft ihr denn noch?« Dies muß er, wenn überhaupt, dann in gutem, kernigem Deutsch gesagt haben. Das Mädchen erwachte aus seiner Ohnmacht, blickte mit zuerst befremdet, dann angstvoll aufgerissenen Augen um sich, spuckte Blut und begann zu schreien. Carlo stand auf und ging zu ihr, um sie zu trösten, den Foltergehilfen, der sie angeschnallt hatte, unsanft beiseite schiebend.

»Stimmt«, sagte der Verhörsleiter. »Sagen wir, es ist genug bis heute nachmittag. Lassen wir Ihnen etwas Zeit, Monsignore, sich zu bedenken und zu erinnern!«

»Jetzt geht's zum Mittagessen, wie?« sagte Carlo. »Gänsebraten für das Herrenvolk, denn heute ist der Festtag, an dem dieser berüchtigte, subversive Jude geboren wurde. Geben Sie doch zu, daß euer Adolf für Jesus ein mieser Ersatz ist! Möge Gott Ihnen beistehn, möge Gott in seiner unendlichen Güte Sie in die Gemeinschaft der Lebenden zurückführen!« Er nahm das zitternde und wimmernde Mädchen in die Arme und hob es auf.

»Da siehst du«, sagte der Verhörsleiter zu dem Mädchen, »was dein frommer Bischof dir getan hat. Für die Schmerzen, die du gehabt hast und die du noch haben wirst, kannst du dich bei Jesus Christus und seinem frommen Bischof bedanken. Wenn wir mit dir fertig sind, wirst du zahnlos wie deine Großmutter sein.«

»Ich kenne ihre Großmütter«, sagte Carlo. »Sie können beide noch Knochen abnagen bis aufs Mark.« Er knurrte den Foltergehilfen an, ihm die Tür aufzumachen, während er das Mädchen an seine warme Brust schloß, der die Kälte im Keller nichts hatte anhaben können. Dann wandte er sich zum Verhörsleiter um und grinste. Zu Annamaria sagte er: »Sag ihm, daß du ihm vergibst, was er getan hat und was er noch tun wird! Los, sag's ihm, mein Kind!« Und das Mädchen, so gut es konnte mit dem zerrissenen Gaumen und der geschwollenen Lippe, sagte, wie es in der Bibelstunde gelernt hatte, *I vostri peccati vi saranno perdonati.* Es wäre zu schön, wenn man nun noch berichten könnte, daß der zweite Gehilfe in rotzige Germanentränen ausbrach und daß der Verhörsleiter von der Gestapo seine Arbeit hinschmiß. Aber wir wissen nur soviel, daß die zarte Stimme eines Mädchens mit zerfetztem Mund in einem eiskalten Folterkeller der Nazis am Weihnachtstag von Vergebung sprach. Auch dies darf als ein Triumph gelten.

Carlo wußte genau, wo sich Gianfranco de Bosio und die Fedele-Gruppe befanden.

Eine kompliziertere Episode im Kriegserleben des Bischofs von Moneta betraf den SS-Gruppenführer, dem der Reichsführer Heinrich Himmler die Aufgabe übertragen hatte, den Abtransport der norditalienischen Juden ins Reich zu überwachen, im Hinblick auf die befristete Verwendung als Arbeitssklaven und spätere Liquidierung. Dies war ein Herr Helmut Liebeneiner, ein dünner, blutarmer und verdauungsgestörter früherer Studienrat aus Westfalen. Er war eine Zeitlang Kommandant des Lagers Oranienburg gewesen, und zu seinen früheren Verdiensten gehörte die Erfindung einer neuen Art von Stahlruten, die bösartiger war als die von der SA früher verwendeten. Liebeneiner galt als stark beförderungswürdig; er war ein sehr rühriger Mann und wollte seinen Aufenthalt in Moneta kurz, aber ergiebig gestalten. Das gesamte verfügbare deutsche Personal sollte dazu verwendet werden, nicht nur die Juden zusammenzutreiben, sondern auch die Priester, Nonnen und Mönche, die öffentlich gedemütigt werden sollten, ehe man sie ihrerseits in die Sklavenlager des Reiches abtransportierte. Die Entkleidung einer Ladung Mönche aus einem gewissen Franziskanerkloster, die man auf einer eiskalten Piazza (es war Anfang Januar) zur Schau stellen wollte, sollte Beweise für deren rituelle Beschnittenheit erbringen. Nicht ganz klar war noch, was mit dem Bischof von Moneta geschehen sollte. Er hatte sich schon mehrfach als Opfer angeboten, wenn als Vergeltung für Terrorakte Geiseln erhängt wurden, aber bisher war man darauf nicht eingegangen. Vielleicht würde man auf sein Angebot bald zurückkommen.

Die Eisenbahnlinie zwischen Trento und Moneta war durch den Beschuß der Alliierten schwer beschädigt worden, und der Gruppenführer Liebeneiner mußte die Strecke vom einen Städtchen zum andern in einer Opel-Limousine zurücklegen. Er reiste ungern mit dem Auto, denn wegen seiner zarten Konstitution wurde ihm dabei leicht übel. Hinter Mezzolombardo mußte er dem Fahrer einen Halt befehlen, damit er sich am Straßenrand übergeben konnte. Als er die letzten Schleimfäden aus seinem nun geleerten Magen hochwürgte, nahmen ihn die Partisanen der Fedele-Gruppe gefangen. Sein Fahrer bekam mehrere Messerstiche und wurde in einen Wassergraben geworfen, doch erst nachdem man ihm die Uniform ausgezogen hatte. Seine Uniform und die des Gruppenführers wurden von zwei Partisanen aus Bolzano angezogen, denen sie halbwegs paßten und die Deutsch als Muttersprache beherrschten. Bei Anbruch der Nacht hielt eine Opel-Limousine vor dem Bischofspalast von Moneta. Unter lauten deutschen Schimpfworten wurde ein blutender Mann in grauer Unterwäsche aus dem Wagen gestoßen und in den Palast geführt, wo man schon auf ihn wartete. Der vorgebliche Gruppenführer Liebeneiner fuhr zum SS-Hauptquartier der Stadt, wies seine Papiere vor, sagte, es seien keine Sofortmaßnahmen zum Abtransport der Judensäue von Moneta beabsichtigt, und heilhitlerte von dannen. Wie das ironische Schicksal es fügte, wurden der vorgebliche Gruppenführer Liebeneiner und sein Fahrer auf der Straße bei Campolasta von Granaten der Diligenza-Gruppe zerfetzt. Man fand Liebeneiners Papiere bei der ansonsten unkenntlichen Leiche, und Liebeneiner wurde abgeschrieben. Es gab blutige Vergeltungsmaßnahmen, aber den Unschuldigen von Moneta geschah nichts.

Der echte Liebeneiner steckte inzwischen in einer eisigen Kammer der Kellerflucht, die tief unter dem Bischofspalast in den Felsen gehauen war. Er brauchte nicht zu frieren. Er trug sechs Garnituren von der wollenen amerikanischen Unterwäsche des Bischofs, mehrere Paar Bergsocken, pelzgefütterte Stiefel und einen Bibermantel mit dazu passendem Hut. Er schlief auf einer Matratze mit acht Decken. Er hatte einen Latrineneimer, ein Waschbecken und Handtücher. Er hatte elektrisches Licht und eine kleine deutsche Bibliothek, die sich auf einige der größten Schriftsteller beschränkte, welche die Nazis verboten hatten. Heines Gedichte standen dort und auch die Romane des berühmten Österreichers Jakob Strehler, der 1935 den Nobelpreis für Literatur erhalten hatte. Ein Gas- oder Elektroofen wurde Liebeneiner nicht gestattet, denn er hätte ihn als Waffe gegen Besucher oder gegen sich selbst gebrauchen können, aber Carlo brachte jedesmal einen Elektroofen mit, wenn er kam, um mit ihm zu reden. Er redete mit ihm etwa drei Stunden täglich. Gewöhnlich brachte ihm Carlo auch selbst die Mahlzeiten, die so gut waren, wie es die damalige Knappheit nur erlaubte: eine dicke Gemüsesuppe, Wildschweinbraten, Hasen- oder Kaninchenpfeffer, dazu den herzhaften Landwein der Gegend und Grappa, aber keinen Kaffee, denn

Kaffee gab's nicht. Was zwischen ihnen gesprochen wurde, können wir nur erraten; was jedoch Carlos Absicht war, wissen wir: Er wollte einen überzeugten Nazi zum freien Menschen bekehren.

Dies war schwieriger, als er je für möglich gehalten hätte. Es schien ihm, Nazideutschland habe tatsächlich einen neuen Menschenschlag hervorgebracht, einen, der den Rechten und Pflichten moralischer Entscheidungsfreiheit abgeschworen hatte; der imstande war, die Abstraktion eines politischen Systems über die Realitäten des Menschenlebens zu stellen; der fraglos gehorchen und auf Befehl ohne alle Skrupel die ungeheuerlichsten Untaten begehen konnte; der mit aufgeschobenen oder kollektiven Belohnungen zufrieden war; und der einem mystischen, allen mäßigenden Einflüssen der Vernunft unzugänglichen Glauben anhing. Und dennoch, dieser Liebeneiner, der schließlich einmal Englisch unterrichtet, Gedichte von Shelley und Monologe von Shakespeare analysiert hatte, der die Musik liebte und beim Tode seines Hundes Bruno geweint hatte, der eine Frau und eine Tochter hatte, von denen er behauptete, daß er sie anbete und bitter vermisse, war trotz allem ein Mensch, den man als ein Geschöpf Gottes und als der christlichen Erlösung fähig ansehen mußte. Carlo sprach mit ihm englisch.

»Sie sagen, Sie lieben Ihre Frau.«

»Ja. Ich bete sie an.«

»Wenn nun herauskäme, daß sie jüdischer Abstammung ist, wie man das nennt, würden Sie sie dann immer noch lieben und anbeten?«

»Natürlich nicht.«

»Ein Gefüge tiefer menschlicher Empfindungen, von dem sogar Sie vielleicht zugeben würden, daß es ein spiritueller Daseinszustand zu nennen wäre, kann durch das Gebot einer scheinheiligen Orthodoxie doch nicht mit einem Male ausgelöscht werden?«

»Ich verstehe nicht alle Ihre Worte. Sie reden zu schnell.«

»Es gibt einen Vers von Shakespeare, den Sie kennen müßten. ›Nie soll für Seelen, die das Leben bindet, ein Hemmnis gelten! Liebe ist nicht Liebe, die sich verwandelt, wo sie Wandel findet.‹ Meinen Sie nicht, daß dies richtig ist?«

»Ich liebe meine Frau. Sie ist keine Jüdin. Eine jüdische Abstammung könnte man bei ihr niemals nachweisen. Also werde ich sie immer lieben.«

»Was bedeutet das – Jüdin sein?«

»Einer Rasse anzugehören, die sich als von ihrem Stammesgott auserwählt und über anderen Völkern stehend betrachtet. Es ist dies eine Rasse mit besonderen physischen und mentalen Eigenschaften. Sie hat ein anderes Blut als das arische. Sie hat der arischen Kultur den Krieg erklärt. Deshalb muß sie vernichtet werden.«

»Viele Ethnologen oder Völkerkundler, Gelehrte, die keiner bestimmten politischen Orthodoxie verpflichtet sind, sagen, daß die Rassen nur sehr oberflächlich verschieden sind. So etwas wie jüdisches Blut zum Beispiel gibt es nicht. Alles Blut sieht unter dem Mikroskop so ziemlich gleich aus.«

»Das ist nicht so.«

»Können Sie das aus eigenem Augenschein bezeugen?«

»Die Völkerkundler der Partei sagen, daß es nicht so ist.«

»Hat die Partei immer recht?«

»Immer.«

Und so fort. Und immer wieder wollte Liebeneiner wissen: Was man mit ihm vorhabe, wann man ihn den Partisanen ausliefern werde, wann er sein letztes Heilhitler ausbringen dürfe, ehe sie ihn in Stücke rissen, warum seinem Elend nicht sofort ein Ende gemacht werde, was für einen Schwindel der Herr Bischof sich mit ihm erlaube?

»Keinen Schwindel. Ich glaube, daß die Menschlichkeit über allen politischen Ideologien steht. Ich möchte, daß Sie wieder ein Mensch werden wie alle andern. Sie haben nichts zu befürchten. Der Krieg ist bald zu Ende. Deutschland wird in Trümmern liegen, aber dann wird ein neues Deutschland erstehen. Sie werden Bürger eines freien Gemeinwesens sein, ohne Bindung an eine falsche Doktrin. Aber Ihre Karriere als Nazi-Funktionär ist zu Ende. Mit den Nazis ist es aus. Lieber Gott, Mann, soll denn die ganze Welt gegen Hitlers Reich im Unrecht sein? Ist es nicht wenigstens vorstellbar, daß ein System, das auf Unterdrückung der Denk- und Redefreiheit, auf Rassismus, Völkermord und Machtanbetung beruht, unhaltbar sein könnte? Können Sie das denn nicht wenigstens als eine Möglichkeit in Betracht ziehen?«

»Sie sprechen zu schnell, aber ich glaube, ich habe Sie verstanden. Können Sie die Möglichkeit in Betracht ziehen, daß Ihre christliche Kirche im Unrecht sein könnte?«

»Vor dieser Möglichkeit steh ich jeden Tag. Jeden Tag bete ich um den Glauben.«

»Ich habe auch meinen Glauben. Und um den brauche ich nicht zu beten.«

»Der Glaube, den ich vertrete, hat länger standgehalten als Ihrer. Er ist außerdem ein Glaube an eine spirituelle Wesenheit, nicht an einen sterblichen Führer.«

»Adolf Hitler ist ebenso unsterblich wie nach Ihrem Glauben Christus. Wenn er im Fleische stirbt, wie Ihr Christus gestorben ist, wird er im Geiste fortleben. Wenn Deutschland von Ihren Christen vernichtet wird, dann wird nur das Land vernichtet, die Städte und Dörfer und Menschen. Aber als die große Wahrheit der Welt kann Deutschland nicht sterben. Die arische Wahrheit stirbt nicht.«

Et cetera and so on und so weiter. Inzwischen war Helmut Liebeneiners Amtsnachfolger in der Gegend angekommen, ein Gruppenführer Ernst Lamprecht. Lamprecht wußte genau, wie der Krieg stand, und war in seinen Maßnahmen gegen die Juden und Klosterinsassen sehr nachlässig. Moneta wurde berüchtigt durch Terror. Den faschistischen Bürgermeister hatten die Partisanen erschossen. In die Wachstube einer von den Überresten eines Wehrmachtsbattaillons besetzten Kaserne war eine Bombe geworfen worden und hatte einen Feldwebel, zwei Unteroffiziere und drei Rekruten getötet. Ein Erschießungskommando der SS wurde auf dem Marsch zur Piazza Clementi, wo es an unschuldigen Opfern Vergeltung üben sollte, aus einer zerbombten Villa mit einem Maschinengewehr beschossen. Die Partisanen ergriffen die Macht. Verstärkungen waren nötig, um den wackelnden Gotenwall weiter im Süden zu festigen. Bei der Besatzungsgarnison breiteten sich Gerüchte aus, daß Moneta und Umgebung von den Deutschen völlig evakuiert werden sollten. Lamprechts blitzblanke Schaftstiefel schienen zu zwinkern, als er zu seinem Opel trottete, um nach Nordwesten zu fahren. Er wollte fort, und das wollten alle Deutschen. Nur ein Deutscher blieb da, warm angezogen, in Sicherheit, gutgenährt und halsstarrig.

»Ich weiß ganz ehrlich nicht«, sagte Carlo ihm ganz ehrlich, »was ich mit Ihnen machen soll.« Liebeneiner zeigte ein blasses, doch siegesbewußtes Lächeln. »Aber«, sagte Carlo weiter, »es ist doch etwas Wahres an der Auffassung, daß ein Mensch eine schwere Gefahr oder einen unerhörten Schmerz erleiden muß, damit man sein Gehirn aus der Starre einer fraglosen Überzeugung herausrütteln kann. Haben Sie, mein Sohn, jemals an einer Folterung teilgenommen?«

»Ich habe dergleichen angeordnet, ich habe dabei zugeschaut.«

»Und Massaker auch? Liquidierungen, Massenvernichtung, oder weiß ich, wie ihr das bei euch nennt?«

»Es war meine Pflicht.«

»Und Mitleid, Entsetzen, Gewissensbisse – so etwas hat Sie nie berührt?«

»Es war meine Pflicht.«

»So? Gott sei mir gnädig, dann muß ich auch meine Pflicht tun.« Liebeneiner lächelte nicht mehr. Er sagte:

»Ich wußte ja, daß es darauf hinausläuft. Erst predigen Sie Liebe, Güte, Toleranz und all die andern jüdisch-christlichen Tugenden, aber am Ende merken Sie, daß es ohne Grausamkeit nicht geht. So war das auch in der Geschichte Ihrer Kirche, mit der spanischen Inquisition, der Bartholomäusnacht und Millionen von Märtyrern, die für Ihren Christus verbrennen mußten.« Er hatte deutsch gesprochen. Auch Carlo sprach nun deutsch. Er sagte:

»Nun, das kann Ihnen doch nur recht sein. Es ist die Nazimethode.«

»Sie ist in Ordnung gegen die Feinde des Reiches. Sie ist nicht in Ordnung, wenn sie von den niederen Rassen gegen die Herrenrasse gebraucht wird.«

»Wollen Sie behaupten«, sagte Carlo, »daß meine Rasse niedriger ist als Ihre? Ich spreche die ältere indoeuropäische oder, wie Sie es nennen würden, arische Sprache. Ich habe einen besser begründeten historischen Anspruch auf Zugehörigkeit zu einer höheren Kultur. Ich bin aus dem Volke der Vergil, Horaz und Lukrez. Der Dante Alighieri und Leonardo und Michelangelo und– muß ich noch weiter aufzählen?«

»Ihre Kultur wurde verdorben vom Christentum.«

»Meine Kultur wurde erzeugt vom Christentum. Ihr Nazis habt nichts als Gebrüll, Schlagworte und Marschlieder. Euer Erbe als Mitglieder des Heiligen Römischen Reiches habt ihr törichterweise von euch gewiesen. Aber es hat keinen Sinn, daß ich an Ihre Vernunft appelliere. Ihre Seele ist es, worauf ich aus bin.«

Und um zu Herrn Liebeneiners Seele näheren Zugang zu finden, rief Carlo Campanati zwei Partisanen herein, von denen der eine, Giuseppe Chinol, als Metzger in einem Schlachthof und der andere, Enrico Tramontana, als Sargtischler gearbeitet hatte. Beide waren rauhe Burschen, aber von Natur nicht zur Grausamkeit geneigt. Carlo sagte zu Liebeneiner:

»Dies alles dürfte ganz einfach sein. Ihr Arm wird Ihnen hinter den Rücken gedreht und verrenkt, bis er fast aus dem Gelenk bricht. Sobald der Schmerz unerträglich wird, wollen Sie bitte Ihren Naziglauben mitsamt den dafür repräsentativen Ungeheuern beschimpfen, verfluchen und verleugnen! Dann hört der Schmerz auf. Ich werde wissen, und Sie werden wissen, daß Sie nicht wirklich meinen, was Sie sagen oder vielmehr brüllen. Es ist einfach nur ein Mittel, um den Schmerz zu beenden. Aber auch nur die Worte der Absage zu hören wird immerhin schon etwas sein. Für Sie ebenso wie für mich. Es wird das erste Mal sein, daß Sie so etwas aussprechen.«

»Ich werde sie nicht aussprechen. Sie sind ein Idiot.«

»Sie werden.«

Und so war es. Als er schwitzend vor Schmerz und Erniedrigung sein Frühstück in den Latrineneimer erbrach, schien Liebeneiner stöhnend ein altgermanisches Gebet um Vergebung zu sprechen. Wohlwollend und mit Interesse hörte Carlo zu. »Sie beten«, sagte er. »Aber zu wem? Zu Adolf Hitler? Zu einer von Wagners Gottheiten? Von einem teutonischen Waldgott namens *Scheiß* habe ich nie gehört. Aber es sollte mich nicht wundern, wenn es ihn gäbe.«

Im Martyrium hatten die Nazis wenig Erfahrung. Am vierten Tage der Seelenbehandlung, als Giuseppe Chinol sich anschickte, ihm die harmlose, aber sehr schmerzhafte Armverrenkung zu verabfolgen, sagte Liebeneiner, die Tortur sei doch ganz unnötig. Er sei doch auch ohne Folter gern bereit, seinen Glauben, seine Rasse und seine Vorgesetzten zu beschimpfen. Schließlich sei es dem Herrn Bischof doch nur um die Formel der Absage und nicht um den Schmerz zu tun. Zufügen von Schmerzen sei doch seinem christlichen Amte nicht gemäß. Carlo schüttelte betrübt den Kopf. Er sagte: »Wenn der Schmerz regelmäßig verabfolgt wird, und das wird er, solange ich es für nötig halte, werden Sie mehr und mehr das Bedürfnis verspüren, sich mit einer sei es realen, sei es mythischen Gestalt zu identifizieren, die noch größere Schmerzen erlitten hat als Sie. In der langen Geschichte der religiösen Verfolgungen ist eine solche Identifizierung immer notwendig gewesen. Sie überhöht das Leiden und lindert es zugleich. Nur habt ihr Nazis eben keine echte Mythologie des Verfolgtseins. Etwa euer Horst Wessel? Der zählt nicht. Ein Schläger, der bei den Straßenkämpfen mit den Kommunisten ein paar in die Fresse gekriegt hat. Hitler im Gefängnis? Nein. Ein Schmerzen erleidender Nazi befindet sich in einer Lage, auf die ihn sein Glaube nicht vorbereitet. Sie sehn Ihre Schwierigkeit. *Bene, Giuseppe. Adesso comincia la tortura.*«

Liebeneiner brüllte. »Ich hasse Hitler der Naziglaube ist unmenschlich die Deutschen sind keine Herrenrasse um Christi willen hören Sie auf!«

Giuseppe Chinol ließ von ihm ab. »Was haben Sie eben gesagt?« fragte Carlo.

»Schweinehund! Elendes barbarisches Dreckschwein! Elender säuischer barbarischer Hundsfott!«

»Diese Worte müssen Sie«, sagte Carlo, »von den zusammengeschlagenen Gegnern Ihres Regimes gehört haben. Sie sehen, sogar von Menschen, die man verachtet, kann man etwas lernen. Mir fiel auf, daß Sie in Ihrem Überschwang auch den Namen Christi angerufen haben.«

»Ich hab es nur so gesagt. Es mußte. Ich muß kotzen.«

»Kotzen Sie, mein Sohn!« Und während Liebeneiner sich übergab, blätterte Carlo angewidert einen Stapel großformatiger, hochglänzender Fotos durch. Es waren Beilagen zu einem Bericht über die Infamien der Nazis in den Arbeits- und Todeslagern. Diesen Bericht hatten die Nazis selber zusammengestellt. Nach ihrer Philosophie war daran nichts Infames. Feinde des wohltätigen Dunkels, so werdet ihr alle verrecken! Das Bündel Fotos war in dem Haus in der Via Giuseppe Verdi zurückgeblieben, das der SS als Hauptquartier gedient hatte. Es war ein geistliches Dokument, und man hatte es dem geistlichen Führer der Gemeinde ausgehändigt, der nun eine der letzten stinkenden toskanischen Zigarren aus seinem Vorrat paffte. »Diese Fotos lasse ich Ihnen zum Anschauen da«, sagte Carlo, als Liebeneiner blaß und schwitzend wieder auf dem Rand seines Feldbetts saß. »Sie werden etwas spüren, was Sie bisher nicht gespürt haben – so etwas wie eine Verwandtschaft mit manchen dieser Opfer. Natürlich, im Vergleich zu denen haben Sie bisher noch nicht viel zu leiden gehabt. Der Krieg ist übrigens so gut wie aus. Die amerikanische Fünfte Armee steht in Mailand. Die Russen rücken auf Berlin vor. Vielleicht mögen Sie mir nicht glauben. Aber wenn ich Sie jetzt freiließe, würden Sie von den italienischen Bürgern, die sich Ihres ekelhaften Jochs entledigt haben, in Stücke gerissen. Soll ich Sie freilassen? Aha, Sie glauben mir also! Sie können von Glück sagen, daß Sie in meiner

Obhut sind. Ich versichere Ihnen, Sie kommen hier erst fort, wenn Sie ein anderer Mensch geworden sind. Heute nachmittag komm ich wieder. Mit dem braven Enrico. Ein netter, starker Bursche, der normalerweise keiner Fliege etwas zu Leide tut. Ach, zu was ihr einen doch alles bringt!«

Oder etwas dergleichen. Erst nach einem vollen Monat dieser therapeutischen Folterung begann Liebeneiner zu erkennen, daß er auf seiten der Opfer stand und daß eine Philosophie brutalen Herrenmenschentums ihm in seinen Leiden nicht half. Er hatte eine Vision: der gekreuzigte Adolf Hitler, nackt, mit Windbeutelbäuchlein, die Haarsträhne in der Stirn und das Bärtchen unversehrt, und schreiend *Eli Eli lama sabachthani?* Natürlich war es eine absurde Vorstellung. Hitler war naturgemäß keiner, den man ans Kreuz schlagen konnte. Ihm aber, Liebeneiner, des Führers getreuem Diener, war vom Führer kein metaphysischer oder theologischer Schutz gegen die Qualen des Leibes und die Erniedrigungen der Seele verliehen worden. Der Führer hatte ihn im Stich gelassen. Aus Versehen brach Giuseppe Chinol ihm den Arm. Liebeneiner wurde ohnmächtig. Der Bischof war fast übertrieben bußfertig. Dr. Praz wurde geholt, um den Arm zu richten und zu verbinden. Eine Zeitlang fanden keine Folterungen mehr statt. Carlo wartete geduldig, daß Liebeneiner einen Befreiungstraum hätte. Er wußte, daß ein Sinneswandel oft durch eine Folge von Albträumen angekündigt wird, die manchmal in einem Traumgesicht der Hölle gipfeln, das sich in eine Offenbarung des Lichts verwandelt. Nur war Liebeneiners Seele für das, was Carlo mit ihr vorhatte, ein wenig zu schmal. Sie war wie geschaffen für die einfältige Philosophie der Nazis. Und doch war es eine Menschenseele, aus Gottes Hand hervorgegangen. Gott liebte seine Schöpfung; er liebte also auch Liebeneiner. Er verlangte von Liebeneiner nur Erwiderung dieser Liebe, so gut er konnte, Dankbarkeit für die Gabe der moralischen Freiheit, ein bißchen Mitleid mit anderen und Bescheidenheit. Carlo brachte Liebeneiner jeden Morgen das Frühstück – Ziegenmilch, Mineralwasser, Brot und Marmelade – und erkundigte sich nach seinen Träumen. Eines Morgens sagte Liebeneiner, ihm habe geträumt, er sei tot.

»Aha! Aber Sie wissen, von Amts wegen *sind* Sie tot.«

»Ich habe meine Leiche gesehn. Sie lag auf einem großen Schlachtfeld. Ich sah sie von oben, neben Tausenden anderer Leichen. Ich habe geweint.«

»Um Ihre Leiche oder um alle?«

»Ich weiß nicht, ich habe geweint. Es waren die Leichen meiner gefallenen Kameraden.«

»Das konnten Sie doch nicht sehn, ob es Ihre Kameraden waren. Es waren einfach Leichen. Und dennoch *waren* es Ihre Kameraden.«

»Frauen waren auch dabei. Alle waren nackt. Ich konnte nicht aufhören zu weinen. Als ich aufgewacht bin, waren meine Augen naß.«

Carlo schaute ihn freundlich an. Liebeneiner hatte sich seit seiner Einlieferung in die Keller des Bischofspalastes nicht mehr rasieren dürfen. Auch sein Haar war nicht geschnitten worden. Aber warmes Wasser zum Waschen hatte er regelmäßig bekommen, und darum stank er nicht, abgesehen von einem gewissen spirituellen Anruch, den Carlo bei allen Nazis festgestellt hatte, die ihm begegnet waren, sogar bei den gebadeten und parfümierten. Bosheit und Dummheit hatten jeweils ihren besondern Geruch, aber es war manchmal schwer, das eine vom andern zu unterscheiden. Jedenfalls roch Liebeneiner im Augenblick nicht allzu schlimm. Mit dem ungeschorenen Haar und Bart, beide in ergrauendem Dunkelbraun, sah er ganz so aus, wie die Nazis sich einen jüdischen Intellektuellen vorstellen mochten. »Sie fahren jetzt bald heim«, sagte Carlo. »Auf irgendeinem Wege. Aber Münster ist weit weg. Und viel ist von Münster nicht übriggeblieben. Ich bete darum, daß Ihre Frau und Ihre Tochter noch am Leben sind. Denken Sie nur, was für eine Freude es sein wird, einen aus dem Grabe auferstandenen Gatten und Vater wiederzusehen!«

»Ist der Krieg aus?«

»Beinah. Ihr Hitler war kein guter Prophet. Ein tausendjähriges Reich – nun ja! Es war ein törichter Traum. Was haben Sie denn sonst noch geträumt?«

»Ich habe geträumt, es wäre Weihnachten, und ich war ein kleiner Junge. Und das Christkind lag in der Krippe.«

»Ach du Scheiße! Ihr sentimentalen Deutschen! Grausamkeit und Sentimentalität und nichts dazwischen! Das hat verflucht lange gedauert, bis Ihr christianisiert wart, und Ihr habt immer noch nicht begriffen, was es soll.

Mit blankem Eis und weißem Schnee
Weihnachten kommt – juchhe! juchhe!

Es wird Zeit für die nächste Lektion. Ich werde meinen schwarzen Kater mitbringen und ihm mit einem Küchenmesser die Kehle durchschneiden. Er ist ein Schurke von einem Kater, frißt zu viel Vögel. Blut sehn Sie doch gerne, nicht?«

»Nein, nein, nein!«

»Ihr verfluchten Deutschen! Soll ich lieber einen Juden mitbringen? Wär nicht so schlimm, wie? Einen mit Bart, so wie Sie. Und dem drücken wir beide dann den Kopf in Ihren Latrineneimer und lassen ihn im guten reinen Arierkot ersticken. Es ist besser, Sie machen sich bereit für die große weite Welt draußen, Herr Liebeneiner. Ich habe genug von Ihnen.«

Liebeneiner sah besorgt aus. Sein Gesicht hatte während der therapeutischen Einkerkerung allmählich die Züge einer füchsischen Schläue und Wachsamkeit erworben: Es war ein Häftlingsgesicht geworden, beinahe menschlich. »Ich gehe erst, wenn ich sicher bin. Nicht eher.«

»Ja, natürlich«, sagte Carlo. »Sie wollen sich's hier noch ein Weilchen gemütlich machen in Ihrer Höhle mit den acht Decken und drei Mahlzeiten täglich. Ein Leben fast wie bei der Partei, nicht? Hier sind Sie sicher vor der schmutzigen weiten Welt, wo der Sturm alle Wegschilder umgeworfen hat, wo man moralische Entscheidungen treffen muß. Hören Sie, ich habe kein besonderes Verlangen, einen Christen aus Ihnen zu machen. Ich will Sie nur dran erinnern, wie es ist, wenn man der menschlichen Rasse angehört, der einzigen Rasse, die es gibt. Eine Herrenrasse gibt's nicht und hat's nie gegeben. Der Teufel ist in euer Volk gefahren – das ist keine Metapher. Eine Gewalt von kolossaler Bosheit hat sich eingedrängt, und ihr wart so verflucht blöde, daß ihr nicht bemerkt habt, was es war. Über eines seien Sie sich im klaren: Ihr Adolf Hitler war ein großer Mann. Ich sage *war,* denn inzwischen scheint gewiß zu sein, daß er tot ist. Eine echte Inkarnation des Bösen, etwas sehr Seltenes in der Weltgeschichte. Hätte ich ihn bei mir hier unten gehabt, statt Ihrer, hätte ich eine sehr strenge exorzistische Behandlung vornehmen müssen. Vielleicht hätte ich's nicht geschafft, aber ich hätte's versuchen müssen. Vielleicht wär ich selbst dabei zum Teufel gegangen. Aber bei Ihnen, da gibt es eigentlich nicht viel zu tun. Einfach nichts da, Herr Liebeneiner! Sie sind immer eine Art Hohlraum gewesen, den die Partei freundlicherweise ausgefüllt hat. Mir wäre wohler, wenn Sie wirklich irgendwelche Überzeugungen hätten und nicht bloß Parolen. Aber ich glaube schon, bei Gott, daß Sie in Ihrer Laufbahn einigen Schaden angerichtet haben. Morgen früh möchte ich aus Ihrem Munde alles darüber erfahren. Eine Art purgativer Maßnahme. Dann können Sie sich die Haare schneiden lassen, aber den Bart würd ich an Ihrer Stelle behalten. Sie sehn dann nicht so nach dem Herrenvolk aus. Ich werde Ihnen irgendwo ein paar alte Sachen und Armeestiefel besorgen. Dann können Sie losgehn, zu Fuß nachhause. Unterwegs werden Sie allerlei interessante Entscheidungen treffen müssen. Zum Beispiel, ob Sie stehlen wollen oder nicht, und von wem Sie stehlen. Ob Sie anderen Wanderern helfen wollen, die nicht so glücklich dran sind wie Sie. Was für Lügen Sie den verschiedenen alliierten Soldaten erzählen wollen, die Ihnen begegnen werden. Sie werden eine Chancc haben, ein Mensch zu werden. Vielleicht schreiben Sie mir später mal einen Brief, ich wäre aufrichtig interessiert, von Ihnen zu hören.«

»Also sind wir alle betrogen worden«, sagte Liebeneiner mürrisch.

»Gott sei gepriesen, daß Sie das allmählich begreifen!«

»Nächtes Mal lassen wir uns nichts mehr vormachen.«

»Ach du lieber Jesus am Kreuz, kann man für euch denn gar nichts tun? Das ist keine Sünde, das ist doch die reine verdammte Dummheit! Ach du lieber Gott im Himmel!«

»Soll Ihr Herrgott«, sagte Liebeneiner, »den Adolf Hitler doch für immer in der tiefsten Hölle schmoren lassen! Mitsamt dem ganzen gottverfluchten Gesindel! Und das sag ich, ohne daß Sie mir erst den Arm umdrehen müssen. Also haben die Juden doch gesiegt, wie? Und die Bolschewisten, die internationalen Kapitalisten und die internationalen Kommunisten und Liberalen und Freimaurer und die ganze entartete internationale Intelligenz.«

Carlo hatte nun das Gefühl, daß sein Aufschrei über die deutsche Dummheit vielleicht zu hastig herausgekommen sei. »Man kann sagen, daß Ihre Philosophie der Machtanbetung und Intoleranz sich nicht bewährt hat. Sie ist besiegt worden. Also ist sie falsch gewesen. Wenn ihr Deutschen die eine große Rasse sein wollt, müßt ihr euch nun was anderes einfallen lassen. Ihr habt einen sehr großen Teil des jüdischen Volkes umgebracht. Vielleicht werdet ihr nun dies Vakuum ausfüllen müssen. Vielleicht werden die Deutschen sich nun in die neuen Juden verwandeln. Kraft durch Leid. Bis morgen!«

Am Tag darauf erfuhr Carlo alles aus Liebeneiners Munde,

eine Beichte ohne Absolution. Aber es blieb alles so abstrakt, so statistisch! Nichts von Stolz auf das große Gemetzel, aber auch keine Spur von Reue. Dafür aber ein gewisses Maß an Selbstmitleid, denn Mitleid ist eingebaut in die menschliche Psyche und muß irgendwo einen Gegenstand finden: die Plackerei des Regierens, die Organisationsprobleme, die Schreie und der Gestank, die Liebeneiners sensibles Gemüt beleidigt hatten. Und schließlich die Verschwendung. Mitten in der folgenden Nacht wurde Liebeneiner auf den Weg gebracht, in gutem Schuhwerk, einem warmen Mantel und einem abgelegten Anzug, den Carlos Kaplan gestiftet hatte, aber ohne Geld und Ausweispapiere. Er wollte den Namen seiner Mutter führen, Waschneck. Zwei Jahre später bekam Carlo einen Brief, in Englisch, von Herrn Helmut Waschneck. Er war Lehrer am Gymnasium von Lippstadt in der britischen Zone. Seine Frau, seine Tochter und er selbst waren wohlauf. Sie gingen regelmäßig zum Gottesdienst in der lutherischen Kirche ihrer Gemeinde. Das wäre ein großer Deutscher für Sie gewesen, Martin Luther. Und noch einer, Johann Sebastian Bach. Die Deutschen hatten eine große Aufgabe, nämlich die Welt zu zivilisieren. Der große Feind blieb der Kommunismus. Begegnen konnte man ihm nur durch das vorbildliche Beispiel einer freiheitlich-demokratischen Grundordnung. Bei Gott, die Welt würde noch einsehn müssen, daß ihre Hoffnung einzig im demokratischen Rechtsstaat lag und in freien rechtsstaatlichen Gewissensentscheidungen. Und Deutschland würde es allen vormachen. Deutschland über alles! Deutschland brauchte nur einen Führer.

56

Dem aufmerksamen Leser wird im letzten Kapitel Toomeys Handschrift nicht entgangen sein. Erfinden ist nicht so mühsam wie wortgetreues Abschreiben. Ich mag ein schlechter Schriftsteller sein, aber doch ein besserer als Howard Tucker, wenn es ans Lügen oder Vorspiegeln geht. Anders als ein Schriftsteller wie er, der an überprüfbaren Tatsachen Halt sucht, kann ich der Laune des freien Einfalls nachgeben, der so oft die Wahrheit trifft. Jedenfalls, worauf es in meiner Chronik nur ankommt, Carlo kämpfte für die gute Sache, ich nicht.

Daß ich nicht für sie gekämpft und daher nun etwas abzubüßen hatte, nicht geradezu Verrat, aber doch etwas schändlich Unpatriotisches, wurde mir amtlich bestätigt, als ich vom Büro des Premierministers den Befehl erhielt, mich der Parlamentsdelegation anzuschließen, die am 21. April 1945 Buchenwald besichtigte. Konnte der Chef der Exekutive überhaupt einen solchen Befehl erteilen? Vermutlich ja: Wir befanden uns noch im Kriege, und alle waren wir weisungsgebunden. Warum unser großer Kriegsführer, wie man ihn oft nannte, diesen Befehl erteilt hatte, wurde mir vom Informationsminister Brendan Bracken klargemacht, einem hitzigen, noch jungen Mann mit rotem Haar und schlechten Zähnen, der allgemein für Churchills natürlichen Sohn gehalten wurde. Er rief mich am 18. April an, um mir zu sagen, der Premierminister habe in einem privaten Gespräch bei einem Essen bemerkt, die Infamie der Nazzy-Lager, wie er sie nannte, sollte in einem Buch festgehalten werden. Es wäre doch wohl eine Pflicht für einen Schriftsteller wie Kenneth M. Toomey, der durch populäre Unterhaltungsliteratur reich geworden sei, aber bisher keine Bereitschaft gezeigt habe, dem britischen Publikum, das ihn las, durch einen Dienst am Vaterland etwas zurückzuzahlen, ein solches Buch über die Lager zu schreiben, das bei der Königlichen Hofdruckerei erscheinen könne. Er werde mir alle vorhandenen Dokumente schicken, sagte Bracken, mitsamt Fotos, bei denen sich mir der Magen umdrehn werde, und ich solle zusammen mit einigen ausgewählten Parlamentsabgeordneten in einer RAF-Transportmaschine nach Weimar fliegen, um die Nazi-Greuel in Augenschein zu nehmen, bevor die Amerikaner großreinemachten. General Eisenhower, wenn er das hinzufügen dürfe, fügte er hinzu, sei ebenso wie der Premierminister der Ansicht, daß sich ein Schriftsteller dieser Sache annehmen sollte, und ich sei da vermutlich der Richtige.

»Man kann mir doch nicht befehlen«, sagte ich, »ein Buch zu schreiben.«

»Oh, das ist schon klar, alter Knabe«, sagte Bracken, »aber allgemein besteht der Eindruck, Sie würden das gern machen, wenn Sie sich's mal überlegen. Ich meine, Ihr Geruch ist ja nicht der beste, wenn man's recht bedenkt. Jedenfalls, so sieht es der Premier. Ich schick Ihnen das ganze Zeug. Jemand wird Ihnen noch Bescheid sagen über Zeit, Treffpunkt undsoweiter. Gute Reise!«

Von den Parlamentariern, die mit mir flogen, kannte ich keinen. In der Offiziersmesse der US Army in Weimar bekamen wir ein Lunch mit gebratenem Büchsenfleisch, Obstpudding und allerlei alkoholfreien Getränken. Während wir aßen, machte uns ein amerikanischer Sanitätsoffizier mit den Statistiken vertraut, soweit sie unserem Appetit nicht schaden konnten. Lager angelegt 1934. Geplant für etwa hunderttausend Insassen. Insassen am 1. April 1945: 80813. Kurz vor Eintreffen der US-Streitkräfte am 11. April hatten die Deutschen über zwanzigtausend entlassen, damit alles nicht so schlimm aussehn sollte. Insassen zuerst politische Gefangene und Juden aus Deutschland, später bei Ausweitung des Reichs Insassen jeder Art, aber hauptsächlich Juden aus der Tschechoslowakei, Polen usw. Lager schlecht geplant und schlecht geführt. Primitive Holzbaracken, Fußboden nackte Erde, keine sanitären Einrichtungen. Gesamtzahl der Vernichteten bis 1. April 1945: 51572. Detaillierte Lager-Akten mit Namenlisten von den Nazis zurückgelassen. Dreck und Gestank immer noch ekelhaft, trotz massiver Säuberungsmaßnahmen der Amerikaner. Alles Weitere würden wir selbst sehn.

Wir sahen's. Zusammen mit einer Gruppe deutscher Zivilisten aus der Weimarer Gegend. Es war die Regel, jeden Tag eine solche Gruppe durchs Lager zu führen. Die Leute waren schäbig, aber warm angezogen, und niemand sah unterernährt aus. Niemand sah sehr viel anders aus als die Leute, die man in London im Bus Nummer 57 traf. Sie sagten *schrecklich, entsetzlich* und *grauenhaft,* die Reaktion normaler, anständiger Leute auf Beweise vergangener, von anderen verübter Greuel. Eine Frau würgte in ihr Taschentuch. Die Führung machte ein Obersergeant, der etwas Medizinisches kaute und das Deutsch von Milwaukee sprach, mit gelegentlichen Ausrufen auf englisch: »*You goddam krauts*«, »*you murdering bastards*« und dergleichen. Unter den Parlamentariern war ein überernährter Tory, sehr groß, ein früherer Rugbystar, der immerzu »großer Gott!« sagte, so als ob man ihn zwingen wollte, schlechten Portwein zu trinken. Und wirklich, viel mehr gab es nicht zu sagen.

»Das hier«, sagte der Oberst, der uns führte, »war ein Bordell für nichtsemitische Gefangene der oberen Ränge. Als wir ankamen, fanden wir fünfzehn Frauen hier. Waren Gefangene aus den Frauenlagern; denen wurde bessere Behandlung versprochen, wenn sie den Job annahmen. Hatten Glück, daß sie nicht umgebracht wurden wie alle andern. Wir haben dort nun ein Übergangshospital für die allerschlimmsten Fälle von Unterernährung. Solche wie diese hier.« Der Rugbytory sagte *großer Gott!* Es waren alles Kinder, mit großen Augen, dicken Bäuchen und stockdünnen Gliedmaßen. »Es sind noch über achthundert Kinder im Lager«, sagte der Oberst. »Die werden Sie noch sehn.« Wir sahn sie. Wir sahen die Schlafbaracken, wo je sechs Mann das Unmögliche hatten versuchen müssen, nämlich auf einer Art hölzerner Plattform, einsachtzig mal einszwanzig, sechzig Zentimeter hoch, nebeneinander zu schlafen. Die fünfundzwanzig Meter lange Hospitalbaracke für Ruhr- und Tuberkulosekranke war ständig mit rund dreizehnhundert Leuten belegt gewesen. Operationen waren ohne Betäubungsmittel und vor den Augen der anderen Patienten durchgeführt worden. Leichen wurden an den Ausgang der Baracke geworfen und morgens mit Karren abgeholt, teils ins Krematorium, teils in die medizinischen Labors. In einem Labor sahen wir Regale über Regale voller staubiger Glasbehälter mit Lebern, Nieren, Milzen, Hoden und Augen. »In diesem Labor«, sagte der Oberst, »infizierten Ärzte die Juden mit Typhus, um Serum zu gewinnen. Sie haben auch Experimente mit neuen Methoden der Sterilisierung durchgeführt. Sie fanden, Kastration sei das beste. Das war in der noch vergleichsweise humanen Periode, bevor die Vernichtungspolitik einsetzte. Sehen Sie hier, die Wände sind mit Totenmasken behangen. Anscheinend ging es dabei um die Klassifikation jüdischer Physiognomien.« Ich wagte kaum einen Blick auf die edlen Gesichter der unfreiwilligen Märtyrer zu werfen; ich fürchtete, Strehler unter ihnen zu finden. Dann sahen wir die Falltür und die Rutschbahn in den Keller des Sterbeblocks. Die Rebellischen und die Todkranken hatte man zur Exekution dort hinabgeworfen. Wir sahen die vierzig Galgen mit den vierzig Schlingen. Eine blutbefleckte Herkuleskeule stand bereit für diejenigen, die sich beim Sterben zuviel Zeit ließen. Krematoriumsöfen. Kalzinierte Rippen, Schädel, Wirbelsäulen. »Das hier«, sagte der Oberst im Büro des Lagerkommandanten Koch, das nun vom Lysolgeruch des Sieges und von tippenden Sekretärinnen erfüllt war, »ist ein Lampenschirm. Er sieht aus wie ein gewöhnlicher Lampenschirm. Er stammt von der Nachttischlampe der Frau Koch. Er besteht aus echter Menschenhaut.« Es klang noch grausiger, weil er das Wort *skin,* Haut, im Tonfall der amerikanischen Südstaaten diphtongisierend aussprach: *skie-ern.* »Die gute Frau Koch hat sich aus dem gleichen Material noch eine Reihe anderer Haushaltsgegenstände anfertigen lassen.« Ein sozialistischer Parlamentarier, der Abgeordnete für Coventry-Süd, ging hinaus, um zu kotzen.

Ich war bereit, alles durchzustehen und noch mehr. Sogar den durchdringenden Geruch, den die Desinfektionstrupps noch nicht ganz hatten austreiben können. Was war es für ein Geruch? Ein nur allzu menschlicher, ohne jede infernalische Note. Ein Kompost aus abgestandenem Urin und Krankenstuhl, ranzigem Fett, Lumpen, skorbutzerfressenen Gaumen und Käse. Gorgonzola-Käse. Ich konnte alles vertragen. Es roch wie ich selbst, der Eigengeruch der Menschheit. Was für Worte hätte ich dafür finden können, was für Worte hätte der Dr. Samuel Johnson gefunden? Johnson, als er an einem Fischladen in der Fleet Street vorüberging, hatte gesehen, wie einem Aal bei lebendigem Leibe die Haut abgezogen wurde. Er hörte, wie der Fischhändler den Aal verwünschte, weil er nicht stillhalten wollte. Den Aal sah ich deutlich vor mir: Er hatte das Gesicht von Oliver Goldsmith. Irgendwie war mir, als sähe ich noch etwas anderes: Gütige Gelehrte in Festgewändern, Spektabilitäten und Magnifizenzen, alles Nazis, alle in schonendem Latein bestätigend, daß der Mensch, wie ein Kirchenvater gelehrt hatte (Tertullian oder Origenes?), *inter urinam et faeces* geboren werde. Einer meiner Schuhe, die etwas lose saßen, war im Schlamm steckengeblieben, wie in rotem Leim. Den Schuh in der Hand, hüpfte ich zu einem Stück trockenen Bodens an einer Holzwand. Ein Feuer hatte dort gebrannt, und ein angesengter Fetzen bedrucktes Papier lag am Boden. Ich lehnte mich an die Wand und wischte den Schuh ab. Der Fetzen schien aus einem Latein-Lehrbuch herausgerissen zu sein. Ich las: *Solitam ... Minotauro ... pro caris corpus ...* Ich warf den Fetzen fort. Hinter mir hörte ich die Südstaatenstimme des Obersten ein Urteil abgeben, zu dem die Parlamentarier selber kompetent gewesen wären: eine Schande, der absolute Tiefpunkt der menschlichen Geschichte. Und, fügte der Oberst hinzu, dieses Lager war nur eines von vielen und nicht mal das schlimmste.

Ich blickte zum Himmel auf, der regenblank war und rein, mit einer langgestreckten rosa Wolke, wie ein Picasso-Engel mit Trompete. Der Fürst, der in der Luft herrschet? Nein, dies war nicht Luzifers Werk. Der intellektuelle Empörer gegen Gott konnte sich so tief nicht herablassen. Dies war rein menschlich, das reine Ich. Ein buckliger Zwerg mit geschorenem Kopf und in grauen Lumpen ging vorüber und murmelte vor sich hin. Das war Dahlke, den man uns schon vorgestellt hatte, ein Kommunist, zehn Jahre im Lager, dem man die leichte Arbeit zugewiesen hatte, die Öfen zu heizen. Er mußte nun warten, bis er an die Reihe käme, in die Welt der Lebenden hinausgeschickt zu werden, eine Welt, wo er die Öfen im Dienste einer anderen Orthodoxie würde heizen können. Er war menschlicher als Michelangelos David (ohnehin ein Jude und darum entbehrlich). Ein Musterbild des Menschen: sehr klein und häßlich, mit Buckel, Liedchen vor sich hinleiernd und in namenlosem Unrat verwurzelt. Den Menschen hatte nicht von außen der Fürst der Phantome befleckt. Das Böse steckte in ihm; er war jenseits allen Hoffens auf Erlösung. Hatte ich vielleicht in der Einsamkeit der letzten Jahre Phantasien von einer reinen, allen biologischen Trieben enthobenen Mannesliebe gehegt? Nein, sondern von gefügigen Leibern, oft ohne Gesicht, die sich für bedenkenlose Ergüsse gebrauchen ließen. Und manchmal, wenn der Erguß schwer zu bewerkstelligen war, mußte der Körper mißhandelt und das *antrum amoris* zerrissen werden, so daß es den gestauten Mist ausspie. Wir alle stolzierten umher oder streckten uns behaglich, mit einem blutigen Buchenwäldchen im Kopfe.

Es würde nicht nötig sein, daß ich die Fotos in dem noch ungeöffneten Päckchen des Informationsministeriums durchmusterte. Keine Greuel im wirklichen Leben, die man nicht schon aus den eigenen Träumen kannte. Christus am Kreuz mit einem Loch in der Seite, und das Loch hatte seinen Zweck: *penetrationis causa membrorum virilium centurionum Romanorum.* Der zerfetzte Bauch und das Losungswort der Unzucht mit Eingeweidestückchen geschrieben. Es gab keine Grenze. Erguß in den Schädel. Die Geschlechtsorgane an der Wurzel herausgerissen und in den Anus gestopft – ein Späßchen. In einem Zeitalter der Quantitäten hatten die Nazis das Grauen des Übermaßes ausgeschöpft: Darin erschöpfte sich ihr Schöpfertum. Unterdessen, wovon zwar nicht ich, aber unser großer Kriegsführer damals schon wußte, wurden schon die Gewehre geölt, die man den Kindern in die Hand drückte, um die Schiffsladungen unfreiwillig heimkehrender Russen zu töten, die Opfer von Jalta, wie man sie später nannte. Menschenfleisch war nicht teuer; davon gab es genug, und es wuchs immerzu nach. Männer mit Gasmasken und Traktoren würden es unterpflügen, um den Boden zu düngen. Ein Blindenballett flehender dünner Glieder, einen Augenblick lang beseelt von den vorrückenden Maschinen, dann niedergestoßen in die langsame Ökonomie der Natur. Gern hätte ich Carlo bei mir gehabt. Hätte er den reifen Gorgonzola des angeborenen Bösen im Menschen riechen und dann behaupten sollen, daß die Menschheit Gottes Schöpfung und darum gut sei! Klar bin ich gut, Meister, aber der Teufel hat mich's geheißen. Der Mensch war nicht Gottes Geschöpf, soviel war sicher. Aus welchem verkästen Urdunghaufen ist der Mensch hervorgekrochen? Gott allein wird es wissen.

57

Mein Paß, den man eingezogen hatte, war inzwischen, so wußte ich, ohnehin abgelaufen. Und kurz nach dem Siegestag, nach dem Sieg in Europa, wollte ich nach New York. Von meiner Nichte Ann hatte ich einen Brief mit furchtbaren Neuigkeiten erhalten. Bescheiden, unter Verzicht auf die Bemühung höherer Gewalten, rief ich beim Paßamt an, in Kleinfrankreich, wie man die Gegend in London nannte, und bekam endlich eine kleine Sachbearbeiterin mit dem näselnden Tonfall von Middlesex an den Apparat. Sie wollte wissen, wohin ich reisen wolle und warum. Ich sagte es ihr.

»Zu meiner Schwester. Sie ist furchtbar krank. Sie hat einen furchtbaren Unfall gehabt.«

»Haben Sie schon mal einen Paß gehabt?«

»Ja, aber der ist bei einem Bombenangriff vernichtet worden. Mit anderen Urkunden und persönlicher Habe.«

»Haben Sie das damals gemeldet?«

»Ach, nein, ich dachte, das wäre nicht nötig. Und ich hatte damals andere Sorgen. Was mach ich denn jetzt? Ein Antragsformular ausfüllen? Kann ich mal vorbeikommen und mit Ihnen sprechen?«

»Der Verlust eines Passes muß immer gemeldet werden. Ein Paß ist Eigentum der Regierung. Das ist eine wertvolle Urkunde.«

»Aber verstehn Sie, es ist dringend! Meine Schwester ist krank. Ich habe einen Brief. Von meiner Nichte. Soll ich Ihnen den vorlesen?«

»Selbst wenn wir Ihnen einen Paß ausstellen, brauchen Sie für die Reise immer noch eine Sondergenehmigung. Der gesamte Reiseverkehr untersteht den Streitkräften. Nur in dringenden Amtsgeschäften.«

»Aber ich habe Amtsgeschäfte. Ich schreibe ein Buch für die Hofdruckerei. Im Auftrag des Herrn Premierministers.«

»Worüber?«

»Über die Konzentrationslager der Nazis.«

»In Amerika«, sagte sie sehr richtig, »gibt es doch keine Konzentrationslager. Soviel ich weiß wenigstens.«

»Was ist mit dem Paß?«

»Einstweilen können Sie einen Paß noch gar nicht gebrauchen. Es war nämlich Krieg, wissen Sie? Und es ist immer noch Krieg, mit den Japanern.«

»Mein Gott, das weiß ich! Zum Kuckuck, ich lese doch auch die Zeitung!«

»Kein Grund, gleich wütend zu werden! Bitte vergessen Sie nicht, Sie sprechen mit einer Staatsbeamtin!«

»Aber, verdammt noch mal, würden Sie denn da an meiner Stelle nicht wütend werden? Meine Schwester hat einen furchtbaren Unfall gehabt. Mein Gott, sie stirbt vielleicht sogar!«

»Schreiben Sie einen Brief mit der Bitte um das offizielle Antragsformular. Ihr Antrag wird dann auf normalem Wege bearbeitet. Sie hören dann von uns zu gegebener Zeit.«

»Danke für nichts!«

»Kein Grund, wütend zu werden!«

Ich rief das Foreign Office an, nannte meinen Namen und sagte, mein Paß sei für die Dauer der Feindseligkeiten eingezogen worden, aber inzwischen seien doch die Feindseligkeiten offenbar vorüber und und und. Ich wurde weiterverbunden, und am Apparat war eine Sachbearbeiterin mit dem Näseln von Middlesex. Macht nichts! Ich rief Brendan Bracken an, um ihm die dringende Notwendigkeit einer Besprechung mit manchen prominenten deutschen Flüchtlingen in den Vereinigten Staaten zu unterbreiten. Für das Buch, mein' ich. Na schön, vielleicht auch noch ein Vortrag für die daheimgebliebenen Amerikaner über die Greuel von Buchenwald. Nichts zu machen, alter Knabe! Ich ging zur Konsularabteilung der französischen Botschaft, gab meinen Namen mit Marchal an und sagte in meinem gepflegten Französisch, ich hätte leider keinen Paß, weil ich 1940 in einem kleinen Boot über den Kanal gekommen wäre, um mich den Freien Franzosen anzuschließen, und und und. Ich müßte einen schriftlichen Antrag stellen, unter Beibringung höchstamtlicher Zeugnisse hinsichtlich meiner Identität. Ich ging zur amerikanischen Botschaft und versuchte unterwegs, eine Art Bostoner Akzent einzuüben, aber die Konsularabteilung war gerammelt voll mit GI-Bräuten, die um Visa nachsuchten. Ich heulte.

In meinem Elend setzte ich mich auf das nun kalte Bett in dem Zimmer, wo früher Heinz gehaust hatte. Die Pässe der Mrs. Hilda Riceyman und der Miß Flora Alberta Stokes zitterten in meiner Hand. Diese Vornamen ließen sich auf keine Weise maskulinisieren. Außerdem waren beide Pässe abgelaufen. Ende Juli bekam ich Besuch. Mein Neffe John oder Gianni mit seinem ganzen kinematographischen Trupp. Wahrscheinlich hatten sie ihren Jeep draußen geparkt. Jake Schlitz, Sergeant McCreery und Leutnant Mayer, alle beladen mit Geschenken aus den PX-Shops. Und ein blonder, schlaksiger Hüne, der Gefreite Campanati. Mann, ist das gut!

»John, mein Gott, John, hast du die Nachricht über deine Mutter bekommen?«

»Ja. Aber sozusagen als alte Neuigkeit. Die ganze Post ist in Genua gestapelt gewesen. Was hast du Neues gehört?«

Ich holte Anns letzten Brief von meinem Schreibtisch.

»Das Auge mußte rausgenommen werden. Ein Glück, daß nichts bis ins Hirn durchgedrungen ist. Herrgott! Sie muß jetzt wie ein Pirat aussehn. Aber sie ist am Leben. Hauptsache am Leben!« Und natürlich war das richtig. Daß man's lebend durchstand, darauf kam es an. Und sie war noch nicht mal ein Kriegsopfer. Dieses Kamarateam mußte Todesfälle genug gefilmt haben. Ihr Gehabe gefiel mir, nette, legere Amerikaner mit dem behäbigen Geruch eines üppigen Landes und mit ungezwungenen Manieren: der dunkelhäutige Schlitz mit den stetig mahlenden Kaugummikiefern, der feuerrothaarige, starkknochige McCreery mit den breiten, nervösen Händen, die immer etwas zu stochern oder zu schnipseln haben mußten, damit sie keine Dummheiten machten, und der dünne, gelbliche Mayer mit den warmen, feuchtbraunen Augen hinter der stahlrandigen Armeebrille. Ich hatte nichts anzubieten, aber sie hatten Haig und Beefeater mitgebracht. Ich holte Eis aus dem Kühlschrank und suchte meine besten Gläser hervor. Sie machten es sich bequem, breiteten ihre lockeren amerikanischen Gliedmaßen aus, ganz wie zuhause. Hübsche Wohnung haben Sie hier. Leutnant Mayer sagte:

»Ich hab Sie mal bei Metro gesehn, Mr. Toomey. Sie sind gerade aus dem Autorengebäude gekommen, haben irgendwas vor sich hin gebrummt. Mein Papa war dabei und hat mir gesagt, das ist der große britische Schriftsteller Toomey. Natürlich war ich da noch ein Kind, hatte keine Ahnung, wer Sie waren.«

»Ich komme mir nicht eben groß vor«, sagte ich. »Sondern klein und häßlich. Da sitzt man hier unter den Bomben und kann nichts tun. Und obendrein wird man noch beschimpft und verachtet.«

»Mutter hat mir die Geschichte erzählt«, sagte John. »Onkel Ken ist im Nazi-Österreich gewesen«, erzählte er den anderen, »um so einen großen jüdischen Schriftsteller rauszuholen, ehe sie Seife für Hitlers Arsch aus ihm machten. Dann fing der Krieg an, und damit sie ihn wieder rauslassen, hat er im Nazifunk sprechen müssen. Und dann ist Churchill oder irgendwer auf ihn sauer gewesen, weil er mit dem Feind geredet hat, und darum ist er irgendwie in Ungnade.« Die drei andern schienen die Geschichte prima zu finden. Der Sergeant McCreery sagte:

»Über diesen Kerl da, der wirklich ein Verräter gewesen ist, über den haben wir ein paar Meter gedreht. Den hatten sie in eine Art Käfig gesteckt, bei diesem Ort mit dem schiefen Turm.«

»Der wird auf dem Stuhl schmoren müssen«, sagte John. »Der hat die ganze Zeit lang erzählt, Roosevelt wär ein Verräter an der Zivilisation, und er wär froh, daß der endlich tot ist.«

»Da ist er nicht der einzige«, sagte McCreery, »der darüber froh ist.«

»Und was wollen Sie jetzt machen?« fragte ich.

»Na, jetzt erst mal ein bißchen Urlaub«, sagte Leutnant Mayer. »Rüber von Gibraltar sind wir mit einem französischen Eimer. Voller Ratten, als Mannschaft Chinesen. Jeden Tag gab es Rattenragout.«

»Kaninchen«, sagte John, »sollen es gewesen sein.«

»Ach was, Kaninchen sind größer. Kannst mir glauben, das waren schöne, saubere Ratten. Und fett waren die!«

»Und dann«, sagte John, »geht es nach New York, Manhattan, 42. Straße, mit der *Queen Mary.* Nächsten Donnerstag von Southampton.«

»Und dann bist du bei ihr«, sagte ich erbittert. »Ich kann nicht raus. Kein Paß, keine Reisegenehmigung. Meine Schwester! Dieses Recht sollte man als Bruder doch haben.«

»Regierungen«, sagte Schlitz kauend. »Alles eine Scheiße!«

»Fahren Sie mit uns mit!« sagte McCreery und würgte ein Samtkissen. »Die *Queen Mary,* das ist doch ein britischer Kahn, nicht? Ein großes Ding, da ist Platz genug. Sie steigen einfach da ein, in Uniform, und reden amerikanisch. Unser Leutnant hier hat sicher 'ne Uniform für Sie übrig. Vielleicht müssen Sie was Höheres sein als Leutnant, Oberst mit 'nem Vogel, das wär so das Richtige für Ihr Alter, denn Sie sind ja 'n bißchen älter. Sowas ist schnell gedeichselt. Gibt nichts, was sich nicht deichseln läßt.« Das reine Amerika, wie ein frischer Wind durchs offene Fenster.

»Ich würde's nicht schaffen«, sagte ich mit einem blassen Neuengland-Akzent. »Die Idee hört sich gut an, aber ich würde's nicht schaffen.«

»Oder anders!« sagte McCreery. »Sie können für mich fahren. Ich möchte gern mal rüber in die alte Heimat, verpasse's Schiff, was soll's? Der Krieg ist vorbei, hab Verwandte in der Grafschaft Wicklow. Gibt keinen Grund, warum ich gleich wieder in die Staaten sollte, Krieg ist vorbei, die können mich nicht halten.«

»Aber stauchen könnten sie dich«, sagte Mayer. »Zum Gemeinen. Und schicken dich los, daß du den Japsen den Rest gibst.«

»Ach was, der Krieg ist auch so gut wie vorbei!« sagte McCreery. »Okay, können wir ja später noch mal drüber reden. Wie wär's, wenn wir jetzt irgendwo absteigen, und dann auf zum Piccadilly Square?«

»Bleiben Sie doch hier!« sagte ich. »Ich hab ein großes Gästebett und jede Menge Platz auf dem Fußboden.«

»Wollen Ihnen aber keine Umstände machen«, kaute Schlitz.

»Lord Byron hat schon hier geschlafen«, sagte ich, was nur entfernt stimmte. »Also eine historische Schlafstatt, sozusagen.«

»Na, okay denn! Im Schlafzimmer von einem Lord hab ich noch nie geschlafen. Kann ich meinen Leuten in Flatbush von erzählen.«

»Du hast sogar schon im Schlafzimmer von einem Herzog geschlafen«, sagte John. »In diesem Palazzo bei Moneta.«

»Klar, aber das war bloß ein Itakerherzog. Das hier ist ein richtiger Lord gewesen, sagt dein Onkel.«

»Moneta?« sagte ich.

»Ja«, sagte John. »Ich habe meinen andern Onkel besucht. Es ging ihm gut. Er läßt dich grüßen. Er wird bald Erzbischof, denkt er. Der Erzbischof von Mailand hat einen Herzinfarkt gehabt, schon den dritten. Die Nachricht kam gerade durchs Telefon, als wir da waren. Onkel Carlo wär als Nächster dran für den Posten. Das ist noch mehr als ein Lord«, sagte er zu Schlitz. »Wenn er es bis zum Kardinal schafft, ist er ein Fürst.«

London war damals beinah eine amerikanische Kolonie. Die

Amerikaner hatten alles: Geld, Nimbus, Nylons, stangenweise Lucky Strikes, Kaugummis für die Kinder, den dreifachen Fahrpreis für die Taxis. Heute abend würden sie mich nicht dabeihaben wollen, obwohl sie zu höflich waren, es zu sagen. Aber John sagte, als wir vor dem Albany-Block standen und nach einem Taxi Ausschau hielten:

»Hört mal, Jungs, Onkel Ken und ich, wir haben über Familiensachen zu reden, okay? Also, ab mit euch, bis später!« Sie waren höflich erleichtert, daß ich, der ich ja doch ein bißchen älter war, nicht mitkommen wollte. Frauen, sie würden auf Frauen aus sein. Ich sagte ihnen, der Piccadilly Circus wäre gleich da hinten, sehn Sie, kurzes Stück, kein Taxi nötig. Ach was, wir nehmen eins, wozu laufen, wenn's nicht sein muß, he, da ist eins, setzt gerade die alte Dame ab mit ihren Pelzen und dem Hundchen. Schlitz pfiff wie eine Lokomotive. Leutnant Mayer sah mir ganz wie einer aus, der, nachdem er die Luft einer Gesellschaft geschnuppert hatte, wo man Hoch und Niedrig auseinanderhielt, nun dachte, daß er seiner eigenen Wege gehn müsse, in den Offiziersklub, höhere Töchter verführen oder irgendwas auf seinem Niveau. Trotzdem stiegen sie alle drei in dasselbe Taxi. Wir winkten ihnen nach wie zu einer Hochzeitsreise.

Es war Zeit fürs Abendessen. Sie hatten mir eine große Büchse Fleisch mitgebracht, eine Büchse Buchweizenmehl für Pfannkuchen, Hershey-Schokolade, Chesterfields, ein Päckchen kleine Dosen mit gesalzenen Erdnüssen. Ich tat das Büchsenfleisch in die Pfanne und versuchte, Eipulver in Ei zurückzuverwandeln; John saß rittlings auf einem Küchenstuhl und aß große Hände voll Erdnüsse. Als Erwachsener und als Soldat, was wußte er von mir? Als ich ihn zuletzt gesehn hatte, war er ein höflicher, zurückhaltender Junge gewesen, ein durch die Choate-School anglisierter Amerikaner. Hatte Hortense ihm erzählt, daß sein britischer Onkel, im Gegensatz zu dem italienischen, ein notorischer Schwuler war? Die meisten Fragen mußte ich selber stellen.

»Was wirst du nun anfangen, John?«

»Anthropologie.«

»Anthro–?« Merkwürdigerweise hatte ich *Anthropophagie* verstanden und fragte mich, ob er wohl einen bösen Witz gemacht habe, nachdem er in Europa von den letzten Ungeheuerlichkeiten der Verlassenen und Verhungernden gehört hatte. Das rosa wabbelnde Büchsenfleisch sah ganz wie eine solche Weltuntergangsmahlzeit aus, von unsäglicher, wenngleich schweinischer Abkunft.

»Pologie, pologie! Komisch, wie einem etwas scheinbar zum einen Ohr rein und zum andern raus geht, wenn es tatsächlich klammheimlich wächst und festsitzt! Wir haben so einen Professor darüber gehört, der in Choate einen Vortrag gehalten hat. Und das will ich machen.«

»Anthropologie studieren? Und wo?«

»Ich hatte an Liverpool gedacht, weil es da angefangen hat. Frazer, der den *Goldenen Zweig* geschrieben hat, ist da Professor gewesen. Aber in den Staaten tut sich mehr. Vielleicht in Chikago.«

Ich stellte die Pseudomahlzeit auf den Küchentisch. Ich hatte noch ein paar Flaschen Montrachet, und davon entkorkte ich eine. John trank nach amerikanischer Manier gleich sein erstes Glas leer, ohne alles Zeremoniell und mit dem leicht trüben Blick der Enttäuschung: Der Wein, so wie er in der Literatur und der Liturgie geehrt wurde, hätte magische Qualitäten besitzen müssen, die er immer vermissen ließ. Wir aßen beide mit der Gabel in der rechten Hand, ebenfalls ganz amerikanisch: Das Büchsenfleisch erforderte kein Messer; es hatte nicht die Würde echten Fleisches.

»Nicht an der Columbia-Universität? Nicht in New York?«

»Wenn du meinst, daß ich bei Mutter bleiben sollte – die wird schon zurechtkommen. Nehme ich an. Aber wir wissen ja nicht, wie's ihr geht. Vielleicht sollte ich anrufen, bei Ann.«

»Das würde Stunden dauern, bis du durchkämst. Wenn du durchkämst. Die haben strenge Prioritäten undsoweiter.«

»Aber lieber Himmel, der Krieg ist doch vorbei. Jedenfalls der Hitlerkrieg.«

»Ich habe manchmal das Gefühl, John, der wird nie vorbei sein. Hitler hat uns nur gezeigt, wo es in Zukunft lang geht. Gezeigt, was eine Regierung sich ungestraft erlauben darf. Wir haben noch kaum eine Ahnung davon, worum es in diesem Krieg überhaupt gegangen ist.«

»Na«, sagte John, »wenn das kein guter Grund ist, Anthropologie zu studieren!«

»Nicht Psychologie?«

»Himmel, das ist doch nur die individuelle Psyche! Individuen führen keine Kriege. Wir müssen die Grundprinzipien der menschlichen Gesellschaft verstehen. Warum Gesellschaften

Krieg führen. Aber natürlich nicht nur das. Ich weiß nichts darüber. Darum muß ich es lernen.«

»Und wenn du dein Examen hast, was dann?«

»Na, wenn ich mal im akademischen Betrieb drin bin, ich schätze, dann werd ich da wohl auch bleiben müssen. Wenn man mich da haben will. Es ist das wichtigste Studium von der Welt, aber für nichts auf der Welt zu gebrauchen. Ich meine, General Motors schreibt keine Stellen für ausgebildete Anthropologen aus. Es ist nur was für die Gelehrten. Aber es ist kein Herumkramen in Bibliotheken. Heute nicht mehr.«

»Aber *Der goldene Zweig* ist in Bibliotheken zusammengekramt. Jemand hat das Material gesammelt, und Frazer hat das Ganze kollationiert. Man kompiliert und formuliert Theorien über Magie, Religion undsoweiter. Alles in Bibliotheken. Ist das nicht so?«

»Heute nicht mehr. Heute macht man Feldforschung. Der Herr Professor holt sich Mückenstiche und lernt die Eingeborenensprachen.«

»Um Sprachen zu lernen, hast du ja eine gute Grundlage.«

»Nicht für die primitiven. Jedenfalls, das hab ich vor. Auf dem Weg durch Italien ist mir das klargeworden. Da hast du die Künste und Wissenschaften und die Religion in ihrer ganzen Herrlichkeit – du lieber Himmel, aber auf was läuft es raus? Am Ende mußt du doch wieder über Berge klettern und Flüsse durchqueren, bloß um zu töten. Allerdings, ich habe niemanden getötet, meine Schüsse waren ganz harmlos. Aber verstehst du – ich will die versteckten Muster herausfinden, hinter dem Vatikan und den Uffizien und dem Ponte Vecchio und dem ganzen Plunder. Was die Gesellschaften in Gang hält.«

Ich mußte lächeln. »Hast du deinem Onkel Carlo gesagt, der Vatikan ist Plunder?«

»Nein, ich hab gesagt, die Religion muß man als ein soziales Phänomen erforschen. Jede Religion. Natürlich hat er gesagt, es gibt nur eine. Und dann hat er die Tinte holen lassen.«

»Tinte?«

»Der Wein in der Gegend. Anscheinend wollte er sehn, wie ich mich aufführe, wenn ich blau bin. *Toga virilis*, sozusagen. Alles Anthropologie.«

»Also werden wir bald auch einen Gelehrten in der Familie haben«, sagte ich. »Ich glaube, es wird auch Zeit.« Und mit dem letzten Montrachet trank ich auf Johns wissenschaftliche Zukunft. »Zu viele Künste, zu wenig Wissenschaft, so sind wir!«

»Onkel Carlo mit eingeschlossen«, sagte John. »Ein Schamane und Schauspieler. Wenn irgendwelche Wissenschaftler beweisen könnten, daß Christus nicht von den Toten auferstanden ist, Onkel Carlo würde sie in seinen Keller sperren wie diesen Kerl von der SS.«

»Was war das für einer? Davon weiß ich nichts.«

»Er wird's dir selber erzählen. Eine schöne Geschichte! Oder vielleicht würd er sie bei Nacht und Nebel erschießen lassen. Glaube und Wissen vertragen sich nicht.«

»Heißt das, du hast den Glauben verloren, John?«

»Öffentlich sagen würd ich das nicht«, sagte er grinsend und steckte sich eine knisternde Lucky Strike an. »Sagen wir mal, ich glaube, daß der Glaube notwendig ist. Sonst gäbe's ihn nicht. Aber ich meine, er ist gefährlich. Die Nazis haben auch geglaubt, an das Schicksal des deutschen Volkes.«

»Ist dein Onkel Carlo gefährlich?«

»Gefährlich für Leute, die nicht glauben, was er glaubt. Weißt du, warum Mutter ihn nicht leiden kann?«

»Etwas, das ich nie begriffen habe. Carlo denkt, sie ist ein Engel.«

»Ein einäugiger Engel. O mein Gott, was für eine Dummheit! Was bin ich ein gedankenloses Arschloch! Ich könnte mich ohrfeigen.« Dann sagte er: »Ich frage mich, ob *er* was davon weiß. Aber es würde keinen Unterschied machen. Sicher käm er nicht gleich gelaufen. Er hat jetzt andere Pflichten. Man tut eben so, als hätte's die Vergangenheit nie gegeben oder als hätte sie nie was getaugt. Entschuldige, das *Arschloch,* hätt ich nicht sagen sollen! Das kommt von der Armee.«

»Hast du ihn gesehn?« fragte ich. »Bevor du nach Europa gekommen bist?«

»Ich kann ohne ihn auskommen«, sagte John. Es schien glaubhaft. Er hatte nichts von Domenico an sich, nach den über zwanzig Jahren, in denen es hätte durchbrechen können. Ein biederes, freimütiges Angelsachsengesicht, ohne den Ölfilm des südländischen Charmes, kein Getue um die Kunst. Und dazu die lockere, bequem sitzende Muskulatur, ganz und gar amerikanisch, das anephebisch blonde Haar, Ohren und Augen von Hortense, Kinn und Nase nicht einzuordnen. »Onkel Carlo hat so etwas gesagt, daß Gott der einzige Vater sein soll. Kann man sagen. Was ist Gott? Gott ist jedermanns Vater. Gar nicht schlecht!« Dann sagte er: »Ich habe dran gedacht, ob ich meinen Namen ändern soll.«

»In Campion?«

Er war verblüfft. »Wie kannst du das wissen? Hat Mutter–?« Aber mir waren nur die laut verlesenen Namen aus den Todesanzeigen einer Zeitung in einem Chikagoer Hotelzimmer wieder eingefallen.

»Es ist der nächstliegende Name. Bedeutet *Lychnis coronaria,* eine Pflanze, mit deren Laub Meister gekrönt wurden. Ein englischer Jesuitenmärtyrer hieß so und ein englischer Dichter und Musiker. Wer weiß, ob Thomas mitangesehn hat, wie Edmund gehängt wurde? John Campion. Doch, es paßt! Wie ein Campanati siehst du nicht aus.«

»Was bedeutet Campanati?«

»Hab ich noch nie dran gedacht. Irgendwas mit Glocken, würd ich sagen.«

»Paßt nicht schlecht! Mutter nennt sich immer noch Mrs. Campanati, und dabei soll es bleiben, sagt sie. Sie sagt, mit der christlichen Ehe darf man nicht herumspielen. Sie trägt den Namen wie ein Schandmal.«

»Hat sie das gesagt?«

»Hat sie gesagt. Mein Gott, ich hoffe bloß, daß sie das gut übersteht! Dotty wird sich um sie kümmern, wenn sie noch da ist.«

»Dotty, wer ist das?«

»Dotty oder Dorothy, eine schwarze Frau. Sie war früher Nachtklubsängerin. Eine sehr hübsche schwarze Frau. Sie hat sich gesagt, Himmel, ich muß mich bilden. Sie hatte Geld gespart, und dann ist sie aufs City College gegangen. Sie hatte es immer mit dem Französischen, weiß Gott, warum. Jetzt liest sie Flaubert und Anatole France. Eine sehr skeptische schwarze Frau.«

»Weil du gerade von der christlichen Ehe sprachst–«, sagte ich.

»Daran hab ich noch nicht gedacht«, sagte John. »Wenn du das meinst. Aber natürlich hab ich schon–« Er wurde rot. »Ich meine, es wird doch erwartet. Was denkst du wohl, was die andern jetzt machen? Frauen aufreißen.«

Er gefiel mir sehr gut. Ich sagte: »Reden wir mal über Geld! Es hat keinen Sinn, daß du warten mußt, bis ich tot bin. Wenn du Geld brauchst, nicht? Ihr drei seid meine einzigen Angehörigen. Hab keine Bedenken!« sagte ich.

»Ach, wir haben ein Gesetz über die Versorgung der Soldaten. Aber trotzdem, danke!« Er gähnte. »Entschuldige, ich hab nicht deswegen gegähnt! Ich bin einer, der viel Schlaf braucht. Die andern ziehn mich schon auf damit. Hat keinen Zweck, daß du aufbleibst, bis sie heimkommen. Es sind prima Kerle. Mayer ist ein Pinsel, aber er weiß es. Tim McCreery hat das Kino hinter den Ohren. Er wollte Trickaufnahmen machen, aber Mayer hat gesagt, wir sollen nur die Geschichte aufzeichnen für die Nachwelt. Bißchen pompös. Von McCreery hab ich alles gelernt, was ich über Kameraführung weiß.« Er gähnte abermals. »Entschuldige! Irgendwann machen wir einen klassischen anthropologischen Film. Frauenbeschneidung in Ober-Wangtarara. Hat schon verrücktere Sachen gegeben. Nichts ist umsonst.« Ich schickte ihn zu Bett.

Als ich am nächsten Morgen um acht erwachte, hörte ich rücksichtsvolles Geflüster und tapsende Füße in Strümpfen. Aber der Geruch ließ sich nicht dämpfen: Bohnenkaffee, frische Eier und Schinken in der Pfanne. Ich zog meinen Morgenrock mit dem goldenen Drachen an und ging in die Küche, wo Mayer, McCreery und Schlitz, angekleidet, aber verkrumpelt und unrasiert, beim Geschirrspülen waren. *Wow!* sagten sie zu meinem Morgenrock. John schlief noch. Lassen wir den Kleinen ausschlafen! Frühstück fertig, Mr. Toomey. McCreery gab mir einen lebhaften Bericht, während er mit der rechten Hand aß und mit der nervösen linken eine Scheibe Toast zerkrümelte. Da war so ein Kerl in einem Pub, Colonel bei der US-Luftwaffe, der fliegt morgen einen Bomber zurück in die Staaten. Okay, hat er gesagt, brauchst nur einsteigen, Platz ist genug, Abflug nullsechs Uhr nullnull, Stützpunkt Orford, das ist in Suffolk, mußt nur nach Jake Lyman fragen, und alles okay. Okay, gibt noch genug Alternativen. Brauchen Sie Pässe?« McCreery grub drei Stück aus seiner Hüfttasche hervor, in Farben, wie ich sie noch nie gesehen hatte.

»Aber wo, wenn ich das fragen darf, haben Sie denn–?«

»Hier, der ist vom Freistaat Irland, da hatt ich Streit mit so einem dicken Kerl von einem Iren, in dem Gäßchen bei diesem Pub, wo war das doch, Frank?«

»War ich nicht dabei«, sagte Schlitz kauend. »Da war ich doch grad weg mit dieser Kleinen, die gesagt hat, sie wäre 'ne Freie Polin.«

»Polin, ja richtig, das hier ist ein polnischer, den Namen müßten Sie erst mal üben, schaun Sie, meine Güte! Der ist von einem, der hat gesagt, er wär diplomatisch oder irgend sowas. Den andern, so einen hab ich noch nie gesehn, irgend so eine Bananenrepublik. Na, suchen Sie sich einen aus, Mr. Toomey! Diese Kleine, mit der ich mitgewesen bin, am Bärenkot oder wie das heißt, wo die wohnt, hört man die Züge die ganze Nacht, und sie sagt, das ist der Untergrund, sag ich, Himmel, nein, das ist kein Untergrund, sondern die U-Bahn, also, die hat gesagt, sie wäre mit 'nem GI verlobt und sie würde jetzt auf die Überfahrt warten, und in der Schublade hat sie einen britischen Paß gehabt, mit US-Visum drauf, aber ich mir gesagt, Mann, das macht mehr Ärger, als es wert ist, aber jedenfalls, da können Sie sich jetzt einen aussuchen.«

»Das ist schrecklich nett«, sagte ich, »wirklich, aber ich glaube, ich werde's doch mehr auf dem normalen Wege machen müssen. Ich bin nicht mehr so jung wie Sie. Und nicht so frei. Aber denken Sie nicht, daß ich nicht dankbar wäre! Ich hoffe, Sie haben alle ganz vernünftig was von der Nacht gehabt.«

»Vernünftig nun nicht gerade!« korrigierte mich der Leutnant Mayer, ein bißchen sowas wie ein Intellektueller. »Eine Orgie der Unvernunft! Jeder für sich einen draufgemacht, und gegen Morgen haben wir uns in einem Coffee-Shop wieder getroffen.«

»Ein lausiger Kaffee!« sagte Schlitz. »Nicht wie der Braune hier.«

»London ist schon okay«, sagte McCreery abgeklärt. »Mußt dich nur auskennen. Gibt einfach alles. Diese Eier hier und der Schinken, da bin ich mitgegangen mit so einem kleinen Dunklen, Litauer hat er gesagt, ist er gewesen, irgendwo zu einer Garage. Gerammelt voll mit Zeugs. Und der war hinter Dollars her, der Junge! Ich kann dir sagen, hier kriegst du alles!«

»Eine Lady Bloomfield«, sagte Mayer. »Haben Sie mal von einer Lady Bloomfield gehört, Mr. Toomey? Ist das eine Puppe!«

Und dann kam John herein, strubblig und mit einem Gähnen, daß ihm schier der Kiefer zersprang, nur mit einem Armeehemd bekleidet. Wortlos schlürfte er seinen Kaffee, wie einen Morgenkuß, der zum Leben erweckt. John Campion, zum Märtyrer prädestiniert.

58 Erst als auch der Sieg über Japan gefeiert wurde, konnte ich nach New York abreisen. Warner Brothers in Burbank meldeten sich mit der Stimme eines Herrn, der von sich behauptete, er heiße Buzz Dragon, und mir die Idee vortrug, drei oder vier Filmchen nach Kurzgeschichten von mir zu drehen, die dann zu einem Ganzen vereint werden sollten, mit dem Titel *Troika, Quartett* oder so ähnlich, je nach der Anzahl, mit mir selbst nicht nur als Drehbuchautor, sondern auch auf der Leinwand, wo ich die einzelnen Teile mit ein paar wohlgesetzten Worten zu verbinden hätte. In Großbritannien hatten wir inzwischen eine andere Regierung. Die alte Mannschaft mit Churchill an der Spitze war an die Luft gesetzt worden. Die neue Welt gehörte den Arbeitern, und ich, wie ich in den Korridoren der Bürokratie lauthals verkündete, war einer von ihnen. Es war mein gutes Recht, in die Staaten zu fahren, wo ich anfangen konnte, Dollars zu verdienen und etwas für unseren Export zu tun. Die neue Welt war auch die Welt unter der Atombombe, und die Aussicht, daß ohnehin alles bald in die Luft fliegen würde, schien einen beschwichtigenden Einfluß auf jene Amtsgewalten zu haben, die sich sonst schon aus Prinzip dagegen gesträubt hätten, daß ich einen neuen Paß und ein amerikanisches Visum bekam und mit der *Aquitania,* die von Liverpool abfuhr, nach New York ausreisen durfte.

An Bord waren Schwärme von GI-Bräuten. Und an Bord war auch der Erzbischof von York, quondam Bischof von Gibraltar und später von Bombay. Er hatte sich nicht sehr verändert. Schmal und jungenhaft, mit immer noch vollem Silberhaar, das eher wie allochromes Blond als wie Grau wirkte, begrüßte er mich munter an der Bar und sagte: »Ich könnte mir denken, Sie haben die Nachricht als erster bekommen?«

»Was für eine Nachricht?«

»Mailand hat einen neuen Erzbischof.«

»Ah!«

»Es kam heute morgen im Radio. Ich hab es im Frühstücksraum in so einem elend dreckigen Hotel gehört. Warum ist hier bloß alles so elend dreckig? Schauen Sie sich nur dieses Monstrum an, das Liver Building! Die Nachricht, na ja, so wichtig wie die Berechnungen der Totenzahlen von Hiroshima und Nagasaki war sie nicht und selbstverständlich ein bißchen aufgeputzt. Bischof Campanati, der knorrige zigarrenrauchende Freiheitskämpfer, der den

Faschisten ins Gesicht gespuckt und den Nazis mit dem Finger gedroht hat. Eine sehr populäre Ernennung, kann man sich denken. Ich vermute den roten Hut kriegt er beim nächsten Konsistorium auch noch.«

»Dann geh ich mal lieber gleich zum Funkraum. Ein Glückwünsch-Telegramm losschicken. Übrigens, wie geht's Ihnen denn?«

»Wie es mir geht?«

»Fällt es Ihnen immer noch schwer, sich an das Athanasianische Glaubensbekenntnis zu erinnern?«

»Haben Sie ein Gedächtnis, Toomey! Das muß doch nun schon gut zwanzig Jahre her sein. Ach ja, ist viel passiert seitdem. Hübsche kleine Dinger, nicht?« Er meinte eine Frauenschaft von GI-Bräuten mit ihren Nylons und Kaugummis. »Eine Funktion des Krieges, Förderung der Exogamie. Die Biologie geht geheimnisvolle Wege. Was führt Sie in die Staaten, Vorträge, Filme?«

»Filme.«

»Ich muß zu einer internationalen Tagung in Washington. Über Geburtenkontrolle. Und diese erfrischend ordinären Weibchen hier sind unterwegs im Dienste der naturgemäßen Gattungsvermehrung. Die Bäuche sind schon in Betrieb, um die Nachkriegsgeneration zu produzieren. Sehn Sie, die eine da! Im sechsten Monat, oder ich kann nicht mehr bis drei zählen. Zur falschen Zeit, unsere Tagung, wenn man bedenkt, wie schwer sich Malthus' wichtigstes Vermehrungshemmnis in den letzten Jahren ausgewirkt hat. Millionen Tote, Toomey, Dutzende Millionen!« Er strahlte.

In der Tasche meiner Tweedjacke hatte ich eine Taschenbuchausgabe von Thoreaus *Walden.* Ich zog sie heraus und blätterte. »Hören Sie!« sagte ich und las ihm vor:

»›in einer Mulde am Weg zu meinem Hause lag ein totes Pferd, wodurch ich mich manchmal, besonders nachts, wenn die Luft drückend war, zu einem Umweg genötigt sah; aber meine Entschädigung dafür war die Gewißheit, die es mir gab, daß die Natur einen kräftigen Appetit und eine unverwüstliche Gesundheit besitzt. Gerne seh ich, daß die Natur so sehr vor Leben strotzt, daß sie es sich erlauben darf, Myriaden Wesen hinzuopfern und einander zur Beute fallen zu lassen; daß zarte Organismen ebenso gleichmütig zermalmt und aus dem Leben befördert werden können wie das Fleisch einer Frucht – die Kaulquappen, die der Reiher verschlingt, die Frösche und Schildkröten, die wir auf der Straße überfahren; und daß es Fleisch und Blut manchmal nur so geregnet hat.‹«

Der Erzbischof strahlte nun nicht mehr. »Fleisch und Blut nur so geregnet, eh? Kräftiger Appetit und, wie war das, Gesundheit? Hm! Ein bißchen arg eupeptisch für meinen Geschmack, dieser Thoreau. Ach ja, von wegen Fleisch und Blut regnen – ich habe aus hohem Munde so was gehört, Sie würden jetzt das große, maßgebliche Werk über die Konzentrationslager schreiben?«

»Das war Churchills Idee. Aber da muß ich mich jetzt nicht mehr drum kümmern. Der alte Gauner ist nicht mehr im Amt.«

»Er heult jetzt die ganze Zeit über den Undank des britischen Volkes, hab ich gehört. Emotionale Labilität, Toomey, etwas sehr Lästiges!«

»Von jetzt an«, sagte ich mit einer jähen Wut, von der ich selber überrascht war, »schreibe ich meine Bücher nur noch für mich. Sie erinnern sich an ein gewisses Buch, zu dem ich mich breitschlagen ließ, über das neue Christentum? Sie hatten darin die Stimme der Nachtigall – doch freilich nur die Stimme –, und Carlo hatte die Gegenstimme, das tiefe Quaken des Ochsenfroschs.«

»Die große Synthese«, sagte er mit großer Aufrichtigkeit. »Wir sind dorthin unterwegs, Toomey.« Abermals betrachtete er wohlwollend die hübschen Plebejerinnen, die sich, beim ersten Abfahrtstuten des Schiffes, nun zur Erhebung in den klassenlosen Adel der Neuen Welt bereitmachten. Ihre Mundarten waren bunt zusammengewürfelt, mit einem gemeinsamen Einschlag von Kino-Amerikanisch: Die eine schien Bogarts Lispeln für einen Teil des allgemeinen Lautinventars zu halten, eine andere gab sich Mühe, als eine Südstaatenxanthippe wie Bette Davis zu erscheinen. Die würden drüben gut zurechtkommen. »Wir müssen an die Generation denken«, sagte der Erzbischof, »die von diesen jungen Damen und ihren Altersgenossinnen überall in der westlichen Welt nun ausgetragen wird. An die Jugendlichen zu Anfang der sechziger Jahre. Der neue Glaube wird für sie sein.« Ich wußte zu der Zeit noch nicht, daß meine Nichte Ann in ihrer Wohnung in der West End Avenue für eine dieser Jugendlichen den Weg schon geebnet hatte.

Als wir in New York angekommen waren, ging ich gleich nach der Zollabfertigung ins Algonquin-Hotel. Ich wollte in meiner

Wohnung kein Zimmer beanspruchen, denn inzwischen mußte Hortense wohl das Gefühl haben, daß die Wohnung ihr gehörte. Ich trank ein paar *Whisky sour* in der Hotelbar; dann ging ich die Fifth Avenue hinauf. Die Septemberhitze war drückend, die Luft wie ein schweißnasses wollenes Hemd. Es wimmelte nur so von Gelegenheiten, Jumbo-Steaks oder Ice Cream zu essen, und die Läden lockten zum Kauf gefälligen Unfugs. Dies war nicht Europa. Dies war alles andere als Europa. Der Sieg in Europa und in Asien hatte die Überlegenheit der amerikanischen Lebensart bewiesen. Kräftiger Appetit, unverwüstliche Gesundheit. Die Nachmittagssonne stand höher als in irgendeiner Stadt Europas, denn sie wurde von den Wolkenkratzern in die Höhe gezwungen. Die Stadt strotzte vor Leben. Die Frage traf mich, als ich an einer Kreuzung wartete und die großen Automobile strotzend vor billigem Benzin zum East River oder zum Hudson hinbrausen sah: Wo willst du nun leben? Nicht in England, nein, nie wieder! Schau, wir sind durchgekommen! Die Welt bot sich feil, und ich schreckte zurück wie vor einer allzu üppigen Tafel mit Leckereien. Ich war fünfundfünfzig, noch nicht zu alt, mit einem achtbaren Spätwerk, das noch zu schreiben wäre, aber ich fühlte mich müde, verstaubt, eine Niete, lieblos und ungeliebt. Und als ich nun in den Hauseingang trat und der uniformierten Concierge sagte, ich wolle zu Mrs. Campanati, fing ich an zu zittern.

»Mrs. Camper Neighty? Klar, Sir, zehnter Stock, Nummer einsnullfünf.«

Als ich klingelte, zitterte ich noch ärger. Die Tür wurde von einer schwarzen Frau geöffnet, die Wärme ausstrahlte wie ein Ofen. »Dorothy?« fragte ich vorsichtig. »Dotty? Ich bin Hortensens Bruder.«

»Müssen Sie mir nicht erst sagen, Ken! Fein, daß Sie da sind, herrlich! Kommen Sie rein!« Sie war eine sehr reizvolle Frau, Ende dreißig, in einem grell scharlachroten Seidenkleid, in dem jede weiße Frau abgeblaßt wäre wie ausgeblutetes Kalbfleisch. Ihr Haar war geglättet, aber aufgekämmt zu einem schmiegsamen Gefüge von Locken, Strähnen und Kräuseln. Schwarz ist keine Hautfarbe, sondern eine grobe Abstraktion politischer Rassisten. Was an Dorothys Haut mehr noch als ihr undefinierbarer Farbton ins Auge fiel, war etwas wie eine Maserung, etwas von der Farbe nicht Trennbares, denn die Lust des Augenscheins wäre, so wußte man, nur durch die allerzarteste Tastberührung zu erfüllen gewesen: als hätten Honig und Seide sich zu einem Stoffe vereinigt, in dem sie beide lebendig und doch wie aus dem reinsten Golde gegossen wären. Hortense, so schien mir, hätte sich auf die Malerei verlegen und ihr Leben der Aufgabe widmen sollen, die Schönheit dieses prachtvollen Geschöpfes exakt wiederzugeben. Und nun, in dem Salon, der nicht mehr derselbe war wie vor dem Kriege, sah ich Hortense.

Sie trug ein schlichtes beigefarbenes Kostüm mit knielangem Faltenrock und hüftlanger Jacke, die Ärmel bis zum Ellbogen, der Gürtel vom gleichen Stoff mit langer Goldschnalle, abgenähte Taschen, Schneiderkragen und Revers. Ihre schlanken Beine steckten in einer bronzenen Nylonhaut. Ich wagte ihr kaum ins Gesicht zu sehen. Es war das linke Auge, das fehlte. Die Höhle war mit einer wattierten Klappe in der Farbe ihres Kostüms verdeckt. Außerdem trug sie eine honigblonde Perücke mit einer Flechte bis hinab über die Wange. Ich streckte die Arme nach ihr aus, und die Augen liefen mir über. Ich herzte und koste sie, küßte sie auf die kalten Lippen und schluchzte, mein Liebling, mein Liebling! »Ich laß euch beide ein Weilchen allein«, sagte Dorothy. »Sagen wir, in zehn Minuten gibt es Tee, echt britische Machart, heiß und stark, okay?« Okay, okay! Hortense umfaßte mich nur leicht. Sie duftete nach Patschuli, aber auch nach Gin pur.

»Ich hab's gleich versucht, als Anns Brief ankam. Aber daß der Krieg vorbei war, nützte nichts; für die ist das nur eine Ausrede mehr gewesen, mich nicht fortzulassen. Mein armer kleiner Liebling, was haben sie bloß mit dir gemacht?«

»Wen meinst du, sie? Ich bin es doch selbst gewesen, nicht? Du hast schon immer Quatsch geredet, Ken Toomey.« Und nun duldete sie nicht nur meine Umarmung, sondern erwiderte sie herzlich. Zum ersten Mal seit Jahren verspürte ich eine handfeste sexuelle Reaktion auf einen nicht bloß vorgestellten Reiz. Sie führte mich zu einer langen rostroten Couch mit verstreuten, wildgemusterten Kissen. Wir setzten uns dicht beisammen, ich mit dem Arm lose um ihre Taille. Zerstreut nahm ich den weichen, grasgrünen Teppichboden zur Kenntnis, die Calder-Mobiles, die sich träg im Luftzug der Klimaanlage drehten, Hortenses Metallplastiken von spröden, zwiegeschlechtlichen Leibern. Das harte Nachmittagslicht von Manhattan fiel auf Hortense. Sie war nicht mehr jung, Mitte vierzig, mit einem zauberhaften Pölsterchen ums Kinn, die Haut ober- und unterhalb der Augenklappe ein wenig runzlig. Sie war verwundet, gealtert, schutzbedürftig – das sagten mir meine Hormone. Sie sagte: »Und was haben sie mit *dir* gemacht? Du bist ja schon grau.«

»Die Sorge um dich!« Zerstreut sah ich Fotos: John in Uniform auf dem kleinen weißen Klavier, das wahrscheinlich Dorothy gehörte. Geschirrklappern aus der Küche. Beefeater-Gin auf der Bar. »Gott, ihr seid doch alles, was ich noch habe!« Ich hatte den gemeinen Wunsch, die leblose Scheußlichkeit unter der beigefarbenen Klappe zu sehn, die verschrumpelten, über ein Nichts geschlossenen Lider. Meine Hormone verlangten nach dem Anblick. Erst die Juden in Europas Öfen, die untergepflügten Leichen mit den stockdünnen Gliedmaßen, und nun das hier! Es gehörte in dieselbe Kategorie, weckte dieselbe hoffnungslose Raserei. »Mein Liebes, mein Engel! Und ich weiß immer noch nicht, wie es passiert ist. Ann hat nur etwas von einem Unfall geschrieben, sehr vage.« Ich spürte mit der Hand, wie sie bebte.

»Es hat keinen Sinn, noch mal davon anzufangen. Es ist eben passiert. Andere Leute haben Schlimmeres durchgemacht. Sagen wir, es war mein Tribut an den Krieg.« Ihre Stimme war härter, als ich sie in der Erinnerung hatte, und nicht nur durch die steinerne Abwehr der langen Tränenergüsse eines völlig berechtigten Selbstmitleids, sondern auch aufgerauht von Gin und Tabak, und vielleicht hatte sie sich auch dem New Yorker Abschliff, der Härte dieser Kultur ebenso wie dem Leiden assimiliert. Nichts Weiches war nun mehr an ihr; mein Arm, den ich um sie gelegt hatte, wurde entmutigt. Sie lehnte sich zu dem Zigarettenbehälter aus Onyx hin, der auf dem Kaffeetisch stand, einer Scheibe Marmor über mehreren dicken Scheiben von schwarzem Glas. Sie nahm sich eine Chesterfield, und ich gab ihr Feuer mit meinem goldenen Rocher.

»Aber ich muß es wissen. Du weißt doch, ich muß es wissen.«

»Im Atelier«, sagte sie und hustete. Sie wischte sich eine Tabakfaser von der Unterlippe. »In Greenwich Village. Ich war gerade dabei, Aluminium zu schneiden, oder was man hier Aluminium nennt. Für einen heraldischen Löwen, eine Auftragsarbeit. Und dann ist das Mädchen reingerannt gekommen, die immer bei mir gearbeitet hat. Sie wohnte in der Kaltwasser-Bude im Dachgeschoß. Sie war mittagessen gewesen und hatte auf der Straße den Telegrammboten getroffen. Sie kam reingerannt und schrie: *Er's tot, John ist tot.* Da ist mir die Hand ausgerutscht. Es hat nicht wehgetan, nur Blut. Und noch bevor ich weg war, hatte ich begriffen, daß es ihr Mann war, nicht mein Sohn. John heißen viele.«

»Mein Gott!« sagte ich.

»Sie ist inzwischen tot«, sagte Hortense. »Ich glaube nicht, daß es Absicht war, aber jedenfalls ist sie jetzt tot. Alkohol und Barbiturate. Ich bin noch am Leben und mein John auch noch. Oder jedenfalls war er's vor einer Stunde, als er aus Chikago angerufen hat. Und wenn er heute sterben sollte, wüßte ich nicht mehr, wie ich's aufnehmen soll. Ich hab es hinter mir. Aber wenn er den Krieg in Europa überstanden hat, wird er ja auch den Frieden in Chikago aushalten.«

Chikago, die Stadt der Todesanzeigen. Ich lief rot an vor hilfloser Wut. Jemand mußte schuld sein. »So eine dumme kleine Ziege!« sagte ich.

»Ach, du mit deinem vermaledeiten Quatsch! Ich hätte eben einmal tief Luft holen sollen und mich dran erinnern, daß es nicht nur einen John auf der Welt gibt. Ihr John hätte auch nicht fallen müssen. Sie hätte nicht in den Tod getrieben werden müssen. Der Krieg hätte nicht sein müssen. Die Leute müßten nicht bei Flugzeug- oder Straßenunfällen sterben oder an Pfirsichkernen erstikken. Hände dürften nicht ausrutschen. Alles müßte ganz anders sein. Die Welt ist ein Pfusch.« Dann, voll Ingrimm, sagte sie: »Dieser vermaledeite dämliche Carlo!«

»Was hat Carlo dir getan?«

»Er glaubt nicht, daß die Welt ein Pfusch ist. Er hat mir einen schleimigen frommen Brief geschrieben, ich hätte nun Gott meine Schönheit geopfert. Von wem weiß er das überhaupt?«

»Vielleicht hat John ihm geschrieben. Von mir nicht. Weißt du schon, daß er inzwischen Erzbischof ist?«

»O ja, mußte er ja irgendwann werden! Irgendwann wird er noch heiliggesprochen. Der schleimt sich über Gottes Willen aus, und das Leiden überläßt er anderen.«

»Wenn es doch bloß mir passiert wäre!« Ich wollte sie wieder umarmen, aber sie hielt mich mit ihrer Zigarette auf Abstand.

»Nichts soll dich hindern, dir mit dem Füller ein Auge auszupieksen. Dir wird nichts fehlen, dir wird nie was fehlen. Mir fehlt auch nichts. Ich kann auch so ganz gut arbeiten, nur nicht mehr mit Metall. Mit Ton oder Stein könnte ich arbeiten, und wenn ich vollkommen blind wäre. Skulpturen sind etwas für den Tastsinn. So wie die Liebe.«

Von körperlicher Liebe hatte sie zu mir noch nie etwas gesagt. »Und wie ist's mit Geld?« fragte ich.

»Geld hab ich genug. Ich kriege Aufträge, ich kriege die Alimente, mir fehlt nichts. Ich habe sogar noch meinen Glauben. Die christliche Logik laß ich noch gelten. Aber ich laß mich nicht von einem italienischen Bischof anschleimen. Oder Erzbischof«, verbesserte sie.

Dorothy oder Dotty kam herein, funkelnd und klirrend mit einem Tablett, das sie höchst anmutig auf der Mamorplatte absetzte. »Dorothy«, sagte ich, »nehmen Sie den innigen Dank eines Bruders entgegen!«

»Hör dir den an!« jaulte Hortense. »Redet er nicht wie Shakespeare? Schade, daß er nicht auch so schreibt. Eines Bruders innigen Dank, fürwahr, so sprach er.«

»Es ist nett, mal wieder mit Dorothy angeredet zu werden«, sagte Dorothy. »Sonst hör ich immer nur Dotty, wie ein Kleinkind, oder Dot, wie ein Männername. Hoffentlich ist der Tee so richtig, Ken.« Und sie goß den schwarzen Trank in große Becher, ohne Getue mit zierlichen Prozellantäßchen. Sie hatte kleine Sandwiches nach britischer Art gemacht; und daneben stand ein Teller mit einem Gebäck, das man Teufelsfraß nennt.

»Ausgezeichnet, genau richtig!« sagte ich, nachdem ich gekostet hatte. »So ungeschickt ich es vielleicht ausdrücke, ich meine doch, was ich sage.«

Dorothy hatte sich hinter der Marmorplatte auf den Teppich gesetzt und ließ mich ihre langen, nackten Beine sehn, von kräftiger, doch erlesener Form. »Hortense«, sagte sie, »hat sich in schlechten Zeiten um mich gekümmert, und jetzt, in guten Zeiten, tut sie's immer noch.« Und sie strahlte meine Schwester mit einer Glut an, wie sie bei jeder weißen Frau, die in der langen Tradition europäischer Umwundenheit aufgewachsen war, unmöglich gewesen wäre. Ihre vom Tee schimmernden purpurroten Lippen glühten vor Liebe ebenso wie die großen Augen, und die feinen, breiten Nüstern weiteten sich. Ich spürte den Stachel komplizierter Emotionen. Es war klar, die beiden teilten das Bett miteinander. Einen Augenblick sah ich sie umschlungen vor mir, auf einem karmesinroten Laken, und empfand eine beißende ästhetische Lust, wie die Lust vorgestellten Inzests. Alles Schöne birgt etwas Befremdliches in sich oder ein Moment des Verbotenen. Auch meine eigene nicht nur brüderliche Liebe zu Hortense erhielt durch diese Vorstellung eine gewisse Weihe. Eine der beteiligten Emotionen war natürlich Eifersucht. Außerdem Wut und Enttäuschung, wenn auch gedämpft oder stark verhüllt. Dorothy sagte:

»Ein Zimmer steht für Sie bereit, Ken. Ich hoffe, Sie bleiben eine Weile da.«

»O weh, ich muß übermorgen nach Los Angeles fliegen. Und ich habe, also, ich wollte mich nicht aufdrängen, ich bin im Algonquin abgestiegen.«

»Aber wieso?« Dorothy wirkte opernhaft gekränkt und zog opernhaft den letzten Vokal in die Länge. »Das hier ist Ihre Wohnung.«

»Eure, eure! Wohin kann ich mit euch essen gehn?«

»Zum Essen gehn wir nicht aus«, sagte Hortense schnell. Begreiflich. Alkoholisierte Dummköpfe, die beim Anblick ihres Piratenauges in ein Ju-hu-hu ausbrachen. »Außerdem mußt du auch Ann sehn. Mrs. Breslow und ihren Professor. Dot hat einen großen Truthahn gekauft, mit allem, was dazu gehört. Wie zum Erntedankfest.« Sie schluckte ein wenig bei dem Wort, und Dorothy fuhr schnell dazwischen:

»Ja, ja, es gibt allerhand Grund für Dankesfeste, nicht? Der Krieg ist vorbei, wir leben alle noch, und die Familien sind nicht mehr getrennt. Also eine Dankesmahlzeit, warum nicht?«

»Ich glaube, ich möchte jetzt etwas trinken«, sagte Hortense.

»O nein, Herzchen, nein!« Ich hörte heraus, dies war ein häufiger, fast schon zum Ritus gewordener Appell. »Ist Tee denn nichts zu trinken, guter, heißer, starker Tee mit dem anregenden Tannin?« Es war verzweifelte Frozzelei, in Nachahmung einer öligen Werbestimme aus dem Radio. »Du wartest noch ein Stündchen, okay? Wenn ich erst den Truthahn im Ofen hab, dann setzen wir uns alle an die Bar und trinken in aller Ruhe einen schönen gemütlichen kalten Highball, okay?«

»Aber nicht nur gemütlich und nicht nur kalt«, sagte Hortense. »Sing uns was, Dot! Ken hat dich noch nie singen gehört.«

»Na klar, ich singe was!« Und Dorothy schaute mich an, wie um mir zu verstehen zu geben: Passen Sie bloß auf, daß sie sich nicht an die Bar schleicht, wenn ich ihr am Klavier den Rücken kehre; sie ist sehr gerissen, wenn sie sich auf die Schnelle einen genehmigen will. Dann stand sie auf, mit herrlicher Anmut, ging ans Klavier, setzte sich hin, schlug ein paar Blues-Akkorde an und sang auf deutsch:

»Ich nehm eine Zigarett',
Und ich fühl, du liebst mich nicht mehr.
Und ich weiß, es ist aus,
Und das macht mein Herz so schwer.«

Sie hielt inne und lächelte mich an, in Erwartung irgendeines Kommentars. Ich kannte das Lied: 1935 hatte ich es in Berlin gehört. Ich sagte:

»Wo im Himmel haben Sie– ich meine, so eine perfekte deutsche Aussprache!« Und so eine volle Terrakotta-Stimme, wie ein Fleischextrakt, der zugleich ein Aphrodisiakum war.

»Ich bin herumgekommen«, sagte Dorothy. »Das war meine Dietrich-Masche. Jetzt mal auf englisch!« Und sie sang das ganze Lied bis zu Ende:

»Yet
With my cigarette
Though I give no more than I get
There's no sigh of regret
At the end of my cigarette.«

Während sie sang, machte Hortense eine Bewegung, um aufzustehen, aber ich hielt sie fest bei der Hand. Ich sagte zu Dorothy:

»Sie beflügeln mich mit dem Wunsch, wieder zum musikalischen Lustspiel zurückzukehren. Es ist lange her, seit ich Lieder und Libretti geschrieben habe. Mein Gott!« Und ich sah es vor mir: Kleopatra! »Kleopatra, mit Ihnen in der Hauptrolle!«

»Kleopatra war aber weiß, nicht? Eine Griechin. Ich bin nun mal schwarz, Bruder, ganz schwarz!«

»Kleopatra war so eine wie Sie. Zum Teufel mit den historischen Tatsachen!«

»Ich mache mich mal über den Truthahn her«, sagte Dorothy. »Eine gute kleine Hausfrau bin ich jetzt, nicht, Hortense, Herzchen? Bißchen französische Literatur nebenbei.«

»Sie sind herrlich«, sagte ich. »Was haben Sie auf der Bühne gemacht?«

Sie beantwortete mein Kompliment mit einer spöttischen oder auch echten Verbeugung und sagte: »In *Porgy and Bess* hab ich gesungen, in Atlanta, aber das war nicht wirklich mein Fach. Ich bin mehr eine für mich – ich und mein kleines Klavierchen. Nachtklubs hab ich gemacht. Jetzt kluck ich nachts zuhause. Ich geh mich um's Essen kümmern.« Und mit übermütigem Humor tanzte sie zur Küche und machte an der Tür noch eine Verbeugung. Ich klatschte.

»Jetzt will ich aber endlich etwas trinken«, sagte Hortense.

»Nein, du hast doch gehört! Wir trinken alle zusammen einen schönen gemütlichen Highball.«

»Ich will einen schnellen kurzen harten Gin. Und zwar gleich!« Schnell war sie aufgestanden. Schnell genug war ich bei ihr und hielt sie fest, auf halbem Wege zur Bar. »Laß mich los, Ken Toomey, du verdammter Kerl!«

»Wieviel trinkst du denn?«

»Was geht's dich an?« Wir standen da, das konventionelle Paarbild der sich sträubenden Frau und des zudringlichen Mannes.

»Vielleicht nichts, aber Dorothy geht es wohl etwas an. Stell dir vor, daß ich sie jetzt vertrete!« Sie gab nach, und ich ließ sie los. Es gab offenbar noch einen anderen Grund, warum sie abends nicht ausgingen: Hortensens Durst ließe sich in der Öffentlichkeit nicht so leicht zähmen. Die Leute würden gleich sehn, warum sie trank, und sagen, das arme Luder, kein Wunder! »Vielleicht gehn wir auch lieber in die Küche«, sagte ich, »und helfen ihr, den Truthahn in den Ofen zu stecken.«

59

Meine Nichte Ann, von ihrem Gatten Annie, Annikins oder Roo (nach *Little Annie Rooney)* genannt, war zu einer recht dummen, aber unbestreitbar verführerischen jungen Frau herangewachsen. Ins Ehebett war sie, wiederum unbestreitbar, zu früh geraten. Die warmen, feuchtbraunen Augen des Herrn Professor Michael Breslow konnten selbst am Eßtisch nicht von ihr lassen. Er war über zehn Jahre älter als sie. Sie hatten sich anläßlich einer Bildungsveranstaltung kennengelernt, sofern man die Lesungen prominenter Autoren im Poetry Center in der Lexington Avenue so nennen durfte. Ann war mit einer Freundin mitgegangen, um einen volltrunkenen Poeten der Black-Mountain-Schule anzuhören, der unverständliche Verse brabbelte, und beim Kaffee nachher hatte sie den Herrn Professor Breslow kennengelernt. Er war mit ihr in die Kinos bei der Columbia-Universität gegangen, die sich auf ausländische oder klassische amerikanische Filme spezialisierten. Wie Samuel Taylor Coleridge hatte er bei seiner künftigen Braut mehr auf das handfeste Versprechen gestillter Bedürfnisse als auf die Aussichten für intellektuelle Gemeinsamkeiten geachtet. Aber andererseits hatte die kleine Ann Campanati auf dem Gebiet der Künste auch wieder sehr gute Verbindungen. Breslow kannte mich dem Namen nach und hatte sogar ein paar von meinen Büchern gelesen, aber keines davon gehörte zum Lehrstoff in seinen Kursen für vergleichende Literaturwissenschaft. Er kannte die bildhauerischen Arbeiten von Anns Mutter, und unterschwellig hatte er auch das musikalische Säuseln und Poltern aufgenommen, das ihr Vater für Filme erfunden hatte, die manchmal sogar im Thalia-Kino zu sehen waren. Er hatte gehört, daß es noch einen namhaften katholischen Kirchenmann in der Familie gebe, aber das lag weitab von seinen Interessen. Professor Breslow war Freidenker und verleugnete, so gut er konnte, seine aschkenasischen Vorfahren, aber natürlich hatte er sich mit Hitlers Opfern identifiziert und an ihren Leiden innerlich Anteil genommen. Er hatte nicht selbst in den Streitkräften gegen die Judenmörder gedient, denn eine Anzahl kleinerer, in Europa nicht recht bekannter oder klinisch nicht ganz ernstgenommener körperlicher Gebrechen hatte ihn dazu untauglich gemacht. Das erste Examen hatte er am New Yorker City College gemacht, aber die Promotion dann an der Columbia-Universität. Seine Dissertation hatte er über Symbole des Verfalls in Dickens' *Bleak House* geschrieben.

Anns Zwillingsschwesternschaft mit John bekundete sich in den Farbtönen, in der prächtigen (allerdings durch die Schwangerschaft nun entstellten) Figur und in der meisterlichen Ausformung von Nase und Kinn. In ihrem Gesicht fehlte jedoch Johns Ernsthaftigkeit; und beim Reden machte sie von ihren Gesichtszügen keinen guten Gebrauch. Sie verzog ihren lieblichen Mund zu Grimassen, die sie in Filmen mit Abbott und Costello gesehn hatte, sie rollte die Augen oder schielte überkreuz. Dorothys tiefrotes Abendkleid kommentierte sie mit einem bewundernden Pfiff durch die Zähne. Die Erdbeertorte, die es zum Nachtisch gab, begrüßte sie mit einem doppelten Zuluschnalzer. Sie hatte den leichten Silberblick geerbt, den ihre Mutter nun verloren hatte, aber bei ihr sah er nicht gut, sondern wie ein Gebrechen aus. Begeisterung äußerte sie mit *wow!* oder *darauf steh ich!* Mich hatte sie nach all den Jahren mit einem »*Hi*« begrüßt. Sie wollte einen Jungen, ihr Mann wollte ein Mädchen. Bis zum Überdruß führten sie uns ihren

Streit um die Namensgebung vor. Anns blondes Haar hatte graue Strähnen, als ob sie es mausgrau hatte färben wollen, dann aber doch den Mut verloren hatte. Sie war an der Bodmer School in Connecticut erzogen worden, wo die männlichen Lehrkräfte ihre Zöglinge erst dann ernstgenommen hatten, wenn sie das zulässige Mindestalter der Verführbarkeit erreichten. Es hatte dort Kurse über Hexerei und Astrologie gegeben, und ein paar Stücke von Shakespeare waren in einer modernisierten Fassung durchgenommen worden, die ein gewisser Con Roebuck erdacht hatte, ein junger, vollbärtiger Lehrer, der neuerdings im Gefängnis sitzen sollte, aber nicht dafür, daß er Hamlets bekanntesten Monolog in »ob du's verkraftest oder nicht – ich schätze, da liegt das Problem« umformuliert hatte, und alles Übrige im gleichen Stil. Die Intelligenz eines Mädchens war stillschweigend danach beurteilt worden, ob es sich den pädagogischen Verführungsmaßnahmen entweder zu entziehen oder aber sie zu Erpressungen und zum Geheiratetwerden auszunützen verstand. Nach dem ersten dieser Gesichtspunkte mußte man Ann als intelligent einstufen; aber darin schien ihre Intelligenz sich erschöpft zu haben. Beim Essen wurde über Anns Kochkunst gewitzelt: Anscheinend blieben bei ihr die Truthähne roh, und die Koteletts verkohlten. Dorothys Mahlzeit war, wie zu erwarten, köstlich. Ann hatte sich vor ihrer frühzeitigen Heirat in der Kriegswirtschaft mit Dienstleistungen nützlich gemacht, wie man sie einem Mädchen ihres Alters und ihrer Vorbildung nur zutrauen konnte: In einer Armeekantine hatte sie die Kaffeemaschine zur Explosion gebracht, und in einer Luftwaffenfabrik war sie als eine Gefahr für die Sicherheit der Fallschirmspringer entlassen worden, zum Glück rechtzeitig, weil ein Aufseher die todbringende Art, wie sie die Schirme zusammenlegte, entdeckt hatte. Sie war glücklich und zufrieden. Ihr Mann war ebenfalls glücklich und zufrieden. Beim Truthahn – mit Würsten, Kastanienfüllung und Preiselbeeren – sagte er zu mir:

»Ich habe gehört, Sir, was Sie für Jakob Strehler getan haben. Strehler haben wir dies Semester zum ersten Mal in den Lehrplan gebracht. Hat grad angefangen. Ein Mann-Strehler-Hesse-Kurs. Das war heroisch, was Sie da getan haben.«

»In England wurde es während des Krieges nicht gut aufgenommen«, sagte ich. »Für Ihre Anerkennung meinen wärmsten Dank!«

»Fürwahr!« sagte Hortense.

»Es wird Sie vielleicht interessieren, Sir, daß Sie als Kandidat für die mögliche Aufnahme in einen Kurs über moderne britische Erzähler genannt wurden. Zusammen mit Somerset Maugham und Compton Mackenzie.«

»Aber natürlich wurden wir alle drei dann wieder gestrichen?«

»Nun ja, Sir. Es geht eben nicht um die Lesbarkeit oder das Vergnügen bei der Lektüre, hat Professor Eckhart gesagt, der Leiter unserer Abteilung, es geht darum, ob die kritische Analyse genug zu beißen findet.«

»Die Schwächen der Großen, meinen Sie?«

»Nun ja, Sir, die interessanten Schwächen haben eben nur die großen Schriftsteller – fast genau so hat's Eckhart gesagt.«

»Auf Größe hab ich nie Anspruch erhoben.«

»Ich hab eines von deinen Büchern gelesen, Onkel Ken«, sagte Ann. Sie hatte eine einzelne Preiselbeere an der Lippe, wie einen Pickel. »Und ich fand es ganz prima. Das mit diesem Mädchen, das sich in einen älteren Mann verliebt.«

»Davon handeln etliche«, sagte ich. »Das Daddy-Langbein-Syndrom.«

»Noch ein Stück Puter, Ken?« fragte Dorothy. Ich hielt den Teller hin. Ich sagte:

»Das ist jetzt keine Schmeichelei, meine Liebe: So eine Mahlzeit hab ich seit sechs Jahren nicht mehr gegessen. Gott segne Amerika, Gott segne Sie, Dorothy!«

»Gott segne uns alle und jeden einzeln!« sagte Hortense. Sie trug ein mitternachtsblaues Kleid und eine mitternachtsblaue Augenklappe. Sie hatte ganz allein anderthalb Flaschen Chambertin getrunken. Gegessen hatte sie nicht viel.

»Klein-Tom«, sagte Ann.

»Tim!« verbesserte Breslow, der Dickens-Spezialist. »Tom, das klänge zu rundlich. Tim ist schlanker.«

»Timothy Breslow«, kostete Ann den Namen vor.

»Felicia Breslow.«

»Nathaniel Breslow.«

»Penelope Antigone Persephone Breslow.«

»Ach, haltet den Mund!« sagte Hortense. »Könnt ihr nicht abwarten? Betet zu Gott, daß ihr ein Kind kriegt, das ihr nicht am liebsten gleich nach der Geburt einschläfern lassen möchtet! In Hiroshima soll die nächste Generation drei Arme und vier Beine haben. Oder gar keine. Steht in *Time*. Kinder mit nur einem Auge mitten auf der Stirn. Richtige kleine Zyklone oder weiß ich, wie man das nennt!«

»Zyklopen«, sagte der Professor. »Ich halte diese Spekulationen doch für einigermaßen übertrieben.«

»Fürwahr!« Dann sagte sie: »Um Himmels willen, Ann, jetzt leck doch bloß mal dieses Ding da von deiner Lippe ab! Nein, andre Seite! So!«

»Was biste'n so knurrig, Mama?«

»Ich geh mal das Dessert holen«, sagte Dorothy und stand auf. »Etwas für Annie.« Sie ging hinaus.

»O mjamjamjam! Ich weiß schon was!«

»Du verfressene Göre!« sagte Hortense. »Für zwei kannst du ja essen, aber nicht für drei. Ich schau dir schon die ganze Zeit zu, du gefräßiges Scheusal!«

»Sehr britisch, wie du das siehst!« sagte Breslow.

»Na und? Warum soll es nicht britisch sein? Ich *bin* britisch. Kann dir meinen Paß zeigen, wenn du willst.«

Dorothy brachte den Erdbeerstrudel herein. Ann machte ihren doppelten Zuluschnalzer. »Mann, Mann!« sagte ihr Gatte ehrfürchtig. Hortense blies Zigarettenrauch über die Torte. »Das ist gemein, Mama!« sagte Ann. Ich merkte, es lag noch mehr in der Luft als nur Hortensens Zigarettenrauch. Hortense sagte:

»Jetzt möchte ich aber gleich einen Kognak. Bis meine Tochter alles aufgefressen hat, das dauert mir zu lange.«

»Aber, Herzchen!« klagte Dorothy. Aber sie erhob keinen Einwand mehr, als Hortense zur Bar hinglitt und sich ein großes Maß Martells Cordon Bleu in ihr Weinglas schenkte. Ann und ihr Gatte begannen zu gleicher Zeit, etwas zu sagen. Ich hörte nur von Breslow das Wort *Hollywood* heraus und sagte allzu hastig:

»Die wollen ein paar Kurzgeschichten von mir verfilmen und eine Art Anthologiefilm draus machen. Und ich soll dazu ein paar verbindende Worte sagen. Kann ganz amüsant werden.«

»Amüsant!« mokierte sich Hortense und kam, Kognak verschüttend, an den Tisch zurück. Sie blies abermals Rauch über die Erdbeertorte und sagte: »Das ist gemein, Mama! Los, los, stopf dir's rein, du Leckermäulchen! Ich wundre mich nicht, wenn du einen Windbeutel mit Sahne zur Welt bringst.«

»Das ist nicht nett von dir. Du bist sehr unfreundlich. Den ganzen Abend knurrst du mich schon an, Mutter. Das ist auch nicht richtig gegen Onkel Ken.« Und mit sichtlichem Zögern schob sie den noch halbvollen Teller fort.

»Ach, Herzchen, iß doch!« rief Dorothy. »Hör nicht auf deine Mutter! Du weißt doch, sie muß so ihre Späßchen loslassen.«

»Ich hab ihre Späßchen allmählich satt, Dotty. Es ist doch nicht meine Schuld, wenn–« Sie unterbrach sich, schluckte und zog den Teller schnell wieder zu sich hin.

»Wenn was, Ann?« fragte Hortense leise.

»O, du weißt schon!« Sie aß mürrisch weiter.

»Du meinst, wenn in diesem Telegramm ein anderer Name gestanden hätte, wäre ein bestimmtes Ereignis nicht eingetreten.« Dann wandte sie sich zu mir her und sagte: »Fürwahr! Oder sagt man besser meiner Treu!«

»*Fürwahr* und *meiner Treu*«, erklärte Breslow, »sind beides Bekräftigungsformeln, wahrscheinlich magischen Ursprungs, mit denen der Sprecher die Wahrheit seiner Worte versichert.«

»Hortense«, sagte ich. »Bitte!« Und dann passierte, was mir schon so lange nicht mehr passiert war. Ich spürte mein Herz plötzlich als ein Vakuum. Das Empfinden wich aus den Füßen und dem linken Arm. Ich beugte mich unwillkürlich vor wie zum Gebet; dann wurde mir die Komik des Umstandes bewußt, daß mein Gesicht der noch kaum berührten Portion Erdbeerstrudel entgegensank, die vor mir stand. Bevor es sich darin eindrückte, verlor ich das Bewußtsein. Als ich wieder zu mir kam, hörte ich besorgte Stimmen, sah aber auch Hortense ihren Kognak austrinken. Dorothy wischte mir mit einer Serviette klebrigen Brei aus dem Gesicht. »Ich bin wieder okay«, sagte ich, »vollkommen okay.« Aber Dorothy und Ann brachten mich zu Bett, während Breslow professoral-linkisch im Wege stand. »Das kommt manchmal vor«, wollte ich sie abwehren. »So wie wenn eine Sicherung durchbrennt. Nachher geht es mir immer glänzend.« Aber sie brachten mich zu meinem Bett. Ann roch nach Kaufhausparfüm, Dorothy nach etwas Feinem aus Paris. Hortense stand schon wieder an der Bar und goß sich Cordon Bleu nach.

Das Schlafzimmer war vermutlich Johns Zimmer. Es hatte etwas von der schnörkellosen Strenge eines jungen Mannes. Raus aus den Federn, das Frühstück wartet. »In die Falle mit Ihnen!« befahl Dorothy und fing an mich auszuziehen, bis auf Hemd und Unterhosen. »Das sind die Nachwirkungen, ich weiß Bescheid. Vom Krieg. Und von vielem anderen.« Ich sagte: »Dorothy, Sie sind lieb. Aber mir geht es wirklich schon wieder glänzend. Und ich hab doch die Suite im Algonquin.« Sie kümmerte sich nicht drum. »Los, ins Bett! Schöne frische Laken.« Sie waren blaßgelb und dufteten nach Lavendel. »Ich geh selbst dort vorbei und hole Ihre Sachen. Sie wohnen hier, Ken. Daheim! Ich schätze, Sie kennen das Wort.« Ich sagte: »Sie sind lieb, Dorothy.« Dann verlor ich abermals das Bewußtsein. Ich kam wieder zu mir, voll gesunder Müdigkeit. »Ich schlafe jetzt ein bißchen«, sagte ich. Ich konnte ebensogut im Bett sein wie anderswo. Schlafen ebensogut wie irgendwas sonst. Dorothy küßte mich auf die Stirn, mit kühlen, trocknen, aber großflächigen Lippen. Nach kurzem Zögern drückte auch Ann mir ein paar dünne, nasse Küßchen auf die Wangen. Es dauerte ein Weilchen, bis die Klimaanlage die Spuren getrocknet hatte. Ich nickte ein.

Ich erwachte beim trüben Schein einer Lampe auf dem Tisch, wo Johns Bücher standen, gestützt von kämpfenden Mahagonibüffeln. Die Lampe hatte einen strengen, zylindrischen Pergamentschirm, auf dem in wechselnden Größen und in willkürlicher Reihenfolge die Buchstaben j, o, h, n verteilt waren. Hortense saß in einem kirschroten Morgenrock neben meinem Bett, rauchte eine Zigarette und schaute mich an. »O Gott!« sagte ich. »Jetzt hast du's abgenommen.«

»Du hast gesagt, du wolltest es sehen.« Rauch kräuselte sich über der flachen, geschlossenen Leere und den Narben; dann wurde er weggesogen von der Ventilation. Sie trug keine Perücke; ihr ergrauendes honigblondes Haar, das man ihr vor der Operation geschoren hatte, war noch kurz. Die Entstellung war deutlich zu sehn, aber im Schatten. Sie bog den Kopf näher zur Lampe hin. »Scheußlich, nicht?« Sie setzte sich auf den Bettrand. Überwältigt von Liebe und Mitgefühl richtete ich mich auf und küßte die Stelle. Ich schlang die Arme um Hortense, und sie ließ es sich steif gefallen. Ich hielt die Lippen auf die unbewohnte Höhle gepreßt; ich spürte kein Zucken von Wimpern.

»Leg dich zu mir«, sagte ich, »nur für ein Weilchen!« Ich sprach zu ihrer zerrissenen und geflickten Wange. »Komm, leg dich hin! Mit meinen Armen um dich.«

»Was ist denn das?« Sie war belustigt, sprach aber mit Schärfe. »Willst du versuchen, ob du normal werden kannst? Durch eine andere Abnormität? Dot wäre sehr schockiert.«

»Fürwahr!« sagte ich, »denn man könnte ja sagen, das jakobeische Theater ist nicht fern. Gib mir eine von deinen Zigaretten!« Die zärtliche Stimmung war nicht wirklich durchbrochen. Sie nahm eine englische Players aus der zerdrückten Packung in ihrer Morgenrocktasche; sie steckte sie sogar für mich an, mit einem simplen, abgegriffenen Zippo.

»Von was redest du?«

»Ach, ich mußte eben an Monte Carlo denken, an die zwanziger Jahre und diesen großen impotenten Sexualmenschen, Havelock Ellis. Er hat mir etwas über die Ursprünge der Homosexualität erzählt. Und später sprach er am Nebentisch im Hôtel de Paris mit jemandem über dieses Inzestdrama von John Ford. Jakobeisches Theater. Weißt du noch, wann das war? An dem Tag, als wir deine Heirat abgemacht haben.«

»Ich weiß es nicht mehr.«

»Ist auch nichts, woran man sich gern erinnert. Ich machte mir damals Sorgen wegen meiner Homosexualität. Man will eben doch so sein wie alle andern. Und dann die Kirche und unsre arme Mutter! Und dann hab ich etwas gefunden, was mir als eine Art Transzendenz erschienen ist. In Malaya. Carlo hat gesagt, ich würde zur Liebe Christi hingezogen. Wir wären eine Familie von Heiligen. Ich habe keinen Zweifel, daß Tom ein Heiliger ist. Und dich hält Carlo für einen Engel.«

»Warum können wir nie über etwas reden, ohne daß du diesen vermaledeiten Carlo mit hineinbringst?«

»Was hast du gegen ihn?«

»Er bringt nichts Gutes.«

»Er, als ein Fürst der Kirche und als stimmgewaltiger Verkünder ihrer mannigfachen Botschaften? Komm, leg dich zu mir! Als ich fünfzehn war, und du warst sechs, da hast du das auch gemacht.«

»Da war ich noch naiv.«

»Und jetzt sind dir beide Augen– O jeh, was für eine Dummheit, was für eine unmögliche und brutale–«

»Schon gut, schon gut, schon gut! Dorothy hat gestern auch sowas gesagt, wegen irgendwas, ich soll die Augen offenhalten. Sie hat es nicht mal gemerkt. Ich sage dir, Carlo bringt nichts Gutes. Carlo, das ist die große Naivität. Der würde ein sechsjähriges Kind zu einem Sexomanen ins Bett legen und dann schwören, daß es die Sexomanie nicht gibt. Niemand kann sich's mehr leisten, so naiv zu sein. Seine Kirche ist nicht meine.«

»Was ist deine Kirche?«

»Etwas, das erklärt, warum wir zu leiden haben. Den triumphierenden Christus, den gibt es nicht. Christus ist nicht auferstanden von den Toten.«

»Das heißt, du bist keine Christin. Die Auferstehung von den Toten, daran hängt alles andere. Du mußt irgendwas darüber gelesen haben. Oder mit jemand gesprochen.«

»Mit Dot. Ihr Vater war Prediger, irgendwo in Georgia. Einer von den alten Bibelklopfern. Dot hat er die Bibel eingebleut. Und ihrem kleinen Bruder Ralph, der ist fast verrückt geworden dabei. Trotzdem hat Dot jetzt keinen großen Haß auf die Religion. Sie ist bloß sehr skeptisch gegen den Schokoladenhimmel. Darin ist sie mit mir einig. Oder ich mit ihr, schätz ich, mein' ich. Es dreht sich alles ums Leiden.«

»Zum Leiden scheint mir Dorothy nun nicht besonders veranlagt.« Aber dann sah ich, daß ich mich irrte. »Oder doch, sie leidet deinetwegen.«

»Das Trinken werd ich schon wieder sein lassen, doch, wirklich! Das sind nur Nachwirkungen.« Dasselbe Wort, das Dorothy zu mir gesagt hatte. »Sie leidet wegen anderer Dinge. Wer zum Teufel kann sich denn vorm Leiden bewahren, heutzutage? Und das geht doch erst los, das Leiden. Die Deutschen haben eine ganze Rasse auszurotten versucht. Und wir haben jetzt einen schnelleren Weg gefunden als mit den Gaskammern. Wer ist der Feind? Es gibt keinen außer dem großen bösen Vater, dem man nichts heimzahlen kann. Daß Christus sein Sohn gewesen ist, will ich glauben. Man sieht es daran, wie er ihn behandelt hat. Das Gelobte Land jenseits des Jordan? Dots Vater, er hat es drauf ankommen lassen, daß ihn die Nachtreiter vom Ku-Klux-Klan besuchten, der hat erst recht ans Gelobte Land geglaubt, nachdem sie ihn ausgepeitscht hatten. Wenn wir hier genug gelitten haben, wird man uns gnädig zu schlafen erlauben. Das hat Christus dem Vater immerhin abgebettelt.«

»Das hat nicht viel Sinn, was du da redest, Liebste!«

»Mehr als was Carlo schreibt. Es ist furchtbar, in die Hände des lebendigen Gottes geworfen zu werden. Oder etwas dergleichen. Carlo nimmt Gottes Hand und schüttelt sie. Naiv wie ein Kind, das versucht, den Tiger zu streicheln. Und trotzdem, ich wette mit dir, ich glaube mehr als Carlo an das, was am Altar geschieht. Ich empfange ihn tatsächlich, den Leib des Herrn. Er stöhnt mir im

Munde, sagt aber, schon gut, ich bin bei dir. Der Erfinder der Liebe.«

»Geht Dorothy mit dir zu Messe?«

»O nein, die römische Kirche ist für sie immer noch die große Hure Babylon. Sie ist zutiefst doch eine Baptistin. Liebe und Leid. Die große Tröstung, deren Verlust man immer befürchten muß. Die spenden wir uns, glaub ich. Ich will jetzt lieber wieder zu ihr gehn. Sie streckt im Schlaf eine Hand aus, und wenn ich nicht da bin, wird sie wach und weint. Jedes Mal denkt sie, jetzt bin ich fort für immer. Aber dann bin ich wieder da, und alles ist wieder gut. Ob du's glaubst oder nicht, ich bin eigentlich bloß aufgestanden, um Alka-Seltzer zu nehmen. Ich bekomme Sodbrennen vom Trinken. Aber dann hatte ich Gewissensbisse und wollte nach meinem Bruder sehen. Schließlich hat er ja beim Essen einen Herzanfall gehabt, wie das aussah, und ich sitze dabei und saufe.«

»Nimmst du das Ding immer ab zum Schlafen?«

»Ja. Dot kann es dann besser küssen. Auch sie wird davon nicht abgestoßen. Gibt es nicht so einen Heiligen, der herumgelaufen ist und den Eiter aus den Wunden geleckt hat? Man liebt eben, wen man will und wie man will. Gott ist der große Biologieprofessor. Und Christus ein kleiner Privatdozent für Liebe.« Dann fragte sie: »Bist du im Moment mit jemand zusammen?«

»Weit und breit niemand.«

»Ich wollte, du könntest etwas für Ralph tun. Das ist Dots Bruder, weißt du? Er ist noch ein Kind, Sproß alternder Lenden, fürwahr meiner Treu! Wie Johannes der Täufer. Streng baptistisch erzogen wie Dot auch, mit Bibelworten zu jeder Mahlzeit. Aber Mahlzeiten gab es nicht viele. Er ist etwa fünfundzwanzig. Er liest und versucht zu schreiben. Er möchte gern der große schwarze T.S. Eliot werden, hat aber kein Talent. Er ist nicht blöd genug, um zu sagen, daß der weiße Unterdrücker an allem schuld ist. Er wäre ganz brauchbar als Sekretär – oder mehr als ständiger Begleiter. Er würde gern reisen.«

»Redet er viel von den weißen Unterdrückern?«

»Die Frage ist erstmal, welches wirklich die unterdrückte Minorität ist. Seine Freunde im Ungemach sind schwarz, braun, gelb, heliotrop gewesen, oder was weiß ich. Die Polizisten sagen eben erst mal, du schwule Sau und dann erst du schwarze Sau. Verstehst du?«

»Wo ist er jetzt?«

»Er hat gerade den Versuch mit einem Minoritätstheater, wie er das nennt, aufgegeben, in Brownsville. Das ist in Brooklyn, die Pestbeule des Bezirks, wie man dort sagt. Er hatte dort einen alten Laden, und daraus wollte er ein Theater machen. Die paar Leute, die hingehen, sind nicht allzu scharf auf Stücke über das Leiden der Schwarzen, Braunen, Heliotropen und Schwulen. Gin wollen sie, und manche wollen auch einen Job. Jetzt hat Ralph sich irgendwo bei einem Freund in einer Mietskaserne verkrochen und versucht eine Art *Wüstes Land* für die Schwulen zu schreiben. Er ist ganz in Ordnung. Wir setzen ihm sonntags immer mal ein richtiges Essen vor.«

»Ich will es mir überlegen. Wenn er auch nur paar von Dorothys Qualitäten hat, muß er in Ordnung sein.«

»Dot hat ein Taxi genommen und deine Koffer geholt. Sie hat ganz still und leise alles ausgepackt. Deine Sachen hängen da in dem Schrank. Dein Rasierzeug liegt im Badezimmer. So ist Dot.«

»Ich würde am liebsten noch hierbleiben.«

»Komm doch wieder, wenn du den Unfug in Hollywood hinter dir hast!«

»Dein Ernst?«

»Und versuch mal in Erfahrung zu bringen, wie Domenico mit seiner vierten oder fünften Frau zurechtkommt! Weibliche Neugier. Oh, ich weiß, ich zeige den Leuten, daß ich Haare auf den Zähnen hab, aber das ist nur Fassade. Ich geb eigentlich niemandem Schuld an nichts. Alle Schuld der Welt liegt an einer Stelle.«

»Also sind wir alle nicht frei?«

»Da hat uns Schwester Gertrude in der Schule immer *Die Meistersinger* zitiert. Du kennst das, Hans Sachs: *Wir sind ein wenig frei.* A little bit free. Ich bin jetzt frei, wieder ins Bett zu gehn, zu Dorothy. Aber dem großen allmächtigen Schweinehund wäre alles zuzutrauen. Vielleicht hat er sie inzwischen weggeholt oder in Luft aufgelöst.« Sie beugte sich über mich und gab mir einen Vollkuß auf die Lippen. Dann ging sie hinaus. Ich konnte nicht mehr schlafen; es ging schon auf den Morgen zu. Zwischen Johns wenigen Büchern fand ich einen Band Anatole France. Auf dem Vorsatzblatt stand der Name Dorothy Alethea Pembroke – aristokratisch, wie die Sklavennamen immer sein mußten. Ich las die Geschichte vom heiligen Nikolaus, der die drei jungen Diener aus dem Pökelfaß eines Gastwirts wieder zum Leben erweckt. Er adoptiert sie und erzieht sie zur Frömmigkeit, aber sie betragen sich allesamt höchst schurkisch. Der eine verklagt ihn sogar beim Vatikan wegen allerlei erdichteter Sünden. Der heilige Nikolaus erkennt Gottes Größe, aber es fällt ihm schwer, auch an seine Güte zu glauben. Jesus Christus freilich, das war ein ganz anderes Kapitel.

60

Es dauerte noch etwa ein Jahr, bis Ralph Pembroke in meine Dienste trat – oder ich in die seinen oder wir beide in unsere wechselseitigen. Wenn ich heute sage, daß ich mich noch gut daran erinnere, wie ich eines Sonntagmorgens in unserer Suite im Hotel Beverly Wilshire mit ihm im Bett lag, spüre ich sofort einen nagenden Zweifel, ob dies mehr in der Anfangszeit oder mehr gegen Ende unseres Verhältnisses war. Wie in allen den – recht wenigen – Verhältnissen, die ich in meinen mittleren und späteren Jahren zu jüngeren Männern unterhielt, ob sie nun nominell meine Sekretäre waren oder nicht, hatten schon die Flammen des ersten Entzückens etwas vom Ruß des späteren Bruches. Ich sehe mich als einen sonnengebräunten Mann Anfang sechzig, rüstig und gertenschlank, an dem aber dennoch die Jahre nicht spurlos vorübergegangen waren. Wie meine Altersgenossen wissen werden, stirbt der Geschlechtstrieb mit dem Alter nicht ab; er setzt nur zeitweilig aus, hat aber zu den Zeiten, wo er sich wieder meldet, von seiner ursprünglichen Gewalt nur wenig verloren. Er bedarf jedoch der Verlockung durch Jugend und Schönheit, und dies bedingt eine gewisse Einseitigkeit der Liebe, denn wann werden schon Jugend und Schönheit ihrerseits, wenn sie nicht gerade einer gerontophilen Perversion unterliegen, von Runzeln und grauen Haaren verlockt? Gewiß brauchte ich, als ich so den letzten Gebrechlichkeiten des Alters näherrückte, eher einen Begleiter als einen Geschlechtspartner, doch war dies nicht, wie in der Ehe, ein Begleiter aus meiner eigenen Generation. Ich brauchte Begleitung mit den Konnotationen amouröser Erregung, nämlich mit den elektrischen Vorgängen auf der beglittenen Haut, mit der Spannkraft der Umarmungen und der verbalen Liebkosungen, mit der nächtlichen Beruhigung durch einen Körper – er mußte nur jung und gefällig sein –, der neben dem meinen schnaufte. Für die zusätzliche Gabe einer Intelligenz, die durch die vergleichsweise geringe Lebenserfahrung nur um so pikanter wurde, war ich dankbar. Sagen wir also, daß wir an diesem Maimorgen in Kalifornien dem Ende unseres Verhältnisses näher waren als dem Anfang, daß aber die Worte, die gewechselt wurden und von denen ich hier berichten will, eher in die Anfangszeit gehörten. Ich trug einen heliotropen Pyjama; Ralph lag nackt da. Er war so schön, wie nur einer von seiner Rasse es sein kann, besonders wenn er mit den Vorteilen der amerikanischen Zivilisation aufgewachsen ist; aber die Gelöstheit jener ruhenden Muskeln und der seidige Schimmer seiner feinen Haut fanden keine Ergänzung in dem Gesicht, das die ganze Unzufriedenheit des weißen Mannes angenommen hatte, mit der furchengewohnten Stirn, dem übellaunigen Mund und den unsteten, unfrohen Augen. So auch jetzt. Ich sagte:

»Ich weigere mich, lieber Ralph, zu sagen, daß Nichtseiendes ist« (eine aristotelische Formulierung, die wir beide von Swift kannten). Ralph liebte Pferde; er sah in ihnen einen Adel, der, wie er glaubte, auch seinem Volke in seiner Urheimat angehaftet hatte. Ein paar Jahre zuvor, in einer Reitschule bei Sitges, hatte ich mit Vergnügen zugeschaut, wie er die Reitkunst erlernte. Er war mit dem Pferde zu einer kentaurischen Einheit verwachsen, wie ich es noch nie gesehen hatte, nicht einmal bei berühmten Springreitern. Er nannte die Pferde Houyhnhnms und sprach mit ihnen in Schnaub- und Wieherlauten. Zu der Zeit, als ich in Hollywood für Max Fleischer am Drehbuch zu einem Zeichentrickfilm über H.G. Wells' *Nahrung der Götter* arbeitete, hatte Ralph Gelegenheit gehabt, seine Reitkünste in einem Western zu nutzen. Er war das Double für den Anführer eines Trupps von Rächern gewesen, allerdings, weil seine schwarze Haut nicht ins Bild paßte, nur bei Aufnahmen aus weiter Entfernung. Wie man sich erinnern wird, haben die Houyhnhnms kein Wort für *lügen*.

»Wichtig ist doch das, worum's geht«, sagte Ralph. »Okay, mag ja sein, daß es hinkt, und der Rhythmus ist klapprig und das Ganze, wie sagst du, nachempfunden.« Die Schwingungen seiner Worte wurden als eine physische Empfindung vom Bett übertragen, wahrscheinlich durch die Sprungfedern unter den Matratzen. Seine Stimme, wenn er sprach, war so erregend wie der Gesang seiner Schwester. Eine geschulte schwarze Stimme ist vermutlich das Schönste, was es in ganz Nordamerika zu hören gibt.

»Nein, liebster Ralph, nein und abermals nein! Wenn du ein Pamphlet schreiben willst, etwas von streng polemischem Charakter, dann tu's! Erzähl doch der Welt vom Leiden des amerikanischen Negers, aber versuche nicht, daraus ein Kunstwerk zu machen! Du siehst doch, du kannst es nun einmal nicht.«

»Dieses Wort, Neger, mögen wir gar nicht. Schwarzer ist uns lieber.«

»Wer ist das, wir?«

»Die Schwarzen.«

»Du meinst, die Nachkommen der Negersklaven von der afrikanischen Westküste, die nun Vollbürger der Vereinigten Staaten sind, aber mit einem starken Bewußtsein fortwirkender Übel. Du weißt, es gibt noch andere Schwarze.« Einen Moment lang sah ich das Lächeln eines schwarzvioletten Magus, und mir schauderte. »Diese vermaledeiten Tamilen zum Beispiel. Was ich nur sagen will, lieber Ralph, zu deinem Gedicht, mein' ich, ist dies, daß es, weil es Kunst und Propaganda zugleich sein will, keins von beidem ist. Und ich bezweifle, daß es möglich ist, Gruppeninteressen durch die Poesie auszudrücken. Ich meine, Othellos Hautfarbe spielt doch eigentlich keine Rolle. Auf seine Eifersucht kommt es an. An einer Oberschule in Malaya hab ich mal eine sehr interessante Bearbeitung des *Othello* gesehn. An der Schule gab es nur einen weißen Jungen, also hatte man aus dem einen eifersüchtigen irischen Polizeibeamten namens O'Tallow gemacht. Ih Ah Goh war ein Chinese, Desdemona eine Tamilin, schwarz wie die Nacht, und Michael Cassio ein Eurasier. Und es ging.«

»Ach, Scheiße!« sagte Ralph. »Ich finde's ziemlich gut. Ich werde's an *Wakati* schicken.« *(Wakati* – was auf Suaheli *Zeit* bedeutet – war eine ganz buchstäblich schwarze Zeitschrift mit weißer Schrift, wie in einem Foto-Negativ, teilweise finanziert vom *Time-Life*-Konzern.)

»Ich bezweifle nicht, daß die es drucken werden«, sagte ich, »aber dadurch wird es nicht besser. Und noch eins. Deine neuentdeckte schwarze Militanz – soll sie deine frühere Militanz für den sexuellen Tropismus ersetzen, den wir beide repräsentieren, oder suchst du nach einer Möglichkeit, zwei ganz verschiedene soziale Beschwerden zu vereinen? Ich meine, nehmen wir mal an, in den Vereinigten Staaten würden die Schwarzen statt der Blassen regieren, würde sich die Lage eines weißen Homosexuellen dadurch automatisch bessern?«

»Minoritäten«, sagte Ralph stirnrunzelnd, »können doch miteinander reden.«

»Na, dann solltest du nach den poetischen Symbolen Ausschau

halten, in denen diese Behauptung sich ausdrücken ließe, nicht? Aber es geht nicht, du weißt es selbst. Ich steh jetzt auf und läute nach dem Frühstück, und dann will ich baden. Was möchtest du denn zum Frühstück? Etwas *Schwarzes,* zum Beispiel Maisbrei mit Schweinsgekröse und Wassermelone?«

»Ich bin von der weißen Kultur verdorben. Ich möchte ein Steak, mitteldurch, und zwei Spiegeleier. Hör zu, und dann sag mir noch mal, daß es nicht gut ist:

Ich saß in der Nordkurve, schwitzend wie alle,
Schaute erbittert zu, wie sie spielten.
Drohend kam die schwarze
Wolkenfaust vor die Sonne. Aber
Die sahn alle bloß die getretenen Bälle, schwarze
Köpfe auf weißen Mitessern, sahn nicht
Den drohenden Abbruch im schwarzen
Regen – keinen Pfennig retour, und
Mit Wiederholung ist auch nichts.«

»Nein, Ralph, mein Lieber«, sagte ich, »nein, nein!«

»Und wer zum Teufel bist du denn, daß du sagen kannst, es ist nichts?« Er war nun aufgestanden, nackt bis auf die Longines-Armbanduhr und das Typoskript, das er gegen mich schwenkte. Er hatte das Schöne schon in sich; etwas Schönes hervorbringen würde er nie: Gott oder weißichwer gönnt niemandem beides. »Du hast doch in deinem ganzen verfluchten Leben noch nicht eine Sache geschrieben, die irgendeinen Anspruch hat, daß man sie Kunst nennen könnte.«

»Richtig, den Anspruch nicht. Ansprüche hab ich nie erhoben. Aber ich erkenne ein Kunstwerk, wenn ich eins sehe. Ich heule dann vor Selbstmitleid. Jetzt heule ich nicht.«

»Du Schweinehund! Du *weißer* Schweinehund!«

»Ach, jetzt bin ich auch noch ein weißer! Paß bloß auf, Ralph! Am Ende wirst du noch sagen, daß nur die Schwarzen echte moralische, politische, spirituelle und ästhetische Wertmaßstäbe besitzen. Das ist dann die Naziphilosophie mit vertauschten Farben.«

»Schau dich doch an!« lästerte er, als ich den Pyjama auszog. Es kann natürlich sein, daß dies anderswo und bei einer anderen Gelegenheit war. »Mit dem kleinen rosa Schwänzchen, den

Schrumpfschenkeln und dem Bäuchlein! Und du willst mir was von ästhetischen Wertmaßstäben erzählen?«

»Bläulich, der Schwanz«, korrigierte ich. »Ein wenig ins Violette. Klein allerdings. Und meine anderen Attribute – na ja, Trockenfrüchte des Alters. Was das Bäuchlein angeht – kann man nicht sagen, daß es weniger rund ist als manches andere? Jedenfalls kein Denkmal falstaffischer Schwelgereien. Der Bauch bleibt niemandem erspart. Albert Einstein hatte auch einen. Ich hab es gesehn, als ich ihn in Princeton besucht habe.« Ich kann heute kaum mehr glauben, daß ich einfach nackt im Zimmer stand, schwätzte und mir den Hohn dieses seidigschönen jungen Mannes gefallen ließ. An der Vergangenheit ist vieles unglaublich. »Das Frühstück«, sagte ich, »solltest doch lieber du bestellen. Trocknen Toast und Oxfordmarmelade für mich, Orangensaft und Kaffee!« Dann ging ich mein Bad nehmen.

Ralph und ich waren damals mehr oder weniger fest in Barcelona ansässig, in einer geräumigen Wohnung unweit des Barrio Gótico. Warum in Spanien, oder vielmehr Katalonien, was nicht ganz dasselbe ist? Weil ich eine milde Form des Faschismus damals besser fand als den konfiskatorischen Sozialismus. Wegen der Bauten Gaudís und wegen der Küche des Restaurants Los Caracoles. Ralph, der zuerst gemurrt und bei einer Gelegenheit sogar herausfordernd ausgespuckt hatte, weil man ihn für einen Mauren hielt, gefiel es dort ganz gut, seitdem man ihm zubilligte, daß er in erster Linie Amerikaner sei. Mit dem gleichen Vergnügen, mit dem er später an den ostafrikanischen Dialekt der Oma heranging, lernte er Katalanisch. Die Wahrheit ist jedoch, daß wir meistens nicht in Katalonien, sondern anderswo waren. Ich wurde eingeladen nach Helsinki, Stockholm oder Rio de Janeiro, zu literarischen Tagungen, bei denen es mehr um Politik als um Literatur ging.

Ich gab der Versuchung nach, den Schriftsteller auf der Weltbühne zu spielen, also einen, der mehr redet als schreibt. Ich lebte von meinem literarischen Vorkriegsfett; neue Bücher oder Stücke zu schreiben, war nicht allzu dringlich. Für die bequeme Projektion unausgegorener Ideen und einer um so gründlicher durchgegorenen Persona stand mir das Medium des Fernsehens zur Verfügung. Beim Fernsehpublikum kam meine Persona einigermaßen gut an. Ihre Züge waren einprägsam und leicht karikierbar – die Zigarette in der Dunhillspitze, die so anmutige Schnörkel in die

Luft zeichnete wie ein Queen-Anne-Fächer; die Anzüge aus der Savile Row, gegen deren konservative Eleganz sich der offene Kragen eines Seidenhemds aus Kuala Lumpur oder ein crèmefarbener Polo-Sweater auflehnten; das scharfe, vom Leben gezeichnete Profil, an dem sich die Kameras nicht genugtun konnten; die Andeutung eines Lispelns; die dogmatischen Urteile über den Sittenverfall in der Nachkriegswelt; hier und da ein kalkulierter Temperamentsausbruch. Das französische Publikum kannte mich ebensowohl wie das englischsprachige; ich vermochte das Bild des vorsätzlich spröden Briten mit welschem Gefuchtel und Patois zu modifizieren. Bald darauf sollten auch die Deutschen mich kennenlernen, wenn ich sie vom Bildschirm in ihrer eigenen Sprache anschnauzte.

Auch in Hollywood gab es für mich allerlei zu tun. Die *Nahrung der Götter* brachte es nie bis zum Fertiggericht, auch nicht das geplante Musical über Shakespeares Leben mit dem Titel *Will!* und das kolossale *Middlemarch* und noch einige andere Projekte, an denen ich beteiligt war, aber ich wurde überreichlich bezahlt und mit meinem begleitenden Sekretär in Regency-Suiten mit zahllosen Telefonen einquartiert. An diesem Sonntagmorgen im Beverly Wilshire hatte ich die Genugtuung zu wissen, daß meine Arbeit an der *Nahrung der Götter* so gut wie beendet war. Es war sehr lustig gewesen, in Trickzeichnungen zu denken, sehr viktorianisch-britisch, und Wells' Dialoge auf wenige ein- bis zweisilbige Muckser zu reduzieren. Am nächsten Tage, Montag, gedachte ich von Los Angeles nach Indiana zu fliegen, um einen Vortrag an einem College zu halten, während sich die Rewriter über die Endfassung meines Drehbuchs die Köpfe zerbrachen. An diesem College, das nach seinem Begründer Oswald Wisbech benannt war, hatte mein Neffe John Campion eine Dozentenstelle in der expandierenden Abteilung für Anthropologie.

»Ich hau ab«, sagte Ralph nach dem Steak mit den Spiegeleiern und einem guten Liter Kaffee. Ich saß da in meinem grüngoldenen Morgenrock, rauchte und schaute ihn freundlich an. Er trug einen grauen Anzug von vage militärischem Schnitt, hellbraune Mokassins von Gucci, ein bis zum Hals hinauf durchgeknöpftes indigoblaues Seidenhemd, darüber eine silberne Fatmenhand an einem silbernen Kettchen. Ich zahlte ihm ein Gehalt, das er schwerlich verdiente, kleidete und beschützte ihn und schenkte ihm meine Zuneigung. Ich sagte:

»Wir haben eine Menge Briefe, die angeschaut sein wollen. Wenn du heute abend spät von deinem Treffen mit Nat Fergana Junior und seinen Freunden zurückkommst, wirst du zu müde sein, um dich damit abzugeben. Morgen und übermorgen bin ich nicht da, um dich an die Arbeit zu treiben. Ich will mich nicht beschweren, ich wollte nur darauf hingewiesen haben, daß es allerhand zu tun gibt.«

»Aber ja doch, ßicher!« mokierte sich Ralph. »Aber ßogar die Szklaven hatten ßonntags immer frei.«

»Und noch eins, aber denk bitte nicht, daß dies eine Beschuldigung sein soll! Jedenfalls, ich beschuldige nicht *dich*. Vielleicht muß ich einfach der eigenen Zerstreutheit die Schuld geben oder einer alten Dummheit, die mich so sorglos sein läßt. Du sagst mir immer, ich soll nicht so viel Bargeld in der Tasche haben, aber ich kann nun mal nicht anders. Ich bin noch in einer Epoche geboren, in der man Geld bei sich hatte und es auch brauchte, um alles bar auf den Tisch zu bezahlen.«

»Nun sag schon, Ken, was ist los?« Und er blickte verdrossen auf seine Longines-Uhr.

»Ich hatte tausend Dollar bei mir, in Hunderterscheinen. Sie steckten in der Innentasche meiner hellbraunen Jacke. Nach dem Baden habe ich nachgesehen, und sie sind nicht mehr da. Es hat keinen Sinn, sich bei der Hoteldirektion zu beschweren; die haben ein Warnschild, daß man keine Wertsachen in den Zimmern aufbewahren soll. Und wenn ich das mexikanische Hotelpersonal beschuldige, habe ich morgen früh womöglich ein Messer im Bauch. Ich will nur hoffen, du hast das Geld zu meinem Schutz an dich genommen, um mir eine Lehre zu erteilen oder in irgend so einer guten Absicht. Ich kann's mir leisten, denke ich, etwas Geld zu verlieren. Aber was ich nicht mag, ist bestohlen werden. Bitte sag mir, daß ich nicht bestohlen worden bin!«

»Aber doch, mein Alter, doch, doch, man hat dich bestohlen. Ich hab deine tausend Eier nicht. Das weißt du. Du bist großzügig bis zum Gehtnichtmehr, und ich hab es gar nicht nötig, heimlich etwas zu mopsen. Aber es tut mir leid, daß du das gesagt hast. Das bringt jetzt etwas zwischen uns, was nicht sehr nett ist.«

»Ich wollte's nur wissen, Ralph, nichts weiter! Gut, es soll mir eine wichtige Lehre sein, und ich werde in Zukunft mit Bargeld nicht mehr so leichtsinnig sein und statt dessen Schecks oder Kreditkarten oder so etwas verwenden. Jedes Mal, wenn ich über den

Korridor gehe, werden mir jetzt aus den Zimmern, wo gerade saubergemacht wird, die Mexikanergesichter nachgrinsen, aber das macht nichts. Wir bleiben ja nicht mehr lange hier.«

»O nein, nicht ganz so simpel!« Er mimte nun kein Lispeln mehr. »Irgendwo in deinem Hinterköpfchen wirst du dir jetzt so ein paar kleine Szenen ausmalen. Du weißt schon, der böse schwarze Ralph, wie er mal einen größeren Batzen braucht als üblich, wegen Erpressung, Spielschulden, oder weil er einem kleinen Jungen aus der gröbsten Not helfen will, den er in Nat Ferganas Etablissement kennengelernt hat. Und irgendwo in meinem Hinterköpfchen werd ich dich jetzt sehn, wie du dasitzt, vor so einer Art Bühne, und dir so eine kleine Szene anschaust. Ich schätze, sowas mußte ja mal passieren.«

»Aber, mein lieber Ralph, so ist es doch nicht. Ich habe die Sache schon wieder vergessen. Ich werde vom Studio wahnwitzig überbezahlt und kann es mir ohne weiteres leisten, mal tausend Dollar an eine darbende Mexikanerfamilie oder so jemanden loszuwerden. Bitte vergiß, daß ich davon gesprochen habe!«

»Oho, du mußtest einfach davon sprechen! Früher oder später wärst du ja doch damit rausgekommen. Hast du denn schon richtig nachgeschaut, wie, in den anderen Taschen, unterm Teppich, unter der Matratze? Bitte, durchsuch nur mein Schlafzimmer! Bitte, durchsuch mich selbst, gleich hier und jetzt! Ich habe deine tausend Eier nicht. Und jetzt seh ich doch, was du dir wünschst, nämlich daß ich mein schönes weißes Negergebiß zu einem lieben breiten Negerlächeln entblöße, das Geld aus der Tasche ziehe und sage, da siehst du, alter Freund, laß dir's 'ne Lehre sein und führe die Armen und Unbedenklichen nicht in Versuchung! Aber is sich nix damit, no sir, no massah! Darf ich mich jetzt beurlauben?«

»Was machst du denn da eigentlich«, fragte ich, »bei Nat Fergana Junior? Tanzt er für dich, oder führt er dir seine alten Filme vor? Oder ist es einfach gute solide schwarze Agape?«

»Nicht Agape!« sagte Ralph. »Schau mal gelegentlich in deinem Wörterbuch unter *agape* nach! Spiele und Späßchen, mein Alter, nichts Spirituelles! Aber schwarz, ja, rrrrrein schwarz! Such mal erst ein Weilchen nach deinem verlorenen Tausender, wenn ich weg bin! Und einen schönen schwarzen Negerfurz in die Fresse von Nick Campanati!« Denn der kam zum Mittagessen. Das Telefon klingelte, oder vielmehr die Telefone. Ich war dem nächsten am nächsten und nahm ab. Es war eine junge Frau, Randy Reinhart oder irgend so ein kalifornischer Name, eine Feuilleton-Redakteurin von der *Los Angeles Times,* die merkwürdigerweise an einem kalifornischen Sonntag zu arbeiten oder wenigstens an Arbeit zu denken schien. Sie wollte ein Interview. Heute nicht, klar, aber irgendwann diese Woche? Ich antwortete unbestimmt und schaute Ralph zu, der sich mit großen Gebärden ergebener Knechtschaft verabschiedete; er streckte mir die zusammengelegten Hände her, als ob sie in Handschellen steckten. Donnerstag, Cocktailzeit, hier im Hotel? Prima! Ralph ging aus unserem großen Salon in die Garderobe, die an mein Schlafzimmer angrenzte, und schien dann mindestens zwanzig Sekunden zu brauchen, um aus der Garderobe bis auf den Korridor zu gelangen. Dann wurde die Tür übertrieben hörbar zugemacht, und er war fort.

Es war so, wie ich mir gedacht hatte, daß es möglicherweise sein könnte. Ich fand das Bündel Hundertdollarscheine mit einem Elastikband drum auf dem dunklen Boden des Kleiderschranks in meinem Schlafzimmer. Ich hörte auch, wie der Wasserbehälter in meiner Toilette sich nachfüllte. Ralph konnte ich nicht festnageln, Ralph war nicht wie Heinz. Heinz hatte ich vor ein paar Jahren wiedergesehen, in einer Strandbar, in der er arbeitete, in dem kleinen Ferienort Sitges. Die Bar gehörte einem Engländer namens Bill Gay und hieß die SS-Bar, wobei die Initialen, wenn man nach ihnen fragte, je nach Bill Gays Laune Sand und Sünde, das Siebente Siegel oder was auch immer bedeuten konnten. Gay war Geheimagent gewesen und wie das Weiße Kaninchen von der Pariser Gestapo gefoltert worden. Die Hakenkreuz-Armbinden und Stahlruten, mit denen seine Bar dekoriert war, mußte man eher als Trophäen ansehen denn als Symbole einer Perversion. Eines Tages, als ich mit Ralph dort war, brüllte ein betrunkener britischer Gast, »komm her, Gay!« und der radebrechte in der Sprache seiner alten Intimfeinde, »ich habe ein Handel zu mein Name – have I got it right, Heinz ducky?« Und dann hatte ein blonder, übertrieben brauner junger Mann am Pfeilbrett, wo er gerade zu einem Mitspieler gesagt hatte, »that were a bloody good un, Alf«, sich umgedreht, und es war Heinz. Man hatte ihn im Norden Englands in die Landarbeit gesteckt, und er sprach nun fließend ein mundartliches Englisch. Er und Ralph, sah ich später mit einem Stich im Herzen, hätten ein reizendes Paar abgegeben. *Kidlings bright and merry.* Heinz schien über seinen Rassismus hinweg zu sein. Ralphs Rassismus sollte erst anfangen.

61

Nick oder Domenico war nun um die Sechzig, und niemand hätte ihn für jünger gehalten. Er hatte Hängebäckchen und eine Wampe, war aber immer noch Italiener genug, sich nichts draus zu machen. Nein, auf Quark mit Kopfsalat konnte er verzichten. Bei der Zimmerbedienung bestellte ich Spaghetti mit Fleischbällchen, gefolgt von einem großen Steak, seinerseits gefolgt von einer Pfirsichmelba, mit einer Flasche Valpolicella, um alles hinunterzuspülen. Das war für Domenico; für mich Quark mit Kopfsalat. Wir tranken jeder einen sehr trockenen Martini, während wir auf das Essen warteten. Domenico entrollte eine Zeitschrift, mit der er wie ein gereizter Dirigent auf die gläserne Tischplatte getrommelt hatte. »Schau dir das an!« sagte er. Ich nahm das Heft, eine Nummer von *Life* mit einem Porträtfoto Carlo Campanatis auf dem Titelblatt. Im vollen Ornat eines Kardinals, den breiten Rücken dem Mailänder Dom zukehrend, segnete er mit sardonischem Ernst den mußmaßlichen Leser. Die Überschrift hieß MIRACLES IN MILAN. Ich wußte, damit waren nicht die echten Wunder gemeint, von jener Art wie das in dem Chikagoer Krankenhaus; sondern es bedeutete, daß Carlo den unruhigen Mailänder Fabrikarbeitern modernes Christentum demonstrierte. Er hatte viel mit der Schlichtung von Lohnkonflikten zu tun gehabt. Die Kirche, sagte er, war trotz allem, was in ihrer früheren Geschichte dagegen sprechen mochte, für die Arbeiter und nicht für die Unternehmer gegründet worden. Er hatte den Dom mit Arbeitern gefüllt und ihnen die frohe Botschaft des katholischen Marxismus beigebracht. Ich sagte:

»Ich kann mir das Heft unten im Laden besorgen.«

»Behalt es, um Gottes willen, behalt es, ich will das verfluchte Ding nicht mehr sehn!«

»Immer noch sauer, Domenico? Denkst du immer noch an diesen gestörten Orgasmus damals? Du mußt seither viele ungestörte gehabt haben, die ihn gutmachen.«

»Mit den Frauen bin ich fertig. Weißt du, daß Sindy mir mit so einem mexikanischen Schweinehund abgehaun ist?«

Sindy war Cynthia, geborene Forkner, ein Starlet aus Nordkarolina und Domenicos dritte Frau. Vielleicht hatte sie Kinder gewollt. »Nein, das wußt ich nicht. Muß ich sagen, daß es mir leid tut?«

»Es ist Zeit«, sagte Domenico, »daß etliche Wege sich trennen. Mit Hollywood bin ich fertig. Ich hab es satt, akustische Scheiße auf Tonspuren zu schaufeln. Ich möchte wieder richtige Musik schreiben.« Dieses *wieder* führte wohl ein wenig an der Sache vorbei. Ich sagte:

»Du hast einen Oskar für diesen Dostojewski-Film gekriegt. Deine Musik gehört zum Besten, was es gibt in dieser Branche. Was möchtest du denn schreiben? Eine Symphonie?«

»Nein. Eine Oper, was denn sonst? In Mailand sitzt jetzt dieser Scheißer von Carlo. Wird Zeit, daß Mailand mich auch kennenlernt. Und du schreibst das Libretto.«

Ich sagte erst einmal gar nichts. Ich machte dem lettischen Kellner die Tür auf, der einen Eßtisch mit einer Ladung verdeckter Schüsseln hereinrollte. Ich sagte noch immer nichts, während er alles auflegte und Stühle an den Tisch stellte. Ich unterschrieb die Rechnung und gab dem Kellner zwei Dollar. »Juten Appetit, Schennelmen!« sagte er und zuckelte ab. Domenico begann sofort entschlossen zu mampfen. Auf seiner kahlen braunen Stirnkuppel schlugen sich Tautröpfchen der Konzentration nieder. »Ich habe schon mal ein Libretto geschrieben«, sagte ich, mit der Gabel stochernd, »und das erwies sich dann als große Zeitverschwendung. Ich vermute, du denkst an eine große *opera seria,* drei Akte mit allem Drum und Dran? Ein Meisterwerk von erzbischöflichen Dimensionen?«

»Das war ein Glücksspiel damals, wir waren beide noch jung, heute geht das wie von selbst. Vor sechs, sieben Wochen hab ich Giulio Orecchia in New York gesehn, in der Met. Er hat gesagt, ja und nochmal ja, am besten gestern! Also, was hast du für Ideen? Ich brauch ein Libretto bis spätestens Anfang Herbst.«

»Hast du in New York auch ein paar Familienbesuche gemacht? Hast du zum Beispiel deine Enkelin gesehn? Wie schnell die größer wird!« Eve hieß die Kleine, eine hübsche blonde Göre, die mich mit »Tunkie« – für *greatuncle* – anredete.

»Hör mal, Ken, ich habe schon in drei Familien hineingeheiratet und bin ihnen allen aus dem Wege gegangen. Anders hält man das nicht aus.«

»Aber diese Familie ist doch ein bißchen was anderes, Domenico. Es ist deine erste. Die Kirche würde sagen, deine einzige. Also Hortense hast du nicht besucht?«

»Hortense hab ich nicht besucht. Es tut mir leid, was ihr passiert ist, aber ich hab sie nicht besucht. Es ist alles aus.«

»Sie nennt sich immer noch Mrs. Campanati. Unter diesem

Namen stellt sie ihrerseits nun ein künstlerisches Meisterwerk für Mailand fertig. Es war sehr gut von Carlo, daß er ihr den Auftrag zugeschustert hat. Sie brauchte sowas, um aus ihrer Trübsal herausgerissen zu werden.«

»Was ist denn das?« Domenico schaute mich besorgt und argwöhnisch an. »Was ist da los?«

»Ein Basrelief, das Leben des heiligen Ambrosius darstellend: Mailands Schutzheiliger und Carlos berühmter Amtsvorgänger. Daran schafft sie in ihrem neuen, großen Studio im Village. Die Sache sieht sehr vielversprechend aus. Man sieht Ambrosius als Säugling, wie ihm die Bienen um die Lippen schwärmen, man sieht ihn als Bischof, wie er den Kaiser Theodosius exkommuniziert, man sieht ihn die Arianer verdreschen. Ambrosius ist ein großes nacktes Muskelpaket–«

»Was, nackt?«

»Mehr oder weniger nackt. Ich glaube, eine Mitra hat er auf und ein Kreuz in der Hand, aber sonst hauptsächlich nackte Muskeln. Mir scheint, es ist das Beste, was sie bisher gemacht hat. Campanati wird für Mailand ein großer Name werden. Ein großer Erzbischof, eine große Bildhauerin und dann du. Wenn du es schaffst.«

»Es ist zuerst mal mein Name, nicht denen ihrer! Herrgott, was haben die bloß alle gegen mich? Wann soll das denn fertig sein, dies verdammte blasphemische Dings von dieser *puttana*, die meine Frau sein wollte?«

»Woher weißt du, ob es blasphemisch ist? Und wie kommst du als serieller Polygamist zu einer so strengen Moral?«

»Sie lebt doch mit so einem schwarzen Biest zusammen, nicht? Wann soll das Ding fertig sein?«

»Die Einweihung soll am Festtag des heiligen Ambrosius sein, übernächstes Jahr. 7. Dezember, glaub ich, der Tag nach dem Fest des heiligen Nikolaus. Das Ding muß aber erst verschifft und aufgebaut werden. Lieber Gott!« fügte ich hinzu, denn eben war mir das Thema für ein Libretto eingefallen. »Was hast du Verrücktes vor, Domenico? Willst du mit deiner Oper deiner früheren Frau zuvorkommen, sie ist übrigens immer noch deine Frau, aber lassen wir's gut sein, und in der Scala ein musikalisches Unwetter veranstalten, solange der heilige Ambrosius noch auf hoher See nach Genua schwimmt? Du weißt, eine Oper kriegt man nicht von heut auf morgen zusammen.«

»Manches kann man schon ein bißchen abkürzen. Ich werde den Vern Klapp mit heimnehmen–«

»Wen?«

»Vern Klapp.«

»Heißt der wirklich so?«

»Vern von Vernon. Der kann mir bei der Orchestrierung helfen.« Domenico war schon bei der Pfirsichmelba. Er löffelte sie rasch in sich hinein, Zeit war kostbar.

»Mit heimnehmen, hast du gesagt? Willst du fort aus Amerika?«

»Klar will ich fort aus Amerika. Aus Amerika hab ich rausgeholt, was zu holen war, vor allem Geld. Ich geh nach Menton, Nizza oder irgendwohin, wo ich in Ruhe arbeiten kann. Also, was ist mit deinem Libretto?«

»Der heilige Nikolaus«, sagte ich.

Er blickte mich kauend mehrere Sekunden lang an. »Du meinst, eine Oper über einen Heiligen? Über die Heiligen schreibt man keine Opern. Heilige sind für die Oratorien. Mendelssohn, Händel und der ganze Mist.« Er schluckte einen großen Eisklumpen, als ob es etwas Warmes und Saures wäre. Ich erklärte ihm meine Idee. Er hörte zu.

»Also«, sagte ich, »die Legende von der Wiedererweckung der drei jungen Männer aus dem Pökelfaß, daraus könntest du eine Art hochstilisierten Prolog machen. Und die eigentliche Story dann ganz realistisch. Der erste der drei Adoptivsöhne macht in Nikolaus' Haus ein Bordell auf, und Nikolaus erliegt den Versuchungen des Fleisches. Nachher geißelt er sich natürlich und macht sich wieder rein und heilig für das Konzil von Nizäa, um die arianische Ketzerei anzuklagen.«

»O Jesus!«

»Jesus, Vater und Heiliger Geist, um es genau zu nehmen! Die Lehre von der Dreifaltigkeit wird geleugnet. Arius hat gesagt, der Sohn ist mit dem Vater nicht wesensgleich.«

»Das kannst du doch in einer Oper nicht bringen! Wo hast du den ganzen Quatsch denn bloß her?«

»Die Grundidee ist aus einer Geschichte von Anatole France. Der zweite Adoptivsohn fälscht Urkunden, um zu beweisen, daß Nikolaus ein noch ärgerer Ketzer ist als Arius, und der Akt endet mit einem großen Verleumdungschor. Nikolaus erscheint zu Anfang des dritten Aktes in Sack und Asche, wegen der erzwungenen

Reue. Sein Bistum kriegt er zurück, aber der dritte Adoptivsohn ist inzwischen Feldherr geworden und fängt an, in Gottes Namen Frauen und Kinder abzuschlachten. Die Arianer sind der Feind, und Nikolaus müßte dafür sein, daß man die ausrottet, aber am Ende wird eine scheußlich zugerichtete Kinderleiche hereingebracht. Er nimmt das Kind in die Arme, blickt zu dem unsichtbaren Gott auf und sagt: Was soll das alles? Was ist hier los? Warum läßt du mich diese Schweinehunde wieder zum Leben erwecken, wenn du doch weißt, was sie anrichten werden? Vorhang. Oder wenn du nicht anecken willst, machst du nachher noch einen Epilog, wieder stilisiert wie das Vorspiel, wo Gott sagt – man könnte das so in der Art machen wie in Blakes Illustrationen zum Buch Hiob – also er sagt, das war alles eine Versuchung, wie sie einem Menschen gebührt, der zum Heiligen ausersehen ist, und Nikolaus hat sich wacker gehalten, ohne Gott zu verfluchen, und er hat die Prüfung bestanden. Apotheose.«

»Was bedeutet das Wort?«

»Er kommt in den Himmel. Das war jetzt natürlich nur der Umriß, so ungefähr. Was meinst du?«

Domenico goß uns beiden Kaffee aus der großen Zinnkanne ein und lehnte sich auf seinem Stuhl zurück, um seinen Bauch besser streicheln zu können. Ich konnte sehn, daß er in Tönen dachte, in großen Klangbrocken, nicht in Einzelheiten der Handlung, in Psychologie und all den Anödereien, um die sich gefälligst der für den Text verantwortliche Realitätskrämer zu kümmern hätte. »Keine große Sopranrolle!« wendete er ein.

»Aber ein verflucht großer Tenorpart!«

»Zu viele Männer, die ganze Bühne voll!«

»Du hast doch die Huren und die wehklagenden Mütter. Engel auch, wenn du willst.«

»Warum kann nicht einer von den dreien eine Frau sein? Sie hat sich als Mann verkleidet, und die beiden andern könnten entlaufene Mönche sein und sie mitnehmen, weil sie eine entlaufene Nonne ist. Nikolaus merkt das erst nach diesem Prolog im ersten Akt. Sie könnte ein richtiges Biest sein, vielleicht sogar ein schwarzes.«

»Du hast die Sache schon intus, Domenico. Also, was meinst du?«

»Versuch's mal! Mach mir einen Entwurf!«

»Und wer zahlt?«

»Gott, du weißt doch, wie's ist im Schaugeschäft! Zahlen muß das Publikum. Nicht zu viel Worte, denk dran! Nummern! Soli, Quartette, Chöre! Setz dich gleich dran!«

»*Du* kannst dich gleich dransetzen, an den Prolog. Ohne Worte, wie eine kleine Ballettsuite. In der Bowl in Hollywood könntest du das in gut einer Woche schon spielen lassen. Kühl und präraffaelitisch, wie der frühe Debussy. Ich kann's fast schon hören.« Domenico wischte sich den Mund, dann das Gesicht und schließlich den Schädel mit seiner Serviette. Er stand auf, als ob er wirklich gleich an die Arbeit wollte. Er sagte:

»Wie sollen wir's nennen?«

»*Das Wunder des heiligen Nikolaus.*«

»Aber mit dem Wunder ist es doch nichts?«

»Soll ironisch sein.«

»Fang gleich an, Ken! Danke fürs Essen!«

»Bedanke dich bei meinen Auftraggebern!«

Am Nachmittag las ich in *Life* den langen Artikel über Carlo. Der Artikel war geschrieben von einem Turiddu Genovese, ein Name wie von einem Mafioso. Er zitierte allerhand Kernsprüche und Kalauer des Erzbischofs von Mailand. Ich hatte das Gefühl, daß es Carlo nun nicht mehr, wie er selbst sich ausgedrückt hatte, bis zum Papst schaffen werde. *Life* machte aus ihm eine internationale Figur, ehe sein Status dies noch rechtfertigen konnte; schließlich war er einstweilen nur ein Provinzprälat. Bis zur nächsten Papstwahl wäre sein Aktualitätswert verschlissen; im Hinblick auf dieses Ereignis wurde das Feuerwerk vorzeitig abgebrannt. Und seine Mitkardinäle würden von dieser stellaren Erhebung alles andere als begeistert sein. Wenn er in *Life* gefeiert wurde, konnte es nicht lange dauern, bis der *Stern, Paris-Match, Hoshi* und *Kochaw* ebenfalls seine fette, segnende Schnauze auf der Titelseite brachten, sofern sie's nicht schon getan hatten. Obwohl im ersten Teil des Artikels viel Wesens um die Rolle gemacht wurde, die Carlo 1929 gespielt hatte, als der Vatikan in ein tüchtiges Werkzeug des Kapitalismus verwandelt worden war, konnte es ihn bei den heutigen Kapitalisten von Turin und Mailand nicht eben beliebt machen, daß er in Lohnkonflikten für die Arbeiter Partei nahm. Folgendes hatte Carlo über Carlo Marx gesagt:

> Die meisten Leute, die sich Marxisten nennen, haben die Werke dieses bemerkenswerten Reformers nie gelesen. Ich habe über dem deutschen Originaltext seiner Bücher viel Zeit

zugebracht, doch nirgendwo finde ich in ihnen jenen atheistischen Materialismus, um dessentwillen man sie törichterweise gerühmt hat. Die politischen Führer der Sowjetunion, insbesondere Josef Stalin, haben Marx verfälschend dargestellt. Er war ein Mann, der Frau und Kindern, wenn er mit ihnen von einem Ausflug in die Hampsteader Heide nach Soho heimkam, die Terzinen des göttlichen Dante aufsagen konnte, denn in ihnen fand er die höchste Wahrheit, welche die Seele des Menschen speist, während ökonomische Reformen und soziale Revolutionen nur seinem Leibe dienen. Marx wußte, daß der Mensch nicht vom Brot allein lebt.
Marx wünschte, daß die Allgemeinheit der menschlichen Gattung, nämlich auch die Arbeiter und nicht nur die Kapitalisten mit eingeschlossen, moralische Kraft gewinnen und soziale Gerechtigkeit finden sollten. Dies ist schon immer der Anspruch der Kirche Christi gewesen, welche lehrt, daß ein Kamel eher durch ein Nadelöhr geht usw. usw. Marx hat das dynamische Prinzip sozialen Wandels verkündet, die Lehre von dem langen Kampf, der notwendig sein wird, um das leibliche Los der Menschen zu verbessern, damit sie die Muße finden, an Höheres zu denken als den bloßen Lebensunterhalt. Die Kirche lehrt, daß Gottes Gnade langsam wirkt wie die Hefe im schweren Teig der menschlichen Geschichte, einem Teig, der bisher nur allzu selten genießbar war. Mehr als an alles andre hat Marx an das wesenhaft Gute im Menschen geglaubt, ein Gutes, das nur allzu oft durch die elenden, vom Kapitalismus erzwungenen Nöte des Überlebens verdunkelt wurde. Die Kirche lehrt uns, daß der Mensch Gottes Geschöpf und daher vollkommen ist, und seine Unvollkommenheiten sind das Werk des Feindes. Was die klassenlose Gesellschaft angeht, so sehe ich in ihr eine Parallele zur Gemeinschaft der Heiligen. Rußland begeht eine Lästerung, wenn es sich für die triumphierende Kirche ausgibt. Dem Triumph rücken wir langsam näher, doch ihn zu erreichen, ist dem sterblichen Menschen nicht gegeben.

Die Carlo zugeschriebenen Apophthegmen waren von der billigen Sorte und hätten in den *Reader's Digest* gepaßt. Er sollte gesagt haben: »Christus fand den Alkohol ebenso notwendig wie das Brot. In beides hat er sich verwandelt, und in beidem lebt er noch heute« – »Gott ist Gott und Schnaps ist Schnaps, aber beide sind geistig« – »Der Geschlechtsakt findet seine Erfüllung in dem

Wunder nach neun Monaten, nicht in einem Spritzer nach zwei Sekunden.« Über italienische Kinogöttinnen hatte er gesagt: »Gott schuf der Frau den Busen. Gott schuf auch die Sonne am Himmel. Beides können wir nur mit halb geschlossenen Augen betrachten.« Und: »Hollywood und Belsen verraten gleichermaßen, wie billig Menschenfleisch ist« (aber war das nicht von *mir?*) – »Der Mensch braucht ein gutes Essen, bevor er eine schlechte Predigt anhört.« – »Das einfache Leben ist allzu einfach. Wer immer nur treppab steigt, kommt nie außer Atem« – »Eine gute Mahlzeit ist Gottvater. Ein guter Wein ist Gott, der Sohn. Eine gute Zigarre ist der Heilige Geist. Wie zu allen Zeiten glaube ich auch beim Essen an die heilige Dreifaltigkeit« – »Es gibt Menschen, die sehen rot, wenn sie mich sehen: Ich bin zum Kardinal wie geschaffen« – »Gut und Böse haben jedes seinen besonderen Geruch. Das Gute riecht wie der Leib eines kleinen Kindes. Das Böse riecht wie seine Windeln« – »Das Böse tut man eher aus Versehen als mit Absicht. Die Deutschen paßten einen Augenblick nicht auf, und schon war Hitler am Ruder« – »Der Sündenfall war der Herbst, und dann kam ein langer Winter. Er ist noch nicht vorüber, aber ich denke, jetzt müssen wir Anfang März haben« – »Die erste Pflicht einer Regierung ist nicht, zu regieren, sondern zu existieren. Dasselbe gilt auch von der Amöbe« – »Wir brauchen leider Priester, wie wir leider Müllfahrer brauchen. Beides ist Folge des Sündenfalls« – »Die Leute fragen: Warum wurde der Erlöser ausgerechnet in Palästina unter der Regierung des Kaisers Augustus geboren? Wäre er in Wisconsin unter der Regierung des Präsidenten Truman geboren worden, die Leute würden trotzdem fragen, warum. Ich frage: Warum nicht?« – »Ein Jude ist nur ein Christ ohne Christus« – und so weiter, eine Folge armseliger kleiner Epigramme, die in Kästchen eingerahmt und über den ganzen Artikel verstreut waren.

In einem Absatz wurde Carlos Familie behandelt: die Mutter, die bei dem Versuch umgekommen war, Himmler zu erschießen (meine jämmerliche Rolle dabei wurde nicht erwähnt); der Bruder, den die Chikagoer Gangster umgebracht hatten; der jüngere Bruder, ein Oscar-gekrönter Filmkomponist in Hollywood; und, mehr der Vollständigkeit halber, die Schwester, die einem Kloster vorstand. Alles in allem ein bißchen zuviel der Pikanterie. Dann kam etwas über Carlos praktische Wohltätigkeit: Drei Viertel des erzbischöflichen Palastes dienten zur Unterbringung der Obdachlosen. Alles dies würde ihm nichts nützen – voreilig verschossenes Pulver. Es war, als ob Carlo, aber natürlich machte er das nicht, eine Public-Relations-Agentur herangezogen hätte. Tatsache war, daß sich in der Kirche etwas Neues abspielte, und vom Neuen nährt sich die Presse. Ich kannte das Wort dafür damals noch nicht, aber das Wort hieß *aggiornamento*.

Ich ging früh zu Bett, nach einem Steak und einer Flasche schlechtem kalifornischen Rotwein. Ralph kam sehr spät, und in seiner schwarzen Wut rüttelte er mich wach. Mir schien, er roch nach diversen Männersamen und nach dem Rauch eines süßen Krautes. »Du Schweinehund!« rief er und ging der Einfachheit halber gleich in den Plural über, »ihr Schweinehunde! Ihr habt uns unsre Geschichte geklaut. Ist dir das klar, Mann? Scheiße, und jetzt haben wir überhaupt keine Geschichte!« Im Kontakt mit seinen Sonntagsfreunden, zu denen auch der große schwarze Sänger und Tänzer Nat Fergana Jr. gehörte, war seine Sprache um einiges derber geworden. »Ihr Scheißer habt uns aber auch alles weggenommen, mitsamt unserer Scheißgeschichte. Sklaven haben keine Geschichte, hast du dir das mal überlegt, du Schweinehund?«

»Ralph«, sagte ich schläfrig, »ich denke nicht dran, dafür zu büßen, was ein paar angelsächsische Sklavenhalter verbrochen haben mögen. Die Leute, denen du Vorwürfe machen könntest, ruhen in Frieden in ihren teuren Gräbern. Laß bitte auch mich jetzt in Frieden ruhen! Komm zu Bett und schlafe!«

»Ich schlafe heute in meinem Bett, du weißes Arschloch! Wenn ich bloß deine weiße Haut ansehe, krieg ich das Kotzen.«

»Tu dir keinen Zwang an, liebster Ralph, aber bitte denk dran, ich muß morgen sehr früh zum Flugplatz! Und«, fügte ich hinzu, »kümmre dich bitte morgen um die unbeantworteten Briefe! Ich habe die Antworten im Entwurf dazu gekritzelt. Du mußt sie nur etwas ausweiten, in kühlem, korrektem Englisch.«

»Scheißenglisch! Sogar unsere eigene Scheißsprache habt ihr uns geklaut! Ich werde deine Briefe beantworten, wann es mir paßt, du weißes Schwein, und den Leuten schreiben, sie können mich am Arsch lecken!«

»Vielen Dank übrigens für die Rückgabe der tausend, ähm, Eier! Es war eine anständige, wenn auch etwas verstohlene Geste.«

Er führte einen Tanz auf, aber nicht mit der zähnebleckenden Liebenswürdigkeit seines Freundes Nat Fergana. »Du Scheißkerl, du Scheißkerl! Ich hab dein Geld nie angerührt, du weißes Miststück! Hör mir zu, Weißkäse, ich hau hier ab, ich hab die Nase voll, du kannst deine Scheißbriefe selber beantworten!«

»Willst du sagen, daß du deine Stellung aufgeben möchtest?«

»Hahaha, mein Herr und Meister, genau das will ich, und genau das werd ich auch tun, du perverses scheintotes hundsfotziges weißes Arschloch!«

Dergleichen aufrichtige Beschimpfungen und unaufrichtige Revolten hatte ich bei Ralph schon öfter erlebt, und dies würde nicht das letzte Mal sein. Müde sagte ich ihm, daß er schlafen gehn und die Dummheiten lassen sollte, und nachdem er noch meine Haarbürsten gegen die Klimaanlage geschmissen, den Teppich mit meinem Haarwasser besprüht und mir, als ich mich wieder ausstreckte, die Laken weggezogen hatte, stampfte er brüllend hinaus. Im Wohnzimmer hörte ich eine Lampe umfallen. Was er dann noch aus seinem Zimmer zu schreien hatte, wurde unverständlich durch die Entfernung.

62

Aus dem quengelnden Jungen, dem der leichte Blechbullen- und Zwiebelgeruch einst am Baron's Court die Zärtlichkeiten verleidet hatte, war eine Art Walt Whitman mit unbändiger grauer Haar- und Bartmähne geworden. Er saß in der ersten Reihe des Agnes-Watson-Auditoriums, und als ich mit Professor Korzeniowski durch eine Seitentür hereinkam, sagte er: »Hallo, altes Haus!« – ganz im Stil unsrer Jugendzeit um den ersten Weltkrieg. Ich schaute ihn stirnrunzelnd an und blieb stehen. »Val«, sagte er. »Wrigley. Gastdichter am College. Nun geh schon da hinauf und erzähl uns was, aber öde uns um Himmels willen nicht an!«

Wie Jesus Christus irgendwo geboren sein mußte, so mußte Val Wrigley irgendwo leben, und warum nicht auf dem Campus des Wisbech College im Staate Indiana? Trotzdem, es war eine Überraschung. »Ich habe nichts vergessen«, sagte ich. »Von deiner elenden Verräterei!«

»Ach, mach schon, steig da hinauf!«

Also stieg ich aufs Podium und wartete mit Professor Korzeniowski, bis das Glockenspiel des College, hoch über dem Auditorium, mit dem in einen dicken Harmonienbrei eingetauchten melodischen Skelett von *My Country 'Tis of Thee* die vierte Stunde markierte. Ich blickte hinab auf fünfhundert Studenten und Hochschullehrer. Im nachhinein ist mir, als hätten die Studenten damals schon Jeans und Afrotollen getragen, aber es waren die fünfziger Jahre, und sie müssen daher eher wie junge Damen und Herren ausgesehn haben. Professor Korzeniowski, ein Spenser-Forscher, von allen Menschen, die mir je begegnet sind, der einzige, der die *Faerie Queene* vollständig durchgelesen hatte, wußte selbst nicht, welcher Qualifikation er es verdankte, bei meinem Vortrag präsidieren zu dürfen. Er seinerseits, erzählte er mir später, las keine Romane. Aber immerhin hatte ich mit Spenser die britische Nationalität gemeinsam; und vielleicht hatte auch Val Wrigley ihn auf den untergründigen Traditionszusammenhang zwischen den alten Feien und Elfen und manchen abartigen Personenkreisen der Gegenwart aufmerksam gemacht. Jedenfalls stellte der glatzköpfige Professor mit seinem Akzent aus dem Mittelwesten mich als einen angesehenen britischen Romancier vor, der nun darüber sprechen werde, wie es sei, Romancier zu sein, und jedenfalls hier sehn Sie ihn, Kenneth Marchal Toomey!

Ich sprach ganz zwanglos über die Erzählkunst – aber mehr über das Gewerbe als über die Kunst. Politisches Engagement? Soziale Verantwortung? »Ich erinnere mich daran, wie diese Ausdrücke einmal im Gespräch mit Ernest Hemingway auftauchten, als ich in seinem dämpfigen Privatdschungel in Key West zu Besuch war und in diesem alten Schuppen wohnte, den er sein Haus nannte. Die einzige moralische Pflicht, so sagte er mir damals in seiner zupackenden Art, die einzige Pflicht, an die ein Schriftsteller denken sollte, ist die Pflicht des Hosenbodens, treu und fest auf dem Stuhle zu bleiben. Und Thomas Mann, das war in Hollywood, sagte mir, der Schriftsteller ist wesentlich eine Kreatur, die Worte zu Papier bringt, ohne allzu genau zu wissen, was sie bedeuten. Alles, was der Schriftsteller schreibt, ist Allegorie von etwas anderem, und darüber zu streiten, was dieses andere sein mag, das ist Sache der Kritiker. Diejenigen unter Ihnen hier, meine Damen und Herren, die Romanschriftsteller werden wollen, bitte vergessen Sie nicht, daß die mechanische Seite, das Handwerk wichtiger ist als das Fischen nach letzten Wahrheiten oder die Veränderung der Welt! Sollte Ihr Buch die Welt verändern, nun ja, dann nicht deshalb, weil Sie es so beabsichtigt haben. Und was die Wahrheit angeht, so hat ein gewisser Pontius Pilatus diesbezüglich eine vortreffliche Frage gestellt, mag er auch Ort und Zeit ein wenig unglücklich gewählt haben. Etwas dergleichen sagte mir einmal, ja, in Chikago war das, glaub ich, der heutige Erzbischof von Mailand.« Ich schmiß nur so herum mit berühmten Namen, mitsamt den persönlichen Ticks ihrer Träger, um meine Zuhörer daran zu erinnern, daß Schriftsteller in erster Linie fehlbare und unvollkommene Menschen seien. T. S. Eliot bewahrte in den Schubladen seines Schreibtischs bei Faber und Faber am Russell Square Käsestückchen auf. H. G. Wells war ein Satyromane. James Joyce hatte einen bestimmten Weißwein als Erzherzoginnenpisse bezeichnet. Ich redete, bis das Glockenspiel mit einem tristen, aber mit funkelnden Obertönen inkrustierten *Yankee Doodle* die fünfte Stunde einhämmerte. Haben Sie noch Fragen?

»Was war das, was dieser Typ da, Poncho Sowieso, über die Wahrheit gesagt hat?« Die Frage kam von einem großen Mädchen mit rötlichem, angekraustem Haar in einer der vorderen Reihen.

»Lieber Himmel!« sagte ich, »kennen Sie denn Ihr Neues Testament nicht?«

»Mein neues was?«

»Macht nichts! Könnte bitte jemand es der jungen Dame erklären?« Es gab eine Pause, aber dann fand sich jemand.

Ein junger Mann, der ein wenig melanesisch aussah, stand auf und sagte: »Ich kann dem, was Sie gesagt haben, nicht zustimmen, Sir. Ich meine, wie Sie gesagt haben, daß ein Schriftsteller nicht weiß, was er schreibt. Ich meine, die wichtigen Schriftsteller sagen wichtige Sachen und wissen auch, daß sie wichtig sind, denn sie würden sie sonst nicht aufschreiben. Zum Beispiel God Manning.«

»Zum Beispiel *wer?*«

Meine Unwissenheit erregte Heiterkeit und in den mittleren Reihen der rechten Seite sogar ein wenig Unwillen. Mehrere jugendliche Stimmen wiederholten mir den Namen. Ein dickes, blasses Mädchen in grellem Violett stand auf, um mich zu belehren:

»Er hat geschrieben *Rufe mich an in der Not!* Godfrey Manning. Aber wir sagen einfach God.«

»Ach so!« sagte ich, einigermaßen ratlos. »Ein Theologe, wie mir scheint. Der Kosename ist wohl schon eine Verkündigung seines Sujets. Tut mir leid, Theologie ist nicht mein Fach.«

»Der Weg und die Wahrheit stehn uns allen offen«, sagte das Mädchen. »Ich habe Ihre Bücher nicht gelesen, aber Sie selber, würd ich sagen, Sie kommen mir so irgendwie frivol vor.«

»Das kommt wohl davon«, sagte ich, vor Ärger lächelnd, »weil ich schon *so irgendwie älter* bin. Die Ernsthaftigkeit überlaß ich der Jugend.«

»Das ist auch«, sagte sie, »wieder so irgendwie frivol.«

»Bleiben wir doch beim Roman!« mahnte mit Recht mein Zeremonienmeister Professor Korzeniowski. Einer aus dem Lehrkörper stand auf, blitzte mit seiner Brille umher und sagte:

»Haben Sie Informationen über das Ende von Jakob Strehler?«

»Strehler«, sagte ich, »ist einer von den Millionen umgekommener Juden. Ich habe gesehn, wie er in die Gefangenschaft abgeführt wurde und, woran ich nicht zweifeln kann, später in die Gaskammer. Er schied von mir leichten Herzens. Er wußte, sein Werk war fertig. Er wußte, es würde die Nazischlächter überdauern.« Eine bittere Laune stieg in mir auf. »Ich habe versucht, Strehler aus dem Reich herauszuschmuggeln. Er sträubte sich und wollte nicht herausgeschmuggelt werden. Beide waren wir von der Welt mit ihren Nachrichten und ihren furchtbaren Ereignissen abgeschnitten und wußten nicht, daß der Krieg ausgebrochen war, als die Schergen des Staates kamen, um uns abzuholen, ihn als Juden und mich als feindlichen Ausländer. Ich habe im Nazirundfunk gesprochen, um mir die Ausreise aus dem Reich zu erkaufen. Ich habe nichts Unpatriotisches gesagt. Ihr Gastdichter hier, mein alter Freund Valentine Wrigley, hat damals in der britischen Presse mein wohlbegründetes Verhalten als einen Fall von Landesverrat hingestellt. Ich freue mich über diese Gelegenheit, ihn zur Rücknahme seiner bösartigen und unfreundschaftlichen Beschimpfungen aufzufordern.« Es gab ein Gemurmel im Publikum: etwas Unerwartetes, eine Zugabe, die Würze des Skandals. Val saß unbewegt da und grinste in seinen vollen grauen Poetenbart, die Arme über den Bauch gekreuzt. Ohne aufzustehen, sagte er sehr deutlich:

»Ich nehme nie etwas zurück. Mr. Toomey hätte sich dem Feinde widersetzen und die Internierung gelassen hinnehmen können. Mr. Toomey, ein alter Freund von mir, oder vielleicht sollte ich sagen, ein früherer Freund, hat bei dieser Gelegenheit die Eigenschaften bewiesen, die sein ganzes Leben und sein Handwerk befleckt haben – wohlgemerkt Handwerk, nicht Kunst, denn von Kunst, soviel will ich ihm zugute halten, spricht er selbst auch nicht. Ich meine die Vorliebe für den bequemen Ausweg, den Weg des Kompromisses.«

»Ist denn«, sagte ich höhnisch und merkte zu spät, daß ich diese Situation nicht hätte heraufbeschwören sollen, nicht hier vor fünfhundert Fremden, »ist denn deine Laufbahn sehr viel anders gewesen?«

»Ich«, sagte Val, »habe eine strenge Kunst mit einem Minimum an finanziellem Gewinn ausgeübt. Ich habe geschrieben, was ich schreiben wollte, nicht was das Publikum wollte. Ich habe mich gegen die staatliche Unterdrückung der Meinungen und Gepflogenheiten von Minoritäten aufgelehnt. Ich habe eine zugegebenermaßen kurze Zeit dafür im Gefängnis gesessen, daß ich so bin, wie ich bin, und nicht wie die Götter der Normalität mich haben wollen. Mr. Toomey ist reich geworden, weil er sich verkauft hat. Eine unserer Studentinnen hier hat das rechte Wort dafür gefunden – *frivol*. Ich hätte all dies nicht gesagt, wäre ich nicht von Mr. Toomey ausdrücklich aufgefordert worden, zu sprechen. Er wünschte eine Rücknahme, und ich habe wohl ein Recht zu erklären, warum ich mich zu einer solchen außerstande sehe.«

Manche Studenten applaudierten ihm. Ich fühlte mich von der Eiseskälte angeweht, die jeder Redner verspürt, wenn er merkt, daß sein Publikum von ihm abfällt. Alle Segel der Rhetorik mußte ich hissen. »Mein Leben lang«, rief ich aus, »habe ich Dinge hervorgebracht, die nur einen Zweck hatten, nämlich zu gefallen; das Leben zu verschönern, den Schmerz zu lindern. Was ist so furchtbar daran, Menschen unterhalten zu wollen? Ist es ein so abscheulicher Lohn, die eigenen Bücher gelesen und geliebt zu wissen, innig geliebt, wie es meinen Büchern beschieden war? Ich bin der treue Diener meines Publikums gewesen. Über vierzig Jahre lang habe ich meinem Publikum ein gewisses Maß an Zerstreuung, Trost und, so darf ich sagen, Freude gespendet. Wenn ich auch einsehen mußte, daß es mir nicht gegeben war, bis in die erhabeneren Regionen der Kunst vorzudringen, so wußte ich doch zumindest, wo das wahrhaft Vortreffliche lag, und ich habe manches riskiert, um einem der leuchtendsten Vorbilder literarischer Kunst das Leben zu retten. Und dafür werde ich verleumdet, verleumdet von einem Gefährten und Kollegen, der wie ich in jenen Bergwerken schuftet, wo die Wahrheit aus der Sprache herausgeschlagen wird–«

»Was ist das, Wahrheit?« rief jemand dazwischen, der tönenden Stimme nach ein Mitglied des Lehrkörpers. Val stand auf und schrie etwas, und für mich war es sonderbar, weil ich noch nie ein

Anzeichen der Bekanntschaft mit den Werken Shakespeares bei ihm bemerkt hatte, von seinen Lippen, ob sie nun bärtig waren oder nicht, Worte von Shakespeare zu hören.

»Vor allem dies: Sei treu dem eignen Ich!« Und er schritt majestätisch durch den Mittelgang hinaus, einschüchternd wie ein Prophet, unter Klatschen und sogar Beifallsrufen.

»Wir gehn hinten herum«, sagte Professor Korzeniowski zu mir. Und wir nahmen den Weg durch die Kulissenräume hinter der Bühne. »Na ja«, sagte er, »das ist nicht ganz so gutgegangen, wir wir's hätten wünschen wollen.« Ich bemerkte das spensersche Spiel mit den stimmhaften Anlauten. »Wrigleys Jahr«, sagte er, als wir im Halbdunkel über elektrische Kabel stolperten, »bei uns geht zu Ende. Da er an einer festen Professorenstelle kein Interesse hat, kann er sich's erlauben, uns zu schockieren. Er hat uns schon oft schockiert und wird es noch öfter tun, bis er geht. Der Gedichtzyklus, den er jetzt schreibt, schockierend! Und den Studenten in seinem kreativen Schreibkurs liest er das auch noch vor! Auch jetzt hat er wieder schockieren wollen. Natürlich ist er bei den Studenten sehr populär. Die Popularität, das ist Sirenengesang von einer Klippe. Etwas, das man nie anstreben sollte, meiner Meinung nach.« Dann, als wir durch eine Tür ins Sonnenlicht hinaustraten, schaute er mich mit vielfältig gemischten Gefühlen an: verwirrt, begütigend, verlegen, vorwurfsvoll. Ich wollte ein populärer Schriftsteller sein – an und für sich schon ein Makel. Und obendrein war ich nicht wirklich populär, sondern Val war es, der Mißliebige. Professor Korzeniowski hatte sich aus seinem beschaulichen Gelehrtendasein weglocken lassen, um über meine Unpopularität zu präsidieren. Es war Zeit, daß er mich loswurde. »Ihren Neffen«, sagte er und zeigte mir die Richtung, »finden Sie dort im Wilmore-Wertmueller-Bau. Er ist nicht unpopulär.« Hinter den kleinen Häufchen niedriger Bauten, aus denen das College bestand, sonnte sich die endlose flache Landschaft von Indiana. Der milde Maiwind führte einen schwachen Geruch von Tomaten-Ketchup mit sich. Eine Meile entfernt stand eine tomatenverarbeitende Fabrik.

Ein ungeschlachter Bengel mit Brille und beflissen offenem Munde humpelte auf uns los. Unterm Arm trug er Sapir, Bloomfield *et al.* »Verzeihen Sie, Sir«, sagte er. »Mich interessiert die gemeinsame Eigentümlichkeit einer Sonderform des Sigmatismus, die ich an Ihnen und an Professor Wrigley beobachten konnte. Sie sagten *Szorge,* und er sagte *ßelbst.* Ist das typisch für die gebildete britische Sprechweise?«

»Szieh Leine!« sagte ich mit klarem Zischlaut. Er kannte den Ausdruck nicht. Ich schwächte ab. »Lesen Sie nach bei Professor Szieleine über diese Erscheinung!« Er bedankte sich für den Hinweis.

John, Professor John Campion, hielt vor einer kleinen Gruppe eine Vorlesung über etwas, das man ebensogut Aspekte der linguistischen Anthropologie wie auch der anthropologischen Linguistik hätte nennen können. »Der reine Sprachwissenschaftler«, sagte er gerade, »schreckt zurück vor der semantischen Seite seines Gegenstandes. Die Phoneme und Morpheme bereiten ihm keine Mühe, aber sobald man anfängt, nach der Bedeutung zu fragen, hat man es mit der Kultur zu tun. Und was ist das, die Kultur? A.L. Kroeber hat gesagt, sie ist das größere Ganze, welches Gemeinbesitz aller Menschengruppen ist und welches die menschliche Gattung deutlich von allen anderen Lebewesen unterscheidet. Und dies ist der Gegenstand der Anthropologie. Die Sprachwissenschaftler, sagt Kroeber, setzen die Kultur mit dem lexikalischen Aspekt ihres Gegenstandes gleich, geben aber, wie Professor Borghese es ausgedrückt hat, dem Studium der Formen den Vorzug, denn sobald sie die Bedeutung mit hereinnehmen, wird die Labortür aus den Angeln gehoben und das Leben dringt ein wie eine Horde randalierender Lümmel. – Das Problem der Bedeutung können wir erst sehen, wenn wir es in einem anthropologischen Kontext betrachten. Nehmen wir nur, was Professor Eugene A. Nida kürzlich in seinem Werk über Linguistik und Ethnologie gesagt hat, an der Stelle, wo er sich mit den Übersetzungsschwierigkeiten des bibelverbreitenden Missionars beschäftigt, des traditionellen Pioniers der anthropologischen Forschung. Vor einer besonderen Schwierigkeit stand ein Missionar, der das Wort *Scheidungsbrief,* das im Markusevangelium, zehn, vier, auftaucht, in die Sprache der mexikanischen Totonacs übersetzen wollte. Wenn nämlich ein Totonac sich scheiden lassen will, entrichtet er beim Standesbeamten des Ortes eine Gebühr für die Streichung seines Namens aus dem Personenregister. Erfolgt die Scheidung im Einvernehmen beider Gatten, ist die Gebühr niedrig; will nur eine Seite die Scheidung, ist sie wesentlich höher. Die ganze Angelegenheit gilt aber als rechtlich, und das Totonac-Wort für *Scheidung* hat die Grundbedeutung *Tilgung des Namens.* Würde man nun *Scheidungsbrief* wörtlich übersetzen, etwa als eine *Urkunde darüber, daß ein Mann seine Frau verläßt* – nun, dann wären die Totonacs angewidert von der ganzen Denkweise einer Religion, die solche Greuel gestattet. Als die Totonacs eine andere Markusstelle hörten, wo von einem Mann die Rede ist, der einen Krug Wasser trägt, waren sie zugleich belustigt und abgestoßen. Wassertragen gilt bei ihnen als Frauenarbeit, und, um Nida zu zitieren, ›sie wunderten sich über das mangelnde Schicklichkeitsgefühl des Mannes‹. In manchen afrikanischen Sprachen sind die Probleme geradezu haarsträubend. Ein Mann hat einmal den Ausdruck *Heiliger Geist* in einem ostafrikanischen Dialekt mit einem Wort wiedergegeben, dessen Bedeutung etwa die folgende ist (ich zitiere): ›ein Geist, wahrscheinlich ein böser, der durch Berührung mit einem anderen, ohne jeden Zweifel bösen Geist, ein Tabu erlangt hat‹. – Dies alles ist nicht nur eine Frage der Lexik. Linguistische Strukturen sagen uns vieles über dasjenige, was man scherzhaft oftmals das primitive Denken nennt, das sich aber gewöhnlich als weniger primitiv erweist als das Denken manch eines biederen Amerikaners. Ich freue mich, heute meinen Onkel hier begrüßen zu können, den angesehenen Romancier Kenneth Toomey–« Alle wandten sich freundlich neugierig zu mir um; gottlob war keiner dieser Studenten bei meinem Vortrag gewesen. »– Er, der eine gewisse Zeit in Malaya zugebracht hat, wird bestätigen können, daß es im Malaiischen wie übrigens auch im Chinesischen eine Erscheinung gibt, die man den numerischen Koeffizienten nennt. Das malaiische Wort für eins ist *satu,* und das malaiische Wort für Haus ist *rumah,* aber dennoch übersetzt man *ein Haus* nicht mit *satu rumah.* Es muß vielmehr heißen *sa-buah rumah, wobei buah* wörtlich eine Frucht bedeutet, hier aber als Bezeichnung für irgend etwas Geräumiges dient. *Biji* bedeutet wörtlich ein Samenkorn, aber *ein Ei* übersetzt man mit *sa-biji telor,* mit *biji* als dem richtigen numerischen Koeffizienten für ein kleines, glattes Objekt. Benjamin Lee Whorf zufolge haben die Navajo-Indianer ein noch feineres Klassifikationssystem. Die Welt der unbelebten Objekte gliedert sich für die Navajos in lange Dinge und runde Dinge, und diese beeinflussen die Verbalstämme der Sprache. Zu einem runden Ding gebraucht man einen anderen Verbalstamm als zu einem langen. – Dann haben wir die Frage der Spiele mit der Struktur einer Sprache gemäß ihren rituellen und anderen kulturellen Traditionen. Da nun schon einer meiner Onkels hier im

Raum anwesend ist, darf ich vielleicht auch noch den Geist eines anderen, der leider schon tot ist, zu Hilfe rufen, weil er uns demonstrieren kann, wie selbst im britischen Englisch das ludische Element, wie wir es nennen wollen, zu recht ernsthaften Zwecken dienen kann.« Ich hatte bisher den schwarzen Kasten nicht bemerkt, der, wie ich nun sah, einen Plattenspieler enthielt, den John in Betrieb setzte. Er legte eine Platte auf, und aus dem Lautsprecher über der Wandtafel kam kratzig die Stimme meines Bruders Tom im schönsten Londoner Cockney. An die Nummer konnte ich mich noch gut erinnern: Tom spielte einen schlitzohrigen und zungenfertigen Lebensmittelhändler, der seinem Verkäufer zuruft, er solle der *netla Huk* etwas *etla Struw* verkaufen und den Rohrzucker *pank negeiw.* Es war ein seltsamer Augenblick, und mir kamen Tränen. »Hier haben wir eine Umkehrung der Buchstaben, nicht so sehr der Phoneme, bewußt unverständlich, aber nur für die Kundin im Laden, die der Verkäufer bemogeln soll. Die *etla Struw* ist natürlich alte Wurst und die *etla Huk* eine alte Kuh, der Zucker soll knapp gewogen werden, undsoweiter. Betrachten wir nun aber, was wir aus Süd-Mindoro auf den Philippinen wissen. Dort müssen die Dschungelbewohner, die man die Hanunoo nennt, die Vertauschung von Lauten als eine obligatorische Fähigkeit bei der Liebeswerbung erlernen. Gehört der Freier einer bestimmten sozialen Rangstufe an, wird das Tabu gegen die Endogamie in gewisser Weise gelockert. Das Mädchen ist mit dem Freier nah verwandt, er aber muß so tun, als ob sie davon nichts weiß. Daraus ergeben sich bestimmte Formen der Verhüllung – eine Decke über den Kopf, eine ungewöhnliche Redeweise. Aus *barang* wird *rabang,* und *katagbuq* wird deformiert zu *kabugtaq.*«

Und so fort. Es war gute Arbeit. Ein gescheiter junger Mann war er, blond und groß, zwanglos redend, aber seinen Stoff bis ins kleinste beherrschend, von einer Schönheit, in der ich so vieles von Hortense wiedererkannte, nur leicht entstellt durch ein wenig glotzäugigen Gelehrtenwahn. Nach seiner Vorlesung gingen wir zusammen in das Büro, das er sich mit einem Professor Bucolo teilen mußte, einem Afrika-Spezialisten, der an diesem Tag frei hatte. Zwischen den vollgestopften Bücherregalen und allerlei kleinen anthropologischen Feldtrophäen tranken wir Kaffee. John war noch nicht weit herumgekommen: Er war eine Weile in einem Nipissing-Reservat gewesen und hatte ein paar Volksbräuche auf dem Isthmus von Tehuantepec beobachtet. Seine Professur war befristet, irgendwann würde er eine feste Stelle bekommen; aber einstweilen arbeitete er noch an seiner Dissertation. »Es war merkwürdig und aufwühlend«, sagte ich, »die Stimme des armen Tom wieder zu hören, hier in Indiana und dann auch noch im Verlauf einer akademischen Vorlesung.«

»Oh, du weißt ja, wie die Leute in Choate sind, sehr anglophil! Einer von den Lehrern hatte eine komplette Sammlung Tommy-Toomey-Aufnahmen. Er gilt gewissermaßen als Repräsentant einer großen toten Kultur.«

»Ja«, sagte ich. »Komik ohne Grausamkeit. Der Ton einer Art hilfloser Liebenswürdigkeit. Ein verlorenes Imperium. Der Wrigley, diese Kanaille, hat mal gesagt, Tom sei ein Heiliger. Warum hast du mich nicht drauf vorbereitet, daß Wrigley hier ist?«

»Ich hatte keine Ahnung, daß ihr euch kennt. Inwiefern ist er eine Kanaille?«

»Er hat mich verleumdet, wegen Illoyalität gegen allerlei Dinge. Ich meine, nach meinem Vortrag. Die Studenten haben ihm applaudiert. Ich glaube«, sagte ich, »zu der Party heut abend, auch wenn sie meinetwegen gegeben wird, geh ich nicht hin.«

»Doch, bitte! Die schieben das sonst mir in die Schuhe. Ich bin's doch gewesen, der vorgeschlagen hat, dich dieses Jahr zur Berger-Gedenkvorlesung einzuladen.«

»Nepotismus, einmal anders rum! Ob es ein Wort dafür gibt?«

Also ging ich hin. Es gab Getränke und ein Buffet im Hause des Universitätspräsidenten Dr. Ovid F. Pargeter. Es war ein schrecklich neues Haus und schrecklich sauber. An den lachsrosa Wänden hingen in zentimetergenau bemessenen Abständen Stiche von griechischen Antiquitäten. Die Möbel waren skandinavisch. Draußen vor den Fenstern, die man für die warme Abendluft geöffnet hatte, erstreckte sich ringsum auf allen Seiten das schrecklich flache Indiana. In der Erinnerung geblieben sind mir die blitzenden Gläser, in den Händen und auf den Nasen. Die meisten Professorenfrauen kannten meine Bücher; ihre Gläser blitzten in schelmischer Bewunderung. Ich war so alt, daß ich schon als eine Art Klassiker gelten konnte, allerdings nicht von der Art, mit der Dr. Ovid F. Pargeter sich abgab. Wie hieß doch das Wort für eine Lebenswidmung, die mehr oder weniger geradewegs vom Taufbecken zu einem Erwachsenendasein strenger Spezialisierung hinführt? Dr. Pargeter hatte seinen Vornamen nach dem Geburtshelfer bekommen, der in Dayton, Ohio, seine schwierige Geburt bewerkstelligt hatte. Von einem Publius Ovidius Naso (43 v. Chr. – ? 17 n. Chr.) hatte Pargeter Senior nie gehört, doch hier stand nun sein Sohn und war durch seine gefeierte Ausgabe der *Amores* zu akademischen Höhen aufgestiegen.

»Wie heißt doch dies Wort?« fragte ich ihn. »Eponymie?«

»Das bezeichnet eigentlich die Ableitung eines Ortsnamens von einem Personennamen, würde ich sagen, Mr. Toomey.«

Mein Neffe John kam mit Professor Bucolo, um ihn mir vorzustellen: ein kleiner, dunkelhäutiger Italoamerikaner, ebenfalls aufgestiegen, doch in seinem Falle aus der Manhattaner Mulberry Street, zum Studium primitiver afrikanischer Tabus. Er hielt zwei Bücher in der Hand. Das eine war von mir, *Neue Wege zu Gott.* Er bat mich, es zu signieren.

»Du lieber Himmel«, sagte ich, »ich dachte, da kräht kein Hahn mehr nach!«

»Es gibt noch ein paar Exemplare hier. Danke!« sagte Professor Bucolo, als ich mein Autogramm hineinsetzte. »Ich habe zwar nichts annähernd Gleichgewichtiges, was ich Ihnen dafür anbieten könnte, aber ich hoffe, als ein kleines Zeichen meiner Hochachtung werden Sie dies hier annehmen.« Und er gab mir eine schon mit seiner schnörkeligen Signatur verzierte kleine Broschüre mit dem Titel *Language and Culture Among the Oma People: Notes for a Survey.*

»Wer sind denn diese Oma-Leute«, fragte ich.

»Irgendwann in nächster Zeit«, sagte der Professor, »hoffe ich einen direkteren und längeren Kontakt herstellen zu können, als mir bisher möglich war. Die Frage ist, wann einem ausreichende Mittel bewilligt werden. Das hier beruht hauptsächlich auf dem, was ich bei einem kurzen Aufenthalt in Kilwa Kivinje in Erfahrung bringen konnte. Im Missionshospital dort, das von einem Pater Alessandri geleitet wird, einem Franzosen trotz des Namens, waren fünf Mitglieder des Oma-Stammes. Sie erholten sich von einer Krankheit ähnlich der Yaws. Sie finden hier vielleicht«, sagte er, abgebrühten Einblick in mein Métier verratend, »manches, was sich in Ihren Romanen ganz gut machen würde. Zum Beispiel, daß die Oma-Leute nur bis zwei zählen können. *Ok, fa, rup.* Eins, zwei, viele.«

»Machen wir doch manchmal auch«, sagte John, »wenn wir lateinisch zählen. Unilateral, bilateral, multilateral.«

»In diesem Buch von Ihnen«, sagte Professor Bucolo und wog

es in der rechten Hand, »steht ein interessantes Kapitel über die Anpassung des Christentums an die Bedürfnisse sogenannter primitiver Völker. Meinerseits finde ich die Gedanken, die es enthält, nicht recht plausibel. Das Christentum läßt sich ohne Gefahr für seine wesentlichen Grundsätze nicht anpassen.«

»Wie ich in der Einleitung gesagt habe«, sagte ich, »sind dies gar nicht meine Gedanken. Ich stelle mich als so etwas wie einen popularisierenden Herausgeber vor.« Einer der Dozenten nahm das Glas von den Lippen und blitzte bei dem Wort *popularisierend* mit den Brillengläsern in meine Richtung. Ich war froh zu sehen, daß Val Wrigley nicht da war. Dem Vernehmen nach hielt er in seinen eigenen Räumen einen ungezwungenen Bierabend mit Dichterlesung ab. »Aber die hier vorgetragenen Ideen wurden von echten christlichen Kirchenmännern formuliert.«

»Vor allem wohl von Onkel Carlo«, sagte John. »Man hört seine Stimme heraus. Hast du den Artikel in *Life* gesehen?«

»Ich hab ihn gesehen.«

»Als ich Onkel Carlo gesehn habe«, sagte John, »vor all den Jahren, hat er mir die Idee zu einem Buch in den Kopf gesetzt. In so etwas scheint er stark zu sein.«

»Seine Mutter, deine Großmutter, war auch stark darin, Gott hab sie selig! Was denn für ein Buch?«

»Als ich ihm erzählte, daß ich Anthropologie studieren wollte, hat er gesagt, ich müßte ein großes Buch über den religiösen Impuls zu meinem Lebenswerk machen. Eine Art *Goldenen Zweig?* fragte ich. Ja, und auch so gut geschrieben, sagte er. Ich war naiverweise überrascht, ich hatte gedacht, ein Bischof kann das doch nicht gelesen haben, aber natürlich kannte er's ganz genau. Er hat Bescheid gewußt über den gehängten Gott und über Attis und Osiris. Seine Idee war, ich sollte die universelle Hilflosigkeit des Menschen ohne den Erlöser aufzeigen. Aber Anthropologie als christliche Propaganda? hab ich gesagt. Dann fing er an zu brüllen, du kennst ihn ja. Schau einfach nur nach der Wahrheit! hat er gebrüllt. Und dann hat er eine Korbflasche mit drei Gallonen von seinem einheimischen Wein hervorgeholt. Die Suche nach einem Menschen, der wahrhaftig Gott war, hat er gebrüllt.«

»Wer«, sagte ich, »ist eigentlich God Manning?«

»Ein armer Irrer von einem Wanderprediger«, sagte Professor Bucolo. »Er macht sich in den Kaffeestuben an die Studenten heran und verkauft ihnen eine schwachsinnige Broschüre, die er selber geschrieben hat, über den Weg des Herrn und noch so einiges. Manche von den Kleinen schwören auf ihn, eine Zeitlang. Dann vergessen sie ihn wieder, wenn ihnen ein wandernder Jogi oder ein glatzköpfiger Pseudobuddhist begegnet. Der religiöse Impuls kann sehr gefährlich sein. Er stiftet Schaden, manchmal für immer. Aber die meisten von unseren Kleinen sind jung, gesund und heidnisch.«

John blickte auf seine Armbanduhr. Bucolo grinste. »Sie läßt uns warten«, sagte John.

»Wer denn?« fragte ich.

»Die reizende Laura«, sagte Bucolo grinsend. »Sie macht eine Gruppe über Kurzgeschichtenschreiben.« John errötete allerliebst. Das gefiel mir an ihm. Irgendwoher hatte er etwas Normalität geerbt. Ein philippinischer Hausdiener, in weißer Jacke, vermutlich nicht vom Stamme der Hanunoo, in der Bogentür des Speisezimmer-Alkovens, lächelte Mrs. Gloria Pargeter zu. Wir wurden alle zum Buffet gebeten. Das Mädchen Laura kam hereingestürmt, als ich mir gerade *Asperges en vinaigrette* nahm. Sie gab John einen Kuß, und er wurde schon wieder rot. Reizend, ja, das sah ich, als wir bekanntgemacht wurden. Ihr langer, reizender amerikanischer Körper steckte in einem Crêpe-Kleid aus orangefarbener Wolle mit kurzen Ärmeln, anliegendem Oberteil und weitem Rock. Das Haar war blauschwarz und nicht zu einer Frisur zurechtgequält: Es war bloß in der Mitte gescheitelt, madonnenhaft, und hing ihr schwer auf die Schultern herab. Die Augen waren eisblau, aber warm. Irisches Blut mußte sie haben. Sie freute sich, mich kennenzulernen. Sie sagte:

»Wußten Sie schon, daß Sie der einzige noch lebende Meister der Kurzgeschichte sind? Wir haben heute zur Feier Ihres Besuchs eine von Ihren Geschichten auseinandergenommen.«

Sieh einer an! Das war es vielleicht, wo die Meisterschaft lag: in den unbekümmert hingeworfenen Sachen, mit denen man auf die Schnelle ein paar Dollars verdiente. »Ich bin sehr geschmeichelt. Welche denn?«

»Die eine über die Nonne in ihrem Kloster, die nicht schlafen kann, weil ihr der Sex immer wieder dazwischenkommt. Dann konzentriert sie sich auf die Kreuzigung, aber da ist der harte, muskulöse Körper eines Zenturionen. *Evas Töchter.*«

An die konnte ich mich überhaupt nicht mehr erinnern. »Ich bin sehr geschmeichelt«, sagte ich noch einmal.

»Könnten Sie nicht morgen kommen und zu meiner Gruppe sprechen?«

»Es wäre mir eine Ehre. Das heißt, wenn es am Vormittag ist. Am Nachmittag geht mein Flugzeug.«

»Es ist vormittags. Johnny könnte Sie abholen. Herrlich!« sagte sie. »Mann, werden die Kleinen sich freuen! Danke sechsstellig, Mr. Toomey!«

Die beiden waren mir sehr sympathisch. Sie schienen ehrlich verliebt zu sein. Als sie sich zusammen am Buffet einreihten und mit jugendlichem Appetit Sachen auf ihre Teller schaufelten, berührten sich immer wieder ihre schaufelnden Hände, und Lauras schöne volle Hüfte kollidierte zärtlich mit Johns knochiger. Das Buffet wurde zu einem Liebessakrament geadelt: Von dem gewürzten Rinderragout stiegen Dämpfe zum Himmel auf, das Lamm war das Lamm des Abendmahls, und der sommerliche Pudding, ein »syllabub« (»Glorias Spezialität«, sagte Professor Bucolo), war voller Früchte. Die Nachtluft roch nicht nach Tomaten-Ketchup. Die beiden würden heiraten, das wußte ich; man mußte ihnen helfen. Warum sollte mein Geld untätig daliegen und sich bis zu einem sterilen Ende vermehren? Als ich ging, gab Laura mir einen feuchten Kuß auf die Wange.

Als ich wieder ins Gästehaus des Universitätspräsidenten kam, fand ich, daß der graduierte Student, der im Obergeschoß wohnte und die Aufgabe hatte, kleinere Wünsche der Gäste zu befriedigen, mir auf dem Küchentisch einen Krug Milch, Zucker, einen Mickymaus-Becher und ein großes Paket mit etwas namens Molto bereitgestellt hatte: Auf dem Etikett sah man einen im Schlafe lächelnden Halbmond. Dabei lag ein getippter Zettel: »Das hier wird Ihnen helfen, einzuschlafen. Mischen Sie's mit der Milch! Sie können es kalt trinken, aber warm ist es besser. Streichhölzer liegen neben dem Gasherd. Professor Wrigley war da und hat diesen Umschlag für Sie dagelassen. Ich hoffe, Sie werden gut schlafen. Herzlichen Gruß, Ihr Jed Bezwada.« Der Umschlag enthielt einige fotokopierte Seiten, dem Aussehen nach Verse. Eine war die Titelseite, und dort stand *Die Liebeslieder des Herrn J. Christus.* Ach, du mein Gott, ein Schaden, manchmal für immer! Ich sah eine Stelle: »Dein Speer war in mir, nicht in meiner Seite.« Ach, du mein Gott! Dabei lag ein handgeschriebener Zettel: »Wir haben immer noch eine zweite Chance. Mal sehn, was du diesmal machst! Val «

63 »So«, sagte ich zu Ralph, »jetzt bist du in Haffrika!« Ich nasalisierte theatralisch das A, überbetonte die Silbe und leitete sie mit einem komischen Henry Jamesschen Hauchlaut ein. Ich wollte Afrika zu einer absurden Bagatelle verkleinern. »Und die große Glühbirne da oben an der blauen Decke, das ist die Afrosonne.« Wir gingen schwitzend von der Air-Maroc-Maschine zum Hauptgebäude des Flughafens von Marrakesch.

»Das hier ist nicht Afrika. Nicht das echte Afrika.«

»Du meinst, weil du niemanden von deiner Hautfarbe siehst? Trotzdem ist dies der Kontinent, von dem du immer phantasierst. Die große Mutter, von deren Brust die Weißen dich schreienden Kleinen weggerissen haben. Mit Hilfe habgieriger schwarzer Entrepreneurs. Ein elend großes Stück Land, mein lieber Ralph! Schau, da drüben ist die große Atlaskette. Und dahinter kommt das Herz der Finsternis, mit den ersten matten Schlägen. Aber hier haben wir den Islam und ein altes Imperium, das auf der Sklaverei aufbaute. Wie jedes andere verfluchte Imperium auch. Weiße Männer sind auch Sklaven gewesen. Der Kollege Cervantes zum Beispiel.« In der Flughafenhalle hing eine Karte von Afrika, die eine ganz Wand bedeckte. »Schau nur mal, wie groß das verdammte Ding ist!« Er schaute. Er sagte:

»Wie kommt man von hier nach Nairobi?«

»Was willst du denn in Nairobi? Die Westküste ist die Heimat deiner Ahnen.«

»Ich will aber nach Nairobi.«

»Am besten, lieber Ralph, kommt man dort von anderswo hin. Zum Beispiel über Rom. Natürlich könntest du auch zu Fuß hingehn. Ohne die Unannehmlichkeiten einer Seereise. Dafür Wüste, Dschungel, unangenehme kleine Männchen mit Speeren.«

Ihn schauderte, ganz wie einen Europäer.

Draußen vor dem Gebäude, dessen Wände unten mit Streifen von Berberpisse signiert waren, überfiel uns der starke Geruch wilder Minze. Tizra- und Zwergpalmenlaub erwiderte müde den flauen Gruß eines Lüftchens von Westen. Ein maurischer Taxifahrer in dreckigem Hemd fragte: »Where you go, Charlie?«

»Zum Hotel Moghrab!«

»You Merican, Charlie?«

»*Ce monsieur, oui*«, sagte ich »*Cent pour cent. Moi, je suis ce que je suis. On y va.*« Unsere Koffer wurden hinten verstaut. Im

Wagen krauste Ralph die Nase, angewidert von der Duftnote des Fahrers: angedickter Schweiß, süßliches Kif (von arabisch *kayf*, Lust), abgestandene Bockspisse. Ein beladener Esel kam uns in den Weg. Der Fahrer drehte sich zu uns um; das grelle Licht schien aus seinen Augäpfeln zu kommen.

»You want boy, Charlie? I find you plenty boy.«

»Alles zu seiner Zeit!« Bei dem französisch geleiteten Hotel stieg Ralph mit unseren Koffern aus. »Und jetzt«, sagte ich, »fahren Sie mich zur Villa el Filfil. Nahe beim Djemaa el Fna.« Bald kreisten wir langsam um den Rand des großen Marktplatzes. Schlangenbeschwörer und Märchenerzähler waren am Werk. Ein kleiner Junge hüpfte auf einem Trampolin gen Himmel. Eine Art Schalmei schrillte, und Trommeln wurden schleppend befingert. Ziellose braune, pockige Mauren in dreckigen langen Gewändern schlenderten trocken ausspuckend umher. Mein Fahrer konnte die Villa el Filfil nicht finden, die ihren Namen von den Pfefferbüschen in ihrem Garten hatte. Ich glaubte einen tosenden Klavierakkord zu hören, gedämpft durch Zedern-, Feigen und Aprikosenlaub. »Dort!« sagte ich. »Hier!« Ich gab ihm zu viele Dirhams; dann ging ich durchs offene Tor, durch wucherndes Grün voller Eidechsen, und betrat die innerste Lärmzone um Domenicos Flügel.

Domenico war aus Menton hierhergekommen, weil er die trokkene Hitze liebte. Sein Assistent Vern Klapp, eine Kifzigarette im Mundwinkel, trug an einem Stehpult abgemessene Taktstriche in Notenlinien ein. »Hi«, sagte er. An dem gemieten Flügel saß Domenico und sang meinen englischen Text:

»You whom the fisherfolk of Myra believe
To have power over the sea
Acknowledge a power as old as Eve –
The sea's goddess, Venus, me!«

Dann, notwendig unter Hinzufügung mancher Töne, dasselbe in Bevilacquas Übersetzung:

»O tu che a Mira ogni pescatore
Venera pel potere che hai sul mare
Conoscer devi la potenza arcana
Di Vener, dea del mar, me, sovrumana.«

»Englisch ist es besser«, sagte ich. Wir waren in einem großen, leeren Raum, mit heruntergelassenen Jalousien gegen die Sonne, doch offen gegen das grünschimmernde Halbdunkel im hinteren Teil des Gartens. Der Raum war funktional zurechtgestutzt: Tische, der Flügel, das Pult, Notenpapier. Nichts Päderastisches hier, eher eine blasse Geruchsspur von einer soeben erst weggegangenen Maurin.

»Fertig?« sagte Domenico. Er sah sehr schäbig italienisch aus, unrasiert, mit vorquellendem, behaartem Bauch, das Hemd aufgeknöpft, Sandalen an den Füßen. »Was zu trinken?«

»Whisky und Vittel. Mit Eis.«

Domenico ging selbst zu einem dunklen Winkel hinter einem Torbogen. »Kein Boy«, sagte er. »Alles verfluchte Diebe.«

»Ist Bevilacqua da?« fragte ich Vern Klapp.

»Liegt im Bett mit Dünnschiß. Ungewaschenes Obst.« Er trug jetzt Noten ein, mit verkniffenen Augen auf Domenicos Rohfassung der Partitur hinabblickend.

»Ja«, sagte ich zu Domenico, als er mir ein großes, schmutziges, eisklirrendes Glas gab, voll bis zum Rand, »ich bin fertig. Mit allem, mitsamt dem Epilog – der Apotheose des heiligen schwergeprüften Nick.«

»Das machen wir nicht«, sagte der irdische Nick. »Wir machen Schluß, wenn Nick das tote Kind im Arm hält. Er verflucht Gott, den gefühllosen Schweinehund.«

»Kannst du nicht machen!«

»Das einzig Mögliche. Draußen ist Krieg, und in dem Lärm brüllt er Gott an, und der Vorhang geht runter, und er brüllt immer noch. Ein Tumult!«

»Den gibt es dann freilich! Willst du in der Erzdiözese deines eigenen Bruders proklamieren, daß Gott ein gefühlloser Schweinehund ist?«

»Genau das! Er *ist* nun mal ein gefühlloser Schweinehund.«

Ich seufzte tief auf. »Denk bitte dran, Nikolaus ist ein Heiliger. Dies ist eine Oper über einen Heiligen, nicht über jemanden, der am Ende losbrüllt, Gott ist ein gefühlloser Schweinehund.«

»Der er nun aber mal ist, wie ich schon sagte. Denk doch an all die toten Juden und die Atombombe! Der letzte Akt bringt das alles, wenn du's richtig geschrieben hast.«

»Der Epilog«, sagte ich, »sollte etwa zehn Minuten dauern. Er muß gar keine Szene für sich sein. Der Kriegslärm weicht zurück, und dann kommt unirdische Musik und ein Engelchor. Ein unauffälliger Lichtwechsel, und man hört Gottes Stimme, *basso profondo*, aus dem Lautsprecher. Nikolaus, mit einem Lichtkranz, kniet nieder. Engelsstimmen im Crescendo. C-dur-Akkord. Vorhang.«

»Und was ist mit dem toten Kind, das er im Arm hält?«

»Das legt er irgendwo nieder. Engelshände nehmen's ihm ab. Nein, er behält es im Arm. Aber das Kind ist nun nicht mehr tot. Nikolaus, der Schutzheilige der Kinder. Scheinwerfer auf beide.«

»Und das Orchester spielt *O Tannenbaum*«, sagte Vern Klapp.

»So geht's nicht«, sagte Domenico.

»Doch, so geht's«, sagte Vern Klapp durch den Kifrauch. »Ken hat recht. Aber natürlich kannst du auch Alternativschlüsse machen. Einen für Moskau, einen für Mailand.«

»Müssen wir uns alles noch mal überlegen«, grollte Domenico. »Willst du die erste Szene mal ganz hören?«

»Wobei du alle Rollen singst?«

»Nur damit du den Gesamteindruck kriegst.«

»Nein«, sagte ich. »Aber danke trotzdem. Ich wollte bloß meine Ware abliefern, so wie sie nun mal ist.« Aus der schmalen Gucci-Tasche zog ich die paar Blätter, von denen Domenicos Musik eine Stunde lang zehren konnte, und legte sie in den Staub auf dem hochgeklappten Deckel des Flügels. »Ich muß zurück ins Hotel und sehn, ob Ralph inzwischen nicht von maghrebinischen Sklavenhändlern abgeschleppt worden ist. Vielleicht könnten wir heut abend irgendwo zusammen essen?«

»Schleppst du den immer noch mit, den schwarzen Halunken?« Domenico grollte noch finsterer. »Immer dasselbe, geht mir auf die Nerven, allmählich! Hortense hab ich irgendwo in einer Zeitschrift gesehn. Wie sie an ihrem Bischof rumhackt, seine Eier an der frischen Luft. Und das schwarze Biest hat ein Album rausgebracht, wie man das nennt.«

»Kannst du mal sehn, was wir alle für Talente haben«, sagte ich. »Bis auf Ralph, der hat überhaupt keins, der arme Junge, und damit hat er sich noch nicht abgefunden. Sagen wir, in der Maimunia-Bar gegen sieben?«

»Die mit den Wänden voller Churchill-Bilder?« fragte Vern Klapp.

»Ja, die, wo er mit Ihrem verblichenen Präsidenten beschlossen hat, die Kosaken in den Tod zu schicken. Oder war das in Jalta?«

»Okay«, sagte Domenico. »Bevilacqua muß aufstehn und sich

ein bißchen Gries, Reis oder irgendwas in den Bauch stopfen. Aprikosen direkt vom Baum hat er gegessen, der blöde Idiot! Wir werden ihn mitschleppen.«

»Oboe solo hier?« fragte Vern Klapp. »Oder mit Flöte eine Oktave höher?« Domenico schlappte hin, um nachzusehen. Ich ging. Ich nahm ein *petit taxi* bei einer Bude, wo warm aussehende gelbliche Getränke verkauft wurden, und fuhr zum Hotel. In der Hotelbar saß Ralph an einem Tischchen, einen Pernod vor sich. An einem anderen Tisch saß ein alter Mann, der wie Frederick Delius aussah, mitsamt der Blindheit. Er trug ein Seidenhemd mit offenem Kragen und einen weißen Anzug. Es war der einstige Erzbischof von York, jetzt pensioniert oder zurückgetreten oder was immer sich für einen Träger der Bischofswürde gehörte, wenn ihn die Gesundheit im Stich ließ.

»Toomey!« sagte ich und nahm seine lange, dünne, kalte und nun ringlose Hand.

»Ah, Toomey, Sie hier? Ich erzähle grad diesem jungen Amerikaner hier, wie schlecht sein Volk die Neger behandelt.«

Blind, stockblind! »Er hört es lieber, wenn man ihn einen Schwarzen nennt.«

»Egal, wie er genannt werden will, er und seinesgleichen behandeln die Negerbevölkerung schändlich. Also Sie auch hier, Toomey! Kann Sie leider nicht sehn. Muß mich jetzt aufs innere Licht verlassen. Glaukom nennt man das. Alles in Ordnung? Carlo hat mich besucht, ein Trost! Seine robuste Gesundheit hält an. Ich konnte ihre Ausstrahlung spüren.«

»Hier?«

»In Rom, in Rom, an der Wiege des Glaubens. Aber nein, das ist Rom eigentlich nicht, wenn man sich's mal überlegt. Aber Jerusalem? Oder Mekka? Es gibt nur einen Gott, Toomey.«

»Daran habe ich nie gezweifelt.«

»Haben Sie sich schon mal überlegt, daß unsere muselmanischen Freunde einer brauchbaren Benennung der Gottheit näher gekommen sind als die Christen und die Juden? Gott ist Allah, aber die Wurzel ist bloß der eine Konsonant L. Ein seltsamer Laut. Toomey, fast schon ein Lied! Er fließt von den Minaretten herab durch den afrikanischen Morgen, sehr aufregend! Gibbon, nicht, der hat gesagt, wenn die Moslems bloß noch ein bißchen weiter vorgestoßen wären, von der Loire bis an die Themse, dann, Moment, mal sehn, ob ich's noch genau zusammenbringe, mal sehn.

Ja, ›vielleicht würde heute die Deutung des Koran in den Schulen von Oxford gelehrt, und von den Kanzeln dieser Universität würde einem beschnittenen Volke die Heiligkeit und Wahrheit der Offenbarung Mahomets nachgewiesen.‹ Sehr fein gesagt, Toomey! Dieser Herr hier«, sagte er zu Ralph, »ist Mr. Toomey, der bekannte britische Schriftsteller. Wir sind alte Freunde. Toomey, in meinem Alter und bei all der erzwungenen Untätigkeit befinde ich mich in einer interessanten Situation. Ich habe mein Leben der Kirche von England gewidmet und ich habe viel, wenn auch notgedrungen heimlich, wie Sie ja wissen müssen, über diesen Traum unseres guten Carlo von der wiedervereinigten Christenheit nachgedacht. Und jetzt, nachdem ich sechs Monate in Hörweite der l's von der Moschee in Sidi-bel Abbès gewohnt habe, fühle ich mich zum alten Feind der Christenheit, zu seiner skimitarscharfen Schlichtheit hingezogen. Ich glaube, in jedem Engländer muß wohl ein Tropfen islamisches Blut fließen. Denken Sie an Doughty, Burton, Lawrence – um nur ein paar zu nennen, an die wir in diesem Zusammenhang denken! Denken Sie nur, Toomey, der eine Gott und der gesichtslose Prophet, die reine Nahrung, die fünf Gebete täglich und die echte Fastenzeit des Ramadan!«

Ralph zog aus der Tasche seiner hellbraunen Moigascheljacke das Büchlein über die Oma-Leute und ihre Sprache, das ich an ihn weitergegeben hatte. Er löste sich aus dem Gespräch mit den zwei alten weißen Schwulen und sprach leise Urworte vor sich hin. »Also führt der Weg«, sagte ich zu dem pensionierten Prälaten, »am Ende doch nach Mekka?«

»Ah, so nun auch wieder nicht, Toomey! Am Ende führt der Weg wieder zurück in die ungestalte Geistesart der Kindheit. Treue, Pflicht und Glauben! Das Kirchlein auf dem Hügel und die vertrauten Namen auf den Grabsteinen. Der gute Carlo ist im Irrtum. Der Glaube kann nicht fortschreiten zu neuen Pflichten und Bindungen. Wenn Carlo das kann, so ist er eine Ausnahme in ihrer ganzen Einsamkeit.« Sehr hellsichtig, sehr! »Treu sind wir nur unseren Müttern. Wir streben nach dem Neuen, können es aber nicht erreichen. Wir gehen im Kreis. Wir wollen zurück.«

»Zurück zu was?« fragte Ralph plötzlich dazwischen.

»Ah, mein amerikanischer Freund, sind Sie immer noch da? In Ihrem Falle zurück nach Boston, Milwaukee oder wo immer Sie herkommen. Mit den amerikanischen Akzenten hab ich mich nie ausgekannt, mir klingen sie alle gleich. Zurück zu Ihrer Kindheit und allem, was Sie in Ihrer Kindheit dort geerbt haben.«

»Meine Leute dort waren Sklaven.«

»Sklaven? Tatsache? Ihre Leute? Dann müssen Sie ein amerikanischer Neger sein. Hätt ich nicht gedacht!«

»Meine Leute hören lieber *Schwarze.* Ich habe eine weiße Kultur geerbt und will sie nicht mehr haben. Wie weit muß man denn zurück auf der Suche nach Treue, Glauben und dem ganzen–« Er hätte fast *Scheiß* gesagt, erinnerte sich aber, daß er es hier mit einem Geistlichen zu tun hatte wie sein Vater, der unreine Worte in der Familienhütte niemals dulden würde. »Dem ganzen Unsinn?«

»Kommt ganz darauf an, wie sehr Sie sich als Neger, Entschuldigung, Schwarzer fühlen.« Auch wieder hellsichtig.

»Jedenfalls so schwarz, daß ich von den Weißen fort will.«

»Das können Sie nicht, Sie wissen's. Sie haben zu viel von ihnen angenommen. Sie könnten natürlich Moslem werden, aber das wäre in Ihren Augen nur die Ablösung einer exotischen Abscheulichkeit durch eine andere. Was Sie auch tun, mein Junge, trauern Sie bloß nicht irgendeinem vergrabenen Fetisch der Vorzeit nach! Und seien Sie nicht so bitter wegen der Sklaverei! Alle Völker sind irgendwann einmal von einem andern Volk versklavt worden. Die Sklaverei ist ein Modus der kulturellen Transmission.«

»Nennen Sie mich nicht *mein Junge,* ich bin nicht Ihr Baby! Und erzählen Sie mir nicht so einen aufgeblasenen Mist!« Das Wort fuhr ihm unbeabsichtigt heraus. Der Quondam war entzückt.

»Baby braucht ein paar neue Schuhe! Wissen Sie noch, Toomey?« sagte er. »Macht schon, sieben und elf! Ah, ja! Immerhin, es soll Spielkarten in Blindenschrift geben. Sie, mein Herr«, sagte er mit Strenge zu Ralph, »hängen vielleicht einem romantisch-rousseauischen Traum vom vernünftigen Wilden nach, aber seien Sie gewarnt vor den Gefahren! Sie werden kaum erst erworbene Fähigkeiten, besonders der Sprache, wieder abwerfen müssen. Als junger Pfarrer in Afrika, nicht in diesem Teil natürlich, habe ich gesehen, was Wilde sind. Das hieße *zu weit* zurückgehen. Sie, wie unser geistlicher Freund Carlo, nicht Ihr Freund natürlich, sondern Toomeys und meiner, Sie sind gezwungen, vorwärts zu gehen. Keine Nostalgie, für ihn nicht und für Sie nicht!« Dann sagte er mit quengelnder Stimme: »Wo bleibt denn bloß mein Begleiter, wie ich ihn wohl nennen muß? Er pflückt des Schlafes, wie Vergil sagt, die Blume der Siesta. Ich möchte gern auf mein Zimmer gehn. Würden Sie ihn bitte anrufen, Toomey? Sein Zimmer hat die Nummer 81. Er heißt Gordon, ein junger Schotte. Er möchte, daß man ihn einen Skoten nennt. Was es doch alles für neue Tabus gibt!«

»Ich werde Sie hinbringen«, sagte ich.

»Wirklich, wären Sie dazu bereit, Toomey? Sehr christlich von Ihnen! Ach nein, wie dumm, wie engstirnig von mir! Mein Blindenstock muß hier irgendwo stehn.«

Ralph, der manchmal, aber nicht allzu oft, auch etwas Mitleid für andere übrig hatte, nahm den Quondam beim rechten Arm; ich nahm ihn beim linken. Durch mancherlei maurische Bogengänge und über weite, kühle Flure mit bronzenen Schilden an den Wänden brachten wir ihn zu seinem Zimmer; es lag ganz nah bei unseren beiden, die miteinander verbunden waren. Ich hätte Ralph gern ein Weilchen nackt in den Armen gehalten; die Wärme und die bekanntermaßen laxen Sitten des Ortes luden dazu ein. Aber Ralph war verdrossen und unwillig. Na gut, also nicht! Ich hatte Ralph einiges zu sagen, nichts eben Liebevolles. Auf der groben maurischen Bettdecke liegend, unter dem Ventilator an der Dekke, während er zusammengesunken und stirnrunzelnd in einem Korbsessel saß, sagte ich:

»Ralph, ich fürchte, wir müssen fort aus Barcelona. Für immer.«

»Und ziehn wir hierher?« Er konnte schnell schalten, wenn er wollte.

»Hier, in diese Stadt, nein, das glaub ich nicht, so sehr mir daran lag, sie zu sehen. Aber vielleicht nach Tanger. Tanger kenn ich ganz gut, und mir gefällt's dort. Ich muß dir sagen, daß mich der stellvertretende Polizeichef aufgesucht hat, an dem Tag, den du, wie du behauptest, im Museum für katalanische Kunst verbracht hast.«

»Davon hast du nichts gesagt? Warum nicht?«

»Weil du auf das, was ich dir mitzuteilen habe, vielleicht mit ungehörigen oder sogar kriminellen Handlungen geantwortet hättest. Du bist, wie man das nennt, eine *persona non grata,* mein lieber Ralph. Ich kann dir versichern, es hat gar nichts mit deiner Rasse zu tun, abgesehen davon, daß sie dich auffälliger macht. Aber es geht um dein Treiben, wenn ich nicht dabei bin, um dich zu bremsen. Die Polizei ist sogar sehr tolerant gewesen. Aber in mehreren Bars hat man von dir abfällige Äußerungen über den General Franco gehört, und in einer sollst du sogar versucht haben, auf sein Bild zu urinieren – nur versucht, denn es hing zu hoch an der Wand. Und noch anderes. Du hast eine sehr laute Party in unserer Wohnung gegeben, als ich bei Gomez in Madrid war. Du hast auf dem Spinett, das ich dir gekauft habe, Jazz gespielt und dann versucht, das Instrument das Treppenhaus hinunterzuwerfen. Dabei waren schwarze amerikanische Matrosen anwesend. Zwei von ihnen haben vor den Augen von Dr. Borges im Etagenflur Sodomie gemimt. Als die Nachbarn die Polizei geschickt haben, habt ihr alle wüste Reden geführt, du am auffälligsten, weil in fließendem Katalanisch. Solche Dinge kommen zusammen. Der Polizeichef und sein Stellvertreter kennen meine Werke und meinen Ruf. Sie wollen keinen Skandal. Sie sind der Ansicht, daß wir anderswo besser aufgehoben wären.«

Ralph brütete darüber nach. »Es geht bloß um mich, nicht?« sagte er schließlich. »Du bist der diskrete englische Gentleman, der dezente Schwule undsoweiter. Na gut, du kannst dableiben, und ich werde gehn.«

»Ich dachte, wir wollen zusammenbleiben, mein lieber Ralph. Ich glaube an die alte Tugend der Treue. Ich wollte wieder einmal nach Marokko, um zu sehn, wie es hier steht. Marrakesch finde ich ein bißchen öd und verkommen. In Tanger wohnen noch etliche andere exilierte Schriftsteller. Dort herrscht viel Toleranz für, na, Abirrungen. Allerdings auch Armut, sogar eine Art Sklaverei gibt es, Diebe und Gauner jeder Art. Meine wertvolleren Besitztümer könnte ich irgendwo anders verstauen; ich habe sie lange genug gesehen. Wir könnten ein kleines Haus mieten, mit lächelnden maurischen Dienern. Und mit einem Gärtchen. Und der Souk hat auch seine Reize. Wir könnten's wenigstens versuchen.«

»Nein«, sagte Ralph. »Du hast mich hergeschleppt in dieses Pseudo-Afrika. Jetzt will ich das echte Afrika sehn. Vielleicht finde ich in Schwarzafrika sogar etwas zu tun.«

»Du willst die totale Kehre machen? Hast du nicht gehört, was der einstige Erzbischof von York gesagt hat? Der romantisch-rousseauische Traum. Den Zöllner und Jean-Jacques zusammengenommen. Du redest Unsinn.«

»Na gut. Hast nicht du das gesagt, daß das Scheitern in der Kunst nur durch ein Leben der Tat kompensiert werden kann?«

»Das soll ich gesagt haben? Glaub ich nicht. Wahrscheinlich

hab ich gesagt, daß Leute wie Hitler, Goebbels oder Mussolini wütend geworden sind, als sie in ihrem künstlerischen Streben enttäuscht waren, und dann konnten sie nur noch in revolutionärer Politik einen Auslaß finden. Du, mein lieber Ralph, kannst zwar nicht schreiben, aber du kannst manches andere. Du hast einmal sehr schön Mozart gespielt, bis du dir überlegt hast, daß er ein reaktionärer weißer Sklavenhalter gewesen sein muß. Du kannst Bühnenregie führen. Fang um Himmels willen nicht an zu glauben, daß du etwas in einer dieser verdammten revolutionären Bewegungen zu suchen hättest, die im nachkolonialen Afrika jetzt aufgepäppelt werden! Bleib bei mir! Laß dich nicht zu weit weglocken vom Atlantik oder vom Mittelmeer! Wir können anfangen, in Tanger nach einem Haus zu suchen. Wenn du willst, schon übermorgen.«

Ralph brütete in sich hinein; ich hätte ihm die Kleider herunterreißen mögen vor Wut. »Bilde dir gar nicht erst ein, wir zwei könnten uns zusammen in Tanger niederlassen! Für dich wird es Zeit, daß du zur Ruhe kommst, soviel seh ich. Für mich ist das was anderes.«

»Ralph«, sagte ich und spürte, wie sich mir die Kehle zusammenzog, »kennst du denn gar keine Liebe oder Treue? Muß das denn alles nur von mir kommen?«

»Du zahlst mein Gehalt. Ich bin sowas wie ein Angestellter. Diese beiden Sachen gehören gar nicht hierher.«

»Ja«, sagte ich, und die Tränen drängten an, »und wenn meine Liebe und Treue auch nicht hierher gehörten, dann würd ich sagen, daß du ein miserabler Angestellter bist.«

»Du meinst, ich halte den Arsch nicht im richtigen Winkel hin?«

»Das ist grausam, wie kannst du sowas sagen! Ich meine, daß du meinem britischen Verleger einen Brief mit den Worten *Fuck off* geschrieben hast, mit einer Faksimile-Unterschrift von mir, die für echt gehalten wurde. Ich meine noch anderes. Ich meine, daß meine Liebe zu dir, die nach einem körperlichen Ausdruck schreit, den du dir gleichgültig gefallen läßt, mich zur Blindheit gegen deine Schlamperei und dein übles Betragen verleitet. Ich möchte dich nicht als Angestellten betrachten. Du bekommst soviel Geld, wie du nur brauchst, und das ist viel mehr, als ich einem Angestellten geben würde. Ich möchte dich als liebenden Freund betrachten.«

»Ojeh!« grinste Ralph. »Liebende Freunde! Wie in dieser Geschichte von dir, mit diesem Schwulen, der auch Ralph heißt. *Laß mich dir die Hosen ausziehen, Geliebter!*«

»Grausam, schon wieder! Wenn du ein richtiger Schriftsteller wärst und nicht bloß ein stümpernder Amateur, dann würdest du wissen, daß Namen in Geschichten sowas wie Magie annehmen können, sowas wie ein prothetisches, ich meine prophetisches Gewicht. Ich muß zugeben, als meine Schwester dich als Sekretär und Begleiter für mich vorgeschlagen hat, da hat dein Name sehr für dich gesprochen. Jetzt wollen wir bitte nicht gemein werden gegeneinander. Vielleicht könnten wir eine kleine Reise nach Ostafrika arrangieren. Der British Council hat schon oft angefragt, ob ich nicht mal in seinem afrikanischen Programm auftreten will.«

»Ah, Scheiße!« sagte der schöne schurkische Knabe. »Kannst du das denn einfach nicht begreifen? Onkel Toms Universitäten will ich nicht sehn. Ich will sehn, wo ich hergekommen bin.«

»Wie oft hab ich dir das schon gesagt, du stammst von der Westküste, von einem harmlosen, kunstbegabten Volk, das sich vom Raubgesindel aller Hautfarben hat ausbeuten lassen. An der Ostküste wirst du echte schwarze Afrikaner sehn, neben Arabern und Asiaten, aber sie werden dir ebenso wenig zu sagen haben wie du ihnen. Du steckst in der schlimmsten, ahnungslosen Romantik.«

»Paß auf!« zischte Ralph. »In den Staaten haben die Schwarzen soviel Chancen wie ein Schneeball in der Hölle. Was die Geschichte mit der schwarzen Sklaverei hinterlistig bezweckt hat, war Vergeltung, nämlich Ausrüstung eines ganzen Kontinents mit den ideologischen und technischen Mitteln des Westens, damit er zu einer Macht, Würde und Autorität aufsteigen kann, daß der ganze Westen sich in die Hosen macht. Und da kommst du mir mit deinem Scheißbritisch Council?«

»Das mußt du irgendwo gelesen haben«, sagte ich, »und nicht in dem kleinen Buch über diese Oma-Leute, die nur bis zwei zählen können. Du hast irgendwelches rhetorische Gebläse von diesen neuen afrikanischen Politikern gelesen. Es gefällt mir gar nicht, Ralph.«

»Na gut, dann gefällt dir's eben nicht. Aber laß mich in Ruhe mit deinem Touristen-Afrika! Das Leben ist kurz. Und ich habe Hunger.«

»Hunger nach was?»

»Nach was zu essen. Herrjeh, komm wieder auf den Teppich! Was es in diesem Flugkamel vorhin zum Lunch gab, war für die Katz. Gehn wir irgendwo essen!«

»In etwa einer Stunde treffen wir uns mit, hm, diesem Opernverein. Wir essen mit denen.«

»Hör mal, ich eß doch nicht mit Nick Campanati! Ruf ihn an und sag ab!«

»Wir haben Sachen zu besprechen, mein lieber Ralph. Ich bin in erster Linie im Zusammenhang mit dieser Arbeit hier.«

»Dann gib mir Geld! Du hast mich hierhergeschleppt, nach Afrika, wie du das nennst. Okay, dann geh ich mal los und sehe, was es zu bieten hat. Also Geld, Geld!«

»Ich hab dir schon welches gegeben.«

»Es ist draufgegangen, für diese Hemden am Flughafen. Massah Geld geben!«

Ich seufzte und seufzte. »In meiner Brusttasche findest du ein Bündel sogenannte Dirhams. Nimm dir, soviel du willst, aber laß mir noch genug da, um das Essen zu bezahlen!«

Der undankbare Bengel! Ich aß also mit Domenico und seinen versammelten Mitarbeitern, aber nicht im Maimunia, wo wir nur etwas tranken, sondern in einem finsteren, öl- und knoblauchduftenden Restaurant, das eher neapolitanisch als marokkanisch war, obwohl es das *Schiwa* hieß, was soviel wie Rinderbraten bedeutet; aber ausgerechnet Rindfleisch stand nicht auf der Karte. Bevilacqua, der blaß und klapprig aussah, stocherte in einem Hügel nacktem Reis herum, über dem er ein paar Zitronenscheiben ausdrückte. Wir andern aßen ein fades Couscous, das wir mit viel Harissa aufheizten. Domenico war schon in dem Stadium, wo er im Kopf Stimmen hörte. »Mazotta«, sagte er, »als Nick, Gregoretti als Venere.« Wir hatten beschlossen, daß einer der drei von dem Heiligen entpökelten und wiederbelebten jungen Leute nicht nur eine Frau sein sollte, sondern eine Personifikation der Liebesgöttin, und daß die erste Szene des ersten Aktes eine Art Venusberg sein müßte.

»Die Gregoretti sieht zwar danach aus», sagte Vern Klapp, »aber sie ist schwach im hohen Register. Bleibt der Reis drin?« fragte er Bevilacqua.

»Schon besser. Ich denke, er wird drinbleiben.«

»*Controllo muscolare*«, sagte Domenico, »*è quello il segreto.*«

Und zu mir sagte er: »Ich denke, wir machen's, wie ich schon sagte. Zum Schluß hat er das tote Kind im Arm. Hiroshima, die Konzentrationslager.«

»Oder Marokko«, sagte Vern Klapp. »Oder die Bronx. Oder jedes beliebige Drecknest auf der Welt.«

»Da wir gerade von Muskelkontrolle reden«, sagte ich, »laß es doch bitte nicht zu, daß die Kunst als Propaganda in die Hosen abgeht!«

»Das ist nicht Propaganda«, sagte Domenico. »Das ist die Welt, so wie sie ist. Gott schert sich keinen Furz um Männer, Frauen und Kinder.«

»So kannst du diese Oper aber nicht schreiben.«

»Ken hat recht, hab ich dir schon mal gesagt«, sagte Vern Klapp. »Bring zum Schluß diesen Engelchor!«

»Es ist nämlich so«, sagte ich, daß die Verantwortung für die Musik bei dir liegt. Aber der Text ist meiner. Und seiner auch« – ich nickte dem grimmig reiskauenden Bevilacqua zu. »Bestellen wir noch was von diesem marokkanischen Wein!«

»Schmeckt wie Katarrh«, sagte Vern Klapp.

»Verdirb doch Renato nicht den Appetit!« sagte Domenico. Und zu mir: »Was hier spricht, und so ist es in der Oper immer gewesen, ist die Musik. Der Text ist nur so eine Art – wie sagt man–?«

»Entschuldigung? Anlaß? Vorwand? Das laß ich mir nicht gefallen.«

»Du gibst mir deinen Text«, sagte Domenico. »Und was ich dann damit mache, geht dich nichts an.«

»Das kommt davon«, sagte Vern Klapp treffend, »daß du zu lange Befehlsempfänger gewesen bist. Jetzt brauchen wir was, wo man hört, daß Cary Grants Verdauung gestört ist. Und jetzt mach mal eine Melodie, die sich so anhört, wie Laureen Bacall aussieht. Nickyboy, du hast dich da ein bißchen zu sehr drauf versteift. Ken hat recht, es ist seine Geschichte, nicht deine.«

»Vielleicht willst du gar keine Musik«, sagte Domenico, rot wie Harissa. »Vielleicht willst du bloß ein nettes kleines Stück, wie Gott auf die Menschen scheißt und trotzdem der große liebe Gott ist. Das wäre dem großen lieben Kardinal sicher recht.«

»Jetzt bringst du Familiengeschichten mit hinein«, sagte ich. »Hör auf davon, Domenico! Es ist Kunst, Kunst! Gesamtkunstwerk. Wagner hat auch die Musik nicht an die erste Stelle gesetzt.«

»Weil er selbst auch den Text geschrieben hat«, sagte Domenico.

»Na, dann versuch das doch auch!« sagte ich. »Schreib du dir selbst deinen Text, und dann wird alles so, wie du's haben willst! Möchtest du, daß ich mein Libretto zurückziehe?«

»Jetzt, wo ich mit der ersten Szene fertig bin und mit der zweiten zur Hälfte? Du bist wohl verrückt. Sehr gemein von dir, Ken, sowas zu sagen. Wie eine Primadonna!«

Bevilacqua sagte: »*Devo per forza tornare a casa, non mi fido dei gabinetti di qua.*«

»Was hat er gesagt?«

»Er sagt, er muß nachhause«, sagte Domenico. »Er will lieber nicht hier auf die Toilette. Okay, wer zahlt? Du zahlst, Ken, na gut. War ja auch ein miserables Essen. Na gut, machen wir's, wie du sagst, und sehn wir, was die Kritiker sagen. Das Stückchen kann man ja immer noch wegschneiden.«

»Nur wenn du auch meinen Namen aus der Ankündigung wegschneidest.«

»Werden wir sehn. Erst mal den zweiten Akt fertig kriegen, dann noch mal überlegen.«

»Ken hat recht«, sagte Vern Klapp.

»*Devo andare. Subito.*«

In einem *petit taxi* fuhren sie los, und ich ging ein Stückchen allein in der warmen Märzluft spazieren. Ein vielfältig duftender alter Maure wollte mir zuerst Kif und dann einen Knaben verkaufen. Eine Ziege habe er auch, sagte er, eine weibliche, für die auf Normalität erpichten Amerikaner. Ich ging zurück zum Hotel und zu Ralph. Ralph war in seinem Zimmer. Er heulte.

»Ralph, mein Engel, Liebster, was um Himmels–«

Er hörte auf zu heulen und stand mit nassem Gesicht vom Bett auf. Er wischte sich mit dem Hemdsärmel die Tränen ab. »Okay«, sagte er. »Okay, okay, okay! Ich will nachhause.« Der Diphtong im letzten Wort drohte in ein Jaulen überzugehn, aber er verschluckte's.

»Was Schlimmes passiert? Wo denn? Was haben sie mit dir gemacht?«

»Ich will heim, wo die weißen Liberalen wenigstens solange nett sind zu uns Niggern, solange wir unsere Rechte nicht fordern. Heim zu Coke, Burgers und Eierkuchen! Bloß heim!«

»Ich möchte wissen, was dir passiert ist.«

»Ach, was ich mir hätte denken können! Ich bin durch ein paar dunkle Gassen gegangen, und da hab ich eine Frau jammern gehört, so eins von diesen arabischen Liedern, und bin zu der Tür gegangen. Die stand offen, und darum hab ich gedacht, es wäre vielleicht ein maurischer Nachtschuppen, und dann sind vier solche schwarzen Kerle auf mich losgegangen und haben mir die Taschen ausgeräumt. Schwarze, stell dir vor, schwarze Kerle! Geld weg, Uhr, alles!«

»Du bist eben ein reicher Amerikaner, Ralph, das ist alles, was du für sie bist! Aber Schwarze? Es müssen wohl Berber gewesen sein.«

»Und dann wollten sie mir noch die Hosen runterziehn und mir einen reinstoßen.«

»O nein!«

»Ich will hier weg. Ich will heim.«

»Daheim bist du bei mir, Ralph. Auf dich aufzupassen, das ist das einzige, was ich will im Leben. O mein Gott, das haben sie gemacht!«

»Sie wollten's. Aber sie sind nicht weit gekommen. Ein Polizeiwagen kam vorbei, und da sind sie geflitzt. Und die Polizisten, erst auf französisch, und ich gesagt, können Sie nicht spanisch reden, also haben die mir auf spanisch gesagt, ich soll einen Bogen machen um die Gegend, ist nichts für Touristen, geh man schnell wieder in dein feines Hotel, du amerikanischer Bubi! Nicht mal hergefahren haben sie mich. Okay, das ist Marrakesch! Das ist Marokko.«

»Tanger ist ganz anders, wirst du sehn. Mehrfachvergewaltigung, mein Gott!«

»Scheiß auf Tanger! Ich will nach New York.«

»Komm zu mir ins Bett, Ralph, wein dich in den Schlaf! Von jetzt an paß ich jede Sekunde auf dich auf. Sowas passiert uns allen mal.«

»Ein Hohn ist es, weiter nichts! Die Demütigung, kennst du das große Wort?«

»Ich hab es so gut wie erfunden.«

»Ein elender Hohn!«

64 »Das ist arg«, sagte der dicke Herr in Weiß, Lord Sowieso, »um nur das mindeste zu sagen.«

»Dafür muß er Tüten kleben.«

»Wie *konnten* die sich damit heraustrauen?«

Also ade, Barcelona, mit Gaudís Kirche der Sagrada Familia und ihren fast eßbaren, knusprig angebräunt zum Himmel aufstrebenden Baguetten, mit dem Park Güell, dem Märchen der Dekadenz, ade den Ständen auf den Ramblas und den Winden von Tibidabo, ade den Nachtessen um zehn mit Kraken in der eigenen Tinte! Zu sagen, daß ich die nächsten anderthalb Jahrzehnte meines Lebens in Tanger verbrachte, wäre nicht ganz richtig, denn in meinen sechziger und siebziger Jahren war ich so rastlos wie die fünfziger und sechziger des Jahrhunderts. Düsengetragen schwirrte ich um den ganzen Globus, denn ich war nun mal eine Persönlichkeit. Sechs Monate war ich in Australasien, ein Jahr in New York, zwei Jahre unterwegs in Lateinamerika wegen eines möglichen Buchs, hier und da ein paar Tage in den Hauptstädten Europas. Dennoch war die Calle Mozart 21, unweit des Teatro Lope de Vega, mein offizieller Wohnsitz bis zu meiner Flucht nach Malta. Das Haus, zweistöckig, in den dreißiger Jahren erbaut, war ein Kasten von geringer Eleganz, doch mit vielen Annehmlichkeiten. Es lag in einem Garten mit einem Paar Zedern, mit Walnuß-, Orangen- und Zitronenbäumen, und der Garten war umgeben von einer dicken, hohen, glasscherbengekrönten Mauer. Solange Ralph noch bei mir blieb, übellaunig, aber vorübergehend geläutert, arbeitete ich ganz tüchtig an einem langen Roman mit dem Titel *Walter Dunnett,* ziemlich autobiographisch, abgesehen von der Heterosexualität des Helden. Technisch gesehen wäre er schon im vorigen Jahrhundert nicht weiter aufgefallen, mit solider Handlung, betulichen Dialogen und anschauungsfernen Liebesszenen. Ich hatte noch immer mein Publikum, ein sehr zahlreiches, das nun freilich auch älter wurde; aber manche amerikanischen Schriftgelehrten entdeckten allmählich in meinen Werken Elemente einer Ironie und symbolische Bezugssysteme, die, soweit ich es beurteilen konnte, nicht wirklich da waren. In Frankreich brachte eine neue Mannschaft von Schriftstellern unterdessen den *nouveau roman* zur Welt, der auf der Negation der Handlung, der Charaktere und eigentlich von allem beruhte, womit ich jahrzehntelang meine Leser befriedigt hatte. Vermutlich mit unausgesprochener Erleichterung nahmen Literaturprofessoren, nachdem sie diesen Werken ihre Bewunderung gezollt hatten, meine Bücher mit ins Bett und mußten die Tatsache, daß sie ihnen unerklärlicherweise gefielen, damit rationalisieren, daß sie mir so etwas wie eine Revolte gegen den Postmodernismus – eine lächerliche Formulierung, die ich mich tatsächlich gehört zu haben entsinne – und die bewußte Rückwendung zu einer älteren Tradition zuschrieben. Aber selbstverständlich dachte ich nicht daran, mich zu irgend etwas zurückzuwenden.

»Ich weiß, warum sie sich damit heraustrauen. Sie versprechen sich etwas von dem Prozeß. Und von seinem Zeitpunkt.«

Ich saß mit Ralph bei einem Sherry im Al-Djenina, einer Bar unweit des Hotels Rif, und mehrere Exilschriftsteller, jeder mit seinem jungen tangeritischen Leibgardisten in schickem Anzug und mit Aktentasche, sprachen über *Die Liebeslieder des Herrn J. Christus* von Valentine Wrigley. Vor kurzem waren sie bei Macduff und Tannenbaum in London herausgekommen.

»Der Prozeß fängt bald an«, sagte ich.

»Haben Sie's gelesen, Toomey?« Dies war ein Herr in mittleren Jahren, der am besten durch seine liebevolle Biographie des Lord Alfred Douglas bekannt ist.

»Ich hab es im Typoskript gelesen«, sagte ich, »in den Staaten. Und die Anwälte des Verlags haben mir gerade eine Aufforderung geschickt, als Gutachter aufzutreten, wenn die Zeit kommt. Und die Zeit kommt jetzt. Die Staatsanwaltschaft hat sich gezwungen gesehen, Anklage zu erheben.«

»Werden Sie dort erscheinen?« fragte der Lord, ein Viscount, genauer gesagt, ein junger Mann, der sich hier mit einer Familienrente im allerschlimmsten maurischen Päderastenschlamm suhlte.

»Ich glaube, ich werde müssen. Gottlob verbietet mir das Gesetz die Abgabe eines ästhetischen Urteils über das Buch.« Der Innenhof der Bar war voll zahmer Vögel, buntgefiedert, aber unmusikalisch, die sich mit Gezirp und gereiztem Flügelschlagen auf ihren Stangen zur Nachtruhe niederließen.

»Es wird das Untersuchungsgericht sein«, sagte der Alfred-Douglas-Biograph, ein Mann von asketischem, sogar hochpriesterlich-anglikanischem Aussehen. »In der Marlborough Street. Ich erinnere mich noch an den Prozeß gegen den *Born der Einsamkeit.* Ich war da. Ein furchtbar schlecht geschriebenes Buch, aber man mußte eben dafür eintreten, nicht, so gut man konnte.

Dabei hab ich Lesbierinnen nie gemocht, vielleicht unvernünftig von mir. Die Tiggy Hall konnt ich nie ausstehn.«

»Hieß die so? Ich dachte, Boopsy oder so ähnlich.« Das sagte ein Mann mit Gesichtszuckungen, der sich hier draußen mit zwei Romanen pro Jahr durchschlagen konnte, verkaufte Auflage jeweils dreitausend. Keine Steuern, billige Zigarren. An einer davon nagte er jetzt.

»Mir hat man damals Vorwürfe und ein schlechtes Gewissen gemacht«, sagte ich. »Ich hätte hingehen sollen und auch meinen Senf dazu geben.« Mir war, als ob mein Bruder Tom, dem die alberne und letztlich treulose Estella über die Schulter linste, mich im nachhinein traurig vorwurfsvoll anblickte. So funktioniert das Hirn. »Ich denke, ich habe was gutzumachen.«

»In dem Stadium ist es eigentlich noch gar kein Prozeß«, sagte der Biograph von Bosie Douglas. »Für die Richter ist schon Marie Corelli sehr frivol und Hall Caine ein Pornograph, aber bei dieser Sitzung, da stellen sie bloß höflich ihre Fragen. Sie wollen eigentlich bloß herausfinden, ob es irgendwelche denkbaren Verteidigungsgründe gibt. So ungefähr ist das, eine Untersuchungsverhandlung.«

»Die Sache ist die«, sagte ich, »daß Macduff und Tannenbaum, glaube ich, eine Art Kuhhandel mit der Justiz vorhaben. Die haben viel Geld hingeblättert für diesen großen Roman von Ralphs Landsmann–«

»Von unserem *lieben* Ralph«, sagte ein Männchen, das allgemein Pissy genannt wurde und keinen andern Namen zu haben schien. Er zwinkerte und straffte den Oberkörper zu einer Haltung, die wohl verführerisch wirken sollte.

»Sie meinen Foulds«, sagte der mit den zwei Romanen pro Jahr, voll bittren Neides. »*Der Ruf der Wolken.* Eine Schweinerei von einem Buch. Und lang! Wie *Krieg und Frieden.* Im Miramar hat eine Amerikanerin gewohnt, die hatte das Ding dabei. In den Staaten geht alles durch.«

»Sie sehn, wie die Lage ist«, sagte ich. »Dieses Bändchen von Wrigley wird verboten, und dann wird der Staatsanwalt nicht gleich darauf wieder eine neue Anklage erheben wollen. Wenn die Richter aber sagen, und das kann auch passieren, na gut, ein Bändchen Pseudolyrik für ein kleines Publikum, lassen wir's durchgehn, dann ist das ein großer Sieg für die Redefreiheit undsoweiter. Die Sache wird dem Staatsanwalt praktisch als Köder vorgeworfen.«

»Ein Schwarzer ist das, nicht?« sagte der Viscount. »Ich hab mal irgendwo ein Foto von dem gesehn.«

»Klar ist er schwarz«, knurrte Ralph, »rein schwarz, Mann! Irgendwas dagegen, daß er schwarz ist?«

»Wie kitzlig ihr gleich seid!« sagte der Douglasmensch. »Wir mögen doch eure muskulösen schwarzseidigen Körper, das wißt ihr!«

»Aber nicht unsere muskulösen schwarzseidigen Hirne.«

»Ist ja gut, Ralph!« sagte ich und trank meinen Amontillado aus. »Fang nicht wieder so an!«

»Foulds, der zeigt es euch eben mal, ihr schmierigen kleinen Skribenten!« sagte Ralph. »Ein großes Buch, klar, und bringt auch großes Geld. Aber der hat sein Geld in die Heimat geschafft, klar?«

»Ostafrika ist *nicht* seine Heimat«, sagte ich, »so wenig wie deine, mein lieber Ralph. Du und ich, wir gehen jetzt dahin, wo unsere *wahre* Heimat ist. Ali wird böse sein, wenn wir zu spät zum Essen kommen.« Der maritime Himmel war zwetschgen-, himbeer- und honigfarben, mit einem Stich Grünspan. Kernig-altväterische Abschiedsgrüße der anderen, die anscheinend nicht heimgehen wollten, solange ihre Maurenknaben sie noch nicht hintragen mußten, begleiteten uns auf den Weg: »Tutti frutti«, »mach's gut, alte Hure!« und dergleichen mehr. Wir gingen zu Fuß, ich kaum mehr als Ralph nach Luft schnappend beim Anstieg auf unser Hügelchen. Ali, den der Leser schon kennt, lächelte froh, uns so pünktlich zu sehen. Er setzte uns Avocados vor, *Coq au vin,* Käse und als Nachtisch einen Pfannkuchen mit im Laden gekauften Aprikosen. Wir aßen in einem Zimmer, das ganz kahl war bis auf das mönchische Speisemobiliar und ein paar maurische Teppiche auf dem Parkettfußboden und an den Wänden. Nach dem Essen machte sich Ralph ernsthaft ans Üben auf seinem Spinett; es war die Rede davon, daß er Mozart spielen sollte bei einem kleinen Konzert, das Gus Jameson, ein schottischer Exilkomponist, für Ende Dezember vorbereitete. Ich ging in mein Arbeitszimmer, schrieb seufzend die Seitenzahl 140 auf ein neues Blatt Propatriapapier, weckte einige meiner Figuren aus ihrem kurzen Schlaf und brachte sie zum Reden. Zu meiner Überraschung fingen sie gleich an, von dem Roman, in dem sie ihren Platz hatten, zu reden, fast so wie in einem dieser Zeichentrickfilme, in denen die anthropomorphen Tiere bisweilen aus ihrem Rahmen hüpfen und anfangen, ihren Schöpfer zu insultieren.

»Ich kenne einen Romancier«, sagte Diana Cartwright, »der behauptet, ein anständiger Roman sollte ein durchsichtiger Schwindel sein, dem der Leser nach Belieben mehr oder weniger Glauben schenken kann.«

»Schwindel, ach was?« sagte Walter Dunnett. »Sogar dann, wenn identifizierbare historische Gestalten drin vorkommen? Zum Beispiel Havelock Ellis, Percy Wyndham Lewis und Jimmy Joyce?«

»Sie sind nicht dieselben wie in Wirklichkeit. Die ganze Sache ist Schwindel. Wir sind auch Schwindel. Wir sagen, was er uns sagen lassen will. Siehst du den Degas da drüben? Er kann mit einem Federstrich einen Monet draus machen. Aus den acht Orangen in diese Schale kann er drei machen. Er könnte mich jetzt gleich an einem Herzschlag sterben lassen.«

Fast hätte ich geschrieben: *Auf der Stelle erlag sie einem Herzstillstand.*

So ging es nicht. Ich stand auf und lief im Zimmer hin und her. Zum ersten Mal wurde mir deutlich gemacht, wie dünn der Faden war, an dem meine ganze Kunst hing, sofern es überhaupt eine war. Eine Folge des Alters, in dem die Fähigkeit zur Aussetzung des Unglaubens langsam nachläßt. Die jungen Leute hatten mit der Kunst ohnehin nichts mehr im Sinn. Ich setzte mich ein wenig zittrig an den kleinen Tisch, wo Ralph, wenn er zur Arbeit aufgelegt war, meine Briefe und manchmal auch Manuskripte tippte. Links neben der Maschine lag ein kleiner Stapel Zeitschriften, darunter auch die fünf oder sechs letzten Nummern von *Nywele*, einer neuen internationalen Wochenzeitschrift, die in Kampala erschien und sich der sogenannten Internationalen Schwarzen Bewegung widmete. Wie es im Leben, aber nicht in Romanen zugeht, hatte die Nummer, die ich zur Hand nahm, an der Stelle, wo ich sie aufschlug, einen Artikel, auf englisch, über den schwarzen Romancier Randolph Foulds, mitsamt Foto: ein nachdenklicher schwarzer Specknacken. Der Mann hatte mit seinem *Ruf der Wolken* mehrere Millionen Dollar verdient und diese zur Stärkung des Militärregimes von Abubakar Mansanga in Rukwa investiert. Mansanga baute in Rukwa einen modernen Staat auf und hatte angefangen, die einzelnen Stammeshäuflein zu einem totalitären Ganzen zusammenzutrommeln. Rukwa sollte ein afrikanischer Musterstaat werden, in dem man weder den importierten weißen Technikern noch den asiatischen Händlern sehr viel länger gestatten würde, die reinrassige Négritude eines Landes mit einstweilen noch unbestimmten Grenzen zu verwässern. Hier wurde die afrikanische Zukunft schon vorgezeichnet. Ich hörte Ralph immer wieder einen eleganten rechthändigen Rokoko-Lauf auf dem Spinett wiederholen, und mir schauderte. Ich setzte mich wieder an meinen Roman, zerknüllte die angefangene Seite und brachte die Figuren auf Vordermann. Mein Wille geschehe! Ihr seid Sklaven, sozusagen, die Illusion der Freiheit muß euch genügen. Wie uns allen. Die Form des Romans ist kein Schwindel.

Der Brief, den mir Lightbody und Creek vom Essex Court am Londoner ›Strand‹ geschrieben hatten, besagte, daß die Gerichtsverhandlung am 5. Dezember in der Marlborough Street beginnen würde, und daß man mich bitte, mich um 9 Uhr morgens an diesem Tage dort einzufinden. Es paßte mir sehr schlecht. Die Oper *Una leggenda su San Nicola* sollte in der Scala am Festtag ihres Helden, dem 6. Dezember, Premiere haben, und ich hätte gern der Kostümprobe beigewohnt. Diejenigen Leser, die sich im Mailänder Opernkalender auskennen, werden wissen, daß die Saison normalerweise erst mit dem folgenden Tage, dem des heiligen Ambrosius, beginnt (zusammen mit dem Fest der Unbefleckten Empfängnis am 8. Dezember bilden diese beiden Tage einen geschlossenen heiligen Zeitblock im Mailänder Winter), aber nach etlichen Komiteesitzungen hatte man, dem unbestimmten Gefühl eines feierlichen Erfordernisses nachgebend, eine Ausnahme gemacht. Es kam also alles zusammen, wie in einem gut, aber ein bißchen mechanisch kalkulierten Roman, denn von Hortense hatte ich aus New York gehört (sie würde nicht nach Mailand kommen), daß ihr Basrelief schon am 11. November mit der *Michelangelo* in Genua eingetroffen war. Ich sagte zu Ralph:

»Ralph, ich muß am vierten nach London fliegen. Zu dem Prozeß über *Herrn J. Christus.* Willst du mitkommen?«

»Ich bin okay hier.«

»Bist du sicher, daß du hier okay bist? Bist du sicher, daß du nicht in der Kasbah oder sonstwo in irgendwas hineingerätst?«

»Ich würde gern mal nach Rabat fahren und mir die Pferde ansehn. Mann, das sind Araber! Und da könnt ich mir gleich auch noch die Gräber von den Mariniden-Sultanen und das ganze Zeugs ansehn. Ich bin okay.«

»Und zu der Premiere in Mailand, willst du auch nicht mit?«

»Premiere von was?«

»Ralph, du bist furchtbar zerstreut in letzter Zeit. Du weißt schon, was.«

»Ach so, das! Ich krieg ja später die Aufnahmen.«

»Na gut! Ich werde von London nach Mailand fliegen und dann, so Gott will, am achten oder neunten wieder hier sein. Es freut mich natürlich, daß du jetzt nach Rabat fahren willst. Ich kann dir einen Empfehlungsbrief an den königlichen Stallmeister schreiben, wenn du willst.«

»Gib mir etwas Geld, weiter brauch ich nichts!«

»Du bist sehr verdrossen in letzter Zeit. Laut und biestig bist du mir lieber. Nein, nein, war nur ein Scherz. Gut, dein Geld sollst du haben.«

Ich flog mit der Air Maroc nach Gibraltar und wartete dort in der Flughafenbar unter der Nordwand des großen Felsens zwei Stunden lang auf den BEA-Flug nach London. Ich war der einzige Passagier Erster Klasse, und die Stewardeß brachte mir eins nach dem andern alle erdenklichen kleinen Geschenke der Fluggesellschaft: Miniaturfläschchen mit Likören, Rasierwasser, ein Päckchen mit britischen Käseproben und schließlich noch ein winziges Fläschchen Givenchy-Parfüm »für meine Frau«. In Heathrow fand ich am Anschlagbrett neben dem Gepäck-Laufband eine Nachricht für mich. Ich fand sogar zwei, aber die erste war nicht für mich: ERWARTE DICH ZUHAUSE HERZLICHST TOM. Das war für eine Mrs. Timpson. Für Toomey hing eine kurze Warnung da, unterzeichnet Wrigley: LASS UNS BLOSS NICHT WIEDER IM STICH! Ich nahm ein Taxi zum Claridge's.

Das Gerichtsgebäude in der Marlborough Street am folgenden Londoner Nieselmorgen war frostig und düster wie ein Gericht bei Dickens, aber-oder-und irgendwie festlich. Abartige in leuchtenden Farben, aber auch eine Anzahl ordinärer Reporter harrten des Gaudis. Der Korridor an der Seite des kleinen, mit Pechkiefernholz getäfelten Gerichtssaals war mit nassem Dreck überzogen und besät mit zertretenen Zigarettenkippen, die in der Nässe wie Blumen aufgingen. Ich hielt mich abseits an einem offenen Fenster, das auf ein Fleckchen hinausging, das für einen Hof zu klein war und außer diesem Fenster keinen Zugang hatte. Auf dem Boden häuften sich die Relikte schmutziger Jahrzehnte: eine zerbrochene Flasche, die Bier enthalten hatte, das die Erben von Johnsons Freund Thrale gebraut hatten; ein vergilbter Fetzen aus der *Police Gazette,* womöglich mit der Meldung, daß Jack the Ripper festgenommen worden war; Zigarettenschachteln und Kippen von längst nicht mehr erhältlichen Marken; sogar Kondome. Ich stand da, rauchte und schaute hinaus, um jeden Kontakt mit dem subliterarischen, dreckfressenden Reportergesindel zu vermeiden. Die wußten alle, wer ich war. Plötzlich gingen Lichter an, und man hörte Beifallsrufe. Dann, als es einigermaßen still geworden war, sah ich den Richter Sir Arnold Wetherby hereinkommen. Er wurde von einem kraushaarigen, braungebrannten Mann von forensischer Schönheit begleitet, dem bekannten Barrister George Pyle. Sir Arnold hatte eine gebogene Dunhillpfeife, die er nach Belieben ausgehen ließ, aber ständig wie einen kleinen Hammer in der Hand behielt. Die beiden Männer lachten.

Als ich aufgerufen wurde, mußte ich den Eid ablegen, und man gab mir eine Anzahl Bibeln zur Auswahl. Ich wählte die Douay-Version. Die Sitzung dann wurde ein sehr zwangloses Gespräch, mit Zigarettenpausen etwa jede Viertelstunde.

»Ich glaube nicht, daß wir Sie erst vorstellen müssen, oder meinen Sie? Sie sind Mr. Kenneth M. Toomey, Romancier, Bühnenschriftsteller, leben zur Zeit im Ausland. Das Gericht, wie ich wohl erwähnen darf, weiß, welche Unbequemlichkeit Sie freiwillig auf sich genommen haben, um hier erscheinen zu können, und möchte Ihnen danken.« Sir Arnold bezeigte sein Einverständnis mit dem, was Pyle in seinem Namen gesagt hatte, und sagte:

»Freut mich, Sie hier zu sehen, Toomey! Verflucht schlechtes Wetter haben Sie erwischt, aber so ist es nun mal. Ganze Menge von Ihren Sachen hab ich gelesen. Meisten davon haben mir gefallen. Ganz was andres als das Ding hier, eh?« Und er schwenkte mir Vals Buch entgegen. Es war ein dünnes Bändchen, mit dem Titel in einer Art keltischer Zierschrift auf rein weißem Grund.

»Gewiß, Euer Ehren!«

»Was bedeutet«, fragte Pyle, »das Initial M? Ich meine, in Ihrem Namen?«

»Marchal. Es ist französisch, der Name meiner Mutter. Meine Mutter war Französin.«

»Viel Einfluß von Guy de Maupassant in Ihren Sachen«, sagte Sir Arnold. »Eine Art gereinigter Maupassant. Nicht, daß ich viel Maupassant gelesen hätte. Kann man das sagen?«

»Daß Sie nicht viel Maupassant gelesen haben, Euer Ehren?« Das gab einen Lacher. Welcher Masochismus, welche zutiefst zynische Respektlosigkeit vor den Institutionen und Prinzipien läßt uns Briten bei keineswegs komischen Anlässen einander zu Zielscheiben des Ulkes nehmen? Es hat bei uns Mordprozesse mit Stürmen von Gelächter gegeben. »Entschuldigung, Euer Ehren, Ihre erste Bemerkung, ja, das scheint mir ein sehr treffsicheres literarisches Urteil zu sein.«

»Na prima!« sagte Sir Arnold.

»Wie Sie wissen, Mr. Toomey«, sagte Pyle, »ist dieser Band mit angeblichen Versen– ist der Verfasser anwesend? Nein, soviel ich sehe, nicht– ich meine das *angeblichen* nicht herabsetzend, es ist als ein Gedichtband gedruckt, aber vieles darin scheint mir zerhackte Prosa zu sein–«

»*Vers libre*«, sagte Sir Arnold und blickte mich an, wie um sich meiner Zustimmung zu versichern. Ich nickte.

»–ist dieser Band wegen möglicher sittenverderbender Wirkungen unter Anklage gestellt. Haben Sie ihn gelesen?«

»Natürlich.«

»Sie haben ihn gelesen, natürlich. Was finden Sie darin?«

»Sie meinen, welchen Inhalt?«

»Ja, sagen wir, den Inhalt. Können Sie ihn dem Gericht bitte erklären?«

»Es ist eine Folge von zwölf längeren Gedichten, alle im Stil von Mr. T.S. Eliots *J. Alfred Prufrocks Liebesgesang*, auf das auch der Titel vermutlich hindeuten soll. Das würde das *J. Christus* erklären, das so gesehen, in dem Bezug zu Eliot, gar nicht blasphemisch wäre.«

»Und *vers libre?*«

»In der Tat, Euer Ehren. Jesus Christus scheint nach seinem Tode, der Auferstehung und dem endgültigen Verschwinden an jeden der zwölf Jünger einen Brief zu schreiben. Er versichert sie seiner fortwährenden Liebe zu ihnen allen, sogar zu dem Verräter Judas. Da das Medium die Poesie ist, ein sehr sinnliches Medium, äußert er seine Liebe in körperlichen Bezügen.«

»Um es genau zu sagen«, sagte Pyle, »in homosexuellen Bezügen.«

»Unvermeidlich, da die Jünger Männer sind. Und auf die sinnliche Liebe hebt er ab als auf ein Ausdrucksmittel der Zuneigung, als eine Form der eindringlichen Liebe Gottes zu den Menschen, nicht als ein Mittel der Zeugung. Das Ende der Welt naht, und der biologische Zweck des Geschlechts ist für das menschliche Leben nicht mehr von Belang. Historisch, wenn ich dies sagen darf, hat es in Palästina während der Herrschaft Augustus' und Tiberius' Juden gegeben, die glaubten, daß es mit der Welt zu Ende gehe und daß die Menschen vor dem Tag des letzten Gerichts noch lernen müßten, wie wichtig es sei, ihre Nächsten zu lieben. Daher auch die Dringlichkeit, mit der Johannes der Täufer und später Christus ihre Botschaft verkündet haben.«

»Ich sehe nicht«, sagte Pyle, »wieweit dies alles für den vorliegenden Fall von, wie Sie sagten, Belang sein soll. Christus wird als Homosexueller dargestellt. Der Durchschnittschrist muß darin eine Lästerung sehen. Würden Sie mir darin nicht zustimmen?«

»Gewiß«, sagte ich, »aber der Durchschnittschrist könnte im Unrecht sein. So wie anscheinend auch der Durchschnittspharisäer im damaligen Palästina im Unrecht war, wenn er Christi Lehre als lästerlich betrachtet hat. Es könnte sehr wohl Sache einer gewissen Art von Schriftstellern sein, dem Durchschnittschristen ein neues Bild von Christus zu geben. Christus, so lehrt man uns, war teils göttlich, teils menschlich. Der menschliche Aspekt müßte auch die Sexualität mit einschließen. Ich halte es für sehr wahrscheinlich, daß Christus nicht vollkommen zölibatär gelebt hat. Ich will sagen, das Zölibat war für seine Mission ebenso unwesentlich wie für das Pastorat in der Kirche von England. Würde Christus als Verfasser eines Liebesbriefes dargestellt, sagen wir an Maria Magdalena, würde man darin eine Lästerung sehen?«

»Wir haben hier die Fragen zu stellen, Toomey«, sagte Sir Arnold. »Tut mir leid, alter Knabe!«

»Ich verstehe Sie gut, Euer Ehren, aber ich muß Sie wirklich um Orientierung bitten. D. H. Lawrence hat eine Geschichte über den auferstandenen Christus geschrieben, *The Man Who Died.* Darin läßt er Christus die Bedeutung der Sexualität anerkennen. Das Buch wurde von vielen als sehr ehrerbietig gegen den Glauben betrachtet. Ich glaube, es ist nie verboten worden.«

»Es wäre zu mühsam gewesen«, sagte Sir Arnold, »alle Bücher von diesem Burschen zu verbieten. Eines ist aber verboten und wird es wohl auch bleiben. Diese Sache mit der *Lady Chatterley.* Ob es nun der normale Sex ist oder der andere, das Gesetz läßt einen bis dahin gehn und nicht weiter. Dieser Dichter hier gibt so viele Beschreibungen von, hm, hm, sexuellen Dingen, daß ein Verbot angemessen ist. Ich meine, würde ein Thackeray sowas schreiben wollen? Oder ein Dickens? Würden Sie selbst sowas schreiben wollen, Toomey?«

»Ich danke Ihnen, Euer Ehren, daß Sie meinen Namen in so guter Gesellschaft nennen. Nein, ich selbst würde es nicht schreiben wollen, aber das ist vielleicht nur das Eingeständnis einer unrühmlichen Beschränktheit des Temperaments. Ich bin von Natur aus scheu in diesen Dingen, aber ich begrüße oftmals die unumwundene Darstellung des Geschlechtlichen, wenn ich sie bei anderen finde, zum Beispiel bei Joyce und Henry Miller. Sie scheint mir ein Zeichen von literarischem Mut zu sein.«

»Diese Gedichte«, sagte Pyle, »wenn ich sie so nennen darf, versuchen ein homosexuelles Verhältnis zwischen Jesus Christus und jedem seiner zwölf Jünger darzustellen. Manchmal wird dieses Verhältnis in Ausdrücken bezeichnet, von denen der Autor vermutlich meint, daß sie der jeweils angesprochenen Person sehr geistvoll angemessen seien. Das Geräusch bei Judas, ähem, Ekstase wird mit dem Klimpern der dreißig Silberlinge verglichen. Petrus, der Fischer, wird für die Unermüdlichkeit seiner, ähem, prallen Angelrute gelobt.«

Es gab ein erheitertes Gemurmel und, von seiten eines Reporters, ein ordinäres, sofort wieder unterdrücktes Auflachen. Sir Arnold mußte selbst lächeln und steckte sich die erloschene Pfeife in den Mund, um seinem unwillkürlichen Zähneblecken ein anderes Motiv zu unterschieben.

»Offenbar«, sagte ich, »sind diese Symbole nicht ohne Witz. Witz galt einmal als ein legitimes Element auch der frömmsten religiösen Literatur. Denken Sie an Donne, Crashaw oder Jeremy Taylor. Crashaw, wenn er davon spricht, wie das Jesuskind von der Jungfrau Maria gestillt wird, erwähnt eine andere Brust, die ihm gegeben werden wird. Eine blutige, sagte er und fügt hinzu: Dann muß die Mutter ihren Sohn ablecken. Das ist witzig im Sinne der Ironie, es soll kein Gelächter erregen. Man kann es als sexuell pervers betrachten, aber es ist todernst und fromm gemeint. Ich behaupte, daß diese Gedichte von Wrigley etwas von dieser Eigenschaft besitzen. Mr. Eliot, ein gläubiger Christ und sogar Kirchenrat, hat der englischen Dichtung etwas von dieser Eigenschaft wiedergewinnen geholfen. Und noch etwas: Eine sexuelle Bildersprache, ob pervers oder nicht, war schon immer ein Aspekt eines großen Teils der religiösen Dichtung und ist bisher niemals, soviel ich weiß, mit dem weltlichen Gesetz in Konflikt geraten. Die Gedichte des Johannes vom Kreuz, welche die Hochzeit der Seele mit dem Bräutigam Christus schildern, sind durchdringend erotisch. Berninis Skulptur der heiligen Teresa, wenn ich ein Beispiel aus einer anderen Kunst anführen darf, zeigt die Heilige in einem Erleben, das unzweifelhaft eine Art Orgasmus darstellt. Sogar die Bibel gibt uns in Salomos Hohem Lied ein Stück höchst sinnlicher Poesie, aber die Christen wollen darin eine Allegorie für Christi Liebe zu seiner Kirche sehen. Diese Gedichte von Wrigley müssen im Zusammenhang einer langen und ruhmreichen künstlerischen Tradition gesehen werden.«

»Diese Gedichte«, sagte Pyle, »sind nun aber homosexuell, und zwar, wiederum wie Sie selbst sagten, unumwundenermaßen. Wenn Christus hier als ein aktiver Homosexueller dargestellt wird, so ist dies doch, nicht wahr, eine sehr verletzende und skandalöse Ohrfeige für eine andere Tradition – für diejenige, zu der alle anständigen Christen sich bekennen?«

»Aber«, sagte ich, »Christus als Homosexuellen darzustellen ist nichts Neues. Christopher Marlowe, nach Shakespeare unser größter Dramatiker, hat gesagt, Jesus Christus sei *nought* mit seinem lieben Jünger Johannes–«

»Sei was?« fragte Sir Arnold. »Was soll er gewesen sein?«

»*Nought*«, sagte ich, »Euer Ehren – ein elisabethanischer Ausdruck mit der Bedeutung Geliebte oder Liebhaber. Eigentlich, da *nought* oder *Null* als ein Kreis dargestellt wurde, bezeichnet es das penetrierte Organ. In diesem Sinne war es sehr gebräuchlich. Darf ich hinzufügen, daß in Renans *Leben Christi*–«

»Schon gut, Toomey!« sagte Sir Arnold. »Aber ich glaube, wir müssen zur Sache kommen. Dies sind homosexuelle Gedichte für Homosexuelle. Mit einer für normale Menschen tief verletzenden Sichtweise, nicht wahr?«

»Die Homosexuellen mögen eine Minderheit sein, Euer Ehren, doch behaupte ich, daß eine durchgängige Heterosexualität in unserer Gesellschaft seltener ist, als die Orthodoxie uns glauben machen will. Aber wie dem auch sei, die Homosexuellen haben ein Recht, ihrer eigenen Sicht vom Leben und der Liebe Ausdruck zu geben. Die Unterdrückung dieses Rechtes hat unserer Literatur schweren Schaden zugefügt. Und so auch, Gott helf' uns, der Gesellschaft überhaupt. Niemand, ob Mann oder Frau, kann etwas daran ändern, wenn er homosexuell ist. Auch ich selbst kann nichts daran ändern.«

Es war heraus, oder beinahe. Die Erklärung war abgegeben, so gut wie. Sir Arnold sagte:

»Sie hätten das nicht sagen müssen, Toomey, das wissen Sie.«

»Nachdem ich es einmal gesagt habe, Euer Ehren, sage ich's besser laut und deutlich. Mein eigenes erzählerisches Werk ist durch das Tabu gegen die Schilderung des homosexuellen Liebesakts schwer geschädigt worden. Ich habe mein Leben hauptsächlich im Exil verbracht, weil die Briten die homosexuelle Empfindungsweise drakonisch verbieten, statt sie als eine legitime Anlage gelten zu lassen. Als Homosexueller spreche ich hier für andere Homosexuelle. Und für die homosexuelle Kunst. Dieser Gedichtband ist der ehrliche Ausdruck eines Christusbildes, das für den Homosexuellen sehr tröstlich ist, aber total verfemt durch eine christliche Kirche, die dem, was ihr als eine willkürliche Abirrung erscheint, mit einer manchmal heuchlerischen Feindschaft begegnet. Homosexualität ist keine willkürliche Abirrung. Sie ist ein ebenso natürlicher Tropismus wie Heterosexualität.«

Beifallsgemurmel und sogar zögerndes Klatschen, aber Sir Arnold mit seinem Pfeifenhammer fuhr rasch dazwischen. »Nun gut«, sagte er, »Sie haben sich ausgesprochen, Toomey. Danke für Ihren, hm, Beitrag! Sonst noch etwas, Mr. Pyle?«

»Sonst nichts mehr, Euer Ehren.«

»Gut, ich denke, dann machen wir jetzt eine Pause, nicht?«

65

An diesem Tag bekam ich keinen Flug mehr nach Mailand, zumindest nicht mehr in der Ersten Klasse, auf die ich wegen meines Alters, meiner relativen Wohlhabenheit und neuerdings auch wegen des bewiesenen moralischen Mutes ein Anrecht zu haben glaubte. Vermutlich hatten mehrere verschiedene britische Handelsdelegationen alle Erster-Klasse-Plätze in allen Maschinen nach Mailand vorgebucht. Aber es genügte ja, wenn ich zur Vorstellung da wäre – zum Teufel mit allen Textänderungen in letzter Minute! Am nächsten Vormittag um 9 Uhr 50 bot mir die Alitalia dafür eine nahezu leere Kabine. So konnte ich, für mich allein in meiner Suite bei gedünsteten Endivien und einer *assiette anglaise,* in Ruhe die Berichte über den ersten Tag der Voruntersuchung zum Prozeß über *Herrn J. Christus* lesen. Ich mit meinem Bekenntnis wurde von den Journalisten am ausführlichsten gewürdigt: Die Homosexualität eines berühmten Schriftstellers machte Schlagzeilen. Die Zeugen, die nach mir aufgerufen worden waren und von denen ich mir einige noch angehört hatte, schienen ihre Argumente von den meinen abzuleiten, aber keiner hatte eine ähnliche Erklärung abgegeben. Was hätte die Justiz wohl gemacht, wenn das ganze literarische *Establishment* Großbritanniens, was gar nicht so unmöglich war, sich als homosexuell bekannt hätte? Das Herz hatte mir schon aufgehen wollen, als Jack Priestley in den Zeugenstand trat, aber er hatte nur irgend etwas Unerbittliches über die heilige Tradition der Ausdrucksfreiheit gesagt und die *Areopagitica* zitiert. Außerdem waren noch ein paar lyrische Äffchen aus Wrigleys Schule dagewesen, die der Sache keinen guten Dienst erwiesen. Die Sache, glaubte ich, war aussichtslos.

Da stand ich nun, nach eigenem Bekenntnis zeitlebens ein Liebhaber männlichen Fleisches, und beantwortete alle telefonischen Bitten um Interviews mit einem strengen Nein: Alles, was es zu sagen gab, hatte ich schon gesagt. Ich schlief ganz ruhig, bis auf zwei kurze Träume: In dem einen wurde mein Bruder Tom triefend aus einem tiefen Brunnen hochgezogen. In dem anderen polterte Carlo in einem unverständlichen Latein oder Tamil: Nach seinen Gesten zu urteilen, schien er über das Fehlen der Borsten an einem Besen zu klagen.

Da stand ich immer noch am nächsten Morgen, bei kaltem, nebligem Wetter, mit Verspätungen für alle Flüge. Ich setzte mich in den Abflugwartesaal in Heathrow und las, was die *Times* und der *Daily Telegraph* über mich zu sagen hatten. Der *Daily Mirror* hatte ein altes Foto ausgegraben: ich in einem geblümten Hemd, gestikulierend, mit blitzenden Ringen an den Fingern. Ich war mir sicher, daß viele Leute im Wartesaal wußten, wer ich war. Kuck mal, Mildred, der da ist es, und der schämt sich gar nicht, wenn du zu ihm sagst, er ist ein Warmer. Es fiel mir plötzlich ein, daß ich ja zu Carlos Stadt hin unterwegs war. Carlo würde auch bald von dieser Erklärung erfahren und sie alles andere als erfreulich finden. Mehr noch, ich hatte öffentlich eine augenscheinliche Blasphemie verteidigt. Nicht, daß mich das viel gekümmert hätte. Ich hatte zu Carlo keinen Kontakt mehr gehabt, abgesehen von einem kurzen Treffen in Rom bei einem meiner dortigen Aufenthalte zwecks Zahnbehandlung und ein paar Briefen, betreffend die arme Hortense und den bildhauerischen Auftrag an sie, der von manchen italienischen Patrioten nicht ohne Widerspruch hingenommen worden war (was kann Amerika leisten, was das Heimatland Michelangelos nicht könnte?). Natürlich hatte ich aber nicht das Gefühl, den Kontakt verloren zu haben. Wenn auch Carlo durch seine Erhöhung außer Reichweite des geselligen und sogar des familiären Umgangs gerückt war, so war er doch eine überaus sichtbare und hörbare Erscheinung. Was der gute alte Carlo dieser Tage trieb, daran konnte kein Zweifel sein. Er verteidigte Streiks und machte sich die Kapitalisten von Turin und Mailand zu Feinden. Er predigte über Texte von Karl Marx. Pius XII. war in Abständen krank, und außerhalb Italiens hatte die weltliche Presse keinen Zweifel, wer sein Nachfolger sein werde. Das Dumme war nur, und dies wußte sicherlich auch Carlo, daß die Stimme der Massenpresse nicht die Stimme des Heiligen Geistes war.

Ich fuhr mit dem Taxi vom Flughafen Linate zum Hotel Excelsior, und sobald ich mich in meinem Zimmer niedergelassen und ein Glas Gin vor mir stehn hatte, rief ich die Scala an, um mich zu vergewissern, daß eine Galeriekarte am Schalter für mich bereitlag. Moderne Opern sah ich am liebsten von hoch oben: Oft spielt sich hier das eigentliche Drama im Orchestergraben ab, der von den Logen her nicht einsehbar ist. Dann kamen mir Bedenken. Sollte ich den Kardinal-Erzbischof nicht wenigstens höflicherweise von meiner Anwesenheit unterrichten? Aber ich wußte, daß er durch seine Hilfsbischöfe und Kapläne gegen mich abgeschirmt sein würde. Am Ende beschloß ich, Luigia Campanati anzurufen, die Mutter Oberin des Klosters in Melzo. Ohne viel Mühe bekam ich die Verbindung. Zuerst wußte sie nicht mehr, wer ich war. Ihre Stimme klang alt und scharf.

»Kenneth. Kenneth Toomey. Der Bruder von Hortense, die Ihren Bruder Domenico geheiratet hat.« Ich sprach englisch.

»Kenneth, ja? Ah, ja, Kenneth! Was machen Sie hier?«

»Ich bin hier wegen einer Oper. Morgen abend ist Premiere. Ihnen und den Ihren einen frohen und heiligen St. Nikolaustag!«

»Ich bete jeden Tag für Domenico. Er hat uns allen das Herz gebrochen. Von dieser Oper über St. Nikolaus habe ich gehört. Ich hoffe, sie bedeutet, daß Gottes Licht ihm wieder aufgegangen ist. Ich werde nicht dasein. Wir gehn nicht ins Theater.«

»Wie geht es. Wie geht es, ähm, dem Kardinal?«

»Er geht auch nicht ins Theater. Werden Sie ihn sehn?«

»Ist es schwer, ihn zu sehn?«

»Sehr schwer! Morgen ist unser großer Tag.«

»Sankt Ambrosius, ja!«

»Werden Sie zur Messe in der Basilika sein? Werden Sie zur Einweihung der neuen Statue kommen?«

»Es ist keine Statue. Es ist ein *basso rilievo.* Es ist das Werk meiner Schwester Hortense. Wenigstens erkennt die Kirche die künstlerischen Talente ihrer Töchter an. Gott, wenn ich das sagen darf, sei Dank dafür!«

»Es kommt nichts Gutes dabei heraus. Alle Änderungen sind zum Schlimmen. Es gibt immer Unruhen. Nicht den Frieden bringe ich, sondern das Schwert. Wir müssen auf viel Böses gefaßt sein. Bitte sagen Sie Domenico, ich habe nicht den Wunsch, ihn zu sehen.«

»Hat er schon mit Ihnen Verbindung aufgenommen?«

»Nein. Vielleicht schämt er sich. Hoffen wir, daß es so ist! Carlo hat gesagt, Ihre Schwester ist eine Heilige. Ich habe versucht, sie in meinen Gesichten zu sehen. Schwere Zeiten, sag ich Ihnen, kommen für uns alle. Ich bin nicht gesund. Ich habe Schmerzen. Ich muß das Bett hüten. Gottes Wille geschehe!«

»Woran fehlt's? Ich meine, an welcher Krankheit leiden Sie? Kann ich Sie besuchen kommen?«

»Es würde nicht viel nützen. Beten Sie für mich! Beten Sie für Carlo! Beten Sie für meine tote Mutter und meinen toten Bruder im Fegefeuer! Für meinen Vater, glaube ich, kommt die Hilfe des Gebetes zu spät. Beten Sie für die ganze Welt!«

Dann legte sie den Hörer auf. Klösterliche Tugend, die John Milton ebensowenig geschätzt hatte wie Jack Priestley. Alter und Gebrechlichkeit waren ihr Lohn. Carlo hatte die Nonnenklöster nie gebilligt. Er wünschte sich, daß die gottgeweihten Frauen sich der Welt zukehrten, für die Luigia mich aufgefordert hatte zu beten; kurzröckig sollten sie sein, tüchtig, kenntnisreich und ohne Furcht vor Vergewaltigung. Luigia hatte früher einmal davon gesprochen, daß sie nach Afrika gehn wollte, war aber schließlich doch geblieben, wo sie war, ein Bündel erotische Energie, verkeht in hysterische Visionen, sadistische Autorität von unmöglicher Strenge, ein verpfuschtes Leben. Aber wer war ich, um über sie zu urteilen?

So umdüstert, nahm ich ein leichtes Abendessen ein und ging beizeiten zu dem großen historischen Opernhaus. *In Prima Mondiale,* stand auf den Plakaten und Programmen. Darunter standen die Namen Campanati, Bevilacqua, Lanuzza, Cechetti, Focchi,

Perlini, Nascimbeni, Sudasassi, Sancristoforo, Castelli, Castaldi, Giuffrida, Mangano, Pautasso, Ronfana, Kristeva, Verdiglione und andere, mit Toomey als einem vereinzelten Exoten. Vereinzelt auch stand ich im unteren *ridotto* herum und sah die schicken Mailänder ihre Bäuche und Juwelen vorweisen. Hier kannte man mich nicht. An der Bar trank ich einen Champagner-Cocktail, allein, finster, für die ganze Welt betend. Das Klingelzeichen kam, und ich stieg zu meinem Platz auf der *galleria* hinauf. Meine Nachbarin war eine schlanke, tragende Säule. Hinter mir fing eine Frau mit getönten Haarsträhnen schon an, ein Arien-Potpourri zu summen. Die Zeit war erst um fünfunddreißig Minuten überschritten, nach italienischen Maßstäben wenig. Das Haus war fast voll und füllte sich weiter, als die Lichter abgeblendet wurden. Domenico, einen Scheinwerferfleck auf der kahlen Stirn, im Frack, mit bequemlichkeitshalber offenem Kragen, trat ein und watschelte ans Pult, den Dirigentenstab fest gepackt wie die Waffe zu einer Untat. Klatschen, aber keine Beifallsrufe. Er musterte sein Orchester, in dem die Schlaginstrumente durch Vibraphon und Bongotrommeln vermehrt waren: *la sonorità di Hollywood*, spöttelte ein Herr in meiner Nähe. Das Rampenlicht glühte auf, die Notenlämpchen der Musiker. Domenico hob den Stab. Pianissimo-Akkorde von gedämpften Hörnern und Posaunen, lässiges Rollen der tiefsten Kesselpauke. Debussyische Quartenfolgen der Oboen und Klarinetten. Der Vorhang ging hoch.

Verdiglione, der Regisseur und Bühnenbildner, hatte seine Sache gut gemacht. Das Bild, das Innere einer antiken Taverne darstellend, hielt sich vom Realismus fern: Wir waren im Reich der Sage. Mit ballettartigen Schritten traten drei Gestalten in Kapuzen und langen Gewändern auf. Sie wurden mimisch begrüßt von einem rundlichen Wirt, den die Blechbläser als Bösewicht zu erkennen gaben. Die drei setzten sich an einen Tisch, eine Flachkulisse mit aufgemalten Tellern, ohne Verkürzung, wie auf einer Leinwand vor Entdeckung der Perspektive. In einer stilisierten Bewegungsfolge wurden die drei erschlagen, und die Frau des Wirtes nahm ihnen die offenbar silberschweren Börsen ab. Kein Wort gesungen. Das Pökelfaß, ein rundes Brett in den Kulissen, wird herbeigerollt. Die drei Leichen werden hinter das Brett geschleppt, wobei sie zu ihrer eigenen Beseitigung unverhohlen Beihilfe leisten. Domenicos Musik versuchte die beizende Wirkung der Salzlake auszumalen. Das Publikum verriet Belustigung: Das war keine Oper, das war Mickymaus. Die Scheinwerfer fallen kurz auf die drei eingepökelten Kapuzen: Die Köpfe sind gesenkt, die Hände über der Brust gekreuzt. Ein dumpfer dreifacher Gongton wird von den Holzbläsern zum Leitmotiv erhoben. Scheinwerfer auf den eintretenden Nikolaus, in Reisekleidern, aber mit Krummstab. Es war Mario Cechetti, mit Applaus begrüßt, während das Orchester eine *fermata* aushielt. Der Gesang setzte ein. Nikolaus verlangt Fleisch. Huhn? Nein. Rind? Nein. Kalb? Nein. Er will von dem Fleisch in jenem Pökelfaß, von dem er genau weiß, daß es hinter diesem Vorhang liegt. Er zieht den Vorhang zurück. Er macht Segensgesten, als die drei Kapuzenleichen zum Vorschein kommen. Wirt und Wirtin sinken furchterfüllt auf die Knie. Verborgene Chöre stimmen ein antiphones Halleluja an, während das Wunder der Wiedererweckung sich vollzieht. Trio männlicher Stimmen, Nikolaus mit dem rechten und dem linken der drei Wiederbelebten. In der Mitte natürlich stand die Koloratursopranistin Julia Kristeva, bekannt als die sinnlichste Salome der ganzen Branche. Die Zeit für die Offenbarung ihres Geschlechts und ihrer Mission war noch nicht gekommen.

Sie kam erst im ersten Akt, der ohne Unterbrechung an den Prolog anschloß. Das Bühnenbild veränderte sich vor den Augen des Publikums: Durch ungeniertes Heben und Senken von Kulissen wurde es zum Inneren von Nikolaus' Palast. Die Musik ging in frommes Grau in Grau über. Nikolaus und die drei Wiedererweckten haben sich aus ihren früheren Positionen nicht fortbewegt. Nun kommt eine Arie von Nikolaus, in der er seine Absichten erklärt, während die drei wie schnüffelnde Katzen ihre neue Heimstätte inspizieren. Sie werden aufgefordert, an drei Stehpulten Aufstellung zu nehmen und mit dem Studium der Heiligen Schrift zu beginnen. Nikolaus kommt zu einem Gebet an die Rampe herab. Mit dem Rücken zu dem Trio kniet er nieder, dankt Gott für das Wunder und betet, daß die drei Adoptivsöhne – Fra Marco, Fra Matteo und Fra Giovanni – sich seiner würdig erweisen mögen. Unterdessen geben die drei ihre höllische Herkunft zu erkennen, indem sie aus einer Septuaginta Feuer aufflammen lassen. Marco und Giovanni grinsen dem Matteo teuflisch zu und gehen leise ab. Als Nikolaus sich umdreht, sieht er, wie Matteo sein Gewand abstreift, um sich als eine spärlich bekleidete Frau von entsetzlichem Liebreiz zu offenbaren: Venus persönlich. Die Musik schwillt an wie bei einem Kinosonnenaufgang in der Wüste.

Nein, nein, nein, Domenico hatte dazu nicht das Zeug! Die Dame hinter mir begann das Thema mitzusummen, als hätte sie es längst gekannt – und in gewissem Sinne kannte sie's wirklich. Julia Kristeva von der dalmatinischen Küste verströmte aphrodisischen Sirup, der sogar mir die Hoden erwärmte. Für Nikolaus begann die Versuchung der Sinne: Sie verdankte manches der *Versuchung des Heiligen Antonius* von Flaubert und bestand aus phantasmagorischen Bildern von Wein, Weib und Völlerei. Verzweifelt ruft Nikolaus die Gestalt des leidenden Christus an. Christus erscheint, aber nur, um sich als der nackte Gott Pan zu erkennen zu geben. Ballett der Huris und Hetären, Choreographie von Italo Castaldi. Nikolaus erliegt. Großes Liebes- oder Sexualduett zwischen ihm und Venus. Die Musik mimt den Koitus. Eine Dame rechts von mir schnalzte empört. Der Koitus wurde mitten im Takt unterbrochen. War dies Domenicos Erinnerung an jenen entsetzlichen Vorfall auf der Party in Hollywood vor all den Jahren? In einem Abwärts-Glissando der Geigen, wie in einem modernisierten *Tannhäuser*, verschwindet die wüste Szene, und ein halbnackter Nikolaus bleibt zurück, der sich reumütig mit Birkenreisern aus einer Sauna geißelt. Die drei, nun in spröden Mönchsgewändern, nehmen die früheren Haltungen an den Lesepulten wieder ein und singen ein frommes Terzett, mit etwas verhaltener Höhe für Venus' oder Fra Matteos Part. Nikolaus ist ratlos. Ist ihm dies in Wahrheit geschehen, oder war es nur ein unheiliger Traum? Herr, Herr, wie geschieht mir?

Ende der Szene, nicht des Aktes. Gemurmel im Publikum während des kontrapunktischen kirchlichen Zwischenspiels der Blechbläser. Zum ersten Mal fiel mir ein, daß ich es versäumt hatte, bei den Nachlaßverwaltern des Anatole François Thibault oder Anatole France wegen der Genehmigung zur Bearbeitung dieser Geschichte für die Bühne anzufragen. Ich spürte den Schauer einer drohenden Gefahr von dieser Seite. Nicht, daß wirklich noch viel von der Geschichte übriggeblieben wäre. Als der Vorhang wieder hochging, hatte das Bühnenbild sich verändert: klassische Säulen, Palmenprospekt, Sessel und Throne für die Versammlung der Bischöfe beim ersten ökumenischen Konzil von Nizäa. Gianni Pellicani, ein tiefer römischer Baß, war der Athanasius; der Ketzer Arius, historisch ein alter Mann, wurde von dem jungen, betörenden Tenor Tito Sudasassi gegeben. Nikolaus im vollen Bischofsornat. Im Hintergrund ein bescheidener Bote mit Urkunden, Fra Marco. Sudasassi verkündet betörend seine Häresie. Der Sohn ist nicht wesensgleich mit dem Vater. Der Sohn ist ein erschaffenes Wesen, nur weitaus vortrefflicher als alle andern. Sagt der Welt, daß Vater und Sohn vom gleichen Stoffe sind, und ihr lehrt sie, an zwei Götter zu glauben. *Homoousis, homoousis,* psalmodieren die Bischöfe, Konsubstanz, Konsubstanz. Zu viele Männergruppen, dachte ich, würde jedermann denken. Man vermißte das klare, gelbe Licht weiblicher Stimmen. Domenico mußte sich das auch gedacht haben, denn schon brach ein Chor von Seemannsfrauen und Matrosenliebchen störend in die Versammlung ein, um Nikolaus als eine Art christlichen Poseidon anzuflehen, daß er die stürmischen Wogen des Mittelmeers stille: Die Frauen haben von fern das heimkehrende Schiff, auf dem ihre Männer sind, gesehen, wie es durchgeschüttelt und herumgeschleudert und auf den entsetzlichen Felsen von Macheri zugetrieben wird. Fort, fort, ihr Weiber, rufen die Bischöfe, wir haben ein heiliges und wichtiges Werk zu vollbringen, wir stillen eine Ketzerei, die mehr Schaden tun kann als bloß ein Felsen im Meer. Nikolaus stimmt dem zu, steigert sich aber, um die Verhandlungen zu Ende zu bringen und seine rettende Mission erfüllen zu können, in eine Cabaletta, welche die Argumente gegen Arius zusammenfaßt, und streckt in der Hitze des Disputs den Häresiarchen mit einem Boxhieb zu Boden. Entrüstung, Anklagen wegen unbischöflichen Verhaltens. Das Konklave beherrscht nun Fra Marco mit seinem schrillen Tenor. Nikolaus ist in Wahrheit der Erzketzer – hier sind die Dokumente, die es beweisen. Er hat verkündet, die einzig wahre Gottheit sei Venus; in seiner sexuellen Ekstase hat er's verkündet. Nikolaus kann kein Wort zu seiner Verteidigung hervorbringen. Er schnappt nach Luft, röchelt, sinkt auf die Knie. Bischofsfinger, vor Grauen zitternd, zeigen auf ihn. Athanasius' Stimme beherrscht alle anderen. Arius erholt sich von seinem Niederschlag, steht auf und verstärkt das Ensemble mit seinem sinnlichen Tenor. Die Seemannsfrauen treten wieder auf, nun als ein Klagechor: Zu spät, spät, das Schiff ist gescheitert. Alle Welt ist von Nikolaus enttäuscht. Vorhang, Ende des ersten Aktes. Langes Zwischenspiel.

Nun ja, von mir war auch noch manches in dieser turbulenten Szene, sehr viel mehr aber war von Bevilacqua. Sollte Bevilacqua, wenn es dazu käme, die Hiebe von den Anatole-France-Erben einstecken. Dramatisch war alles gar nicht so schlecht, aber die

Musik war von der Art, für die man einen Oskar kriegt. An der oberen Bar traf ich Vern Klapp. »Na«, sagte er und kippte einen puren Bosfords Gin, »Wagner isses nicht. Und Puccini oder Alban Berg isses auch nicht.«

»Ich habe gemerkt, daß mein Libretto an vielen Stellen umgeschrieben worden ist. Es ist genau wie in Hollywood.«

»Im zweiten Akt«, sagte er, »werden Sie noch mehr Änderungen finden. Dieser Bevilacqua ist schon ein Bübchen. Sie hätten dasein müssen. Um Ihr Eigentum zu schützen.«

»Ich hatte verschiedene Sachen zu erledigen.«

»Klar, von einer hab ich heute gelesen. Im *Daily American.* So eine Latte! Der Tag des Rechts für die sexuellen Minderheiten bricht an. Könnte man sogar komponieren.« Hinter mir stieß jemand, der sich wie ein Musikkritiker anhörte, Worte wie *banalità* durch die Zähne. Eine Frauenstimme rief laut *bestemmia.*

»Ich vermisse Gottes Stimme im Programm«, sagte ich.

»Das macht ein Männerchor«, sagte Vern Klapp ausweichend. Das Klingelzeichen kam.

Der zweite und letzte Akt fing an mit Nikolaus in Sack und Asche, Buße leistend. Aus Rom kommt Nachricht, daß seine bischöflichen Rechte und Pflichten nun wiederhergestellt sind. Der Papst ist mit Nikolaus' Abhandlungen über die heilige Dreifaltigkeit und mit seiner beredten Anklage gegen Arius sehr zufrieden. Unglücklicherweise hat sich eine größere Zahl germanischer Stämme von den Arianern zum Christentum bekehren lassen, und die Ketzerei ist unter ihnen tief eingewurzelt. Fra Giovanni tritt auf, mit der Ankündigung, daß er einen kaiserlichen Sonderauftrag erhalten hat, die verruchte Abirrung mit Feuer und Schwert auszutilgen. Du? Jawohl, ich! Und der Mönch streift die Kutte ab und steht da in voller Rüstung. Alles umbringen. Aber erst einmal foltern. Erst das läuternde Feuer, dann das Messer! Nein, nein, nein, unser Glaube ist die Religion der Liebe, ruft Nikolaus. Sollen wir die schurkischen Ketzer lieben, die nicht glauben wollen, daß der Sohn konsubstanziell mit dem Vater ist? Unsinn! Krieg. Das bis dahin unbestimmt kirchliche Bühnenbild mit Säulen und Bogenfenstern verschwindet in Richtung Schnürboden, und von nun an stellt die Szene eine Art verbrannte Heide dar, wo Nikolaus, wie einst Lear, gegen das Toben des Sturmes anschreit, der Sturm in diesem Falle eine Schlacht, die nach schönster Hollywoodmanier, in der Hauptsache mit Plagiaten aus dem *Mars* von Gustav

Holst, vom Orchester ausgetragen wird. Der Regisseur, vermutlich unter Beihilfe Bevilacquas und angestiftet von Domenico, hatte eine Massenschlächterei inszeniert, durchsetzt mit gestapomäßigen Verhörsszenen, und Nikolaus lief eine ganze Weile protestierend oder als hilfloser Zuschauer dazwischen herum. »*Dove sono i carri armati?*« fragte jemand hinter mir, und die Antwort, nämlich Wochenschauszenen aus modernen Kriegen, auf den Hintergrund projiziert, ließ nicht auf sich warten. Nikolaus fleht den Himmel an, die Liebe herabzusenden, und Venus tritt noch einmal auf, nun als Göttin der Heeresbordelle. Wehklagende Mütter bitten Nikolaus um ein Wunder. Die eine legt ihm eine blutige Kinderleiche in die Arme. Und dann ist Nikolaus mit dem Kind allein, die Augen wieder zum Himmel erhoben. Das Kriegsgetöse weicht zurück, damit er Gott fragen kann, warum, warum, warum. Keine Antwort. »Du bist ein Gott des Hasses«, ruft Nikolaus, »ein Gott, der die Unschuldigen schlachtet. Warum hast du mir jenes Wunder gestattet? Sieh nur, was es in der Welt anrichtet! Sage mir, warum hast du solche Macht in meine Hände gelegt?« Ich wartete nun auf die Besänftigung des Getobes durch erhabene Streicherakkorde, auf die Verwandlung der wüsten Heide in eine Paradieseslandschaft mit rosa Wölkchen, auf hymnische Engelschöre und Gottes Stimme, die sagte, dies alles habe Nikolaus nur in die Versuchung führen sollen, seinen Schöpfer zu verfluchen, aber siehe da, er hatte standgehalten, ohne zu fluchen, und nun könnt ihr ihn heiligsprechen. Aber nichts von alledem: Nikolaus, das immer noch schlaffe Kind in den Armen, stieß auf dem hohen B ein *Maledico, maledico!* aus, übertönt von erneutem Kriegsgetöse, während der Vorhang langsam niederging.

Applaus gab es genug, aber auch Buhrufe. Die Zuschauer auf der Galerie begannen sich nach vorn ans Geländer zu drängen, um zu sehn, was im Orchestergraben los war, denn dorthin schien das Schlachtgeschrei aus den Kulissen sich nun verlagert zu haben. Konservative Musiker standen da und beschimpften das Werk als eine Schande für die Scala; dann beschimpften sie sich gegenseitig, weil sie nicht konservativ genug seien, oder etwas dergleichen. Die jüngeren Leute klatschten begeistert: Der Gott, den Nikolaus vermaledeit hatte, war natürlich die italienische Bourgeoisie. Zwischen den jüngeren Leuten und den etwas weniger jüngeren setzte es Püffe. Die Sänger kamen und machten ihre Verbeugungen, die meisten mit Bravorufen. Weiterhin kleine Scharmützel im Publikum. Ganz in meiner Nähe begann ein Abtausch unbeholfener Schläge. Domenico erschien mit den Sängern auf der Bühne und wurde beklatscht und ausgebuht. Dann ging ich.

66

Das Basrelief, Geburt, Leben und Tod des Ambrosius darstellend, des Schutzheiligen der Stadt Mailand, konnte man, bevor Carlos Nachfolger es entfernen ließ, im Duomo di Maria Nascente besichtigen, wo es an einem Stück Mauer nahe bei dem von Martino Bassi geschaffenen Marmoraltar angebracht war, unweit des Sankt-Ambrosius-Standbildes von Giulio Cesare Procaccini. Es hätte eigentlich, wenn die Mailänder ein modernes Denkmal für den Heiligen überhaupt nötig fanden, in der Basilica di San Ambrogio aufgestellt werden müssen, doch dies war schon immer ein nahezu autonomer Tempel mit eigenem (ambrosianischem) Ritus und eigenen Grundsätzen sakraler Kunst gewesen, die dem Modernen und Exotischen keinen Raum gaben. Der Marmor, aus dem Hortense das Relief herausgemeißelt hatte, stammte aus dem Staate New York – ein fester und schöner Stein, so gut wie der von Carrara und viel besser als der von Sanpietro. Daraus hatte sie den Kopf des neugeborenen Ambrosius gehauen, mit Bienen, die ihm um die Lippen schwärmten, als Zeichen der himmlischen Gunst; den jungen Ambrosius in der Toga, als Präfekten von Mailand; den nackten Ambrosius, der mit seinem Reichtum auch die Kleider ablegt; Ambrosius in vollem Bischofsputz vom Gürtel aufwärts, darunter Hoden und Beinmuskeln, den Arius verfluchend; Ambrosius, wie er einen steinernen Zeuskopf aufhebt, um ihn zu zerschmettern, den Aurelius Symmachus verfluchend; Ambrosius nackt auf dem Totenbett, einen seiner Lobgesänge anstimmend. Der Stil, in dem sich Eric Gill und Epstein verbanden, fand in Italien keinen Beifall, und über die unverhüllten männlichen Attribute des Heiligen gab es laute Beschwerden. Im *Daily American* wurde das Basrelief mit einem Comic Strip verglichen: es fehlten nur noch die *fumetti* mit PFLATSCH und QUIIIEEEK; und ein Kritiker sprach von einem SUPERSANTO. Carlo verteidigte es mannhaft als eine Huldigung der Neuen katholischen Welt an die Alte Welt; den Sinn des Wortes *katholisch* müßten die Mailänder erst noch verstehen lernen.

Zu der Einweihung dieses Werkes (für das Hortense fünftausend Dollar bekam) am 7. Dezember ging ich nicht. Statt dessen flog ich über Rom und Madrid zurück nach Tanger, nachdem ich zuvor in einem Brief an Domenico die Änderungen meines Librettos, insbesondere die blasphemische Verstümmelung des Schlusses gerügt und die Streichung meines Namens von allen Programmen und Plakaten verlangt hatte. Ich war wütend, aber meine Wut wurde durch die Bemerkung in den italienischen Zeitungen ein wenig beschwichtigt. Der Kritiker im *Corriere della Sera* sagte, die Oper sei eine Beschimpfung des Kardinals, des Heiligen und aller guten Christen, aber diese Verkehrung der hagiographischen Wahrheit hätte man sich noch gefallen lassen, wäre sie wenigstens mit einer wo nicht gar originellen, so doch würzigen Musik schmackhaft gemacht worden. Die Turiner *Stampa* sprach von einem Broadway-Musical ohne Melodien und machte Andeutungen von einer Vendetta in der Familie Campanati. *Il Messaggero* meinte, die eigentliche Blasphemie sei nicht die zynische Verdrehung einer Heiligenlegende, sondern die Besudelung eines ehrwürdigen Kunsttempels mit billigster Meterware aus Hollywood. Die kommunistischen Zeitungen dagegen lobten das Werk als einen Schlag ins Gesicht der reaktionären Kräfte, allerdings ohne ein Wort über die Musik zu verlieren.

Als ich wieder in mein Haus in der Calle Mozart kam, erfuhr ich, daß Ralph noch nicht aus Rabat zurück war. Ali unterbreitete mir mit größter Bescheidenheit, daß ich vergessen hatte, ihm seinen Ende November fälligen Lohn auszuzahlen: So viel anderes im Kopf, der Señor, kein Zweifel, daß man eine Bagatelle, wie den Lohn leicht vergessen konnte, aber wenn der Señor bitte so gut sein wolle ... Ich entschuldigte mich und ging gleich zu meiner Filiale der Banque du Maroc in der Rue Spinoza: Nach der Reise hatte ich kaum mehr Bargeld. Ich schrieb einen Scheck aus, und der Schalterbeamte ging damit weg. Betroffen und entschuldigensbereit kam er wieder: Bis auf ein paar Dirham, sagte er, hätte ich alles, was auf meinem Konto war, am 5. Dezember abgehoben. Unmöglich, an dem Tag war ich in London. Er brachte mir den Scheck. Die abgehobene Summe betrug eine Million viertausendzweihundertfünfzig Dirham; das Datum war das besagte, die Unterschrift meine. Nein, die Unterschrift war nicht meine, sondern Ralphs Faksimile der meinen; diese kleine Begabung hatte er schon früher bewiesen, in beleidigenden, angeblich von mir stammenden Briefen an Verleger und andere Leute. »*Mon secrétaire?*« sagte ich. »*Le monsieur américain?*«

»*Oui, le monsieur nègre.*«

Er hatte hier schon öfters von mir ausgeschriebene Schecks eingelöst, allerdings noch nie über eine so hohe Summe. Ich bewahrte die Ruhe vor diesen kleinen Bankangestellten mit ihren großen, neugierigen braunen Augen. Ich brachte es sogar fertig zu lächeln. Ich verwünschte, so daß sie es hörten, meine Zerstreutheit; ich würde gleich zwecks Überweisung weiterer Mittel nach Genf telegraphieren; einstweilen aber brauchte ich etwas Bargeld. *Bien sûr, monsieur.*

Ich ging nach Hause, zahlte Ali seinen Lohn und gab ihm Geld für die Einkäufe. Dann sah ich mir Ralphs Zimmer an. Alles war fort; eine Abschiedsbotschaft hatte er nicht hinterlassen. Eine Transkription meiner Gefühle ist wohl nicht nötig. Stets sind ja Gefühle das am schwersten Mitteilbare. Ich tobe, schmelze, brenne undsoweiter, wie Polifemo in *Acis und Galatea.* Und doch hatte man schon immer damit rechnen müssen; es lag einfach in der Natur dieser Beziehung und jeder Beziehung von dieser Art. Das Vorwissen hatte immer schon mit dazu gehört. Dennoch fühlte ich mich wie ein geprügelter Hund. Alles vorbei, vergiß ihn, sei froh, daß du ihn los bist! Ich konnte ihn nicht vergessen. Die Moschusdüfte seiner Haut waren eingeprägt in mein Epithelium; ich sah seine Finger über die Tasten des Spinetts laufen; ich sah seine Zähne mit Flecken vom Feigensaft; ich hörte die Resonanzen einer Stimme von der Klangfarbe seines Körpers.

Ich wartete auf Post, ich wartete einen Monat lang, hoffte auf einen Brief von ihm, in dem er mir vorjammerte, daß er in Mombasa oder auf der Aldabra-Insel gestrandet sei, enttäuscht und verzweifelt und klüger geworden, und darum bettelte, wieder aufgenommen zu werden. Ich hatte keinen Zweifel, daß er nach Ostafrika gegangen war, wo er sich daheim wähnte. Ich sitze hier in Mogadischu, und es ist die Hölle, Mann! Liebster Ken, bitte, flieg sofort nach Aruscha und hol mich wieder nach Hause, ich hab meine Strafe weg! Und dann, im Februar, als ich eben die ersten süßen Schauder einer Ahnung spürte, daß ich mich an die Trennung von ihm doch noch würde gewöhnen können, bekam ich einen Brief, Adresse in Maschinenschrift, bunte Selbstbehauptungsmarke eines neuen afrikanischen Staates mit dem Namen RUKWA über dem Profil eines schwarzen Mussolini vor bunter Dschungelflora. »Lieber Ken«, las ich,

ich weiß doch, daß die Mitnahme des Geldes in Deinen Augen

mein kleinstes Verbrechen gewesen ist. Eine der guten Seiten an Dir war immer, daß Du Geld nicht so wichtig nimmst. Wenn Du Dein Geld zurückhaben willst, kannst Du es kriegen; allerdings wäre's nicht ohne Umwege zu machen, denn gerade ist eine scharfe Beschränkung der Geldmengen durchgekommen, die man aus Rukwa legal exportieren darf. Wie Du aus dem Briefkopf ersiehst, arbeite ich hier im Informationsministerium. Die Amtssprache ist zur Zeit noch Englisch, und Englisch wird die zweite Sprache bleiben, wenn das Rukwayi erst richtig modernisiert und gängig geworden ist, was noch lange dauern wird. Ich wußte doch, daß ich recht hatte, nach Afrika zu kommen. Randy Foulds ist hier, mit dem offiziellen Titel eines Erziehungsministers, verbringt aber die meiste Zeit über einem neuen Buch, von dem er sagt, daß es der erste echt afrikanische Roman werden soll. Die große Aufgabe ist die totale Afrikanisierung. Du willst nichts davon wissen, daß Späne fallen, wo gehobelt wird, aber manchen Asiaten wird man wehtun müssen. Der gesamte Handel in Tukinga, das zu einer modernen Haupstadt aufgebaut wird, liegt seit Menschengedenken in den Händen der Asiaten, aber jetzt wird es Enteignungen geben müssen, zwangsweise Repatriierungen und dergleichen mehr. Das gilt auch für die Weißen, einschließlich der Missionare, die die Krankenhäuser leiten, und der Techniker, die der unbeweint verstorbene Hossan Zambolu ins Land geholt hat. Die friedliche Vereinigung ist auch eine Parole. Sie bedeutet, daß man die Stammesmentalität bearbeiten muß, wie der Chef sagt, und den Leuten die Idee eines erweiterten Patriotismus beibringen muß. Ohne Gewalt, ohne polizeistaatliche Methoden. Daß ich ein bißchen Oma konnte, hat den Chef überrascht und ihm gezeigt, daß ich's ernst meine. Ich habe verflucht viel zu tun, bin aber glücklich, sehr glücklich, zum ersten Mal. Ich trage einen roten, handgewebten Umhang, Du würdest mich vielleicht gar nicht wiedererkennen. Ich unterschreibe jetzt wie immer, muß mich aber daran gewöhnen, daß ich jetzt Kasam Ekuri heiße. Ob Du's glaubst oder nicht, den Namen Kentumi gibt es hier auch. Natürlich sag ich den Leuten, es gibt nur einen Ken Toomey.

Und dergleichen mehr, aber nicht viel mehr. Das Herz sank mir tiefer mit jeder Zeile, die ich las. Diese Einfältigkeit, diese politische Ahnungslosigkeit, dieser ruchlose Optimismus! Ralph machte es mir leicht, ihn zu vergessen. Er existierte nicht mehr.

Ein schwarzer Funktionär in einem neuen Staat, der die Methodik der Unterdrückung bald lernen würde. Er trug einen roten Umhang und hieß Kasam Ekuri. Den Herrn kannte ich nicht.

Am gleichen Tag, als ich diesen Brief bekam, erschien jene furchtbare Ausgabe der *Domenica Ambrosiana,* in der viele Seiten unter dem Titel *Peccati Cardinali,* gezeichnet von einem Massimo Fioroni, der Anklage gegen jenen anderen Einfaltspinsel, gegen Carlo Campanati, gewidmet waren. Ich bekam die Nummer erst vierzehn Tage nach dem Erscheinen zu sehen. Ich trank gerade einen melancholischen Cocktail in der Bar des Rif-Hotels und sah einen italienischen Touristen über der Zeitung gähnen. Carlo war auf der Titelseite. Die Kamera hatte ihn in einer wenig günstigen Sekunde erwischt: Er hob ein Glas mit etwas Rotem drin, das wie Blut aussah, und von der toskanischen Zigarre in seinem Mund stiegen Rauchwolken auf wie nächtliche Abdünste aus einem Manhattaner Lüftungsschacht. Ich fragte den Mann, ob er mir die Zeitschrift leihen könne. Er sagte, ich könne sie behalten, er sei durch. Aber mit Bezug auf das Titelbild bleckte er freundlich seine scharfen Zähne und machte die Kopf-ab-Geste mit dem Daumen nach unten. Das war keine schlechte Zusammenfassung des Artikels. Ich las: »*I membri del regno si possono riconoscere sempre: dai loro frutti*...« Ich las also:

> Jene, welche dem Reiche angehören, sind leicht zu erkennen: An ihren Früchten sollt ihr sie erkennen. Dürfen wir wohl fragen, welchem Reiche sie angehören? Und dürfen wir uns zu den Früchten wohl auch das sie umrankende Grün hinzudenken? Seitdem die Gesundheit des Heiligen Vaters nachläßt, stellt sich unausweichlich die Frage, wer sein Nachfolger sein wird, und der Name des Carlo Campanati, des Kardinal-Erzbischofs von Mailand, ist vor allem in der Gossenpresse vorgreifend mit dem Nimbus der Erwähltheit gekrönt worden. Es ist an der Zeit, nicht nur den Früchten seiner Regierung in der Mailänder Erzdiözese, sondern auch gewissen Anrüchen, mit denen er sich umgeben hat, Gerechtigkeit widerfahren zu lassen. [Es tut mir leid, wenn dies nicht immer wie Englisch klingt, aber das breitspurige Journalisten-Italienisch überträgt sich schlecht in unsere Sprache. (Deutsch geht es besser.)] Dem Erforscher der Versippungen italienischer Prälaten gewährt die Familie Campanati eine unerschöpfliche, bizarre Faszination. Ihr wirtschaftlicher Aufstieg begann unscheinbar genug mit der Her-

stellung und dem inländischen Vertrieb einer der berühmtesten von unseren heimischen Käsesorten, und zwar derjenigen, die sich unbestreitbar durch den markantesten Geruch auszeichnet. Das Familienunternehmen wuchs und gedieh und gebar endlich auch eine amerikanische Tochterfirma. Der Vater des heutigen Kardinal-Erzbischofs heiratete eine Amerikanerin von gemischt-norditalienischer Abstammung, und mit dieser zeugte er drei italoamerikanische Söhne und eine italoamerikanische Tocher, ehe er sich sowohl vom geschäftlichen wie vom gesellschaftlichen Leben zurückzog, um dem letalen Ausgang einer Krankheit entgegenzudämmern, deren grausige Natur man erraten, doch aus Rücksichten der Schicklichkeit nicht benennen wird. Die Tochter trat dem kontemplativen Orden des Johannes vom Kreuz bei und erreichte den ehrwürdigen Rang einer Mutter Oberin. Der jüngste Sohn wurde ein Musiker von mediokrer Begabung, der seine Lebensaufgabe in der Komposition mediokrer Musik für mediokre Hollywoodfilme fand. Der älteste Sohn emigrierte nach Chikago, als Direktor eines Unternehmens, das italienische Nahrungsmittel in die Vereinigten Staaten importierte. Was aus dem dritten Sohn geworden ist, wissen wir.

Ehe wir uns aber dem Werdegang dieses Sohnes zuwenden, wollen wir noch die Schicksale jener Familienangehörigen betrachten, die im weltlichen Leben blieben. Die Mutter schlug sich in der Zeit der Naziherrschaft mutig auf die Seite des verfolgten Judentums. Sie hatte sich eine tödliche Krankheit zugezogen und suchte den Ausweg aus ihrem Leiden durch eine Tat, die man im strengen Sinne als einen Selbstmord, mit christlichem Erbarmen aber auch als ein selbstgewähltes Martyrium ansehen könnte. Bei dem Versuch, Heinrich Himmler vor einem Berliner Kino zu ermorden, wurde ihr durch einen rasch eingreifenden Begleiter des Reichsführers der Erfolg verwehrt, und sie selbst fand ein rasches Ende durch die Pistolen der SS-Männer. Der älteste Sohn war einige Jahre früher in einen Konflikt mit Chikagoer Gangstern verwickelt worden. Offenbar schlecht gerüstet, um Al Capone und seinen Myrmidonen mit den rechten moralischen und juristischen Waffen zu begegnen, und zu einer schlagkräftigen Gegenwehr mit Sicherheit nicht imstande, erlitt er Tod und Verstümmelung unter jenen unersprießlichen Umständen, wie sie mit einem Chikagoer

Bandenkrieg, den die meisten unserer Leser nur aus seinen gleisnerischen Ausschlachtungen für die Kinoleinwand kennen werden, unauflöslich verbunden sind.

Dies führt uns zu dem jüngsten Sohn der Familie, dessen Verbindung mit derselben Kinoleinwand in der Anfangszeit des Tonfilms begann und erst vor kurzem mit dem schlechtberatenen Ausflug in das Gebiet einer Kunst endete, zu der seine Talente auch bei ehrgeizigster Anstrengung denn doch nicht hinreichen. Als Filmkomponist und Bürger in der Kinohauptstadt der Welt erlag er den unmoralischen Einflüssen einer das Geld und das Vergnügen anbetenden Kultur, verleugnete ungeniert den Glauben seiner Väter und frönte den muselmanischen Lüsten jener Polygamie in Raten, die vom amerikanischen Scheidungsrecht gutgeheißen wird. Er hatte, wohlgemerkt, eine katholische Ehe mit einer Angehörigen einer britischen Familie geschlossen, vollzog aber, in dem, wie sich bald herausstellte, nur allzu berechtigten Verdacht, daß die beiden Kinder aus dieser Ehe nicht von ihm stammten, eine Trennung, die bald darauf in eine zivilrechtliche Scheidung umgewandelt wurde.

Er hatte in die Familie Toomey eingeheiratet, und das bekannteste Mitglied dieser Familie ist Kennet Toomey, der Roman- und Bühnenschriftsteller, dessen Werke auch dem italienischen Publikum jene Art einer oberflächlichen Zerstreuung gewähren, die, so annehmbar sie auf ihre Weise auch sein mag, mit den Wirkungen echter Literatur doch nicht zu verwechseln ist. Eher unverfroren als kühn hat sich dieser Kennet Toomey kürzlich in der britischen Presse mit einem Bekenntnis zur Homosexualität bloßgestellt. Schon ein wenig früher als Kennet Toomeys Erklärung war in der amerikanischen Presse ein Interview mit seiner Schwester erschienen, in dem die Dame auf Befragen ungeniert zugab, daß sie in lesbischer Pseudo-Ehe mit einer Negerin lebe. Sowohl Kennet Toomey als auch seine Schwester, die sich gemäß den Namensbestimmungen für katholische Ehen noch immer Mrs. Campanati nennen läßt, tauchten vor kurzem am Sternenhimmel von Mailand mit künstlerischen Werken auf, die sie beide ohne Zweifel als Beiträge zur italienischen Kultur betrachten. Mrs. Campanatis marmorner Comic Strip über das Leben des Mailänder Schutzheiligen wurde feierlich im Innern des Duomo aufgestellt. Man wird wohl nach den Motiven forschen dürfen, die Seine Eminenz den Kardinal bewogen haben mögen, dieses Werk in Auftrag zu geben und, gegen den Einspruch von Laien wie Geistlichen, über den seine Autorität sich leicht hinwegsetzte, mehrere Millionen Lire aus der Kasse der Erzdiözese dafür zu zahlen. Das Werk ist ohne jeden Zweifel stümperhaft, wenn nicht blasphemisch, eine Beleidigung für die echten – und echt religiösen – Kunstwerke, welche den Duomo zieren. Seine Eminenz der Kardinal hat das Werk seiner Schwägerin als fromm und erhaben verteidigt und sogar von einer heiligen Lebensführung der vermeintlichen Künstlerin gesprochen – gewiß eine etwas unorthodoxe Würdigung für eine lesbische *ménage.* Die Mängel jenes bildhauerischen Kunstwerkes mögen übrigens durch die Nachteile eines monokularen Gesichtssinnes zu entschuldigen sein, da die Dame unter etwas unklaren, aber gewiß wiederum nicht unromantischen Umständen in einen weiblichen Zyklopen verwandelt wurde.

Der Beitrag, mit dem Kennet Toomey die Mailänder Kunst bereicherte, war das Libretto zu der Oper *Una leggenda su San Nicola,* die am 6. Dezember vergangenen Jahres in der Scala Premiere hatte, aber schon nach weniger Aufführungen, als vorgesehen, wieder abgesetzt werden mußte. Diese, in grobem Ungefähr auf einer Erzählung von Anatole France basierend (ohne daß von den Nachlaßverwaltern seiner Rechte, wie inzwischen bekanntgeworden ist, eine Genehmigung eingeholt worden wäre), bedient sich einer travestierten Version der Legende von einem großen Heiligen zu dem Zweck, mit groben Worten und noch gröberer Musik die interessante These zu plakatieren, daß Gott böse ist und daß selbst göttliche Wunder als Mittel zur Ausbreitung des Bösen in der Welt dienen können. Zwar trifft es zu, daß weder seitens des homosexuellen Librettisten, noch seitens des glaubensabtrünnigen und vielfach geschiedenen Komponisten hinsichtlich der Legitimität des Projektes eine Konsultation der höchsten geistlichen Autorität von Mailand stattgefunden hat, und der große Prälat hat selbst nach schönstem pilatianischem Vorbild seine Hände von der Verantwortung für die weltlichen Aktivitäten seiner Erzdiözese reingewaschen, doch ist es zumindest ein wenig verwunderlich, daß der lange vorher angekündigte Titel des Werkes bei Seiner Eminenz keinerlei Interesse geweckt haben sollte, um so mehr, als der Komponist sein eigener Bruder und der Librettist sein Freund war.

Denn Kennet Toomey und der Geistliche, der anfangs Don Carlo hieß, dann Monsignore wurde und, sollten seine Bewunderer auch durch das Wirken des Heiligen Geistes nicht zu bezähmen sein, schließlich noch ein echter Anwärter auf St. Peters Thron werden könnte, sind von alters her Freunde. Die praktische Erfüllung fand ihre Freundschaft in einer seltsamen Kooperation, die zur Zeit, als sie verübt wurde, wenig Aufsehen machte. In einem Buch, das im Italienischen den Titel *Cerchiamo Iddio* trägt und bei Einaudi erschienen ist, stellt sich Kennet Toomey in mysteriöser Weise als den weltlichen Sprecher vieler geistlicher Stimmen dar, was heißen soll, daß er es auf sich genommen hat, in einem popularisierenden und sogar unterhaltsamen Stile die Gespräche einer Anzahl progressiver Theologen und Pfarrer über die Richtung wiederzugeben, die das evangelische Christentum ihrer gemeinsamen Ansicht nach künftig einschlagen sollte. Manche der darin vertretenen Thesen sind recht verblüffend. Das Schlüsselwort heißt *ökumenisch.* Die Vision dieser Reformer scheint auf einen vereinheitlichten Deismus hinauszulaufen, in dem die traditionell festbegründeten Lehren eines entschiedenen Christentums in einen wohltuenden Nebel aufgelöst, wo nicht ersatzlos gestrichen werden. Diese Unklarheit ist besonders nützlich für jene Art gestörter Intelligenz, welche das Christentum mit dem marxistischen Materialismus vereinbaren kann. Aufmerksamen Zuhörern bei den Predigten Seiner Eminenz im Duomo oder bei seinen häufigen Wochenend-Homilien in der Radiotelevisione Italiana sowie aufmerksamen Lesern seiner Hirtenbriefe werden in einer freilich eher rhetorischen denn rationalen Form manche dieser bizarren neuen Lehren schon bekannt sein, als deren nomineller Fürsprecher aufzutreten Kennet Toomey sich bereitfand. Nahezu seltsam mutet es an, zu bemerken, daß sich keinerlei Aussage darüber findet, ob und inwiefern etwa die homosexuelle Lebensführung mit den Grundsätzen selbst einer so laxen und traumtänzerischen Kirche zu versöhnen wäre, wie sie in diesem Werk ausgemalt wird – einem Werk, das, wer immer die anderen anonymen Mitarbeiter gewesen sein mögen, den unverkennbaren persönlichen Stempel Seiner dermaleinstigen Eminenz trägt.

Doch unser hoher Prälat ist noch nicht soweit im Wahn verirrt, daß er die sexuelle Perversion guthieße. Wiederum blieb es Kennet Toomey überlassen, bei einem nur allzu öffentlichen Anlaß, nämlich einem Strafprozeß gegen einen seiner Freunde, einen berüchtigten homosexuellen Lyriker britischer Zunge, eine Erklärung über die eigene sexuelle Sonderart mit der beredten Verteidigung eines Buches zu verbinden, in dem besagter homosexueller Lyriker unser aller Herrn und Erlöser als einen Perversen der eigenen Konfession hinstellt. Worte reichen nicht aus, um das Entsetzen, Grauen, ja, den ganz physischen Ekel zu fassen, den schon die allgemeinste Andeutung einer solchen Lästerung sogar in der Seele eines Glaubenslosen unvermeidlich hervorruft. Dem echten Gläubigen aber, so gut er auch gelernt haben mag, von einer protestantischen Kultur nichts Gutes zu erwarten, wird als kaum glaublich erscheinen, daß eine Sammlung solchen Unflats, wie sie der Band darstellt, vor die Augen des Publikums gelangen konnte. Daß dieses Buch erst nach einer langen Diskussion verboten wurde, durch eine richterliche Entscheidung, die sehr wohl durch die Entscheidung eines anderen Richters wieder aufgehoben werden könnte, zeigt zur Genüge den gefährdeten Zustand dieser Kultur.

Der Kardinal-Erzbischof hat seltsame Freunde. Er hat eine seltsame Familie. Er hat seltsame Vorstellungen von der Christenlehre. Vor vielen Jahren schon hat er seinen Widerwillen gegen das grundsätzliche Dogma des Glaubens verlautbart – gegen jene Lehre von der Erbsünde, die, lange bevor das Wort Fleisch geworden und unter uns getreten war, schon die göttliche Erlösung als die notwendige Voraussetzung erkannt hatte. Der Mensch ist Gottes Geschöpf, predigt Seine Eminenz, und daher ist er gut. Das Böse ist ihm ganz und gar äußerlich, ganz und gar teuflisches Monopol. Das Böse ist austreibbar. Trotz aller Beweise menschlicher Verworfenheit, trotz der elenden Jahre einer schändlichen Geschichte, die wir alle erst vor kurzem durchlebt haben, trotz der kaum glaublichen Ungeheuerlichkeiten, die Menschen erlitten, aber, in furchtbar menschlicher Paradoxie, zugleich auch gewollt haben, hält er an dem fehlgeleiteten Glauben an eine spirituelle Unbeflecktheit fest, die Gott nur einmal, wie unsere Heilige Kirche lehrt, einem menschlichen Geschöpf verliehen hat: Gottes eigener Mutter.

Auch im weltlichen Bereich legt Seine Eminenz eine ähnliche Verstiegenheit an den Tag. Ihm zufolge findet der menschliche Geist unserer Zeit seinen edelsten Ausdruck im Proletariat. Die Forderungen dieses Proletariats, so wie sie von den Gewerkschaften vertreten werden, sind in seinen Augen vollkommen vereinbar mit der Augustinischen Vision des Gottesstaates. Was Marx wollte, will auch Gott. Nach seiner dunklen Logik erblickt Seine Eminenz das weltliche Gegenstück zum theologischen Bösen ausschließlich im Kapitalismus, während er auch in den unverantwortlichsten Maßnahmen der Gewerkschaften keine Spur von moralischer Verwerflichkeit findet. Legen wir die Schablone seiner pervertierten Theologie auf das Schema seiner anarchistischen Philosophie an, so finden wir den Vater der Lügen häuslich eingerichtet in den Zitadellen des kapitalistischen Unternehmertums.

Ich habe einstweilen genug gesagt, doch ich spreche nur mit der Autorität des Anstands, der Vernunft und der Orthodoxie. Kann es einen Zweifel an der Notwendigkeit geben, daß andere Stimmen laut werden, solche, in denen eine stärkere, ich darf wohl sagen, petrinische Autorität mitschwingt? Der Vatikan hüllt sich angesichts dieser Eigenwilligkeiten eines seiner Fürsten in Schweigen. Es ist das Schweigen, so nehmen wir an, eines anhaltenden und pathologischen Schocks, nicht des Einverständnisses. Hoffen wir, nun bald das Donnern des Steuermanns vom Galiläischen See und das Rasseln der allmächtigen Schlüssel zu hören!

Soweit. »*Il tintinnio delle chiavi onnipotenti.*« Dieses *tintinnio* war ein bißchen ungeschickt; es klang nach dem Klimpern von Autoschlüsseln. Alles Übrige war volltönend genug. Rechtlich zu belangen? Vermutlich nicht. Über Verleumdungsprozesse hatte ich in meiner Laufbahn als Romancier einiges gelernt. Gemeinheit als solche ist nicht strafbar. Dieser Journalist, dessen Name mir nichts sagte, hatte genau aufgepaßt, daß alle Fakten stimmten. Hinter ihm standen ausländische Presseagenturen. Hinter ihm stand vor allem Geld. Weniger den Glauben als das Kapital hatte Carlo gegen sich aufgebracht. Ein Weilchen träumte ich davon, Hortense und ihren Kindern zuliebe einen der vielseitigen Mietlinge aus der Kasbah nach Mailand zu entsenden, mit dem Auftrag, diesen Massimo Fioroni zu ermorden. Aber natürlich lag es bei Carlo, den feigen Schelm furchtbarer abzustrafen, als ich es mit meinen Dreigroschendolchen vermochte.

Wenn Carlo eine Erwiderung beabsichtigt hatte, so wurde sie niemals abgegeben. Als er am zweiten Sonntag der Fastenzeit in seiner Kirche auf die Kanzel stieg, brüllte er plötzlich auf wie ein Bulle, der die Schere des Verschneiders spürt, und brach zusammen. Gottes Hand habe ihn geschlagen, sagten manche; andere meinten, der Huf des Teufels. Herzversagen, lautete die Annahme der Vernünftigeren. Als er still auf dem Rücken lag, stieß er eine Serie falstaffischer Schnarchtöne aus. Ein weniger massives heiliges Bauwerk hätte unter ihnen gebebt wie beim Klang einer lokomotivenlangen Orgelpfeife. Sechs Kirchendiener waren nötig, um ihn hinauszutragen.

67

Ich hatte genug eigene Sorgen. Dennoch schrieb ich einen langen, mitleidigen Brief an Carlo, der zur Erholung in ein von Nonnen geleitetes Pflegeheim in Bellagio am Comer See geschickt wurde. Ich bekam keine Antwort. Ich reiste umher, ein alternder Mann und, obwohl alle Welt nun wußte, daß ich homosexuell war, meiner gewohnten Einsamkeit wiederum überlassen. Anfang Oktober 1958 schickte mir Carlo, der seine stark verringerten Amtspflichten nun wieder ausübte, ein Telegramm. Es enthielt den Befehl, mich mit ihm an einem bestimmten Wochentag im Hôtel de Paris, Monte derselbe, zu treffen. Sein Sekretär hatte alles Nötige veranlaßt. Ich hätte den Befehl verweigern können, nachdem ich schon bei Seiner Majestät von Marokko zum Bankett und Empfang für den amerikanischen Außenminister in Rabat eingeladen war. Doch Neugier, Scham und auch Neigung obsiegten. Ich flog nach Barcelona und von da nach Nizza. Ich fuhr im Taxi die Corniche entlang. Das Meer war ruhig, der Himmel klar, die Luft milde. Im Hotel erfuhr ich, Seine Eminenz sei schon angekommen. Man brachte mich erst zu meinem Zimmer und dann zu seiner Suite.

Carlo war nun siebzig, edelfett, wundervoll häßlich und anscheinend genesen. Er war ganz in Rot gekleidet, wie es seinem Range zustand. Offenbar war er ohne Begleitung gekommen. Er reichte mir einen Whisky, den raren Old Mortality. Er sagte: »Zuerst hieß es, das Kasino sei reserviert für irgendwelche durchreisenden Ölscheichs. Das hab ich mir nicht bieten lassen: Wollen Sie den Ungläubigen vor einem Fürsten Ihrer eigenen Kirche den

Vortritt geben? Dann haben sie noch mal angerufen und gesagt, Seine Hoheit Hussain ibn Al-Haji Yusof oder so jemand wäre sehr geehrt, wenn ich dazukäme. Also: Erst spielen, dann essen! Ist es dir recht?«

»Wie lange ist das her, seit wir das nicht mehr gemacht haben, vierzig Jahre?«

»Vierzig Jahre. Damals waren wir zu dritt.«

»Ja, zu dritt.« Ich spürte, auf dem dritten Namen lag ein Tabu. »Wie geht es dir, Carlo?«

»Ganz gut. Ist dir klar, daß der Augenblick der Wahrheit heranrückt?«

»Du meinst, jemand in Rom wird bald sterben?«

»Ja, ja, ja! Weißt du noch, vor dem Krieg, in Moneta, als wir über die griechische Tragödie gesprochen haben? Ich weiß nicht mehr, ob der Ausdruck *Hybris* damals gefallen ist.«

»Ich kann's mir nicht denken.«

»Trink noch einen Schluck Whisky!« Er musterte mich aus seinem Polstersessel. »Nimm dir selbst! Du bist zu dünn. Du siehst alt aus. Wie alt bist du jetzt?«

»Achtundsechzig.«

»Alt bist du und immer noch nicht dahingekommen, wo ich dir sagte.« Das Gespräch war sehr kryptisch. »Die Offenbarung ist dir noch nicht gekommen.«

»Doch, Offenbarungen menschlicher Schlechtigkeit!«

»Schlichiger Männlichkeit, schlänglicher Mächtigkeit!« alberte er plötzlich. »Weißt du, warum ich krank gewesen bin?«

»Ich hatte angenommen–«

»Das haben viele angenommen. Tatsächlich war es die Erschöpfung nach dem härtesten Kampf meines Lebens.« Sein englischer Akzent war noch britischer, als ich ihn in Erinnerung hatte: Hinsichtlich Länge und Intonation der Vokale war er ganz ähnlich dem des quondam Erzbischofs von York; nur fehlte die flötende Leichtigkeit, die Resonanz kam immer noch tief aus dem Bauche. »Es war ein Kind aus einer armen Familie in Novara, von infernalischen Präsenzen durchlöchert wie ein Stück Käse. Kaum hatte man den einen gestillt oder erstickt, egal, wie man das nennt, war schon wieder der nächste da. Mit den üblichen blöden Namen – Popo, Cazzo oder Stronzetto. Und den üblichen blöden kleinen Lästereien. Dann, eines Tages waren die alle still, als ob sie auf den Schulmeister mit dem Rohrstock warteten und auf dem Flur schon seine Schritte hörten. Ich hab auch gewartet, und dann kam die echte Tonart des Herrn und Meisters. Belesen in vielen Sprachen, sehr höflich! Er hat diesen verfluchten Artikel zitiert, wortwörtlich. Ein paar kleine Zaubertricks, nur so aus Langeweile. Er hat das elektrische Licht ausgehen und dann wieder angehen lassen, sowas wie einen Film über meine Kindheit an die Decke projiziert, üble Gerüche verbreitet und sich dafür entschuldigt, dann hat er sie durch Gartendüfte aus Gorgonzola ersetzt. Das Ordinarium der Messe hat er ganz andächtig aufgesagt, gleichzeitig aber den Körper des Kindes verschlungen. Das Gesicht des Kindes hatte eine Art starres Grinsen aufgesetzt.«

»Verschlungen?«

»Die Glieder sind geschrumpft, vor meinen Augen, aber der Bauch hat sich gebläht wie ein Luftballon, und ich dachte, er müßte gleich platzen wie der Bauch von einem vergifteten Hund. Ich hab gemerkt, hier bist du machtlos. Das Rituale Romanum hat er besser gekannt als ich. Die Anstrengung hat mich übel mitgenommen, besonders, weil ich auch noch gefastet habe. Das ging so Tage und Tage, und nur ein paar Stunden geschlafen. Ich habe mich nicht mehr an die Austreibungsregeln gehalten. Ich habe gebetet und gebetet und nichts erreicht. Er hat gesagt, *vale sancte pater,* und dann hat er dem Kind den Hals gebrochen. Einfach so, wie wenn du einem Kaninchen den Hals brichst. Alles war aus, und ich hatte nichts erreicht. Kein Wunder, daß ich krank geworden bin!«

»Er hat lateinisch gesprochen?«

»Lateinisch. Und dann hat man gehört, wie dem armen Kind der Hals geknackt ist, und dann war alles still.«

»Es gibt nur einen Menschen, den man mit heiliger Vater anreden kann. Kann der Teufel die Wahrheit sagen?«

»Der Vater der Lügen?« Er zuckte massig die Schultern. »Wenn er immer löge, wär es so gut wie die Wahrheit. Aber er lügt nicht immer; sonst wäre er kein großer Lügner.« Dann sagte er: »*Hybris, Hybris!* Sollen wir jetzt zum Spielen gehn?«

Im Foyer des Hotels nahm Carlo Ringküsse und Verbeugungen entgegen und spendete Segen. Ein paar Amerikaner mit offenen Hemdkragen glotzten nur, und der eine sagte: »Was es nicht gibt, ein Bolschiepfarrer!« Aber Carlo hörte nicht hin. Er war zu dem Reiterstandbild Ludwigs XIV. getreten und streichelte das angehobene Vorderbein des Pferdes. Nach all den vierzig Jahren glänzte es nur um so heller in Gold. »Du irrst dich«, sagte er,

»wenn du denkst, du weißt, um welche Art Glück ich jetzt bitte, aber ich bitte eigentlich um gar nichts.« Er sprach immer noch etwas kryptisch. Wir traten in die milde Abendluft hinaus und gingen über den Platz zum Kasino. Carlo segnete alle, die vorüberkamen.

Das kleine Fürstentum des Glücksspiels war damals, nach einer depressiven Phase, in der es hatte zusehen müssen, wie Nizza, Antibes und Cannes seine Beliebtheit in den Schatten stellten, nun wieder in einer Genesung begriffen, die es in erster Linie seinem Regenten verdankte. Seine kürzlich geschlossene Ehe mit einer Dame, die aus einem guten Hause in Philadelphia stammte und als Filmschauspielerin zu Weltruhm gelangt war; die bald wieder aufgelöste Verbindung mit einem ordinären, aber erfolgreichen griechischen Reedereimagnaten, der Monaco zu einem immobilen Anhängsel seiner Flotte hatte machen wollen; die Förderung der Meereskunde und die Ermutigung der Künste – dies alles trug dem kleinen Staat, dessen Unabhängigkeit und Prosperität der große Nachbar Frankreich neidisch befehdete, frischen Ruhm und Goldesglanz ein. Aber an diesem Abend hatte das gewöhnlich von Touristenschwärmen erfüllte Kasino die Stille einer Kirche oder Moschee. Die arabischen Besucher hatten offenbar aus dem einen oder anderen Sicherheitsgrund, oder vielleicht auch bloß, um die Allmacht des Geldes zu demonstrieren, auf der Schließung aller Spielsäle mit Ausnahme des für sie reservierten Privatraumes bestanden. In diesen Rokokotempel des Glücksspiels wurden wir nun hineingedienert. Der Fürst von Monaco hatte in seiner freundlichen Lebensklugheit den alten Brauch wieder eingeführt, den seriöseren Spielern die Erfrischungen unentgeltlich zu servieren, und Carlo nahm dankbar den betauten Champagnerkelch entgegen, den man ihm ehrerbietig reichte. Und da standen schon, frischgepreßten Orangensaft trinkend, die weißgewandeten Wüstenmagnaten, ungefähr zehn an Zahl. Drei von ihnen trugen dunkle Brillen, trotz des nicht eben grellen Lichts von den Kronleuchtern, und mit diesen dreien wurden Carlo und ich nun bekanntgemacht, von einem artigen Funktionär in einem Anzug aus der Savile Row mit der Krawatte der alten Etonschüler. Ihre Hoheiten, die Scheichs Fazal ibn Sayed, Mohamed ibn Al-Marhum Yusof und Abdul Khadir ibn al-Haji Yunus Redzwan. Der letzte Name, das wußte ich noch aus Malaya, bedeutete dasselbe wie der Name der Fürstin von Monaco. Ein banales romantisches Thema des armen Domenico ging mir durch den Kopf: Er hatte die Musik zu *No Way Out* komponiert, einem Film, in dem die Fürstin zur Zeit ihrer früheren Inkarnation zusammen mit Cary Grant gespielt hatte. Carlo schrieb mit goldenem Füllfederhalter einen Scheck auf die Bank des Heiligen Geistes aus, und man gab ihm unter Verbeugungen Plaques und Jetons von hohem Nennwert.

»Roulette?« Den Vorschlag machte Seine Hoheit Scheich Abdul Khadir. Der Fürst der Heiligen Römischen Katholischen und Apostolischen Kirche erwiderte:

»*D'accord, pour commencer.*«

So wenig zahlreich unsere Gruppe auch war, wurden wir doch von Croupiers in der vorgeschriebenen Mannschaftstärke bedient – einer an jedem Ende des Tisches, zwei dicht beisammen an jeder der Krümmungen, und der *chef de partie* auf seinem erhöhten Thron.

»*Messieurs, faites vos jeux!*« Und das Rad drehte sich, die Elfenbeinkugel rollte in das Holzbecken, gegen die Drehrichtung des Rades. Carlo gab drei Jetons her und verlangte die *finales sept par dix.* Gehorsam legte der Croupier die Jetons auf 7, 17 und 27. Die Fürstlichkeiten setzten den Höchstbetrag, jeder sechzigtausend alte Franc, auf *en plein, à cheval* und *carré*. Bescheiden und mit einer Geste, die Selbstironie andeuten sollte, wählte ich eine *chance simple:* Ich war nicht hier, um wirklich selber zu spielen. »*Les jeux sont faits, rien ne va plus.*« Die Kugel verlor an Geschwindigkeit, traf die diamantförmigen Nagelköpfe des Beckens, stieß an das Rad, holperte über die Metallschwellen zwischen den numerierten Feldern und kam zum Stillstand. Der Croupier verkündete: »*Dix-sept, noir, impair et manque.*« Jetons wurden zu Carlo hingeschoben; er schien nicht übermäßig erfreut.

Er schien auch nicht übermäßig erfreut, als er alle *chances multiples* ausprobiert – *transversale, carré, à cheval, quatre premiers, sixain, colonne, douzaine* – und dabei sehr viel mehr gewonnen als verloren hatte. Einer der kleineren Fürsten, dessen Namen wir nicht kannten, sagte in gutem Englisch: »Wird das Geld an die Armen gehen, Eure Eminenz?« Kryptisch wie immer an diesem Abend erwiderte Carlo: »Die Armen, die hat man immer um sich.«

»*Trente-et-quarante?*« schlug Scheich Fazal ibn Sayed vor. Gut, *trente-et-quarante,* das Spiel des reichen Mannes. Wir zogen um an den schildförmigen Tisch, ohne andere Wappen als die Diamantköpfe für *noir* und *rouge,* den Pfeil als *couleur* und den Sparren für *inverse.* Zwei der Croupiers zogen sich zu einer Erfrischung zurück; sie waren hier nicht erforderlich. Der *tailleur* nahm seine sechs Pack Spielkarten zur Hand und brach die Siegel auf. Er mischte erst jeden Pack einzeln, dann alle sechs zusammen. Mit der Andeutung eines Kniefalls forderte er Carlo zum Abheben auf. Carlo hob ab, dann wurden die Karten in den Halteschuh gelegt. *Messieurs, faites vos jeux!* Hohe Beträge wurden auf *rouge* und *noir* gesetzt; *couleur* und *inverse* blieben für den Augenblick außer Betracht. Der *tailleur* legte seine zwei Reihen aus, von denen die obere *noir* und die untere *rouge* bezeichnete. Mit gelangweilter Teilnahmslosigkeit schauten wir zu. Carlo rauchte eine Romeo und Julia. Die obere Reihe ergab 37, die untere 32. »*Rouge gagne.*« Carlo hatte gewonnen. Und Carlo gewann weiter. *Noir-couleur, noir-inverse, rouge-couleur, rouge-inverse.* Er verlor auch mal etwas, aber die Jetons stapelten sich vor ihm auf. Scheich Fazal sagte:

»Ein Glück wie der Teufel, sagen wir in unserer Sprache.«

»Nur der Teufel hat Glück«, sagte Carlo, eine neue Maxime für den künftigen Sammler seiner geflügelten Worte kreierend. »Der Herrgott braucht keines. Sollen wir eine kurze Erfrischungspause einlegen?« Pause.

Wir tranken Champagner und aßen köstlich zubereitete Tafelbissen ohne den geringsten Nährwert. Scheich Abdul Khadir erzählte auf französisch den Witz von Moses, der in der Wüste den falschen Weg nimmt und darum das Öl verfehlt. »Besteht wohl«, fragte Carlo, »ein mystischer Zusammenhang zwischen dem Öl und Allah?« Daß er damit Anstoß erregte, äußerte sich in einer um so größeren Herzlichkeit. Der *chef de partie,* der Carlos Spielmarken zusammengezählt hatte, trat dicht zu ihm heran und flüsterte ihm die Summe seiner Gewinne ins Ohr. Carlo nickte. Er sagte: »Die unverdienten Gewinne der Kirche stehen gegen die der Prophetensöhne. Ich bin bereit, alles auf eine einzige Karte zu setzen. Möchte jemand von den Herren mitspielen?«

»Wie hoch ist der Betrag?« fragte Scheich Fazal. Carlo sagte es ihm. Der Scheich sagte: »Das ist viel, sehr viel. Aber nicht zu viel! Der Boden, den Allah segnet, ist unermeßlich reich. Ihre Kirche ist auf einen Fels gegründet worden, der an mineralischen Ablagerungen nicht reich ist.«

»*Tu es Petrus*«, zitierte Carlo, »*non Petroleum.* Sie könnten meiner bescheidenen Summe das Zehn- oder Zwanzigfache entgegensetzen. Wenn ich gewinne, geht das Geld an die Armen.«

»An die christlichen Armen?« sagte Scheich Fazal.

»Oder die islamischen Armen, wenn Sie wollen. Die Armut ist eine Religion für sich.«

»Sehr gut! Fangen wir gleich an?«

Carlo leerte seinen Kelch und rülpste ein wenig. »Mr. Toomey hier kann die Zeremonie leiten.«

»Aber er ist Christ.«

»Nur in gewissen Grenzen.« Und Carlo schoß schnell einen, wie mir schien, bösen Blick auf mich ab.

»Überlassen wir es lieber dem *monsieur le chef de partie!* Er hat auch eine Religion für sich. Und wir müssen sein Métier respektieren.«

»Gut.« Wir gingen zu einem schlichten, filzbespannten Tisch mit einer abgeschirmten Hängelampe darüber. Carlo setzte sich, Scheich Fazal setzte sich. Der *chef de partie* machte eine Verbeugung und setzte sich zu ihnen. Mit einer Verbeugung brachte ein Croupier ein neues Spiel Karten. Feierlich brach der *chef de partie* das Siegel.

»Ich setze«, sagte Carlo, »den Betrag von einer Million sechshundertfünfundsiebzigtausend Franc.«

»Um es rund zu machen, ich setze sechsundzwanzig Millionen dagegen. Das As ist hoch?«

»Ja.«

Die Karten wurden gemischt und abgehoben. Wir hielten den Atem an, alle, bis auf Carlo, der Rauch ausblies. Scheich Fazal zog zuerst: Kreuz-Zehn. Carlo zog die Herz-Dame.

»Gratuliere, Eure Eminenz! Trinken wir auf die Armen!«

»Moment!« sagte Carlo. »Die Beste von dreien, einverstanden?«

»Wenn Sie wollen!«

Carlo zog Pik-Drei, der Scheich Kreuz-Sieben. Die Karten wurden neu gemischt. Der Scheich zog den Herz-König. Carlo zog die Acht von derselben Farbe. Er flüsterte: »*Deo gratias!*« Dann sagte er laut: »Trinken wir nun trotzdem auf die Armen?«

»Wie Sie vorhin schon sagten, Eure Eminenz, die Armen, die hat man immer um sich.«

Verbeugungen, Verbeugungen. Als wir zum Hôtel de Paris zurückgingen, sagte ich: »Mir will scheinen, das ist ein Grund zum

Aberglauben. Vielleicht zu einem Glauben ans *Schicksal,* wie die Deutschen sagen, oder ans *Kismet* der Araber. Was hatte das zu bedeuten?«

»Es bedeutet, ich habe zum letzten Male gespielt. Was das andere angeht, nein. Wir sind frei.«

»Daran glaube ich nicht mehr. Wir sind nicht frei. Wir sind verdammt.«

»Nur in gewissen Grenzen, wie schon gesagt. Ein Christ, meine ich. Gehn wir essen!«

Verbeugungen, Verbeugungen. Kristall und Lichter. Nicht mehr so viele elegante Frauen wie vor vierzig Jahren. Ein rotblonder Trampel kaute mit offenem Munde. An einem Tisch wurde in einem schönen betauten Silberkübel Coca-Cola serviert. Alle Blicke ruhten ein Weilchen auf Carlo. Er hatte Hunger und machte kein Hehl aus seiner Gier. Man hätte sagen können, er spielte das Rollenklischee des sybaritischen Prälaten. Sein großer Ring blitzte unter den *Belle-époque*-Kronleuchtern, als er mit einer Art abschiednehmender Genugtuung seine Weine trank. Dom Perignon zu den Meeresfrüchten, einen Corton Bressandes zum Fleischgericht, Blanquette de Limoux zum Dessert. »Eine Art Abschiedsschmaus«, sagte ich. »Dir steht erst ein Begräbnis bevor und dann ein Konklave. Wie sind denn die Nachrichten?«

»Morgen ist er tot. Ich gehe von einem Begräbnis zum andern.« Noch ein Dutzend *praires farcies,* dann *rougets barbets* und schließlich, den Appetit immer noch aufs Meer gerichtet, *barbues à l'oseille.* Ich verschlang meine sechste und letzte Auster. »Wessen Begräbnis?«

»Meine Schwester. Du hast nichts erfahren? Aber klar, ihr hattet keinen Kontakt. Meine Schwester, sag ich. Sie ist in dem Glauben gestorben, daß wir von einem Blute seien. Aber jetzt ist Schluß mit den Täuschungen.«

»Ich habe am Telefon mit ihr gesprochen. Am Tag dieser infernalischen Premiere. Ihre letzten Worte zu mir waren, daß Domenico endlich das Licht aufgehen werde. Glaube mir, das war nicht meine Schuld!«

»Schluß mit den Täuschungen! Sie hat viel geschwätzt vor ihrem Tod. Die Mutter Oberin hat der Zimmerdecke von den Sünden des Fleisches erzählt. Sie hat geweint.«

»Sie hat doch keine Fleischessünden begangen.«

»Vermutlich deshalb hat sie geweint. Du ißt ja gar nichts.«

»Ich habe fast auf nichts mehr Appetit. Ich habe gehört, bei so einem Konklave gibt es die entsetzlichsten Sachen zu essen. Die Länge oder Kürze des Konklaves soll ein Maßstab für die Abscheulichkeit der Küche sein.«

Rognons de veau entiers flambés. Carlo schaute freundlich in die Kognakflammen. »In der Hölle«, sagte er, »können wir essen. Im Himmel werden wir gegessen. Weißt du, wer das gesagt hat?«

»Nein. Es klingt wie ein äußerst alberner Aphorismus.« Er nickte, wie in der Einsicht, daß er ihn aus der künftigen Sammlung seiner Kernsprüche streichen müßte. »Denkst du«, sagte ich, »daß du es sein wirst?«

»Der Gewählte«, sagte er, an einem Stück Niere kauend, »soll viel Bescheidenheit zeigen und sich selbst für der heiligen Bürde unwürdig erklären. Die Wahl trifft der Heilige Geist. Aber er trifft sie durch fehlbare Menschen. Vielleicht bin ich des Amtes nicht würdig, aber ich habe einiges zu tun. Ist das *Hybris?*«

»Du meinst, du willst einen frischen Wind durch die Kirche blasen? Der Heilige Geist erscheint oft als ein Wind, nicht? Fehlbare Menschen? Du hast Feinde.«

»Ach, Feinde, wer hätte die nicht? Zum Glück sind die Feinde aus verschiedenen Gründen Feinde. Sie sind nicht der vereinte Feind, der im Gleichschritt anrückt. Ich habe kapitalistische Feinde, aber auch marxistische. Die Vergeistlichung des *Kommunistischen Manifests* – nicht auszudenken! Die Vereinigung der Kirchen, der Gebrauch der Volkssprachen in der Liturgie. Wer Neuerungen in manchen Bereichen ablehnt, ist in anderen einverstanden. Die Feinde neutralisieren sich gegenseitig. Worauf es ankommt, ist wohl, keine Freunde zu haben.«

»Wie meinst du das?«

Er sagte nichts mehr, bis die *prunes à l'eau de vie* kamen, mit einer *glace meringue Chantilly* nebenbei. Meine Frage beantwortete er nicht. »Die Zeit«, sagte er statt dessen, »ist ziemlich kurz. Der Zustand meiner Arterien gefällt den Medizinern gar nicht. Ich darf nicht mehr essen, was ich will. Wenn mir noch fünf Jahre bleiben, vielleicht auch nur vier–«

»Was war das eben? Daß du keine Freunde mehr hast?«

»Nein, keine Freunde. Keine Brüder, keine Schwestern, keinen Vater, keine Mutter. Wie *Ödipus,* erinnerst du dich?« Er spuckte einen Pflaumenkern auf seinen Löffel. »Wenn Gott sich mit der

Einsamkeit abfinden kann, kann sein Knecht es auch. Ich kann euch alle nicht gebrauchen.«

»Sag das noch mal!«

»Ich kann dich nicht gebrauchen. Du bist ein Hindernis. Kannst du das verstehn? Ich entscheide mich fürs Alleinsein. Egal, was sein wird, ich geh nicht wieder nach Mailand. Wenn der Heilige Geist mich nicht will, verschwinde ich in ein Kloster. Wenn nicht das Höchste, dann das Niedrigste! Aber auf jeden Fall Alleinsein.«

»Dies ist also heute ein Abschiedsmahl. Eine Verstoßungszeremonie. Früher hast du einmal *fratello* zu mir gesagt.«

»Gott bewahre mich vor Brüdern!«

»Und vor Schwestern auch?«

»Ich brauch euch nicht. Niemanden.«

Ich schaute ihn hoffnungslos an, als er seinen *Chantilly* löffelte. Das Eis hinterließ eine dünne weiße Schaumspur um seinen Mund. »Na denn«, sagte ich dümmlich. »*Nunc dimittis.* Ich wünsche dir– nein, Glück paßt hier nicht, das ist nur gut fürs Kasino.« Ich faltete penibel meine Serviette zusammen. Ich stand auf und sagte, »*vale, sancte pater.*« Er schien mich anzuknurren, aber das war vielleicht nur eine Kaubewegung. Dann ging ich in die Bar. Die Rechnung sollte er bezahlen.

68

In Kenntnis, wie schon beim vorigen Mal, meiner Verbindung zum italienischen Prälatentum, aber diesmal auch in Anbetracht meiner besonderen Nähe zu einem der *papabili,* drängte mich die Londoner Presse, nach Rom zu gehen, um über das Begräbnis, das Konklave und die Wahl zu berichten. Ich bekam sogar einen Anruf von der *Times,* schon am nächsten Morgen, als ich im Begriff war, das Hotel zu verlassen. Nein, nichts zu machen! Ich war alt, ich war müde, es interessierte mich nicht.

Und doch verfolgte ich, nach Tanger zurückgekehrt, in vier Sprachen die Zeitungsberichte voller Kolorit, aber ohne Informationen, die in diesen Tagen des Wartens auf die weiße Rauchfahne erschienen. Später, aus Büchern wie Peter Hebblethwaites *Wiedergeburt einer Kirche* und Conor Cruise O'Briens *Blick in den Morgen,* haben wir den ganzen Hergang des Konklaves von 1958 erfahren. Es begann mit der Versammlung der hundertzwanzig Kardinäle in der Paulinischen Kapelle mit ihren Fresken von der Hand des großen Homosexuellen, mit Petrus, wie er am Ende die Welt auf den Kopf gestellt sieht, und dem verstörten Paulus auf dem Weg nach Damaskus. In ihren Soutanen, Biretten und Mosetten, allesamt rot, und den weißen Chorhemden wurden sie von Monsignor Pierluigi Bocca, dem päpstlichen Zeremonienmeister, durch die Sala Ducale in die Sixtinische Kapelle geführt, deren Chor ihnen mit dem Gesang *Veni Creator Spiritus* voranschritt. Zwei lange, schmale Tische standen dort einander gegenüber, davor Stühle mit geraden Rückenlehnen von höchster, mit rotem Samt zynisch beschönigter Unbequemlichkeit. Die Kardinäle knurrten, kicherten und kniffen die Augen zu, um die Namensschildchen auf den Plätzen zu lesen. Es wurde gebetet, und dann rief Monsignor Bocca: »*Extra omnes!*« Chorsänger, Bedienstete und Handwerker gingen hinaus. Die Eingänge wurden mit doppelten Hartholzbrettern versperrt. Dann schwor die Versammlung, sich an die apostolische Verfassung halten zu wollen, hörte sich eine lange, einschläfernde Rede des Kämmerers Kardinal Percini an und ging anschließend in die Sala Borgia zu einer schlechten, wenngleich ungiftigen Mahlzeit. Nachher zogen sich die Kardinäle in ihre Zellen zurück, von denen nicht wenige Renaissance-Salons waren, zwölf Meter hoch, voller Sofas und Chiffonieren, in denen der Lichtschalter vom Bett durch eine lange Hindernisbahn getrennt war. In einem solchen Zimmer vermutlich betete Carlo, daß man ihn zum Papst wählen möge.

Am nächsten Morgen schien es Kardinal Casorati, dem Patriarchen von Venedig, der nicht mehr der Jüngste war (niemand war mehr der Jüngste, aber er am wenigsten), gar nicht gut zu gehen. Er erholte sich nach einem Schluck Brandy Stock *(con il gusto morbido)*, und dann kamen sie alle in der Sixtinischen Kapelle zur ersten Abstimmung zusammen. Auf den Tischen lagen Bätter mit der vorgedruckten Formel *Eligo in Summum Pontificem.* Darauf schrieben die Kardinäle den Namen ihrer Wahl, mit so gut wie möglich verstellter Handschrift, damit offiziell niemand wüßte, wer für wen stimmte. Einer nach dem andern traten sie mit dem einfach zusammengefalteten Blatt an den Altar, knieten nieder zum Gebet und sagten: »Christus den Herrn, der mein Richter sein wird, ruf ich zum Zeugen, daß ich dem einen meine Stimme gebe, den ich vor Gott für würdig erachte.« Der furchtbare, muskelbepackte Christus des *Jüngsten Gerichts* schaute von oben auf sie herab, wenn sie die Zettel in die Urne steckten. Dann wurden die Stimmzettel durchgemischt und von den drei Prüfern ausgezählt. Die Namen wurden laut verlesen, und die Kardinäle machten sich jeder seine eigene Punktliste. Manfredini 25, Casorati 23, Campanati 21. Giustolisi 10. Schneider 8. Parenti 6. De Neuter-Strickmann 4. Trione 2. Geblesco 2. Der Rest waren Einzelstimmen für Namen wie Chin, Ngoloma, Sacharow, Lang, Prado, Willoughby, Rasy und (ungerechterweise unmöglich) Papa. Daß der Papst Italiener sein müsse, galt damals als selbstverständlich. Manfredini, ein Florentiner, der in Florenz regierte, Günstling des verstorbenen Pontifex, ein blutarmer Frömmler und verbissen konservativ, kam nur durch eine Geste des Respekts und der Pietät an die Spitze der Liste. Er hatte nicht die kleinste Chance, die erforderlichen zwei Drittel der Stimmen auf sich zu vereinigen. Darum fiel er am zweiten Wahlgang auf 10 Stimmen ab. Aber Giustolisi, auf den Flügeln einer Kurienkabale, schnellte auf 30 hoch, dicht gefolgt von Casorati mit 28. Campanati war auf 19 gefallen. Die dritte Abstimmung, nach dem Mittagessen und vermutlich nach etlichen hitzigen Diskussionen in den Ecken des Saales, brachte Casorati weit an die Spitze mit 56 Stimmen, während Giustolisi auf 27 zurückfiel. Campanati stieg auf 31. Am Ende des Tages legte der Scheinwerfer von Gianiculum seinen Finger auf schwarzen Rauch aus dem Schornstein. Versuchen wir's noch mal! Und noch mal!

Am nächsten Vormittag kam der Franzose Chassagny nach Gott weiß welchen nächtlichen Pressionen auf 5 Stimmen. F. X. Murphy, der Kardinal-Erzbischof von Chikago, kam überraschend auf 2. Casorati war nur noch bei 50, vielleicht weil er beim Frühstück wieder schlecht ausgesehen hatte. Campanati kletterte auf 33. Steigen und Fallen, Fallen und Steigen für Campanati und Casorati, während sich der heiße Oktobertag der Erschöpfung und dem Abendessen entgegenschleppte. 55, 27. 51, 33. 57, 34. Keiner von den beiden kam an die nötigen 80 heran. Abermals schwarzer Rauch.

Es war am dritten Tag, als das Ereignis eintrat, das so viele phantastische Spekulationen der grausigen Art hervorrief, sogar einen Kriminalroman mit dem Titel *Mord im Konklave*. Am frühen Nachmittag erbrachte die Auszählung 91 Stimmen für Casorati. *Deo gratias!* wurde gemurmelt. Aber dann stand der ehrwürdige Patriarch von seinem Stuhl auf, warf einen Arm hoch, rief »nein, nein!« und brach auf dem hellbraunen Wollfilzteppich zusammen. Er hatte einen Herzanfall erlitten, und es war sein letzter. Die Geheimhaltungspflicht verbot die Benachrichtigung der Außenwelt, und sogar die Heranziehung eines Arztes mußte unterbleiben. Die jüngeren und rüstigeren Kardinäle trugen die Leiche mit einiger Mühe in die nächste Zelle, unweit der Sala Borgia. Gebete wurden gesprochen, und dann gab es eine neue Abstimmung. Sie brachte die Entscheidung. Carlo Campanati bekam zu seinen bisherigen Stimmen die meisten des toten Patriarchen hinzu. Er hatte eine gewaltige Mehrheit.

Die Tageszeit war gerade recht, um das weiße Rauchzeichen zu geben. Die Menschen kamen heim von der Arbeit. Etwa zu der Stunde, als der Patriarch seinen Kollaps erlitt, war ein leichter Regen auf die Stadt niedergegangen, aber nun strahlte die Sonne wieder, ehe sie in den Wolken unterging. Die Wolken waren mit allen Farben durchschossen, die je ein italienischer Maler stöhnend, fluchend oder triumphierend angerührt hatte. Die Piazza war voller Leute mit Kameras um den Hals oder in Schußbereitschaft; auch die hundertvierzig Heiligen auf ihren erhabenen Stehplätzen (meinte ein Journalist) warteten gespannt. Kardinal Focchi erschien auf dem mittleren Balkon von St. Peter und sagte ins Mikrophon: »*Annuncio vobis gaudium magnum. Habemus papam, eminentissimum et reverendissimum Dominum Carolum, sanctae Romanae ecclesiae cardinalem Campanati, qui sibi nomen imposuit Gregorium Septimum Decimum.*« Und die Menge ließ an der Größe ihres Gaudiums keinen Zweifel: Alte Damen in Schwarz weinten, Zähne blitzen zwischen unrasierten Lippen, Fremde schüttelten sich die Hände, Kinder hüpften, als ob jetzt gleich die Mickymaus käme, und die Hupen der römischen Automobile jubelten unfreiwillig. Und dann, unter Gebrüll, erschien Carlo selbst, die Kalotte schief auf dem Kopf, ganz in Weiß, dick und liebenswürdig, jedermanns Papa. Mit seinen fetten Armen brachte er das Gebrüll zum Verstummen und sagte:

»*Ho scerto er nome Gregorio*–« Es gab ein schallendes, begeistertes Lachen. Er hatte im römischen Dialekt gesprochen, mit einer tiefen, gleichfalls römischen Baßstimme. Dann, wie um sich daran zu erinnern, daß dies nur einer Ortsgemeinde gemäß war – zum Bischof von Rom mochte es passen, aber nicht zum Vater aller Gläubigen –, wechselte er ins glatte Italienisch der Fernsehansager über und erklärte der Menge kurz, warum er den Namen Gregor gewählt hatte: in erster Linie Gregor dem Großen zuliebe, der die Kirche reformiert und das Evangelium verbreitet hatte. Aber es gab noch andere Päpste dieses Namens, und nicht alle waren groß gewesen: Gregor VI., der sein Amt von Benedikt dem IX. gekauft hatte: Gregor XII., der in allerlei Nöte geraten und nach Neapel verbannt worden war. Die Annalen der Gregors umfaßten alle Schändlichkeiten und Triumphe, deren der Mensch nur fähig war; und er, Gregor XVII., war auch nur ein Mensch, ohne jeden Anspruch auf Größe. Aber das Bild des Einen, der wahrhaft groß war, würde er immer vor Augen behalten. Dann sagte er:

»Gelobt sei Jesus Christus!«

»Jetzt und in Ewigkeit!« antwortete die Menge.

»Liebe Brüder, liebe Schwestern! Meine Brüder, die Kardinäle, haben einen Bischof von Rom berufen. Wir sind voll Trauer um den Tod unseres geliebten Vaters, des Papstes Pius XII. Und wir sind in Trauer um einen, der eben erst verstorben ist. Heute, an eben diesem Tage, als Gott ihn und nicht mich auf den Thron von Sankt Peter berief, ist unser innig geliebter Bruder Giampaolo, der Patriarch von Venedig, zusammengebrochen und gestorben!« Die Menge war still; manche bekreuzigten sich; etliche Männer wehrten unauffällig mit zwei abgespreizten Fingern böse Einflüsse von ihren Hoden ab. »Gottes Wege sind rätselhaft. Gottes Stunde ist nicht die unsere. Im Augenblick seiner Wahl wurde unser Bruder durch eine andere Wahl in die ewige Seligkeit entrückt. *Requiescat in pace.*«

»Amen.«

»Ich also komme zu euch als der Mann der zweiten Wahl. Ich komme in Demut. Ich bringe weder die Heiligkeit noch die innere Stärke unseres tiefbetrauerten Bruders mit, noch seine Bildung oder seine Fähigkeiten als Seelenhirte. Dennoch, nehmt mich, so wie ich bin! Laßt mich nun eine Wahrheit bekanntgeben, die lange geheim geblieben ist. Ich komme zu euch als eine Waise. Ich komme als einer, der weder seinen Vater noch seine Mutter kennt, weder Bruder noch Schwester. Auch der Name, den ich trug, war nicht der meine. Heute bin ich neugeboren, mit einem neuen Namen. Ihr alle seid nun meine Familie. Nehmt meine Liebe an! Und schenkt mir die eure! Gottes Segen sei mit euch!« Und dann segneten die fetten Arme *urbem et orbem,* und die Menge stöhnte und heulte vor Freude, Liebe und Mitleid. Ich konnte mir vorstellen, wie er dann nach drinnen zu seinen Brüdern Kardinälen ging und sagte: »So, das scheint ihnen glatt runtergegangen zu sein.«

Die Vatikanologen haben über die Umstände, die zur Wahl Gregors XVII. führten, harte Sträuße ausgefochten. Soviel ist sicher, daß ihn die Italiener nicht wollten und die Franzosen auch nicht. Die englischsprachigen Kardinäle dagegen sahen in ihm einen der ihren. Die Kardinäle aus jenen Gegenden, die man heute die Dritte Welt nennt, waren angetan von seiner dynamischen Sozialphilosophie. Die Würze vielberedeter Skandale war nur eine Empfehlung in Amerika, der Heimat des Personenkults. Aber er wäre niemals Papst geworden ohne die ängstliche Bestürzung des Konklaves durch einen Todesfall, den viele als ein Zeichen des Himmels auffaßten, daß man in dem hingerafften Kandidaten trozt all seiner Vorzüge den Falschen gewählt habe. Der Heilige Geist selbst schien Carlo Campanatis Feinden, wenn sie sich nicht endlich mit ihm befreunden wollten, den Herzschlag anzudrohen. Was aber die Theorie anging, Carlo habe den Tod des Patriarchen von Venedig herbeigewünscht oder ihm gar Gift in den Kaffee getan, so verdiente sie keine Erörterung. An der Heiligkeit Papst Gregors XVII. bestand niemals allzuviel Zweifel. War ich nicht selbst einer der Beihelfer zu seiner Kanonisierung?

An diesem Abend, Anfang Oktober 1958, schied Carlo Campanati aus meinem Leben, und sein massiges Fleisch quoll über die Ränder persönlicher Erinnerung in die Arena der Geschichte hinüber. Über Papst Gregor XVII. weiß der Leser soviel wie ich. Von nun an sah ich ihn nur noch in den Medien, wie er seinen fetten Segen spendete, den Armen die Füße küßte, mit den Erdbebenwitwen weinte, die Via Crucis beschritt, Kriminelle und Kommunistenführer umarmte und das Vatikanische Konzil eröffnete, das unter seiner Führung, oder besser, unter seinen Witzen, Drohungen und Schmeicheleien die Kirche modernisieren und sie den Wünschen des Volkes näherbringen sollte. Wie man weiß, war er überall: in Montevideo, Santiago und Caracas, die Unverletzlichkeit der Menschenrechte gegen korrupte und tyrannische Regimes behauptend; in Kampala, wo er zur Bildung einer afrikanischen Kirche aufforderte; in Canterbury, brüderlich einen Erzbischof umarmend, der das morganatische Erbe eines uxoriziden Königs verwaltete; in Sydney, wo die Leute *Jott mit dir!* brüllten. Es gab Comic Strips, in denen er der Held war. Kinder in Jeans und Teeshirts sangen Lieder über ihn:

»Papst Gregor, heilger Vater,
Mach uns von Sünde rein.
Sei du unser Psychiater
Und sorg für Sonnenschein.«

Sozusagen ein neugregorianischer Choral. Der Heilige Geist hatte gesprochen.

69

Zur gleichen Zeit wie ich war er in den Vereinigten Staaten. Um meine Einsamkeit zu lindern, die im Gegensatz zu der seinen nicht frei gewählt war, machte ich eine recht ausgedehnte Vorlesungstour durch die amerikanischen Universitäten. Meine Agentur ACM (American Circuit Management), 666 Avenue of the Americas, New York City, nahm dreißig Prozent Kommissionsgebühr; sie kümmerte sich um die Veranstaltungen, die Reisen und die Hotels. Die Hotels waren meistens Holiday Inns – von Florida bis Maine immer wieder dasselbe Doppelbettzimmer mit derselben Geruchsmischung von altem Tabak, Klimaanlage und sterilisierten Toiletten, und mit immer demselben Fernsehapparat. Der Papst dagegen war gekommen, um das amerikanische Volk zu segnen, dessen Sprache er so vortrefflich beherrschte; um vor den Vereinten Nationen zu sprechen und um vor riesigen Menschenmengen in Football-Stadien und Baseball-Parks Messen zu lesen. Eine dieser letzteren Zeremonien sah ich im Fernsehen, ich glaube, in Prescott, Arizona, wo ich am Nachmittag vor einer Vorlesung auf dem Bett lag, eine Cokebüchse in der Hand. Mehrere tausend Gläubige waren in einem Stadion in Newark versammelt, und die heiligen Worte dröhnten und hallten rahrahrah aus einer Vielzahl von Lautsprechern wider. Er las die Messe auf englisch: ein schlichtes, geschäftsmäßiges Englisch ohne alle arkanen und mysteriösen Anklänge. Daß die Sprache keine Würde hatte, verstand sich von selbst, aber hinzukamen mancherlei sprachmelodische Mißklänge. »*The Lord be with you*« mußte beantwortet werden mit »*And with you*«, aber die Notwendigkeit, das zweite *you* zu betonen, rief eine Art gequältes Jaulen hervor. Theatralische Gesten wie der sogenannte Friedenskuß sollten angeblich die Beteiligung der Gemeinde erhöhen. Der Altar sah nun aus wie der mit magischem Firlefanz drapierte Vorführtisch eines Variétézauberers oder auch wie eine Schlachtbank. Aber immerhin bekam man Carlos volles, rundes Gesicht ins Bild, mit der großen, komplizierten Nase und den klugen, vor Frömmigkeit ganz glasigen Augen, als er vor der Kamera ungeniert und ohne dies mit seinem breiten, kreuzgeschmückten Rücken zu verdecken einen kräftigen Zug aus dem Meßkelch tat. Die Hostie wurde von einem Schwarm Meß-Hostessen ausgegeben. Ich dachte an die Scheffel über Scheffel verbackenen Weizens. Ich war säuerlich bewegt.

In Boise, Idaho, am Abend vor meiner Vorlesung, sah und hörte ich Carlo in einer Talk-Show während der Haupteinschaltzeit. Schweißglänzend unter den Studiolampen, in nicht mehr ganz unbefleckt päpstlichem Weiß und mit verwegen schiefsitzender Kalotte bot er den Fragen der Ungläubigen die Stirn. Ein pickeliges Mädchen in Jeans wollte wissen, was er für Beweise hätte, daß es einen Gott gebe. Carlo sagte:

»Ich könnte Ihnen die berühmten fünf Gottesbeweise der theologischen Tradition nennen, aber ich will Sie lieber erst einmal fragen, was Sie denn mit einem Gott meinen. Was meinen Sie?«

»Na, so irgendwie einen da oben, der alles na so irgendwie gemacht hat und der weiß, was wir machen, und scharf hinterher ist, daß wir nicht, na ja, sündigen, nicht, und der dann so irgendwie bestimmt, ob man in den Himmel kommt oder in den anderen Laden.«

»Das Weltall existiert«, sagte Carlo, »und jemand muß es doch geschaffen haben. Würden Sie soviel zugeben?«

»Könnte sich ja so irgendwie selber geschaffen haben.«

»Kann eine Uhr sich selber schaffen, ein Fernsehapparat, ein Buch oder ein Musikstück?«

»Ist doch irgendwie was andres.«

»Da gelten dieselben Gesetze. Die Sternbilder und die Planetensysteme sind nur viel komplizierter als eine Uhr oder ein Radio. Aber einen Schöpfer muß es geben. Der Schöpfer hat alles geschaffen, auch uns. Und wollen Sie nun wissen, was die Schaffung eines Weltalls mit Tugend und Sünde, Himmel und Hölle zu tun hat?«

»Klar!«

»Die ganze komplizierte Bewegung des Weltalls ist Ordnung. Der Schöpfer liebt die Ordnung und haßt das Chaos. Tugend ist Ordnung. Sünde ist Chaos. Tugend ist Schöpfung und Erhalten der Schöpfung. Sünde ist Vernichtung. Der Sünder versteht oft nicht, wie sehr er die Ordnung vernichtet. Er muß es erfahren. Darum haben wir die Idee der Hölle. Die Seele, die der Ordnung Folge leistet, kommt in die höchste göttliche Ordnung hinein.«

»Was meinen Sie mit der Seele?« fragte ein schicker Bursche mit Perücke.

»Was vom ganzen menschlichen Komplex noch übrig bleibt, wenn man den Körper wegnimmt. Den Teil der menschlichen Ganzheit, der sich nicht um die Belange des Lebens in der Welt kümmert, sondern um die Werte – diejenigen Dinge, die wir das Wahre, Gute und Schöne nennen.«

»Woher wollen Sie wissen, daß man nach dem Tode weiterlebt? Niemand kommt doch von den Toten zurück. Außer in Gespenstergeschichten.«

»Ich will gar nicht von der Auferstehung Christi sprechen, die der Grundstein des christlichen Glaubens ist«, sagte Carlo. »Auch nicht von der Auferstehung des Lazarus. Lassen Sie mich nur sagen, es gibt nun einmal Dinge, von denen wir *wissen,* daß sie nach dem Tod des Körpers weiterhin da sind. Bestimmte Wahrheiten zum Beispiel, a plus a gleich 2a. Wenn Beethovens Fünfte Symphonie von keinem Orchester mehr gespielt würde, und alle gedruckten oder handgeschriebenen Noten wären durch ein Feuer vernichtet – wir könnten trotzdem nicht sagen, daß das Werk dann nicht mehr existierte. Wenn eine Idee, wenn ein Kunstwerk oder eine Wahrheit außerhalb des sterblichen Fleisches existieren kann, dann muß sie in so etwas wie einem Geist existieren, der so etwas wie einem Beobachter angehört. Verstehen Sie jetzt, was ich mit der Seele meine?«

»Okay«, sagte eine Frau mit hochaufgetürmter Frisur, »aber was meinen Sie denn mit einer Seele in der Hölle?«

»Eine Seele, der am Ende klar wird, daß das Wahre, Gute und Schöne weiter existieren, nämlich, wenn wir so sagen dürfen, in der Persönlichkeit Gottes, ohne daß aber diese Seele noch irgendeine Hoffnung hätte, dorthin zu gelangen. Die verdammte Seele weiß, was sie will, kann aber nicht bekommen, was sie will. Das ist die Hölle.«

»Aber«, sagte dieselbe Frau, »meinen Sie wirklich, daß ein lieber und gnädiger Gott eine Seele dahin schicken könnte?«

»Die Hölle ist ein Ausfluß der göttlichen Gerechtigkeit. Wir glauben aber, daß Gottes Liebe noch größer ist als seine Gerechtigkeit. Die Hölle muß es geben – sie ist logisch notwendig –, aber vielleicht ist niemand darinnen. Denken Sie daran, Mann und Frau wurden als vollkommen erschaffen, weil sie von Gott erschaffen wurden. Aber böse, und das heißt blind für die Tugend, werden sie durch eine Kraft, die ebenfalls von Gott erschaffen ist und die er nicht wieder aus der Welt schaffen kann.«

»Kann nicht?« krächzte ein Mann mit getönten Bartsträhnen und türkisfarbenem Pullover (türkis? Erfinde ich das jetzt, oder habe ich das wirklich damals, 1959, auf einem Farbfernseher gesehen?). »Kann nicht? Wo Gott nach christlicher Auffassung doch allmächtig ist?«

»O ja!« sagte Carlo. »Gewisse Dinge kann Gott nicht tun. Zum Beispiel kann er nicht nicht Gott sein. Als der Schöpfer besitzt er keine Macht, zu vernichten. Nicht einmal eine Menschenseele kann er vernichten. Er kann sie nur ewig leiden machen. Er hat den Engel geschaffen, der das Böse geschaffen hat, und den kann er nicht vernichten.«

»Aber«, sagte der Mann in Türkis (ich sehe ihn nun einmal deutlich in Türkis), »er muß doch gewußt haben, daß was Böses dabei rauskommen würde. Er weiß doch alles, nicht? Und wenn er's gewußt hat, warum hat er's dann zugelassen?«

»Hier haben wir ein großes, schreckliches Geheimnis«, sagte Carlo strahlend. »Gott hat seinen Geschöpfen das unerhörteste Geschenk mit auf den Weg gegeben, dasjenige, wodurch sie seinem eigenen Wesen am nächsten kommen – ich meine, die Freiheit, zu wählen. Darum blendet er alles Vorwissen absichtlich aus. Gott könnte wissen, wenn er wollte, aber aus Respekt vor seinen Geschöpfen und aus Liebe zu ihnen will er nicht wissen. Können Sie sich etwas so Schrecklichschönes vorstellen – Gott verleugnet aus reiner Liebe sich selbst?«

Das war im Sendernetz dei NBC. Schrecklichschöner noch als Carlos Vorstellung von der göttlichen Liebe waren nach meiner Erinnerung die eingeblendeten Werbespots. Es waren nicht so viele wie üblich, alle dreißig Minuten nur einer. Ich weiß heute noch ziemlich genau, was ich damals sah: ein vollkommen fettloses Brathähnchen, das von einer glücklichen schwarzen Familie gepriesen wurde; italienisches Tomatenmark; ein Hustensaft namens Nyquil. Carlo würde an diesen Einbrüchen des Konsumdenkens in seine Elementarapologetik sicherlich keinen Anstoß nehmen; sie würden ihm Zeit geben zu einem Schluck Kognak aus dem Fläschchen, das sein Kammerdiener oder Famulus für ihn bereithielte. Als er wieder auf den Schirm kam, fragte gerade jemand: »Na schön, Gott, aber warum Christus? Haben die Juden Unrecht, und die Indianer und die, na ja, Chinesen und die Japse?«

»Mögen sich alle, die an Gott glauben«, sagte Carlo heftig, »in der Bruderschaft dieses Glaubens vereinen! Doch innerhalb dieser Bruderschaft gibt es noch eine andere – die Bruderschaft derer, die annehmen, daß Gott an einem bestimmten Ort und zu einer bestimmten Zeit Mensch geworden – anders gesagt, in die menschliche Geschichte eingetreten ist. Ich meine die Bruderschaft der Christen. Unter ihnen wurde bis vor kurzem angenommen, daß diejenige Bruderschaft, welcher der Bischof von Rom vorsteht, in sich abgekapselt sei und den arroganten Anspruch erhebe, die allein rechtmäßige Quelle christlicher Autorität zu sein. Ich glaube, diese Ansicht liegt heute im Sterben. Ich glaube, meine Brüder und ich, wir helfen ihren Tod zu beschleunigen. Ich sage also, das Christentum ist in einer Wellblechkirche der Baptisten in Arkansas ebenso zuhause wie in der Peterskirche zu Rom. Aber, um auf Ihre Frage zurückzukommen, warum Jesus Christus? Die Antwort liegt an vielen Stellen. Sie liegt, bevor noch die Geschichte die Fleischwerdung Gottes gebracht hat, in der Logik. Wir haben von einem allmächtigen Gott gesprochen. Einem allmächtigen Gott, der die Menschen liebt. Was könnte logischer sein, als daß er selbst sich unter den Menschen zeigte? Wir haben von der Sünde gesprochen. Daß der Mensch dank der Blendungsgewalt des Bösen die Natur der Sünde nicht recht versteht, mildert nicht das Grauen der Sünde, durch das Gottes reines Licht eingetrübt wird. Die Sünde, die der Mensch begeht, muß er entgelten. Nicht durch die Verdammung, sondern durch ein Opfer. Aber kein bloß menschliches Opfer kann das Grauen der Sünde austilgen. Daher das göttliche Opfer.«

»Okay«, sagte eine Hausfrau voller Glasperlen, »aber wie konnte Rom denn überhaupt meinen, es hätte ein Recht, sich als einzige, äh, äh, religiöse Autorität aufzuspielen? Ich meine, Sie sind doch der Papst, klar?«

»Klar!« sagte der Papst klarerweise.

»Ich meine, warum soll der Luther nicht recht gehabt haben und der, äh, äh, Kalvin und Heinrich der Siebente, nee, der Achte, und Billy Graham und die Mormonen und William Penn und, äh, äh, klar?«

»Die Kirche von Rom stellt nur die ursprüngliche geschichtliche Autorität dar«, sagte Carlo. »Es gibt eine lückenlose Reihe von Amtsnachfolgern, die von Petrus, der in Rom an der Stelle, wo heute der Vatikan steht, gekreuzigt wurde, bis hin zu mir reicht, der ich, wie Sie richtig bemerken, der Papst bin. Kein vernünftiger Katholik wird heute bestreiten, daß seine Kirche im sechzehnten Jahrhundert und auch noch nachher reformbedürftig war. Er wird es bedauern, daß die Reformen durch Gründung neuer Protestkirchen geschahen. Das heute Wichtigste ist jedoch die Bruderschaft der Christen insgesamt. Und von dieser Bruderschaft darf ich wohl beanspruchen zwar nicht der Leiter, doch der Koordinator zu sein. Ein solcher Anspruch ist vernünftig, denn er ist begründet in einer geschichtlichen Tradition. Rom ist das Symbol christlicher Einigkeit, mehr nicht. Wir sollten nicht mehr von Katholiken und Protestanten sprechen, sondern nur noch von Christen.«

Ich schaltete ab. Ich hatte genug gehört. Die Argumente kannte ich alle; jeder Grünschnabel aus einem Priesterseminar hätte sie ebensogut vorbringen können. Aber wenn man schon vom Präsidenten der Vereinigten Staaten Unterwerfung unter die Bildschirmdemokratie erwarten durfte, warum nicht auch vom Vater der Gläubigen? Willst du Stoff, geh zum Oberdealer! Der Chef der großen Verteilerorganisation hatte persönlich bei Millionen von Amerikanern im Wohnzimmer gesessen und mit geschickten Verkaufsgesprächen sein Opium unters Volk gebracht. Ja, womöglich war sie also doch eine Droge, die frohe Botschaft!

Ich ging zu Bett mit einer Taschenbuchausgabe des Romans *Afrika!* von Randolph Foulds alias Ngolo Basatu. Sechs Millionen Exemplare schon im Hardcover verkauft! Bald auch der Film des Jahres! Ich hatte es mir unten in dem kleinen Souvenirladen des Hotels gekauft. *Den Ruf der Wolken* hatte ich nicht gelesen, nahm aber an, daß er so ähnlich sein würde: schwarzer Sex und schwarze Gewalt. In England hatte das Buch sich gut verkauft, und trotz mancher Rufe nach dem Verbot hatte die Justiz diesmal stillgehalten. Den Richtern lagen wohl noch *Die Liebeslieder des Herrn J. Christus* im Magen. Ich las ein paar Seiten in diesem neuen Opus, kam aber nicht recht vom Fleck. Ganz Afrika schien in ein einziges großes Beilager verwandelt, und ein specknackiger, muskelbepackter Typ namens Bmuti beglückte Mann, Weib und Kind mit seiner feurigen Rute. Bmuti stand für den neuen schwarzen Herrenmenschen. Er hätte ein ebenholzfarbener Pantagruel sein können oder ein Blakescher Los vom Niger, entbehrte aber der Poesie und des Humors. Er war ein Medienroboter mit drei oder vier computergespeicherten Gesichtsausdrucken. Auf Seite 23 schien er seine Waffe für den Hintern eines Typs namens Bowana zu ölen, für den Ralph hätte das Vorbild sein können: ein gebildeter amerikanischer Schwarzer, der nicht wußte, wie er sich am besten afrikanisieren könnte. Mann, komm, ich fick dich nach Strich und Faden! So läuft'et am besten.

70

»Nächstes Jahr«, sagte mein Neffe John, »geht es nach *Afrika!*«

Mir ist, als hätte ich das Wort in Kursiven mit dem Ausrufezeichen dahinter gehört. »Mit Professor Bucolo?« Ich war wieder am Wisbech College in Indiana. Val Wrigley war nicht mehr da, um mir Frivolität und Verantwortungslosigkeit vorzuwerfen; er hätte ja nun auch keinen Grund mehr gehabt. Val Wrigley, so hatte ich gehört, war jetzt im Lande Christopher Isherwoods, in Santa Monica oder irgendwo in der Gegend. Ich hatte einen Vortrag gehalten mit dem Titel *Wo geht's lang mit dem Roman?* und war von einem Studentenausschuß bewirtet und begossen worden. Jetzt saß ich bei John und Laura, in ihrem Haus auf dem Campus, und trank noch einen Whisky vor dem Schlafengehen. Die beiden hatten vor etwa achtzehn Monaten geheiratet, eine solide, altmodische Katholikenhochzeit in Lauras Heimatstadt St. Louis. John hatte seinen Doktor gemacht, mit einer Dissertation über die matriarchalische Kultur einer mexikanischen Indianersiedlung bei Zacatecas. Er war nun ein richtiger Professor mit Lehrstuhl. Das Wisbech College wurde allmählich bekannt für die enge Zusammenarbeit zwischen seiner anthropologischen und seiner sprachwissenschaftlichen Abteilung. John arbeitete jetzt über Analogien zur Familienstruktur in der Struktur der Sprache.

»Ja, mit Jimmy Bucolo. Er hat das Forschungsstipendium für uns aufgetrieben. Es ist ziemlich knauserig, aber es wird reichen müssen. Charterflug nach Marseille, dann ein alter Dampfkahn nach Port Said, dann mit der Hawaa Masir nach Dschibuti, dann mit der Frinmore-Linie über den Golf von Aden. Und dann– Aber du siehst schon, viel zuviel Zeit geht beim Reisen drauf. Wenn wir natürlich beide ein Sabbatjahr nehmen könnten– In vier Ferienmonaten kann man nicht viel sehen.«

»Was willst du denn sehen?«

»Na ja–« Er war ein großer, ansehnlicher Bursche mit beflissenem Gelehrtengesicht, viel Ähnlichkeit mit seiner Mutter. Er setzte sich auf den Rand des klobigen rotbraunen Sofas und legte die Hände zusammen wie zum Gebet. »Ich habe auf unsrer Seite des Atlantik schon eine Menge Material über einen bestimmten Heiratsbrauch gesammelt. Bei den Akanyi, den Ptotuni, beim Stamm der Zologar bei Tegucigalpa – aber die Namen werden dir nicht viel sagen–«

»Überhaupt nichts.«

»Jedenfalls, was dort passiert, wenn ein Mädchen heiratet, ist eine Art ritueller Inzest ohne Schwängerung. Der Onkel oder manchmal auch der Großonkel des Mädchens verbringt eine Woche mit ihm – teils sexuelle Initiation, teils sowas wie eine Reminiszenz an die Endogamie. Manchmal eine Woche, manchmal länger, manchmal auch nicht so lange – jedenfalls mehr als zwei Tage. Was sich während dieser Zeit bei der ganzen Gruppe in der Sprache abspielt, ist enorm interessant. Die Sätze werden umgedreht, und wenn einer das vergißt, wird er bestraft – aber nicht schwer, es ist mehr eine komische Erniedrigung. Etwa ein Dutzend Wörter – manchmal mehr, manchmal weniger, 9,05 lexikalische Einheiten nach unserm bisherigen Durchschnitt – kommen unter Tabu. Alle diese Wörter gehören demselben semantischen Bereich an – ich will sagen, sie haben alle etwas damit zu tun, daß Dinge zugedeckt werden: Decken und Deckel, die Augenlider, die Handfläche, die Dunkelheit, die Haut eines Tieres, du verstehst, so in der Richtung. Diese Wörter dürfen nicht gebraucht werden, unter Strafe. Die Ersatzwörter sind sowas wie komplementär zu den tabuisierten – also man darf über das Verdeckte sprechen, aber nicht über das Verdeckende – man kann sogar das Wort für die Genitalien gebrauchen, das normalerweise in den meisten Gruppen, die ich studiert habe, tabu ist. Aber nur während dieser Periode.«

»Faszinierend.«

»Findest du? Findest du wirklich? In Nord- und Südamerika nun kann man die Möglichkeit kultureller Weitergabe nicht ausschließen, aber Jimmy ist ziemlich sicher, daß es dasselbe auch in Afrika gibt. Du erinnerst dich doch an die Oma-Leute? Er hat dir doch damals diesen Sonderdruck gegeben, nicht? Er konnte nicht verstehn, warum das Wort für Auge *oro* hieß, und Augenlid hieß dasselbe. Er glaubt jetzt, er muß mit jemand in Kontakt gewesen sein, der während der Geltungszeit eines solchen Tabus ins Missionshospital gekommen war. Und derselbe Bursche streichelte eine von den Katzen im Hospital und nannte ihr Fell ihre Nieren, was der allgemeine Begriff für alle Eingeweide eines Tiers ist–«

»Faszinierend.«

»Jedenfalls, es steckt vielleicht doch etwas drin in dem primitiven Denken, wie man das manchmal scherzhaft nennt – du verstehst, was ich meine?«

»Fährt Laura mit?«

»Du machst Witze! Bei *dem* Stipendium?«

»John«, sagte ich. »Ich habe dir schon öfter gesagt, daß du dich nicht scheuen solltest, mich um Geld zu bitten. Das Geld, das ich besitze, wurde durch Belieferung des Publikums mit einer gewissen Art Kitsch verdient, und–«

»Sag das nicht! Etliche von deinen Sachen sind sehr gut.«

»–Und wegen meines hohen Ansehens als Kitschlieferant habe ich zweitausend Dollar bloß für diesen einen Vortrag an deinem College bekommen. Wieviel brauchst du, damit ihr drei halbwegs bequem und einigermaßen schnell nach Ostafrika kommt? Und wieder zurück natürlich. Zehntausend? Wäre euch damit geholfen?«

»Onkel Ken, du bist zu gut!«

»Nein, ich leiste nur Wiedergutmachung für mein verpfuschtes Leben. Ich bin stolz, etwas für die Wissenschaft tun zu dürfen.«

»Na, du weißt schon, ich weiß nicht, was ich sagen soll. Aber danke!«

»Ich schreibe dir morgen früh einen Scheck aus. Mein Scheckheft ist im Gästehaus im Gepäck.«

»Danke und nochmal danke! Wann reist du denn wieder ab und wohin?«

»Am Montag habe ich einen Vortrag an der Universität von Oklahoma. Morgen will ich über Nacht in New York bleiben. Am frühen Nachmittag geht meine Maschine.«

»Schön. Dann kannst du dir morgen vormittag den Film ansehen, den Dottys Bruder geschickt hat. Ralph, du kennst ihn ja, natürlich, hatt ich vergessen. Über das ruhmreiche Rukwa, ein ganz erträgliches Stück Propaganda. Sie wollen schwarze Amerikaner ins Land holen, für den Aufbau eines modernen Staates. Zumindest weiß ich jetzt schon, wie es da aussieht.«

»Ach, da willst du hin? Daran hatte ich nicht gedacht.«

»An den Grenzen dort scheint es eine ganze Anzahl noch nicht assimilierter Stämme zu geben. Darunter auch die Oma-Leute.« Dann sagte er: »Dotty geht es gar nicht gut.«

»Ich habe gehört. Die große Krankheit des zwanzigsten Jahrhunderts. Das fleischgewordene Böse. Oder nicht Fleisch, sondern Antifleisch. Ah!« Denn Laura war eingetreten; sie kam zurück von einer Nachbarin, Professor Szasz' Frau, die mit einem verrenkten Wirbel im Bett lag. Was für ein reizendes Mädchen, übersprudelnd vor Gesundheit, die sonderbar warmen eisblauen Augen eingerahmt von gepflegtem, üppigem Blauschwarz, der glatte, schmiegsame Körper in einem weiten, zimtfarbenen Wollkleid. Sie sagte:

»Wie geht's meinem Lieblingsautor?«

»Laura, meine Gute, du sollst doch den literarischen Geschmack verbessern und nicht ihn verderben helfen! Du mußt wirklich loskommen von dieser unkritischen Begeisterung für meine Sachen.«

»Na schön, die Kurzgeschichten sind herrlich, die Romane mies, genügt dir das?« Zwischen Grübchen blitzten zwei Reihen Schneeperlen auf.

»Laura, du fährst mit nach Afrika. Onkel Ken bringt das Geld auf.«

»Sag das noch mal!«

»Nach Afrika! Nicht bloß Jimmy und ich. Du auch. Und nicht mit Bananendampfern.«

»O Mann!« sagte sie und setzte sich mit Anmut in den zweiten von den beiden klobigen rotbraunen Sesseln; ich selbst saß in dem anderen. »Ist das dein Ernst? Hemingwayland! O Mann«

»Nein, nicht das Hemingwayland«, sagte John. »Kein Safariland. Ein bißchen wild, manche Gegenden, aber von der schlimmsten Fauna werd ich dich fernhalten. Laß bitte bald die Filmkamera reparieren!«

»Lieber Onkel Ken!« sagte sie, kam zu mir, setzte sich auf meinen Schoß und küßte mich. Dann sprang sie auf, sehr geschmeidig, und schaltete den Fernseher an. »Jetzt kommt dein zweiter Onkel, Johnboy! Ich will hören, was er über Geburtenkontrolle zu sagen hat. Entschuldige, Onkel Ken, aber ich muß das wissen, wir müssen's beide wissen. Aber danke, danke, danke! Ich kann's kaum fassen.«

John sagte mit zusammengekniffenen Augen, während sie an den Knöpfen drehte und die NBC mit einem dicken Klecks segenspendendem Pontifikalweiß draufbekam: »Er ist nicht mein Onkel. Er ist jedermanns Vater und Bruder, aber niemandes Onkel. Wir haben ihn alle enttäuscht. Er hat uns allen die Verwandtschaft gekündigt.«

»Ach, hör auf, Johnboy! Hör zu!«

Wir hörten. Carlo, in einer Meute Feministinnen, war ganz in seinem Element. Der Ort schien ein Pressekonferenzsaal zu sein; die Frauen, nach ihrer gepflegten Bissigkeit zu urteilen, mußten Journalistinnen sein. »Priesterweihe!« sagte die eine gerade. Carlo antwortete:

»Erst wenn Sie den Männern die Fähigkeit, Kinder zu gebären, übertragen, wird Ihr Geschlecht einen begründeten Anspruch auf das Recht zur Priesterweihe anmelden können. Vorher nicht. Bedenken Sie, daß alle Frauen faktisch oder ihren Möglichkeiten nach Gefäße für das Mysterium der Geburt sind. Bitte, seien Sie so gut, meine Damen, die Geheimnisse des priesterlichen Handwerks ein paar Männern zu überlassen! Und noch etwas: Der Priester hat seinen Auftrag von Jesus Christus ererbt. Gott in seiner rätselvollen Weisheit ist Fleisch geworden in einem menschlichen Geschöpf des maskulinen Geschlechts. Als Gottessohn hat er das Recht zur Verkündigung des Evangeliums männlichen Missionaren verliehen, nicht deren Frauen. Das mag sich ändern, das *wird* sich ändern. Aber nicht solange ich auf Petri Stuhl sitze.«

»Warum dürfen Priester nicht heiraten?«

»Es gibt keinen dogmatischen Grund, warum sie es nicht dürften. Aber es gibt jede Menge handfester praktischer Gründe, warum es besser ist, wenn sie zölibatär bleiben. Kennen Sie die Geschichte von dem anglikanischen und dem katholischen Pfarrer, die während der Schlacht über England zusammen in einer Londoner Kneipe ein Bier trinken? Ein Luftangriff kommt, und der Anglikaner sagt: ›Ich muß nachhause zu Frau und Kindern.‹ Der Katholik sagt: ›Ich muß fort und sehn, was meine Schäfchen machen.‹ Die Familie für einen Geistlichen unseres Glaubens ist seine Gemeinde. Eine gesonderte, persönlichere Beziehung wäre ein Hindernis für seine unparteiische Liebe und Hingabe. Und was die Sexualität angeht, so glauben Sie nur nicht, daß nicht auch manche von uns unter den Qualen des sexuellen Verzichts leiden und gelitten haben. Muß der Priester also, da er keine Frau hat, ins

Bordell gehn? Die sexuelle Entbehrung ist ein Kreuz, das der Priester tragen muß. Der Papst nicht ausgenommen. Das ist ein fleischliches Opfer, das er Gott darbringt, jeden Tag und jede Stunde.«

»Warum will die Kirche keine Geburtenkontrolle zulassen?« fragte eine sichtlich schwangere Frau mit großen blauen Spiegelgläsern.

»Ach, diese Frage!« lächelte Carlo. »Die plagt mich noch bis ans Ende meiner Amtszeit. Der menschliche Same, der die mysteriöse Möglichkeit neuen Lebens enthält, darf nicht als ein bloßes Nebenprodukt des Geschlechtsaktes betrachtet werden, dem manchmal gestattet wird, seinen biologischen Zweck zu erfüllen, manchmal aber auch als einer lästigen Störung vorgebeugt wird. Hätten Mr. und Mrs. Shakespeare Geburtenkontrolle geübt, hätte es keinen William Shakespeare gegeben. Und dasselbe gilt für die Eltern des heiligen Paulus, Abraham Lincolns und des Präsidenten Eisenhower. Und auch, wenn ich das sagen darf, für meine eigenen Eltern, wer auch immer sie waren–«

»Letzte Konsequenz des Zölibats«, sagte John. »Nicht nur die Zukunft auslöschen, sondern auch die Vergangenheit!«

»Still, Johnboy!«

»–Woran wir denken müssen, das ist das ungeheure Potential des menschlichen Samens und die schändliche Schlechtigkeit seiner Vergeudung. Ja, ja, ich weiß im voraus, was Sie gegen diese Worte einwenden werden, die ich, denken Sie daran, nicht in gefühlloser Leichtfertigkeit ausspreche. Es sind die Worte der Kirche, so wie sie auf mich überkommen ist, nicht der Kirche, so wie sie noch aufzubauen ist. Die Tradition sagt, daß es die wichtigste Aufgabe der Frau sei, zur Ehre Gottes neue Menschenseelen zu gebären. Unsere Zeit sagt, daß die Frau Pflichten auch gegen die eigene Seele habe und daß sie nicht zu einem Leben in ewigen Geburtswehen verurteilt werden dürfe. Nun ja, die Geburtenregelung liegt im Willen von Mann und Frau gleichermaßen – im Willen, sich des Geschlechtsverkehrs zu enthalten. Dies mag schwierig sein, aber es ist zugleich auch gut, sogar heilig. Aber denken Sie daran« – und nun wurde er ingrimmig, das Kinn in Duce-Manier vorschiebend und mit der Nase auf die Zuhörerinnen zielend wie mit einer gefährlichen Waffe – »wir müssen uns hüten, die tödliche Ketzerei hinzunehmen, derzufolge das Leben erst dann heilig ist, wenn es die Schwelle des Mutterleibs überschritten hat – das heißt, solange es noch keine Gestalt und keinen Namen hat, zählt es nicht. Von da ist es nur noch ein kleiner Schritt bis zur Billigung der Abtreibung, die nichts anderes als eine Form des Kindesmords ist.«

Die hartgesotten emanzipierten Damen ließen wütende Zwischenrufe los. Carlos mächtige Stimme schwoll an wie Löwengebrüll. »Die Liebe«, rief er, »die Liebe ist höher als tierische Paarung. Die Liebe zwischen Mann und Frau, die ein Gleichnis ist für Gottes Liebe zur Menschheit. Sollen wir denn nichts mehr sein als wilde Tiere, brüllend in ständiger Brunst? Können wir nicht jene Liebe des Geistes erlernen, die über die Lust des Fleisches hinausgeht? Liebe, Liebe, laßt uns die Liebe üben!«

Die Wut mußte sich legen; es hätte sonst so ausgesehn, als würde sie sich gegen die Liebe richten. Carlo wurde nun wieder milder. Er lächelte sogar, als er sagte: »Ihr himmlischer Vater ist nicht die personifizierte Biologie. Er kennt Ihre Probleme. Er weint mit Ihnen über das Schauspiel einer hungernden Welt. Aber nehmen Sie ihm auch seinen Hunger nicht übel, denn es ist ein Hunger nach Menschenseelen.«

»Baal!« sagte John, »Moloch!«

»Johnboy!«

»Der Himmel ist unermeßlich. Er kennt keine engen Grenzen wie unsere Erde. Seine Ernten bleiben nicht aus, keine Hungersnot bedrückt ihn. Und doch, sagt der Herr, dieses Haus muß voll werden. Voll mit unzähligen Menschenseelen, und jede davon erfreut sich ihrer göttlichen Einzigartigkeit.«

»Mongoloide?« rief jemand dazwischen. »Thalidomid-Fälle?«

»Seelen, Seelen, ich spreche von den Seelen! Und ich spreche von der Liebe und werde nicht aufhören, von ihr zu sprechen. Lassen Sie mich in diesem Tone schließen! Gottes Liebe ist groß genug, um auch über unsere Schwächen hinwegzusehen. Er verlangt nur, daß wir tun, was wir können, damit sein Reich komme. Er verlangt von uns nichts Unmögliches.«

»Schalt ihn ab!« sagte John.

»Ja, schalten wir ihn ab!« sagte sie und tat es. Sie setzte sich wieder, und wir blickten uns an. Sie war nicht nur, wie ich erfahren hatte, eine vortreffliche Lehrerin und, wie ich sehn konnte, ein reizendes Mädchen, sondern auch eine gute Hausfrau. Dies kleine Wohnzimmer war einigermaßen konventionell eingerichtet, mit der Sofagarnitur, die sie zur Hochzeit geschenkt bekommen hatten, dem Schaukelstuhl und dem Kafeetisch mit dem unvermeidlichen Tiepolo-Album darauf, aber die Zimmerpflanzen hatten eine eigene Note – Farne und Kletterranken –, die Nippsachen waren abgestaubt und liebevoll verteilt (Johns Totems und Fetische, Glas- und Porzellangeschirr im Kolonialstil), und an den beige- und rosafarbenen Wänden hingen Blumenbilder: Maßliebchen, Vergißmeinnicht, tränendes Herz. Ich wußte, sie verstand sich auf die amerikanische Küche: Rippchen mit Kümmelkraut, glasierten Schinken mit Orangen und Ananas, Südstaatenbrot oder Hefezöpfe mit Puderzucker, Großmutters Apfelstrudel. Tränen traten mir in die Augen, als ich sie anschaute: Was hatte ich nicht versäumt, was hatte ich nicht vorbestimmtermaßen versäumen müssen! Die Tränen quollen nach innen und mußten weggeschluckt werden, während ich die beiden liebevoll betrachtete. Ich stellte sie mir nackt und zusammen im Bett vor, wie sie einer dem andern Freude bereiteten, es aber nicht drauf anlegten, einen neuen William Shakespeare zu zeugen, während Carlo von der Decke her ihnen mißbilligend zusah.

»Noch einen Whisky?« fragte John.

»Einen für den Heimweg. Noch einen Löwenscheuch mitnehmen, sagt man in Afrika.«

»Über unsre Schwächen hinwegzusehen«, sagte Laura. »Wie er das wohl gemeint hat?«

»Er hat gemeint, glaube ich, daß der Same, in dem ein neuer Abraham Lincoln steckt, zwar fließen möchte, es aber auch nicht allzu tragisch nimmt, wenn er auf Hindernisse stößt. Solange er nur nicht im voraus weiß, daß man ihn aufhalten wird. Wenn er das weiß, dann sollte er lieber gar nicht erst fließen.«

»Es kam mir nicht so vor, als ob er das gemeint hat.«

»Wartet nur ab! Auf den nächsten Stationen seiner Reise durch die beiden Amerika wird er immer mehr von Liebe reden und immer weniger vom Dogma. Die unangenehmen Fragen wird er mehr und mehr beiseite schieben. Er wird von Liebe reden, weil er selbst geliebt werden will. Gregor der Vielgeliebte.«

John reichte mir meinen Schlaftrunk. »Hattest du gehofft«, begann er. »Aber ich glaube, ich sollte nicht danach fragen. Was ich meine, ist–«

»Ob ich gehofft hatte, daß die neue Kirche über meine spezielle Schwäche auch hinwegsehen werde? Nein, das hatte ich nie erwartet. Und es wäre auch nicht mehr von Interesse, jedenfalls für mich nicht. Das Feuer ist am Erlöschen, ich bin ein alter Mann. Ich könnte morgen wieder in den Schoß der Kirche zurückkehren, wenn ich wollte.«

»Und du willst nicht?« fragte Laura.

»Ich bin als zynischer Rationalist ganz gut zurechtgekommen.«

»Ach was!« sagte sie, »so kommt du mir nicht vor, wenn ich deine Sachen lese.«

»Sentimentalität«, sagte ich, »die Kehrseite der Medaille!« Ich leerte mein Glas und stand auf, steifbeinig, ein alter Mann, wie gesagt. »Könntest du mich abholen?« sagte ich zu John.

»Ist zehn dir zu früh?«

»Gut, um zehn.«

»Noch einmal danke«, sagte Laura, »danke sechsstellig!« Sie stand auf und gab mir einen Gutenachtkuß. »*Afrika!*« sagte sie dann, und ihre schönen blauen Augen schienen es schon vor sich zu sehen.

Der Film hieß *Rukwa – die Wiedergeburt einer Nation.* John führte ihn mir auf dem Sechzehn-Millimeter-Projektor vor, der seiner Abteilung gehörte. Ich erkannte die Stimme des Kommentators: Ralphs Stimme. Ihre Schwingungen rührten an meine Hormone und straften die Rede vom erlöschenden Feuer Lügen. Und da war Ralph selber auf der Leinwand, in grellen Gewändern, mit Tigerfelltschako und ledernen Reitstiefeln, wie er auf einem weißen Araber eine Truppe der Eingeborenen-Kavallerie über eine grasige Ebene führte. Wir sahen Ölbohrungen, ernste schwarze Techniker mit silbrigen Helmen über Zeichnungen gebeugt; ein schwarzer Fingerzeig, ein schwarzes Kopfnicken. Eine schwarze technische Hochschule mit schwarzen Studenten in schneeweißen Hemden und gutsitzenden Hosen vor dem schimmernden Modell eines Kraftwerks. Mitglieder eines rückständigen Stammes, den Lendenschurz um die Hüften, saßen im Grase vor einer weißen Tafel und einem bebrillten schwarzen Pädagogen und erfuhren behutsame Belehrung über das dringende Erfordernis ihrer Assimilation in das neue fortschrittliche Staatswesen. Schwarze Zuschauer lachten sich kaputt über die Späße in einem schwarzen Farbfilm. Und da war die Hauptstadt mit den weißen Kästen ihrer Bürogebäude, dem Fußballstadion und dem zehnstöckigen Hotel Mansanga. »Scheint sich ganz gut zu machen«, sagte John. Ralphs Kommentar besagte mit mehr Prahlerei dasselbe. Ralph sagte noch etwas von Freiheit der Religionsausübung, während man einen schwarzen Muezzin den blauen Himmel ansingen und schwarze Schulkinder, von einer schwarzen Nonne in Weiß geführt, zu einem Kirchlein mit einer läutenden Glocke marschieren sah. Ralph gab zu, daß der neue Staat seine Probleme hatte: eifersüchtige Nachbarn, kein direkter Zugang zum Indischen Ozean, harte Durchgangszölle im Hafen von Kilwa. Aber mit etwas gutem Willen und der richtigen panafrikanischen Gesinnung würden alle Probleme gelöst werden. Der Autor von *Afrika!* erschien auf der Leinwand, muskulös lächelnd, ein denkbarer Anwärter auf den Nobelpreis. Und zuletzt kam der große Mananga selber, bejubelt von seinem dankbaren Volke, in dem die Leute anscheinend alle gute Zähne hatten; man sah ihn die ernsten Minister bei einer Sitzung mit einem Scherzwort aufmuntern und auf seinem schwarzen Araber eine Truppenparade abnehmen, wobei Ralph auf seinem Schimmel hinter ihm ritt. Forsche Musik mit wenig Melodie, aber reich an Polyrhythmen, schwoll aus Flöten und vielerlei Trommeln. Der Film war aus.

»Ja«, sagte ich ohne Überzeugung, »es scheint sich ganz gut zu machen. Solange das Öl reicht.«

»Und inzwischen«, sagte John, »werden die Stämme korrumpiert und geben ihre Götter auf für den Gott der Einförmigkeit. Dottys Bruder«, sagte er dann, »scheint sich auch ganz gut zu machen. Der Dichter als Mann der Tat.«

»Als Dichter war er nie der Rede wert.«

»Grüß Dotty von mir! Und Mutter natürlich auch.«

Dorothy, soviel sah man, ging es gar nicht gut. Sie lag schlaff im Bett, das einst so prächtige Haar stumpf und angegraut, die einst seidig-purpurschwarze Haut nun graubraun und lederig werdend wie eine Elefantenhaut, die schönen Augen von nie versiegenden Tränenrinnsalen durchspült. Ich küßte sie voll Liebe und Mitgefühl, und sie legte zärtlich die nackten, dünnen Arme um meinen Hals. »Wie geht's?« fragte ich.

»Mal kommt's, mal geht's«, sagte sie. »Wir haben gerade Hortensens Schwager gehört; man muß den Schmerz Gott darbieten, hat er gesagt.« Am Fußende des Doppelbetts stand ein kleiner Fernsehapparat, nun abgeschaltet, Hortense saß auf dem Bett, den Arm um ihre Freundin gelegt, das eine müde Auge auf mich gerichtet. Sie sagte:

»Du bist alt geworden, Ken.«

»Ich kann's nicht bestreiten. Alt und einsam.« Sie selber sah nicht alt aus, abgesehen von ein paar Falten um den Hals. Sie trug blaues Leinen, Glockenrock, kurze Jacke mit V-Ausschnitt und aufgenähten Taschen, eine Fliege am Hals und bronzefarbene Strümpfe an den Beinen. Die Schuhe mit den hohen, schmalen Stilettabsätzen hatte sie abgestreift. Die Augenklappe war zu einem dekorativen Accessoire geworden: eine Miniatur mit blauen Rosen auf grünem Grund. Ihr Haar hatte dank kunstvoller Pflege die Farbe ihrer Jugend bewahrt; die blauen Rosen lugten unter einer Honigkaskade hervor.

»Bleiben Sie doch bei uns, Ken!« sagte Dorothy. »Für immer, mein' ich.« Und dann liefen ihr wieder die Augen über. »Nein, es wäre nicht fair. Sie müssen das nicht mitansehn– o verflucht!« Hortense drückte sie an sich. Hortense sagte zu mir:

»Eh ich's vergesse, dein Agent hat angerufen. Jemand will eins von deinen Büchern verfilmen. Er hat gedacht, du würdest schon früher hier sein. Er ist jetzt nach Martha's Vineyard gefahren, du erreichst ihn erst am Montag.«

»Welches Buch denn?«

»Das eine, das du geschrieben hast, als ich noch zur Schule ging. Über Sokrates. Ich hatte es vergessen. Als er davon sprach, ist es mir wieder eingefallen.«

»Sokrates im Kino! Na, man schreibt doch nichts umsonst.«

»Und noch jemand hat mich angerufen. Von den Gebrüdern Campanati.«

»Was! Hat Seine Heiligkeit höchstpersönlich–?«

»Nein, der andere.«

»Um Gottes willen, dieser vermaledeite Domenico!«

»Dieser vermaledeite!« Dorothy versuchte zu lächeln. Es fehlten Zähne. »Die feine englische Art zu fluchen.«

»Wo war er denn, oder wo ist er?«

»In Menton oder dort irgendwo. Er muß sich an einen guten Tag erinnert haben, den wir zusammen da verbracht haben. Nach all den Jahren. Er möchte zu mir zurückkommen. Er sagt, ihm ist alles danebengegangen. Ob wir nicht – wie hieß das doch bei Mr. Eliot? – beim Ausgangspunkt neu beginnen könnten? Er hörte sich betrunken an. Heulend vor Selbstmitleid durch das transatlantische Kabel. Zu spät, hab ich ihm gesagt, das traurigste Wort, das es gibt.« Sie drückte Dorothy noch fester an sich.

»Armer Kerl!« sagte ich. »Das letzte, was ich von ihm hörte, war, daß er auf denselben Ausweg verfallen ist wie alle gescheiterten Komponisten. Geräusche. Ein Moog-Synthesizer. Vogelstimmen rückwärts.«

»Ojeh!« machte Dorothy plötzlich. »Bitte, bitte, bitte! Daß man's nicht erwartet, das– ojeh!« Der Schmerzensschweiß, der ihr ausbrach, war schon durch seine Menge erschreckend. Hortense wischte ihn behutsam ab, mit einem von den verdrückten Handtüchern, die auf dem Tischchen am Bett durcheinanderlagen. Es war ein Doppelbett; vermutlich schliefen sie darin noch immer zusammen. »Bitte gehn Sie doch, Ken!« keuchte Dorothy. »Sie müssen doch nicht– Jesus– das ist doch kein–« Kein Anblick, meinte sie, und sie hatte recht. Dann ging der Anfall vorüber. Sie lag ganz erschöpft da und sagte: »Schierling.« Sie lächelte matt. »*Ciguë*. Kennen Sie auch den Sokrates von Satie? Es soll eine Aufnahme davon geben.«

»Ich werde sehn, ob ich sie auftreiben kann«, sagte ich, »und sie Ihnen schicken.«

»Das mein ich nicht, Herzchen!« Sie lächelte verbissen Hortense an. »Es sind bloß diese scharfen Stiche, wenn man nicht drauf gefaßt ist, die Überraschung.« Mich stach plötzlich die Erinnerung an jenen Tag in Chikago, in dem Krankenhaus, vor dreißig Jahren. Carlo, das wußte ich, wurde in diesem Augenblick mit Papierschnipseln überschüttet, während er segnend die jubelnde Fifth Avenue entlangfuhr; Papier breitete sich wie Palmenlaub unter die heiligen Räder seiner Limousine. Ich war mit dem Taxi kaum durchgekommen; Straßen waren für den Verkehr gesperrt oder voll hupender Staus. *De Pope,* hatte mir der Fahrer erklärt, an einem Zigarrenstummel nagend. Bitte komm und laß noch ein Wunder geschehn! Die Freundin und Geliebte der Frau, von der du gesagt hast, sie sei eine Heilige. Nein, Schluß mit den kleinen Gefälligkeiten! Die Macht, das hatte ich gesehn, fiel, wohin sie wollte, gleichgültig wie die Gnade, unbezähmbar wie die Güte. Keine Gefälligkeiten für Freunde, keine Freunde!

»Vor dem Schlafengehn bin ich wieder zurück«, sagte ich. »Ich habe versprochen, den Abend bei meiner Nichte zu verbringen. Und bei meiner – wie sagt man, Großnichte? Ein alberner Titel!«

»Ein albernes Ding«, sagte Hortense.

»Ach, Herzchen, sie ist okay. Wie alle andern.«

»*Yeah!*« sagte Hortense betont echtamerikanisch, aber eigentlich echt altsächsisch *(gea)*. »Die Generation der Erben.«

»Der Erbinnen, solltest du sagen«, sagte ich, »oder eigentlich der Vererberinnen.«

»Liebster Ken, du Miststück! Du schreibst wie ein Ochse, bist aber pedantisch wie ein Schulmeister. Ich muß doch mal eine Büste von dir machen.« Ich sah keinen Zusammenhang.

71

Bei meiner Nichte Ann gab es etwas, das sie einen Neuengland-Topf nannte und das ein bißchen nach Salzwasser und ausgekochten Schwämmen schmeckte. Als Nachtisch folgte darauf ein fabrikneuer und noch nicht ganz aufgetauter Bananenkuchen mit koffeinfreiem Kaffee: Niemand in ihrem Haushalt konnte Koffein vertragen. Als ich mir eine Romeo und Julia anzünden wollte, sagte Ann:

»Bitte, Onkel Ken, rauch nicht hier! Eve ist allergisch gegen Rauch.« Eve sagte:

»Krieg ich noch 'ne Scheibe von dem Zeug, Mammi? Dann kann der Tunkie rauchen, soviel er will. Ich geh mit Bob ins Kino.«

»Was wollt ihr euch denn ansehn, Schätzchen?«

»*Das letzte Ufer.* Im Symphony. Mit Gregory Peck und Ava Gardner. Über den Weltuntergang 1962.«

Das Familienoberhaupt war nicht zuhause. In Denver, Colorado, war ein Wochenendseminar über vergleichende Literaturwissenschaft, und Professor Breslow trug dort einen Aufsatz über Kafkas Einfluß auf Strehler vor. Ich weiß noch genau, wie Strehler am Tag, bevor ihn die Gestapo holte, mir erzählte, daß er Kafka nie gelesen hatte, oder genauer, er hatte *Das Schloß* einmal angefangen, es aber bald weggelegt, weil er das Deutsch entsetzlich fand. Trotzdem, ich hatte keinen Zweifel, daß es Professor Breslow gelingen würde oder auch schon gelungen war, den angeblichen Einfluß plausibel zu machen. In der Literaturwissenschaft kann man alles beweisen. Ich hatte sogar schon mal einen Aufsatz gelesen, in dem mir Sir Hugh Walpoles Einfluß auf mich bewiesen wurde.

Also trank ich meinen koffeinfreien Kaffee ohne die würzige Ergänzung durch die Zigarre, während meine vierzehnjährige Groß- oder Kleinnichte Eve ihre zweite Portion Bananenkuchen vertilgte. Ich konnte ihre kleinen Zähne an den Eisschichten knirschen hören. Was soll ich über sie sagen, außer daß sie nicht zu retten war? Sie war hübsch auf dieselbe fade Weise wie ihre Mutter, mit einem drallen kleinen Busen in einem *Maidenform*-Büstenhalter. Sie trug ein Dirndlkleid von der Stange – immerhin gingen damals noch nicht alle jungen Amerikaner in Jeans –, und ihre langen amerikanischen Beine steckten in zitronengelben Wollstrümpfen. An den niedlichen kleinen Füßchen trug sie abgewetzte schwarze Ballettschuhe. Ihr blitzblankes strohblondes Haar wurde dicht hinter dem Scheitelpunkt von einem Elastikband zusammengefaßt und wippte als Pferdeschwanz hinter ihr drein. Sie hatte zarte kleine rosa Öhrchen und ein zauberhaftes Stupsnäschen. Ihr Hirn war ausstaffiert mit allem Schund, den die seriösen Fabrikanten amerikanischer Werte, Träume und Genüsse nur zu bieten hatten. Sie gehörte in der Tat zur Generation der Erbinnen oder Vererberinnen. Während im Symphony-Kino am Broadway Nevil Shutes Vision vom Nahen des Weltendes an den Küsten Südaustraliens wiederholt wurde, würde Eves zweiter Großonkel im Madison Square Garden den neuen Anbeginn für alle Welt verkünden. Eve war die Erbin einer Freude und einer Verzweiflung, die gewissermaßen miteinander verwandt waren.

Als sie die letzten Krümel ihres Fabrikkuchens zusammenkratzte, kam von der Türglocke ein munteres Tättätäremtem, eine Sekunde später gefolgt vom Temtem. »Das ist Bob«, sagte sie, rannte noch kauend zur Tür und ließ Bob herein. Bob war auch einer von den Erben. Er mußte an die zwei Meter lang sein, hatte aber noch nicht genug männliches Fleisch angesetzt, um sein Skelett ausreichend zu bekleiden; ein Lulatsch mit Brille. In meinem beschäftigungslosen Hirn fragte ich mich, warum der amerikanische Mann in der Karikatur schon immer bebrillt gewesen war. Dabei hatte es nie ein Volk mit besseren Augen gegeben. Vielleicht hatte es etwas mit der Konsumentenphilosophie zu tun. Wo Platz ist, muß etwas hin. Pangloss hatte Gott dafür gelobt, daß er an Nase und Ohren gedacht hatte, an denen die Brille sich befestigen ließ. Carlo, der Mann der vielen Stimmen, wäre mit Pangloss darin vermutlich einig. Ich hatte ihn nie gefragt, ob er Voltaire gelesen hatte, und nun war es zu spät. Aber für eine wichtigere Mitteilung schien es mir nicht zu spät. Am Nachmittag hatte ich ihm über die Adresse des Erzbischofs von New York eine Nachricht geschickt; der Leser wird sich denken können, was sie besagte. Ich hatte keine Hoffnung auf Antwort.

»Das ist Tunkie«, sagte Eve, »Mr. Toomey, der große Schriftsteller. Das ist Bob.«

Ein langer, dünner, freundschaftlicher Arm wurde vorgestreckt. »Tachchen, Mr. Toomey. Wat für Sachen schreiben Sie denn so?« Er trug eine endlos lange hellbraune Hose und eine giftgrüne Windjacke. Das junge Gesicht war ein ganzer Kontinent einfältigen Wohlwollens.

»Romane. So wie Nevil Shute. Na ja, nicht ganz so wie der. Nevil Shute ist Ingenieur, nicht? Er hat an der R 101 mitgebaut.«

»Echt?« Er hatte von Nevil Shute nie gehört. »Ich les nicht viel, Mr. Toomey. Eve und ich, wir gehn viel int Kino. Früher oder später kommen doch alle Bücher int Kino. Muß man nur warten.«

»Aber *Das letzte Ufer* ist doch von Nevil Shute.«

»Echt? Na ja, ich sag's doch, muß man nur warten!« Das Letzte mit einem zauberhaften Tonfall, wie eine Gedichtzeile mit dem erwarteten und doch überraschenden Reim. »Fertig, Evie?«

Und fort waren sie, Erben des Kinos, mit Popcorn- und Coca-Cola-Automaten im Foyer. Und auch, obwohl andernorts, der Atompilze und Hungersnöte. Ich durfte nun rauchen. Ann ließ den Abwasch mir zuliebe noch stehen. Wir setzten uns in zwei Schaukelstühle in dem langen Wohnzimmer, das eigentlich Professor Breslows vergleichend-literaturwissenschaftliche Bibliothek war. Es war ein schöner Frühlingsabend. Das Fenster ging auf die 91. Straße der Westseite hinaus, und wenn man es aufmachte und sich hinauslehnte, konnte man links den Riverside Drive und einen schönen chemiefarbenen Sonnenuntergang über dem Hudson sehen. Eine solide Familie, diese hier, mit netten Zukunftsaussichten. Meine Nichte Ann, Mitte dreißig, war süß und kalorienarm wie ein Riegel Hershey-Schokolade. Gute Zähne, glänzender Teint, einstweilen noch gebändigte Schwellungen der Figur.

»Ich mußte gerade drüber nachdenken«, sagte ich, »daß die beiden Kinder sich lieber ansehn wollen, wie die Welt im südwärts treibenden Atomstaub untergeht, als das neue Wort des Herrn im Madison Square Garden zu hören.«

»Bob ist Baptist«, sagte sie. »Und Eve macht sich nichts aus der Religion. Aber bitte, sag Mutter nichts davon!« Mutter? Ach so, Hortense! »Mike hat sich das nun mal so in den Kopf gesetzt, daß die Kinder selber wählen müssen, was sie glauben wollen, wenn sie alt genug sind, um zu begreifen, um was es geht. Er will nicht, daß seine eigene Kindheit sich wiederholt.«

»Eine Ironie! Eves zweiter Großonkel ist das Oberhaupt des Glaubens, und der Atomstaub ist ihr lieber.«

»Ich hab es Mike ja gesagt, man muß früh damit anfangen. Aber nein, er hat drauf bestanden, daß sie auf eine Schule geht, wo Religion nicht unterrichtet wird. Was sie nie gehabt hat, das vermißt sie auch nicht. Ich hab ihr von unserm Herrn erzählt, wie er am Kreuz gestorben ist, und sie hat gesagt, ›armer Kerl! Hat es sehr weh getan?‹ Aber sie kommt schon noch drauf, wenn sie's braucht.« Dann sagte sie: »Der ist doch nicht wirklich mit uns verwandt, nicht? An Vater kann ich mich kaum mehr erinnern, und der ist ja dann weggerannt und hat gesagt, wir sind nicht seine Kinder. Und Mutter hat nie was gesagt.«

»Juristisch gesehen«, sagte ich. »Juristisch.« Ich sagte: »Deine Mutter hat einen Telefonanruf von deinem juristischen Vater bekommen. Hat sie's dir gesagt?«

»Sie sagt mir nie etwas. Ich seh sie nicht oft. Sie mag mich nicht. Hat mich noch nie gemocht. Immer nur John, John hinten und John vorn. Was hat er denn gesagt?«

»Er möchte zu ihr zurück. Katholisches Recht und katholisches Schuldbewußtsein, das nagt an ihm auf seine alten Tage. Das unauflösliche Band der Ehe. Natürlich will sie nichts von ihm wissen. Wahrscheinlich wird er sich totsaufen.«

»Möchtest du eine Limonade? Selbstgemacht!«

»Nein, danke, aber wenn du einen Kognak hättest!« Sie ging zu einem Schrank unter den Regalen voller vergleichender oder verglichener Literatur und einem Foto von Thomas Mann mit dem Äußeren eines herablassenden hanseatischen Kaufherrn. Sie hatte dieselben schlanken Beine wie ihre Mutter. Sie brachte eine Flasche Christian Brothers zum Vorschein, ein erbärmliches Zeug. Sie schenkte mir ein, und ich beeilte mich, mit einem *Genug!* dazwischenzufahren. Sie sagte:

»Du hattest doch Zeit, mit Eve zu reden. Was hältst du von ihr?«

»Zu früh, um etwas sagen zu können. Ein hübsches Kind, aber um Himmels willen, was lernen die heut in der Schule? Ihr Weltbild hat sie aus der Mickymaus und den Zeichentrickfilmen im Fernsehen. Sie hat den *Fänger im Roggen* angefangen, ist aber nicht weit gekommen; irgendwie war ihr's zu schwierig. Aber für jemanden von meiner Generation ist es natürlich schwierig, sich über Superman, Donald Duck und Debbie Reynolds zu unterhalten. Lieber Gott, [illegible] Französisch und Italienisch aufgewachsen, aber sie kann überhaupt keine Sprachen. In der Schule haben sie zwanzig Zeilen von Vergil in schlechter englischer Prosa gelesen. Über Helena von Troja hat sie einen Film gesehen. Die Vergangenheit ist tot, und die Welt außerhalb der Vereinigten Staaten existiert nicht. Seid ihr noch nie mit ihr in Europa gewesen?«

»Doch, wir sind in Frankreich gewesen, aber da hat sie das Essen nicht vertragen.«

»Ich fürchte die große Leere«, sagte ich prophetisch. »Die kannst du eine Zeitlang mit Walt Disney ausfüllen, aber der erste scharfe Wind wird diesen Plunder wegpusten. Und dann braucht sie stärkere Medizin. Sie hat mir erzählt, einer von ihren Lehrern hat Drogen genommen. Der hatte so ein Buch von einem Typ gelesen, hat sie gesagt, den ich vielleicht kennen würde, und natürlich, mein alter Freund Aldous Huxley! Da steht alles drin über Visionen und die Wirklichkeit und wie man schnell und billig zur Wahrheit kommt, so wie wenn man den Fernseher einschaltet.«

»Ja, Perrin hieß der Lehrer. Den hat die Schule entlassen müssen.«

»Sie ist zwar deine Tochter«, sagte ich. »Und eine Tochter Amerikas. Aber ich, als dekadenter Europäer, ich würde sagen, sie braucht solidere Nahrung, nicht bloß Zuckerwatte, Kino und Sprechblasen.«

»Sie ist eben ein braver, normaler, gesunder Teenager«, sagte sie abweisend.

»Mit einer Allergie gegen Zigarrenrauch. Und gegen Tomatenschalen auch, hat sie mir erzählt. Und gegen Goldruten, in der Jahreszeit, wo sie blühen. Und wenn sie eine Katze anfaßt, kriegt sie gleich einen Ausschlag. Das sind alles Ersatzformen für unser europäisches Schuldgefühl.«

»Sexuell ist sie jedenfalls normal«, sagte Ann. Offenbar eine Spitze gegen mich. Und natürlich auch gegen ihre Mutter. »Gott sei Dank, darin ist sie normal.«

»Du meinst, sie hat schon mit diesem langen Buben geschlafen, mit dem sie ins Kino geht? Und hat sie die vorschriftsmäßigen physischen Reaktionen gezeigt?«

»Du bist gemein, Onkel Ken, das weißt du selber! Ich meine, sie mag Jungen, und in dem Sex-Test neulich in *Mademoiselle* hat sie achtundfünfzig Punkte gehabt. Sie ist normal. Und sie ist brav.«

Dann wurde sie rot. »Sie hat einen Artikel in einer von Mikes literarischen Zeitschriften angefangen. Es ging um die homosexuelle Ader oder so ähnlich im britischen Roman. Da hat sie deinen Namen gesehn und gesagt, da steht ja was über Tunkie, hätt ich nicht gedacht, daß sie über den in den Zeitschriften schreiben. Und dann hat sie wissen willen, was das heißt, homosexuell. Da siehst du, wie naiv sie noch ist!«

»Und hast du sie aufgeklärt, oder Mike?«

»Mike hat es sehr gut gemacht. Er hat gesagt, Homosexuelle sind Leute, die Männer lieben, das ist die Bedeutung von *homo*, Mann, dann hat sie gesagt, na, dann bin ich auch homosexuell.«

»Mikes Etymologie ist falsch. Jedenfalls, ihr Onkel oder Tunkie ist sowas wie ein verderblicher Einfluß. Superman dagegen und Gregory Peck und der Senator McCarthy sind prima. Ich glaube, ich muß fort. Noch ein Schwätzchen mit deiner Mutter, bevor wir zu Bett gehn.«

»Du sagst ihr doch bitte nichts davon, was ich dir über Eve gesagt habe, daß sie nicht zur Kirche geht und sowas?«

»Deine Mutter interessiert sich nicht besonders für Eve. Sie hat jetzt genug andere Sorgen.«

»Bitte, Onkel Ken, ich wollte dich nicht, na, du weißt ja, nicht kränken. Ich meine, ich weiß doch, daß du nichts dafür kannst, daß du so bist–«

»So war, Ann! Jetzt bin ich so, wie ich deiner Tochter vorkomme, nämlich hundert Jahre alt und jenseits von Gut und Böse. Danke für das Essen!« Und ich drückte ihr einen trockenen Kuß auf die schmale Stirn.

Hortense saß an der Bar, in einem getigerten Morgenrock. Sie war sehr müde, das sah man, und trank reinen Scotch mit viel Eis. »Schläft sie jetzt?« fragte ich.

»Seit etwa einer halben Stunde. Ich hab ihr eine Spritze PT6 gegeben. Die Spritzen werden immer größer. Sie hat wieder vom Schierling angefangen, und dann hat sie gesagt, ach bitte, bitte, entschuldige! Ich glaube, sie hat recht mit dem Schierling.«

Ich nahm mir einen Schuß richtigen Kognak, ohne den Segen der christlichen Brüder. Während ich mir einschenkte, spürte ich ein blasses Abbild des Schmerzes, an dem Dorothy litt. Das Gewächs saß in den unteren Eingeweiden, nicht operierbar. »Was ist das moderne Gegenstück zum Schierling?«

»Ich würde sagen, eine Flasche Scotch und etwa hundert Aspirin.«

»Sehr beschwerlich! Und Carlo wäre dagegen. Hast du übrigens was von Carlo gehört?«

»Du meinst im Fernsehen? Wir hatten ihn ungefähr eine Viertelstunde angeschaltet, wie er der Welt die Liebe verkündet. Dann wollte Dot lieber einen alten Film sehn. Bette Davis in *Bitterer Sieg.* War auch nicht ganz das Richtige!«

»Ich meinte, etwas Persönliches. Eine persönliche Nachricht oder so was. Er hatte doch immer eine hohe Meinung von dir.«

»Bis zu dem Tage, als die Mailänder entdeckten, daß der heilige Ambrosius Hoden hatte. Nein, nichts von ihm gehört, und ich erwarte auch nichts. Ich war ihm dankbar für den Auftrag damals, aber da wäre ich jedem dankbar gewesen. Und jetzt werde ich bald diesen Leuten in Bronxville dankbar sein.«

»Was für Leuten?«

»Vom Wheeler College. Ich soll bei denen Kunstgeschichte unterrichten. Ich habe da mal einen Vortrag gehalten, über die Technik der Bildhauerei, und der ist ganz gut angekommen. Ich brauche einen Job. Nicht wegen des Geldes natürlich.«

»Die arme Dorothy! Wie lange wird sie's noch aushalten?«

»Wie lange werde ich's noch aushalten? Christus hilft, ein bißchen. Aber ich glaube nicht, daß die Kreuzigung so schlimm gewesen sein kann wie Krebs.«

»Glaubst du, daß Dorothy– ich meine, daß sie ernsthaft um etwas bittet?«

»Sie wird ernsthaft danach schreien. Und das würde ich dann freilich für eine ernsthafte Bitte halten.«

»Ich habe Schlafstörungen gehabt. In Marokko haben die Ärzte keine Bedenken, daß sie dir zu viel verschreiben könnten. In meinem Koffer habe ich noch hundert braune Pillen. Ich weiß, das würde genügen. Der arme Jack Tallis in Tanger hat sich mit fünfunddreißig in die Büsche geschlagen. Nicht wegen Krebs, wegen unglücklicher Liebe. Ich werde sie dir dalassen. Wenn du sie hast, wird es dir leichter fallen, es immer noch ein paar Tage hinauszuschieben, bis du's nicht mehr hinausschieben kannst. Warum legst du dich nicht ein bißchen schlafen? Du brauchst keine Tabletten.«

»Sie wird in einer Stunde aufwachen, vielleicht auch schon früher. Ich muß dann wach sein. Ich habe heute morgen geschlafen, als die Schwester für zwei Stunden da war. Und morgen kann ich auch wieder schlafen. Viel Schlaf brauch ich nicht. Ich werde schlafen, wenn die Glocken läuten und Carlo den Fernsehkameras Frieden und Liebe verkündet.« Dann sagte sie: »Das mit Ralph tut mir leid.«

»Ralph kommt ganz gut zurecht.«

»Nein, ich meine, mit dir und Ralph. Es war ja meine Idee.«

»Oh, es ist eine ganze Weile gutgegangen. Aber ich bin alt und ausgetrocknet, außerdem von der Farbe der Verdammten. Es konnte nicht dauern. Solche Geschichten können bei mir nicht mehr von Dauer sein.«

»Ein guter Titel«, sagte sie, »*Die Farbe der Verdammten*. Für James Baldwin oder Ralph Ellison oder Ralphs neuen Kumpan da drüben. Da ist eine üble Sache passiert, im Zentralpark. Ein kleiner weißer Junge wurde in ein Gebüsch bei der Hans-Andersen-Statue geschleppt; man hat ihm die Hoden abgeschnitten. Er hatte pinkeln gehn wollen, und seine Mutter wunderte sich, warum er so lange wegblieb. Und da predigt dieser vermaledeite Carlo vom neuen Zeitalter der Liebe und Toleranz! Mach, daß du ins Bett kommst, Ken! Träum schön von Liebe und Toleranz!«

Am nächsten Morgen küßte ich die arme Dorothy; ich wußte, ich sah sie zum letzten Mal. Sie wußte es auch, denn sie weinte und klammerte sich an mir fest. Schon wieder so ein letztes Mal abzuhaken: letzter Kinobesuch, letztes Essen in dem belgischen Restaurant in der 44. Straße im Westen, letztes Mal die Krokusse im Zentralpark gesehn, letzter Kuß von Ken Toomey, dem alten, zähen Luder, das so entsetzlich gesund ist. Liebevoll-schmerzlich umarmte ich Hortense, stellte, ohne ein Wort zu sagen, das Fläschchen mit den Barbituraten auf den Eßtisch und ging hinunter, um ein Taxi nach La Guardia zu nehmen. Dort bekam ich den Mittagsflug nach Oklahoma City.

Ich habe nur noch wirre Erinnerungen an die lose Synchronisation meiner Universitätsauftritte, die sich im Gedächtnis als ein einziger, typischer niedergeschlagen haben, mit Carlos Amerikareise oder dem, was ich bei zerstreuter Lektüre der Zeitungen oder vor den Fernsehapparaten in den Hotels darüber erfuhr. Ich weiß nicht, ob ich sowohl der damaligen Zeit als auch den Möglichkeiten seines *aggiornamento* ganz gerecht werde, wenn ich sage, daß ich diese Kontinentaltour (nicht etwa meine letzte!) mit den eher bizarren Neuerungen dieses Ritus oder der Glaubenslehre verbinde, die ich ihn mit seinen starken, pummligen Armen absegnen sah. War es am Rockhurst College in Kansas City, wo ich eine Messe sah, deren Ritus sich aus Coventry Patmores *An Angel in the House* herleitete? War es in jenem Städtchen in Pennsylvanien, das irreführenderweise California heißt (wegen eines längst erschöpften Mineralbergwerks), wo ich ein Stück von einer Rock-Messe mitansah, mit Gitarren und Bongotrommeln und einem Kyrie, das so ging:

Lord Lord have mercy on us yeah
Christ do the same yeah
And if you have mercy on us yeah
We will bless your name yeah
We'll sure bless your name?

Ich sah nicht die Ballettmesse, die in Chikago veranstaltet wurde, mit dem Pfarrer im hautengen Trikot (Hortensens orchidelisches Basrelief war also prophetisch gewesen), aber in Iowa City lud man mich zu einer Folk-Messe ein, mit Brotlaiben frisch aus dem Ofen und Apfelwein, der für die Gemeinde Christi Blut darstellen sollte (geschah dies wirklich dem Tridentiner Konzil zum Trotz? Hatte das Tridentiner Konzil noch irgendeine Bedeutung?). In Bowling Green, Ohio, oder war es in Kalamazoo, Michigan, gab es eine Freiluft-Beichte mit dem Pfarrer in buntem Zivil, auf der puterroten Hemdbrust eine dottergelbe Fliege, wie ein doppeltes Spiegelei. Für Nordamerika mit seiner religiösen Zirkustradition ist dies alles wohl glaubhaft. Ob sich dergleichen auch in Mexiko, Peru oder Guatemala abspielte? Ein Geistlicher mittleren Alters, in schäbig-unmodernem Schwarz, sagte mir in einer Bar in Minneapolis, er wisse nicht mehr, was zum Teufel hinten und vorn sei.

»Zum Beispiel Gott«, sagte er. »Früher hatte ich mal eine ziemlich klare Vorstellung von Gott. Und jetzt kommen diese neuen Theologen und sagen einem, Gott ist hier drinnen und nicht da oben, oder er ist eine unpersönliche Noosphäre und die anthropomorphe Auffassung ist *passé*. Drei Unpersonen in einer ananthropomorphen Noosphäre. Nada unser, der du bist im Nada, nada sei dein Nada!«

»Aber Gott verlangt doch nur einen sauberen, gutbeleuchteten Ort«, sagte ich, »weiter nichts! Wogegen Sie sich sträuben, das ist die große Öffnung.«

»Öffnung heißt Auflösung. Heiliger Vater, sagt der Erzbischof von Boston, ich hab alles vergessen, bis auf meinen Dreigroschenkatechismus. Den hab ich auch vergessen, sagt Seine Heiligkeit. Nichts zählt mehr außer der Liebe, komm in meine Arme, Brüderchen! Das ist gar nicht weit weg von diesem Unfug mit den Noosphären.« Gereizt bedeutete er der kurzberockten, freibusigen Kellnerin, daß er gleich noch einen Whisky wollte. Ein Whiskypriester. »Inzwischen haben wir auch schon Nonnen, die so rumlaufen«, sagte er. »Und die Priester machen auf sexy. Jesus sei Dank, daß ich nicht sexy bin!«

»Die Kirche«, sagte ich, »kommt zum Volke.«

»Das Bordell«, sagte er, »kommt zum Kunden.«

Das ging zu weit, fand ich. Auch Christus hatte mit den Leuten in der Sprache geredet, die sie verstanden. So wie der Kaplan des Gefängnisses von Erie County im Staate New York, der den dreiundzwanzigsten Psalm folgendermaßen aktualisierte: »Der Boß ist mein Bewährungshelfer. Er paßt auf, daß ich keine Dummheiten mache und daß mir's wohl ist in meiner Haut. Er schickt mich zu den richtigen Adressen, damit ich eine gute Akte krieg und Er auch.« Kapiert? So geht den Leuten das nämlich runter! Gott ist doch nicht bloß so ein Blabla, Mann! Was sollen die Jungs sich unter einem Hirten denn vorstellen? Und der Boß paßt dir auch nicht? Aber was soll denn ein Herr sein – außer einer Redensart?

Carlo sprach zu den Schwarzen in Harlem. Er versuchte nicht, ihren Dialekt zu reden, aber sie verstanden ihn trotzdem. Er sprach zu ihnen in der dünnen Frühjahrssonne zwischen den rattenverseuchten Mietshäusern unweit der 125. Straße. »Zuerst mal«, sagte er, »muß ich Ihnen sagen, wer ich bin. Ich bin ein Italiener aus Italien, nicht aus der Mulberry Street. Aus dem großen Italien, nicht aus dem kleinen. Mit der Mafia hab ich nichts zu tun. Ich bin ein Weißer, na gut, und das spricht gegen mich. Ich kann nichts dafür, daß ich weiß bin. Das ist Glückssache. Glück oder Pech. Schuld sind meine Eltern, wenn ich bloß wüßte, wer die gewesen sind. Gekannt hab ich sie nie. Ich war schon ganz früh Waise, und dann hat mich jemand adoptiert. Jetzt bin ich der Papst, und das heißt, ich bin der Chef der christlichen Kirche. Jetzt denken Sie aber bloß nicht, daß der Papst immer ein Weißer sein muß. Muß er nicht! Petrus war der erste Papst, und der war ein ziemlich dunkler Jude, ein Fischer, der keinen Cent für einen Kaffee in der Tasche hatte, als er zu Jesus kam. Jesus war auch ziemlich dunkel, nicht schwarz, aber sonnenverbrannt. Wir sind keine Kirche bloß für die Weißen, und wenn jetzt ein Weißer der Chef ist, dann ist das mehr ein Zufall. Wer weiß, vielleicht kriegen wir nächstes Mal einen schwarzen Papst. Oder auch einen gelben. Die Farbe spielt keine Rolle, nur die Farbe der Seele. Aber reden wir auch nicht von schwarzen Seelen und von weißen Seelen! Sprechen wir lieber von dreckigen, schleimigen, stinkenden Seelen und von sauberen, blanken und geputzten! Von Müllkarren und Cadillacs, wenn Sie wollen. Wenn unsere Seelen dreckig werden, wer ist schuld? Sie wissen wer. Jetzt hören Sie mir mal zu! Der Teufel hat es am leichtesten bei den Dummen, bei den Armen, bei den Obdachlosen und den Arbeitslosen. Darum können wir die richtige Religion erst haben, wenn der Dreck beseitigt sein wird und der Hunger und die Arbeitslosigkeit. Ich habe hier in Amerika allerhand zu tun. Aber das Wichtigste ist, daß ich zu einem Herzenswandel aufrufe. Ihr Volk hat in der Sklaverei gelitten. Sie, die Kinder der Sklaven, Sie leiden immer noch unter der Ungerechtigkeit. Sie haben schon zu lange gelitten. Das muß alles anders werden. Ihr seid immer noch in Ägyptenland unter Pharaos Fuchtel. Jetzt stehe ich hier und rede mit Moses' Stimme. Ich rufe nicht, *laß mein Volk ziehn*, sondern *laß mein Volk leben!*«

Er flog ab vom Dulles Airport, nachdem er mit seinen je nach Milieu bald radikalen, bald reaktionären Predigten erst noch Washington durchgeschüttelt hatte. Der Text seiner Reden wurde von Mal zu Mal unwichtiger. Er teilte sich mit durch sein Lächeln, seine väterlichen Arme, seine massige, urige Handfestigkeit. Daß er ein guter Mensch war, wurde nie bezweifelt, und er flog nun weiter zu den unterdrückten Völkern Lateinamerikas, um auch ihnen zu zeigen, wie gut er war. Seine Güte war von einer Art, die es bis jetzt zumindest unwahrscheinlich machte, daß er an der Welt merklich etwas ändern werde. Der technische Fortschritt in diesem Jahr der Papstreisen blieb von Herzensregungen unbeeinflußt. *Pioneer IV* flog in seine Umlaufbahn um die Sonne; das Grundmolekül des Penicillins wurde isoliert; die Rajendra-Brücke über den Ganges wurde fertiggestellt; das britische Radioteleskop von Jodrell Bank sendete eine Nachricht, die vom Mond reflektiert wurde und in den Vereinigten Staaten ankam; die Auckland-Harbour-Brücke wurde eingeweiht; die *Vanguard*-Turbopropmaschine von Vickers flog viertausend Kilometer in fünfeinhalb Stunden; Rußland startete *Lunik III* und fotografierte das himmlische Hinterteil des Mondes; der atomgetriebene Eisbrecher *Lenin* knackste sich in die Baltische See durch; Mrs. Eisenhower ließ das erste nukleare Handelsschiff, die *Savannah*, vom Stapel laufen; in Genf wurde das Protonensynchroton des CERN in Betrieb genommen; der französische Premierminister eröffnete die sechshundert Kilometer lange Sahara-Pipeline; ein Pilot der US-Luftwaffe schraubte den Geschwindigkeits-Weltrekord auf zweitausendvierhundert Stundenkilometer.

Ebenso unempfänglich für die Botschaft, daß mit der Liebe alle menschlichen Probleme zu lösen seien, war die Natur. Die Weltbevölkerung, die schon 2800 Millionen zählte, wuchs noch um weitere 45 Millionen – woran die Liebe oder etwas dergleichen nicht unbeteiligt sein konnte; der südamerikanische Kontinent, den Carlo nun besuchte, erlitt die größte Überschwemmungskatastrophe des Jahrhunderts; ein Taifun in Westjapan tötete fünftausend Menschen und machte eine Million obdachlos. In der Masse oder in den abstrakten Regungen der Politik blieb die Menschheit ungebessert. Der Ausnahmezustand wurde erklärt in Südrhodesien und in Njassaland; die kommunistischen Guerilleros in Südvietnam, die bald darauf unter dem Namen Vietcong bekannt wurden, bauten ihre Nationale Befreiungsfront auf; in Lhasa kam es zu einem Aufstand gegen die chinesische Herrschaft, und der Dalai Lama floh nach Indien; blutige Unruhen in Stadtvierteln von Durban; der Premierminister von Ceylon ermordet; drohende Gesten Rußlands gegen den Westen, westliche Gegendrohungen, und der Ferne Osten drohte in alle Himmelsrichtungen. Technologie und Machtpolitik bauten mit vereinten Kräften überall nukleare Anlagen auf, deren Schreckenspotential weit größer war als das der Erdbeben und Überschwemmungen. Großstadtstraßen waren nachts nicht mehr sicher. Ein Herzenswandel, eine methodische Verfeinerung der Nächstenliebe wäre freilich der Ausweg aus dem immer dickeren Weltschlamassel gewesen. Konnte wirklich jemand ehrlich bestreiten, daß dies zutraf? Vielleicht war der Papst von Rom nicht allzu realistisch, aber realistischer als die weltlichen Staatsmänner war er denn doch.

Natürlich war es ein Trost zu wissen, daß der Mensch nicht wirklich schlecht war und daß an allem eine Art moralischer Virus schuld war, der einst in einem Raumschiff auf Eden niedergegangen war. Zwar konnten die Gebildeten Carlos Rede vom Teufelswerk nur mit einem Lächeln anhören, aber die Jugendlichen waren um so eher bereit, ihm zu glauben. Es gab viele Gewaltverbrechen von Jugendlichen, darunter viele *actes gratuits,* selbstzweckhafte Morde, tödliche Quälereien und Vergewaltigungen, die von den Angeklagten selbst dem Teufel zur Last gelegt wurden. Der Teufel gewann eine ebenso handfeste Realität wie das Christkindlein oder der Schwarze Mann; seine Hörner und Augen zierten manch eine Baßtrommel der Rock-Gruppen; er wurde in Drogenzeremonien beschworen und als Emblem auf Teeshirts getragen. Wenn Carlo einen Teil der Christenheit davon überzeugen wollte, daß eine spürbare böswillige Gewalt ihnen zusetzte, die mit der Erbsünde nichts zu tun hatte, dann war ihm seine Mission teilweise gelungen.

Jedenfalls, er war da. Es fiel mir immer noch schwer zu glauben, daß der dicke, gefräßige Priester, den ich auf Sardinien vor Jahrzehnten am Ende des Krieges, der das Ende aller Kriege hatte sein sollen, zum Essen eingeladen hatte, nun zum Vater der Gläubigen und zu einer mythischen Figur geworden sein sollte. Für den Musiker, der einst sein Bruder gewesen war, hätte es sich geziemt, diese Erhöhung mit einem *Te Deum* im Stile Berlioz' zu feiern, für vierfach verstärkte Holzbläser, zehn Hörner, sechs Trompeten, ebenso viele Posaunen, drei Tuben, Klappern, Rasseln und Kücheninstrumente jeder Art, hundert Geigen, eine Orgel und Stimmen, Stimmen und Chöre von Stimmen. Natürlich hätte man das *Te Deum* in die Volkssprache übersetzen müssen. Aber Domenico, nachdem er im Trunk den Anspruch auf Wiedereinsetzung in seine ehelichen Rechte erhoben hatte und fürs erste abgewiesen worden war, blieb bei seinem Whisky und seinem Moog-Synthesizer in Menton, ein Mann, der weder Töchter noch Söhne noch große Musik erzeugt hatte, und brütete einsam vor sich hin. Auch ich war einsam, und ebenso einsam war Hortense, nachdem sie der armen Dorothy ihren Schierling gereicht hatte. Diese Aufzeichnungen, soviel seh ich, müssen von nun an eine Chronik nicht nur der Einsamkeit, sondern der Todesfälle werden – ganz in Ordnung bei einem Christen, der selber bald sterben wird. Was aber Carlo verkündete, der Einsame, dem nach seiner Krönung noch fünf Jahre beschieden waren, hieß tatsächlich nichts andres als Leben.

72 Zum Dank für die geschenkte Reise nach Ostafrika schrieb mir Laura Campion fast jeden Tag einen Brief oder eine Postkarte. Die Bilder auf den Postkarten zeigten besonnte Hauptstraßen, nicht sehr viel anders, als sie auch in amerikanischen Süden aussehen, bis auf die Standbilder von großen anonymen Schwarzen. »Ich hatte gedacht«, schrieb sie in einem Brief,

> dann würden wir mit einem Male ins *Herz der Finsternis* eintauchen, aber selbstverständlich kratzen wir erst an einer Küste lang, wo sich alles um die Araber und die Syrer dreht, und vom Schwarzen Erdteil ist noch nicht viel zu sehn. Und für Johnboy mit seiner anthropologischen Forschung dreht sich fast alles um andere Anthropologen, die er fragen muß. Ich hätte nie gedacht, daß es so viele Anthropologen gibt – als ob jeder noch schnell ein paar Fetzchen vom Afrika der primitiven Stammesgesellschaften ergattern möchte, ehe das große moderne Afrika da ist. Nicht, daß es möglich wäre, sich ein Bild von Afrika-Afrika zu machen, ich meine, von dem Gesamtbrocken, der Totalität, dem ganzen Kontinent – den gibt es nicht, viel zu groß, paßt dir nicht in den Kopf. Jedenfalls, morgen fahren wir ab ins Innere, das heißt, mit dem Zug von Dar-es-Salaam nach Dodoma, dann mit dem Bus nach Rungwe – und wie es dann weitergehn wird, weiß ich noch nicht. Johnboy hat herausbekommen, aus zweiter Hand, aber das scheint ja der einzige Weg zu sein, daß es tatsächlich einen Zusammenhang zwischen Sprachstrukturen und Familienkonstellationen gibt und daß die Sprache tatsächlich Haken schlägt, wenn eine Sache wie Inzest in der Luft liegt – es scheint also, seine Theorie, daß die Sache universal ist, ist wasserdicht. Ich finde es herrlich, was ich bisher schon alles gesehn habe – und was ich erst gegessen habe: gebratene Vögel, von denen ich nicht einmal den Namen weiß, große haarige Früchte, innen zart und schmackhaft, vergorene Kokosmilch, die nach angebranntem Papier schmeckt und von der man einen netten, ganz harmlosen Schwips kriegt.

Aus dem Staate Rukwa schrieb sie mir:

> Eine sehr kleine Republik ist das hier. Sie hat mit den Siedlungen um den Rukwa-See angefangen und sich nach Süden hin bis zum Njassa-See ausgedehnt. Alles sehr fortschrittlich, aber ein bißchen diktatorisch. Es gibt unzufriedene Elemente, die für Terror sorgen; daher die starke Polizeitruppe und die soge-

nannten Notstandsbestimmungen. Es gibt Zwischenfälle an der Grenze, die vielleicht von dem großen Nachbarn im Norden provoziert werden, vielleicht auch nicht. Öl ist der Reichtum des Landes, Öl, Öl, aber die weißen Prospektoren werden strikt draußen gehalten, und alles technische Fachwissen ist rein schwarz. Eine Anzahl schwarzer amerikanischer Techniker sind da, bei den Einheimischen nicht sehr beliebt: *Uruwe yanki* nennt man sie, Yankee-Schweine, manchmal auch *tumbo coca-cola.* Dein alter Freund, der Bruder der armen Dorothy, ist Adjutant beim Boß, und der, wie du dir denken kannst, ist ein großer starker Mann, sehr charismatisch und gar nicht so dumm. Ich glaube ehrlich, daß er's mit seinem Volke gut meint, was ja bei einem afrikanischen Führer nicht selbstverständlich ist, bei einem amerikanischen übrigens auch nicht. Kasam Ekuri, vormals Ralph, hat sich im Informationsministerium hochgearbeitet und seinen Posten dann einem Schwarzen aus North Carolina abgetreten, vormals Jack Anderson, heute Garapa Mubu, und Ralphs großer Titel ist jetzt der eines Obersten der *gaysh hisan.* Das sind die berittenen Soldaten, die wir in dem Film gesehen haben; die Truppe ist mehr zur Dekoration da, macht sich gut, wenn sie so schön bunt und blitzend über die Ebene reiten. Die Oma-Leute, über die Jimmy Bucolo ein bißchen was weiß, sitzen alle in einem *kijijipya* oder neuen Dorf an der Nordgrenze. Sie sind friedlich und ein bißchen abgeschlafft – vielleicht wegen zuviel Inzucht? – und früher wurden sie immer von den Kwanga ausgeplündert, bis man zu ihrem Schutz eine Garnison dorthin gelegt hat. Die Kwanga sitzen jenseits der Grenze, wissen aber gar nicht, was Staatsgrenzen zu bedeuten haben, ebensowenig wie die Indianer gewußt haben, was der 49. Breitengrad war. Die Oma-Leute wurden von Jesuiten christianisiert, aber heute sind keine weißen Missionare mehr da. Ich finde alles so herrlich und kann Dir gar nicht oft genug sagen, wie sehr ich Dir danke ...

Dann mußte ich als Mitglied der Jury zum jährlichen Filmfestival nach Cannes, und ein paar Wochen lang fielen Lauras Briefe und Karten in den Briefkasten eines verlassenen Hauses. Die Festspielleitung bezahlte mir ein Zimmer und das Essen an der *Table d'hôte* im Carlton, aber ich bezahlte aus eigener Tasche den Zuschlag für eine Suite und aß *à la carte.* Meine Mitjuroren waren Rayne Waters, eine üppige Portion fleischgewordener weiblicher

Dummheit; der italienische Regisseur Gabriele Bottiglieri; der israelische Sänger und Schauspieler Alon Schemen; Kiyoshi Araii, ein Tokioter Epigone Federico Fellinis; der spanische Leinwand-Hidalgo Carlos Corces, scharf wie der Teufel auf kleine Mädchen; die dicke alte Sonja Lazurkina, die nur da war, um für den sowjetischen Beitrag zu stimmen; und ein Trupp französische Zeitungscinéasten, die fast jeden schlechten experimentellen Film, den wir uns ansehn mußten, für *génial* befanden. Das Besichtigungsprogramm war anstrengend – zwei Hauptfilme pro Tag und eine Anzahl Kurzfilme; eine große, sonnenverbrannte Blondine, sehr elegant und sehr häßlich, sammelte jedesmal unsere Unterschriften ein. Eines Abends rückte mir Rayne Waters mit ihrem Patschuliduft zu Leibe und sagte: »Schätzchen, ich muß doch morgen mal den ganzen Tag zu Ari auf seine Yacht, schreibste mich mit ein, Süßer, okay?« Aber die große Blondine sagte: »*Mais non!* Kein Schmu, *bébé!*«

Wenn man die Vorführung am Vormittag versäumte, mußte man sich später in die *tenue de soirée* werfen und sich gegen Polizisten, Fotografen und das allgemeine Publikum in die Abendvorstellung durchschlagen. Bei den vorbereitenden Abstimmungen hackte man hochpatriotisch aufeinander ein. Der Sowjetfilm war ein dreistündiges Kriegsepos mit stereophonen Effekten, Tretminen, die einem unter dem Sitz hochgingen, und Bombern, die vom Vorführraum auf die Leinwand losdröhnten, alles offenbar nur, um zu zeigen, daß die Russen mit den Deutschen ganz allein fertiggeworden waren. »Propaganda«, sagte ich, »nicht Kunst! Ich stimme für Nichtberücksichtigung. Ein ernsthaftes Urteil kann der Jury nicht zugemutet werden.«

»*Mais*«, sagte die Genossin Lazurkina, »*c'est evidemment le meilleur film, on ne peut pas douter sa supériorité aux autres*« – was wohl heißen sollte, wenn doch jemand zweifelte, würde die Genossin Lazurkina in die Salzbergwerke geschickt.

»Die Kunst sagt die Wahrheit«, sagte ich, »und dieser Film sagt nicht die Wahrheit. Die Amerikaner haben am Krieg teilgenommen und wir Briten auch. Wir haben auch zu leiden gehabt, wie Sie vielleicht wissen. London wurde fast zerstört, nicht bloß Leningrad, wir haben Hitler ganz allein standgehalten–«

»Sie besonders«, sagte der Journalist Monsieur Brochier, »Sie haben für die Nazis im Radio gesprochen. Ich finde es unpassend, daß Sie in dieser Frage und in bezug auf diesen Film den Mund aufmachen.« Monsieur Brochier war Marxist; seine Stimme war der Genossin Lazurkina sicher; offenbar hatte er sich auf seine Mitjuroren gewissenhaft vorbereitet.

»Ich gebe hier ein ästhetisches Urteil ab. Meine Biographie gehört überhaupt nicht hierher.«

Der schönen Rayne Waters mußte dies alles übersetzt werden. Sie nickte in reiner Verständnislosigkeit und bestätigte, »klar, aber klar!«

Eine heulende Rock-Oper über Christus und Judas, mit Judas als dem Helden einer fortschrittlichen, aber etwas einfältigen Politik, wurde für *génial* befunden. Ich verurteilte sie wegen Blasphemie und Vulgarität, wegen der Andeutung, daß Jesus und sein Verräter in homosexueller Haßliebe verklammert gewesen seien – und schon hatte Monsieur Brochier wieder seine Unterlagen parat: »Als Sie die Gedichte Ihres Freundes in London verteidigt haben, fanden Sie die wohl nicht blasphemisch. Alle Welt weiß, daß Sie nach eigenem Geständnis ein Homosexueller sind. Sie haben, wie man das nennt, eine Doppelmoral.« Dann hörte man Rayne Waters, wie sie laut mit ihrer Übersetzerin flüsterte:

»Ein Warmer? Wer's ein Warmer? Was, der's ein Warmer? Meine Fresse!«

Kurz, für mich waren diese Sitzungen kein reines Vergnügen. Es war auch kein reines Vergnügen, nachher müde und verschwitzt ins Foyer des Carlton zu kommen, wo man von Plakaten und Verkaufsständen mit Angeboten kommerzieller Pornographie belästigt wurde. Meistens flüchtete ich mit Alon Schemen in eine kleine, dunkle Bar, wo wir zusammen eine Flasche kalten provenzalischen Wein tranken. Er war ein rundlich-stattlicher Mann um die Vierzig, kein Schürzenjäger, sondern ein solider Familienvater, mit Frau und Kindern in einem Vorort von Tel Aviv zuhause. Weltberühmt geworden war er durch einen Gesangsfilm über Djibbuks, nach einer Geschichte von Isaac Bashevis Singer, einem sehr reizbaren jiddischen Schriftsteller, den ich in New York einmal kennengelernt hatte. Schemen sah ganz so aus wie meine Vorstellung von–

»Leopold Bloom«, sagte er zu mir an einem frühen Nachmittag in der Bar in einer Seitenstraße der Croisette. »Ist mir gerade angeboten worden.«

»Mein Gott«, sagte ich, »wie verblüffend! Ich habe gerade dran gedacht, wie haargenau– Also ein Film nach dem *Ulysses*? Sam

Goldwyn wollte das schon mal machen, wissen Sie? Joyce wollte George Arliss für die Rolle haben. Aber ja, Sie– Geld bringt das keines«, fügte ich hinzu.

»Das Buch kenn ich nicht, hab allerdings davon gehört. Nein, das ist ein Broadway-Musical und heißt *The Blooms of Dublin.* Lublin hatte ich zuerst gehört, aber nein, Dublin. Ich müßte den irischen Akzent erst lernen.«

»*Ein Musical?*«

»Es heißt, manche irischen Sachen sind große Knüller gewesen, *The Cohens and the Kellys* und *Abie's Irish Rose.* Und die Leute meinen jetzt, das könnte genauso gut gehn. Es wird mir guttun, wieder auf die Bühne zu kommen. Ich glaube, Sie kennen den Mann, der die Musik schreiben soll. Den hab ich letzten Sonntagabend in Menton besucht. Er hat mir ein, zwei von den Liedern vorgespielt. Wie klingt das für Sie? Moment, wie war der Text?« Und er sang mir vor, einen Bom-da-rara-Takt auf die Tischplatte trommelnd:

»Today
It's the sixteenth of June today
And from morning till moon the
Hours to come
Will ad up to a humdrum
Sum
Mer's day–«

»Campanati, meinen Sie den?«

»Ja, den! Kommt Ihnen der Akzent richtig vor?«

»Also hat er das doch wieder seingelassen mit dem Moog und den Vogelstimmen rückwärts! Gut, das wird ihm das Leben retten. Nicht, daß es schad um ihn wäre!«

»Und dann geht es weiter:

Plenty of fleshly exposure
Napes and strawberries are red
Buttocky peaches in a basket
Racing on at Ascot
In the royal enclosure
Ted

Nicht gerade sehr sangbar, der Text! Den schreibt ein junger Mann in New York, ein Sid Tarnhelm. War der Akzent richtig?«

»Der Akzent ist gut. Ich glaube, wir müssen gehn, damit wir diesen peruanischen Schund nicht verpassen.«

Im Foyer des Festspielhauses traf ich meinen Westküsten-Agenten, eben angekommen, im Magenta-Hemd mit einer aufgedruckten Montage griechischer Heldenprofile. Seine scharfen Agentenaugen wurden gegen die Azurküste von dunklen Gläsern abgeschirmt, mit dem gleichen unverschämten goldenen Spiegelreflex, wie ihn auch der junge Mann liebte, der bald darauf in mein Leben treten sollte. Die Nase des Mannes saß wie ein aufgesteckter Papageienschnabel zwischen seinen Bäckchen. Er hieß Lev Trapeza – ein Name, der mir auch nach längerer Bekanntschaft immer noch unglaubhaft vorkommt. Er kam mir mit ausgebreiteten Armen entgegen. »Ja, Kennybaby, was siehst du schön aus!«

»Schön alt«, sagte ich.

»Klar, aber bloß die Alten sind schön. Denk mal drüber nach, Kleine!« sagte er zu der ausgesucht langbeinigen brünetten Unperson in Leinenshorts, die ihn begleitete. Und zu mir sagte er: »Die haben die Option auf dein Heraklesdings endgültig genommen.«

»Sokrates?«

»Oder so! Hauptaufnahmen fangen im Herbst an. Das Skript hat ein Typ gemacht, der heißt Wrigley.«

»Ach, du lieber Himmel!«

»Und die Hauptrolle spielt dieser Grieche, Lilliputtopiss oder wie der heißt, die haben vielleicht Namen! Wo das Geld herkommt, ist ein Geheimnis, Kennybaby, aber der Scheck ist dichter wie'n Pariser, wie man so sagt. Steigst du da ein?«

»Muß ich ja wohl. *C'est le boulot.*«

»*Pedophilia Productions,* so heißen die jetzt. Philadelphia? hab ich gefragt. Da haben sie's mir buchstabiert. Und wo ist denn das, hab ich gefragt.«

»Ach, du lieber Himmel!«

»Was ist denn das jetzt für ein Film? Der mit der Bardot nackig und den dressierten Robben?«

»Das ist jetzt der peruanische. Weißt du, was der Unterschied ist zwischen einer nackten Bardot und einer dressierten Robbe? Denk darüber nach, Lev! *So long.*«

Am nächsten Morgen gab es den Beitrag aus Quebec *Et patati et patata.* Die französischen Juroren protestierten: Sie könnten weder den kanadisch-französischen Dialog noch die englischen Untertitel verstehn. Ich wurde wütend und schimpfte: Mein Gott, es ist doch bloß Normannisch aus dem achtzehnten Jahrhundert! Die Vorführung wurde unterbrochen, und man suchte nach einem Simultan-Dolmetscher. Am Ende mußte ich selbst es machen. Mit ausgedörrtem Mund und pochendem Schädel schlich ich zur Mittagszeit ins Foyer des Carlton, wo die Plakate (UNNACHAHMLICH ECHT! ZUM ERSTEN UND LETZTEN MAL!) meinen Augen wehtaten. Eine Hand berührte mich schlaff am Ärmel. Das Gesicht kam mir bekannt vor. Ich überlegte, wer es war.

»Bucolo«, sagte der Mann. »Jimmy Bucolo. Professor Bucolo. Sie kennen mich.«

»Ich denke«, sagte ich, »Sie sind in Afrika?«

»Kann ich Sie wo sprechen? Alleine?« Er trug einen schmutzigbeigefarbenen Tropenanzug; Kopf und Gesicht waren so schweißnaß, als hätte er sie wegen eines Katers unter Wasser getaucht. »Alleine«, sagte er, »also bloß noch ich, alleine. Ich bin alleine zurückgekommen, das sehn Sie ja wohl. Von Nairobi nach Casablanca, über El Obeid, Murzuq und Tuggurt. Von Casablanca hab ich angerufen und erfahren, wo Sie sind. Eine weite Reise, aber ich hatte ja das Geld, haben Sie uns gegeben. Ich hatte für uns alle drei gebucht, nur hin, als ob ich's mir gedacht hätte.« Er sprach wie im Fieber. Leute, die vorüberkamen, grinsten oder schauten betreten auf den Schmierenschaupieler, der hier unbedingt seine Rolle vorspielen mußte: fehl am Platz, hier machen wir Geschäfte, Künstler raus! Mir wurde ganz kalt, und die Kopfschmerzen waren fort. Ich führte Bucolo zum Aufzug. »Ich hab doch noch die ganzen Koffer«, sagte er. »Ein Haufen Gepäck.« Ich verständigte die Pförtnerloge.

Oben, in meinem Salon, flößte ich ihm Whisky ein. Er saß da, in sich gekauert, schmal, krank und gehetzt. Den Whisky konnte er nicht bei sich behalten. Sein Gesicht verzog sich, er stand auf, schwankte, suchte nach dem Ort, wo er hingehn konnte, ich zeigte's ihm, und er rannte taumelig los. Ich setzte mich hin, ich mußte die Nachricht erst aufnehmen. Die Dokumente, die er auf den runden Glastisch gelegt hatte, schienen mit nichts etwas zu tun zu haben, was ich bereit war, oder vielmehr bereit sein wollte oder auch nicht wollte, zu glauben. Zwei Urkunden mit der Kopfzeile REPUBLIK RUKWANI und einem geduckten Leoparden, darunter eine weitere Titelzeile *Sertifikit Kifo,* die beiden Namen mit zwei

Paßnummern, wie für die Grenzkontrolle bei der Einreise in die nächste Welt; eine Kreditkarte der Bank of America; Johns Notizbuch. Bucolo kam zurück und ließ sich auf die Couch fallen, mir gegenüber. Er war einem totalen Zusammenbruch nicht fern. Er sagte:

»Sie brauchen mich gar nicht so anzuschaun.«

»Wie schau ich Sie denn an?«

»Als ob ich mit ihnen hätte mitfahren sollen. Aber ich hab doch nun mal den Glauben aufgegeben, nicht? Reaktion gegen meinen Bruder, weil Vater und Mutter ihn lieber hatten als mich, er ist Priester geworden. Das gibt es in Familien öfter, kennen Sie! Ich geh nicht mehr zur Messe. Außerdem, ich mußte ja nach Morogo, nicht, wegen der Schlangenzeremonie. Alle haben doch gesagt, das wäre vollkommen ungefährlich für sie, bloß ein paar Meilen mit dem Landrover. Über eine gute Schotterstraße, nicht, durch offenes Gelände, ein paar verlassene Dörfer und ein Stückchen Busch kurz vor dem neuen Dorf. Und alle haben gesagt, die Terroristen wären unter Kontrolle, Sie wissen ja. Shinya war hingerichtet worden, öffentlich, von einem Erschießungskommando. Alles fast vollkommen befriedet.« Er fing an zu lachen.

»Hören Sie auf, hören Sie um Himmels willen damit auf! Was für Terroristen, wovon reden Sie überhaupt?« Er lachte weiter, ich sah seine braunen Zähne. Ich gab ihm eine Ohrfeige. Er hörte auf.

»Danke! Vielen Dank! Vielen, vielen Dank, das war jetzt genau das Richtige, danke! Tatsächlich ist es Mbolos Partei, aber Mbolo sitzt im Gefängnis, und die wollen ihn rausholen. Die bringen alles um, aber am liebsten Weiße, Afrika den Afrikanern, verstehen Sie? Die bringen immer noch Leute um, aber es hieß totale Befriedung, Kontrolle, Eindämmung undsoweiter.«

»Haben Sie gesehn, gesehn–«

»Ich habe sie gesehn, ich mußte sie doch identifizieren, nicht? Die Gesichter hab ich gesehn, die Körper waren verdeckt, die Körper wollten sie mich nicht sehn lassen. *Damu, damu,* hat der eine Kerl immerzu gesagt, Blut heißt das auf Suaheli. Vollkommen ausgeraubt, Kleider, Uhren, Geld, alles! Bis auf die Pässe, die Pässe wollten sie nicht haben. Es gibt dort jemanden, der die Vereinigten Staaten repräsentiert, Ehrenkonsul, ein Schwarzer natürlich, und der ist aus Kipila gekommen und hat die Pässe behalten. Sie haben ein richtiges Begräbnis bekommen, wurden zum christlichen Friedhof in Kilwa Kivinje geschafft, das ist außerhalb des

Territoriums, verstehn Sie? Ein schwarzer katholischer Priester war da und hat die Feier gemacht, verstehn Sie?«

»Also soviel hab ich bis jetzt verstanden«, sagte ich. »Sie wollten zur Messe, und bei einem Dorf war eine Straßensperre und die Terroristen haben sie geschnappt. War das am hellichten Tag?«

»Nein, nachts, nachts, verstehn Sie, sie wollten zur Nachtmesse, die Messe ist dort immer nachts. Wenn sie nicht zur Messe gegangen wären, wenn sie den Glauben verloren hätten, so wie ich– verstehn Sie?«

»John hatte ihn so gut wie verloren. Aber durch Laura hat er ihn wiederbekommen. Mein Gott, und ich habe Laura dort hingeschickt!«

»Sie haben uns alle hingeschickt. Aber Sie dürfen sich keine Vorwürfe machen. Schuld ist die Schlechtigkeit von diesen Schweinehunden, weiter nichts, das hätte überall passieren können und jederzeit. Nur Laura, ja, die wäre nicht hingefahren, wenn nicht, aber das hätte auch anderswo irgendwann passieren können.«

»Diese schwarzen Schweinehunde!« sagte ich. »Und was hat dieser Dreckskerl von Ralph dabei getan, eh, Afrika den Scheißafrikanern, und allen Weißen die Eier abschneiden! Die Körper haben Sie nicht gesehn, nein, das sagten Sie?«

»Nein, die wollten sie mich doch nicht sehn lassen, nur die Gesichter, verstehn Sie! Ich glaube, die Körper müssen ziemlich verstümmelt gewesen sein. Die haben ja keine Schußwaffen, die haben nur *kisu* und *sikkin*. Können Sie mir schwarzen Tee mit Minze bestellen? Das ist das einzige, was hilft, damit mein Magen nicht mehr rumort. Ich wäre Ihnen sehr dankbar, wenn Sie, wenn Sie.«

»Tee können Sie haben, aber ohne Minze. Wir sind nicht in Nordafrika. Die Franzosen machen sich nichts aus Minze. Ich bestelle gleich welchen. Dann muß ich fort. Ich muß einen Film anschaun.«

»Sie müssen, Sie müssen *was*? Sie meinen, Sie können, nach dem, was ich, da meinen Sie, Sie können!« Das Schicklichkeitsgefühl der Mulberry Street war verletzt. »Mein Gott, ins *Kino*!«

Ich bestellte telefonisch den Tee für ihn. »Die Arbeit geht weiter«, sagte ich zu ihm. »Ich hab gesagt, ich mach das hier, und jetzt mach ich's auch. Was wollen *Sie* denn jetzt machen?«

»Ich ruh mich hier aus, wenn Sie's erlauben. Bleib über Nacht hier, wenn Sie's nicht stört. Dann kann ich morgen sehn, wie ich von Nizza nachhause komme. Die Koffer von den beiden laß ich Ihnen da. Die da!« Er deutete mit der Hand auf zwei von den Koffern. »Wenn ich zurück bin, telefoniere ich gleich nach St. Louis. Sie können ja Johns Mutter die Nachricht beibringen.«

»Wieso ich? Und was soll ich mit diesem unnützen Gepäck?«

Er sperrte das Maul auf vor Staunen über meinen scharfen Ton. »Aber Sie sind doch sein Onkel! Sein nächster Angehöriger! Ich meine, der nächste, räumlich gesehen. Ich meine, auf demselben Erdteil, auch wenn Sie jetzt gerade in Europa sind, stimmt auch wieder. Ich meine, was zum Teufel soll ich denn machen, ein Telegramm schicken, John ist tot?«

»Sie fliegen doch über New York. Bringen Sie ihr die Nachricht persönlich!«

»Ich kann nicht, kann nicht, kann nicht!«

»Na schön«, sagte ich seufzend. »Jetzt hab ich das Essen verpaßt. Ich muß mir einen Sandwich oder irgendwas besorgen. Unten an der Bar. Sie können hierbleiben. Ruhn Sie sich aus! Wollen Sie eine Schlaftablette?«

»Ich habe selber welche. Sie bringen nur schwere Träume. Ich kann nicht schlafen. Ich lege mich einfach hier so hin, wenn Sie nichts dagegen haben. O Herrgott, mein Magen!« Aber er hielt sich den Bauch, nicht den Magen.

Der Film, den ich an diesem Nachmittag anschaun mußte, war ein schlecht gemachter brasilianischer Dokumentarfilm mit dem Titel *Os Cidadãos,* über das Leben der Armen in Rio, mit zweckfreier Gewalt in grellen Papageienfarben als Lebensregel. Ich hörte die französischen Journalisten ihr *génial!* ausstoßen, wann immer ein besonders dickes Kinoklischee sich für dieses Urteil anbot. In meinem inneren Vorführraum sah ich ganz deutlich die gewaltsame Tötung von John und Laura. Sie verband sich mit irgendeinem anderen Film voller Gemetzel an exotischen Schauplätzen, wurde halbgeläutert zu schlechter Filmkunst, eine große Hilfe, und würde beizeiten irgendein Greuel werden, den ich als Juror in Cannes einmal gezwungenermaßen hatte anschauen müssen, Titel und Handlung vergessen, nur diese eine entsetzlich glaubhafte Szene, aber trotzdem Klischee, *génial!* Als wir ins grelle Marinetageslicht hinaustaumelten, nach dem gemütlichen Dunkel mit den Schreien und entblößten Leibern, wußte ich, was ich zu tun hatte.

Als ich wieder in meine Zimmer kam, fand ich Bucolo am

Schreibtisch, wie besessen kritzelnd. Er blickte mit umnachteter Munterkeit zu mir auf und sagte: »Also ich bin schon dabei. Ich schreibe allen einen Brief. Ich erzähle ihnen die ganze Geschichte.«

»Johns Mutter auch?«

»Muß ich ja wohl. Ist meine Pflicht. Ich war doch der Leiter des Teams.«

»Lassen Sie's sein. Darum werd ich mich jetzt kümmern.« Ich schaute im Telefonbuch für die Alpes-Maritimes nach Domenicos Adresse – Boulevard Garavan 22 – und bestellte dann einen Wagen, für eine Fahrt nach Menton. »Ich muß fort«, sagte ich zu Bucolo, »um mit Johns Vater zu sprechen.«

»Sie meinen, mit seinem wirklichen Vater? Haben Sie herausgefunden, wer sein wirklicher Vater ist?«

»Was zum Teufel soll das sein, ein wirklicher Vater? Es gibt keine wirklichen Väter, nur juristische. Mit Müttern ist es was anderes, Mütter sind nur allzu wirklich.«

»Also brauche ich gar nicht zu schreiben?«

»Später, viel später!«

Es war ein herrlicher Abend, noch nicht spät, ideal für eine Spazierfahrt an der Küste. Der uniformierte Chauffeur war gesprächig; er gab allem, was er sagte, viel Nachdruck mit seinen massigen Schultern und dem kurzen, dicken Hals. Er war ein Anbeter der reinen Filmkunst, aber darauf gab das Festival von Cannes ja keinen Furz, alles ein Fleischhandel, sehn Sie bloß mal diese Stars, möchten die gern sein, sind sie aber noch nicht mal, was müssen die der Menschheit ihren nackten Bauch aufs Auge drükken, machen doch alle die Beine breit für die dicken arabischen Juden! Wir fuhren durch Monaco, und er geißelte das Fürstentum, weil es sich an menschlichen Schwächen bereicherte; kennen Sie das Buch von dem Dostojewski über das Elend des Spielers, das wäre mal ein großer Film! Schließlich setzte er mich am Boulevard Garavan in Menton ab; Menton, erklärte er mir, hieße bei den Italienern Mentone und würde eigentlich denen gehören. Ob er warten sollte? Ja, sollte er.

Domenicos Wohnung im dritten Stock hätte ich mit verbundenen Augen nicht verfehlen können. Ich mußte hinaufsteigen bis zu einer lauten Komposition aus Vogelstimmen, Glissandi und elektronischen Ostinati und dagegen anklopfen. Die Geräusche verstummten. Domenico machte mir auf. Er sah furchtbar aus. Er war ein alter Mann, ein paar Jahre jünger als ich, aber mir weit voraus in der Gebrechlichkeit. Er trug etwas Schmutzigweißes, wie eine der in den Tropen verfallenden Figuren bei Joseph Conrad, der Bauch war gewaltig, der Kopf vollkommen kahl, und er stützte sich schwer auf zwei dicke Stöcke. Ich hatte ihn seit jenem bösen Abend in der Scala nicht mehr gesehen. Er schien bereit, mich mit einem rechthändigen Krückenstoß abzuwehren.

»Schon gut, Domenico, schon gut«, sagte ich. »Ich komme in Frieden.«

»Ich habe gehört, du bist in Tanger«, knurrte er. »Was machst du denn hier?«

»Cannes, Cannes, Cannes! Da hab ich von deinem Musical gehört, *Ulysses.* Gratuliere! Ich bin sicher, es wird ein Knüller.«

Er hauste nahezu mönchisch in drei Zimmern, von denen das größte allerdings, abgesehen von seinem Klavier, mit einer Maschinerie ausgerüstet war, die mir hinreichend schien, um ein Atom-U-Boot anzutreiben. Das mußten die Klangerzeuger sein. In einem anderen Zimmer waren nur ein Feldbett und Notenpapier. Im Wohnzimmer standen ein Sessel und zwei Leinenstühle von der Art, wie sie die Filmregisseure bei Außenaufnahmen verwenden, kein Teppich, ein Küchentisch mit metallenen Beinen und bunter Synthetikplatte, darauf drei schmutzige Kaffeebecher. Ich warf einen Blick in die Kochnische, die wie eine U-Boot-Kombüse aussah, zu klein für den Küchentisch, mit einem Herd voll angetrocknetem Kaffee und Tomatensoße. Die schöne Abendsonne drängte sich durch die verstaubten Fensterscheiben herein. Domenico setzte sich schwer und mit Schmerzensgrimassen in den Sessel, der ebenfalls alt war und quietschte. »Was ist mit deinen Beinen?« fragte ich.

»Die Arterien verstopfen. Eine Qual die meiste Zeit. Manchmal läßt es nach, aber nicht für lange.«

»Ich weiß, intermittierende Klaudikation. Warum mußt du denn so hier leben? Du kriegst doch gewiß immer noch genug Tantiemen?«

»Die Alimente. Geld nützt nichts, wenn du keine Dienstboten bekommen kannst. Und heutzutage bekommst du keine.«

»Ich bin froh, daß du nun wieder richtige Musik schreiben willst«, sagte ich. Dem Leinenstuhl, auf dem ich saß, war nicht zu trauen. Ich stand auf und setzte mich auf die Kante des Küchentischs. »Ich meine, mit Melodien undsoweiter.«

»Ich habe beim Festival für elektronische Musik in Venedig einen Preis gekriegt«, sagte er finster.

»Aber jetzt sehnst du dich doch wieder nach der großen weiten Welt der musikalisch Gehörlosen?«

»Der *Ulysses* soll ja ein großes Buch sein. Ich weiß noch, wie in Paris damals alle Leute gesagt haben, das ist das Buch des Jahrhunderts. Ich erinnere mich an Joyce, so ein dünner, blinder Mann, meistens betrunken. Ich habe schon mal mit Irving Hamelin zusammengearbeitet. Es war seine Idee, daß ich die Musik machen soll. Du hast mich grad noch vor der Abreise nach New York erwischt.«

»Reisen muß ziemlich mühsam sein für dich?«

»Es gibt Rollstühle auf allen Flughäfen.«

»Du brauchst jemanden, der sich um dich kümmert. Eine Frau zum Beispiel.«

»Ach, du weißt Bescheid? Du weißt, ich hab es versucht. Ich hab am Telefon auf den Knien gelegen, verdammt noch mal!«

»Wahrscheinlich weniger mühsam als im Stehen?« Ein Telefonhalter an der Wand war das einzige Möbelstück in der Diele. »Jetzt hör mir mal zu, Domenico! Hör mal gut zu! Ich muß mit dir über deinen Sohn John oder Gianni reden.«

»Er ist nicht mein Sohn.«

»Bitte, fang doch nicht wieder davon an! Die Vaterschaft ist eine Fiktion. Nach geltendem Recht bist du sein Vater.«

»Wie kann ich nach geltendem Recht sein Vater sein, wenn seine Mutter nach dem gleichen Recht nicht meine Frau ist?«

Ein sehr komplizierter Satz für Domenicos Verhältnisse, ein Zwölftonthema mit mehreren *appoggiature*.

»Du weißt genau, was die Kirche sagt – zum Teufel mit dem weltlichen Recht Amerikas. Du hast einmal geheiratet und nur einmal. Du bist noch immer verheiratet. Und du bist der rechtmäßige Vater von zwei Kindern. Und nun hast du eine bestimmte Vaterpflicht zu erfüllen.«

»Erzähl das mal Orténsia! Von der Pflicht. Ich bin bereit, zurückzukommen. Aber nicht als der Vater der beiden Kinder.«

»Begreifst du denn nicht, du sturer Esel, was ich dir sagen will? Die Kirche sagt, du bist der Vater, und die Kirche hat recht. Und die Pflicht, die du zu erfüllen hast, ist, deiner Frau zu sagen, daß eines von euren Kindern tot ist.«

Er grunzte mich an, die Augen weit aufgerissen; das Weiße

darin sah aus, als ob es gewaschen werden müßte. »Tot? Wer ist tot?«

»Dein Sohn John ist tot. Und seine Frau Laura, deine Schwiegertochter. Ich habe die Nachricht heute bekommen, mitsamt ihrem verwaisten Gepäck. Sie waren in Afrika. Sie sind von Terroristen in der Zwergrepublik Rukwa umgebracht worden. Jemand muß es Johns Mutter sagen. Du weißt, was vor fünfzehn Jahren passiert ist, als diese dumme Gans schreiend mit ihrem Telegramm hereingerannt kam. Jemand muß es ihr behutsam und in Ruhe sagen, ehe irgendein Trottel ihr einen verheerenden Brief schreibt. Einen solchen Trottel hab ich gerade noch davon zurückgehalten.«

»John ist tot?«

»John ist tot. Ich denke, daß es ganz und gar deine Pflicht ist, ihr diese Nachricht zu bringen. Carlo, wenn er für menschliche Belange unterhalb des planetarischen Maßstabs noch ein Interesse hätte, würde ebenso denken. Ich bin nur Hortensens Bruder. Ich habe mit ihr schon genug gelitten. Ich leide auch jetzt mit ihr, im voraus. Aber ihr die Nachricht bringen und mitansehen, wie sie zusammenbricht, das werde ich nicht. Das ist deine Aufgabe.«

»Ich habe Johnny doch kaum gekannt. Ich weiß nicht mal, wie er ausgesehn hat. Er hat seinen Namen geändert. Er hat sich von mir losgesagt.«

»Du hast dich losgesagt, du vermaledeiter Esel! Wann fliegst du denn nach New York?«

»Übermorgen. Es tut mir leid, daß er tot ist, es tut mir um jeden leid, wenn er tot ist. Anna wird es schon wissen. Sie hat immer gewußt, wenn er in der Schule krank war oder irgendwas. Ich habe das gewußt. Sie hat mir eine Zeitlang Briefe geschrieben, ich habe nicht geantwortet. Es kommt davon, weil sie *gemelli* sind.«

»Ja, ich weiß, bei Zwillingen, eine Art außersinnliche Wahrnehmung. Domenico, Hortense und du, ihr werdet wieder zusammenkommen. Sie ist jetzt alleine. Diesmal wird sie nicht nein sagen. Du mußt ihr die Nachricht bringen.«

»Ich will nicht, ich kann nicht! Himmel, was haben wir doch alle für einen Ärger!«

»Ich weiß. Aber besser, man hat den Ärger und ist nicht allein. Alleinsein ist die Hölle. Ich bin mein Leben lang allein gewesen. Als Carlo sich für die Einsamkeit entschieden hat, da hab ich gewußt, was ich schon immer vermutet hatte. Daß er nicht menschlich war – oder vielmehr ist. So, wie wenn er sich für die Hölle entschieden hätte.«

»Es ist auch die Hölle. Carlo hat gemeint, wir haben ihn alle enttäuscht. Weil wir bloß Menschen sind.« Dann fragte er: »Wie ist Johnny umgekommen?«

»Ganz einfach. Durch einen Aufenthalt im großen dreckigen Schwarzen Erdteil. Ein Erdteil, wo der weiße Mann sterben muß. Die weiße Frau auch. Ihr hab ich noch die Reise bezahlt. Aber ich mache mir keine Vorwürfe, überhaupt keine. Wegen guter Absichten darf man sich nie Vorwürfe machen.«

»Meine Absichten waren auch gut«, sagte Domenico, »mit unserer Nikolaus-Oper. Ich meine, ich meine, Gott ist so ein Schweinehund. Und ob er einer ist!« Seine Augen begannen sich jetzt von selbst zu waschen. Ich konnte sehn, daß er sich selbst jetzt als einen heiligen Nikolaus sah, wo doch ganz Hollywood Nick zu ihm gesagt hatte, Nikolaus mit einem toten Kind im Arm. Er wischte sich mit dem Ärmel die Tränen ab und sagte: »Ich versteh jetzt, was du meinst, wenn du sagst, es ist meine Aufgabe. Es ist ganz schön viel verlangt.«

»Niemand anders kann es ihr sagen, Domenico.«

»Da hast du recht.« Dann sagte er: »Diese Wohnung in New York, die gehört doch dir, nicht? Es gibt doch Sachen, die ein Mann nicht tun kann. Ich werde mich umsehn müssen.«

»Ach, red keinen Quatsch!« sagte ich, wie Hortense gesagt hätte. »Wenn ich sie ihr gegeben habe, heißt das, ich hab sie euch beiden gegeben. Ein Fleisch, wie man sagt.«

»Das nicht mehr«, sagte er. »Damit ist es aus. Sonst könnte ich gar nicht dran denken, noch mal von vorn anzufangen. Der Sex«, sagte er, »ist so verflucht lästig. Gottseidank hab ich das hinter mir.«

Ich fuhr zurück nach Cannes. Bucolo war fort und hatte alles Gepäck mitgenommen. Er hatte mir einen Zettel dagelassen: »Ich habe die Briefe alle wieder zerrissen, aber sie zu schreiben hat mich sehr erleichtert. Ich fliege mit der Abendmaschine nach Paris. Professor Lévi-Strauss hält an der Sorbonne einen Vortrag über Inzest und Rätsel. Den will ich mir anhören; dann will ich einen saufen, daß man mich in die Maschine nach New York tragen muß. Es Johns Mutter zu sagen, überlaß ich Ihnen. Danke für die Unterbringung. Der Tee hat mir sehr gutgetan.«

Die letzten Sitzungen der Jury wurden sehr giftig. Das russische

Kriegsepos bekam immer wieder nur zwei Stimmen – von der Genossin Lazurkina und von Monsieur Brochier. Eine Nachricht kam durch, die besagte, wenn der algerische Beitrag *Feu et fer* nicht den Preis für den besten Film bekäme, würde im Festspielhaus eine Bombe hochgehn. Es gab viel feuriges Geschwätz über Ehre und Unparteilichkeit. Monsieur Brochier fand noch viele Sünden in meinem Register und verbündete sich mit seinen journalistischen *confrères* zu einer Anklage gegen das von mir personifizierte perfide und päderastische Albion. Den Preis für den besten Film bekam der jugoslawische Beitrag, der niemandem in der ganzen Jury gefallen hatte. Der beste Regisseur wurde der von *Feu et fer,* einer widerlichen Schlamperei. Der beste Kurzfilm wurde der technisch ahnungslose sowjetische Zeichentrickfilm *Schtopor* – vielleicht reichte das aus, damit die Genossin Lazurkina mit einer milderen Strafe davonkäme: öffentliche Bloßstellung und Ausstoßung aus der zuständigen Gewerkschaft. Beim Schlußbankett machte ich einen schwächlichen Versuch, Monsieur Brochier zu ohrfeigen, und wurde begeistert fotografiert. Monsieur Brochier packte mein schwächliches Handgelenk und lästerte. »*Voyez le sportsman!*« sagte er. »*Le gentleman! Le fair play! Vous êtes tous foutus. Tous!*«

73

Der Broadway-Premiere für die *Blooms aus Dublin* gingen lauwarm aufgenommene Probeaufführungen in Toronto, Boston und Philadelphia voraus. Am Buch und an den Liedern wurde während dieser Provinztournee hektisch herumgeflickt, wie wenn ein Flugzeug in der Luft repariert wird. Was der Romanvorlage fehlte, war Handlung; diese mußte man dem Stück kaltblütig einimpfen wie Adrenalin. Der Engländer Haines lief mit einem Revolver herum, in der Absicht, Stephen Dedalus zu erschießen, den er mit dem schwarzen Panther aus seinen Träumen identifiziert. Bei Barney Kiernan wurde für Leopold Bloom ein Strick zum Aufhängen bereitgemacht. In der Bordellszene gab es einen Kopulationschor der Betrunkenen und der Dirnen. Die Lieder, fand ich, waren gut: Domenicos italienischer Schmelz machte sich nicht übel in einer Umgebung, wo man schlechte italienische Opernmusik anbetete. In der ersten Szene führte Buck Mulligan (gespielt von Roy Hahn) einen griechischen Tanz auf und sang *Hellenisiert unsre Insel:*

Macht die öde Nekropolis
Zu 'ner Weltstadt, wo's uns wohl ist.
An die Grüfte bringt den Toten
Liebesfeste, Schwoof und Zoten,
Bringt ein großes Faß Benzin
Für Sankt Joseph und Marien.
Bechert Ouzo, dann ist *finis*
Für die Firma Arthur Guinness,
Sündigt kreuzweis, Mann und Frau,
Unterm Himmel heidnisch blau!

Stephen, gespielt von dem glänzenden jungen Tenor Tony Haas, sang eine beißende Mutterhymne:

Mutter Irland,
Wie viele Läuse fängst du im Kamm?
Liebliches Schandmaul voll Überschwang,
Ursau, die ihre Jungen verschlang,
Mein Herz, das hast du – mehr ist nicht zu holen.
Nun bleib mir in Gottes Namen gestohlen!

Während der ersten Szene im Martello-Turm kommt Mr. Deasy herein, um bekanntzugeben, daß heute die Schule ausfällt, und den Untergang des britischen Empire zu weissagen:

In England haben die Juden das Sagen,
Die werden vom Adel auf Händen getragen.
Bei Rothschild, Grünspan und Teitelbaum schnorrt
Jeder dritte Oberhauslord.
Sie füttern die Jugend mit Sex aus der Zeitung,
Denn darin dulden sie keine Beschneidung.
Bei Hofe behandelt wie rohe Eier
Kassieren sie nächstens das ganze Empire.

Und dann, nach seinem Abgangsspruch, daß man in Irland die Juden niemals verfolgt, weil man sie nämlich gar nicht erst hereingelassen habe, wurden die Lichter für einen Augenblick abgeblendet. Als sie wieder angehn, steht der große Alon Schemen als Bloom auf der Bühne und gibt singend das Datum bekannt:

Mich wundert,
Was steht heute noch vor der Tür?
Ach, das werden wir
Schon überstehn,
Diesen sechzehnten Juni
Neunzehnhundert-
Undvier.

Molly Bloom, die gelernte Sopranistin, gespielt von der üppigen Gloria Fischbein, ihrerseits eine gelernte Sopranistin, singt im Bette liegend ein Duett mit ihrer eigenen Schallplattenstimme, eine Art Kontrapunkt zum *Love's Old Sweet Song* und:

Heute nachmittag, sagt er, kommt er um viere,
Summt in sein Bärtchen und steht vor der Türe.

Wozu später Bloom seinen kontrapunktischen Bariton-Kommentar über Boylan Boylan Blazes Boylan hinzugibt. In der Zeitungsredaktion hat Schemen einen prächtigen langen gesungenen Monolog über die Leiden des jüdischen Volkes – *Wandern, wandern* –, und dann, mitten in einer Tagträumerei an der Nelsonsäule singt er den Schlager des Abends:

Blume du vom Berge,
Krone des Head of Howth,
So hab ich dich einmal genannt.
Hochsommertag,
Liebeslenztag,
Wann kehrst du jemals wieder?

Das Bühnenbild, zumeist Leinwandprospekte nach Photographien vom Dublin der Jahrhundertwende, war von Hortense Campanati. Bei dieser Premiere im Palace Theatre war sie mit ihrem Gatten anwesend – eine schlanke, elegante Frau Anfang sechzig, mit der Augenklappe, die nun als vollwertiges Accessoire in die Abendtoilette integriert war – an diesem Abend ein Wurf Brillanten auf schwarzem Samtgrund, mit unbekümmert bläulich getöntem grauem Haar, das darüber hinabfiel. Sie saß in der hinteren Reihe der Logen, gleich am Mittelgang. Im Gang selbst, in einem Rollstuhl, den sie eigenhändig ins Theater geschoben hatte, saß

Domenico Campanati. Ob sie wohl beide, fragte ich mich, durch diese musikalische Bearbeitung eines, um vollkommen ehrlich zu sein, vollkommen ungefügen Meisterwerkes der Literatur in die gute alte Zeit der Avantgarde zurückversetzt wurden, in die Zeit der Jugend und der Hoffnung in Paris?

Als im ersten Akt George Russell einmal kurz auftrat, mit einer Nummer seines Schweinejournals, wurde ich lebhaft an das Ereignis erinnert, durch das an jenem Tag in Dublin einem Jungen seine geschlechtliche Wesensart aufgezeigt worden war. Der *Ulysses* hatte Russell ein Alibi verschafft, das sich durch keine Berufung auf historische Umstände mehr angreifen ließ. Als mit dem Kukkuckslied, das Blooms Schande ohrenbetäubend in die Welt hinausschmetterte, unter Applaus der Vorhang niederging, mußte ich, in mich hineingrinsend, daran denken, wie sich die Zeiten geändert hatten und wie ich auch etwas damit zu tun gehabt hatte, sie zu ändern. Inzwischen war es möglich geworden, daß man im *Joyce Newsletter* oder irgend so einem Blatt einen Artikel über die schadhafte Historizität dieses Romans veröffentlichte, mit Nennung der Gründe, warum Russell zum von Joyce angegebenen Zeitpunkt nicht in der Nationalbibliothek gewesen sein konnte. Als ich ins Foyer trat, sah ich Herrn Professor Breslow, den Gatten meiner Nichte, und sagte zu ihm:

»Ich war an diesem denkwürdigen Tag in Dublin und verlor im Dolphin-Hotel meine Unschuld. Ich muß Ihnen die Geschichte gelegentlich mal erzählen.«

»O ja!« Aber er war nicht wirklich interessiert. »Ich hätte nie gedacht«, sagte er mit gelehrtem Mißmut, »daß man's fertigbringen würde, eine Volksbelustigung daraus zu machen.«

»Sie haben recht. Man mußte ja erst mal einen echten Roman daraus machen, mit Handlung und Motivation. Der *Ulysses* mag ja ein großes Buch sein, aber ein Roman ist er nicht.«

»Nächstens macht man sowas noch mit dem *Zauberberg*. Oder mit einem der Meisterwerke von Strehler!«

»Strehler hätte nichts dagegen gehabt.«

»Oder mit *Der Schloss!*«

»Das gibt es schon«, log ich. »Eine sehr flotte Broadway-Version. Hab ich in West-Berlin gesehen.«

»Glaub ich nicht. Sollen wir einen trinken gehn?« Fast unmittelbar neben dem Theater war eine kleine Kneipe. Wir drängten uns hinein, und ich bestellte automatisch zwei Guinness. »Warum ist denn Ann nicht mitgekommen?« fragte ich. »Ich hätte gedacht, sie geht gern ins Theater, wenn es was Leichteres gibt.«

»Ann«, sagte er mit Bierschaum an den Lippen, »geht es gar nicht gut. Sie hat nach ihrer Hysterektomie Anfälle von suizidaler Depression gehabt. Es geht ihr gar nicht gut. Sie wird im Hedley-Krankenhaus mit Elektroschocks behandelt.«

»Das hab ich nicht gewußt. Ich habe lange nichts von euch gehört.«

»Erst mal der Tod ihres Bruders. Das hat sie doch mehr mitgenommen, als ich gedacht hätte. Die beiden standen sich doch nie sehr nahe. Außer insofern, als sie Zwillinge waren.«

»Ich weiß. Zwillingsempathie.«

»Und dann kam die Sache mit Eve. Darüber ist sie sehr hart geworden, sehr schrill.« Eine seltsame, eine literaturwissenschaftliche Wortwahl. ›Sehr viktorianisch!‹

»Was denn für eine Sache?«

»Hat Ihnen denn niemand etwas davon geschrieben?«

»Ich war auf Reisen«, entschuldigte ich mich. »Die Post ist nicht nachgekommen. Heute morgen erst bin ich von Kopenhagen nach New York geflogen. Ich bin gleich von Idlewild ins Algonquin gefahren, und dann gleich vom Algonquin ins Theater. Morgen muß ich nach Los Angeles fliegen. Sie sehn, wie's ist.«

»Nach Los Angeles?« sagte er bitter. »Dann könnten Sie Eve doch besuchen. Sagen Sie ihr, ich will, daß sie zurückkommt. Ihre Mutter will's vielleicht nicht, aber ich. Sie soll zurückkommen, mitsamt Baby.«

»Könnten Sie bitte beim Anfang anfangen?«

»Eve hat ein Baby«, sagte er. »Unehelich, klar! Aber wir haben ja diese herrliche neue Zeit, wo jedermann gut ist, und alles ist moralisch und natürlich, und niemandem kann man was vorwerfen. Ich war tolerant. Annie war's nicht und ist es auch jetzt noch nicht. Sie hat getobt wie ein gekränkter Vater im vorigen Jahrhundert, überhaupt nicht wie eine Mutter. Ohne alles Mitgefühl. Schön, die Kleine war blöd, aber das sind die Kinder doch alle heutzutage. Sie hat in einem öffentlichen Krankenhaus entbunden, irgendwo in der Bronx. Der Vater war auch aus der Bronx. Das ist alles, was wir über den wissen. Im Cliffside Park in New Jersey ist ein großes Rock-Festival gewesen. Kopulierende Teenager. Dabei ist es wohl passiert. Oder nachher, denn dann kamen noch ein paar sorglose Nächte in einem leerstehenden Mietshaus in der Bronx. Eine sechzehnjährige

Göre, Gott sei uns gnädig, und die besteht darauf, sie hat ein Recht auf uneheliche Mutterschaft! Jetzt ist sie mit ihrem Belial, so heißt der Kleine, ab nach Kalifornien. Im Redfern Valley. Sie hat sich den Kindern Gottes angeschlossen.«

»Sagen Sie das nicht alles noch mal. Sagen Sie nur noch mal, wie nennt sie den Kleinen?«

»Belial. Und den Namen hat sie nicht aus dem *Paradise Lost.* So nennt man eben die Kinder heute, manche heißen auch Beelzebub oder Mephisto. Die neuen Freiheiten!«

»Wer sind denn diese Kinder Gottes?«

»Das ist so ein Evangelist, God Manning, wie er sich nennt. Der leitet eine große geschlossene Religionsgemeinschaft. Die Kinder Gottes. In einem früheren Armeelager. Da pflügen sie jetzt den Boden, halten Schweine und Kühe und halten sich von den Gefahren der modernen Welt fern.«

»God von Godfrey! Den Namen hab ich schon gehört.«

»Wir haben einen Brief von ihr bekommen, darin schreibt sie, sie hätte nun endlich die Religion gefunden. Ich hätte nie gedacht, daß sie auf *dem* Wege dahin käme. Ich hätte nie gedacht, daß sie mal auf *die* Art Religion käme.«

»Die Leute gehn schon wieder zurück. Ich glaube, Ihnen wird nicht danach sein, auch wieder hineinzugehn. Bei all Ihren Sorgen nun auch noch eine Travestie des *Ulysses*!«

»Ich muß es bis zu Ende ansehn. Den *Ulysses* machen wir dies Semester. Einen Joyce-Proust-Mann-Kurs. Ich muß erklären können, warum man kein Musical draus machen kann.«

»Aber, mein Gott, die haben eins draus gemacht!«

»Es geht nicht.«

Breslow saß oben auf der Galerie, ich in einer der Orchesterlogen. Auf dem Wege dorthin blieb ich stehn, um ein paar Begrüßungsworte und Glückwünsche an Hortense und Domenico Campanati zu richten. Die beiden schienen ihre Plätze während der Pause nicht verlassen zu haben. Sie hielten beinah leere Gläser in den Händen. Jemand mußte ihnen etwas zu trinken gebracht haben. Ich grüßte und gratulierte. Sie waren höflich und auch nicht unfreundlich, betrugen sich aber gar nicht wie meine Schwester und mein Schwager. Es war vielleicht nötig für die beiden, daß sie ihr neuhergestelltes Verhältnis wie kostbares Porzellan vor der stürmischen Gewalttätigkeit der Fifth Avenue bewahrten, indem sie sich von allen Bekannten aus ihrer Trennungszeit fernhielten. »Es tut mir leid«, sagte ich, »was ich da von dem armen Evchen hören mußte.«

»Ein abscheuliches Kind!« sagte Hortense.

»Also nochmal meinen Glückwunsch!« Wir machten alle, so gut es ging, eine Verbeugung.

Der zweite Akt begann in der Entbindungsklinik in der Holles Street, wo Bloom und Stephen sich zum ersten Mal begegneten, unter den Medizinstudenten, die über die Fruchtbarkeit lästern. Stephen, der bullenbefreundende Barde, wie er geheißen wird, weil er Mr. Deasys Brief über eine Behandlungsmethode für eine Rinderkrankheit in der Abendzeitung untergebracht hat, und Bloom, der Familienvater, bekennen gleichermaßen ihre Verehrung für die Fruchtbarkeit der Sonnenstiere. Aber ein Verhütungschor von Studenten mit Stöckchen und Strohhüten singt dagegen an:

Alle Völker woll'n wir lehren:
Paart euch, ohne euch zu mehren!
Warum soll'n wir unsre Häuser
Statt mit Scharen schrei'nder Gören
Nicht mit Hunden füll'n und Katzen,
Papagein und Teddybären?
Pedicatio und Fellatio
Jeder Abart komm' zu Ehren,
Selbst die große wahre Liebe
Kann den Uterus entbehren.
Eva muß nicht Kain gebären,
Adams Glück wird ewig währen.

Dann kommt Buck Mulligan herein, regendurchnäßt, gefolgt von Haines mit dem Revolver. Bloom entwaffnet ihn. Stephen auf der Flucht durchs Dubliner Nachtleben, gefolgt von Bloom. Nun kommt die große phantasmagorische Szene, in der das Unbewußte bloßliegt. Der Chor hat viel zu tun, Stephens Mutter japst aus dem Grabe, Stephen zerschlägt den Kronleuchter mit seinem Eschenstock; dann türmt er und wird von den Tommies verdroschen. Bloom beugt sich fürsorglich über ihn und glaubt seinen kleinen toten Rudy zu sehen. Tränen im Publikum wie bei einem Rührstück.

Bloom und Stephen am Unterstand für die Droschkenkutscher, der grölende Murphy, ein Tenor- und Baritonduett, bevor sie sich trennen, mit dem Versprechen, daß sie sich wiedersehn wollen. Das Duett beruht allein auf den Worten: »Der Himmelsbaum der Sterne, behangen mit feuchter, nachtblauer Frucht.« Dann kommt Mollys Schlußszene, ein Virtuosenstück über fünfundzwanzig Minuten. Das Publikum hatte eine Perspektive wie durch ein Loch in der Wand ihres Schlafzimmers in der Eccles Street, so daß Bett und Fußboden erhöht wirkten. Es war ein Blick vom Mond auf die Urmutter Gäa Tellus. Molly sang, hielt ihren Monolog und endete mit einer Flamenco-Reminiszenz an Gibraltar und ihre Jugendliebe, an den Kuß unter dem maurischen Wall, der mit einem anderen Kuß auf einem Berg bei Dublin verschmolz. Reprise:

Blume du vom Berge,
Krone des Head of Howth,
So hast du mich einmal genannt.
Hochsommertag,
Liebeslenztag,
Wann kehrst du jemals wieder?
Wann kehrst du jemals wieder?

Und dann die Koda mit dem *Ja,* ein anschwellender, dann verebbender C-Dur-Akkord, mit dem letzten *Ja!* als einem vernehmlichen Flüstern. Vorhang, Applaus, viel Applaus. Mein Gott, dachte ich, wenn die New Yorker Kritiker es nicht in die Pfanne haun, kann es sogar laufen.

Beim Hinausgehen traf ich Breslow. »So geht's nicht«, sagte er, »weil es nicht gehn kann.« Er war sehr deprimiert, ein Bloom, nachdem man seiner Frau die Gebärmutter rausgeschnitten und ihm in Mullingar die Tochter geschwängert hatte.

»Kommen Sie mit ins Algonquin«, sagte ich mitleidig. »Trinken wir noch schnell einen in der Blue Bar!«

Wir gingen zur 44. Straße auf der Westseite, nur ein paar Häuserblocks weiter. Eine Menge krakeelender Afroamerikaner waren unterwegs. Ich hatte eine stupide Vision: Carlo, mit seinen dicken Armen die unschuldig-menschliche Gewalt segnend, aus einem erleuchteten Fenster, vierzig Stock hoch. Höllischer Rauch kräuselte sich aus den Lüftungsgittern. Rote und gelbe Lichter im Wechsel flackerten auf den frohen Gesichtern voll zweckfreier Bösartigkeit. In der Bar bestellten wir Scotch auf Gletschern.

»Was ist mit dieser Gebärmutteroperation?« fragte ich.

»Da hat sie etwas gehabt, ein Gewächs, bösartig, Sie wissen schon.«

»Eine maligne Geschwulst?«

»Ist da ein Unterschied?«

»Wissen Sie was«, sagte ich, »ich muß nach Kalifornien, um einen Film nach einem meiner ersten Romane zu sehen. Über Sokrates. Ich werde Eve besuchen. Wo ist denn dieses Lager?«

»Redfern Valley, etwa fünfzig Kilometer vor Los Angeles. Aber die lassen Sie nicht rein. Ich weiß es, hab es schon versucht.«

»Aber, Herrgott, man wird doch die eigene Tochter sehn dürfen!«

»Was Sie von denen zu hören bekommen, ist nur, daß niemand mit Ihnen sprechen will. Alles warm umschlungen in Liebe von God Manning, Jesus oder sonstwem. Keine Ansteckung durch die böse Außenwelt. Ich bekam nur einen Zettel, wo drauf stand: *Geh weg Papa mir geht es gut.* Eves Handschrift war es. Was zum Teufel konnte ich tun?«

»Die Polizei holen. Das FBI einschalten oder den Gouverneur von Kalifornien.«

»Wahnsinn! Das ist ein Privatgrundstück, da kommt man nicht rein. Das wäre denen nur recht, wenn die Polizei das versuchen wollte. Sie würden das propagandistisch ausschlachten, wie der gottlose Staat sie verfolgt. Sie haben ihren eigenen Rundfunksender.«

»Lassen sie niemals Presseleute hinein?«

»Manning hat nichts gegen Publizität, wenn er alles vorsortieren kann. Sie meinen, Sie könnten's als Pressemann versuchen?«

»Als Vertreter der Londoner *Times*.« Ich hatte mich entschlossen. »Ich kenne Kilduff vom Washingtoner Büro. Der könnte das für mich arrangieren. Ich nehme an, die Brüder haben Telefon?«

»Ja, ich bin schon mal zu ihnen durchgekommen. Sie haben ein Mädchen an den Apparat geholt. Die Stimme klang nicht wie Eve. Aber was sie gesagt hat, war dasselbe. *Geh weg, ich bin selig in der Liebe des Herrn.* Die Londoner *Times*«, sagte er, »hat einen mächtigen Ruf. Es könnte klappen.«

»Wissen Sie, mir tut das alles furchtbar leid.«

»Hören Sie«, sagte Breslow ingrimmig, »ich hab's doch immer gesagt, die Religion ist gefährlich. Man weiß einfach nicht, auf was man sich einläßt, wenn man den Sender GOTT anschaltet. Und jetzt kommt euer Papst und erzählt den Leuten, wie herrlich klar das alles ist, Gott hier und der Teufel da, und der Teufel riecht nicht nach Rosen und haut jaulend ab, wenn man das Kreuz schlägt. Ich bin Jude und weiß, daß alles nicht so einfach ist. Wenn Jehova existiert, ist er schizophren. Liebender Vater, der Schweinehund! Aber ich glaube nicht, daß er existiert.«

Ich schaute ihn an, und beinah hätte ich gesagt: Da stehn Sie, Herr Professor der vergleichenden Literaturwissenschaft, und trotz all der gescheiten Bücher voller Erzählebenen und Bedeutungsschichten, über die Sie andere belehren wollen, sind Sie in eine Situation geraten wie in einem sehr schlichten, einfältigen Melodram: Die halbwüchsige Tochter zur unverheirateten Mutter gemacht, die Gattin niedergeschmettert von der Schande und Sie selbst als der tiefbekümmerte Vater. Hängen Sie die vergleichende Literaturwissenschaft an den Nagel, sie taugt nicht für Ihr Leben, lesen Sie lieber die unseriösen Werke des Kenneth M. Toomey, die geben Ihnen reines Melodram, voller verirrter Söhne und Töchter, voller Eltern mit gebrochenem Herzen. Aber das sagte ich nicht, sondern ich sagte: »Ich werde gleich mal Kilduff anrufen.« Breslow nickte stumpf, trank sein Glas leer und ging hinaus, um es mit der Hölle der Straßen und der U-Bahn aufzunehmen. Ich ging hinauf in meine kleine Suite und rief Kilduff an. Er war zuhause und noch auf. Mit meinem Vorschlag war er einverstanden.

Der Ort, wo ich am nächsten Tag hinflog, war das Küstenstädtchen San Jaime, fast auf halber Strecke zwischen Piedras Blancas und Santa Cruz. Um dorthin zu gelangen, mußte ich von Los Angeles in einer zwölfsitzigen Maschine einer Küstenfluggesellschaft weiterfliegen. Für den Namen der Stadt, wie auch für den von Los Angeles, gab es zwei Aussprachen; der Pilot sagte Sinjeemi. Eine gleichnamige Figur bei Shakespeare fiel mir ein, deren Worte auf meine Situation paßten: Beim Sackerment, eh meine Augen heute Schlummer finden, hab ich 'nen guten Dienst getan, sonst mag die Erd mich an sich nehmen! Was sich aber erst auf den morgigen Tag bezog, nicht auf heute. Heute stand mir der Film bevor, mit dem ein wenig an Ibsensche Sozialdramatik anklingenden Titel *Ein Jugendverderber,* und hier auf dem kleinen Flughafen stand Sidney Labrick, der Produzent und Regisseur, eine saturnisch-dunkle Erscheinung mit graugespenkeltem Bart, und neben ihm Geoffrey Enright, der nun in mein Leben eintrat. Geoffrey Enright gab sich sofort, die amerikanische Redeweise parodierend, als Engländer zu erkennen:

»Na, da isser ja höchstselbst, Jott segn'ihn und beschütz uns, und kein Tag älter als siebzig sieht er aus, und in einer *Hochform*, bei Jott, Sir, und sexy noch obendrein!«

»Geoffrey«, sagte Labrick in korrektem Amerikanisch, »hat mir assistiert.« Er blickte ihn kühl an, die Augen gegen den Seewind zusammengekniffen. »Assistiert, so nennt *er* das wenigstens.«

Das Städtchen, in das wir in Labricks Studebaker nun einfuhren, war – und ist noch heute – eine Kolonie von männlichen Homosexuellen. Der rechtschaffene Leser wird dies als gar zu unwahrscheinlich ansehen, sogar für einen Roman, aber ich schreibe die reine Wahrheit. Kalifornien war schon immer berühmt für seine Exzesse, Exzesse der Originalität oder Exzesse einer auf die kartesianische Spitze getriebenen Logik. Allerdings hatte kein kalifornisches Gesetz vorgeschrieben, daß man dieses Städtchen zu einer männlich-homosexuellen Enklave machen müßte: Es war allmählich dazu geworden, weil die Heterosexuellen stillschweigend auszogen, so wie die Weißen aus den Vierteln der wohlhabenden Schwarzen im New Yorker Stadtteil Queens, nur daß hier die schwarzen *und* die weißen Heterosexuellen verschwanden, und ebenso die Lesbierinnen, ob schwarz oder weiß. Sogar die Polizeitruppe war homosexuell und natürlich auch der Bürgermeister. Nicht eine Frau war zu sehen. Als man mir mein Zimmer im Holiday Inn zeigte, war ein blonder Jüngling mit rüschenbesetzter orangener Schürze noch am Staubsaugen. »Oh, *müßt* ihr jetzt schon kommen!« sang er. »Wir sind ein bißchen spät dran heute. Sieht ja noch aus hier wie bei Hempels unterm Bett.« Epheben seines Schlages waren aber nun seltener als früher. Die meisten seiner Mitbürger, soweit ich sie auf den Straßen des Städtchens gesehn hatte, waren rauhbeinige Muskelprotzen in Cowboytrachten. Ich stellte meine Koffer ab, und wir gingen an die Bar, wo wir Ramos-Fizz tranken. Der Barmann war schwarz, rauhbeinig und reizend. »Was der für ein *Ding* hat, mein Lieber!« flüsterte Geoffrey mir zu. »Da kann er für zehn Dollar Münzen drauflegen, und wenn's ihm kommt, sausen die los, das ist wie ein Erdbeben.«

»Sie wissen«, sagte Labrick, »wie die Lage ist. Dieser Film wird bei dem heute geltenden Recht nie eine öffentliche Vorführung erleben. Das Recht wird sich ändern, es ändert sich jetzt schon, im

Anschluß an die Änderungen der Moral, hinter denen die Gesetze immer etwas nachhinken. Meiner Rechnung nach dauert es noch etwa sieben Jahre, bis wir die permissive Gesellschaft haben.« Den Ausdruck hörte ich zum ersten Mal.

»Schön, wie der redet«, sagte Geoffrey, sehr dicht bei mir. »Wie ein Zionär!«

»Wie ein was?«

»Zionär – den Dick laß ich immer draußen.« Er mimte komische Entrüstung über einen imaginären offenen Hosenladen. Ein sehr amüsanter junger Mann. Seine Kleidung war eine Parodie konservativ-britischer Eleganz: dunkler wollener Anzug, schmaler, leicht abstehender Kragen, blaue Krawatte mit phalloiden Motiven in Gold. Damals hatte er noch kein Fett angesetzt, aber sein Haar, von der Farbe und dem matten Glanz brauner Schuhwichse, wurde schon dünner.

»Ich verstehe Sie nicht ganz«, sagte ich zu Labrick. »Warum sollte der Film keine öffentliche Vorführung erleben? Leben und Sterben des Sokrates – daran ist doch nichts, was verboten werden könnte?«

»Ah«, sagte Geoffrey, »aber daran, was Sidney draus gemacht hat. Die *Liebe* hat er aufgepäppelt, nicht, Sidney?«

»Die Geschichte«, sagte Labrick, »ist gegen Sokrates ungerecht gewesen. Ebenso vermutlich wie gegen Christus. Die Geschichte wird eben meistens von Heterosexuellen geschrieben.«

»Also das Drehbuch ist von Val Wrigley«, sagte ich. »Ich sehe den Zusammenhang. Zwischen Sokrates und Christus, mein' ich. Ich frage mich, ob ich Ihnen die Rechte an dem Buch hätte verkaufen dürfen.«

»Von dem Buch ist nicht viel übriggeblieben. Wir mußten ein Buch kaufen, unseren Geldgebern zuliebe. Ich habe denen gesagt, der Stoff ist doch Allgemeingut. Aber nein, die haben gesagt, ich muß ein Buch kaufen.«

Geoffrey schaute mich an wie ein durch die Bildungslücken seines Schülers schockierter Oberlehrer. »Aber mein Bester«, sagte er, »*Sie* sind doch derjenige, in dem wir den großen Hosenöffner verehren! Diese *furchtlose* Erklärung, das wird Ihnen doch keiner von uns je vergessen!«

»Ich will nur sagen, in meinem Buch ist Sokrates einfach ein Philosoph. Die Sache mit seiner Päderastie wird kaum erwähnt.«

»Sie haben das Buch vor langer Zeit geschrieben«, sagte Labrick. »Jedenfalls, urteilen Sie lieber nicht, ehe Sie's nicht gesehn haben! Und denken Sie dran, Sie machen dabei Punkte! Dieser Film wird in sehr breitem Maßstab privat vorgeführt werden. Mit privat meine ich richtige Kinos, die von Klubs gemietet sind. Wenn das permissive Zeitalter da ist, wird er allgemein als ein Meilenstein anerkannt werden.«

»Val Wrigley«, sagte Geoffrey, »nach dem, was ich gehört habe, waren Sie und er einmal, ähem–« Er japste ein wenig, in der Henry-James-Manier, bevor er das Wort ausstieß. *»–Spießgesellen?«*

»Im Ersten Weltkrieg«, sagte ich. »Liegt fast so lange zurück wie das Buch. Ist er hier?«

»So könnte man's nennen«, sagte Geoffrey. »Aber er ist sehr, sehr« – in einem Ton, der merken ließ, daß behutsamste Ausdrücke geboten waren – »alt.«

»Er ist jünger als ich.«

»Ach, aber die Zeit, unser aller Feind, hat ihn nicht verschont. Sie dagegen, Sie hat sie richtig *verhätschelt.* Trotzdem, in seiner Robe sieht er sehr vornehm und ehrwürdig aus.«

»O Jesus, ist er etwa ein autokephaler Erzbischof?«

»Sie werden ihn heute nachmittag sehn, wenn Sie kommen.« Natürlich gab er dem letzten Wort einen Beiklang, als spräche er von einer Ejakulation. »Sie sind herzlich eingeladen zu einem heilig matrimonialen, oder sollte man sagen, patrimonialen Gelage, eine schöne christliche Hochzeit, mit Schampus in Strömen nachher im prächtigen Wohnsitz des jungen Paares. Evelyn und William sind beide gutbetucht, oder sollte man sagen, wohlbefeuchtet? Feucht wird es jedenfalls auch.«

»Gehn wir essen!« sagte Labrick.

74

Also ließ ich mich am Nachmittag zur Trauung der zwei jungen Männer in der Kirche Johannis des Lieblingsjüngers mitnehmen. Gleich zwei oder drei autokephale Erzbischöfe schienen zu amtieren, aber Val Wrigley, sehr knurrig und autoritär, war entschieden der oberste. Die Form des Gottesdienstes interessierte mich. William wurde gefragt, ob er Evelyn im Angesicht Gottes zu seinem ehelichen Gemahl nehmen wolle, und dann wurde gleichlautend Evelyn gefragt, ob er im gleichen Sinne und in gleicher Bewandtnis den William nehmen wolle. Beide antworteten mit Cowboystimme: *Ja, will ich!* Alle Leute in der mit Bergen von Lilien geschmückten Kirche waren sehr gut gekleidet, und bei den Sentimentalen und Labilen sah man Tränen. Die Orgel spielte ein Lied namens *Gelobe mir* und, aus unerfindlichen Gründen, Debussys *Clair de lune.* Ich bebte vor gemischten Gefühlen, als der Erzbischof Wrigley ein langes Stück aus meiner abartigen Schöpfungsgeschichte verlas, die einst in beschränkter Auflage bei der Black Sun Press in Paris erschienen war und nun offenbar zum Kanon der internationalen homosexuellen Folklore gehörte. Geoffrey, der neben mir saß, fragte besorgt: »Alles in Ordnung, mein Guter? Das scheint Ihnen aber nahezugehn!«

»Ich habe das doch geschrieben«, sagte ich. Geoffrey sagte: »Ich glaube doch, jemand wird sehr gut auf Sie aufpassen müssen. Meinen Sie, daß es mir in Tanger gefallen wird?«

»Ich habe das geschrieben, sag ich Ihnen! Es ist lange her, aber ich hab es geschrieben.«

»Das müßte aber schon ein bißchen *sehr* lange her sein, nicht, mein Guter?« Shakespeare hatte mit Mühe und Not einmal seinen Namen in die englische Bibel eingeschmuggelt (46. Psalm), und einer wie ich wollte gleich ein ganzes Buch davon selber geschrieben haben. Ich sagte nichts mehr. Die Gemeinde stimmte einen Schlußgesang an, zur Melodie eines alten protestantischen Kirchenliedes, aber mit einem Text, der vermutlich von dem amtierenden autokephalen Erzbischof stammte:

O Herr, du schufst uns, wie wir sind,
   Und deiner Lieb zum Bilde.
Regiere uns mit Sonn und Wind
   Nach deiner Gnad und Milde.

Die Liebe, von Vermehrungsfron
   Entbunden, für dich zeuget;
Ein warmes Lied von goldnem Ton
   Zu deinen Ohren steiget.

In dir wird unser Lieben all
   Sich bald zum Kreise schließen,
Wenn wir in deinem Arm den Schwall
   Ewiger Lust ergießen.

Geoffrey ließ das Amen zu einem langausgehaltenen Diskant ansteigen, um die Dauer des göttlichen Ergusses zu bezeichnen. Dann verließen wir die Kirche, er mit der Hand an meinem Ellbogen, und gingen zu dem Empfang in dem schönen Haus in der Alfred Douglas Avenue. Unter dem Einfluß des Champagners gab es viel Zirkus und Getue, und ich schaute säuerlich zu. Geoffrey merkte es und sagte:

»Ich versteh Sie, mein Guter! Eine sehr artifizielle Atmosphäre hier, nicht? Ich meine, zu *aufgebauscht* alles. Was hier fehlt, ist nicht nur Würde, sondern auch ein bißchen Gefahr. Wen sollte man hier schon provozieren, außer vielleicht unsern Herrn Erzbischof Wrigley da drüben, aber auch der schlägt nur erzpriesterlichen Schaum. Bitte, erzählen Sie mir alles über die kleinen braunen Ferkel in Tanger!«

»Was ist denn Ihr Job hier? Was haben Sie bei Labrick gemacht?«

»Ach, bei Lutscher-Labrik, ja! Eben so assistiert. Ich bin ein ganz ordentlicher Sekretär. Zum Beispiel kann ich unglaublich schnell tippen. Überhaupt, schnell bin ich in allem, sagt man mir. Ich komme mit Literaten so gut aus wie mit Analphabeten. Labrick gehört zu den letzteren – alles nur visuell und motorisch, da schaun Sie ihn sich an, mit dem scheußlichen Flittchen, das den Alkibiades spielt, wie Sie später noch sehn werden. Ich habe für Irving Pollard gearbeitet, den kennen Sie, bis er mir zu fies geworden ist. Ein bißchen Suff kann ich ja tolerieren, aber bei dem ging es nur noch gluckgluckgluck, den ganzen lieben langen Tag.«

»Weshalb ist er denn fies geworden?«

»Ach, wegen allem! Nichts war ihm recht. Etliche Mal hab ich die Kissen genetzt, so eine Frustration war das! Dann hab ich den lieben Boyd Chilling begleitet. Heißt nicht umsonst Chilling, wie ein Eisklumpen, der Mann, kann ich Ihnen sagen! Jetzt möcht ich *heim,* mein Guter! Ich bin Europäer, ich will unsere große blaue Mutter wiedersehn, das Mittelmeer, und mir die Sonne auf den Sack scheinen lassen, bis mir der Schweiß kommt. Hier gibt es natürlich auch Sonne, aber immer in dem dreckigen Smog. Ein Tag am Strand, und ich bin wie geschwängert. Ich kann natürlich auch ein Afrikaner sein, wenn's gewünscht wird.«

»Hören Sie mir auf von Afrika!«

»Ach was, drunter zu leiden gehabt, wie? Ja, sieht man. Brauchen Sie gar nichts mehr zu sagen. Ich kann alles, was man von mir will. Diesen Dreckskerl von Labrick kann ich jederzeit verlassen. Ganz der Deine, sag nur ein Wort!«

Val Wrigley trat zu mir. Er trug statt des Bischofskostüms nun einen schwarzen Anzug aus changierendem Stoff, am Hals einen Priesterkragen. In seinem Meßkelch war Gin Tonic. Er segnete mich nicht. Ich sagte:

»Unser kleiner Kardinal Newman! O führ uns, liebreich Licht undsoweiter! Wann schreibst du deinen *Traum des Gerontius*?«

»Du warst schon immer ein Lästermaul«, sagte er.

»Ich habe für dich gesprochen«, sagte ich. »Ein Wort des Dankes habe ich nicht gehört.«

Die Verwandlung aus einem Walt Whitman in einen *poeta vates,* der so aussah, wie Gerard Manley Hopkins ausgesehn hätte, wenn er so alt geworden wäre, war ihm vortrefflich gelungen.

»Dinge wie Treue, Glauben und Eintracht«, sagte er, »hast du noch nie verstehn können. Wir haben alle Teil aneinander. Für mich hast du nichts getan.« Ein blonder Jüngling mit Pâté- und Kaviarschnitten, köstlich dekoriert, kam vorüber. »Haben Sie auch sowas wie Blechbullenmansch mit Zwiebeln?« fragte ihn Val. Der Junge, der den Mund voll hatte, bedeutete schelmisch eine Verneinung.

»Das war grausam von dir, Val, grausam und gemein!«

»Wir müssen alle unser Kreuz tragen«, sagte er. »Jene, die der Kämpfenden Kirche angehören, werden am Ende Mitglieder der Siegenden Kirche. Das Zeug zum Märtyrer hast du noch nie gehabt.«

Ich verstand selber nicht recht, warum mir vor Wut die Tränen kamen. »Gotteslästerer!« sagte ich. »Du vermaledeiter Gotteslästerer!« Er drehte mir den Rücken und begann sehr feierlich, einem massigen jungen Mann mit zarten, vollen Lippen geistlichen Rat zu erteilen. »Ich gehe«, sagte ich zu Geoffrey. »Ich muß mich ein Weilchen hinlegen. Um wieviel Uhr ist der Film?«

»Oh, ich komme gegen halb acht und hole Sie ab. Wollen Sie bestimmt allein sein? Sie wirken furchtbar mitgenommen.«

»Lassen Sie mich nur allein! Einstweilen zumindest. Über Tanger können wir morgen reden.«

Der Film wurde im Erato-Kino gezeigt, natürlich in privater Vorführung, denn selbst in diesem Pornotopia galt für die Öffentlichkeit noch die Moral des Staates Kalifornien. Geoffrey saß neben mir und hielt mir die Hände oder versuchte es, denn sie waren in lebhafter Bewegung, um Abscheu und Entsetzen auszudrücken. Sokrates, gespielt von dem häßlichen, stubsnasigen Athener Perikles Anthropophagoi oder so ähnlich, ist zuerst ein braver Soldat, der dem Alkibiades bei Potidäa das Leben rettet und ihn sodann auf das unverfrorenste bespringt. Aus moralischen Bedenken gegen die homosexuelle Liebe heiratet Sokrates die Xanthippe, einen komischen Hausdrachen (gespielt von Timothy Rhinestone, wie die meisten Darsteller im Zuschauerraum anwesend), die ihm ewig Linsen und saure Kutteln vorsetzt und den Inhalt des Nachttopfes über ihn ausleert. Von der Ehe enttäuscht, sucht der Philosoph die Gesellschaft schöner junger Männer und lehrt sie Weisheit, nach der sokratischen Methode, die in einer Verbindung schlichter Katechismusfragen mit Geschlechtsverkehr besteht. Alle pfropfen den Sokrates oder werden von ihm gepfropft, Plato nicht ausgenommen, und beim Gastmahl werden die erdenklichen Stellungen und Gruppenarrangements auf die laokoontische Spitze getrieben. Die Weisheit, die Sokrates zum Besten gibt, hat etwas mit dem Streben nach Tugend, Wahrheit und Gerechtigkeit zu tun. Wegen seiner furchtlosen Verurteilung der heimischen Korruption bei den Archonten verhaßt, wird er unter der heuchlerischen Anklage, er verderbe die athenische Jugend, vor Gericht gestellt. Sein Weib Xanthippe und der schurkische Lederwarenhändler Meletos treten als Zeugen der Anklage auf. Gegen die Natur, sagen sie, hat er ebenso gesündigt wie gegen den Staat. Sokrates verteidigt sich feurig, redet der Liebe von Mann zu Mann das Wort und versichert, daß die kalten Abstraktionen des forschenden Geistes in der Wärme der fleischlichen Umarmung ein Gegengewicht fänden, denn der Mensch sei ein Mischwesen, das widerstreitende Elemente in sich versöhnen muß; aber dennoch wird er zum Tode verurteilt. Xanthippe bereut ihre Gemeinheiten, und Meletos erhängt sich. Die Szene mit dem Schierlingsbecher war eher sentimental als versöhnend fleischlich. Als Sokrates flüstert, er schulde dem Äskulap noch einen Hahn, sagt Alkibiades, Sokrates' Hahn sei auch ohne göttliche Beihilfe heilkräftig genug gewesen. Tod und Verklärung. Ende.

Geoffrey versuchte mit beiden Händen mein Zittern zu beruhigen, als das Licht unter Beifall und Gratulationsküssen anging und Labrick mit lächelndem Mund und kalten Augen seine Verbeugungen machte. »Ich will hier raus«, wimmerte ich. »Sex, Sex, Sex,

Herrgott, gibt es denn auf der Welt nichts anderes als den vermaledeiten Sex?«

»Aber Sie müssen doch zugeben, mein Guter, daß manche Teile sehr, sehr bewegend waren.«

»Ja, ja, fleischbewegend – diese vermaledeiten *hoi phalloi* kamen ja nie zur Ruhe, soll es mit der Welt darauf hinauslaufen?«

»Ich glaube«, sagte Geoffrey, als wir draußen auf der Straße standen, im Gewimmel der Zuschauer, die sich nun zu einer irgendwo angekündigten Party auf den Weg machten, »Sie meinen, Sie selbst sind über all diese Dinge hinaus. Sie meinen, Sie sind jetzt *durchgestoßen* zu der Hochebene der fleischlichen Entsagung? Ich glaube, Sie müssen erst noch lernen, daß es den Ort nicht gibt, in keinem Atlas. Wollen Sie mich bei sich haben oder nicht?«

»Ich brauche niemanden. Ich möchte in Ruh gelassen werden.«

»Ja, so meinen Sie jetzt. Aber das wird sich ändern. Sehn Sie, hier hab ich Ihnen meine Telefonnummer aufgeschrieben. Ich wohne vorübergehend bei Robin Cathcart, der den Plato gespielt hat. Rufen Sie mich morgen an. Aber bestimmt! Ich muß doch Bescheid wissen, nicht?«

Ich ging ins Holiday Inn, das nur ein paar Häuser weiter lag, und tobte eine Zeitlang still in mich hinein, bei einer Flasche Scotch, die ich im Gepäck hatte. Eine Nachricht von Kilduff aus Washington war gekommen. Ich hatte ihm diese Nummer schon von New York aus gegeben, nachdem ich im Algonquin eine Bestätigung meiner Zimmerbestellung hier bekommen hatte. Die Nachricht besagte: OKAY MORGEN JEDERZEIT.

Ich schlief schlecht und wurde früh geweckt, wie ich es bestellt hatte. Ich flog mit der Morgenmaschine nach Los Angeles. Bei der Agentur Quartz am Flughafen mietete ich einen Wagen mit Chauffeur zum Redfern Valley. Durch Smog und architektonische Greuel fuhren wir nach Osten, in Richtung auf die Mojave-Wüste. Sand, Gestrüpp, Reklameflächen oder Flächenreklame, Tankstellen. »Das da«, sagte der Chauffeur, ein exilierter Neusüdwaliser aus Sydney, »scheint es zu sein.« Er meinte ein verfallenes Dorf, wo die blecherne Sonne und der trockne Wind auf die Trümmer gescheiterten Erwerbsstrebens losschlugen: *Ye Jollie Olde Englisshe Pubbe,* eine Hühnerfarm, eine Reptilienhandlung, eine Pfannkuchenstube. In der Nähe war eine Armeekaserne gewesen, aber jetzt war auch die Armee fort. Die Kinder Gottes bedurften keiner kommerziellen Substruktur. Der Chauffeur fand ihr Lager ohne Mühe, etwa zwei Meilen weiter südöstlich. Das äußere Gepräge war noch immer militärisch: ein hoher dichtmaschiger Drahtzaun ringsum, dahinter Baracken, sogar ein Wachthäuschen. Über dem geschlossenen Metalltor hing ein großer Metallbogen, auf den der Name der Gemeinde in Plakatschrift aufgemalt war. In dem weiten Gehege, wo das dürre Gras einen aussichtslosen Krieg gegen den Treibsand führte, sah ich eine demoralisierte Truppe von Männern und Frauen, Weißen, Schwarzen und Braunen mit Hacken zu aussichtslosen Ackerbautätigkeiten marschieren. Ein Stück weiter hörte ich eine Horde Schweine grunzen. »Gut, daß Sie da rein müssen und nicht ich!« sagte mein Chauffeur. »Soll ich hier auf Sie warten?«

»Kommen Sie ungefähr in zwei Stunden wieder! Gehn Sie solange etwas essen!«

»Essen? Ja, um Christi willen, wo denn?«

»Es wird doch irgendwo ein McDonald's sein. Das gibt es sogar in dieser vermaledeiten Wüste.«

Er fuhr ab, mit knurrendem Auspuff, und ich ging zu dem Wachthäuschen. Dort waren drei Schwarze in einer Art Uniform und mit COG-Armbinden: *Children of God.* Alle waren mit Pistolen bewaffnet, und an einer Wand hing ein kleines Arsenal Gewehre. »Schußwaffen«, sagte ich, meinen Humor anstrengend, »und das an einer heiligen Stätte?«

»Gott«, sagte der befehlshabende Schwarze freundlich, »kriegt jede Menge Drohungen von Irren, Kommies und solchen Typen.« Er ging zu einem Wandtelefon und rief jemanden an. Ein Porträtfoto von Godfrey Manning schaute mich berechnend an: ein gutaussehender Mann um die Vierzig, bauschige Koteletten, sinnliche Lippen, die Augen weit auseinanderstehend wie bei einem Hund und zusammengekniffen gegen das göttliche Licht. »Er sagt *Times.* Er sagt, er ist angemeldet. Klar! Klar!« Dann sagte er zu mir: »Jed hier bringt Sie zum großen Haus. Die warten auf Sie.« Jed war Exophthalmiker und hinkte. »Mach ich«, sagte er. »Kommse man mit!« Das große Haus, von dem die Rede gewesen war, hatte man vom Eingang nicht sehen können. Dorthin führte ein Weg, auf dem Disteln aus dem Sand wuchsen, zwischen zwei Reihen einfacher Holzhütten hindurch. Niemand schien zu dieser Zeit, am späten Vormittag, in den Hütten zu sein. Das Haus hatte weiße Schindelwände, zwei Stockwerke mit Mansardendach, eine Veranda ringsum; es lag in einem Garten mit offensichtlich importiertem Boden, wo Forsythien und Bougainvilleen blühten. Ein drahtiger junger Mann mit dunkler Brille, ganz in Weiß gekleidet wie ein Aufseher für schwitzende Kulis, erhob sich bei meinem Näherkommen aus einer Hollywoodschaukel. Er kam flott die Treppe herunter, die Begrüßungshand vorgestreckt.

»Tag!« sagte er. »Ich bin Jim Swinney. Du kannst jetzt zurückgehn, Jed.«

»Toomey von der *Times*«, sagte ich. »Viel Interesse in unserem Land an Ihrer, ähm, Gemeinde. Danke Ihnen, ähm, Jed!« Dann sah ich im Geiste Professor Bucolo vor mir und fragte mich, warum. Ach so, God Manning, ein armer Irrer von einem Wanderprediger. »Vor einigen Jahren, als ich in Indiana einen Vortrag hielt, machte man mich auf sein, ähm, Buch aufmerksam. Daher mein persönliches Interesse. Ich bin selbst einer, der Bücher schreibt. Ich bin kein ständiger Mitarbeiter der *Times.* Toomey«, sagte ich. »Kenneth M. Toomey. Ich bin selbst Verfasser eines, ähm, theologischen Werkes.«

»Wunderbar, ganz wunderbar!« Er hatte offenbar noch nie von mir gehört. »Seit jenen Zeiten der Wanderschaft sind wir natürlich ein großes Stück weit vorangekommen. Dies hier ist das Gelobte Land der Kinder Gottes. Kommet her zu mir, alle die ihr etcetera. God wollte gegen Mittag aus Los Angeles zurück sein. Er hat in unserer Mission dort zu tun, die haben Sie natürlich gesehn, den Tempel, 1859 Sunset Boulevard. Das hier ist unser Mekka. Das hier, da sind wir jetzt.«

»Ja«, sagte ich, »das sieht man.«

»Fünfzehnhundert Jünger«, sagte er. »Und die Zahl steigt. Kranke und einsame Menschen. Er heilt die Kranken und tröstet die Einsamen.« Er ging mir voran, zu einem Gebäude hin, das wie ein kleiner Flugzeughangar aussah.

»Er heilt die Kranken? Ganz buchstäblich?«

»Fünfundfünfzig Heilungen, wo alle Ärzte es aufgegeben hatten. Tödlicher Krebs, Leukämie. Jesus hat gesagt, gehet hin und tut desgleichen. Heute nach dem Mittagessen werden Sie's selber sehn. Das hier ist unser Bethaus.« Er meinte den Hangar. Wir traten ein. Im Vorraum stand eine große Gipsstatue des Herrn, die Hände mit den Wundmalen vorgestreckt; das bartlose Gesicht war nicht unähnlich dem, das ich auf dem Plakat im Wachthäuschen gesehn hatte. Die Halle selbst war wie ein Theater, mit Reihen festgeschraubter Sitze und einem Vorhang vor der Bühne. Lampen und Scheinwerfer, im Augenblick blind, waren überall. Die Hausbeleuchtung war fromm und schummerig, konnte aber gewiß durch geschickte Einstellung auf dem elektronischen Schaltbrett und im Verein mit der Elektroorgel vorne links jedwede gewünschte Stimmung erzeugen. »Zweitausend Plätze«, sagte Jim Swinney. »Manchmal zeigen wir hier auch Andachtsfilme. Einen eigenen Chor haben wir auch. Sie kennen sicher unser Album *God Is With You.* Zwei Millionen Stück verkauft.«

»Ah ja! Sind das so die Einnahmen, von denen Sie leben?« Schallplattentantiemen und sowas?«

»Wir können uns selbst versorgen, das ist Tatsache. Wir backen das Brot, und das andre, Stiftungen, Bücher, Platten, das ist nur die Butter drauf.«

»Und die Steuern, die kalifornischen und die nationalen?«

»Wir sind eine religiöse Vereinigung. Wir zahlen keine Steuern.«

»Stört es Sie, wenn ich eine Zigarette rauche?«

»Lassen Sie ab von diesem Todeskraut, Bruder! Es verpestet Seele und Lungen. Hier wird nicht geraucht, getrunken auch nicht. Keine giftigen Greuel dürfen Gottes reine Luft verschmutzen, das ist unsere Regel. Jetzt zeig ich Ihnen mal, wie wir arbeiten.«

Bis zu den Äckern hatten wir ein ganzes Stück zu stapfen. Man hatte allen Ernstes versucht, den schlechten Boden zu düngen. Kartoffeläcker, mehrere Morgen mit verschiedenen Kohlsorten. Die Arbeiter, schwarze und weiße, alles arme Unterprivilegierte, nur hier und da ein schmales Kerlchen, das auch ein verrücktgewordener Büroangestellter sein konnte, oder eine Frau, die wie eine Bibliothekarin aussah, streckten die schaffenskrummen Rükken, um uns zu grüßen und gegrüßt zu werden. Tag, Jack, Enoch, Jethro, Mabel! Tag, Jim! Mich schauten sie argwöhnisch an. Evchen war nirgends zu sehen. Ich fragte:

»Was machen die Kinder?«

»Das Schulhaus ist da hinten im Matthäus-Bereich. Wir haben vier Bereiche, jeder nach einem Evangelisten benannt. In einer halben Stunde ist die Schule aus.«

»Und die ganz Kleinen, die Säuglinge?«

»Wir haben so ein– wie sagt man doch?«

»Eine *crèche,* sagen wir in England.«

»Das ist ein französisches Wort, wir wollen nichts Ausländisches. Wir nennen's ein *Kiddy Center.*«

»Gibt es auch ein Hospital?«

»Das ist zwar nicht ausländisch, aber trotzdem ist es für uns sowas wie ein unanständiges Wort. Die Heilung der Kranken liegt in Gottes Hand.«

»Gottes im Himmel oder, äh, Mr. Mannings?«

»Eins durch das andere. Das hier ist der Schweinestall. Sehn Sie, eine schöne Jersey-Herde. Selbstversorgung, wie gesagt.« Nirgends war Evchen zu sehn. »Aber Getreide baun wir nicht selbst an. Das müssen wir kaufen. Die Bäckerei ist da drüben. Wir haben eigene Generatoren. Wasserleitungen auch. Die wurden gelegt für die chemische Kriegsführung, war hier mal ein Lager.«

»Und was ist das für ein Gebäude da, warum hat es keine Fenster?«

»Das ist das Sonderbesinnungs-Center. Da werden die Kinder zur Sonderbesinnung über ihre Sünden hingeschickt. Dem Herrn sei Dank, daß es nicht allzu oft nötig ist! Aber der Teufel beißt sie, wenn man nicht scharf aufpaßt. Die Kinder des Herrn sind gute Kinder.«

»Genau das sagt der Schwager meiner Schwester auch.«

»Ja, da hat er recht.« Wildes Gedröhn von Jubelglocken schallte durchs ganze Lager. Ich schaute, wo es herkam. Aus Lautsprecherschirmen, dicht unter den Dachrinnen in die Hüttenwände eingelassen. »God ist zurück. Wir treffen ihn im großen Haus.« Wo dieser junge Mann herkam, aus welcher Gegend und Sozialschicht, war schwer einzuschätzen. Die Stimme hätte eigentlich wie von einem Südstaaten-Baptisten klingen sollen, klang aber tatsächlich eher nach Halbbildung, ungefähr aus Nebraska. Ich fragte ihn:

»Wie lange sind Sie schon bei, ähm, Mr. Manning?«

»Sagen Sie einfach God zu ihm, auch wenn er dabei ist. Wir machen nicht viel Umstände. Wie lange ich schon dabei bin? Sieben Jahre, seit er aus der Wildnis gekommen ist. Ich sage Ihnen alles, was Sie wissen wollen, wir haben keine Scheu vor Tatsachen. Vorher habe ich eine Spielautomatenhalle geleitet, in Concordia, wenn Ihnen das was sagt.«

Nord-Kansas, nicht allzu weit von der Grenze nach Nebraska.

»Sie werden's nicht glauben, denn Sie sind keiner von den Gläubigen, aber ich habe eines Tages die Stimme aus dem Klicken der Kugeln gehört. Die Kugeln klickten und sagten zu mir, komm, komm, komm! Darum bin ich gekommen. God war an dem Abend in Concordia, predigte und verkaufte sein Buch. Ich habe das Buch gekauft, mit Büchern kannte ich mich aus, ich war schon immer ein Bücherwurm gewesen, aber vorher nur Schund und frivoles Zeug. Ich habe die Universität von Kansas in Manhattan besucht, wenn Ihnen das was sagt.«

»Ja, die kenn ich.«

»Ich bin auf Abwege geraten. Ich wurde gerettet. Dem Herrn sei Dank!«

»Amen!«

Unterdessen waren wir wieder beim großen Haus angelangt, und Godfrey Manning erwartete uns auf der Veranda, mit ausgestreckten Armen. Seine Stimme war von jener schmalzig melodiösen Art, wie man sie nur in Nordamerika findet. Er begrüßte mich:

»Kenneth, Kenneth, mein Bruder! Willkommen im Namen des Herrn, viele, viele Male Willkommen!«

Ich hatte keine Lust, mich von ihm umarmen zu lassen. Ich stieg die Treppe zur Veranda hinauf, wahrte aber ein bißchen Abstand. »Es tut gut, hier zu sein«, sagte ich heuchlerisch. Er war ein großer, breitschultriger Bursche, dem man ansah, daß er Steaks aß. Sein Haar war zu schwarz, es konnte nicht echt sein; ich glaubte, ein Toupet zu erkennen. Er trug einen sehr guten grauen Pfarrersanzug, Wollmischung. Das Hemd war aus cremefarbener Seide, mit konservativ-spitzem Kragen, dazu eine schmale, schlichtgraue Krawatte. Kein Firlefanz. Die Augen waren blau und auffällig. Ich hatte irgendwo über Napoleons Augen gelesen, daß sie wie Kanonen gewesen seien, wie Kanthariden, wie Himmelstiefen oder Wasserstrudel – Augen, die ein ganzes Reich zusammenhielten. Ganz so eindrucksvoll waren Mannings Augen nicht, aber vielleicht noch ehrgeiziger. Solche Augen, ebenso wie jeder andere körperliche Reiz, sind eine Dreingabe der Natur, ohne jede Notwendigkeit, daß sie der Ausdruck einer besonderen intellektuellen oder spirituellen Begabung sein müßten. Dieser Mann hier war weder heilig noch intelligent, aber sehr, sehr gerissen. Als ihm Kilduff aus Washington meinen Namen nannte, hatte er natürlich keine Ahnung gehabt, wer ich war, aber er hatte es herausgefunden. Schaut doch mal überall nach, was dieser Toomey für einer ist! Im *Who's Who* konnte er meine Verdienste, aber nicht meine Schwächen erfahren haben. Sehn wir doch mal, was Jack Javers beim *San Fransisco Chronicle* über diesen Typ noch so alles auskramen kann! Er sagte:

»Dies ist mir eine doppelte Ehre, Kenneth, mein Bruder! Sie kommen von der größten Zeitung der Welt. Und Sie sind einer der größten Schriftsteller der Welt.«

»Das ist vielleicht ein wenig übertrieben, Mr. Manning. Ich bin nur–«

»Sie müssen einfach God zu mir sagen. Fort mit dem beengenden Gewand der Nachnamen!« Ob das womöglich von mir war? Wo zum Teufel konnte er das bloß herhaben? »Das Anmaßende an dieser Nomenklatur ist mir bewußt. Aber es ist bloß die Kurzform für Godfrey. Ich habe meinen Namen nach Gottfried von Bouillon, dem Führer des Ersten Kreuzzuges und ersten Herrscher des lateinischen Königreichs Jerusalem.« Bouillon sprach er amerikanisch aus, Bulljen. »Bulljen«, sagte er, »ist uns als Name einer Suppe erhalten geblieben. Gehn wir zum Essen, ich bin hungrig. Ich hoffe, Jim hier hat sich ordentlich um Sie gekümmert?«

»Eine gewissenhaftere und liebenswürdigere Führung hätte ich mir nicht denken können«, sagte ich.

»Freu dich über jedes Kompliment, das du hörst, Jim! Gehn wir rein, Kenneth, mein Bruder!« Wir betraten das Haus durch eine Balkontür, die in einen Salon mit chintzbespannten Möbeln und blitzendem Parkettboden führte; dann kam ein Korridor, in dem es freundlich nach Lavendel und Bienenwachs roch. Im Eßzimmer standen ein eichener Refektoriumstisch und eine, wie mir schien, echte Florentiner Kredenz. Die Bilder an den Wänden schienen Porträts von Familienangehörigen zu sein. Eines, das gar nicht übel gemalt war, zeigte eine blonde Frau, die eine Frage an den Maler zu richten schien. Manning sah, daß ich es betrachtete. »Meine liebe Frau«, sagte er. »Sie ist hingegangen. Aber noch immer mein Morgen- und mein Abendstern, das Licht meiner Inspiration!« Noch ein Mann kam ins Eßzimmer, bebrillt, großnasig, mit zerzaustem Haar und in einer Art Trainingsanzug. Außerdem eine Frau, die wie eine Gefängniswärterin aussah. »Tom Bottomley«, stellte Manning vor. »Irma Mesolongion. Kenneth, unser Bruder, der große Schriftsteller von einer großen Zeitung. Sprechen wir das Dankgebet!« Er rief zur Decke hinauf: »Deine Gaben, o Herr, deine Gaben! Mögen wir sie in Dankbarkeit verzehren. Mögen Sie Leib und Seele stärken zu deinem Ruhme!« Wir namen Platz. Ich wäre nicht überrascht gewesen, wäre nun Evchen mit einer Schüssel Bouillon, oder was immer es geben sollte, hereingekommen, hätte vor Schreck, mich hier zu sehen, die Schüssel fallengelassen, wärend Manning ausriefe: *Verrat, Verrat, mein homosexueller Feind, der Freund der Lästerer, schleppt ihn mir in die dunkle Kammer der Buße!,* aber ein Junge von den Philippinen mit einem Shrimpssalat kam herein, und Manning sagte: »Was hat uns Jessica denn da Köstliches zubereitet?« Der Junge antwortete:

»Ja.« Manning sagte zu mir:

»Toomey ist ein irischer Name. Ist Ihr Vater Ire?«

»Mein Vater lebt natürlich nicht mehr. Ja, mein Großvater kam aus Irland. Er war ein Kartoffelprotestant, wie man das in Irland nennt, weil die Kartoffeln in der Hungersnot der wichtigste Beweggrund für den Übertritt zum Protestantismus waren. Meine Mutter war Französin und hat den Glauben wieder in unsere Familie gebracht.«

»Den romischen Glauben meinen Sie natürlich.« Das Adjektiv hatte ich noch nie gehört, allerdings schon gelesen, bei Milton. »Aber die Tage der Zwietracht und des Hasses liegen hinter uns. Ihr Papst«, sagte er neidlos anerkennend, »hat gute Arbeit geleistet.« Uns allen wurde Wasser eingeschenkt. »Mit Ihrem europäischen Geschmack«, sagte Manning, »haben Sie vielleicht einen Wein seltenen Jahrgangs auf unserem Tisch erwartet. Aber alle Reizmittel sind ein Greuel. Einschließlich Tee und Kaffee. Unser Trank ist Wasser, reines Wasser aus dem kristallklaren Bach.« Es war aus der Leitung, gechlort, und der Geschmack erinnerte ein wenig an das Sprechzimmer meines Vaters. Unvorsichtigerweise sagte ich:

»Die Prohibition hat für Amerika nichts Gutes gebracht. Es hat Tote–« Aber ich brach ab, sonst wäre ich unter der Ausforschung durch seine stetigen blauen Leuchtaugen noch mit der ganzen Familiengeschichte der Toomeys und Campanatis herausgeplatzt. »Ich meine, Christus hat doch Wasser in Wein verwandelt und Wein in sein eigenes Blut.«

»Reiner Traubensaft«, sagte Tom Bottomley tonlos. Der Shrimpssalat wurde abgetragen, und dafür kam nun ein Gericht mit Hamburger-Steaks in dicker brauner Soße. Manning teilte aus, assistiert von dem Filippino. Manning sagte:

»Sich den Erlöser der Menschheit als des Weines voll zu denken ist Lästerung. Irma hier weiß Bescheid über die grauenhafte Wirkung der vergorenen Traube.«

»Ich war Alkoholikerin«, sagte Irma, ebenso tonlos wie Bottomley, »bis God mich gerettet hat.« Sie war tranig, grau und verquollen und sah aus, als ob eine Flasche Wein nur zu ihrem Vorteil sein könnte.

»Wir haben alle gesündigt«, sagte Manning aufgeräumt. »Hätten wir nicht gesündigt, wie könnten wir erlöst werden. Auch Sie, mein Bruder Kenneth, haben gesündigt.« Aha, er wußte Bescheid! »Aber Gottes Gnade ist ohne Ende.«

»Amen«, sagte ich. »Hier freilich«, sagte ich dann, »ist es doch wohl vorbei mit allen Sünden. Ich könnte mir denken, in dieser, ähm, heiligen Gemeinde gibt es kaum Gelegenheiten zur Sünde.«

»Denken Sie das bloß nicht!« sagte Jim Swinney. »Der Teufel ist ein ganz gerissener Kunde.«

»Sex«, sagte ich, »ist vermutlich das ewige Problem.«

»Sex«, rief Manning, »macht sich klein im Angesicht des Herrn. Wir sorgen dafür, daß er sich klein macht.«

»Wie das?«

»Arbeiten, beten, Meditation und Medikamente.«

»Ah, tun Sie etwas ins Wasser?«

»Und«, sagte Tom Bottomley, »in den Leib des Herrn.« Ein Obstsalat aus Büchsen wurde aufgetragen, eingebettet in etwas, das wie Froschlaich aussah. »Der Teufel muß bekämpft werden.« Ich wollte hier heraus. Ich hatte gar keinen Wunsch mehr, mit Evchen zu sprechen und auf sie einzureden, daß sie zu ihrem bekümmerten Vater zurückkehren solle. Ich konnte ja immerhin sagen, ich hätte mein Bestes getan. Als wir unser medikalisiertes Wasser austranken, dröhnte wieder das laute Jubelgeläut durchs Haus und vermutlich durchs ganze Lager. Manning sagte:

»Jim, du sorgst dafür, daß unser Bruder Kenneth einen guten Platz bekommt.« Dann sprach er, das Geläut übertönend, ein Nachtischgebet: »Deine Gaben, Herr, deine Gaben! Wir haben sie in Dankbarkeit verzehrt. Gestärkt und mit frischen Kräften gehen wir nun wieder an dein heiliges Werk.«

Draußen sah ich Trupps von Gotteskindern in Reih und Glied zum Bethaus marschieren. Die Tonbandglocken dröhnten die ganze Zeit, mit einem Sprühregen von Obertönen. Der kalifornischblaue Himmel verschlang sie wie ein Schwein, das eine Handvoll Erdnüsse frißt. Wir gingen. Wir hielten etwas Abstand zu den reihenweise eintretenden Gläubigen. Jeder, so bemerkte ich, bekam von einem schwarzen, weißen oder braunen Küster, Hilfsgeistlichen oder Aufseher in grauem Umhang etwas in die Hand gedrückt, das mir wie eine Abendmahlshostie in quadratischer Plastikfolie aussah. »Der Leib des Herrn?« fragte ich.

»Klar, so geht es schneller. Sie kriegen es hier, dann, auf ein Zeichen, nehmen sie's ein. Damit man an der Altarschwelle nicht warten muß. Alle zusammen, ein Fleisch!«

»Nach der Weihung, nehme ich an?«

»Ja, klar, geweiht werden sie auch.«

Bis jetzt hatte ich Evchen nicht gesehn, aber nun sah ich sie. Sie ging in einer Gruppe Frauen gemischten Alters. Alle trugen eine Art grauen Mehlsack mit einer Schnur als Gürtel. Evchens Haar war stumpf, ihr Gesicht, wie die Gesichter der andern, hatte den Ausdruck einer teigigen Frömmigkeit oder Ergebenheit ins harte Wort des Herrn. Sie war nicht mehr das Mädchen, das ich gesehn hatte, als es seinen Gefrierkuchen in sich hineinstopfte, neugierig auf den atomaren Weltuntergang im Symphony-Kino. Ich glaubte nicht, daß man mir erlauben würde, mit ihr zu reden.

Man wies mir einen Platz ganz hinten an. Das Licht war immer noch schummrigfromm. Die Orgel, gespielt von einer Art Reformschullehrerswitwe, leierte getreulich etwas herunter, das ganz gut von Moody oder Sankey hätte sein können. Die Gemeinde, fünfzehnhundert Seelen stark, saß still. Manche Gesichter wandten sich argwöhnisch oder neugierig zu mir um, dem Fremden und Ungläubigen. Eines dieser Gesichter gehörte Evchen. Sie erkannte mich sofort. Sie zog die Brauen hoch bis fast zum Haaransatz. Ihr Mund wurde zu einem O. Sie schüttelte, schüttelte und schüttelte den Kopf. Ich blickte sie finster an und machte ein Zeichen, daß sie still sein solle. Die Organistin trat in die Pedale, die Musik schwoll an, der Vorhang ging auf, und die Bühnenscheinwerfer erglühten aus rötlicher Betrübnis zum strahlenden Rosa der Offenbarung. God Manning stand auf der Bühne, einen Ärztekittel über dem seriösen Pastoralgrau. Er hob die Arme. Die Musik hörte auf. Ohne jede Einleitung brüllte er los: »Tut dies im Gedenken an mich und mein langes bitteres Leiden! Denn hierin bin ich bei euch und werde bei euch sein bis an der Welt Ende. Nehmet und eßt!« Die Gläubigen brachen, manchmal mit Mühe, die Plastikhülle der Hostie auf. »Dies ist das Fleisch und Blut des lebendigen Gottes.« Also ganz im Sinne des Tridentiner Konzils, gewissermaßen eine ökumenische Feier. Andächtig nahm die

Gemeinde den Leib des Herrn auf die Gemeindezunge. »Speise uns, segne uns, heilige uns!« rief Manning, der seinerseits keine Oblate nahm.

Nach dieser Handlung, in der katholischen Kirche der Höhepunkt im Drama des Opfers, hier aber nur ein therapeutisches Vorspiel, lockerte God Manning seine Haltung und lächelte. »Wir begrüßen in unserer Mitte heute fünfzehn neue Brüder und Schwestern.« Eine Seitentür im Auditorium ging auf, neben der Bühne und gegenüber der Orgel, ein Flutlicht leuchtete auf, und eine Gruppe von sichtlich Enterbten und Entrechteten, meist alte Negerfrauen, stolperte herein und blinzelte verdutzt ins heiße Rampenlicht. »Ihre Namen werdet ihr zur gottgewollten Stunde erfahren«, rief Manning. »Jetzt kommen sie zu uns nur als Gottes verlassene Kinder in bittrer Not. Aber einen Namen will ich nennen – Rebecca oder Becky Fawldon.« Eine alte Schwarze versuchte das Gesicht in den Händen zu verbergen. »Hab keine Angst, Becky! Der Herr wird sein Werk an dir tun. Schwer erkrankt an einem Eingeweidekrebs, kommt sie zu uns in höchster Qual.« Wie sie da stehn konnte, wenn sie einen Eingeweidekrebs in sich hatte, wußte nur God allein. »Führt sie«, sagte Manning zu zwei noch jungen Frauen, die nun in der ersten Reihe aufstanden, »in die Kammer der Heilung!« Die beiden packten die arme schwarze Leidende nicht eben sanft. Sie führten die wahrscheinlich mehr vor Verlegenheit als vor Schmerz Schluchzende durch den Mittelgang ab. Die Frau kam an mir vorüber, die Elefantenhaut naß von Schweiß und Tränen, mit einem Geruch nach Krankheit und Armut. Eine Tür hinter mir ging auf und schloß sich wieder. Manning sagte: »Steht auf! Singet zu Gott, unserem Herrn!« Die Orgel setzte wieder ein. Die Gemeinde stand auf. Sie sang *Kommen wir am Fluß zusammen.* Das Tempo wurde mit jeder Strophe schneller. Alle klatschten den Takt mit den Händen, Manning voran. Dies ist ein unentbehrliches Element religiöser Erweckungsveranstaltungen in den amerikanischen Südstaaten. Manning jonglierte seine Gemeinde auf den Gipfelpunkt der Verzückung. Er rief:

»Herr, Herr, Herr, erlöse uns von dem Übel!«

»Erlöse uns, o Herr!«

»Herr, Herr, Herr, errette uns vor dem höllischen Feind!«

»Errette uns, o Herr!«

»Herr, Herr, Herr, reinige unsern Leib von Krankheit, reinige unsre Seele von allen Lastern, reinige die schmutzige Welt um uns her, daß sie würdig werde des goldenen Throns deiner Ankunft!«

»Reinige uns, o Herr!«

Und so ging es noch lange weiter. Ich sehnte mich innigst nach einem steifen Whisky und einem tiefen Zug Zigarettenrauch. Die Tür hinter mir ging auf, und eine der beiden noch jungen Frauen kam den Gang entlang gerannt, hoch in den Händen ein schwarzes, tropfendes, gestalt- und namenloses Etwas in einer Serviette. Ich fing einen zutiefst fauligen Gestank auf, als es vorüberflog. Ich spürte den Wunsch, zu beten, aber zu keinem Gott, den man hier kannte. Die noch junge Frau rief: »Halleluja, lobet den Herrn!«

»Deine Dienerin«, erwiderte Manning brüllend und die Arme hoch aufgereckt, »ist durch deine Gnade von ihrem Leiden geheilt. Lobet ihn, lobet ihn, lobet ihn!« Die Gemeinde fing nun ihrerseits an, die Arme zu recken und ihn zu loben. Mir reichte's. Ich stand auf und ging hinaus. Niemand hielt mich zurück. Nicht einmal Manning hatte wohl bemerkt, daß ich ging. Vor der Tür traf ich die alte Schwarze, Tränenbäche vergießend, vielleicht vor Freude, aber wer konnte's wissen, in den Armen der zweiten noch jungen Frau. Draußen an der Luft beging ich eine abscheuliche Sünde. Ich steckte mir eine Zigarette an und trank ihren Rauch in mich hinein wie die Erlösung. Ein schwarzer Küster, Hilfspfarrer oder Aufseher kam um die Ecke des Bethauses und nahm mir behutsam und vorwurfsvoll ohne ein Wort die Zigarette aus dem Munde. Er hielt sie von sich weg, als wäre sie das schwarze, tropfende Unding da drinnen. Ich zuckte die Achseln, lächelte und wartete. Jetzt wollte ich Evchen hier herausholen. Schließlich war dies hier angeblich ein freies Land.

Jim Swinney kam als erster nach draußen. »Sie sind nicht bis zum Schluß geblieben«, sagte er. »Sie haben die Heilung der Hinkenden und der Gelähmten versäumt.«

»Ich habe eine Krebsheilung gesehn. Ich habe sogar diesen vermaledeiten Krebs selber gesehn. Das reicht mir für einen Tag. Ich möchte jetzt meine Großnichte sehen.«

»Ihre was?«

»Meine Großnichte, so sagt man, aber Kleinnichte wäre passender. Jedenfalls bin ich ihr Großonkel. Ich habe sie hier gesehen. Ein junges Mädchen namens Eve Breslow. Sie ist mit einem unehelichen Kleinkind hierher gekommen. Ich habe eine Nachricht an sie von ihrem Vater. Ich möchte mit ihr allein sprechen.«

»Nur God darf mit Leuten allein sprechen.« Er trat einen Schritt von mir zurück und setzte ein pfiffiges Grinsen auf, das vermutlich bedeuten sollte, daß er mich gleich durchschaut hatte. »Deshalb sind Sie also hier, wie? Und nicht, um einen Artikel für diese britische Zeitung zu schreiben.«

»Doch, das auch. Aber ich sehe keinen Grund, warum ich dabei nicht eine Nachricht überbringen sollte. Eine väterliche. Gibt es irgendeine Vorschrift, die das verbietet?«

»Christus hat gesagt, wir müssen Vater und Mutter verlassen und nur ihm folgen. Was Sie verlangen, ist gegen die Vorschriften.«

Die Gemeinde, durch den Leib des Herrn leiblich beruhigt, aber durch die Worte und Werke seines Namensvetters in gehobene Stimmung versetzt, begann nun aus dem Bethaus hervorzuströmen. »Dort ist sie«, sagte ich. »Evchen!« rief ich. »Eve!« rief Jim Swinney. Auf seinen Ruf, nicht auf meinen, kam sie. Sie sagte:

»Ich habe nichts Böses getan, Jim, ich schwör es!«

»Ich weiß, Eve. Kennst du diesen Herrn, Eve?«

Sie wußte nicht, ob sie ja oder nein sagen sollte. Sie druckste und versuchte die Schnur um ihre Taille fester zu ziehen. »Klar«, sagte sie schließlich. »Er ist der Onkel meiner Mutter.« Und dann, mit einem rührenden Teenager-Salut die Hand an die rechte Schläfe führend, sagte sie, »Tag, Tunkie!«

»Ähm, Tag, Evchen!«

»Hast du dem Herrn etwas zu sagen, Eve, eine Nachricht für deinen Vater und deine Mutter?«

»Klar, daß ich okay bin. Daß ich glücklich bin. Daß ich die Erlösung gefunden hab. Daß ich Gott liebe.«

»Wie geht es deinem Kleinen, Evchen?« fragte ich.

»Der's okay, schätz ich.«

»Das wär's«, sagte Jim Swinney. »Da haben Sie Ihre Nachricht!«

»Könnte ich bitte mit ihr allein sprechen?«

Er benagte überlegend die Innenseite seiner Unterlippe. »Es ist gegen die Vorschriften«, sagte er. »Aber vielleicht können wir's einrichten.« Er rief einen schwarzen Küster oder Sakristan herbei. »Dick«, sagte er zu ihm, »bring diese beiden hier zur Besuchshütte!« Dann sagte er leise etwas zu Evchen.

Und so kam es, daß wir beide, Evchen und ich, gleich darauf allein waren, verdächtig allein, in einer Art hölzerner Gefängniszelle mit einem aufgedeckten Bett und zwei glatten Holzstühlen. Es roch nach etwas, das lange in gleißender Sonne gebacken hatte. Das einzige Fenster, in Kopfhöhe, ließ sich nicht öffnen. »Bißchen heiß hier«, sagte ich. »Evchen, dein Vater möchte, daß du zurückkommst.«

»Mutter möchte's nicht. Außerdem, ich bin hier okay. Ich habe den Weg und die Wahrheit gefunden.«

»Wenn du nach dem Weg und der Wahrheit suchst, dann ist dein zweiter Großonkel besser geeignet, sie dir zu zeigen. Die katholische Kirche ist wenigstens zivilisiert. Das hier kommt mir sehr verdächtig vor. Von eurem God Manning halte ich gar nichts.«

»Er ist wundervoll. Er ist der lebende Zeuge der Wahrheit.«

»Ach, du liebst ihn, wie?« sagte ich roh.

»Von ganzem Herzen. Er's der lebende Zeuge. Tag und Nacht bete ich zu ihm und lobe den Herrn. Durch ihn habe ich den Weg und die Wahrheit gefunden.«

»Du bist ja noch ein Kind«, sagte ich. »Herrgott, du hast doch nichts gelesen, nichts gelernt! Du hast dich von einem, ähm, Schwindler einfangen lassen.«

»Jetzt fängst du an zu lästern. Ich will nichts mehr hören.«

»Du kommst mit mir, Evchen! Ich nehme dich mit zurück nach New York.«

»Ich will nicht, ich will nicht.« Und dann tat sie etwas im ersten Moment für mich vollkommen Unerklärliches. So wie sie dastand, dicht bei der Tür, versuchte sie, ihren Kleidersack zu zerreißen. Der Stoff war zu fest für ihre Fingerchen. Sie band den Knoten ihrer Gürtelschnur auf und warf die Schnur hin. Dann zog sie sich den Sack über den Kopf und war nackt bis auf den Schlüpfer, der, nach seiner Knappheit zu urteilen, offenbar ihr gehörte und nicht von God gegeben war. Dann schrie sie laut und anhaltend und hämmerte an die Tür. Ich hätte es mir denken können, daß sie abgeschlossen war. Sehr schnell wurde sie von außen aufgeschlossen. God Manning selber stand davor, bei ihm Jim Swinney und die verquollene ehemalige Alkoholikerin. Keiner von ihnen war durch den Anblick des nackten Mädchens schockiert. Irma Mesolongion hatte sogar gleich einen Bademantel parat. Manning selbst hob den abgeworfenen Sack vom Boden auf. Dann legte er gegen mich los. Evchen weinte in den Armen Irmas der Geretteten. Manning schimpfte über meine schmutzige Triebhaftigkeit, meine inzestuöse Geilheit, meine abscheuliche greisenhafte Perversität.

Mehrere Gotteskinder, die vielleicht eigens zu diesem Zweck herbeordert waren, kamen näher, um besser zu hören. Manning machte mir klar, daß ich es nur der Kraft seiner heiligen Gegenwart verdankte, wenn ich von ihnen nicht in Stücke gerissen wurde wie Jaels sündhaftes Fleisch von den Hunden.

»Das ist lachhaft«, sagte ich. »Ich habe in meinem ganzen Leben noch nie den Leib einer Frau berührt. Und Sie wollen behaupten, ich hätte es mit einem Mädchen versucht, noch dazu meiner eigenen Groß- oder Kleinnichte! Meine Neigungen«, sagte ich gelassen, ganz der gute alte Possenschreiber Toomey, »gehen in andere Richtung.«

»Sie Auswurf von Sodom«, rief Manning schlagfertig, »Gezücht von Gomorrha! Fort aus der Wohnstatt der Gesegneten, mit dem Fluch des lebendigen Gottes! Lügner und Betrüger, Verfasser von Schmutz und Schund, ohne jeden Zweifel, obwohl ich Sie nie gelesen habe, dem Herrn sei Dank! Raus mit Ihnen!«

Es war ein ganzes Stück zu stapfen bis zum Tor mit dem Wachthäuschen. Dem Herrn sei Dank, ich sah meinen Mietwagen draußen warten. Hinter mir her marschierte der Trupp der Geretteten, durcheinander murmelnd und manchmal laut schimpfend (Lüstling, Unhold, Schmutzfink, Sünder, einmal sogar Angloarschfikker). Manning war irgendwohin verschwunden, vielleicht um dem Washingtoner *Times*-Büro telefonisch Gottes Fluch anzudrohen. Auch das weinende Evchen war mit seiner Eskorte verschwunden. Nur Jim Swinney blieb bei mir bis zuletzt. Die Wachtposten am Tor hatten inzwischen gewechselt. Ein junger Schwarzer mit gehetzten Blicken stieß das Tor auf. Er hatte seine automatische Pistole in Bereitschaft. Der Chauffeur wartete wohlerzogen neben der offenen Tür zum Rücksitz des Wagens. Er war einmal, hatte er mir erzählt, Fahrer bei der Regierung von Südaustralien gewesen. Der junge Schwarze geleitete mich bis zu dieser Tür. Er sagte:

»Ich fahre mit Ihnen, Mann. Ich hau hier ab.« Er drehte die Pistole herum und zielte auf seine früheren Genossen; diese zielten auf ihn. Schießen kam nicht in Frage.

»Schnell rein!« sagte ich und schob ihn. Er zitterte, und seine Hose war naß. Der Chauffeur, dankbar für das Abenteuer nach der Langeweile des Wartens, sprang auf seinen Sitz und schaltete die Zündung ein. Wir fuhren los auf der trostlosen Straße nach Los Angeles.

»Jesses!« sagte der junge Schwarze, noch in Angstschweiß, »Sie wissen ja nicht, was da los ist, Mann!«

»Ich kann es mir vorstellen«, sagte ich und hielt ihm eine Zigarette hin.

75

»Und was haben Sie aus ihm herausbekommen?« fragte ich Melvin Withers von der *Los Angeles Times.*

»Das Übliche. Was man erwarten konnte. Leute werden verprügelt, und das heißt dann Strafe des Herrn. Ein Harem mit Rotationssystem. Er sagt, sein Bruder ist unter sehr komischen Umständen gestorben, aber beweisen kann er nichts. Niemand kann etwas beweisen. Es hat keinen Zweck, daß er zur Polizei geht. Bei der Polizei von Los Angeles ist Manning sehr beliebt. Ihr kleiner schwarzer Freund muß sich vorsehen.«

Ich kannte Withers schon lange; ab und zu hatte ich mit ihm zu tun gehabt. Einmal hatte ich ihm zu einem Exklusivbericht über die bevorstehende Heirat zwischen dem sechzehnjährigen Sänger und Schauspieler Benny Grimaldi und einer sechzehnjährigen Schülerin aus Hollywood verschafft. Er war ein guter Journalist, aber seine Tage waren gezählt. Mit seinen fünfzig Jahren hatte er einen Verbrauch von anderthalb Flaschen kalifornischem Kognak täglich und vier Päckchen Lucky Strike. Seine Kleidung roch, wie wenn sie in Tabaksaft getränkt worden wäre. Seine weiße Stirnlocke hatte gelbe Flecken. Aus dem Munde roch er stark nach einem Gericht, das die Iren Blinden-Haschee nennen (Salzkartoffeln mit Zwiebeln und einem Löffel Fertigsauce) – Anzeichen eines pervertierten Stoffwechsels. Wir saßen in einer dunklen Bar. »Lesen Sie mal das hier!« sagte er. Er meinte die Akte, die er vor mich auf den Tisch gelegt hatte. Es war ein bißchen dunkel zum Lesen. »Ich kann es Ihnen nicht leihen.« Er leerte einen Kognak pur in einem Zuge. »In etwa einer Stunde bin ich wieder da. Muß ein paar Satzvorlagen abheften.«

Also strengte ich meine Augen an und blätterte bei drei weiteren Gletscher-Wodkas Godfrey Mannings Akte durch. Von der Decke rieselte tröstliche Musik, ein ganzes Potpourri meiner Zeit von *Darktown Strutters* bis *I Could Have Danced All Night.* Ein dicker Kerl am Schanktisch sagte immerzu: »Ja, schätze, ja! Können sie jedenfalls, schätze ja!«

Godfrey Mannings Laufbahn begann in dem Städtchen Pring in Indiana. Seine Eltern waren bei einem Autounfall bei Decatur, Illinois, ums Leben gekommen, und er war bei einem Onkel und einer Tante aufgewachsen. Das Städtchen Pring war eine Hochburg des Ku-Klux-Klan, wo das Herkommen, das stärker war als das Gesetz, besagte, daß kein Nigger sich von der Abendsonne bescheinen lassen dürfe, wenn er keine Schrotladung auf den Arsch gebrannt kriegen wolle. Der Onkel gehörte diesem Verein an und ging nur aus dem Haus, wenn es Zeit war, das weiße Laken überzustreifen und mit dem Flammenkreuz zu fuchteln. Seine Gesundheit erlaubte keine Arbeit, und er bekam eine monatliche Schwerbeschädigten-Rente von der Regierung, wegen seiner Lungen, die im Ersten Weltkrieg Gas abgekriegt hatten. Von der Tante hieß es, sie habe Cherokeeblut in den Adern. Sie arbeitete in einer Tomatenketchup-Fabrik. In Pring gab es sieben Kirchen, und der kleine Godfrey, den die Religion sehr anzog, besuchte sie alle. Er spielte gern Pfarrer, wobei er die anderen Jungen sich auf die Mädchen legen ließ, damit er ihnen ihre Sünden vorhalten konnte. Er gewann bei jedem Bibel-Quiz, das an den sieben Sonntagsschulen stattfand. Er war starrsinnig und unduldsam, aber nur in religiösen Dingen. Seine Lieblingskirche wurde nach einer langen Zeit des Abwägens die Pfingstkirche der Holy Rollers. Den Rassismus von Pring hatte er satt; deshalb verließ er die örtliche Schule, deren Leiter eines der lautesten Sprachrohre der Intoleranz war, und besuchte eine Schule in dem größeren Städtchen Richmond. Er sprach davon, Geistlicher werden zu wollen. Mit durchschnittlichen Noten, aber mehreren Bibelpreisen ging er von der Schule ab und ließ sich an der Universität von Indiana in Bloomington einschreiben. Dort schnitt er in allen exakteren Lehrfächern schlecht ab, wurde aber bald berühmt für sein Mundwerk. Er leitete einen Bibelkreis, mit einem hitzköpfigen Enthusiasmus, der manchmal abstoßend, aber immer faszinierend wirkte. Er heiratete eine Einheimische, die Tochter eines Zigarrenhändlers, Claudine Rogers, die fünf Jahre älter war als er, ebenso religiös, aber dem Vernehmen nach auch im Bett sehr temperamentvoll. Mit ihr ging er nach Indianapolis, wo er, ohne ordiniert zu sein, Pastor an der Eastbank-Kirche wurde. In dieser Stadt, wo der Nationalrat des Ku-Klux-Klan seinen Sitz hatte, war man gegen die Lehre von der Rassengleichheit noch unduldsamer als in Pring, und Manning predigte mutig ebendiese Lehre. Er wurde bei Gottesdiensten ausgebuht; tote Katzen wurden in die Kirchentoiletten gestopft; und NIGGERLOVER wurde an die Wände seiner Kirche gemalt. Nebenher studierte er an der Butler-Universität, brauchte zehn Jahre bis zum ersten Examen und wurde dann schließlich zum Priester der Jünger des Herrn Jesus ordiniert. Während dieser zehn Jahre verbrachte er einige Zeit in der »Wildnis« – was soviel hieß, daß er unter den Herumstreunern auf dem Lande predigte, denen die städtischen Spielautomatenhallen zu langweilig geworden waren, aber auch unter den Studenten in ihren Kneipen und in den Campus-Parks. Auf eigene Kosten hatte er ein Buch geschrieben und veröffentlicht, von dem ich, weiß Gott, gehört, das ich aber nie gesehen hatte. Stil und Inhalt konnte ich mir denken.

Als er es satt hatte, bei seiner Rückkehr in die Eastbank-Kirche immer wieder Rattenkadaver vorzufinden, beschloß er, seine eigene Sekte zu gründen, die Kinder Gottes, in einem Bezirk von Indianapolis, wo damals die armen Weißen gerade von noch ärmeren Schwarzen verdrängt wurden. Bei einem Besuch in Philadelphia ging er sich den Father Divine anhören, der seine Gemeinde mit Liebe und Brathähnchen beglückte. Er bewunderte seinen Stil und seine totale Herrschaft über die Gemeinde. Am meisten aber bewunderte er, was das Erfolgsgeheimnis des Father Divine ausmachte: die Glaubensheilungen.

Er hatte weiterhin unter dem Haß der Rassisten zu leiden. Beim Gespräch mit einem schwarzen Bruder an einer Bushaltestelle wurde er von einer Bierflasche getroffen. Seine Frau wurde im Supermarkt angespuckt. Er verstand seine Kirche als eine von der wilden, gefährlichen Welt belagerte Festung. Wie in allen Festungen mußte straffe Disziplin herrschen. Zur Treue brachte er seine Anhänger nicht nur durch Liebe und Beredsamkeit, sondern auch durch Strafen, manche davon drastisch-körperlicher Art. Er stellte eine Art kirchlichen Polizeitrupp auf. Seine gelegentlichen, unberechenbaren Gewalttätigkeiten machten ihn bei der eigenen Gemeinde nicht im mindesten weniger beliebt. Der Bürgermeister von Indianapolis gab ihm eine Stellung mit siebentausend Dollar Jahresgehalt als Direktor einer Menschenrechtskommission. Er sprach beredsam für Liebe und Toleranz und wurde dafür mit Steinen beworfen. In Telefonanrufen wurde er aufgefordert, aus der Stadt zu verschwinden. Er hielt an seinen Überzeugungen fest. Seine Gemeinde wuchs. Gelder begannen ihm zuzufließen. Er gab wöchentlich tausend kostenlose Mahlzeiten an die Bedürftigen aus. Er kaufte zwei alte Busse, um mit seinen Chören, Hilfspredigern, Stimmungsmachern und Leibgardisten auf eine Zeltmissions-Kampagne durch den Mittelwesten zu gehen. Er begann Kranke oder solche, die sich dafür hielten, zu heilen. In seinem Tempel in Indianapolis drängten sich die Leute zu Hunderten, um zu sehn, wie er Arthritis, Zahnschmerzen, Verdauungsstörungen, verkalkte Gelenke, Herzleiden, Epilepsie und Thrombose heilte. Ein kataleptisches Mädchen wurde hereingetragen, und er gab ihr die Bewegungsfähigkeit wieder, mit dem von seinem Lehrmeister übernommenen Ruf *Talitha cumi.* Eines Abends rief er einen Namen auf. Eine Frau stand von ihrem Platz auf und sagte, sie habe Krebs. Manning befahl ihr, auf die Kirchentoilette zu gehn, und das Gewächs aus ihren Eingeweiden auszustoßen. Ein Tuch mit einer schwarzen stinkenden Scheußlichkeit darauf wurde hereingetragen. Halleluja, lobet den Herren! Mannings Feinde behaupteten, es sei eine verfaulte Hühnerleber gewesen.

In einer grimmig-visionären Predigt sprach Manning von einem Engel, der ihm im Schlaf erschienen sei. Der Engel hatte ihm die nukleare Weltkatastrophe prophezeit, mit Feuer und verseuchten Niederschlägen. Sieben Orte auf der Erde würden von dem Unglück nicht berührt werden, und einer davon lag am Rand der Mojave-Wüste in Kalifornien. Dort sollten die Kinder Gottes ihren letzten Hafen finden. Und so geschah es. Am 17. Mai 1956 unterzeichnete Manning eine Urkunde, die den Kindern Gottes in Kalifornien den Status einer gemeinnützigen Vereinigung gab. Bei den Kaliforniern machte er sich beliebt. Er gründete ein Waisenhaus, ließ sich in Wohltätigkeits-Ausschüsse wählen und stiftete einen Hilfsfonds für die Familien im Dienst getöteter Polizisten. Geld war da; Gott oder God mochte wissen, wo es herkam. Wenn er nun im Tempel der Gotteskinder am Sunset Boulevard predigte, brachte er auch lokalpolitische Dinge zur Sprache, als einen Aspekt bei der Besserung einer christlichen Gesellschaft; er konnte über Wählerstimmen verfügen oder sie zumindest beeinflussen. Bei Auftritten im Fernsehen kam er glänzend an. Bankdirektoren und Diskjockeys, Geschäftsleute und Sheriffs glaubten an ihn. Sein Chor sang und gewann mit der Zeit einen fast so guten Ruf wie der Mormonenchor von Salt Lake City. Die Zeitungen der Küstenregionen schrieben viel über seine Arbeit. Mit ausgewählten Mitgliedern seiner Gemeinde fuhr Manning in die Bezirke

Fillmore und Bayview in San Francisco. Auf ihren Bussen stand in großen Lettern GOD IS EVERYWHERE, EVEN HERE. Ein Regen von Flugblättern ging auf die Straßen nieder.

GOD MANNING ... der Wunderbare ... der Unglaubliche ... der Geliebte Jünger ... Seht Gottes Werk in wunderbaren Heilungen, die den Lehren moderner medizinischer Forschung keineswegs widersprechen! Die Kraft der heilenden Hand ist die seltenste aller irdischen Kräfte, aber dennoch wird sie von Ärzten überall auf der Welt anerkannt. Keines Menschen Heilkraft ist gleich der von God Manning ...

God Manning bringt euch nicht nur Christi Botschaft ... er bringt euch Christus selber in seiner wunderbaren Gegenwart. Kommet und sehet! Kommet und glaubet! Kommet und schließt euch ihm an, alle, die ihr mühselig und beladen seid, und er wird euch Ruhe geben. Frieden wird er euch geben, Liebe, Sicherheit, Zufriedenheit ...

Kapellen, Tanz, Gospel-Gesang, der Himmlische Chor, Predigten voll göttlicher Begeisterung!

Und, nicht zu vergessen natürlich, Spenden.

Auch ein paar nicht sehr vorteilhafte Dinge waren durchgesikkert. Manning allein durfte Fleisch essen. Alkohol war streng verboten, aber Manning selbst hatte eine gutbestückte Hausbar. Er schluckte ständig allerlei Pillen. Wie der Prophet Abraham hatte er etliche Leibmägde. Manche seiner Jünger liefen fort, und manche, die fortgelaufen waren, wurden zurückgeholt. Diejenigen, die nicht zurückgeholt worden waren, brachten den größtmöglichen Abstand zwischen sich und das Redfern Valley und hatten dann immer noch Angst, wenn es nachts an ihre Türe klopfte. Im Umkreis des Gotteskinderlagers patrouillierten Bewaffnete mit scharfen Hunden. Manning hatte eine Leibgarde schlagringbewehrter Jünger. Aber alle, die seine öffentlichen Predigten oder seine maßvollen, beredten Ansprachen im Rundfunk und Fernsehen hörten, waren zutiefst überzeugt, es mit einem Erlöser, »rarer als Radium«, zu tun zu haben. Manche sagten, wenn sie seine wiederholten Warnungen vor dem Weltende hörten, er sei ein Spinner wie jene anderen, die nur Joghurt und Körner aßen, doch niemand konnte leugnen, daß auch Christus vor der bevorstehenden Vernichtung aller Dinge gewarnt hatte. Okay, aber das war vor zweitausend Jahren gewesen, klar? Und passiert war es immer noch nicht. Klar, aber nur ein Grund mehr, warum es jetzt passieren konnte. Damals hatten sie eben noch keine Atombomben gehabt. Und daß einer den Leuten sagte, sie sollten rein, ehrlich, gewissenhaft und gottesfürchtig sein, konnte man ihm kaum als Fanatismus auslegen. Herrgott, Mann, der Papst von Rom sagt doch dasselbe, und der ist nun wirklich kein Spinner!

Gar nicht geheuer war mir der Tenor einer Predigt, die zwischen all den Zeitungsausschnitten und Handzetteln wiedergegeben war. Die Bibelstelle, über die Manning predigte, hieß »Fürchtet nicht jene, so den Leib töten ...« Der Mensch hatte die Pflicht, so lange er konnte im Fleische zu leben, denn das Fleisch mit allen Regungen und Bedürfnissen, die es mit einschloß, war vom göttlichen Wesen geschaffen, doch das wahre Leben, wie der Sohn des göttlichen Wesens uns gelehrt hatte, war das Leben des Geistes, und der Geist war dasjenige, was übrig blieb, wenn man den Körper fortnahm. Wenn es zum Schlimmsten kam wie bei der Christenverfolgung und am Tage des Harmagedon, dann frohlockte der echte christliche Märtyrer bei der Aussicht auf den Verlust des Leibes, denn nun konnte das Leben des Geistes erst wahrhaft beginnen. Alle Kinder Gottes mußten also bereit sein, diese verderbliche Hülle von sich abzutun und den unsterblichen Leib anzulegen, der vom gleichen Stoff wie der Geist war.

In der dicken Akte stand noch vieles, aber mir schmerzten die Augen vom Lesen in dem trüben Licht. Melvin Withers, dem sein Mundgeruch vorausging, kam wieder an den Tisch und gab sofort einer der katzenäugigen Kellnerinnen das Zeichen für Kognak. Ich sagte: »Alles ziemlich genau so, wie ich's mir gedacht habe. Ein sehr amerikanisches Phänomen. Gefällt mir gar nicht, Melv.«

»Ihr kleiner schwarzer Freund hat sein Hemd ausgezogen und mir die Spuren auf seinem Rücken gezeigt. Sie sahen aus wie Striemen von einer Peitsche. Er will immer noch beschwören, daß sein Bruder eines Nachts verschwunden ist, einfach so. Aber das bringt ihn nicht weiter.«

»Kann denn nicht jemand eine Untersuchung anstellen? Eine Kommission des Staatsgouverneurs? Oder der zuständige Senator oder Kongreßabgeordnete?«

»Man müßte echte Beweise für Gesetzwidrigkeiten oder Verbrechen haben. Mit einer ganzen Schar Zeugen, einer schön nach dem andern. Sehn Sie, Ken, das ist eine religiöse Vereinigung, mit sehr, sehr vielen Vorrechten. Die Polizisten haben genug mit den Verbrechen zu tun, die vor ihren Augen auf der Straße passieren;

sie brennen nicht darauf, auch noch nach Dingen zu fahnden, die es vielleicht gar nicht gibt. Wenn sie den God Manning in Ruhe lassen, erweist er sich auf sehr handfeste Weise dankbar. Für die Gemeinschaft als solche stiftet er keinen Schaden.«

»Ich habe Ihnen erzählt, was er mit mir gemacht hat. Meine Groß- oder Kleinnichte hat vor Angst schier die Hosen verloren – ach so, nein, die waren vielmehr das einzige, was sie noch hatte. Sehen Sie es mal mit meinen Augen – älterer Schriftsteller von internationalem Ansehen wird da hinausgeworfen, unter sehr ungehörigen Reden. Das paßt mir gar nicht, besonders, weil ich nur meine Pflicht getan habe. Dieser Mann ist *böse*. Ich habe Angst um meine Groß- oder Kleinnichte.«

»Sie hat es so gewollt. Niemand hat sie gezwungen, da hinzugehn.«

»Sie ist noch ein Kind. Sie weiß es nicht besser. Und solche wie sie hab ich viele gesehn. Kann man denn gar nichts tun?«

»Ich habe schon Sachen geschrieben. Ich mag den Halunken auch nicht und hab ihn nie gemocht. Ich bin immer froh, wenn ich ihm eins auswischen kann. Aber nur eine von meinen Sachen ist je erschienen, und da hat Manning gleich schweres Geschütz aufgefahren. Er hat mit Verleumdungsklage gedroht, und das ist dann außergerichtlich beigelegt worden. Mit substantiellen Entschädigungen, wie man das nennt. Mir wurde mit dem großen Nikotinfinger gedroht.« Sonderbarerweise waren Melvins Finger nicht nikotingelb – es mußte etwas damit zu tun haben, wie er die Stengel hielt. »Sie müssen sich die Sache aus dem Kopf schlagen, Ken.«

»Ihr Staatsgouverneur ist ein guter alter Bekannter von mir. Aus der Zeit, als wir beide noch in Hollywood waren. Er sollte mal in einer von meinen Sachen mitspielen, aber es wurde nichts draus. Wenn ich mit dem sprechen würde?«

»Er würde keinen Finger rühren. Die Kusine seiner Schwägerin ist auch bei dem Verein und lobet den Herren. Und im Leben unseres Herrn Gouverneurs gibt es Zeiten, wo ihm Mr. Manning sehr, sehr nützlich ist. Zum Beispiel bei Wahlen. Und sollte unser Herr Gouverneur, womit er ja schon seit langem droht, doch noch eines Tages beschließen, sich um das Präsidentenamt zu bewerben– nein, dabei käme nichts heraus.«

»Wo zum Teufel kommt denn das ganze Geld her?«

»Erstaunlich, wie kleine Scherflein sich addieren! Besonders, wenn man keine Steuern zahlt. Wie man sagt, den Seinen gibt's der

Herr. Ken, ich habe kein Geld zu verschenken. Ihr kleiner schwarzer Freund macht sich buchstäblich, und ich meine buchstäblich, in die Hosen. Er hat einen Onkel und eine Tante, oder was er so nennt, in Arkansas. Ich meine, wir sollten ihn so bald wie möglich in einen Bus setzen. Können Sie helfen?«

Über Nacht stieg ich im Beverly Wilshire ab. Das Hotel rief mir Ralph in Erinnerung und meine jetzige Einsamkeit. Ich rief Geoffrey Enright in San Jaime an. Ob er sich morgen im Algonquin mit mir treffen wolle? Wir könnten dann zusammen nach Tanger fliegen.

»Mein Guter, das werden Sie nie bereuen! Das einzige Problem im Moment ist, wo ich das Geld für den Flug hernehme. Nein, halt, keine Sorge, kein Problem! Lutscher-Labrick hat heute vormittag grad fünfhundert Dollar von der Bank abgehoben. Da nehmen wir uns, was wir brauchen, um unser vergnügungssüchtiges Ich nach Fun City, ins Dicke Ei oder wie man's nennen will zu schaffen. Eilt ja nicht, daß wir nach Tanger fliegen, nicht? Es gibt allerhand Sachen, die ich Ihnen da zeigen kann, in den *unfeineren* Gegenden von Manhattan. Mein Guter, wir lassen die Sau raus! *Tutti frutti!*«

Nach den Kindern Gottes war Geoffrey wie ein frischer Wind moralischer Gesundheit.

76

»Dein alter Schnucki, der Papst«, sagte Geoffrey, »scheint mir jetzt in Vorahnungen vom Letzten Loche zu schweben.«

Wir saßen beim Frühstück unter den Oleanderbüschen im Garten. Geoffrey, der von sich glaubte, daß er noch im Wachsen sei, verlangte jeden Morgen Eier und Schinken. Ich sah ihm zu, wie er sich genüßlich vollfraß, während ich an einer Scheibe Toast mit Coopers Orangenmarmelade nagte. Er hatte den *Daily Telegraph* von gestern vor sich gegen die übergroße Kaffeekanne gelehnt. Inzwischen war es nicht mehr Ali, der für uns kochte. Ali hatte sich aus dem Kochen nie viel gemacht, und sein Repertoire war immer ein bißchen beschränkt gewesen. Nun hatten wir Hamid als Koch, der im Miramar aus der Küche rausgeflogen war; Ali hatte ich dafür zum Majordomus befördert.

»In Moskau?« fragte ich.

»Ja, in Moskau, vermaledeites Drecknest! Die haben ihm was

in seinen Borscht getan, würde mich nicht wundern. Vielleicht ein seltenes sibirisches Schamanengift in den roten Kaviar. Während er in unbeflecktem Russisch vor dem Präsidium des Obersten Sowjets sprach«, improvisierte Geoffrey aus der Zeitung, »wurde Seine Heiligkeit von einer Folge heftiger Stiche in der Wampe befallen. Er entschuldigte sich, und alle Leute sagten *Da da da ochin khorosho!* Die sofort herbeigerufenen Ärzte des Kreml verordneten strikte Enthaltung von allem weiteren Geschwätz über die warme Brüderlichkeit unter den Menschen. Schlaucht ihn zu sehr, das arme alte Schwein! Brüderchen Mensch, das ist Schwerarbeit! Das Herz, mein Guter«, sagte er, von der Zeitung aufblickend. »Ich sag's dir ja, er hat keinen, der auf sein Herz aufpaßt, so unermüdlich oder so ungemütlich wie ich auf deines.«

»Er hat doch Dr. Leopardi. Damals in Moneta hatte er Dr. Leopardi. Auf Leopardis Fähigkeiten hat er immer geschworen.«

»Ach was, Fähigkeiten, aber die Liebe! Der hat eben niemanden, der arme alte heilige Vogel, der ihm eine richtig schöne heilige Triole bläst.«

»Wenn du das auf mein Herz aufpassen nennst, diesen, ähm, Ausflug ins Herz der Kasbah, auf den du mich gestern abend mitgenommen hast–«

»Aber Kenneth, mein Engel, du bist doch besser auf Draht als je zuvor. Du bist wiedererweckt, du lernst doch jetzt erst *das Leben* kennen!«

Es stimmte. Kleine braune Knaben, Kif, Kanthariden. Ein tüchtiges Tagespensum über dem langen Roman, von dem ich mir gelobte, daß er mein letzter sein solle, einen steifen Gin Tonic vor dem Abendessen und nachher ein kleines sexuelles Abenteuer, nicht ohne die Würze der Gefahr. Und dann zu Bett mit Geoffrey, der meinem alternden Körper neue Pfade der Verjüngung gezeigt hatte.

»Und nun«, sagte Geoffrey, nachdem er sich vergewissert hatte, daß die Kaffeekanne leer war, »nimm die Peitsche und treib mich an die Arbeit!«

Wir gingen zusammen ins Haus. Ali sang ein klägliches Liebeslied von den Atlashängen, während er die Möbel polierte. Geoffreys Arbeitszimmer war aufgeräumt; frischgewaschene Nylongardinen dämpften das Sonnenlicht. Seine elektrische Schreibmaschine hockte in Wartestellung, ein Briefchen Effacil an der Seite festgeklemmt. »Also das hier«, sagte Geoffrey, »habe ich dieser

Anöderin geschrieben. Hör zu! Sehr geehrte gnädige Frau, mit Interesse nehme ich zur Kenntnis, daß ich nach Ihrer sehr phantasievollen Darstellung in meinem Roman *Irdische Mächte* für eine weibliche Nebenfigur Ihre verblichene Schwester zum Vorbild genommen habe. Ich habe Ihre verehrte Schwester nie gekannt, weder vor, zu oder nach ihren oder meinen Lebzeiten. Sind Sie sicher, daß Ihre Schwester nicht vielmehr meine Romanfigur zum Vorbild genommen hat? Ich habe zu viel zu tun, um diesen Albernheiten auf den Grund zu gehen, mit denen Sie sich Ihre anscheinend überreichlich bemessenen Mußestunden verkürzen. Lecken Sie mich am Arsch, Ihr sehr ergebener etcetera.«

»Die letzte Unartigkeit würde ich weglassen.«

»Ich hab's auch nicht hingeschrieben.«

»Na dann gut!«

Wir kamen tatsächlich sehr gut miteinander aus. Allzu gut, wie die Lebenserfahrung und die Bekanntschaft mit diversen Treulosigkeiten mir hätten sagen sollen. Ich hatte allen Grund, dem allzu beschaulichen Glück zu mißtrauen. Immerhin verwehrte meine aufgedonnerte alte Muse mir jede Selbstgefälligkeit. Sie warf mir die abgegriffensten Wendungen und Situationen vor die Füße. Die Kritiker würden Sachen schreiben wie diese: »Was Toomey uns hier vorsetzt, in diesem dickleibigen, aber dennoch viel zu teuren Roman, ist eine Art vorsorglicher Schwanengesang. Nur hört man darin leider viel öfter das Schnattern der Gänse als den Ton aus der Schwanenkehle.« Aber, wie schon immer, pfeif auf die Kritiker! Ich arbeitete. Und arbeitete. Wir arbeiteten. Zu Mittag nahmen wir nur einen leichten Imbiß, Kräuteromelette, eine Flasche Vichy und ein paar Pfirsiche. Wir hielten zusammen eine Siesta, dann gab es Tee und wieder Arbeit bis Sonnenuntergang. Abends spazierten wir über die Esplanade. Juanito, der Zeitungsjunge mit den ausländischen Blättern, bot uns die *Times* an, *Mail, Express* und *Mirror.* Geoffrey sagte wie immer: *No gracias. No sé leer.*«

»Moment«, sagte ich. »Anscheinend hast du recht gehabt, daß es mit ihm zu Ende geht.« Ich gab dem Jungen ein paar Dirham und las auf der Titelseite der *Times:* Papst in größter Eile mit Aeroflot nach Rom zurückgebracht. Es ging ihm gar nicht gut. Gebete, Gebete, Gebete. Schwerer Herzanfall. »Du lieber Himmel, schau dir das an!« Wir setzten uns an einen Außentisch vor dem Papagayo und lasen, daß der Heilige Vater, der bekanntlich als Waise unbekannter Eltern von der Familie Campanati in Mailand (die genauere Angabe, Gorgonzola, hätte vielleicht irgendwie unehrbietig gewirkt) adoptiert worden war, keine lebenden Angehörigen aus seiner Adoptivfamilie mehr hatte. Domenico Campanati, der bekannte Unterhaltungskomponist, war Anfang dieses Jahres an Thrombose gestorben. Seine Witwe, die Schwester des bekannten britischen Schriftstellers Kenneth M. Toomey, war aus ihrer Wohnung in Bronxville, N. Y., herbeigerufen worden, sich ans Krankenlager des Papstes zu begeben.

»Warum denn bloß?« fragte ich, und Geoffrey fragte: »Ob sie das machen wird? Du hast immer gesagt, sie konnte den alten Halunken nicht leiden.«

»Aber warum? Warum Hortense? Was könnten die beiden sich jetzt irgend zu sagen haben?«

William Sawyer Abernethy, der den Pater Rolfe verehrte und ein Buch über ihn geschrieben hatte, kam zu uns her geschlurft, in weißem Anzug und Panamahut, setzte sich unaufgefordert hin, gab dem Kellner ein Zweifingersignal, das Ricard pur mit Eis bedeutete, und sagte: »Es sieht aus, als ob's mit ihm zu Ende geht. Er ist ein großer Papst gewesen.« Abernethy hatte keine Religion. »Er hat mehr geleistet als irgendwer sonst, um das allgemeine Vertrauen in die katholische Kirche wiederherzustellen. *Ignis Cibi Inopiae* ist ein großes humanitäres Dokument. Er hat der Menschheit etwas von ihrem längst verlorenen Vertrauen in sich selbst wiedergegeben. Die neue Liturgie von Kampala war ein Geniestreich. Was hat dies Gerede zu bedeuten, daß Ihre Schwester ihn besuchen wird?«

»Vielleicht macht sie's gar nicht.«

»Im Radio hieß es, doch. Die haben gleich Reporter zu ihr geschickt. Sie fliegt hin, auf Kosten des Vatikans. Zusammen mit dem Erzbischof von New York.«

»Das ist aber doch ein bißchen unanständig, diese Eile«, sagte Geoffrey pingelig. »Der alte Halunke ist ja noch nicht tot.«

»Es geht schnell bergab«, sagte Abernethy und schüttete schnell seinen Ricard hinunter. »Nett, Sie beide mal wieder zu sehen. Er war ein großer Papst.«

Hortense, die geheimnisvolle Frau aus New York, wie sie im *Daily Mirror* genannt wurde, oder die rätselhafte Piratin, wie sie der weniger galante Kommentator vom Europäischen Nachrichtendienst der BBC am Morgen nach ihrer Ankunft in Fiuminico titulierte, blieb bei Carlo von dem Augenblick an, wo sie sein Krankenzimmer betrat, bis zu seinem Tode knapp zwei Stunden später. Über eine Stunde lang war sie während dieser Zeit mit ihm allein. Dann kamen der Kardinaldekan, der Kardinalvikar von Rom und der *sostituto* ins Zimmer. Hortense wollte sich zurückziehen, aber der Sterbende winkte ihr aufgeregt, sie solle dableiben. Der Kardinal-Staatssekretär gab ihm die letzte Ölung. Während dieser ganzen Amtshandlung hielt Carlo die Hand des Prälaten umklammert und betete, zum gelinden Mißfallen der umgebenden Würdenträger, in der Sprache seiner Adoptivmutter. Seine letzten Worte lauteten, »*Lord hear my prayer and let thy cry come unto me*« – eine Vertauschung der Pronomina, die für mich einen Sinn ergab. Als Hortense nach seinem Tode das Zimmer verließ, wollte sie keinem Reporter sagen, worüber sie mit ihm gesprochen hatte.

Bei der Rückkehr aus Sowjetrußland hatte er darauf bestanden, im Hubschrauber nach Castelgandolfo geflogen zu werden. Es war Sommer, der 3. Juni, eine Zeit, zu der sich der Papst normalerweise dort aufhielt. Zwei Tage lag seine Leiche aufgebahrt in diesem Schloß auf dem Lande, bewacht von zwei Schweizergardisten und nur von einer einzigen Kerze beleuchtet. Auf den Treppen schoben und drängelten sich die Gläubigen heran, um einen guten Blick auf die Leiche zu bekommen, die sehr schnell in Verwesung überging. Frauen weinten und wurden ohnmächtig. Er hatte Anweisung gegeben, daß niemand ihn als Sterbenden oder Toten fotografieren dürfe, in Erinnerung an Galeazzo Lisi, den Leibarzt seines Vorgängers, der die Fotos von Pius *in extremis* verkauft und eine gräßliche Pressekonferenz über die Todesursachen gegeben hatte. Trotz seines Vetos blitzten die Kameras, und Tausend-Lire-Scheine wechselten die Besitzer.

Der verwesende Leichnam wurde sodann in einem motorisierten Leichenwagen nach St. Peter in Rom überführt. Langsam zu fahren ist unter Italienern unmöglich; daher mußte es genügen, daß der Wagen ein gleichmäßiges Tempo hielt. Ein Geleitschutz auf Motorrädern brummte und knatterte davor und dahinter, links und rechts; Hubschrauber surrten darüber. Der Trauerzug hielt kurz bei San Giovanni Laterano, der Kathedrale der römischen Diözese, so daß Kardinal Paolo Menotti, der hier den Bischof von Rom in seinem Amte vertrat, einen Psalm beten konnte. Dann übernahm der Bürgermeister von Rom, ein Kommunist, die Verantwortung für die Sicherheit der päpstlichen Leiche auf dem Weg durch die Stadt bis nach St. Peter. Die politischen Terroristen hatten zu verstehen gegeben, daß die Leiche gegen jede Entführung immun und ihre Abschirmung mit Panzern und Maschinengewehren daher unnötig sei. Bis zu einem gewissen Maße wurde dies als ehrlich gemeinte Waffenstillstandserklärung aufgefaßt; aber dennoch waren die Sicherheitskräfte so wachsam, wie es in Italien nur möglich ist, und Carlos Trauerzug erinnerte ein wenig an ähnliche Geleitfahrten im alten Chikago. Auf der Piazza San Pietro, wo das vatikanische Territorium beginnt, sah man den Bürgermeister sich erleichtert den Schweiß von der Stirne wischen, als er seine Bürde weitergab. Die Leiche wurde in der großen Basilika aufgebahrt, und die Massen kamen, um bei ihr zu wehklagen. Auf das Klicken der Rosenkranzperlen antwortete das Klicken der Odorokos, Oyayubis und Kugwatsus. Die Gendarmen des Vatikan schoben die Leute unsanft vorwärts, rechts um, raus. *Avanti, avanti!*

Trotz der unauffällig angebrachten elektrischen Ventilatoren war die Luft um Carlos Leiche nicht wohlriechend. Er hatte Anordnungen hinterlassen, ihn nicht einzubalsamieren. Dies war die verderbliche Hülle, die abgetan werden mußte. Das Gesicht hatte die Farbe starken Tees angenommen, die Ohren waren schwarz, der Mund bleckte idiotisch die immer noch starken Zähne. Mein Vater, der nun schon lange in seinem Grab in Toronto verwest war, hätte sie bewundert und von Verschwendung gesprochen.

Carlo hatte um ein schlichtes, frommes Begräbnis gebeten, ohne Katafalk oder Denkmal. Sein Denkmal war um ihn, die Welt, der er ein Bild ihres Wertes, ihrer Würde und Wesensgüte wiedergegeben hatte. Der schlichte Sarg stand vor dem Altar auf dem Boden, und darauf lag das aufgeschlagene *Rituale Romanum.* Die Kardinäle waren in Rot, nicht in Schwarz, und sie trugen die Mitren, um ihr Bischofsamt zu betonen. Ein Bischof ist wie der hl. Ambrosius, ein handfester, streitbarer Bursche mit Hoden. Die Bildhauerin, die Kampf und Sieg des Ambrosius im Basrelief dargestellt hatte, war anwesend. In ihrer eleganten Trauertracht, die von einem römischen Couturier stammte, und mit der echt piratenhaften Augenklappe fand sie lebhafte Beachtung. Das österliche Halleluja wurde gesungen: *Vita mutatur non tollitur.* Dann wurden die Überreste Gregors XVII. in der Krypta von St. Peter zur Ruhe gebettet, nicht weit von den Gebeinen des erstaunten Fischers, der im Kopfstand das Licht der Welt hatte erlöschen sehn.

Ein paar Tage nach dem Begräbnis wurde Carlos Testament veröffentlicht. Er hinterließ keine irdische Habe. Das Vermögen der Familie Campanati war für die leidenden Kinder Israels verwendet worden. Seinen Brüdern und Schwestern, die sich mit einer Jahreswachstumsrate von fünfzig Millionen Seelen vermehrten, hinterließ er die Schönheit der Erde und deren Fruchtbarkeit, die Gewißheit des göttlichen Wohlwollens und die sichere Aussicht auf den Himmel.

77

Tod und Begräbnis eines beliebten Papstes verdrängten solche Trivialitäten wie Morde, Unruhen oder Erdbeben von den Titelseiten der Zeitungen, sogar in den Ländern des Sowjetblocks. Je näher aber die Erscheinungsorte der Zeitungen an der kalifornischen Mojave-Wüste lagen, desto weniger Raum widmeten sie den Trauer- und Freudenfesten im fernen Rom, einer Stadt, die denn doch zu verflucht weit westlich von Tokio liegt. Die schreckliche Auflösung der Kinder Gottes ließ die schockierten Redakteure die größten Schriftgrade für die Schlagzeilen aufbieten, und die Leitartikler schöpften alle Register ihres Vokabulars aus.

Godfrey Manning wurde von der Polizei ohne viel Mühe im Flughafen von Los Angeles geschnappt. Seinen Kopf konnte er verändern, indem er das Toupet abnahm und sich einen falschen Schnurrbart anklebte, aber seine Augen konnte er nicht verbergen. Passagiere bei den internationalen Flügen erregten immer Verdacht, wenn sie in der milden Nachtbeleuchtung der Abflugswartesäle dunkle Brillen trugen, und an den Kontrollschaltern bestanden die Polizisten auf der Abnahme der Brillen. Manning versuchte, mit einem echten US-Paß auf den Namen Carlton Goodlett auszureisen: Ein schnurbärtiger Kahlkopf blickte aus dem Foto auf die schmutzige Welt mit Augen, die erfolglos ihre prophetische Inbrunst zu verleugnen suchten. Er hatte einen Flug Erster Klasse einfach nach Valparaiso gebucht. Sein Handkoffer enthielt eine Million Dollar in Hunderterscheinen. In seinem schon aufgegebenen Gepäck waren eine weitere Million und Juwelen, von reichen Frauen gestiftet, die in den Himmel kommen wollten, ohne an ihrem Leben allzu viel ändern zu müssen. Manning schien ein wenig erleichtert zu sein, daß man ihn festnahm. Er war nicht gewohnt, vor etwas davonzulaufen, außer vor dem drohenden nuklearen Weltenbrand.

Seine Geschichte ist bekannt genug. Sie hat auch schon in Bücher Eingang gefunden. Er erzählte sie in der Innenstadt von Los Angeles, wie ein Mann erzählt, dem alles schiefgegangen ist, weitschweifig und sich wiederholend, über mehreren Pappbechern Kaffee – einem Getränk, das früher ein Greuel vor dem Herrn gewesen sein sollte. Er rauchte sogar Zigaretten, ungeschickt wie ein Mädchen bei seiner ersten. Manchmal weinte er. In seinen Augen sah man eine seltsame Mischung von Grauen und Selbstgerechtigkeit.

Die Tochter des Kongreßabgeordneten Robert Lithgow, ein fünfzehnjähriges Mädchen namens Lydia, hatte zusammen mit einer Freundin eine Missionsveranstaltung Mannings in Eugene, Oregon, besucht, und die Kraft und Güte, die von dem Manne ausströmten, hatten sie überwältigt. Sie erklärte sich als zu der Sekte bekehrt und wurde in Mannings privater Limousine in die Heimstatt der Gotteskinder nach Redfern Valley gefahren. Ihre Freundin, die nicht so leicht zu verführen war, hatte der Familie Lithgow alles berichtet, und der Kongreßabgeordnete, der sich damals in seinen gesetzgeberischen Amtsgeschäften in Washington aufhielt, hatte Schritte in Berufung auf das Mann-Gesetz unternommen. Mit der Behauptung, seine Tochter sei zu einem unmoralischen Zweck über die Staatsgrenze verschleppt worden, war es ihm gelungen, sich die Unterstützung des FBI zu sichern. Er wollte Einlaß in das Lager und die Rückgabe seiner Tochter verlangen, zumindest ihrer Person, denn ihre Seele war ein anderes Kapitel. Am Abend des gleichen Tages, an dem Carlo starb, war Lithgow mit seiner Frau am Tor des Lagers vorgefahren. Hinter ihnen, in einem Dienstwagen, kamen vier bewaffnete Beamte des FBI. Lithgow hatte Einlaß gefordert und war von den Wachen abgewiesen worden. Daraufhin hatte der leitende FBI-Beamte Einlaß im Namen der Regierung der Vereinigten Staaten gefordert. Auch er wurde abgewiesen. Der Beamte zog die Pistole, um seiner Forderung Nachdruck zu geben. Ein nervöser Wächter schoß und verwundete ihn am rechten Arm. Ein anderer Beamter schoß auf den Wächter und traf ihn tödlich. Die übrigen Wächter zogen sich ins Wachthäuschen zurück, das ihnen Deckung bot. Einmal begonnen, folgte die Schießerei ihrer eigenen Logik. Lithgow und seine Frau lagen tot am Boden. Zwei FBI-Beamte waren tödlich verwundet. Der leitende Beamte schoß auf das Fenster des Wachthäuschens und bekam seinerseits einen Herzdurchschuß. Der letzte der vier Beamten, der schnell Blut verlor, stieg in den Dienstwagen und wollte losfahren und Verstärkung holen. Einer der Reifen war zerschossen. Er stieg aus, um den Wagen der Lithgows zu nehmen. Bevor er ihn erreichte, wurde auch er abberufen.

Als Manning von den Wachen durchs Telefon die Nachricht erhalten hatte, ließ er im ganzen Lager die Jubelglocken läuten, das Zeichen zur sofortigen Versammlung in dem großen Gebetshangar. Alle mußten kommen, ob Kinder, Kranke, Aufseher, Sekretäre oder Hilfsgeistliche. Diesmal war Eile geboten: keine Zeit für den gemessenen Schritt oder Gleichschritt der Andacht, sondern Tempo, Laufschritt, und wenn nötig, mußte die Peitsche den Leuten Beine machen. Aber wie immer war es eine langwierige Angelegenheit, die Kinder Gottes, alle siebzehnhundert, in die Halle zu bekommen. Jeder der Gläubigen bekam beim Eintritt den Leib des Herrn in Plastikfolie, wie üblich, nur war die Oblate diesmal ein bißchen kleiner und sah eher wie eine Pille aus. Alle, auch Mannings Gehilfen, erhielten Anweisung, das kleine Samenkorn des ewigen Lebens in der Hand zu behalten. Endlich waren alle da. Diesmal spielte keine Orgel, und auf alle Beleuchtungskunststükke, die sonst eine andächtige Stimmung erzeugen halfen, wurde verzichtet. Nacktes, hartes Licht von der Decke zeigte an, daß es diesmal ein ernstes Werk zu verrichten gab, ohne alles Getändel mit Heilungen und Gebeten.

Mannings Predigt war kurz. Er hatte die Kinder immer darauf vorbereitet, daß der Feind eines Tages angreifen werde. Die Vorhut des Feindes war abgeschlagen worden, aber bald würde der Böse mit Macht heraufziehen, mit allen Kräften und Techniken der Vernichtung.

»Fürchtet nicht jene, so den Leib töten!« rief er von der Kanzel. »Die Stunde ist da, diese verderbliche Hülle abzutun. Eine Sekunde, und wir sehen uns alle im Himmel wieder. Nehmet und eßt! Dies ist mein Leib.« Die Wachen am Tor mußten auf einem etwas weniger kurzen Weg ins nächste Leben gelangen.

Manning beaufsichtigte den fast augenblicklichen Tod der siebzehnhundert Erwachsenen. Die Kinder waren nicht so fügsam; sie spuckten die bittere Hostie aus. Von seiner Kanzel herab sah er mit an, was er sich oft vorzustellen versucht hatte; Bilddokumente aus den Konzentrationslagern der Nazis waren seiner Phantasie zu Hilfe gekommen. Unzählige Leiber sackten zusammen wie in einem ungeschickten Versuch, in dem allzu engen Raum zwischen den Sitzreihen zum Gebet niederzuknien, die Augen zu oder glasig, mit dem Riktus nach der bitteren Austrocknung des Mundes, die Arme in automatischer Demutsgeste schwer oder schlaff herabfallend, und all dies in einer den entsetzten Blick überfordernden Massenhaftigkeit. Es gab auch Geräusche – Röcheln aus den Hälsen und Entleerung von Eingeweiden – und Fäkalgerüche durchsetzten die Luft. Die heulenden Kinder machten ihn nervös, und mehr noch diejenigen Kinder, die nicht heulten, sondern ihn mit den harten Augen der Verwunderung anstarrten. In dieser Riesenfamilie gab cs keine Kleinfamiliensentimentalität. Nirgendwo ein Paar, das sich im Tod umarmte; nirgendwo ein Kind, das an seinen toten Eltern herumzerrte, um sie wieder aufzuwekken. Es gab keine Mutter, nur den einen Vater. Dieser Vater stieg nun von seiner Kanzel herab und näherte sich einer Dreizehnjährigen, die ihre Hostie, ihre Medizin oder ihren Quietus nicht hatte nehmen wollen. »Hör mal, meine Kleine!« sagte er, »wir wollen doch alle zusammen gehn. Ich gehe zuletzt, weil ich euch alle für die Nacht unterbringen muß, oder nein, für den Tag, den Tag, der für diese alle schon anbricht, die der schrecklichen Welt nun ledig sind. Da, nimm jetzt den Leib des Herrn, bist doch ein braves Mädchen! Du sollst den Leib des Herrn nehmen, verdammt noch mal, hab ich gesagt!« Sie schüttelte den Kopf und heulte, und er überlegte, wie er sie am besten töten könnte. Obwohl es ihm genügt hätte, sie zu betäuben, versuchte er sie zu erwürgen, aber sie machte sich los und rannte durch den Mittelgang zwischen den Sitzreihen mit den überhängenden Toten. Sie rannte schreiend und mit weichen Knien nach draußen, die einzige überlebende Augenzeugin.

Verzweifelt, mit wenig Kraft und viel Schweiß versuchte er die Kleineren zu töten, zuerst durch Ersticken unter seiner Jacke, dann durch Erwürgen oder, in vier Fällen, indem er sie an den Füßen packte und sie mit dem Kopf auf die Kante der Sitzlehnen hieb. Er hatte nie gedacht, daß es so lange dauern könnte, einen Kinderschädel zu zertrümmern. Manche ließ er wimmernd liegen. Er mußte jetzt hier fort. Nein, eigentlich mußte er jetzt mit seiner Herde sterben. Nein, Selbstmord wäre eine Todsünde. Und doch durfte sein Fehlen bei dieser grotesken Versammlung der bis in den Tod Getreuen nicht bemerkt werden. Es mußte so aussehen, als wäre er mit ihnen gen Himmel gefahren, vielleicht schon eine Sekunde früher, so daß er sie dort lächelnd begrüßen könnte. Er ging hinter die Bühne, wo Benzinkanister für eine Eventualität wie diese seit langem bereitstanden. Die Aussicht auf den Tod hatte er sich, wenn auch nur im Nachempfinden, beinahe jeden Tag vor Augen geführt. Obwohl Nichtraucher, hatte er sogar das Mittel zur Entzündung in der Tasche, ein juwelenbesetztes Feuerzeug von Tiffany, gestiftet von einer Mrs. Henderson, die nicht zu seinen Schäfchen gehörte, aber aus sicherer Entfernung seine Arbeit bewunderte. Ihrem Gelübde, sich des stinkenden Krautes und anderer gottloser Reizmittel zu enthalten, hatte sie durch dieses Geschenk Ausdruck verliehen. Es war vorgekommen, wenn er die Verderbten und Mächtigen zu Stiftungen überreden wollte, daß er selbst ihnen Feuer gegeben hatte, so wie er auch über anderer Leute Flaschen nachsichtig lächeln konnte. Macht euch den Mammon der Redlichen zum Freunde! Manning goß einen ganzen Kanister Benzin in den Mittelgang des Gebetshauses. Seine Tante fiel ihm ein, wie sie einmal nach einem Film mit Abbott und Costello gesagt hatte, das Publikum sei gestorben vor Lachen. Der Kerl bringt mich noch um! Ihm war, als ob er vom Eingang her Schüsse hörte. Er nahm das Tiffany-Feuerzeug zur Hand und überlegte, ob er es angezündet in die stark riechende Flüssigkeit werfen sollte. Nein, es war ein Geschenk. Er knipste die Flamme an, ließ sie den Rand der Benzinpfütze belecken und sah das Feuer aufflammen. Es sprang fauchend hoch auf in die trockene Luft.

Im verschlossenen Kofferraum seines Plymouth, der wie immer hinter dem Gebetshaus geparkt stand, wartete wie immer das Gepäck für ein mögliches Wohlstandsexil: Um Beute aufzubewahren, war der Ort so sicher wie nur einer. Er setzte sich hinein und betätigte eine diesmal wohltätige Zündung. Die Flammen im Gebetshaus hatten das Dach schon erreicht. Dem Haupteingang diametral gegenüber und etwa anderthalb Meilen von ihm entfernt war eine zweite, unauffällig in den Drahtzaun eingelassene Pforte. Über einen Sandweg fuhr er langsam dorthin. Als er am Tor ankam, weinte er: Den Schlüssel konnte er nicht finden. Schließlich fand er ihn doch noch, öffnete die Pforte und stieß sie weit auf. Zur Linken sah er die granat- und ambrafarbenen Flammen frohlocken, gekrönt allerdings von einer unwürdigen schwarzen Pestwolke. Gottes Luft mußte man rein erhalten. Er verließ die Heimstatt der Gotteskinder und fuhr über einen Schotterweg, der in eine Nebenstraße einmündete. Er würde den Flughafen erreichen, ohne die Stadt zu berühren. Bevor er auf die Nebenstraße kam, das war ihm klar, sollte er lieber erst einmal halten. Er dachte, er würde viele Minuten brauchen, um mit dem Syndrom traumatischen Kummers fertigzuwerden. Statt dessen fand er sich bemerkenswert ruhig, mit einem Gefühl des Erfülltseins. Im Handschuhfach hatte er Instrumente zu seiner Verwandlung. Unter Vergleich mit dem Paßfoto verwandelte er sich in Carlton Goodlett. Der Paß hatte eine Stange Geld gekostet.

»Für sie alle war es am besten so«, erklärte er den Polizisten. »Die Welt ist schmutzig und gemein, und Schmutz und Gemeinheit ließen sich auch von der Zuflucht der Gnade nicht länger fernhalten. Ich bedaure nicht, was ich getan habe. Ich habe sie zu einem sicheren Hafen geschickt. Nur die Furcht vor der Strafe des Herrn hat mich abgehalten, auf die gleiche Weise auch mich selbst dorthin zu begeben. Selbstmord ist eine furchtbare Sünde.« Und dann sagte er und wiederholte es immer wieder, so daß die Polizisten ihren Verdacht, daß er irre sei, bestätigt sahen: »Irgendein Salz der Hydrozyanidsäure. Die Zyanide enthalten das Ion CN. Die hatten lange gelegen, ich hab mich gefragt, ob die überhaupt noch wirken würden. Zweitausend Ratten, haben die mir gesagt, das ist doch unmöglich! Das ist nur allzu gut möglich, hab ich denen gesagt. Man muß die Schwächen der Menschen zum Ruhme des Herrn ausnützen. Erpressung, würden manche Leute sagen, ein sehr häßliches Wort! Ich habe von ihm bekommen, was wir brauchten – ein junger Mann aus der pharmazeutischen Industrie, der furchtbar gesündigt hatte. Gottes Sache ist es, habe ich ihm gesagt, zu strafen oder auch nicht. Die Strafe der Menschen zählt nicht, und man hat recht, wenn man sich ihr entzieht. Aber manche Sünden verdienen Bestrafung durch die menschlichen Diener des Herrn, wenn sie in Seinem Bezirk verübt werden. Sie verdienen furchtbare Strafen, manchmal sogar den Tod. Die Diener des Herrn wissen, daß sie ihr Amt der Gunst des Herrn verdanken. In ihnen wird das Fleisch verklärt, und damit auch alle Freude des Fleisches. Mein Name ist God Manning. Ich bin Mensch und Gott in einem. Aber es steht mir nicht zu, über alle Welt zu richten, nur über diejenigen, die mir in Gottes Namen in Obhut gegeben wurden. Ich habe immer nur meine Pflicht getan. Ich bin dem göttlichen Ideal immer treu geblieben. Ich möchte heim zur langverdienten Ruhe.«

Eine psychiatrische Untersuchung sollte feststellen, ob Manning für einen Prozeß verhandlungsfähig sei. Bei der ersten Sitzung mit den Psychiatern schien er sich willentlich in einen tiefen Schlaf zu versetzen. Stimmen sprachen aus ihm, gewissermaßen aus verschiedenen Schichten der Psyche, alle einander widerstreitend. Manche davon heulten oder winselten in Sprachen, die Manning in wachem Zustand nicht kannte. Der einzige Mensch, der vielleicht berufen gewesen wäre, ihn zu behandeln, wurde in Rom begraben.

78

Und so lag denn, wie ich vor vielen Kapiteln schon sagte, mein zweiundachtzigstes Lebensjahr vor mir. Ali fuhr von Luqa nach Lija und parkte den Wagen bei der Percius-Garage. Ich stieg aus und fand den Hofpoeten Dawson Wignall in freundschaftlichen Verhandlungen mit den beiden jüngsten Kindern von Cicco Grima. Sie konnten nicht Englisch, er nicht Maltesisch, und sie hatten sich auf Italienisch geeinigt. Sie wußten, was ein *gelato* war, nämlich ein *gelat,* wie sie es nannten. Wignall gab ihnen ein paar kleine Malteser Münzen, und sie rannten zu dem kleinen Laden an der Ecke. Wignall kam mir lächelnd entgegen. Er trug einen cremefarbenen Tropenanzug, und in der Hand hatte er einen Spazierstock. »Na, alles in Ordnung?« sagte er. »Ich hab gehört, was hier losgewesen ist. Prima, prima! Sie sind ihn los, eh? Sind besser dran ohne ihn. Zu stimulierend, würd ich sagen. Kommen Sie heim ins nette, schläfrige England!«

Ich machte die Tür auf und ging mit ihm in die Bar. Sie gefiel ihm. »Sehr elegant«, sagte er. »Sehr nett für eine Partie Bridge. Ein hübsches Stück Holz, die Theke, Ja, Gin Tonic. Danke. Prima, prima!«

Wir setzten uns an einen Tisch. Ich sagte: »Ja, er ist fort für immer. Fast zehn Jahre lang ist er bei mir gewesen, mit Unterbrechungen. Ab und zu ist er mal weggelaufen und dann wiedergekommen, nicht allzu reuig. In meiner Schwäche hab ich ihn immer wieder aufgenommen. Er hatte auch manche liebenswerten Eigenschaften. Die haben in den letzten paar Jahren stetig abgenommen.«

»Und wer wird sich nun um Sie kümmern?«

»Ach, ich komme zurecht. Mit Ali. Ob ich hier bleibe, ist eine andere Frage.«

»Oh, kommen Sie doch heim! Und bringen Sie auch die liebe Hortense mit heim! Eine unschätzbare Frau! Da drüben ist sie nicht in ihrem Element. Wissen Sie, neulich war eine Ausstellung ihrer Arbeiten in der Southhall-Galerie. Auch jenes bewundernswerte Basrelief, das sie für Mailand gemacht hat und das die Dummköpfe dort nicht wollten. Sie gilt heute noch als eine der echten Meisterinnen unter den britischen Bildhauern des Zwanzigsten Jahrhunderts. Ich habe die Kraft ihrer Arbeiten gesehn, als ich sie in New York kennengelernt habe. Ich habe auch die Kraft dieser Frau selbst gesehn. Und ihre Liebenswürdigkeit. Und Eleganz.«

»Nun ja«, sagte ich, »ich bin eigentlich nur Geoffreys wegen hierher gezogen. Gibraltar gefiel ihm nicht. Da hatten wir uns für vierzehn Tage eingegraben, um den Möbeltransport zu arrangieren. In die Staaten zurück wollte er auch nicht. In seiner Naivität hat er geglaubt, in England wäre er willkommen. Er war immer erstaunlich naiv, wenn es um Verstöße gegen die Moral und das Gesetz ging. Was ein Gesetz ist, hat er einfach nicht kapiert. Kommt vielleicht von seinem Waliser Blut. Er hat ehrlich geglaubt, nach dem, was er angestellt hatte, könnten wir weiter in Tanger leben. Mit den Halunken werden wir noch fertig, hat er gesagt.«

»Was hatte er denn angestellt?«

»Unglaubliche Dinge. In Rabat waren wir beim König zu einem Gartenfest eingeladen. Er hat Seine Majestät öffentlich beleidigt. *Wog* hat er ihn genannt, Kanake, und verprügeln wollt'er ihn auch noch. Im Suff natürlich. Der König hat die Sache als Scherz genommen, weil er den Ausdruck *wog* sowieso nicht kannte, und den Angriff konnte man als eine etwas merkwürdige Sympathiebezeigung gelten lassen. Aber es waren Beamte dabei, die begriffen haben, was passiert war. Die Polizei in Tanger, damit mußte man rechnen, würde Anweisung bekommen, Geoffrey wegen irgendwas festzusetzen. Seine sexuellen Gepflogenheiten wurden, na, Sie wissen schon, aggressiv. Er hatte Sade gelesen und dachte, es wär eine prima Idee, manche von den einfacheren Lektionen mal auszuprobieren. Er ist zu weit gegangen, aber die Polizei war noch nicht dahintergekommen. Ich habe ihn ins Flugzeug nach Gibraltar gesetzt und ihm gesagt, er sollte im Felsen-Hotel auf mich warten, bis ich alles in Ordnung gebracht hätte. Natürlich ist er aus dem Hotel rausgeflogen. Und noch aus mehreren anderen Hotels. Er konnte sehr anstrengend sein.«

»Oh, es ist nicht leicht«, sagte Wignall. »Es ist alles andere als leicht. Wir können alle ganz vermaledeite Idioten sein, nicht? Als ich heute morgen aufgewacht bin, war ich sehr unglücklich wegen gestern abend. Ich habe nicht sehr gut ausgesehn, nicht? Natürlich, es lag eine allgemeine Gereiztheit in der Luft. Dieses Malteser Poetasterchen war zu verrückt. Und dann die beiden Gören mit ihrem Sex und Coca-Cola. Es tut mir leid, was ich gestern abend gesagt habe.«

»Das ist schon in Ordnung. Ich meine, ein Gedicht ist immer etwas von hohem spezifischen Eigengewicht. Ihnen das so hinzuschmeißen, ich meine, so nebenbei, nicht, etwas, das sicherlich seine bittren Tränen hinter sich hat . . «

Er schien gar nicht zu wissen, wovon ich redete. »Ich weiß nicht mehr. Was mich geärgert hat, war diese andre Geschichte. Es war sehr geschmacklos, aber wissen Sie, ich hatte natürlich die persönlichen Bezüge und das alles vergessen.«

Jetzt wußte ich nicht, wovon er redete. »Ich weiß nicht mehr«, sagte ich. Er hätte das Thema fallenlassen sollen, was es auch war. Statt dessen kam er mir mit einem Wort, von dem ich mich erinnerte, es zur Sprache gebracht zu haben, aber in welchem Zusammenhang, das war mir im Augenblick nicht klar. Er sagte:

»Dieser Unsinn mit der Anthropophagie. Das war sehr geschmacklos von mir.«

»Ach so! Fand ich ganz lustig. Das mit dem Büchsenmansch, nicht?«

»Meinerseits glaube ich nicht, daß es auf der Welt jemals viel davon gegeben hat, wissen Sie? Kannibale – eine Beschimpfung, die man einem Feind an den Kopf wirft, wie Zola, nicht? Ich meine, Zola hat sie gegen den Pariser Mob gebraucht. Mehr bildhaft gesprochen. Und so ist es immer. Oder fast immer.«

»Ja, ich glaube auch.«

»Ja, so ist es«, sagte er. Er hatte seinem Gin Tonic mit gesundem Durst zugesprochen, und Ali trat nun hinter die Bar, um ihm nachzuschenken. »Danke, schrecklich nett! Einen prima Boy haben Sie, das sieht man gleich. Eine große Schale Eis schon hingestellt und all sowas. Nein«, sagte er in der englischen Manier, ohne etwas Bestimmtes zu verneinen, »ich habe doch so einen Burschen an der Columbia getroffen, der kennt Sie, hat er gesagt, und hat sehr herzlich über Sie gesprochen. Ein Schwarzer, Ralph, wie hieß er doch, irgendwie walisisch, ja Pembroke, geradewegs aus dem *Querkopf Wilson.* Schönes Buch übrigens!«

»Lieber Gott!« sagte ich und dann gleich noch einmal, »lieber Gott! Der müßte doch inzwischen in Afrika seine eigene Diktatur aufgemacht haben. Aber an der Columbia? Lieber Gott! Also wieder daheim. Und spielt sich nicht mehr mit diesem verdammten Afrikanernamen auf, den er damals angenommen hat. Also ein gereifter Student, ungewöhnlich reif. Das muß er von seiner armen Schwester haben, die war auch eine sehr reife Studentin.«

»O nein, Toomey, kein Student, ein Professor! Diese amerikanischen Universitäten haben doch jetzt alle eine Abteilung *Black Studies,* wie man das nennt – Schwarze Wissenschaft, wenn Sie so wollen. Ralph, wie war das, Pembroke ist auf dem Gebiet hochangesehen. Er ist tatsächlich in Afrika gewesen, hat da gearbeitet, spricht Suaheli und noch mehr solches Zeug. Er hat mir die afrikanische Messe gezeigt.«

»Wie bitte?«

»Aber hören Sie, Toomey, die afrikanische Messe! Er hat uns einen Film darüber gezeigt. Der war ganz professionell gemacht, mit Ton, Farbe und allem Drum und Dran, aber alles aus einem Versteck aufgenommen, wissen Sie, wie bei freilebenden Tieren, denn gerade diese Stammesgruppe hätte allerhand dagegen gehabt, bei ihren Andachtsübungen – ich vermute wenigstens, daß die Leute selbst das so verstehen – fotografiert zu werden. Sie haben das auf Ihren Reisen doch sicherlich auch mal gesehn?«

»Nein, nur davon gehört. Von der Kampala-Innovation undsoweiter. Wie ging es denn dabei zu?«

»Nun ja« – er verlagerte die Beine, als hätte er einen wunden Hintern – »Sie wissen, manche von diesen Dingen lassen sich nicht übersetzen. Pembroke hat das selbst nachher ganz klar gemacht. Nicht während des verdammten Films, denn da haben diese Afrowuschels von der Columbia die ganze Zeit dazwischengebrüllt, gib's ihm, Mann, rein damit undsoweiter. Sondern nachher. Manche einheimischen Sprachen können die Gewichte abendländischer Theologie eben nicht tragen.«

»Sie meinen sowas zum Beispiel, wie daß sie nicht weiter als zwei zählen können? Muß sehr lästig sein, hab ich mir immer gedacht, wegen der heiligen Dreifaltigkeit und dergleichen. Erzählen Sie weiter, das ist sehr interessant.«

»Interessant, so? Sie wissen offenbar nicht Bescheid. Vielleicht hätt ich die Sache nicht anschneiden sollen. Sehn Sie, die afrikanische Messe wird im vollen Staat abgehalten, mit Löwenfellen, Hahnenfedern, Trommeln, Stampfen und Brüllen. Die Weihung ist für das abendländische Auge sehr barbarisch. Dies ist mein Leib, dies ist mein Blut, das sehn die Leute noch ein, aber nicht mehr, wie daraus Brot und Wein werden soll. In dem Film sah man einen Priester – einen echten, ordinierten katholischen Priester, wohlgemerkt, trotz der schwarzen Muskelprotzerei und dem etwas ungewöhnlichen Kopfschmuck – und was der geweiht hat, das war echtes Fleisch und echtes Blut.«

»Herr Jesus!«

»Ja eben! Fleisch und Blut des Erlösers. und zwar echt. Oder jedenfalls gekochte Fleischstückchen, wahrscheinlich Dschungelschwein, und eine Kalebasse warmes Schweineblut. Und so hat den Leuten das eingeleuchtet, keine Kommunion, die man bloß so mitspielt. Alles in stark rhythmischer Sprache. Darüber das Kreuz mit dem aufgemalten Erlöser, das Schweinefleisch in kleinen Streifen mit Nadeln oder irgendwie dran befestigt und die Kalebasse darunter, so als ob sein Blut da reintropfte. Und das kommt sehr gut an, echte religiöse Inbrunst, wissen Sie, wie im amerikanischen Süden. Mit dem Segen des Vatikans, die zarte Blüte der Kampala-Liturgie. Verstehn Sie, auf was ich hinaus will, Toomey? Pembroke hat etwas von liturgischen Schwierigkeiten gesagt, dem Problem, klarzumachen, was der Heilige Geist ist. Er hat gesagt, dabei käme nur allzu oft ein unreiner Geist oder Tabu-Dämon oder sowas heraus.«

»Moment«, sagte ich, »wo war denn das?«

»In einer kleinen Enklave in Rukwa, wo Pembroke gearbeitet hat. Omo oder Oma heißen die Leute oder so ähnlich. Manche von ihnen haben die Sache mit dem Fleisch und Blut noch ein bißchen wörtlicher genommen als die in dem Film. Ich glaube, mehr muß ich Ihnen nicht sagen. Sie verstehn jetzt vielleicht, warum ich meine, daß Sie Ihre liebenswürdige und begabte Schwester aus diesem Amerika voller sehr aggressiver Schwarzer herausholen sollten. Drauf, Mann, gib's ihm, dem weißen Molch! Sie hat zuviel Ungehöriges gesagt. Ralph Pembroke hätte den Mund halten sollen.

Er hätte sich's denken können. Manche Dinge darf man manchen Leuten einfach nicht sagen.«

»Heißt das«, sagte ich, »daß Sie mir eigentlich etwas über meinen toten Neffen sagen wollen? Und über seine Frau?«

»Ich will Ihnen gar nichts sagen, nur eins, nämlich daß Ihre liebe Schwester sich etwas ganz fest in den Kopf gesetzt hat. Ich habe von dem erzbischöflichen Besuch gehört, den Sie gestern bekommen haben – viele verspätete herzliche Glückwünsche übrigens noch –, und davon, wozu man Sie aufgefordert hat. Eine kurze Mitteilung hat in der *Times of Malta* gestanden. Unsere amerikanischen Freunde nennen das einen Fehlstart, Toomey. Fangen Sie lieber noch nicht an, aus Seiner verstorbenen Heiligkeit einen Heiligen zu machen, ehe Sie nicht Ihre Schwester konsultiert haben! Das ist es, was ich Ihnen eigentlich sagen wollte.«

»Im Grunde sagen Sie mir, wie schon gesagt, daß mein Neffe John und seine Frau Laura nicht von Terroristen umgebracht worden sind. Sie sagen mir im Grunde, daß sie mit Fernsteuerung vom Vatikan umgebracht wurden. Wollen Sie das sagen?«

»Ihr alter Freund Pembroke mußte Ihrer Schwester doch alles darüber sagen, verstehn Sie, alles! Über den Zustand der Leichen. Gut, es kann sein, daß es Terroristen mit Messern gewesen sind, ohne Schußwaffen. Aber Terroristen schneiden keine schmalen Streifen aus dem Fleisch, nicht? Die töten bloß. Vergewaltigen natürlich auch, wenn sie Zeit haben. Und rauben, dazu ist immer Zeit, Toomey!«

»Es gibt keinen Beweis dafür.«

»Oh nein, überhaupt keinen Beweis! Keinen Beweis, daß Ihr Neffe und seine Frau als Akzidenzien, wie man das nennt, des Sakraments beim Heiligen Abendmahl, ähm, verwendet wurden. Aber Ihre Schwester, die schon vor der Zeit getrauert und dabei ein Auge verloren hat – ich weiß Bescheid, Toomey, wir haben drüber gesprochen, wir haben viele Male drüber gesprochen –, Ihre Schwester ist eine Frau, und bei Frauen kennt das Denken sehr scharfe Abkürzungen. Wissen Sie, ihr Katholiken macht euch immer über die Kirche von England lustig–«

»Ich bin kein Katholik.«

»O doch, Sie sind einer. Sie sind kein Protestant, Sie sind kein Jude, und Sie machen auch diese Kindereien mit dem Zen nicht mit. Sie müssen also Katholik sein. Haben Sie mal bedacht, daß der echte Grund für Heinrichs Bruch mit dem Katholizismus der sein könnte, daß das Fleisch des Katholizismus für den mäßigen Appetit ein bißchen zu schwer ist? Und besonders für den britischen Appetit. Und da kommt Ihr lieber verstorbener Papst, Gregor der Siebzehnte, der nun, Gott verhüte's, mit Ihrer Hilfe heilig gesprochen werden soll, und will aufräumen mit allem Hokuspokus – vielleicht ein unpassendes Wort unter diesen Umständen, aber egal –, damit der Glaube dem Volke näher gebracht werde. Überlegen Sie sich mal, was dieser Glaube alles einbegreift, Toomey! Das ist doch haarsträubend, das führt schnurstracks in den Dschungel. Oder ins *Scouse* mit seinen Vulgarismen.«

»Ins was?«

»*Scouse,* der Dialekt von Liverpool. Ich bin doch neulich zu so einem verfluchten Liedermacher-Festival gegangen. Da ist so ein Liverpooler Vollbartbarde mit Brille aufgetreten und hat erzählt: ›Wenn ich mich so richtig abgeschlafft fühle, dann möbelt er mich wieder auf. Bloß daß ich ihn nicht vergeß, zieht er mit mir rum und zeigt mir die schnuckligsten Sachen von der Welt.‹ Das soll der dreiundzwanzigste Psalm sein, Toomey. Man muß das alles auf sich beruhen lassen, weitermachen und nicht allzu genau wissen wollen, was diese Worte bedeuten, die uns das Malteser Poetasterchen gestern abend an den Kopf geschmissen hat, ich weiß noch genau: Heimat, Pflicht, Liebe und dergleichen. Sie und Ihre Schwester, Sie sollten heimkommen, Toomey. Ich nehme noch einen für unterwegs – einen Löwenscheuch oder Tigerscheuch, je nachdem, wo man sich gerade befindet.«

Ali war hinausgegangen. Ich schenkte Wignall ein und sagte:

»Nach den Lichtern, die ihm aufgesteckt waren, hat er richtig gehandelt. Nach Christi Lichtern. Ich kann ihm keine Schuld geben.«

»Vielleicht nicht, aber Ihre Schwester macht ihm bittre Vorwürfe. Eine sehr gefährliche Sache, Toomey. *Hoc est corpus meum* – Hokuspokus im Munde der Ungebildeten. Und als Hokuspokus war es noch besser – man muß es sich vom Leibe halten.«

»Ihre Kirche«, sagte ich, »hat Carlos Reformen vorweggenommen.«

»Meine Kirche hat gewußt, was sie tat. Sie hat gewußt, daß aus ihr bald ein Klub für die englische Oberschicht werden würde. Sie können drüber lachen, aber es ist eine ungefährliche Kirche, anders als Ihre. Sie ist lauwarm, weil sie weiß, daß man sich am Feuer verbrennen kann. Sie weiß, das Feuer gehört in den Ofen, nicht in die Hand. Lauheit ist nicht zu verachten, Toomey.« Es klingelte. »Also.« Er leerte mit wabbelnder Kinnwamme sein Glas. »Der nächste Besuch.« Ali kam herein und sagte:

»*Policía.*«

Ich begleitete Wignall zur offenen Haustür, wo der Inspektor von der Polizeiwache gegenüber stand, mit Papieren in der Hand. Er hob eine Hand, um uns beide zu begrüßen. Wignall erwiderte den Gruß mit einer Schwenkung seines Spazierstöckchens und sagte: »Na prima!« Ich bat den Inspektor herein. Er sagte, nein danke, nicht der Rede wert! Wignall ging zum Mittagessen bei den Ovingtons. Jovial sein Stöckchen schwenkend, grüßte er alle Leute auf der Triq Il-Kbira. Der Inspektor sagte:

»Sir, das Büro des Premierministers hat mich aufgefordert, ein paar Dinge nachzuprüfen. Der Herr, der mit Ihnen hier war, ist schon abgereist? Ich meine, der Herr, der hier gewohnt hat?«

»Er ist heute morgen abgeflogen in die Vereinigten Staaten. Er kommt nicht wieder.«

»Also ist das erledigt. Er hatte die Aufenthaltsdauer auf seinem Visum um drei Tage überschritten. Der Diener, den Sie aus Marokko mitgebracht haben, wird er auch abreisen?«

»Er ist bei mir angestellt. Er bleibt.«

»Sir, Sie haben vom Büro des Premierministers eine Bescheinigung erhalten, die Ihnen bestätigt, daß Sie hier Ihren festen Wohnsitz haben, unter der Bedingung, daß Sie keine bezahlte Beschäftigung annehmen.«

»Ich habe nicht vor, eine anzunehmen.«

»Das ist also in Ordnung. Aber Ihr Diener hat sein Visum überschritten und muß nun aufgefordert werden, auszureisen. Er ist bei Ihnen angestellt. Das ist nicht erlaubt. Nur Malteser Bürger dürfen angestellt sein. Ich habe hier eine schriftliche Aufforderung an ihn. Vielleicht könnten Sie sie ihm vorlesen und erklären.«

»Er muß fort? Daran hatte ich nicht gedacht.«

»O ja, aber er könnte aus- und wieder einreisen, für weitere drei Monate. Allerdings nicht als Ihr Angestellter, nur als Besucher.«

»Hören Sie, Herr Inspektor, ich muß morgen nach Rom fliegen. In einer, ähm, vatikanischen Angelegenheit, hat mit dem Besuch zu tun, den ich gestern von Seiner Exzellenz bekommen habe. Ich werde höchstens drei Tage fortbleiben. Können Sie die Sache auf sich beruhen lassen, bis ich wieder zurück bin?«

»Kein Problem, Sir, so flexibel können wir sein! Aber ihm muß begreiflich gemacht werden, daß er illegal hier ist. Natürlich können wir die Illegalität für eine so kurze Zeit übersehen.«

»Vielen Dank, Herr Inspektor!«

»Mir ein Vergnügen, Sir!« Und er grüßte. Ein Bus voll lärmender Schulkinder kam gerade um die Ecke, mit frommen Inschriften an den Seiten und einem elektrisch beleuchteten Schrein der Heiligen Jungfrau neben dem Fahrersitz, füllte die ganze Straßenseite aus und versperrte dem Inspektor den Rückweg. Wir hörten eine umgestoßene Mülltonne fallen. »In Attard«, sagte er, »habe ich mal gesehn, wie eine alte Frau von einem Bus totgefahren wurde. Das ist hart wie das Gesetz«, fügte er geistreich hinzu.

Zu Mittag gab es heute eine Innovation, die Joe Grima aus dem Restaurant Große Mauer in Sliema mitgebracht hatte: Schweinefleisch, in Streifen geschnitten und in einer Pflaumensoße. Ich ließ es zurückgehen und begnügte mich mit etwas Brot und einer halben Flasche Pommery.

79

Der junge Zahnarzt, Enkel des alten Zahnarztes, der zu Mussolinis Zeiten mein Gebiß behandelt hatte, legte den Abszeß ordentlich trocken und sah keine Notwendigkeit einer Extraktion. »Ein schönes Gebiß«, sagte er, »für einen Mann in Ihrem Alter. Ich habe nur einen gekannt, der Ihnen nahekam. Das war Seine Heiligkeit Papst Gregor. Als er gestorben ist, fehlte ihm noch kein einziger Zahn.«

»Gut gekaut, gut verdaut«, sagte ich. »Das erklärt vielleicht auch seinen Optimismus.«

»Na, dann müssen Sie auch Optimist sein.«

Ich bezahlte ihn bar. Bei der Banca Commerciale hatte ich ein dickes Bündel Zehntausendlire-Noten abgehoben, italienische Tantiemen. Ich ging fort aus der Praxis und bummelte ein Stück über die Piazza Navona und durch die Umgebung. Es war herrliches Wetter; Barockmuskeln forderten die unwahrscheinlichen Blitze der Götter heraus; Regenbogen schwebten über den Brunnen. Zu Mittag aß ich *spaghetti alla carbonara,* mit einer halben Flasche kaltem Frascati. Dann ging ich zum Hotel Raphael am Largo Febo und hielt Siesta in meinem Zimmer. Auf dem Bett liegend las ich die Zeitungen. Unruhen, politische Morde, Raubüberfälle. Ein amerikanischer Schriftsteller, den ich kannte, Martin Bergman, klagte im *Daily American* über die Hilflosigkeit der Polizei gegen die *scippatori*. Er war gerade mit einem Buch fertig geworden, an dem er ein Jahr lang gesessen hatte, und dann hatte er das Typoskript in einer Gucci-Tasche unter den Arm genommen, um zu einem Xerox-Laden zu gehn und es kopieren zu lassen. *Scippatori* waren vorbeigebraust, und der Bursche auf dem Rücksitz hatte ihm die Tasche unterm Arm weggerissen. Die Tasche würden sie behalten, das Typoskript in den Tiber schmeißen. Ein Jahr Arbeit war futsch. Warum bestand die Polizei nicht auf Nummernschildern für alle Motorroller? War die Polizei mit den *scippatori* im Bunde? Ein Foto zeigte, wie die Polizei gegen eine Demonstration für die Ehescheidung vorging, mit Schutzschilden und Tränengas. Professor Amalfi an der Universität von Rom war mitten in seiner Vorlesung erschossen worden. Gott segne euch, Kinder! Im Feuilleton des *Messaggero* las ich mit Interesse, daß mein alter Film *Terzetto* im Farnese gezeigt werde, einem *cinéma d'essai* am Campo dei Fiori. Ich würde hingehn, überlegte ich, um zu sehn, wie der Film die Zeit überstanden hatte. Dann schlief ich ein.

Ich hatte keine schlechten Träume. Ich hatte noch nie einen schlechten Traum gehabt, wenn ich in Rom schlief, vielleicht weil dort alles Schlechte im Leben dem wachen Dasein vorbehalten bleibt. Hier flossen die Abwässer der Geschichte, und sie flossen durch offene Gräben. Die Pracht der römischen Kunst und Architektur hatten nichts Zynisches. Die Schönheit lief neben der Moral her und berührte sie niemals. Auch der Glaube hatte nichts mit dem Gutsein zu tun. Was ich träumte, war einigermaßen trivial – daß ich in einem Freiluftlokal in Wien einen Curry aß, mit einer Flasche Ketchup auf dem Tisch, während ein Orchester Weihnachtslieder im Walzertakt spielte –, aber ich schwebte wie auf einem Luftkissen und war mit allem einverstanden. Ich erwachte schwitzend, aber ausgeruht.

Nach dem Abendessen stand ich auf dem Campo dei Fiori und blickte zu der Statue Giordano Brunos auf, des Nolan, wie Jim Joyce ihn genannt hatte. Ob er an dieser Stelle *in persona* oder *in effigie* verbrannt worden war, hatte sich nie eindeutig feststellen lassen. Man hatte ihn durch ganz Europa gehetzt wegen seiner ketzerischen Lehre, daß Seele oder Geist ohne Materie nicht existieren könne, daß Zwietracht und Widersprüche unter den Elementen des mannigfaltigen Universums eine Wohltat und ein Segen seien, weil sie die Existenz Gottes rechtfertigten, des einzigen, der sie versöhnen und vereinigen könnte. Obwohl Neapolitaner, war Bruno ein echter Schutzheiliger Roms, ein Präsident der Zwietracht. Ich ging in das Kino. Auf dem Weg zu meinem Platz wurde ich angestarrt wie ein Fabeltier, wegen meines Alters und meiner Kleidung. Das Publikum bestand fast ausschließlich aus Exemplaren der bärtigen, ungewaschenen und nietenhosigen internationalen Jugend. Im Saal stank es nach angetrocknetem Urin. Unter Pfiffen gingen die Lichter aus, und auf der Leinwand erschien eine verregnete Kopie von *Terzetto.* Nach dem Vorspann kam ich selbst auf die Leinwand, in einem großen Garten mit glattrasierten Rasenflächen und Swimming Pool, in Tenniskleidung auf einem Rohrstuhl sitzend und mit einem Tischchen hinter mir, auf dem alle teuren Spirituosen der Welt versammelt waren. Ich war viel jünger als jetzt, aber für die Zuschauer trotzdem ein steinalter Mann. Es kamen Zwischenrufe, *vafnculo* und *stronzo,* auch Furz- und Quieklaute, die durch Blasen gegen die Plastikfolie der Zigarettenpackungen erzeugt wurden. Man hatte mir gutes Toskanisch in den Mund gelegt. Ich sagte dem Publikum, hier würden drei Geschichten von mir auf die Leinwand gebracht, die allesamt auf Vorfällen beruhten, die mir im Laufe meines langen Lebens entweder selber passiert oder aber von anderen erzählt worden seien. Dann kam die erste Geschichte, die eine, die ich auf der Fahrt nach Singapur geschrieben hatte, von der Pflanzersfrau, die ihrem Mann untreu wird, weil er schnarcht. Natürlich wurden die Schnarcher des Mannes aus dem Publikum mit Grunzen und Rülpsen verstärkt. Ich, ein bejahrter Eindringling hier, auf meinem Platz in der letzten Reihe, wurde wütend. »*Silenzio!*« rief ich, aber die Antwort waren Schimpfworte und vermehrter Lärm. Ruhiger wurden die jungen Leute bei der zweiten Geschichte, die von einem drogensüchtigen amerikanischen Jungen handelte, für den seine Mutter aus Affenliebe das Geld zusammenstiehlt, um ihm Kokain kaufen zu können. Dann kam das Schild PRIMO TEMPO, und die Lichter gingen an. Viele starrten mich nun befremdet an. Ich war nun jemand, den sie schon mal irgendwo gesehn hatten, wenngleich natürlich viel älter. Ich hüstelte kurz, und eine junge Römerin, die wie eine Amerikanerin aussah, sagte »*silenzio!*« Ein dicker, verdrossener römischer Kahlkopf kam mit einem Tablett den Mittelgang herunter und rief mit tiefer, rauher Stimme, »*be-*

bite fredde«. Die Lichter gingen wieder aus, und auf der Leinwand erschien SECONDO TEMPO.

Die dritte, letzte und längste Geschichte war die, glaube ich, ziemlich bekannte von dem ältlichen Kunstliebhaber, der in einem schönen Landhaus in Sussex zwischen lauter schönen Gemälden und Bronzen und unbezahlbaren Erstausgaben haust. Er hat ein herrliches Cembalo aus Rosenholz, auf dem er Couranten und Gaillarden von Byrd und Weelkes spielt. Ein treuer alter Diener setzt ihm auf silbernen Tellern erlesene Speisen in winzigen Portionen vor; er trinkt kostbare Weine aus einem ziselierten Florentiner Becher. Er lebt in einem Elfenbeinturm, in Axels Schloß. Dann bricht die moderne Welt über ihn herein, in Gestalt von vier jungen Strolchen mit Totschlägern und Rasiermessern, die sich daran machen, seine hermetisch abgeschirmte Zuflucht in Trümmer zu legen, nachdem sie zuerst die Diener zusammengeschlagen und halbtot liegengelassen haben. Das Entsetzliche ist, daß der Anführer der Strolche genau weiß, was er tut. Während er die Quartoausgabe des *Hamlet* in den Kamin wirft, hält er einen gelehrten Vortrag über den schlechten Raubdruck des Stückes aus dem Jahre 1603. Er redet über Inkunabeln. Bevor er einen Toulouse-Lautrec zerschneidet, den Dicken Wirt mit der anämischen Kassiererin (der in Wirklichkeit im Zürcher Kunsthaus hängt, was sicherlich keiner von den Zuschauern wußte), erklärt er die Schwächen der Details im Vordergrund im Vergleich zu der meisterlich sparsamen Art, mit der der Kopf des Wirtes gemalt ist. Die ganze Zeit über sitzt der leidende Kunstfreund gefesselt und geknebelt auf einem Stuhl und hört sich mit fassungslosem Staunen die höhnischen Belehrungen an, die der Strolch in einem schnoddrigen Cockneytonfall zum besten gibt. Auf dem Cembalo spielt der Strolch eine Courante von John Bull, ehe er den Befehl gibt, das Instrument zu zertrümmern. Die Kamera fährt langsam auf den alten Graukopf zu, das aristokratische Gesicht in Großaufnahme, während der Zerstörungslärm auf ein genüßliches Crescendo zuläuft. Die Augen werden starr, der Atem geht schwerer, das Bild verschwimmt – er scheint einen Herzanfall zu erleiden. Das Bild wird wieder schärfer und zeigt den Alten, wie er in seinem Himmelbett aus der Zeit der Queen Anne vom Schlaf erwacht. Gesund und munter bringt ihm der Butler seinen Tee. Gottseidank war alles gottseidank nur ein Traum. Die Zuschauer, sich betrogen fühlend, begannen zu murren.

Bei seinem Spaziergang mit dem Spaniel und dem silberknaufigen Spazierstöckchen im herbstlichen Sussex sieht der ältliche Kunstfreund etwas, das ihn zusammenfahren läßt. Es ist eine Gruppe von vier jungen Männern, identisch mit denen in seinem Albtraum. In einem Gehölz haben sie ein kleines Feuer gemacht und kochen sich Steckrüben. Sie sind höflich und niedergedrückt. Sie sind zur Hopfenernte in Kent gewesen, aber kein Bauer hat sie in Dienst nehmen wollen. Sie haben keine Arbeit, und nach ihrer halbrohen Steckrübenmahlzeit wird ihnen nichts anderes übrig bleiben, als sich ins nächste Obdachlosenasyl zu verfügen. Der alte Herr schenkt ihnen, was er in seiner Geldbörse hat, fünfzehn Pfund in Scheinen und all sein Kleingeld. Die jungen Männer sind dankbar, aber mißtrauisch. Sie sehen ihm nach, wie er auf seinen Altmännerbeinen mit dem Spaniel und dem Stöckchen zu dem großen Haus am Horizont zurückgeht. Der Anführer sagt, im Cockneytonfall, wenn der soviel zu verschenken hat, dann hat er sicher noch mehr. »Gibt Leute«, sagt der junge Mann, »die werden zum Reichsein geboren, und andere zum Hungern. Ich hab genug studiert, in der Staatsbibliothek, und was bringt es? Ich weiß alles über Maler wie den Toulouse-Lautrec, aber von seinem Dikken Wirt mit der anämischen Kassiererin kann ich mir nicht mal eine Postkarte leisten. Heute nacht brechen wir da ein und nehmen, was wir finden.« Aber mit den fünfzehn Pfund und soundsoviel Schilling gehn sie ins nächste Dorf, trinken sich einen an und randalieren. Sie werden festgenommen und eingelocht. Sie legen sich hin, um ihren Rausch auszuschlafen, und der gebildete junge Mann hat eine Vision von Vandalentum und Gemetzel. »Nein, das ist nicht meine Tour«, sagte er und döst ein. Letzte Einstellung: der alte Kunstfreund in seinem Himmelbett, im Schlafe lächelnd. FINE.

Ob das nun Folgende auf jeden Fall geschehen wäre, oder ob es jenem letzten der drei Filme zuzuschreiben war, dessen Einfluß in der Luft schwelte und sogar Leute erfaßte, die den Film nicht gesehen hatten, kann ich nicht sagen. Ich meine das, was mir zustieß, als ich durch eine dunkle Seitenstraße zu den Lichtern und den Taxis an der Via Arenula hinging. Ich war einundachtzig Jahre alt geworden, in einer gewalttätigen Epoche, aber abgesehen von dem einen Mal in Nizza hatte ich die Gewalt nie am eigenen Leibe erfahren. Ich konnte sie mir vorstellen, ich hatte über sie geschrieben, aber die einzigen Schmerzen, die ich je erlitten hatte, abgesehen von den seelischen Qualen, die leicht erträglich sind und sich mit Schlaf und Wein stillen lassen, abgesehen von Verdauungsstörungen, Reißen in den Gelenken und leichten Zahnschmerzen, wie sie gerad an diesem Vormittag behoben worden waren, hatte ich nur anteilnehmend erlitten – mit meiner Schwester, mit den Opfern der Lager, mit der armen Dorothy in den Scheren des Krebses. Jetzt aber, in einem Alter, wo mein Körper nicht mehr gut gerüstet war, sie zu ertragen, machte ich eine körperliche Mißhandlung durch, die mich daran zweifeln läßt, ob die Literatur menschlicher Realität gerecht werden kann. Vier Römerjungen fielen aus einem Seitengäßchen über mich her. Sie waren echte Jugendliche von heute, mit vollem Haar, guten Zähnen, gleichgültigen Augen, schlanken Hüften und harten Fäusten.

Sie wollten Geld, und sie nahmen sich's. Sie nahmen sich auch meine Uhr. Das Feuerzeug, das ich bei mir hatte, Alis Geburtstagsgeschenk mit dem Malteserkreuz drauf, das verschmähten sie und warfen es in den Gulli, auf dessen Metall mein Kopf dann aufschlug, als sie mich niederstießen. Die Ausplünderung war bloß ein Vorspiel der zweckfreien Gewalt. Nach Vorwänden für diese Gewalt hätten sie nicht lange suchen müssen: mein Alter, ihre Jugend; mein Reichtum, ihre Armut; die Tatsache, daß ich Ausländer war, um so erbitternder wegen der korrekten italienischen Vokale, die ich in Wörtern wie *perché?* und *basta!* ausstieß. Aber die Gewalt bedarf keines Vorwandes: Sie ist an und für sich gut wie der Geschmack eines Apfels; sie ist eingefügt ins menschliche Ganze. Ich wurde getreten. Ich wurde hochgezogen aus meinem Blut und Gestöhn, leicht wie ein Fahrradrahmen, aber nicht so hart, wurde von zweien festgehalten und gestützt, während die zwei anderen auf mich einschlugen. Ich spürte, wie in mir Sachen zu Bruch gingen, mit dumpfem Schmerz, aber gleichzeitigem Aufblitzen von Lichtern. Etwas Metallisches traf mich in den Mund, und ich spürte Zähne losbrechen, darunter den einen, das wußte ich, für dessen chirurgische Extraktion mein Zahnarzt keine Notwendigkeit gesehn hatte. »*Sono vecchio*«, stöhnte ich. Ja, stimmten sie zu, *vecchio* – dafür hatte ich noch einen Hieb in die ausgetrockneten Eier verdient. »*Basta!*« sagte einer von ihnen. Das war das letzte, was ich noch hörte.

80

Ich befand mich, sagte man mir, im Ospedale Fatebenefratelli auf der Tiberinsel. Natürlich in einem Privatzimmer, wo der Geruch des Flusses durch das viertelsoffene Fenster hereindrang. Das Pflegepersonal war männlich, Brüder irgendeines religiösen Ordens, wohlriechend und samtfüßig. Dr. Pantucci, ein junger bärtiger Mann in weißem Kittel, schon kahl werdend, hatte ein Jahr an der John-Hopkins-Universität studiert und bestand darauf, mit mir englisch zu sprechen. Multiple Frakturen, drei Zähne ausgefallen, Gefahr einer Lungenentzündung abgewendet, mit Mühe abgewendet, aber abgewendet. »Sie haben Glück gehabt, bei Ihrem Alter«, sagte er. Ich war dick eingepackt in Gips und Bandagen. Ich fragte ihn und bemerkte dabei, wie sich durch die Schäden am Gebiß die Resonanz meiner Stimme verändert hatte:

»Wie lange?«

»Wie lange Sie hier bleiben werden? Oh, lange, lange! Und auch wenn Sie heimgehen, müssen Sie noch lange bewegungslos bleiben.«

»Aber ich lebe allein. Ich habe niemanden, der mich pflegt.«

»Dann müssen Sie eine Pflegerin haben. In Malta gibt es gute Krankenpflegerinnen.«

»Ich habe Probleme in Malta. Ich muß irgendwie Verbindung mit meinem Diener aufnehmen. Und mit der örtlichen Polizeiwache.«

»Sie dürfen sich nicht aufregen. Jede Aufregung ist Ihrer Genesung im Wege. Ruhe ist nötig, alles gehn lassen!«

»Aber mein Diener wird aus Malta hinausgeworfen. Ich habe ihm noch keine Aufenthaltsgenehmigung verschaffen können.« Ich bemerkte ein weißes Telefon neben dem Bett, aufgeschraubt auf einem ausziehbaren metallenen Scherenarm. »Wenn ich nur die Nummer der Polizeiwache in Lija auf Malta erfahren könnte! Vielleicht kann ich sie hier von der Malteser Botschaft bekommen.«

»Denken Sie jetzt nicht daran! Sie sind aufgeregt. Ich muß Ihnen etwas geben, damit Sie schlafen können.«

Es dauerte noch zwei Tage, bis ich mir am Telefon die Verbindung herstellen lassen konnte. Als ich mit dem Inspektor in Lija sprach, hörte ich meine Stimme zischeln und pfeifen, wie in Persiflage meines Alters. »Oh«, sagte er, »tut mir sehr leid, das zu hören! Recht und Ordnung müssen sein, in jeder Stadt. Ihrem Diener ist seine Situation erklärt worden. Er ist schon abgereist. Er hat geklagt, er hätte kein Geld. Da haben wir durch die Finger gesehen, und er hat ein paar Gegenstände aus Ihrem Besitz genommen und sie auf dem indischen Bazar in Valetta verkauft. Das mußte sein, weil es keine andere Möglichkeit gab. Sie waren nicht zurückgekommen, wir hatten nichts von Ihnen gehört, ich versteh jetzt, warum, es tut mir sehr leid.«

»Was denn für Gegenstände?«

»Ich glaube, ein Satz Schachfiguren. Und ein kleines Bild. Sie werden sehn, wenn Sie zurückkommen. Er ist nach Tunis geflogen. Die Hausschlüssel sind bei der Familie Grima gegenüber.«

»Würden Sie so gut sein und dem Briefträger Bescheid sagen, daß er meine Post hierher weiterleitet? Ich muß noch eine Weile hierbleiben. 126, Ospedale Fatabenefratelli–«

»Alles ein Wort?«

»Alles ein Wort.«

»Bleiben Sie nicht zu lange fort von Malta! Wir haben diese neuen Wohnbestimmungen, wie Sie wissen.«

»Was für Bestimmungen?«

»Abwesenheit über eine gewisse Zeitspanne wird von der Behörde des Premierministers als Aufgabe des Wohnsitzes betrachtet. Daher auch dieses neue Gesetz über die Beschlagnahmung von Eigentum.«

»Aber verdammt noch mal, ich kann doch nichts dafür, daß ich zerschlagen und halbtot hier liege! Ich komme zurück, sobald die medizinischen Sachverständigen mir Reiseerlaubnis geben.«

»Gurt Nebelforch Rolungreich Narchreiher.«

Damit brach die Verbindung ab. Das Gespräch hatte mich angestrengt wie ein Fußmarsch über zwei Meilen.

Nach zwei Wochen kam die erste Post an. Zwei der Ordensbrüder brachten mir einen ganzen Sackvoll. Ich konnte nichts selber aufmachen, weil der eine Arm völlig unbrauchbar und wie zu einem permanenten Faschistengruß in der Luft aufgehängt war. Der beinahe schwachsinnige Bruder, der mit kleinen Arbeiten beschäftigt wurde und der nach einer ganzen Tagesreise mein Gepäck aus dem Raphael herbeigeschafft hatte, schlitzte mir gefällig die Umschläge auf und brummte ehrfürchtig vor den schönen exotischen Briefmarken. Ein anderer Bruder, ein fixer kleiner Terrier, sammelte Briefmarken und fletschte die Zähne gegen jeden, der ihm eine streitig machte. Eine ganze Reihe Bücher waren dabei, gebundene Fahnenexemplare von amerikanischen Verlegern, die auf ein paar nette, abdruckbare Worte von mir hofften. Ich stiftete sie alle der Krankenhausbücherei. Nach sechs Wochen kam eine Büchersendung von Geoffrey. Die stiftete ich nicht. Bei dem Buch lag ein Brief. Den Brief konnte ich nun schon, wenn auch mühsam, mit beiden Händen halten. Er war kurz.

Du lieber alter herzlichst und aufrichtig, wenn auch nur zeitweilig geliebter Schweinehund! Ich bin hier, ach ja, die Adresse gehört rechts oben hin, und alles in Schönschrift für die liebe Mama und den lieben Papa, nicht, also hier zu Seattle im Staate Washington, ist auch wirklich ganz nett hier, Rainier heißt die Straße, *numero* 1075. Wohne hier bei Nahum Brady, der sich wieder in seine angestammte Ökosphäre zurückverfügt hat, wo er einen großen Haufen Scheiße recherchiert und zu einem Buch verrührt, von dem angeblich die ganzen Boeing-Werke in die Luft fliegen sollen. Mir geht's wirklich bestens, und ich habe eigentlich keine Lust, Dich in London zu treffen, wenn's Dir auch recht ist, und wenn Du nun so gut sein könntest, besagte Summe in Dollars an obige Adresse zu überweisen, wäre ich mehr als verbunden. Was heißen soll, daß ich alles erledigt habe, was Du gewünscht hattest, mein guter Alter, nämlich erst mal drum gebeten, daß Deine Archive kopiert und nach Malta geschickt werden, was nicht weiter schwer war, und dann, gar nicht so einfach, in Chikago herumgeschlichen nach diesen Zeugnissen, auf die Du aus bist, Du weißt ja, wegen dieses Vorzeitwunders von Deinem alten Schnucki, dem Papa Gregor. Natürlich wollten alle, die ich in dem Krankenhaus traf, unter Eid aussagen, daß sie gesehn hätten, wie Seine Heiligkeit Pferdepisse in Johnny Walker verwandelt hat, aber ich bin sehr energisch geworden, weißt Du ja, daß ich das auch kann, und hab gesagt, nein, da war ein bestimmter Arzt, und das ist derjenige, der die amtliche Verlautbarung machen muß. Blau war ich natürlich auch, nicht mehr nüchtern gewesen seit der Landung in O'Hare. Jedenfalls, um es kurz und klein zu machen, ich hab den Namen rausgekrieg und ihn auch in alten Aktendeckeln gefunden, und an einer Wand hat er sogar eine Tafel gehabt, in Buchstaben von purem Golde, für den Dienst am Vaterland, Leben gerettet und nicht genommen und lauter solche Blähungen. Das war ein gewisser Dr. med. B. C. Gimson, bei den Älteren noch gut in Erinnerung und viel bewundert, weil er sowas wie seine Memoiren geschrieben und, denk Dir, sogar *veröffentlicht* hat, und dieses Memoirenwerk solltest Du jetzt vor Dir auf dem Schoß oder in den Händen haben, es sei denn, kann man ja nie wissen, daß beide oder alle drei grad anderweitig – hach, junger Mann, jetzt kommse mal mit, wir wolln doch kein Ärger – ach, wie oft Dein sehr Ergebener solche Worte in letzter Zeit vernehmen mußte! Natürlich war aber kein Exemplar mehr aufzutreiben. 1948 erschienen und vergriffen, und dann hat dieser Dr. B. C. Gimson einen kleinen tödlichen Unfall beim Segelfliegen gehabt, ein Sport, für den er eine unbegreifliche Vorliebe hatte. Also hat man mich zu seiner Witwe geschickt, die in Oak Park wohnt, einem schicken Vorort, wo der alte Hemingway her ist, und immer noch wie zu seinen Zeiten eine Kirche neben der andern und nirgends eine Kneipe – und ich einen Durst gehabt, Du kannst Dir's nicht vorstellen! Und denkst Du vielleicht, die hätt mir was angeboten? Hatte gar nichts dergleichen im Haus. Fast beinahe vollständig stockblind, mein Lieber, kommt aber trotzdem noch selber zurecht, wenn ihr die Nachbarn ab und zu mal was einkaufen. Schaun Sie mal, auf den Regalen da, hat sie gesagt, da muß es stehn – *Medic,* so heißt es, *Medic* – ich kann doch nicht mehr lesen, wegen der Augen, nicht, nettes altes Hexchen, aber ist ja egal. Also nehmen Sie sich's runter, und da an dem Tisch, da schreiben Sie sich ab, was Sie wollen, und dann stellen Sie's wieder dahin, wo Sie's hergenommen haben, ist eines meiner kostbarsten Andenken, und dann haun Sie ab, und immer noch nichts zu trinken. O weh, wie ich da die alte Pute leider hinters Licht führen mußte, denn ich hab so getan, als ob ich ein paar Zeilen abschriebe und das kostbare Werk wieder an seinen Platz stellte, wobei ich aber, o schändliche Tücke, das Dings unter meinem hübschen, handgestrickten Kaschmirpullover verstaute. O wer zählt die Verbrechen, Unwürdiger, die ich um Deiner unreinen Liebe willen begangen! Also da hast Du's, und auf Seite 153 findest Du, was Du suchst. Vergiß nicht den Zaster, gib acht auf Deine zierlichen, aber nicht allzu belastbaren Glieder! Schon ein Sturz kann in Deinem Alter sehr, sehr bös ausgehen. Ich habe was Gutes in Aussicht, denk ich, hoff ich, toi toi toi. Kuß, Kuß, Kuß, Dein Dich treulos liebender Geoffrey.

Das Buch steckte noch im Schutzumschlag, mit dem Stab jenes Äskulap vorne drauf, dem Sokrates noch einen Hahn schuldig war, und der Titel, ja, der hieß *Medic.* Auf dem Umschlag hinten der lächelnde Autor in militärischer Uniform. Das Gesicht kam mir nicht bekannt vor. Es widerstrebte mir, gleich auf Seite 153 nachzusehen; darum blätterte ich mit einiger Mühe die vorhergehenden Seiten durch. Also, der Mann war nach rund fünfzehn Jahren in Krankenhäusern und in Privatpraxen zur US-Army gegangen und hatte als Stabsarzt von Pearl Harbor bis zum Ende gedient. Seine Absicht war, eigentlich ganz im Sinne Carlos, zu zeigen, wie Gutes aus Bösem kam, wie er gelernt hatte, an den guten inneren Kern und vor allem an den Mut gewöhnlicher Menschen zu glauben, und wie er sich nach einer finster agnostischen Jugend allmählich zu der Idee eines zwar manchmal rätselhaften, aber immer gütigen Gottes durchgerungen hatte. Was sein eigenes Gewerbe anging, die Heilung von Krankheiten, so war während der Zeit, wo er es ausübte, der Bereich des Unerklärlichen größer geworden: Patienten starben, die eigentlich hätten am Leben bleiben müssen, und umgekehrt. Auf Seite 153 erwähnte er die unerklärliche Remission einer Krankheit in einem Chikagoer Krankenhaus und ließ darauf einen salbungsvollen Absatz über die mögliche Bedeutung des Begriffs *Wunder* folgen. Auf Seite 155, die Geoffrey offensichtlich nicht mehr gelesen hatte, nannte er den Namen des durch ein Gebet geheilten Kindes und spekulierte über die mögliche Zukunft eines so augenfällig vom Herrn für besondere Begünstigungen auserwählten Menschen. Hier hatte ich das Gefühl, den eigenen Augen nicht trauen zu können.

Ich erbat einen Anruf bei Monsignore O'Shaughnessy, in seiner Privatwohnung in der Via Giulia. Als ich mit ihm verbunden wurde, sprach ich zuerst von der guten alten Zeit. Wissen Sie noch, unsre Bridgeabende damals in Paris? Wie könnte man's vergessen? Seine Stimme klang verschliffen vom Whisky. Whisky, oder vielmehr Whiskey hatte vermutlich seine Beförderung verhindert. Er war nicht einmal Bischof. Er hatte allerlei kleine Aufgaben in obskuren Dienststellen des Vatikans. Eine seiner Aufgaben war die Vorbereitung von Heiligsprechungen. Natürlich hatte er nicht allzu viele Anträge dieser Art zu bearbeiten. Er sagte, er würde mich mal besuchen kommen, nur falle ihm das Herumlaufen heutzutage nicht mehr so leicht. Anno domini, Sie wissen ja! Er sei jetzt neunundsiebzig, sagte er. Ich bin einundachtzig, sagte ich. Was, Sie auch schon, hätt ich nie gedacht!

Zwei Tage später kam er hereingeschlurft. Alt war er, ja, aber wie eingepökelt in Whiskey, mit dem langen Irenhals, so wie ich ihn in Erinnerung hatte, die Augen wie wäßrige Milch blinkend in dem von der irischen Krankheit geröteten Gesicht, die Haut wie die Karte einer unbevölkerten irischen Grafschaft, voller staubiger Wege, die nirgendwo hinführen. Er setzte sich an mein Bett. Ich sagte:

»Zur Heiligsprechung unseres verstorbenen Freundes Carlo! Ich bin bereit, das entsprechende Formular zu unterzeichnen. Ich habe eindeutig ein Wunder miterlebt. Und hier, in diesem Buch, das mir gerade aus den Staaten geschickt wurde, finden Sie weitere Bestätigungen. Der behandelnde Arzt selber. Auf Seite 153. Können Sie es mir bitte vorlesen. Ich habe einen bösen Unfall gehabt, meine Augen sind nicht mehr so gut.«

Er setzte eine Hornbrille auf und befeuchtete sich die Lippen. An meinem bösen Unfall war er nicht sonderlich interessiert. »Gefallen, wie? Ach, passiert einem ja so leicht, in unserm Alter. Mal ein bißchen schwindlig, und schon liegt man da mit einem Knochenbruch. Also, hier soll es sein.« Er hielt sich das Buch dicht vor die Augen und las:

»›Ich erinnere mich an den Namen des Priesters. Er war der Bruder eines gewissen Mr. Campanati, eines angesehenen Geschäftsmanns aus Chikago. Pater Campanati war in Begleitung eines englischen Freundes – oder Verwandten, dies weiß ich nicht mehr – ins Krankenhaus gekommen, um seinen Bruder zu besuchen, der den Alkoholschmugglern zum Opfer gefallen war, die in jener unseligen Zeit von sich reden machten. Er konnte für seinen Bruder nichts tun, betrat aber bei dieser Gelegenheit auch die benachbarte öffentliche Station, wo ein kleiner Junge mit Meningitis im Sterben lag. Der Junge, der von mir behandelt wurde, befand sich im aussichtslosen Endstadium der Krankheit. Ohne jede andere Einflußnahme als durch ein Gebet bewirkte Pater Campanati, daß der Krankheitsverlauf revertierte und das Kind sich zu erholen begann. Die Genesung erfolgte unglaublich schnell. Zwei Tage später konnte der Junge schon aufrecht sitzen und leichte Nahrung zu sich nehmen. Er war aus dem St.-Nikolaus-Waisenhaus bei uns eingeliefert worden, einer nichtreligiösen Einrichtung trotz des Namens, weil St. Nikolaus allgemein als Schutzpatron der Kinder bekannt ist. Zu seiner glücklichen Heilung hatte der Junge noch das weitere Glück, adoptiert zu werden, während er noch im Krankenhaus lag, und als er entlassen wurde, holten sein neuer Vater und seine neue Mutter ihn ab.‹« Monsignor O'Shaughnessy blickte auf. »Das scheint mir eindeutig genug zu sein. Das kann ich gewiß in die Akte aufnehmen.« Dann schaute er wieder in das Buch. »Dann schreibt er weiter über seine Skepsis gegen Wunder, und wie er durch dieses Erlebnis davon geheilt wurde. Wunder hat er auch als Stabsarzt bei der Armee erlebt. Wie einer gesagt hat, er würde sich aus einer Lungenentzündung heraustrinken, und tatsächlich! Interessant, aber kein Wunder!«

»Lesen Sie mal Seite 155!« sagte ich.

»Mal sehn! ›Den Jungen habe ich nach seiner Adoption und seiner Entlassung aus dem Krankenhaus nicht wiedergesehen, frage mich aber oft, was aus ihm geworden sein mag. Ich erinnere mich an seinen Vornamen: Er hieß Godfrey. An den Nachnamen, mit dem er eingeliefert wurde, kann ich mich nicht erinnern, wohl aber an den Namen, mit dem er entlassen wurde – Manning. Das kinderlose Ehepaar, das ihn adoptiert hatte, war nicht reich, aber ohne Zweifel voll Liebe. Sie nahmen ihn mit fort in ihr bescheidenes, doch liebevolles Heim in Decatur, Illinois. Godfrey Manning schien mir ein guter Name zu sein, weil er Gott und Mensch in sich vereinigte.‹«

»Nun?« sagte ich, von einer Gefühlsmischung attackiert, die meinen Körper vielleicht endgültig zerbrochen hätte, wäre er nicht so fest in Gips und Bandagen eingepackt gewesen. »Sagt Ihnen der Name nichts?«

»Es ist ein guter Name, sicher! Aber Namen haben nichts zu bedeuten. Nein, Moment, jetzt klingelt mir doch was im Hinterkopf. Hat der Name nicht mal in den Zeitungen gestanden?«

»Er stand in den Zeitungen etwa zur gleichen Zeit, als Carlo, oder Seine Heiligkeit, sollt ich vielleicht sagen, gestorben ist. Eine entsetzliche Geschichte. Der Leib Christi als eine Zyankali-Tablette, fast zweitausend Menschen hingemordet im Namen des Herrn! Darunter auch meine Groß- oder Kleinnichte. Mit ihrem Säugling.«

»O Jesus! O heilige Muttergottes! Der war das! O Herr, verschon uns! O süßes Herz Jesu!« Er bekreuzigte sich vielmals, aber so fahrig wie nur einer, der am Korsakowschen Syndrom leidet. Dann sagte er: »Ach, das ist doch nicht möglich. Das ist eine zufällige Namensgleichheit. So kann das doch nicht gewesen sein.«

»Und wenn es nun keine zufällige Namensgleichheit ist? Es *ist* nämlich keine.«

»Der Herr gibt allen menschlichen Geschöpfen den freien Willen. Wenn es mit einem ein böses Ende nimmt, darf man nicht Gott die Schuld geben. Das ist eben etwas Furchtbares, was ein von Gott verlassener Mensch getan hat. Sie werden Gott doch nicht für diesen furchtbaren Hitler verantwortlich machen, oder? Oder für diesen Mussolini und all die andern furchtbaren Leute, die dies furchtbare Jahrhundert ausgespien hat? Der Mensch ist frei, und manchmal macht er von seiner Freiheit einen furchtbaren Gebrauch.«

»Ja«, sagte ich, ohne dieser Versicherung im mindesten Glauben zu schenken. War ich frei gewesen? Keine einzige einsame Sekunde meines Lebens war ich je frei gewesen. »Wenn nun aber Gott einmal vorsätzlich ins ansonsten freie Schöpfungsgeschehen eingreift – und dies nennen wir ja wohl ein Wunder –, wenn er das eine Leben rettet und ein anderes nicht, was dann? Bedeutet es, daß er mit diesem einen Leben etwas Besonderes vorhat? Daß er sich das Vorwissen zubilligt, auf das er normalerweise der menschlichen Freiheit zuliebe verzichtet?« Der letzte Satz hatte mich erschöpft. Das reicht für heute, laßt mich in Ruhe, ich will nicht mehr drüber nachdenken. »So wie«, sagte ich, »in dieser Legende vom heiligen Nikolaus, weil der ja auch schon wieder vorkam. Ach, ist egal!«

»Was Sie da über Gott sagen wollen, scheint mir, darf niemals, verstehn Sie mich, niemals über Gott gesagt werden. Ich habe mal einen Roman über das Leben des Lazarus gelesen – so einen bösartigen französischen Roman, den ich in Paris am Seinequai mitgenommen hatte. Darin war Lazarus angeblich von den Toten auferweckt worden, nur um ein wüstes, unzüchtiges Leben zu führen. Das war ein böses Buch. Die menschliche Phantasie ist furchbarer Bosheiten fähig. Gott sei uns gnädig, Gott verschone uns vor dem Übel! Ja, ja, ich kenne auch diese Geschichte vom heiligen Nikolaus. Dieser Anatole France war ein gescheiter Mann, aber wie so viele gescheite Männer war er zu allem fähig.«

»Immerhin«, sagte ich, »hat er sich nur in der Sphäre der Phantasie bewegt. Gott bewegt sich lieber in der Sphäre der Taten. Hätte Gott dieses Kind nicht gerettet – ach, lassen wir's sein! Lassen Sie mich unterschreiben, was immer unterschrieben werden muß, damit unser Carlo auf dem Wege zur Heiligsprechung ein Stück vorankommt. Und dann lassen Sie mich in Ruhe mit ihm!«

»Wir haben«, sagte Monsignore O'Shaugnessy, »noch eine

ganze Reihe anderer Wunder in unsern Akten. Nun ja, jedenfalls Dinge, die man sich noch näher ansehn muß. Eine alte Frau in Schwarz hat das Augenlicht wiedergewonnen, als sie in der Nähe seines Grabes gebetet hat. Der kommunistische Parteisekretär in Bracciano konnte plötzlich wieder gehen. Seine Heiligkeit war ihm im Traum erschienen. Aber Kommunist ist er deshalb immer noch. Seine Heiligkeit, hat er gesagt, sei auch Kommunist gewesen, Gott verzeih ihm seine Dummheit! Ich glaube, von dieser Sache lassen wir lieber die Finger, das ist sehr kontrovers. Ich glaube, Sie sollten in diesem Punkt Ihr Gedächtnis lieber etwas zügeln, ich weiß, ich weiß, wie schwer das ist in unserm Alter, wenn die Jugend das einzige ist, woran wir uns noch erinnern. Ich glaube, dies Buch sollten wir am besten vergessen. Es ist ja schon über zwanzig Jahre alt, nach dem Datum, das ich hier seh, viele Exemplare kann's davon nicht mehr geben. Für die Seligsprechung, das ist der erste Schritt zur Heiligsprechung, könnte unser Material gerade reichen, wenn wir nicht noch Kontroversen hineinbringen.«

»Es könnte von seiten des *Advocatus diaboli* vorgebracht werden.«

»Sie machen Witze! Da würde er ja als wirklich diabolisch hingestellt. Nein, vergessen wir das alles! In unser aller wohlverstandenem Interesse. Ist das nicht am besten so?«

»Väter«, sagte ich, und es kam mir selbst im Augenblick nicht so vor, als ob es hierher gehörte, »sind furchtbare Menschen. Wir kämen gut ohne Väter zurecht.« Wie er mit der rotglühenden Zahnzange auf mich losging, war es deswegen? »Mütter sind etwas ganz anderes. Unsere Mutter, die Kirche, unser Vater im Himmel. Ich frage mich, ob es nicht Zeit wird, daß ich wieder in die Kirche zurückkehre.«

»Aber sicher, Sie sind doch nie draußen gewesen, nicht?«

»Die Natur meiner sexuellen Veranlagung«, sagte ich zimperlich, »verwehrt mir seit dem vierzehnten Lebensjahr jede Möglichkeit einer–« Luft, was mir fehlte, war Luft! »In Dublin ist es gewesen, aber lassen wir das!«

»Diese fleischlichen Umtriebe haben Sie doch jetzt wohl hinter sich«, sagte er neckisch. »Kommen Sie lieber wieder rein! In Ihrem Alter, und in dem Zustand, soweit ich das übersehe! Ich werde Ihnen einen Pfarrer herschicken, daß er Ihre Beichte hört.«

»Nein!« sagte ich. »Nein danke! Danke trotzdem, aber nein!«

»Ich hatte einen Bruder, Terence mit Namen«, sagte Monsignore O'Shaughnessy, »der hatte so ein paar verrückte Ideen, weil er zu viele schlechte Bücher gelesen hatte. Er ist zur IRA gegangen, und da haben ihn die eigenen Leute erschossen, können Sie sich das vorstellen? Er hat gesagt, mit der Mutter Kirche kann man sich vor dem allgegenwärtigen Zorn des Allmächtigen retten, aber nur, wenn man sie ausschließlich als Gründung Jesu Christi ansieht, des leidenden Sohnes, der einen vor dem Vater schützt. Und daß der Vater sich nur in Donner und Blitz zeigt und in allen Schrecknissen dieser Welt. Aber der Sohn, hat er gesagt, kann nicht derselbe sein wie der Vater. Unerhörte Ketzerei, hab ich dann immer gebrüllt. Arianismus, wenn Sie wissen, was das bedeutet. Jedenfalls, an Ihrer Stelle würde ich schon immer die Beichte vorbereiten, das muß ja ewig lange her sein, daß Sie zum letzten Mal am Altar gewesen sind. Und wenn Sie soweit sind, kann ich Ihnen einen Pfarrer herschicken. Um ganz offen zu sein, ich hab einen Mordsdurst. Haben Sie nicht vielleicht in Ihrem Schränkchen da drüben sowas wie ein Schlückchen verstaut?«

»Ich könnte Ihnen von draußen etwas holen lassen. Wir haben einen Bruder hier, der so eine Art Botenjungen spielt, aber er hat die Angewohnheit, sich unterwegs zu verlaufen. Ich fürchte, es würde einige Zeit dauern.«

»Ach, ist nicht so wichtig! Noch eine letzte Frage: Worüber hat Ihre Schwester mit dem Heiligen Vater gesprochen, als er im Sterben lag? Ich muß es unbedingt wissen – das heißt natürlich, wenn Sie selbst es wissen.«

»Er hat ihr gesagt«, sagte ich ganz deutlich, »daß er sie geliebt hat. Aber nur so, wie Dante seine Beatrice geliebt hat. Sie stellte für ihn die göttliche Erscheinung in Fleisch und Blut dar. Was das Fleisch anging, so hat er hinzugefügt, daß er, hätte er sie früh genug kennengelernt, niemals die Gelübde abgelegt, sondern sie aufgefordert hätte, ihn zu heiraten. Er war zu der Zeit nicht ganz *compos mentis.*«

»Ach!« Und dann, für mich unerwartet, sagte er: »›Die ewige Frau zieht uns hoch.‹ Ist von Goethe. Sie mit Ihrer Belesenheit, Sie wissen vielleicht auch, wie das auf deutsch heißt.«

»Ja«, sagte ich, »das Ewig-Weibliche zieht uns hinan.«

»So ist es, und man kann's nicht leugnen.«

Was meine Genesung mehr als alles andere beschleunigte, war ein Schreiben vom Ministerium für Wohnungsbau der Regierung von Malta, in dem ich unterrichtet wurde, daß man, da mein Besitz in Lija nachweislich seit einiger Zeit unbewohnt sei, dies als Anzeichen für meine Absicht nehme, meinen Wohnsitz auf der Insel aufzugeben. Leerstehende Häuser ausländischer Staatsbürger müßten von der Regierung übernommen werden, als ein Mittel, um die Wohnungsknappheit für die einheimische Bevölkerung zu lindern. Ich solle bitte so freundlich sein, die Abgabe der Schlüssel zu meinem Besitztum in der Dienststelle des Wohnungsbauministeriums in Floriana zum frühestmöglichen Termin zu veranlassen. Ihr ergebener Diener, P. Mifsud. Ich mußte gleich fort aus diesem Krankenhaus und gleich zur nächsten Maschine.

81

Herr Mifsud kam nicht persönlich. Er schickte Azzopardi – Herrn Azzopardi, nicht den Pater. Ich saß in meinem selbstfahrbaren Rollstuhl aus Chrom und Leder, als er ankam. Maria Fenek, meine achtzehnjährige Pflegerin, machte ihm auf. Ich sprach mit ihm in meinem Arbeitszimmer, mit den Zeugnissen meines jahrzehntelangen Gewerbefleißes auf den Regalen hinter mir. Er war ein dunkelhäutiger junger Mann mit sanften schwarzen Augen und dicken Koteletten. Er machte mir gleich klar, daß er mir eine außergewöhnliche Vergünstigung gewährte, indem er zu mir kam: Nach den Vorschriften hätte ich mich bei ihm einfinden müssen, um demütig die klimpernden Symbole meines Gehorsams gegen die Enteignung zu überreichen. An mich haltend wies ich auf meinen Zustand hin. Auf die Tatsache, daß meine Abwesenheit von Malta durch einen Akt zweckfreier Gewalt gegen meine Person erzwungen gewesen war; auf die notwendige und, wie ich wohl hinzufügen durfte, kostspielige Behandlung, einschließlich Mehrwertsteuer, der ich mich hatte unterziehen müssen; auf meine völlige Bewegungsunfähigkeit, die, wie er ja wohl selber sehe, weiterhin anhalte. Sollte ich, ein international angesehener Schriftsteller, mich in meinem Zustand im selbstfahrenden Rollstuhl auf die belebten Straßen von Malta wagen, um die mehrere Meilen weite Strecke von Lija nach Floriana zurückzulegen? Dies alles könne er gut verstehn, und darum hatte er auch sein Büro, wo so viele wichtige Geschäfte seiner harrten, verlassen, um zu mir zu kommen. Ob ich ihm nun bitte die Schlüssel aushändigen würde?

Wo ich nach vollzogener Enteignung denn wohnen solle? Das

sei nicht sein Problem. Es gebe mehrere Hotels auf der Insel, es gebe auch Krankenhäuser und Pflegeheime.

Und wenn ich ihm nun leider sagen müsse, daß ich meinen Besitz schon an einen Engländer veräußert habe, der ahnungsloserweise wünsche, sich auf Malta niederzulassen?

Das sei gegen die Vorschriften, die mir offenbar nicht geläufig seien. Ausländern sei es nicht gestattet, Grundbesitz an andere Ausländer zu veräußern.

Ich sagte: »Ich bin ein sehr alter Mann. Ich habe mein Leben lang schwer gearbeitet und hatte geglaubt, hier meinen Hafen gefunden zu haben. Wenn ich auch reich bin und daher begreiflicherweise von einem bereicherungsbedürftigen neuen Staat zum legitimen Opfer seiner Konfiskationen ausersehen werde, so ist mein Reichtum doch auf legitime Weise erworben. Ich habe meine Rechnungen bezahlt, Herr Azzopardi, und noch niemandem etwas aus der Tasche gestohlen. Ich dagegen, ich bin zur Genüge bestohlen worden; ich habe es satt. Ich sehe keinen Unterschied zwischen dem gewalttätigen Angriff auf meine Person, den ich mir in der heiligen Stadt Rom gefallen lassen mußte, und dem Gewaltakt, mit dem sich Ihre Regierung nun über mein natürliches Recht auf Nutznießung meines Besitzes hinwegsetzen möchte.«

Ein Naturrecht dieser Art kenne er nicht. Rechte würden von Regierungen verliehen, nicht von der Natur.

»Und meine Bücher, meine Papiere, meine Möbel – sind die auch beschlagnahmt? Gibt es hier nichts mehr, was Ihre Regierung mir erlauben wird, mein eigen zu nennen?«

Bewegliche Habe, die sich zum Zeitpunkt der Besitznahme durch die im Namen des maltesischen Volkes handelnde Regierung noch auf dem Grundstück befinde, müsse ebenfalls als beschlagnahmt gelten. Die Regierung sei jedoch kein Ungeheuer. Drei Tage, vom heutigen Tage an, würden mir gewährt, um alles, was sich entfernen ließe, zu entfernen.

»Ich habe kein Telefon. Würden Sie so gut sein, für mich bei der Firma Cassar und Cooper in Valetta anzurufen? Sie möchten bitte für den Abtransport meiner beweglichen Habe ins Vereinigte Königreich und deren Lagerung in einem Londoner Depot ihrer Wahl sorgen.«

Da verlangte ich viel, aber gutherzig, wie er war, wollte er es auf sich nehmen, dafür zu sorgen, daß mein Wunsch erfüllt werde.

»Und noch eines wollen Sie bitte für mich tun«, sagte ich, »und wenn Sie es nicht tun, werde ich dafür sorgen, daß Ihre Regierung in der Weltpresse als das Ungeheuer verrufen wird, das sie nach Ihrer Aussage nicht sein will. Unterschätzen Sie nicht die Macht einer weltweit bekannten und, das darf ich wohl sagen, geachteten Feder, Herr Azzopardi! Ich werde Pressefotografen kommen lassen, die festhalten sollen, wie Ihre Regierung einen geachteten, kranken, verletzten und ausgeplünderten alten Mann brutal aus seinem eigenen Haus vertreibt. Sagen Sie das Ihrem Herrn Mifsud! Sagen Sie das auch Ihrem Herrn Premierminister! Und dem Herrn Erzbischof! Beim lebendigen Gott, es gab mal eine Zeit, da hätten britische Kanonenboote Ihnen Ihre Hauptstadt aus dem Sand gepustet bei der leisesten Andeutung, daß ein britischer Bürger so behandelt werden könnte, wie Sie mich behandeln!«

Die Zeiten hätten sich geändert. Malta sei keine Kolonie mehr. England habe keine Macht mehr in der Welt. Malta sei zwar auch nicht mächtig, habe aber mächtige Freunde. Meine Worte seien ungehörig. Und ich möge mich wohl hüten, Verleumdungen gegen den maltesischen Staat und seinen gewählten Führer in Umlauf zu setzen. Welches nun die andere Bitte sei, die ich noch habe?

»Sie werden bitte«, sagte ich, »ein großes rundes Schild anfertigen lassen, das an der Fassade dieses Hause anzubringen ist. Und auf diesem Schild werden die folgenden Worte stehen, gemeißelt oder gehämmert, jedenfalls in irgendeiner wetterbeständigen Form. Schreiben Sie sich die Worte bitte in Ihr Notizbuch! Los, werter Herr, ich habe gesagt, Sie sollen sie aufschreiben: KENNETH MARCHAL TOOMEY, BRITISCHER ROMANCIER UND DRAMATIKER, WOHNTE HIER BIS ZU SEINER VERTREIBUNG DURCH DIE REGIERUNG VON MALTA IM SEPTEMBER 1971. Haben Sie's?«

Das ginge keinesfalls. Das fiele nicht in die Zuständigkeit seiner Behörde oder irgendeiner anderen Behörde seiner Regierung. Das könnte ich allenfalls selbst oder durch irgendeine interessierte private Vereinigung ausführen lassen, wohlgemerkt, wenn die Regierung eine solche Gedenktafel von so geringem Interesse für das maltesische Volk auf ihrem Grund und Boden gestatten wolle.

»So soll es hier stehn, zum Kuckuck!« schrie ich in höchster Wut. »Und jetzt entfernen Sie bitte Ihr unverschämtes Bürodienergesicht aus meinem Hause, denn solange ich hier bin, gehört es noch mir! Raus hier, ehe ich vorsätzlich einen tödlichen Herzanfall herbeiführe und Sie im Augenblick meines Todes verfluche! Raus, raus, Sie widerliche Made im Weltkäse!«

Ganz so hatte ich mir den Beginn meiner Heimkehr nicht vorgestellt.

82 »Ich denke«, sagte ich, »wir nennen es *Konfabulationen.*«

»Ein Titel, der nur Quatsch erwarten läßt.«

»Na, überleg mal! In der Psychiatrie, nach meinem Wörterbuch hier, bezeichnet man so die Ausfüllung der Lücken in einem gestörten Gedächtnis mit imaginären Erinnerungen, die man für wahr hält. Nicht, daß ich da einen Unterschied machen würde. Alle Erinnerungen sind gestört. Die Wahrheit, sofern nicht mathematisch, ist dasjenige, woran wir uns zu erinnern *glauben.*«

»Hier ist schon wieder so eine Sache«, sagte Hortense. Sie sah die Vormittagspost durch. Auf ihrem einen Auge sah sie nicht mehr allzu gut; sie mußte angestrengt hinschauen. »Anscheinend in Toronto aufgegeben.«

»Das Übliche?« fragte ich, die Endfassung meines Manuskripts auf dem Schreibtisch zusammenlegend und die Ränder glättend.

»Sie stechen mit einer Nadel in die Herzpartie des Bildes. Ob du nicht den stechenden Schmerz im Herzen spürst, wollen sie gern wissen.«

»Nicht das leiseste Prickeln! Mein Herz ist sehr gut in Schuß. Wenn Geoffrey mich umbringen will, muß er sich etwas anderes einfallen lassen.«

»Warum hat er's nur so eilig mit der Veröffentlichung?«

»Geld, Geld, Geld! Thirlson von Doubleday hat mir erzählt, daß er die zweite Hälfte des Vorschusses erst bekommt, wenn die Biographie abgeschlossen ist. Sie kann nicht abgeschlossen werden, solang ich noch lebe. Und vorerst einmal kommt das hier, die *Konfabulationen.* Sie werden, das will ich hoffen, Geoffreys Werk ein wenig überflüssig erscheinen lassen.« Und ich schmunzelte behaglich vor Greisenbosheit.

»Du böser Greis!« sagte Hortense nachsichtig. Auch in ihrem jetzigen Alter, Mitte siebzig, hatte sie noch viel von ihrer mädchenhaften Anmut und Geschmeidigkeit oder zumindest Flüssigkeit der Bewegungen. Wie sie an diesem Vormittag gekleidet war, weiß ich nicht mehr; es ist erst eine Woche her, und meiner Erinnerung fehlt der zeitliche Abstand. Aber ich weiß noch, ihre Augenklappe war mattbeige, farbgleich mit irgendetwas anderem, wahrscheinlich den Schuhen, ja, sie hatte auch Schuhe in Beige. Sie spähte auf ihre Armbanduhr, eine große, größer als eine Herrenuhr. »Alles aufgemacht!« sagte sie.

Ich stand auf von meinem Schreibtischstuhl, steif, kein Wunder, wenn man auf Mitte achtzig zugeht. Das lange ebenerdige Wohnzimmer nahm sich gut aus in der Sommermorgensonne von Sussex, die es gelinde von der Seeseite durchtränkte. Die Fenstertüren standen offen gegen die Sonne, den sacht ansteigenden Garten mit dem frischgeschorenen Rasen und den Apfelbäumen. Meine Möbel und Nippsachen, dessen war ich einigermaßen sicher, hatten hier ihren letzten Ruheplatz gefunden. Es war jammerschade um die fehlende Picasso-Skizze, aber Ali war in einer ärgeren Notlage gewesen als sein Herr. Die Bronzebüste von mir, die Hortense schon vor langer Zeit angedroht und hier dann in ihrem Schuppen, der nun zu einem bessern Zweck bekehrten Garage rechts vom Haus, tatsächlich fertiggestellt hatte, war eine ständige Mahnung für den großen Schriftsteller, sich selber nicht ernst zu nehmen. Ich glaube, sehr ernst genommen habe ich mich noch nie. »Also, komm, meine Gute!« sagte ich. Arm in Arm gingen wir durch die Vordertür hinaus. In der Küche war Mrs. Hill geräuschvoll damit beschäftigt, etwas in einer Schüssel zu mischen. Im Vordergarten war ihr Mann dabei, den alten Walnußbaum zu beschneiden. »Morgen, Tom!« sagte ich. Er antwortete mit einer Tonfolge bodenständiger Vokale.

»Weil du gerade Tom sagst«, sagte Hortense, als wir den sacht ansteigenden Hügel zur »Königseiche« hinaufgingen, wobei sie nur mir zuliebe kurze Schritte nahm, »ich glaube, in dem flachen Päckchen, das ich noch nicht aufgemacht habe, muß diese Langspielplatte sein. Nachher beim Essen werden wir sie uns anhören.«

»Das Orchester klingt immer so blechern in diesen alten Aufnahmen«, sagte ich. »Und die Stimmen scheinen einem anderen Zeitalter anzugehören. Heutzutage kommen die Stimmen so, als ob sie dir das Ohr abschlecken wollten. Neulich abend, der eine Lümmel im Fernsehen, der hat doch so gut wie draufgebissen auf das verfluchte Ding, hast du das gesehn?«

»Morgen, Mr. Toomey, Morgen Mrs. Toomey!« sagte Jack Laidlow hinter der Bar. Es war einfacher so. *Mrs. Campanati* hätte nicht in diese Gegend gepaßt, so wenig wie *spaghetti alla carbonara* auf die Speisekarte der »Königseiche«. Aber das wird gewiß auch noch kommen. Weil ich so lange fort gewesen bin, unterschätze ich die Anpassungsfähigkeit, mit der sogar die ländlichen Briten das Exotische aufnehmen. Schließlich gibt es ja schon eine Pizzeria in meiner Heimatstadt Battle. Trotzdem, nach dem Aussterben der Familie Campanati hätte es nicht mehr viel Sinn gehabt, mit ihrem Wappen im Leeren zu fuchteln, und Hortense hatte ganz selbstverständlich auf den Namen zurückgegriffen, unter dem man sie als Schuldmädchen in dieser Gegend gekannt hatte. Unter dem Druck der neuen Suffragetten, oder wie immer man sie nennen mochte, wurden *Miss* und *Mrs.* ohnehin zu dem unaussprechlichen *Ms.* verschmolzen. Die Mundart von Sussex hat zwischen beiden Titeln nie viel Unterschiede gemacht. Beide leiten sich von *Mistress* her. Das Ehepaar Hill nahm an, daß wir Mann und Frau seien. Wir schliefen in zwei schmalen Betten an gegenüberliegenden Wänden in demselben großen Schlafzimmer. Wenn einer von uns nachts aufschrie, hatte der andere nur zehn Schritt weit zu stolpern. Der Dorfpfarrer wußte jedoch, daß unser Verhältnis nicht das übliche war.

»Eine halbe Pinte, bitte, vom besten, Jack, und einen Scotch mit Wasser!«

Der Dorfpfarrer kam nun herein, Ehrwürden Bertram Murdoch, ein Mann aus einer guten Kenter Familie, der für seinen Lebensunterhalt nicht darauf angewiesen war, ihn zu verdienen. »Einen großen Gordon's, Mr. Laidlow, mit einem Tröpfchen Zitrone!« Im Gegensatz zu den Priestern des reformierten Katholizismus hielt er sich, außer zum Squash oder Kricket, streng an das geistliche Schwarz mit dem Hundekragen. »Ein herrlicher Tag«, sagte er, »aber ein Wetterwechsel steht zu befürchten. Den Bauern wird es, theoretisch wenigstens, recht sein.« Er war ein stattlicher, eisengrauer Mann in den Sechzigern, mit sehr wenig Humor. Ich sagte:

»Eine bewundernswerte Predigt, wenn ich das sagen darf, haben Sie uns gestern gehalten, Herr Pfarrer. Sehr nett von Ihnen, daß Sie mich zitiert haben. Aber es wäre wirklich nicht nötig gewesen.«

»Es war ganz passend. Ich habe eine, ähm, Neuigkeit für Sie beide.« Hortense und ich saßen dicht beieinander auf Barhockern. Der Pfarrer steckte den Kopf zwischen unsere Köpfe und sagte mit gedämpfter Stimme: »Die Messe auf lateinisch, nach dem Tridentiner Ritus! Ab nächsten Sonntag wird sie früh morgens im Hause der Lady Fressingfield gefeiert. Ein junger französischer Pfarrer, Pater Chabrier, wird der ständige, ähm, Zelebrant sein.«

»Ganz wie in der Reformationszeit!« sagte Hortense. »Die Messe als Geheimveranstaltung. Ob es auch eine Priesterhöhle hier gibt, oder wie man das genannt hat?«

»Ich dachte, es würde Sie interessieren. Ich werde auch ab und zu hingehn. Obwohl der Sonntag dann für mich ein sehr langer Tag wird.«

»Wir sind mit der monarchischen Variante des Christentums ganz zufrieden«, sagte ich. »Sie wissen, wenn man schon in England ist ... Trotzdem, sehr aufregend, zu denken, daß die Messe nun einen leicht kriminellen Anstrich hat. Wir müssen hingehn, Hortense. Wir könnten sogar auf französisch beichten, vermutlich vor Morgengrauen, bei Kerzenschein. Auf französisch hören die eigenen Sünden sich irgendwie feierlicher an.«

»Ja«, sagte der Pfarrer, »wie bei Baudelaire. Es ist doch erfreulich, daß man sich heute nicht mehr von einem Bekenntnis lossagen muß, um dem anderen anzugehören. Das ist eine Gregorianische Reform, die wir alle nur billigen können. Guten Morgen, Mr. Amos, Mr. Catt und Mr. Willard!«

»Aaaaarch, Herr Pfarrer!«

»Wissen Sie«, fragte der Pfarrer Hortense, »ein bißchen über Heilpflanzen Bescheid?«

»Ich kenne ein paar Namen. Wiesenknöterich, Odermenning, Mäusedorn, Einbeere, Goldferberich, Sumpfspiere, Schierling–« Beim letzten bebte ihre Stimme ein wenig.

»Sauerklee«, setzte ich fort, »Knotenwurz, Melisse, Küchenschelle, Rainfarn, Benediktenkraut– Warum fragen Sie?« Es war, als würden wir auf unser Recht zur Teilnahme am britischen Landleben examiniert.

»Nur aus Neugier. Der Bezirksdekan kommt bei mir zum Dinner. Der ist ganz besessen von diesen Dingen. Ich habe davon keine Ahnung. Könnten Sie nicht beide kommen? Am Donnerstag?«

»Danke, ja, wir haben nichts anderes vor.«

Zu Mittag setzte uns Mrs. Hill an diesem Tag eine gebratene Lammkeule mit Minzsoße vor. »Komisch«, sagte ich, »daß die Franzosen darin eine Barbarei sehen. Mutter, das weiß ich noch, hat immer pflichtschuldigst uns zuliebe ein bißchen gehackte Minze mit Zucker und Essig gemischt, aber dabei geschimpft, als ob es eine anglikanische Ketzerei wäre. Diese neuen französischen Strukturalisten bestreiten der Küche das Recht zur Vereinigung des Süßen mit dem Herzhaften, das steht außerhalb der abendländischen Kultur, sagen die. Und was ist mit den Briten, hat jemand gefragt, die essen doch Schweinebraten mit Apfelsoße und dergleichen? Ich glaube, der Lévi-Strauss selber sagt, die Briten gehören nicht zur abendländischen Kultur.«

»Hier ist dein Lied über Paris«, sagte Hortense.

Tommy Toomey, aus alten Archiven ausgegraben, sang und redete auf einer LP für die neue Generation. Beim Apfelstrudel mit Sahne hörten wir seine klare Stimme mit meinem uralten Text:

Vom Wein vereint
Werdet ihr Freund
In einer kleinen *boîte,*
Wo man was übrig hat
Pour l'érotique.
Dort küßt euch, bis ihr meint,
Daß ihr versteint
Vor Glück.

»Alles«, sagte ich bescheiden, »aus meiner jugendlichen Leichtfertigkeit erwachsen!«

»Still!«

Euch ist so leicht,
Euch ist so schwer,
Wie wenn es Frühling wär ...

Den Kaffee tranken wir in unsern Sesseln und hörten uns die andre Seite der Platte an. Toms Monologe. Man mußte nur den Lautsprecher von seinem Haken an der Eßzimmerwand nehmen und ihn an seiner langen Schnur hierher ins Wohnzimmer tragen. »Die habe ich alle noch nie gehört«, sagte ich.

»Ich auch nicht. Wir waren ja fort. Wir waren nicht daheim.«

Tom, der doch schon gestorben war, bevor die Nazis überall in Europa einmarschierten, hatte sich ein von ihnen besetztes England vorgestellt, mit den Kindern in einer Dorfschule, grad so einer, wie wir sie hier in unserer Straße hatten, und einem Erziehungsfeldwebel, der sie belehrte. So hörte sich der Feldwebel an: »Ja, min Boys, da is wann Zink, dat must we lörnen, bivor we can biginnen, and dat is wat very, very, how say you, Jroßet. You see de Himmel, de Sky, und der is janz, janz hoch, and dat is *high*. And you are klein, little, jeß? You are *littler* zänn de Sky, jeß? And zänn you show up to de Sky and say *high*, and zänn you show down to you selver and say *littler*, jeß? And tosammen givt dat *high littler high littler!* Is dat not gutt?«

»Ach, du mein Gott!« sagte ich, »genauso wär es gewesen.«

Dann kam Tom als eine liebe, aber etwas reizbare Mutter von zwei Kindern. Sie waren umgezogen in ein neues Haus, und die Kinder waren während des Umzugs irgendwo bei einer Tante geblieben. Jetzt wurden sie mit dem neuen Haus und dem neuen Mobiliar bekannt gemacht. »Kinder, ich sag es euch ein für alle Mal, ihr *rührt mir hier nichts an,* habt ihr gehört? Da unter dem Kissen dort, da steckt ein Tier, das hat *fünf* Füße und läßt sich nicht gern stören. Faßt ihr mir nur das Kissen an, und dann *beißt* es euch. Da, siehst du, was hab ich dir gesagt? Schön, ich puste gleich ein bißchen, aber *jetzt weißt du Bescheid!* Und hinter dem Bild an der Wand, das heißt Getreu bis in den Tod, da ist ein großes viereckiges Loch, und da drinnen haust eine ganze Kolonie kleiner schwarzer Käfer, die *stechen!* Und in der Toilettenschüssel, da versteckt sich eine riesengroße Spinne, und die lauert nur so auf die Gelegenheit, wenn ein Kind kommt, und *schnapp!* ist sie da. Laßt mir die *ja* in Ruhe, Hortense, Kenneth, habt ihr gehört?«

»Ach du mein Gott!« sagte ich schon wieder.

»Laßt mir die *ja* in Ruhe!« sagte Toms mütterliche Stimme, und dann mußte sie husten. Sie durchlief einen ganzen Hustenanfall. »Da seht ihr's Kinder, hätt ich bloß die Zigaretten sein gelassen, nicht? Wurch, wurch, wurch, ach, du meine Güte!« Die Platte war zum Stillstand gekommen.

»Der arme Tom!« sagte ich.

»Wieso der *arme?*« sagte Hortense. »Tom brauchte man nie zu bemitleiden. Tom war der einzige wirklich gute Mensch, den ich gekannt habe. Wenn ich an Heilige glaubte, würde ich zu Tom beten.«

An diesem Abend, wie fast jeden Abend, schauten wir uns das Fernsehen an. Aus unserem langen Leben wurde oft etwas vom Bildschirm zurückgeworfen – eine Bemerkung über den Neogregorianismus in einem Interview mit dem Erzbischof von York; ein

Mann mit Mikrophon in einer Birminghamer Kunstgalerie, der über die Vortrefflichkeit von Ahmar oder Kokinos oder Vermelho redete, während eine kleine Metallplastik von Hortense stumpf und unbeachtet im Hintergrund blinkte; ein rotziges Naserümpfen über die Maugham, Toomey und Co. in einer Sendung namens *Am Taschenbuchständer.* Und heute abend gab es einen alten Film mit der Musik von Domenico Campanati. »Er war gar nicht so schlecht«, gab Hortense widerstrebend zu, als seine gestopften Trompeten einen Sonnenaufgang über dem Meer ausmalten oder als seine massierten Streicher das Feuer sinnlicher Leidenschaft aufflammen ließen. »Ich glaube, wir waren alle gar nicht so schlecht. Jedenfalls haben wir's gut gemeint.«

Die Tage und Nächte der Ruhe und Wärme lösten sich an diesem Abend in heftigen Regen, Donner und kryptisch kurze Botschaften der Blitze über den Ärmelkanal auf. »Er setzt den Fuß aufs wilde Meer«, zitierte ich das Lied aus dem Gottesdienst vom letzten Sonntag, während ich durch die regengepeitschten Fenstertüren hinausschaute, »und reitet den Orkan. Der alte Schweinehund! Wird er uns schlafen lassen?«

»Dazu wird er zu überreden sein. Das ist mein einziger Glaubensartikel.«

Vom Himmel goß es noch immer, als wir zu Bett gingen. Der Donner krachte über unserm Dach, und im gleichen Augenblick, in dem ein blauer Blitz aufleuchtete, hörte ich ein Knacken und ein Aufschlagen nassen, vielblättrigen Laubes. Die Eiche, die mußte's sein, auf Penneys Acker gleich gegenüber! Wie immer wartete ich, bis meine Schwester nach eine ihrer Barbiturattablette ruhig atmete. Dann drehte ich mich, ein alter Sack voll Knochen, auf die linke Seite und bemühte mich um den kurzen Schlaf, der, so wußte ich, mit dem einstündigen Warten auf die Sonnenaufgangschöre beendet sein würde. Wie dem Leser vielleicht noch erinnerlich ist, habe ich einen würdigen Anfang gefunden. Aber die Schlüsse sind mir in meiner ganzen literarischen Entwicklung immer peinlich schwer gefallen. Gott oder irgendwem sei Dank, die letzten Worte sind nicht für meine Feder, und ihr Ton, ob nun kratzend oder ohrenschleckend, kann nach der Natur der Dinge, besagtem Irgendwem sei abermals Dank, nicht mehr lang auf sich warten lassen. Ich hoffe, es geht ohne Träume.